홍대용과 항주의 세 선비

저자 김명호(金明昊)

1953년 부산에서 출생했다. 서울대 국문과를 졸업하고 동 대학원에서 문학박사 학위를 받았다. 덕성여대 국문과와 성균관대 한문학과의 교수를 거쳐 서울대 국문과 교수를 역임했다. 정년퇴임 후 필생의 과제인 연암 박지원 평전과 환재 박규수 연구의 완성에 힘쓰고 있다. 저서로 『열하일기 연구』, 『박지원 문학 연구』, 『초기 한미관계의 재조명』, 『환재 박규수 연구』, 『연암 문학의 심층 탐구』 등이 있으며, 국역서로 『연암집』(전3권, 공역)과 『지금 조선의 시를 쓰라』(편역)가 있다.

홍대용과 항주의 세 선비
— 홍대용의 북경 기행 새로 읽기

김명호 지음

2020년 10월 30일 초판 1쇄 발행

펴낸이 한철희 | 펴낸곳 돌베개 | 등록 1979년 8월 25일 제406-2003-000018호
주소 (10881) 경기도 파주시 회동길 77-20 (문발동)
전화 (031) 955-5020 | 팩스 (031) 955-5050
홈페이지 www.dolbegae.co.kr | 전자우편 book@dolbegae.co.kr
블로그 imdol79.blog.me | 페이스북 /dolbegae | 트위터 @Dolbegae79

주간 송승호 | 편집 이경아
표지디자인 민진기 | 본문디자인 이은정·이연경
마케팅 심찬식·고운성·한광재 | 제작·관리 윤국중·이수민·한누리
인쇄·제본 상지사

ⓒ 김명호, 2020

ISBN 978-89-7199-965-3 (94810)

이 도서의 국립중앙도서관 출판시도서목록(CIP)은 e-CIP 홈페이지
(http://www.nl.go.kr/ecip)에서 이용하실 수 있습니다. (CIP제어번호: CIP2020039830)

책값은 뒤표지에 있습니다.

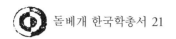돌베개 한국학총서 21

홍대용과
항주의 세 선비

홍대용의 북경 기행 새로 읽기

돌베개

책을 펴내며

필생의 과제로 삼은 '연암 박지원 평전'을 한창 집필하던 중 '홍대용'이라는 큰 산을 만났다. 연암이 삼십대 중반에 담헌 홍대용과 처음 우정을 맺고 그의 영향으로 북학사상을 품게 되는 대목에 이르러 그만 붓이 멈춰 버린 것이다. 애초 생각으로는 홍대용에 관한 학계의 선행 연구가 적지 않으니 그에 힘입어 순조롭게 쓸 수 있을 줄 알았다. 하지만 안타깝게도 기존의 연구 성과에 의거해서는 지금껏 집필해 온 연암 평전의 수준을 유지하며 그 대목을 써 낼 수 없음을 깨달았다. 연암에 대해서만큼 홍대용에 대해서도 정확하고 깊이 있게 파악하지 못하면 이 난관을 극복할 수 없으리라 판단하고 정면 돌파하기로 했다. 그리하여 2015년부터 집필에 전력한 끝에 5년 만에 이 책을 간행하게 되었다.

이 책은 홍대용의 북경 여행기 3부작인 『연기』『간정필담』『을병연행록』을 새롭게 읽음으로써, 1765~1766년의 연행을 계기로 그의 사상에 일어난 중대한 발전을 해명하고자 한 것이다. 나아가 조선 후기 사상사에서 큰 비중을 차지하는 홍대용과 북학파의 사상에 대한 이해가 이를 통해 심화되기를 기대하였다. '홍대용과 항주의 세 선비'로 책 제목을 정한 이유는 당시 북경에서 항주 출신의 비범한 선비 엄성·반정균·육비를 만난 것이 홍대용의 사상적 변화를 초래한 결정적인 요인이라 보았기 때문이다. 그러므로 5부 21장으로 구성된 이 책에서 핵심부인 3, 4, 5부에 속하는 도합 12개의 장이 전적으로 항주 세 선비와 관련된 논의에 바쳐져 있다. 홍대용의 학문적 성장 과정을 다룬 1부와, 연행의 경위와 북경 체류 당시의 활동을 살펴본 2부는 이러한 핵심부의 논의를 뒷받침하기 위한 서설로 쓰인 것이라 해도 과언이 아니다.

나는 이 책을 학술서로서 높은 수준을 견지하면서도 전문가만이 아니라 일반 독자도 이해하기 쉽게 쓰려고 노력했다. 그리고 이를 위해 기본적으로 평전의 글쓰기 방식을 취하기로 했다. 홍대용의 삶과 사람됨, 항주 세 선비와의 진솔한 우정 등을 구체적으로 그려 냄으로써 독자들이 그의 사상에 공감하고 친근하게 다가갈 수 있도록 했다. 학술적인 논의가 불가피한 경우에도 전문 용어나 한자어를 가급적 줄이고 현대 일상어로 평이하게 서술하려고 애썼다. 주석은 미주로 돌리고 본문만 읽어도 충분히 내용이 이해되게끔 배려했다. 그렇지만 이 책에는 1,300여 개의 주석이 달려 있어, 본문 500여 쪽에다 미주가 250여 쪽에 달한다. 이처럼 공들여 주석을 달았으므로, 본문에서 제시한 학술적 견해의 근거를 알고자 하는 전문가들은 미주를 눈여겨보아 주시기 바란다.

최근의 우리 학계를 돌아보면 소박한 민족주의를 바탕으로 구태의연한 실학 연구가 지속되고 있는가 하면, 반면에 탈민족주의의 영향 아래 실학을 폄하하고 그 역사적 실체마저 의심하는 경향이 드세지고 있다. 홍대용 연구에서도 그러한 경향이 점차 심해지는 실정이다. 실학이 '실사구시'를 추구했던 만큼, 실학 연구는 더더욱 철저하게 실사구시적으로 이루어져야 할 것이다. 그럼에도 홍대용의 생애에 관한 정확한 규명이나 그가 남긴 텍스트에 대한 엄밀한 검토 등 실증적인 기초 연구가 여전히 부실한 상태에서 독단적이고 허풍스러운 담론이 횡행하는 현상을 목도한다.

특히 우려되는 것은 연암과 담헌의 관계를 심각하게 왜곡하는 주장이다. '북학'을 주창한 사상적 동지로서 서로 존경하며 지극한 우정을 나누었던 이 두 분의 사이를 억지로 가르고, 한쪽을 터무니없이 추켜세우면서 다른 한쪽을 깎아내리기를 서슴지 않는다. 또는 홍대용을 탐관오리나 이중인격자로 속단하고 위선적인 인물로 혹평하기도 한다. 이 같은 억설들은 결국 북학파를 격하하거나 '해체'하려는 것으로, 조선 시대 선비로서 홍대용이 지녔던 드높은 도덕성과 우정의 윤리를 몰이해한 소치라 하지 않을 수 없다. 그 점에서 항주 세 선비나 청나라 황족과의 우정을 논한 이 책의 4부는 홍대용과 북학파에 대한 왜곡된 시각을 바로잡고 현대 한국의 지식인들이 도달하지 못한 정신적 경지를 이해하게 하는 데 기여하리라 믿는다.

이 책은 정년퇴임과 더불어 인생 제3막을 시작한 나의 첫 번째 저서이다. 박사논문이자 첫 저서인 『열하일기 연구』 이후 꼭 30년 만에 간행하는 책이기도 하다. 학문적 출발점인 조선 후기 연행록 연구로 되돌아온 셈이다. 당시 수준에 비해 과연 얼마나 진전이 있었는지 겸허하게 자문해 본다.

이제 내게는 북경 여행 이후 항주 세 선비를 위시한 청나라 문인들과 주고받은 서신을 중심으로 홍대용의 후반기 생애와 사상적 모색을 해명하는 일이 후속 과제로 남아 있다. 이를 통해 북학파의 탄생과 활동을 구체적으로 논하는 후속작으로 나의 홍대용 연구는 완결될 것이다. 앞으로 또 몇 년의 세월이 소요될지 두렵고 주저되지만, 아마도 가야 할 그 길로 가게 될 것 같다.

이 책을 집필하는 과정에서 한국고전번역원의 '한국고전종합 DB'를 비롯하여 국사편찬위원회의 『조선왕조실록』과 『승정원일기』 DB, 국립중앙도서관과 서울대 규장각 및 한국학중앙연구원 장서각 소장본 DB 등을 널리 활용했다. 이와 같은 디지털 자료를 마음껏 이용할 수 있었던 덕분에 시간과 노력이 엄청나게 절약되었다. 천안박물관의 홍대용 관련 자료 발굴과 공개, 숭실대 한국기독교박물관의 홍대용 자료 영인 사업에도 큰 도움을 받았다. 혜택을 누린 연구자의 한 사람으로서 관계 기관에 진심으로 감사드린다.

또한 이 책을 완성하기까지 여러 분의 힘을 빌렸다. 국내외의 자료를 구해 주며 연구를 도와준 신로사 박사와 쉬팡(許放) 교수, 양쉬에(楊雪) 님, 그리고 채송화 님을 비롯한 서울대 국문과 대학원 제자들에게 각별히 고마운 마음을 전하고 싶다. 아울러 이 책에 수록할 귀한 사진 자료를 아낌없이 제공해 준 지원구 선생과 정민 교수께도 감사드린다. 전작 『연암 문학의 심층 탐구』에 이어, 이번에도 돌베개 한철희 사장님은 간행을 흔쾌히 맡아 주셨고 이경아 인문고전 팀장은 전문가의 혜안과 정성으로 책을 다듬어 주었다. 정말 고맙고 정다운 인연이 아닐 수 없다.

이 책을 집필하던 막바지에 코로나19의 전세계적 유행이라는 전대미문의 상황을 맞았다. 심각한 기후 위기와 팬데믹으로 인류의 미래를 걱정하고 문명의 대전환을 고민해야 할 이 비상시국에 너무나 한가한 연구를 하고 있다는 자괴감을 억누르며 원고를 마무리했다. 내가 남보다 조금 더 알고 잘할 수 있는 일이 이것뿐이기에, 미안한 마음으로 책을 세상에 내어놓는다.

2020년 10월

김명호

차례

서론

지금으로부터 250여 년 전 조선의 뛰어난 선비 홍대용(洪大容, 1731~
1783)이 청나라에 파견되는 외교 사절단에 참여해 장장 6개월에 걸
친 북경 여행을 다녀왔다. 태어나서 늙어 죽을 때까지 국경을 벗어
날 수 없었던 당시 대다수의 조선인들에게 세계 문명의 중심지로
알려진 청 제국의 수도 북경을 관광한다는 것은 실로 이루어지기
힘든 꿈이요 특별한 행운이 아닐 수 없었다. 홍대용은 이처럼 남다
른 기회를 얻어 북경을 다녀왔을 뿐만 아니라 자신의 진기한 견문
을 『연기』(燕記)와 『간정필담』(乾淨筆譚), 그리고 『을병연행록』이라는
3부작의 여행기에 담아 세상에 전했다.

　이러한 북경 여행기에서 홍대용은 전성기를 누리던 건륭제(乾
隆帝, 재위 1735~1796) 치하 청 제국의 발전상을 다방면으로 관찰하
고 생생하게 보고했다. 또한 항주(杭州) 출신의 비범한 선비들과 만
나 나눈 뜨거운 우정과 학문적 대화를 흥미진진하게 소개했다. 그
리하여 그의 여행기는 당대는 물론 19세기 이후에도 널리 읽혔
고, 김창업(金昌業, 1658~1722)의 『연행일기』(燕行日記), 박지원(朴趾源,
1737~1805)의 『열하일기』(熱河日記)와 더불어 조선 후기의 3대 연행
록(燕行錄)으로 손꼽혔다.

1765~1766년의 북경 여행은 홍대용의 생애에서 가장 중요한 사건이었다. 이를 분기점으로 해서 그의 생애는 선명하게 두 시기로 나뉜다. 전반기가 대망의 여행을 위한 오랜 준비 기간이었다면, 후반기는 여행 체험을 충실히 기록하고 주위에 전파하는 한편 여행 당시 교분을 맺은 청나라 지식인들과 서신 교류를 지속하면서 사상적 전환을 모색한 시기라 할 수 있다.

홍대용의 북경 여행은 그의 주위에 모여든 박지원·이덕무(李德懋, 1741~1793)·박제가(朴齊家, 1750~1805) 등 오늘날 '북학파'(北學派)라 일컫는 인사들에게도 심대한 영향을 끼쳐 이른바 '북학사상'이 탄생하는 데 크게 기여했다. 이들은 홍대용의 여행기를 탐독했을 뿐만 아니라, 그에 자극받아 잇달아 북경 여행에 나섰고『북학의』(北學議)와『열하일기』 등의 저술을 통해 청나라의 선진 문물을 배우자고 역설했다.

이렇게 볼 때 홍대용의 북경 여행기는 홍대용과 북학파의 사상을 이해하는 데 결정적으로 중요한 문헌이다. 하지만 종래의 연구에서는 홍대용의 사상 발전에 북경 여행이 중대한 계기가 되었다고 으레 전제하면서도, 정작 그의 여행기를 구체적으로 논한 경우는 매우 드물었다. 석·박사 논문 몇 편을 포함하여 연구 논저가 양적으로도 태부족하거니와, 대개의 경우 여행기의 일부분만을 피상적으로 논하는 데 그치고 있어 본격적인 연구로 보기 어렵다. 그러므로 이제 3부작 전부를 대상으로 할 뿐만 아니라, 다양한 이본들에 대한 면밀한 텍스트 연구를 기초로 해서 홍대용의 북경 여행기를 완전히 새롭게 읽을 필요가 있다.

이 책에서 필자는 홍대용의 북경 여행기를 삼중(三重)의 시각에서 살펴보고자 한다. 무엇보다 먼저, 항주 출신의 세 선비 엄성(嚴誠)·반정균(潘庭筠)·육비(陸飛)와 홍대용의 교유에 초점을 맞추고 이들과 나눈 필담을 주로 기록한 『간정필담』을 집중 분석하려 한다. 항주에서 상경한 이 세 사람은 학식이 부족한 무명의 시골 선비가 아니었다. 당시 중국에서 경제적으로나 문화적으로나 가장 발달한 강남 지방의 대도회에서 생장했으며 치열한 경쟁을 뚫고 과거 시험의 1차 관문을 통과한 엘리트 지식인이었다. 더욱이 이들은 과거 급제에 결코 연연하지 않으며 옛 명나라를 잊지 않고 존모하는 고결한 인품의 소유자이기도 했다.

홍대용은 이와 같이 비범한 중국 선비들과 깊은 우정을 맺고 진지한 학문적 대화를 나누었을뿐더러 귀국한 뒤에도 꾸준히 서신을 주고받으며 우정과 학문적 대화를 이어 갔다. 그러므로 항주 세 선비와의 교유는 북경 여행의 하이라이트에 해당하는 동시에 홍대용의 사상적 변화를 해명하는 데 관건이 된다. 종래의 연구에서 오로지 홍대용만 주목하고 학문적 대화의 상대이자 대등한 주체인 항주의 세 선비에 대해 거의 무관심했던 것은 이해할 수 없는 일이다.

다음으로, 북경을 먼저 다녀온 선배 문인들의 여행기와 부단히 비교하면서 홍대용의 북경 여행기의 특징과 성과를 부각하고자 한다. 그중에서 홍대용에게 직접적으로 큰 영향을 미친 것은 김창업의 『연행일기』와 이기지(李器之, 1690~1722)의 『일암연기』(一菴燕記)였다. 김창업과 이기지의 북경 여행은 그에게 모범적인 선례가 되었고 두 사람의 여행기는 훌륭한 안내서가 되었다. 따라서 청나라의 실정에 대한 관찰에서 홍대용의 북경 여행기는 김창업·이기지의 여행기와 뚜렷한 공통점과 아울러 그보다 진일보한 인식을 보여 준다.

셋째로, 홍대용의 생애에서 북경 여행이 중대한 전환점이 되었던 만큼, 그의 후반기 생애까지 시야를 넓혀 귀국 이후의 활동과 북학파 인사들에게 미친 영향을 함께 살펴보고자 한다. 나아가 홍대용의 손자 홍양후(洪良厚, 1800~1879)와 박지원의 손자 박규수(朴珪壽, 1807~1877) 등 북학파의 후예에게 그 영향이 이어지고 있는 점도 놓치지 않고 언급하려 한다. 홍대용의 북경 여행기가 북학사상의 발전과 계승에 기여한 사실이 이를 통해 극명하게 밝혀질 것으로 기대한다.

홍대용의 여행기 중 『연기』와 『간정필담』은 당시 식자층을 향한 공개적인 저술로 한문으로 기록된 반면, 『을병연행록』은 집안의 여성 독자를 위해 한글로 기록되었다. 또한 이 여행기들은 각기 다른 방식으로 서술되었다. 『연기』는 통상적인 연행록들처럼 견문을 여정에 따라 날짜별로 서술하는 대신에 인물·명소·사건·풍속 등 주제별로 항목화하여 서술하는 독특한 방식을 취했다. 단 여기에는 홍대용이 항주 세 선비와 교유한 사실은 전혀 언급되어 있지 않다. 이는 『간정필담』에서 전적으로 다루어지고 있는데 첫 만남부터 마지막 작별까지 교유의 전 과정이 날짜별로 서술되어 있으며 내용면에서는 필담이 가장 큰 비중을 차지한다.

따라서 『연기』와 『간정필담』을 합쳐서 읽어야 비로소 여행의 전모를 짐작할 수 있지만, 양자의 서술 방식이 아주 달라서 내용을 통합하여 순차적으로 파악하기가 쉽지 않다. 그에 비하면 『을병연행록』은 한양에서 출발하여 한양으로 되돌아오기까지 전 여정을 빠짐없이 서술하고 있는 점이 큰 장점이다. 단 여성 독자의 관심사에서 벗어난 사상적 학술적 내용을 대폭 축소함에 따라, 항주 세 선비와 나눈 필담 역시 축약된 형태로 소개된 점은 흠이라 하겠다. 그러므로 『연기』 『간정필담』 『을병연행록』은 상호 보완 관계에 있다고 할 수 있다. 이 세 여행기를 유기적·종합적으로 읽어야만 홍대용의 여행 체험을 온전히 이해할 수 있는 것이다.

뿐만 아니라 『연기』와 『간정필담』은 이본이 적지 않으며 정본도 확정되지 않은 상태이다. 참고문헌 난에 제시한 바와 같이 『연기』는 홍대용의 문집 『담헌서』(湛軒書)에 수록된 활자본 말고도 『연행잡기』(燕行雜記)라는 제목의 필사본 이본이 여러 종 전한다. 『연행잡기』는 『연기』와 일부 항목의 순서가 다르고, 부록으로 「포은」(包銀) 「탁장」(橐裝) 「도강인마수」(渡江人馬數) 등 세세한 여행 정보를 더 많이 포함하고 있다. 또 『연기』와 달리 서학(西學)과 관련된 표현을 수정하지 않았다. 이로 미루어 『담헌서』의 『연기』는 『연행잡기』의 일부 내용을 삭제하고 수정하면서 제목도 간략히 줄인 개작본을 활자화한 것이 아닌가 한다.

『간정필담』은 『연행잡기』와 함께 묶여 조선 시대에 널리 유통된 필사본이다. 이본으로는 『담헌서』에 수록된 활자본 『간정동필담』(乾淨衕筆談)과 최근에 공개된 『간정록』(乾淨錄)이 있다. 『간정필담』의 최초 텍스트는 『간정동회우록』(乾淨衕會友錄)이었다. 『간정록』은 바로 이 책의 곳곳에 수정을 가하고 제목도 간략히 고친 초기의 교정본인데 그 일부가 현재 남아 있다. 『간정동회우록』이 유실되었으므로, 현전하는 『간정록』은 텍스트의 원모습을 엿볼 수 있는 소중한 자료가 된다.

『담헌서』의 『간정동필담』은 『간정록』에서 이루어진 수정을 대체로 충실히 수용한 필사본을 활자화한 것으로 보인다. 원래 『간정

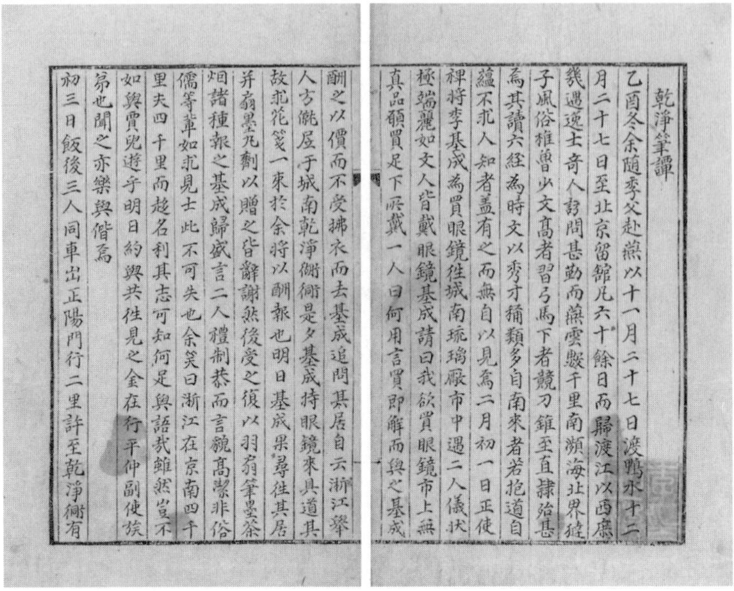
乾淨筆譚
乙酉冬余隨季父赴燕以十一月二十七日渡鴨水十二
月二十七日至北京留館凡六十餘日而歸渡江以西處
幾遇逸士奇人訪問甚勤而燕雲數千里南瀕海北界韃
子風俗椎魯少文高者習弓馬下者競刀錐至直隷殆甚
爲其讀六經爲時文以秀才稱類多自南來者若抱道自
蘊不求人知者蓋有之而無自以見焉二月初一日正使
裨將李基成爲買眼鏡往城南琉璃廠市中遇二人儀狀
極端麗如文人皆戴眼鏡基成請曰我欲買眼鏡市上無
眞品願買足下所戴一人曰何用言買卽解而與之基成
酬之以價而不受拂衣而去基成追問其居自云浙江擧
人方僦屋于城南乾淨衚衕是夕基成持眼鏡來具道其
故求花箋一束於余將以酬報也明日基成果尋往其居
幷翁墨丸劑以贈之皆辭謝然後受之復以羽扇筆墨茶
烟諸種報之基成歸盛言二人禮制恭而言貌高潔非俗
儒等輩如求見士此不可失也余笑曰浙江在京南四千
里夫四千里而趍名利其志可知何足與語哉雖然豈不
如與貫兇遊乎明日約與共往見之金在行平仲副使族
弟也聞之亦樂與偕焉
初三日飯後三人同車出正陽門行二里許至乾淨衚衕有

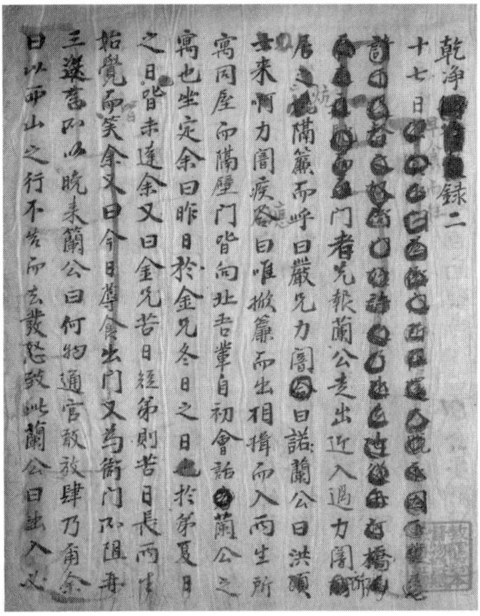
乾淨[redacted]錄二
十七日[redacted]
[redacted]門者先報蘭公走出迎入過力闇[redacted]
居[redacted]隔簾而呼曰嚴先力闇[redacted]曰諾蘭公曰洪頭
[redacted]來啊力闇疲[redacted]曰唯撤簾而出相揖而入兩生所
寓同屋而隔壁门皆向北吾輩自初會話[redacted]蘭公之
寓也坐定余曰昨日於金兄冬日之日[redacted]於第夏日
之日皆未逢余又曰金兄昔日經第則昔日長而生
始覺而笑余又曰今日導食出门又為衙门所阻毋
三遂言以此晩来蘭公曰何物通官敢放肆乃甬余
曰以西山之行不告而去𢜜怒致此蘭公曰出入必

상: **『간정필담』** 서울대 규장각 소장 한국은행 위탁도서
하: **『간정록』** 숭실대 한국기독교박물관 소장

록』의 발문인 「간정록 후어」(乾淨錄後語)를 말미에 덧붙인 점도 양자의 밀접한 관련성을 입증한다. 따라서 『간정동필담』은 『간정록』과 흡사하게 초기 텍스트의 모습을 다분히 간직하고 있는 이본이다. 반면 『간정필담』은 식자층에게 공개할 요량으로 『간정록』 단계의 원고를 다시 수정 보완하고 윤색한 개작본으로 추정된다. 단 『간정동필담』과 달리 서학 관련 표현은 고치지 않았다. 요컨대 『간정필담』과 『간정동필담』은 제목이 매우 유사하지만 내용은 상당히 다른 텍스트이다.

이와 같이 홍대용의 북경 여행기는 이본에 따라 결코 무시할 수 없는 중요한 차이를 드러내고 있으므로, 본격적인 연구에 앞서 텍스트에 대한 면밀한 검토가 반드시 선행되어야 한다. 필자는 이러한 사전 작업을 수행한 위에서 홍대용의 북경 여행기 3부작을 종합적으로 고찰하고자 한다. 통행본인 『담헌서』의 『연기』와 『간정동필담』을 주대상으로 삼되, 이본에 따른 텍스트의 유의미한 차이를 분석에 적극 활용하고 그 사실을 주석에 밝혀 둘 것이다. 이를 통해 종래의 연구에서 소홀시되어 온 텍스트 연구의 중요성과 위력이 드러나리라 본다.

이 책은 5부 21장으로 구성되어 있다. 1부에서는 홍대용의 북경 여행에 대한 배경 지식으로, 여행에 나서기까지 어떠한 선비로 성장했는지 그의 전반기 생애를 먼저 살펴보고자 한다. 명문 양반가의 자제로 태어나 고명한 성리학자 김원행(金元行)의 제자가 된 홍대용이 과거 공부나 성리학에만 몰두하지 않고 일찍부터 '고학'(古學) 즉 고대의 실용적인 유학을 지향한 사실을 주목하려 한다. 또한 홍대용에게 부친 홍역(洪櫟)은 스승 김원행 못지않게 큰 영향을 미친 인물이었으므로, 부친의 관직 활동과 밀착해서 천문관측 기구인 혼천의(渾天儀) 제작 등 젊은 시절 홍대용의 폭넓은 학문적 탐구를 살펴보려 한다.

2부에서는 우선 출발에 즈음하여 친지와 우인들이 보인 반응과 홍대용 자신의 각오를 살피고 북경을 향해 여행하면서 그의 의식에 일어난 변화를 추적하려 한다. 이어서 북경 체류 중에 홍대용이 자주 찾아간 천주당과 유리창(琉璃廠)을 중심으로, 그가 관상감 관원 이덕성(李德星)과 동행하여 서양의 선진적인 천문학을 탐문하고, 장악원 악사 장문주(張文周)와 함께 아악에 쓰이는 당금(唐琴)의 연주법을 배우러 다닌 사실을 논하려고 한다. 혼천의와 거문고, 천문학과 음악에 대한 홍대용의 남다른 관심과 조예가 북경 여행에서도 십분 발휘되었음을 보게 될 것이다.

3부와 4부에서는 홍대용과 항주 세 선비의 교유를 집중적으로 고찰하고자 한다. 중국 절강성의 향시(鄕試)에 급제한 세 선비의 과거 답안지를 통해 이들이 얼마나 우수한 선비였던가를 확인한 다음, 육비·엄성·반정균 각자의 생애와 학문적 성향을 간략히 논하려 한다. 아울러 이들에게 선배이자 스승으로서 영향을 미친 오영방(吳穎芳)을 비롯한 항주의 고사(高士)들에 대해서도 언급하고자 한다.

항주 세 선비에 대한 이와 같은 이해를 토대로 해서, 홍대용이 이들과 교유하며 사상적으로 소통할 수 있었던 지점들을 밝히려 한다. 병자호란 당시 척화파 김상헌(金尙憲)의 한시를 수록한『감구집』(感舊集), 청나라의 지배에 저항한 주자학자 여유량(呂留良), 조선이 계승한 명나라의 의관 제도 등에 대한 공통 관심에서 드러난 존명(尊明) 의식을 바탕으로, 홍대용과 항주 세 선비가 화이(華夷: 중국인과 외국인)의 차별을 초월하여 막역한 우정을 맺을 수 있었음을 논증하려 한다. 또한 홍대용이 이러한 한인(漢人) 지식인들뿐 아니라 청나라의 황족인 만주인과 교분을 맺은 특이한 사건도 함께 주목하려 한다.

5부에서는 북경 여행으로 인한 홍대용의 사상적 변화를 심층 분석하고자 한다. 이는 이 책에서 필자가 가장 고심하고 공력을 기울여 해명한 주제이기도 하다. 홍대용을 비롯한 인사들이 청나라의 눈부신 번영을 목도한 결과 북학사상이 대두하게 되었다는 주장이 통설화되기는 했지만, 청 문물에 대한 홍대용의 관찰을 남김없이 종합하고 깊이 있게 분석한 연구는 찾아보기 어렵다. 그러므로 여기에서는 홍대용이 현상을 다각도로 관찰하는 데 그치지 않고 청나라 선진 문물의 공통 특징을 꿰뚫어 보면서, 존명 의리와 배치되지 않는 청 문물 수용의 논리를 모색했던 사실을 규명하려 한다.

청 제국의 발전상을 목도한 것과 아울러, 항주 세 선비와 교유하면서 청나라 학계의 고증학풍을 처음 접하게 된 것은 홍대용의 사상적 변화를 초래한 또 하나의 중요한 요인이었다. 이는 『간정필담』 중의 학문적 대화 부분을 통해 확인할 수 있는 사실이지만, 이러한 부분은 중국 학술사와 경학(經學)에 대한 소양 없이는 이해하기 힘들고 지루하기만 한 고답적 논의로 여겨진 탓인지 종래의 연구에서는 거의 무시되어 왔다. 그러므로 여기에서는 홍대용이 건륭 시대 고증학의 한 중심지인 항주 출신의 세 선비와 주자(朱子)의 『시경』 (詩經) 해석을 두고 벌인 치열한 토론을 중심으로, 당시 이루어진 높은 수준의 학술 담론을 가급적 면밀하게 분석할 것이다. 마지막으로, 홍대용의 『간정필담』을 통해 소개된 청조 고증학이 당시 조선에서 어떤 반향을 일으켰는지도 살펴보고자 한다.

한국사에서 근대를 거시적으로 보면 250여 년 전 홍대용의 북경 여행은 까마득한 옛일로 치부될 수 없다. 청조 중국이 세계적인 강대국으로 굴기하는 한편 서양 열강이 해외 선교와 무역을 통해 동아시아 침략을 개시한 그 무렵, 조선에는 거대한 시대적 전환을 예감하고 그 대책으로 사회 개혁과 사상적 혁신을 고민한 지식인들이 있었다. 홍대용은 이러한 선각자의 한 사람이라 할 수 있다. 근대화의 대격변을 예고하는 미세한 균열이 시작된 바로 그 시기로부터 오랜 암중모색과 시행착오를 거쳐 오늘의 한국 사회가 형성되었다고 본다면, 홍대용의 북경 여행을 추체험하는 일은 현대 한국인으로서 우리의 삶이 어디에서 유래했는지를 성찰하기 위한 지적 여행이 될 수 있을 것이다. 이제 이 책이 그 안내서가 되고자 한다.

1부

—

여행에 나서기까지

1장   가문과 학업

남양 홍씨 명문가의 자제

홍대용은 1731년(영조 7년) 명문 양반가인 남양 홍씨 가문에서 태어 났다. 그의 고향은 충청도 청주목(淸州牧) 천안군의 수촌(壽村: 장명 역 마을[長命驛村]. 현재 천안시 동남구 수신면 장산리)이다. 남양 홍씨는 당홍 (唐洪)계와 토홍(土洪)계로 크게 나뉘는데, 홍대용의 집안은 토홍계 로서 홍담(洪曇, 시호 정효貞孝)을 시조로 하는 정효공파(貞孝公派)에 속 한다. 홍담은 영의정 홍언필(洪彦弼, 시호 문희文僖)의 조카로 선조 때 이조 판서·좌참찬 등을 지냈다.[1] (→555면)

남양 홍씨 정효공파 자손들은 홍담의 증손자인 홍진도(洪振道, 1584~1649)가 인조반정의 공신이 되면서부터 일약 부귀영화를 누 리기 시작했다. 홍진도는 선조조의 명신인 좌찬성 구사맹(具思孟)의 외손자여서, 역시 구사맹의 외손자인 인조(능양군綾陽君)와 이종사촌 형제가 된다. 종가인 홍진도의 집은 한양의 남산 아래 고지대인 암

免路人之歸也己亥仲冬上浣愈題

○厚
　火　思○
　　　　末
　　　　　○朔
　　　有
　　　司　慶　
　　　　　祚　彬　
　　　　　　　大　
　　　　　　　應　大
坡州牧使　　　　　應　
長城府使　　校閲　大
高靈縣監　　　　　燕
泰仁縣監
二十四世　二十五世　二十六世　二十七世　二十八世
恦　還祖　大顯　大容　鳩汀

『남양홍씨세보』(1779) '태인 현감 홍대용'의 이름이 말미에 보인다.

리문동(暗里門洞)에 있었다. 그 집의 누각에 오르면 도성 안이 내려다보였으므로, 반정 당시 집안의 모든 부녀자들이 거사의 성공을 알리는 궁궐 밖의 불빛이 보이지 않으면 목매어 자결하기로 약속하고 그곳에 집결했다고 한다. 반정이 성공한 뒤 홍진도는 정사공신(靖社功臣)으로서 남양군(南陽君)에 봉해졌으며, 벼슬이 판중추부사(종1품)에 이르렀다. 또 사후인 1741년(영조 17년) 영의정에 증직되고 '충목'(忠穆)이라는 시호를 하사받았다. 홍대용은 정사공신 남양군 홍진도의 6대손이다.[2]

　홍대용의 증조 홍숙(洪璛, 1654~1714)은 숙종 때 문과 급제 후 의주 부윤·병조 참판·강원 감사 등을 지냈으며, 남양군 홍진도의 적장(嫡長)이라 하여 남계군(南溪君)에 습봉되었다. 관직에 진출한 초기에 홍숙은 남인에 맞서 서인(西人)의 당론을 용감하게 주장하다가 파직되어 지방관으로 전전했다. 그는 김화(金化) 현령과 의주 부윤 시절에 무비에 각별히 힘썼으며, 문반임에도 장수의 재능을 갖추었다고 해서 경기수군절도사에 임명되기도 했다.[3]

조부 홍용조(洪龍祚, 1686~1741)는 홍숙의 넷째 아들로, 숙종 말에 문과에 급제한 뒤 영조 때 충청 감사와 안변 부사·회양 부사·호조 참의·대사간 등을 지냈다. 신임사화와 이인좌(李麟佐)의 난이 일어난 정치적 격변기에 그는 소론(少論)에 대항하는 노론계(老論系) 관료로 활동하다 적잖은 파란을 겪었으며, 영조의 탕평책에 반대하고 신임의리(辛壬義理)를 관철하고자 노력했다. 홍대용은 열한 살 때인 신유년(1741) 여름에 평안도 삼화의 부사로 부임하는 조부의 행차를 따라 평양에 갔다가 명승지인 연광정에서 하룻밤 묵었던 추억을 잊지 못했다. 조부가 부임한 지 두어 달 만에 갑자기 병사했기에 더욱 그러했을 것이다.[4]

홍대용의 부친 홍역(洪櫟, 1708~1767)은 진사 급제에 그쳤으며, 음직으로 중앙의 하위 관직을 거쳐 문경 현감·영천 군수·해주 목사·나주 목사 등 주로 지방 수령을 지냈다. 대제학을 지낸 저명한 문장가 황경원(黃景源, 1709~1787)은 홍역과 젊은 시절에 함께 과거 공부했던 절친한 사이로, 홍역의 시적 재능을 높이 평가했으며 그가 큰 뜻을 펴지 못하고 지방 수령에 그친 점을 애석해했다.[5] 홍대용은 20대 시절 거의 내내 부친 홍역의 임지를 따라다니면서, 선정(善政)을 펴기에 힘썼던 부친을 곁에서 거들었다.

숙부 홍억(洪檍, 1722~1809)은 부친 홍역보다 훨씬 더 입신출세한 인물이다. 그는 영조 때 알성시 문과에 장원급제한 뒤, 홍문관과 세자시강원의 여러 벼슬을 거쳐 순천 부사·의주 부윤·형조 참의 등

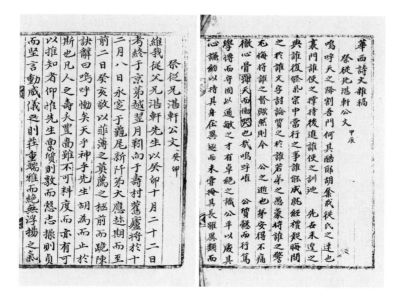

좌: 홍대응의 문집 『경재존고』 권5 사촌형 홍대용에 대한 제문
우: 홍대형의 문집 『화서시문잡고』 사촌형 홍대용에 대한 제문

을 역임했다. 정조(正祖) 즉위 후 권세를 부리던 홍국영(洪國榮, 1748~
1781)의 미움을 사서 한때 고초를 겪었으나, 정조의 총애를 받아 충
청 감사·경상 감사 및 형조·예조·병조·공조 등의 판서, 한성 판
윤·광주 유수 등을 역임하면서 노론 시파(時派)의 중진으로 활동했
다. 순조 초에 벼슬이 판중추부사에 이르렀고 사후에 '정간'(貞簡)이
라는 시호까지 받았다.[6]

　　홍억은 조카인 홍대용보다 아홉 살 연상에 불과했지만, 1765년
(영조 41년) 동지사의 서장관으로 북경에 갈 때 자신의 군관(軍官)으
로 홍대용을 데리고 감으로써 그의 간절한 소망을 이루어 주었다.

之異狀前既似心知病已難醫而廿五夕忽地頓服
仍請服此而止則又似心知危期在即囊中兩章之
天汝危後始義之者又何悲京不祥之甚也豈汝之
心靈默有所覺於不言之中而然邪吾之積傷喪威
病纏骨髓自分為朝暮人矣奚况今危疾未燕氣力
漂漂而又罹此酷毒則幾何而不壙占先兆祖載有
泉下逢迎之樂果如人世否也壙去耶祖載有期
嗚呼甲闕汝其毋恐毋以永離父母之側為惆
恨而安就嗟也嗚呼哀哉尚饗

祭族叔仲謙致益墓文

我從公游粤自童卯齒差以月族則祖免公誦葦經
舞勺之年我時沖歇望公若仙到老相依兩盡翰濡
挑聲刮罄惟公是藉則家之姿敏遠之識性命源委
體文沿革濟之析之何深何細臨事燭數億及世態
可使從政合備顧問六十布衣豈吾謹拙慶達如窮
嗟哉斯世藏賢誰罪兆誑其門內宣吾首青燈山楓半奈
將公於世等瑟不同潭樓聯枕白首神己脫
公我阻都下訣不以窮及公八士奔哭而中同庚元先生
詩硯已氷始謂偶然於
公我執勝公兀不危有子傳捷偶如我以生羡兒
逞阻都下訣不以窮及公八士奔哭而中同庚死先生

김종수의 문집 『몽오집』 족숙 김치익에 대한 제문

홍대용은 숙부 홍억의 아들들인 사촌동생 홍대응(洪大應, 초명 홍대섭
洪大變, 자 보광葆光, 1744~1808)·홍대협(洪大協)·홍대형(洪大衡)과 친형
제처럼 지냈으며, 이들의 학업을 지도하기도 했다.[7]

홍대용의 모친은 본관이 청풍(淸風)으로 배천(白川) 군수를 지낸
김방(金枋)의 딸(1708~1786)이다. 홍대용은 외삼촌 김갑로(金甲魯)의
아들인 김치익(金致益, 자 중겸仲謙, 1728~1781)과 절친하게 지냈다. 남
원 부사 김명로(金鳴魯)의 양자가 된 김치익은 산림 학자 김종후(金鍾
厚, 호 직재直齋·본암本庵, 1721~1780)의 족숙(族叔)으로, 김종후·김종수
(金鍾秀) 형제와도 절친한 사이였다. 홍대용은 그의 내종형(內從兄: 외

사촌형)인 김치익의 중개로 김종후와 친교를 맺게 된다.[8]

부친 홍역은 본부인 외에 소실을 두었다. 홍대용에게는 서모가 낳은 이복동생으로 홍대정(洪大定, 개명 홍대유洪大有, 1733~1789)·홍대안(洪大安, 1753~1840)과 두 여동생이 있었다.

열일곱 살 되던 해인 1747년에 홍대용은 본관이 한산(韓山)인 선비 이홍중(李弘重)의 딸과 혼인했다. 처조부인 이병정(李秉鼎)은 농암(農巖) 김창협(金昌協, 1651~1708)의 문인으로, 청주 목사를 지냈다. 홍대용은 부인 한산 이씨(1730~1809)와의 사이에 세 딸과 외아들 홍원(洪薳, 1765~1818)을 두었다.[9]

앞서 살폈듯이 홍대용 집안의 직계 선조들은 대개 서인-노론 당파에 속한 실무 관료로 활동했으며, 문인 학자로 저명한 인물은 드문 편이다. 홍대용이 천문 역산에 남다른 관심을 갖게 된 데에는 대대로 관상감(觀象監)의 벼슬을 한 사람이 많았던 남양 홍씨 집안의 분위기가 큰 영향을 끼쳤을 것이라는 주장이 있다.[10] 하지만 증거로 든 사례를 보면, 홍언필과 그의 적자 홍섬(洪暹) 및 서자 홍원(洪遠)·홍조(洪造), 홍섬의 서자 홍기년(洪耆年)·홍기수(洪耆壽)·홍기형(洪耆亨) 등 홍대용의 방계 10대조이자 문희공파(文僖公派) 시조인 홍언필의 일가족 몇 명에 불과해 설득력이 부족하다.

홍대용에게 영향을 끼친 가풍을 논하자면, 그가 음악과 거문고에 대해 깊은 관심을 가졌던 사실에 더 주목해야 할 것이다. 홍대용은 열예닐곱 살 무렵부터 거문고를 배워 연주를 잘했다. 거문고를 무척 사랑해서 출행할 적마다 가지고 다니다가 경치 좋은 곳을 만나면 연주하기를 즐겼으며, 가무하는 기녀들과 어울려 질탕하게 연주하기도 해서 근신하지 않는다고 질책을 받거나 광대로 오인되기도 했다고 한다.[11] 하지만 그는 동지 사행을 따라 북경에 갔을 적에도 가지고 가서 틈틈이 연주했을 정도로 거문고를 좋아했다.

1756년 홍대용은 종가(백종조伯從祖 홍인조洪麟祚의 집안)에 소장된 거문고 명기(名器)의 내력을 기록한 「봉래금 사적」(蓬萊琴事蹟)이란 글을 지었다. 이 거문고는 원래 고조모 밀양 박씨(고조 홍성원洪聖元의 부인)의 조부인 첨지중추부사 박종현(朴宗賢)의 소유물이었다. 박종현은 그의 외조부인 허엽(許曄, 허균許筠의 부친)에게 연주 비법을 전수받아 거문고 연주에 정통했으며 거문고 명기를 많이 비축했다. 그중 홍대용의 종가에 소장된 명기는 봉래(蓬萊) 양사언(楊士彦)의 친필 한문 가사가 새겨져 있어 세간에 '봉래금'(蓬萊琴)으로 알려진 것이었다. 고조모 박씨는 연주할 줄 아는 후손에게 이 거문고를 전할 요량으로 집안에 소중히 간직해 두었다고 한다. 초년에 거문고를 조금 배우기도 했다는 중종조(仲從祖) 홍봉조(洪鳳祚)로부터 이상과 같은 봉래금의 내력을 유심히 듣고 기록한 사실에서, 거문고와 음악에 대한 홍대용의 관심과 조예가 그의 집안 가풍과 무관하지 않음을 짐작할 수 있다.[12]

성리학자 김원행의 애제자

홍대용은 열두 살 때부터 경기도 양주의 한강변(남양주시 수석동)에 자리한 석실서원(石室書院)에 나아가 저명한 성리학자 김원행(金元行, 호 미호渼湖, 1702~1772)에게 수학하고 그의 애제자가 되었다. 병자호란 때의 충신 김상용(金尙容)과 김상헌(金尙憲) 형제를 추모하여 세운 석실서원은 양주의 도봉산 기슭에 자리한 도봉서원(道峰書院)과 더불어 근기(近畿) 지역의 대표적인 노론계 서원이다. 농암 김창협과 삼연(三淵) 김창흡(金昌翕, 1653~1722)의 뒤를 이어 김창협의 손자인 김원행이 그곳에서 강학하면서 노론의 학문적 중심지의 하나가 되었다.

홍대용의 조부 홍용조의 둘째 형인 지중추부사 홍봉조는 김창협의 문인이고, 셋째 형인 진사 홍귀조(洪龜祚)는 김원행의 장인이다. 홍귀조의 아들이자 홍역의 절친한 사촌 형제로 병조 참관을 지낸 홍자(洪梓, 1707~1781)는 바로 김원행의 처남이 된다. 따라서 김원행은 홍대용의 종고모부가 되는 인척 어른이기도 했다. 홍대용은 김원행이 별세할 때까지 30년 동안이나 스승으로 섬기면서 그의 문하에서 수업했다.[13]

홍대용은 스승의 아들인 김이안(金履安, 1722~1791)과도 친했다. 열다섯 살 무렵에 그는 김이안이 『서경』(書經) 「순전」(舜典)과 이에 대한 주석가들의 설에 의거해서 만든 선기옥형(璿璣玉衡: 혼천의)을 두고 토론을 벌였다고 한다.[14] 홍대용이 천문학에 대해 일찍부터 관심과 지식을 지녔음을 알 수 있다.

열 몇 살 무렵부터 홍대용은 '고학'(古學)에 뜻을 두어, 경전의 글귀 해석에만 골몰하는 오활한 선비가 되지 않기로 맹서했으며, 아울러 '군국경제'(軍國經濟) 즉 군대를 통솔하고 나라를 다스리는 경세제민(經世濟民)의 사업을 흠모했다고 한다.[15] 원래 '고학'은 '금학'(今學)과 대립하는 '고대의 훌륭한 학문'을 가리키는 일반명사로, 학파나 시대에 따라 다양한 의미로 쓰였다. 홍대용의 절친한 벗인 이송(李淞)이 지은 묘표(墓表)에 의거하면, 홍대용이 지향한 '고학'은

'고대 육예의 학문'(古六藝之學) 즉 『주례』(周禮)에서 밝힌바 예(禮)·악(樂)·사(射: 궁술)·어(御: 마차 조종술)·서(書: 문자학)·수(數: 수학)를 두루 가르쳤다는 중국 주나라 시대의 학문을 뜻한다. 10대 시절에 이미 홍대용은 이러한 '고학'의 정신을 계승하여, 경전 해석에 그치지 않고 수학과 박물학·음악학·천문학 등을 포괄하는 실용적인 학문을 지향했다는 것이다.[16]

후일 홍대용은 「소학문의」(小學問疑)에서도 "고대의 교육은 어릴 때에 이미 육예로써 가르쳤기 때문에, 성년이 되어서는 비록 도(道)를 이해하는 수준까지 높이 이르진 못해도 최소한 실무에 알맞게 능력을 발휘할 수 있었다"고 하면서, "따라서 육예의 가르침은 원래 물 뿌리고 청소하는 등의 예절과 함께 실행되어야 마땅하며 혹시라도 폐해서는 안 된다"고 주장했다.[17] 또 그는 『주해수용』(籌解需用)의 서문에서도, 공자가 창고지기가 되었을 때 회계를 잘 맞추려고 했다는 『맹자』(孟子)의 구절과, 공자의 제자 중에 육예에 통달했다고 칭송받은 이가 많았다는 『사기』(史記)의 구절을 인용한 뒤, "옛사람들은 이와 같이 실용에 힘썼으니, 공자의 교육 방침을 알 수 있다"고 하여, 육예의 하나로서 수학의 중요성을 역설했다.[18]

1749년 당시 한양에서 한창 과거 준비 중이던 홍대용에게 내종형 김치익은 과거 공부에 몰두하지 말고, '고인의 학문'(古人之學)이자 '정학'(正學)이요 '우리 학문'(吾學)인 성리학에 힘쓰라고 당부하는 서신을 보냈다. 이 서신에서 김치익은 "오늘날 과거 공부의 폐단이 하늘까지 닿아, 이익을 탐내는 길을 활짝 열어 놓고 온 나라 사람들을 몰아 그 길을 따르게 하니, 부형이 자제들에게 가르치거나 벗들이 서로 권장하는 것이 오직 과거 공부에 힘쓰라는 것뿐으로, 고인

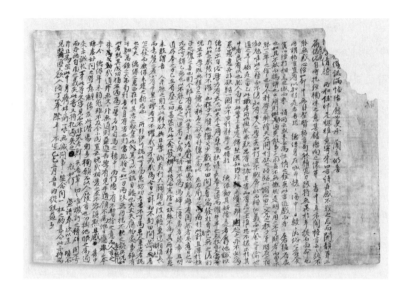

김치익의 서신 홍대용에게 보낸 내종형 김치익의 서신(1749년 3월 5일)

의 학문이 있는 줄을 다시는 알지 못한다"고 개탄했다. 그리고 성리
학적 문학관에 의거하여, "도를 벗어난 문이 없고, 문을 벗어난 도가
없으니(道外無文, 文外無道), 우리 학문을 더욱 발전시켜 도가 드러나
게 된다면 도리어 후일 과거에 응시할 근본 바탕이 되지 않겠는가.
지금 덕보(德保, 홍대용의 자)는 나이가 아직 약관이 되지 않았으니, 비
록 지금까지 소과에 급제하지 못했어도 어찌 늦었다고 하겠는가"라
고 충고했다.[19] 김치익이 홍대용에게 권장한 '고인의 학문'은 홍대
용이 지향한 '고학'과 차이가 있음을 알 수 있다.

10대 말에 홍대용은 도봉서원에서 김종후와 처음 만났다. 김종
후는 홍대용보다 열 살 연상으로, 본관이 청풍이어서 홍대용의 먼

인척이 된다. 영의정 김재로(金在魯)가 김종후의 종조부이고, 김재로의 아들로 역시 영의정을 지낸 김치인(金致仁)이 그의 종숙부이다. 김종후는 1749년 포음(圃陰) 김창즙(金昌緝)의 문인인 민우수(閔遇洙)의 문하에 들어가 고명한 산림 학자로 성장했다. 또 그는 비록 김원행의 제자는 아니지만, 석실서원을 왕래하면서 매사에 의견을 구하고 일심으로 숭앙하여 제자나 다름없었다고 한다.[20] 그의 동생 김종수는 정조 때 노론 벽파의 중심인물로 활동하면서 좌의정까지 지냈다.

1750년 부친 홍역이 문경 현감으로 부임하자 임지에 따라가 있던 당시 홍대용은 남인을 배척하고 탕평책을 비판하는 강한 당파심을 지닌 청년이었다. 그 무렵 몇몇 영남 선비에게 보낸 서신에서 홍대용은, 지금의 남인은 우암(尤庵) 송시열(宋時烈, 1607~1689)을 존숭하지 않는 '사악한 자들'이자 신임사화 때 희생된 노론의 네 대신을 '사흉'(四凶)이라고 부르는 '역적들'이라고 하면서, 정희량(鄭希亮)과 이인좌가 주도한 무신란에도 가담하거나 동조하지 않은 자들이 드물었다고 비난했다. 그러므로 원수로 여겨 배척해도 분이 풀리지 않는데 어찌 그들과 교유할 수 있겠느냐고 했다.[21] 또한 오늘날보다 당쟁의 화가 심한 시대가 없지만, 사악함과 올바름, 충신과 역적의 구별을 흐리게 만든 탕평책의 화(禍)는 그보다 백배나 더해 반드시 망국을 초래할 것이라고 우려했다.[22]

그러나 한편으로 문경에서 홍대용은 송시열과 대립한 소론 영수 윤증의 문집을 접한 뒤로 노론의 당론에 대해 의심을 품게 되었다. 윤증에게도 용서할 만한 점이 있고 신임사화에는 노론도 죄가 없지 않다고 생각하게 된 것이다. 1751년 여름에 석실서원으로 스승을 찾아뵈었을 때 그는 자신이 품은 의심을 토로하고 가르침을 청했다. 송시열이 윤증의 부친 윤선거의 묘갈명에서 고인의 처신을 은근히 비난하고 정적인 윤휴를 모욕하는 언사를 서슴지 않은 점과, 신임사화 때 노론이 궁녀와 내통하고 뇌물을 뿌린 사실을 들어 비판했다. 이에 김원행이 격노하자, 홍대용은 "큰 의심이 없는 자는 큰 깨달음이 없으니, 의심을 속에 쌓아 두고 얼버무리기보다는 자세히 묻고 시비를 따지는 편이 낫고, 앞에서 순종하는 체하며 구차스레 비위를 맞추기보다는 남김없이 다 말한 뒤에 의견이 합치하는 편이 낫지 않겠사옵니까"라고 아뢰었다.²³

이와 같이 청년 선비 홍대용은 스승에게조차 직언하기를 두려워하지 않는 당찬 기개를 지니고 있었다. 김원행이 아무 친분도 없는 어느 고관의 청탁을 받아들여 그 자제의 관례(冠禮)를 집행하는 주빈을 맡았다는 소문을 듣자, 그는 즉시 서신을 올려 고고한 산림학자의 처신으로는 문제가 있다고 쓴소리를 했다. 그리고 "선생의 언행이 공자·맹자·정자·주자의 도와 조금이라도 합치하지 않는다면 이는 제자로 하여금 공자·맹자·정자·주자의 도를 끝내 듣지 못하게 만드는 것입니다. 그러니 스승님의 언행에 대해 자세히 보고 상세히 살펴 의심이 있으면 반드시 질문하지 않을 수 있겠습니까?"라고 말했다.²⁴

1751년 어느 가을 밤에 홍대용은 김이안과 윤시동(尹蓍東)·홍낙순(洪樂舜, 자 백능伯能, 1732~1795)·서직수(徐直修) 등 동문들과 함께 석실서원 부근의 한강 굽이인 미음(渼陰)에서 뱃놀이를 하며 한시를 지었다.²⁵ 또 홍대용은 동문이자 스승의 사위인 홍낙순의 요청으로, 그에게 "출세하여 도(道)를 실행하면 온 세상에 혜택이 더해지고, 은둔하여 숨으면 천년토록 도가 밝혀지는" "참된 선비"가 되라고 당부

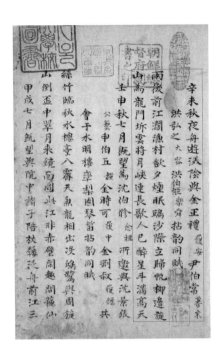

홍대용의 동문 서직수의 한시 그의 『십우
헌집초』에 수록되어 있다.

하는 글을 지어 주기도 했다.[26]

　1753년 겨울에 홍대용은 석실서원에서 영남 선비 주필남(周必南,
자 도이道以[道而], 호 사헌思軒, 1725~1754)과 처음 만나 교분을 맺고 수
십 일 동안 함께 공부하며 지냈다. 김원행의 문인이자 주필남의 동
향 후배인 강정환(姜鼎煥, 호 전암典庵, 1741~1816)이 지은 행장에 의하
면, 주필남은 본관이 상산(商山: 경북 상주)으로 주세붕(周世鵬)의 8세
손이며, 조상 대대로 살아온 경상도 칠원(漆原: 경남 함안)에서 생장했
다. 일찍부터 과거 공부를 폐하고 경전을 탐구하던 그는 1750년대
초에 상경하여 민우수와 김원행의 양 문하에서 다년간 수업했다.
상경한 초기에 도봉서원에서 강학할 적에 경전에 대한 강설을 아주 잘해서, 당시 교유한 선비들 중 김종후 같은 이도 그를 극구 칭찬했다고 한다. 주필남은 1753년 석실서원에 다시 와서 독서하던 중, 이듬해 4월에 불행히도 병사하고 말았다.[27]

홍대용은 주필남과 작별할 때 지어 준 글에서, 김우옹(金宇顒)과 정인홍(鄭仁弘)이 앞서 옥사를 일으키고 정희량과 이인좌가 뒤이어 반란을 일으킨 이래로 영남의 72개 고을이 모두 '오랑캐와 짐승의 땅'이 되어 버린 지 100년이 넘었다고 하여, 여전히 영남 남인에 대한 당파적 배타심을 드러냈다. 그런데 주필남은 고향 사람들의 비웃음을 무릅쓰고 천릿길을 상경하여 여러 해 한양에서 나그네 생활을 하면서, 학자들을 찾아가 배우고 이제 석실서원에도 와서 열심히 공부하고 있다고 칭송했다.[28] 그 뒤 얼마 안 되어 주필남이 병사하자, 김원행은 고향으로 운구(運柩)할 수 있도록 힘껏 주선하면서 손수 제문을 지어 주었고, 홍대용도 그의 죽음을 애석해하는 애사(哀辭)를 공들여 지었다.[29]

1754년 여름 석실서원에 모여 강학할 때 홍대용은 『소학』(小學)의 「명륜」(明倫) 장을 외우고 나서 스승에게 질의했다.[30] 또 그 무렵 수시로 서신을 올려 『소학』과 『가례』(家禮) 및 사서삼경 등에 대해 의심나는 내용을 질문했던 듯하다. 당시 홍대용의 질문에 답한 서신들이 김원행의 문집에 수록되어 있다. 그중 한 서신에서 김원행은 "근래에도 여전히 과거 공부를 하고 있느냐"고 은근히 나무라면서, 홍대용이 과거 시험을 본 뒤 즉시 책을 휴대하고 와서 여러 달 함께 강학할 계획이라는 말을 듣고 기뻐하며 기다린다고 했다.[31]

이와 같이 홍대용은 석실서원을 찾아가 부지런히 강학하는 한편으로, 명문 양반가의 자제로서 과거 공부에도 힘쓰지 않을 수 없었다. 앞서 언급한 내종형 김치익의 서신을 보면, 당시 열아홉 살이던 홍대용은 이미 소과에 응시했으나 급제하지 못했음을 알 수 있다. 또 김원행의 서신을 보면, 20대 시절에도 홍대용은 과거 공부를 폐하지 않았다. 1766년 북경에서 사귄 항주 선비 엄성이 부모의 명령과 친우의 권유를 거절하기 힘들어 부득불 과거에 응시하노라고 고충을 토로하자, 홍대용은 자신도 이 때문에 아직도 과거 시험장에 발길을 끊지 못한다고 답했다. 그는 귀국한 뒤 엄성에게 보낸 서신에서도, 자신은 목숨을 걸고 과거 급제를 추구하는 자는 결코 아니지만, 시험장에 들어가 답안지를 제출할 때나 소식을 알려 주는 이가 급제자 명단을 전할 때마다 요행을 바라는 마음을 억누를 수가 없었노라고 반성하였다.[32] 중년이 되어서도 홍대용은 과거 급제에 대한 미련을 버리지 못했던 것이다. 그가 소과도 급제하지 못한 채 과거를 완전히 포기하고 '고학'에만 전념하기로 결심한 것은 부친의 삼년상을 마치고 나이 마흔을 넘긴 1770년 무렵이라고 한다.[33]

2장   부친 홍역의
         임지에서

부친의 지방관 활동

스무 살 되던 해인 1750년(영조 26년) 1월 부친 홍역이 경상도 문경의 현감(종6품)으로 임명되어 1753년 4월까지 재임하자,[1](→560면) 홍대용도 따라가 한동안 그곳에서 지냈다. 군정(軍政: 군사 업무)을 잘 처리하는 것(軍政修)은 지방 수령이 힘써야 할 7대 임무인 이른바 수령칠사(守令七事)의 하나였다. 문경은 국방의 요충지임에도 불구하고 무사들이 활쏘기를 게을리 함을 보고 개탄한 신임 현감 홍역은 각 마을마다 훈장(訓長)을 두고 상벌로써 훈련을 권장했으며, 공무를 마친 여가에 무사들을 모아 무예를 시험할 적에는 반드시 몸소 깍지와 팔찌를 끼고 활을 쏘아 솔선수범했다. 그 결과 몇 년도 되지 않아 궁사들의 실력이 빼어나다는 소문이 이웃 고을까지 알려졌다. 이후 홍역은 누차 지방 수령을 맡을 적마다 이렇게 하는 것으로 준칙을 삼았다고 한다.[2]

1754년 홍역은 호조 정랑(정5품)으로 중앙 관직에 복귀했다가,[3] 이듬해 3월 경상도 영천(榮川)의 군수(종4품)로 임명되어 그해 연말까지 재임했다.[4] 영천은 그의 전임지인 문경과 고을 하나 사이에 있는 가까운 지역으로, 지금의 경북 영주이다. 이에 홍대용도 부친을 따라가 영천에서 몇 개월 지냈던 듯하다.

홍역이 영천 군수로 부임한 1755년은 소론의 일부 불만 세력이 전라도 나주에서 일으킨 이른바 '나주 괘서(掛書) 사건'으로 인해 대대적인 옥사(을해옥사)가 벌어진 해였다. 이 사건에 연루되어 처형된 이명조(李明祚)의 서자 이재경(李在敬)이 망명도주하여 영천 읍내의 기생집에 숨었다가 체포·압송되어 역시 처형되었다. 이명조는 신임사화를 주도한 김일경(金一鏡)의 일당으로 탄핵되었던 승지 이보욱(李普昱)의 양자였다. 그 해 8월 홍역은 이재경을 체포한 공로를 인정받아, 그 포상으로 준직(準職: 당하관으로서는 가장 높은 정3품 벼슬)을 제수받게 되었다.[5]

같은 해 9월 홍대용은 영천군과 인접한 예안현의 도산서원(陶山書院)을 찾아가 숙박하고 퇴계(退溪) 이황(李滉, 1502~1571)의 신위를 배알한 뒤 방명록에 이름을 남겼다.[6] 당시 도산서원에서 홍대용은 퇴계가 제자 이덕홍(李德弘)에게 명하여 제작하게 했다는 선기옥형과 혼상(渾象: 천구의天球儀)을 주의 깊게 살펴보았을 개연성이 높다.[7]

또한 홍대용은 영천의 이름난 선비 송정환(宋鼎鋐, 호 동거東渠, 1711~1779)을 종종 찾아가 가르침을 청했던 듯하다.[8] 성균관 유생 시절에 김종직(金宗直, 1431~1492)의 제자 김굉필(金宏弼, 1454~1504)과 도의지교(道義之交: 도덕과 의리에 따른 사귐)를 맺은 선조 송석충(宋碩忠)이 연산군 때 무오사화를 피해 영천으로 퇴거한 뒤부터 송정환의

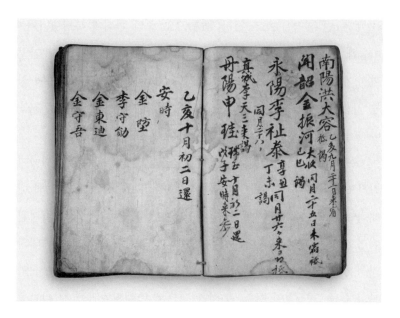

도산서원 방명록 홍대용의 친필 서명이 보인다(1755년 9월 21일).

집안은 그곳에 세거했다고 한다. 송정환은 눌은(訥隱) 이광정(李光庭, 1674~1756)의 문인으로, 평생『소학』의 가르침을 철저히 실천했으므로 향리에서 '소학지사'(小學之士)로 일컬어졌다.[9] 그는『소학』의 실천을 중시했던 김종직 학파의 유풍(遺風)을 계승한 성리학자라고 할 수 있다.

준직에 따라 황해도의 해주 목사(정3품)로 승진·임용된 부친 홍역을 모시고 조만간 영천을 떠나게 된 홍대용에게 송정환은 장문의 작별 서신을 보냈다. 여기에서 그는 사또의 자제인 홍대용이 겨우 약관의 나이임에도 식견이 매우 뛰어남을 칭찬하면서도, "궁리거

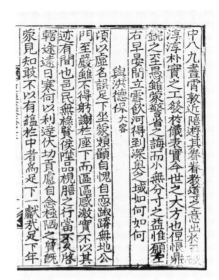

홍대용에게 준 송정환의 서신 그의 『동거집』에 수록되어 있다(1755년).

경"(窮理居敬: 사물의 이치를 궁구하고 경건한 마음을 유지함)하는 성리학 공부에 전념하지 않고 "주라박채"(周羅博采: 지식을 널리 채취해서 두루 나열함)하는 병폐를 고치라고 충고하였다.[10] 영남의 고명한 성리학자가 보기에는 10대 시절부터 '고학'에 뜻을 두어 광범한 분야에서 실용적인 지식을 추구하고자 한 홍대용의 학문적 지향이 자못 염려스러웠던 모양이다.

1755년 11월 해주 목사로 임명된 홍역은 그해 12월 말(양력 1756년 1월) 현지에 부임했다. 당시 홍대용도 부친을 수행하여 해주로 갔던 듯하다.[11] 그 무렵 홍대용이 사주쟁이를 만났더니, 10년 뒤 병술년(1766)에 운수가 대통해 과거 급제하고 높은 벼슬을 얻을 것이라고 했다. 홍대용이 자신은 과거에 응시해 출세할 뜻이 없노라고 말하자, 사주쟁이는 하늘이 정한 운수를 거부하면 뜻밖의 재앙을 만나거나 아니면 크게 즐거운 일이 생길 것이라고 했다고 한다.[12] 장차 북경에 가서 항주 출신의 뛰어난 선비들과 우정을 맺게 될 행운을 예언한 셈이다.

1756년 3월 홍역은 상경하여 국왕을 알현했다. 참판 홍봉조의 조카로 소개된 해주 목사 홍역은, 황해도에서 해주가 우심읍(尤甚邑: 재해가 심한 고을)에 속하기는 하나 전임지인 영남에 비하면 극심한 흉년은 아니라고 하면서, 굶주린 백성들에게 조석으로 죽을 제공하고 있다고 아뢰었다.[13] 또한 그해 9월 홍역은 황해 감사를 통해, 80여 년이 지나도록 양전(量田: 농지 측량)을 하지 않아 민폐가 자심한 해주목의 농지를 개량(改量: 재측량)하도록 건의해서 조정의 승인을 받았다.[14]

당시 해주는 사족(土族)들이 편을 갈라 작당하여 분쟁이 극심했으나, 홍역은 양쪽을 공평하게 대하고 설득하는 방식으로 그들의 작폐를 진정시켰다고 한다. 또 해주는 황해도의 극읍(劇邑: 업무가 많은 고을)으로 다스리기 힘들다는 소문이 났으나, 홍역은 정사를 간편하고 신뢰할 수 있게 처리함으로써 고질적인 폐단을 모조리 적발하고 장부와 문서 처리를 지체하지 않았으며, 인정(仁政)과 위벌(威罰)을 병행하여 아전과 백성이 모두 평안했다고 한다.[15] 그러나 1757년 11월(양력 1758년 1월) 내의원(內醫院)의 약재(藥材) 상납 독촉에 시달리던 해주 경주인(京主人)이 관인(官印)을 위조했다가 발각된 사건에 연루되어, 홍역은 내의원의 공문을 즉시 받들어 행하지 않고 태만했다는 죄목으로 파직되고 말았다.[16]

1758년 9월 홍역은 전라도 나주 목사로 임명되었다.[17] 나주는 지역이 넓고 물산이 풍부한 이른바 웅부(雄府: 웅대한 고을)였다. 하지

伯父懶窩公遺事

公資稟秀而雅形貌清而癯精敏之識恬靜之
性得於天賦目視也瞭如神聽也灝洋之淬
錬若精金羙玉平居僩仰不見隤惰而標致自
絕待人不設畦畛處已不踽絅墨清言閒笑而
絕無鄙俗之氣虛襟坦然而實有端雅之儀雖
嬰兒之在懷匪徂溫凊扶將之曲盡其方凡飲
於中歲失怙偏侍慈闈未嘗有疾言遽色以加之
於奴隸之賤未嘗有怡怡然若

道臣訴被警責嫌不敢答
安居無何以微事坐罷吏民相率訴道臣時
羅州地廣物殷風俗狡黠自經乙亥遙撤百僚
如蝟遝縠之通員為眾萬石公之初徙也先因
奸蠹史胥純之以法宂亡窮餓之無所徵者証
捐俸恭以留諸官財分掌料道而兩歲之閒倉庫
克溫無閼先是人皆謂遺官所保前官當依典
論報秩無後惠公以為前官所把雖重而眾異
盡輸秋索則何可委其罪而為自好之訐乎遂

壬午有一臺臣疏論戮三大臣語極危怖竊于
羅之絕島臺臣貴甚其子徒步随之沿路守宰
以其重觸時相恐其移怒無一人周之者公典

以報聞而竭力營辦雖甚勞悴而不恤也
依呂氏鄉約叅之以鄉社洞規每閒各置其長
使之互相統攝規正風俗民甚便之詞訟頼以
稍簡閒有橫濫拘求者結以成黨流言京外
訕謗四集公痛惡習之難化歎古法之不舉行
之數年而罷

홍대응의 「백부 나와공 유사」 나주 목사 시절 등 홍역의 행적을 기록한 것이다. 『경재존고』 권5

만 '괘서 사건'으로 인해 을해옥사를 겪은 뒤로 민심이 흉흉했을뿐
더러 포흠한 환곡이 누만 석에 달했다. 부임 초기에 홍역은 농간 부
린 아전들을 옥에 가두고 법으로 다스린 뒤, 당사자가 사망하거나
극빈하여 환곡을 추징할 수 없는 경우에는 모두 자신의 봉급을 덜
어 갚았다. 그리고 급료로 쓰이는 모곡(耗穀: 환곡의 이자)은 절용하여
비축한 관청의 재물로 분담함으로써, 2년 사이에 환곡 창고를 가득
채울 수 있었다. 환곡 포흠은 전임자와 관계된 일이니 전라 감사에
게 보고하여 후환이 없게 하라는 사람들의 충고에도 불구하고, 이
는 개인적으로 착복한 경우와는 다르니 전임자에게 죄를 떠넘기고
제 몸만 아낄 수는 없다고 하면서 있는 힘을 다해 부족한 환곡을 채
워 넣었다고 한다.[18]

　　해주와 마찬가지로 나주도 업무가 극히 번다하고 다스리기 힘
든 고을에 속했다. 하지만 홍역은 아침부터 밤늦도록 수많은 송사
(訟事)를 공평무사하게 처리하여 칭송을 받았고, 1762년의 대기근
때에는 봉급을 덜어 백성들을 구호한 곡식이 수천 석에 이르렀다고
한다.[19]

　　한편 홍역은 『여씨향약』(呂氏鄕約)에 의거하고 향촌의 규약을 참
조해서, 마을마다 우두머리를 두어 백성들을 통솔하면서 풍속을 바
로잡게 했다. 이는 을해옥사 이후의 불안한 민심을 안정시키기 위
한 조치로 짐작된다. 백성들은 이를 몹시 편하게 여겼으며, 덕분에
송사가 점차 줄어들었다고 한다.[20]

　　당시 홍대용은 부친을 대신하여 향약의 서문을 지었다. 이 글에
서 그는, 나주가 전국에서 웅부에 속하는데도 민심이 어지럽고 송
사가 번다하므로 이를 바로잡기 위해 고을 장로들과 상의하여 향약

홍역에게 내린 교지 증손자 홍양후의 승진에 따라 증직되었다(1879년 1월).

의 법을 시행하기로 한다고 밝혔다. 그런데 향약을 삼대(三代: 이상적
인 고대 중국)의 유법(遺法)으로 규정하고, 후일 왕도(王道) 정치가 행
해지면 나주의 향약이 모범이 될 수 있을지도 모른다고 말한 점과,
흉년으로 백성들이 유랑하고 있는데도 "농지 분배와 재산 억제 정
책을 시행하지 못하고, 법도와 예의를 통한 교화를 우선하는 데 대
해 물정에 어둡다고 비웃지 않을 자 있을까마는"[21] 운운한 점에서,
'고학' 즉 고대 중국의 실용적인 유학을 지향한 홍대용의 사상이 드
러나 있다고 하겠다.

　그러나 홍역이 의욕적으로 시행한 나주의 향약은 몇 년 만에 폐

지되고 말았다. 함부로 굴며 구속받기를 싫어한 자들이 작당해서 유언비어를 경향 각지에 퍼뜨리는 바람에 사방에서 비방이 쏟아졌기 때문이었다. 이에 홍역은 나쁜 풍습을 교화하지 못하고 고법(古法)인 향약을 거행하지 못함을 통탄했다고 한다.[22]

한편 문경 현감 이래 부임하는 고을마다 무예를 권장했던 홍역은 나주에 부임해서도 활쏘기를 적극 장려하고자 했다. 예전에 나주의 권무청(勸武廳)에서 무사들의 활쏘기를 시험해서 포상했던 제도를 부활하고, 자신의 봉급을 덜어 재원을 마련했다.

당시 홍대용은 부친을 대신하여 『권무사목』(勸武事目)의 서문을 지었다. 이 글에서 "나는 오활한 선비로서 외람되이 이 고을을 맡았으니 평소 병법에 어둡고 궁술과 승마에 능숙하지는 못하지만, 전시에 대비해 무예를 익히는 방법만큼은 늘 생각하며 잊은 적이 없다"고 한 것은, 문경 현감 이래 무예를 권장한 부친 홍역의 시정(施政) 방침을 대신 밝힌 것이다. 그런데 무예를 강습하는 목적은 외침과 내란을 예방하는 데 있다고 하면서 "싸우지 않고 상대방 군대를 굴복시키는 것이 최선책"이라는 『손자』(孫子)의 병법을 인용한 점과, 한 사람을 대적하는 데 불과한 활쏘기에 그치지 말고 "자신과 적의 군사력을 예측하여 작전을 짜고 결전 시기를 정함으로써, 군막(軍幕) 안에 있으면서도 천리 밖의 적을 물리치는" 병법을 익히라고 권장한 점[23]에서, 당시 홍대용이 군사학에도 큰 관심을 품고 있었음을 짐작할 수 있다. 10대 시절부터 '군국경제'의 사업을 흠모했다는 그의 말은 허언이 아니었다.

1759년 12월(양력 1760년 2월) 해상을 표류하던 중국 복건성(福建省)의 상인 20여 명이 흑산도에 도착한 뒤 관할인 나주목으로 옮겨졌다. 당시 사또 자제로서 그곳에 머물고 있던 홍대용은 중국 상인들을 직접 만나 보러 갔다. 그들이 나주 관아에서 외국의 표류민을 위한 음식으로 제공한 귀한 쇠고기를 먹지 않는 것을 보고 그 까닭을 물었더니, 복건성에서는 제천대성(齊天大聖: 손오공의 봉호封號)을 섬기는데 그 신이 쇠고기를 먹지 않기 때문에 자기네도 감히 먹지 못한다고 답했다고 한다.[24] 이처럼 중국 상인들에게 접근하여 이들의 행태를 유심히 관찰하고 적극적으로 대화를 시도한 그의 태도로 미루어, 홍대용은 일찍부터 중국 여행을 꿈꾸었을 것으로 짐작된다.[25]

부친의 유배와 은거

1762년 연말(양력 1763년 1월)에 홍역은 경상도 예천으로 원배(遠配)되었다. 환곡을 가분(加分)함으로써 흉년에 환곡을 전혀 비축해 두지 않아, 나주 지역에 극심한 기근 사태를 초래했다는 죄목이었다.[26] 공교롭게도 유배지 예천은 전에 그가 수령으로 재임한 문경이나 영천(지금의 영주)과 인접한 고을이었다.

'가분'이란 환곡을 창고에 절반은 남겨 두어야 하는 원칙을 어기고 추가로 분급(分給)하는 것을 말한다. 이는 특별한 경우에 한하며 조정이나 감영의 허락을 받아야 한다. 그런데도 지방관들이 관행처럼 환곡을 가분하여 거의 진분(盡分: 완전 분급)이 되는 추세가 심해지고 있었다.[27] 홍역이 이러한 환곡 가분 문제로 유배형에 처해진 사실을 들어 그를 축재를 위해 부정을 저지른 탐관오리로 단정하기도

하지만,[28] 실상은 그렇지 않다. 여기에는 숨은 곡절이 있었다.

1762년(영조 38년, 임오년)은 세자가 폐위되고 뒤주에 갇혀 굶어 죽은 이른바 임오화변(壬午禍變: 사도세자 사건)이 일어난 해이다. 그해 8월에 사헌부 집의(執義) 박치륭(朴致隆)은 세자의 장인이자 사부(師傅)인 좌의정 홍봉한(洪鳳漢)을 지목해서, 세자를 오도하고 임오화변을 빚어 낸 장본인이라고 성토하는 상소를 올렸다. 이는 임오화변과 관련하여 가장 먼저 홍봉한을 공격한 것이었다. 이 때문에 영조의 격분을 산 박치륭은 흑산도에 위리안치되어 수년 뒤 유배지에서 죽었다.[29]

흑산도는 홍역이 다스리는 나주목에 속했다. 박치륭이 유배 길에 거쳐 간 고을의 수령들은 당시 홍봉한의 권세를 두려워해 아무도 감히 그를 위문하거나 돕지 못했다. 그러나 홍역은 박치륭과 전혀 모르는 사이였음에도, 타고 갈 말을 빌려주고 여행 보따리를 챙겨 주었다. 그의 주장이 어떤지는 차치하고, 직언하다가 유배당한 대신(臺臣: 사헌부 관원)이 자신의 관내에서 굶어죽는 일이 발생한다면 이는 수령의 수치라고 여겼기 때문이었다. 곧이어 홍역은 임지에 함께 모시고 있던 팔순 노모가 별세하자 장례를 치르기 위해 사직하고 돌아가게 되었다.[30] 그때에도 홍역은 장부 정리하고 남은 약간의 물건들을 박치륭의 유배지로 보내 주었다. 이 소문을 들은 사람들은 모두 홍역의 의리를 기리면서도 위태롭게 여겼다고 한다.[31]

그 해 10월, 홍역은 선영이 있던 충청도 청주목의 전의(全義)에 가 있다가, 나주 목사 때 환곡을 가분한 일로 졸지에 의금부로 끌려오게 되었다. 단 모친상을 당한 사정이 참작되어 장례를 마친 12월에 잡혀 와서 의금부 옥에 갇혔다. 애초에는 도형(徒刑) 3년에다 가까운 경기도 양주로 유배지가 정해졌으나, 좌의정 홍봉한이 엄중히 징계할 것을 요청하는 바람에 금고(禁錮) 5년에 유배지도 멀리 떨어진 경상도 예천으로 바뀌었다.[32]

나주목은 해안을 끼고 있어 상선들이 몰려들었으므로 쌀값이 노상 뛰었다. 근래 부임한 전라 감사들은 쌀 판매 이득을 노리고, 매년 봄여름 사이에 연해의 창곡(倉穀)을 비싼 값으로 판 뒤 가을에 산읍(山邑)의 영곡(營穀: 감영의 환곡)을 옮겨다 채워 넣었다.[33] 나주 목사 시절에 홍역은 이 문제로 감사와 누차 다투었으나 소용이 없었다. 가뭄을 만난 1762년에는 쌀값이 더욱 올랐다. 당시 전라 감사 원경순(元景淳, 1701~1765)[34]이 비장(裨將)을 시켜 환곡 창고를 열려고 하자, 나주목의 모든 백성이 함께 나와 창고를 지켰다. 흉년이 들면 굶어죽을 것을 걱정한 때문이었다. 홍역은 이러한 민심에 부응하려 했으나 어쩔 수가 없었다.

그해에 마침내 대기근이 들자, 조정은 기민(饑民) 구제 사업에 앞서 현지의 환곡 실태를 파악하려고 각 고을에서 가분한 자들은 모두 사실을 자백하도록 했다. 그러자 전라 감사는 자기가 팔아먹은 연해의 창곡 2만 석을 나주 목사가 가분한 것처럼 꾸며 홍역에게 죄를 뒤집어씌웠다. 그런데도 홍역은 일절 해명하지 않고, 감사를 대신해 처벌을 감수했다. 이는 상관의 환곡 비리에 대해 힘껏 다투지 못한 잘못을 자책한 때문이었다고 한다.[35]

당시 전라 감사 원경순은 영조의 계비인 정순왕후의 외삼촌으로 영조의 총애를 받아 이조 판서까지 지냈다. 1763년 그는 전라 감사 때 진휼 사업을 잘했다고 영의정 홍봉한이 아뢴 덕분에 공조 판서로 발탁되었다. 원경순은 왕비와 척분이 있어 조정에 대해 힘을

행사할 수 있었다. 재해를 입은 전답에 대해 면세해 주도록 장계를
올리기만 하면, 홍봉한이 그를 위해 곡진하게 아뢰었고 영조도 번
번이 요청을 들어주었다. 이것이 원경순이 진휼 사업에서 공로를
세운 비결이었는데, 또 그를 총애하여 공조 판서로 발탁했으므로
여론의 불만을 샀다고 한다.[36]

요컨대 나주 목사 홍역은 임오화변 직후에 홍봉한을 성토했다
가 흑산도로 유배된 박치륭에게 남달리 호의를 베풀었으므로, 홍봉
한의 미움을 사기 쉬운 처지였다. 게다가 전라 감사 원경순은 왕의
가까운 인척이라 홍봉한도 그를 적극 지지했으므로, 자신이 저지른
환곡 비리를 홍역에게 뒤집어씌웠을 뿐 아니라 진휼 사업을 잘했다
고 하여 공조 판서로 발탁되기까지 했다. 홍봉한은 조정의 허락 없
이 환곡을 2만 석이나 가분함으로써 수만 명의 기민을 구제할 수 있
는 곡식을 탕진했다는 죄목을 들어, 홍역에게 특별히 엄벌을 내릴
것을 주장하여 이를 관철시켰다.[37]

이상과 같은 사실로 미루어 보면, 나주 목사 시절에 홍역이 축
재하고자 환곡 부정을 저질렀다고 단정하는 것은 경솔한 판단이라
하겠다. 이미 언급했듯이 부임한 초기에 그는 전임자들로부터 물려
받은 누만 석의 환곡 포흠을 해결하기 위해 갖은 노력을 다한 끝에
2년 만에 환곡 창고를 가득 채울 수 있었다. 게다가 임오년 대기근
때에는 1천 석이 넘는 쌀을 자비로 마련하여 진휼 사업에 보태기까
지 했다. 나주 백성들은 이처럼 많은 자비곡(自備穀)을 희사하여 기
민들을 구제한 전 목사 홍역의 은혜를 잊지 못해 거사대(去思臺)를
세웠다고 한다.[38]

그러므로 홍대용은 손수 지은 부친 홍역의 비문(碑文)에서, 부친

이 지방관으로 지낸 11년 동안, "정사를 간편하면서도 자상하게 하고, 백성들이 동요하지 않게 하고 아전들을 학대하지 않았으며, 곡창에는 허위 장부가 없고 관정(官庭)에는 지체된 송사가 없어, 인사고과가 늘 최상이었다"고 예찬했다.[39] 황경원 역시 그가 지은 홍역의 묘지명에서 홍역이 지방관을 역임하면서 정사를 잘 처리해 백성들의 칭송과 관찰사들의 탄복을 받았으며, 스무 번의 인사고과에서 한 번도 하등(下等) 성적을 받지 않았다고 증언했다.[40]

1763년 8월 일본 통신사행의 정사 조엄(趙曮)과 그의 서기 원중거(元重擧)가 출국차 예천을 지날 때 그곳에 유배 중이던 홍역을 찾아가 모친상을 당해 상중에 있던 그를 조문했다. 조엄은 홍역과 함께 글공부한 오랜 벗이었다.[41] 그해 10월 말 홍역은 영의정 홍봉한의 건의에 따라 유배지에서 풀려났다.[42]

석방된 뒤 홍역은 다시 벼슬길로 나가지 않고 생을 마칠 때까지 고향에서 은거하는 길을 택했다. 그는 아름다운 연못과 정자, 꽃과 수목들이 갖추어진 수촌의 시골집에서 유유자적하게 만년을 보냈다. 향을 사르고 책을 읽거나 차를 끓이고 시를 읊조렸으며, 자제들에게 거문고를 연주하게 하거나 시골 노인들과 더불어 활을 쏘기도 했다.[43]

3장 농수각의 혼천의

노학자 나경적과의 만남

1759년 가을[1]([→568면])에 나주 목사로 재직 중인 부친을 모시고 관아에 머물고 있던 홍대용은 광주의 서석산(瑞石山: 무등산)으로 놀러 가는 길에 노학자 나경적(羅景績, 호 석당石塘, 1690~1762)을 방문했다. 나경적은 서석산 동쪽 기슭의 동복현(同福縣) 물염정(勿染亭) 부근(전남 화순군 이서면 야사리)에 살고 있었다. 그는 본관이 금성(錦城: 나주)으로, 생원 나빈(羅彬)의 8세손이다. 나빈은 그의 아들 나세찬(羅世纘)이 영달한 덕분으로 이조 참판에 추증되었다. 나세찬의 친형인 사헌부 감찰 나세즙(羅世緝)이 나경적의 직계 선조다. 나경적은 중간에 나주에서 동복으로 이주한 선조의 뒤를 이어 그곳에 은거하면서 학문에 전념했으며, 선기옥형과 자명종뿐 아니라 자용침(自舂砧: 자동 절구)·자전마(自轉磨: 자동 맷돌)·자전수차(自轉水車: 자동 양수기) 등을 발명했다고 전해진다.[2]

나경적은 동복현의 고명한 선비 하영청(河永淸, 호 병암屛巖, 1697~
1771)과 이웃에 살며 절친하게 교유했다. 하영청은 송시열과 김창협
에게 수학한 처사 하성구(河聖龜)의 아들로, 윤봉구(尹鳳九)·김원행·
송명흠(宋明欽)·권진응(權震應) 등 쟁쟁한 성리학자들과 교유했으며,
이기심성설(理氣心性說)뿐만 아니라 하도낙서(河圖洛書)와 천문 역법
까지도 통달했다고 한다.[3] 아마도 홍대용은 나경적을 우연히 만난
것이 아니라, 김창협에서 김원행으로 이어지는 노론 학맥과 소통한
하영청 같은 인물의 중개로 그를 만났으리라 짐작된다.[4] 나경적은
하영청의 아들 하정철(河廷喆, 1727~1771)과 안처인(安處仁), 염영서
(廉永瑞)[5] 등을 제자로 두었던 듯하다.

홍대용이 처음 방문했을 적에 나경적은 손수 제작한 서양식 자
명종을 보여 주었다. 나경적은 용미차(龍尾車: 나선식 양수기)·항승차
(恒升車: 피스톤 물 펌프)·수고(水庫: 저수 시설)와 수마(水磨: 수력 맷돌) 등
의 제작법에 관해서도 정통했다고 한다.[6] 당시 두 사람은 모두 선기
옥형 즉 혼천의를 복원하려는 열망을 품고 있었다.

『서경』「순전」에서 순(舜)임금이 천문 관측에 사용했다고 한 혼
천의 제도에 관해서는 중국 송대 주자학파에서 논한 바 있다. 주
자의 제자인 채침(蔡沈)이 『서집전』(書集傳) 중 「순전」에 대한 주석에
서 제시한 학설이 대표적이다. 하지만 설명이 자세하지 못한 데다
후대에 실제 제작을 통해 고증이 되지도 못했다. 이를 안타까워한
나경적은 주자학파 학설의 미비점을 보완하고 서양의 학설을 참조
하여 다년간 연구한 끝에 그 제작법을 터득했으나, 가난해서 제작
비용을 마련하지 못해 뜻을 이루지는 못했다고 한다.[7]

홍대용 역시 10대 시절부터 혼천의 제작에 관심이 많았지만 그

요령을 알지 못했다. 조선의 주자학자들 중에도 이황이나 송시열이 제작했다는 혼천의가 전하긴 하나, 모두 훼손된 데다가 소략하여 옛 제도를 고증하기에 부족했다.[8] 이에 홍대용은 나경적과 의기투합해 혼천의를 제작함으로써 옛 성인이 관측한 천체 운행의 법칙을 후세에 다시 전하려는 뜻을 세우게 된 것이다.[9]

마침내 1760년 4월[10]에 홍대용은 나경적과 그 제자 안처인을 나주의 관아로 초청하여 함께 토의하는 한편, 부친에게 거금 400~500냥을 지원받아 혼천의 제작에 착수했다.[11] 혼천의 부품들의 명칭과 도수(度數: 제원)는 대체로 나경적의 의도를 따랐고, 실제 제작은 대부분 안처인의 솜씨로 이루어졌다고 한다.[12]

그해 6월 홍대용은 나주 관아에서 한 달이나 함께 지내다가 동복현으로 돌아간 하정철 앞으로 서신을 보냈다. 이 서신에서 홍대용은 혼천의의 부품들을 보내니 세심하게 노력하여 완성해 달라고 당부하면서, 지금 제조한 혼천의는 엉성하고 크기만 하며 금속 제품다운 규모를 갖추지 못했으니 우선 나경적 등과 다시 토의해서 소형의 의기(儀器)를 별도로 제작해 달라고 요청하였다.[13]

이와 같은 토의 과정을 거쳐 2년 만에 혼천의가 대략 완성되었다. 뒤이어 독자적으로 혼천의 개량에 착수한 홍대용이 이를 거의 완성할 즈음에 나경적이 병사하였다.[14] 나경적은 홍대용과 함께 의논하며 여러 해 고심해서 혼천의를 제작한 직후 향년 73세로 별세했기 때문에, 혼천의로 인해 수명을 재촉했다고 말하는 사람도 있었다고 한다.[15]

1762년 6월 나경적의 부음을 접하고 하정철에게 보낸 서신에서 홍대용은 "혼천의의 개량에 관해 끝내 질정할 수 없게 되었고, 한번

홍대용이 하정철에게 보낸 간찰 상: 1760년 6월 3일 / 하: 1762년 6월 7일

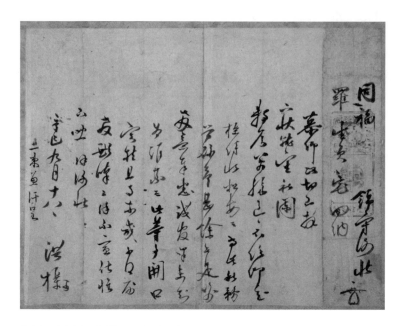

홍역이 나경적에게 보낸 간찰 1761년 9월 18일

찾아뵙는다는 계획도 이루지 못하고 말았으니, 끝없는 이 한을 어떻게 잊겠습니까"라고 몹시 애석해했다. 또한 이곳 나주는 흉년을 만나 한창 진정(賑政: 빈민 구제 사업)을 시행하고 있는 중이라 부의(賻儀)를 충분히 보내 드리지 못해 개탄스럽노라고 했다. 게다가 공교롭게도 집안 제사가 있는 바람에 달려가 조문할 수 없어 안타깝다고 하면서, 장례하는 날은 만사를 제쳐 두고 참석하겠으니 반드시 알려 달라고 당부하였다.[16]

그 뒤 홍대용은 나경적의 영전에 바치는 제문을 정성들여 지었다. 4언 80구의 운문으로 지은 이 제문에서 그는 욕심 없이 깨끗하

게 살다 간 나경적의 불우한 평생을 기리면서, "기와 조각은 줍되 진주는 내버리니, 태평성세에 개탄스런 일이네. 평상 위에는 자명종이 있어, 시각을 차질 없이 알려 주네. 용미차는 꿈틀거리면서, 저 샘물을 솟구쳐 오르게 하네. 천지의 도(道)를 완성하게 하는 공로가 있는데, 어찌 하찮은 기술이라 하겠나"라고 하였다. 자명종과 용미차를 제작한 그의 공로를 칭송한 것이다.

이어서 홍대용은 "선기옥형에 근본을 두되, 그중 의심스런 내용은 제쳐 두었고, 서양의 법을 참조하되, 그중 기발한 주장을 파고들었네"라고 하였다. 나경적이 혼천의를 제작하면서 동양의 전통적인 천문학과 서양의 새로운 천문학 지식을 융합하고자 했음을 지적한 것이다. 그리고 그 결과 완성된 혼천의는 회삭현망(晦朔弦望: 달이 차고 기우는 현상)과 24절기가 관측과 정확하게 합치했다고 칭송하면서, "어찌 재능만 뛰어났겠나, 정신을 극도로 쏟으셨네. 어리석은 이 몸도, 제작에 동참했지"라고 하였다.[17]

이 제문에서 홍대용은 자신이 독자적으로 혼천의를 개량하고자 한 사실에 대해서도, "번잡함을 버리고 간결함을 추구했고, 제 나름의 좁은 소견도 약간 있었네. 선생의 모범을 따르면서도, 제멋대로 윤색을 가했네"라고 겸손하게 언급했다. 이어서 그는, "찾아뵙고 질정을 받을, 기약이 있을 줄 알았는데, 부고를 받고 깜짝 놀라 부르짖으며, 실처럼 줄줄 눈물 흘렸네"라고 하여 나경적의 갑작스런 죽음을 애도했다. 그리고 "의문점들이 마음속에 가득 찼으나, 끝내 이 승과 저승으로 가로막혔으니, 끝없는 나의 한은, 어느 날에나 잊을 수 있을까"라고 하여, 혼천의를 개량하면서 나경적의 자문을 더 이상 받을 수 없게 되었음을 안타까워했다. 또한 "물염정의 가을 계곡에서, 적벽(赤壁)이 단풍으로 수놓은 듯할 적에, 거문고 갖고 가서 함께 감상하려던 일, 아주 어긋났네"[18]라고 하여, 동복현으로 나경적을 찾아가 자신의 거문고 연주를 들러 드리려던 계획이 좌절되고 말았음을 슬퍼했다.

제문의 말미에서 홍대용은 염하고 입관할 때뿐만 아니라 장례 때도 참석하지 못함을 탄식하면서, "천 리 먼 곳에서 글을 아뢰오나, 말은 충심에서 나왔네. 넋이 계시다면, 거울처럼 밝게 살펴 주소서"라고 하였다. 이로 미루어, 홍대용은 나경적이 별세한 지 석 달 뒤에 치렀을 그의 장례에도 참석할 형편이 못 되자, 멀리 한양에서 이 제문을 지어 보냈던 듯하다.[19] 그 무렵 한양에 머물고 있던 홍대용은 곧 부친이 유배당하는 파란을 겪게 된다.

혼천의 제작과 개량

나경적은 혼천의를 제작할 적에 하영청과도 토론을 많이 했다고 한다.[20] 하영청은 나경적이 홍대용과 협동하여 혼천의를 완성하자 이를 축하하는 칠언율시 2수를 지었다. 시 제목 아래에 주를 붙여 "선기옥형은 나경적이 제조한 것으로, 나주 목사 홍역의 아들 홍대용이 수백 냥을 기부하고 함께 완성했다"라고 밝혔다.[21] 그리고 제2수의 함련(頷聯)에서도 "교묘한 제작은 두 현인(賢人)이 오래도록 궁리한 결과요, 기특한 공로는 태수가 재물을 가볍게 소비한 덕택이라네"라고 하여,[22] 나경적과 홍대용 두 사람의 오랜 공동 연구와 나주 목사 홍역의 사재(私財) 희사 덕분에 혼천의가 제작될 수 있었노라

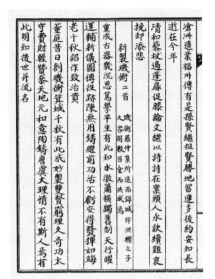

혼천의 완성을 축하한 하영청의 시
「신제기형 2수」(新製璣衡二首), 『병암유고』 권1

고 예찬했다.

하영청의 시를 살펴보면, 나경적이 홍대용과 공동 제작했다는 혼천의의 특징을 짐작할 수 있다. 하영청은 제1수의 함련에서 "수격(水激)과 횡소(橫簫)를 옛 제도에서 제거하고, 천행(天行)과 요운(曜運)을 새 의기(儀器)에 보완했네"라고 노래했다.[23] 이는 종래 물시계처럼 수력(水力)으로 혼천의를 움직이게 하던 기륜(機輪: 물레바퀴)과 '횡소' 즉 '형소'(衡簫)라고도 부른 옥형(玉衡: 혼천의의 중심에 가로로 설치된 통소 모양의 관측용 대롱)을 제거했으며, 하늘의 별자리와 칠요(七曜: 해·달·오성五星)의 운행을 관측하는 기능을 보완했다는 뜻이다.[24]

다시 말해, 종래의 수력식 대신에 자명종의 원리를 적용하여 톱니바퀴로 움직이게 하는 기계식으로 개조했으며, 혼천의를 구성하고 있는 육합의(六合儀)·삼신의(三辰儀)·사유의(四遊儀) 중에서 삼신의를 개량했을 뿐 아니라, 옥형을 제거함으로써 이와 더불어 사유의도 제거했다는 뜻으로 해석된다. 사유의의 중심에 설치된 옥형은 전래의 사유설(四遊說: 땅이 절기에 따라 동서남북으로 하늘을 오르내린다는 설)에 의거해서 천체의 운행을 관측하기 위한 도구였기 때문이다.25 실은 현종 때 이미 송이영(宋以穎)이 이와 유사한 방향으로 개량을 시도하여, 혼천의와 자명종을 결합한 기계식 천문시계를 제작하면서 옥형과 사유의를 제거한 바 있다.

또 하영청은 제1수의 미련(尾聯)에서 "어찌하면 회로(晦老)처럼 혼천의의 제도를 밝혀내어, 먼 훗날 왕명으로 제작해서 태평한 정치의 바탕이 되게 할까"라고 노래했다.26 '회로'는 곧 호가 '회암'(晦庵)인 주자를 가리킨다. 채침이 『서집전』「순전」에서 혼천의의 제도를 상세하게 기술한 내용은 주자의 견해를 거의 그대로 수용한 것이었기에, 주자가 혼천의의 제도를 밝혀냈노라고 예찬한 것이다.27 이러한 주자의 뒤를 이어 나경적과 홍대용이 혼천의의 옛 제도를 밝혀냈으나, 이를 국가의 사업으로 제작하지 못하고 민간의 사업에 그친 점을 애석해한 것이다. 아마도 하영청은 현종 때 왕명에 따라 송이영이 자명종과 결합한 기계식 혼천의(당시에는 '자명종'이라 불렀음)를 창제했으며 숙종 때 역시 왕명에 따라 최석정(崔錫鼎)의 주관 아래 이진(李縝)·박성건(朴成建) 등이 이를 크게 수리했던 사실을 알지 못한 듯하다.28

하영청의 아들 하정철도 부친의 시에 차운한 칠언율시를 지어 혼천의의 제작을 축하했다. 이 시에서 그는 나경적과 홍대용이 동지로서 굳게 합심하고 함께 격물치지(格物致知)함으로써 혼천의를

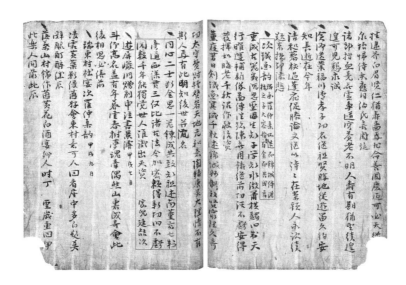

혼천의 완성을 축하한 하정철의 시 『병암집』 권1 수록

완성했으며, "순임금을 본받아 칠정(七政: 칠요)을 관측하고, 서양의 학설까지 정통하여 삼의(三儀: 혼천의)에 숙달했네"라고 하면서, 그리하여 옛 법에 비해 더욱 정밀해진 혁신적 성과를 거두었노라고 예찬하였다.[29] 하정철은 나경적과 홍대용이 전통적인 천문학을 계승하는 한편 서양의 발달한 천문학을 수용함으로써 혼천의를 개량한 사실을 특별히 언급한 것이다.

그러나 홍대용은 나경적과 함께 만든 혼천의에 만족하지 않고 이를 더욱 개량하고자 했다. 이 혼천의는 도수(度數)에 상당한 착오가 있었고, 번잡하고 자질구레한 부품들이 많았으므로 자신의 뜻대로 간편하게 만들어 천문 현상과 부합되도록 힘썼다. 뿐만 아니라 자명종의 제도를 채택하되 많이 증감(增減)함으로써, 톱니바퀴들이 천체 운행의 도수와 일치하게 맞물려 돌아가도록 했다고 한다. 이러한 추가적인 개량 작업에 1년이 더 소요되어, 홍대용은 3년 만인 1762년에 드디어 혼천의를 완성했다.[30] 처음에 홍대용이 나경적과 함께 제작한 혼천의는 자명종의 제도를 채택하여 수력식에서 기계식으로 개조하고 사유의와 옥형을 제거했으며 삼신의를 보완한 것이었다. 이를 좀 더 정확화·간편화하는 방향으로 개량하여 혼천의를 완성한 것이다.

홍대용은 독자적으로 개량한 혼천의를 수촌의 시골집으로 일단 운반하여 안치했다. 그러나 실내가 협소할 뿐만 아니라 함부로 다루어 훼손할 우려가 있었으므로, 그의 거실인 '애오려'(愛吾廬) 남쪽에 새로 연못을 파서 그 가운데 섬을 만들어 '농수각'(籠水閣)을 세우고 여기에다 새로 입수한 서양제 자명종과 함께 혼천의를 보관했다고 한다.[31]

농수각에 혼천의를 안치한 뒤에 홍대용은 김이안에게 기문(記文)을 지어 달라고 요청했다. 젊은 시절에 김이안은 ─비록 철제품이 아니라 죽제품이고 물레처럼 손으로 돌리는 조잡한 것이기는 했지만─ 혼천의를 만들고 홍대용의 의견을 구한 적이 있었다. 게다가 그는 나주에서 올라온 홍대용으로부터 나경적을 만나 혼천의를 함께 만들기로 약속했다는 말을 들었을 때부터 기뻐하면서 제작을 적극 권장했으며, 그 제작 과정에 관해 시종 이야기를 들었을 뿐 아니라 농수각에 올라 3년 만에 완성된 혼천의를 직접 살펴보기까지 했던 것이다.[32]

이러한 연유로 지은 「농수각기」에서 김이안은 홍대용의 혼천의

혼천의 홍대용의 제작으로 추정되는 혼천의 일부. 시계 장치가 사라졌다. 숭실대 한국기독교박물관 소장

가 "혼천의의 옛 제도를 따르되 서양의 학설을 참조하였다"고 밝히면서, 자신이 직접 본 혼천의의 구조를 대략 설명했다. 즉, '의'(儀: 의기儀器)가 2개,[33] '환'(環: 고리)이 10개,[34] 축(軸)이 2개,[35] '반'(盤)[36]과 '기'(機)[37]가 각각 1개, '환'(丸)[38]이 2개, '륜'(輪: 톱니바퀴)과 종(鐘: 자명종)이 몇 개라고 하였다. 혼천의는 한 사람의 좌석만 한 면적을 차지했는데, 기아(機牙: 톱니)가 서로 맞물려 밤낮으로 쉬지 않고 돌아가더라고 하였다.[39]

또한 홍대용은 1766년 북경에서 사귄 항주 선비 육비에게도 농수각의 혼천의에 관한 기문을 지어 달라고 요청했다. 그리고 육비가 기문을 지을 때 참고하도록, 혼천의를 제작하게 된 자초지종과 아울러 그 구조에 관해 자세히 설명한 자신의 글을 보냈다. 『간정필담』에 수록된 「농수각 혼천의 기사(記事)」가 바로 이것이다.[40]

이 글에 의하면, 농수각의 혼천의는 예전의 혼천의와 같은 육합의·삼신의·사유의의 3층 구조가 아니라, 내외 양층(兩層) 구조로

되어 있다.[41] 그중 외층은 예전 혼천의의 육합의와 같다. 여기에는 24방위 및 "사시일도장단"(四時日道長短)[42]을 표시한 지평규(地平規) 등 3개의 철환(鐵環: 철제 고리)이 서로 연결되어 있다.[43] 십자 모양의 틀[機]이 이 외층을 받치고 있다.

농수각 혼천의의 내층은 예전 혼천의의 삼신의와 같다. 여기에도 적도규(赤道規),[44] 황도규(黃道規),[45] 백도규(白道規)[46] 등 3개의 철환이 서로 연결되어 있다. 적도규에는 주천수도(周天宿度) 즉 별들의 연주운동(年周運動)의 도수가 표시되어 있다.[47] 황도규에는 "태양진상"(太陽眞象) 즉 해의 모형이 부착되어 있다. 365개의 톱니로 된 황도규가 매일 톱니 1개씩 우측으로 이동함으로써 약 365일 걸리는 해의 연주운동을 나타낸다. 백도규에는 "태음진상"(太陰眞象) 즉 달의 모형이 부착되어 있다.[48] 114개의 톱니로 된 백도규가 매일 톱니 4개씩 우측으로 이동함으로써 평균 28일 남짓 걸리는 달의 공전을 나타낸다.[49] 적도규로는 별의 혼중(昏中)[50]을, 황도규로는 낮 시간의 길고 짧음을, 백도규로는 달의 회삭현망을 상고할 수 있다고 한다.[51]

농수각 혼천의에는 예전 혼천의와 달리 사유의가 없으며, 옥형 대신 "산하총도"(山河總圖) 즉 중국 중심의 세계지도를 평면에 새긴 철판이 설치되어 있다. 이는 땅이 하늘의 중심에 있음을 상징한 것이라 한다.[52]

뿐만 아니라 농수각 혼천의는 수력식 기륜을 갖춘 예전의 혼천의와 달리, 자명종의 원리를 이용한 기계식 기륜(추가 달린 톱니바퀴)을 갖추었다.[53] 기륜에서 뻗어 나온 축(샤프트)의 끝에 15개의 톱니로 된 작은 톱니바퀴[54]를 설치했다. 한편 혼천의의 내층(삼신의)에는 남극과 북극을 관통하는 축이 설치되어 있는데, 그 축의 북극에 해당하는 곳에 359개의 톱니를 가진 철환[55]을 설치했다. 기륜과 연결된 작은 톱니바퀴가 바로 이 철환과 맞물려 돌아감으로써 혼천의에 동력이 전달되어 내층이 돌아가도록 했다.[56]

이와 아울러 농수각 혼천의는 시보(時報) 장치도 구비했다. 둘레에 시각을 표시한 또 하나의 철환을 "지판"(地板: 세계지도를 그린 철판)의 바깥에 설치하여 해의 위치로부터 현재 시각을 상고할 수 있게 했을 뿐 아니라, 기륜 위에다 서양식 자명종을 설치한 것이다.[57]

그런데 「농수각 혼천의 기사」에서 홍대용은 이와 별도의 의기(儀器)도 함께 소개했다. 혼천의와 같이 내외 양층 구조로 되어 있으나 그 내층은 종이를 발라서 만든 계란 모양의 천구(天球)이며, 천구의 상원(上圓: 상반부)에 별자리와 황도 및 적도 등을 표시했다고 한 점으로 보아, 이는 혼천의가 아니라 혼상(渾象)임이 분명하다. 이 의기는 양층 구조뿐 아니라, 내층을 관통하는 축의 북극에 설치한 철환이 자동으로 회전하는 방식과 십자 모양의 틀로 외층을 지지한 점 등에서 모두 "원의"(原儀) 즉 혼천의와 똑같았으므로, 별도의 명칭을 붙여 구별하지 않았던 듯하다. 이 혼상은 혼천의처럼 해와 달의 모형을 붙이지는 않았으나, 연주운동하는 별들을 분명하게 상고할 수 있는 점에서는 혼천의보다 낫다고 했다.[58]

앞서 언급했듯이 혼천의 제작에 착수한 초기에 홍대용은 하정철에게 서신을 보내 별도의 소형 의기[59]를 만들어 달라고 부탁했다. 그리고 「농수각 혼천의 기사」에서는 농수각에 "양의"(兩儀)를 자명종과 함께 안치했다고 했으며, 김이안도 「농수각기」에서 "의"(儀)가 두 개라고 했다. 또 『간정필담』의 「농수각 혼천의 기사」에서는 혼천의에 대해 "원제"(原制), "원의"(原儀)로 지칭했으나, 『을병연행록』의 해당 기사에서는 "큰 제양(制樣)", "큰 제도(制度)"라고 지칭하여 혼천의와 혼상의 크기가 차이 남을 병시했다.[60] 이는 홍대용이 대형의 혼천의와 함께 소형의 혼상을 함께 만든 사실을 입증하는 것이다.

일찍이 현종 10년(1669)에 왕명에 따라 이민철(李敏哲)과 송이영이 각각 시보 장치와 결합한 새 혼천의를 창제한 바 있다.[61] 그래서 현대의 연구자들은 이를 '혼천시계' 혹은 '천문시계'라 부르면서 대단히 독창적인 성과로 평가하기도 한다. 이민철의 것은 전통적인 수력식인 데 비해 송이영의 것은 서양식 자명종의 원리를 응용한 기계식이었으나, 혼천의의 구조는 서로 똑같았다고 한다. 이민철의 혼천의는 사유의와 옥형을 제거하고, 옥형 대신에 종이에다 "산해"(山海)를 그린 "지평"(地平)을 중심에 설치했다고 한다.[62] 송이영의 혼천의도 이와 같은 특징들을 공유했을 것이다.

그 뒤 숙종 13년(1687)에 이민철과 송이영이 제작했던 혼천의 2종을 크게 수리하고 그 이듬해 창덕궁에 제정각(齊政閣)을 세워 안치했다. 당시 이민철이 직접 수리한 수력식 혼천의는 금속으로 해와 달을 만들어 붙였으며, 옥형을 제거하고 "구주오악 비해제국"(九州五嶽裨海諸國: 중국과 주변 국가들)을 그린 "지평"을 설치했다고 한다.[63] 그리고 당시 이진과 박성건 등이 수리한 송이영의 혼천의는 추와 연결된 톱니바퀴들로 작동하는 추동식(錘動式) 천문시계였다고 한다.[64]

또한 숙종 30년(1704) 왕명에 따라 안중태(安重泰)·이시화(李時華) 등이 이민철이 만들고 수리했던 수력식 혼천의의 여벌을 주조했다. 여벌로 주조한 이 혼천의를 영조 8년(1732) 안중태 등에게 명하

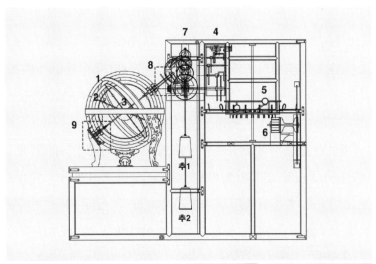

상: 혼천의 구조도 고려대 박물관 소장 송이영의 혼천의 구조도 ©김상혁
　　혼천의: 1. 육합의 2. 삼신의 3. 지구의
　　시계 장치: 4. 시간 지속 장치(추1 포함) 5. 시간 지시 장치 6. 구슬 신호 발생 장치 7. 타종(추2 포함)
　　동력 연결: 8. 혼천의 북극 쪽의 동력 연결 장치 9. 혼천의 남극 쪽의 동력 연결 장치
하: 복원된 송이영의 혼천의 © 김상혁

여 크게 수리하게 하고, 경희궁에 규정각(揆政閣)을 세워 안치했다. 규정각에 안치한 혼천의는 삼신의의 황도환(黃道環)에 "일륜"(日輪) 즉 철사로 엮은 해의 모형을 붙였으며, 백도환(白道環)과 별개로 설치한 흑단환(黑單環)[65]에 "월륜"(月輪) 즉 달의 모형을 붙였고, 중심에 "산하도"(山河圖)를 그린 "지평"을 설치했다고 한다.[66]

이상과 같은 사실들에 비추어 볼 때, 농수각의 혼천의는 일찍이 이민철과 송이영 등에 의해 이루어진 혼천의의 혁신과 거의 합치하는 방향에서 옛 혼천의를 개량한 것이라 할 수 있다. 즉, 혼천의와 시보 장치를 결합하려는 근본 착상뿐만 아니라, 혼천의에서 사유의를 제거하고 옥형 대신 평면 세계지도를 중심에 설치한 점,[67] 삼신의에서는 황도규와 백도규에 각각 해와 달의 모형을 붙인 점 등 세부적인 개량에서도 현종 시대 이래 이루어진 혼천의의 혁신 방향과 뚜렷한 공통점을 보여 준다.[68] 특히 송이영의 혼천의는 전통적 수력식에서 탈피하여 자명종의 원리를 이용해 시보 장치와 혼천의를 작동하게 한 점에서 농수각 혼천의의 직접적인 선구가 된다고 할 수 있다.

혼천의와 같은 천문 의기에 대한 홍대용의 학문적 관심은 1766년 북경 여행 이후에도 지속된다. 당시 북경에서 만난 육비는 홍대용의 요청으로 「농수각기」를 지어 주었으나, 이 글에서 농수각의 혼천의를 새로운 추동식이 아닌 종래의 수력식 천문 의기로 부정확하게 기술했다. 홍대용이 그 점을 불만스러워했으므로, 육비는 홍대용이 귀국한 뒤에 「농수각기」를 개작하여 다시 보내 주기까지 했다.[69] 또한 홍대용은 농수각에다 혼천의와 혼상 외에도 피타고라스의 정리를 이용한 측량 기구인 구고의(句股儀)와 해시계인 규의(圭儀) 등을 추가로 안치했으며, 혼천의를 더욱 개량하고 명칭을 고친 '통천의'(統天儀)와 조선 최초의 서양식 간평의(簡平儀)라 할 수 있는 측관의(測管儀)를 제작하고자 했다.[70]

수촌 은거 시절

1765년 중국 여행에 나서기 전까지 홍대용은 관직에서 물러난 부친을 모시고 수촌에서 살고 있었다. 당시 홍대용이 살던 집은 규모가 상당했던 듯하다. 배를 띄울 만큼 깊고 그 가운데에 인공 섬을 만든 큰 연못이 있었다. 연못 북쪽에 자리한 초가집인 홍대용의 거실은 '애오려'(愛吾廬)라고 이름 지었다. 이는 "나도 내 오두막을 사랑하네"라고 노래한 도연명의 시구에서 명칭을 따온 것이다. 애오려는 안방과 곁방, 그리고 '향산루'(響山樓)라는 다락과 '담헌'(湛軒)이라는 마루로 이루어져 있었다. '담헌'은 스승 김원행이 수촌 집을 방문했을 적에 현판에 써 준 당호였다.[71] 향산루에는 700~800권의 책들과 함께 거문고를 보관했으며, 주역 점을 치기 위해 시초(蓍草)를 보관한 '영조감'(靈照龕)이라는 감실이 딸려 있었다.[72]

애오려 남쪽에 자리한 네모진 큰 연못은 '일감소'(一鑑沼)라고 이름 지었다. 맑은 연못을 거울에 비유한 주자의 시구에서 명칭을 취한 것이다. 일감소 가운데의 둥근 섬에는 두보(杜甫)의 시구에서 따다 이름 지은 '농수각'이 있었고, '보허교'(步虛橋)라는 다리도 놓여 있었다. 농수각에 서양제 자명종과 혼천의를 비롯한 천문 의기들을 보관했다. 일감소에는 치어(穉魚)들이 아주 많았으며, 신선 태을진인

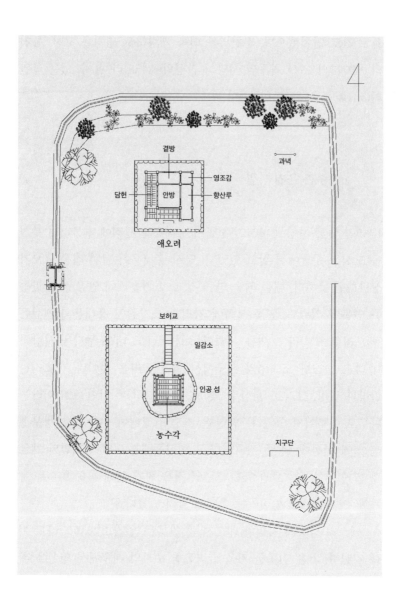

결방

영조감

과녁

담헌 · 안방 · 향산루

애오려

보허교

일감소

인공 섬

농수각

지구단

홍대용의 수촌 시골집 복원도

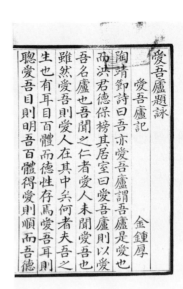

陶靖節詩曰吾亦愛吾廬謂吾廬是愛也
而洪君德保榜其居室曰愛吾廬則以愛
吾名廬也吾聞之仁者愛人未聞愛吾耳也
雖然愛吾則愛人在其中矣何者夫吾之
生也有耳目百體而德性存焉愛吾耳則
聰愛吾目則明吾百體得愛則順而吾德

愛吾廬題詠

愛吾廬記　　　金鍾厚

김종후의 「애오려기」 충남대 도서관 소장 『애오려제영』

(太乙眞人)의 연엽주(蓮葉舟)를 본떠 '태을연'(太乙蓮)이라 명명한 작은 배도 갖추어져 있었다. 그리고 일감소의 동쪽에는 '지구단'(志彀壇)이라 이름 지은 활터가 있었다.

홍대용은 애오려의 팔경(八景)으로, '향산루에서 거문고 타기', '농수각에서 자명종 소리 듣기', '일감소에서 물고기 구경하기', '보허교에서 달빛 즐기기', '태을연 타고 신선 놀이 하기', '혼천의로 천문 관측하기', '영조감의 시초로 점치기', '지구단에서 활쏘기'를 꼽았다.[73] 홍대용의 부탁으로 김종후는 애오려에 대한 기문을, 김이안은 농수각에 대한 기문을 지어 주었다.[74] 후일 홍대용은 북경에서 만난 항주 선비 엄성과 반정균·육비에게 요청하여 각각 「애오려 팔영(八詠)」과 「담헌기」, 「농수각기」를 받았다. 귀국한 이후에도 중국 여행 중에 사귄 손유의(孫有義)·조욱종(趙昱宗)·등사민(鄧師閔) 등에게 서신을 보내어 애오려의 팔경을 노래한 한시를 지어 달라고 끈덕지게 요청했을 만큼,[75] 홍대용은 수촌의 시골집을 사랑하고 자랑스러워했던 것 같다. 당시 홍대용의 생활상을 전하는 사촌동생 홍대응의 한시가 있다.

> 산뜻한 난간과 창문 갖춘 작은 초가집
> 그중에 편안히 누워 지내심은 무슨 뜻인지?
> 벽 위에는 장화가 찾던 보검 한 쌍[76]
> 책상에는 손무가 남긴 병서 몇 권이 있네.
> 시각 알리는 자명종 소리에 절이 가까이 있나 의심하고
> 절기를 예측하는 혼천의로 초봄을 깨닫게 되네.
> 아름다운 거문고는 줄이 끊어졌어도 여음은 전하는데[77]
> 반 이랑 네모진 연못에 조각달 맑게 비치네.[78]
>
> 瀟洒欄囱小草廬　箇中高臥意何如
> 一雙壁上張華劍　數卷床頭孫武書
> 報刻鍾聲疑寺近　占時渾象識春初
> 瑤琴絃絶遺餘韻　半畝方塘片月虛

이와 같이 유복하고 여유로운 환경 속에서 홍대용은 다방면으로 광범하게 독서하면서, 틈틈이 거문고 연주와 활쏘기를 즐기고 천문을 관측했던 듯하다. 후일 그는 북경에서 만난 서양인 선교사나 반정균에게도 자신이 혼천의를 만들어 천문을 관측했었노라고 밝혔다.[79] 또한 후일 엄성도 홍대용의 서신 모음집 앞에 붙인 소개

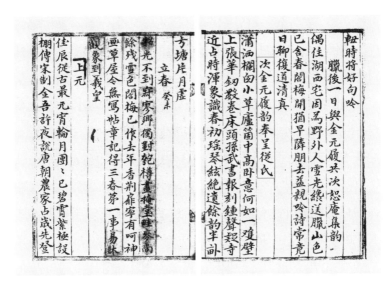

홍대응의 한시 홍대용의 생활상을 전하고 있다. 『경재존고』 권1

글에서, 홍대용은 충청도 청주의 수촌에 은거하여 애오려를 짓고 거처하는데 "천문 관측을 잘하고, 말 타고 활쏘기 및 시초로 점치기에 정통했으며, 틈나면 향 피우고 글을 읽고, 거문고를 연주하며 스스로 즐거워할 뿐이었다"라고 북경 여행 이전 그의 생활상을 전했다.[80]

당시 홍대용은 부모의 명과 친구들의 권유를 이기지 못해 과거 공부를 아주 폐하지는 않았지만, 유가 경전과 역사서 외에 불교와 도가, 양명학 등 이단 잡서도 가리지 않고 읽었다.[81] 심지어 소설류도 읽었던 듯하다. 『을병연행록』이나 『연기』를 보면 은연중 『수호전』을 인용한 대목이 적지 않다.[82] 그리고 한문 서학서(西學書)를 포함한 천문 수학, 음율·역법 서적과『손자』·『오자』(吳子)·『병학지남』(兵學指南) 등의 병서와 심지어 기문둔갑(奇門遁甲)에 관한 서적까지 읽었던 것 같다.[83]

특히 주목할 것은 그가 병법에도 큰 관심을 쏟았던 점이다. 홍대용은 당시 조선의 성리학자들이 '경세제민'에 기여하는 '실학'(實學)을 도외시하는 데 대해 매우 비판적이었다. 앞서 언급했듯이 그는 10대 시절부터 유가 경전의 글귀 해석에 골몰하기보다는 '고학' 즉 고대의 실용적인 학문에 뜻을 두었고 '군국경제'의 사업을 흠모했다고 한다. 군수로 부임한 부친을 따라 경상도 영천(지금의 영주)에서 지낸 20대 중반에도 홍대용은 '거경궁리'의 수양보다 '주라박채'의 박학에 힘써, 영천의 고명한 성리학자 송정환에게 충고를 들었을 정도였다. 부임하는 고을마다 무예를 적극 장려했던 그의 부친 홍역이 나주 목사로 재임할 적에도 홍대용은 부친을 대신하여 무사들에게 활쏘기에 그치지 말고 병법을 익히라고 권장하는 글을 지었다. 후일 중국 여행 중에도 그는 도처에서 활과 조총 등 청나라의 각종 병기와 군사들의 활쏘기와 말 타기, 창검 쓰는 법 등에 대해 큰 관심을 드러내며 유심히 관찰했다. 또 홍대용은 시험 삼아 활을 직접 당겨 보일 적마다 청나라 사람들로부터 '활 쏘는 자세가 아주 좋다', '문무를 겸했다'는 칭찬을 받곤 했다.[84]

행장(行狀)에 의하면, 홍대용은 "전곡(錢穀: 재정)과 갑병(甲兵: 군사)도 위기지학(爲己之學: 자신을 위한 참된 학문)이 아님이 없다"는 주자의 말을 늘 읊조리면서, 속된 선비들이 고담준론만 하고 내실이 없음을 병으로 여겼다고 한다.[85] 주자는『대학혹문』(大學或問)에서 "대저 학자가 천하의 일을 대하기를, 당연해야 하는 자기의 일로 여기

홍대용 행장 손자 홍양후가 지었다.

고 그 일을 한다면, 비록 갑병과 전곡과 변두(籩豆: 제사)와 같은 담당 관리가 하는 일들도 모두 자기를 위한 것(즉 위기지학)이다"라고 하였다. 홍대용이 늘 읊조렸다는 주자의 말은, 이러한 주자의 원래 발언을 요약하여 "주자는 전곡과 갑병도 위기지학이 아님이 없다고 여겼다"고 한 송시열의 글에서 간접 인용한 것으로 짐작된다.[86]

홍대용이 남긴 문제작 「의산문답」(毉山問答)에 등장하는 '허자'(虛子)는 이처럼 의욕적으로 박학을 추구하던 수촌 은거 시절의 자화상을 조금 과장해서 그린 것이라 볼 수 있다. 중국 여행에 나서기 전까지 허자는 은거하여 독서하면서, "천지자연의 변화와 미묘한 천명(天命)을 연구하고, 음양오행의 근원과 유불도(儒佛道) 삼교의 본질에 통달했으며, 인류 도덕을 조리 있게 풀이하고 만물의 다양한 이치를 종합하여, 깊은 데까지 탐색하고 처음부터 끝까지 환히 알았다"고 자부했다. 또한 '실옹'(實翁)에게 허자는 자신의 학문에 대해, "육예(六藝)와 짐술 등 각종 기예, 천문 역법, 병기(兵器)와 변두(籩豆: 제사), 수학과 음악에 이르기까지 두루 제한을 두지 않고 널리 배웠으되, 궁극적으로는 육경(六經)을 통해 종합하고 정자·주자의 학설과 절충했노라"고 밝혔다.[87] 이는 바로 수촌 은거 시절 홍대용 자신의 학문적 지향을 대변한 것이라 하겠다.

1764년(영조 40년, 갑신년)은 명나라의 마지막 황제인 의종(毅宗, 숭정제崇禎帝)이 순국한 지 120주년이 되는 해였다. 이 뜻 깊은 해를 기념하기 위해 그해 3월 의종의 기일을 전후하여 조정에서는 성대한 제사를 지냈으며, 민간에서도 유사한 추모 행사들을 벌였다. 박지원도 동네의 어르신들을 따라 우암 송시열의 영정을 참배한 뒤, 효종이 북벌 때 쓰라고 우암에게 하사했다는 초구(貂裘: 담비 가죽옷)를 구경했던 일을 기록한 「초구기」를 지었다.[88]

그해에 홍대용은 청주 화양서원(華陽書院)의 재임(齋任: 임원)을 맡아 그곳을 누차 왕래했다. 당시 화양서원 원장은 봉조하(奉朝賀) 유척기(兪拓基)였다. 포음 김창즙의 문인인 유척기는 석실서원 원장 직도 맡고 있었으며, 석실서원 강장(講長)인 김원행의 바로 이웃에 살고 있었다. 수년 뒤 유척기가 별세하자 김원행이 그의 후임으로 화양서원 원장이 된다. 홍대용은 유척기와 절친한 김원행이 신임하는 제자인 데다 청주 수촌에 시골집이 있었으므로 화양서원의 재임으로 천거되었던 듯하다. 그런데 당시 이미 송시열을 제향하는 서원들이 난립하여 세력을 다투었다. 유척기가 역시 원장을 맡고 있던 충주의 누암서원(樓巖書院) 유생들이 화양서원에 통문을 보내 여타

서원들을 삭거(削去)할 것을 함께 모의하자, 홍대용이 통문을 도로 돌려보내 사태를 진정시켰다고 한다.

또한 그 뒤 송시열의 영정과 그 제자 권상하(權尙夏)의 영정을 화양서원에 함께 봉안하는 문제로 분쟁이 발생하여 원장 유척기가 곤욕을 치렀을 적에도 홍대용은 이를 해결하기 위해 진력했다고 한다. 이 영정 봉안 문제는 1768년 후임 원장으로 추대된 김원행이 권상하의 문인 윤봉구가 지은 「화양서원 묘정비명(廟庭碑銘)」의 일부 내용을 문제 삼아 돌에 새겨 세우지 말도록 한 사건과 연계되면서, 호론(湖論)과 낙론(洛論)의 치열한 분쟁으로 비화하였다.[89]

1764년 화양서원 남쪽 70리에 있는 보은(報恩)의 현감으로 부임한 김이안은 이듬해 3월 부친 김원행이 문하생들을 거느리고 화양동을 거쳐 선유동(仙遊洞)을 유람할 때 동행했다. 당시의 유람을 기록한 글에서 그는, 예전에 벗 홍대용이 화양동과 선유동 사이에 있는 '만전'(晩田)이라는 마을이 두메산골에 있어 세상을 피해 숨어 살 만하다고 말했으며, 그곳을 오가며 초가집 짓고 황무지를 개간하여 터 잡고 살 계획을 세우고는 그더러 한번 방문하라고 했으나, 이번에도 바빠서 실행하지 못했노라고 아쉬움을 드러냈다.[90] 이로 미루어 한때 홍대용은 화양서원 부근의 산골 마을로 들어가 은둔할 꿈을 품기도 했던 듯하다.

1765년 봄에 홍대용은 경기도 광주로 김종후를 찾아갔다. 석실서원 부근 미음 나루에서 한강을 건너면 바로 광주 땅이다. 당시 김종후는 광주 궁촌(宮村: 서울시 강남구 수서동 궁마을)에 있던 종조부 김재로의 별장에 고원정(高遠亭)을 짓고 우거하고 있었다.[91] 홍대용은 김종후와 그의 족숙이자 자신의 내종형인 김치익과 함께 화전(花煎)

을 먹으며 한시를 지었고, 고원정에 올라서 가지고 온 거문고로 연주하기도 했다.[92] 김종후는 그와 교유하는 문사들에게 고원정에 대한 글을 지어 달라고 청탁하곤 했으므로,[93] 홍대용의 「고원정부」(高遠亭賦) 역시 그때 김종후의 청탁을 받고 지은 글로 짐작된다. 그 이듬해인 1766년 2월 홍대용은 북경에서 사귄 엄성과 반정균에게 자신의 최근작이라고 하면서 「고원정부」를 써서 주었다. 그리고 고원정의 주인 김종후에 대해, 귀한 가문 출신으로 벼슬을 원하지 않아 재야에서 독서하는 선비인데 학식과 문장이 모두 뛰어나 당세의 명망이 몹시 높다고 소개했다.[94] 하지만 북경 여행 이후 홍대용은 김종후와 사상적으로 대립·반목하는 사이가 된다.

2부 —

청 제국의 수도에서

1장　을유년 동지 사행

친지와 우인들의 송별

을유년(1765년, 영조 41년, 건륭 30년) 6월의 도정(都政: 정기 인사)에서 청나라에 파견할 동지(冬至) 겸 사은사(謝恩使)의 세 사신이 결정되었다. 정사는 순의군(順義君) 이훤(李楦), 부사는 김선행(金善行), 서장관은 홍억이었다.[1](→583면) 이훤은 인조의 아우인 능원대군(綾原大君) 이보(李俌)의 증손자로 처음 정사에 임명되었다. 이후 그는 1768년과 1772년에도 사행을 이끌고 북경을 다녀오게 된다. 김선행은 청음 김상헌의 사촌인 김상준(金尙寯)의 후손으로, 문과 급제 후 황해 감사·예조 참판·도승지·개성 유수 등을 역임했다. 그는 젊은 시절의 박지원이 종유했던 선배의 한 사람이기도 했다.[2] 홍억은 바로 홍대용의 숙부다. 세 사신은 자신을 호위하는 군관이라는 명목으로 집안의 자제들을 데리고 갈 수 있었는데 이를 '자제군관'이라 했다. 홍대용은 서장관의 자제군관으로 동지 겸 사은사행에 참여하게 되

었다.[3]

평소 홍대용은 좁은 조선 땅에서 벗어나 중국 대륙을 유람하면서 "천하의 선비를 만나 천하의 일을 의논할 뜻"을 품고 있었고, 비록 오랑캐이기는 하나 중국을 차지하여 100여 년 태평을 누린 청나라의 "규모와 기상"을 한번 봄 직하다고 생각했다. 그래서 중국 여행의 기회가 오기를 고대하면서, 원거리 여행에 대비해 매일 근력을 기르는 한편 역관에게 배우거나 역학서(譯學書)를 보며 중국어도 여러 해 공부해 두었다.[4]

북경 여행을 앞둔 홍대용에게 스승 김원행은 송별 시로 그의 조부 김창협의 한시를 써 주었다. 이는 일찍이 김창협이 자신의 문인이자 저명한 여항 시인인 홍세태(洪世泰)가 북경에 갈 때 지어 준 칠언절구 6수 중의 제5수이다. "진시황이 쌓은 만리장성 아직도 보지 못했으니, 남아의 우뚝한 기상을 저버렸도다. 미호(渼湖: 석실서원 앞을 흐르는 한강) 한구석의 작은 낚싯배에서, 흔들리며 도롱이 차림으로 지내는 이 인생이 우습도다"라고 하여, 그 자신도 은둔 생활에서 벗어나 유서 깊고 광활한 중국 땅을 유람하고 싶은 염원을 노래했다. 김원행은 조부의 이 송별 시로써 제자의 중국 유람을 축하하는 뜻을 전한 것이다. 홍대용은 『을병연행록』의 첫머리에 바로 이 김창협의 시를 인용했다.[5]

여행에 나서기 직전에 홍대용은 김종후에게도 서신을 보내 송별의 글을 청했던 듯하다. 당시 병석에 있던 김종후는 송별의 글을 대신하여 다음과 같은 답서를 보냈다.[6]

족하(귀하)가 오늘 여행하는 것은 무엇 때문이오? 왕명을 받은 사신의 임무가 있지 않은데도, 황사 속에 만리를 가는 괴로움을 무릅쓰면서 비린내 나는 더러운 원수의 국토를 밟는 것은, 어찌 국한된 안목을 시원스럽게 확대하고 싶다고 생각해서가 아니겠소. 그런데 안목이 국한된 경우에는 이를 확대하고자 생각하면서, 마음이 국한된 경우에는 이를 확대할 수 있다고 생각하지 않는다면 되겠소? 더욱이 이 마음을 확대하고자 하는 경우에는 또 황사와 더러운 비린내를 견디는 괴로움과 원수의 국토를 밟는 치욕이 없지 않소.

이제 장차 족하와 멀리 이별하게 되니, 족하와 처음 교제하던 때가 생각나면서 느낌이 없을 수 없구려. 나와 족하가 도봉서원에 모였을 적에 극에 달한 그 기개가 어떠했었소? 그런데 지금 17년 사이에 족하는 이미 머리 희끗한 장년이 되었고, 나는 머리털이 짧아진 노인이 되었소이다.

나 같은 사람은 본래 책망할 가치도 없소만, 그대의 뜻을 속으로 엿보건대 장차 농사 짓고 거문고 타고 활 쏘는 즐거움을 누리면서 인생을 마칠 수도 있다고 생각하는 듯하오. 그렇다면 농사와 거문고 연주와 활쏘기가 어찌 족하의 마음을 국한하기에 충분한 것들이 아니겠소. 그러면 아마도 나처럼 헛수고만 하고 아무 것도 이루지 못하지 않도록 경계해야 할 것이오. 나는 실로 더욱 부끄럽소만, 족하도 역시 잘못이오. 그런데 지금 족하가 자신의 안목이 국한됨을 걱정해서 멀리 여행하니 족하의 안목이 장차 국한되지는 않겠으나, 그래도 여전히 국한된 것(마음)에 대해서는 어째서 특별히 주의하지 않으시오?

서로 깊이 친애함을 믿고서 이렇게까지 함부로 말했으니
용서하고 양찰하시겠지요.7

　　김종후는 그의 동생 김종수와 더불어 노론 청류(淸流)를 자처하
면서 이인상(李麟祥, 1710~1760)과 이윤영(李胤永, 1714~1759)을 중심
으로 친밀하게 교유한 문인 집단에 속했다. 이들은 '신임 의리'와
'대명(大明) 의리'를 고수하는 것을 자신들의 시대적 소임으로 자부
했다. 충신과 역적을 구분하지 않는 탕평책을 비판하면서 신임사화
를 일으킨 소론을 축출해야 한다고 보았다. 또한 북벌론(北伐論)이
현실성 없는 공허한 주장으로 치부되던 현실에 맞서 '원수'요 '오랑
캐'인 청나라에 대한 복수를 다짐하면서 청나라에 사신을 파견하는
것도 탐탁지 않게 여겼다.8

　　따라서 홍대용에게 보낸 위의 서신에서 김종후도 북경에 가는
것을 '비린내 나는 더러운 원수의 국토를 밟는' 치욕스러운 일이라
고 매우 부정적으로 보면서, 홍대용이 안목을 넓힌다는 명분으로
사행에 따라나선 데 대해 못마땅한 심기를 드러냈다. 또 젊은 시절
의 드높았던 기개는 어디로 갔느냐고 물으면서, 홍대용이 고향 수
촌에서 거문고나 타고 활쏘기나 하면서 유유자적하게 사느라고 마
음이 좁아진 만큼, 안목보다 마음을 넓히는 성리학 공부에 더 주력
하라고 일침을 가했다. 홍대용이 북경 여행을 다녀온 뒤 김종후와
심각한 논쟁을 벌이게 될 조짐이 이 서신에 이미 드러나 있다고 하
겠다. 『을병연행록』의 첫머리에서 홍대용은 여행을 앞둔 소회를 피
력하며, "만일 이적(夷狄)의 땅은 군자의 밟을 바가 아니요, 호복(胡

홍억에게 준 김종수의 송별 시 『몽오집』 권1
수록

服)한 인물은 족히 더불어 말을 못 하리라 하면, 이는 고체(固滯: 고
루)한 소견이요 인자(仁者)의 마음이 아니라"고 하였다.[9] 이는 김종
후의 비판에 대한 반박인 셈이다.

한편 김종수는 사행을 앞둔 홍억에게 송별 시를 지어 주었다. 이
시에서 그는 "북경은 오랑캐의 악취와 오물로 암흑천지인데, 사신
은 어디 가서 천자께 새해 인사 올린단 말인가. 청주(淸州) 가는 길
로 돌아가서, 만동묘(萬東廟) 아래 촌에 거주함만 못하느니"라고 하
였다.[10] 김종수 역시 그의 형 김종후와 마찬가지로, 만주족이 지배
하는 중국을 향해 홍억이 조공 사신으로 떠남을 심히 못마땅해하면
서, 차라리 명나라 신종의 신주를 모신 만동묘 부근으로 낙향하라
고 권했다. 이는 사행을 만류하는 시에 가깝다고 하겠다.

1765년 11월 2일 동지 사행은 임금에게 하직 인사를 올리고 북경으로 향하는 장도에 올랐다. 이날 영조는 장악원(掌樂院)의 악사(樂師)를 사행에 딸려 보내어, 아악(雅樂)에 사용하는 중요한 악기인 생황과 당금(唐琴)의 연주법을 배워 오고 아울러 그 악기들도 구입해 오라고 명했다. 또 관상감의 관원도 함께 보내어, 정확한 책력을 만드는 데 필요한 오성(五星)의 위치 계산법 등 심오한 역산(曆算) 지식을 알아 오고 천문 의기들도 구입해 오도록 했다. 이는 해당 관청들의 건의에 따른 것이기는 하나, 세종대왕의 치세처럼 아악과 역법을 크게 정비함으로써 왕권을 강화하고자 한 영조의 의지가 실린 조치였다.[11] 그에 따라 장악원 악사 장문주(張文周)와 관상감 관원 이덕성(李德星)이 천거되어 사행에 합류하게 되었다.[12] 홍대용은 거문고를 잘 타고 혼천의를 제작하는 등 음악과 천문학에도 조예를 갖추었으므로, 영조가 특별히 당부한 사명(使命)을 수행하는 데 그 역시 적임자라고 볼 수 있다. 따라서 그는 자연스럽게 이 두 사람과 동반하여 북경의 천주당과 유리창을 찾아가 천문 역법에 관해 질문하고 당금 연주법을 배우게 된다.

사행이 출발하던 날 홍대용은 무악재 너머 홍제원(弘濟院)까지 따라온 부친 홍역과 작별했다. 당시 부친이 지어 준 송별 시로 칠언율시 7수가 『을병연행록』에 번역·수록되어 있다. 그중 제4수에서 홍역은, 명나라가 망해 오랑캐 소굴이 되매 열사들이 깊은 슬픔을 품었다고 하면서, 대보단과 만동묘를 세운 의리가 점점 잊혀 이제는 아는 이가 드문 것이 애통하다고 했다. 또 제5수에서는 북경 가는 길에 하층 서민으로 숨어 사는 기특한 선비를 찾아보라고 당부하면서, 명나라의 유풍이 아직도 남아 있어 오랑캐의 변발(辮髮) 풍

속을 따르게 된 치욕을 잊지 않는 훌륭한 심성의 소유자가 있을 것이라고 했다.[13]

전송하려고 함께 따라온 사촌동생 홍대응도 그의 부친 홍억과 홍대용에게 한시를 지어 바쳤다. 그중 홍대용에게 바친 칠언율시 6수에서 그 역시 존명배청(尊明排淸) 사상을 강하게 드러냈다. 만 리 길에 거문고를 가져가서, 오랑캐 음악으로 시끄러운 중국에 고점리(高漸離)의 축(筑)[14]과 같은 소리를 전하리라 기대했으며, 명나라의 멸망을 몹시 애도하고 청나라에 조공 사신을 파견하게 된 것을 수치스러워했다. 또 병자호란을 회상하며 효종과 삼학사(三學士)와 송시열을 뜨겁게 추모했다.[15]

김원행 문하의 동문인 서직수도 자제군관으로 여행에 나서는 홍대용을 위해 송별 시를 지어 주었다. 이 시에서 그도 수양산에서 고사리를 캐 먹다가 굶어 죽은 백이 숙제의 고사, 역수(易水)에서 비장하게 노래를 부른 뒤 진(秦)나라로 떠난 자객 형가(荊軻)의 고사를 환기하면서, 동해에 빠져 죽을지언정 포악무도한 진(秦)나라를 섬길 수는 없다고 거부했던 노중련(魯仲連)과 같은 고사(高士)를 중국에서 찾아보라고 당부했다.[16]

여행에 나서면서 홍대용은 그보다 앞서 40~50년 전에 북경을 다녀온 김창업(호 가재稼齋·노가재老稼齋)과 이기지(호 일암一菴)의 연행록을 휴대했다. 여행 안내서 삼아 김창업의 『연행일기』(일명 『노가재 연행일기』)를 가지고 중국에 가서 도처에서 이를 참고했으며, 이기지의 『일암연기』도 초록해서 가지고 갔다.[17] 후일 홍대용은 박지원을 상대로 북경 천주당의 파이프오르간에 대해 논하면서, 선배 김창업과 이기지가 탁월한 식견으로 중국을 잘 관찰하기는 했지만 이들의

西風落葉感懷新　文酒湖山憶舊隣　滄病十
旬知卧久求詩三札見情親依仁晩月聞歸
鴈歇仁寒花備遠人更有故園長繫念漢村
耕釣夢覲頻

家君以冬至行臺赴燕拜獻別語

十一月初二使車西散時濟橋諸客送幌府
從兄隨北闕懷明主南村戀病兒晨昏違
萬里夜々朔風吹

奉贈逆氏隨家君燕行

龍灣以北盡胡疆故國山川游淚眷今古傷
心爽夏際男兒縱目劃燕間邊風朔雲行裝
暵哀笛清筇世界寒預想玉河經月苦繼愁
何異縈南冠

萬里行裝三尺桐傳聲高筑向西風裵歌寒當
喧中國禹服尭封化大戎山盡北飛人亦北
水皆東注夢還東病懷更激今朝別目斷遠
雲數點鴻

闕畫風沙影髮欹緜朝天舊路爲誰馳小邦皮

送洪弘之大容以子弟軍官赴燕行

葉軍二匹馬放入大江裏人皆以爲憂放舡追其後
黃龍如黃牛白馬如白烏黃畏沙工逐回首益轉下
白被沙工捉繫項共泛檣蓋也病一足白也亦病目
一目與三足共在中流水峨而能渡來各立沙之上
人馬亦同理病者猶有用如此三千西赤乾顧一渡

雨老首陽巖風喁易水波故人從此去爲問魯連何
鍾峴夜吟

辟巷吾廬好白雲深又深鵲巢高作夢松月細生陰
四面懀山色一身渾水心石階秋不掃落葉自成音

상: 홍대용에게 바친 홍대응의 증별 시 『경재존고』 권1
하: 홍대용에게 준 서직수의 송별 시 『십우헌집초』

연행록 중 천주당에 관한 기록만큼은 미흡한 점이 있다고 비판한 적이 있다.[18] 이로 미루어 보면 홍대용은 여행에 나서기 전에 이미 김창업과 이기지의 연행록을 숙독했음을 알 수 있다.

또한 홍대용은 청나라의 문인 학자들에게 소개하고자 당시 조선의 명문과 명화를 가지고 갔던 듯하다. 그는 북경에서 만난 엄성과 반정균에게 스승 김원행의 '논성서'(論性書)를 보여 주고 소견을 물었다. 이는 김원행이 그의 조부 김창협의 문인인 임홍기(任弘紀)의 질문에 답한 서신을 가리키는데, 낙론(洛論)의 견지에서 인간과 여타 생물의 본성이 동일하다고 논한 그의 사상적 핵심이 담긴 중요한 글이다.[19] 홍대용이 엄성에게 "이것은 조선 유학자들의 큰 시빗거리다"라고 말했듯이, 이와 같은 인성(人性)과 물성(物性)의 동이(同異) 문제는 당시 노론 학계의 논쟁을 불러일으켜 호론과 낙론이 대립하고 있었다. 임홍기에게 답한 김원행의 서신은 이 인물성(人物性) 문제에 관한 낙론의 주장을 남김없이 설파한 명문으로 간주되었다.[20]

홍대용은 여행을 떠날 때 친구에게 선물 받은 당대 조선의 유명한 화가 허승(許昇, 호 진관眞觀)의 화초 그림을 가지고 가 엄성과 반정균에게 보여 주고 여기에 품평의 글을 써 달라고 청했다.[21] 역시 여행을 떠날 때 서얼 출신의 서화가 유환덕(柳煥德, 호 태일산인太一山人·태일산초太一山樵, 1729~1785)이 선물로 그려 준 부채 그림 2점도 가지고 가서 엄성·반정균에게 증정했다.[22]

한편 홍대용은 개인적으로 소지하거나 일가 사람들이 따로 맡긴 백 수십 냥의 은화 외에도, 나라에서 여비로 팔아 쓰게 허용한 인삼 팔포(八包: 인삼 80근. 천은天銀 2천 냥에 해당함)의 자리를 상인이나

역관에게 팔아서 받은 200냥이 훨씬 넘는 은화(포가은包價銀)를 마련
했다. 참고로, 김창업은 1712년 연행 당시 여비로 은 24냥을 가져갔
었다.[23] 홍대용은 중국 관광이나 서적 구입에 부족함이 없도록, 주
위의 우려에도 불구하고 지나치게 많은 은화를 소지하고 갔으므로
나중에 왕복 수레 삯과 유람 잡비 등을 제하고도 100여 냥이나 남
아서 어디에 써야 합당할지 그 용처를 고민해야 할 정도였다.[24]

압록강 너머 북경까지

송도와 평양을 거쳐 의주에 도착한 동지 사행은 11월 말 압록강을
건넜다.[25] 당시 서른다섯 살의 장년이던 홍대용은 평생의 소원을 이
룬 기쁨이 복받쳐 즉흥시를 지어 읊었다. 이 시는 『을병연행록』에
한글 가사체로 번역·수록되어 있다. 여기에서 홍대용은 "반생(半生)
을 녹록하여 전사(田舍)에 잠겼으니, 비수를 옆에 끼고 역수를 못 건
넌들, 금등(金鐙)이 앞에 서니 이것이 무슨 일인가"라고 한탄했다.[26]
반평생을 평범하게 시골에 묻혀 지내다 보니, 자객 형가처럼 오랑
캐 황제를 죽이고자 국경의 강을 건너기는커녕, 금등을 앞세운 사
신의 의장 행렬을 뒤따라가는 일개 군관이 된 자신의 초라한 행색
을 돌아보며 비분강개한 심정을 드러낸 것이다. 이처럼 『사기』「자
객열전」에 나오는 형가의 고사를 인용한 것은 송시열의 글 이래로
연행(燕行)과 관련된 시문에서 흔히 볼 수 있는 관습적인 표현이기
는 하지만, 홍대용의 반청(反淸) 의식을 드러내 보여 준 것이라 하겠
다.[27]

홍대용은 변경의 소읍인 책문(柵門)을 통과한 뒤 심양과 산해관을 거쳐 그해 12월 말 북경에 도착했다. 도중에 그는 산해관 등 명말 청초의 격전지를 지날 적마다 지난 역사를 회고하며 명나라의 멸망을 애달파했다.[28] 또한 사하소(沙河所)란 곳에서 그는 여관 주인인 곽생(郭生)이 탄식하며 "지금 시절은 한인(漢人)이 벼슬할 때가 아니라"고 하는 말을 듣고는 드디어 자신이 찾던 숨은 선비를 만났다고 반색했으나, 여정이 바빠 그와 곧 헤어지게 되자 몹시 아쉬워했다.[29]

하지만 한편으로 홍대용은 상상했던 것보다 훨씬 더 광대한 중국의 산천과 도처에 번창한 시장, 편리하고 정교한 각종 문물을 접함에 따라 생각이 점차 변하지 않을 수 없었다. 광활한 요동 벌판을 지나면서 그는 "스스로 평생을 헤아리니 독 속의 자라와 우물 안의 개구리라. 어찌 하늘 아래 이런 큰 곳이 있는 줄 뜻하였으리오"라고 감탄했다. 그리고 이와 같은 광야를 건너 보지 않으면 지구가 둥글다는 학설을 끝내 믿지 못할 것이라고도 했다.[30] 새로운 천문학설인 서양의 지원설(地圓說)을 홍대용이 신봉하고 있었음을 알 수 있다.

또한 수많은 재목들이 강변을 따라 몇 리에 걸쳐 질서정연하게 쌓여 있고, 거름으로 쓰는 하찮은 말똥조차도 방정하게 쌓여 있으며, 닥나무·뽕나무들이 드넓은 밭에 일사불란하게 심겨 있는 광경을 보고 그는 크게 감동했다. 이처럼 규모가 거대하면서도 세심하게 마음을 쓴 '대규모(大規模) 세심법(細心法)'이야말로 청나라 문물의 뛰어난 점이라고 보았다.[31]

앞서 압록강을 건널 때 지은 즉흥시에서 홍대용은 간밤에 꾸었다는 꿈을 노래했었다. 요동 벌판을 훨훨 날아서 건너 산해관의 굳게 잠긴 문을 한 손으로 밀쳐 열었으며, 술이 취한 채로 망해정(望海亭)에 앉아서 갈석산(碣石山)을 발로 박차고 발해(渤海)를 들이마신 뒤에, 칼을 짚고 서서 진시황의 미친 뜻을 한바탕 비웃었노라고 했다.[32] 북벌을 꿈꾼 것이었다. 그런데 실제로 산해관 남쪽의 망해정에 당도하자 그는 "이 누대에 올라서 눈꼬리가 째지도록 부릅뜨고 비분강개하여 머리털이 위로 뻗치지 않는다면 진짜 겁쟁이다. 하지만 반평생을 우물 안에 앉아서 날벌레처럼 꾸물거리다가, 비로소 두 눈 부릅뜨고 담대하게 굴며 함부로 천하의 대사를 논하려 하다니, 너무나도 제 능력을 헤아릴 줄 모르는구나!"라고 자성하였다.[33]

『을병연행록』을 보면 심양에 머물 때 한 역관에게 들었다는 이야기를 기록하고 있다. 시대착오적인 북벌론자를 조롱한 이야기다. 연전에 부사(副使)로 청나라에 간 어느 재상이 심양에 도착해서는, 낙심한 듯한 몸짓을 하며 "심양까지는 내 이미 얻어 놓았거니와(점령했거니와) 다만 누구로 하여금 지키게 하리오"라고 혼잣말을 하자, 한 당돌한 역관이 나서서 "극히 황공하옵거니와 소인이 능히 지킬까 하노라"라고 큰 소리로 답하는 바람에 역관들이 모두 웃음을 참지 못했다는 이야기가 지금까지 전해져 웃음거리가 되고 있다는 것이다.[34] 심양은 병자호란 때 소현세자와 봉림대군이 인질로 잡혀 갔던 곳이요, 홍대용의 방조(傍祖)인 홍익한(洪翼漢) 등 삼학사가 끌려가 처형당한 곳이었다. 이러한 역사적 현장에 와서 당시의 비극을 회고하기는커녕, 북벌론을 희화화한 이야기를 아무런 비판 없이 소개한 데서 홍대용의 의식에 일어난 미묘한 변화를 감지할 수 있다.

이와 비슷한 일화는 나중에도 발견된다. 북경 체류 중에 부사의 숙소 주방에서 불이 나는 소동을 통해 중국인들이 화재를 몹시 두려워함을 알게 된 홍대용이 "우리나라가 조만간 북벌을 할 때 화공(火攻)을 한다면 천하를 힘들이지 않고 평정할 수 있겠다"고 농담을 했다. 그러자 한 역관이 웃으면서 말하기를, 몇 년 전 북경 정양문(正陽門) 문루(門樓) 화재 때 보니까 수차(水車: 소방차)[35]로 순식간에 화재를 진압하더라고 하면서, "이런 교묘한 기계가 있는데 어찌 화공을 두려워하겠습니까"라고 했다.[36] 홍대용의 사상이 북벌론에서 점차 벗어나 북학론으로 나아가는 조짐을 엿볼 수 있다.

1765년 12월 27일(양력 1766년 2월 6일) 드디어 홍대용은 건륭제 치하에서 한창 번영을 구가하던 청 제국의 수도 북경에 입성했다. 우선 그는 북경의 내성(內城)으로 진입하기 전에 사행이 잠시 머문 동악묘(東岳廟)라는 도교 사원과 사행이 통과한 내성의 동쪽 대문인 조양문(朝陽門)을 보자마자 건물들의 웅장함에 압도되어 감탄을 연발했다.[37] 다음날에도 그는 정양문(正陽門: 속칭 전문前門) 북쪽의 예부(禮部)로 사은자문(謝恩咨文: 황제에게 감사를 표하는 외교문서)을 바치는 사신들을 따라가던 도중에 북경의 시가지를 목격하고는, 예전에 익히 들었고 김창업의 연행록을 통해 짐작하기도 했지만 설마 이 정도로 번성할 줄은 몰랐노라고 감탄했다.[38]

을유년의 섣달 그믐날, 예부 뒤편 홍려시(鴻臚寺)에 가서 황제에게 새해 문안 인사를 올리는 조참(朝參) 의식을 예행 연습할 때에 홍대용은 이를 구경하고자 역관의 이름을 빌려서 동참했다. 여기에서 그는 조선과 마찬가지로 류큐국(琉球國)이 파견한 조공 사신을 만날수 있었다.[39] 이와 관련하여 홍대용은 『연기』에서, 청나라의 판도가 "역대 중국 왕조 중 으뜸"이라고 높이 평가하면서, 류큐·베트남·타이·소록(蘇祿: 필리핀 솔루군도의 회교국)·라오스·서양·버마(미얀마) 등 수많은 나라가 복속하여 청나라와 조공 관계를 맺고 있다고 전했다.[40] 이처럼 그는 청 제국의 국력에 놀라워하면서도, 황제의 하사품을 받기 싫어 정식 사행 명단에 이름을 올리지 않았고, '오랑캐 조정'에 무릎 꿇기를 면하려고 조참 의식에도 불참하기로 했다.[41]

그 뒤 1766년 3월 1일 북경을 떠날 때까지 홍대용은 두 달 남짓 그곳에 머물면서 이름난 관광지를 두루 유람했다. 자금성 남쪽 정양문 앞에서 그는 박석(薄石)이 깔린 탄탄대로에 수레와 말들이 벽력같은 소리를 내며 무수히 오가는 광경을 보고는, "실로 천하의 장관이다!"라고 감탄을 금치 못했다. 그리고 이에 비하면 초라하기 짝이 없는 조선의 실정을 생각하고 저도 모르게 탄식하는 한편, "슬프다! 이런 번화한 기물(器物)을 오랑캐를 맡겨 백년이 넘도록 능히 회복할 모책(謀策)이 없으니 만여 리 중국 가운데 어찌 사람이 있다 하리오?"라고 개탄했다.[42] 또 태학(太學: 국자감國子監)에 가서 정문의 현판이나 공묘(孔廟: 공자 사당)에 모신 위패에 만주 문자가 쓰인 것을 보고는, 신성한 곳을 '오랑캐 글자'로 더럽혔다고 거듭 통분했다.[43]

유리창의 한 서점에서 국자감 감생(監生) 장본(蔣本)과 주응문(周應文)을 만났을 적에 홍대용은 조선인의 의복이 오로지 명나라의 옛 제도를 준수하고 있음을 자랑스레 밝혔으며, 송나라 충신 문천상(文天祥)의 사당이 퇴락한 것을 개탄하여 그들을 무안하게 했다.[44] 또 유리창에서 돌아오던 길에 들어가 본 어느 가게에서 그는 조선에서도 『주역』과 『춘추』를 읽느냐는 질문을 받자, "『주역』은 심상히 읽거니와 『춘추』는 읽을 땅이 없어 아니 읽느니라"고 응수했다. 일찍이 송시열이 "『춘추』를 읽을 땅이 없다"(無地讀春秋)고 탄식했던 말을 빌려, 만주족이 중국을 지배한 뒤로 중화(中華)를 높이고 오랑캐를

배척하는『춘추』의 정신이 사라져 버렸다고 풍자한 것이었다.[45]

　『을병연행록』과『연기』에는 기록되어 있지 않지만, 북경에 체류할 적에 홍대용은 장춘사(長椿寺)도 찾아갔다. 중국에서 사귄 벗 손유의(孫有義)에게 귀국한 뒤 보낸 편지에서 그는 장춘사에서 '황명 황후'(皇明皇后)의 영정을 보았더니 그 복식이 지금 한족 여성의 고유한 복식과 다를 바가 없더라고 말했다.[46] 장춘사는 명나라 신종의 생모 효정태후(孝貞太后)가 창건한 절인데 명나라 마지막 황제 의종(毅宗)의 생모 효순태후(孝純太后)의 영정이 여기에 봉안되어 있었다. 홍대용은 몽골 '오랑캐'의 풍속을 답습한 조선의 부인 복식을 중화의 제도로 개혁하는 데 큰 관심을 갖고 있었으므로, 장춘사에서 효순태후의 영정을 참배할 적에도 그 복식을 유심히 관찰했던 것 같다. 그로부터 수십 년 뒤인 1826년 동지 사행에 참여한 그의 손자 홍양후도 장춘사를 찾아 효순태후의 영정을 참배하였고, 1861년 문안 사행의 부사로 북경에 간 박지원의 손자 박규수 역시 그 절을 찾아가 영정을 참배했다고 한다. 북학파의 후예들이 홍대용의 장춘사 탐방을 잊지 않고 그 발자취를 뒤쫓아 간 것이다.[47]

2장 천주당과
서양 천문학 수용

천주교 남당 방문

북경 체류 중에 홍대용이 가장 자주 찾아간 명소는 천주당과 유리
창이다. 당시 북경에는 동서남북 네 곳에 천주당이 있었다. 그중 홍
대용이 방문한 곳은 선무문(宣武門) 근처의 남당(南堂)과 동안문(東安
門) 근처의 동당(東堂)이다. 『을병연행록』에는 천주교 남당이 '서천
주당'으로 기술되어 있다. 이는 착오가 아니라, 남당이 초창기에는
동당과 짝을 이룬 '서당'(西堂)이었는데, 그 뒤 1703년 북당(北堂)이
건립되자 '남당'으로 개칭되었으며, 1723년에는 별도의 서당이 건
립되었으나 관습에 따라 남당은 여전히 '서천주당'으로도 불렸기 때
문이다. 『열하일기』에서 박지원도 남당을 '서천주당'이라고 지칭했
다. 1(→592면)

　강희 연간 이래 조선 사신들이 천주당을 방문하면 서양인 선교
사들이 내부를 두루 보여 주고 진기한 서양 물품을 선사하며 환대

한 까닭에, 북경에 가면 천주당을 관광하는 것이 상례가 되었다. 특히 남당은 네 천주당 중에서 가장 역사가 오래되고 규모가 커서 조선인들의 왕래가 끊이지 않았다.[2]

　1713년(숙종 39년, 강희 52년) 북경에 간 김창업은 천주교 남당을 방문하여, 예수와 천주교 성자들을 그린 벽화, 일영(日影: 해시계)과 혼천의와 거대한 자명종(보시종報時鍾, 탑시계), 그리고 서양인 선교사 서일승(徐日升, 본명 토마스 페레이라Thomas Pereira, 1645~1708)이 제작했다는 파이프오르간 등을 구경했다.[3] 1718년 박지원의 족조(族祖)인 금평위(錦平尉) 박필성(朴弼成)은 사은 정사로 북경에 갔을 적에 천주교 남당을 방문하고 서양인 선교사 기리안(紀理安, 본명 버나드-킬리안 스텀프Bernard-Kilian Stumpf, 1655~1720)과 교분을 맺었으며, 귀국 후에도 그에게 안부 서신과 선물을 계속 보냈다.[4]

　1720년(경종 즉위년, 강희 59년) 북경에 간 이기지는 당시까지 세워진 천주교 성당 세 곳 모두 즉, 서당(후일의 남당)과 동당 및 북당을 도합 여덟 차례나 방문하고, 소림(蘇霖, 본명 요셉 수아레스Joseph Suarez, 1656~1736) 등 서양인 선교사를 13인이나 만났다. 그중 소림·대진현(戴進賢, 본명 이그나즈 쾨글러Ignaz Kögler, 1680~1746)·비은(費隱, 본명 자비에르-에렌버트 프리델리Xavier-Ehrenbert Fridelli, 1673~1743)은 조선 사신 숙소로 두세 차례나 찾아왔다.[5] 이처럼 유례없이 적극적이고 활발한 만남을 통해 이기지는 천주당의 벽화들과 낭세녕(郎世寧, 본명 주세페 카스틸리오네Giuseppe Castiglione, 1688~1766)이 직접 그려서 보내 준 개 그림 등 다양한 서양화, 천리경(千里鏡: 망원경), 〈곤여도〉(坤輿圖) 등의 세계 지도, 『칠극』(七克)과 『천주실의』(天主實義) 등 천주교 서적을 접했으며, 천주교 교리와 천문 역법, 혼천의 제작

과 자명종 수리 등에 관해 진지한 대화를 나누었다.[6]

이와 같은 선배들의 발자취를 이어 홍대용도 천주교 남당을 세 차례, 동당을 한 차례 방문했다.[7] 천주당을 방문할 적마다 그는 일관(日官: 관상감 관원) 이덕성(李德星)과 함께 갔다.

효종대 이후 조선은 청나라의 시헌력(時憲曆: 일명 시헌서時憲書)을 받아들이면서도 자국 실정에 맞게 역서를 스스로 제작해 왔다. 그런데 서양의 최신 천문학 지식에 근거한 시헌력에 대한 이해가 부족했던 데다 청나라가 시헌력을 여러 차례 개정했기 때문에, 조선의 역서가 시헌력과 일치하지 않는 문제가 종종 발생했다. 일식과 월식의 예측, 24절기와 윤달의 설정, 오성(五星)의 위치 계산 등이 특히 문제가 되었다. 이런 문제들을 해결하기 위해 조선은 정기적으로 역관(曆官)을 북경에 파견하여 천문 역법 지식을 습득하게 하고, 시헌력 개정의 근거가 된 『역상고성』(曆象考成)과 『역상고성후편』(曆象考成後編) 등 청나라의 천문 역산서를 구입해 오도록 했다.[8]

이덕성은 이미 1747~1748년에 관상감의 천문학 교수로서 동지사를 따라 북경에 간 적이 있다. 당시 그는 천주당과 흠천감(欽天監)을 왕래하면서 흠천감 관원에게 질문하여 화성 등 오성의 위치 계산법을 습득했으며, 『신정일식주법』(新定日食籌法, 필사본 1책)을 베껴 적어 왔다. 1764년 영조는 이덕성의 공로를 인정하여 정3품 절충장군으로 특별히 품계를 높여 주었다.[9]

북경 체류 중에 홍대용은 천주교 남당에 거주하고 있던 유송령(劉松齡, 본명 페르디난드 어거스틴 할러스타인Ferdinand Augustin Hallerstein, 1703~1774)과 포우관(鮑友管, 본명 앙투안 고가이슬Antoine Gogeisl, 1701~1771)을 만나 대화를 나눌 수 있었다. 당시 이 두 사람은 예순 살이 넘은 노인이었다. 이들은 흠천감의 고위직에 20여 년이나 함께 재임하면서, 기형무신의(璣衡撫辰儀) 등 각종 천문 의기 제작과 『의상고성』(儀象考成) 등 중요한 천문학 서적 편찬에 기여한 그 분야의 최고 전문가였다.[10]

첫 번째 방문 때 중국어 통역을 위해 동행한 역관 홍명복(洪命福)은 유송령에게 이덕성을 소개하기를, "아국(我國) 흠천감(관상감) 관원이라. 그대에게 책력 만드는 법과 성신(星辰) 도수(오행의 위치 계산법)를 배우고자 하느니라"라고 했다.[11] 또 그는 유송령의 마음을 움직이려고 홍대용을 조금 과장되게 소개하기도 했다. "재능과 학술이 매우 높아서, 성상(星象)·산수·음률·역법 등의 모든 법도를 모르는 게 없으며, 손수 혼천의를 만들었는데 천문 현상과 절묘하게 합치한다"고 했다.[12] 두 번째 방문 때 홍대용은 "비록 천상과 산수를 배우고 싶은 때문이기는 하지만, 자주 와서 괴롭히니 몹시 죄송하다"고 하면서 유송령과 포우관에게 양해를 구했다. 그리고 "제가 주제넘게 혼천의 하나를 만들어 천문 현상을 상고했더니 어긋남이 많더라"고 하면서, 천주당에 있는 훌륭한 천문 의기들을 보여 달라고 공손히 요청했다.[13]

『천애지기서』(天涯知己書)에서 이덕무는, 중국을 다녀온 사람들에게 뭐가 좋더냐고 물으면 매번 반드시 조대수(祖大壽)의 패루(牌樓) 다음으로 천주당의 벽화를 들며 '멀리서 보니 진짜 같더라'고 한다면서 이를 비웃었다.[14] 하지만 북경의 천주교 남당을 방문한 홍대용 역시 극히 사실적으로 그려진 벽화를 처음 보고 경탄하기는 마찬가지였다. 그는 서양화가 원경(遠景)을 묘사하는 데 특히 뛰어나며 모든 풍경에 천연색을 사용하여, 실경(實景)으로 착각하게 된다고 몹

홍대용의 선물에 대한 유송령과 포우관의
감사 답장(1766년 1월 8일) 『계남척독』

시 놀라워했다. 그리고 "대개 서양화가 절묘한 것은 구상이 정교해
서 남들보다 뛰어날 뿐만이 아니다. 비례에 맞추어 물체를 정확히
재단하는 수법이 있는데 이는 오로지 산술(算術)에서 나왔다고 한
다"고 하여, 서양의 기하학적 원근화법에 대한 인식을 보여 주고 있
다.[15]

　　홍대용은 성당의 북쪽 벽 중앙에 그려진 예수의 초상화도 보았
다. "계집(여자) 의상(衣裳)이요, 머리를 풀어 좌우로 드리우고 눈을
찡그려 먼 데를 바라보니 무한한 생각과 근심하는 기상이라. 이것
이 곧 천주라 하는 사람"이었다. 처음에는 소상(塑像: 인형)인가 했다
가 가까이 가서야 그림인 줄 깨달았는데, 두 눈이 사람을 빤히 보는
듯하니 "천하에 이상한 화격(畵格: 화법)"이었다. 그리고 동쪽과 서쪽
의 벽에 그려진 여러 초상화들 위에는 각각 칭호를 썼는데 "다 서양

사람 중에 천주 학문을 숭상하고 명망이 높은 이라. 이마두(利瑪竇)와 탕약망(湯若望) 두 사람밖에는 알지 못할러라"라고 했다.[16] 홍대용이 이미 서학서를 통해 마테오 리치(Matteo Ricci, 중국명 이마두利瑪竇, 1552~1610)나 아담 샬(Adam Schall, 중국명 탕약망湯若望, 1591~1666)과 같은 저명한 예수회 선교사들에 대한 상식을 갖추고 있었음을 엿볼 수 있다.

『을병연행록』에서 홍대용은 마테오 리치에 대해 "천하의 이상한 (특이한) 사람"이라고 소개하면서도, "땅 밑으로 돌아 중국을 들어왔노라"고 하는 그의 말은 미덥지 않다고 했다.[17] 이는 마테오 리치가 포르투갈에서 적도 아래의 아프리카 희망봉을 돌아 중국에 도착한 사실을 말한다. 마테오 리치가 중국의 극서(極西) 쪽에서 8~9만 리를 항해하여 왔다는 말은『교우론』(交友論)이나『천주실의』등에 보이며 국내에도『지봉유설』(芝峯類說) 등에 소개되었는데,[18] 홍대용은 이를 불신한 것이다.『열하일기』에서 박지원은 '서양인들이 거대한 선박을 타고 지구를 일주하여 왔다'는 말을 불신하는 조선의 고루한 선비들과는 '천하의 장관(壯觀)'을 더불어 논할 수 없다고 개탄했거니와,[19] 그 점에서는 당시 홍대용의 식견도 고루한 선비들과 별반 차이가 없었다고 하겠다.

하지만 홍대용은 천문 역산에 대한 마테오 리치의 능력에 관해서는 극찬했다. "대개 천문 성상(星象)과 산수 역법을 모를 것이 없으되, 다 근본을 구핵(究覈)하고 증거를 밝혀 하나도 억탁(臆度)한 말이 없으니, 대개 천고의 기이한 재주"라고 하였다.[20]『연기』에서도 그는, 마테오 리치 이후 서양인들이 중국에 와서 "산수(算數)를 가지고 전도(傳道)하고 또 천문 의기를 전공하여 관측을 귀신처럼 하니,

천문 역법에 정통하기로는 중국에서도 한나라·당나라 이래로 없던 경지이다"라고 칭송했다. 그리고 "지금 서양의 역법은 산수로써 근본을 삼고 천문 의기로써 참작하여, 온갖 형체를 헤아리고 온갖 형상을 엿본다. 무릇 천하의 원근과 고저와 대소와 경중을 눈앞에 다 모으기를 손바닥 가리켜 보이듯 쉽게 하니, 이를 두고 '한나라·당나라 때도 없던 경지'라고 말한 것은 망언이 아니다"라고 역설했다.[21] 마테오 리치를 비롯한 예수회 선교사들이 전래한 서양의 천문 역산이 수학에 의거하고 망원경과 같은 천문 의기로 정밀하게 관측함으로써 중국보다도 월등하게 우수함을 허심탄회하게 인정한 것이다.[22] 그러므로 후일 홍대용은 수학과 천문 의기에 각별한 관심을 기울여, 수학서인 『주해수용』(籌解需用)과 각종 천문 의기들을 해설한 「농수각 의기지」(籠水閣儀器志)를 남기게 된다.

천주교 남당을 처음 방문했을 때 홍대용은 객당(客堂)에서 접견을 기다리던 중 벽에 있는 천문도와 세계지도를 보았다. "초초(草草)히 보아도 가장 자세하고 분명하여 아국에서 보지 못하던 본(本)"이었다. 그리고 본당에서는 "서양국 사람이 만든 것이요, 천주에게 제사할 때 주(奏)하는" 파이프오르간을 발견하고 자세히 관찰했다. 그것은 생황의 제도를 확대하고 풀무(송풍기)의 힘을 빌린 악기로 "고금에 희한한 제작"이었다. 시험 삼아 직접 건반을 눌러 거문고 한 곡을 연주해 보았더니 유송령이 잘한다고 칭찬했다.[23] 후일 홍대용은 박지원에게 그때 본 파이프오르간의 구조와 작동 원리를 상세히 설명하면서, 나라에서 비용을 대준다면 거의 그대로 만들 수 있다고 장담했다.[24] 또한 홍대용은 거대한 자명종을 안치한 누각(시계탑)에 모자까지 벗고 직접 기어 올라가 그 제도를 자세히 관찰했다.

"대개 자명종 제도를 인하여 형체를 키우고 기계를 변통"한 것으로 "그 공교한 법은 말로 이루 기록하지 못할러라"라고 감탄했다.[25]

두 번째 방문 때는 오성의 위치 계산법에 관해 질문했다. 홍대용이 "하늘의 다섯 별이 연년(年年) 돌아가는 도수를 변하나니 추보(推步: 추산)하는 법 가운데 근년에 고쳐 추보함이 있느냐"고 물었더니, 유송령이 "지금 추보하는 법은 『역상고성』의 의논한 바를 고침이 없으되, 근년에 두어 도수가 변했는지라. 이 연고를 황상(皇上)께 아뢰어 옛 법을 고치고자 하되 아직 시작하지 못했는지라"라고 답했다.[26] 강희 때 편찬한 『역상고성』에 의거해 오성의 위치를 계산해 왔으나, 최근에 실제 관측과 약간 어긋나므로 장차 개정하려 한다는 것이었다.

그때 유송령은 홍대용의 강청에 못 이겨 천문 의기 하나를 보여 주었다. 명칭을 밝히지는 않았으나, 종이를 배접하여 만든 원형의 의기로 그 위에 삼원(三垣) 이십팔수(二十八宿)를 그렸으며 적도환(赤道環)과 황도환(黃道環)을 갖추었다고 한다. 따라서 이것은 바로 홍대용이 제작하여 농수각에 혼천의와 함께 안치했다는 혼상(渾象)과 동일한 종류의 의기로 판단된다. 후자 역시 "안층에 종이를 바르나 닭의 알 형상을 이루고 위에 삼원 이십팔수의 형상을" 그린 것이었다.[27] 유송령은 세차운동(歲差運動)에 따라 해마다 조금씩 달라지는 별들의 위치를 이 의기를 가지고 상고할 수 있다고 설명했다.[28]

또한 유송령은 홍대용의 요청으로 천체 망원경도 보여 주었다.[29] 이는 "천만 리 밖 터럭 끝을 능히 살피는 것이라. 이러므로 하늘을 여어보며(엿보며) 일월의 형태와 성신(星辰)의 빛을 난만(爛漫)히 측량하니 천하의 이상한 그릇(기구)"이었다. 홍대용은 양쪽 끝에

렌즈를 붙인 경통(鏡筒), 경통을 떠받치면서 상하좌우로 방향을 전환하는 가대(架臺)와 가대를 지지하는 삼각대, 망원경의 균형을 잡는 균형추 등을 대강 살펴보고는 "그 이상한 제도와 공교(工巧)한 성령(性靈: 정신)은 이루 전할 길이 없더라"고 감탄했다.[30]

유송령은 홍대용에게 망원경으로 태양을 관측하는 법을 가르쳐 주었다. 광선이 약하게 투과하도록 검정 유리를 이중으로 부착한 보조 망원경(파인더)을 경통의 접안부(接眼部)에 설치한 뒤 태양을 정조준해 보았더니, 눈이 전혀 부시지 않은 채 아주 가까이에서 극도로 선명한 모습의 태양을 관측할 수 있었다고 한다.[31] 당시로부터 150여 년 전에 갈릴레이가 시도했던 것처럼, 홍대용도 망원경으로 태양의 흑점을 관측하고자 했다. 태양에 흑점이 3개 있다고 들었는데[32] 하나도 보이지 않았다. 홍대용이 그 이유를 묻자, 유송령은 "그대가 그 묘리를 모르는도다"라고 하면서, 태양이 자전 운동을 하기 때문에 관측 장소에 따라 흑점이 없거나 그 수가 증감하는 것처럼 보일 뿐이라고 설명했다.[33] 일찍이 갈릴레이는 망원경을 사용해 태양의 흑점을 발견하고 이를 관측함으로써 태양이 자전하는 사실을 발견했다.[34] 유송령은 1769~1770년 동지 부사로 북경에 와서 천주당을 방문한, 홍대용의 당숙 홍자(洪梓)에게도 천체 망원경을 빌려주어 태양의 흑점을 관측하게 했다고 한다.[35]

세 번째 방문 때 이덕성은 유송령에게 천문 역법에 관해 두루 질문했다. 지난번에 홍대용의 질문에 답한 바와 마찬가지로, 유송령은 오성의 위치 계산이 많이 어긋나서 『역상고성』을 수정 보완하도록 방금 황제에게 상주했으나 작업이 방대해서 당장 책을 완성하기는 어렵다고 말했다. 이덕성이 오성의 위치를 계산하는 책의 초고라도 보고 싶어 하자, 유송령은 '서양 언문'(알파벳)으로 쓴 필사본을 보여 주어 도저히 읽을 수가 없었다.[36]

유송령은 조선과 일본에도 자명종이 있느냐고 묻고 나서, 만세산(萬歲山: 북경 경산景山)에 거대한 자명종이 있다고 알려 주었다. 또 홍대용의 간곡한 요청에 따라, 나무 상자에 든 태엽식 알람시계인 요종(鬧鐘: 자명종)을 보여 주었다. 한편 포우관은 품속에 지닐 수 있게 만든 작은 일표(日表: 회중시계)의 내부를 보여 주었다. 톱니바퀴들을 "귀신같은 솜씨로 아로새겼으니 보통 사람들은 생각하지 못할 바였다." "그 고동(기계 장치: 태엽)을 자세히 보고자 손으로 잠깐 닿으니, 포우관이 놀라며 다치지 말라 하니" 무안해서 즉시 돌려주었다.[37]

이밖에 '서양국의 윤도(輪圖: 나침반)'와 문시종(問時鐘)[38]도 보여 달라고 요청해서 보았다. 서양의 나침반은 중국과 달리 24방위로 고정되어 있지 않고 다양한데, 그중 36방위로까지 세분된 것은 "큰 바다에 다니는 배"에서만 쓴다는 사실을 알았다.[39] 문시종은 일표와 유사한 회중시계의 일종이다. 평소 문시종을 몹시 보고 싶어 했던 홍대용은 북경 체류 중 청나라 황족인 '양혼'(兩渾, 실명이 아님)을 만났을 적에 이미 실물을 접하고 사용법 설명을 들은 뒤, 간청하여 일표와 함께 빌려오기까지 했다. 그때 처음 보았더니, 문시종은 크기가 "둥근 장기짝"만 한데 가죽 주머니에 들어 있었다. 시계 뒷면의 "자루 같은 조그만 둥근 쇠"를 손가락으로 살짝 누르면, 종소리가 횟수를 달리하여 두 차례 울려서 당시의 정확한 시(時: 2시간 단위)와 각(刻: 15분 단위)을 알려 주었다.[40] 홍대용이 포우관에게 문시종의 표면에 시각을 표시한 글자의 뜻을 물었더니, "이것은 종 치는 수를

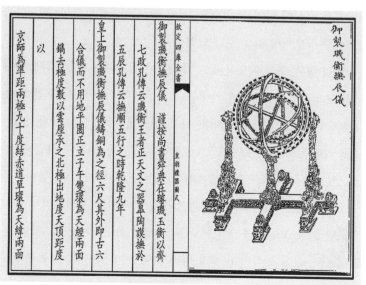

상: 기형무신의 『황조예기도식』 권3
하: 기형무신의 실물 베이징 고관상대 소재

기록한 것"이라고 설명해 주었다.[41]

홍대용은 기형무신의(약칭 무신의)도 보고 싶다고 했다. 그러자 유송령은 "전에는 오성(五星)과 이십팔수(二十八宿)를 다 각각 의기로 측량해 여섯 가지 제도가 있더니, 무신의는 근래에 만든 것이라. 여섯 가지 의기를 한 틀에 합해 그 제도는 비록 간략하고 공교하나, 종시 틀림이 있어 전(前) 제도에 미치지 못할지라. 요사이는 폐하여 쓰지 아니하고, 여러 의기들은 다 관상대에 감추고 이곳에는 있는 것이 없다"고 답했다.[42] 유송령이 말한 '여섯 가지 의기'란 강희 12년(1673)에 완성해서 북경의 관상대에 안치한 천체의(天體儀) 등 6종의 대형 청동제 천문 의기를 가리킨다. 그 뒤 강희 말년에 지평경위의(地平經緯儀)를 추가 제작했으며, 건륭 19년(1754)에 최후로 완성한 것이 기형무신의였다. 대진현에 이어 유송령이 제작을 감독했다고 한다. 『의상고성』의 첫머리에 그 구조와 제작법·사용법·계산법이 상세히 소개되어 있으므로, 아마도 홍대용은 이 책을 통해 기형무신의의 존재를 알게 되었을 것이다. 『의상고성』의 설명에 의하면, 기형무신의는 중국의 전통적인 혼천의와 흡사하게 3중 구조를 갖추었으며 이를 좀 더 간편하게 개량한 의기라고 할 수 있었다.[43] 앞서 살펴보았듯이 홍대용 역시 전래의 혼천의를 개량하여 새로운 혼천의를 제작하고자 했던 만큼, 기형무신의에 대해 남달리 주목하고 큰 관심을 품게 되었을 것이다.

마지막으로, 홍대용이 "날이 늦으매 물러가기를 청하고, 돌아갈 기약이 멀지 아니하니 다시 오지 못하리라"고 작별 인사를 했건만, 유송령과 포우관은 "조금도 창연(愴然)히 여기는 기색이 없"었다. 이덕성은 "맡아 온 일이 있어 역법을 자세히 배우고 두어 가지 의기와 서책을 사고자 했더니, 대접이 종시 관곡(款曲)하지 아니하고, 서책과 의기는 다 없노라 일컫고 즐겨 보이지 아니하니 가장 통분하여 하되 할 일이 없더라"고 했다.[44] 종래 조선인들이 천주교 남당을 워낙 자주 방문하고 무례한 행동을 종종 저지른 탓이기는 하지만,[45] 홍대용과 이덕성은 그다지 환대를 받지 못하고 소기의 성과도 충분히 얻지 못한 채 그곳을 떠나야 했다.

천주교 동당과 관상대 탐방

홍대용은 이덕성과 함께 북경의 천주교 동당에도 갔다. 여기에서도 홍대용은 사실적인 서양화를 보고 큰 충격을 받았다. 특히 관 위에 놓인 죽은 사람 곁에서 여인을 포함한 여러 사람들이 슬피 우는 모양을 그린 서쪽 벽화는 참혹해서 구역질이 날 것 같아 차마 바로 볼 수 없었다. 성당 문지기의 말이 "천주의 죽은 거동을 그렸다"고 하니 이는 아마도 피에타(pietà)의 일종이었을 것이다.[46] 동당에도 거대한 자명종을 둔 누각(시계탑)이 있어 올라가 살펴보았더니 "자명종 제도는 서천주당(남당)과 다름이 없더라"고 했다. 뜰에서 돌로 만든 해시계 한 쌍도 보았다.[47]

그날 홍대용은 동당을 나오다가 멀리 반공(半空)에 솟아나 있는 높은 집을 발견하고 찾아갔다. 알고 보니 그 집은 바로 관상대(지금 북경의 고관상대古觀象臺)였다. 『을병연행록』과 달리 『연기』에는 '관성대'(觀星臺)로 되어 있으나, 이는 관상대의 명나라 때 명칭을 답습한 것일 뿐이다.[48] 관상대에 거주하는 서양인들은 '서천주당'(남당)에 일이 있어 나가 버려 한 사람도 없었다. 그들이 열쇠를 가지고 가버려 문을 열 수가 없다고 하므로, 틈새로 안을 엿보았더니 혼천의·망원경 등의 천문 의기들이 어렴풋이 보일 뿐이었다. 그리고 야간에 중성(中星: 하늘의 정남쪽에 보이는 별)을 관측한다는 곳을 둘러보는데 그쳤다.[49]

홍대용은 관상대를 재차 방문하여 그 위의 천문 의기들을 자세히 관찰하고 싶은 집념을 버리지 못한 듯하다. 2월 6일 유리창에서 점포를 열고 있던 흠천감 관원 장경(張經)을 찾아가 이덕성과 함께 대화를 나눌 적에 장경에게 관상대를 한번 구경할 일을 의논했더니, "관상대는 잡인을 엄히 금하는 곳이라 이곳 사람도 함부로 출입하지 못하고, 또 들으니 십 년 전에 조선 사람이 올라 구경했다가 일이 드러나매 지킨 관원의 벼슬을 앗고 중죄를 주었는지라. 즉금은 하릴없으리라"고 자못 실망스러운 정보를 알려 주었다.[50]

3월 1일 북경을 떠나던 날 홍대용은 사행을 잠시 이탈하여 관상대를 다시 찾아갔다. 멀리서 바라보니 기이한 천문 의기들이 아침 햇살에 현란한 빛을 반사하고 있어 "곧장 힘차게 날아가고 싶었지만 그럴 수는 없었다." 관상대는 장경의 말대로 원래 외부인의 출입을 엄금하는 곳이었으나, 문지기에게 뇌물을 주고 관원들이 출근하기 전을 틈타 잠깐 잠입할 수 있었다. 관상대 아래 부속 관청[51]의 뜰에서 "대명(大明) 정통(正統, 1436~1449) 연간에 만든" 혼천의와 혼상, 간의(簡儀)를 살펴보았다. 그중 혼천의는 바로 홍대용이 익히 알고 있던바 『서집전』 「순전」에 소개된 송나라 때의 혼천의 제도를 따른 것이었다.[52]

관상대 위에는 천체의·적도경위의(赤道經緯儀)·황도경위의(黃道

經緯儀)·지평경의(地平經儀)·지평위의(地平緯儀: 즉 상한의象限儀)·기한의(紀限儀) 등 강희 때 만든 6종의 천문 의기가 있었다. 이에 대해 홍대용은 『연기』에서 "모두 서양의 방법이 중국에 전래된 이후에 제작된 것으로, 원나라 때 곽수경(郭守敬)이 만든 예전 제도보다 훨씬 정밀하다"고 높이 평가했다. 그러나 당시 홍대용이 이 6종의 의기들을 실제로 관찰했는지는 의문스럽다. 이어서 그는 "근래에 천문 의기가 6종이나 되어 번잡하다는 이유로 또 하나의 의기를 제작하여 6종의 의기의 기능을 겸하게 했으나, 기물이 훨씬 번잡해서 종내 6종의 의기를 각각 사용하는 것만큼 간편하지 못했다고 한다"는 말을 덧붙였는데, 이는 천주교 남당을 방문했을 때 유송령으로부터 얻은 기형무신의에 관한 정보를 옮겨 적은 것에 불과하다.[53] 『연기』에는 이러한 6종의 의기 및 기형무신의에 대한 구체적인 묘사가 전혀 없을뿐더러, 지평경의와 상한의를 합쳐서 만든 또 하나의 의기인 지평경위의에 관해서는 언급조차 하지 않았다. "문지기가 나가라고 재촉하여 허겁지겁 떠났다"고 한 점으로 미루어, 홍대용은 관상대에 있던 모두 8종의 대형 천문 의기들을 제대로 살펴보지는 못한 듯하다.[54] 후일 그가 측관의(測管儀) 제작과 관련하여, "한 차례 북경에 가서 흠천감 관원에게 질문하고 아울러 관상대의 천문 의기들을 바라본 적도 있지만, 끝내 상세한 제작법을 알 수 없었다"[55]고 술회한 사실은 이를 뒷받침한다고 하겠다.

그날 관상대 구경을 마친 뒤 일행과 합류한 홍대용이 이덕성에게 "관상대 소견을 대강 전하니, 이덕성이 한가지로 보지 못함을 한(恨)하더라"고 했다.[56] 이덕성은 홍대용과 함께 관상대를 탐방할 기회를 놓친 것을 아쉬워하기는 했으나, 그 역시 자신의 사명을 완수하고자 독자 행동을 하기도 했던 듯하다. 이덕성은 역관 고서운(高瑞雲)을 대동하고 흠천감을 왕래하면서 면폐(面幣: 처음 상면할 때 건네는 예물)를 후히 보내고 서양인 선교사들을 애써 만난 결과,『의상고성』(32권) 12책과『일식산』(日食算)을 구득할 수 있었다. 황윤석(黃胤錫)의『이재난고』(頤齋亂藁)에 의하면, 당시 북경에서 부사 김선행도『역상고성』(曆象考成, 42권)과『율려정의』(律呂正義, 5권) 및『수리정온』(數理精蘊, 53권)으로 구성된 방대한 천문 수학 및 음악학 총서인『율력연원』(律曆淵源, 100권) 전질을 구입했다고 하며, 홍대용 역시『수리정온』과『역상고성』을 포함한『율력연원』전질을 구입했던 것으로 추측된다.[57]

이덕성은 귀국한 뒤『의상고성』을 영조에게 진상하면서 설명하기를, 강희 때 남회인(南懷仁, 본명 페르디난트 페르비스트Ferdinand Verbiest, 1623~1688) 등이 6종의 천문 의기를 제작하면서 '구법(舊法) 의상지(儀象志)'(『영대의상지』靈臺儀象志)를 편찬했으나, 이 책은 건륭 때 대진현·유송령 등이 '선기무신의'(璇璣撫辰儀: 기형무신의)를 제작하면서 편찬한 '신법(新法) 의상지'라고 하면서, 건륭 21년(1756)에 간행되었는데 이번에 비로소 입수해 왔다고 아뢰었다.[58] 그리고 "근년 이래 칠정(七政)의 위치를 계산할 때 매번 틀리는 경우가 있었으나, 이제 이 책에 수록된 성표(星表)에 따라 추보했더니 과연 합치했다"고 하면서, 관상감에서 "금년부터는 이 책을 가지고 추보해야 마땅하다"고 아뢰었다. 영조는『의상고성』을 최초로 구입해 온 이덕성의 공로를 인정하여 특별히 그의 품계를 높여 주었다.[59]

천주교 탐문

앞서 살폈듯이 홍대용은 이덕성과 함께 천주교 남당을 방문하여 유송령·포우관에게 오성의 위치 계산법 등 천문 역법을 묻고, 혼상과 망원경 등 천문 의기와 요종·일표·문시종 등 시계류를 볼 수 있었다. 하지만 그의 관심은 이러한 서양의 과학 기술에만 한정되지는 않았다.

천주교 남당을 처음 방문했을 때 홍대용은 역관 홍명복을 시켜, 서양인 선교사들의 고국과 복색(服色)·문자 등에 관해 물었다. 그러자 유송령은 "중국 서남편의 수만 리 밖이오, 대서양 소서양(小西洋)이 있으니 우리는 대서양 사람"이라고 밝혔다. 본래 복색은 머리를 깎지 않고 의복이 넓으나, "우리는 중국에 들어와 중국의 녹(祿)을 먹는지라 마지못하여 중국 제도를 하노라"고 해명했다. 또 서양에서는 "다만 우리 글자를 행할 뿐이라 중국 진서(眞書: 한자)는 아는 일이 없"지만 "우리는 중국에 들어와 비로소 진서를 배워 약간 글자를 알고, 성명 또한 본성(本姓)이 아니라 중국에 들어온 후 지은 것"이라고 답했다.[60] 세 번째 방문 때에는 '서양 언문'(알파벳)과 새의 깃털로 만든 서양의 펜을 처음 보았다.[61]

홍대용은 천주교에 대해서도 관심을 나타냈다. 남당을 재차 방문했을 적에 홍대용은 천주교의 교리에 관해 질문했다. '천주 학문'(천주학)이 유불도(儒佛道) 삼교와 더불어 중국에 유행하고 있으나, 조선에만 전해지지 않아 알지 못하니 그 대강을 듣고 싶다고 했다.[62] 또 유교는 인의(仁義)를 숭상하고 도교는 청정(淸淨)을 숭상하고 불교는 공적(空寂)을 숭상하는데 천주학은 무엇을 숭상하느냐고

물었다.[63]

그러자 유송령은, 만유(萬有) 위에 계신 존귀한 천주를 사랑하고 남을 사랑하기를 제 몸처럼 하라고 가르치는 것이 천주학이라고 답했다. 그리고 천주는 옥황상제와 같은 도교의 '상제'(上帝)가 아니라 유교 경전에서 말하는 '상제'와 똑같은 존재라고 주장하면서, 유식하게도『중용』(中庸)에서 공자가 한 말과『시경』의「문왕」(文王)이라는 시에 대한 주자의 주석을 증거로 인용했다.[64] 이는『천주실의』에서 "우리나라의 천주는 곧 중국말로 '상제'인데 도가에서 만든 현제옥황(玄帝玉皇: 옥황상제)의 형상과는 다르다.""우리 천주는 바로 유교의 옛 경전에서 일컬은 상제다"라고 하면서,『중용』과『시경』에 나오는 '상제'의 예들을 인증한 마테오 리치의 주장을 되풀이한 것이다.[65] 중국 선교의 전략으로 유교와 타협하고자 했던 마테오 리치는 그 일환으로 창조주(Deus)의 번역어로서 '상제'라는 유교식 용어도 과감히 사용했다. 하지만 그에 반대하는 논의가 천주교 내부에서 분분하게 일어난 결과『천주실의』의 재판(再版)부터는 '상제'가 모두 '천주' 등의 다른 용어로 바뀌었다고 한다.[66]

세 번째 방문 때 홍대용은, 서양인 선교사들은 자식이 있느냐, 천주교는 처첩을 두지 못하게 하느냐고 물었다. 이에 대해 유송령은 "어찌 그러하리오? 지금 북경 사람이 천주의 학문을 다 숭상하거니와 어찌 인륜을 폐한 사람이 있으리오?"라고 반문하면서, 서양인 선교사들은 평생 독신으로 지내지만, 천주교 신자들은 처첩을 둘 수 있다고 강조했다.[67]『천주실의』에서 마테오 리치는 결혼을 하지 않아 후손이 끊어지게 하는 것은 큰 불효라는 중국 선비의 비판에 맞서, 예수회 선교사가 금욕과 독신주의를 고수하는 이유를 자세히 해명한 바 있다. 그렇다고 해서 혼인한 사람을 비난하는 것은 아니며, 순리에 따라 아내를 취하는 것은 천주의 계율을 어기는 것이 아니라고 덧붙여 말했다.[68]

또 홍대용은 서양인들이 한자를 모르니 서양에는 중국 서적이 없을 터인데 "도를 배우는 사람은 무슨 글을 보느냐"고 물었다. 이는 중국 중심, 유교 중심의 견지에서 서양의 도덕 수준을 내려다보는 발언으로 받아들여질 수 있었다. 그러자 유송령은, 비록 "아국 언문"을 사용할 뿐이나 "우리나라 사람이 만들고 우리나라 글로 지은" 온갖 서적이 있다고 하면서, "말이 비록 다르나 도리를 논한 말은 중국과 다름이 없"다고 응수했다. 이어서 그는 "하늘이 명한 것을 '성'이라 하고, 성을 따르는 것을 '도'라고 하며, 도를 닦는 것을 '교'라고 한다"(天命之謂性, 率性之謂道, 修道之謂敎)는 『중용』의 첫 장을 암송하고 나서, 이 세 구절로 말하더라도 비록 이와 똑같은 글은 없지만 이와 비슷한 말은 서양에도 있다고 주장했다.[69] 지난번 만남 때처럼 유송령은 유교 경전에 대한 해박한 지식을 과시함으로써 홍대용을 설복하려 한 것이다.

한편 홍대용은 북경에서 우연히도 중국인 천주교도를 만날 수 있었다. 조선인들과 주로 거래하는 '진가'(陳哥: 진씨)라는 상인은 청나라 황족 '양혼'과 친분이 있어 그의 저택을 수시로 드나들었으며 '양혼' 역시 진가의 점포에 종종 들르는 사이였다. 홍대용은 진가의 점포에서 '양혼'과 처음 만나 대화할 적에, 진가가 평소 천주학을 독실하게 믿는다는 사실을 알게 되었다. 진가는 매일 5경(새벽 3~5시)이면 천주당에 가서 천주상을 예배하고 성경을 읽고 돌아오는데 설령 비바람이 쳐도 감히 폐하지 않기를 이미 30여 년이 되었다고 하였다.[70] 그리고 이처럼 정성껏 천주를 믿는 까닭은 후생(後生: 내세)의 복을 구하기 위함이요, 천주교는 악한 생각이 싹트지 않게 하며 행실을 닦고 마음을 다스림으로써 후생의 복을 구한다고 했다.[71]

그러자 홍대용은 그 자신 유학자임에도 천주교와 유교의 공통점을 인정하는 너그러운 태도를 보였다. 천주교가 "진실로 이러하면 금생(今生)의 복을 얻을지니 어찌 후생을 기다리리오? 우리는 공부자(孔夫子: 공자)를 존숭하고 천주 학문은 듣지 못했으되, 다만 몸을 닦고 마음을 다스림은 공부자가 사람을 가르침이 이밖에 벗어나지 아니"한다고 긍정했다. 수신(修身)을 무엇보다 중시하는 점에서는 천주교와 유교가 일치한다고 본 것이다. 그리고 진가가 비록 상인이기는 하지만 "능히 이런 일을 유심(留心)하니 가장 기특"하다고 칭송하면서, "다만 매매하는 중에도 사람 속이기를 일삼지 아니하면 또한 복을 받을 도리이니라"고 하여, 신앙을 지켜 정직하게 장사할 것을 권했다. 진가는 홍대용의 말이 옳다고 맞장구쳤다.[72]

진가의 점포에서 심부름을 하는 그의 어린 조카 석화룡(石化龍)도 알고 보니 천주교 신자였다. 석화룡이 천주교의 교리 문답서를 읽고 공부한다 하므로, 홍대용은 그 책을 가져오라 하여 급히 살펴보았다. "대강 불경(佛經)의 말에 가깝되, 그중 유가(儒家) 공부에 합(合)하는 말이 또한 많"았다. 그런데 진가는 무식해서 천주교의 "짐짓 (참된) 학문을 배우지 못하고 다만 날마다 예배하고 경(經)을 읽어 후생의 복을 구하니, 제 말은 비록 불도(佛道)를 엄히 배척하나 기실은 불도와 다름이 없더라"고 했다.[73] 불교 신자처럼 내세의 복을 비는 진가를 비판하기는 했지만, 천주교의 교리 자체는 유교의 수신 공부와 합치하는 점이 많다고 인정한 것이다. 석화룡은 날마다 조선 사신의 숙소로 놀러와 안부를 묻고 진가와 '양혼'의 소식을 세세히 전하곤 했는데 "새벽마다 진가를 따라 천주당에 가 예배하는 거동을 자랑하"였다고 한다.[74]

옹정(雍正) 원년(1723)부터 도광(道光) 24년(1844)까지 약 120년간 청나라는 천주교를 금압하고 박해했다. 옹정제의 금령(禁令)을 계승한 건륭제는 북경에 거주하는 서양인 선교사들이 천문 역법을 빙자해서 전도하는 것을 엄금했으며, 만주인이든 한인이든 천주교를 신봉하는 자는 모두 중형으로 처벌했다. 1746년(건륭 11년) 복건성(福建省)에서 황제의 금령을 어기고 몰래 전도하던 선교사들이 체포·처형되고 신자들은 유배형을 당했다.[75] 이런 실정임에도 진가나 석화룡은 그들이 천주교도임을 외국인인 홍대용에게 전혀 숨기지 않았으며, 홍대용도 그들의 독실한 신앙을 존중했던 사실은 주목할 만하다.

그 뒤 홍대용은 과거 보러 상경한 강남 항주 출신의 선비 엄성과 반정균을 만났을 적에도 천주교를 화제의 하나로 삼았다. 당시 홍대용이 중국의 남쪽 지방에도 '천주 학문'을 존숭하는 사람이 있느냐고 물었더니, 반정균은 "천주 학문이 근년에 비로소 중국에 행하니, 이는 금수(禽獸)에 가까운 도(道)라 사대부는 믿는 사람이 없"다고 답했다.

그런데 『담헌서』 중의 『간정동필담』에는 그다음에 느닷없이 홍대용이 "천비(天妃)가 누구냐?"라고 묻자, 반정균이 "천비는 황하(黃河)의 신이다. 복건(福建) 사람 임씨(林氏)가 현재 '천후'(天后)로 칙봉(勅封)되었고 회족(回族)들이 이 종교에 많이 가입했다고 전해 들었다"고 답한 내용이 들어가 있어, 필담의 앞뒤 맥락이 단절된 느낌을 준다. 천비는 중국의 민간 신앙에서 항해의 수호신으로 숭배하는 마조(媽祖)의 봉호(封號)이다. 북송 초에 태어난 복건성 출신의 임묵랑(林黙郎)이란 무당을 신격화한 것이라고 한다. 역대 중국 황제들이 마조에게 봉호를 하사했는데, 강희 23년(1684)과 건륭 2년(1737)에도 '천후'라는 봉호가 하사되었다.

중국의 천주교 전파 여부에 관한 문답 중에 이처럼 엉뚱해 보이는 내용이 끼어든 것은, 명나라 말에 항주에 건립되었던 천주교당이 청 옹정 8년(1730) 황명에 의해 철거되고 그 자리에 천비를 제사하는 '천후궁'(天后宮)이 건립되었던 사실과 관련이 있을 듯하다. 즉 위 이후 옹정제가 강희 말년에 내려진 천주교 선교 금지령을 강화함에 따라, 북경과 광주(廣州) 지역 이외의 천주교당들은 관공서로 전용되거나 '천후'와 같은 토속 신앙의 신들을 모시기 위해 다시 지어졌다.[76] 아마도 이와 같은 사실을 언급한 반정균의 발언 내용이 필담의 수습·정리 과정에서 의도적으로 삭제되었거나 실수로 누락되지 않았나 한다.

이어서 반정균은 "대명 만력(萬曆) 연간에 서양국 이마두가 중국에 들어오매 그 학문이 비로소 행하여 여러 권의 글이 있으니, 그중에 이르되, '천주가 세상에 강생(降生)하여 사람을 가르치고자 하다가 원통히 죄에 걸려 참혹한 형벌로 몸이 죽으니, 십자가라 일컫는 것이 있어 사람으로 하여금 날마다 예배하고 천주를 생각하여 상(常)히 눈물을 흘리고 은혜를 잊지 말라' 하니, 극히 미혹한 말"이라고 비판했다.[77] 아마 반정균은 『천주실의』의 제8편에서 '천주가 서양에 강생한 까닭'(天主降生西土來由)을 풀이한 내용을 알고 있었던 듯하다. 그러나 그는 하느님의 아들인 예수 그리스도가 십자가에 매달려 죽음으로써 죄 많은 인류를 대신하여 속죄했다는 천주교의 핵심 교리를 '극히 미혹한 말'이라고 공박하면서, 천주교를 양주(楊朱)·묵적(墨翟)의 학설이나 불교와 마찬가지로 인류를 해치는 '금수지교'(禽獸之敎)라고 배격했다.

또한 홍대용은 엄성의 말을 통해 청나라 조정이 천주교를 분명히 금하고 있음을 비로소 알게 되었다. 반면 엄성과 반정균은, 북경의 동서남북 네 곳에 천주당이 있으며 서양인들이 그곳에 거주하면서 전도하고 있더라는 홍대용의 말을 듣고 놀랐다. 홍대용은 천주교 동당과 '서당'(즉 남당)을 직접 가 보았다고 밝히면서, 서양의 천문 역법은 중국보다 월등하게 우수하지만 서양의 천주학은 유교의 '상제'라는 칭호를 표절하고 불교의 윤회설로 포장하여 '천박하고 고루하다'고 비웃었다. 천주는 유교의 '상제'와 같다는 유송령의 주장이나 후생의 복을 구한다는 진가의 신앙을 모두 비판한 셈이다. 그리고 북경에 와서 보니 진가나 석화룡처럼 중국인 중에 천주교를 신봉하는 자가 많더라고 하면서, "중국의 남북을 막론하고 사대부 중에는 모두 믿고 따르는 자가 없느냐"고 묻자, 두 사람은 모두 "없다"고 단언했다.[78] 처음에 유송령이나 진가를 만났을 적에는 천주교에 대해 호의적인 반응을 보였던 홍대용이 엄성·반정균과의 대화를 거치면서 강경한 비판적 태도로 변했음을 짐작할 수 있다. 아마그는 이 두 사람으로부터, 청나라에 금령이 내려져 있고 중국 사대부들은 천주교를 전혀 믿지 않는다는 정보를 접한 것이 계기가 되어, 서양의 선진적 과학 기술은 적극 수용하되 서양의 종교는 배척하는 쪽으로 생각을 굳힌 듯하다.

그러므로 홍대용은 『을병연행록』에서 마테오 리치가 서양의 천문 역법과 함께 중국에 전래한 '천주 학문'을 소개하면서, "그 학문은 대강은 하늘을 존숭하여 하늘 섬김을 불도의 부처 섬기듯이 하고, 사람을 권하여 조석(朝夕)에 예배하고 착한 일을 힘써 복을 구하라고 하니, 대저 중국 성인(聖人)의 도와 다르고 이적(夷狄)의 교회(敎誨)라 족히 이를 것이 없"다고 했다.[79] 서양의 천문 역법은 극찬하면서도, 천주교는 불교와 유사한 '오랑캐'의 종교로서 중국의 유교와 어긋나므로 언급할 가치도 없다고 혹평한 것이다.

3장 유리창과 당금 연주법 습득

흠천감 관원 장경의 점포 방문

북경 체류 중에 홍대용은 천주당보다 유리창을 더 자주 찾아갔다. 서점가로 유명한 유리창에는 수많은 책을 비롯하여 각종 그릇·안경·거울·필묵과 벼루·그림·악기 등 진기한 기물들을 구경할 뿐만 아니라, 그곳에서 장사하는 사람 중에 왕왕 글하는 선비와 과거에 낙방한 강남의 거자(擧子: 수험생)가 많으니 "혹 의젓한 선비를 만날까 하여" 여덟 차례나 진출했다.[1](→607면)

유리창에 처음 가던 날 홍대용은 "서책과 기완(器玩: 감상용 기물)이 많으니 만일 사기를 생각하면 재력(財力)이 미치지 못할 것이요, 또한 부질없는 집물을 가지고자 함은 심술(心術)의 병이 되리라" 생각하고는, 다만 눈으로 구경만 하고 조금도 사려는 마음을 품지 않았다. 그러나 그날 유리창 관광을 마치고 숙소에 돌아와 앉으니, "마음이 창연(悵然)하여 무엇을 잃은 듯한지라. 완호(玩好)에 마음을 옮기고 욕심의 제어하기 어려움이 이러하더라"고 실토했다.[2] 『연기』의 이본인 『연행잡기』에서 중국 여행 중에 구입한 각종 물건과 그 가격을 기록한 「탁장」(橐裝) 조를 보면, 서책·안경·인석(印石)·종이·필묵·골동품 등 유리창에서 샀음직한 물건들이 대다수이다.[3]

홍대용이 유리창을 자주 찾아간 데에는 또 다른 중요한 동기가 있었다. 전문가를 수소문하여 천문 역법에 관해 질문하거나 당금 연주법을 배우고자 한 것이다.

홍대용은 천주교 남당으로 유송령·포우관을 방문하는 한편, 유리창에 거주하는 흠천감 박사 장경을 네 차례나 찾아갔다.[4] 청나라의 흠천감에는 시헌과(時憲科)·천문과(天文科)·누각과(漏刻科) 등의 분과가 있는데 각 과에 소속된 박사는 종9품의 최하위 관직이다.[5] 장경은 흠천감으로 출근하는 외에, 유리창에서 기완(器玩)과 골동품 따위를 팔고 도장을 새기는 점포를 열어 수입을 보태고 있었다.

홍대용은 이덕성이 천문 역법을 의논하고자 장경의 점포를 찾아갈 때 동행하여 그를 만났지만, 식견이 얕고 무식하여 실망스러웠다. 청나라의 시헌력에 절일(節日)로서 납평(臘平: 납일臘日)이나 한식(寒食)을 수록하지 않은 이유라든가, 말복을 입추 뒤에 두는 '월복'(越伏)의 원칙에 관해 이덕성이 질문했으나, 장경은 하나도 시원하게 답변하지 못했다.[6]

또 홍대용이 질문하기를, 청나라 역법은 오로지 "서양의 법"을 숭상하니 책력을 수정할 때면 "천주당 사람"이 전적으로 주관하느냐고 하자, 장경은 절대로 그렇지 않다고 했다. "흠천감에서 여러 관원이 머물러 산(算)을 두며(치산置算하며: 산가지로 계산하며) 천상(天象)을 살펴 절후(節侯: 24절기)를 정하니, 천주당 사람은 외국 사람이라 황상(皇上)이 비록 벼슬 품(品: 품계)을 주어 녹(祿)을 먹이나, 책력은 나라의 중한 일이니 어찌 경이(輕易)히 간예(干預)하게 하리오?"라고 답했다.[7] 하지만 홍대용은 이미 유송령을 만나, 그로부터『역상고성』에 의거한 오성의 위치 계산이 관측과 어긋나 황제에게 시헌력의 개정을 상주했노라는 말을 들은 바 있다. 옹정 초부터 흠천감의 최상위직인 감정(監正: 정5품)에 만주인 1인과 함께 서양인 1인을 두었고, 건륭 10년(1745)부터 차상위직인 감부(監副: 정6품)에도 만주인과 한인 각 1인 외에 서양인 2인을 두었다.[8] 당시 유송령과 포우관은 각각 감정과 감부로 재직하며 흠천감의 실무를 주관하고 있었으므로, 장경의 답변은 실상과 다르며, 흠천감의 서양인 관원에 대한 배외적 심리를 드러낸 것뿐이라 할 수 있다.

장경을 만나서 얻은 한 가지 소득이 있다면, 문시종의 기능을 겸한 서양의 특이한 자명종을 본 것이다. 이는 건륭제의 처남으로 "의정대신"(議政大臣)이자 "중국(의) 유명한 각로(閣老: 내각대학사內閣大學士)"인 부항(傅恒)의 집안 물건이라고 하는데, 팔려고 장경의 점포에 내놓은 것이었다. 태엽을 감아 톱니바퀴를 돌게 했으며, 줄을 당기면 큰 종과 6개의 작은 종들이 울려 정확하게 시각을 알리니 "대개천하에 이상한(특이한) 보배"였다.[9] 이덕성은 관상감에 바치고자 이 자명종을 사고 싶어 했으나, 은 200냥으로 값이 너무 비싼 데다가 태엽은 내구성이 떨어지고 부속 기계들이 많이 파손되었으니 사지 말라고 홍대용이 만류하는 바람에 거래가 성사되지는 않았다.[10]

태상시 악관 유생의 점포 방문

한편 홍대용은 태상시(太常寺)의 악관(樂官)으로 유리창에서 당금과 생황 등 악기와 각종 기완(器玩)을 파는 점포를 열고 있던 '유생'(劉生: 유씨)과도 여섯 차례나 만났다.[11] 북경에 도착하자마자 홍대용은 당금 연주자를 만나 금곡(琴曲) 연주를 듣고 싶어서 부지런히 수소문했다. 조선 사행을 상대하는 청나라 통관(通官: 역관) 서종맹(徐宗孟)에게 "중국 선비 중에 필연(必然) 거문고(당금) 타는 이가 있을 것이니 하나를 얻어(만나) 보게 하면 극히 감사하리라"고 부탁했을 정도였다.[12] 그러던 차, 이번 사행에서 당금과 생황을 구입하고 연주법을 배워 오는 일을 지휘하는 임무를 맡은 역관 이익(李瀷)이 유생을 알게 되어, '악사'와 함께 유리창에 가서 먼저 그를 만나고 왔다.[13]

영조는 왕권 강화책의 일환으로 국가 전례(典禮)의 정비에 힘써 『국조오례의』(國朝五禮儀)를 보완하는 서적들을 편찬하는 한편, 홍대용이 북경 여행에 나서기 불과 몇 달 전인 1765년 4월에는 국가 전례에 쓰이는 악장(樂章)을 집대성한 『해동악장』(海東樂章: 개명『국조악장』)을 편찬하게 했다.[14] 영조는 국가 전례에서 연주하는 아악(雅樂)의 정비에도 큰 관심을 기울였다. 1752년 대보단(大報壇) 제사에 쓰이는 아악 악기들을 별도로 만들게 했을 뿐 아니라, 생황과 당금 등의 음률이 바르지 못한 점을 문제시하면서 동지 사행 편에 장악원 전악(典樂) 황세대(黃世大)를 파견하여 새 악기들을 사 오고 연주법도 배워 오게 한 바 있다.[15] 이와 같은 정책의 연장선상에서 1765년의 동지 사행 때에도 장악원 악사 장문주를 북경에 파견했던 것이다.[16]

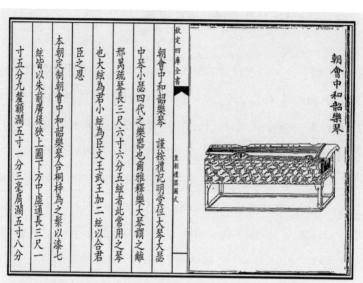

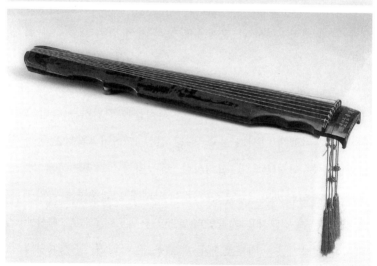

상: 당금 『황조예기도식』 권8 수록
하: 건륭제가 애장한 당금

홍대용은 유생을 만날 적마다 거의 늘 장문주와 동행했건만, 『을병연행록』이나 『연기』에서는 그의 성명을 밝히지 않고 '악사'(樂師)라고만 지칭했다. 이는 관상감 관원 이덕성에 대해서는 항상 성명을 지칭한 것과 대조적이다. 악사는 속악을 연주하는 악공(樂工)과 아악을 연주하는 악생(樂生)을 가르치고 연주를 지휘·감독하는 우두머리인데, 장악원의 잡직(雜織)인 전악(정6품)에 주로 임명되었다.[17] 하지만 예전에 악공을 거친 자를 악사로 삼기 때문에, 악사는 설령 벼슬이 높다 해도 악공과 마찬가지로 천인 출신이었다.[18] 이처럼 악사 장문주의 신분이 중인 출신인 이덕성에 비해서도 현저히 낮았으므로, 홍대용은 구태여 그의 성명을 여행기에서 밝히지 않았던 듯하다. 하지만 후일 그는 이러한 신분 차별 의식에서 탈피하여, 오랜 세월 거문고 연주를 함께하며 우정을 쌓았던 악사 연익성(延益成)의 죽음을 애도하는 제문(祭文)을 짓기도 했다.[19]

당금은 중국의 고금(古琴)을 일컫는 말로, 우리나라의 거문고보다 한 줄이 더 많은 칠현금(七絃琴)이다. 거문고와 달리 탁자 위에 놓고 의자에 앉아서 연주하며, 오직 태상시의 악관과 옛것을 좋아하는 사대부들만이 연주하는 고상한 악기로 취급되었다.[20] 주자도 금 연주에 정통하여 늘 즐겨 연주했으며 자신의 금을 예찬한 「자양금명」(紫陽琴銘)을 짓기까지 했다.[21]

홍대용은 역관 이익이 유생의 점포에서 빌려 온 당금을 보고 "제작이 이미 기이하고, 그 소리를 들으니 아담하고 청원(淸遠)하여 짐짓(참으로) 성인(聖人)의 기물(器物)"이라고 감탄했다.[22] 유생의 당금 연주를 처음 듣고 돌아온 악사도 "고상하고 청아하여 우리나라의 거문고는 비교가 되지 못한다"고 극찬했다.[23] 조선 사신의 숙소로 초대된 유생의 연주를 들은 부사 김선행 역시 "아담하고 청렬(淸冽)하여 짐짓 성인의 악기니 아국에 전하지 못함이 극히 애닯"다고 하면서, 홍대용더러 아둔한 악사에게 일임할 것이 아니라 연주를 직접 배우라고 권하였다.[24] 유생도 홍대용의 거문고 연주를 듣고 나서 "겉으로는 호(好)타 일컬으나 극히 무미(無味)히 여기는 기색"을 감추지 못하면서, "중국의 금(琴)이야말로 성인의 위대한 악기"라고 주장했다.[25]

또 홍대용은 유생의 점포에서 만난 태상시 악관 '장가'(張哥: 장씨)에게도 "우리는 외국의 오랑캐로 중국의 위대한 음악을 처음 듣는다"고 하면서 당금 연주법을 가르쳐 달라고 공손히 요청했다. 그러자 장가는, 조선은 성인(聖人) 기자(箕子)의 후예인데 어찌 '외국의 오랑캐'라고 스스로 낮추어 말하느냐고 하면서도, "중국 거문고는 본디 성인의 악기라. (성인이 이로)써 마음을 다스리고 성정을 길러 그 천진(天眞)을 회복하고자 하심이니, 다른 악기에 비할 바가 아니라. 청컨대 노선생(老先生: 홍대용을 가리킴)은 진중히 배워 익히라"고 당부했다.[26]

이처럼 조선인과 중국인을 막론하고 당금을 '성인의 악기'로 예찬한 이유는 공자가 즐겨 연주했다는 상고 시대의 금(琴)을 계승한 악기로 여겼기 때문이다.[27] 그러므로 홍대용도 중국 여행 중에 관찰한 생황·비파·양금(洋琴) 등 각종 악기들을 소개한 『연기』「악기」(樂器)에서, 당금은 "공자가 남겨 놓은 제도를 채용한 것이다"라고 하면서, 당금과 거문고의 소리를 비교해 들어 보면 거문고는 "정말 미개하고 천박한 악기"요, "악기의 우열을 정할 수 있다"고까지 극언했

다.[28]

홍대용이 역관 이익과 악사 장문주가 당금을 배우러 가는 길에
동행하여 유생을 처음 만났을 때 "머리에 정자(頂子)를 붙였거늘, 벼
슬을 물으니 태상시 관원이니 아국 전악(典樂) 같은 벼슬"이었다.[29]
청나라의 태상시에는 신악서(神樂署)가 소속되어 천지와 황제의 조
상에 대한 제사 때 음악 연주를 담당했는데, 장악원의 전악에 해당
하는 서정(署正: 정6품) 이하 최하위직인 사악(司樂: 종9품)까지 모두 한
인이 임명되었다.[30] 청나라의 관원들은 관모 꼭대기에 붙이는 정자
(일명 정대頂戴)의 종류를 달리하여 직품을 구분했다. '장가'도 태상시
악관으로 "금(金) 정자를 붙였"다고 하니[31] 아마 그는 신악서의 8품
이하 벼슬을 지냈던 듯하다.

악사 장문주와 함께 홍대용은 유생이나 장가가 연주한 「평사낙
안」(平沙落雁)과 「사현조」(思賢操: 일명 「읍안회」泣顔回), 「어초문답」(漁樵
問答) 등을 감상할 기회를 얻었다. 이는 널리 알려진 대표적인 금곡
들이다. 부사 김선행이 당금 연주를 직접 배우기를 권했을 적에 홍
대용은 "내 약간 동국(東國) 음률을 알았으나 중국 풍류와 조격(調格)
이 다르니, 수십 일 사이에 그 묘한 수법을 미처 옮기지 못할지라.
차라리 쾌(快)한 구경을 임의로 다님이 좋을 듯하다"고 일단 거절했
었다.[32] 그의 예상대로 짧은 체류 기간 동안 당금 연주법과 금곡들
에 숙달하는 것은 불가능했다. 게다가 유생은 매매에 골몰할 뿐만
아니라 사례비에 대한 불만으로 잘 가르쳐 주지도 않았다. 또 역관
이익이 천지에 제사 지낼 때 연주하는 아악을 악사에게 가르쳐 달
라고 했더니, 유생은 외부인에게 이를 가르치거나 전수하면 극형에
처하는 금령이 있다는 핑계를 대었다.[33] 홍대용은 "밤마다 악사를

불러 저 배운 곡조를 타게 하고, 인하여 한가지로(함께) 익"혔으나,
당금의 줄 고르는 법과 「평사낙안」 12단(段) 중 7~8단을 대충 배우
는 데 그쳤다.[34]

악사 장문주는 유생의 점포에서 은 5냥을 주고 당금을 하나 샀
으며,[35] 별도로 생황을 구입하고 그 연주법도 배웠던 듯하다. 귀국
한 동지 사행을 접견한 자리에서 영조는 악사가 구입해 온 당금과
생황을 친히 살펴본 뒤 악사에게 그 악기로 각 한 곡씩 연주하도록
했다. 그리고 "너는 반드시 나가서 악공들을 잘 가르쳐 성음(聲音)이
촉박하지 않도록 해야 할 것이다. 이는 국운의 성쇠(盛衰)와 관련되
는 일이니라"고 하명했다. 그 뒤에 영조는 내의원 도제조 김치인(金
致仁)을 접견한 자리에서도 "경(卿)은 당금의 소리를 들었는가? 성음
이 활달하여 이전의 아악에 비해 훨씬 낫도다"라고 하여, 악사 장문
주의 공로를 칭찬했다.[36]

홍대용도 유생의 점포에서 상품(上品)의 당금을 발견하고 사려
했으나, 어느 재상(宰相)의 집에서 줄을 새 것으로 바꾸어 매려고 맡
긴 물건이라고 해서 살 수가 없었다. 또 북경에서 우리나라의 가야
금과 유사한 쟁(箏: 일명 진쟁秦箏)이란 악기를 찾았지만, 구하지 못했
다.[37] 대신 역관 홍명복을 통해 "이곳 거문고 타는 법을 의논하고 짚
는 제도를 기록한" 책인 『금보대성』(琴譜大成)을 입수했다.[38] 또한 홍
대용은 유리창의 유생 외에도 당금 연주자를 찾아 배우려는 뜻을
포기하지 않았다. 한림(翰林) 팽관(彭冠)의 집에서 태상시 소경(少卿:
정4품) '이'(李) 대인(大人: 존칭)을 만났을 적에도 그는 태상시에서 악
관이 연주하는 당금을 듣고 싶다고 하면서, 아울러 글 읽는 선비 중
에 연주할 줄 아는 사람을 소개해 달라고 끈질기게 요청했다.[39]

3부 ─

항주 세 선비와의 교유

1장 절강 향시의 급제자

항주 선비와의 운명적 만남

홍대용이 북경 체류 중에 겪은 가장 중요한 사건은 중국 항주 출신의 세 선비 엄성·반정균·육비와 만나 막역한 교분을 맺은 일이다. 이들 세 선비는 1765년 8월 항주에서 치른 절강성(浙江省)의 향시(鄉試)에 급제하여 거인(擧人)이 된 뒤, 이듬해 3월 예부에서 거행하는 회시(會試)에 응시하고자 함께 배를 타고 항주에서 북경에 이르는 경항대운하(京杭大運河)로 북상해서,[1](→615면) 북경 정양문 남쪽 간정동(乾淨衕: 간정호동乾井胡同)의 천승점(天陞店)이라는 여관에 묵고 있었다.[2]

홍대용이 중국 여행에 나선 것은 "대국의 번화(繁華) 장려한 규모를 한번 구경하고자 함이어니와, 근본 계교(計巧)는 높은 선비를 얻어(만나) 중국 사정과 문장(文章)·도학(道學)의 숭상하는 바를 알고자 하는" 것이었다. 그런 까닭에 북경 성중에서 얼굴이 조촐하고 문

사의 태도를 가진 중국인을 만나면 반드시 말을 걸고 소견을 시험
해 보았으나 그럴듯한 사람을 만나지 못했다. 홍대용은 역관과 하
인들에게도 "글 용한 신비를 구하라"고 누누이 일러 놓았다.[3] 그러
던 차, 정사의 군관 이기성(李基聖)이 유리창에서 우연히 알게 된 엄
성과 반정균의 인품에 감탄하고, 이 두 사람을 홍대용에게 사귈 만
한 중국 선비로 천거한 것이 계기가 되어 교유가 시작되었다.[4]

당시 조선에서는 반청(反淸) 감정 때문에 연행을 가서 청나라의
관원이나 문사들과 사적으로 접촉하는 것을 타기시하는 풍조가 있
었다. 하지만 홍대용은 김창업의 선례를 들어 전혀 개의치 않는 태
도를 보였다. "나의 길이 직명(職名)이 없고 선비 행색이 아니라 구
구한 혐의를 볼 것이 없고, 김가재(金稼齋: 김창업) 일기를 보아도 이
원영(李元英)·마유병(馬維屛)이 만주 사람이요 황제에게 근시(近侍)하
는 벼슬이로되, 왕복 수작을 혐의로이 여기지 아니하였"다고 했다.
자신은 유람차 따라온 자제군관이라 저들과 만나는 것을 거리낄 필
요가 없으니, 김창업의 『연행일기』를 보면 당시 자제군관이던 김창
업도 이원영이나 마유병 같이 황제의 시위(侍衛) 벼슬을 한 만주인
들과 거리낌 없이 교제했다는 것이다.[5]

그전에도 홍대용은 북경 유람을 자유롭게 하고자, 숙소 출입을
통제하는 청나라 아문(衙門: 회동사역관會同四譯館)의 통관들을 직접 만
나 예물로 환심을 사려는 뜻을 역관들에게 밝히면서, 김창업의 선
례를 들었다. 즉 "김가재는 청음(淸陰: 김상헌)의 손자라. 임진년(1712)
에 사행을 갈 적에 옛날(병자호란)과 멀지 않아 청음이 심양관(瀋陽館)
에 억류되었던 치욕과 후세에 남긴 은택이 아직 다하지 않았는데
도, 박득인(朴得仁: 청나라 아문의 통역관) 등과 내왕하며 예물을 보내기

를 마다하지 않았고, 조화(趙華)·이원영·마유병·정홍(程洪)의 무리와도 허물없이 친하게 사귀었네. 당시는 부형(父兄)과 사우(師友) 간에 위언독론(危言篤論: 엄정한 여론. 즉 존명배청론)이 일세를 휩쓸었건만, 이 일을 가지고 가재를 비난했다는 말은 들은 적이 없네. 그런데 내가 지금 저들에 대해 무얼 꺼리겠는가"라고 말했다.[6] 김창업은 병자호란 때 명나라에 대한 절의를 지키려다 심양에 끌려갔던 척화파 대신 김상헌의 손자였고, 전란이 끝난 지 수십 년밖에 되지 않아 국내에서 존명배청의 여론이 비등하던 시절에 사행을 다녀왔음에도 불구하고, 청나라의 통역관들은 물론 조화·이원영·마유병·정홍 등 만주인과 한인을 가리지 않고 교유했으나, 그 일로 귀국한 뒤 물의가 일어나지는 않았다는 것이다.[7] 하지만 홍대용은 항주의 세 선비와 친밀하게 교유했다는 바로 그 일로 인해 귀국하자마자 김종후로부터 큰 질책을 받게 된다.

　　정사 군관 이기성으로부터 엄성과 반정균을 처음 소개받았을 적에 홍대용은 "절강은 이곳에서 수천 리 밖이라. 수천 리 밖에서 과거를 위하여 행역(行役)의 괴로움을 헤아리지 않을진대, 필연 명리(名利)의 마음이 깊은 사람이라. 어찌 높은 소견이 있으며, 족히 더불어 말함 직하리오"라고 하며 탐탁지 않게 생각했다.[8] 그래도 한번 만나볼 요량으로 이기성을 간정동으로 보내 의사를 타진했더니, 엄성과 반정균은 조금도 혐의쩍게 여기지 않고 방문을 환영하는 뜻을 나타냈다. 그리고 이기성을 통해 자신들의 절강 향시 주권(硃卷: 합격 답안지)을 조선의 세 사신들에게 증정했다. 이와 같은 사연을 알게 된 부사 김선행이 자제군관으로 따라온 그의 '얼육촌'(서얼 육촌 동생) 김재행(金在行)에게 그 두 사람을 찾아가 조선 사신들의 숙소로 초청하라고 했으므로, 홍대용은 김재행과 함께 간정동을 방문하게 되었다.

김재행(자 평중平仲, 호 양허養虛, 1718~1789)은 홍대용보다 열세 살 연상으로, 평생 벼슬하지 못한 서얼 출신의 불우한 선비였다. 부사 김선행과는 증조부(김수익金壽翼)가 같은 족형제였는데, 시를 잘 지었으며 술을 몹시 좋아했다. 박지원은 『열하피서록』(熱河避暑錄)에서 그를 "문장가이자 호방한 선비"로 소개했다.[9]

홍대용은 1766년 2월 3일부터 2월 26일까지 모두 7차에 걸쳐 엄성·반정균과 만나 술과 음식을 함께 나누면서 화기애애한 분위기 속에 장시간 필담을 나누었다. 항주에서 함께 상경하던 도중 일이 있어 뒤늦게 북경에 도착한 육비는 2월 23일의 여섯 번째 만남부터 합류했다. 엄성과 반정균이 초청을 받아들여 조선 사신들의 숙소로 찾아온 두 번째의 만남 외에는 모두 간정동의 천승점에서 만났다. 홍대용이 북경을 떠나기 직전까지, 서로 잠시 만나지 못한 날들도 빈번하게 서신과 시문(詩文)을 주고받으며 우정을 다졌다.[10] 7차의 만남을 표로 제시하면 다음과 같다.

	월일	만난 곳	찾아간 사람	만난 사람
1	2. 3.	간정동	홍대용, 김재행	엄성, 반정균
2	2. 4.	조선관(朝鮮館)	엄성, 반정균	정사, 부사, 서장관, 홍대용, 김재행
3	2. 8.	간정동	홍대용, 김재행	엄성, 반정균
4	2. 12.	간정동	홍대용	엄성, 반정균
*	2. 16.	간정동	김재행	엄성, 반정균
5	2. 17.	간정동	홍대용	엄성, 반정균
6	2. 23.	간정동	홍대용, 김재행	엄성, 반정균, 육비
7	2. 26.	간정동	홍대용, 김재행	엄성, 반정균, 육비

홍대용이 북경의 정양문 남쪽 간정동에서 만난 세 선비의 고향은 절강성 항주부 전당현(錢塘縣)이었다.[11] 육비와 엄성의 본적은 인화현(仁和縣)이고, 반정균의 본적은 전당현이었다. 전당현은 인접한 인화현과 함께 항주성을 에워싸고 있는 항주부의 지리적 문화적 중심지였다. 청대에 전당현과 인화현의 진사 급제자가 항주부 전체에서 80% 가까이 차지했으며, 『항주부지』(杭州府志) 「문원전」(文苑傳)에 의하면 청나라 초부터 건륭 연간까지 전당현과 인화현 출신의 문인 역시 항주 문인 전체의 80%를 상회할 정도였다고 한다.[12]

『을병연행록』에서 홍대용은 "대저 전당현은 남송 적 도읍이요, 성 밖에 큰 호수가 있어 '서호'(西湖)라 일컫고 호수가로 기이한 봉만(峰巒)과 사려(奢麗)한 누관(樓觀)이 둘러 있으니, 성시의 번화한 경(景)과 산수의 유수(幽邃)한 취미를 한 곳에 합하여 고금의 제일 명승으로 이르는 땅이라"[13]고 소개했다. 이러한 홍대용의 해설처럼, 항주는 남송 때 수도가 되면서부터 비약적으로 발전하여, 17세기 중반에는 인구가 50만 명이 넘는 중국의 6대 도시의 하나가 되었다.[14] 게다가 시인 소식(蘇軾)이 중국의 옛 미인 서시(西施)에 비유한 뒤 '서자호'(西子湖)라고도 불리는 아름다운 호수 '서호'를 끼고 있어, 인근 강소성의 소주(蘇州)와 함께 '인간 세상의 천당'으로까지 예찬되어 왔다.

첫 만남에서 반정균도 "서호 풍경은 천하의 제일"이라고 자랑하면서, 서호에는 이필(李泌), 백거이(白居易), 소식, 임포(林逋)를 제사하는 '사현당'(四賢堂)이 있다고 했다. 또 항주는 "빼어난 백성이 많고 글 읽는 소리가 서로 들리나, 다만 사치를 숭상하고 순박한 풍속은 적으니라"고 했다.[15] 이필은 당나라 때 항주 자사(刺史)로서 서호의

물을 끌어와 식수 문제를 해결했고, 그 뒤 백거이도 항주 자사로서 제방을 수리해 서호의 물을 관개용수로 활용했으므로 후인들이 그의 치적을 기려 제방을 '백제'(白堤)라고 불렀다. 소식은 북송 때 항주 지주(知州)로서 서호를 대대적으로 준설하고 긴 제방을 새로 쌓아 경관을 일신했다. 그래서 후인들은 이 제방을 '소제'(蘇堤)라고 불렀는데, '소제춘효'(蘇堤春曉: 소제의 봄날 새벽 경치)는 '서호 십경(十景)'의 하나였다. 임포는 서호 중의 큰 섬인 고산(孤山)에 숨어 살았다는 북송 때의 유명한 은사이자 시인이다. 청나라 건륭 당시 항주에는 이처럼 서호와 인연이 깊은 역사적 인물들을 모신 사당이 있었다.

한편 반정균은 항주의 풍속이 사치를 숭상하고 순박하지 않다고 했다. 이는 항주가 청대에 들어서도 경제와 문화의 중심지로서 계속 번영을 구가하고 있음을 말한 것이다. 하지만 '풍속이 순박하지 않다'는 것은 단순히 사치 풍조만을 가리켜 한 말이 아니라, 청나라의 통치에 고분고분 순응하지 않는다는 뜻도 함축하고 있다. 『청사고』(淸史稿) 「지리지」(地理志)는 항주부와 그 속현인 전당에 대해 모두 '충'(衝), '번'(繁), '난'(難)의 등급을 부여했다. '충'은 교통의 요충지라는 뜻이고, '번'은 행정 업무가 번다한 곳, '난'은 풍속이 불순하고 범죄 사건이 많아 다스리기 힘든 곳이라는 뜻이다.[16] 항주 서호에는 외적 침략에 맞서 싸운 남송의 충신 악비(岳飛)의 묘와 사당이 있어 그를 추모하는 기풍이 면면히 이어져 왔다. 명말 청초에도 청나라 군대에 대한 저항운동이 치열하여, 만촌(晩村) 여유량(呂留良)과 함께 비밀 활동을 하다가 체포된 그의 조카 여선충(呂宣忠)도 항주에서 순난(殉難)했다. 여유량처럼 명나라의 유민(遺民)으로 자처하면서 벼슬길에 나가기를 거부하고 승려나 도사 행세를 하며 은둔하는 인사들도 속출했다. 그러므로 『대의각미록』(大義覺迷錄)에서 옹정제는 항주를 포함한 절강성의 불온한 풍기에 대해 증오심을 드러내면서 여유량의 사상적 영향을 우려했다.[17]

을유년 절강 향시와 세 선비의 주권

이와 같은 유서 깊은 고장에서 생장한 엄성과 반정균·육비는 1765년(건륭 31년, 을유년) 절강성의 향시(일명 성시省試)에 함께 급제했다. 이처럼 같은 해의 과거에 급제한 사람들을 일컬어 '동년'(同年) 또는 '동방'(同榜)이라 한다.[18] 엄성의 설명에 따르면, 청나라의 향시는 3일에 걸쳐 세 차례 시험을 본다. 1차 시험은 『논어』 등 사서(四書)에서 출제한 세 문제에 대한 답안으로 팔고문(八股文)을 짓고, 성리(性理)에 관한 논(論)을 쓴다. 2차 시험은 『시경』 등 오경(五經)에서 출제한 네 문제에 대한 답안으로 역시 팔고문을 짓고, 추가로 오언 팔운(八韻)의 배율(排律) 1수를 짓는다. 3차 시험은 책(策: 논술) 다섯 문제에 대해 각각 답안을 쓰는 것이다.[19] 그런데 실제로는 1차 시험을 가장 중시하고, 그중에서도 첫 번째 문제에 대한 답안을 특히 중시했다. 3차 시험은 경시하여, 책은 다소 성적이 나빠도 합격할 수 있었다.

수험생의 원래 답안은 검은 글씨로 작성하므로 '묵권'(墨卷)이라고 부르지만, 부정을 방지하기 위해 등록관(謄錄官)이 붉은 글씨로 이를 다시 베껴 쓴 답안을 '주권'(硃卷)이라고 했다. 향시 합격자는 나중에 돌려받은 자신의 주권(향시 묵권)을 판각(목판 인쇄)해서 친지나 지우에게 선물하는 것이 통례였다. 그때에는 흑색으로 인쇄되었어도 역시 주권이라고 불렀다.

향시의 시험관은 주고관(主考官)과 농고관(同考官)으로 구성되었다. 각 성(省)의 주고관은 정(正)·부(副) 2인으로 황제가 친히 낙점하는데, 주로 한림원의 학사(學士: 정4품) 이하의 관원 중에서 엄선했다. 동고관은 규모가 큰 성의 경우 모두 18인으로, 각 성의 진사 출신 지주(知州)나 지현(知縣) 중에서 선발했다. 동고관은 시험 보는 경서(經書)에 따라 방을 나누어 정하므로 '방고'(房考) 또는 '방관'(房官)이라고도 칭했다. 동고관이 답안에 남필(藍筆)로 비평을 가하고 합격자 후보를 추천하면, 주고관은 동고관이 추천한 후보들의 답안에 묵필(墨筆)로 비평을 가하고 그중 우수한 답안을 가려 뽑았다. 향시 시험관의 학문 성향이나 문학 취향은 수험생에게 큰 영향을 미쳤다. 시험관이 누구인가에 따라 출제 문제를 예상할 수 있었기 때문이다. 향시 합격자는 자신을 선발한 좌사(座師: 주고관)와 방사(房師: 동고관)를 반드시 찾아가 인사를 올리고, 이들과 평생 변치 않는 사제 관계를 맺었다.

향시의 합격 정원(정액定額, 해액解額)은 각 성의 인구와 문화 수준에 따라 안배되었다. 절강 향시에는 모두 94명의 정원이 배당되었다. 정책적으로 특별히 배려한 직예성(直隸省)의 순천(順天) 향시나, 안휘성과 강소성을 합친 강남(江南) 향시 다음으로 정원이 많았다. 하지만 수험생이 무려 1만 명이 넘었기 때문에, "향시는 100명에서 하나를 뽑는다"는 엄성의 말대로[20] 합격률이 1%도 되지 않았다. 그래도 일단 거인(擧人)이 되면 관리로 선발되는 자격을 지니므로, 향시는 청나라의 과거 시험 중 가장 중요하고 경쟁이 치열한 관문이

향시 주권 판각본 박지원이 북경에서 만
났던 유세기의 증손 유명진의 주권

었다.[21] 향시에 1등으로 합격하면 '해원'(解元)이라고 불리며 비상한
영예로 간주되었다.

『을병연행록』에 의하면, 처음에 엄성과 반정균은 "여러 사신에
게 질정하고자 하노라"고 하면서, 이기성에게 각기 자신들의 절강
향시 주권을 주었다고 한다. 홍대용이 그 주권들을 가져다 보았더
니 "개간(開刊: 간행)하여 박은 것이요," "각각 성명을 썼으니 하나는
엄성이요, 하나는 반정균"이었다고 했다.[22] 또 첫 만남에서도 홍대
용은 "이 영공(李令公, 이기성)을 인연하여 성화(聲華)를 익히 들었을
뿐 아니라, 두 시권(試卷)을 보매 높은 문장을 흠모하여 망녕되이 나
아왔으니 당돌한 허물을 용서함이 어떠하뇨?"라고 인사를 차렸다.[23]
이처럼 엄성과 반정균은 정사와 부사·서장관에게 각각 자신들의

향시 주권 판각본을 증정했으며, 숙소에서 이 주권들을 빌려다 보고 두 사람의 문장이 뛰어남을 알게 된 홍대용은 초면 인사에서도 각별히 주권을 기론하며 칭찬했던 것이다.

이덕무는 『이목구심서』(耳目口心書)에서 엄성의 주권을 자세히 소개했다.[24] 건륭 을유년 절강 향시의 1차 시험 중 『논어』에서 출제한 첫 번째 문제, 즉 "윗사람을 섬김이 공경스럽고, 백성을 기름이 은혜롭다"(其事上也敬 其養民也惠)[25]에 대한 엄성의 답안 전문을 인용했으며, 답안 끝에 쓴 동고관의 평어도 함께 소개했다.[26] 그리고 "문장이 몹시 간결하니, 조선의 과거 문장이 장황한 것과 비할 바 아니다"라고 칭송했다. 청나라 과거의 팔고문에는 엄격한 자수 제한이 있기 때문에 문장이 간결할 수밖에 없었다.[27]

또 이덕무는 절강 향시의 1차 시험 중 『중용』에서 출제한 두 번째 문제, 즉 "나는 주나라의 예를 배웠다"(吾學周禮)는 공자의 말,[28] 그리고 『맹자』에서 출제한 세 번째 문제, 즉 "위대하여 사람들을 감화하는 이를 '성인'(聖人)이라 하고, 성명(聖明)하여 사람들이 짐작할 수 없는 이를 '신인'(神人)이라 한다. 악정자(樂正子)는 다른 두 유형에 속한다"(大而化之之謂聖, 聖而不可知之之謂神, 樂正子二之中)[29]에 대해서는 각각 제목만 소개했다. 답안이 너무 길어서 인용을 생략한 듯하다. 이와 아울러, 2차 시험 중 「"팔월이면 올벼를 수확하네"라는 시구를 보고 짓는다」(賦得八月其穫)는 그 제목뿐 아니라, '등'(登) 자를 운자로 삼은 오언 팔운의 배율 전문을 인용했다. 이는 『시경』 빈풍(豳風) 「칠월」 중의 시구를 소재로 해서 지은 것으로, 동고관이 엄성의 이 시를 격찬한 평어도 함께 소개했다.

주로 1765년부터 1767년까지의 견문을 기록한 이덕무의 『이목구심서』중 엄성의 향시 주권을 소개한 기사는 1766년경에 쓴 것으로 추측된다. 이 무렵은 이덕무가 아직 홍대용과 교분을 맺기 수년 전이다.[30] 그가 이처럼 이른 시기에 어떤 경로로 엄성의 주권을 볼 수 있었는지는 알 수 없다. 『이목구심서』에 반정균과 육비의 주권은 소개하지 않은 점으로 미루어, 당시 이덕무는 그 두 사람의 주권은 미처 보지 못했던 듯하다.

그런데 편자 미상의 『절강 향시 주권』(浙江鄕試硃卷)이란 책에는 육비와 엄성·반정균의 주권이 모두 필사되어 있다.[31] 즉 건륭 을유년 절강 향시의 1차 시험 중 『논어』『중용』『맹자』에서 출제한 세 문제에 대한 세 사람의 답안과 2차 시험 중 오언 배율 1수가 각각 필사되어 있으며, 그에 대한 '대주고'(大主考: 주고관) 2인과 '본방'(本房: 동고관)[32]의 평어들도 모두 필사되어 있다. 반정균의 주권만 추가로, 3차 시험인 책(策)의 세 번째 문제(第三問)에 대한 답안도 필사되어 있다.

부사 김선행은 반정균의 주권 중 "망망한 우주에서 주나라를 버리고 어디로 가리오"(茫茫宇宙, 捨周何適)라는 구절에 감명을 받았다고 하는데, 이는 1차 시험 중 『중용』에서 출제한 "나는 주나라의 예를 배웠다"(吾學周禮)라는 문제에 대한 답안의 일부였다. 반정균이 극구 해명한 것처럼, 그의 답안은 청나라를 주나라에 비겨 건륭제의 통치를 예찬한 내용이었음에도, 김선행은 청나라를 배척하는 '존주양이'(尊周攘夷)의 의미를 함축한 구절로 오해하여 감명을 표했던 것이다.[33]

『절강 향시 주권』에 의하면, 육비는 항주부 인화현학(仁和縣學)의 부학생(附學生)으로, 상적(商籍)이며, 『시경』을 전습(專習)했다.[34] 즉

浙江鄉試硃卷　乾隆乙酉科

中式第一名陸飛杭州仁和縣學附學生商籍習詩經

同考試官湖州府李豐縣知縣加二級王　閱
　　　　　　　　　　　　　　　　　　　薦

大主考日講官起居注翰林院侍講學士紀錄玖次錢　批

大主考國子監祭酒紀錄十八次曹　批

本房撮批

陸飛

其事上也敕其養民也惠

鄭大夫能敕而惠一忠國愛人之君子也夫非敕何以事
上非惠何以養民敕焉惠焉非忠愛人之君子歟且夫
大臣秉國將必有帝夫吾君父母斯人責焉有位於朝就
敢不恪惟民生厚無實難則夫昭寅畏君子光以吾因
輔弼圖而更思其道夫君子者合萬民奉上之恍以率
子產之恭而稱者非但以揚謙著君子光以吾因
上則有敕道休大君子之心以子民則有惠道人必隨
靖共之實無鄭重國是之思而後乃輕用其民而不恤之
勢日隆而或慢易之如是者君替夫鄭而為東周相依之
君則易驕強則構交貿之怨為齊盟迭主之君則易侮弱

則深得辱之憂至于産而上之休統乃盜庚子孔專矣良
霄沐矢我不敢儗大宮盟矣西宮討矣天無可逃惟以敕
凛之而已且夫望隆位通小敷亦宣易孚而諸卿彌以年
少小心即倚若老成歷相閱乎數君精白則鍋夫猜忌班
制度敷其事也光文辟敬其命也簡涼佐敕其官也上之
雖不克陳謨論道寅亮天工下之亦不致鏤盆朱縮閥干
名器而越畔之戒早不會衆凮夜之斜庶而內作刑書之
錦相臣不慢得慢吾君惟彼民也亦共晚然千事
工之誠也矢人心挾寡恩之術無周惠窮隱之情而後且
內弱其身而不顧民氣日耗而或戰削之如是者為先為
鄭而為榮王傳許之人則罹民以鍔鏑者鄭為甚至于産而民之勞苦
微會之人則疲民以悲索者鄭為甚至于産而民之勞苦

육비의 주권 필사본

本房加批　黙而好深況之思語、、堅脫獨見章羅遺軷

賦得八月其穫得盈守五言八韻

金風吹罷亞　後熟場需築
涼氣入秋澄　西成禾已登
斷壺時并屆　誦粟乘寒
隔阪聽柷　塵塘黃雲重　剝棗物先徵　梧柳出曉
露？聲柷、　兒童收？　腰鐮白雲澁　父老倚枯藤　逾期
　、近整割層、　　　　　　　力穧
應多穫　本房加批　田家風景寫通真置之備玉集中正
大有恒　　　　　　　　　　　　　　　　　　　　　
不復辯

浙江鄉試硃卷
中式第六十九名嚴　誠杭州府學增廣生民籍習春

秋

同考試官湖州府烏程縣知縣黃　閱

又批　資清以化即澡成輝
　　　　取
又批　濃纖有方骨力相稱
大主考　日講官居注官翰林院侍講學士紀錄五次鐵批
　　　　　　　　　　　　　　　　　　　　　薦
　　　　　　　　　　　　　　　　　　　　　批
本房總批　人亦應有不必有人邪應無已盡無暑其
元黃取其僞逸妙在有意無意之間律体吐言天發
出於自然對菓文辯縱橫賁串今古故知清禩素託
之士栖寄不近

其事上也敦其養民也惠

嚴　誠

本房加批
觀眾河以
以蔡畫
深厚後招

本猷上之心以遠下而事與養有交盡之道焉蓋未有事
上不以敬而能養民者親子產事上之道而其惠於民者
不可連推與今將為君司收而靖獻之思矢諸夙夜寧惟
國家攸賴仰托宇下豈有利焉我不愛其君而又欲人
之愛我亦難矣然則人臣之致主與夫所以守人者其必
兼諸道也疑也吾聞行己之道曰恭而于產凱有之笑今
夫不忘恭敬民之主也是故以之行己則為恭而以之事
上則為敬特是子產之事上未易言矣在昔登陴肉袒天
實不遷於其君二三執事殊大罷多其冒上也實甚而不
產以貴冑多才久柄國是踴奉者僅中主而聖明之戴不
涉於待嬾听歷者凡四君而靖共之悅固今於先後觀
陳俘之獻戎服將事猶能後文公之命以折莊伯之心辛

大主考仝上卷 又批 學㴱渾厚書味盎然
本房抵批 妥貼力排幕波瀾獨老成英恩萬鈞郡侯經籍
中醞釀而來 非挟兒圃册弄口者 可能望其背也 五策俗
對最詳休栽近古綽義純粹詩仕清越骨重神寒 天廟器

潘庭筠

主司特為名鉢之傳寫
其事上也敕其養民患
鄭大夫尊君具大人之學而育衆得仁人之術焉夫儔之
敬本平學儒之惠操手術夫子曰其學也其術也竹通也
蓋見之於事上與養民也又有然且人臣大蒍其諸致君
澤民歟戴我后不克一刃心未善也撫甫歟不克濟厥利
未善也春秋時管晏尚己或以勾君作歟或以牧民名
篇然皆未嘗衰諸道吾是以思居憂慕之國民者君子人

農事秋成候
憂逢晴景好 似御綺樓前
奇 耘耕千耦
戴重分魚紙 烹鷄賓田祖
刈快萬鍬
興歸越饁燈 喜氣閭閻溢 野人
惡帝力 木房加批 趁捨淬沈床 酣酒會郷朋 敲聲婦子騰 蕩〻
莫能稱 王

浙江郷試硃卷易五房
中式第二十一名潘庭筠杭州府錢塘縣學增廣生民
籍習易經
同考試官嘉興府海盬縣知縣韓 閱
大主考仝上卷 薦批
又批 模懋淵藝古調獨彈

禮莫備于盛朝聖人之彝馬盖夫子魯人也周禮盡在
其 學之不德室若夏殷之僅託空言乎窮嘗過西周訪
柱下史求我元公卯以致太平之書愛而誦之願卒業焉
事自非好學深思固難為淺聞者道也祀宋無徵夏
殷之禮莫考馬于二代者有周禮吾宿神徃於其除乎
多法天象地鹹誦翰人尚議制之精微乎在考工一冊也
菫寧獨造指南者春距製馬然矣東四戴于玉輦方廷夫天子墨車
發御乎大夫此貴賤之卯由辟也排之執策歟見示新
朝之儀度則大異子妳之褻微笑吾也溯西京之輦跡肆

則民重其道也 其道在養〻之若何利用厚生是也雖然術之
不審恩乃私古君子列實賈見忠厚之心美利異豆區之賜
先王德政宏亦吏治馬宣 世主懃儒也遺變熟于利
與漢蓋泰出衸也或曰乃乃乃乃政尚嚴甫鄭國諺
興義民不堪日各是乃仁術也人執政叢 失怙恃有客乎
大戴母者仰其慈人非水火不生活也非義君子之道四微斯者其〻
其亦庶幾并養升斗過漆洧之壚士女誦緒更者
勿棄我蕘六義在詩曰惠我無疆斯二者與行也
并稱即乃謂道也更觀使民以義君子之道四微斯者其〻
誰與歸 潘庭筠

本房加批
學懋周禮
惟古于詞必乙出不知有漢無論魏晉

상: 반정균의 주권 필사본
하: 오학주례(吾學周禮)의 답안

그는 항주의 속현으로 전당과 인접한 인화의 현학(縣學)에 처음 입학한 생원으로서, 부역과 징세 면제, 의식(衣食) 제공, 사법적 특전 등을 받지 못하는 학생이었다.[35] 또 육비의 호적이 '상적'인 것은 그의 선조가 상인이었음을 뜻한다. 상인이 영업상 머문 곳의 관청에 올린 그 자손의 임시 호적을 상적이라고 했다. 그리고 육비가『시경』을 전습했다는 것은, 향시의 2차 시험에서 그가 오경 중『시경』을 택했다는 뜻이다. 엄성의 설명에 따르면, 오경 중 하나의 경서를 전습한 자를 선발하던 명경과(明經科)의 전례에 따라서, 청나라 향시에서도 오경마다 각 네 문제씩 출제하면 수험생은 그중 하나의 경서만 택해 답안을 작성한다는 것이다. 반정균은 원래『시경』을 전습했으나『역경』으로 바꾸어 응시했고, 엄성도 원래『시경』을 전습했으나『춘추』로 바꾸어 응시했다고 한다.[36]

또『절강 향시 주권』에 의하면, 엄성은 항주부학(府學)의 증광생(增廣生)으로, 민적(民籍)이며,『춘추』를 전습했다.[37] 증광생은 정원 외에 더 뽑은 생원으로서, 특별 우대를 받는 늠생(廩生)보다 지위가 낮지만 부학생보다는 지위가 높았다. 반정균은 항주부 전당현학(錢塘縣學)의 증광생으로, 민적이며,『역경』을 전습했다.[38]

1만 수천 명에 달하는 수험생 중 94명을 선발하는 절강 향시에서 육비는 1등으로 합격하여 '해원'이 되었다. 엄성은 69등, 반정균은 21등으로 합격했다.『절강 향시 주권』에는 당시 시험관들의 성씨만 밝혀져 있으나, 정 주고관은 국자감(國子監) 좨주(祭酒: 종4품)로 후일 예부상서가 된 조수선(曹秀先)이고, 부 주고관은 한림원 시강학사(侍講學士: 정4품)로 일강 기거주관(日講起居注官)을 겸한 전대흔(錢大昕)이었다.[39]『절강 향시 주권』을 살펴보면, 각 동고관이 '추천'한

육비 등의 주권을 주고관 전대흔이 가려 뽑은 것으로 명기되어 있다.[40]

홍대용과의 마지막 만남에서 엄성은, 조선 사행이 북경을 떠나는 3월 초하룻날에 "좌사 전 대인(錢大人)"이 옛 관례에 따라 동방들을 인솔하여 "대노사"(大老師)를 알현하겠다고 하셨기 때문에, 자기들만 빠져나와 홍대용과 재회하기는 어렵노라고 말했다. 아울러 '대노사'란 '노사(老師)의 노사'를 말한다고 덧붙여 설명했다. 여기서 말한 '노사'는 보통의 스승이 아니라 좌사를 뜻하므로, '대노사'란 좌사의 좌사를 가리키는 말이다. 이어서 '전 대인'이 누구냐고 묻는 홍대용의 질문에, 엄성은 "전대흔으로, 일강 기거주관을 겸한 한림 시강학사"라고 답했다.[41]

육비와 엄성·반정균 등의 좌사인 전대흔(1728~1804)은 강소성 가정현(嘉定縣: 지금의 상해시 소속) 출신으로, 혜동(惠棟)·대진(戴震)과 더불어 청조 고증학을 대표하는 석학이다. 그는 특히 사학을 중심으로 경학·소학(문자학)·천문 수학·교감학·금석학 등 다방면에 걸쳐 탁월한 업적을 남긴 '통유'(通儒)로서,『사고전서』편찬 사업을 총찰한 기윤(紀昀)과 함께 "남전북윤"(南錢北昀)으로 병칭될 만큼 명성이 드높았다. 전대흔은 1754년(건륭 19년) 회시에 급제하고 진사가 된 후, 한림원의 관원으로서 산동·호남·절강·하남(河南) 향시의 주고관을 역임한 바 있다.[42]

전대흔을 회시에서 선발한 그의 좌사는 전유성(錢維城, 1720~1772)이다. 전유성은 1745년(건륭 10년) 전시(殿試)에서 장원급제하고 형부시랑(刑部侍郞)을 지냈으며, 시서화(詩書畵)에 뛰어났다. 그는 1754년 회시의 주고관으로 임명되었을 때 3차 시험에서 책(策) 다

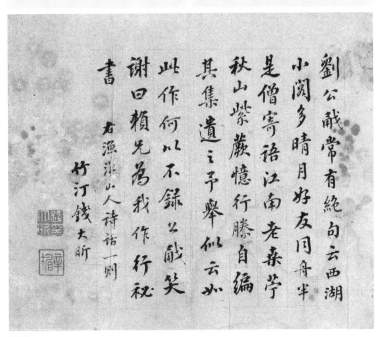

1. 전대흔 초상
2. 전대흔의 저술 『이십이사고이』(二十二史考異)
3. 전대흔의 글씨 왕사정의 『어양시화』필사

섯 문제를 출제하여 왕명성(王鳴盛)·기윤·전대흔 등 고증학에 뛰어
난 인재들을 선발했다.[43] 요컨대 엄성과 반정균은 홍대용과의 재회
조차 포기할 만큼, 그들의 좌사 진대흔이 동방들을 인솔해 '좌사의
좌사'인 전유성을 알현하는 행사를 중히 여기고 거기에 반드시 동
참하고자 했던 것이다. 당시 전유성은 형부시랑으로 현직에 있었으
며, 전대흔은 3월에 거행된 회시에도 동고관의 한 사람으로 임명되
었다.[44]

2장 호탕한 선비 육비

불우한 시인이자 화가

1939년에 활자본으로 간행된 『담헌서』 중의 『간정동필담』에는 「간정록 후어」(乾淨錄後語)라는 일종의 발문이 붙어 있다. 이는 항주 세 선비의 외모와 성격상 특징을 묘사하고 각각의 인품을 논평함으로써 필담의 독자들에게 미지의 인물을 소개하고자 한 글이다.[1](→622면) 이 글에서 홍대용은 육비(陸飛, 자 기잠起潛, 호 소음簫飮, 1719~1786)에 대해 총평하기를, "호탕하고 굳세다"(豪曠決烈)고 했다.

간정동에서 만난 항주의 세 선비 중 육비는 당년 48세로 가장 나이가 많았다. 홍대용보다 열두 살이나 연상이었는데도, 홍대용이 자신을 존장(尊丈: 어르신)으로 대접하는 것을 극구 만류하고 서로 호형호제하자고 했다.[2] 육비는 향시에서 해원을 차지한 뒤, 자신의 시집인 『소음재고』(簫飮齋稿)를 판각해 가지고 북경에 뒤늦게 도착했다. 반정균은 홍대용에게 '육 해원'을 처음 소개하며 "고아절세"(高雅

絶世: 고상하기로 세상에 상대가 없음)하다고 했고, 엄성도 "이분은 저희가 존경하는 분으로, 그 인품과 학술은 저희가 스승으로서 본받기에 충분합니다"라고 칭송했다.3

육비의 집안은 그의 증조 때 항주에 정착했는데, 증조 육한(陸瀚, 자 소미少微, 호 설감도인雪酣道人, 1591~1636)은 명나라 말의 혼란기에 울분을 술과 그림으로 해소하며 화가로서 숨어 살았던 인물이다. 육한은 토지신을 모신 항주의 한 사당인 충천묘(忠天廟)에 벽화를 남겼다고 한다. 육비의 『소음재고』에도 증조를 추모하며 충천묘의 벽화를 노래한 시가 수록되어 있다.4 홍대용은 육비의 요청으로 「충천묘 화벽기」(忠天廟畫壁記)를 지어 주었다.5

「간정록 후어」에서 홍대용은 육비에 대해 "시문(詩文)과 서화가 모두 지극히 우수하다"고 평했거니와, 우선 육비는 항주의 이름 있는 시인이었다.6 그와 절친했던 선배 시인 왕항(汪沆)은 『소음재고』의 서문에서 시와 그림에 모두 뛰어난 재능을 지닌 드문 인재라고 육비를 칭송했으며, 그의 시가 독창적이고 일가를 이루었다고 평했다.7 육비는 『소음재고』를 조선의 세 사신과 홍대용·김재행에게 각각 증정했다.

육비는 『소음재고』를 1765년 11월에 일차로 판각했으나,8 그 뒤 1776년에 동향의 저명한 시인 왕사한(汪師韓)과 하기(何琪)의 서문을 추가하고 작품을 대폭 증보하여 재차 간행했다. 『소음재고』 초간본(1765)은 불분권(不分卷) 1책이다. 「효자시」(孝子詩) 이하 「북서삼로시」(北墅三老詩)까지 모두 97제(題) 138수의 한시가 창작 시기 순으로 수록되어 있다. 중간본(1776)은 『팔천권루서목』(八千卷樓書目)에 "소음재고 4권 국조 육비 찬간본"(篠飲齋稿四卷 國朝陸飛撰刊本)으

『소음재고』 초간본(1765년)

로 소개되어 있다.[9] 제1권에 135수, 제2권에 155수, 제3권에 114수, 제4권에 97수의 고금체시(古今體詩)가 수록되어 있다. 그중 제3권에 1766년 조선의 세 사신과 홍대용·김재행에게 지어 준 시 6편이 수록되어 있다.[10] 육비는 이 시들 앞에 붙인 서문에서 다음과 같이 창작 경위를 밝혔다.

> 고려는 중국에게 내지(內地)나 마찬가지다. 천자의 교화를 더욱 친근히 입었다. 그 나라 사람들은 본디 문(文)을 숭상하고 조공을 몹시 공손히 했으며, 우리 왕조가 그 나라를 대접한 것도 예우 베풀기를 더욱 두텁게 했고 그들의 출입

『소음재고』 초간본(1765년)

로 소개되어 있다.[9] 제1권에 135수, 제2권에 155수, 제3권에 114수, 제4권에 97수의 고금체시(古今體詩)가 수록되어 있다. 그중 제3권에 1766년 조선의 세 사신과 홍대용·김재행에게 지어 준 시 6편이 수록되어 있다.[10] 육비는 이 시들 앞에 붙인 서문에서 다음과 같이 창작 경위를 밝혔다.

> 고려는 중국에게 내지(內地)나 마찬가지다. 천자의 교화를 더욱 친근히 입었다. 그 나라 사람들은 본디 문(文)을 숭상하고 조공을 몹시 공손히 했으며, 우리 왕조가 그 나라를 대접한 것도 예우 베풀기를 더욱 두텁게 했고 그들의 출입

과 교역(交易)을 꺼리어 막은 적이 없다.

나는 병술년(1766)에 회시를 보러 상경했다가 그 나라의 홍(대용)과 김(제행), 두 수재와 사귈 수 있었다. 홍은 차분하고 단아했으며 정주학(程朱學)을 전심으로 연구했다. 김은 소탈하고 단순했으며 시를 잘 지었다. 두 사람은 하루 걸러큼 숙소를 찾아와서 종이와 먹을 선사하고 세 사신의 선물을 함께 전달했다. 나는 부채에 그림을 그려 답례하고 아울러 그 위에다가 붓을 휘둘러 대충 시를 썼다.[11]

육비는 북경에서 홍대용·김재행과 교분을 맺기 전에 만남을 청하며 보낸 서신에서, "졸고(拙稿) 다섯 책을 아울러 여러 분께 나누어 올립니다. 이는 제가 출발할 때 황급히 판각한 것이라 글자가 조잡할뿐더러 착오도 많으나 미처 교정하지 못했습니다"라고 했다. 여기에서 '졸고 다섯 책'이란『소음재고』가 5책으로 분책되었다는 뜻이 아니라, 조선인들에게 각 1책씩 증정하고자 모두 5책을 가져왔다는 뜻이다. 이어서 그는 "졸고 중에「제자화 하풍죽로초당도」(題自畵荷風竹露草堂圖)라는 시가 있는데 '하풍죽로당'은 저의 집입니다. 시든 산문이든 각기 1편을 지어 주실 수 있다면 진실로 큰 선물이 되겠습니다"라고 했다.[12] 그런데 이 시는 초간본『소음재고』에는 수록되어 있지 않으며, 중간본 제1권에「자제 하풍죽로초당도」(自題荷風竹露草堂圖)라는 제목으로 수록되어 있다. 따라서 홍대용은『소음재고』를 살펴보아도 이 시가 보이지 않자 육비에게 그 까닭을 물었다. 즉, "하풍죽로초당시는 높은 사집(私集: 개인의 시문집)을 상고하되 얻지 못하니 무슨 연고뇨?"라고 하자, 육비는 "'하풍죽로'는 나의

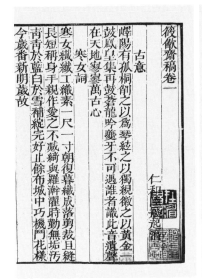

『소음재고』 중간본(1776년)

초당 이름이요, 연전에 손수 그 제도를 그리고 지은 글이 있더니 사집에 들지 아니하였다"고 답하면서, 즉시 그 시 전문을 써서 소개했다.[13] 이로 미루어 홍대용이 본 것은 『소음재고』의 초간본임이 분명하다. 후일 유득공은 『건연외집』(巾衍外集)과 『중주십일가시선』(中州十一家詩選)을 편찬하면서, 홍대용이 소장한 『소음재고』를 이서구가 필사한 책에서 육비의 시 51수를 뽑았다. 이덕무도 이서구의 필사본에서 6수를 뽑아 『청비록』에 소개했다.[14]

육비는 화가로서 더욱 명성이 높았다. "육장(陸丈)은 그림 재주가 대대로 그 집안에 전해 오신 분"이라고 한 반정균의 말처럼, 육비의 집안은 증조 이래 이름난 화가를 배출한 집안으로 유명했다.[15]

북경의 간정동에서 처음 만났을 때 육비는 자신의 문집인 『소음재고』와 함께, 비단에다 폭포 구경하는 선비를 그린 〈고사관폭〉(高士觀瀑) 등 그림 다섯 폭을 조선의 세 사신과 홍대용·김재행에게 각각 증정했다. 또한 세 사신과 홍대용의 요청을 받은 육비는 네 자루의 조선 부채에 서호(西湖) 등을 그린 뒤 시를 적고, 별도로 입수한 다섯 자루의 금릉(金陵: 남경南京) 부채에 대나무·매화·연꽃 등을 그린 뒤 시를 적어, 세 사신과 홍대용·김재행에게 작별 선물로 증정하기도 했다.[16]

육비와 처음 만나 『소음재고』와 그의 그림들을 본 김재행이 "절강 땅이 비록 인재(人才)의 부고(府庫: 곳간)로 일컬으나 이런 재화(才華)와 기개(氣槪)는 필연 여럿이 되지 아니리로다"라고 칭송하자, 반정균 역시 "육장(陸丈)은 강남의 제일 인물"이라고 예찬했다.[17] 또 북경 체류 당시 국자감에서 만난 절강 출신의 조교(助敎)나 귀국 도중 만난 어느 절강 사람에게 절강 향시의 해원 육비를 아느냐고 물었더니, 이들은 이구동성으로 "그 사람은 그림을 잘 그린다"고 답했다. 단 그림은 그의 부업일 뿐이며, 문학도 뛰어나다고 했다.[18]

그런데 1766년 3월의 회시에 이어 그 뒤에도 거듭 회시에 낙방한 육비는 1772년 이후 낙향하여 항주 서호에 종신토록 은둔했다.[19] 그는 '자도항'(自度航)이라 명명한 작은 배를 타고 어은(漁隱) 생활을 하면서 그림을 팔아 생계를 도모했다. "물고기 잡아 술을 사고, 그림 팔아 산을 사서 은거한다"(得魚沽酒, 賣畵買山)는 글귀를 배에 붙여 두었다고 한다. 육비의 그림에는 "매화매산"(賣畵買山), "을유해원"(乙酉解元)이라는 낙관이 있었는데, 이는 그와 절친한 후배 문인으로 후일 저명한 전각가가 된 황역(黃易)이 새겨 준 것이었다.[20]

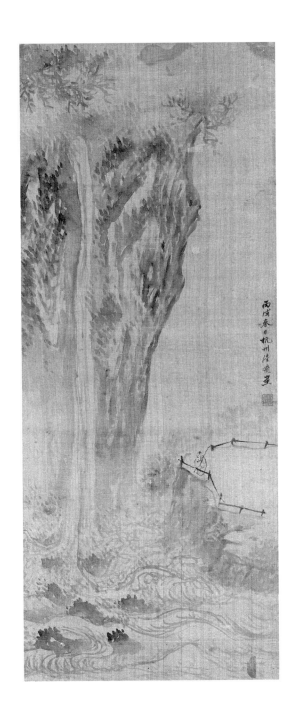

육비, <고사관폭>(高士觀瀑)

황역이 새긴 육비의 인장 '자도항' '매화매산' '을유해원'(왼쪽부터)

1780년 중국에 간 박지원이 열하(熱河)에서 만난 항주 인화현 출신의 광동안찰사(廣東按察使) 왕신(汪新)에게 육비의 소식을 물었더니, "소음(육비의 호)은 특이한 선비이지요. 금년에 회갑인데 강호에 영락하여, 시 짓고 그림 그리는 것을 본성으로 삼고 산수를 친구로 삼고 있지요. 술을 많이 마시고 몹시 취하면 마구 소리쳐 노래 부르며 울분에 차 욕을 한답니다"라고 답했다. 또 육비는 자신의 절친한 벗인데, 사람들은 그를 '육 해원'이라고 부르며 당인(唐寅, 자 백호白虎)과 서위(徐渭, 자 문장文長)에 비긴다고 했다. 당인과 서위는 육비와 마찬가지로 과거에 실패하고 강산을 떠돌며 불우하게 살다 간 명나라의 저명한 화가이자 문인이다.[21]

주자학파에 비판적인 학자

한편 육비는 학자로서도 상당한 수준이었던 듯하다. 그는 홍대용과 처음 만났을 때, "듣자하니 형은 주자를 숭상한다는데, 나는 육학(陸學)을 하니 어떡하지요?"라고 농담조로 말했다. 이에 홍대용이 "육 선생의 학문이 육학이 아니면 무엇이겠습니까?"라고 응수하여 사람들이 모두 한바탕 웃었다고 한다.[22] 이처럼 육비는 남송 때 주희와 대립했던 육구연(陸九淵)을 숭상하는 학자인 듯이 자신을 소개했으나, 이는 홍대용이 완고한 주자학자가 아닌지 한번 떠보려는 발언이었다.

홍대용은 엄성에게 "덕행은 근본이요 문예는 말단이니, 어느 것이 먼저이고 나중인지를 알아야 도에 어긋나지 않으리. 존덕성(尊德性: 덕성을 고양함)과 도문학(道問學: 학문에 의거함)은 수레의 바퀴 같고 새의 날개 같아서 그중 하나라도 폐하면 배움을 완성하지 못하리"라는 증언(贈言: 충고나 격려의 글)을 써서 보낸 적이 있다.[23] 주자는 『중용장구』(中庸章句)의 주석에서 '존덕성'과 '도문학'이 상호 보완하는 관계임을 역설했거니와, 이 양자를 수레의 두 바퀴나 새의 양 날개에 비유한 것도 주자의 말이다. 따라서 홍대용의 증언은 '존덕성'과 '도문학'을 핵심어로 삼아 전형적인 주자학적 학문론을 피력한 것이었다.[24] 육비는 이 글에 대해 논평하기를, "이는 정론(正論)입니다. 양자를 둘로 나누는 것은 원래 부당하지요"라고 하여 공감을 표했다.[25]

하지만 그는 '존덕성'과 '도문학'을 둘로 나눈 장본인은 바로 주자라고 비판했다. 즉 "'자정(子靜: 육구연의 자)은 '존덕성'에 다분히 치중하나 모(某: 주자의 자칭自稱임)는 도리어 '도문학'에 다분히 치중한다.' 주자의 생각은 이와 같았지요"라고 말했다.[26] 이것은 육구연의 『상산어록』(象山語錄)이나 왕양명(王陽明)의 『전습록』(傳習錄)에도 인용된 주자의 서신 즉 「답항평보」(答項平父)의 내용을 요약해서 전한 것이다. 『전습록』에 의하면 주자는 말하기를, "자정은 '존덕성'으로써 사람을 가르치지만, 모(某)는 사람을 가르침에 어찌 '도문학' 쪽이 약간 많지 않겠는가"라고 했다고 한다. 이러한 주자의 발언을 두고 왕양명은 혼연일체인 '존덕성'과 '도문학'을 분리시켰다고 비판했던 것이다.[27]

왕양명과 마찬가지로 육비도 "주자와 육구연의 학문을 '존덕성'과 '도문학'으로 구분한 것은 원래 주자에게 기인합니다"라고 주장했다. 그리고 "후인들은 주자를 존숭하기에 힘쓰면서 육구연을 편벽되다고 공격하지만, 당시 주자와 육구연에게는 틀림없이 이와 같은 당파적인 견해는 없었을 것입니다"라고 후대의 주자학파를 비판했다.[28] 이에 홍대용이 '도문학'에 치우친 데 따른 주자학파의 폐단을 시인하고 '존덕성'을 중시한 육구연학파에게도 나름대로 장점이 있음을 인정하자, 육비는 홍대용의 발언이 지극히 공평하다고 칭찬했다. 즉 "주자를 숭상하느냐, 육구연을 숭상하느냐로 후세에 논의가 분분했지만 이는 전적으로 논쟁에서 이기려는 혈기(血氣: 감정)가 승한 탓이었습니다.[29] 육구연의 뒤를 이은 이가 왕양명이었는데, 그가 세운 혁혁한 공적(반란 평정)은 결코 공허한 일이 아니었는데도 사람들은 반드시 그가 (공허한) 선학(禪學: 선불교)을 한다고 헐뜯었지요. 선학을 하지 않는다는 그자들이야말로 세상에 드러낼 만한 공적이 전무했지요. 외부로 드러난 공적을 가지고 그 내심의 성취를 검증한다면, 왕양명이 주장한 양지(良知)의 설도 전적으로 그른 것은 아닐 것입니다"라고 하여 육왕학파를 옹호한 뒤에, 홍대용이 주자학자로서 보인 포용적인 태도를 칭찬했다.[30]

또한 홍대용과 엄성·반정균이 주자의 『시경』 해석을 주제로 토론을 벌이자, 육비는 "아우님이 주자를 존숭하심은 지극히 옳습니다. 하지만 주자가 「소서」(小序)를 폐기한 데 대해서는 결코 억지로 변명해서는 안 될 것입니다"라고 하여[31] 엄성·반정균의 주자 비판을 지지했다. 그리고 주자가 『시경』을 해석하면서 고대의 텍스트인 『모시』(毛詩)의 「소서」(작품 해설)를 무시한 것뿐만 아니라, 『시경』 중 정풍(鄭風)과 위풍(衛風)의 시들을 음란한 작품으로 해석한 것에 대해서도 조목조목 비판을 가했다. 나아가 『시집전』(詩集傳)의 주석이 주자가 아니라 그의 문인에 의해 이루어졌을 가능성을 시사했다.

마지막 만남 때 홍대용은 이상과 같은 육비의 주장에 대해 자신의 소견을 피력한 장문의 글을 준비해 왔다. 이를 정독한 육비 역시 즉석에서 장문의 답변서를 써서 주었다. 여기에서 그는 홍대용이 "양명 선생을 논한 것은 지극히 옳다"고 하여, 왕양명은 '존덕성'만이 아니라 '도문학'에도 힘썼으며 혁혁한 공적 때문에 왕양명을 존숭하는 것은 그의 학문을 제대로 아는 것이 아니라고 반박한 홍대용의 주장에 동의했다. 또 『시집전』의 주석에 문제가 있다고 하면서도 그 잘못을 주자의 문인들에게 돌리는 것은 구차스럽고 정직하지 못한 태도라고 한 홍대용의 비판에 대해서도 "역시 지극히 옳다"고 동의를 표했다. 그러나 홍대용이 주자의 「소서」 배제를 거듭 옹호한 데 대해서만은 "감히 교시를 받아들이지 못하겠다"고 하면서 반박하는 의견을 길게 제시한 다음, "총괄하자면 「소서」를 폐기함은 부당하다. 예로부터 유학자들이 그에 관해 시비를 가린 논의가 심히 많다. 꼭 주자를 위해 변호할 필요는 없다"고 단안을 내렸다.[32]

이상의 논의로 보면 육비는 주자학보다 육왕학에 더 호의적이기는 하지만, 양 학파의 당파적 대립을 비판하고 학문적 대화와 소통을 지지하는 학자였던 것으로 짐작된다. 그리고 주자의 『시경』 해석에 대해 매우 전문적인 비판을 가하고 있는 점으로 미루어, 고증학의 성과에도 상당히 정통했던 것으로 판단된다.

귀국한 뒤 홍대용은 왕복 서신을 통해 육비와 북경에서 만났을 때 미진했던 학술 토론을 재개하고자 했다. 그는 1766년 10월 육비에게 보낸 서신의 별지(別紙)에서 왕양명의 「답인논학서」(答人論學書)를 읽은 소감을 밝힌다고 하면서, 주자의 '격물치지설'(格物致知說)에 입각하여 양명의 '치양지설'(致良知說)을 비판하고 양명은 '양생술'(養生術)과 '제물론'(齊物論)을 주장한 장자(莊子)에 못지않은 이단(異端) 사상가라고 공박했다.[33]

그러자 1767년 12월 육비는 홍대용이 "양명 선생에 관해 별지에서 한 말"(陽明先生別語)을 반박하는 답신을 보냈다. 즉 "제 생각으로는 '양지'(良知)와 '치지'(致知)를 막론하고 다만 성실한 사람이 되어서 본바탕 위에 발을 든든히 딛고 서 있기만 하다면, 천하의 이치를 죄다 밝혀낼 수는 없을지라도 정인(正人)이 되기에는 해롭지 않습니다. 그렇지 않다면 그 폐단은 경박하고 화려하기만 한 문사들보다 더 심할 것입니다"라고 했다.[34] 이는 '양지'를 중시하는 양명학파와 '치지'를 중시하는 주자학파를 모두 비판한 듯이 보이지만, 본바탕을 잃지 않는 성실한 인간이 되기만 한다면 주자학자들처럼 '궁리'(窮理)를 추구하지 않아도 정인군자가 될 수 있다고 주장함으로써 홍대용의 발언을 반박한 셈이다.

나아가 육비는 홍대용의 장자 비판에도 동의하지 않았다. "만약 번뇌를 제거하고 생사에 초연하고 싶다면, 장자의 제물론이야말로 거의 지름길이 될 것입니다. 저는 장차 유가(儒家)에서 빠져나와 묵가(墨家)로 들어가려고 하는데, 아우님은 어떻게 생각하시는지요?"라고 물었다.[35] 아마도 그는 자신의 불우함과 세상에 대한 울분 때문에 유교에서 이단시하는 장자의 사상에서 위안을 찾고자 했던 듯하다.

이처럼 육비는 주자학파가 공격한 육왕학뿐 아니라 유가가 배척하는 '이단 사상'들의 장점도 인정하고 수용하는 데 거리낌이 없었던 학자로 보인다. 특정 학파나 사상에 대한 편견에서 벗어나 공정하고 자유롭게 사유하고자 한 그의 태도는 홍대용에게 신선한 충격을 주었으리라 짐작된다. 하지만 그 뒤 홍대용이 부친상을 겪고 육비도 세상을 등지고 은둔함에 따라 더 이상의 학술 토론은 이어지지 않았다.

1774년 엄성의 형 엄과(嚴果)는 홍대용에게 보낸 서신에서, 육비가 임진년(1772) 가을 무렵 북경에서 귀향했으며 근자에는 삼구(三衢: 절강성 구현衢縣)의 서원에서 선비들을 가르치는 주강(主講)으로 지내고 있다고 했다.[36] 육비는 시집 외에 『주역』에 관한 저술인 『독역상억』(讀易象臆)을 남겼으며, 『(건륭)강산현지』(江山縣志, 16권, 1776년 간행), 『(건륭)귀선현지』(歸善縣志, 18권, 1783년 간행) 등 지방지를 편찬하기도 했다.[37]

3장   고결한 선비 엄성

짧은 생애와 폭넓은 교유

「간정록 후어」에서 홍대용은 엄성(嚴誠, 자 역암力闇, 호 철교鐵橋, 1732~
1767)에 대해 "한겨울의 소나무 같은 특별한 지조와, 눈에 덮인 대나
무 같은 해맑은 풍모"를 갖추었다고 평했다.[1](→630면) 홍대용과 만날
당시 엄성은 35세로 겨우 한 살 적은 동년배였으나, 홍대용을 형님
으로 섬기려고 간청하여 의형제를 맺기까지 했다.[2] 그는 명나라 초
이래 13대째 항주에 살고 있던 토박이 유학자 집안에서 태어났다.
선대에 겨우 2명의 거인(擧人)이 나왔을 뿐이나 증조는 청초 강희
때 박학홍사과(博學鴻詞科)에 천거된 바 있고, 부친도 제생(諸生)에 그
쳤지만 시문(詩文)을 잘 지어 사람들의 존경을 받았다고 한다. 엄성
의 외가 모씨(茅氏) 집안과 처가 장씨(蔣氏) 집안 역시 이름 있는 문
인 학자를 배출했다.[3]

엄성은 일찌감치 동자시(童子試)에 급제하여 항주 부학의 증광생

엄성의 초상 저명한 전각가이자 서화가인 해강(奚鋼)의 그림(1770년)

이 되었다.[4] 하지만 향시에 거듭 낙방했으며, 20대 말인 1760년에
는 중병을 앓아 거의 죽을 뻔하기도 했다. 당시 와병 중에 지은 시
들을 모아 『분상지영집』(糞上之英集)을 엮었고, 병이 나은 뒤 팔고문
을 가르치는 서당 선생 노릇을 할 때 지은 오언 배율의 과시(科詩)들
을 모아 『폭곤집』(曝褌集)을 엮기도 했다.[5]

　　1765년 엄성은 마침내 향시에 급제했으나, 그 이듬해 3월 회시
에 낙방하자 다시는 응시하지 않기로 결심하고 귀향했다.[6] 그의 형
엄과가 복건성(福建省)의 교육과 시험을 주관하는 학정(學政: 정3품)
왕돈(王敦)의 막료가 된 것을 계기로, 엄성도 학정의 자제를 가르치

는 가정교사로 초빙되어, 1767년 정월 항주에서 남쪽으로 1,700리나 떨어진 복주(福州)로 떠났다. 하지만 그는 복주에서 학질로 여러 달 고생하다가 위독해져 항주로 돌아온 뒤 그해 11월 향년 36세의 짧은 생애를 마감했다. 엄성이 병사하자 절강 향시의 고관(考官)이었던 좌사 조수선과 전대흔이 각각 그의 학덕을 기리는 만사(輓詞)를 써서 보내왔다.[7]

생전에 엄성은 항주의 저명한 문사들과 폭넓게 교유하면서 재능을 인정받았다. 그는 손건(孫健, 호 쌍수雙樹)의 문하에서 시를 배웠으며,[8] 손건과 심초(沈超, 호 경촌耕寸·경용耕翁)의 양측 문하생들이 동참한 시사(詩社)인 '서계음우'(西溪吟友)의 일원으로 일찍부터 활동했다.[9] 또 1754년 심초가 주도하여 결성한 '배풍시회'(培風詩會)에 참여했으며, 1760년 그 명칭을 '판향음회'(瓣香吟會)로 바꾼 뒤에도 열성적으로 참여했다.[10] 판향음회의 동인들은 1767년 엄성이 복주로 떠날 때 전별연을 열어 주었고, 그의 사후 추모 모임을 여러 차례 주관했다.[11]

엄성이 교유한 항주 문사 중 선배로는 왕증상(王曾祥), 항세준(杭世駿), 오영방, 위지수(魏之琇), 육비 등을 꼽을 수 있다. 그중 항세준(호 근포董浦, 1696~1772)은 가장 저명한 인물이다. 그는 건륭 즉위 초에 박학홍사과에 급제한 뒤, 한림 편수로서 십삼경(十三經)과 이십사사(二十四史)의 교감 및 『삼례의소』(三禮義疏)의 편찬에 참여해 경학과 사학·예학에 대한 조예를 발휘했다. 그 뒤 어사(御使)가 되자 강남 출신 한인 관료에 대한 차별을 시정하라고 직언하는 상소를 했다가 황제의 진노를 사서 간신히 죽음을 면하고 파직된, 기개 있고 강직한 인물로도 명성이 자자했다. 파직 후 항주로 귀향한 항세준

東官翟張雲寫

道古堂全纂

許傳霈
謹題

道古堂文集卷之二

仁和　杭世駿　大宗撰

御試制科卷

五六天地之中合賦人以敬授民時聖為韻

原夫子建天元丑為地柄試推策於二篇實肇基於三
正帝由震而成艮一元之運皆本中德以流形星伏戌
而見辰四序之行必於合神而令析之是名九星統
之為云七政數得主而有常道無為而不競撫辰惟勤
授時在敬奇全耦半積五位以相乘兼兩諷三合六爻
而互應爾其積寸該分課虛責有生成備而變化行神

榕城詩話卷上

仁和　杭世駿　大宗　撰

江山縣近嶺處地名青湖土田肥沃風俗茂美人家環
山帶水豆畦薑稜幽邃迤石梁東西兩廟廟各有
金甌十數春秋割家賽神合樂徵舞土人以為祈穀
禳疾之地臨江有小江郎祠在石厓上林木黔蔽下
壁江水中有石眯石几清潔無塵埃過客多染翰牆
壁間迄無佳句
由青湖上嶺卽與江郎山相對盤廻向背目不給瞬俗

〔家成詩活上〕

一知不足齋叢書

2　1
4　3

1~3. 항세준의 문집 『도고당전집』
4. 항세준의 저술 『용성시화』

은 만년까지 학문에 정진하여 특히 사학 방면에서 중요한 저술을 많이 남겼으므로, 청조 고증학의 대가 중 대표적인 사학자의 한 사람으로 평가된다. 또 그는 여악(厲鶚)·왕항·오영방 등 항주의 뛰어난 시인들과 '남병시사'(南屛詩社)를 결성해 창작 활동을 하면서 시인으로서도 명성이 드높았다.[12] 엄성은 존경하는 대선배 항세준을 모시고 시사에 참여했을 때 지은 시 2편을 유고집에 남기고 있다.[13]

위지수(자 옥형玉衡·옥횡玉横, 호 유주柳洲, 1719~1772)는 의사 집안 출신이나 일찍 고아가 되어 극빈 생활을 하면서도 각고의 노력으로 뛰어난 시인이자 의학자가 된 입지전적 인물이다. 그는 역대 명의들의 처방을 수집 정리한 『속명의류안』(續名醫類案, 『사고전서』수록) 등 중요한 의학 저술들을 남겼으며, 사후에 유고 시집으로 오영방이 서문을 쓴 『유주유고』(柳洲遺稿)가 간행되었다.[14] 위지수는 엄성이 10대 시절부터 존경한 선배 시인이자, 판향음회의 동인이었다. 엄성은 벗 포정박(鮑廷博)이 가난한 시인 위지수를 위해 그의 시 일부를 뽑아 간행해 준 『영운시초』(嶺雲詩鈔)에 서문을 썼으며, 위지수는 엄성의 『분상지영집』에 서문을 써 주었고 엄성의 사후에 추모하는 시들을 남겼다.[15]

위에서 거론한 선배 문사 중 육비에 관해서는 앞서 이미 언급하였다. 왕증상과 오영방에 관해서는 뒤에 따로 논하기로 한다. 엄성이 교유한 항주 문사 중 동년배로는 욱예(郁禮),[16] 포정박, 왕휘조(汪輝祖), 주문조(朱文藻), 공경신(龔敬身),[17] 반정균, 소진함(邵晉涵), 손진녕(孫晉寧),[18] 시개(施炌),[19] 하기(何琪),[20] 호도(胡濤)[21] 등을 꼽을 수 있다.

그중 포정박(자 이문以文, 1728~1814)은 부유한 상인 집안 출신의 대(大) 장서가였다. 그는 안휘성 출신이나 절강성의 염상(鹽商)으로서 항주에 집이 있었다. 포정박은 자신의 장서루인 지부족재(知不足齋)에 10만 권이 넘는 서적을 보유했으며,『지부족재총서』(知不足齋叢書)를 지속적으로 간행했다.『사고전서』편찬 시에 귀중본 600여 종을 진상해 건륭제로부터 포상으로『고금도서집성』(古今圖書集成)을 하사받았다. 포정박은 청조의 고증학자 중 교감학·목록학의 대가에 속하는 인물로 평가된다. 완원(阮元)이「지부족재 포군전」(知不足齋鮑君傳)을 지었다.[22] 포정박은 책을 몹시 좋아해, 엄성이 방문할 적마다 소장한 책들을 늘어놓고 감상하기를 그치지 않았다고 한다.[23] 엄성은 포정박이 굴대균(屈大均)의 시집을 준 데 감사하는 오언율시를 지었다.[24]

영균(靈均, 굴원의 자字)의 충실한 후손이
마음 드러내 한없는 슬픔 토로했구나[25]
나도 가을이 되면 슬퍼지는 사람이라[26]
그분의 시 짓는 재능 사모했네
상강(湘江)을 어찌하면 거슬러 오를꼬[27]
향초 같은 선비를 지금도 시기하는데[28]
그분이 남긴 시집 애써 증정하시니
심화가 백배나 활짝 핀 듯 몹시 기뻐라[29]

靈均老孫子　抽思寫餘哀
余亦悲秋者　因憐作賦才
湘流那可溯　香草至今猜
遺集勞相贈　心花百倍開

굴대균(자 웅산翁山, 1630~1696)은 평생 만주족의 지배에 맞섰던 저항 시인으로, 전겸익(錢謙益)·여유량 등과 함께 건륭 때 가장 집중적으로 금서의 대상이 되었던 인물이다. 여유량에 대한 문자옥이 한창 진행되면서 『대의각미록』(大義覺迷錄)이 반포된 옹정 8년(1730)에 이미 굴대균의 시문집은 반청(反淸) 사상을 이유로 고발당해 폐기 처분되었고, 작고한 굴대균은 반역죄로 육시(戮屍) 효시(梟示)되는 극형을 당한 바 있다.[30] 그럼에도 불구하고 포정박은 굴대균의 시집을 비장하고 있다가 이를 엄성에게 증정했고, 엄성은 이에 몹시 감사하면서 굴대균을 고대 중국 초나라의 애국 시인 굴원(屈原)의 창작 정신을 계승한 시인으로 칭송하는 시를 지은 것이다. 엄성과 포정박이 망국의 한을 토로한 굴대균의 시에 대해 서로 깊이 공감하고 있었음을 엿볼 수 있다. 포정박도 판향음회의 동인으로, 엄성의 사후 추모 모임에 참여했다.[31]

왕휘조(자 환증煥曾, 호 용장龍莊, 1730~1807)는 일찍 부친을 여의고 생모와 계모를 봉양하고자 지방관의 막료 노릇을 오래하며 고생하다가, 1775년 진사 급제 후 지방관으로 나가 백성을 잘 다스리는 청렴하고 어진 관리로서 명성이 높았다. 완원이 「순리(循吏) 왕휘조전」을 지었으며, 『청사열전』(淸史列傳)의 「순리전」(循吏傳)에도 그의 행적이 기록되어 있다. 한편 왕휘조는 오랜 막료 경험을 바탕으로 『좌치약언』(佐治藥言)『학치억설』(學治臆說) 등 지방 행정에 관한 저술을 다수 남겼고, 사학에도 조예가 깊어 『원사본증』(元史本證)『사성운편』(史姓韻編) 등 주목할 만한 업적을 남겼다. 또 그는 『용장시고』(龍莊詩稿)를 남긴 시인이기도 했으며, 장서가로서도 이름이 있었다.[32] 엄성은 객지로 떠돌던 막료 시절의 왕휘조와 시와 서신을 주고받았으며, 그의 청탁으로 〈간산도〉(看山圖), 〈야적과아도〉(夜績課兒圖) 등을 그려 주기도 했다. 왕휘조는 엄성의 『소청량실초고』(小淸凉室初稿)에 발문으로 시를 써 주었다.[33]

주문조(호 낭재朗齋, 1735~1806)는 엄성의 가장 절친한 벗이었다. 엄성과 아주 가까운 이웃에 살면서 수시로 만나 글을 논하고 어려울 때 달려가 돕는, 골육보다 친한 사이로 '성명지교'(性命之交: 천성에서 우러나온 우정)를 나누었다고 한다. 그는 심초의 문하에서 시를 배웠으며, 서계음우와 판향음회의 동인으로 엄성과 시사(詩社) 활동을 내내 함께하였다.[34]

주문조는 향시에 누차 낙방하고 제생(諸生)에 그쳤으나, 저명한 장서가인 왕헌(汪憲)·욱예·포정박·완원·손성연(孫星衍)·왕창(王昶) 등과 친밀하게 교유하면서 서적 교감과 편찬에 종사하여, 금석학과 문자학, 사학 등에 정통한 학자로서 명성을 쌓았다. 그는 포정박의 요청으로 『지부족재총서』의 편찬과 교감을 적극 도왔을 뿐 아니라 『지부족재총서』의 서문과 교감한 책들에 대한 발문을 지어 주었다. 또한 소진함의 『항주부지』, 완원의 『산좌금석지』(山左金石志)와 『양절유헌록』(兩浙輶軒錄), 왕창의 『금석췌편』(金石萃編) 등의 편찬을 크게 도왔다. 그리고 『사고전서』에도 수록된 『설문계전고이』(說文繫傳考異)를 비롯해 수십 종의 많은 저술을 남겼다. 시인으로서도 자못 명성이 있어 『낭재유집』(朗齋遺集) 등 시문집이 전하고 있다. 뿐만 아니라 주문조는 항주의 산수와 역사, 인물을 남달리 사랑하여 『서호지략』(西湖志略) 『무림구문』(武林舊聞) 등 항주에 관한 문헌을 다수 편찬했다. 또 육비와 엄성 등을 포함한 항주의 저명 문인들을 소개한 그의 『벽계시화』(碧谿詩話)는 완원의 『양절유헌록』의 주요 인용 문헌

文學朗齋朱君傳
君諱文藻字暎涑號朗齋姓朱氏系出福建之建寧縣白眉
村麓有泉曰碧溪村有祠祀白府君始祖也高祖諱萬
鑾字嶔萊曾祖諱奇萊字慇殷祖諱大臨字裕公
生四子其叔諱明試字登元公爲君考登元公年十一遭父喪
奉母至孝業鐵冶於浦城娶張人而生君性穎異弱不
東城之花兜巷張先卒繼娶蔣人生子君君性穎異弱不
好弄讀書能自刻苦手不釋卷登元公棄養卜葬亭小橫
山乃與仲兒買宅卷南數十武居之娶沈氏年二十四始受
知於諸城竇公補仁邑弟子員屢赴鄉舉無所遇唯食餼以
終其身家貧不能多聚書甔假之友朋手自紗錄於書無所
不讀巳卯自浦城還授徒里中館振綺堂汪氏任梭舊之役

朗齋先生碧溪草堂詩集序
甲辰夏編纂外舅詩既畢尚與碧溪草堂詩合刊爲題曰東
里兩先生遺集各有俠氣朗齋先生詩醇
撲有宋儒風唯徑各不同何取乎合應曰兩先生少時同居
東圃相友善晚復申且婚烟且皆敬從業師詩不同而出處
交契同是宜合也吾浙近代學而集鉅者推竹垞老人敬
未知先生之學之贍於竹垞何如而著作等身則相抗當代
名公卿重先生之學前後延輯各書凡載在山舟學士傳中
者不更述亦自撰集序碑記各體無慮數百萬言其文如澄
川不波瀠漾無際又如平岡遙遶境曠登防不作絕嚨
危崖搆虛架空形勢偶讀者往復尋繹屬而飫之不覺其卷
崍之繁重詩特其緒餘耳然篇什亦極富自乾隆巳卯訖王

朗齋先生遺集卷一
巳卯十月朔次桐江寄懷故園諸友
十月寒江木葉飛鄉關回首望依依巳悲孤雁同征路不及
早鳩伴釣磯雲樹迷離三爵酒風霜憔悴一肩衣明朝買得
雙魚便目送南天錦字歸
永康道中懷嚴九峯
記得江皋秋午分正秋光裏離羣深山依舊看紅樹故園
偏愁障白雲幾日風霜聊作客此中泉石不逢君何年煮茗
來同掃落葉堆中話久曛
辛巳十一月十一日靖江客舍夜嚴九峯見訪袖中
出畫卷爲贈題曰烟江避知飢癌異其事遂貽詩以
索畫

嚴鐵橋輓辭爲訪友作
仲子居東里三巖紹禹航君才眞倜儻吾輩共相羊江郭論
交久桐江講沈河橋問訊常魏闢課硯席天彝斁居幸接垣
牆翣椿樹等圃前話夕陽草萊同病廢蓬島榮圖文
自曲木賁年張玉會自南行始堂神固北去傷鴞島榮圖
書邀鑒賞繄紊隸示周詳誼益聯河渚吟兼搯蕕香

烟雲飄斯品驗風俗取義登岩蘘糧興不淺懷古首屢翹
題詩等限字卻怕劉郎嘲
胡葝唐秾家
倚郭蒿萊少客過三椽傍內沙河開窗鮫昔山光近賈市
從新酒債多差喜巷門隣寓館許同吟舫蕩寒波一枝得所
君能擺倔窶登食居出詩奈我何

이 되었다. 『청사열전』에 그의 전이 있다.[35]

엄성은 주문조가 스승 심초의 남은 시를 지성껏 수습해 『절여고』(竊餘稿)를 편찬하고, 가난과 노병으로 고생하던 스승을 헌신적으로 돌본 일을 예찬하는 시를 지었다. 또 서로 멀리 떨어져 있을 때면 그리워하는 시와 서신을 잇달아 보냈다. 그의 형 엄과가 그려 보낸 〈연강피지도〉(烟江避知圖)를 받고 주문조가 장시를 지어 화답한 사실을 노래하기도 했다.[36]

주문조는 엄성이 서계음우의 일원으로 활동하며 지은 시들을 뽑아 『서계음우시초』(西溪吟友詩鈔)를 엮고 서문을 지었다. 그는 엄성이 병사할 때 임종을 지켰으며 판향음회의 추모 행사들을 주도했다. 뿐만 아니라 엄성의 유고를 정리해 『소청량실유고』(小淸凉室遺稿, 8권)를 편찬하고, 1766년 북경에서 엄성이 조선의 세 사신 및 김재행·홍대용과 주고받은 시문을 정리한 『일하제금합집』(日下題襟合集, 1책)을 부록으로 붙였다. 그 뒤에도 주문조는 엄성의 유고를 재편성하고 그의 시첩(試帖: 과시科詩)과 화록(畵錄: 제화題畵), 교유 인사들의 추도문 등을 보태는 한편, 홍대용이 엄성의 시문을 수습한 『철교유타』(鐵橋遺唾)를 보내오자[37] 이를 참조해 『일하제금합집』을 수정·보완한 『일하제금집』을 합쳐서, 1771년 『철교전집』(鐵橋全集, 5책)을 완성했다. 주문조는 엄성의 행적과 시문을 후세에 전한 최대 공로자라고 할 수 있다.[38]

소진함(1743~1796)은 엄성의 향시 동방이다. 그는 1765년 절강향시에서 4등의 우수한 성적으로 급제했는데, 특히 5편의 책(策)을 짓는 3차 시험에서 1등을 차지해 주고관 전대흔의 총애를 받았다. 1771년 회시에서도 장원을 하고 진사가 된 소진함은 그 뒤 『사고전

嚴鐵橋全集叙

嚴鐵橋名藏宇曰開浙杭仁和象宣
人文兼性命之友也衆在廣卒年三
十六工詩善畫所著槼稿未經手定
余取其詩分爲二編擇其尤曰詩選
其次則曰詩存其在可刪與介乎刪
存之閒者不與焉文多隨手散棄質

『철교전집』

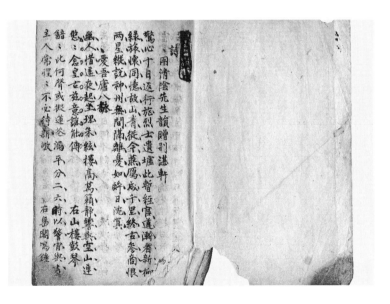

『철교시문』『철교유타』의 제목을 고침.

서』의 경부(經部)를 책임진 대진, 집부(集部)를 책임진 기윤 등과 더
불어 사부(史部)의 편찬을 주관하여 최종 교정과 제요(提要) 작성에
크게 기여했다. 그는 좌주인 전대흔의 영향을 받아 사학에 치력해
일가를 이루었으며, 한림원 시강학사를 역임했다. 소진함은 왕휘조
에게 그려 준 엄성의 〈간산도〉를 보면서 그의 죽음을 애도하는 시
를 남겼다.[39]

다재다능한 문인 학자

엄성은 시서화에 두루 뛰어난 문인이었다. 그는 당나라 시인 위응
물(韋應物)의 시풍을 본받았으며, 글씨는 예서(隸書)를 특히 잘 썼고,
먹으로 선만 그린 백묘(白描) 인물화에 아주 능했다.[40] 그는 주문조
의 스승인 심초의 초상화를 꼭 닮게 그려 사람들의 경탄을 샀다고
한다. 북경에서 만난 조선인 김재행과 홍대용의 초상화를 혹사하게
그리기도 했다. 회시에 낙방한 엄성은 고향으로 돌아온 뒤 조선의
세 사신과 이기성·김재행·홍대용 등 6인의 초상화를 완성하고 그
림에 대한 찬(贊)을 지었다. 그의 사후에 주문조가 편찬한『일하제금
집』에 수록된 세 사신과 이기성·김재행·홍대용 등 6인의 백묘 인물
화는 엄성의 원화(原畵)를 주문조가 모사한 것이다. 엄성은 자신과
마찬가지로 임자년(壬子年) 생이었던 도연명과 두보와 백거이를 존
경하여 〈삼임자도〉(三壬子圖)를 그리기도 했으며, 1767년 복주로 떠
날 때에도 항해 중에 연달아 산수화를 그려 화첩을 만들었다.[41]

　엄성은 전각(篆刻)에도 조예를 갖추었다. 그가 교유한 선배 중

1	2	3
4	5	6

『일하제금집』에 실린 조선 사행 6인의 초상 엄성의 백묘인물화를 주문조가 모사
1. 정사 군관 이기성 2. 정사 이훤 3. 부사 김선행
4. 서장관 홍억 5. 부사 자제군관 김재행 6. 서장관 자제군관 홍대용

상: 엄성, <운산책장>(雲山策杖)

하: 엄성, <추수조인>(秋水釣人)

정전(丁傳, 자 희증希曾, 1722~1799)은 저명한 전각가인 정경(丁敬)의 아들로 경학을 연구한 학자였다. 엄성은 정경을 존경했으며 그의 빼어난 기법을 본받고자 했다. 정경의 제자로서 육비에게 낙관을 새겨 주었던 황역(자 소송小松, 1744~1802)과도 교분을 맺었다. 엄성은 북경에서 만난 홍대용에게 '담헌'과 '홍대용인(印)' 및 '덕보'(德保)라는 도장 3개를 새겨 선물로 주었다.[42]

한편 엄성은 학자적 면모도 갖춘 문인이었다. 홍대용은 그를 육왕학과 불교에 정통한 인물로 간주했다. 엄성은 선배 오영방의 영향으로 불경을 좋아했으며, 20대 말에 중병을 앓으면서 『능엄경』을 읽고 깨달음을 얻어 심신을 다스릴 수 있었다고 한다. 반정균의 말에 의하면, 심지어 엄성은 날마다 반드시 염불 수행을 한다고 했다.[43]

하지만 그는 주자학 공부에도 힘썼던 것 같다. 20여 세부터 주자학 서적 읽기를 좋아하고 성현(聖賢)의 도에 뜻을 두었다고 한다. 20대 말에 중병을 앓고 난 뒤 그는 『근사록』(近思錄)에서 주돈이(周敦頤)가 말한 "징분질욕"(懲忿窒慾: 분노를 누르고 욕망을 막으라)과 장재(張載)가 말한 "교경경타"(矯輕警惰: 경박함을 바로잡고 게으름을 경계하라)라는 여덟 글자를 취해 서재의 좌우명으로 삼았다. 장년 이후로는 더욱 분발하여 주자학을 따르고자 했다.[44]

북경에서 홍대용을 만난 엄성은 자신이 "이학(理學: 주자학)을 담론하기를 지극히 좋아하는데 동지가 없어 유감이더니, 오늘이야말로 『논어』에서 이른바 '벗이 먼 곳에서 찾아왔다'(有朋自遠方來)고 하겠습니다. 공자의 말처럼 우리의 도가 외롭지 않음을 다행으로 여깁니다"라고 기뻐했다. 그리고 김원행의 문인인 주자학자 홍대용을

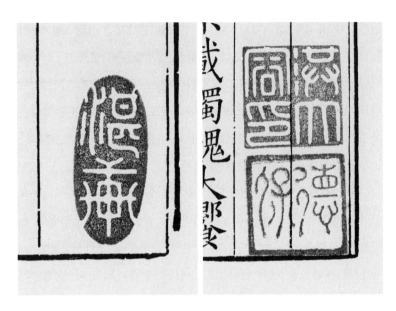

좌: '담헌' 우: '홍대용인' '덕보'
엄성이 새긴 홍대용 인장. 반정균이 기증한 『한예자원』의 장서인

상대로, '신독'(愼獨)과 '주경'(主敬) 등에 관해 『근사록』과 『주자어류』
(朱子語類) 등을 암암리에 원용하며 능숙하게 토론을 벌였다. 또한
그는 완물상지(玩物喪志)를 경고한 정자(程子)의 말이나 '한번 문인으
로 불리게 되면 보잘것없다'는 유지(劉摯)의 말을 들어, 주자학 공부
보다 시화(詩畵) 창작에 탐닉하는 자신의 취향을 심각하게 반성하기
도 했다.[45] 아마도 이런 필담 내용을 읽고 이덕무는 엄성이 "주자학
에 조예가 깊다"고 단정했을 것이다.[46]

　그런데 다른 한편 엄성은 고증학에도 조예가 깊었다. 앞서 살펴
본 교유 관계를 통해 짐작할 수 있듯이, 그는 당시 고증학풍이 한창

번성하던 절강성 항주에서 생장했다. 선배 항세준·오영방 등과 벗 포정박·왕휘조·주문조·소진함 등이 모두 저명한 고증학자에 속했으며, 항세준·육예·포정박·하기 등 이름난 장서가들도 많았다. 엄성의 좌주도 고증학의 대가인 전대흔이었다. 엄성은 육경과 제자서(諸子書)와 역사서뿐 아니라 "육서"(六書)와 "칠음"(七音) 즉 문자학과 음운학에도 두루 능통했으며, 금석(金石)을 몹시 좋아하여 집에 소장한 한위(漢魏) 시대의 석각(石刻) 예서(隷書) 탁본 수십 종을 날마다 감상했다고 한다. 그 탁본에 부친 발문에서 엄성은 이러한 고대의 서법에 비추어 정보(鄭簠)·만경(萬經)·고령(顧苓)·주이준(朱彝尊) 등 당대 청나라의 예서 명가들을 엄정하게 비평해서 수준 높은 감별력을 보여 주었다고 한다.[47]

엄성은 홍대용과 『시경』에 관해 토론하면서, 고증학자들과 마찬가지로 주자의 『시경』 해석을 비판했다. 『시경』의 정본으로는 한나라 때의 텍스트인 『모시』(毛詩)가 후세에 통용되었는데 『모시』에서 각 시편의 주제를 간명하게 해설한 「소서」(小序)는 가장 권위 있는 해석으로 존중되어 왔다. 그런데도 주자는 가급적 「소서」를 배제하고 『시경』을 해석하고자 했기 때문에 그의 주장을 의심하지 않을 수 없다고 하면서, 주이준이 『경의고』(經義考)에서 주자의 오류를 논박한 사실을 언급했다. 그 뒤 주자의 「소서」 배제를 옹호하는 홍대용의 서신을 받고 나서도 엄성은 종전의 주장을 굽히지 않았다. 즉, 『시경』 해석에서 「소서」는 결코 폐기해서는 안 되며, 주자의 『시집전』(詩集傳)은 실로 혼잡한 주석이 많아 동의하기 어렵다고 했다.[48] 1767년 병사하기 직전 복주에서 홍대용에게 보낸 마지막 서신에서도 그는 고증학적 견지에서 훈고(訓詁)의 중요성을 역설하며,

훈고학의 발전에 기여한 한나라 때 유학자들의 공이 위대하다고 했다. "훈고를 버리고 갑자기 공허하게 의리를 말한다면, 무엇으로 '치지'(致知: 지식 획득)의 근본을 삼겠습니까?"라고 주장했다.[49]

4장　명랑한 선비
　　　반정균

입신출세를 지향한 재사

「간정록 후어」에서 홍대용은 반정균(潘庭筠, 자 난공蘭公, 호 추루秋庫·
덕원德園, 1742~1806)을 "성격이 명랑하고 남을 대하면 솔직하게 진
심을 드러내며 겉모습을 꾸미지 않아서 사랑스러운" 인물로 소개했
다. 반정균은 당년 25세로 항주의 세 선비 중 가장 젊었다. 홍대용
보다 열한 살이나 아래였지만, 붓을 잡으면 나는 듯이 글을 써내는
문장 실력과 풍류를 갖춘 귀공자 풍의 인물이었다고 한다. 하지만
그는 본래 농민의 자제로, 선조 중에 세상에 알려진 고위 인사가 전
무할 만큼 한미한 가문에서 태어났다.[1](→647면) 반정균은 스무 살 때
이미 십삼경(十三經)과 역사서들을 암송하고 제자백가서도 보지 않
은 책이 없었으며, 『태백음경』(太白陰經) 등 병서와 점술서까지 읽었
고, 천주교 서적도 읽었다고 한다. 그는 홍대용에게 자신의 장서 목
록인 「묵연재 장서기」(墨緣齋藏書記)를 보여 주었는데, 그중에는 홍대

용이 이름조차 들어 보지 못한 육임(六壬: 음양오행을 응용한 점술법)에 관한 책도 10여 종이나 있었다고 했다.[2]

항주부 전당 현학의 증광생이 된 반정균은 1765년의 절강 향시에서 우여곡절을 겪고 급제했다. 그의 시권이 1등을 차지할 만한 데도 낙권(落卷: 추천 탈락)이 된 것을 애석하게 여긴 동고관이 동료의 협조를 얻어 이를 구제해서 추천했고, 주고관도 추가로 추천된 그 시권을 보고 칭찬해 마지않았으나, 이미 1등이 결정되었기 때문에 반정균을 20등 밖으로 합격시킬 수밖에 없었다고 한다.[3] 육비가 아니라 실은 그가 해원이 될 뻔했던 것이다.

북경에서 항주 세 선비와 만났을 때 홍대용은 반정균이 육비·엄성과 달리 입신출세할 뜻이 강한 인물임을 알아보았다. 홍대용이 엄성에게 "이번 회시에 합격하지 못하면 다시 과거 보러 북경에 올 뜻이 없느냐"고 묻자 엄성은 절대로 다시 오지 않겠노라고 단호하게 답했다. 그런데 홍대용은 반정균에게는 "아무래도 다시 올 것 같은데, 몇 번까지 올 작정이냐?"고 물었으며, 반정균은 "세 번까지"라고 선뜻 답했다. 그리고 두 사람에게 작별 선물로 지어 준 증언(贈言)에서도 홍대용은 엄성에게는 항주로 귀향해서 주자학을 연구하며 일생을 마칠 것을 권한 반면, 반정균에게는 벼슬길에 나아가면 부귀를 추구하지 말고 고대 중국의 이상적인 예악(禮樂) 제도를 부활하려는 높은 뜻을 품으라고 권했다. 반정균이 청나라 초에 한인의 복식 제도를 본받아 만주인의 의관을 개혁하자는 신하의 건의가 있었다는 이야기를 전했을 적에도, 홍대용은 반정균에게 벼슬을 하거든 바로 그와 같은 의관 제도 개혁을 위해 나서라고 격려하면서, "형을 보건대 현달할 기상이 있었으므로, 제가 증언에서 이미 이런 뜻을 언급했노라"고 밝혔다. 또 홍대용은 엄성에게 '좋은 벼슬아치가 되기보다는 좋은 사람이 되기를 바란다'고 말하면서, 반정균에게는 "아마도 말해 봤자 무익하고 그가 따르지 못할 일을 가지고 책망할 필요는 없으므로" 그에게 준 증언에서는 입신출세에 따른 충고를 많이 했노라고 하였다.[4]

당시 반정균은 필담 장소에 자신의 '계부'(繼父)로서 호부(戶部)의 필첩식(筆帖式: 문서 담당관)이라는 한 관원을 모시고 나타난 적이 있다. 그 관원은 반정균 부친의 절친한 벗으로 성이 '파씨'(巴氏)라는 만주인이었다. 이처럼 반정균이 '배건친'(拜乾親: 약칭 배건拜乾)이라는 관계(官界)의 풍속을 좇아 만주인 관원 파씨와 의부자(義父子) 관계를 맺고 있었던 것도 그의 출세 지향적인 처신을 단적으로 보여 주는 것이다. 청나라 때 출세를 위해 권세가와 결탁하는 방법으로 부자 관계를 맺는 '배건친' 외에도 사제 관계를 맺는 '배문생'(拜門生: 약칭 배문拜門), 형제 관계를 맺는 '배파자'(拜把子) 등이 있었지만 그중 배건친이 가장 밀접하고 견고한 관계였다고 한다. '배건친'에 대해 엄성은 "이런 풍속은 극히 비루하고 가소롭다"고 경멸하면서, 반정균을 '진양(陳良)의 제자 진상(陳相)'과 같다고 조롱했다. 진상은 스승 진양에게 배운 유학을 저버리고 이단의 학설을 좇았다고 하여 맹자가 꾸짖었던 인물이니, "대저 반생(潘生)이 한인의 몸으로 만주 사람에게 부자의 의(義)를 정함을 기롱함"이었다.[5]

그 뒤 반정균은 1766년과 1769년의 회시에 거듭 낙방했다. 1771년의 회시에서도 그는 억울한 사정으로 낙방했다고 한다. 함께 응시한 동향 친구가 병으로 인해 백지 답안을 내려고 하자 포기하지 말도록 권하면서 자신의 답안을 보여 주었던 바람에, 반정균이 회원

(會元: 회시의 장원)으로 결정되었지만 답안 일부가 서로 똑같다는 이유로 둘 다 탈락하고 말았다는 것이다. 그 직후인 1771년 5월 반정균은 글씨가 정교하고 단정하다고 해서 내각 찬문 중서사인(內閣撰文中書舍人: 약칭 내각중서 또는 중서사인, 종7품)으로 선발되었다. 1778년 드디어 반정균은 회시에 급제하고 전시(殿試)를 우수한 성적으로 통과해 진사가 되었다.[6]

이후 그는 한림원의 서길사(庶吉士)와 편수(編修)를 거쳐 1790년 섬서도(陝西道) 감찰어사(監察御史: 종5품)에 임명되었으나, 부모 봉양을 이유로 곧 사직했다. 그 뒤 혜남서원(惠南書院)의 주강(主講)과 항주 3대 서원의 하나인 부문서원(敷文書院)의 원장 등을 역임했다고 한다.[7] 반정균의 몰년은 지금까지 알려지지 않았으나, 그와 교분이 깊었던 저명한 고증학자이자 시인인 홍양길(洪亮吉, 1746~1809)의 시에 의하면 그는 1806년 정월 초하룻날 항주에서 향년 67세로 별세했다고 한다. 문집으로 『가서당유집』(稼書堂遺集)이 있다.[8]

젊은 시절에 반정균은 엄성과 절친했으며, 그의 형 엄과와 오영방을 스승으로 섬겼다. 엄성의 시집 『분상지영집』에 서문을 쓰기도 했다.[9] 1766년 회시 낙방 후에도 북경에 남았던 반정균은 조선으로 귀국한 홍대용과 계속 서신을 주고받는 한편, 항주로 낙향한 엄성이 병사할 때까지 홍대용의 서신을 그에게 전달했다. 그 뒤 1771년부터 내각중서로 재직하면서 반정균은 황제를 측근에서 모시는 신하로서 언행을 조심하느라 서신 연락을 끊다시피 했으나, 1777년 유득공의 숙부 유금(柳琴)의 연행을 계기로 한동안 소원했던 관계를 회복했다. 당시 반정균은 유금과 직접 만나지는 못했지만 그를 통해 홍대용의 서신을 전해 받았고, 그가 가지고 온 이덕무·유득공·

박제가·이서구 등 4인의 시집인 『한객건연집』(韓客巾衍集)에 서문과 평비(評批)를 써 주었다. 이를 계기로 반정균은 홍대용뿐 아니라 그를 종유하는 이덕무 등 4인과도 교분을 맺게 되었다.[10]

　그 이듬해인 1778년 반정균은 사행의 일원으로 북경에 온 이덕무·박제가와 여러 차례 만나 환담을 나누었다. 당시 그는 이덕무와 이서구 및 홍대응(홍대용의 사촌동생)의 시집뿐 아니라 이덕무·유득공·박제가·이서구 등 4인의 시집인 『열상주선집』(洌上周旋集)에 서문을 써 주었다.[11]

　반정균은 1780년 건륭제의 칠순 축하 사행의 일원으로 북경에 온 박지원과는 만나지 못했지만, 십 년 뒤인 1790년 건륭제의 팔순 축하 사행의 일원으로 북경에 온 박제가와 유득공을 만날 수 있었다. 또 그해 연말 재차 사절로 북경에 온 박제가를 만났으나, 이듬해에 모친상을 당해 항주로 내려간 뒤로는 마침내 소식이 끊기고 말았다.[12]

시서화와 불교 심취

이와 같이 항주의 세 선비 중 반정균은 홍대용을 비롯한 조선의 문인들과 가장 지속적으로 교분을 이어 갔던 인물이다. 육비·엄성과 마찬가지로 그 역시 시서화에 뛰어났다. 그는 서화가로 미불(米芾)과 조맹부(趙孟頫)를 몹시 숭앙했으며, 예서를 잘 썼다고 한다. 이덕무와 유득공은 반정균에 대해 "서화쌍절"(書畵雙絶)이라고 칭찬했고, 남공철(南公轍)은 홍대용이 소장한 반정균의 서화권(書畵卷)과 유득

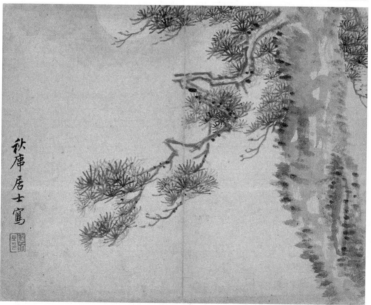

상: 반정균, <고사독서>(高士讀書)
하: 반정균, <노송괘월>(老松掛月)

반정균이 김선행에게 그려 보낸 부채

공이 준 반정균의 시권(詩卷)을 감상한 뒤 칭송하는 글을 남겼다.[13]

　　반정균의 부인 주씨(朱氏, 상부인湘夫人)도 시를 잘 지었으며 시집 『구월루고』(舊月樓稿)를 남겼다.[14] 반정균은 홍대용과 만났을 때 조선과 중국의 여성 시인에 관해 대화를 나눈 적이 있다. 당시 홍대용이 조선에서는 여성에게 한자를 가르치지 않아 여성 시인이 드물뿐더러 시 창작은 여성의 본분에서 벗어나는 일이므로 권장하지 않는다고 말하자, 반정균은 중국에도 여성 시인이 극히 적기는 하지만 사람들이 상서로운 별과 구름처럼 숭앙한다고 했다. 그리고 조선의 여성 시인 허난설헌의 시가 전겸익의 『열조시집』(列朝詩集), 주이준의 『명시종』(明詩綜) 등 중국의 유명한 시 선집들에 소개된 사실을 칭송하면서, 남편을 원망하는 시를 지어 부인으로서 덕행이 부족하다는 홍대용의 비판에도 불구하고 그녀를 옹호했다. 또 김재행이 반정균에게 시를 보여 달라고 하자, 그는 자기 부인의 시에 차운하여 지은 시를 보여 주었다. 홍대용이 보기에는 "대개 그 아내가 글(을) 함을 자랑코자 하는 의사(意思)"였다.[15] 당시 반정균은 자기 부인의 시집을 거의 꺼내 보이고 싶어 했으나, 홍대용이 단정한 선비라 평소 시를 좋아하지 않는 데다가 필담할 때 여성이 시를 잘 짓는 것은 꼭 아름다운 일은 못 된다고 말하는 바람에, 실망해서 관두었다고 한다.[16]

그 뒤에 홀로 간정동을 찾아간 김재행이 반정균에게 그의 부인의 시를 보여 달라고 청했더니, 반정균은 자기 부인의 시집이 있기는 하나 북경에 올 때 가지고 오지 않았고 부인의 시를 한 구절도 기억하지 못하노라고 변명했다. 이는 부인 자랑을 한다는 혐의를 피하려고 둘러댄 말이었다. 그러자 엄성이 "종시(終是) 보이기를 어렵게 여길진대, 한 권 시집이 있단 말이 필연 허언(虛言)이로다. 제(弟: 엄성의 자칭)의 부인이 만일 시를 할진대 어찌 한번 보이기를 아끼리오. 진실로 기록(기억)하지 못할진대, 노형(老兄: 반정균)은 천하에 제일 정 없는 남자요, 그렇지 아니하면 천하에 제일 기성(記性: 기억력)이 없는 용렬한 재주로다"라고 놀렸으므로 서로 한바탕 웃었다고 한다.[17] 그런데 실은 엄성의 부인 장씨(蔣氏)도 시를 잘 지어 엄성의 『소청량실시고』(小淸凉室詩稿)에 부록으로 부인의 시가 실렸다.[18]

청대 건륭조의 시사(詩社) 활동에서 가장 주목할 만한 현상은 여성들의 결사(結社)가 성행한 것이라고 한다. 일찍이 강희 초년에 서찬(徐燦)·시정의(柴靜儀)·주유칙(朱柔則)·임이녕(林以寧)·전운의(錢雲

儀) 등 여성 시인들이 항주에서 '초원시사'(蕉園詩社)를 결성하여 모범을 보인 이래, 이러한 규수(閨秀)들의 시사는 건륭 연간에 더욱 발전했다. 예컨대 소주(蘇州)의 장윤자(張允滋) 등 여성 시인 10인은 '청계음사'(淸溪吟社)를 결성하여 활동했으며, 장윤자와 그의 남편 임조린(任兆麟)은 『오중십자시초』(吳中十子詩鈔)라는 청계음사 동인들의 시 선집을 편찬했다. 또 항주 출신의 저명한 문인 원매(袁枚, 1716~1798)는 관직에서 물러나 남경(南京)에 은거할 때 여성 시인들을 많이 제자로 받아들였다고 한다.[19] 이와 같이 부부 관계나 사제 관계에 있는 개명한 남성 문인들의 지지와 격려에 힘입어 건륭 시대에 강남 지방을 중심으로 여성 시인들이 활발한 창작 활동을 벌였는데, 반정균의 부인도 그러한 규수 시인 중의 한 사람이었던 듯하다.

반정균의 집안은 항주에서 문학으로 특출한 명문가의 하나로 손꼽혔다.[20] 반정균의 장남 반시민(潘時敏, 호 소연小煙)은 선불화(仙佛畵)에 능한 화가였다. 차남 반학민(潘學敏, 호 초청初晴)은 서예가로 유명했으며, 절강학정(浙江學政) 완원(阮元)이 주관한 『경적찬고』(經籍纂詁)의 편찬에도 참여했다고 한다. 저명한 서화가 주문패(朱文珮)와 결혼했으나 요절한 반정균의 딸 반패방(潘佩芳, 1766~1787)도 난초를 잘 그리는 여성 화가였다.[21] 그의 또 다른 딸이 황역의 장남과 결혼하여, 반정균은 저명한 전각가이자 금석학자로 전대흔·옹방강(翁方綱) 등과도 교분이 깊었던 황역과 사돈이 되었다. 이런 연고로 반정균은 황역의 사후에 그의 묘지명을 지었다. 반정균의 손자 반공수(潘恭壽, 호 대명帶銘)는 도광(道光) 11년(1831) 향시의 해원(解元)으로, 역시 글씨를 잘 썼다고 한다. 반정균의 증손자 반승한(潘承翰, 자 소매

少梅, 반학민의 손자)은 증공생(增貢生)으로, 청말의 저명한 시인인 담헌 (譚獻), 고증학자로 유명한 유월(兪樾) 등과 교분이 있었다. 반승한의 요청으로 담헌과 유월은 고향 선배인 반정균의 시집에 각각 서문을 지어 주었다.[22]

1766년 북경에서 홍대용을 만났을 때 반정균은 주자학을 지지 하는 듯한 발언을 했다. 항주의 선비들은 모두 주자를 존숭하며, 왕 양명의 '치양지설'(致良知說)이 주자의 학설과 다르므로 학자들이 존 숭하지 않아 이름난 양명학자는 거의 없다고 하면서, 학문은 반드 시 유교의 성인을 표준으로 삼아야 하고 제자백가서를 읽더라도 결 국은 육경으로 돌아가야 한다고 말했다. 또 모든 일은 모름지기 『대 학』에서 말한 바 '성의'(誠意)와 '정심'(正心)으로 해야 하는데 그 점 에서 왕양명의 '격물치지설'(格物致知說: 즉 '치양지설')은 미흡한 데가 있다고 주장했다. 그리고 청나라의 대 유학자로 육농기(陸隴其)·탕 빈(湯斌)·이광지(李光地)·위상추(魏象樞) 등 관변 주자학자들을 들면 서, 주자학과 양명학이 대립하던 명나라 때와 달리 지금의 중국은 모두 주자를 따른다고 했다.[23]

하지만 "정학(正學: 주자학)에 전념한 적은 없다"고 실토했듯이, 반정균은 주자학에 대한 조예를 갖추지는 못했다. 홍대용이 제갈량 (諸葛亮)의 팔진도(八陣圖)에 관해 주자의 문인 채원정(蔡元定, 세칭 서 산선생西山先生)이 논정한 것을 보았느냐고 묻자, 그는 채원정의 책을 읽은 지 오래되어 잊었노라고 얼버무렸다. 이에 홍대용은, 채원정의 『율려신서』(律呂新書)에 부친 서문에서 주자가 채원정의 『팔진도설』 (八陣圖說)을 거론한 사실을 일러주었다.[24]

이와 같은 필담 내용으로 미루어, 반정균은 처음 만난 외국인을 상대로 발언을 조심하느라 주자학을 관학으로 공인한 청조의 공식적인 견해를 대변했던 것이지 주자학을 진실로 신봉하지는 않았던 것으로 보인다. 실은 그는 엄성 못지않게 불교를 좋아했다.[25] 그는 『능엄경』을 손을 씻고 나서 암송하며, 불경을 손수 필사하기를 좋아한다고 말했다. 또 불교를 애호했던 전겸익이 만년에『능엄경』을 주해한『대불정 수능엄경 소해 몽초』(大佛頂首楞嚴經疏解蒙鈔)의 친필 원고본을 소장하고 있다고 자랑하기도 했다.[26]

그 뒤 홍대용이 귀국한 지 10여 년이 지난 1777년에 보낸 서신에서 반정균은 홍대용에게 "주자학의 높은 경지에 이미 올라서, 신심성명(身心性命)의 이치를 틀림없이 크게 깨달으셨으리라 생각합니다"라고 말하면서도, 불교를 지지하는 입장에서 불교와 유교의 근본 교리가 동일하다고 주장했다. 즉, 그는 불경에서 말한 '자성'(自性: 모든 존재의 진실한 본체)에 '제일의'(第一義: 가장 중요한 도리)가 있음을 깨우쳤다고 하면서, 유교 경전의 심오한 이치도 그와 동일한 '의체'(義諦: 진리)를 말한 것인데도 속된 유학자들이 불교 배척을 주장하는 것은 오만의 소치요 '성해'(性海: 진여眞如)에 도달하지 못한 탓이라고 비판했다.[27] 앞서 살폈듯이 홍대용에게 보낸 마지막 서신에서 엄성이 고증학적 견지에서 훈고를 경시하는 주자학풍을 비판했다면, 역시 홍대용에게 보낸 마지막 서신에서 반정균은 불교를 신봉하는 입장에서 주자학자들의 불교 배척론을 비판했던 것이다.

1790년 북경에 온 박제가가 반정균의 처소를 방문했더니 그는 손님을 사절하고 칩거하면서 관음불상을 걸어 놓고 조석으로 예불을 드리고 있었다고 한다. 그해 연말에 재차 북경에 온 박제가는 관음사(觀音寺)에서 재계하며 독경하고 있던 반정균을 만나 불교에 관해 필담을 나누었다. 그 무렵 반정균은 그와 절친한 화가로 '양주 팔괴'(揚州八怪)의 한 사람으로 손꼽히는 나빙(羅聘, 호 양봉兩峯, 1733~1799)과 함께 불교 연구에 몰두했으며, 불교와 유학의 근원적 일치와 송대 성리학의 선학(禪學) 기원설을 주장한 나빙의 불교 입문서 『정신록』(正信錄)에 서문을 써 주었다.[28] 1791년 모친상을 당해 항주로 돌아간 뒤 박제가에게 보낸 서신에서도 그는 『정신록』 서문에서 주장한 바와 마찬가지로 유학과 불교의 근원적 일치론을 펴면서, 각자 취향에 따라 "진유"(眞儒: 참된 유학자)와 "진석"(眞釋: 참된 불교도)이 되도록 노력하며 상호 존중해야지 '분별견'(分別見)을 취해서는 안 된다고 주장했다.[29] 1792년 중국을 다녀온 김정중(金正中)은 반정균이 머리 깎고 불교에 귀의하여 도림사(道林寺)에서 불법을 강의한다는 소문을 전했다.[30]

5장   문제적 인물 오영방

명나라 유민의 기풍을 계승한 학자

홍대용과의 첫 만남에서 반정균은 엄성의 형 엄과를 항주의 명사로 소개했다. 사람들이 엄과와 엄성 형제를 동진(東晉) 때 육기(陸機)·육운(陸運) 형제와 북송 때 소식(蘇軾)·소철(蘇轍) 형제에 비할 정도라고 하면서, 엄과는 당시 제생(諸生)이었으나 세속에서 벗어난 고상한 선비로 시집과 문집 원고가 상자에 가득 찼으며, 우리 고장의 '오서림'(吳西林) 선생과 지극히 좋아하는 사이라고 했다.[1](→657면) 엄과(嚴果, 자 민중敏中, 호 구봉九峰·고연古緣, 1722~1780)는 아우 엄성과 마찬가지로 시서화에 뛰어났고 불교에 정통했다. 1770년 향시에 합격해 거인이 되었으며, 문집으로 『고연유고』(古緣遺稿)가 있다.[2]

이어서 반정균은 홍대용의 질문을 받고, '오서림' 선생 즉 오영방(吳穎芳, 자 서림西林, 호 임강향인臨江鄉人, 1702~1781)에 관해서도 소개했다. 오영방은 "은거하여 도를 닦고, 일이 없으면 관청에 출입하지

嚴果頓首上
湛軒賢弟足下嗚呼蒼天
慘毒交集
君花終天之慟果遭半體之傷
元節悲風酸聞萬里痛恩
尊先丈老先生右族春英樹德海
表徒以鯉庭之稱述致縈韻弟
扵懷恩備鐵鶴馭東遊忽能謂

老成扵仙島而馨生前之欽慕矣
果驚聞哀訃神恩摧傷本振勉
槩諛辭敬陳莫惘伏計歲時歷
久已逾服闋之年恐扵禮制不符
轉嫌冒昧惟有臨風扵邑仰溯
寸忱益惟
足下孝本天惻慕積終身圖極之
觳廉滙三年之哀冝節嗣親継志

足下所深念故以相聞舍悲作書雜
亂無次筆不盡意伏惟
鑒察不宣
庚寅十二月望日果再頓首

承
來敎屢以兄稱果
足下既以弟畜銘鏤果何敢容氣不以弟
視湛軒邪章柣情而忘莫悟矣

承
來敎承索詩文㧲待無可觀者卽附一
紙以荅遠懷
進次鐵橋原韻寄　湛軒
海天不識路無夢到遠東絡古形
骸隔開械氣類同懷恩千寫一酬
荅始嫣終已矣君休念雲分萬里
風星軺歸客笥吾弟有遺書人
去傳真在情留不盡餘守身圖德

엄과가 홍대용에게 보낸 간찰 1770년 2월 발신, 1778년 7월 수신 않으며, 고관이 찾아와도 반드시 엄하게 거절한다. 시랑(侍郞) 장존여(莊存與, 1719~1788)와 통정관(通政官) 뇌현(雷鋐), 시랑 전유성(錢維成)이 모두 먼저 방문해서 그의 저서를 열람하고자 했으나 끝내 뜻을 이루지 못했다"고 했다.[3] 이는 오영방의 명성이 몹시 높았음을 증언하는 일화를 조금 과장되게 전한 것이다.

통정사(通政使: 통정사사通政使司의 장관, 정3품) 뇌횡(雷鋐, 뇌현의 개명, 1697~1760)[4]이 절강 학정(學政)으로 재임할 적에 수행원을 거느리고 방문해 오영방의 저서를 구해 갔으며, 예부시랑 장존여도 절강 향시를 주관한 뒤 그를 찾아가 저서를 보여 달라고 했다고 한다. 형부시랑 전유성도 절강 학정으로 재임할 적에 이와 유사한 일화가 있었다.[5] 뇌횡은 방포(方苞)의 문인이었으며 도덕과 문장을 갖춘 주자학자로 명성이 있었고, 장존여는 『춘추』 「공양전」(公羊傳)을 중시한 서한(西漢)의 금문경학(今文經學)을 부흥시킨 선구적 학자였다. 전유성은 시서화에 뛰어났으며, 고증학 대가인 전대흔의 좌사로 앞서 소개한 바 있다.[6] 이런 쟁쟁한 당대의 명사들이 모두 오영방과 결교하고 싶어 했다는 것이다.

그 뒤로도 오영방은 종종 화제에 올랐다. 두 번째 만남에서 홍대용은 관혼상제에 주자가례(朱子家禮)를 따르던 조선과 달리 고인을 즐겁게 한답시고 풍악을 울려대는 중국의 상례(喪禮)를 문제 삼으면서, 오영방의 집안에서도 그런 해괴한 풍속을 따르느냐고 물었다. 그러자 반정균은 "홀로 서림 선생만은 그렇지 않다"고 하면서, 오영방은 상중에 있을 때 금기를 철저히 지켰으며, 상례와 상복도 세속과 크게 달랐다고 하였다. 비록 평상시의 의관은 청조의 제도를 따랐지만, 청조가 상례에 관한 법령은 반포하지 않았음을 핑계 삼아,

상복만은 홀로 명나라 제도를 따르면서 세속의 비웃음에 개의치 않았다고 한다.7

세 번째 만남에서 홍대용은, 예부터 선비는 검소한 베옷을 입는다고 하여 '포의'(布衣)라고 불렀는데 지금 중국의 선비들이 모두 비단옷을 입고 있는 것은 사치 풍속 때문이 아니냐고 따지면서, 오영방도 역시 그런지를 물었다. 그러자 엄성은 오영방이 베옷을 입고 고풍스런 모자를 쓴다고 하면서, 그런 차림으로 항주 성안에 들어갔더니 보는 사람들이 모두 비웃었다고 했다.8

또 엄성은 홍대용의 질문을 받고 오영방에 관해 좀 더 자세하게 소개했다. 오영방은 율려학(律呂學: 음악학)에 관한 저술인 『취빈록』(吹豳錄, 50권)을 고심하여 완성했으며, 문자학에 관한 저술인 『설문리동』(說文理董, 40권)은 아직 미완성 상태인데 엄성은 제자로서 그 책의 교정 작업을 거들었노라고 했다. 또 오영방은 한위(漢魏)와 성당(盛唐)의 시를 숭상하며 작시 규율을 지나치게 엄격히 따지므로, 요즘 사람들의 시는 그의 안목에 차는 작품이 거의 없다고 했다. 그리고 덕행 면에서도 노모를 지극 정성으로 모신 효자였다고 칭송하면서, 다만 한 가지 탈은 불교를 너무 좋아하는 것으로 모든 불경에 정통하다고 했다. 『능엄경』을 극히 좋아할뿐더러 불교의 인과응보설을 담론하기 좋아한다고 했다.9

엄성이 소개한 대로, 오영방은 청대 고증학의 대가 중 문자학·훈고학·음운학에 뛰어난 소학가(小學家)의 한 사람이다. 『취빈록』에서 보듯이 그는 음악 연구에서 출발하여, 문자 연구로 나아가 『설문리동』을 저술했다. 이밖에도 그는 『음운토론』(音韻討論, 4권), 『문자원류』(文字源流, 6권), 『금석문석』(金石文釋, 6권) 등을 저술했다. 뿐만 아니라 오영방은 절친한 시인 여악(勵鶚, 호 번사樊榭, 1692~1752)과 함께 항주에서 시사 활동을 하며 시인으로서도 명성을 얻었다. 시집으로 『임강향인시』(臨江鄕人詩, 4권, 보유補遺 1권)가 있다.[10]

한편 불교를 애호하고 불경에 조예가 깊었던 오영방은 자신의 법명을 '수허'(樹虛)라고 지었으며, 『유식론문석』(唯識論文釋, 2권) 등 불교 관련 저술도 다수 남겼다. 도광(道光) 이후 청말에 공자진(龔自珍)·담사동(譚嗣同) 등에 의해 불교의 유식학(唯識學)에 대한 관심이 흥기하기에 훨씬 앞서 이를 연구한 선구자로 볼 수 있다. 그에 대한 전기에서 왕창(호 술암述庵, 1725~1806)은 "불교 경전과 유가 경전에 모두 능통하기로는 선생만 한 분이 없다"고 평했다. 오영방의 저술들은 그의 문인 항용(項墉)과 인화현 제생 주문조(엄성의 절친한 벗)가 교정하고 기록해서 그의 집안에 소장되었다고 한다.[11]

2월 17일 다섯 번째의 만남에서 중국 과거 제도의 폐단을 이야기하던 중, 홍대용은 부정행위를 막기 위해 시험장에 들어갈 때 몸 수색을 하는 법이 너무 박절하여 호걸스런 선비는 결코 그런 모욕을 감수할 수 없을 것이라고 비판했다. 그러자 반정균은 "삼베옷 입고 짚신 신은 상제를 도적놈처럼 대하니, 이래서 서림 선생은 종신토록 과거 시험장에 들어가지 않았다"고 했다. 오영방은 15세에 부친상을 당한 뒤 현(縣)에서 시행하는 동자시(童子試)에 응시하러 갔다가 관가의 하인에게 호통을 당하자 "이거야말로 영예를 구하려다가 욕을 먼저 당한 꼴이다"라고 분개하고 이로부터 평생 과거에 응시하지 않았다는 유명한 일화를 남겼다.[12]

이처럼 오영방은 과거를 평생 거부하고, 관청 출입도 하지 않으며 고관들의 방문도 사절한 채 은거해서 저술에만 전념한 뛰어난

臨江鄉人詩卷一

吳穎芳西林甫

田園雜詩

吳鄉罷春耕農事入夏始清和天氣佳深巷杏成子曉色
煙雨靠牽牛駕劚耙吠蛤無東西瀰漫四澤水濛濛披蓑
行吨吨吽牛起牛勞我所惜急時登得已
田耡聯一心伐礐赴私役負耒趨南疇挾鍤走下澤計日
耦耘籽互爲主與容白笋供朝餐紫蓋充晚倉艮苗仰天
功人事不墮績長慮夏秋交旱苦旬劇劘桔槔叫飢鴻禾
狀有得色歸逢合多欣緩步濯溪碧水去橋下鳴月來樹
顧白洗酌坐廣庭滿意卽箋遇

一雷歸草堂

오영방의 시집 『임강향인시』

학자이자 시인으로 소개되었다. 또한 그는 세간의 비웃음에 개의치 않고 홀로 명나라 제도를 따른 상례와 상복을 고수하며 예전 선비처럼 베옷에다 고풍스런 모자를 착용하는가 하면, 유가임에도 불구하고 불교를 독신하고 불경을 탐구한 괴짜 선비이기도 했다. 이는 그가 명나라 유민의 기풍을 계승한 '문제적 인물'임을 시사하는 것이다.[13]

옛 항주의 고상한 선비들

첫 만남에서 반정균은 오영방을 소개한 뒤에 그와 유사한 인물을 잇달아 소개했다. 즉 "우리 고장의 선배로서 서개·왕풍·왕증상과 같은 몇 사람의 고상한 선비들이 있는데, 이들도 역시 유행하는 풍속을 따르지 않았으니, 당연히 탁월하여 불후의 명성을 누릴 수 있는 분들이다. 서개와 왕풍 두 사람은 포의(벼슬하지 않은 선비)였는데 왕조가 바뀌자 세상을 피해 벼슬길에 나가지 않았으며, 왕증상은 수재(秀才: 제생)로서 30여 세에 곧 과거 공부를 포기하고 응시하지 않았으니, 문장과 인품이 탁월하여 후세에 전할 만하다"고 했다.[14]

이와 같이 반정균이 소개한 항주의 선배 세대 고사(高士)들 중, 서개(徐介, 초명 서효직徐孝直, 자 효선孝先, 호 견암狷庵, 1626~1698)는 항주의 명문 부호가 출신으로, 부친은 명나라 숭정 때 진사로서 지현(知縣)을 지냈다. 외숙인 육기(陸圻)·육배(陸培)·육계(陸堦) 형제도 항주의 저명한 문사였는데, 육기는 서령시사(西泠詩社)를 결성해 활동한 '서령십자'(西泠十子)의 한 사람으로 나라가 망한 뒤 방랑 생활 끝에 어떻게 죽었는지 알 수 없다고 한다. 육배도 청에 대한 저항 활동에 가담한 뒤 자살하여 순국했다. 서개는 명나라가 망하자 제생 신분을 버리고 '효직'(孝直)이라는 이름도 절개를 뜻하는 '개'(介) 자로 바꾸었다. 유민으로 자처하면서 종신토록 흰색 상복을 입고 산수 간을 방랑하다가 만년에 항주로 귀향해 은거했다. 작은 배를 만들어 서호에 혼자 뱃놀이를 나가거나, 술 마시고 시 짓는 일로 소일했으며, 술만 마시면 대성통곡하기를 잘해 미치광이 취급을 받았다고 한다.[15]

왕사정(王士禎)은 『지북우담』(池北偶談)에서 서개를 항주의 고사로 소개하면서, 도연명과 두보의 시에서 집구(集句)하여 지은 시를 모은 서개의 시집이 각 1권 있다고 했다. 한편 옹정제는 증정(曾靜)의 역모 사건과 관련한 상유(上諭)에서, '명나라 숭정제를 위해 상복을 입는다'고 말한 서개의 발언을 여유량의 제자 엄홍규(嚴鴻逵)가 일기에 기록해 둔 사실을 지적해 질책한 바 있다.[16]

왕풍(汪渢, 자 위미魏美, 1618~1665)은 명나라 숭정 때 향시에 급제해 거인이 되었다. 서개의 외숙인 육배와 절친했으며, 그와 명성을 나란히 하였다. 명나라가 망한 직후 육배가 자살하자 제문(祭文)을 짓고 대성통곡했으며, 마침내 과거를 포기했다. 그 뒤 왕풍은 방랑 끝에 항주로 돌아와 서호의 고산에 은거했다. 당시 감사(監司: 절강 안찰사按察使 서리署理) 노고(盧高)가 서호의 고사(高士)로 유명한 그를 초빙하기도 하고 몸소 찾아가기도 했으나 끝내 응하지 않았다. 만년에는 불교에 심취해 고승 우암(愚菴)을 따라 불법을 배웠지만, 지금 세상의 지사(志士)들 중에 불교에 이끌려 중이 된 사람이 많아서 '우리 유가'는 거의 무인지경이 되었다는 이유로, 우암의 제자가 되려고 하지는 않았다. 임종 직전에 서책을 불태워 버려 그의 글은 남아 있는 것이 없다고 한다.

왕풍은 황종희(黃宗羲)·여유량·위희(魏禧)·주이준 등과 교분이 깊었다. 황종희는 여유량이 전한 왕풍의 사망 소식을 들은 뒤에 왕풍과 전겸익 등 8인의 죽음을 애도한 「팔애시」(八哀詩)를 지었다. 여유량은 황종희의 「팔애시」에 화답해 발문을 지었는데, 그 발문에서 8인 중에 직접적인 친교가 있어서 자신도 황종희와 함께 통곡하는 이로는 다만 전겸익과 왕풍뿐이라고 했다. 또한 황종희는 왕풍의 묘지명을 지었으며, 위희는 「고사 왕풍전」을 지었다.[17]

왕증상(王曾祥, 자 인징麐徵, 호 자첨茨檐, 1699~1756)은 서개나 왕풍보다 수십 년 뒤인 청나라 강희제 치세에 태어났으며, 강희 말년인 20대 초에 제생이 되었다. 항세준·여악·정경·오영방·왕항 등과 함께 남병시사의 일원으로 활동했다. 그는 몹시 가난한 시인이어서 남의 집에 기숙하며 글방 선생 노릇을 했으나, 기숙하던 부호가들의 장서(藏書)를 섭렵하여 남다른 학식을 쌓았다. 성격이 올곧고 타협할 줄 몰라, 요인(要人)이나 부자를 만나도 뜻에 맞지 않으면 외면하고 가 버리거나 종일 말 한마디도 건네지 않았다고 한다. 중년에 이르러 그는 관직에 진출하려는 뜻을 끊고 항주 성안에 발을 들여놓지 않았으며, 술 마시기를 즐기고 불교를 신봉했다. 항세준은 안하무인격으로 눈이 몹시 높았으나, 왕증상의 사망 소식을 듣고는 "우리 절강에 독서인의 종자가 끊어졌구나!"라고 탄식했다고 한다.

왕증상은 고염무(顧炎武, 호 정림亭林)의 문집을 읽고 『일지록』(日知錄)에서 개혁책을 제시한 그에 대해 극도의 존경을 표한 「서정림문집후」(書亭林文集後)를 지었고, 오위업(吳偉業, 호 매촌梅村)의 문집을 읽고는 명·청 두 왕조에서 모두 벼슬을 한 그의 처신을 신랄하게 비판한 「서매촌집후 이칙」(書梅村集後二則)을 지었다. 이 두 명문은 왕증상의 문집인 『정편재집』(靜便齋集)에 수록되어 있는데, 이를 통해 그가 지향하는 바를 알 수 있다. 앞서 오영방과 관련해 언급한 바 있는 뇌횡은 절강 학정으로 재임할 적에 왕증상이 시문(詩文)과 서예에 뛰어난 인재임을 알아보고 우행(優行: 품행과 학식이 우수한 인물)으로 천거하고자 했으나, 왕증상은 이를 군이 사양했다. 후일 뇌횡은 항주의 고사인 왕증상과 양주(揚州)의 고사인 왕세구(王世球)의 행적을 함께 묶어 소개한 「양 왕생 소전」(兩王生小傳)을 지었다.[18]

왕증상은 오영방과는 물론, 후배 문인 육비와도 절친했다. 왕증상의 『정편재집』과 육비의 『소음재고』에 두 사람이 서로 주고받은 시들이 여러 편 수록되어 있다. 『정편재집』은 가난한 왕증상의 유족을 대신해 벗들이 성금을 모아 1763년 왕항의 주도로 간행했다. 이 듬해에 엄성은 그의 벗이자 왕증상의 사위인 장예원(張禮園, 이름 미상)으로부터 『정편재집』을 증정 받고 발문을 지었다. 그 발문에서 엄성은 생전에 왕증상이 동시대의 대학자들 못지않게 방대한 저술을 남겼음에도 이처럼 초라한 문집을 간행할 수밖에 없었던 형편을 안타까워했다.[19]

이상에서 보듯이 서개와 왕풍은 명나라 유민으로 자처하며 살았고, 왕증상은 오영방과 마찬가지로 유민의 기풍을 계승한 그 뒷세대의 인물이었다. 이들은 청나라의 과거와 관직을 거부하고 평생 은거하면서 학문과 창작에 전념했으며, 술 마시기를 즐기고 불교에 탐닉하는 것으로 정신적 위안을 삼았고, 옛 의관을 착용하고 불시에 대성통곡하는 등 기이한 행동을 한 공통점이 있었다. 그런데 왕증상과 절친했던 육비 역시 그와 유사한 행태를 드러냈으며, 엄성과 반정균은 오영방과 같은 문제적 인물을 스승으로 섬겼다.

앞서 언급했듯이 2월 17일의 만남에서 반정균은 시험장에서 몸수색으로 인한 모욕을 당한 이후로 평생 과거에 응시하지 않았다는 오영방의 일화를 소개했다. 그러자 엄성은 '황도암'(黃陶菴〔庵〕)이 지은 팔고문의 일부 구절을 인용하면서, 몸수색의 폐단은 윗사람뿐 아니라 모욕을 감수하는 선비에게도 잘못이 있다고 했다. '도암'은 황순요(黃淳耀, 1605~1645)의 호이며, 엄성이 인용한 구절은 여유량이 명나라 팔고문 대가들의 글을 뽑고 논평을 가한『여자평어』(呂子評語)에 보인다.[20]

황순요는 강소성 소주부(蘇州府) 가정현(嘉定縣) 사람으로, 명나라 숭정 말에 진사가 되었다. 그에 앞서 제생 시절에 그는 타락한 팔고문을 육경(六經)에 근거한 내실 있는 문장으로 개혁하기에 힘써 팔고문의 대가로 명성이 높았다. 또한 그는 명나라가 망한 직후인 1645년(순치順治 2년) 청나라 군대가 강남 지방 평정에 나서 양주(揚州)에서 수십만 명의 주민을 학살한 데 이어 가정에서도 대학살을 감행했을 때 의병을 이끌고 저항하다가 자살한 순국 열사였다.[21]

젊은 시절에 황순요는 명성에도 불구하고 가난하여 글방 선생 노릇을 해야 했는데, 전겸익의 아들을 가르치는 가정교사로 초빙되었을 적에 전겸익은 그를 알아 모시고 특별히 예우했다고 한다. 황순요의 사후에 그의 문인이 편찬한『황도암선생전집』(黃陶菴先生全集: 약칭『도암전집』)에 전겸익은 황순요의 절의와 문장을 칭송한 서문을 써 주었다. 여유량은『여자평어』에서 황순요의 팔고문을 빈번히 인용했을 뿐만 아니라, 그의 문집에 평점을 가한『황도암선생전고』

(黃陶庵先生全稿)를 손수 출판하면서 『도암전집』에 실린 전겸익의 서문을 재수록했다. 황순요의 문집은 전겸익의 서문을 실었다는 이유로 건륭 때 금서가 되었다. 주이준도 『명시종』에 황순요의 시 12수를 소개하면서, 그가 1645년 가정현의 성을 방어하다가 격파되자 목매어 자살한 사실을 명기하고, 아울러 자신의 『정지거시화』(靜志居詩話)에서 그의 학식과 시문(詩文)을 칭찬한 내용을 인용했다.[22]

육비와 엄성·반정균의 좌사인 전대흔은 가정 출신으로, 동향의 대선배인 황순요를 몹시 숭모하여 「황도암상찬」(黃陶菴像贊) 등 여러 편의 글을 지었다. 그중 특히 청나라 군대의 가정 침공 당시 항쟁을 이끌었던 두 지도자 후동증(侯峒曾)과 황순요의 사적을 기록한 「기후·황 양충절공사」(記侯黃兩忠節公事)는 가정 대학살의 참상을 생생하게 증언한 명문이다. 전대흔은 출세한 한인 관료였음에도 그의 내면에 숨어 있는 반청(反淸) 의식을 이 글을 통해 엿볼 수 있다.[23]

그러므로 오영방과 관련한 필담에서 반정균이 서개·왕풍·왕증상을 함께 언급한 것과 마찬가지로, 엄성이 황순요의 팔고문을 거론한 것을 우연의 소치로 무심히 보아 넘겨서는 안 될 것이다. 오영방과 황순요를 거론한 바로 그 2월 17일의 필담에서 반정균과 엄성이 명·청 두 왕조에서 모두 벼슬을 한 '이신'(貳臣) 전겸익의 처신과 인품에 대해 혹평을 가한 사실은 이에 대한 방증이 될 수 있다.

그날 반정균은 말하기를, 전겸익은 오위업·공정자(龔鼎孳)와 더불어 청나라 초기의 3대 시인이지만 이들은 모두 명나라의 전직 고관인데도 청조에서 벼슬을 한 자들로, 오위업은 만년에 후회하는 말을 많이 남겼으니 이 사람이 그래도 조금 낫다고 했다. 엄성은 전겸익에 대해, 불교를 애호하고 『능엄경』에 대한 방대한 주해서(『대불정 수능엄경 소해 몽초』(大佛頂首楞嚴經疏解蒙鈔)를 저술했으면서도 명나라가 망할 때 한번 죽기를 아까워했으니 '불교의 죄인'이라고 비난했다. 또 반정균은 말하기를, 명나라의 과거에서 장원급제한 인물 중 주연유(周延儒)는 숭정 말에 국사를 그르친 대 간신이고, 위조덕(魏藻德)은 북경을 점령한 이자성(李自成)에게 항복했으니 둘 다 '장원 중의 악당'이라고 했다.[24] 이와 같은 발언으로 보아도, 반정균과 엄성이 오영방과 서개 등을 홍대용에게 소개한 저의를 미루어 짐작할 수 있다.

홍대용은 반정균과 엄성이 소개한 항주의 고사들 중 오영방에게 깊은 인상을 받았던 듯하다. 귀국한 뒤 그는 북경에서 사귄 벗들에게 보낸 서신에서 가끔 오영방을 거론했다. 1766년 10월 엄성에게 보낸 서신에서 홍대용은 오영방이 불교를 신봉하고 불경에 정통하며 인과응보설을 담론하기 좋아하는 것은 어리석은 백성들처럼 복을 구하려는 게 아니라 자신의 학문을 완성하고 세상 사람을 교화하기 위한 방편일 것으로 믿는다고 했다. 그리고 엄성이 불교의 주문을 외우고 『능엄경』을 좋아하는 것은 오영방의 영향인 것 같은데, 불교에서 벗어나 유학으로 돌아오라고 완곡하게 충고했다. 또 1767년 10월 반정균에게 보낸 서신에서는 신라 시대 이래 우리나라 명가들의 한시를 뽑아 엮은 『해동시선』(海東詩選)을 보내면서, 오영방이 시학(詩學)에 조예가 깊다고 들었으니 그에게서 조선의 명시들에 대한 품평의 글을 받아 달라고 부탁했다.[25]

이로 미루어 보면, 필담 당시 홍대용은 오영방이 명나라 유민의 기풍을 계승한 은사이자 고증학의 대가였던 점을 충분히 인지하지는 못한 듯하다. 뿐만 아니라 그는 오영방을 제외한 서개·왕풍·왕증상 등 항주의 고사들에 대해서는 전혀 관심을 보이지 않았다.

오영방에 대해 홍대용보다 더욱 깊은 관심을 표명한 문인은 이덕무였다. 1771년경 이덕무는 연행 당시 홍대용이 엄성·반정균·육비와 주고받은 편지와 시문(詩文) 및 필담을 정리한 『간정동회우록』(乾淨衕會友錄: 『간정필담』의 최초 텍스트)을 발췌하고 그중 필담에 논평을 가한 『천애지기서』를 편찬했다. 여기에서 그는 홍대용의 필담 중 반정균이 오영방에 관해 소개한 대목들을 초록한 뒤 논평을 가했다. 오영방이 장존여·뇌횡·전유성과 같은 고관들의 방문조차 사절했다고 한 대목과 관련해서, 이덕무는 "서림의 경지는 이미 거의 충분히 훌륭하다. 선비가 이 세상에 태어나 이와 같으면 아주 뛰어나다고 하겠다"라고 하여 오영방의 처신을 칭송했다. 또 오영방이 당시 중국의 장례 풍속을 따르지 않고 금기를 준수하며 홀로 명나라 제도의 상복을 입었다고 한 대목과 관련해서는, 청조에서 상례를 반포하지 않았는데도 중국의 사대부들이 명나라 이전의 옛 상례를 따르지 않으니 예의염치가 사라졌다고 개탄했다.[26]

1773년경 처사 조연귀(趙衍龜, 호 경암敬菴)에게 보낸 서신에서 이덕무는 자신이 중국인들과 서신을 주고받는다는 소문을 부정하면서, 이는 실은 그렇게 하고 싶었으나 감히 하지 못한 일이라고 고백했다. 그리고 중국의 항주에 문장과 도학을 갖춘 '엄성'이란 이가 있는데 불행히도 요절했으며, 동향의 '오서림'이란 이는 명나라의 상례를 따르고 경학과 덕행을 겸했으며 효성이 지극하고 『취빈록』 등 방대한 저술이 있다는 말을 들었다고 하면서, 지금의 중국에 이와 같은 특출한 선비가 많이 있을 터인데도 아무 내세울 것도 없는 주제에 걸핏하면 '중국에 사람이 없다'고 말하는 조선인들의 좁은 안목을 개탄했다.

또 이덕무는 조연귀가 서신에서 오영방과 엄성을 '선생'이라는 존칭으로 부른 것을 칭찬했다. 소견이 좁은 조선인들은 중국이 망하기는 했지만 뛰어난 재능을 속에 감춘 선비들이 많이 있는 줄 모르고 '오랑캐'라고 무시해 버리는데, 조연귀는 이처럼 중국을 사모하니 '해동의 인걸'이 되기에 충분하다고 했다. 그리고 오직 홍대용만은 허심탄회하여 북경에서 만난 엄성과 교분을 맺고 필담과 서신을 많이 주고받았다고 하면서, 오영방에 대해서도 "진실로 당세의 통유(通儒: 모든 학문에 통달한 선비)이면서 주자를 배신하지 않은 이는 서림입니다"라고 칭송했다. 수년 뒤인 1777년 유금(柳琴)의 연행을 계기로 반정균과 처음 교분을 트면서 보낸 서신에서도 이덕무는 "오서림 선생은 지금도 건강하신지요. 그분의 이름과 자도 알려 주시면 좋겠습니다"라고 하여 오영방에 대해 지속적인 관심을 드러냈다.[27]

오영방에 대해서는 박제가와 박지원도 관심을 표명했다. 1777년경 박제가는 만나고 싶은 사람들을 그리워하며 지은 연작시에서, 오영방에 대해 "만 리 밖 중국 강남의 백발노인, 최근 저술한『취빈록』이 키 높이에 달함을 자랑하네. 선생께서 불교 믿는다고 비웃지 마오, 주(周)나라 적 예법이 여전히 효자의 집안에 보존되어 있네"라고 노래했다.[28] 오영방이 방대한 저술을 집필하고, 비록 불교를 신봉하나 효자로서 홀로 고대의 상례를 준수함을 예찬한 것이다.

1780년 연행에 나선 박지원 역시 심양에서 만난 항주 출신의 상인 오복(吳復)에게 "오서림 선생은 이름이 영방인데, 항주의 고사이지요. 당신과 일족인지 모르겠습니다"라고 물었다. 또 열하에서 만난 항주 출신의 관리 왕신(汪新)에게도 오영방의 안부를 물었더니, 왕신은 "오서림 선생은 오중(吳中: 절강성)의 고사이지요. 나이는 여든 살 남짓인데 여전히 건강하며 저술을 중단하지 않으십니다"라고 알려 주었다.[29]

그런데 이덕무는 오영방뿐만 아니라 서개·왕풍·왕증상 등에 대해서도 각별히 주목하고 지속적으로 관심을 기울인 점에서 특이하다.『천애지기서』에서 그는 홍대용의 필담 중 반정균이 오영방에 이어 서개 등 3인을 소개한 대목을 초록한 뒤, "명나라 말의 고사들은 이루 셀 수가 없다. 이는 명나라의 역대 임금들이 제왕의 기운을 잘 배양한 때문일 것이다"라고 찬탄했다. 그리고 조선은 외국임에도 불구하고 명나라를 위해 절개를 지킨 이가 많았던 것은 천고에 드문 일이라고 자랑스러워하면서, 황경원(黃景源)의 『명배신전』(明陪臣傳)에 기록된 인물들은 모두 탁월하여 후세에 전할 만하다고 했다. 명나라의 유민을 망라하여 소개한 『뇌뢰낙락서』(磊磊落落書)에서도 이덕무는 주이준·왕사정·위희 등의 저술을 인용하여 왕풍과 서개의 묻힌 행적을 애써 복원했다.[30]

4부
———
존명 의식과 우정론

1장 『감구집』과
김상헌의 한시

『감구집』을 통해 깊어진 우정

1766년 북경에서 홍대용은 항주 출신의 비범한 중국 선비들과 만나 장기간에 걸쳐 심도 있는 학문적 대화를 나눌 수 있었다. 이는 그의 연행 이전에는 유례를 찾아볼 수 없는 대단히 특별한 사건이었다. 처음 군관 이기성이 엄성과 반정균을 만나보도록 권했을 적에 홍대용은 수천 리 밖의 절강성에서 고생을 무릅쓰고 과거를 보러 온 자라면 명리(名利)를 좇는 저급한 선비일 것이라고 여겨 탐탁지 않아 했다. 그런데 엄성과 반정균이 증정한 향시 주권을 열람하고 이들이 문장이 뛰어난 선비임을 알게 되자 태도가 일변하여 적극적으로 교제에 나섰다. 게다가 알고 보니 항주의 세 선비는 모두 과거 급제에 연연하지 않을 뿐 아니라 명나라를 존모하는 점에서 서로 마음이 통함을 느끼면서, 홍대용은 이들과 허심탄회한 대화를 나누게 되었다.

북경에 올 때 엄성은 육비와 마찬가지로 판각(板刻)한 자신의 시집을 가지고 왔던 듯하다. 반정균은 엄성의 시집 중에서 어느 고관이 조정에 천거하려는 것을 거절하고 지은 장편 칠언고시를 홍대용에게 소개했다. 시를 읽고 난 홍대용은 "그 시를 사랑할뿐더러 고결한 처신을 존경합니다. 저희가 이런 분과 자리를 함께하다니 영광스럽습니다"라고 답했다.[1](→667면)

엄성과 반정균은, 자신들은 과거 결과에 신경 쓰지 않으며 명리만 좇는 사람이 아니라고 단언했다. 또한 엄성은 "저희들의 행동은 시속의 수많은 무리와는 크게 다릅니다. 과거 준비에 관해 이미 입을 다물고 말하지 않으니 동료들이 모두 이상하게 여기지요"라고 했다. 반정균도 "요컨대 과거 급제자 중에는 졸렬한 사람이 많고 특출한 사람은 천 명에 한 명도 없습니다. 옛말에 '효렴(孝廉)은 하나를 들으면 몇이나 아는가?'라고 했지만, 요즘의 과거 급제자들은 열을 들으면 하나도 모르는 자들입니다"라고, 회시에 응시하러 몰려든 동료 거인(擧人)들을 폄하했다.[2]

뒤늦게 필담에 합류한 육비도 "엄성과 우리는 비록 과거 시험장에 들어서기는 했지만, 본래 명리에 뜻이 없습니다"라고 했다. 그는 홍대용의 편지에 대한 답서에서도 "저는 영락하고 불우하니, 처지와 사람이 걸맞습니다. 스스로 따져 봐도 백에 하나도 능한 것이 없어 오래전에 이미 명리의 길에 뜻이 없었습니다. 작년 여름 6월에 비로소 스승의 독촉을 받고 친구들에게 이끌려, 마침내 일자무식으로 응시하여 뜻밖에도 요행히 급제했습니다. 이번 여행은 전례에 따라 회시에 응시하러 상경했을 뿐으로, 역시나 더 바라는 것이 전혀 없습니다"라고 술회했다.[3]

1766년 2월 3일의 첫 만남에서 반정균과 엄성이 대화를 시작하자마자 왕사정(王士禎)의 『감구집』(感舊集)에 수록된 김상헌(金尚憲, 호청음淸陰, 1570~1652)의 한시를 화제로 꺼낸 것은, 서로 급속히 친밀해지는 계기가 되었다. 김상헌은 병자호란 당시 척화파 대신으로서 조선인들이 명나라에 대한 그의 절의를 숭앙하는 대 유학자였을 뿐만 아니라, 홍대용의 스승 김원행이 바로 그의 직계 5대손이고, 동행한 김재행과 부사 김선행이 모두 그의 방계 5대손이었기 때문이다.[4]

　　김재행의 성이 김씨임을 알게 된 반정균이 대뜸 '귀국(貴國)의 김상헌을 아느냐'고 물었으므로, 홍대용은 깜짝 놀라면서 '김상헌은 조선의 정승으로, 문학에 능할뿐더러 도학과 절의로 유명한 분인데 8천 리 밖에 사는 그대들이 어떻게 아느냐'고 되물었다. 이에 엄성이 '중국의 시집에 그의 시가 선록(選錄)되어 있어 아노라'고 하면서 왕사정의 『감구집』을 가져와 보여 주자, 홍대용은 "우리가 이곳에 온 것이 우연이 아니로군요!"라고 경탄했다. 『을병연행록』에서도 홍대용은 "두 사람이 청음의 높은 절의를 미처 듣지 못했으나, 이곳에 이르러 첫 번 수작이 먼저 청음을 일컬으니 가장 기이한 일일러라"라고 진술했다.[5]

　　그날 김재행은 즉석에서 김상헌의 한시에 차운하여 시를 지었고, 엄성과 반정균도 즉시 화답하여 김상헌의 시에 차운한 시를 지었다. 『감구집』에 수록된 김상헌의 첫 번째 한시인 칠언율시 「새벽에 평도에서 출발하며」(曉發平島)의 운자인 '정'(旌), '경'(經), '청'(靑), '성'(星), '명'(冥) 자를 차용한 시들을 잇달아 지은 것이다. 엄성과 반정균은 홍대용에게도 차운하여 시를 짓도록 청했으나, 홍대용은 시

왕사정, 『감구집』(중편본)

를 잘 못 짓는다고 사양했다.[6]

　그날 막 헤어질 때 엄성과 반정균은 '잠시 기다려 달라'고 외치더니, 엄성이 『감구집』 전질(全秩)을 가져와 홍대용에게 증정했다. 홍대용이 '책을 가지고 가면 구설에 오를까 두렵노라'고 사양하자, 그 두 사람은 '저자에서 샀다고 하면 되지 않느냐'고 했다. 김상헌의 시가 수록되어 있는 책이니 세 사신에게 한번 보이지 않을 수 없다고 생각한 홍대용은 김재행과 상의한 뒤, 함께 따라온 마부의 품속에 『감구집』을 감추어 가지고 숙소로 돌아왔다.[7]

　2월 7일 엄성과 반정균은 각각 홍대용에게 보낸 편지에 자신들이 지은 증별시(贈別詩)를 동봉했다. 두 사람은 2월 3일 홍대용과 헤어진 뒤 다시 김상헌의 시에 차운한 시를 지어 두었다가 그에게 증정한 것이다.[8]

　2월 8일의 만남에서 반정균은 어제 편지를 통해 증정한 그들 두 사람의 시에 대해 평을 청했다. 김재행은 김상헌의 시에 차운한 엄성의 증별시는 침울하면서 비분강개하고, 반정균의 증별시는 몹시 빼어나면서 맑고 곱다고 칭찬했다. 그러자 엄성은 2월 3일의 첫 만남에서 김재행이 지은 차운시 중 두어 구절을 들어 극찬하면서, "만약 왕사정이 좌중에 있었더라면 얼마나 칭찬했을는지 모르겠습니다"라고 했다.[9]

　또 엄성은 지난번에 증정한 『감구집』은 양주(揚州)에만 있는데 많이 인쇄되지 않았다고 하면서, "귀국(貴國)에 가지고 가서 혹시 재출판하여 널리 전한다면, 수많은 저승의 시인들에게 다행한 일이 될 것입니다. 그중 시화(詩話)의 자질구레한 곳에 자못 볼만한 내용이 있으며, 또 본조(本朝: 청조) 중국 시인들의 원류를 알 수 있습니

帶經堂集卷一
　　　　　欽門人程哲校編
漁洋詩一 丙申稿
　　　　　新城王士禎貽上
幽州馬客吟歌 五曲
蚍蟥鐵彌褙來往城闕東臂上黃鵠子胯底綠螭
驄
鵾子喜秋風一日三奮飛繪馬走千里轡不言
饑
相逢南山下載檢從兩狼共作幽州語齊醉湖姬
旁

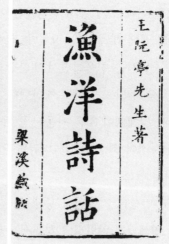

王阮亭先生著

漁洋詩話

梁溪藏板

漁洋詩話三卷 板藏蔣氏華丑歲葉余同大于亭
雜錄并戴以歸有客閒余曰新城先生詩話盍此
乎余曰否否此先生懷蕘之流情也大兊先生之詩
之歎而迴風紫瀾不包寓乃從遊者咸有觀海望衡
之歎或彖紆金鏐玉戴岩栖谷飲其零紈片羽有含
下古人無一不手自抄撮於是舊雨晨星警風朝露
安位益尊詩益老每勤勤懇懣以敔後學蔣于酒
感今追昔既潛闈幽是編所爲作也先生晚居長
跗燭施與至神王報從容言曰吾老矣還念平生

상: 왕사정, 『대경당집』
하: 왕사정, 『어양시화』

다"라고 했다.[10] 『감구집』은 명말 청초에 활동한 시인들의 시를 선록하면서, 각 시인마다 첫머리에 그 시인을 간략하게 소개한 소전(小傳)을 제시하고 바로 아래에 그 시인에 관한 시화를 첨부하는 체제를 취했다. 엄성은 『감구집』 중 그 시화 부분을 자세히 읽어 보도록 권하면서, 이를 통해 지금 중국의 시인들이 『감구집』에 소개된 명말 청초 시인들의 시풍을 계승하고 있음을 알 수 있다고 주장했다. 하지만 여기에 소개된 시인들 중 상당수가 청나라의 지배에 저항한 명나라 유민(遺民)들이었기 때문에 『감구집』은 당시 중국에서는 널리 유통되기 힘든 실정이었다. 그래서 엄성은 명나라를 존모하는 조선에 『감구집』이 전파된다면 거기에 시가 선록된 '수많은 저승의 시인들'에게 다행한 일이 될 거라는 취지의 발언을 했던 것이다.

그날 김재행은 어젯밤에 지었노라고 하면서, 김상헌의 「새벽에 평도에서 출발하며」에 차운한 또 한 편의 시를 엄성과 반정균에게 내보였다. 엄성은 그중 "기나긴 봄날에 마음속 한바탕 털어놨더니, 해 저문 청산에 이별 슬픔 견디기 어렵네"(一破襟期春畫永, 不堪離思暮岑靑)라고 한 함련(頷聯)과, "내일 그대 찾아가고파 자주 밤 시간 살폈더니, 주렴 너머 새벽하늘 여전히 컴컴하네"(明欲訪君頻視夜, 曉天簾外尙冥冥)라고 한 낙구(落句)에 방점을 치면서, "정이 깊은 말이라 차마 여러 번 읽지 못하겠습니다"라고 감동을 표했다. 그날 엄성과 반정균은 아침부터 저녁까지 필담을 나누고도 헤어짐을 아쉬워하여 홍대용과 김재행에게 그날 밤이나 북경을 떠나기 전에 간정동 천승점에서 하룻밤 자고 가기를 간청했으나, 합의를 보지 못한 채 작별하게 되었다. 이에 엄성은 또다시 김상헌의 시에 차운한 시 한 수를 지어 아쉬운 심경을 토로했다.[11]

이상과 같이 그들 네 사람은 『감구집』에 실린 김상헌의 한시에 차운한 시를 여러 편 거듭 주고받으면서 더욱 우정이 돈독해졌다. 이러한 우호적인 분위기에 힘입어 홍대용은 명나라에 관한 화제를 꺼낼 수 있었다. 그는 엄성과 반정균에게 명나라가 조선에 '제조지은'(再造之恩)을 베푼 사실을 아느냐고 물었다. 임진왜란 때 명 신종이 천하의 강병과 막대한 물자를 보내 구원해 준 덕분에 망할 뻔한 나라를 재건할 수 있었다고 하면서, 조선인들은 이로 인한 국력 쇠약이 명나라의 멸망을 초래했다고 여겨 지금까지도 슬퍼하면서 은혜를 잊지 못한다고 하였다.[12] 또 '조선이 본조(本朝: 청나라) 연호를 쓰느냐'고 반정균이 묻자, 홍대용은 "형을 대하여 어찌 기휘(忌諱)하는 말을 피하리오. 공가(公家: 관공서)의 문자는 다 (청나라) 연호를 쓰거니와 사사(私事) 문적(文籍)은 지금 쓰는 일이 없나니라"고 알려 주었다.[13]

이어서 반정균이 김상헌의 문집인 『청음집』(淸陰集)에 관해 묻자, 홍대용은 청나라에 대한 금기(禁忌)를 범하는 말이 많아 『청음집』을 감히 공개하지 못한다고 하면서, 김상헌은 명나라가 망한 뒤에 심양에 끌려가 10년이나 구금되었으나 끝내 굴복하지 않고 귀국했노라고 하였다. 귀국한 뒤 김상헌은 영남의 학가산(鶴駕山)에 은둔했는데, 그와 마찬가지로 병자호란 뒤 세상을 등지고 태백산에 은둔한 선비들 중에 자신과 조상이 같은 종인(宗人)이 있다고 하면서, 그가 읊었다는 "대명 천하의 집 없는 나그네요, 태백산 중의 머리 기른 중 신세"(大明天下無家客, 太白山中有髮僧)라는 유명한 시구를 소개했다. 이는 영남 인사들이 그의 절의를 숭상해 '숭정처사'(崇禎處士)라고 일컬었던 홍우정(洪宇定, 1595~1656)의 고사를 말한 것이다.

1746년 영조는 작고한 홍우정에게 증직하면서 '숭정처사'라고 손수 써 준 바 있다. 엄성은 홍우정의 이 시구를 여러 번 낭송하면서 몹시 비감에 젖은 표정을 지었다.[14]

뒤늦게 만난 육비도 홍대용에게 "동국의 장서에는 명나라의 실록부터 야사까지 다 갖추어져 있겠지요?"라고 물어, 조선에 알려진 명나라 말의 역사에 대해 관심을 드러냈다.[15] 마지막 만남에서도 그는 청나라가 산해관을 돌파해 중국으로 쳐들어오기 이전에 조선이 당한 병란에 관해 질문했다. 이에 홍대용은 따로 작은 종이에다가 자초지종을 대략 적고, 아울러 김상헌과 병자호란 때 척화파로 심양에 끌려가 처형된 홍익한·윤집·오달제 등 삼학사 및 이사룡(李士龍)의 사적을 써서 보여 주었다. 이사룡은 1640년 청나라의 요청으로 출병한 조선 군대의 포수로, 요녕성(遼寧省) 금주(錦州)의 송산(松山) 전투에서 명나라 군대를 향해 실탄이 아니라 공포를 쏘다가 발각되어 처형당한 인물이다. 송시열과 황경원은 이사룡의 절의를 기려 특별히 전기를 지었고, 박지원도 연행 당시 송산을 지날 적에 그의 넋을 위로하는 제문을 지었다고 한다. 항주 선비 세 사람은 홍대용의 글을 읽고 나서 모두 서글픈 낯빛으로 말이 없었다. 반정균은 삼학사의 성명을 적어 상자에 감추었다.[16]

김상헌의 시가 『감구집』에 실린 사연

이처럼 자주 필담의 화제가 된 김상헌은 1626년(인조 4년, 명 희종熹宗 천계天啓 6년) 성절(聖節) 겸 사은진주사(謝恩陳奏使)로 중국에 갔다. 그는 당시 평안도의 가도(椵島)에 웅거한 명나라 장수 모문룡(毛文龍)이 명나라 조정에다 조선이 후금(後金)과 내통하고 있다고 모함한 일로 빚어진 외교 위기를 해결하는 중대한 사명을 띠고 있었다. 요동을 차지한 후금을 피해 육로 대신 수로로 사행을 다녀왔는데, 평안도의 선사포(宣沙浦)에서 배로 출발해 평도를 포함한 발해만 연안의 여러 섬들을 거쳐 산동 반도의 등주(登州)에 상륙한 뒤, 북경을 향하던 중 산동 제남(濟南)의 추평현(鄒平縣)에서 장연등과 교분을 맺게 되었다.

장연등(張延登, 호 화동華東, 1566~1641)은 추평 사람으로, 명 만력 때 진사 급제 후 벼슬은 이과급사중(吏科給事中) 등을 거쳐, 숭정 때 남경의 공부상서와 도찰원(都察院) 좌도어사(左都御使)에 이르렀다. 사후에 태자태보(太子太保)에 증직되었으며, 시호는 충정(忠定)이다. 저술로 『황문기사』(黃門紀事), 『안해편』(晏海編), 『원사략』(元史略) 등이 있다. 그의 집안은 대대로 벼슬을 한 산동 제남의 명문가로, 백부 장일원(張一元)도 진사 급제 후 벼슬이 남경 도찰원 우첨도어사(右僉都御使) 겸 하남 순무(河南巡撫)에 이르렀다.[17]

김상헌이 중국에 건너간 1626년에 장연등은 전년에 계모상을 당해 태부시경(太仆寺卿)을 사직하고 추평의 저택에 칩거하고 있었다. 추평을 지날 때 김상헌은 그 저택의 정원인 '일섭원'(日涉園)을 구경하다가 그의 차남 장만선(張萬選)과 사귀게 되었다. 일섭원은 거대하고 화려하게 꾸민 석가산(石假山: 인공 돌산)을 갖춘 그 지역의 유명한 정원이었다.

북경에 당도한 김상헌은 모문룡의 모함 사건을 해결하는 한편, 그 이듬해에 일어난 정묘호란 소식을 접하고 명나라에 구원병 파견을 신속하게 요청하는 등 외교 사명을 성공적으로 수행한 뒤, 귀로에 올라 다시 추평을 지나면서 장연등의 저택에 묵게 되었다. 당시 그는 사행을 다녀오는 도중에 지은 시문(詩文)들을 모아『조천록』(朝天錄)을 엮어 두었다가, 장만선을 통해 그의 부친에게 서문을 청했다. 장연등은 그 서문을 기꺼이 써 주었을 뿐만 아니라 중국에서『조천록』을 출판하기까지 하였다.[18]

『조천록』의 서문에서 장연등은 정유재란(1597) 때 명나라가 조선을 구원해 주었는데 이번에 정묘호란을 당해서도 김상헌의 청원을 받아들여 구원병을 급파하기로 한 사실을 강조했다. 그리고 귀국하면 왕에게 천자의 크나큰 은혜를 아뢰고 군비에 더욱 힘쓰게 하여 명나라 군대와 합동으로 후금을 섬멸하고 예전의 육로 사행을 회복함으로써, 조선이 명나라와 중화 문물을 공유하는 일가족이 되도록 노력해 달라고 당부했다.[19] 이로 미루어, 장연등이『조천록』에 각별한 관심을 보였던 것은 김상헌의 시가 빼어날 뿐만 아니라, 후금에 맞서 명과 조선이 우의와 동맹을 다지는 데『조천록』이 일조하리라고 기대한 때문이 아니었나 한다.

『감구집』을 편찬한 왕사정(원명 왕사진王士禛, 자 이상貽上, 호 완정阮亭·어양산인漁洋山人, 1634~1711)은 장연등의 손녀 사위였으므로, 그의 처조부와 김상헌의 고사를 익히 알고 있었음에 틀림없다. 그가『감구집』에 소개한 김상헌의 시 6제(題) 8수는 바로『조천록』에서 뽑은 것이었다. 왕사정은 산동 제남의 신성(新城) 사람으로, 그 역시 명나라 때 고조와 증조, 조부가 모두 진사 급제 후 고관을 지낸 제남의 명문가 출신이다. 청나라 강희제의 총애로 형부상서까지 지낸 왕사정은 젊은 시절에 전겸익의 인정을 받아 명망이 높아졌으며, 그의 뒤를 이어 문단의 영수가 되어 '해내시종'(海內詩宗)으로 일컬어졌

다.[20]

왕사정이 17세에 결혼한 원배(元配) 장씨는 장연등의 삼남인 장
만종(張萬鍾, 1592~1644)의 딸이다. 장인 장만종은 명나라 말에 청나
라 군대가 산동에 침입하자 추평을 방어하는 데 앞장섰으며, 남경
으로 피난한 뒤 남명의 복왕(福王) 정부에 가담하여 진강부(鎭江府)
강방 동지(江防同知) 겸 추관(推官)으로 재임 중 사망했다. 장만종의
차남이자 왕사정의 처남인 장실거(張實居, 호 소정蕭亭)는 청나라 치하
에서 억울한 범법(犯法) 사건으로 인해 온 집안이 풍비박산이 난 뒤
평생 은둔해서 지냈는데, 산수시를 잘 짓는 시인으로 이름이 있었
다. 왕사정은 장실거의 시 중 우수작을 뽑아 『소정시선』(蕭亭詩選)을
엮고 서문을 썼으며, 『감구집』에도 그의 시를 소개했다.[21]

『감구집』은 왕사정이 1674년(강희 13년)에 처음 편찬한 시 선집
이다. '시대 변화에 감회를 느끼고 옛 친구를 그리워한다'(感時懷舊)
는 뜻을 함축한 시집 제목 그대로, 왕조 교체의 격변기에 살았던, 왕
사정과 친밀한 사우(師友) 관계를 맺은 이들의 시를 주로 뽑은 것이
다. 이 시집의 초편본(初編本)은 전 8권으로, 전겸익의 시부터 왕사
정의 작고한 형 왕사록(王士祿)의 시까지 총 500여 수를 수록했는데,
"재야의 실의한 선비들"(山澤憔悴之士) 즉 명나라 유민들의 시가 다수
를 차지했다고 한다.[22]

그러나 이 초편본은 공간되지 않고 오랫동안 필사본 상태로 있
다가 망실되었다. 그 뒤 왕사정이 만년까지 부단히 증보(增補)한 『감
구집』의 초본(抄本)이 발견되자, 이를 바탕으로 1752년(건륭 17년) 노
견증(盧見曾, 호 아우雅雨, 1690~1768)이 각 시인의 소전(小傳)과 작품을
보완한 중편본(重編本)을 편찬하고 양주(揚州)에서 전 16권 8책의 아

우당각본(雅雨堂刻本)으로 출판했다. 이 중편본『감구집』은 가장 널리 보급된 판본으로, 후대 판본들의 저본이 되었다. 엄성이 홍대용에게 증정했다는『감구집』은 바로 이 양주에서 간행한 중편본이다.[23]

중편본『감구집』은 전겸익 이하 333인의 시 2,572수를 수록하고 있는데, 그중 김상헌의 시는 '무명씨'(無名氏)의 시 다음으로 제14권의 마지막에 수록되어 있다.『감구집』에 시가 수록된 시인들 중에서 고강(顧絳, 고염무의 본명)·석금종(釋今種, 굴대균의 법명) 등 명나라 유민은 130여 인이고, 전겸익·오위업·공정자 등 명과 청 양조(兩朝)에서 벼슬하여 절조 없다고 지탄 받은 '이신'(貳臣)은 30여 인으로, 양자를 합치면 전체의 거의 절반에 이른다.[24] 굴대균과 전겸익은 각각 '유민'과 '이신'을 대표하는 시인이라 할 수 있다.

왕사정은 청조에 출사한 '한신'(漢臣)이었지만, 절강 우포정사(浙江右布政使)를 지낸 조부 왕상진(王象晉)이 명나라의 유로(遺老)로 일생을 마쳤고, 감찰어사를 지낸 백부 왕여윤(王與胤)이 명나라에 순국하여 자결한 집안에서 생장했다.[25] 장인 장만종도 남명 복왕 정부에 가담해 순직했다. 그러므로 그는 '유민' 시인들을 숭모하는 한편 '이신' 시인들을 동정해, 이들의 처신에 개의치 않고 우수한 시들을 뽑아『감구집』에 수록했던 것이다.

왕사정이 전겸익의 시를『감구집』에 첫 번째로 수록한 것은, 젊은 시절에 당시 문단의 영수였던 전겸익의 인정과 성원을 받은 은덕을 기리기 위해서였다. 왕사정의 종조(從祖)인 시인 왕상춘(王象春)은 전겸익과 명 만력 때 같은 해 진사 급제한 동년(同年)으로서, 평생 시론(詩論)이 서로 합치했던 절친한 벗이었다. 만년의 전겸익은 이런 인연을 소중히 여겨, 신진 시인 왕사정에게 큰 기대를 걸고 적극 후원했다.

　왕사정은 『감구집』의 소전에서 전겸익이 명 만력 경술년(1610)
에 진사 급제하고 예부상서를 지냈다고 밝혔다. 즉 남명 복왕 정부
에서 예부상서로 복무한 사실만 드러내고, 그 뒤 청에 투항하여 예
부시랑을 제수 받은 사실은 드러내지 않았다. 소전에 첨부한 시화
에서는 전겸익이 젊은 시절의 자신의 시집에 써 준 서문과 자신에
게 지어 준 오언 고시에서 시재(詩才)를 극도로 칭찬해 주었다고 감
격해하면서, 그는 "진정 평생 제일의 지기"(眞平生第一知己)였노라고
술회했다.[26]

　'이신' 전겸익과 대조적으로, 청의 침략과 지배에 평생 저항했던
'유민' 굴대균은 『감구집』에 '금종'이라는 잘 알려지지 않은 법명으
로 소개되어 있다. 소전에서도 그의 자가 '소여'(騷餘)라고만 밝혀져
있고, 관련 시화도 전혀 첨부되어 있지 않다.[27] 그의 자를 아는 독자
만이 그가 실은 굴대균임을 알아차릴 수 있을 따름이다.

　젊은 시절에 굴대균은 청나라 군대의 박해를 피하고자 승려로
변신하여 법명으로 행세했다. 죽어도 청나라 신하가 되지 않겠다는
뜻으로 거처도 '사암'(死庵)이라고 이름 지었다고 한다. 그의 시문집
은 옹정 8년(1730)에 고발되어 폐기되었으며 건륭 때에도 금서로서
집중 단속되었다. 이로 미루어, 『감구집』에서 굴대균을 법명으로만
소개한 것은 극도로 조심하느라고 취한 조치였음을 알 수 있다. 그
럼에도 불구하고 『감구집』에 굴대균의 시는 노견증이 보유(補遺)한
14수를 포함해 모두 49수나 수록되어 있다. '유민' 시인들의 시 중
에서 가장 많으며, 보유한 15수를 포함해 모두 37수가 수록된 전겸
익의 시보다도 많다.

전겸익과 굴대균 등의 시에서 보듯이,『감구집』에서 시인들은 왕조의 흥망에 따른 상전벽해의 감회를 즐겨 노래했다. 당시의 역사적 격변을 회고하고, 절조를 잃어버린 통한이나 망한 명나라를 그리워하는 마음을 토로했다. 청나라 치하에서 이렇게 '유민 의식'을 드러낸 시들은 필화를 초래할 우려가 다분했으므로, 생전에 왕사정은『감구집』을 출간할 엄두를 내지 못한 듯하다. 그리하여 사후 40년이 지난 뒤에야 그를 숭앙하는 후학 노견증의 노력으로 중편본이 간행되었다. 하지만 이 중편본『감구집』도 1774년(건륭 39년) 전겸익의 시를 수록했다는 이유로 금서가 됨으로써 후세에 널리 전해지지 못했다.[28]

왕사정과『감구집』에 대한 뜨거운 관심

이와 같은 실정을 감안할 때, 엄성과 반정균을 통해『감구집』에 김상헌의 시가 수록된 사실을 알게 된 것은 당시 조선인으로서는 금시초문의 새로운 정보를 접한 것이었음에 틀림없다. 일찍이 송시열은 김상헌의 문인으로 자처하면서, 그의 손자 김수증(金壽增) 형제의 청탁을 받아 김상헌의 묘지명을 지었다. 한자로 5천 자가 넘는 장문인 이 묘지명이나, 황경원의『명배신전』중 김상헌의 전기에도 이와 관련된 사실은 기록되어 있지 않다.[29]

이 새로운 정보에 가장 적극적인 반응을 보인 문인은 이덕무였다. 엄성·반정균과 나눈 필담에서 홍대용은『감구집』에 대해 잘 몰랐던 듯, "대개 청나라 초에 왕어양(王漁洋)이 명과 청의 시들을 모은 것이다. 청음이 천자를 알현하러 갔을 때 길이 등주와 내주(萊州)를 통과해서 그 사람(왕사정)과 시를 주고받았으므로 율시와 절구 수십 수를 거기에 뽑아 넣은 것이다"라고, 다소 부정확한 해설을 덧붙였다.[30]

그런데 이덕무는 『천애지기서』에서 홍대용의 필담 중 『감구집』 과 관련된 대목을 초록한 뒤, 장연등과 『감구집』에 대해 좀 더 정확하고 구체적인 해설을 덧붙였다. 장연등이 왕사정의 처조부이며, 그가 김상헌의 『조천록』을 간행하고 서문을 써 준 사실이 왕사정의 『지북우담』(池北偶談)에 언급되어 있다고 밝혔다.[31] 또 『이목구심서』 에서는 왕사정의 『대경당집』(帶經堂集)에 수록된 연작시 「논시 절구」 (論詩絕句) 중 김상헌의 시구를 인용하면서 조선의 한시 수준을 높이 평가한 시를 발견하고 이를 처음 소개했다.[32]

1778년에 완성한 시화집인 『청비록』에서 이덕무는 지면을 대폭 할애하여 왕사정에 관해 종합적으로 논했다. 왕사정의 『잠미집』 (蠶尾集)이 이의현(李宜顯, 호 도곡陶谷, 1669~1745)의 『도곡집』(陶谷集) 에 처음 소개되었으며, 소장형(邵長蘅, 자 자상子湘)이 편찬한 왕사정의 시 선집은 이병연(李秉淵, 호 사천槎川)이 비장했다가 현재 이서구의 소유가 되었고, 『대경당집』은 국내에 유입된 지 겨우 20여 년으로 두세 집밖에 소장하고 있지 않다고 했다. 그리고 이덕무는 『대경당집』을 남에게 빌려서 처음 읽고 모두 92권에 달하는 그 방대함에 경탄한 적이 있다고 하면서, 1771년에 지은 「가을에 『대경당집』을 읽고」(秋日讀帶經堂集)라는 자신의 시를 인용했다.[33]

그 이후로 이덕무는 유득공과 이서구·박제가 등에게 왕사정을 극구 칭송했으므로, 이들도 모두 왕사정의 시를 탐독하며 깊은 영향을 받게 되었고, 그 여파로 최근 5, 6년 사이에 왕사정의 존재를 아는 문인들이 차츰 나타나기 시작했다고 했다. 그리고 이처럼 조선에서 왕사정을 표창한 공로가 바로 자신에게 있노라고 자부하면서, 이를 증언하는 이서구의 시를 인용했다. 이는 이서구가 1776년에 지은 「왕이상의 시를 읽고」(讀王貽上詩)라는 시인데, 한 편의 '왕사정론'이라고 해도 좋을 만큼 긴 서문이 붙어 있는 점이 특색이다.[34]

『청비록』에서 이덕무는 실은 이서구의 이 시 서문에 크게 의거하여 그 내용을 보완하는 방식으로 왕사정을 소개했다. 그는 왕사정의 시를 옹호한 이서구의 파격적인 발언을 소개하고 칭찬했는데, 이 발언 역시 이서구 시의 서문에서 인용한 것이다. 여기에서 이서구는, 조선인들이 식견이 부족해서 시를 잘 모르는 데다가 청나라 시인이라고 하면 '오랑캐'라고 묵살하는 버릇이 있다고 하면서, 왕사정이 설령 팔기(八旗)에 속한 만주인이라 해도 "시를 잘 짓는다면 그의 시를 좋아하면 그만이지, 하필 오랑캐라고 배척하면서 그의 시까지 배척하는가"라고 비판했다. 그리고 자신도 이덕무처럼 왕사정의 시를 몹시 좋아한다고 하면서, 왕사정의 시는 당시(唐詩)의 최고 수준에도 뒤지지 않는다고 주장했다.[35] 이덕무는 이상과 같은 이서구 시의 서문을 인용하고 나서, 이서구가 왕사정의 시풍을 적극 수용하여 "등당입실"(登堂入室: 스승의 수준에 도달함)의 경지에 이르렀다고 칭찬하고, 그에게 "동국의 어양(漁洋)"이 되라고 격려하면서 지어 준 자신의 시를 인용했다.[36]

요컨대 홍대용과의 필담에서 엄성과 반정균이 왕사정의 『감구집』에 김상헌의 한시가 수록된 사실을 알려준 것이 일종의 도화선이 되었으며, 이러한 새로운 정보에 접한 이덕무와 이서구 등을 통해 국내 문단에서 왕사정의 시에 대한 관심이 폭발했음을 알 수 있다. 1778년 연행에 나선 이덕무는 북경 유리창의 서점가에서 국내에 희귀하거나 전혀 없는 책들을 구입하고자 목록을 조사했다. 130여 종에 달하는 그 목록 중에 『정화록』(精華錄), 『황화기문』(皇華紀聞), 『지북우담』, 『대경당전집』, 『거이록』(居易錄), 『감구집』, 『어양삼십육종』(漁洋三十六種), 『어양시화』(漁洋詩話) 등 왕사정의 저술이 다수를 차지하고 있음을 보면, 그에 대한 이덕무의 뜨거운 관심을 엿볼 수 있다.[37]

하지만 이처럼 이덕무가 왕사정을 열렬히 숭앙한 것은 그가 '해내의 시종'으로 일컬어질 만큼 위대한 시인이었던 때문만은 아니었다. 『앙엽기』(盎葉記)에서 이덕무는 왕사정이 『감구집』을 편찬하면서 김상헌을 "황명 유민(皇明遺民)들" 사이에 끼워 넣은 사실과, 전겸익이 조선 세종 때 간행한 유종원(柳宗元) 문집의 발문에 명나라 연호를 적은 것을 보고 존명 사대(尊明事大)의 의리를 나타낸 것이라며 감격해 한 「발고려판유문」(跋高麗板柳文)이란 글에서 "중원인(中原人)들의 허심탄회한 본색을 볼 수 있다"고 했다.[38] 청나라 치하에서도 여전히 명나라를 사모하는 한인(漢人)들의 본심을 엿볼 수 있다는 것이다.

이덕무가 '명나라 유민들의 열전(列傳)'이라 할 수 있는 『뇌뢰낙락서』를 편찬한 것은 그 역시 이러한 존명 의리에 깊이 공감한 때문이었다. 미완성 원고를 사후에 그의 아들 이광규(李光揆)가 보완한 『뇌뢰낙락서』는 모두 176종의 서적을 동원하여, 명나라의 종실(宗室) 주의방(朱議霶) 이하 고염무·황종희·굴대균 등을 포함한 총 720인을 소개한 방대한 책이다. 이 책에서 가장 많이 인용된 서적의 저자는 왕사정으로, 『지북우담』 등 그의 서적이 8종이나 인용되었다. 그중에서도 노견증의 보전(補傳)을 포함해서 『감구집』의 소전을 인용하여 인물을 소개한 경우는 굴대균·장실거 등 92인에 달한다. 이덕무는 왕사정의 『감구집』을 명나라 유민들의 행적을 기록한 1차 문헌으로서도 매우 중시했던 것이다.[39]

　김상헌은 『감구집』에 시가 선록된 단 한 명의 외국인이었다. 『감구집』의 소전에서는 김상헌을 "자가 숙도(叔度)이고, 조선의 사신이다"라고만 소개했으나, 그에 첨부한 소주에서는 『어양시화』와 『지북우담』을 인용하여 김상헌이 명나라에 조공하러 왔을 적에 장연등이 『조천록』의 서문을 써 주고 그 책을 중국에서 간행한 사실 등을 밝혔다. 이와 같이 왕사정이 『감구집』에 김상헌의 시를 예외적으로 선록한 까닭은, 김상헌이 왕사정의 처조부인 장연등과 교분을 맺었을 뿐만 아니라 『조천록』 중의 시가 매우 빼어났기 때문일 것이다.

　하지만 왕사정이 이러한 친분 관계나 시의 수준만을 고려해 외국인인 김상헌의 시를 선록하지는 않았을 듯하다. 앞서 언급했듯이 그는 『감구집』에서 명나라 유민들의 행적을 애써 소개하고 '유민 의식'을 드러낸 시를 많이 선록하고자 했다. 게다가 왕사정은 『조천록』에서 김상헌의 시를 뽑았는데, 『조천록』의 서문에서 장연등은 조선이 명나라의 구원으로 회생한 만큼 천자의 은혜를 잊지 말고 명을 종주국으로 하는 천하의 질서를 공고히 하는 데 힘써 달라고 당부한 바 있다. 이로 미루어 볼 때 왕사정은 김상헌의 시를 통해 '조선 사신'이 존명 사대의 의리를 실천하기 위해 위험한 수로 여행을 무릅쓰고 '조천'(朝天)하러 왔던 사실을 부각함으로써, 명나라 왕조가 건재했던 시절을 환기하는 효과를 기대했던 것이 아닌가 한다.

『감구집』과 김상헌의 시에 대해서는 박지원도 깊은 관심을 드러냈다. 1780년 연행에 나선 그는 북경 유리창의 한 서점에서 만난 중국 문사 유세기(俞世琦)에게 유득공의 시를 소개했다. 이는 1776년 유득공이 그의 숙부 유금(柳琴)의 연행을 송별하며 지은 시인데, 왕사정의 「논시 절구」와 『지북우담』, 『어양시화』, 『감구집』 등에 거듭 인용되어 널리 알려진 김상헌의 시구를 전고로 삼은 것이었다. 그런데 뜻밖에 유세기도 『감구집』에 김상헌의 시가 선록된 사실을 잘 알고 있었다.⁴⁰ 원래 『열하일기』 중의 한 편(篇)이었지만 실전된 것으로 알려진 『양매시화』(楊梅詩話)는 북경에서 사귄 유세기 등 중국 문사들과 나눈 필담을 정리한 책이다. 여기에서도 박지원은 『감구집』에 선록된 김상헌의 시를 소개하면서, 왕사정에 의해 원시(原詩)가 크게 개작된 실상을 소상하게 논했다.⁴¹

또 『열하일기』 「피서록」(避暑錄)에서는 왕사정이 『지북우담』에 소개한 김상헌의 시 일부를 다시 소개했는데, 이는 『청비록』 중 이덕무가 이서구의 「왕이상의 시를 읽고」라는 시의 서문에 의거해 왕사정을 논한 항목에서 전재한 것이다. 그리고 이에 덧붙여 박지원은 '해내의 시종'인 왕사정의 『감구집』에 시가 선록된 덕분에 중국의 사대부들 중 김상헌을 모르는 이가 없건만, 정작 그의 "고금에 드문 위대한 절의"를 아는 이는 없음을 개탄했다. 『열하일기』 「동란섭필」(銅蘭涉筆)에서도 박지원은, 중국 인사들이 왕왕 김상헌을 언급하면서도 그의 시 몇 편을 기록하는 데 그쳤을 뿐 "일월과 빛을 다투는" 그의 위대한 절의를 알리는 이가 없었음을 안타까워하면서, 자신은 김상헌의 호만 들어도 "머리털이 치솟고 맥박이 뛰지 않은

적이 없다"고 뜨거운 숭모의 감정을 토로했다.[42]

후대에 이르러 연암 박지원의 손자 박규수도 예전에 중국 화가 맹영광(孟永光, 호 낙치樂癡)이 심양에 억류 중이던 김상헌을 만나 일편단심을 상징하는 국화 그림을 그려 주었던 고사를 회고한 글에서 『감구집』에 김상헌의 시가 수록된 사실을 거론했다. 이 글에서 그는 「논시 절구」 등에서 왕사정이 김상헌의 시구를 인용하며 "과연 동국은 시가를 안다"(果然東國解聲詩)고 거듭 칭찬했기 때문에, 조선인들은 김상헌의 시가 성조에 아주 잘 맞아서 왕사정이 선발한 줄로만 알고 "『감구집』에는 본래 은밀한 의리가 담겨 있으며, 선생의 시를 수록한 것은 단지 시가 선발하기에 합당해서가 아닌 줄을 모른다"고 애석해했다.[43]

이상과 같은 사실은 북학파와 그 후예들에게 『감구집』이 단순한 중국의 시 선집이 아니라 명 유민의 행적과 시를 기록함으로써 은밀하게 존명 의리를 구현한 저술로 받아들여졌음을 뜻한다. 원래 반정균과 엄성이 조선인 홍대용을 만나자마자 『감구집』에 김상헌의 시가 수록된 사실을 알려 주고 나아가 『감구집』 전질을 증정하기까지 한 것도 바로 그 점에서 서로 생각이 통한 때문일 것이다. 엄성은 홍대용에게 귀국하면 『감구집』을 출판하도록 권하면서, 명나라를 존모하는 조선에 『감구집』이 널리 전파된다면 거기에 시가 선록된 시인들에게 다행한 일이 될 것이라고 말했다. 왕사정의 『감구집』은 조선의 문사들이 청조 치하 한인 문사들과 깊은 교감을 나누게 만든 촉매제 구실을 했음을 알 수 있다.

2장　만촌 여유량에
　　　　대한 관심

여유량과 그의 저술 탐문

항주 세 선비와 사귀기에 앞서, 홍대용은 한림원(翰林院)의 검토(檢討: 종7품) 오상(吳湘)·팽관(彭冠)과 교분을 맺었다. 1766년 정월 초하룻날 홍대용은 자금성 오문(午門) 밖에서 조참(朝參)을 마치고 나오는 조선 사신 일행을 기다리다가, 조선인의 의관 제도에 유달리 깊은 관심과 호감을 보인 두 젊은 관원을 만나 통성명하게 되었다. "두 사람이 비록 오랑캐의 조정에 몸을 굽혔으나, 우리의 의관을 보고 기뻐한 것은 반드시 이유가 있었을 것이다"[1](→679면)라고 생각한 홍대용은 수소문 끝에 그들의 주소를 알아내고 마침내 찾아가 만났다.

　하지만 한림 오상·팽관과의 교분은 지속되지 못했다. 필담을 주고받는 자리에서 홍대용이 시휘(時諱)에 저촉되는 질문을 거리낌 없이 했으므로, 두 한림은 만주인 지배하의 한인 관료로서 몸조심할 필요를 느꼈던 듯하다. 한림 팽관의 집을 방문했을 때 홍대용은 "여만촌(呂晩村)은 무슨 죄로 죽었나뇨”라고 단도직입적으로 물어 두 사람의 낯빛을 변하게 만들었다.[2] 며칠 뒤 한림원 서상관(庶常館)으로 두 한림을 찾아갔을 적에도 그는 여만촌의 문집이 세간에 전하고 있는지를 물어 그들을 난처하게 만들었다.[3]

홍대용이 두 한림과 만날 적마다 거론했던 ‘여만촌’은 명나라 말에 태어나서 청나라 강희 연간에 활동한 저명한 주자학자 여유량(呂留良, 1629~1683)을 가리킨다. 여유량은 절강성 가흥부(嘉興府) 석문현(石門縣: 예전 숭덕현崇德縣) 사람으로, 호가 만촌이다. 문집으로『만촌집』(晩村集)이 있다.[4]

이처럼 여유량과 그의 저술에 지대한 관심을 품고 있었기에, 홍대용은 항주의 선비들과 처음 만난 자리에서도 “여만촌은 어느 곳 사람이며 인품은 어떻다 하나뇨”라고 물었다. 그러자 반정균은 “여만촌은 절강 항주 석문현 사람이라. 학문이 가장 높으되 앗가이(아깝게) 화란(禍亂)에 걸렸노라”고 답했다.[5]

그 뒤에 항주 선비들과 다시 만났을 적에도 홍대용은 여유량의 문집과 남명(南明) 홍광제(弘光帝, 복왕福王, 1644~1645년 재위)의 사적에 관한 책을 구하고 싶다고 했다. 그러자 반정균은 홍대용의 필담을 급히 지우며 “이런 것들은 없다”고 썼다. 이어서 그는, 여유량이 뽑은 글은 있지만 그 글의 ‘기집’(己集: 제6집)부터는 아직 보지 못했노라고 답했다. 여기서 반정균이 말한 ‘여유량이 뽑은 글’이란『여자평어』(呂子評語)와 같은 팔고문(八股文) 선집을 가리킨다.『여자평어』에서 여유량은 귀유광(歸有光)·당순지(唐順之)·애남영(艾南英)·황순요(黃淳耀) 등 명나라 팔고문 대가의 글을 뽑아 수록하고 그에 대해 평어를 가했다. 여유량이 비평한 이러한 팔고문 선집들은 과거

응시생들에게 환영받아 중국에서 널리 읽혔다.[6]

그러자 홍대용은 조선에도 여유량의 시집과 "『경의』"(經義)는 있다고 말했다. 그가 말한 『경의』는 곧 팔고문에 대한 여유량의 평어를 모은 『사서강의』(四書講義)를 가리킨다.[7] 이처럼 북경 체류 중에 홍대용은 서로 대화가 통할 듯한 한인 지식인을 만날 적마다 만촌 여유량을 아느냐고 물었다. 그만큼 여유량과 그의 저술은 홍대용의 절실한 관심사였다.

홍대용과의 첫 만남에서 반정균이 자랑했듯이,[8] 항주는 뛰어난 문인 학자들을 허다히 배출한 이른바 '인문지수'(人文之藪: 문화의 고장)에 속했다. 청대에 들어서는 건륭조의 대표적인 시인 원매(袁枚)가 바로 이곳 출신이다. 그리고 여유량과 황종희처럼 항주를 무대로 활동한 문인 학자들도 부지기수였다. 여유량이 선배 격인 황종희와 처음 만나 교분을 맺은 곳도 항주 서호(西湖)의 고산(孤山)이다. 이후 두 사람은 그들이 존경하는 원로 문인 학자 전겸익(錢謙益)을 문병하러 함께 갔을 정도로 절친한 사이가 되었으나, 나중에 여유량은 '절서'(浙西: 절강성 이북)의 주자학, 황종희는 '절동'(浙東: 절강성 이남)의 양명학을 대표하는 학자로서 대립·반목했다. 동시대의 학자 왕홍(王洪)은 고염무의 경학과 사학, 모기령(毛奇齡)의 음운(音韻) 연구, 매문정(梅文鼎)의 역산(曆算) 연구, 고조우(顧祖禹)의 지리학과 더불어 여유량의 주자학 연구를 거론하면서, 여유량이 "정학"(正學)인 주자학을 숭상함으로써 "세도인심"(世道人心)에 크게 기여했다고 칭송했다.[9]

여유량은 사후 40여 년이 지난 뒤인 옹정 6년(1728)에 발생한 호남성(湖南省) 선비 증정(曾靜)의 역모 사건에 연루되어 혹독한 문자

2 1
4 3

1. 여유량 초상 명말 청초의 항주 화가 사빈(謝彬)의 그림
2. 『만촌집』 1725년(옹정 3년) 간행
3. 『사서강의』 1686년(강희 25년) 간행. 천개루(天蓋樓) 각본(刻本)
4. 『여자평어』 1716년(강희 55년) 간행

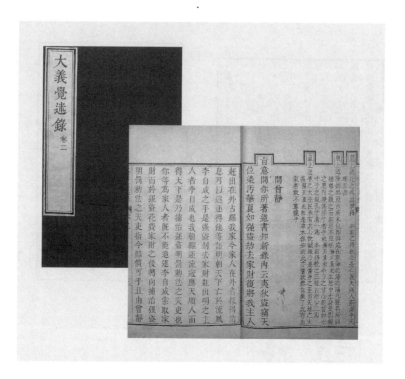

『대의각미록』 1730년(옹정 8년) 간행

옥(文字獄: 언론 탄압)의 희생자가 되었다. 저술을 통해 반역적인 화이(華夷) 사상을 고취함으로써 증정에게 사상적 영향을 미친 죄목으로 여유량은 1733년 부관참시 당했고, 『사서강의』를 비롯한 그의 모든 저술들은 이후 집중적으로 금서의 대상이 되었던 것이다.[10] 또한 옹정제는 1730년경 증정과 그가 사숙한 여유량의 반청(反淸) 사상을 조목조목 통박한 『대의각미록』(大義覺迷錄)을 편찬하여 전국에 반포했다. 그런데 1735년 건륭제는 즉위하자마자 옹정제의 황위 계승과 관련된 궁중 비화가 알려짐을 꺼려 『대의각미록』을 전부 회수하게 하고, 옹정제가 관대함을 과시하고자 살려 두었던 증정도 처형해 버렸다.[11]

여유량에 대한 국내의 관심 고조

옹정제가 『대의각미록』을 반포한 직후인 영조 7년(1731), 중국에서 각기 이를 입수한 고부사(告訃使)와 동지사가 왕에게 진상함으로써 조선에도 『대의각미록』이 유입되었다. 이에 따라 증정의 역모 사건이 널리 알려지면서 여유량에 대한 관심도 고조되기 시작했다.[12] 그 이듬해에 동지사의 서장관으로 북경에 간 오원(吳瑗)은 여유량의 『만촌집』을 은밀히 구하려 했으나 실패했다고 한다.[13]

영조 10년(1734) 진주사(陳奏使)의 서장관 황재(黃梓)는 심양(瀋陽) 부근의 한 시골 서당에서 『여만촌평선』(呂晩村評選)이라는 팔고문 선집을 발견하고, 서당 훈장에게 여유량의 문집과 증정 역모 사건으로 인한 필화(筆禍)에 관해 캐물었다.[14] 뒤이어 같은 해에 동지사의 부사로 북경에 간 홍경보(洪景輔)도 『대의각미록』과 여유량에 관한 중국 사대부들의 여론을 탐문했다.[15]

영조 25년(1749) 우참찬 원경하(元景夏)는 『만촌집』에 '조선왕(효종)이 처사 송시열과 춘추대의(春秋大義)를 강구했다'는 기록이 있다는 설을 왕에게 아뢰면서, 그래서 사행이 중국에 갈 적마다 역관을 시켜 『만촌집』을 구해 오게 했으나 종내 뜻을 이루지 못했다고 했다. 또 원경하는 『만촌집』이 중국의 강남 지방에 있다고 하니 금후에라도 구입해 오면 효종의 북벌 사업을 천하에 널리 알리는 일이 될 것이라고 건의하는 한편, 여유량의 『사서강의』를 극찬하면서 이 책은 국내에도 많이 있다고 했다.[16]

영조 28년(1752) 진하사(進賀使)의 서장관 유한소(兪漢蕭)는 여유량의 저술을 구입하라는 왕의 밀명을 받고 북경에 갔다. 그의 사촌 동생인 저명 문인 유한준(兪漢雋, 호 창애蒼厓)이 당시 유한소에게 지어 준 송별의 글에 의하면, 영조가 예전에 어떤 중국인이 여유량의 저술들을 조선에 전하여 보존하려고 조선 사신을 몰래 찾아왔으나 사신이 난색을 표명하자 통곡하고 사라졌다는 고사를 듣고 그와 같은 밀명을 내렸다고 한다.[17] 유한소는 『만촌집』을 구하지는 못했으나 대신 『만촌시집』(晚村詩集) 초본(抄本) 1권을 구입해 왔으므로 왕에게 큰 칭찬을 받았다. 그 후로 국내에 여유량의 시들이 점차 전파되었다.[18]

영조 29년(1753) 경연(經筵)에서 부교리 이현중(李顯重)은 아뢰기를, 전겸익이 여유량의 자(字)에 대한 설(說)을 지었는데 한나라 개국 공신 장양(張良)이 쇠몽둥이로 진시황(秦始皇)을 암살하려 했던 고사로써 글을 만들었다고 했다. 그리고 여유량을 한갓 문사로만 알아서는 안 된다고 하면서도, 그가 오로지 명나라를 위한 마음을 품었다기보다는 청나라가 변발(辮髮)을 강요한 데 대한 반발심이 더 크게 작용했을 것이라고 했다. 원나라 때와 달리 청나라는 오랑캐 풍속인 변발을 강요했기 때문에 "『대의각미록』에 '봉두난발과 망가진 망건을 엿과 바꾼다는 설'(以亂頭髮破網巾換糖之說)이 있었으니, 이로 미루어 여유량이 지극히 애통해한 것은 오로지 변발에 있었다"고 폄하했다.[19]

당시 경연에서 이현중이 말한 '여유량의 자에 대한 설'이란 전겸익의 『유학집』(有學集)에 수록되어 있는 「여유후 자설」(呂留侯字說)을 가리킨다. 이는 30대 초반의 여유량이 팔순 노년의 전겸익을 찾아가 작고한 그의 셋째 형님 여원량(呂願良)의 시집 서문을 구하면서, 아울러 자신의 자를 고쳐 달라고 요청해서 전겸익이 지어 준 글이다. 여원량은 시인으로 명성이 있었으며, 전겸익의 문인이었다. 「여유후 자설」에서 전겸익은 여유량의 이름이 장양의 '량'(良) 자와 그의 봉호인 '유후'(留侯)의 '류'(留) 자를 겸하고 있으니 자를 '유후'(留侯)로 지어 주겠노라고 하면서, 고국을 멸망시킨 진시황에 대한 복수 의지에 불탔던 장양의 기풍을 예찬하고 고취했다.[20]

또 이현중이 거론한 '봉두난발과 망가진 망건을 엿과 바꾼다는 설'은 『대의각미록』 중 옹정제가 상유(上諭)에서 지탄한 바 여유량의 불온한 글에 나오는 내용이다. 그의 만년에 해당하는 52세 때 여유량은, 옹정제가 『명사』(明史) 편찬을 위해 산림은일(山林隱逸)을 널리 구함에 따라 가흥 지부(嘉興知府)가 자신을 천거하려고 하자 이를 피하기 위해 삭발하고 승복을 입어 중으로 행세했다. 그 무렵 친구 서탁(徐倬, 자 방호方虎)에게 보낸 서신에서, 여유량은 봉두난발이나 망가진 망건을 엿과 바꿔 주겠다고 행인을 졸라대는 엿장수의 비유를 들어 자신이 중처럼 삭발할 수밖에 없었던 동기를 해학적으로 암시했다. 자신을 벼슬로 유혹하는 청나라 조정을 엿장수에 비유하여 풍자한 것이다.[21] 하지만 이현중은 『대의각미록』 중의 바로 그 상유에서 옹정제가 비난한 바와 같이, 여유량이 청년 시절에 청나라의 현시(縣試)에 응해 10여 년이나 제생(諸生)으로 지낸 점 등 처신에 문제가 있다고 보아, 그에 대해 혹평을 했던 것으로 짐작된다.[22]

영조 31년(1755)에 귀환한 동지사는 『만촌문집』 초본(抄本)을 구입해 왔다.[23] 그 뒤 영조 32년(1756)에 귀환한 진하사의 서장관 서명응(徐命膺)에게 왕은 명나라 제도를 따른 우리나라의 의관을 보고 비분강개한 심정을 드러내며 착용하고 싶어 하는 중국인이 있너냐고 물었다. 서명응은 "절강 지방에는 여유량의 유풍과 여운이 여전히 남아 이런 사람들이 많이 있다고 들었으나, 기타 지방 사람들은 명나라를 사모하는 마음이 이미 이전 같지 않으며, 설령 그런 마음이 있어도 감히 함부로 드러내지 못합니다"라고 아뢰었다.[24]

같은 해인 영조 32년 1월의 경연에서 왕이 "여유량은 절의가 있었던 것이 아니라 변발을 하고 싶지 않았던 것"이라고 폄하한 수년 전 이현중의 발언을 거론하며 의견을 묻자, 부응교(副應敎) 원인손(元仁孫, 원경하元景夏의 아들)은 여유량의 시 몇 구절을 낭송하면서, "이는 복수(復讐)의 발언입니다"라고 아뢰었다. 국내에 유입된 여유량의 시집이 널리 애송되고 있었음을 이를 통해 알 수 있다. 또 그해 3월 대보단(大報壇)에서 친제(親祭)한 뒤 영조가 "여유량의 『만촌집』을 유한소가 반드시 구해 오고자 했는데, 이현중은 여유량을 몹시 미워했었다"고 하자, 좌참찬(左參贊) 홍상한(洪象漢)도 원인손과 마찬가지로, "만촌은 배척해야 할 인물이 아니옵니다"라고 여유량을 옹호했다.[25]

영조 36년(1760) 신하들을 소대(召對)하는 자리에서 왕이 "여유량을 어떤 인물이라고 생각하느냐"고 묻자, 참찬관(參贊官) 안집(安㠍)은 "'유량'으로 이름을 삼은 데에는 깊은 뜻이 있었으니, 전목재(錢牧齋)의 문집을 보면 알 수 있사옵니다"라고 아뢰었다.[26] 안집 역시 전겸익(호 목재牧齋)의 『유학집』에 수록된 「여유후 자설」을 들어 여유량을 청나라의 지배에 저항한 인물로 높이 평가한 것이다.

영조 38년(1762) 문신들을 대상으로 한 한학(漢學) 전강(殿講)에서 왕은 '여유량이 명나라를 잊지 못해서가 아니라 변발을 수치로 여겨 그랬을 것'이라고 폄하한 이현중의 예전 발언을 다시 거론하면서, 이현중이 그와 같이 비판한 데 대해 "만촌(晚村)이 어찌 억울해하지 않겠는가"라고 웃으며 말했다.[27] 영조는 대보단 제사를 확대하고 주도하는 등 대명 의리의 구현자로서 국왕의 위상을 높이고자 했던 만큼, 그 일환으로 여유량에 대해서도 지속적인 관심과 호감을 품고 있었음을 알 수 있다.

한편 홍대용과 마찬가지로 김원행의 문인인 황윤석(黃胤錫, 1729~1791)은 1764년 여유량의 『사서강의』를 남에게 빌려서 읽었다. 그 뒤 그는 여유량의 『사서강의』를 왕양명(王陽明)의 『전습록』(傳習錄)과 대조하여 정독하면 왕양명의 오류가 저절로 드러날 것이라고 주장하면서, "황명(皇明) 삼백년 동안 학자들은 주자학이 있는 줄 몰랐으나, 오직 만촌이 홀로 주자학을 부여잡고 엄연히 이단(異端: 양명학)의 강적이 되었다"고 예찬했다.[28]

1765년 홍대용이 참여한 동지 사행의 부사 김선행에게 그의 벗 김상정(金相定)은 송별 시로 칠언절구 2수를 지어 주었다. 그중 두 번째 수에서 김상정은 "사신들은 아직도 칙사 주지번(朱之蕃)을 이야기하는데, 유로(遺老)들은 응당 여만촌을 잊었을 테지"라고 노래했다.[29] 주지번은 선조 39년(1606) 명나라 신종의 원손(元孫) 탄생을 알리는 칙사로 조선에 와서 허균(許筠)·이정귀(李廷龜)·신흠(申欽) 등 쟁쟁한 문인들과 적극 교유하고 수많은 시와 글씨를 남겼다. 김상정은 이처럼 조선과 명나라 간에 조공 사신과 황제의 칙사가 빈번히 오가던 시절을 태평성대로 그리워하면서, 지금은 만주족이 지배한 지 오래되어 명나라 말에 태어난 중국의 노인 세대들조차 여유량의 존재를 잊었으리라고 비분을 토로한 것이다. 김상정과 김선행은 모두 청년 시절의 연암 박지원이 종유했던 선배들로, 이인상·이윤영을 중심으로 한 교유 집단에 속했다.[30] 이들에게도 여유량은 청나라에 저항한 대표적 지사(志士)로서 숭앙되고 있었음을 김상정의 송별 시를 통해 엿볼 수 있다.

홍대용의 우인들 중에서 여유량에 대해 가장 깊은 관심을 보인 이는 이덕무였다. 이덕무는 주로 1765년부터 1767년까지의 견문을 기록한 『이목구심서』(耳目口心書)에서 여유량의 시 한 편을 우연히 열람했다고 하면서, 제목을 밝히지 않은 채로 그 전문을 소개했다. 이 시는 「자도(子度)가 성사(晟舍)에서 돌아와 신작시를 보여 주다」 (子度歸自晟舍以新詩見示)라는 장편 칠언고시(64구)인데, 청년 시절의 여유량이 그의 절친한 선배이자 항청운동(抗淸運動)의 동지인 손상 (孫爽, 자 자도子度, 1614~1652)의 시를 칭송하면서 자신의 문학관을 피력한 역작이다.[31] 이 시에서 여유량은 이반룡(李攀龍)과 왕세정(王世貞) 등 이른바 명(明) 칠자(七子)의 복고주의 시풍과 그에 맞선 경릉파(竟陵派)의 시풍을 모두 비판하고, 명말 청초의 운간파(雲間派)에서 서릉파(西陵派)를 거쳐 오문파(吳門派)로 이어진 애국적이고 비분강개한 시풍을 긍정적으로 보았다.[32] 『이목구심서』에서 이덕무는 명나라 말에 중국의 문인들이 여러 유파로 나뉘어 서로 격렬하게 공격함으로써 망국의 조짐을 드러낸 증거로 여유량의 이 시를 인용하는 데 그쳤다. 하지만 여기에서 여유량은 손상의 신작시를 칭찬하면서도, "이런 일은 어렵지 않네, 자네와는 서로 기약한 일이 또 있지. 어찌 늙어 죽도록 먹이나 갖고 놀 수 있겠나"(此事非所難, 與子相期更有在, 寧能老死弄墨丸)라고 한 손상의 말을 빌려, 청나라에 대한 저항 운동을 은근히 다짐했다.

1771년경에 편찬한 『천애지기서』에서 이덕무는 『간정동회우록』 중 홍대용이 여유량에 관해 질문한 대목을 발췌한 다음, 논평을 통해 여만촌의 이름과 자를 정확하게 밝히고 양명학을 배척하는 주자학자로 소개했다.[33] 또 홍대용이 엄성·반정균과 양명학에 관해 토론한 대목을 발췌하고는, 이에 대한 논평에서 "요강(姚江, 왕양명)의 학설이 사라지지 않으면 자양(紫陽, 주자)의 도가 드러나지 못하고, 자양의 도가 드러나지 못하면 공자의 도가 사라진다"는 여유량의 발언을 인용했다.[34] 그리고 1778년에 완성한 시화집 『청비록』에서도 이덕무는 『만촌시집』 초본 중 「계신季臣(셋째 형 여원량의 자) 형님이 와병 중이라 정원이 황폐해지려네」(季臣兄臥病欲荒園) 등 주로 망국의 한을 노래한 시 8편을 소개했다.[35]

명나라의 유민들을 망라하여 소개한 『뇌뢰낙락서』에서도 이덕무는 여유량의 우인인 손상의 생애를 소개하고자 여유량의 『만촌집』에 수록된 「손자도묘지명」(孫子度墓誌銘)을 축약해서 전재했다.[36] 또 여유량이 자신과 뜻을 같이했던 망우(亡友)들의 유사(遺事)를 모은 「질망집 소서」(質亡集小序)를 인용하여, 오번창(吳蕃昌, 일명 번창繁昌) 등 9인의 명나라 유민을 발굴·소개하기도 했다.[37] 앞서 오영방과 관련하여 살펴본 바와 같이, 이덕무는 대명 의리를 현창하기 위해 여유량을 비롯한 명나라 유민들의 사적을 후세에 전하는 데에 남달리 집요한 노력을 기울였음을 알 수 있다.

여유량과 홍대용의 사상적 영향 관계

『을병연행록』 1766년 1월 20일 기사를 보면, 한림 팽관의 집을 방문한 홍대용이 여만촌은 무슨 죄로 죽었느냐고 묻자, 놀라서 낯빛이 변한 팽관은 한참만에야 "여만촌은 죄로 죽은 일(것)이 아니라 죽은 후에 죄를 입은 사람이요, 그 자손과 문생(門生)이 다 변방으로 귀양을 보내졌나니라"라고 답했다고 한다.[38] 그런데 바로 이 대목 다음에 홍대용은 여유량에 관해 다음과 같은 장문의 해설을 덧붙여 놓았다. 이는 한문 연행록인 『연기』에는 없는 내용이다.

> 대개 여만촌은 강희(康熙) 연간의 사람이라. 학문이 가장 높고 기절(奇節: 뛰어난 절조)이 있는 사람이라. 평생에 중국이 멸망하고 이적(夷狄)의 신복(臣僕: 신하)이 됨을 부끄러워하여, 날마다 수백 문생을 데리고 글을 강론할 때 먼저 손으로 머리를 가리켜 '이것이 무슨 모양이뇨?' 하면 수백 문생이 일시에 머리를 두드리며 각각 소리를 높여 선생의 소리를 응한 후에 서로 강석(講席)에 나아가니, 대저 여만촌이 중국을 회복할 뜻을 두었다가 마침내 이루지 못하고 죽었는지라.
> 그 후에 여러 문생들이 스승의 뜻을 저버리지 아니하여 (중국을) 회복할 계교를 잊지 아니터니, 옹정 연간에 남방에 큰 도적이 일어나니 옹정이 장수를 명하여 수십만 군사를 거느려 나가 치게 할 때, 그 장수의 성은 악가(岳哥)이니 송(宋) 적 악비(岳飛)의 자손이라. 가는 길이 절강을 지나니, 여

만촌의 문생이 서로 의논하되, "우리 선생의 뜻을 이루고자 하여도 틈을 얻지 못하더니 마침 이 기회를 만났으니, 이 사람은 악비의 자손이라, 우리(가) 계교를 이르고 충의로 달래면 어찌 감동치 아니하리오" 하고 드디어 두어 사람이 군문(軍門)에 나아가 조용한 틈을 청하여 비밀히 이른되, 그 장수(가) 듣고 크게 놀라 두 사람을 잡아 북경으로 보내니, 옹정이 크게 노하여 여러 문생과 여만촌의 자손 족속을 많이 죽이고, 남은 이는 변방에 귀양을 보내고, 여만촌을 극죄(極罪: 사형죄)로 마련(磨鍊)하여 그 문집을 다 불 지르고, 감히 집에 머무르는 이는 중죄를 입는지라.

그때에 아국(我國) 사행이 황성(皇城: 북경)을 떠나 돌아오더니, 길가에 한 사람이 수십 권 책을 가져 비밀히 전하며 이르되, "여만촌 문집을 중국에 전할 길이 없으니 조선 사람에게 부쳐 외국에 머무름을 청하노라" 하니, 이때 사신이 의심이 과(過)하여 혹 오랑캐의 시험하는 계교에 속을까 하여 버리고 받지 아니한대, 그 사람이 탄식하고 돌아갔는지라.[39]

이상과 같은 홍대용의 해설을 보면, 그가 여유량을 '학문이 가장 높고 절조가 뛰어난 인물'로 숭앙했음을 알 수 있다. 이는 앞서 언급한 바 2월 3일의 첫 만남에서 여유량에 대해 "학문이 가장 높으되 아깝게 화란(禍亂)에 걸렸다"고 말한 반정균의 평가와 상통한다.

홍대용의 해설 중 첫 부분은 여유량이 매일 강론을 하기 전에 삭발한 자기 머리를 가리켜 보이면 문생들도 변발한 머리를 두드리

상: 여유량의 승복 입은 초상　명나라 유민 황주성(黃周星)의 그림을 모사
하: 여유량의 글씨　'내가'(耐可)는 여유량의 법명

면서 청나라의 신하가 된 수치를 잊지 않으려고 다짐했다는 이야기이다. 이는 만년에 여유량이 청나라 조정에 천거됨을 피하고자 삭발하고 중으로 행세했던 사실로부터 생겨난 야담으로 짐작된다. '내가'(耐可)라는 법명의 중이 된 여유량이 오흥(吳興: 절강성 호주부湖州府 귀안현歸安縣)의 태계진(埭溪鎭) 묘산촌(妙山村)에 '풍우암'(風雨庵)이란 암자를 짓고 은거하자, 사방에서 학문을 배우러 온 많은 선비들이 조석으로 그를 종유했다고 한다.[40]

홍대용의 해설 중 중간 부분은 증정의 역모 사건과 그로 인해 여유량과 그 자손들에게 닥친 박해의 전모를 대체로 충실하게 전하고 있다. 옹정 즉위 초에 중국 북서부 청해성(靑海省)에서 몽골 코슈트(和碩特) 부족의 수령 롭상 단진(羅卜藏丹津)이 반란을 일으켰을 때 장군 악종기(岳鍾琪)는 이를 성공적으로 진압한 공로로 그 뒤 서부 변경을 지키는 막강한 군사력을 거느린 천섬총독(川陝總督)으로 승진했다. 그는 성이 악씨라서 남송의 충신 악비의 후손이라는 풍문이 나돌았다. 이에 고무된 증정은 악종기를 설득해 반란을 일으키게 하려는 황당한 계획을 꾸미고, 그의 제자 장희(張熙)와 장감(張堪, 장희의 족숙)을 악종기의 군대가 주둔하고 있던 서안(西安)으로 보냈다. 장감은 겁을 먹고 되돌아갔지만, 장희는 역모를 권하는 증정의 편지를 투서한 뒤 체포되었다.

천섬총독 악종기는 장희를 속여서 회유하는 술책으로 사건 진상과 관련자들을 파악하고는 옹정제에게 즉각 보고했다. 그리하여 증정과 장희를 비롯한 수많은 관련자들이 각지에서 체포·구금되었다가 그 이듬해에 모조리 북경으로 압송되었다. 옹정제는 이미 작고한 여유량과 그의 장남 여보중(呂葆中), 그리고 북경에서 옥사한 여유량의 제자 엄홍규(嚴鴻奎)를 함께 육시(戮屍)하고, 여유량의 아들 여의중(呂毅中)과 엄홍규의 제자 심재관(沈在寬)을 참수형에 처했으며, 여유량의 손자들은 북만주 흑룡강성(黑龍江省)의 영고탑(寧古塔)으로 유배하여 노비가 되게 했다.[41]

다만 홍대용의 해설은 세부 사항에서는 다소 부정확한 부분이 있다.[42] 특히 증정과 그의 제자 장희를 '여유량의 문생'이라고 했으나, 여유량은 증정이 5세 때 이미 타계하여 서로 만난 적도 없다. 단 증정은 여유량의 글을 즐겨 읽고 '사숙 제자'로 자처했으므로 세간에서 여유량의 문인으로 간주되기도 했던 듯하다.[43] 그렇기는 하지만, 『대의각미록』 외에 참고 문헌을 구하기 어려웠던 당시 여건을 감안하면 홍대용은 상당히 소상하게 사건 진상을 파악하고 있었다고 하겠다.

홍대용의 해설 중 마지막 부분은, 증정의 역모 사건으로 인해 여유량의 저술들이 금서가 되자 어떤 중국인이 조선 사신에게 『만촌집』을 전하려고 시도했다는 고사를 소개한 것이다. 이는 앞서 언급한바 유한준이 1752년 진하사 서장관 유한소에게 지어 준 송별의 글에서 소개했던 바로 그 고사이다. 유한준의 글에서는 이를 현종조(1660~1674)의 고사로 전하고 있지만, 현종 때는 강희 치세로서 여유량의 저술에 대한 금서 조치가 내려지기 수십 년 전이다. 따라서 『을병연행록』 중의 해설에서 소개한 고사가 좀 더 신빙성이 있어 보인다. 요컨대 홍대용은 여유량의 생애와 사후의 박해에 대해 잘 알고 있었을 뿐만 아니라, 증정의 역모 사건 이후 금서가 된 여유량의 저술을 입수하려는 앞 시대 조선인들의 열망을 이어받았음을 알 수 있다.

여유량이 남긴 저서 중 『사서강의』는 숙종 말부터 이미 조선에 유입되어 널리 읽혔다. 1750년대에는 영조의 각별한 관심과 연행(燕行) 사신들의 노력으로 청나라의 금서인 『만촌시집』과 『만촌문집』의 초본이 입수되어 국내에 전파되었다. 홍대용도 북경 체류 중에 여유량의 문집에 관해 탐문했으며, 반정균과의 필담에서 조선에도 여유량의 시집과 『사서강의』가 있다고 밝혔다. 또 『을병연행록』 중 여유량에 관한 해설에서는 그를 '학문이 가장 높고 절조가 뛰어난 인물'로 칭송했다. 이러한 사실들로 미루어, 홍대용은 북경 여행 이전에 이미 여유량의 저술들을 숙독하고 그의 사상에 공감했으리라고 본다.

종래 여유량은 양명학을 배척한 강경한 주자학자로만 알려졌으나, 실은 명말 청초의 격변기에 부국강병과 민생일용(民生日用)을 위한 '실학'을 추구한 문인 학자 중의 한 사람이다. 이와 같이 경세치용(經世致用)을 추구한 서광계(徐光啓)·육세의(陸世儀)·방중리(方中履, 방이지方以智의 아들)·설봉조(薛鳳祚) 등 명말 청초의 '실학파'는 국가와 민생에 유용한 서양의 과학 기술을 과감하게 수용하고자 한 점이 특징이다. 여유량도 과거 제도의 폐단이 낳은 '허문'(虛文)으로 인해 '실학의 쇠퇴'(實學之衰)가 극심함을 우려하고, '치란(治亂)의 근원'을 밝힘으로써 경세치용에 기여하는 학문을 추구했다. 그리고 서학에 대해서도 적극적인 관심을 드러냈다.[44]

예컨대 여유량은 예수회 선교사 아담 샬이 유럽의 점성술을 소개한 『천문실용』(天文實用)을 애써 구입하고자 했다. 또한 그는 중국의 전통적인 역법(중력中曆)과 서양의 새로운 역법(서력西曆)의 회통(會通)을 주장한 학자로서 천문 역법을 전문적으로 논한 글도 남겼다. 「서법역지서」(西法曆志序)에서 여유량은 명나라 말에 서양의 최신 천문학 지식을 대폭 수용한 『숭정역서』(崇禎曆書)가 편찬되었으나 대통력(大統曆)의 개정에 활용되지 못한 채 나라가 망한 것을 애통해하였다. 또 「답곡종사 논역지」(答谷宗師論曆志)에서는 곡응태(谷應泰)의 『명사기사본말』(明史紀事本末) 「천문지」(天文志)의 문제점을 「변경수」(辨經宿) 「변황도극」(辨黃道極) 등 6편의 논설을 통해 예리하게 비판했다.[45] 후일 정조가 "지원설(地圓說)은 확실히 증명할 수 있는데도 선유(先儒)들이 이를 불신한 까닭이 무엇이냐"고 하문하자, 진사 임이주(任履周)는 주자도 지원설을 분명히 말하지는 못했다고 하면서, 자신은 "여유량의 「황극도변」(黃極度辨)을 본 뒤에야 서양의 지원설이 명백하여 의심할 것 없음을 알았다"고 답했다.[46] 여기서 말한 「황극도변」은 「변황도극」의 착오로, 여유량이 지은 「답곡종사 논역지」 중의 한 논설이다.

이와 같이 여유량은 서학을 적극 수용함으로써 주자학의 혁신을 추구한 '실학파'였다는 점에서 홍대용과 뚜렷한 유사성을 보여준다. 홍대용 역시 주자학파 학설의 미비점을 보완하고 서양의 천문학설을 참조하여 혼천의를 제작한 사실은 이미 살펴보았다. 또한 앞서 언급한 바와 같이 여행 중에 그는 북경의 천주당을 4회나 탐방했으며, 귀국할 때 『율력연원』(律曆淵源)을 구입해 왔다고 한다.

귀국 직후인 1767년 10월 육비에게 보낸 편지에 동봉한 한시(오언고시 10수)에서 홍대용은 지원지전설(地圓地轉說)을 피력하면서, "서양에서 온 현자들은 진실로 지혜와 식견을 갖추었는데, 눈 멀고 귀 먹은 자들이 공연스레 놀라며 괴상하다 하네"(西叟眞慧識, 盲聾謾驚怪)라고 하였다. 명말 청초에 예수회 선교사들이 중국에 전한 서양의 천문학 지식을 예찬하고 옹호한 것이다. 그리고 이 시의 자주(自註)에서 홍대용이 제시한 지원지전설의 논거들은 그의 「의산문답」 중의 주장과 완전히 일치한다.[47]

또한 같은 해 10월 홍대용은 반정균에게 소옹(邵雍)의 『소자전서』(邵子全書)와 아울러, 서학서(西學書) 19종을 모은 방대한 총서인 『천학초함』(天學初函)을 구해 달라는 서신을 보냈다.[48] 그리하여 반정균은 1777년 마침내 『동문산지』(同文算指), 『태서수법』(泰西水法), 『천문략』(天問略) 등을 포함한 『천학초함』 반부(半部)를 구해 홍대용에게 보내 주었다.[49]

1773년 10월 홍대용은 수년 전 북경 여행에서 사귄 삼하현(三河縣)의 선비 손유의(孫有義)·조욱종(趙煜宗)·등사민에게 보낸 서신들에서, 경전에 대한 훈고에서 벗어나 '실학'(實學)에 힘쓰는 중국의 고명한 주자학자들을 소개해 주고 그들의 저술을 구해 부쳐 달라고 당부했다. 또 이 서신들을 보면 홍대용이 여전히 음악·천문 수학·병학(兵學) 등에까지 강한 학문적 관심을 품고 있었으며, 규비(規髀)와 비례척(比例尺)과 같이 천문 관측과 역산에 필요한 서양식 계산기를 입수하고자 무척 애썼음을 알 수 있다.[50]

여유량과의 사상적 유사성은 홍대용의 문제작 「의산문답」에서도 찾아볼 수 있다. 「의산문답」에서 주장한 지원지전설은 서학서의 천문학 지식을 수용한 것이기는 하지만, 홍대용 스스로 언급했듯이 송대 성리학자 장재나 소옹의 설에서도 단초를 찾을 수 있다. 「의산문답」에서 주장한 '무한우주론'(無限宇宙論) 역시 우주를 태허(太虛)로 본 장재의 설에 근거한 것이다. 홍대용은 이처럼 여유량과 마찬가지로 주자학을 바탕으로 서학을 수용하고자 했다.

또한 「의산문답」에서 홍대용은 중국의 역대 왕조사를 사욕 추구의 위선적인 역사로 신랄하게 비판했다.[51] 종래 연구자들에 의해 크게 주목받아 온 이러한 과격한 비판 역시 탈(脫)주자학적인 대담한 발언이 아니라 주자학에 의거한 주장이다.[52] 진양(陳亮, 자 동보同甫)과 벌인 유명한 왕도(王道)·패도(覇道) 논쟁에서 주자는 지난 1,500년 동안 "요(堯)·순(舜)·삼왕(三王)·주공·공자가 전한 도는 단 하루도 천지 사이에 행해진 적이 없었다"고 하면서, 한·당 이래 모든 군주들은 인의(仁義)를 가장하여 사욕을 채웠을 뿐이라고 비판했다.[53] 이는 주자가 황제의 권력을 제한하고 사대부와 함께 천하를 다스리는 '군신공치'(君臣共治)를 통해 '천리'(天理)가 행해진 삼대(三代)의 왕도 정치로 돌아가고자 열망한 때문이었다. 주자는 "송대에서 군권(君權) 제한 의식이 가장 강렬한 사상가였다."[54] 여유량은 이와 같은 주자의 '군주 전제(專制) 비판론'을 직접적으로 계승하여, 『사서강의』의 도처에서 진(秦)·한(漢) 이래 군주들이 사리사욕만 추구한 결과 삼대로 돌아갈 수 없었다고 강력히 비판했다.[55]

3장   명나라 의관 제도 계승론

청나라 의관 제도 관찰

청나라가 중국을 지배한 뒤에 한인(漢人) 남자들은 '체발역복'(剃髮易服) 즉 만주식으로 머리털을 자르고 복식을 바꾸어야 했다. 남은 머리털을 뒤로 땋은 '변발'(辮髮)을 하고, 말발굽 모양을 닮았다고 해서 '마제수'(馬蹄袖)라고 부른 좁은 소매의 옷을 입어야 했다. 이와 같은 의관 제도의 일대 변화는 당연히 큰 문화적 충격을 야기했다. 산해 관을 돌파하여 북경을 점령한 초기에 청나라는 명나라의 의관 제도를 따르는 것을 일시 허용하고 체발('치발'薙髮이라고도 함)을 강요하지 않았다. 이는 중국 인민들의 저항을 우려하여 취한 정략이었다. 그러나 그 뒤 파죽지세로 남하함에 따라 자신감을 얻고 기세가 등등해지자 다시 체발을 강요하는 조치를 취했다. "머리를 남기면 머리털을 남기지 못하고, 머리털을 남기면 머리를 남기지 못한다"(留頭不留髮, 留髮不留頭)는 말이 함께 나돌았다. 체발을 거부하는 자는 즉시 처형하여 효수했다. 중국 고유의 의관 제도를 문명의 표징으로서 중시해 온 한인들은 체발을 몹시 야만적인 풍속으로 보았을 뿐 아니라, 『효경』(孝經)에서 경계한바 부모에게 물려받은 신체를 훼손하는 심각한 불효로 보았다. 따라서 "머리는 자를 수 있어도 머리털은 깎을 수 없다"(頭可斷, 髮不可剃), "머리 묶은 귀신이 될지언정 머리 깎인 사람은 되지 않겠다"(寧爲束髮鬼, 不作剃頭人)고 외치면서 격렬히 반발했다. 그리하여 강남 지방 각지에서 인민들의 체발 반대 투쟁이 거세게 일어났는데, 앞 장에서 언급한 바 황순요가 봉기의 지도자로 활약한 가정현의 투쟁이 그중 특히 격렬했다. 그에 대한 보복으로 청나라 군대는 가정현에서 20만 명이 넘는 인민을 학살했다고 한다.1(→689면)

필담에서 홍대용이 중국의 의관 제도 변화를 화제로 꺼낸 것은 그로부터 120년이 지난 시점이었다. 그 사이에 북경을 다녀간 수많은 조선 사신들은 명나라의 관복(冠服) 제도를 보존한 자신들의 옷차림을 매우 자랑스러워하면서 중국인들의 반응을 살폈고, 조선 사신들의 복식을 보고 부러워하며 눈물을 흘리거나 중화의 제도가 아닌 현재의 복식을 부끄러워하는 중국인들의 모습을 여행기에 자주 기록했다.2 이는 병자호란 이후 조선에서 존명배청(尊明排淸)의 의리를 실천하기 위한 방도의 하나로 송시열 등에 의해 '의관 제도 개혁'이 제창된 사실과 깊은 관련이 있었다. 조선은 명나라가 망한 이후 중화 문물을 보존하고 있는 천하 유일의 '소중화'(小中華)이므로, 의관 제도를 더욱 철저히 중화의 제도로 정비함으로써 명나라에 대한 의리를 지키는 한편, 장차 중국에 한족(漢族)에 의한 국가가 수립될 때까지 중화 문물을 지켜 나갈 시대적 사명을 짊어지고 있다는 것이다. 따라서 조선의 의관 제도 중 고려 시대 이래 몽골의 비루한 제도를 답습하고 있는 양반 여성들의 저고리와 머리 모양을 중화의 제도로 고치고 남녀 아동들의 땋은 머리를 쌍상투(쌍계雙紒)로 바꾸며, 당시 풍속인 갓 대신 중국식 관(冠)을 쓰자는 등의 주장이 주로 노론계 학맥을 통해 면면히 이어져 왔다.[3] 홍대용 역시 '이러한 의관 제도 개혁론'에 공감하고 이를 적극 실천하고자 했다.

홍대용은 북경에 당도하기 전부터 중국의 의관 제도에 대해 깊은 관심을 드러냈다. 산해관을 통과한 뒤 옥전현(玉田縣)을 향하던 길에 그는 자신이 탄 수레를 끄는 하천한 차부(車夫) 왕문거(王文擧)를 상대로 의관 제도에 관해 농담 섞인 대화를 나누었다. 왕문거가 '요동(遼東) 동편이 옛날에는 조선에 속했다는 말이 있다'고 하자, 홍대용은 왕문거의 고향인 낭자산(狼子山)도 예전에 기자(箕子)가 다스린 조선 땅에 속하니 "너도 근본은 조선 사람이니라"라고 농담을 하고는, "만일 우리나라가 황제께 청하여 옛 땅을 도로 찾으면 너희도 다시 조선 백성이 되어 머리털을 길러 우리 복색(服色)을 좇을 것이니, 어찌 좋지 않으리오?"라고 물었다. 이에 왕문거가 '머리털을 깎지 않으면 가려워 견디기 어려울 것이고 게다가 조선 사내의 머리는 계집과 다름이 없어 부끄러울 것'이라고 응수하자, 홍대용은 다시 선대(先代) 중국인들의 초상화를 보면 그 복식 제도가 어떠하더냐고 물었다. 왕문거가 "명조(明朝) 적 화상(畫像)은 다 사모단령(紗帽團領)이요 머리털을 깎지 아녔나니라"라고 답하자, "그러면 네 조상도 근본은 우리 머리 제도와 같으니 네 이제 우리 머리를 나무라함이 옳으냐?"라고 공박했다.[4]

그 뒤 옥전현의 숙소에서 홍대용은 한 역관으로부터 예전에 이곳에 이르러 지현(知縣)을 만났던 이야기를 들었다. 당시 옥전현 지현이 우리나라의 사모관대를 보고 싶어 했으므로 마지못해 짐을 풀고 가져다 보였더니, 그 지현은 내당(內堂: 안방)에 부인네를 포함하여 여러 사람들을 불러 모은 뒤 직접 사모관대를 입어 보았는데 "두 눈에 눈물이 비 오듯 하여 설움을 이기지 못하는 거동이요" 부인네와 지현의 아들도 다 눈물을 머금었다고 한다. 역관이 괴상히 여겨 까닭을 물었더니, 지현은 "이것은 우리의 옛 의관이라. 우리 조상이 입던 줄 생각하매 절로 감창(感愴)한 마음이 있노라"라고 실토했다. 뿐만 아니라 "조선은 이 의관이 있으니 극히 귀한 나라라. 내 그대 대인(大人)들을 가 보고자 하노라"라고 하면서 늦은 밤이었지만 몸소 숙소로 조선 사신들을 예방하고자 했으나, 혹시라도 말썽이 날까 염려한 역관들의 만류로 뜻을 이루지 못하자 몹시 서글퍼했다고 한다. 이 일화를 듣고 홍대용은 다음과 같은 논평을 가했다.

> 이 일이 10년 안이라. 중국이 호복(胡服)으로 변한 지 100년이 넘으니, 비록 아국(我國) 의관을 보고 겉으로 '좋다' 하나 실은 옛일을 잊고 조금도 한탄하는 기색이 없더니, 이 지현이 홀로 슬퍼하기 이 지경에 이르니 어찌 착하지 않으리오. 다만 이러한 마음으로 벼슬을 버리고 몸을 숨기지 못하니, 작록(爵祿)을 사양함이 어찌 어렵지 않으리오. 무식한 역관이 그 강개(慷慨)한 회포를 자세히 묻지 못하고, 또 사신을 보고자 함이 무슨 의사(意思)가 있을 것이어늘, 악착한 마음과 오괴(迂怪: 황당무계)한 의심이 마침내 저의 뜻을 펴지 못하게 하였으니 극히 애달픈지라. 아국 사람이 짐짓 말할 인

물이 적어, 필연(必然) 그 지현의 업수로이 여김을 면치 못하였을 것이라.[5]

북경에 당도한 홍대용은 1766년 1월 4일 정양문 밖에서 연극을 구경하고 돌아오다가 길가의 한 음식점에서 산동성 출신으로 회시를 보러 상경한 거인(擧人) 송(宋) 아무개와 대화를 트게 되었다. 송 거인이 공자의 고향인 곡부(曲阜) 부근에 산다고 하므로, 홍대용은 공자를 매우 존숭하니 그 자손을 만나 보게 주선해 달라고 했다. 그러자 송 거인은 체발한 자기 머리를 가리키며, "그들의 의관도 나와 똑같으니 만나본들 무슨 이득이 있겠소?"라고 답하는 것이었다. 그말을 듣고 몹시 서글퍼진 홍대용은 범상치 않은 인물인 송 거인과 더 대화를 나누고 싶었으나 그가 서둘러 자리를 뜨는 바람에 뜻을 이루지 못했다. 그 뒤에도 북경 유람 중에 계속 그를 찾아보았지만 끝내 만나지 못했다고 한다.[6]

1월 23일 한림 팽관을 만났을 적에 홍대용은 그에게 여유량의 문집이 세간에 전하고 있는지를 물은 데 이어, "부인들의 의복은 명나라 제도를 변하지 않았느냐"고 물었다. 이에 팽관은 '그렇다'고 답했다.[7] 민간에 전파된 '남종여부종'(男從女不從: 남자는 따르되 여자는 따르지 않는다)이라는 말처럼, 청조는 한족 남성과 달리 한족 여성에게는 만주식 의관 제도를 강제하지 않고 전래의 머리 모양과 복장을 묵인하는 정책을 취했다. 따라서 치파오(旗袍)를 입은 만주족 여성과 달리, 한족 여성은 명나라 제도를 따른 상의와 치마를 입었다.[8] 반면 조선의 여성들은 지나치게 짧고 소매가 좁은 저고리 등 몽골식 의복을 여전히 입고 있었기에 이를 개혁해야 한다는 주장이 끊

이지 않았다.[9]

　이와 관련하여 홍대용은 여행 도중에 청나라 여성들의 복식을 유심히 관찰했으며, 규방 여성의 복식에는 여전히 중화의 제도가 남아 있음을 확인했다.[10] 또한 북경의 장춘사에 봉안된 효순태후 유씨(劉氏: 명나라 마지막 황제 의종의 생모)의 영정을 참배하고 거기에 그려진 명나라 때의 여성 복식을 주의 깊게 관찰하기도 했다. 나아가 그는 조선 여성의 복식에 남아 있는 '오랑캐 풍속'을 문제 삼으면서 개혁의 필요성을 시사하기도 했다.

　　궐리(闕里: 산동성 곡부의 공자 고향)의 공묘(孔廟: 공자 사당)에 부인의 소상(塑像)이 있는데 그 의상이 우리나라의 제도와 같더라는 이야기가 세간에 전하지만, 당시 우리나라의 제도는 지금 역시도 상고할 수가 없다. 단 지금의 제도는 저고리와 치마가 온몸을 감싸지 못하고 바지는 아래를 동여매지 않아서, 맨살이 드러나는데도 부끄러워하지 않으니 정말로 오랑캐의 풍속이다. 오직 송경(松京: 개성) 여성들이 바지를 동여맨 것이나 여항(閭巷) 여성들의 외출용 장옷이 그래도 중화에 가까운 여성 복식이라 하겠다.[11]

　1월 26일 유리창의 한 서점에서 만난 감생(監生: 국자감 학생) 주응문이 조선의 의관 제도에 관해 묻자, 홍대용은 명조의 옛 제도를 준수하고 있지만 간혹 풍속을 변하지 않은 것도 있다고 답했다. '풍속을 변하지 않은 것'이란 고려 시대의 몽골식 풍속을 답습한 여성 복식을 가리켜 한 말이다. 그러면서 홍대용이 '명조'를 일부러 한

자 낮추어 적어(즉 앞에 한 자 비우고 적어) 명나라를 존숭하는 뜻을 표했더니, 동석한 감생 장본(張本)이 누가 볼까 두려워 그 부분을 즉시 찢어 버렸다고 한다.[12]

2월 4일 엄성과 반정균이 조선 사신의 숙소로 찾아와 필담을 나누었다. 그때 방건(方巾: 네모난 두건)에 소매 넓은 중치막을 입은 홍대용의 선비 차림을 본 반정균이 제도가 예스럽고 우아하다고 칭찬하자, 홍대용은 조선인의 의복은 모두 명조의 예전 제도를 준수한다고 밝혔다. 이에 엄성과 반정균이 모두 말없이 고개를 끄덕였다.[13]

또 반정균이 조선 왕조의 조복(朝服)과 국왕이 쓰는 관에 대해 물어 홍대용이 답을 하자, 엄성이 국왕의 면류관(冕旒冠)과 문무 관원이 쓰는 금량관(金梁冠)을 그려 보이며 "이와 같은 제도인가요?"라고 물었으므로 홍대용은 '그렇다'고 답했다. 이는 엄성의 그림 실력이 뛰어날 뿐 아니라, 즉석에서 그려 보일 만큼 그가 명조의 의관 제도에 대해 숙지하고 있었음을 시사하는 것이다. 이어서 홍대용은, 중국의 연극 무대에서 배우들이 착용한 옛날 의관을 익히 보았을 터이니 조선의 의관 제도가 어떨지를 대강 짐작할 것이라고 말했다. 그리고 중국의 연극이 비록 점잖지 못한 오락이기는 하지만 은근히 취할 점이 있다고 하자, 반정균이 '그게 뭐냐'고 물었다. 홍대용이 웃기만 하고 대답하지 않자, 반정균은 "한관위의(漢官威儀: 중국 고유의 위엄 있는 복식 제도)를 다시 보게 되는 것이 아니겠소?"라고 쓰고는 즉시 지워 버렸고, 홍대용은 웃으면서 고개를 끄덕였다.[14] 민간에서 전하는 말에 "창종이우령부종"(娼從而優伶不從: 창기는 따르되 배우는 따르지 않는다)이라고 했듯이, 창기는 관에서 요구하는 의복을 입어야 했지만 연극배우는 옛사람을 연기할 경우 복식의 제한을 받지 않았다.

반정균의 반응에 고무된 홍대용은 내친 김에 중국인의 체발에
대해서도 언급했다. 즉, 중국의 문물이 대체로 훌륭하지만 체발하는
법만은 보는 이의 마음을 우울하게 한다고 하면서, 조선의 문물이
보잘것없으나 두발을 보존하고 있는 것만은 부모에게 물려받은 신
체를 훼손하지 않아 크게 다행한 일로 여긴다고 하였다. 이 말을 들
은 엄성과 반정균이 서로 돌아보며 아무 말이 없기에 무안해진 홍
대용이 "내가 두 분에 대해 친구의 정분이 없다면 어찌 이런 말을
감히 하겠습니까" 하니, 두 사람은 모두 고개를 끄덕였다.[15]

『천애지기서』에서 이덕무는 바로 이 대목을 초록한 뒤, 청나라
문인 진정(陳鼎)의 『유계외전』(留溪外傳) 중 청나라 초에 체발 강요에
맞서 죽음도 불사한 이간재(李幹才)와 허덕부(許德傅)의 사례를 소개
하고, 종신토록 상제처럼 상복을 입거나 도사처럼 황관(黃冠)을 쓰
고 다님으로써 두발을 보존한 사람들도 있었다고 덧붙여 말했다.[16]
홍대용과 마찬가지로 이덕무도 체발에 대해 극도로 비판적이었음
을 알 수 있다.

의관 제도에 관한 토론

2월 12일의 만남에서 홍대용은 중국의 의관 제도에 대해 집중적으
로 대화를 나누었다. 그는 청나라 황실의 사치 풍조와 관련하여 호
화로운 연극 무대를 쓸데없이 많이 세운 것을 비난하면서도, "더러
장점이 없지 않으니, 전 왕조의 의관 제도를 여전히 보존하고 있는

점이다"라고 말했다. 그런데 이 대목이 필담의 이본(異本)에는 크게 다르게 서술되어 있다. 즉, 홍대용이 〈건륭남순도〉(乾隆南巡圖: 강남 지방 순행巡幸을 그린 그림)를 보았더니 곳곳에 세운 행궁과 누각과 연극 무대가 모두 극도로 사치스럽더라고 하면서 "연극 무대에 무슨 장점이 있는가" 하고 묻자, 반정균이 농담 삼아 "연극 무대에도 좋은 점이 있으니, 거기에 '한관위의'가 있기 때문이지요"라고 말하고는 붓을 던지며 크게 웃었다고 하였다.[17]

이어서 홍대용은 '북경을 떠날 날이 멀지 않으니 기탄없이 말해도 되겠느냐'고 조심스럽게 물어 엄성과 반정균의 양해를 미리 구한 다음에, 두 사람의 머리 깎은 모습을 볼 적마다 한탄하며 애석한 마음이 생긴다고 실토했다.[18] 그러자 반정균은 왕문거처럼 빗질하는 번거로움이나 머리가 가려운 괴로움이 없어 체발이 몹시 편리하다는 농담으로 응수했고, 엄성은 절강성의 어느 머리 깎는 점포에 '태평성세의 즐거운 일'이라는 뜻인 '성세낙사'(盛世樂事)라는 상호를 써 놓았더라는 우스운 이야기를 전했다. 이에 홍대용은 "강남 사람들이니까 이런 말투가 있지, 북방 사람들은 감히 이렇게 하지 못할 것"이라고 응수했다. 그런데『을병연행록』에는 홍대용의 이러한 발언이 좀 더 구체적으로 표현되어 있다. 즉 홍대용이 웃으면서, '성세낙사'라는 "이 네 자를 보매 머리 깎음을 원통히 여기며 나라(의) 제도를 조롱하는 뜻을 감추지 못한지라. 남방 사람이 짐짓(과연) 담이 크고 두려움이 없다 이르리로다"라고 말하니, 두 사람도 웃었다고 되어 있다.[19] 농담을 통해 체발에 대한 불만을 우회적으로 표출하고, 서로 공감하는 서글픈 웃음을 나누었다는 것이다.

필담 중의 바로 이 대목은 당대 독자들의 주목을 끌었던 듯하다.

유한준의 아들인 유만주(兪晚柱)는 그의 일기 『흠영』(欽英)에서 『간정
필담』을 읽었다고 하면서, "원나라 사람(몽골인)이 중화를 차지했을
적에 중원인(한인)은 머리를 깎지 않았으나, 청나라 사람(만주인)이
중화를 차지하자 모든 중국인들이 다 머리를 깎고 오랑캐 옷을 입
었으되 오직 부인의 복식만은 명나라 제도를 바꾸지 않았다. 절강
(浙江) 지방에 머리 깎는 점포가 있는데 '성세낙사'라고 써 붙여 놓
았다니, 인심이 극도로 미혹되었구나!"라고 개탄했다.[20] 박지원도
이 대목을 각별히 주목하여 「자소집서」(自笑集序)에서 다음과 같이
인용했다.

> 아아! '예법이 도읍에서 사라지면 초야에서 이를 찾는다'는
> 공자의 말이 틀림없지 않은가.[21] 지금 중국의 모든 사람들
> 이 머리 깎고 오랑캐 옷을 입었으니, '한관위의'를 알지 못
> 한 지가 벌써 백 년이 넘었다. 그런데 유독 연극 마당에서
> 만 검정색 관모와 옷깃이 둥근 관복, 옥 허리띠와 상아 홀
> 을 본떠서, 장난과 웃음거리로 삼고 있다. 아아! 명나라를
> 그리워하는 중국의 노인 세대는 다 사라졌다. 그래도 그중
> 에 혹시 낯을 가리고 차마 그 꼴을 보지 못할 사람이 있을
> 까? 아니면 혹시 연극 마당에서 즐겁게 구경하면서 예로부
> 터 전해 온 제도를 상상하는 사람이라도 있을까?
> 세폐사(歲幣使: 동지사)가 북경에 들어갔을 때, 오(吳: 절강) 지
> 방 사람과 이야기를 나눈 적이 있었다. 그 사람이 말하기를,
> "우리 고장에 머리 깎는 점포가 있는데, '성세낙사'라고 써
> 붙여 놓았더랍니다" 하므로, 서로 보며 한바탕 웃다가, 이

억고는 눈물을 흘릴 뻔했다고 한다. 나는 그 이야기를 듣고 서글퍼하며, 이렇게 말하였다.

"습관이 오래되면 천성처럼 되는 법이다. 민간에서 습속이 되었으니, 어찌 변화시킬 수 있겠는가. 우리나라 부인네의 의복이 바로 이 일과 매우 비슷하다. 옛 제도에는 허리띠가 있었으며, 모든 옷이 소매가 넓고 치마 길이가 길었다. 그런데 고려 말에 이르러 원나라 공주에게 장가 드는 임금들이 많아지면서, 궁중의 머리 모양이나 옷차림새가 모두 몽골 오랑캐의 제도를 따르게 되었다. 그러자 당시 사대부들이 다투어 궁중의 양식을 숭모하는 바람에, 마침내 풍속이 되고 말았다.

그리하여 삼, 사백 년이 지난 지금까지도 그 제도가 변하지 않고 있다. 저고리 길이는 겨우 어깨를 덮을 정도이고 소매는 졸라맨 듯이 좁아, 경망스럽고 단정치 못한 모습이 너무도 한심스럽다. 그런 반면 여러 고을 기생들의 의복은 우아한 옛 제도를 간직하여, 비녀를 꽂아 쪽을 찌고 원삼(圓衫)에 선을 둘렀다. 지금 그 옷의 넓은 소매가 여유 있고 긴 띠가 죽 드리워진 것을 보면 유달리 멋져 만족스럽다. 그런데 지금 비록 예법을 제대로 아는 집안이 있어서 그 경망스러운 습관을 고쳐 옛 제도를 회복하고자 해도, 민간의 습속이 오래되어 넓은 소매와 긴 띠를 기생의 의복과 비슷하다고 여긴다. 그러니 그 옷을 찢어 버리고 제 남편을 꾸짖지 않을 여자가 있겠는가."[22]

이 글을 보면, 박지원도 평소 '의관 제도 개혁론'에 크게 공감하고 있었기에 홍대용의 필담에서 바로 그와 관련된 엄성의 이야기를 주목하고 인용했던 것임을 알 수 있다. 박지원의 집안에서는 일찍부터 의관 제도 개혁을 일부 실천하고 있었다. 선조 박미(朴瀰)의 부인 정안옹주(貞安翁主)는 옷소매가 넓은 중국식 상의인 원삼 당의(唐衣)를 입었으며, 조부 박필균(朴弼均)은 이를 가법으로 삼아 집안의 부녀자들에게 모두 따르도록 했다고 한다.[23]

한편 그날 홍대용은 엄성에게, 실은 명조의 제도라고 모두 다 좋은 것은 아니라고 주장했다. 명나라 초에 제정·보급된 망건은 말 꼬리털을 사람 머리에 얹었으니 모자와 신발이 거꾸로 놓인 셈이라는 것이다. 그런데도 조선에서 여전히 망건을 착용하는 것은 습속에 젖어 편히 여긴 탓도 있지만 "차마 명나라의 제도를 잊지 못한 때문"이라고 했다. 그렇기는 하지만 이마를 졸라매는 망건은 여성의 발을 졸라매는 전족(纏足)과 더불어 대단히 좋지 않은 제도로서 명나라가 망할 조짐을 보인 것이라고까지 혹평했다.[24]

이덕무는 『천애지기서』에서 이 대목을 초록한 뒤 홍대용의 주장에 전적으로 찬동을 표했다. 그리고 『앙엽기』에서도 『천애지기서』의 이 대목을 인용한 뒤, 청나라 문인 왕포(王逋)의 『인암쇄어』(蚓庵鎖語) 등의 문헌을 구사하여 망건의 유래와 변천을 상세히 논했다.[25] 박지원도 『열하일기』에서 이 문제를 거론했다. 박지원이 중국의 전족 풍속을 비판하자, 강소성(江蘇省) 출신의 거인(擧人) 왕민호(王民皡)는 한족 여성이 전족을 고수하는 것은 만주족 여성과 혼동됨을 수치스러워하기 때문이며, 죽어도 변치 않을 것이라고 응수했다. 하지만 왕민호도 전족은 발을 졸라매는 '족액'(足厄)이라고 비판하면서, 망건으로 이마를 졸라매는 '두액'(頭厄) 및 담배를 피우느라 입을 괴롭히는 '구액'(口厄)과 더불어 '삼대액'(三大厄: 세 가지 큰 재난)에 속한다고 풍자했다. 그러면서 망건 쓴 박지원의 이마를 가리키며 "이게 바로 '두액'이지요"라고 농담을 하자, 박지원은 체발한 왕민호의 이마를 가리키며 "번들번들 광이 나는 이건 또 무슨 액인가요?"라고 즉시 되받아쳤다. 또 박지원은 예전에 엄성이 홍대용에게 전했던, 절강성의 어느 머리 깎는 점포에 '성세낙사'라는 상호가 쓰여 있더라는 이야기를 왕민호에게 소개하기도 했다.[26]

홍대용은 망건을 비판한 데 이어, 지난 번 옥전현에서 한 역관에게 들은바 10년 전에 조선 사행이 옥전현의 지현(知縣)을 만났던 일화를 이야기했다. 당시 그 지현이 조선의 관복을 빌려 입어 보고는 자기 처와 마주보며 울었다는 슬픈 이야기가 지금도 조선에 전해지고 있다고 했다. 이 이야기를 들은 엄성은 머리를 숙이고 말이 없었으며, 반정균은 "기특한 지현이로다", "진실로 이런 마음이 있었다면 어째서 벼슬을 버리고 떠나지 못했던가?", "이 역시 몹시 쉽지 않은 일이다. 우리도 못하면서 어찌 감히 남을 책망하리오?"라고 말하고는, 두 사람 모두 한동안 서글퍼했다고 한다.[27]

한편 2월 17일의 만남에서 홍대용은 엄성의 질문에 답하여 조선의 의관 제도를 소개하면서, 청나라의 백성들이 조선 사신의 의관이 명나라의 제도를 보존하고 있음을 알지 못하고 괴상하다고 비웃는 현실에 대해 울분을 토로했다.

중국의 의관이 변한 지 이미 백여 년입니다. 지금 천하에 오직 우리 동방만이 옛 제도를 대략 갖추고 있는데, 중국에 들어오니 무식한 부류들이 이를 보고 모두 비웃습디다. 오호라, 자신들의 근본을 잊어버리다니! 우리의 관모와 관대를 보면 연극배우 같다고 하고, 두발을 보면 여자 같다고 하고, 소매 넓은 옷을 보면 중 같다고 하니 어찌 애통하지 않겠습니까?[28]

2월 26일의 마지막 만남에서 반정균은 청조의 의관 제도 정책에 관한 새로운 정보를 소개했다. 실록에 있는 말이라고 하면서, 청 태종(淸太宗: 2대 황제 홍타이지)이 한인의 복식 제도를 본받아 의관을 개혁하자고 한 유신(儒臣) 달해(達海, 다하이)와 고이전(庫爾纏, 쿠르칸)의 건의를 누차 물리친 고사를 소개했다. 이는 1636년 4월 '후금'(後金)에서 '대청'(大淸)으로 국호를 바꾼 뒤 조선 침략(병자호란)에 나서기 직전인 그해 11월, 청 태종이 금나라의 옛 역사를 거울삼아 자손 대대로 만주의 예전 풍속을 고수하라고 명한 유시(諭示)에 나오는 내용을 거의 그대로 전한 것이다. 그 유시에서 청 태종은 한인의 넓은 옷과 큰 소매를 본받으면 용감하게 싸울 수가 없고 매사에 게을러져 승마와 활쏘기를 소홀히 할 것이라는 이유로 달해와 고이전의 건의를 받아들이지 않았노라고 밝혔다.[29] 그렇다면 청조의 의관 제도 정책은 한인의 풍속에 동화되어 만주인의 상무(尙武) 정신이 약화될 것을 우려한 심모원려의 소산으로, 한인의 굴종을 강요하는 탄압책만은 아니었던 셈이다.

이러한 청조의 정책에 대해 반정균이 "국가의 장구한 계획이라 어쩔 도리가 없다"고 체념하며 순응하는 태도를 드러내자, 홍대용은 반정균이 달해와 고이전처럼 의관 제도 개혁을 위해 적극 나서라고 다그쳤다. 우선, 홍대용은 의복 제도와 왕조의 수명은 아무런 상관이 없다고 반박했다. 삼대(三代: 고대 중국의 하夏·은殷·주周 왕조)와 한나라·당나라가 너른 옷과 큰 소매로도 수백 년이나 지속된 것은 오직 덕(德)이 두터운 때문이지 의복 제도 때문이 아니었다는 것이다.30 즉, 의관 제도와는 무관하게, 덕치를 했기 때문에 장기간 왕조가 존속할 수 있었다고 주장했다.

또한 홍대용은 순임금과 주나라 문왕의 경우에 보듯이, 비록 한족이 아니더라도 천시(天時)를 받들어 백성을 편안하게 한다면 천하의 진정한 군주가 될 수 있다는 대담한 주장을 폈다. 이렇게 볼 때 지난 백년 사이에 청나라가 이룬 치적은 한나라·당나라에 비길 만하지만, 오직 의관문물을 바꾼 것은 유감스러운 일로, 이것만 중화의 예전 제도를 따른다면 후세에 높이 평가받을 것이라고 했다. 그리고 만약 반정균이 벼슬을 하게 되거든 이와 같은 논리로 조정을 설득하여 달해와 고이전이 이루지 못한 의관 제도 개혁을 완수하라고 당부했다.31 물론 반정균은 이같은 홍대용의 고원한 제안에 무척 난감해했다.

그런데 홍대용의 발언 중에서 의복 제도와 왕조의 수명은 무관하다고 한 주장은 원래의 의도와 달리 한인의 복식을 고수하려는 주장에 대한 비판의 논리로 역이용 될 수 있다. 이는 옹정제가 『대의각미록』에서, 청나라의 의관을 짐승 같다고 비하하고 명나라의 의관문물을 흠모한 증정의 발언을 공박할 때 내세운 논리와 매우 유사하다. 옹정제 역시 의관 제도란 지역과 시대에 따라 다를 수밖에 없으므로 각 지역 각 시대의 풍습에 따라 편안한 제도를 채용하면 그만이라고 하면서, 문물의 발전이나 정치적 안정과 의관 제도

는 아무런 상관이 없다고 주장했다.³²

또 홍대용이 『맹자』와 『사기』 중의 두 구절을 연결지어 "순임금은 동이(東夷) 사람이요 문왕은 서이(西夷) 사람이니, 왕후(王侯)와 장상(將相)이 어찌 종자가 있으리오?"라고 말한 것도 청나라를 중국의 정통 왕조로 간주할 수 있다는 뜻을 함축한 주장이어서 논란의 여지가 있다.³³ 비록 한인의 의관 제도를 따르도록 설득하려는 의도에서 나온 발언이기는 하지만, 출신 지역이나 신분과 상관없이 중화 문물을 보존·계승하기만 하면 중화의 군주 즉 '천자'로 볼 수 있다는 결론에 도달하기 때문이다. 그러므로 이는 도리어 엄격한 종족 차별을 핵심으로 하는 화이 사상과 그에 기반을 둔 존명배청주의를 무력화하는 논리가 될 수 있다.

이러한 홍대용의 발언 역시 옹정제의 주장과 상통하는 면이 다분하다. 『대의각미록』에서 옹정제도 여유량이 역설한 화이 사상을 공박하면서, 오직 덕이 있는 자만이 천하의 군주가 되는 법이며 하늘은 그가 어느 지역 사람인지를 가려서 군주가 되도록 돕지는 않는다고 하였다. 그리고 바로 그 『맹자』의 구절을 인용하여 "순임금은 동이 사람이고 문왕은 서이 사람인 것이 군주로서의 덕에 무슨 손상을 끼쳤던가"라고 따져 물었다.³⁴

이와 같은 의관 제도 문제와 관련하여 엄성은 어떤 견해를 품고 있었는지가 필담에는 분명히 드러나 있지 않다. 그런데 2월 12일의 필담에서 홍대용이 청나라의 통치가 관대하여 조선에 대해서도 조공미(朝貢米)를 크게 감축해 주었다고 칭송하자, 엄성은 "국초에 조선이 조공하러 왔을 때 의관이 여전히 명나라 제도를 따르고 있었지만 가타부타하지 않았으니 이 역시 충후(忠厚)함을 보인 것입니다"라고 하였다.[35] 또한 『일하제금집』 중 정사의 군관 이기성을 소개하는 글에서 엄성은 조선의 의관 제도를 설명하면서, "대례(大禮)에는 사모(紗帽)와 단령(團領)이요, 선비들도 방건에 해청(海靑: 소매 넓은 도포)으로 모두 예전 제도를 따르고 있는데도 우리 왕조는 그들에게 일임해 버렸으니, 우리 왕조가 지극히 충후하고 관대함을 잘 알 수 있다"고 하였다.[36] 조선이 명나라의 의관 제도를 보존할 수 있는 것은 오로지 청나라가 관후하게 용납한 덕분이라는 것이다. 『대의각미록』에서 옹정제도 "지금 중국과 종속 관계에 있는 외국들은 의관 제도가 대개 다 다른데, 우리 왕조는 그들의 조공을 받으면서 그들의 의관을 강제로 바꾸게 할 필요가 없다"고 하였다. 이처럼 조선이 명나라의 옛 의관 제도를 보존할 수 있었던 것은 청나라가 묵인한 덕분이지, 조선이 저항하여 쟁취한 결과는 아니라는 점은 홍대용을 포함한 조선인들이 간과한 역사적 진실의 일면이라 하겠다.[37]

요컨대 홍대용은 명나라의 의관 제도가 중국에서 사라진 것을 애석해하는 점에서는 엄성·반정균 등과 서로 깊이 공감했지만, 그러한 의관문물의 부활 가능성에 관해서는 두 사람과 의견이 달랐던 것 같다. 홍대용은 조선에 명나라의 의관 제도가 보존되어 있는데 자부심을 느끼고, 몽골의 영향을 받은 조선의 여성 복식도 마저 명나라 식으로 개혁하고 싶어 했다. 나아가 청나라에서도 명나라의 의관문물이 부활하기를 희망하여 반정균을 설득하기까지 했지만, 이는 실정을 모르는 이상론일 뿐 아니라 논리적 모순을 내포하고 있는 주장이었다. 의관 제도와 왕조의 수명은 무관하며, 덕치를 행하고 중화 문물을 계승하면 어떤 종족의 국가도 중국의 정통 왕조가 될 수 있다는 논리는 실은 옹정제의 주장과 상통하는 것으로, 홍대용 자신의 지론인 '의관 제도 개혁론'과 존명배청주의에 배치되는 것이다. 하지만 당시 홍대용은 이러한 자기모순을 깨닫지 못한 듯하다. 후일 그는 「의산문답」에서 이 문제와 다시 대결하여 종족 중심의 화이 사상에서 탈피하게 된다.

항주 출신의 선비들과 작별한 뒤에도 홍대용은 조선의 의관 제도에 관한 중국인들의 반응을 계속 유심히 살폈다. 『을병연행록』에 의하면, 1766년 3월 1일 그는 북경을 떠나기 직전에 관상대를 구경하던 중, 회시를 보러 상경했다는 남경(南京) 출신의 두 거인(擧人)을 만났다. 그중 한 사람이 홍대용에게 관상대의 천문 의기들을 자세히 살피는 까닭을 묻자, 그는 『서경』에 나오는 선기옥형의 제도를 상고하고 싶었을 뿐 아니라, 명나라 때 제작된 천문 의기들이 폐하여 버려진 것을 보고는 저절로 슬퍼서 떠나지 못하노라고 답했다. 그러자 두 사람은 낯빛이 변하면서 홍대용과 조용한 곳에서 대화를 나누고 싶어 했으나, 문지기에게 내쫓겨 뜻을 이루지 못했다. 그들은 홍대용의 의관을 자세히 보며 몹시 연모하는 기색이 있었다고 한다.[38]

그다음 날 삼하현(三河縣)에서 만난 염상(鹽商) 등사민에게도 홍대용은 조선인의 의관을 본 소감을 물었다. 등사민은 "그대의 의관이 짐짓(정말로) 의관이요 대명(大明) 복색이라. 우리는 선조의 화상(畵像)을 보매 그대 의관과 방불하니 어찌 반갑지 않으리오"라고 호평했다. 이어서 홍대용이 체발에 대한 소견을 묻자, 등사민은 어려서부터 습관이 되어 편하게 여긴다고 답했다. 그래서, 체발은 부모에게 물려받은 신체를 훼손하지 말라는 성현의 가르침에 어긋나지 않느냐고 힐난했더니, 등사민은 이곳은 황제가 거주하는 북경과 매

우 가까운 지역이니 불경스러운 말을 삼가라고 당부했다.[39]

그날 삼하현의 선비인 거인 손유의(孫有義)와 대화할 적에도 홍대용은 그에게 "조선은 대명 때로부터 전혀 중국 문물을 숭상하여 의관이 또한 옛 제도를 지키되, 다만 어법(語法)이 오히려 동이(東夷)의 풍속을 변하지 못하니 가장 부끄럽도다"라고 말했다. 한문 연행록인 『연기』에는 이 발언이 "저희 나라는 중국을 흠모하고 숭상하여 의관문물이 중화의 제도와 방불합니다. 그래서 예부터 중국에서 간혹 '소중화'라고 일컬어졌는데, 오직 언어만은 여전히 오랑캐 풍속을 면치 못해 부끄럽게 여깁니다"라고 되어 있어, 홍대용이 조선의 의관 제도뿐 아니라 심지어 언어조차 중국을 따르는 것이 바람직하다고 생각했음을 더욱 분명히 알 수 있다.[40]

4월 4일 귀국을 앞두고 청나라 국경의 작은 고을인 책문(柵門)에 머물 적에도 홍대용은 어느 만주인 세관(稅官)을 상대로 의관 제도 문제를 거론했다. 청나라가 명나라를 대신해 들어선 것은 순임금이 요임금에게 왕위를 물려받은 것처럼 정당했다고 그 세관이 주장하자, 홍대용은 웃으면서 말하기를 "순임금도 동이 사람이었지요"라고 하여 만주인의 중국 지배를 일면 긍정하면서도, "다만 요임금의 나라가 순임금의 나라로 바뀔 적에 지금처럼 복식을 바꾸었다는 말은 들어본 적이 없소이다"라고 풍자했다. 그러자 그 세관은 "시대는 고금이 다르고 시대마다 그에 맞는 의리가 다른데, 의관에 어찌 일정한 제도가 있었으리오?"라고 하여 옹정제와 똑같은 논리로 응수했다. 이에 홍대용은 건성으로 수긍하는 척하고는 숙소로 돌아왔다고 한다.[41]

조선 여성의 복식 개혁 추구

이상에서 보듯이 북경 체류 중에는 물론 국경을 넘어서기 직전까지 줄곧 홍대용은 중국인을 상대로 끈질기게 청나라의 의관 제도를 문제 삼고 자신의 지론을 고집했음을 알 수 있다. 뿐만 아니라 귀국한 뒤에도 그는 중국에서 사귄 벗들에게 보낸 서신에서 조선의 여성 복식을 중화의 제도로 개혁하는 데 필요한 도움을 거듭 청했다. 1767년 10월 엄성에게 보낸 서신에서 홍대용은 다음과 같이 부탁했다.

> 조선 부인들의 머리 모양과 의복 제도가 아직도 오랑캐의 풍속을 준수하고 있으니 지극히 괴이한 일입니다. 예법을 좋아하는 가문 중에 더러 중화의 제도를 모방하여 행하는 경우가 있으나, 오직 문헌만 상고하는데 설명이 자세하지 않은 경우가 많습니다. 또 중국을 다녀온 사신과 통역의 말을 참작해 보아도 전하는 설들이 일치하지 않아, 종종 중화도 아니고 오랑캐도 아니게 되므로 괜스레 해괴한 풍속이라는 조롱만 듣게 되니, 이는 실로 조선의 큰 결함에 속하는 일입니다. 만약 여러분이 그 어리석고 비루한 풍속을 가엾이 여기시고, 스스로 잘못을 고쳐 새 사람이 되려는 노력을 기뻐해 주시어, 아무쪼록 중화의 옛 제도뿐 아니라 최근의 변천까지 상세히 가르쳐 주신다면, 조선인들은 영원히 그 혜택을 입게 될 터입니다.
>
> 조공 사신이 내왕할 적에 보는 사람들은 모두 시골의 민간

부녀자들인 데다가, 남녀가 유별한지라 평상시의 머리 묶고 비녀 꽂는 법조차 상세한 내용을 알 길이 없습니다. 예법을 지키는 가문의 관복(冠服) 제도는 더더욱 그렇습니다. 고금의 변천, 만주인과 한인의 구별, 길사와 흉사의 구분, 노소의 차이뿐만 아니라, 평상시의 착용과 혼례 및 제례 때의 착용, 한미한 집안과 귀족 집안, 서민 가정과 예법을 아는 집안에 따라 미혼자·기혼자·과부 및 부리는 계집종에게 반드시 각각 다른 제도가 있을 터입니다. 그러니 위로는 묶은 머리부터 아래로는 신과 버선에 이르기까지 상세히 설명하도록 힘써 주십시오. 문자로 언급하기 어려우면 그림으로 설명하여 주시고, 그림으로도 설명할 수 없는 경우는 지름 한 치의 얇은 종이로 작은 모형을 제작하고 여러 겹으로 접어 그 아래에 부착하여 주시면 더욱 좋겠습니다.[42]

그 뒤 엄성이 병사하자, 홍대용은 1768년 10월 반정균에게 보낸 서신에서 작년에 자기가 엄성에게 보낸 서신을 엄성의 형 엄과에게 교부했는지 묻고 난 뒤, 육비·엄과와 상의하여 그 서신 내용 중 중국의 여성 복제에 관한 부탁을 들어주기를 희망했다. 그리하여 "먼 지역의 이민족에게 은혜를 베풀어 그들의 비루한 풍속을 일변하게 한다면 응당 영원히 칭송을 받을 터이며 『춘추좌전』(春秋左傳)에서 이른 바 '죽은 자를 되살리고 메마른 뼈에 살이 다시 돋게 하는' 큰 은혜를 베푼 셈이나 다름없다"고 하면서, 엄성에게 했던 부탁을 되풀이했다. 즉, 문자나 그림으로 설명할 수 없는 내용에 털끝만

큼이라도 차질이 있으면 도리어 복요(服妖: 재앙의 조짐이 되는 괴상한 복
장)가 되고 마니, 반드시 종이로 모형을 제작해 줄 것을 신신당부했
다.[43]

반정균은 그 이듬해에 보낸 답서에서, 중국의 여성 복제는 마땅
히 육비와 제작 방식을 상의하여 결정하고 그림으로 그려서 보내겠
다고 하면서, 응당 식언이 되지 않게 하겠노라고 약속했다.[44] 이 답
서를 받은 홍대용은 "여성 복제에 대해 식언이 되지 않겠노라고 약
속하셨으니, 도설(圖說)을 기쁘게 볼 날을 공손히 기다리겠습니다"
라고 감사를 표하는 서신을 보냈다.[45] 그러나 이 서신은 반정균에게
전달되지 못한 채 한때 서신 연락이 끊겼고, 연락이 재개된 1777년
에 홍대용에게 보낸 서신을 보면 반정균은 수년이 지난 당시까지도
여전히 그 약속을 지키지 못한 듯하다. "예전에 질문하신 여성 복식
에 관해서는 이미 승낙한 지 오래건만 아직도 회답하지 못해 죄송
합니다. 끝끝내 완성해서 보시도록 부쳐 드리겠습니다만, 각 성(省)
의 풍속과 제작 방식이 일정하지 않은 연유로 도설을 만들기가 몹
시 어렵습니다. 계속해서 하기는 하겠으나, 단지 속히 부쳐 드릴 수
는 없겠습니다"라고 고충을 토로했다.[46]

한편 홍대용은 손유의에게도 누차 서신을 보내 중국의 여성 복
식과 관련된 청탁을 하였다. 1767년 10월 그는 엄성에게 보낸 서신
과 대동소이한 내용의 서신을 보내면서, 중국 부인의 의관 진품을
시장에서 구해 부쳐 줄 수 있는지, 손유의의 의사를 타진했다.

조선의 여성 의복은 아직도 오랑캐 풍속을 준수하고 있습
니다. 예법을 좋아하는 가문은 더러 중화의 제도를 모방하

는데, 문헌을 고증했다지만 대개 소략한 경우가 많아 복요(服妖)라는 조롱을 면하지 못합니다. 한인의 관복(冠服) 진품을 구득하여 혼례와 제례 때 쓸 용도로 갖추어 두기를 은근히 바라지만, 북경 시장에서 사고 싶어도 옛 풍속을 따른 것인지 분별하기 어렵습니다. 이는 베와 비단을 막론하고 오직 진품으로 만들어진 것이 중요합니다. 그래야 서로 돌아가며 재봉하여 만들 수 있을 것입니다. 또한 봉관(鳳冠: 봉황으로 꾸민 관)의 제도가 있어 예법을 지키는 집안에서 늘 사용한다고 들었는데 이것도 시장에서 파는 것이 있는지요? 오직 부녀자의 예복은 삼대(三代) 시절부터 제작 양식이 전래되어 왔는데 이것에도 혹시 고금의 변화가 있는지요? 전에 보니 장춘사(長椿寺)에 명나라 황후의 초상이 있던데, 옷을 지은 것이 오늘날과 다른 점이 없었습니다.[47]

이 서신에서 홍대용은 작년 북경 유람 중 장춘사에서 효순태후의 초상을 참배하고 그 의관 제도를 유심히 관찰한 사실을 처음 밝혔다. 그 뒤 부친상을 당해 상중에 있던 1769년 7월 홍대용은 손유의의 조문 편지에 감사를 표하면서, 재차 중국 부인의 의관 진품을 구입해 달라고 부탁하는 서신을 보냈다. 그 내용은 재작년에 보낸 서신과 거의 똑같지만, 북경의 시장에서 구입하려면 대금이 몇 냥 드는지, 기술자에게 부탁해 새로 만들면 품삯이 얼마가 될지 조사해서 가르쳐 달라고 더욱 구체적으로 부탁했다.[48] 탈상을 앞둔 그해 10월 홍대용은 손유의에게 또 서신을 보내 "부탁드린 여성 관복은 만약 만드는 품삯을 가르쳐 주시면 내년 역관(譯官) 편에 응당 비용을 부쳐 납부하겠습니다. 아무쪼록 저를 위해 주선해 주신 덕분에 해외의 비루한 풍습이 깨끗이 없어진다면, 응당 영원히 칭송받으실 것입니다"라고 하였다.[49]

이후에도 홍대용은 잇달아 손유의에게 서신을 보내 중국의 여성 의관을 구입하거나 새로 만들어 보내 주기를 당부했다.[50] 1771년 손유의는 홍대용의 부탁에 대해 "금년 겨울을 기다려 사정을 참작해 일을 처리한 뒤 보고를 드리겠노라"고 약속하는 답서를 보내왔다.[51] 같은 해 7월 홍대용은 "중국의 부인복을 사서 부쳐 줄 수 있으면 아주 다행이겠다"고 하면서, 이번에 황력 재자관(皇曆賫咨官: 황제가 하사하는 새해 달력을 받아 오는 사신)으로 북경에 가는 역관 이언용(李彥容) 편에 대금을 맡겼으니 그에게 지불하라고 하면 된다고 했다.[52] 이에 대한 답서에서 손유의는 "보내오신 서신에 여성 관복 문제로 간절하게 부탁하셨으니, 제가 어찌 감히 힘을 다해 준비하지 않겠습니까"라고 하였다. 다만 봉관은 값을 정할 수 없을 정도로 엄청나게 비싸다고 말했으며, 원령(圓領: 단령團領)도 새로 만들면 품삯이 비싸므로 기성품을 구입해서 부치려고 했는데 뜻대로 안 되어 죄송하다고 하면서 내년까지 기다려 달라고 했다.[53] 1772년 홍대용은 손유의에게 "여성 복식으로 이미 힘들게 해 드렸는데, 어찌 이리도 관심과 염려가 지극히 깊으신지요!"라고 감사하는 서신을 보냈다.[54]

이상에서 보듯이 홍대용은 조선의 여성 복식을 개혁하려는 의도를 품고 북경 여행에 나서 현지에서 중국의 여성 복식을 관찰하고자 노력했을 뿐 아니라, 귀국한 뒤에도 중국인 벗들을 통해 그에 관한 정확한 정보를 수집하고 실물을 시장에서 구매하거나 제작하게 해서 입수하려는 노력을 꾸준히 기울여 왔다. 1777년 반정균이 보낸 편지에서 알 수 있듯이 이와 같은 홍대용의 노력은 북경에서 귀국한 지 10년도 더 지난 시점까지 만족스러운 결실을 거두지는 못했지만, 이를 통해 의관 제도 개혁을 향한 그의 의지가 얼마나 집요했는지를 넉넉히 짐작할 수 있다. 이러한 의관 제도 개혁론은 북학파와 그 후예들까지 연면히 이어진다.[55]

그런데 홍대용이 북경 여행을 대비해서 읽고 초록했다는 이기지의 『일암연기』를 보면, 이기지는 홍대용보다 무려 45년 전에 청나라를 다녀왔는데도 조선의 의관 제도에 대해 독선적인 태도를 드러내지 않았다. 당시 조선의 고부(告訃) 사행이 책문을 거쳐 봉성(鳳城)에 이르렀을 때 이기지는 '각라명덕'(覺羅明德)이라는 만주인 수재(秀才)를 만났는데, 그는 "귀국(貴國)의 의관을 갖춘 인물들을 늘그막에 뵈오니 몹시 부끄러운 마음이 듭니다"라고 하였다. 이에 이기지가 "우리의 의관은 보기 드물고 눈에 낯설어 어찌 해괴하지 않겠습니까?"라고 물었더니, "귀국의 의관은 바로 한관(漢官)의 위의(威儀)를 갖춘 것인데 어찌 괴상할 게 있겠습니까? 사모하기에 바쁠 따름이지요"라고 공손히 답했다. 그러자 이기지는 말하기를, "우리의 의관은 예복이고, 귀하가 입은 것은 곧 당대의 제왕이 정한 제도입니다. 사람이 의기가 서로 통하면 외모는 도외시할 수 있으니, 의관의 같고 다름이 무슨 상관이 있겠습니까?"라고 하였다.[56]

또 귀환 도중 소흑산(小黑山)에서 이기지는 북경으로 향하던 동지 사행과 만났는데, 그때 동지 정사 이의현이 말하기를, "저 사람들은 오랑캐 옷을 입었으되 한어(漢語)를 말하고, 우리나라 사람들은 한인(漢人)의 옷을 입었으되 오랑캐 말을 하니, 서로 똑같은 셈이다"라고 했다 한다. 이에 대해 이기지는 "그 말이 실로 옳다"고 하여 전

적인 동감을 표했다.[57]

조선과 청나라 양국의 의관문물의 차이에 대해 이기지가 보여준 이와 같은 유연하고 너그러운 태도를 홍대용에게서 찾아보기는 힘든 것이 사실이다. 하지만 홍대용도 의관 제도에 관한 조선인의 자만심과 독선적 태도를 반성하지 않은 것은 아니었다. 필담의 독자들에게 육비·엄성·반정균을 소개한 「간정록 후어」에서 그는 이렇게 말한 바 있다.

> 이 세 사람은 비록 머리를 깎고 오랑캐 옷을 입어 만주인과 다름이 없으나, 바로 중화의 오랜 명문가 후예이다. 우리는 비록 소매 넓은 옷을 입고 큰 갓을 쓰고 우쭐거리며 뽐내지만, 바로 바닷가에 사는 동이 사람이다. 양쪽의 귀천(貴賤)의 현격한 차이를 어찌 짧은 잣대로 잴 수나 있겠는가? 우리의 기질로 보아 만약 바뀐 처지에 놓였다면, 그들을 비천하게 여기고 능멸하기를 어찌 노복처럼 여길 뿐이겠는가? 그렇다면 이 세 사람은 우리를 두서너 번 만났는데도 옛 친구처럼 여기며 진심을 다 쏟아 이야기하고 '형님' '아우님'이라 부르기에 급급했으니, 이런 기풍은 도저히 우리가 따라갈 수 없는 바이다.[58]

이와 같은 성찰에도 불구하고 홍대용이 명나라 의관 제도의 계승을 의욕적으로 추구하는 복고적이고 중화 중심적인 사상에서 탈피하지 못한 것은 크게 아쉬운 점이라 하겠다.

4장   화이 차별을 초월한 우정

존명 의리에 대한 공감

북경 체류 중에 홍대용이 항주의 세 선비와 친형제 같은 우정을 맺고, 귀국 후에도 빈번한 서신 왕래를 통해 국경을 초월하여 우정을 이어 갔던 일은 실로 전대미문의 사건이었다. 박지원과 이덕무처럼 이를 '천애지기'(天涯知己)의 미담으로 흠모하는 사람이 있는가 하면, 김종후처럼 청나라 '오랑캐'들과 무분별하게 교제한다고 비난하는 사람이 있는 등, 이로 인해 당시 조선에서 큰 파문이 일었다. 한편 현대의 연구자 중에는 이 사건을 진정한 만남이 아니라 오해의 소산으로 보기도 했다. 즉, 강고한 대명 의리를 지녔던 홍대용이 엄성 등을 존명 반청 감정을 숨기고 있는 한족 지식인이라고 오해하고 그들에게 열정적으로 접근한 반면, 오직 과거 합격에 명운을 걸었던 엄성 등은 자신들의 능력을 알아준 데 감격하여 홍대용을 '천애지기'로 여겼을 뿐이라는 것이다.[1](→700면) 하지만 이러한 견해는 이미 살펴본 바와 같이 실상과 크게 어긋난다.

엄성과 반정균·육비는 청나라 군대에 최후까지 격렬하게 저항했던 강남 지방에서 생장한 지식인들이었다. 홍대용은 이들이 절강 향시에 급제한 우수한 인재였음에도 불구하고 모두 회시 급제에 연연하지 않을 뿐 아니라, 여전히 명나라를 존모하는 마음을 품고 있음을 알았다. 반정균은 왕사정의 『감구집』에 김상헌의 시가 수록된 사실을 알려 주었고, 엄성은 명나라 유민들의 시가 대거 수록된 『감구집』 전질을 홍대용에게 증정하면서 조선에서도 이 책이 출간되기를 희망했다. 또한 반정균이 존경하는 선배 문사로 소개한 서개·왕풍·왕증상 등은 명나라 유민으로 살다가 죽었으며, 반정균과 엄성의 스승 오영방은 그러한 유풍을 고수하고 있는 문제적 인물이었다. 그러므로 홍대용은 만촌 여유량이나 명나라 의관 제도와 같이 청조 치하에서 금기시된 화제들을 놓고 엄성 등과 허심탄회한 대화를 나눌 수 있었던 것이다.

한편 해외의 한 연구자는 홍대용과 엄성 등의 우정을 통해 기이하게도 조선의 사상적 낙후성을 확인하고자 했다. 즉 홍대용이 북경에서 사귄 중국의 지식인들은 눈물을 자주 흘리며 '정'(情)을 표출하는 모습을 보였는데, 이는 18세기 이후 중국에서 고증학의 영향으로 '정'을 중시하는 탈(脫)주자학적 풍조가 만연한 때문이라는 것이다. 그에 반해 홍대용이 반정균과 엄성 등에게 "과정"(過情: '지나친 감정'으로 오역함)을 억제하라고 훈계한 것은, 조선의 지식인들이 송대의 고루한 주자학 정신에서 탈피하지 못한 증거라고 보았다. 요컨대 18세기 중국의 지식인들이 주자학에서 탈피한 "유정인"(有情人)이었던 데 반해 조선의 지식인들은 주자학에 얽매인 "무정인"(無情

人)이었다는 것이다.[2]

그러나 이러한 견해는 당시의 동아시아 사상사를 단순하게 파악한 위에서 무리한 일반화를 감행한 결과가 아닌가 한다. 우선, 1766년 북경에서 만난 양국 지식인들은 개인적 기질 차가 컸다. 다정다감한 반정균과 달리 대범한 성격의 육비는 이별의 슬픈 감정을 자제했고, 소탈한 김재행 역시 홍대용과 달리 기탄없이 감정을 표출했다. 뿐만 아니라 주자학을 고증학보다 낙후한 학문처럼 간주하고, '주자학에서 고증학으로' 단선적 발전이 이루어졌다고 보는 시각도 문제이다. 동아시아에서 주자학은 양명학·고증학 등과 경쟁하면서 근대 직전까지 학문적 주류로 남았다. 또 주자학이야말로 서양 근대과학 수용의 사상적 기반이 되었다고 긍정적으로 평가하는 견해도 있다.[3] 조선의 주자학도 송대의 주자학을 고수하며 정체했던 것이 아니라 독자적 발전을 이룬 면이 있음을 간과해서는 안 될 것이다. 특히 18세기 이후 조선에서는 주자학이 교조적·사변적으로 되면서 '허학'(虛學)으로 변해 간 점을 반성하고 주자학 본래의 '실학성'(實學性)을 회복하고자 했으며, 이를 위해 서학(西學)까지도 적극 수용하려고 했다. 홍대용은 이와 같은 조선 주자학의 혁신을 추구한 대표적 사상가였다.

반정균 등이 만난 지 며칠 되지도 않은 이방인 홍대용에게 흉금을 털어놓고 눈물을 흘린 이유는 그들이 주자학에서 탈피한 '유정인'이라서가 아니라, 반골 정신을 잃지 않은 강남 지식인이었기 때문일 것이다. 문자옥과 같은 가혹한 사상 통제로 억압되었던 그들의 마음 깊은 곳에 잠재한 존명 의식을 홍대용이 일깨웠기 때문이다. 필담 텍스트를 정밀하게 독해하면 그 점을 간취할 수 있다.

2월 3일의 첫 만남에서 홍대용이 작별을 아쉬워하며 다시 만나고 싶은 의사를 밝히자, 반정균은 "인신무외교"(人臣無外交: 남의 신하된 자는 외교를 해서는 안 된다)라는 말을 끌어와 난색을 표명했다. 이는 외국인과의 접촉·교제를 꺼릴 때 흔히 근거처럼 인용하는 말이었다. 그러자 홍대용은 "이는 전국시대(戰國時代)의 말입니다. 지금은 천하가 통일되었는데 어찌 피차 꺼릴 일이 있겠습니까?"라고 응수했다. 원래 『예기』 「교특생」(郊特牲)에 나오는 '인신무외교'란 말은 외국에 사신으로 간 자가 그 나라의 제후를 사적으로 만나서는 안된다는 뜻이었다. 그러나 이는 제후국끼리 서로 적대하던 전국시대의 예법으로, 청나라가 천하를 통일한 지금 시대에는 맞지 않는다는 것이다. 반정균은 기뻐하며 이 말에 찬동했다. 즉, 천자는 천하를 한 가족으로 여기므로 중국과 외국의 차별을 두어서는 안 되며, 더구나 조선은 예의지방으로 조공국 중의 으뜸이 되니, 우리의 교제에 대해 속인들이 뭐라고 말하든 신경 쓸 필요가 없다고 했다.[4]

그다음 날 엄성과 함께 조선 사신의 숙소로 찾아온 반정균은 헤어질 즈음에 자꾸 눈물을 쏟았다. 홍대용이 "마침내 한번 이별을 면치 못할 것이니 아예 서로 만나지 아니함만 못하구려"라고 하자, 반정균은 손으로 낯을 가리고 눈물을 금치 못했으며, 엄성은 그의 우는 거동을 차마 보지 못하고 고개를 돌렸다. 이 광경을 곁에서 지켜보던 조선 사행의 상하층 사람들이 모두 놀라고 감동하는 기색을 나타냈다. 어떤 이는 반정균을 '심약한 사람'이라 하고, 어떤 이는 '다정한 인품'이라 하고, 어떤 이는 '비분강개하고 큰 뜻을 품은 선비'라고 했으며, 또 어떤 이는 조선인의 의관을 보고 슬픈 생각이 나서 그런 거라고 했다. 이처럼 여러 사람의 말이 일치하지 않았으나,

홍대용이 보기에는 이 네 가지를 겸해서 그렇게 된 것 같았다.[5]

이에 홍대용은 "옛말에 '울고자 하면 부인에 가깝다'고 했으니, 감정을 스스로 억제할 수 없다 해도 난공(蘭公: 반정균의 자)의 이런 행동은 너무 지나치신 게 아니오"라고 반정균을 달래었다.[6] "울고자 하면 부인에 가깝다"(欲泣則近於婦人)는 말은 『사기』「송 미자 세가」(宋微子世家)에 나오는 기자(箕子)의 고사를 인용한 것이다. 은(殷)나라가 망한 뒤 조선의 왕으로 봉해진 기자가 주(周)나라 천자를 알현하러 가던 길에 고국 은나라의 옛 궁궐터에 보리만 무성히 자란 광경을 보고는 상심해서, "통곡하고 싶지만 그래선 안 되고, 울고 싶지만 그런 행동은 부인에 가깝다고 여겨, 마침내 보리 이삭을 소재로 삼은 시를 지어 노래로 불렀다"고 했다. 이것이 바로 망국의 애가(哀歌)로 유명한 기자의 「맥수가」(麥秀歌)이다.[7] 그러므로 홍대용은 반정균의 마음속에 망한 명나라를 사모하는 감정이 격발해서 눈물을 흘린다고 보아 기자의 「맥수가」와 관련된 암시적인 표현으로 그를 위무한 것이지, 단지 대장부답지 못하다고 훈계한 것은 아니다. 반정균과 헤어진 홍대용도 "이날 밤에 자리에 누우매 반생의 울던 경색(景色)이 눈에 암암(暗暗: 가물가물)하여 종시 잠이 편치 아니터라"고 했다.[8]

2월 5일 엄성과 반정균에게 보낸 첫 편지에서 홍대용은 자신을 "동이족의 비루한 사람"(東夷鄙人)이라고 지극히 겸손하게 표현한 뒤, 북경에 와서 "매양 저잣거리와 푸줏간 사이를 배회하면서, 비가(悲歌)를 부르며 격분해하던 옛 자취를 상상하고, 불행하게도 늦게 태어나 그런 사람을 만나지 못한 것을 속으로 슬퍼했습니다"라고 했다.[9] 이는 『사기』「자객열전」의 유명한 고사를 끌어와 자신의 심

경을 밝힌 것이다. 전국시대 말에 자객 형가(荊軻)는 개 잡는 백정이
자 축(筑) 연주를 잘하는 고점리(高漸離)와 절친하여 연(燕)나라 수도
의 저잣거리에서 날마다 그와 함께 술 마시고 고성방가 하다가, 연
나라의 원수인 진나라 왕(후일의 진시황)을 암살하는 위험한 사명을
띠고 떠날 적에 고점리의 축 반주에 맞추어 비가를 부르며 격분했
다고 한다. 북경은 예전 연나라의 수도여서 '연경'(燕京)이라고도 불
렀으니, 홍대용의 이러한 고풍스러운 표현이 무엇을 의미하는지는
금방 짐작할 수 있었을 것이다. 이어서 그는 말하기를, "그런데 홀연
히 일이 맞아떨어져 '그런 사람이 바로 여기에 있으니', 『시경』에서
노래하듯이 '우연히 서로 만나, 나의 소원대로 되었네'라고 하겠습
니다. 이제부터는 하루아침에 죽는다 해도 인생을 헛살았다고는 말
할 수 없을 것입니다"라고 하여,[10] 자신이 만나고 싶어 찾아 헤맸던
바로 그런 사람들을 만나 우정을 맺게 된 감격을 토로했다.

또한 그 편지에서 홍대용은 "아아! 말세라 도덕이 쇠퇴하고 천
박해져서 우정의 도리가 사라진 지 오래입니다. 면전에서는 성의를
다하는 체하지만 뒷전에서는 비웃으니, 세상에 넘쳐나는 자들이 모
두 이러합니다. 그러나 진실로 하늘의 이치는 덕 있는 이를 좋아하
여 착한 사람들이 끊어지지 않으며, 구야(九野: 천하)를 꽁꽁 얼리는
매서운 겨울 추위라도 깊은 땅속에서 자라나는 한 줄기 양기(陽氣)
를 손상하지는 못합니다"라고 했다.[11] 여기에서 '구야를 꽁꽁 얼리
는 매서운 겨울 추위라도 깊은 땅속에서 자라나는 한 줄기 양기를
손상하지는 못한다'고 한 것은 주자의 유명한 「감흥시」(感興詩: 「재거
감흥」齋居感興) 20수 중 제8수에서 "매서운 겨울 추위가 구야를 꽁꽁
얼려도, 양기는 깊은 땅속에서 밝아 오는 법"(寒威閉九野, 陽德昭窮泉)

이라고 한 구절에 출처를 둔 표현이다. 주자의 이 시구는『주역』의 복괘(復卦)에 의거하여, 음기가 기승을 부리는 한겨울 같은 암흑시대에 처해서도 양기가 생장하여 무성할 날이 도래함을 믿고 자신의 선한 본성을 잘 보존하여 확충해 나가야 한다는 교훈을 말한 것이다. 또『주역』복괘는 "벗이 와야 허물이 없다"(朋來无咎)고 하여, 미약한 상태의 선한 본성을 회복하는 데는 반드시 벗들의 도움이 필요하다고 했다.12 그러므로 홍대용의 이 편지는, 장차 중원이 회복될 날을 굳게 믿으면서 뜻을 같이하는 진실한 벗들과 함께 암흑시대인 청나라 치세를 견뎌 나가야 한다는 뜻을 함축한 글로 읽힐 수 있다.

홍대용의 편지를 전달한 하인이 돌아와서 말하기를, 반정균은 그 편지를 절반도 읽기 전에 눈물 콧물을 줄줄 흘리며 울었고, 엄성도 슬픔을 억제하지 못했다고 한다. 홍대용은 그 편지에 이별의 슬픈 말을 한마디도 적지 않았는데도 두 사람이 그와 같은 반응을 보인 것을 몹시 기이하게 여기면서, "비록 그 사람들이 감정이 승하고 마음이 약하다 해도, 겨우 이틀 사이에 서로의 감정과 뜻이 합치하여 이처럼 떨어질 수 없는 사이가 되었다는 것은 전에 듣지 못한 일이다"라고 했다.13 이처럼 홍대용도 놀랄 만큼 반정균과 엄성의 감정적 반응이 격렬했던 것은 그의 편지에 함축된 은밀한 의미가 두 사람의 심금을 울렸기 때문이다. 명나라가 망한 지 120년이 지나는 동안 대다수의 한인 사대부는 고국을 잊어버리고 청나라의 과거에 급제해 출세할 생각만 하고 있는 실정인데, 해외의 이방인인 홍대용이 도리어 이런 중국의 세태를 비판하면서 그들 두 사람을 여전히 명나라를 흠모하는 비분강개한 선비로 알아주었던 까닭이다.

홍대용의 편지에 대한 답장에서 반정균은, 평소에 서로 마음을 알아주는 벗은 엄성 외에 스승 엄과와 오영방 등 몇 사람에 불과하며, 그 나머지 서로 가까이 지내는 자들이 100여 명이나 되지만 모두 스승 삼거나 본받을 만한 지기(知己)는 아니라고 했다. 여기에서 반정균이 자신의 지기로 오영방을 거론한 점을 주목할 필요가 있다. 앞서 살핀 대로 오영방은 과거를 거부하고 은둔 생활을 하면서, 세상 사람의 비웃음에도 개의치 않고 홀로 명나라 때의 상례와 상복을 고수한 인물이었다. 그런데 그와 같은 지기로 "이제 또 귀하한 분을 얻었으니 실로 천만다행으로 여기며, 하루아침에 죽는다해도 지하에서 눈을 감을 수 있겠습니다"라고 하여, 홍대용의 편지에서 두 분을 만났으니 "이제부터는 하루아침에 죽는다 해도 인생을 헛살았다고는 말할 수 없을 것입니다"라고 한 말에 화답했다.[14]

세 선비의 처신에 대한 충언

2월 6일 홍대용은 엄성과 반정균의 답장에 대한 감사 편지를 썼다. 이 편지에서 그는 "붕우(朋友)는 오륜에 속하니 어찌 중하지 않겠습니까. 천지는 위대한 부모이니 그 사이에서 태어난 동포끼리 무슨 화이(華夷)의 구분이 있으리오. 두 형이 저를 지기로 허락하셨으니, 저도 당당하게 지기로 자처하겠습니다"라고 우정론을 폈다. 북송의 성리학자 장재(張載)가 그의 「서명」(西銘)에서 '만민은 천지를 부모로한 나의 동포'라고 주장한 논리에 의거하여, 중국인과 외국인 사이에도 진정한 우정이 가능하다고 역설한 것이다. 또한 홍대용은 "돌아보건대 과거와 벼슬길의 영예란 형들이 유능하게 해내는 일이 되기에는 미흡하고, 제가 형들에게 기대하고 바라는 바도 거기에 있지는 않습니다"라고 하여, 두 사람이 회시에 응시하는 것을 탐탁지 않게 여기는 뜻을 드러냈다.[15]

2월 8일의 만남에서 홍대용이 며칠 사이에 반정균의 안색이 몹시 나빠진 것을 보고 걱정했더니, 반정균은 조만간 영구히 이별하게 될 슬픔으로 인해 밤새도록 잠을 자지 못한 탓이라고 해명했다. 그러자 홍대용도 "저 역시 자고 먹는 것이 모두 편안할 수 없었습니다"라고 고백하면서, 두보(杜甫)의 시 「신혼별」(新婚別)에서 "저녁에 혼례 치르고 새벽에 고별하다니, 너무나 급히 떠나시는 게 아닌가요"(暮婚晨告別, 無乃太忽忙)라고 한 구절이야말로 "우리의 오늘 상황을 노래한 것입니다"라고 하였다. 이에 반정균은 '참 묘한 말입니다!'라고 여러 번 일컬었으며, 주인과 손님이 모두 서글퍼하며 오래 말이 없었다.[16]

그날 엄성은 홍대용의 편지와 김재행의 시전(詩箋: 시를 적은 종이)을 책으로 장정하여 잘 간직했다가 자손에게 전하겠노라고 말했다. 또한 후일 저술을 하게 되면 우리의 우정 미담을 흥미진진하게 기록하여, 지금 우리가 청음 선생(김상헌)을 사모하듯이 후세 사람들이 두 분을 사모하게 하겠노라고 약속했다.[17] 그런데 홍대용과 작별한 이듬해에 엄성이 병사하고 말자, 그의 벗 주문조는 홍대용·김재행 등과 주고받은 엄성의 시문을 정리한 『일하제금집』을 편찬함으로써 고인의 염원을 이루어 주었다.

2월 9일 홍대용은 두 사람 앞으로 우정을 논한 장문의 편지를 보냈다. 이 편지에서 그는 어제의 즐거운 만남 뒤에 이별의 괴로움이 더욱 심하여 "외로운 숙소에 처량하게 앉았노라니, 마음이 칼로 벤 듯 아팠노라"고 실토했다. 그리고, 자려고 눈을 감아도 두 분의 모습이 삼삼하여 밤새도록 잠을 이룰 수가 없고 그리운 생각을 도저히 떨쳐 버릴 수가 없으니, "진실로 이런 경지는 어리석은 것이 아니면 미친 것이요, 또한 무슨 까닭으로 이 지경이 된 줄을 깨닫지 못하겠습니다"라고 괴로운 심정을 호소했다.[18]

이어서 홍대용은 "회심인(會心人: 마음 맞는 사람)을 만나서 회심사(會心事: 마음 맞는 일)를 논하는 것이 본래 인생의 최고 즐거움"이라 생각하고, 국내를 두루 찾아다녔으나 사람들의 오해만 사고 뜻을 이루지 못했다고 했다. 그래서 애타는 마음이 극에 달해 그런 사람을 국경 너머에서 구하고자 하는 비현실적인 계획을 품었는데, 요행히도 하늘의 도움으로 바로 그런 사람을 만나 진심을 토로했고, 그를 위해서라면 죽기를 원하게 되었노라고 했다. 이리하여 지난 며칠 동안 교유한 것만 해도 대단히 영광스럽고 행복한 일이었는데, 작별할 즈음에 평생토록 교유할 수 없음을 슬퍼하니 '사람이란 너무나 만족할 줄을 모른다'(人苦不知足)고 자성했다. 하지만 "불교에서 말하는 윤회의 이치란 게 과연 있다면, 내세에는 한 나라에 함께 태어나 서로 아우가 되고 형이 되며, 스승이 되고 벗이 되어, 차생에서 다하지 못한 인연을 완수하고 싶을 뿐입니다"라고 하여,[19] 불교를 배척하는 유학자로서는 파격적인 상상까지 동원해서 자신의 간절한 심정을 표현했다.

뿐만 아니라 이 편지에서 홍대용은 자손끼리도 세교(世交)를 맺게 하자고 제안했다. 즉 "나의 생에는 다시 만날 가망이 없으니, 각자 자식들에게 훈계해서 이와 같은 우의를 대대로 강론하여 감히 잊지 않도록 하고, 혹시라도 우리의 오늘 일처럼 예전의 인연을 다시 이어 가기를 바랍니다"라고 했다.[20] 그로부터 60년이 지난 1826년(순조 26년) 홍대용의 손자 홍양후가 동지 사행에 참여한 것은, 이와 같은 조부의 유지를 잊지 않고 항주 세 선비의 후손을 찾아 선대에 맺은 우의를 되살리고자 함이었다. 당시 홍양후는 북경 체류 중에 사귄 한림 이균(李鈞, 자 백형伯衡, 호 우범雨帆)을 통해, 항주 사람이라 간정동의 고사를 잘 안다는 한림 허내갱(許乃賡, 호 우령藕舲)을 소개받았다. 그러나 일정이 촉박해 허내갱을 만나지 못한 홍양후는 귀국한 뒤 그에게 편지를 부쳐 엄성 등 항주 세 선비의 후손 앞으로 쓴 편지를 전해 달라고 당부했다. 마침내 회시 응시차 북경에 왔다가 허내갱을 만난 반정균의 손자 반공수가 1832년 감동적인 회신을 보내옴으로써, 조부의 유지를 실천하려는 홍양후의 끈질긴 집념이 결실을 보게 된다.[21]

2월 9일 홍대용의 장문 편지를 받은 엄성은 바빠서 짧은 답장을 보내왔다. 여기에서 그는 "보내신 서한을 읽자 하니, 글자 한 자마다 눈물이 한 줄기 흘러내려 사람의 기가 막히게 합니다"라고 하면서, "제가 말하고 싶은 바를 형이 모두 이미 대신하여 말씀하셨소"라고 하여 홍대용의 우정론에 깊은 감동을 표했다.[22]

2월 12일 홍대용은 엄성·반정균과 다시 만났다. 그동안 세 번의 만남과 무려 15통의 서신 교환을 통해 막역한 사이가 된 홍대용은 이날 두 사람에게 속마음을 털어놓았다. 즉, 중국은 주변 모든 나라들의 '종국'(宗國: 형님의 나라)이요 그대들은 우리의 '종인'(宗人: 동족)인데, 만주인의 의관 제도를 따른 두 사람의 외모를 볼 적마다 탄식하게 된다고 하면서, 원나라 초의 대 유학자 허형(許衡, 호 노재魯齋)

의 예를 들어 그 처신을 비난했다. 어떤 세상이냐에 따라서 벼슬을 하든지 은둔하든지 선택해야 하는데 허형은 남송이 망했는데도 순절하거나 은둔하지 않고 원나라 조정에서 국자좨주를 지냈다고 하면서, 이는 "구이(九夷: 동이東夷)의 땅에 가서 살고 싶어 한 공자의 교훈"을 진지하게 받아들이지 않은 탓이 아니냐고 비판했다. 두 사람은 크게 놀라면서 아무 말이 없었다.[23] 이처럼 홍대용은 천하가 어지러워 도가 실행되지 않는 데 실망한 공자가 뗏목을 타고 바다 건너 구이의 땅에 가서 살고 싶어 했다는 『논어』의 유명한 구절을 인용해서 난세를 만났는데도 은둔하지 않은 허형의 처신을 비난했지만,[24] 이는 엄성과 반정균 두 사람의 처신에 대한 간접적인 충고로 받아들여질 수 있는 발언이었다.

그날 헤어질 때 홍대용은 귀국 후에도 서신을 주고받기로 한 언약을 다짐했다. 조선의 사행이 매번 연말에 북경에 왔다가 이듬해 2월에 돌아가니, 모름지기 이 시기를 틈타 서요감(徐堯鑑, 자 광정光庭, 호 낭정朗亭)에게 편지를 교부하라고 당부했다. 지난 2월 8일의 만남에서 홍대용이 귀국한 뒤에도 서신 연락을 취할 방도를 상의하자, 반정균이 그의 외종사촌 형으로 북경의 매시가(煤市街)에서 점포를 열고 있던 서요감 앞으로 편지를 부치면 된다고 말했기 때문이다.[25] 김상헌의 증손이자 홍대용의 스승 김원행의 종조(從祖)인 김창업은 1713년 사은 정사인 맏형 김창집(金昌集)을 따라 중국을 구경하고 돌아가는 길에 산해관 근처의 각산사(角山寺)에서 과거 준비하던 젊은 수재 정홍(程洪, 자 도용度容)과 교분을 맺고, 귀국한 뒤에도 신임사화를 당해 병사하기 전까지 9년 동안이나 그와 서신을 주고받았다.[26] 홍대용은 이와 같은 김창업과 정홍의 선례를 들면서, 이를 보아도 외국인과의 서신 왕래를 금지하는 나라의 법령이 없음을 알 수 있노라고 두 사람을 안심시켰다.[27] 그리고 "만일 수년이 넘도록 서신이 없으면 이는 (내가) 형배(兄輩)를 잊음이요, 그렇지 않으면 죽지 않은 전(前)은 필연 소식을 통하리라"고 하자, 반정균 역시 "우리도 만일 서신을 전함이 없으면 이는 우리의 죽은 날이라"고 맹서했다.[28]

홍대용은 육비와 뒤늦게 만나 교분을 맺은 뒤 그와도 빈번하게 편지를 주고받았다. 2월 23일 육비와 처음 만났을 때 홍대용은 엄성과 반정균에게 작별 선물로 지어 둔 증언(贈言)을 꺼내 보이면서 아울러 육비에게 품평을 청했다. 반정균에게 준 증언에서 벼슬길에 나아가면 삼대의 예악을 회복하려는 큰 뜻을 세울 것이며, 문장의 재주만 믿지 말고 덕행을 갖추고 수양에 힘쓰라고 당부하자, 육비는 자신도 좌우명으로 삼게 한 장 써 달라고 청하면서, 장재의 『정몽』(正蒙)과 문체뿐 아니라 사상도 흡사하다고 칭송했다. 그런데 홍대용은 엄성에게 준 증언에서는 "주자는 후세의 공자"라고 하면서, 고향인 항주에 은둔하여 주자학을 연구하고 자제들을 가르치며 일생을 마치라고 권했다. 이 증언을 받은 엄성은 기쁨을 감추지 못하면서 후손에게 전하여 영구히 보배로 삼겠노라고 했다.[29]

2월 24일 농수각의 혼천의에 대한 기문을 청하는 홍대용의 편지를 받은 육비는 답장의 첫머리에서 자신은 오래전부터 명리(名利)에는 뜻이 없었노라고 밝혔다. 작년에 비로소 향시에 응시한 것은 스승의 독촉과 친구들의 권유를 이기지 못한 때문이고, 회시를 보러 상경한 것도 향시에 급제하면 으레 그렇게 하는 전례를 따른 것일 뿐, 다른 소망은 전혀 없노라고 했다.[30]

이러한 육비의 답장을 받은 홍대용은 다음 날 그에게 보낸 편지의 끝부분에서 "답장의 첫머리에서 하신 말씀을 보니 노형(老兄)이 좋아하시는 바가 어디에 있는지를 더욱 잘 알겠습니다. 노형이 이와 같지 않으시다면, 제가 비록 해외의 비루한 동이(東夷)일지라도, 어찌 족히 우러러 받들면서 교분 맺은 것을 영광으로 여기고 그 덕분에 널리 이름이 알려짐을 기뻐하겠습니까"라고 하였다.[31] 자신을 '해외의 비루한 동이'로 한껏 낮추면서, 육비가 청나라의 과거에 급제하는 데 연연하지 않음을 칭송한 것이다. 이 편지를 받은 육비도 "편지 끝부분의 두어 마디 말씀은 뼈에 사무치오니, 마땅히 마음에 새겨 두겠습니다. 아우님이 나를 사랑하심이 지극하고 극진하군요! 천애지기라도 이보다 더할 수는 없을 것이니, 감격해 마지않습니다"라고 답했다.[32] 홍대용의 편지가 육비의 심금을 울렸음을 알 수 있다.

2월 26일의 마지막 만남에서 반정균은 홍대용에게, 조선에 파견하는 청나라의 칙사는 모두 만주인만 기용한다는 소문이 사실이냐고 물었다. 첫 만남에서 그는 후일 혹시 자신이 조선에 사신으로 파견된다면 반드시 홍대용의 집을 방문하고 싶다는 소망을 말한 적이 있기 때문에 그와 같은 질문을 한 듯하다.[33]

반정균의 질문에 대해 홍대용은 "한인도 칙사로 나간다는 말을 들었다"고 답했으나,[34] 이는 사실과 다르다. 청나라는 조공국 류큐(琉球)와 베트남에 칙사로 한인과 만주인을 가리지 않고 파견했던 것과 달리, 조선에는 오로지 만주인만 칙사로 파견했다.[35] 이는 지난 1월 23일의 만남에서 팽관이 밝힌 사실이기도 하다. 그날 홍대용이 한림 팽관과 오상에게 장차 조선의 칙사로 파견되어 다시 만나게 되기를 바란다고 하자, 팽관은 "원래부터 만주인이 사신으로 갑니다. 다른 나라는 한인을 기용하는 경우가 있지만, 귀국은 오로지 만주인을 기용합니다"라고 하면서, 그 이유는 조선어가 만주어와 발음이 비슷해서 익숙한 때문이라는 설명을 덧붙였다.[36] 물론 이러한 그의 설명은 납득하기 어렵지만, 조선에는 만주인만 칙사로 파견하는 청조의 외교 관례를 팽관은 잘 알고 있었던 것이다. 아마도 홍대용은 한 달 전에 들었던 팽관의 말을 잠시 잊었던 것이 아닌가 한다.

이어서 홍대용은 설령 반정균 등이 칙사로 조선에 오더라도 서로 만나기는 극히 힘들 것이라고 말했다. 청나라의 칙사는 숙소에 며칠 머물다가 즉시 돌아가야 하고, 조선인들도 공무가 없이는 접근할 수 없으며, 칙행(勅行)의 상사(上使)가 요청해도 통역관들이 말을 듣지 않고 반드시 접견을 막을 것이라고 했다. 그리고 덧붙여 말하기를, "비록 그렇다고는 하나, 먼 곳이든 가까운 곳이든 길가에서 옛 친구와 잠시 만나 정담을 나누고자 한다면 어찌 한번 날짜를 잡아 만나지 못하겠습니까. 다만 저는 이를 원치 않습니다"라고 했다.[37] 엄성과 반정균이 그 이유를 번갈아 캐물었으나 홍대용은 웃기만 하고 대답하지 않았다.

나중에 엄성이 재차 그 이유를 물었더니, 마침내 홍대용은 "단지 형이 좋은 사람이 되기를 원하고, 좋은 벼슬아치가 되기를 원하지 않기 때문입니다"라고 답했다. 엄성이 비로소 말귀를 알아차리고, 이는 어제 홍대용이 육비에게 보낸 편지의 끝부분에서 한 말과 같은 뜻이라고 말하자, 홍대용은 "그렇습니다! 형이 만약 구차스럽게 벼슬길에 받아들여져 과거 시험장을 드나든다면, 비록 그로 인해 우리가 상봉하게 된다 해도 기껏해야 얼굴이나 보고 위안을 삼는 것이지, 서로 기약하고 바라던 뜻과는 크게 어긋나게 됩니다"라고 응수했다. 이에 엄성은 어제 육비에게 보낸 홍대용의 편지를 자신도 읽고 몹시 감격했노라고 밝히면서, "방금 육형(陸兄)과 대화하면서, 오늘 홍형이 하신 말씀을 잊지 말자고 언약했습니다"라고 했다.[38] 그들이 청나라 치하에서 벼슬하기를 원치 않는다는 홍대용의 뜻을 육비와 엄성이 무척 심각하게 받아들였음을 알 수 있다.

그날 헤어지기 전에 엄성은 홍대용에게 앞으로 서신 왕래할 때 자신과 반정균을 '형'이라고 높이지 말고 '아우'로 불러 달라고 간청했다. 홍대용이 "중국과 외국의 구분"을 들어 조선인인 자신이 감히 중국인인 두 분의 형으로 자처할 수 없다고 사양하자, 엄성은 "어째서 일전에 '동포끼리 무슨 구분이 있느냐'고 하신 말씀을 생각하지 않으시오?"라고 항의했다. 지난 2월 6일 두 사람에게 보낸 편지에서 홍대용이 "천지는 위대한 부모이니 그 사이에서 태어난 동포끼리 무슨 화이의 구분이 있으리오"라고 했던 말을 들어 따진 것이다. 이에 홍대용이 어쩔 수 없어 그의 간청을 수락하니, 엄성은 몹시 기뻐하면서, "우리 강남 사람들은 결의형제하는 자가 아주 많으나, 앞에서는 성의를 다하는 체하다가 등 뒤에서는 비웃을뿐더러 수년이 지나면 길에서 만나도 서로 모르는 자도 있으니 이는 가소롭기 짝이 없지요. 그러나 우리가 오늘 형제로 일컫는 것은, 종신토록 다시 얼굴을 보지 못해도 바닷물이 마르고 바윗돌이 부서질지언정 영원히 변치 않을 것입니다"라고 맹세했다.[39] 헤어질 때 엄성은 필담지에 "참극"(慘極: 몹시 슬프도다)이란 두 글자를 크게 쓰고 그 아래에 무수히 점을 찍었으며(같은 말을 반복한다는 뜻임), 목이 메어 슬프게 흐느

끼느라 평소의 낯빛을 잃었다. 마침내 홍대용과 김재행이 내일모레 사이에 다시 방문하기로 약속하고 떠나자, 그는 "눈물을 머금고 낯을 찡그리면서, (말이 통하지 않으므로) 손으로 제 가슴을 가리켜 보일 뿐이었다"고 한다.[40]

2월 28일 홍대용은 육비에게 「충천묘 화벽기」(忠天廟畫壁記)를 보냈다. 앞서 언급했듯이 육비는 항주의 유명한 화가였던 증조 육한을 추모하며 증조가 그린 충천묘의 벽화를 노래한 시를 지었다. 서로 만나기 전에 쓴 인사 편지에서 육비는 이 시가 수록된 자신의 시집 『소음재고』를 증정하면서 홍대용 등에게 충천묘의 벽화를 소재로 한 글을 지어 주기를 청했으며, 처음 만났을 적에도 거듭 글을 요청하면서 증조의 행적과 벽화에 대해 설명했다.[41] 「충천묘 화벽기」는 이러한 육비의 요청에 응하여 지은 글이다.

이 글에서 홍대용은 명나라 말엽의 혼란기에 벼슬을 하지 않고 은둔하면서 술과 그림에 빠져 일생을 마친 육비의 증조를 한껏 칭송했다. 무릇 현자는 천하에 도가 있으면 몸을 드러내고 도가 없으면 숨는 법인데, 육비의 증조는 "병사할 때까지 높은 관과 넓은 띠를 갖추었으며 마침내 난세의 완인(完人: 흠잡을 데 없는 완벽한 사람)이 되었으니, 어찌 현명하지 않으며 어찌 다행하지 않은가!"라고 했다.[42] '높은 관과 넓은 띠'(峨冠博帶)란 유생의 옷차림을 가리키는 표현으로, 육비의 증조가 다행히도 청나라가 중국을 지배하기 전에 작고하여 만주인의 의관 제도를 따라야 하는 치욕을 면했다는 뜻을 함축했다.

다음으로, 홍대용은 육비가 절강 향시에서 장원급제의 영예를 차지한 것은 증조의 음덕이 쌓인 덕분이요 장차 집안이 흥할 조짐

충천묘의 벽화를 노래한 육비의 한시 중
간본 『소음재고』 권2

이라고 덕담을 하면서도, 그에게 증조의 뒤를 따라 은둔할 것을 은
근히 권했다. 증조 육한과 마찬가지로 "선생(육비)도 일찍부터 술을
아주 잘 마시고 그림 솜씨가 뛰어났으니, 이는 소미공(少微公: 육한)
이 몸을 숨기는 방법이었다. 그런데 지금 선생은 이를 가지고 세상
에 드러나기를 구하니 무슨 까닭인가? 어찌 시대가 서로 같지 않다
고 해서 그 쓰임새가 다르겠는가? 오호라! 나는 장차 선생이 몸을
숨기는지 드러내는지를 보고 천하의 사태를 예측하고자 한다"고 했
다.[43] 천하에 도가 실행되지 않는 시대인 청나라 치세에는 은둔하는
것이 현명한 처신이라는 충고로 글을 맺은 것이다.

최후의 작별 편지

2월 28일 홍대용이 증정한 「충천묘 화벽기」를 막 받고 쓴 최후의 작별 편지에서 육비는 "종래 권세를 좇아 교제하고 이익을 좇아 결합하는 자들은 대다수가 남들의 비웃음도 능히 돌아보지 않고 한때 찰싹 달라붙는 사이가 되며, 명성을 뒤좇느라 왕왕 천 리나 먼 곳에서 선물을 보내오고 서로 결탁하여 한때 허튼 맹세를 떠벌리지요"라고 하여, 권세와 이익과 명성을 좇는 당시 중국 사대부의 위선적인 우정을 질타했다. 그런데 이에 비하면 "지금 우리는 까마득하게 서로 떨어진 양쪽 땅에 살고 있어 피차 요구할 것이 없고 권세나 이익이나 명성도 아무 상관없는 사이인데도, 서로 만난 날이든 만나지 못한 날이든 똑같이 한마음이 되었으며 잠깐 동안 맛본 기쁨과 슬픔은 말로 표현할 수가 없을 정도였습니다"라고 하여, 한번 헤어지면 영원히 재회할 수 없는 해외의 이방인과 진정한 우정을 맺은 감격을 토로했다.[44] 이와 아울러 육비는 조선 사행도 곧 북경을 떠나야 하고 자신들도 내방객 접대로 인해 서로 몹시 바쁘니, 이제 더 이상 간정동 천승점으로 찾아오지 말고 단호하게 작별하자고 제안했다.

2월 29일 육비의 편지를 받고 보낸 작별 편지에서 홍대용은 이제부터 다시는 얼굴을 볼 수 없겠지만, "이미 노형의 마음을 얻었으니" 웃으면서 북경을 떠날 수 있어 여한이 없다고 하였다. 육비가 처신 문제에서 자신과 의기투합했다고 확신한 것이다. 또한 그는 작별을 통고한 육비의 용단을 칭송하고 나서, "노형께서 허물은 날로 줄고 덕은 날로 높아지며, 소도(小道: 하찮은 예술적 재주)에 빠지지 않고 과거와 벼슬에 시달리지 않음으로써, 우리 유교를 위해 다행한 일이 되게 하시고 멀리서 그리워하는 제 마음도 위로해 주시기 바랍니다"라고 했다.[45] 육비가 그림에 몰두하거나 과거 급제에 연연하지 말고 은둔해서 덕행을 닦기를 거듭 당부한 것이다.

그날 홍대용은 엄성에게 보낸 작별 편지에서, 어제 작별을 통고한 육비의 편지를 받고 크게 놀라면서 너무 박정하다고 생각했으나 이윽고 용단을 내린 처사였음을 깨달았다고 하면서, "이에 주렴을 드리우고 홀로 앉았노라니 눈물이 줄줄 흘러내려, 일전에 난형(蘭兄: 반정균)에게 지나치다고 책망했던 상태를 지금 나도 스스로 금하지 못하니, 어쩌면 좋습니까"라고 탄식했다.[46] 이어서 그는 "아침에는 형제처럼 굴다가 저녁에는 길에 오가는 사람처럼 대하는 것은 시정의 경박한 자들이 하는 짓으로, 제가 몹시 두려워하는 바입니다. 한 번 이별하면 마침내 서로 잊어버리고 좋은 말을 해 주어도 소용이 없으면 이는 길에 오가는 사람처럼 서로 처신하는 것이니, 그렇게 되지 않도록 아우님과 함께 서로 힘쓰고자 합니다"라고 했다.[47] 자신이 귀국한 뒤에도 서신 왕래를 통해 참된 우정을 이어 가자고 당부한 것이다.

같은 날, 홍대용의 작별 편지를 미처 받지 못한 상황에서 엄성이 장문의 작별 편지를 보내왔다. 이 편지에서 그는 회시를 보러 상경했다가 뜻밖에도 홍대용과 친교를 맺게 된 기쁨을 토로했다. 홍대용이 학문적으로 자신의 유익한 벗이 될 뿐 아니라 이름난 스승이 됨을 알았노라고 칭송하면서, 과거 급제의 명예를 얻는 것보다도 이를 빙자해 홍대용과 교분을 맺게 된 것이 더욱 기쁘다고 했다. 그리고 "귀하는 매번 저 엄성의 칭찬이 실정보다 지나치다고 싫어하셨으나"(足下每嫌誠稱許過情), 이는 진심으로 하는 말이라고 했다.[48] 엄성의 이 말은 "명성이 실정보다 지나침을 군자는 부끄러워한다"(聲聞過情, 君子恥之)고 한 『맹자』 「이루 하」(離婁下)의 구절에 근거한 것이다. 며칠 전의 필담에서 홍대용의 인품과 학술이 스승으로 본받을 만하다고 엄송이 칭송한 데 대해, 홍대용은 내실이 없으면서 큰소리를 치는 바람에 "이처럼 실정보다 지나친 칭찬을 받았다"(受此過情之褒)고 부끄러워하면서, 다시는 이런 과도한 칭찬을 삼가 달라고 당부한 바 있다.[49] 작별 편지에서 엄성은 그 일을 거론한 것이다.

그 편지의 말미에서 엄성은 "헤어짐을 앞둔 석별의 말은, 우리가 바야흐로 성현과 호걸이 되기를 서로 기약했으니, 자질구레하게 하지 않겠습니다. 후일 각자 성취한 바가 있다면, 비록 멀리 만 리 밖에 있더라도 진실로 아침저녁으로 만나 무릎을 맞대고 앉은 것이나 다를 바 없습니다. 그렇지 못하면 하루 종일 무리 지어 모인들 무슨 소용이 있겠습니까"[50]라고 했다. 도를 행하고 세상을 구제하는 성현과 호걸처럼 되려는 높은 뜻을 품고 서로 끊임없이 노력하자고 다짐한 것이다. 그런데 엄성의 이 말은 지난 2월 12일의 만남에서 홍대용이 먼저 꺼낸 말에 화답한 것이었다. 당시 홍대용은 엄성과 반정균에게 "한번 이별한 뒤로는 만사가 모두 말해 봤자 부질없는 일이 될 것이니, 다만 각자 노력하여 피차의 지인지명(知人之明: 사람을 알아보는 고명한 식견)을 손상하지 않도록 하는 것이 가장 중요한 일입니다"라고 역설했다.[51] 남들에게 사람을 잘못 알아보았다는 말을 듣지 않도록 서로 노력하자고 한 것이다.

같은 날의 작별 편지에서 반정균도 홍대용이 했던 그 말을 거론

長板溪橋帶曉烟浥塵清露不風天惹楊大有江南思
只少啼鶯與畫船

高麗於中國猶内地也彼聲教尤親其人雅尚文
而職貢甚謹我　朝所以待之者恩禮尤渥其
出入交易無防範之嫌余以丙戌計偕因得與
彼國洪金二秀才交洪恬靜端雅究心程朱之
學金蕭散簡易工吟詠開口來當以紙墨見
貽兼致諸使臣雅覬余以畫扇皆之亜走筆率
題其上

畫蘭贈李正使
春風吹百卉枝葉何揚揚擬人騷人賦它　分主者香

畫松贈金副使
畫蘭贈金副使

松高倚海日材大意如何頂上白雲起風回雨易多
畫松贈洪執義
味愛調美好花宜驛路看臨風一相憶覺我多酸寒
畫竹贈洪秀才
得雨益婆然着雪更清絕到老不攲柯中虛見真箭
畫荷贈金秀才
開宜明月下種愛碧池澱清願有如許誰知多苦心
送洪金二秀才歸高麗
別愁千斛斗難量不得臨歧盡一觴直恐酒悲多化淚

海風吹雨濕衣裳
次韻方制府巡視河堤道中襍詠
行潦詎爲君花來節過重陽菊剩栽留對溪山安筆硯
墨花溪淺灑霜開
十月霜天太寂寥長堤何處覓腰苑家橋上人來去
折盡南青似灞橋
浪刷危堤沐潦涸虹屆注水安流河渠始信無奇策
盡力無過疏與濬
樹色川光一桁長参差榱瓦覆行廊便無軟語吳音好
若箇南來不憶鄉

조선 사행에게 증정한 육비의 한시　중간본
『소음재고』권3

했다. "귀하는 전에 타이르기를, '후일 각자 성취한 바가 있어 서로
모두 지인지명을 배반하지 않는다면, 비록 영원히 만날 기약이 없
어도 한스럽지 않다'고 하셨지요"라고 당시를 회상하면서, 홍대용의
말에 공감을 표했다. "후일 덕행이 어그러져 훌륭한 벗의 기대를 크
게 배반한다면, 설령 후일 마주한들 또 무슨 낯으로 대하겠으며, 후
일 덕행을 닦아서 명성을 이루어 옛날의 훌륭한 사람들에게 부끄럽
지 않게 된다면, 설령 다시 태어나도 못 만난들 또 무슨 한이 되겠
습니까"라고 열변을 토했다.[52]

그 전날인 2월 28일, 육비는 작별 편지와 함께 손수 그림을 그
리고 시를 쓴 부채들을 선물로 보내왔었다. 그중 홍대용과 김재행
에게 증정한 부채에 쓴 한 시에서, "이별의 슬픔이 일천 곡(斛: 열 말)
이라 말[斗]로는 측량하기 어려우니, 갈림길에 임해 술 한 잔 마시지
못했도다. 다만 술이 슬픔으로 인해 대부분 눈물로 변해, 해풍에 비
몰아치듯 옷 적실까 두려워서라네"라고 석별의 정을 간절히 노래했
다. 그런데 후일 육비는 자신의 시집인 『소음재고』를 증보하여 재
차 간행하면서, 이 시에 주를 붙이기를 "두 선비는 하루걸러 찾아오
지 못하면 반드시 편지로 사모하는 정을 피력했으니 말이 몹시 다
정하였다. 북경을 떠나기 전에 편지로 작별을 고하였는데, 하마터면
소리 내어 통곡할 뻔하였다"라고 했다.[53] 이는 바로 홍대용이 보낸
최후의 작별 편지를 받고 육비가 나타냈던 뜨거운 반응을 증언하는
것이라 하겠다.

1766년 3월 초하룻날 아침에 조선 사행은 북경을 떠났다. 그날
육비와 엄성·반정균은 그들을 향시에서 선발한 좌사 전대흔이 급
제자들을 인솔해 '좌사의 좌사'인 전유성을 알현하러 가는 행사에

참여해야 했기에 사행을 전송할 수 없었다. 이로써 서로 영구히 헤어지게 된 것이다. 『을병연행록』에 의하면 그다음 날 새벽에 삼하현(三河縣)을 향해 출발할 때 김재행이 수심 그득한 얼굴을 하고 있기에 홍대용이 그 까닭을 물었더니, 간밤에 항주의 세 선비를 다시 만나서 이별의 회포를 논하며 손잡고 통곡하는 꿈을 꾸다가 깬 뒤로 잠을 이루지 못하고 슬픈 마음을 진정하지 못해서 그런다고 대답했다. 그러고 나서 두 사람은 서로 마주보며 서글픔을 참을 수 없었다고 한다.[54]

이상에서 살핀 바와 같이 홍대용은 항주의 세 선비와 만나 진정한 우정을 추구했다. 그는 세 선비에게 보낸 편지에서 '동이족의 비루한 사람'(東夷陋人), '해외의 비루한 동이'(海外陋夷)라고 겸손하게 자칭했다. 홍대용은 이렇게 '이'(夷)로 자처하면서도 '인신무외교'(人臣無外交)를 내세워 외국인과의 교제에 소극적인 태도를 시대착오적이라고 비판하고, 청나라가 중국을 통일한 지금 시대는 천하가 한 가족이 되었으므로 화이의 차별을 두어서는 안 된다고 주장했다. 또한 장재의 「서명」에 의거하여, 인류는 천지를 부모로 한 동포이므로 화이 사이에도 진정한 우정이 가능하다고 역설했다. 이와 같은 홍대용의 우정론은 청조를 중국의 정통 왕조로 인정하고 청나라 중심의 국제 질서를 긍정하는 셈이어서, 그의 우정론의 또 한 축을 이루는 존명 의리와 모순을 빚고 있다.

홍대용과 항주의 세 선비가 급속히 친밀해진 이유는 존명 의리에 대한 그들의 깊은 공감 때문이었다. 홍대용과의 만남에서 반정균은 명나라를 사모하는 감정이 격발되어 자주 눈물을 쏟았다. 홍대용은 엄성과 반정균에게 보낸 편지에서 『사기』「자객열전」과 주자의 「감흥시」를 원용하여, 장차 중원이 회복될 날을 믿고 뜻을 같이하는 벗들과 함께 암흑시대인 청나라 치세를 견뎌 나가자는 뜻을 전했다. 이 편지를 받은 두 사람은 자신들을 고국 명나라를 잊지 않는 비분강개한 선비로 알아준 데 감격했다.

나아가 홍대용은 항주의 세 선비에게 청나라의 과거에 급제해 출세할 생각을 버리고 은둔해서 덕행과 학문을 닦도록 누차 권했다. 엄성에게 그는 항주로 귀향해서 주자학을 연구하며 일생을 마칠 것을 권하는 증언을 지어 주었고, 반정균이 후일 칙사가 되어서라도 조선에 가서 재회하고 싶다고 하자 '훌륭한 벼슬아치가 되려 하지 말고 훌륭한 사람이 되려 하기를 원한다'고 응수했다. 육비에게 지어 준 「충천묘 화벽기」에서도 홍대용은 육비가 명나라 말의 혼란기에 은둔하여 깨끗하게 살다 간 그의 증조를 본받기를 은근히 권했다. 이와 같은 홍대용의 집요한 권유는 명나라 유민의 기풍이 남아 있는 강남 지방에서 생장하여 그렇지 않아도 벼슬길에 나갈 뜻이 희박했던 엄성과 육비에게 적지 않은 영향을 미쳤을 것으로 추측된다.

5장　청 황족과의
　　　 특이한 사귐

왕자 '양혼'의 정체

북경 체류 중에 홍대용은 엄성·반정균·육비와 같은 강남 지방의 한
인 지식인뿐만 아니라 청나라의 황족에 속하는 한 만주인과도 사귀
었다. 그와는 1766년 정월 초순에 단 한 차례 만났을 따름이지만,
2월 말 북경을 떠날 때까지 중개인을 통해 서로 소식을 전하며 여섯
차례나 서신을 주고받는 등 교류를 지속하고 귀국 후까지 서신 왕
래를 이어 갔다. 이야말로 '화이의 차별'을 초월한 또 하나의 특이한
우정으로 주목할 만하다.[1](→711면)

　　그런데 홍대용 자신은 물론, 현대의 연구자들도 그 청나라 황족
의 이름을 '양혼'(兩渾)으로 오해했다. 이런 큰 실수를 범한 것은 그
가 홍대용에게 보낸 편지에서 자신의 이름을 밝히지 않은 채 말미
에 "지명양혼"(知名兩渾)이라고만 서명한 까닭이다.[2] '지명양혼'은 서
로 잘 아는 사람끼리 주고받는 비밀스런 서신에서 발신인과 수신

인 쌍방의 이름을 모두 숨길 때 쓰는 상투적 표현이다. '양혼'은 '양유'(兩宥) · '양은'(兩隱) · '양지'(兩知)라고도 한다.[3] 홍대용은 이러한 중국의 관례를 잘 몰랐기 때문에 '양혼'을 '애신각라'(愛新覺羅)라는 황족의 성씨를 생략한 만주식 이름으로 오해한 것이다.

이와 같은 오해가 빚어진 근본 원인은 그 청나라 황족이 자신의 정체를 제대로 밝히지 않은 데 있었다. 홍대용은 『연기』에서 그를 "유군왕"(愉郡王)의 막내아들이자 강희제의 증손자로 소개했으나,[4] 『을병연행록』에서는 시종 그를 "유친왕"(愉親王)의 아들로 소개했다.[5] 그에 관한 정보는 북경에 온 조선인들과 거래하던 중국 상인 '진가'(陳哥)로부터 주로 나온 것이었다.

북경을 여러 번 다녀와 진가와도 친한 마두(馬頭: 말몰이) 덕형이 전한 바에 의하면, 그 "왕자"는 황제의 사촌인 유친왕의 아들로 나이 30여 세라고 했다. 그 뒤 1월 10일에 홍대용이 직접 '왕자'를 만났을 적에 나이를 물었더니 그는 '서른하나'라고 답했다. 또 그는 당일 새벽에 황제가 제천(祭天) 행사를 위해 천단(天壇)으로 거동할 때[6] '우아거'(五阿哥)를 모시고 따라갔다가 돌아오는 길이라고 했으며, 명필 전여성(錢汝誠)의 글씨를 보여 주면서 이 사람은 현재 예부시랑 벼슬을 하고 있고 "우아거의 사부(師傅)"라고 설명했다.[7] '아거'(阿哥)란 만주어로 '형님'란 뜻이자 미성년 황자(皇子)를 일컫는 칭호로, '우아거'는 건륭제의 다섯째 아들 영기(永琪, 1741~1766)를 가리킨다. 그는 황제가 총애하여 장래에 제위(帝位)를 물려받을 것으로 촉망되었으나, 홍대용이 북경을 떠난 직후인 그해 3월에 요절했다.[8] 전년 11월 영친왕(榮親王)에 봉해진 영기를 '우아거'로 부르면서 그와의 친분을 과시했기에, 홍대용은 더욱 '양혼'을 청나라의 왕자로 믿었을 것이다.

또 덕형을 수레에 태워 '왕자'의 저택으로 데리고 갔던 환관(宦官)도 이르기를, 이 왕자는 유친왕이 특별히 총애하는 그의 둘째 아들이라고 했다.9 그 뒤 숙소로 홍대용을 찾아온 진가의 이야기에 의하면, 유친왕의 부친은 옹정제의 형으로 강희제가 태자를 삼으려고 했으나 굳이 사양하여 마침내 옹정제에게 제위가 돌아갔으며, 평생토록 황실에 충성을 다했으므로 지금 황제인 건륭제도 유친왕을 형제처럼 특별히 총애하여 천하의 정사를 함께 의논한다고 했다. 그리고 유친왕의 맏아들은 어리석고 불량하여, 황제가 누차 징계를 내렸음에도 종내 뉘우치지 않자 유친왕이 황제께 아뢰어 북방으로 귀양을 보내 버렸으며, 작은아들인 이 '왕자'는 인품이 관후하여 황제가 총애하므로 장차 왕위를 물려받을 것이라고 했다.10

하지만 이상과 같은 정보에는 적잖이 모순이 있어, 청나라의 황족 중에서 이와 완전히 합치하는 인물을 찾기 어렵다. 우선 건륭조의 황실에는 '유친왕'이란 종친이 없다. 그 대신 '유군왕' 홍경(弘慶, 1724~1769)이 있지만, 그의 부친인 유군왕 윤우(允禑)는 강희제의 열다섯째 아들이어서 옹정제(강희제의 넷째 아들)의 형이 될 수가 없다. 또 유군왕 홍경의 맏아들 영천(永琄)은 1766년에 출생했으므로 둘째 아들 영륵(永勒)은 홍대용이 북경에 체류할 무렵에는 아직 태어나지도 않았다.11

한편 옹정제의 형으로 강희제가 태자로 삼고자 했을 만큼 총애한 인물로는 강희제의 셋째 아들인 성군왕(誠郡王) 윤지(允祉, 1677~1732)를 들 수 있다. 그는 『율력연원』(律曆淵源)과 『고금도서집성』(古今圖書集成)의 편찬을 주관해 학술 사업에 큰 공로를 세웠으며, 국가의 제례(祭禮)를 자주 대행하고 황제가 매년 그의 저택을 방문하는 등 강희제의 두터운 신임과 총애를 받았다. 또 윤지는 유력한 황위 계승 후보자였음에도 옹정제의 즉위에 반발하지 않고 이를 축하했으므로, 제위를 양보했다고 할 만하다. 하지만, 그럼에도 불구하고 그는 옹정제의 견제와 질책을 받고 친왕에서 군왕으로 강등되었으며, 친왕의 작위를 회복한 뒤에도 곧 박탈당한 채 유폐(幽閉) 생활 끝에 죽었다.[12] 따라서 윤지는 옹정 즉위 초의 권력 투쟁에서 억울하게 희생된 종친일지언정, 옹정제를 지지하고 그에게 충성을 다한 인물로 보기는 어렵다.

윤지의 셋째 아들로 세자(世子)에 봉해진 홍성(弘晟)도 부친과 정치적 운명을 같이하여 봉작을 박탈당한 뒤 죽었으며, 그 대신 윤지의 일곱째 아들 홍경(弘暻, 1703~1777)이 고산패자(固山貝子: 제4등급 봉작)에 봉해졌다. 홍경의 둘째 아들로 2등 봉국장군(奉國將軍: 제16등급 봉작)에 봉해진 영박(永珀, 1730~1759)은 1758년(건륭 23년) 사건에 연좌되어 봉작을 박탈당했다. 하지만 홍경의 셋째 아들 영산(永珊, 1746~1797)은 1768년 3등 시위(侍衛: 정5품)로 발탁되고, 부친 사후에 봉은진국공(奉恩鎭國公: 제5등급 봉작)에 봉해졌다. 그는 건륭 말에 벼슬이 정2품 무관직인 팔기(八旗)의 몽골 및 만주 부도통(副都統)과 호군통령(護軍統領)에 이르렀다.[13]

홍대용이 청나라 왕자 '양혼'으로 오해한 인물은 위와 같이 성군왕 윤지의 손자로 후일 진국공에 봉해진 '영산'일 것으로 추정하기도 한다.[14] 하지만 청나라의 봉작 제도에서는 제1등급인 친왕과 제2등급인 군왕만이 왕호(王號)를 받았으므로, 고산패자의 아들인 영산은 결코 '왕자'로 불릴 수 없다. 『연기』에서 마두 덕형을 인솔한 환관은

'양혼'의 부친에 대해 '왕야'(王爺)라는 존칭을 썼는데,[15] 영산의 부친 홍경은 왕작을 받지 못했으므로 이런 존칭으로 불릴 수 없다. 과연 '양혼'이 영산이요 그의 부친이 홍경이 맞는다면, 이들은 왕자나 왕을 참칭(僭稱)한 큰 죄를 범한 셈이 된다.[16] 뿐만 아니라 세세한 사실에서도 불일치가 적지 않다. '양혼'의 형은 1766년 당시 유배 중이라고 했으나, 영산의 형 영박은 수년 전에 이미 사망했다. '양혼'은 자신의 나이가 31세라고 밝혔으나, 당시 영산은 21세에 불과했다. 홍대용은 '양혼'의 편지를 보고 그의 필법이 매우 졸렬하다고 평했으나, 영산은 그의 조부 및 부친과 마찬가지로 서화가로 유명한 황족이었다.[17]

이렇게 볼 때 '양혼'을 영산으로 단정하기에는 여러모로 문제가 없지 않으므로, 그 대안으로 '양혼'이 '이친왕'(怡親王)의 자손일 가능성을 검토할 필요가 있다. 이친왕은 의미로나 중국어 발음으로나 '유친왕'과 왕호가 유사하기 때문이다.[18] 강희제의 열셋째 아들인 이친왕 윤상(允祥, 1686~1730)은 옹정제의 황위 계승을 적극 지지하여 옹정제가 가장 신임하고 친애한 형제였다. 옹정제는 즉위하자마자 윤상을 친왕으로 봉하고 국사를 함께 의논하는 의정대신(議政大臣)으로 삼았으며, 그가 죽자 특별히 태묘(太廟)에 배향하고 '현'(賢)이라는 시호와 함께 '충경성직(忠儆誠直) 근신렴명(勤愼廉明)'이라는 여덟 자를 추가해 하사하여 그의 공로를 치하했다.[19] 뿐만 아니라 '세습망체'(世襲罔替)의 특은(特恩)을 베풀어 자손들이 대대로 친왕의 봉작을 세습하게 했다. 이에 따라 이친왕 윤상의 일곱째 아들인 홍효(弘曉, 1722~1778)가 이친왕에 봉해졌으며, 홍효의 사후에는 그의 둘째 아들인 영랑(永琅, 1746~1799)이 이친왕에 습봉되었다.[20]

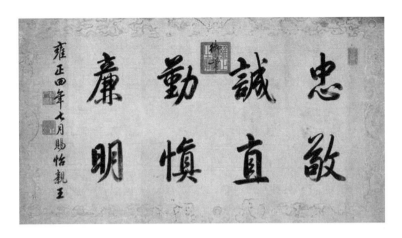

옹정제가 작고한 이친왕 윤상에게 하사한 친필

이친왕 윤상은 비록 옹정제의 형이 아니라 동생이기는 하지만, 옹정제에게 충성을 다한 인물이라는 조건과 부합한다. 봉작을 세습한 이친왕 홍효도 옹정제와 건륭제가 각별히 총애한 종친이었다. 건륭제 즉위 후 그는 팔기의 한군도통(漢軍都統: 종1품)을 지냈고 제례를 누차 대행하는 등으로 국정을 도왔으며, 사후에 '희'(僖)라는 시호를 하사받았다.[21] 홍효의 맏아들인 영항(永杭, 1744~1777)은 홍대용이 북경에 도착하기 직전인 1765년 연말에 3등 진국장군(鎭國將軍: 제11등급 봉작)에 봉해졌으며, 대를 잇는 자식도 없이 죽었다는 사실밖에는 알려진 바 없다. 반면 홍효의 둘째 아들인 영랑은 형과 함께 3등 진국장군에 봉해진 뒤, 1772년 1등 시위(侍衛: 정3품)로 발탁되고 1778년 이친왕에 습봉되었으며, 건륭제의 총애를 받아 팔기의 만주도통(滿洲都統: 종1품) 등 고위 관직을 역임했다. 사후에 '공'(恭)

이라는 시호를 하사받았다.[22]

이로 미루어 보면, 이친왕의 아들인 영랑이 고산패자의 아들인 영산보다는 청나라 왕자 '양혼'의 정체에 더 가깝지 않은가 한다. 만약 '양혼'이 실세한 친왕의 손자로서 당시 아무 벼슬도 봉작도 없던 영산이었다면, 건륭제의 아들인 영친왕 영기를 감히 '우아거'로 부르면서 황제의 천단 행차 때 '우아거'를 수행하기는 어려웠을 것이다. 마두 덕형이 전한 바에 의하면, 왕자는 집에 "만 권 서적을 쌓고" 있다고 했는데, 이는 영랑의 조부와 부친이 모두 저명한 장서가로서 이친왕부(怡親王府)에 귀중본들을 허다히 소장했던 사실과 부합한다.[23] 또 왕자의 저택은 조선 사신 숙소로부터 "옥하교(玉河橋)를 건너 개천가를 좇아 동편 골목으로 들어"가니 있더라고 했는데, 이는 당시 북경의 조양문 안에 있던 이친왕부와 지리적으로 합치하는 점도 한 방증이 될 수 있을 것이다.[24]

단 '양혼'을 이친왕 홍효의 둘째 아들인 영랑으로 추정할 경우에도 여전히 문제는 있다. 그의 형 영항이 1766년 1월 당시 북방에 유배 중이었는지를 확인할 길이 없는 데다, 영산과 마찬가지로 영랑도 당년 21세서 '양혼'이 밝힌 그의 나이와 합치하지 않는다. 물론 그가 홍대용에게 자신의 나이를 실제보다 높여 말했을 가능성을 배제할 수 없다.

앞서 언급했듯이 '양혼'은 홍대용에게 보낸 편지에서 늘 실명을 밝히지 않았고, 심지어 마두 덕형을 자택으로 불러들일 적에도 인솔하는 환관이 그를 태운 수레의 앞을 막고 앉아 밖을 보지 못하게 함으로써 찾아오는 길을 알지 못하도록 했다.[25] 그가 이처럼 조심스럽게 대처한 까닭은 낯선 외국인과 접촉한 사실이 알려지면 황족으로서의 처신에 누가 될까 우려한 때문으로 짐작된다. 덕형을 인솔한 환관의 말에 따르면, 왕자의 부친은 아들을 별궁(別宮: 다른 집)에 두고 "혹시나 불긴(不緊)한 사람을 사귈까 하여 여러 관원으로 지키어 잡인(雜人)을 엄히 금"한다고 했으며, 왕자 또한 감히 남들과 함부로 사귀지 않는다고 했다.[26] 옹정제와 마찬가지로, 건륭제는 황족들이 붕당을 결성하여 궁정의 정치에 개입하는 것을 극력 막고자 했다. 따라서 그가 총애하던 손자 면덕(綿德)이 한인 관료와의 교제를 금하는 규정을 어기자 가차 없이 징계를 내리고 군왕 봉작을 박탈했다고 한다.[27] 이로 미루어 보면, 외국인인 홍대용에게 자신의 정체를 제대로 드러내지 않은 청나라 황족 '양혼'의 행동은 부득이한 보신책으로 이해될 수 있을 것이다.

청나라 왕자의 각별한 환대

앞서 살펴본 대로 홍대용은 '천하의 선비'를 만나 '천하의 일'을 의논할 큰 뜻과, '높은 선비'를 사귀어 중국 사정 및 그가 숭상하는 문학과 학술을 알고자 하는 계획을 품고 여행에 나섰다. 이를 위해 그는 북경에 도착하자마자 한림 오상과 팽관에게 직접 접근하여 교분을 튼 뒤, 서점에서 파는 진신안(縉紳案: 벼슬아치 명단)을 구입해 두 사람의 정확한 직위와 성명을 확인하고 마두 세팔을 시켜 이들이 거주하는 곳을 애써 탐문했다.[28]

그런 한편으로 홍대용은 역관과 하인들에게까지 '글 용한 선비'를 찾아보라고 누누이 일러 놓았다. 연행 경험이 많은 마두 덕형에게도 "한 용한 선비 얻어 보기를" 의논했더니, 숙소 근처의 두어 점포에 묵고 있는 남방(南方: 강남) 선비들을 상대로 이미 의사를 타진해 보았으나 "우리는 먼 데서 과거(科擧)를 위하여 온 사람이라. 어찌 감히 외국 사람을 사귀리오" 하고 다들 거절하더라고 했다. 그런데 숙소 근처 한 점포의 상인인 진가에게도 같은 사연을 말했더니, 진가가 즉시 그와 친분이 있는 '왕자'에게 이를 전했으며 왕자도 기뻐하며 만나고 싶다 하므로, 조만간 왕자가 진가의 점포에 들를 때 만날 수 있을 거라고 일러주었다. 그 왕자는 황제의 사촌인 유친왕의 아들인데, "있는 집에 만 권 서적을 쌓고 글 용한 선비를 많이 모으는지라. 만일 한번 사귀면 좋은 서적과 선비들을 많이 볼 것"이라고 했다. 게다가 "그 집에 문시종(問時鐘)이 있으되, 크기가 호도(胡桃) 같고 천하의 이상한 보배라 또한 기이한 구경"이 될 것이라고 귀띔했다. 그러자 홍대용은 유친왕의 아들이 "비록 한인(漢人)이 아니요 황제의 지친(至親)이라 더욱 비편(非便: 불편)하되, 내 들어온 길이 체면에 구애될 행색이 아니요, 하물며 문시종은 내 한번 보기를 원하는 것이니, 네 바삐 만나기를 도모하라"고 당부했다.[29]

이처럼 홍대용이 유친왕의 아들이라는 이 황족을 적극적으로 만나고자 한 것은, 황족이 거느린 문객들 중에 '글 용한 선비'가 있을 것으로 기대했을뿐더러, 그가 소장하고 있다는 희귀한 서양 시계인 문시종을 간절히 보고 싶었기 때문이었다. 또한 자신은 사행을 따라온 한낱 자제군관에 불과하므로, 비록 한인이 아니라 만주인 황족을 만나더라도 체면을 손상할 일은 없다고 생각해서 그와 같이 대담한 시도를 한 것이다.

며칠 뒤인 1766년 1월 10일 홍대용은 하인을 통해 "저적(지난번)

에 기회(期會)한 선비가 진가에 이르러 만나기를 청한다"는 덕형의 뜻을 전달받고는, 즉시 흰 중치막에 갓을 쓴 조선 선비 차림을 갖추고 진가의 점포로 가서 황족을 만났다.[30] 그런데『을병연행록』과 달리『연기』에서 홍대용은 자신이 아무런 사전 약속 없이 진가의 점포에 놀러 갔다가 우연히 그와 마주친 것으로 서술해 놓았다.[31] 집안의 여성들을 위해 쓴『을병연행록』과 달리『연기』는 한문 식자층을 상대로 한 공개적 저술이었던 만큼, 황족인 만주인과 적극 교제하고자 한 사실을 있는 그대로 밝혔다가는 물의를 일으킬지도 모른다고 염려해서 그렇게 고친 것이 아닌가 한다.

조선의 일개 선비와 청나라 황족의 교제는 당연히 예법 상의 문제를 야기했다. 만남을 주선한 진가는 홍대용이 초면에 '왕자'에게 무례하게 굴까 봐 걱정했다. 역관들이 진가에게 그러했듯이, 북경에 온 조선인들은 으레 청나라 사람들을 '오랑캐'로 여겨 오만무례하게 대했기 때문이다. 더욱이 홍대용은 지체 높은 조선의 양반이라, 혹시라도 물정 모르고 청나라 왕자를 능멸할까 염려했던 것이다. 홍대용은 이러한 진가의 의중을 오해하고, 왕자를 만나면 청나라식으로 무릎을 꿇고 절을 올리라는 말이냐고 역정을 냈다. "내 황제에게도 절하기를 욕되이 여겨 조참(朝參)에 들어가지 아니하였거든, 제 앞에 가 무릎을 꿇리오?"[32]

하지만 곧 진가의 진의를 안 홍대용은 오해를 풀고, "나는 외국의 필부(匹夫)인데, 내세울 게 뭐 있다고 남을 깔보고 무시하겠는가?"[33]라며 왕자를 만나면 예의를 다할 것을 언약했다.『맹자』에서는 "나이를 내세우지 않고, 부귀를 내세우지 않고, 형제를 내세우지 않는 것이 벗 삼는 도리이다. 벗 삼다는 것은 그 사람의 덕(德)을 벗

삼는 것이니, 내세우는 것이 있어서는 안 된다"라고 하면서, 그러므로 요임금이 그의 사위 순(舜)을 대한 것처럼 천자도 필부를 벗 삼을 수 있다고 했다.[34] 홍대용의 발언은 이러한 맹자의 교우론(交友論)에 의거한 것이다. 화이 차별이나 신분 차이를 무시하고 상대방이 덕을 갖춘 인물인가만 보고 사귀어야 한다는 평등주의적 교우론을 전제한 발언이었다.

왕자는 준마를 탄 추종(騶從)들을 거느린 채 화려하게 꾸민 태평차(太平車)[35]를 타고 진가의 점포에 와서 기다리고 있었다. 그는 캉(炕) 위에서 황급히 내려와 홍대용의 손을 잡으며 "공자는 평안하셨습니까?"라고 반갑게 인사했다. 이처럼 악수를 하며 인사하는 법은 나이나 지위가 대등한 친한 사이에 하는 청나라 풍속이었다.[36] 그러자 홍대용은 맞잡은 두 손을 들어 읍례(揖禮)를 올리고 "한어(漢語)의 존대하는 어법을 가려 공순한 기색으로 대답"했다.[37] 높은 사람에 대한 경의를 표한 것이다. 이어서 왕자가 캉 위의 주벽(主壁: 주인 자리)에 앉으라고 누차 간청했으나, 미천한 외국인이 왕자와 같은 귀인을 객례(客禮)로 대할 수는 없다고 홍대용이 굳이 사양하는 바람에, 두 사람은 결국 대등하게 마주보고 캉 위에 앉았다. 또 홍대용이 무릎을 꿇고 반듯하게 앉는 것을 본 왕자가 깜짝 놀라며 만류하고 평좌(平坐)를 권했으나, "내 앉은 법은 아국(我國) 선비의 예삿일이요, 하물며 귀인의 앞이라 어찌 편히 앉으리오?"라고 하면서 궤좌(跪坐)의 예법을 고집했다. "그렇다면 나는 같이 앉지 않겠소"라고 하며 왕자가 자리에서 일어섰으므로, 홍대용은 부득이 평좌를 하고 그와 대화를 나누었다.[38] 왕자의 파격적인 제의에 따라 서로 평등한 예의로 대한 것이다.

왕자는 키가 8~9척이 넘고 허리도 한 아름이 넘는 장대한 몸집에다, 만주인들이 흔히 그렇듯이 천연두로 심하게 얽은 검은 얼굴을 하고 있었다. 이는 단아하고 해사한 선비인 홍대용과 아주 대조적인 모습이라 하겠다. "다만 빼어난 눈썹에 모진 이마요, 긴 눈을 경(輕)히 돌리지 아니하니 맹렬한 가운데 슬거운 거동이요, 말이 드물고 웃음을 즐기지 아니하니 또한 귀인의 기상"이 있었다.[39] 홍대용이 왕자를 어떻게 일컬어야 할지 몰라 진가에게 물었더니, 귀인에 대한 존칭으로 '어르신'이라는 뜻인 '예예'(爺爺)라고 한다고 일러주었다.[40]

첫 대면에서 홍대용이 "예예는 글을 얼마나 읽었나뇨?"라고 묻자, 왕자는 사서(四書)와 『시경』을 읽은 적이 있을 뿐이고 말 타고 활 쏘는 기사(騎射) 훈련과 만주어·몽골어 학습에 전념하느라 독서할 겨를이 없노라고 답했다. 다시 홍대용이 "글 읽기는 사람의 제일(第一) 일이거늘 어찌 궁마(弓馬)를 힘쓰고 문장을 다스리지 아니하나뇨?"라고 묻자, 왕자는 "황상(皇上)이 궁마와 말하기를 권하여 배우게 하시니, 자연 글에 미치지 못하노라"고 답했다. 그의 말처럼, 1750년대 이후 건륭제는 황족의 봉작 계승에 관해 새로운 정책을 세워, 종전처럼 출생 순서가 아니라 무예와 만주어 능력에 따라 봉작을 정함으로써 모든 황족이 아들 교육에 주력하도록 했다.[41] 홍대용은 왕자의 답변에 대해, "이야말로 진짜 사내대장부의 일입니다. 남의 글귀나 따서 글 짓는 것은 무슨 일에 쓸모가 있겠습니까?"라고 두둔했다.[42] 이는 「의산문답」에서 중국이 쇠퇴해 오랑캐의 지배를 받게 된 원인을 논하며, "빈말을 일삼는 문장은 실제로 쓸모가 있는 말 타고 활쏘기만 못하다"(文章之空言, 不如騎射之實用)고 비판한 발언을 연상시킨다.

한편 왕자는 홍대용에 대해 귀한 집안의 자제를 일컫는 "궁자"(公子)라는 호칭으로 부르면서 "필연(必然) 문장이 높으리로다"라고 추어올렸다. 그러자 홍대용은 "나는 선비 사업을 숭상하여 약간 문장을 알거니와, 평생 기골이 잔약하여 궁마의 재주를 배우지 못하니 짐짓(정말로) 썩은 선비라. 어찌 장부의 호준(豪俊)한 사업에 비기리오?"라고 겸손하게 응수했다.[43] 이와 같이 간단한 대화로 처리한 『을병연행록』과 달리, 『연기』에는 이 대목이 더욱 상세하고 실제 상황에 가깝게 서술되어 있다. 즉, 왕자가 홍대용에게 "듣건대 귀하는 글을 많이 읽고 문장이 훌륭하다니, 나처럼 순박하고 우직한 사람은 벗으로 사귀어 달라고 청할 자격이 부족합니다"라고 지극히 공손하게 말하자, 홍대용은 "사람의 도리는 마음에 있지 책에 있지 않으며, 벗 사귀는 도리는 질(質: 진실된 마음)에 있지 문(文: 겉치레)에 있지 않습니다. 세간에 글을 많이 읽고 문장이 훌륭하다는 사람 중에는 겉모습으로 속이고 제 잘못을 감쪽같이 감추는 자들이 많습니다. 자신의 천진(天眞: 참된 천성)을 상실했으니 어찌 중히 여길 가치가 있겠습니까?"라고 답했다. 이에 감복한 왕자는 진가를 향해 잇달아 "훌륭한 공자로다!"라고 소리쳤다고 한다.[44] 이처럼 자신의 교양이 부족함을 솔직하게 드러낸 왕자에 대해, 홍대용은 문무(文武)를 겸비하지 못한 점에서는 자신도 무능한 선비라고 겸손하게 응수하면서, 유식하기는 하나 가식이 많은 문인 학자들보다는 천진을 잃지 않은 질박한 사람을 벗으로 사귀어야 한다는 주장을 폈다. 이와 같은 교우론이 왕자를 감동시켰던 것이다.

이윽고 왕자는 홍대용이 큰 관심을 드러낸 문시종을 보여 주고자 했다. "이는 평생에 한번 보기를 원하던 것이로다"라고 하면서 홍대용은 즉시 보기를 간청했다. 문시종은 크기가 장기짝과 같았는데, 한쪽에 돈짝만 한 구멍을 내어 "유리 다대(덮개)"를 드러나게 했으며 "다대" 안으로 시각을 새기고 각각 시(2시간 단위)와 각(15분 단위)을 가리키는 바늘이 두 층으로 꽂혀 있었다. 홍대용이 "이는 천하의 보배어니와 그 묘리를 알 길이 없으니 잠깐 가르쳐 알게 함이 어떠하뇨?"라고 문시종의 사용법을 묻자, 왕자는 손수 시범을 보여 주고 자세히 설명해 주었다. 즉 시계 뒷면의 "자루 같은 조그만 둥근 쇠"를 엄지로 잠시 눌렀다가 놓으면 종소리가 두 차례 울려 그때의 시와 각을 알려준다는 것이다. 예컨대 처음에 종이 열두 번 치고 잠시 뒤에 또 두 번씩 치기를 세 번 한다면, 이는 당시 시각이 정오 3각(12시 45분)임을 알린 것이다.[45]

홍대용은 "아국에 자명종이 여럿이 있고 나는 이런 기계를 여럿을 보았으되 이 같은 공교하고 신이(神異)한 것은" 뜻밖이라고 하면서, 문시종을 열어 그 내부를 보게 해 달라고 청했다. 왕자가 즉시 "자세히 보라"고 하며 열어서 준 문시종을 살펴보니, 대체로 자명종처럼 제작된 것인데 양장철(羊腸鐵: 태엽)을 하루에 한 번씩 감아 저절로 작동하게 했으며, 내장한 톱니바퀴와 기둥들이 털끝같이 미세하여 눈이 어지러워 분간할 수 없을 지경이었다. 홍대용은 "실로 귀신의 재주요 사람의 수단이 아닐지라"고 감탄해 마지않았다. "듣건대 이것은 서양에서 만든 시계 중에 가장 정교한 것이라 한다."[46] 이어서 왕자는 일표(日表: 회중시계)도 보여 주었는데, 대체로 문시종과 같았으나 종치는 것이 없었다. "황상(皇上)을 좌우로 뫼시매 번거로이 종성(鐘聲)을 내지 못할지라. 이것을 들어 보아 시각 조만(早晚)을 아느니라"라고 그 용도를 설명해 주었다. 홍대용은 일표도 "그 속을 열어 찬찬히 본 후에 도로 주"었다.[47] 문시종과 일표는 나중에 북경의 천주교 남당을 방문했을 때 다시 구경하게 된다.

화려하고 값비싼 그릇에 담긴 갖가지 맛난 과일과 음식들이 연이어 나오는 성대한 식사를 마친 뒤에, 왕자는 홍대용에게 면폐(面幣: 처음 상면할 때 건네는 예물)[48]로 무엇이든 원하는 선물을 주고 싶어 했다. 홍대용은 "예예의 후한 대접이 짐짓 큰 면폐"라고 하며 한사코 사양하면서도, 문시종을 며칠 동안만 빌려달라고 조심스레 간청했다. 미처 자세히 보지 못했을뿐더러 조선의 세 사신들에게 자랑삼아 보여 주고 싶다는 것이다. 왕자가 쾌히 허락하고 문시종만 아니라 일표까지 빌려주자, "일표는 허리띠에 차고 문시종은 주머니를 열어 넣"으면서 홍대용은 "이 두 가지는 천하의 지극한 보배라. 내 극진히 조심하리니 만일 상함이 있으면 어찌 부끄럽지 않으리오?"라고 하여, 빌려간 뒤 시계를 해부해 보다가 손상할 것을 염려했다. 그러자 왕자는 그까짓 물건은 손상된들 아무 상관이 없다고 답했다.[49]

헤어질 때 홍대용은 진가에게 "예예가 다시 이곳에 이르면 즉시 나와 보리니, 부디 알게 하라"고 당부하고, 왕자에게도 "우리 돌아갈 날이 멀었으니 다시 볼 날이 있으리라"고 하여 왕자와 조만간 재회하고 싶은 뜻을 나타냈다. 왕자도 캉에서 내려와 "다시 보자" 하고 "거동이 심히 관곡(款曲)"하였다. 그런데 『연기』에서 이에 해당하는 대목을 보면, 왕자가 먼저 "겨를을 얻으면 한번 만나기를 다시 약속합시다"라고 제안하자 홍대용이 "고소원(固所願: 본래부터 간절히 바라던 바)입니다"라고 화답한 것으로, 『을병연행록』과는 조금 다르게 서술되어 있다.[50] 이와 같은 미묘한 차이 역시 한문 독자층을 의식한 조치로 짐작된다.

진가의 점포를 떠나 숙소로 돌아오는 도중에 마두 덕형은 이날의 만남과 관련해 홍대용이 미처 몰랐던 사연을 들려주었다. 오늘 왕자는 천단에 거동하는 황제를 모시고 따라갔다가 돌아오던 길이라, 휘황한 의복을 입은 수삼십 명의 추종들이 진가의 점포에 따라 들어와 몹시 두려운 분위기를 자아냈다고 한다.[51] 그래서 진가에게 "우리 궁자는 글 하는 선비라. 이 위의(威儀)를 보면 필연 들어오기를 즐겨 아니하리라"라고 말했더니, 진가가 들어가 아뢰어 즉시 대여섯 사람만 남기고 다 돌려보냈다는 것이다. 그리고 홍대용을 접대하기 위해 차린 음식들은 왕자의 집에서 직접 장만해 왔는데 은 30냥이 넘게 들었다고 했다.[52] 왕자가 예의를 다해 홍대용을 극진히 대접하고자 무척 세심하게 배려했음을 알 수 있다.

빈번한 서신 교환과 서양 시계 선물

청나라 황족과 만난 그다음 날 홍대용은 유리창으로 유람 가는 도중에 진가의 점포에 다시 들러 문시종의 여닫는 법과 시각 묻는 법을 좀 더 자세히 물었다. 진가는 여러 번 시범을 보여 주며 가르치고 나서, 이 문시종은 서양제로 값이 은 100냥쯤 되는 귀중품이지만 "예예가 궁자를 첫 번 보아도 마음에 깊이 사귀고자 하는지라" 아낌없이 빌려준 것이라고 알려 주었다. 그런데 『연기』에 의하면, 그날 진가는 또 "예예가 공자의 의리에 깊이 감복하여" 문시종을 선물로 주려고 한다고 말했다. 그리고 왕자의 집은 대단히 부귀해서 문시종 같은 보물도 대수롭지 않게 여기는 데다, 왕자가 먼저 우정의 표시로 주고 싶어 한 것이니 사양하지 말고 받으라고 권했으나, 홍대용은 탐욕스런 인간으로 오해받고 싶지 않다고 거듭 사양했다.[53]

며칠 뒤 홍대용은 진가를 통해 왕자에게 문시종과 일표를 돌려주고, 아울러 조선의 종이·부채·참빗·먹·청심환 등을 보내면서, 말미에 "해동(海東) 홍대용 배(拜)"라고 쓴 짧은 감사 편지를 동봉했다. 고가품인 서양제 시계를 숙소에 계속 두기가 심히 불안했을 뿐 아니라, 일전에 성대하게 음식 대접 받은 데 대해 나름으로 답례를 하고 싶었기 때문이다.[54]

그다음 날 왕자가 조선의 토산품들을 받은 답례로 값비싼 비단을 보내고자 해서, 간곡히 사양하는 뜻을 전했다. 그랬더니 왕자가 "문시종은 이미 빌렸던 것이니 어찌 찾으리오? 또 제 이미 사랑하는 것이니 이것으로 면폐를 줌이 해롭지 않다"고 하면서 다시 문시종을 선물로 주고 싶어 한다고 했다. 하지만 홍대용은 문시종을 빌려 간 것이나 비단 선물을 물리친 것이나 오로지 문시종을 얻으려는 속셈에서 나온 짓으로 오해받을 염려가 있다는 이유로, "문시종은 열 번을 보내어도 결단코 받아 가지지 아니하리니, 이 뜻을 진가에게 즉즉(卽卽: 급히) 이르라"고 완강히 사양했다.[55]

이처럼 홍대용이 비단이든 문시종이든 모두 받기를 사양하자 왕자는 몹시 무안해하고 유감스럽게 여기면서, 자신만 답례를 받을 수 없으니 홍대용이 보낸 편지와 토산품도 돌려보내겠노라고 고집했다. 진가가 그를 달래어 만류하고 나서, 홍대용은 선비인지라 "사

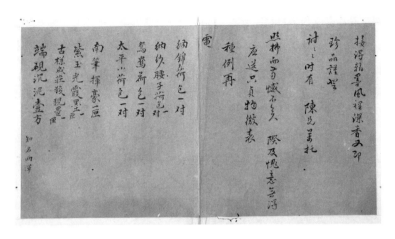

청나라 왕자가 홍대용에게 보낸 간찰 1766년 1월 25일 수신

수"(辭受: 사양하거나 수락하는 일)를 신중히 하니 문방구 같은 것을 선물하면 사양하지 않으리라고 제안하여 왕자의 동의를 얻었다.[56]

며칠 뒤 홍대용은 진가의 점포에 들렀을 때 왕자가 보내온 편지와 선물을 전해 받았다. 이 편지에서 왕자는 10여 일 전에 홍대용이 보낸 편지와 토산품에 대해 감사를 표하면서, 문시종을 받지 않아 유감스럽지만 그 대신 하찮은 선물을 보내니 부디 받아 달라고 간청했다. 물목을 보니 각종 하포(荷包: 장신구로 허리에 차는 주머니)[57]와 붓·먹·벼루 등인데 모두 최고급품이었다. 또 물목 끝에 '지명양혼'(知名兩渾)이라 하여 '양혼' 두 자를 썼기에 홍대용은 그것이 왕자의 이름인 줄로 알았다. "편지의 말이 많이 분명치 못하고 필법은 더욱 서툴러서, 스스로 말하기를 궁마에 종사하느라 글 읽을 겨를이 없다고 한 것이 빈말은 아니었다."[58]

홍대용은 진가의 간청을 물리칠 수 없어 이번 선물은 부득이 받아들이기로 했다. 진가는 그중에 특히 산예묵(狻猊墨: 전설상의 맹수인 산예를 곁에 새긴 먹)은 명나라 때의 귀한 물건으로 신통한 약효도 있으니 부디 등한히 취급하지 말라고 당부했다. 또 진가는 "예예가 궁자의 문종(問鐘: 문시종) 사랑함을 알고 날더러 누누이 일러 '부디 궁자에게 가져가라'" 한다고 하면서, 문시종을 선물로 받으라고 재차 간청했다. 하지만 홍대용은 저번과 마찬가지로 문시종을 탐낸다는 혐의를 피하고 싶다면서 단호히 사절했다.[59]

다음날 즉시 홍대용은 왕자의 편지와 문방구 선물에 대해 감사하는 답장을 써서 진가에게 보냈다. 단 "존부(尊府: 왕자의 저택을 높인 말)는 출입이 엄중한 곳이라 몸소 나아가 감사드릴 방법이 없으니 용서하시기를 엎드려 바라옵니다"라고 했다. 『을병연행록』에 번역·소개된 홍대용의 답장에는 "정성이 없음이 아니라 종적(踪迹)을 방자히 못함이니"라는 구절이 더 있다.[60] 조선의 일개 선비인 자신이 청나라 왕자의 저택을 방문함은 방자한 행동이 될 것을 우려한다는 구실로 직접 찾아가 사례하지는 않겠다는 뜻을 완곡하게 밝힌 것이다.

그로부터 이틀 뒤인 1월 28일 마두 덕형이 왕자의 으리으리한 저택에 초대되어 진수성찬을 대접받고 돌아왔다.[61] 덕형의 말에 의하면, 한 무릎을 꿇고 머리를 조아리는 청나라식 큰절을 올렸더니 왕자는 "하인도 이처럼 예를 행할 줄 아니, 진짜 예의지방(禮義之邦)이로다!"라고 크게 기뻐했다고 한다. 그리고 "너의 궁자를 한번 청하고자 하되 필연 즐겨 오지 아닐지라, 너를 먼저 청해 나의 궁자 대접하고자 하는 뜻을 보"인다고 하면서, 파격적으로 교의(交椅)에 앉도록 강권해서 어쩔 수 없이 따랐노라고 했다. 식사를 다 마친 뒤에 왕자는 검은 궤에 담긴 자명종 모양의 물건을 꺼내 보이면서, 홍대용이 문시종을 받지 않으니 대신 이것을 주고 싶다고 말했다. 크기는 사방 한 자 남짓으로 위에 여러 종을 꿰어 걸었으며 사면에 유리를 덮었다는 이 시계는 문시종의 일종이었다. 홍대용은 이 대형 문시종을 후일 유리창에 있던 장경(張經)의 점포에서 처음 구경했다.

또 왕자는 허리에 찬 작은 문시종을 덕형에게 가지라고 주었다고 한다. "너희 궁자는 받지 아니하여도 내 하릴없거니와, 너는 아랫사람이라 내 말을 어그리지(어기지) 못할 것이요." 정 쓸 곳이 없거든 조선의 친한 재상에게 선물로 바쳐도 무방하다고 하면서 억지로 주더라는 것이다. 그리고 떠날 때에 왕자는 "조만(早晩)의 틈을 얻어 궁자를 이리로 청코자 하나니 만일 오지 않으면 극히 무안(無顔)할 지라. 네 돌아가 사연을 전하라"고 누누이 여러 번 일렀다고 한다.[62]

2월 3일 간정동의 천승점으로 엄성과 반정균을 처음 만나러 가던 길에 홍대용은 진가의 점포에 잠시 들러, 며칠 전 왕자가 마두 덕형을 초대한 까닭을 물었다. 진가는 "이것은 전혀 그대의 낯을 봄이요, 저(덕형)를 위함이 아니라"고 하면서, 홍대용이 문시종을 선물로 받지 않음을 유감스러워한 왕자가 그것을 덕형에게 주었노라고 알려 주었다. 홍대용은 자신이든 덕형이든 문시종을 받을 수 없노라고 사양했지만, 진가는 왕자가 마음이 굳은 사람이라 한번 남에게 준 뒤에는 다시 가지려 하지 않을 것이니, 홍대용이 끝내 받지 않으면 덕형이 가져가 재상에게 선물로 바쳐도 무방할 것이라고 말했다.[63]

그 뒤 여러 날 동안 홍대용은 왕자가 자기 대신으로 덕형을 불러 대접한 데 대해 어떻게 답례해야 할지 고민하다가, 어느 역관이

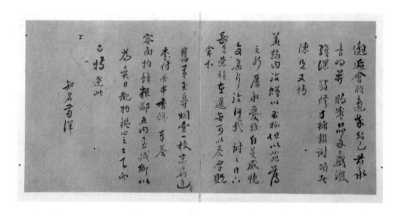

청나라 왕자가 홍대용에게 보낸 간찰 1766년 2월 18일 수신

북경의 시장에 팔려고 가져온 옥잔 하나를 은 12냥에 사서 감사 편지와 함께 진가에게 보냈다. 편지는 매우 정중하고 고풍스런 문체로 왕자의 안부를 묻고 자신의 근황을 술회한 다음, 심지어 하인까지 수레에 태워 초대해서 융숭하게 대접한 데 감사를 표하면서 답례로 옥잔을 바친다고 했다. 이는 "존부(尊府)에 없는 물건일 거라고 감히 생각해서가 아니요, 조금이나마 옛날의 호저지의(縞紵之義)를 본받고자 할 따름"이라고 극히 겸손하게 말했다.[64]

그러자 며칠 뒤에 왕자가 또 답장과 선물을 보내왔다. 그 답장에서 왕자는 "우연히 서로 만나 마침 지기(知己)가 되었습니다"라고 서두를 뗀 뒤, 앞서도 편지와 토산품을 받고 감격해서 감사 편지를 드렸는데 얼마 전에 또 편지와 옥잔을 받았으니, "변변찮은 재주로 누차 사랑을 입으매 자연히 감격과 부끄러움이 교차할 뿐입니다. 무

슨 말을 더 하겠습니까"라고 하면서 감사를 표했다. 그리고 홍대용을 '장형'(長兄: 귀형貴兄)이라는 친근한 사이의 남자끼리 쓰는 존칭으로 부르면서, 귀국을 앞둔 '장형'에게 서양의 코담배를 담은 비연호(鼻烟壺: 코담배 통)와 서양 사람을 사실적으로 그린 부채, 향나무를 깎아 만든 염주인 향천(香串)과 향료로 만들어 몸에 차고 다니는 향병(香餠) 등을 작별 선물로 드리겠노라고 밝혔다. 답장의 말미에는 저번 편지와 마찬가지로 '지명양혼'이라고만 서명했다.[65]

그 후 홍대용은 숙소에 들른 진가를 만나자, 왕자가 비연호 등 선물을 보낸 데 대해 누누이 사의를 표했다. 진가의 말에 의하면, 홍대용의 편지와 옥잔을 전했더니 "예예가 보고 크게 감사하여 (궁자를) '짐짓 유신(有信)한 사람이라' 일컫고" 나서, "서양국 자명종" 즉 대형 문시종을 선물로 보내고 싶어 했다고 한다. 지난번에 마두 덕형을 초대했을 때 왕자는 이미 그런 의사를 비친 바 있다. 그래서 자기가 만류하기를, 궁자는 "문종"(소형 문시종)도 오히려 가져감을 불안히 여기니 이것은 결코 받지 않으리라고 했더니, 왕자가 고민하다가 자기 몸에 지닌 노리개 몇 가지를 작별 선물로 보낸 것이라고 했다. "이것은 비록 저 사람에(게) 쓸데없는 것이나 내 상(常)히 가지는 것이니, 돌아간 후에 이것을 보아 나를 생각하게 하리라"는 바람에서 나온 것이라 한다.[66]

조선 사행이 북경을 떠나기 직전인 2월 28일, 홍대용은 왕자에게 감사 겸 작별 편지를 보냈다. 노리개 선물을 받은 데 직접 사례하고 아울러 부귀한 왕자의 저택을 구경하고 싶은 마음이 있었으나, 그럴 수 없었기에 부득불 왕자에게 작별 편지만 보내게 된 것이다. 왕자의 저택은 출입이 엄중하여 방문하기가 극히 불편했다. 게다가 일전에 들은 진가의 말에 따르면, 최근 건륭제의 두 번째 황후인 나랍씨(那拉氏)가 황제의 뜻을 크게 거슬러 지위를 잃고 냉궁(冷宮)에 유폐되어 있는 비상사태로 인해 "왕의 집들" 즉 친왕부(親王府)와 군왕부(郡王府) 등에 사는 종친들이 주야로 근심하고 있으므로, 왕자도 흥이 나는 상황이 아니라서 홍대용을 자택으로 초청하지 못한다고 했다.67

홍대용이 보낸 이 마지막 편지는 오직 『을병연행록』에만 번역·소개되어 있다. 여기에서 그는 단순히 감사를 표하는 데 그치지 않고, 엄성과 반정균에게 그러했듯이 작별 선물 삼아 공들여 지은 증언(贈言)을 담아 보냈다. '양혼'을 청나라의 왕자로 알고 있었으므로 『사기』 열전(列傳)에 나오는 평원군(平原君)과 신릉군(信陵君)의 고사를 동원했으며, "가난한 자는 재물로써 예(禮)를 삼지 아니한다"는 『예기』의 말과 "어진 사람이 서로 이별하매 반드시 말[言]을 주어 보낸다"는 노자(老子)의 말을 인용하여 선물 대신 증언을 바치노라고 밝혔다.68

이 편지에서 홍대용은, 전국시대 조(趙)나라의 공자인 평원군과 위(魏)나라의 공자인 신릉군이 "사람을 사랑하고 선비를 대접하여 아름다운 이름이 천고에" 전하고 있지만, 이 두 사람이 사랑하고 대접한 이는 중국의 재주 있는 선비였고, 이들을 문하의 식객으로 삼은 것은 위급할 때 힘을 빌리고자 함이었다고 하였다. 그런데 "집사"(執事: 왕자를 가리키는 경칭)는 해외의 일개 선비를 만났으니, 그의 글 덕분에 후세에 이름을 전하지도 못하고 그 재주가 '집사'의 사랑을 받기에 부족하며 한번 떠나보내면 소식도 알 수 없을 것이다. 이런 쓸데없는 사람에게까지 "간절한 사랑과 진중한 대접"을 베풀며 애타게 그리워함은 평원군과 신릉군에게서도 기대할 수 없는 경지라고 왕자를 극구 칭송했다. 그리고 "이 같은 의기(義氣)로 이 같은 예(禮)를 행하"니 왕자의 문하에 "높은 선비와 기이한 재주"가 잇달아 모여들겠거니와, 자신은 계명구도(鷄鳴狗盜)와 같은 하찮은 재주도 없는 데다 국경에 가로막혀 왕자의 문객이 되지 못함이 부끄럽다고 했다.[69] 아마도 이와 같은 발언 때문에 한문본인『연기』에는 이 편지가 수록될 수 없었을 것이다. 대명 의리를 지켜야 할 조선의 선비로서 청나라 황족의 문객이 됨을 꺼리지 않는 듯한 오해를 살 수 있기 때문이다.

이어서 홍대용은 왕자에게 다음과 같은 증언을 바쳤다.

> 일찍 옛사람의 말을 들으니, 사람이 일백(一百) 행실이 있으나 효제(孝悌)로 근본을 삼으며, 부귀는 사람의 하고자 하는 바이나 덕행의 지극한 즐거움을(과) 바꾸지 못하나니, 원컨대 집사는 마음이 가음열고(부유하고) 넉넉하되 교만치 말고, 몸이 덥고 배부르되 평안히 여기지 아니하여, 글을 읽으며 행실을 닦아 옛사람의 원대한 사업을 따를진대, 저 평원·신릉의 구구한 이름과 작은 자취를 어찌 족히 일컬음이 있으리오?

『논어』에서 "군자는 글로써 벗을 모으고, 벗으로써 자신의 덕성을 보완한다"고 했으며, 『맹자』에서도 선을 행하도록 충고하는 책선(責善)이야말로 벗의 도리라고 역설했다. 홍대용은 이러한 유교의 가르침에 충실하여, 왕자를 자신의 진정한 벗으로 대하면서 책선의 도리를 다하고자 한 것이다. 그래서 그에게 부귀하다고 해서 교만하거나 나태하지 말 것이며, 무예에만 힘쓰지 말고 학문과 덕행을 닦음으로써 평원군과 신릉군보다 더 원대한 사업을 성취하리고 격려한 것이었다.[70]

그날 늦게 진가가 찾아와 왕자에게 편지를 전한 사연을 이야기했다. 홍대용의 편지를 읽어 본 왕자는 고개를 쩔레쩔레 흔들며 "가장 무서운 사람이다!"라고 일컬었다고 한다. 홍대용이 놀라서 그 까닭을 물었더니, 진가는 "궁자를 사납다고 함이 아니라, 궁자의 편지를 보고 높은 의론(議論)을 '무섭다' 일컬음이라"라고 설명했다. 평원군과 신릉군의 고사를 끌어와 완곡하게 충고한 홍대용의 증언에 왕자가 크게 감동한 모양이었다. 이에 홍대용은 그 글에서 "예예가 만일 취함이 있으면 또한 나의 영광이 되리로다"라고 겸손히 답했다.[71] 이와 유사한 일화로, 전에도 진가는 "예예가 매번 공자를 '두려워할 만하다'(可畏)고 일컫는다"고 해서 홍대용이 그 까닭을 물은 적이 있다. 그러자 진가가 "공자의 예성(禮性: 예의 바른 성품)이 남보다 뛰어나기 때문"이라고 답했으므로, 홍대용은 "나는 예예가 사람을 사랑하고 선비에게 자신을 낮추니, 예예야말로 진짜로 '두려워할 만하다'고 생각한다"고 응수했다. 이는 왕자를 신릉군에게 비기어 칭송한 것이다.[72]

홍대용은 청나라 황족으로부터 두 차례에 걸쳐 값진 문방구와 노리개 선물을 받았을 뿐 아니라, 결국 마두 덕형이 대신 받아 온 문시종을 가지고 귀국했던 것으로 보인다. 『연기』에 의하면, 조선 사행이 산해관을 나서기 전 봉황점(鳳凰店)에 이르렀을 때 홍대용이 문시종으로 시각을 살폈더니 종소리가 술정(戌正) 3각(오후 8시 45분)

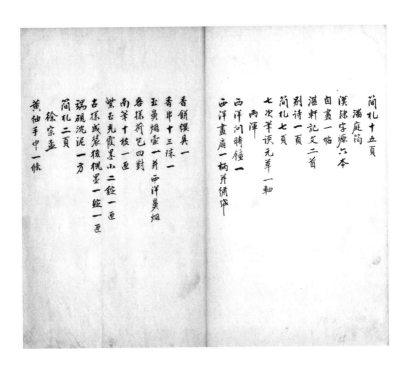

『연행잡기』 중 '양혼'의 선물 목록 목록 중 첫 항목이 '서양 문시종'이다.

을 알렸다고 한다.[73] 그리고 『연기』의 이본인 『연행잡기』(燕行雜記)를 보면, '양혼'에게 받은 선물 목록에도 첫 번째로 "서양 문시종"(西洋問時鐘)이 명기되어 있다.[74]

　귀국한 직후인 1766년 7월 홍대용은 북경에 가는 시헌서(時憲書) 재자관(齎咨官)을 통해 육비와 엄성·반정균 및 서요감(반정균의 외종사촌)에게 서신을 보냈으며, 이어서 10월에도 동지 사행을 떠나는 역관을 통해 육비·엄성·엄과·반정균·서요감·등사민·손유의에게 서신을 보냈다. 아마 이 무렵에 홍대용은 청나라 황족에게도 그 사이에 고장나 버린 문시종의 수리를 부탁하는 서신을 보내면서, 문시종과 함께 상당한 선물을 동봉했던 듯하다. 그 이듬해에 받은 그의 답신 원본이 홍대용과 교제한 중국인들의 서신을 모아 놓은『계남척독』(薊南尺牘)에 보존되어 있다.[75]

홍대용에게 보낸 이 답신에서 '왕자'는 서로 작별한 지 어느새 1년이 지났다고 하면서, 북경에서 처음 만났을 때를 회상하니 그리움을 참을 수 없다고 했다. 당시 홍대용이 순박하고 우직하기만 한 자신을 백안시하지 않고 벗으로 대해 주었기에, 서로 까마득히 멀리 떨어져 있어도 늘 마음에 두고 영원히 잊지 못할 것이라고 했다. 이어서 홍대용이 안부 서신과 함께 선물을 보내준 데 감사한 뒤, "부쳐 보내온 문시종은 현재 우수한 기술자를 구해 수리 중입니다. 반드시 정상을 완전히 되찾을 날을 기다려 다시 바치겠습니다만, 시일이 얼마나 걸릴지는 아직 정할 수 없습니다"라고 알렸다. 끝으로 선물 약간을 보낸다고 하면서 각종 그림과 약재(藥材) 등의 물목을 적고, 역시 "양혼불철"(兩渾不囋)이라고만 서명했다. '불철'(不囋: 불철 不譏과 같음)은 '불췌'(不贅)와 비슷한 말로 '이만 줄인다'는 뜻이다.[76]

그런데 이후 서신 연락이 끊기면서 문시종의 행방도 알 수 없게 된 듯하다. 후일 홍대용의 서제(庶弟) 홍대정의 술회에 의하면, 홍대용은 북경 유람 중에 건륭제의 친형제인 "번왕(藩王)의 세자"를 서점에서 우연히 만나 "서양 문신종(問辰鐘)" 하나를 선물 받았다고 한다. 그 시계는 "부피가 호두보다 조금 컸으며, 양쪽의 덮개 절반을 열고 닫는데 그 안에 톱니바퀴로 움직이는 아주 작은 자명종 하나가 있어 시시각각을 모두 알려 주었고, 톱니는 실처럼 미세했으니 그걸 만드는 데 사용한 철(鐵)은 보통 철이 아닌 듯했다. 본값은 은 80냥

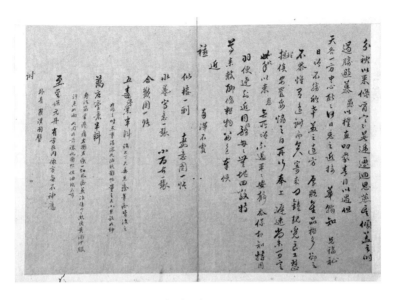

청나라 왕자가 홍대용에게 보낸 간찰 1767년 4월 수신

으로, 서양제였다." 그 서양 시계가 한양 성중에 전해지자, 재상과
종친과 부마들이 서로 돌려가며 감상한 데다가 탈취하려는 자들이
많아 홀연 손상을 입었으므로 "세자"에게 서신을 부쳐 수리를 부탁
했으나 서신과 시계를 모두 잃어버렸다고 하며, 이는 필시 심부름
을 맡은 역관배가 문시종을 탈취하려는 자에게 그것을 팔아먹는 게
유리했기 때문일 것이라고 추측했다.[77] 이와 같은 홍대정의 증언은
세부적으로 부정확한 점이 없지 않지만, 이로 미루어 결국 문시종
의 행방이 묘연해진 것만은 분명하다고 하겠다.

만주인과 우정을 맺게 된 이유

후일 홍대용은 익위사(翊衛司)의 시직(侍直)이 되어 동궁(세손 시절의 정조)을 모시고 강의할 적에 동궁의 질문에 답하여 자신의 북경 여행 경험을 아뢰면서, "대체로 한인(漢人)은 재주 있는 이가 많고 만주인은 질박하고 진실한 이가 많으니, 인품을 논하자면 만주인이 한인보다 낫습니다. 이는 선배들의 연행 일기에도 이미 이런 말이 있습니다"라고 했다.[78] 그의 말대로, 일찍이 김창업이나 이기지도 연행록에서 만주인에 대한 호감을 드러낸 바 있다. 김창업은 "만주인은 체구가 크며 사람됨이 문식(文飾: 겉치레)이 적다. 문식이 적으므로 순실한 사람이 많다. 한인은 이와 정반대다. 남방의 한인은 더욱 경박하고 교활하다"라고 평했다.[79] 이기지도 "대저 만주인은 선량한 사람이 많고, 한인은 남녀가 모두 교활하다"고 했다. 또 만주 귀족 영규(英奎)에 대해 "사람됨이 극히 순박하다. 문식이 적고 진실함이 많으며, 말이 많이 천진스럽다"고 칭찬하면서, "대저 만주인은 질박한 사람이 많고, 한인은 사기꾼이 많다"고 했다. 특히 남방의 한인들이 영리하고 교활한 데 비해 만주인들은 체구가 크고 기상도 굳세다고 평했다.[80]

홍대용도 여행 도중 만난 만주인들에 대해 호평을 남겼다. 십삼산(十三山)에서 만난 한 청년은 몸이 장대하고 얼굴이 준수하며 눈에 영기(英氣)가 서렸는데 북경에서 근무 중인 호부 낭중(정5품)의 아들이었다. 황제의 사냥에 참가하여 범을 잡았을 정도로 무예와 용력이 뛰어났지만, 속으로 바라던 청심환을 얻고는 몹시 부끄러워하며 절하고 황급히 나가는 "그 숫되고 허회(虛懷: 겸허)한 거동이 기특하더라"고 했다.[81] 그리고 북경에서 청나라 황족 '양혼'을 만났을 적에도 그의 첫인상을 말하면서, "몸집이 건장하며 우아한 기운은 적었다. 다만 기질이 너그럽고 무게 있어 함부로 떠들고 웃지 않는다. 옛 친구를 만난 것처럼 흉금을 열고 고분고분 응답하는 것은 만주인의 천성이다"라고 했다.[82]

홍대용과 마찬가지로 김창업과 이기지도 여행 중에 만주인과의 교제를 꺼리지 않았다. 김창업은 북경에서 만주인 이원영(李元英)·마유병(馬維屛)·조화(趙華)와 사귀었다. 이원영과 세 번, 마유병과 네 번, 조화와 한 번 만났으며 편지와 한시와 선물을 빈번히 주고받았다. 그중 이원영은 20대 중반의 청년인데 『대청일통지』(大淸一統志)의 편수관으로서 내전(內殿)으로 출근하며 교서(校書)의 일을 보고 있었다. 그의 조상은 본적이 고양(高陽: 하북성河北省 속현)인 명나라 사람이나, 증조는 순치제(順治帝)의 부마로 예부시랑을 지냈으며 선친은 일등백(一等伯)의 봉작을 세습했다고 한다.[83] 황제의 시위(侍衛)인 그의 형은 3품의 무관인 참령(參領)으로 복무하고 있었다. 따라서 이원영은 팔기(八旗) 한군(漢軍) 출신 만주 귀족의 자제였다. 처음 만났을 때 이원영이 김창업의 한시를 칭송하면서 "그대와 내가 벗이 되면 어떻겠습니까"라고 제의하자, 김창업은 당시 50대 중반이었음에도 연령 차이를 초월하여 흔쾌히 수락했다. 이후 북경을 떠나기 전까지 그는 이원영과 자작시를 서로 주고받으며 문학적인 교유를 지속했다.[84]

마유병은 이원영의 집보다 더 기물이 화려한 저택에 살면서 명화(名花)와 서화(書畫) 감상을 즐기며 지내는 부유한 만주인이라는 것밖에는 밝혀져 있지 않다. 그는 한자를 몰라서, 자제를 가르치는 가정교사에게 대필하게 하여 필담을 나누었다. 김창업은 마유병이 소유한 희귀한 화초들을 감상하거나 조선과 청나라의 유명한 그림들을 서로 소개했다.[85] 조화도 당년 34세의 만주인으로, 황제의 측근에서 몽골을 관리하는 업무를 보는 문관이라는 것밖에는 밝혀져 있지 않다. 그는 김창업을 뛰어난 문인으로 여겨 친필 시문을 얻고 싶어 했고, 자신이 지은 글을 고쳐 달라고 청하기도 했다.[86]

이기지는 수년 전 김창업과 교분을 맺었던 조화를 여러 차례 찾아가 만났다. 조화는 자신의 관직이 이번원(理藩院)의 낭중(郎中)이라고 밝혔다.[87] 이기지는 조화에게 황제의 동정이나 칙사 파견 등에 관해 물어보았으며, 조화가 소장한 원·명 시대의 서화들을 감상했다. 또 조화의 요청을 받아 글씨를 써서 보내 주었고, 김창업에게 보내는 그의 편지를 전해 달라는 부탁을 받기도 했다.[88] 그밖에 이기지는 강희제의 당형인 강친왕(康親王) 걸서(傑書, 1645~1697)의 손자라는 아주 어린 황족 형제를 두 번 보았고, 당년 28세의 만주인 1품 관원으로 황제의 시위(侍衛)라는 영규(英奎)를 한 번 만났다.[89]

이와 같은 김창업과 이기지의 경우에 비추어 보아도, 홍대용이 '왕자' 신분의 청나라 황족을 만나 우정을 맺은 것은 특별한 사건이라 하지 않을 수 없다. 홍대용은 북경 체류 중 1월에는 천주당과 유리창을 연달아 방문하고 2월에는 항주 선비들과 빈번히 만나느라 여유가 없기도 했지만, 그 황족의 저택은 외인 출입을 엄중히 단속하여 사사로이 방문하기에 불편했을뿐더러 공교롭게도 황후 유폐 사건으로 인해 황족들이 근신하던 상황이라 그와 다시는 재회하지 못했다. 그러나 꾸준한 서신 왕래를 통해 우정을 다졌으며, 홍대용이 귀국한 뒤까지 서신 교류가 이어졌다.

이처럼 특이하게도 조선 선비와 청나라 황족이 우정을 맺게 된 이유는 문시종에서 찾을 수 있다는 견해가 있다. 즉 '왕자'가 성친왕 윤지의 손자인 영산일 것으로 전제한 위에서, 홍대용은 서양의 과학 기술에 대한 관심으로 인해 문시종에 대한 호기심을 억제할 수 없었으며, 영산 역시 문시종을 애호한 것은 『율력연원』의 편찬을 주관했던 그의 조부와 마찬가지로 서양의 과학 기술에 대해 큰 흥미를 갖고 있었기 때문이라는 것이다. 서양의 과학 기술에 대한 공통된 관심이 두 사람의 우정을 낳은 근본 이유이라고 본 셈이다.[90]

일찍부터 홍대용은 시보(時報) 장치를 결합한 새로운 혼천의(이른바 '천문시계')를 제작하고자 했으므로, 자명종에 남달리 관심이 많았던 것이 사실이다. 이미 살핀 대로 북경 체류 중에 그는 천주당을 방문해 요종·일표·문시종 등 자명종에 속하는 진기한 서양 시계들을 구경했으며, 유리창에 있던 장경의 점포에서 대형 문시종을 본 적도 있다. 또 길가에서 자명종 수리 점포를 발견하고는 혹시 자명종이 있는지 들어가 묻기도 했고, 상사(上使)가 수리하려고 중국에 들여 온 자명종을 빌려다가 숙소의 자기 방에 두기도 했다.[91] 이처럼 평소 자명종에 대한 관심이 컸던 만큼, 홍대용이 왕자를 만나고 싶어 한 동기의 하나로 문시종에 대한 호기심이 작용했던 것은 분명하다 하겠다. 하지만 그것만으로는 홍대용이 문시종을 빌려 가서 관찰하고 되돌려 준 이후에도 두 사람의 우의가 지속된 이유를 설명하기 어려울 것이다.

한편 왕자가 그의 조부로 추정되는 성군왕 윤지와 마찬가지로 서양의 과학 기술에 대해 큰 흥미를 가졌으리라고 본 것도 증거가 박약한 추론이 아닌가 한다. 그가 문시종을 애호한 것은 서양 시계를 완호품(玩好品: 감상용 장난감)으로 대했던 당시 중국 상류층의 행태를 말해 주는 사례일 뿐, 서양의 과학 기술에 대한 관심과는 무관했으리라고 본다.[92] 첫 만남에서 스스로 밝혔듯이 왕자는 기사(騎射) 훈련에 힘쓰느라 학문적 소양이 부족했으며, 그의 편지를 보면 문장과 글씨가 모두 서툰 청년 무인(武人)이었다. 첫 만남 이후 두 사람 사이에 누차 편지와 선물이 오간 것도 문시종에 대한 공통된 관심 때문이라고 보기 어렵다. 홍대용의 인품에 감동한 왕자가 문시종을 거듭 증정하고자 하고, 홍대용은 선비답게 '사수'(辭受)의 예의를 지키고자 이를 번번이 사양하는 과정에서 서로에 대한 우정과 존경이 더욱 깊어진 것이었다.

조선 선비와 청나라 황족이라는 여러모로 차이 나는 처지임에도 불구하고, 홍대용과 왕자는 서로를 대등한 벗으로서 예우하는 관계를 맺었다. 진가의 점포에서 처음 만났을 때 왕자는 황족의 신분임을 잊고 캉 위에서 내려와 악수를 청했으며, 홍대용에게 캉 위의 주인 자리에 앉도록 양보했고, 궤좌를 하지 말고 평좌를 하도록 권하는 등 파격적으로 홍대용을 평등하게 대하고자 했다. 대화할 때에도 홍대용을 '공자'라는 존칭으로 불렀다. 홍대용 역시 외국의 일개 필부로 자처하면서 왕자에게 읍례를 올려 예의를 갖추었고, 캉 위의 주인 자리에 앉기를 사양했으며, 굳이 궤좌를 하려고 했다. 대화할 때에도 그를 '예예'라는 존칭으로 불렀다. 뿐만 아니라 왕자가 자신의 학문적 무식을 솔직하게 인정하자, 홍대용은 무예에 무능한 자신이야말로 썩은 선비라고 겸손하게 응수했다. 그리고 글을 읽는 것보다 마음을 닦는 것이 사람의 도리이며, 가식적인 지식인보다는 순박한 사람을 벗으로 사귀어야 한다고 말해서 왕자를 감동시켰다.

왕자는 거금을 들여 성대한 음식을 장만하게 하고, 위엄을 과시한다는 혐의를 피하고자 추종(騶從)을 크게 줄이는 등으로 홍대용을 극진하면서도 세심하게 접대하고자 했다. 또 홍대용이 관심을 보인 문시종을 아낌없이 빌려주었을뿐더러 아예 선물로 주고 싶어 했고, 방문을 꺼리는 홍대용 대신 그의 하인 덕형을 자택으로 불러 진수성찬을 대접하기도 했다. 이와 같은 왕자의 파격적인 환대를 받은 홍대용이 이를 기화로 문시종 등의 값진 선물을 탐하기는커녕 선비로서 예의염치를 엄히 지키려고 처신한 것도 왕자의 외경(畏敬)을 불러일으켰다. 게다가 작별 편지에서 홍대용은 왕자에게 부귀에 안주하지 말고 학문과 덕행을 닦아 평원군·신릉군보다 더 훌륭한 인물이 되라고 충고했다. 이처럼 그가 작별에 임하여 진심을 담은 증언을 바침으로써 벗으로서 책선의 도리를 다하고자 한 것 역시 왕자를 크게 감동시켰다.

이와 같이 홍대용과 왕자가 우정을 맺게 된 데에는 중개인 노릇을 한 상인 진가가 크게 기여했다. 진가는 산서성(山西省) 출신으로 당년 59세의 한인이었는데, 집이 가난해서 공부를 하지 못하고 장사치가 되었지만 성품이 강직하여 매매할 때 값을 더 부르지 않았다. 또 그는 새벽마다 천주당에 가서 천주상을 예배하고 성경 읽기를 30여 년이나 한 독실한 천주교 신자였으며, 그의 어린 조카 석화룡도 천주당에 함께 따라다니면서 교리 문답서를 공부하고 있었다.[93]

처음에 마두 덕형은 진가를 소개하기를, "저(진가)는 비록 무식하나 이 왕자의 집에 무상(無狀)히(마음대로) 출입하고 서로 벗으로 일컫는 사이라"고 했다. 진가의 점포에서 처음 만났을 때 왕자 역시 진가를 '진형'(陳兄)이라고 지칭하면서 "진형은 나의 벗입니다. 그래서 방문했지요"라고 말했다.[94] 덕형을 왕자의 저택으로 데리고 간 환관의 말에 의하면, 왕자의 부친은 그 집에 외인 출입을 엄금했으며 왕자도 남들과 함부로 사귀지 않으나, "오직 진가만은 출입에 구애받지 않는다"고 했다.[95]

이처럼 왕자는 하천한 상인 진가를 벗으로 대하여 자택을 자유롭게 출입하도록 허용했을 뿐 아니라 그 자신도 출타하면 종종 진가의 점포를 방문하는 사이였다. 이러한 특수한 우정이 가능했던 것은 왕자가 진가의 강직한 성품을 높이 평가한 때문이 아닐까 한다. 나아가, 진가가 독실한 천주교 신자로서 내세의 복을 구하고자 행실을 닦고 마음을 다스리는 데 힘썼던 점도 왕자의 호감을 샀을 가능성이 있다. 처음 만났을 때 홍대용은 진가를 '상공'(相公: 상인에 대한 존칭)이라고 부르면서[96] 그의 천주교 신앙에 관해 물은 뒤, 진가가 이러한 신앙을 실천해 정직하게 장사하는 것은 공자의 가르침과도 합치하며 반드시 복을 받을 것이라고 덕담했다. 이어서 『을병연행록』에는 진가가 "이 말이 옳다!"고 맞장구친 것으로만 되어 있으나, 『연기』에는 "진가와 양혼이 모두 좋은 말이라고 칭찬했다"고 하여, 왕자도 진가의 천주교 신앙에 대한 홍대용의 호의적인 평가에 공감한 것으로 되어 있음을 주목할 필요가 있다.[97]

한편 진가는 홍대용에게 왕자를 '충직한 사람'이라고 칭송했다. "예예는 극히 충직하여, 남과 사귈 때 두 마음을 품지 않습니다. 공자(홍대용)와는 비록 여점(旅店: 진가의 점포)에서 한 번 만났지만 이미 옛 친구처럼 마음을 허락하셨으니, 공자는 이 뜻을 불가불 아셔야 합니다"라고 했다. 이에 홍대용은 "예예가 나에게 아무것도 바라지 않으면서 나를 이처럼 후히 대우하니, 어찌 은혜에 감격하지 않으리오"라고 답했다. 또 진가는 왕자가 그의 형의 사면(赦免)을 누차 요청했으나 '부왕'이 끝내 들어주지 않자 매번 한스러워했다고 하면서, 역시 그를 "진실로 충직한 사람"이라고 했다.[98] 왕자가 형제의 우애를 무엇보다 중히 여기고 부친의 봉작을 자기가 물려받으려는 욕심이 없었기에, 그와 같이 칭찬한 것으로 짐작된다. 진가도 왕자의 충직한 인품을 존경했으므로 그와 상종했던 것이 아닌가 한다.

그렇다면 왕자와 진가의 우정은 오로지 상대방의 덕을 보고 벗을 사귀라는 맹자의 교우론을 실천한 셈이 된다. 추론을 좀 더 밀고 나가자면, 두 사람이 실은 천주교의 교우(教友)였을 가능성도 배제할 수 없을 듯하다. 태조 누르하치의 직계 후예인 소노(蘇奴)의 아들들이 열렬한 천주교 신자가 되었다가 옹정 초년에 가혹한 박해를 받았던 사건에서 보듯이, 청나라 황족 중에도 천주교를 신봉하는 사람들이 나왔다.[99] 또 홍대용이 만난 북경 천주교 남당의 문지기는 "재상과 귀인들이 날마다 와서 천주에게 예배를 드린다"고 했는데,[100] 이 말이 사실이라면 건륭제가 내린 금령에도 불구하고 은밀히 천주교를 믿는 자들이 당시 상류층에도 적지 않았음을 시사하는 것이다. 왕자도 천주교를 믿는 숨은 신자였으리라고 가정하면, 그가 신분으로든 나이로든 현격하게 차이 나는 한인 진가를 파격적으로 '벗'이라고 부르며 오직 진가만 자택 출입을 허락하고 수시로 만났던 의문이 어느 정도 풀리지 않을까 한다. 왕자와 진가가 천주교 교우로서 서로를 인격적으로 평등하게 대우하는 사이였을 가능성을 남겨 두고 싶다.

진가는 무식한 상인이었음에도 인격 모욕을 견디지 못하는 매우 자존심 강한 인물이었던 듯하다. 홍대용을 처음 만났을 때 그는 "예예는 사람을 사랑하고 착한 일을 좋아하며 의협심이 있는 분"이라고 왕자를 소개하면서, 북경에 온 조선인들이 오만무례하여 자기와 같은 상인들을 '오랑캐'라고 경멸하듯이 왕자를 대한다면 그분은 귀인이라 절대로 참지 못할 거라고 사전에 주의를 주었다.[101] 또 며칠 뒤 홍대용이 숙소의 관문 앞에서 자신을 기다리던 그를 외면하고 가 버린 일로 인해 진가는 "공자가 사람을 모욕했다"고 여겨 분을 참지 못했다. 홍대용이 다음 날 즉시 마두 덕형을 보내 그럴 수밖에 없었던 곡절을 누누이 밝히고, 열흘쯤 뒤 다시 그의 점포를 일부러 들러, "외국 사람이라 자연 의심이 많은 연고(緣故)요, 상공을 감히 업수이 여긴 뜻이 아니"라고 직접 해명한 뒤에야 오해를 풀었다.[102]

『을병연행록』에 의하면, 1766년 2월 20일 홍대용이 숙소에 들른 진가를 만나 왕자가 작별 선물을 보낸 데 감사를 표하자, 진가는 왕자가 자기를 잊지 말아 달라는 뜻으로 평소 몸에 지닌 노리개들을 보낸 것이라고 알려 주면서, "궁자는 전두(前頭)에 대인(大人: 사신)이 되어 중국에 들어오고, 예예는 친왕(親王)이 되어 다시 만나면 어찌 반갑지 아니하리오?"라고 했다. 그리고 "예예는 어진 사람이라. 나 같은 인물이 상고(商賈: 장사)를 일삼고 식견을 취할 것이 없으되, 다만 마음이 바르고 평생에 그른 일을 하고자 아니함을 사랑하여 서로 나이를 잊어 벗이라 일컫나니. 궁자는 동방의 귀한 사람이라 예예의 권권(眷眷)한(몹시 그리워하는) 뜻이 한때 우연히 사귐이 아니요, 말이 불감(不敢)하거니와 나는 궁자의 마음을 탄복하여 시로 벗이라 일컫고 일생에 잊지 아니코자 하노라"라고 했다. 왕자가 자기와 같은 무식한 장사치를 벗으로 대해 주는 이유는 오직 그 마음이 바른 것을 사랑하는 때문이라고 하면서, 왕자와 마찬가지로 자신도 홍대용의 마음에 탄복하여 감히 우정을 맺고 싶다는 것이다. 이에 홍대용은 "나는 외국(의) 미천한 사람이라. 어찌 예예의 벗으로 대접함을 당하리오? 다만 후한 정분을 일생에 감복할 따름이오. 그대로(와) 더불어 수월(數月)을 상종하매 전두에 다시 만나기는 기필치 못하거니와 어찌 잊을 마음이 있으리오?"라고 답했다.[103]

그런데 『연기』에는 이와 유사한 일화가 2월 29일 기사에 소개되어 있다. 북경 출발을 하루 앞둔 그날, 진가가 숙소로 찾아와 홍대용과 서로 작별 선물을 주고받았다. 그때 진가가 말하기를, "예예는 당조(當朝: 청조)의 귀인이신데 제가 외람되이 그분과 벗이 되었습니다. 공자 또한 동방의 귀인이시라, 제가 감히 말할 수는 없지만 저와도 붕우의 의리가 있으십니다. 저는 늙었으니 다시 공자와 교유하지 못하겠지만, 후일 공자가 중국에 사신이 되어 와서 예예와 만나게 될 적에 부디 저를 잊지 말기 바랍니다"라고 당부했다고 한다.[104]

이상과 같이 홍대용은 독실한 천주교 신자로서 왕자의 신임을 얻은 진가의 중개 덕분에 왕자와 우정을 맺을 수 있었다. 왕자는 청나라 황족임에도 불구하고 무식한 상인 진가를 벗으로 대했을뿐더러 해외의 일개 선비인 홍대용을 벗 삼고 싶어 했다. 진가 역시 자신의 미천한 처지를 알면서도 감히 홍대용을 벗 삼고 싶어 했다. 왕자와 진가 모두 홍대용의 인품에 탄복하여 그런 마음을 품었던 것이다. 홍대용도 왕자와 진가가 청나라 '오랑캐'임을 잊고 두 사람을 예의로 대하고 벗으로서 도리를 지키고자 했다. 이는 "벗 삼는다는 것은 그 사람의 덕을 벗 삼는 것이니, 내세우는 것이 있어선 안 된다"는 맹자의 교우론을 실천한 것이라 할 수 있다.

북경 체류 중에 홍대용이 청나라 황족과 맺은 이러한 특이한 우정은 유감스럽게도 귀국 이후 지속되지 못했다. 항주의 세 선비나 등사민·손유의 등 삼하(三河)의 선비들과 달리, 왕자와의 서신 왕래만 어째서 단발로 그쳤는지는 알 길이 없다. 다만 김종후와의 논쟁에서 보듯이 한인 선비들과 사귄 사실만으로도 적지 않은 물의가 일어났기에, 청나라 황족과의 교제를 공공연히 지속한다는 것은 홍대용에게 큰 부담이 되지 않았을까 하고 짐작할 따름이다. 뿐만 아니라 홍대용과 항주 세 선비의 우정에 감격했던 이덕무 등 북학파 인사들도 이 '왕자'에 대해서는 아무도 관심을 표하지 않았으며, 연행 갔을 적에도 만주인과의 교제를 적극적으로 추구하지는 않았다.[105] 이는 북학파조차 그 시대의 이념인 존명 의리에서 완전히 탈피하지 못한 탓이 아닐까 한다. 후일 추사 김정희는 시화(詩畵)에 뛰어난 만주인들을 제대로 알아보지 못했다고 홍대용과 박제가를 혹평했지만,[106] 그 후대에도 만주인에 대한 무관심이나 홀대는 여전했던 듯하다. 1872년 사신으로 재차 북경에 갔을 때 만주인 고관인 숭실(崇實)과 교분을 맺었던 박규수는 "우리 조선인들은 여태까지 이런 사람들과 상종한 적이 없었다"고 술회한 바 있다.[107]

이와 같은 한계에도 불구하고 청나라 황족과의 사귐을 통해 홍대용은 만주인에 대해 더욱 큰 호감을 품게 되었을 것이며, 이는 그의 사상이 청나라의 선진 문물을 수용하고자 하는 북학사상으로 전환하는 데 긍정적인 영향을 끼쳤을 것이다. 또한 김창업이 그러했듯이 홍대용의 경우가 또 하나의 선례로 작용하여, 북경 여행에 나

선 후대의 인사들이 만주인과의 접촉을 기피하지 않고 그들을 호의
적인 시선으로 대하게 하는 데 상당한 기여를 했으리라 본다.

5부
—
사상적 변화

1장　청 제국의 발전상 관찰

강희제와 청조 통치 예찬

홍대용은 두 가지 큰 목적을 품고 북경 여행에 나섰다. 그는 청나라 치하에서 '체발역복'(剃髮易服)의 아픔을 참고 울분을 삭이고 있는 "천하의 선비를 만나 천하의 일을 의논할 뜻"을 품은 한편, 비록 오랑캐이기는 하나 중국을 차지해 100여 년 태평을 누린 청나라의 "규모와 기상"을 한번 보고 싶다고 생각했다. 다시 말해, "높은 선비를 만나 중국 사정과 문장·도학의 숭상하는 바를 알고자" 함과 더불어, "대국의 번화하고 장려한 규모를 한번 구경하고자 함"이 그의 여행 목적이었다. 그러므로 홍대용은 중국 선비들과 교제하는 일에 못지않게, 청나라의 발전상을 관찰하는 데에도 힘을 쏟았다.

이미 살펴본 바와 같이 홍대용은 강렬한 존명 사상을 품고 있었음에도 불구하고, 청나라에 대해 호의적이고 긍정적인 인식을 드러냈다. 『연기』에서 그는 청나라의 판도가 역대 중국 왕조 중 으뜸이며, 조선과 류큐·베트남 등 많은 나라들이 조공을 바치고 북방의 몽골 부족들도 대부분 복종하고 있다고 하여, 청나라에 의한 영토 확장과 천하 통일을 대단한 업적으로 소개했다. 또 반정균과의 필담에서는 '인신무외교'(人臣無外交)를 내세워 외국인과의 교제에 소극적인 태도를 비판하면서, 청나라가 중국을 통일한 지금은 천하가 한 가족이 되었다는 논리를 폈다. 뿐만 아니라 그는 "순임금은 동이 사람이요 문왕은 서이 사람이니, 왕후와 장상이 어찌 종자가 있으리오?"라고 하여, 한족이 아니더라도 중국의 천자가 될 수 있으며, 청나라의 치적은 한나라·당나라에 비길 만하다고 높이 평가했다. 이는 만주족이 세운 청나라를 천하 통일과 덕치를 구현한 중국의 정통 왕조로 인정한 셈이어서, 당시 조선의 사대부로서는 파격적인 인식을 드러낸 것이다.[1](→727면)

1766년 2월 12일의 만남에서 엄성은 청나라 건국의 정당성을 역설했다. 즉 청나라는 명나라를 멸망시킨 '대적'(大賊)인 이자성(李自成)의 농민 반란군을 격퇴함으로써 명나라를 대신해 복수하는 '대의'를 폈으며, 중국에 주인이 없는 때를 만나 저절로 천자의 자리를 얻은 것이지 천하를 탐낸 것은 아니었다는 것이다.[2] 또 그는 강남 지방에 전하는 기발한 이야기에 "예물을 보내왔는데 어찌 받지 않으랴"라는 말이 있다고 하면서, 이는 명나라가 천하를 보전하지 못하고 청나라에 갖다 바쳤다는 뜻이라고 풀이했다. 명나라가 멸망을 자초함으로써 청나라가 횡재를 만난 셈이라는 것이다. 반정균도 청나라 초에 "만리강산을 삼가 바칩니다. 문팔고(文八股) 올림"이라고 쓴 글이 궁중에서 발견되었다는 야사[3]를 소개하고, 이 글은 명나라의 사대부들이 문관이 되기 위해 팔고문 짓기에만 힘쓰고 무비(武

備)를 경시하다가 나라가 망해 청나라에 영토를 갖다 바쳤다고 풍자한 글이라고 했다.[4]

엄성과 반정균의 이러한 발언에 대해 홍대용은 대체로 수긍하였다. 즉, 청나라가 천하를 탐내지 않았다는 설은 믿지 못하겠으나, 산해관을 돌파해 북경으로 진격한 이후의 활동은 '대의'에 부합하는 것이었다고 동의했다.[5] 또 그는 청나라에 중국 영토라는 '예물'을 보낸 자는 바로 명나라 장수 오삼계(吳三桂)였다고 농담을 했는데, 이는 산해관을 지키던 오삼계가 청나라에 투항한 것이 망국을 초래한 결정적인 요인이라고 본 것이다. 그리고 명나라가 망한 것은 환관들이 정사를 어지럽히고 농민 반란군이 봉기한 때문이지 팔고문을 숭상한 탓만은 아니었다고 하면서, 엄성의 말처럼 '대적'을 멸하고 '대의'를 편 것은 청나라의 '대절박'(大節拍: 획기적인 대사업)이었다고 높이 평가했다.[6]

그런데 『을병연행록』에는 '대적을 멸하고 대의를 편 것은 청나라의 대절박이다'라고 한 홍대용의 말이, 그보다 한술 더 떠, "본조(本朝: 청조)는 중국을 어거(馭車)하여 명조 (의) 가혹한 정사(政事)를 덜리고 백성을 안돈(安頓)하여 백여 년 태평을 이루니 천하의 공덕이 어찌 적다 이르리오"라고 하여, 청나라의 통치를 극구 칭송한 말로 되어 있다.[7] 이어서 홍대용은 중국 고유의 의관을 만주식으로 바꾸게 한 것만은 원나라 때도 없었던 폭정이라는 비난을 덧붙이기는 했지만, 대체적으로는 청나라에 의한 왕조 교체와 그 이후의 통치를 긍정한 것이다.

『천애지기서』에서 이덕무는 필담 중 바로 위의 대목을 발췌한 뒤, 홍대용과 달리 청나라 건국의 정당성을 주장한 엄성의 발언을 비판했다. 이덕무는 '틈왕'(闖王)이라 자칭한 이자성을 '틈적'(闖賊), 청나라를 세운 만주족을 '노적'(虜賊: 오랑캐 도적)이라고 업신여겨 부르면서, 명나라에 해를 끼친 짐에서 양자는 난형난제라고 했다. 그리고 처지가 바뀌어 이자성이 천자가 되었더라면 그도 순치제와 같은 사업을 할 수도 있었을 터이니, 청나라가 대의를 폈다는 엄성의 주장은 몹시도 구차스러운 변명이라고 혹평했다.[8]

이와 같이 홍대용이 청나라에 대해 남달리 호의적이고 긍정적으로 인식하게 된 것은 그 자신의 직접적인 관찰이나 항주 선비들과의 대화를 통해 생각이 바뀐 결과로 볼 수 있다. 하지만 그에 앞서 일찍이 사오십 년 전에 북경을 다녀온 김창업과 이기지의 연행록으로부터 영향을 받은 면도 다분했다. 김창업은 1712년(숙종 38년, 강희 51년)부터 그 이듬해에 걸쳐 동지사의 정사인 맏형 김창집을 수행하여 중국을 다녀왔다. 그의 증조 김상헌이 명나라 말에 사신으로 중국을 다녀온 지 70년 만의 일이었다. 김창업의 연행을 몹시 부러워한 이기지는 1720년(경종 즉위년, 강희 59년) 숙종의 승하를 알리는 고부사(告訃使)의 정사인 부친 이이명(李頤命)을 수행하여 중국을 다녀왔다. 김창업의 아들 김신겸(金信謙)이 이이명의 딸과 혼인했으므로, 김창업은 이기지에게 사돈 집안 어른이 된다. 이기지는 김창업이 연행에 나설 때 송별 시로 오언율시 10수를 지어 증정했다.[9] 그리고 8년 뒤 자신이 연행할 때에는 김창업의 연행록을 가지고 가서 수시로 참조했을 뿐 아니라, 김창업이 북경에서 교분을 맺었던 조화(趙華)와 양징(楊澄)을 여러 차례 만나고 편지와 시를 주고받기도 했다.[10] 이런 까닭에 김창업과 이기지의 연행록은 여러모로 공통점이 많다. 그중 청나라의 발전상과 강희제의 치적을 높이 평가한

것은 동시대의 연행록들에서는 찾아보기 힘든 특징이다.[11]

　김창업은 홍대용의 스승 김원행의 종조(從祖)이며, 홍대용의 종조 홍귀조(洪龜祚)는 이기지의 절친한 벗이자 김원행의 장인이었다. 이기지는 작고한 홍귀조에 대한 제문을 지었고, 김원행은 이기지의 문집인 『일암집』(一菴集)에 서문을 썼다.[12] 이와 같은 노론계 학통과 인맥을 감안하면, 홍대용이 김창업과 이기지의 연행록을 숙지하고 있었을뿐더러, 그 결과 그의 『연기』나 『을병연행록』이 이 두 사람의 연행록과 많은 공통점을 보여 주고 있는 것은 당연하다고 하겠다. 특히 청나라의 발전상에 대한 관찰과 강희제의 업적에 대한 평가에서 홍대용의 연행록은 김창업과 이기지의 연행록을 직접적으로 계승하고 있다.

　김창업은 『연행일기』에서 강희제의 통치를 대단히 긍정적으로 평가했다. 예컨대 청나라의 행정은 기강이 서 있으며, 세금 부담이 매우 가볍다고 보았다.[13] 또 황제의 존호(尊號)를 청하는 청나라 예부의 표(表)를 인용하여, 강희제가 공자를 모시는 대성전(大成殿)에 주자를 함께 제사하게 하고, 중국의 영토를 역대 최대로 확장했으며, 조선이 바치는 조공을 감면하고 조선 사신을 후대하는 등 많은 치적을 이루었음을 소개했다.[14] 그리고 강희제의 별궁인 창춘원(暢春園)을 보고는 그 소박하고 검소함을 칭찬하면서, 이처럼 "강희제가 검약함으로써 칸(汗: 청 태종 홍타이지)의 관대하고 간소한 규모(規模: 제도)를 지키고, 상업을 억제하여 농업을 권장하며 재정을 절약하여 인민을 사랑하니, 그가 50년 동안이나 태평성대를 누려 마땅하다"고 했다. 뿐만 아니라 강희제가 유학을 숭상하여 공자와 주자를 높이고, 황태후(효혜장황후孝惠章皇后)가 자신의 생모가 아니었음

에도 효도를 극진히 한 점을 칭송했다.[15]

이기지도『일암연기』에서 순치제는 당시 여덟 살밖에 되지 않은 셋째 아들(강희제)이 현명함을 알고 후계자로 성했다고 하면서, 강희제는 "총명하고 결단력이 있으며, 인재를 알아보고 적임자를 임용하여 60년 동안 태평성대를 이룰 수 있었다"고 칭송했다.[16] 또한 "서적"(西賊: 준가르)의 수령인 체왕 아랍탄(策妄阿拉布坦)의 사촌동생으로서 티베트를 점령한 체렝 돈돕(策零敦多布)이 청나라의 원정군에 패해 생포되어 와서도 굴복하지 않고 결사 저항하자 강희제가 이를 의롭게 여기고 구금을 풀어 주었다는 소문을 접하고는, "역시 그의 도량을 볼 수 있으니, 50년 동안 태평한 것도 그만한 까닭이 있다"고 했다.[17] 그리고 강희제가 신임하던 최측근의 시위(侍衛) 한 사람이 "십사왕"(十四王: 황십사자皇十四子 윤제胤禵)의 티베트 원정에 종군했으나 습격을 당해 사로잡혔다가 탈출하여 돌아오자 강희제가 결코 그를 용서하지 않고 참형을 내렸다는 소문에 대해서도, "자고로 영웅다우며 정벌에 나선 군주들은 모두 사정(私情) 때문에 군법을 폐하지 않았으므로 그의 호령이 천하에 시행될 수 있었다. 황제가 오랑캐와 중국을 모두 신하로 복종시키고 전쟁마다 필승한 것도 이 방법을 쓴 까닭이다"라고 했다.[18] 강희제가 천하의 통치자로서 관대하면서도 결단력을 갖춘 영웅이라고 칭송한 것이다.

김창업·이기지와 마찬가지로 홍대용도 강희제의 통치를 예찬했다. 그는 강성한 몽골에 대해 강희제가 적극적인 회유책을 구사한 덕분에 "싸움이 그치고 변방이 평안하여 백여 년 태평을 누"릴 수 있었다고 보았다.[19] 또한 김창업과 마찬가지로 강희제의 별궁인 창춘원을 보고는, "60년 동안이나 천하 사람들이 받들어 모셨는데도 궁궐이 이처럼 낮고 검소하니, 온 나라를 위엄으로 복종시키고 은혜를 중국과 오랑캐에게 두루 베풀어 오늘날까지 그를 성인(聖人)이라 일컫는 것이 마땅하다"고 칭송했다. 삼대(三代: 하夏·은殷·주周) 이후로 중국의 모든 군주가 다투어 궁궐의 사치를 추구했으나, 강희제는 화려하고 거대한 자금성에 안주하지 않고 황야로 나가 조촐한 별궁에 거주했으니, "그가 욕심을 버리고 검소함을 솔선해서 시종 나라의 안정을 유지한 것은 후대 제왕들의 모범이 될 만하다"고 하여 강희제를 '성군'(聖君)으로까지 극찬했다. 게다가 신하들이 날마다 수고롭게 창춘원으로 말을 타고 출근하게 만든 것도 평안한 때일수록 위태로움을 잊지 않게 하려는 심원한 계략이라고 높이 평가했다.[20]

한편 홍대용은 창춘원 부근의 원명원(圓明園)을 보고 나서는, 강희제와 비교하여 옹정제와 건륭제의 사치를 비판했다. 옹정제가 자신의 별궁으로 창춘원보다 훨씬 더 크고 사치스러운 원명원을 지은 것은 강희제의 본뜻을 이미 저버린 것인 데다, 건륭제가 이를 대대적으로 증축하고 수리하여 자금성보다 화려하게 만들었으니, "강희제가 검소함을 숭상하여 황야에 거처했던 뜻이 어디에 있는가?"라고 개탄했다.[21] 또 북경의 명승지인 서산(西山) 일대에 즐비한 사치스러운 누대들을 보고서도, "강희제의 훌륭한 정치가 거의 끝났도다"라고 비판했다. 서산을 유람한 소감을 묻는 엄성에게도 그는 인공적인 아름다움만 있을 뿐이며 황제가 절검(節儉)할 줄 모른다고 비판했다.[22] 홍대용은 후일 익위사 시직으로서 동궁(세손 시절의 정조)의 질문에 답하여 자신의 북경 여행 경험을 아뢸 적에도, 창춘원과 원명원 및 서산 유람과 관련해서 강희제의 검소함을 칭송하고 건륭제의 사치를 비판했다. 황성을 떠나 조촐한 별궁에 거처했던 강희제는 "참으로 근고(近古)의 영걸한 군주"라고 예찬하면서, "백성들이 지금까지 성군으로 칭송하니 그가 영걸함을 알 수 있다"고 했다.[23]

『연기』에서 홍대용은 비록 건륭제의 사치를 비판하기는 했지만, "백성들이 부역에 시달리지 않고 농토에 세금이 부가되지 않으며, 중국과 오랑캐가 다 같이 안락하고 관동(關東) 수천 리(산해관 동쪽의 만주 일대)에 걱정하고 원망하는 소리가 없다"고 하여 건륭제의 통치를 대체로 높이 평가했다. "청나라가 건국하면서 만든 간편하고 검소한 제도는 확실히 역대 왕조들이 미치지 못하는 바요, 지금 황제의 재능과 책략도 보통사람보다 크게 뛰어난 점이 있음에 틀림없다"는 것이다.[24]

또 홍대용은 청나라의 재정이 풍부함을 보고 감탄했다. 자금성의 삼면을 에워싸고 설치된 미곡 창고들을 보고는, 길이가 3~4리나 되니 저장한 곡식이 몇 천만 포대가 될지 알 수 없고, 갑문식(閘門式) 운하를 통해 조운선들이 창고에 바로 닿게 했으니 "중국의 재화와 곡식이 풍부하고, 재치와 슬기가 뛰어남을 이를 통해 조금이나마 엿볼 수 있다"고 했다.[25] 그리고 북경의 성곽 보수공사에 동원된 사람들이 일당으로 쌀 석 되와 은 8푼을 받으므로 부역을 전혀 괴롭게 여기지 않음을 보고는, "성곽을 보수하는 데 오히려 백성들에게 품삯을 주니, 그 나라의 은자(銀子)와 미곡이 풍부하고 법률과 제도가 서민에게까지 미침을 알 수 있다"고 칭찬했다.[26]

엄성·반정균과의 필담을 통해 홍대용은 건륭제 치하에서도 정치적 안정이 지속되고 있음을 확인했다. 지금 중국에 천재지변이 많고 민심의 동요가 많다는 소문이 사실이냐고 홍대용이 캐묻자,

두 사람 모두 이를 단호히 부정했다. 엄성은 "지금 시대는 극도로 태평성대한 세상"이라고 하면서, 민심으로 말하자면 중국의 모든 인민이 감격하여 황제를 받들고 있는데 강소성과 절강성은 누차 조세 감면의 은혜를 입어 민심이 더욱 그러하다고 답했다.[27]

그러자 홍대용은 강희제 이래로 청나라가 조선에 대해서도 매우 우대했다고 맞장구쳤다. 가혹했던 명나라 때와 달리, 조공을 바치거나 황제에게 상주(上奏)하는 일마다 요청을 쉽게 들어주었다고 했다. 예컨대 조공미도 명나라 때에는 1만 포(包)를 바쳤는데 청나라 이후는 해마다 감축하여 지금은 수십여 포에 불과하다고 했다. 또 귀국하는 조선의 사신들에게 황제가 하사하는 상도 대단히 후하여, 비단 수백 필과 은자 수천 냥에 달한다고 했다.[28]

이상과 같이 홍대용이 강희제 이후의 청나라 통치를 긍정적으로 평가한 것은 김창업과 이기지의 견해를 이어받아 더욱 강화한 것이라 할 수 있다. 그런데 엄성·반정균과의 필담에서 홍대용은 강희제가 창기(娼妓)의 성매매를 엄금한 조치에 대해서도 역대 왕조에서 이루지 못한 큰 업적이라고 극찬하면서, "강희 황제(원문 그대로임-인용자)는 우리 조선에서도 영걸한 군주로 칭송합니다"라고 했다.[29] 이러한 그의 말처럼, 조선 영조의 치세에 들어서면 청나라에 대한 우호적인 인식이 확대되면서, 조정에서 국왕이나 신하들이 강희제와 청나라의 통치를 예찬하는 발언을 자주했다.

영조가 즉위한 1724년부터 홍대용이 북경 여행에 나선 1765년까지의 『승정원일기』를 살펴보면, 영조는 강희제를 '영주'(英主) '영걸지주'(英桀之主) '선군'(善君) '절세영걸'(絶世英傑)이라고 칭송했으며, 신하들도 당파를 막론하고 강희제를 '간세영걸'(間世英傑: 세상에 드문 영걸) '호걸지주'(豪傑之主) '천고영걸'(千古英傑) '성명지주'(聖明之主) '영웅지주'(英雄之主) '영주' '영걸지주' 등으로 일컫는 데 주저함이 없었다.[30] 그리고 강희제 이래 청나라가 조선의 사신을 우대하고, 선왕 인조(仁祖)에 대한 변무(辨誣) 등의 요청을 하면 반드시 들어주었으며, 조공 감면의 특혜를 내린 점 등을 거듭 언급했다.[31] 또 강희제가 몽골의 우환을 방비함으로써 재위 60년 동안 천하가 평안했으며, 백성들에 대한 조세와 부역을 대폭 감면했을뿐더러 토목공사에 품삯을 지불해 백성들의 원망이 없으니, 건륭제의 사치에도 불구하고 지금 청나라가 강성한 국운을 누리고 있는 것은 강희제의 훌륭한 정책을 유지한 덕택이라고 보았다.[32]

이러한 『승정원일기』의 관련 기록에 의거하면, 강희제와 청나라의 통치에 대한 홍대용의 긍정적인 평가는 당대 조정의 우호적인 대청(對淸) 인식과 거의 다를 바 없음을 알 수 있다. 청나라가 종주국으로서 조선에 대해 계속 관대한 정책을 취했을 뿐 아니라, 매년 북경에 파견되는 사신들의 귀환 보고를 통해 청나라의 실상을 알게 된 결과 조정에서도 그와 같은 인식 변화가 일어났던 것으로 짐작된다.[33] 그렇다면 홍대용은 적어도 청나라의 정치 방면에 관해서는 당대를 앞선 통찰을 제시했다기보다 당시 집권층과 인식을 공유했다고 보아야 할 것이다. 후일 그가 익위사 시직으로서 동궁 앞에서 강희제를 '영걸한 군주'라고 예찬해도 무방했던 것은 바로 그 때문이라 생각된다.

시장·수레·선박

홍대용이 청나라에서 가장 인상 깊게 본 것은 시장경제의 눈부신 발전이었다. 일찍이 김창업은 중국의 시장은 북경의 정양문 밖이 가장 번화하고, 통주(通州)는 북경과 비등하며, 심양과 산해관이 그 다음이라고 보았다. 또 그는 요양(遼陽)의 시장을 보고는 "흡사 우리나라의 시골 나그네가 처음 종로 거리에 당도한 듯했다"고 크게 놀라면서, 요양 이후부터는 심양과 통주 및 북경의 정양문 밖처럼 지극히 번화하다는 곳도 시장의 제도는 다를 바 없으며 크기의 차이만 있을 뿐이라고 했다.[34] 이기지도 통주의 시장이 심양보다 더 번화하다고 하면서 그중 채색 자기(磁器)를 파는 가게를 보고는 현란하여 말로 다 표현할 수 없다고 감탄했으며, 북경의 정양문 밖 시장은 온갖 상품들로 넘쳐나 심양과 통주는 비할 바가 못 된다고 보았다. 또 동악묘(東嶽廟) 일대도 길 좌우로 상품들이 쌓였는데 없는 게 없고 정양문 밖 시장보다 곱절이나 번화하더라고 보고했다.[35]

홍대용은 이와 같은 김창업과 이기지의 견문을 재확인하거나 더욱 확장했다. 그 역시 김창업과 마찬가지로, 시장은 북경이 가장 번화하고 심양이 그다음, 통주가 그다음, 산해관이 그다음이며, 북경에서는 정양문 밖 시장이 특히 번화하다고 소개했다.[36] 그리고 시장마다 화려한 가게들이 즐비하고 갖가지 상품들로 넘쳤으며, 상인들은 잘 차려 입고 준수하게 생겼다고 했다. 심양의 시장을 처음 본 홍대용은 "곳곳이 번화한 경물을 눈으로 미처 보지 못하며 귀로 미처 듣지 못할 것이요, 개개(箇箇)히 장려(壯麗)한 기상이 글로 이루 기록하지 못하고 붓으로 이루 그리지 못할 것이니, 천하에 이름이 있을 것이오, 세상에 비길 데 없는 구경"이라고 감탄했다.[37] 또 그는 통주를 지나 북경을 향하던 도중 길을 가득 메운 행인들을 보고, "그중 준수한 인물과 화려한 의복과 사치한 안마(鞍馬)의 번화한 거동과 호한(浩汗)한 기상이 이미 다른 곳과 현연(顯然)히 다르"더라고 하면서, 그에 비하면 자신의 행색은 지방의 곤궁한 서생이나 두메산골의 촌백성이 허술한 행장(行裝)으로 한강을 건너 도성(都城)을 향하는 모양과 비슷하다고 자조했다.[38] 북경 체류 중에 홍대용은 정양문 밖 시장에 버금가는 서사패루가(西四牌樓街)의 시장에서 성업 중인 주루(酒樓)들을 보고도, "공중에 표묘(縹緲)한 난간이 길을 임하여 영롱한 채색이 서로 비치고, 누 위는 교의(交椅)와 탁자를 줄줄이 놓고 여러 사람들이 반취(半醉)한 얼굴에 잔을 전하여 서로 술을 권하고, 누 아래는 수안장(繡鞍裝)에(다) 살진 말을 드리운 버들의 곳곳에 매었으니, 짐짓(과연) 중국의 번화한 기상"이라고 경탄을 금치 못했다.[39]

　　이처럼 홍대용은 북경을 제외하면 대부분 낙후된 지역에 속하는 중국의 동북 지방만 보고도 그 경제적 번영에 놀라워했다. 아마도 항주를 포함하여 당시 청나라에서 가장 경제가 발달한 강남 지방을 보았더라면 더욱 큰 충격을 받았을 것이다. 단 그는 시장경제의 발전을 예찬하기만 한 것은 아니고, 이에 따른 사치와 낭비 풍조를 비판하기도 했다. 예컨대 북경의 주루에 대해, 화려한 난간이 처마 밖으로 나오도록 꾸몄으므로 비바람에 노출되어 장마를 겪으면 반드시 수리해야 하니 "아무리 재력이 풍족하다고 해도 구차하게 당장 즐기자고 낭비를 아끼지 않는 것은 이해할 수 없다"고 했다.[40] 또 유리창에 대해서도 "대개 여기에 길을 끼고 있는 점포들이 모두 몇 백 몇 천 개나 되는지 모르겠고 상품 제조 비용도 몇 억의 거금이 들었는지 모르겠으나, 백성들이 부모를 봉양하고 장례 치르는 데에 불가결한 일용품들을 찾자면 하나도 없다. 단지 정교하지만 실용 가치가 없고 사치하고 화려해서 본심을 잃게 만드는 도구들뿐이다"라고 비판하면서, 중국의 사치 풍조를 개탄했다.[41]

시장과 관련하여 홍대용은 사람과 화물을 운송하는 중국의 수레와 선박에 대해서도 큰 관심을 기울였다. 중국의 수레에 관해서는 김창업도 주목한 바 있지만,[42] 홍대용은 수레의 종류와 장점을 훨씬 더 자세하게 관찰했다. 즉, 사람이 타는 마차인 태평차(太平車), 물통을 싣고 다니는 급차(汲車), 주로 분뇨를 운반하는 인력거인 독륜차(獨輪車) 등을 소개하고, 바퀴 축의 길이가 조금도 틀리지 않도록 수레를 정밀하고 균형 잡히게 만들어 무거운 짐을 싣고도 빨리 갈 수 있게 했다고 보고했다.[43] 북경의 성안에서 삯을 받고 행인을 태우는 영업용 수레를 보아도 "길이 편하고 수레를 정(精)히 만들었는지라 바퀴 돌아가기를 저절로 구르는 듯하"다고 했다.[44]

홍대용은 김창업의 『연행일기』에서 중국의 장관(壯觀)의 하나로 '통주의 선박들'을 꼽았으므로 이를 꼭 보고 싶었으나, 북경으로 갈 때에는 길이 달라 보지 못했다. 귀환 길에야 통주에서 무수한 선박들이 운집한 장관을 보았으며, "여러 배에 올라 그 제도를 자세히" 관찰할 수 있었다.[45] 통주의 선박에 관해서는 이기지도 직접 선상에 올라 유심히 관찰하고는 "제도가 견고하고 장대하여 큰 풍랑을 만날지라도 파손될 걱정이 없다"고 칭찬한 바 있다.[46] 홍대용 역시 중국의 "선박 제도는 더욱 정교하고 치밀하다"고 하면서, 바다를 다니는 조운선뿐 아니라 하천을 다니는 작은 배까지도 모두 판옥선(板屋

船)이어서, 풍파를 걱정할 필요가 없고 수전(水戰)에도 활용할 수 있다고 했다. 또 "운수(運輸)에 편리하기로는 사람은 말보다 못하며, 말은 수레만 못하고, 수레는 선박만 못하다"고 하면서, 운하를 이용한 선박 수송의 이익이 막대함을 강조하고, 중국의 갑문식 운하의 장점과 이를 건설하고 운용하는 법을 상세히 소개했다.[47]

건물·도로·성곽·벽돌

궁궐을 비롯한 중국의 건물과 성곽 역시 홍대용의 주목을 끌었다. 『연행일기』에서 김창업은 자금성에 대해 소개하면서, 여러 겹 대문들이 "먹줄 친 듯이 직선을 이루어 활짝 열면 안팎으로 시원스레 통하여 휘고 굽은 데가 없다"고 했다. 또 자금성은 "명나라 영락제(永樂帝)가 창건한 것인데, 갑신년(1644) 이자성(李自成)의 반란 때 불타 버렸으나 그 뒤에 상당히 중수하여 제도는 모두 예전대로였다. 웅장하고 화려하며 질서 정연하니, 참으로 제왕의 거처로다"라고 감탄했다.[48] 이기지도 북경의 동쪽 성문으로 3층의 푸른 기와 지붕에다 높이가 열 길이 넘는 문루(門樓)를 갖춘 조양문(朝陽門)을 보고는 "높고 튼튼하며 굉장하고 훌륭하니, 제왕의 거처라 이를 만하다"고 했다.[49]

홍대용 역시 자금성 내부를 구경하고는, 태화전(太和殿)을 비롯한 "모든 건물들이 하늘 높이 솟고 계단과 난간이 굉장하고 화려한 것은 말로 전할 수 없고 글로 기록할 수도 없다. 우뚝하고 눈부시어 참으로 천왕(天王: 천자)의 궁정이라 하겠다"고 감탄해 마지않았다.[50]

또 그는 중국의 절과 도관(道觀: 도교 사원)들도 웅장하고 화려함을 보고했다. 태산(泰山)의 신령을 제사하는 동악묘에 대해 "연로에 큰 묘당을 세운 곳이 많으되 이런 웅장한 것은 첫 번" 본다고 감탄했으며, 옥황상제를 모시는 옥소궁(玉霄宮)에 대해서도 "그 웅장한 제도와 휘황한 단청이 말로 이를 전할 길이 없"다고 했다.[51] 라마교(티베트 불교) 사원으로 옹정제의 원당(願堂)인 옹화궁(雍和宮)을 보고도, "비록 진시황의 아방궁과 한 무제(漢武帝)의 건장궁(建章宮)이라도 필연 예서 지날 것이 없으리니, 천하 재물과 백성의 근력(筋力)을 부질 없는 곳에 헛되이 허비하니 황제의 거조(擧措)는 허랑하거니와, 중국의 넓은 역량을 족히 짐작할러라"라고 감탄했다.[52]

김창업과 마찬가지로, 홍대용은 중국의 일반 주택에 대해서도 주의 깊게 관찰했다.[53] 그는 관가든 민가든 중국의 집들은 조선에 비하면 곱절이나 드높으며, 북경의 성 안팎은 물론 심양·산해관 등의 큰 도읍들도 모두 기와집으로 되어 있다고 보고했다. 심지어 아주 작은 시골 여관조차 기와집과 초가집이 반반으로, 그중 초가집도 웅장하고 튼튼해서 조선의 변변찮고 누추한 주막집과는 전혀 다르다고 했다. 그리고 중국의 난방 시설인 캉(炕)은 오로지 벽돌로 만드는데, 불길을 잘 빨아들여 고루 따뜻하고 연기로 인한 고통도 없다고 했다. 또 대문 안에는 벽돌을 깔아 마루 아래까지 길을 만들었으며, 이러한 벽돌 길 위에 다시 고운 자갈을 깔아 각종 꽃무늬를 만든 집들도 있다고 전했다.[54]

이기지와 마찬가지로, 홍대용은 중국의 도로에도 주목했다.[55] 정양문을 비롯한 북경의 9대 성문들과 통하는 큰길은 모두 먹줄로 친 듯이 평평하고 곧았으며, 서민들이 사는 골목길(이른바 호동衚衕)

도 조선처럼 구불구불하지 않았다고 했다. 게다가 궁궐부터 서민들의 거주지에 이르기까지 모두 하수구를 설치하고 크고 작은 도로의 양쪽에도 하수구를 설치해 사람과 거마(車馬)의 통행에 불편함이 없도록 했다고 전했다.[56] 그는 숭문문(崇文門: 일명 합달문哈達門)과 안정문(安定門) 사이의 남북 10여 리가 되는 큰길이 먹줄로 친 듯이 바른 것을 보고, "대개 황성(皇城) 안은 대소(大小) 골목이 굽은 길이 없고 너르기(넓이) 균적(均適)하여 한 곳도 굽은 데 없으니, 대국의 엄정한 규모를 여기(서)도 알 것이더라"라고 감탄했다.[57]

중국의 성곽에 관해서는 김창업도 『연행일기』에서 간략히 소개한 바 있다.[58] 홍대용은 북경의 성곽 제도를 자세히 관찰했다. 북경의 내성(內城)은 정방형으로 높고 두터웠으며, 벽돌로 쌓기를 대패로 깎은 듯해 안팎이 몹시 가팔랐고, 성벽에 뚫어 놓은 총구멍과 현안(懸眼)도 조선보다 곱절이나 정교하고 견고하다고 보았다. 그리고 북경의 9대 성문은 모두 옹성(甕城)을 갖추었는데 옹성을 지키는 적루(敵樓)는 멀리서 바라만 보아도 넋이 달아날 정도로 사납고 위엄 있게 만들어졌다고 하면서, 『주역』에서 이른바 "왕공(王公)은 험한 시설을 지어 제 나라를 지킨다" 했으니 "하늘처럼 험해서 올라갈 수가 없다"는 말이 바로 이 경우에 해당되는 듯싶다고 칭송했다.[59] 자금성을 에워싼 높은 담장도 20리나 되는데 벽돌로 쌓은 뒤 붉은 흙을 바르고 황색 기와를 덮었으며, 역시 먹줄로 친 듯이 반듯하다고 했다. 그리하여 아침 햇살에 반사되어 눈부신 그 광경을 보노라면, 비록 『사기』에서 제왕이 세상을 다스리는 비결은 "그의 덕에 달려 있지, 험지에 달려 있지 않다"고 했지만, 이처럼 성곽과 궁궐이 웅대하고 장엄한 것은 천하에 위세를 떨치고 민심을 안정시키는 데 일

조할 것이라고 긍정했다.[60]

　『을병연행록』에서 홍대용은 자금성 동쪽의 동화문(東華門)을 지나며 자금성의 해자(垓子)를 보았더니, 넓이가 30여 보나 되고 좌우에 서너 길로 쌓은 석축이 한 곳도 흐트러진 데를 보지 못했다고 했다.[61] 또 한림 팽관의 집을 방문하고자 가던 길에 북경의 외성을 보고는, "대저 성 제양(制樣: 양식)이 10여 장(丈) 높이에 아래 위에 (먹) 줄로 친 듯하고 벽장(벽돌 낱장)을 이(짬)를 맞추어 조그만 틈이 없으니, 사람이 혹 가만히 오르내리고자 하여도 발붙일 곳이 없을러라"라고 전했다.[62] 『연기』에서도 그는 옹성 보수공사 현장을 보았더니, 해자 옆에 새로 구운 벽돌을 헤아릴 수 없이 많이 쌓아 놓았는데, "성의 표면에 벽돌로 쌓은 것이 이미 허물어졌어도 안에 쌓은 것에는 질서정연하게 새로 완성된 것이 있었고, 안팎이 모두 훼손된 것들도 그 중간에 흙으로 쌓은 것이 지극히 견고해서 굴착하면 암석을 굴착하는 듯했으니, 얼마나 정확하게 부피를 계산해서 시공했는지를 알 수 있겠다"고 감탄했다.[63]

　후일 익위사 시직이 된 홍대용은 북경의 성곽과 해자가 어떠하더냐고 묻는 동궁(세손 시절의 정조)의 질문에 답하여, "성곽의 높이는 5~6장이 되며, 내성과 외성 모두 여장(女墻: 성가퀴)을 설치했고 성곽의 안팎이 몹시 가팔라서, 우리나라의 성곽 제도와는 달랐습니다. 넓기로 말하자면, 성곽의 윗면이 숫돌처럼 평평하게 펼쳐져 있어 십마대(十馬隊: 말 열 마리로 편성된 부대)라도 말을 달릴 수 있었습니다"라고 아뢰었다. 이어서 동궁이 『주역』의 말을 빌려 "비록 '덕에 달려 있지, 험지에 달려 있지 않다'고는 하지만, 성곽 제도가 이미 이와 같다면 역시 공격하기 쉽지 않겠소"라고 하자, 그는 "성곽과 해자가 험난해도 본래 믿을 것은 못 됩니다만, 저들의 세력이 우리와 균등하다면 공격하기가 실로 쉽지 않을 것입니다"라고 동의했다.[64] 이와 같은 문답에서도 보듯이, 북경의 성곽 제도를 관찰한 결과 홍대용은 청나라에 대한 북벌론적 사고의 비현실성을 확인하게 되었을 것이다.

홍대용은 중국의 건물과 성곽 등에 벽돌이 광범하게 활용되고 있는 사실도 자주 보고했다.[65] 이미 언급했듯이, 중국에서는 난방 시설인 캉을 벽돌로 만들고 마당에 벽돌을 깔아 길을 내며, 북경의 내성 및 외성과 그 옹성, 그리고 자금성의 담장 등을 모두 벽돌로 반듯하게 쌓았다고 했다. 이밖에도 그는 길가에 서 있는 비석들은 모두 좌우와 위를 벽돌로 쌓아 비바람을 막게 했으며, 벽돌 굽는 가마 하나가 벽돌 1만 개를 구울 수 있다고 보고했다. 또 그는 "연로의 성곽과 해자는 북경·산해관·심양의 세 곳이 가장 웅장하고 화려하다"고 하면서, 풍윤현(豐潤縣)과 같은 작은 현의 성곽조차 "넓이가 말 열 마리를 달리게 할 수 있을 정도이고, 벽돌을 깔아서 숫돌처럼 평평하고 광활했으며, 곱자로 잰 것처럼 직각을 이루고 먹줄을 친 것처럼 일직선을 이루어 갈은 듯하고 깎은 듯하니 반 점도 비뚤어진 데가 없었다. 화인(華人: 중국인)들이 매사에 이와 같고 작은 현도 이와 같으니, 황성이 웅장하고 화려함은 말할 것도 없음을 알겠노라"고 감탄했다.[66]

편리한 일용 기물들

홍대용의 『연기』는 대다수의 연행록들처럼 견문을 날짜별로 기술한 것이 아니라, 주제별로 정리한 독특한 방식을 취하고 있다. 청나라의 선진 문물에 관해서는 「연로기략」(沿路記略)과 「경성기략」(京城記略) 이하 여러 항목들에서 소개하고 있는데, 앞의 두 항목을 제외하고 「시사」(市肆), 「사관」(寺觀), 「옥택」(屋宅) 등 단일한 주제를 다룬 항목들 중에서는 중국인이 일상생활에서 사용하는 각종 기물들을 소개한 「기용」(器用)이 가장 큰 비중을 차지하고 있다. 따라서 이는 실사(實事)와 실용을 추구한 홍대용의 실학적 관심이 잘 드러나 있는 항목이라 하겠다. 여기에서 자세히 소개한 중국의 수레와 선박에 관해서는 이미 살펴보았다. 이밖에도 그는 편담(扁擔: 멜대),[67] 가마, 수차(水車: 양수기), 쇄수 동차(灑水銅車: 동제銅製 살수차),[68] 연자매,[69] 풍궤자(風櫃子: 풍구), 디딜방아, 면차(綿車: 씨아), 대장간의 주조(鑄造) 기구, 다듬이질 기계, 우물 제도, 지촉(脂燭: 동물 기름으로 만든 초), 소차(繅車: 고치로 실을 켜는 물레),[70] 면궁(綿弓: 솜 타는 활),[71] 나사(羅篩: 일명 면라麵羅. 가루체), 주산(珠算), 상여(喪輿) 기구와 혼례 기구, 자기(磁器), 동전, 가마솥과 독 및 되, 천칭 저울,[72] 등롱(燈籠), 어항, 백보등(百步燈: 일명 조적등照賊燈, 탐조등),[73] 변기(便器),[74] 목재 등 실로 다종다양한 기물들을 소개했다. 여기에다 각종 무기류와 악기류를 소개한 「병기」(兵器), 「악기」(樂器)까지 합하면 중국의 일용 기물들을 망라한 백과사전적 내용을 갖추었다고 해도 과언이 아니다.

『연기』 「기용」에서 홍대용은 특별한 기술이나 큰 비용 없이 만들 수 있으면서도 관개 능력이 뛰어난 수차의 제작법, 관개용과 소

소방용 수총차 베이징 수도박물관 소장

화용(燒火用)으로 두루 쓸 수 있는 쇄수 동차와 탈곡기인 풍궤자 등
의 구조와 작동법을 상세히 소개했다.[75] 풍궤자에 대해서는 『을병
연행록』에서도 "간편하고 신속하되 인력이 바히(아주 전혀) 들지 아
니하니 기이한 제도"라고 칭찬했다.[76] 또 중국의 면차는 하루에 목
화씨를 80근이나 빼낼 수 있고, 대장간의 가죽 풀무 및 철제 도가니
와 철제 거푸집은 조선보다 성능이 월등하다고 했다.[77]

중국의 다듬이질 기계에 대해서도 홍대용은 홍두깨로 두들기지
않고 발로 돌을 번갈아 밟기만 해도 한 사람이 하루에 옷감 수십 필
을 다듬이질할 수 있다고 했다. 또한 발로 페달을 밟아서 나사(가루

제분기 각타라(면라)
초각본 『천공개물』(天工開物) 수록

체)를 움직이는 제분기(製粉機)인 각타라(脚打羅: 일명 각답면라脚踏麵羅)
를 대표적인 예로 들면서, "무릇 중국의 기계는 발로 밟아 작동하는
것들이 많다. 대개 손으로 움직이는 방식에 비해 힘을 절반 이상 줄
이되 성과는 배가 된다"고 높이 평가했다.[78]

　김창업·이기지와 마찬가지로 홍대용은 중국의 우물 제도를 유
심히 관찰했다.[79] 수질을 보호하는 한편 추락 사고를 막고자 좁은
구멍을 낸 돌 뚜껑으로 우물을 덮었으니, 이처럼 "치밀한 화속(華俗:
중국 풍속)은 본받을 만하다"고 했다. 그리고 도르래를 써서 힘을 덜
들이고 물을 많이 길어 올리며, 버들로 짜서 만든 두레박은 내구성
이 좋고 바가지보다 튼튼하다고 했다.[80] 『을병연행록』에서도 한 마
을의 우물을 관찰했더니, 도르래를 써서 "인력이 덜 들고 물을 배
(倍)히 얻으니, 북경 사람이 마음이 허회(虛懷)하고 풍속이 굵으되,

그중에 일하는 기계는 다 공교하고 세밀하기(가) 이러하니, 사사(事事)이(일마다) 아국(我國)이 미치지 못할 곳일러라"라고 감탄했다.[81]

홍대용은 중국에서는 일용 그릇으로 오직 자기를 숭상하는데 파손된 자기를 감쪽같이 수리하는 솜씨도 놀랍다고 했다. 또 북경의 유리창과 통주의 시장에는 온갖 진기한 고급 자기들로 넘쳐나며, 그중에는 구리 그릇에 사기를 입혀 화려하고 단단하게 만든 서양제 자기도 있더라고 전했다.[82] 『을병연행록』에서도 그는 북경의 옹화궁에서 보니, "꽃 꽂은 병이 네다섯 쌍이로되, 다 서양국 소산이라. 다 구리로 만들고 겉으로 사기를 입혀 온갖 채색으로 화기(畫器) 무늬를 놓았으되, 다 영롱(玲瓏) 공교(工巧)하여 이상한 제작"이라고 경탄했다.[83]

단 이와 같은 청나라의 일용 기물에 대해 홍대용이 긍정적인 평가만을 내렸던 것은 아니다. "화속에서 무릇 일용 기물에 속하는 것들은 오로지 간편하고 정교함을 숭상한다"고 칭찬하면서도, 북경의 상여(喪輿) 기구만은 지나치게 장대하다고 비판했다. 또 중국의 독은 아랫부분이 가늘어서 살짝 건드리기만 해도 넘어지고 중국의 되도 입구가 바닥보다 배나 넓어서 양을 속이기 쉬우니 "이 두 가지 기물의 제도가 잘못된 까닭을 이해할 수 없다"고 했다.[84]

한편 홍대용은 중국의 뛰어난 계산술에 관해서도 보고했다. 산가지를 사용하는 주산(籌算)을 고수하고 있던 당시 조선과 달리, 청나라에서는 역법 계산은 오로지 서양식 필산(筆算)을 하고 시장의 상인들은 오로지 주판을 사용하는 주산(珠算)을 하는데 종래의 산가지를 사용한 주산(籌算)에 비하면 대단히 신속하고 간편하다고 했다.[85] 『연기』「시사」에서도 그는 전당포에서 주판으로 계산하는 것

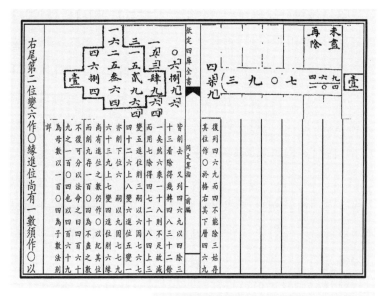

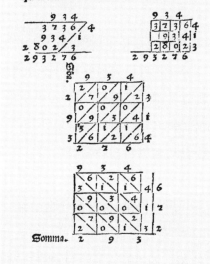

상: 『동문산지』(同文算指)에 소개된 서양식 필산 1832487÷469의 계산법. 답은 3907과 104/469임을 표시

하: 라틴어 산수 서적에 소개된 필산 934×314의 여러 가지 계산법. 1478년 간행

을 곁에서 보았더니 손가락 놀림이 워낙 빠르고 민첩해서 알아차릴 수 없을 지경이라고 감탄하면서, 지금 중국에서는 주산(珠算)과 필산을 숭상하여 예전의 주산(籌算)은 완전히 사라졌다고 했다.[86] 명나라 이후 민간의 상거래에서 주산(珠算)이 성행함으로써 종래의 주산(籌算)을 대체하는 한편, 명나라 말에 마테오 리치와 이지조(李之藻)가 편역한『동문산지』(同文算指)를 통해 새로운 서양식 필산이 중국에 처음 도입되어 역법 계산에 응용되었던 사실을 주목한 것이다. 서양식 필산이란 인도·아라비아 숫자 대신 한자 숫자를 쓰되 십진법과 0(제로)을 도입한 계산법이다. 서양에서는 16세기에 이미 라틴 숫자와 산판(算板) 대신 인도·아라비아 숫자를 사용한 필기 계산법이 널리 보급되어 상업 수학과 대수학(代數學)의 발전에 기여했다.[87]

청나라의 무기와 악기

『연기』에서 홍대용이 「병기」와 「악기」 항목을 별도로 설정하여 각각 청나라의 각종 무기와 악기를 소개한 것도 병학(兵學)과 음악에 대한 그의 실학적 관심을 잘 보여 준다. 「병기」에서 그는 청나라의 활과 조총을 조선 것과 비교하여 자세히 관찰했다.[88] 조선 활보다 훨씬 크고 뻣뻣한 청나라 활은 사정거리가 짧은 반면 비바람을 타지 않아 전투와 사냥에 더 적합하다고 보았다.[89] 또 조총은 오로지 총열이 길어야 이로운데 청나라 조총은 총열이 조선 것보다 3분의 1이나 더 길다고 하면서, 이런 예리한 병기를 가졌을 뿐 아니라 말을 탄 채로 사격할 수 있으니 저들의 싸우는 솜씨는 두려워할 만하다고 했다.[90] 『연기』「동화관사」(東華觀射)에서 홍대용은 북경의 동안문과 동화문 사이의 궁궐 담장 안에서 청나라 병졸들이 활쏘기 시험을 치르는 광경을 주의 깊게 구경하고, 1등 시위(侍衛)인 만주인 무관과 조선의 활 쏘는 법 및 활과 화살 제도에 관해 문답을 나눈 사실을 기록했다.[91] 또『연기』「축물」(畜物)에서는 자금성의 남쪽에서 기인(旗人)들이 말 타는 광경을 관찰했더니, "불똥이 튀듯 번개 치듯 빨라서, 멍하니 넋을 잃게 만든다"고 했다.[92]

『을병연행록』에서도 그는 북경의 선무문(宣武門) 근처에서 능수능란하게 승마 훈련을 수행하던 군사들을 관찰하고는 "그 활 쏘는 법과 병기 부리는 재주는 비록 보지 못하였으나, 이(것)만 보아도 융마(戎馬)의 위엄은 진실로 천하의 으뜸이 될러라"라고 감탄했다. 그리고 융복사(隆福寺)의 시장에서는 팔려고 벌여 놓은 온갖 병기 중의 하나로 조총을 구경하고 그 구조를 묘사했다. 또한 귀환 길에 올라 심양으로 향하던 도중 만난 만주인 관원 두 사람에게 활쏘기와 창검 쓰는 법을 물었더니, 대강 시범을 보이고 나서 "그중 말 위에서 총 놓는(쏘는) 법이 제일 무서운 군기(軍器)라 하더라"고 전했다.[93] 심양에 머물 때 홍대용은 숙소의 주인이자 부학(府學)의 조교(助教)인 만주인 납영수(拉永壽)를 상대로 심양에 주둔한 청나라 군대의 규모와 편성, 병기의 종류 등에 관해 탐문했다. 납 조교의 말에 의하면, 심양의 주둔군은 기마병으로만 편성되어 있으나 달리는 말 위에서 보병처럼 조총을 발사하므로 화살이나 창칼을 쓸 때보다 훨씬 용맹하다고 했다.[94]

홍대용은 청나라의 무비(武備)와 관련하여 중국의 말에 대해서도 주목했다. 『연기』「축물」에서 그는 무관을 '사마'(司馬: 말 담당 관리)로 칭한『주례』와, 국부(國富)를 물으면 말의 숫자를 들어 답했다고 한『예기』를 인용하면서, "말은 본래 나라의 보배이다"라고 역설했다. 그런데 청나라에서는 하인이나 병졸조차 말을 타며 걸인이 아니면 걸어 다니는 법이 없고, 말이 대단히 많이 생산되어 말 값이 아주 싸다고 했다. 또 고관대작이라 해도 견마잡이 없이 말을 몰며, 말안장은 크고 무거운 조선의 안장과 달리 가볍고 견고하다고 했다.[95] 이와 아울러『을병연행록』에서 그는 가벼운 가죽옷을 입고 살진 말을 탄 중국인들이 뒤를 싸맨 옷을 입고 말을 탄 조선 사행을 보고 크게 비웃더라고 했다. "대개 오랑캐 의복이 다 뒤를 트고 자락을 걷어 단추를 끼웠으니, 안장에 앉음에 뒤를 쌀 것이 없고, 말을 탈 적(에)도 손수 고삐를 이끌어 평지 위에서 심상히 올라 앉아 견마(牽馬)와 등자(鐙子)를 붙드는 일이 없으니, 이러므로 아국(我國) 사람의 미련하고 경첩(輕捷)(하)지 못함을 웃더라"는 것이다.[96] 이는「의산문답」에서 "선비의 옷차림이 위엄 있어 보여도 오랑캐의 옷차림이 간편한 것만 못하다"고 한 과격한 발언과 상통한다고 하겠다.[97]

이상과 같이 홍대용이 청나라의 무기에 깊은 관심을 표명한 것은, 일찍부터 고대의 '육예'(六藝)에 뜻을 두고 '군국경제'(軍國經濟)의 사업을 흠모하여 활쏘기를 익히고 병서(兵書)를 읽으면서 병학에도 힘썼던 그의 학문적 지향과 직결된 것이라 할 수 있다. 북경의 성곽제도뿐만 아니라 청나라의 무기류와 기마술 등을 관찰한 결과 그는 북벌론의 비현실성을 거듭 확인하게 되었을 것이다.

홍대용은 평소 음악에 관심이 많고 거문고 연주에 능했을 뿐 아니라 당금 연주법을 배워 오는 일이 사행의 한 임무이기도 했으므로 청나라의 악기와 음악도 유심히 관찰했다.[98]『연기』「악기」에서 그는 당금을 비롯하여 생황, 쟁(箏), 비파, 현자(弦子: 일명 완함阮咸), 호금(壺琴: 해금 비슷한 악기), 양금(洋琴), 대젓대 등 다양한 악기들을 소개했다. 그리고 민간의 연회 음악에는 생황·비파·호금·양금·현자·대젓대 등 여섯 가지 악기를 합주한다고 하면서, 필담할 때 엄성이 비난했던 대로 이런 북방 음악은 오랑캐 음악이 뒤섞여서 소리가 카랑카랑하고 촉박하기는 하지만 시종일관 박자가 일정하고 음조가 곧바르며 슬픔과 원한의 감정을 나타내지 않으니, "역시 대륙의 음악에 속한다"고 높이 평가했다.[99]

또 정월 초하룻날 조참(朝參)에 따라갔다가 들었던 청나라의 아악(雅樂)에 대해 홍대용은 북방 음악이라 그런지 소리가 "너무 맑고 높다"고 평하면서, "느리면서 부드러운 데 가까운" 조선의 아악과 비교하면 어느 쪽이 순수하고 바른 음악에 가까운지 모르겠노라고 판단을 유보했다.[100] 그런데 『연기』 「정조조참」(正朝朝參)에서는 청나라 아악은 박자가 촉박해서 고대 중국의 이상적인 음악과는 결코 같지 않으나, "소리가 맑고 높으며 곧바르고, 애원하는 감정을 느리고 부드럽게 나타내지 않으니, 역시 난세의 음악은 아니다"라고 높이 평가했다. 게다가 청나라의 아악 악기 중에서 편종과 편경은 특히 소리가 낭랑하게 울려 퍼져서 들으면 마음이 맑아지니, 이처럼 "금석으로 된 악기들이 정교하게 만들어져 법도에 맞는 점에서 외국의 악기들은 비교가 되지 않을 것 같다"고 칭찬했다.[101] 실제로 청나라의 아악은 순치제 즉위 이후 명나라의 옛 제도를 충실히 계승하면서 강희제와 건륭제에 의해 크게 정비되었다. 강희제 때 편찬된 『율려정의』(律呂正義)와 건륭제 때 편찬된 『율려정의 후편』(律呂正義後編)은 이러한 아악 정비 사업과 연계된 학문적 성과물이다.[102]

歐邏鐵絲琴圖

此邊如第二絃為岳第三絃為岳次第逆上而如是

此邊若第一絃為岳第二絃為弓次第逆上而如是

左銅鐵　　　　　　　　　　右銅鐵　　岳山

上應　㳂沖　沽　㳂　微　角　㳂潢

仲姑　無　黃　林　夷太　大黃

慢以不燥不濕為法

第七鼓絃

鼓瑟之法運手如翰下竿如顫始

乃發聲

第八琴銘

雅亭先生銘洪湛軒之琴曰謂之琴
柤以絃謂之綵刻以箏備箏之
體藉琴之音竹之魚乎木艸也
魚之間乎獸禽也又銘徐觀軒
琴曰空二玉及二桐顱二竹纖
三銅鏗鏗瓏瓏歐邏技
震檀聰李圭景圭景祖父也

상: 구라철사금도(歐邏鐵絲琴圖)
하: 홍대용과 서상수의 양금에 지어 준 이덕무의 명(銘)
이규경, 『구라철사금자보』(歐邏鐵絲琴字譜) 수록

『연기』「악기」에서 청나라의 악기 중 당금을 첫 번째로 소개했을 만큼, 홍대용은 이 악기를 중시했다. 그는 당금이야말로 공자가 연주했던 고대의 금(琴)을 계승한 악기라고 몹시 숭상하면서, 조선의 거문고보다 소리가 훨씬 뛰어나다고 칭찬했다. 이미 살펴보았듯이, 북경 체류 중에 홍대용이 악사 장문주와 함께 청나라의 태상시 악관인 유생을 찾아가 당금 연주법을 배우려고 애썼던 사실은『연기』「금포유생」(琴鋪劉生)과『을병연행록』의 해당 기사에 상세히 기술되어 있다.

양금은『연기』「악기」에는 간략하게 소개되었으나, 실은 당금에 못지않게 홍대용이 큰 관심을 쏟았던 악기이다. 이는 명나라 말에 마테오 리치가 중국에 처음 전래한 것으로 알려졌다.[103] 실제로 마테오 리치는 1601년 명나라 만력제(萬曆帝)에게 '대서양금'(大西洋琴)을 포함한 공물들을 진상한 바 있다. 또한 그는 동행한 선교사 판토하(Diego de Pantoja, 중국명 방적아龐迪我, 1571~1618)를 시켜 궁중의 환관들에게 양금 연주법을 가르쳤을 뿐만 아니라, 양금을 반주 삼아 천주교 교리를 노래한 「서금곡의」(西琴曲意)라는 한문 가사 8장을 짓기도 했다.[104]

홍대용은 양금에 대해 "서양에서 유래한 것인데 중국에서 모방하여 사용하고 있다"고 소개하면서, "다만 소리가 너무 다급하여 촉박한 데 가까우니, 당금과 비파보다 훨씬 못하다"고 평했다.[105] 또한 『을병연행록』에서 그는 청나라 통관 서종맹(徐宗孟)이 부사(副使)의 숙소 방에 베푼 풍류에 참석했을 적에 구경한 양금의 연주법을 소개했다. 양금을 탁자 위에 비스듬히 눕히고, 교의에 올라앉은 연주자가 양손에 각각 대쪽을 들고 쇠줄을 두드리더라고 했다.[106] 이로 미루어 홍대용은 북경에 와서 양금을 처음 보았음에 틀림없다. 그리고 아마도 당시에 이 악기를 구입하지 않았나 한다. 『연기』의 이본인 『연행잡기』 중 중국에서 구입한 물품들의 목록인 「탁장」(橐裝)에는 양금이 기록되어 있지 않으나, 후일 반정균이 홍대용에게 보낸 서신 중에 "예전에 족하(귀하)가 연주한 금(琴)을 보았더니 모양이 달랐는데, 나중에 그것이 구라파(유럽) 제품임을 알았습니다"라고 한 구절이 있다.[107] 양금은 '구라철사금'(歐邏鐵絲琴) 또는 '구라철현금'(歐邏鐵絃琴), '구라철금' 등으로도 불렸다. 황윤석도 홍대용이 북경 여행을 통해 '서양 자명종'과 아울러 '서양 철금'을 입수했으며 나들이할 때면 반드시 휴대하고 다닌다는 소문을 들었다고 한다.[108]

양금은 사행 무역을 통해 늦어도 1760년대 초에는 이미 국내에 유입된 것으로 보인다.[109] 하지만 이를 조율하고 연주하는 법을 알지 못해 오랫동안 일부 호사가들의 애장품에 머물러 있었으며, 이질적인 외래 악기여서 향악(鄕樂) 연주에도 쓰이지 못했다.[110] 이런 실정에서 홍대용은 희귀한 양금을 남달리 소유하고 있었을 뿐 아니라, 1772년 국내 최초로 향악 음정에 조율하여 양금을 연주하는 데 성공했다. 그 이후 연주법이 국내의 금사(琴師: 거문고 연주에 능한 악사)들에게 전파되면서 양금은 향악의 합주 악기나 가곡의 반주 악기로 애용되기 시작했다고 한다.[111]

1773년 이덕무와 유득공이 홍대용을 방문하고 지은 한시를 보면, 그가 평소 양금을 즐겨 연주했음을 알 수 있다.[112] 또한 이덕무는 홍대용의 양금에 명(銘)을 지어 주었다. "금(金)이라 하자니 줄을 조이었고, 사(絲)라 하자니 대쪽으로 두드리네. ……대나무는 나무이자 풀이고, 물고기는 날짐승과 길짐승 사이에 있지"라고 하여, 양금이 팔음(八音: 재료에 따른 전통적 악기 분류법) 중 금부(金部) 악기와 사부(絲部) 악기의 속성을 겸했음을 대나무와 물고기에 비겨 해학적으로 표현했다.[113]

홍대용은 양금에 관해 논한 「황종고금이동지의」(黃鍾古今異同之疑)란 글도 남겼다. 이 글에서 그는 십이율(十二律: 전통적인 12음계)의 표준음인 황종(黃鍾)이 후대로 오면서 자꾸 달라지는 폐단을 극복하기 위해서는 종래의 율관(律管)과 금현(琴絃) 또는 편종 대신에 서양에서 유래한 양금을 율준(律準: 기준 악기)으로 삼아야 한다는 대담한 주장을 폈다. 그에 의하면, 양금은 각 부분들이 음양과 사계절, 1년 열두 달과 천지인(天地人) 삼재(三才)를 상징하고 있다. 뿐만 아니라 근래에 두 줄을 더해 모두 열네 줄[114]로써 십이율과 사청성(四淸聲)을 삼품(三品)[115]에 안배하여 음정을 명백히 표현하며, 줄을 조율하기가 몹시 편하여 상생(相生)의 방법으로 십이율을 분명히 정할 수 있다. 따라서 양금으로 황종을 정하면, 율관을 채우는 기장[黍] 낟알의 크기나 금의 궁현(宮絃: 궁음宮音을 내는 기준이 되는 현)의 굵기가 불균등한 까닭에 황종이 달라질 수밖에 없었던 종래의 방법들보다 비할 수 없이 정확하다는 것이다. "지금의 세상에 살면서 정률(正律: 십이율)을 구하자면, 이 양금을 버리고 무엇으로 하리오?"[116]

나아가 홍대용은, 서양 수학의 할원술(割圓術)에 의거해 더욱 정확한 원주율을 알게 됨에 따라 원에 관한 계산이 극도로 정밀해지고, 아담 샬이 편찬한 『서양신법역서』(西洋新法曆書)에 기초해 시헌력을 만듦에 따라 천문 예측의 오차가 없어진 시대에 발맞추어 양금의 제도 역시 출현했으리라고 보았다.[117] 명말 청초에 서학의 도입으로 전통적인 수학과 천문학이 혁신되었듯이, 그와 동시대에 전래된 양금을 율준으로 삼음으로써 전통 음악도 혁신되기를 기대한 것이다. 홍대용이 양금을 얼마나 중요한 악기로 여겼는지를 알 수 있다.

양금은 홍대용뿐만 아니라 박지원과 서상수(徐常修, 1753~1793), 이희경(李喜經, 1745~1805 이후) 등도 연주할 줄 알았다. 홍대용이 양금으로 향악을 연주하는 데 처음 성공하자, 박지원은 즉시 그 연주법을 배워 심심하면 두어 곡조 타기도 했다고 한다.[118] 그 뒤 박지원은 개성의 금학동(琴鶴洞)에 있던 양호맹(梁浩孟)의 별장에 머물 때나, 황해도 금천군의 연암협(燕巖峽) 산중에 은거할 적에도 양금을 잊지 않고 가지고 갔다.[119] 그는 연암협의 은거지에 지은 집을 『시경』의 「고반」(考槃)이란 시에서 따와 '고반당'(考槃堂)이라 명명하고는, '고반'이란 "꽁보리밥을 흰 사발에 가득 담아 양금 위에 놓고는 양금을 쟁반으로 삼아 밥 먹을 때 젓가락으로 두드린다"는 뜻이라고 농담을 하기도 했다.[120] 그만큼 양금을 가까이했음을 알 수 있다.

또 박지원은 1780년 연행 당시 열하(熱河)에서 사귄 중국인 윤가전(尹嘉銓)·왕민호(王民皡)와 고금의 음악에 관해 학문적 대화를 나누었을 적에도 양금을 화제의 하나로 꺼냈는데, 윤가전이 그에게 양금 연주를 부탁했으나 악기를 구하지 못해 실제 소리를 본뜬 구음(口音)을 들려줄 수밖에 없었다고 한다.[121] 열하에서 북경으로 돌아온 박지원은 그동안 숙소에 보관해 둔 양금이 무사함에 안도했으며, 그 양금을 손수 연주하면서 남더러 이에 맞추어 가창하게 했다고 한다.[122] 연행을 다녀온 뒤에 마포의 한강변에 있던 팔촌형 박명원(朴明源)의 별장 세심정(洗心亭)에 우거할 적에도 양금은 늘 그의 곁에 있었다.[123]

이덕무의 매부인 서상수는 고동서화(古董書畫)의 감식에 뛰어났을뿐더러 음률에도 조예가 깊었으며, 특히 퉁소를 잘 불었다고 한다. 유득공이 서상수의 서재를 방문하고 지은 한시를 보면, 오리 모양의 청동 향로에 피운 향이 다하도록 늦잠을 자고 난 뒤에 겹겹이 갈대발을 드리운 채 양금을 연주하는 그의 모습이 그려져 있다.[124] 이덕무는 서상수의 양금에도 명을 지어 주었다. 양금의 특징적인 부분들과 독특한 음향을 묘사한 뒤, "구라파의 기예(技藝)인데, 진단(震檀: 조선)에서 잘 알아듣네"라고 노래했다.[125]

이덕무·박제가와 절친한 이희경 역시 양금을 즐겨 연주했던 듯하다. 1775년 강원도 산골로 이주한 부친을 따라가 있던 그를 방문하고 지은 박제가의 한시에 "양금으로 자야가(子夜歌)를 연주하는데, 운무 서린 대청에는 절강(浙江)의 그림 걸려 있네"라는 구절이 있다. 이 시의 주석에서 박제가는 이희경이 양금 연주를 배웠으며, 항주 선비인 육비·엄성·반정균의 그림을 소유하고 있다고 밝혔다.[126] 1778년 연행 당시 박제가는 북경에서 만난 중국인 당낙우(唐樂宇)와 악률에 관해 진지한 문답을 나누었을 적에도 양금을 거론하면서, 양금과 천주당의 파이프오르간으로도 향악을 연주할 수 있음을 보면 "이 세상 어디든 원성(元聲: 표준음 즉 황종)은 일정함이 틀림없다"고 주장했다.[127] 이는 일찍이 홍대용이 북경의 천주교 남당에서 파이프오르간으로 거문고 곡을 연주했던 사실과, 귀국한 뒤에 그가 양금의 향악 연주법을 스스로 터득한 사실을 근거로 한 주장이었다. 이상과 같이 홍대용을 비롯한 북학파 인사들은 양금을 유달리 애호했다. 양금 연주는 북학파를 하나의 집단으로 묶어 주는 공통의 취미이자 주요 관심사에 속했다.

2장　북학사상의 태동

청 문물의 공통 특징

홍대용은 시장과 수레·선박, 건물과 도로·성곽·벽돌, 일용 기물과 병기·악기 등 청나라의 선진 문물을 다방면으로 자세하게 관찰했다. 이는 그보다 앞서 여행을 다녀왔던 김창업과 이기지의 견문을 대폭 확장하고 보완한 것이었다. 하지만 홍대용은 겉으로 드러난 현상을 관찰하는 데 그치지 않고, 나아가 청 문물의 공통 특징과 청나라의 번영을 낳은 원동력에 관해서도 숙고했다.

홍대용은 청 문물의 첫 번째 특징으로 '웅장함'을 꼽았다. 그는 동악묘·옥소궁과 조양문 등을 보고 거듭 웅장하다고 감탄했으며, 북경의 외성은 황성과 마찬가지로 정방형인데 "위장"(偉壯)함은 버금간다고 했다.[1](→748면) 또 태화전을 비롯한 황성의 건물들은 모두 계단과 난간이 "굉려"(宏麗)하다고 했고, 태화전의 "굉걸(宏傑)한 제도와 장려(壯麗)한 기상"을 칭송했다. 청나라의 성곽 중에 북경·산해관·심양 세 곳이 가장 "웅려"(雄麗)하다고 하면서, 풍윤현처럼 작은 고을의 성곽만 보아도 황성의 웅려함을 짐작할 만하다고도 했다.

홍대용은 '웅장함'과 아울러 '엄정(嚴整)함'을 청 문물의 특징으로 보았다. 그는 북경의 성곽과 궁궐에 대해서 "웅엄"(雄嚴)하다고 했는데, 이는 건물들이 단지 웅장하기만 한 것이 아니라 엄격하게 정돈되어 있음을 지적한 것이다. 북경의 구문(九門) 대로는 물론이고 서민 지역의 골목길조차 "평직"(平直)하여 기울거나 굽은 데가 없으니, "대국의 엄정한 규모"를 알 수 있다고 했다. 또 풍윤현의 성곽이나 자금성의 담장에 대해서도 그는 곱자로 재고 먹줄을 친 듯이 직각과 직선을 이루어 "방직"(方直)하다고 감탄했고, 자금성의 해자역시 한 곳도 석축이 흐트러진 데를 보지 못했으며, 북경의 외성도 아래 위를 먹줄 친 듯한 데다가 벽돌 사이에 조그만 빈틈도 없더라고 보고했다.

이와 함께 홍대용은 요동(遼東)의 태자하(太子河) 연변에 수많은 아름드리 목재들이 똑같은 길이로 잘려서 "제정"(齊整)하게 쌓여 있고, 영평부(永平府)의 서쪽 일대에 닥나무와 뽕나무들이 "정직"(整直)하게 줄지어 심겨 있는 광경을 보고 깊은 인상을 받았다.[2] 뿐만 아니라 농가에서 거름으로 쓰려고 주워 모은 말똥을 방정하게 쌓아놓은 데에 크게 감탄했다. "길가에 거름 쌓은 곳을 보면, 혹 네모지며 혹 둥글며 혹 세모지되, 다 정제(整齊)하고 방정하여 한 곳도 허투루 마구 놓인 곳이 없으니, 중국 풍속이 비록 세세한 곳이라도 구차한 일이 없는가 싶더라"고 했다.[3]

홍대용은 이와 같은 청 문물의 특징이 중국인의 성품에도 나타나 있다고 보았다. 청 문물이 웅장하면서도 엄정하듯이, 중국인은 도량이 넓고 대범하면서도 규율을 엄격히 준수한다고 했다. 그는 "중국인의 풍속과 기질은 우리나라에 비하면 열 배나 관대하다"고 하면서, 아무리 성내고 다투었어도 상대방이 맹세하며 해명하면 즉시 허심탄회하게 용서하고 화해한다고 했다.[4] 수레에 부딪혀서 진창에 자빠진 행인이 새 옷이 더럽혀졌는데도 천천히 일어나 옷을 털고는 미소 지으며 가 버린 사건을 목격하고는, 후한(後漢) 때 관대하기로 유명했던 유관(劉寬)보다 더하다고 감탄했다. 『을병연행록』에서도 이 사건을 거론하며, "중국 사람의 너른 국량(局量)이 종시 당(當)키 어려울러라"라고 평했다.[5] 또 사행 중의 하인들이 삯을 주고 나귀를 탈 것처럼 속여 먼 거리를 따라온 나귀 임자를 허탕 치게 만들었어도 "그저 돌아갈 따름이요 하나도 노하여 욕하는 이 없으니, 중국 사람의 허회(虛懷: 겸허)한 성품이 기특하다"고 하고, 마두가 행인을 건드리며 욕하거나 입에 흙을 처넣는 짓궂은 짓을 해도 "다 웃고 (흙을) 뱉을 따름이요, 종시 노하여 함을 보지 못하니 이상하"다고 칭찬하면서, 우리나라 하인과 마두의 행패를 개탄했다.[6]

이와 비슷한 일화로, 홍대용은 자신의 말이 일으킨 소동을 소개했다. 그가 탄 조선 말은 몸집이 몹시 작으나 성질이 사납고 걷어차기를 잘했는데, 특히 "호마(胡馬)를 보면 더욱 날뛰어 부디 차고자하"였다. 북경으로 향하던 도중에 과연 그 말이 소리를 지르며 옆에 가던 몸집이 거의 두 배나 되는 호마를 걷어찼으나, 호마는 별로 겁내지도 노하지도 않고 대수롭지 않게 피해서 가 버렸다고 한다. 조선 말은 제 몸이 작고 힘이 약함을 잊고 오로지 교만한 성질을 못 이겨 호마를 차려 하고, 호마는 제 힘과 기운이 족히 조선 말 두어 마리를 제어할 만하지만 가소롭게 여겨 겨루지 않으니, "국량의 대

소와 기품의 천심(淺深)을, 짐승을 보매 사람을 짐작할지라"라고 반성했다.[7]

한편 홍대용은 중국인들이 일사불란하게 규율을 지키는 모습도 눈여겨보았다. 심양의 시장에 날이 저물자 점포들이 일시에 물건을 거두고 잠깐 사이에 모조리 점포를 닫아 버리니, "이런 예삿일이라도 아국(의) 규모와 엉뚱하더라(전혀 다르더라)"고 했다. 심지어 양·염소·돼지의 무리를 몰고 가는 광경을 보아도, 가축들이 선두에 선 큰 염소를 따라가며 한 마리도 이탈하지 않고 사람은 한가로이 뒤따라가기만 하니, "어거(馭車)하는 법도가 있으려니와, 짐승의 성품이 또 아국과 다른가 싶더라"고 했다.[8] 또한 북경 정양문 밖의 한 극장에서 경극(京劇)을 관람했는데, 무대와 기물들이 "웅려"(雄麗)하게 배치되고 "아밀"(雅密: 법도에 맞고 주도면밀함)할 뿐만 아니라, "비록 잡스러운 유흥이기는 하지만 행동을 엄정(嚴整)하게 절제하니, 장수가 통솔하는 군대의 규율과 다름이 없다"고 감탄하면서, 이와 같은 "대륙의 풍채(風采: 훌륭한 행동거지)"는 참으로 우리나라가 따라갈 수 없다고 했다.[9] 그는 귀환 길에 주류하(周流河)를 건너는데 비바람을 만나자 일행들이 다투어 배를 타고 건너려다가 사고를 당할 뻔한 일화도 소개했다. 이를 본 중국인들이 모두 깜짝 놀라며 비웃더라고 하면서, "대개 화속(華俗)은 길을 가는데 선후는 있어도 귀천의 구별은 없으며, 위험을 만나도 서로 핍박하지 않고 나루를 건널 때에도 순서가 문란하지 않으니, 원래 다투고 빼앗는 풍속이 없다"고 칭송했다.[10]

홍대용은 웅장함 및 엄정함과 함께, '정밀함'을 청 문물의 특징으로 보았다. 그는 중국 건축의 정교함에 대해 자주 언급했다. 예컨대 명나라 말의 맹장이었던 조대수(祖大壽)와 조대락(祖大樂)의 공적을 기린 두 패루(牌樓)를 보고 "높이가 4~5길이나 되고 귀신처럼 아로새겼으니, 웅교(雄巧)함을 이루 기록할 수 없다"고 했다.[11] 북경의 옹화궁에 대해서도 정전(正殿)의 기둥에 새긴 용의 발톱과 비늘을 보면 마치 살아있는 것 같다고 했으며, 경내의 건물들을 두루 관람할 수는 없었으나 관음각(觀音閣)만 보아도 "정말로 천하의 기교를 다하였다"고 찬탄했다.[12] 이처럼 청 문물의 정교함에 감동한 나머지, 홍대용은 귀신같은 솜씨로 사행의 물건을 훔치는 동악묘 주변의 좀도적들에 대해서조차 "역시 중국다운 기교를 충분히 보여 준다"고 칭찬했다.[13] 또한 그는 서양 자기를 보고 "공교"(工巧)하다고 했고, 서양제 등잔걸이를 보고도 "제양(製樣)이 심히 기교(奇巧)하"다고 했다.[14]

이와 아울러 홍대용은 중국의 수레는 바퀴 축의 길이가 일치하도록 "정균"(精均)하게 만들어졌으며, "길이 편하고 수레를 정(精)히 만들었는지라 바퀴 돌아가기를 저절로 구르는 듯하"다고 했다. 중국의 선박은 특히 "정치"(精緻)하다고 했으며, 성벽의 총구멍과 현안(懸眼)도 조선보다 곱절이나 "정견"(精堅)하다고 했다. 그리고 옹성의 견고한 흙벽을 보니 얼마나 "정심"(精審)하게 부피를 계산해서 옹성을 쌓았는지를 알 수 있겠더라고 했다. 금석으로 된 악기들도 법도에 맞도록 "정련"(精鍊)되어 외국의 악기들은 비교가 되지 않는다고 칭찬했다. 책문(柵門)의 한 점포에서 천칭 저울을 처음 보고는, "제양이 극히 정묘(精妙)하더라"고 감탄했다.[15]

뿐만 아니라 그는 중국의 우물은 수질을 보호하고 추락 사고를 막고자 좁은 구멍을 낸 돌 뚜껑을 덮었으니 이와 같이 "종밀"(綜密)

한 중국 풍속을 본받아야 한다고 했다. 『을병연행록』에서도 우물물을 길을 때 도르래를 써서 인력을 덜고 물을 배나 얻으니, "북경 사람이 마음이 허회(虛懷)하고 풍속이 굵으되, 그중에 일하는 기계는 다 공교하고 세밀하기(가) 이러하"다면서, 사사건건 우리나라는 이런 점에서 중국에 미치지 못한다고 했다. 심양의 한 서당에서 학생들이 밖으로 나갈 적마다 벽에 붙은 명단 밑에 붉은 먹으로 표시하도록 한 것을 보고도, "이렇게 해서 외출을 표시하여 자주 외출하는 것을 경고하려는 것일 테니, 화속(華俗)은 이처럼 주밀(周密)하다"고 감탄했다.[16]

홍대용은 이와 같은 청 문물의 특징이 하찮은 물건이라도 주도면밀하게 활용하는 중국인의 성품에도 나타나 있다고 보았다. 그는 길에 떨어진 흙 묻은 동전을 줍는 사람들을 보고, "사람의 생계도 어려운 줄을 알려니와, 조그만 재물도 헛되게 버리는 것이 없으니, 대국의 주밀한 풍속 또한 귀하더라"고 했다.[17] 또 북경에는 길가 곳곳에 유료 변소가 있는데 변소 주인은 동전을 받아서 쓸뿐더러 밭에 거름을 주는 이익도 거두니, "화인(華人)들이 하는 일은 모두 이런 식으로 교밀(巧密)하다"고 감탄했다. 『을병연행록』에서도 "길가에 뒷간을 지어 행인의 뒤보는 곳을 삼아 돈을 받고, 거름을 모아 수레에 실어 농장으로 내어 가니, 북경 사람의 주밀하기(가) 이러하더라"고 했다.[18]

홍대용은 웅장함·엄정함·정밀함과 함께, '간편함'을 청 문물의 특징으로 보았다. 그는 중국의 일용 기물들은 오로지 "편교(便巧)함"을 숭상하는데 북경의 상여(喪輿) 기구만은 그렇지 못하다고 비판했다. 『을병연행록』에서도 "대저 북경 일이 온갖 것이 다 간편하되, 홀로 상여 기구는 이리 장대(壯大)하니 괴이하더라"고 했다. 또한 중국의 선박 제도를 논하면서도 "무릇 중국의 기물은 오로지 편리함을 받드니, 우리나라 풍속처럼 대충하고 거칠지 않다"고 주장했다.[19] 탈곡기인 풍궤자(풍구)에 대해서도 "간편하고 신속하되 인력이 바히(아주 전혀) 들지 아니"한다고 했다. 제분기인 각타라를 예로 들면서 "무릇 중국의 기계는 발로 밟아 작동하는 것들이 많다. 대개 손으로 움직이는 방식에 비해 힘을 절반 이상 줄이되 성과는 배가 된다"고 했다. 그리고 주판을 사용하는 중국의 주산(珠算)에 대해서도 종래의 주산(籌算)에 비해 대단히 신속하고 간편하다고 했다. 심양의 시장에서 상거래 하는 모습을 보고도, "모여 물화를 받고 매(每) 품수(品數: 등급)를 평론하고 값을 의논하되, 마침내 요란한 지껄임을 보지 못하니, 규모의 간략함을 볼 것이라"고 했다.[20]

그런데 홍대용은 '화인'(華人)이나 '화속'(華俗)만이 아니라, 오랑캐나 '호속'(胡俗)과 관련해서도 '간편함'을 자주 지적했다. 예컨대 그는 오랑캐의 갖옷은 뒤를 터서 말 타기에 편리하다고 했다.[21] 『을병연행록』에서도 자문(咨文: 외교문서)을 바치러 가는 사신을 따라갔을 때 본 청나라 예부의 관원들은 "의복이 또 상시(常時) 입는 것과 다름이 없"다고 하면서, 관복의 흉배 및 피견(披肩: 어깨받이)이 우리나라 제도와 다르고 "이밖에는 목에 염주(조주朝珠)를 드리우고 마제수구(馬蹄袖口: 말발굽 모양의 옷소매)를 풀어 손등을 덮을 따름이요, 다 상시 모양이니, 오랑캐 제도가 전혀 간편함을 취함이라"고 했다.[22]

정월 초하룻날 홍대용은 조참에 따라갔다가 교자에 탄 황제의 행차를 보았는데, "교자 지나갈 제 말굽 소리가 배(倍)히 많을 뿐이요 아무 소리도 없고, 황제 전후에 시위(侍衛)하여 가는 군병(軍兵)이 수백이 넘지 못한 듯하니 극히 간략하더라"고 했다. 또한 "대국 법은 관원이 오문(午門) 안에 들매 비록 재상이라도 다 손수 방석을 들고 들어"간다고 하면서, 자금성에서 조참을 마치고 오문 밖으로 물러 나오는 수많은 관원들을 보았더니 "다 추종(騶從)이 없고 손수 방석을 들고 나오는 거동이 극히 체모 없어 보이나 법도가 간략하고 또한 조정이 엄숙한 도리(道理)러라"라고 칭송했다.23

뿐만 아니라 홍대용은 청나라에서는 친왕과 군왕의 행차를 제외하면, 비록 1품 관원인 각로(閣老: 재상)의 행차라 해도 일반인의 통행을 소리쳐 막는 벽제(辟除)를 하는 법이 없다고 하면서, 이처럼 "호속(胡俗)이 간솔(簡率: 간략하고 소탈함)한 점 역시 숭상할 만하다"고 했다.24 북경 체류 중에 그는 엄성과 반정균에게 조선의 지리·역사·학술·문학·풍속·과거제·명승지·가옥·관직·복식 등을 대강 소개한 「동국기략」(東國記略)이란 글을 지어 보냈다. 이 글에서도 조선의 2품 관원은 외바퀴가 한 길이 넘는 초헌(軺軒)을 타고 1품 관원은 평교자(平轎子)를 타는데, "관원이 행차할 때면 추종들이 너무 성대하고 벽제를 외치니, 중국처럼 간솔하지 않다"고 조선 관원의 번잡스러운 행차를 비판했다.25

한편 홍대용은 강희제의 별궁인 창춘원이 극히 검소하게 지어진 것을 보고는 청나라의 법제가 "간질"(簡質: 간소)함을 알 수 있다고 했다. 그리고 북경의 명승지인 서산 일대의 사치스러운 누대들을 비난하면서도, 청나라가 건국하면서 만든 "간검"(簡儉)한 제도는 역대 왕조들이 미치지 못하는 바라고 칭송했다.26 또 홍대용은 동화문 근처에서 청나라 병졸들이 활쏘기 시험을 치르는 광경을 구경하던 중 시험을 주관하는 우두머리인 만주인 1등 시위(侍衛)와 대화를 나눈 적이 있는데, 그는 1품의 무관이었음에도 몸소 다가와 수작하면서 오만한 기색이 없었으니 "간질(簡質)하기가 이와 같았다"고 칭찬했다.『을병연행록』에서도 그 만주인 무관을 매우 호의적으로 소개하면서, "벼슬이 일품에 이르렀으되 위의와 체면이 조금도 교만하고 당돌한 거동이 없으니 중국(의) 간략한 풍속과 관원의 진솔한 기상이 기특한지라"라고 했다.[27]

'대규모 세심법'과 『주례』

요컨대 홍대용은 청 문물이 웅장하고 엄정하며 정밀하고 간편하다고 보았다. 이와 마찬가지로 청나라 사람들은 도량이 넓고 규율을 준수하며 알뜰하고 소탈하다고 했다. 그리고 이와 같은 청 문물의 특징을 요약하여 "대규모(大規模) 세심법(細心法)"으로 표현하기도 했다. 이는 규모가 광대하고 '심법' 즉 마음 씀씀이가 세밀하다는 뜻이다. '대규모'는 청 문물의 웅장하고 엄정한 특징을, '세심법'은 청 문물의 정밀하고 간편한 특징을 가리킨다고 할 수 있다.

요동의 태자하 연변에는 목재를 쌓은 것이 몇 리에 걸쳐 있었다. 크기는 모두 아름드리 나무였으며, 몇 억 그루인지 알 수 없었다. 쌓은 것마다 적은 것은 수십 그루, 많은 것은 100그루가 되기도 했는데, 모두 길이가 한 치 한 푼의 차이도 없었고, 쌓은 것도 가지런히 정돈되어 양쪽을 칼로 깎은 듯했다. 목재마다 표시한 번호의 낙인도 정연하여 흐트러

짐이 없었으니, '대규모 세심법'이라 할 만하다.[28]

영평부의 서쪽 일대는 전야의 절반이 닥나무와 뽕나무였다. 뽕나무 잎사귀로 누에를 치고 닥나무 껍질로 종이를 만드니, 이것들을 심으면 농사를 대신할 수 있다는 말을 들었다. 나무들을 줄지어 심어 놓은 것이 가지런하고 반듯하여 털끝만큼도 구불구불한 데가 없었다. 이는 중화(中華: 중국인)의 본성이 일을 되는 대로 하지 않기 때문이다. 그들의 '대규모 세심법'을 어찌 쉽게 말할 수 있겠는가?[29]

노상에서 말똥 줍는 자들이 서로 빤히 보일 정도로 많았다. 삼태기를 짊어지고 끝이 네 갈래인 작은 쇠갈퀴를 지녔는데, 쇠갈퀴는 손가락처럼 살짝 굽었다. 말똥을 보면 마치 손을 놀리듯이 능숙하게 쇠갈퀴로 찔러서 담았다. 이로써 그들이 얼마나 농사에 힘쓰며 부지런하고 알뜰한지 알 수 있다. 그들이 쌓은 말똥은 모두 모양을 갖추었다. 둥근 것은 그림쇠(컴퍼스)에 들어맞고, 네모난 것은 곱자에 들어맞고, 세모난 것은 직삼각형에 들어맞았다. 불룩 솟은 것은 우산 같고, 평평한 것은 책상 같았으며, 반질반질하고 윤이 나서 벽에 칠을 한 것 같았다. 끝내 흐트러지거나 기울어진 말똥 무더기를 보지 못했다.

화인(華人)의 용심(用心: 마음 씀씀이)이 본래 이와 같다. 곽태(郭太)가 자고 간 여관은 반드시 깨끗하게 청소되어 있었다든가, 제갈량이 지휘하여 행군하면 변소조차 법도에 맞게

만들었다든가 하는 사례들은 또 어찌 기이하게 여길 것이
나 되겠는가?[30]

이와 같이 홍대용은 '대규모 세심법'이야말로 청 문물의 근본 특
징이라고 보았다. 그런데 이는 후한(後漢) 때의 곽태나 제갈량의 선
례에서 보듯이, 본래 중화 문물의 특징이기도 했다. 홍대용이 말한
'대규모 세심법'은 『주례』와 그에 대한 주자의 견해에서 유래한 것
이다.

『주례』의 저자와 저술 시기에 관해서는 학설이 자못 분분하지
만, 대체로 주나라 초기에 주공(周公)이 저술한 책으로 믿어져 왔다.
원래의 서명이 『주관』(周官)이었던 사실로도 알 수 있듯이, 『주례』
는 주나라의 관직 제도를 천관·지관·춘관·하관·추관·동관의 6관
으로 나누고 그에 소속한 모두 377종에 달하는 관직과 이에 따른
직무를 총망라하여 상세하고도 치밀하게 기술했다. 하지만 이는 당
시 주나라에서 실제로 시행되었던 제도를 논한 것이 아니라, 후세
를 위해 이상적인 제도를 설계한 것으로 여겨진다. 『주례』는 한(漢)
나라 이후 유가 경전의 하나로 존숭되면서 후대의 국가 조직과 정
치사상에 심대한 영향을 끼쳤다. 뿐만 아니라 『주례』의 「천관」 '총
재'(冢宰)나 「지관」 '대사도'(大司徒), 그리고 「동관」을 대신한 「고공
기」(考工記)의 '장인'(匠人) 등에서 제시한 이상적인 국도(國都) 건설
계획은 수·당 시대의 장안성이나 명·청 시대의 자금성에서 보듯이
역대 왕조에서 국도를 건설할 때 중요한 지침이 되었다.[31]

또한 송대에 이르면 유학자들은 삼대(三代)의 이상을 논하기 좋
아하여 『주례』에 관한 논의를 활발하게 벌였는데 주자도 그중의 한

사람이었다.[32] 주자는『주례』에 대해 주공이 비록 몸소 집필하지는 않았을지라도 그가 구상한 기본 방침에 따라 저술된 경전으로 보았다. 따라서 "『주례』는 주공의 유저(遺著)이다"라고 주장하면서, "광범하고 정밀하니(偏布精密), 바로 주공이 천리(天理)를 능숙하게 운용한 저술이다"라고 극찬했다.[33] 또 주공이 제정한 수많은 조례를 담은 책이『주례』로서 이러한 조례들은 모두 주공의 "광대한 마음"(廣大心)에서 나온 것이라고 했으며, "세밀하고 상세하여 모든 것을 갖추었다"(纖悉畢備)고 할 만하다고도 했다.[34]『주례』를 "광대하고 정밀한"(廣大精密) 저술로 칭송하면서 "주나라 왕가의 법도가 여기에 있다"고 했으며,『주례』는 물을 가득 담았으되 전혀 새지 않듯이 "치밀하게"(縝密) 저술되었다고 칭송했다. 그리고『주례』「지관」 중 시장에 관한 업무를 관장하는 사시(司市)를 예로 들면서 주공이 당시 만든 법은 "대단히 제정(齊整)하였다", "그가 입법한 바를 보면 극히 제정(齊整)하였다"고 했다.[35]

이와 같이『주례』를 주공의 구상을 담은 광대하면서도 정밀한 저술로 보았던 주자의 견해는 후대의 주자학자들에게 계승되었다. 일례로, 청나라 초의 주자학자 이광파(李光坡)는『주례』「천관」'총재'의 첫머리에서 국도 건설의 기본 방침으로 제시한 바 "변방정위(辨方正位) 체국경야(體國經野)"라는 구절의 해석을 논하면서, 이 여덟 자에 담긴 내용은 "광대하고 정밀하며 규모가 굉원(宏遠)하다"고 평했다.[36] 조선의 경우, 정범조(丁範祖, 1723~1801)는『주례』를 읽고 나서 주나라 왕조가 800년 동안이나 지속되었던 까닭을 알았다고 하면서,『주례』의 "도(道)는 어찌 그리도 광대해서 예측할 수 없으며, 그 요지는 어찌 그리도 몹시 잘 요약되어 있는가!"라고 찬탄했다.[37]

또한 국왕 정조도『주례』에 대한 책문(策問)에서,『주례』에 구현되어
있는바 "천리를 능숙하고 오묘하게 운용한 점과 규모가 광대하고
정밀한 점"을 다 말하는 것은 불가능하다고 하여, 주자의 표현을 그
대로 인용했다. 그리고 "어떻게 하면 주공의 심법을 얻어, 주공이 제
작한 주나라의 문물을 뒤따를 수 있을지"를 하문했다.[38]

　홍대용이 말한 '대규모 세심법'은 이처럼 주자학파의『주례』해
석에 연원을 두었다. 그는 여기에 '심법'이란 용어를 덧붙여, 청 문
물의 근본 특징을 요약한 표현으로 활용한 것이다. '심법' 역시도 주
자학적 개념어이다. 알다시피 주자학파는『서경』「대우모」(大禹謨)
중 "인심은 위태롭고 도심은 은미하니, 정밀하고 전일(專一)해야 진
실로 그 중(中)을 잡으리라"(人心惟危, 道心惟微, 惟精惟一, 允執厥中)고 한
유명한 구절에 대해 천하를 다스리는 '성인(聖人)의 심법'을 전한 것
으로 여겨 대단히 중시했다. 홍대용은『서경』에서 말한 '정일(精一)
함'이 요임금에서 순임금을 거쳐 우임금에게 전해진 성인의 심법
이듯이,『주례』의 '정밀함' 역시 '성인' 주공의 심법이라고 보았기에
'세심법'이라는 표현을 쓰지 않았나 한다.

　송시열의 후손이자 한원진(韓元震)의 문인인 송능상(宋能相, 1710~
1758)도 비록『춘추』와『예기』를 두고 한 말이기는 하지만, "선왕(先
王: 고대의 성군)의 대규모 세심법을 계승했다"고 하여 '대규모 세심
법'이란 표현을 이미 썼다.[39] 또 송준길(宋浚吉)의 후손이자 이재(李
縡)의 문인인 송명흠(宋明欽, 1705~1768)은『심경』(心經)과『근사록』(近
思錄) 등 주자학 서적에 대한 공부법을 말하면서 "규모를 크게 하고,
심법을 엄히 하고, 공부를 세밀히 하라"고 하여 '규모'와 '심법'이란
용어를 병행하여 썼고, 홍대용 역시 학업을 게을리 하는 어느 동문

(同門)에게 충고한 편지에서 "규모를 크게 하고 심법을 엄히 하라"고 하여 거의 동일한 표현을 쓴 바 있다.[40]

이와 같이 홍대용은 원래 『주례』와 관련된 주자학 용어를 구사하여 청 문물의 특징을 집약적으로 표현했다. 청 문물은 『주례』에 구현된바 광대하고 정밀한 주공의 심법을 계승하고 있다고 본 셈이다. 하지만 북경 여행을 다녀온 인사 중에서 오직 홍대용만 청 문물의 특징이 광대하거나 정밀한 점에 있다고 통찰한 것은 아니다. 일찍이 1720년 이기지에 뒤이어 여행에 나섰던 이의현은, 중국 민가의 창문을 살펴보니 오래되었어도 창에 바른 종이가 구멍 나거나 찢어진 데가 전혀 없으며 벽지도 주름살 하나 없이 발랐더라고 하면서, "그들의 용심(用心)이 정세(精細)한 점은 우리나라가 미치지 못한다"고 말했다.[41] 또 1780년 정조에게 귀국 보고하는 자리에서 동지 부사 홍검(洪檢)은, 요동부터 황성까지 길가에 심은 버드나무가 수천 리에 달하는데 이는 강희제가 행인을 보호하기 위해 심도록 명한 것이라고 하면서, "그 규모의 광활함을 여기에서도 볼 수 있습니다"라고 아뢰었다.[42]

이처럼 홍대용의 북경 여행 전후에도 청 문물의 광대하거나 정밀한 특징을 통찰한 사람들이 없지 않았지만, 홍대용은 풍부하고 다양한 견문을 바탕으로 해서 청 문물의 근본 특징을 '대규모 세심법'이란 명제로 명확하게 요약했다. 그 이후 '대규모 세심법'은 북학파에게 청 문물을 파악하는 기본 틀로 받아들여진다. 박지원은 『간정필담』의 초고본인 『간정동회우록』을 위해 쓴 서문에서, 엄성·반정균·육비 등 항주 세 선비가 화이(華夷)의 차별을 초월하여 홍대용과 허심탄회하게 우정을 나눈 사실을 거론하며 "그들의 규모가 광대함" 즉 도량이 넓음을 예찬했다.[43] 또 그는 박제가의 『북학의』(北學議)를 위해 쓴 서문에서도 청 문물은 "그 규모가 광대하고 심법이 정밀하며, 문물의 제작이 원대하고 문장이 찬란하여" 삼대 이래 중화의 고유한 문물을 보존하고 있다고 주장했다.[44]

박지원과 함께 『북학의』에 서문을 써 준 서명응(徐命膺)도, 『주례』를 보면 "성인"(聖人) 즉 주공의 식견이 "광대하고 정밀함"을 알 수 있다고 하면서, 박제가가 연행을 통해 중국의 성곽과 가옥, 수레·가마 등 일용 기물을 마음껏 보고는 "이야말로 황명(皇明)의 제도요, 황명의 제도는 또 『주례』의 제도이다"라고 감탄했다고 전하며, 『북학의』에 대해서도 "어찌 그리도 용심(用心)이 부지런하고 진지한가!"라고 칭찬했다.[45] 박제가는 『북학의』에서 중국 가옥의 장점을 논하면서 아울러 일본의 가옥에 대해서도 집 한 칸의 너비와 창호의 치수가 상하층을 막론하고 일정함을 언급하고는 "『주례』의 제도가 도리어 섬나라에서 실행되고 있을 줄은 몰랐노라"고 칭송했다.[46]

『열하일기』에서 박지원은 압록강을 막 건너 당도한 국경의 작은 고을인 책문의 번화함을 보자마자 홍대용이 말한 '대규모 세심법'을 상기했다고 한다.

> ……민가들은 모두 높이 솟은 오량집으로, 초가였으되 용마루가 몹시 높았다. 출입문들이 정제(整齊)하고 길거리는 평직(平直)했으며, 길 양쪽은 먹줄로 친 듯하고 담들은 모두 벽돌로 쌓았다. 사람이 타는 수레와 짐 싣는 수레가 거침없이 길을 오갔다. 점포에 진열한 그릇들은 모두 그림을 그린

자기였다. 그 제도에 시골티가 전혀 없음을 이미 보았다. 예전에 벗 홍덕보(洪德保: 홍대용)가 '대규모 세심법'을 말한 적 있거니와, 책문은 중국의 동쪽 끄트머리인데도 오히려 이와 같았다.[47]

또 그는 여름철에 비로 인해 곳곳이 진흙 수렁으로 변한 요동 벌판을 통과하면서, 무려 200리에 걸쳐 설치된 나무다리를 목격하고 다시금 홍대용이 말한 '대국의 심법' 즉 '대규모 세심법'을 상기했다.

……지금은 청나라 황가에서 자주 성경(盛京: 심양)에 행차하므로, 영안교(永安橋)에서부터 나무를 엮어서 다리를 만들어 진흙 수렁을 막았는데 고가포(古家舖) 직전에 이르러 비로소 끝났다. 200여 리 사이에 한결같이 다리로 길을 만들었다. 비단 물자가 풍부할뿐더러, 목재의 길이가 하나도 들쭉날쭉하지 않아 200리의 길 양쪽이 하나의 먹줄로 줄을 친 듯하니, 문물 제작의 정일(精一)함을 볼 수 있다. 그러므로 민간에서 제작한 평범한 기물들도 능히 이를 본받아서 그 규모(규격)가 대체로 동일하다. 덕보(德保: 홍대용)가 칭찬한바 '우리가 가장 대적할 수 없는 대국의 심법'이란 바로 이런 것들에 있다.[48]

일찍이 북경에 처음 입성한 김창업과 이기지가 그러했고 홍대용도 그러했듯이, 박지원 역시 황성의 웅장하고 엄정한 위용에 압도당했다. 그리하여 그는 『열하일기』 중 북경 입성 소감을 피력한 대목에서, 문자가 생긴 이래 천하를 다스리는 방법은 오직 『서경』에서 말한 "정밀하고 전일하라"는 심법이었다고 주장하면서, "나는 조양문에 들어서자 요임금과 순임금의 정일한 마음이 이와 같았음을 알 수 있었다"고 했다. 또 요순 이래 고대의 성현들이 제시한 이상적인 통치술이 아이러니하게도 후세의 탐욕스런 통치자들에 의해 실행된 사례를 열거하면서, "어찌 중화 민족만 이와 같았으리오? 이적(夷狄)으로서 중국의 군주 노릇을 한 자 치고 그 도(道: 방법)를 이어받아 제 것으로 삼지 않은 적이 없다"고 했다.[49] 이처럼 만주족 치하에서도 중국의 문물이 '선왕의 도(道)'를 계승하고 있다고 본 것은 곧 홍대용의 통찰을 수용한 것이다. 박지원은 『주례』에 근거한 '대규모 세심법'을 『서경』에 근거한 '정일한 심법'으로 바꾸어 말했을 뿐이다.

청 문물 수용의 논리

앞서 보았듯이 홍대용은 청 문물의 특징을 논하면서 줄곧 '화인'(華人), '화속'(華俗), '중화'(中華)란 용어를 썼다. 청 문물의 웅장함과 엄정함, 정밀함과 간편함은 원래 『주례』에 구현된 '대규모 세심법'을 계승한 중화 문물의 특징이라고 보았기 때문이다. 따라서 이러한 청 문물의 훌륭한 특징들은 청나라 때 비로소 형성된 것이 아니라, 명나라 때까지 연면히 이어져 온 중화 문물을 거의 그대로 물려받은 결과이다.[50] 박제가의 표현을 빌자면, 청의 선진 문물은 명의 제도를 따른 것이고 명의 제도는 『주례』의 제도를 따른 것이다. 청나라 지배층은 중화 문물이 훌륭함을 알고 이를 받아들여 제 것으로 삼았을 따름이다.

이와 같이 홍대용은 청 문물을 청 왕조와 분리해서 고유의 중화 문물로 간주했다. 예컨대 그는 북경의 정양문 앞 대로에서 무수한 수레와 말들이 오가는 광경을 보며 "슬프다! 이런 번화한 기물(器物)을 오랑캐에게 맡기고 백년이 넘도록 능히 회복할 모책(謀策)이 없으니 만여 리 중국 가운데 어찌 사람이 있다 하리오?"라고 개탄했다.[51] 또 수질 보호와 추락 사고 방지를 위해 좁게 구멍을 낸 돌 뚜껑을 덮은 중국의 우물을 보고는 평양에 있는 기자정(箕子井)의 제도와 똑같다고 했다. "평양의 기자정 제도를 첫 번 보고 괴이히 여겼더니, 책문 든 후는 우물 제도를 보니 비로소 중국 제양인 줄 알러라"라고 했다.[52] 청나라의 우물이 평양의 기자정과 똑같은 제도인 것은 그것이 고대의 중화 문물을 계승한 것임을 입증한다고 본 것이다.

박지원은 『간정동회우록』의 서문에서 홍대용의 주장을 대신 전하는 방식으로 이와 같은 '청 왕조와 청 문물의 분리론'을 제기했다. 홍대용은 자신이 오랑캐인 청나라 선비와 우정을 맺은 데 대해 해명하면서 이렇게 말했다고 한다.

> ……내 어찌 지금의 중국이 옛날 중국이 아니며, 그 사람들이 고대의 성왕(聖王)이 제정한 복제(服制)를 따르지 않았음을 모르겠소? 비록 그러하나, 그 사람들이 살고 있는 땅은 어찌 요(堯)·순(舜)·우(禹)·탕(湯)·문왕(文王)·무왕(武王)·주

공·공자가 다녔던 땅이 아니겠소? 그 사람들이 사귀는 선비들은 어찌 제(齊)·노(魯)·연(燕)·조(趙)·오(吳)·초(楚)·민(閩)·촉(蜀) 지방의 박식하고 멀리 여행 다닌 선비들이 아니겠소? 그 사람들이 읽는 글은 어찌 삼대 이래 사해 만국의 극히 많은 서적들이 아니겠소? 제도는 비록 바뀌었으나 도의는 달라지지 않았으니, 이른바 옛 중국이 아닌 지금의 중국에도 그 나라의 백성이 되기는 했을망정 그 나라의 신하 노릇을 하지 않는 사람이 어찌 없겠소?[53]

청나라 치하에서도 중국의 영토와 사족(士族)과 서적과 도의(道義) 등 중화 문물의 핵심은 보존되어 있으며, 여전히 '옛 중국' 즉 명나라를 그리워하며 절조를 지키고 살아가는 선비들이 있다는 것이다. 따라서 청나라를 배척해도 청 문물까지 배척해서는 안 되고, 지배층인 만주족을 배척해도 한족 지식인까지 싸잡아 배척해서는 안 된다는 뜻을 함축하고 있다.[54]

박제가는 『북학의』 중 「존주론」(尊周論)에서 '청 왕조와 청 문물의 분리론'을 더욱 분명하게 주장했다. 즉, "주나라를 존숭함과 오랑캐를 배척함은 별개의 일이다"라고 선언하면서, "주나라와 오랑캐 사이에는 반드시 구분이 있으니, 오랑캐가 중국을 침범했다고 해서 중화의 옛 문물까지 함께 배척했다는 말은 들은 적이 없다"고 했다.[55] 그리고 청나라 치하에서도 "자식을 낳아 기르고 재화를 생산하는 것과, 가옥을 짓고 선박과 수레를 만들며 농사하는 방법, 최(崔)씨·노(盧)씨·왕(王)씨·사(謝)씨 등 명문 사족은 그대로이다." 따라서 "덮어놓고 그 사람들을 오랑캐로 여기면서 그들의 문물제도까

지 함께 내다 버린다면 대단히 옳지 못하다"는 것이다.[56]

　『북학의』서문에서 박지원은 박제가의 주장을 적극 지지하면서, "저들이 차지하고 있는 땅은 어찌 삼대 이래 한·당·송·명이 차지한 중국 땅이 아니겠는가? 또한 이 땅에 살고 있는 사람들은 어찌 삼대 이래 한·당·송·명의 백성들의 후예가 아니겠는가?"라고 반문했다. 그리고 훌륭한 제도라면 오랑캐의 것이라도 배워야 하는 법인데, 지금의 청 문물은 "삼대 이래 한·당·송·명의 고유한 옛 법"을 보존하고 있다고 주장했다.[57]

　『열하일기』에서도 박지원은 당시 조선의 고루한 선비들이 청나라라는 오랑캐요 원수의 나라라는 이유로 청 문물의 우수성을 묵살하는 풍조에 대해 '청 왕조와 청 문물의 분리론'으로써 논박했다. 즉, 박제가와 마찬가지로 "주나라를 존숭함과 오랑캐를 배척함은 별개의 일이다"라고 선언하면서, 청나라 치하에서도 중국의 성곽과 가옥과 인민, 정덕(正德)·이용(利用)·후생(厚生)을 위한 수단, 최씨·노씨·왕씨·사씨 등 명문 사족, 주돈이(周敦頤)·장재(張載)·정호(程顥)·정이(程頤)·주희(朱熹)의 성리학, 그리고 삼대 이래 성군들과 역대 왕조에서 만든 훌륭한 법제는 그대로 보존되어 있다고 주장했다. 또 공자가 『춘추』를 지은 의도는 물론 '존화양이'(尊華攘夷: 중화를 존숭하고 오랑캐를 물리침)에 있었지만, "오랑캐가 중국을 침범한 것이 분하다고 해서 중화의 존숭할 만한 본질도 함께 배척했다는 말은 들은 적이 없다." 그러므로 진실로 오랑캐를 물리치고 싶다면, 청나라에 보존되어 있는 중화 문물부터 배워야 한다는 것이다.[58] 이와 같은 박지원의 북학사상은 그 구체적인 표현에서도 보듯이, 홍대용과 박제가의 주장을 종합한 것이라 할 수 있다.

그 뒤에 박지원은 『열하일기』에 대해 명나라의 '숭정'(崇禎) 연호를 쓰지 않고 '건륭'이라는 "오랑캐의 연호를 쓴 원고"(虜號之稿)라는 비방 여론이 일자, 그에 맞서 '청 왕조와 청 문물의 분리론'을 거듭 주장했다. 즉, 자신이 유람을 다녀온 곳은 삼대 이래 성군들과 역대 왕조가 영토로 삼았던 지역으로, 지금 불행히도 오랑캐가 차지했으나 중국의 성곽과 가옥과 인민, 정덕·이용·후생을 위한 수단, 최씨·노씨·왕씨·사씨 등 명문 사족, 장재·정호·정이·주희의 성리학은 그대로 있다는 것이다. 따라서 춘추 의리를 들먹이며 괜한 시비를 걸지 말고, 청나라의 훌륭한 문물을 철저히 배워 오지 못했다고 자신을 비난한다면 차라리 감수하겠노라고 했다.[59]

앞서 살핀 대로 홍대용은 청 문물이 실은 중화 문물이며, 『주례』에 구현된 '대규모 세심법'을 계승했다고 보았다. 중화 문물을 중국의 특정 왕조의 소산이 아니라, 고대의 성현들이 제작한 이상적인 문물제도로 인식한 것이다. 그리고 이와 같이 인식한다면, 중화 문물은 국가나 종족과 상관없이 유교 문화권에서 보편적인 가치를 지니게 된다. 후대의 모든 유교 문화권 국가들이 충실히 계승해야 할 규범이 되는 것이다. 바로 이러한 인식에 의거했기에, 홍대용은 청의 선진 문물에 감탄하면서도 일방적인 숭배에 빠지지 않았다. 중화 문물의 보편적인 이상에 비추어 청 문물의 실태를 비판하기도 했다.

그중 홍대용이 가장 크게 문제 삼은 것은 의관 제도였다. 그는 청나라에 의한 왕조 교체와 그 이후의 통치를 대체로 긍정하면서도, 명나라 때까지 계승되어 온 중국 고유의 의관을 만주식으로 바꾸게 한 것만은 원나라 때도 없었던 폭정이라고 비난했다. 또 청 문물의 웅장함을 부러워하면서도, 강희제의 별궁인 창춘원의 검소함을 예찬하고 원명원과 서산의 누대들이 사치스러움을 비판했다. 그리고 시장경제의 눈부신 발전에 놀라워하면서도 이에 따른 사치와 낭비 풍조를 개탄했다. 청나라의 일용 기물들이 간편하고 정교함을 칭찬하면서도, 상여 기구는 지나치게 장대하고 독은 넘어지기 쉬우며 되는 양을 속이기 쉽다고 지적했다. 심지어 그는 명나라의 제도라고 해서 모두 다 좋은 것은 아니라고 하면서, 이마를 졸라매는 망건과 발을 졸라매는 전족은 나라가 망할 조짐을 보인 것이라고까지 혹평했다.[60]

이와 같이 고대의 중화 문물을 보편적인 이상으로 설정하고 청 문물을 청 왕조와 분리하여 사고함으로써, 홍대용은 당시 조선의 지배적 이념이던 존명배청주의(尊明排淸主義)와 충돌을 피하면서 조심스럽게 청 문물 수용의 논리를 마련할 수 있었다. 그에게는 청 문물의 장점을 인정하고 수용하려는 것과 명나라의 의관 제도를 회복하려는 것이 상호 모순으로 느껴지지 않았다. 중화 문물의 계승이라는 견지에서 보자면 양립할 수 있는 사안이었던 것이다.

아울러 홍대용이 청 문물을 논하면서 소위 '호속'(胡俗)과 서양 문물을 포용하고 있는 점도 주목할 만하다. 그는 고대의 중화 문물을 이상화하면서도 복고주의에 사로잡히지 않았다. 만주인의 의복이 승마에 편리하며, 청나라 관원들은 평상복과 다름없는 복장으로 근무하고, 고관조차 벽제하지 않고 단출하게 행차하는 점 등을 열거하며 "오랑캐 제도가 전혀 간편함을 취함"을 칭송했다. 또 청나라가 건국하면서 만든 제도들이 간략하고 소박함을 높이 평가하면서 강희제를 성군으로 예찬했다. 이처럼 청나라의 의복과 행사와 제도 등에 나타난 간편한 특징은 중화 문물의 '대규모 세심법'과 합치할 수 있다고 본 것이다.[61] 한편 홍대용은 서양의 자기와 등잔걸이 등의 정교함에 감탄을 금치 못했으며, 서양식 필산과 자명종과 양금 등에도 큰 관심을 기울였다. 그는 이와 같이 중국에 전래된 서양 문물을 청 문물의 일부로 간주하면서 그 정밀한 특징은 중화 문물의 '세심법'과 통한다고 보았던 것 같다. 홍대용의 청 문물 수용론은 '호속'과 서양 문물을 향해서도 열려 있었다.

북경 여행 이전에 홍대용은 한중유(韓仲由)에게 답한 서신에서 병자호란 때의 척화파를 적극 옹호한 바 있다. 즉, 조선은 명나라를 200여 년이나 종주국으로 섬겨 오다가 임진왜란 때 재조지은(再造之恩: 나라를 재생시켜 준 은혜)까지 입어, 명나라에 대해 절의를 지켜야 하는 군신 관계에다 은혜에 보답해야 하는 부모 자식과 같은 관계를 겸했다고 하였다. 또 청 태종을 "금나라 칸"(金汗)으로 업신여겨 부르면서, 병자호란 때 주화파의 주장에 따라 청나라와 군신 관계를 맺게 된 것을 맹비난했다. "죽지 않는 사람이 없고 망하지 않는 나라도 없는 법이다. 그러나 삼강오륜이 한번 추락하면 천하의 치욕이 되어, 사람이 살아도 죽은 것만 못하고 나라가 보존되어도 망한 것만 못하다. 이 의리야말로 화이(華夷)와 귀천(貴賤)을 막론하고 백세에 이르도록 바꿀 수 없다." 그리고 당시 조정의 신하들이 모두 "삼학사(三學士)의 마음"을 가졌더라면, "북정"(北庭: 북방 오랑캐 땅)을 소탕하고 "천자"의 나라를 지키지는 못했을망정 제 나라를 충분히 방어할 수는 있었을 것이라고 강변하면서, "나라를 위해 잘못된 계책을 세우고 오랑캐에게 아부하여 구차하게 살았으니, 당시 집권자들의 죄는 죽어도 질책을 면치 못할 것이다"라고 성토했다.[62]

위의 서신에서 보듯이, 홍대용도 한때는 누구 못지않게 강경한 존명배청주의자였다. 또한 '비린내 나는 더러운 원수의 국토를 밟으려 한다'는 김종후의 비난을 무릅쓰고 여행에 나섰을 적에도 그는 '천하의 선비'를 만나 '천하의 일'을 의논할 큰 뜻을 품고 있었다. 압록강을 건너 출국할 때 지은 시에서 자객 형가처럼 비수를 품고 강을 건너지 못하는 자신의 신세를 한탄하면서, 요동 벌판을 날아가 산해관을 열어젖히고 진시황을 한바탕 비웃는 북벌의 꿈을 꾸었노라고 했다. 하지만 여행을 통해 건륭제 치하에서 번영을 구가하던 청나라의 실상을 날마다 목격하면서 홍대용의 의식에 서서히 변화가 일어나기 시작한다. 청나라의 웅장한 성곽과 예리한 무기와 능숙한 기마술 등을 관찰하고는 북벌론의 비현실성도 확인하게 되었을 것이다. 그리하여 그는 존명 의리에 어긋나지 않으면서도 청의 선진 문물을 수용할 수 있는 새로운 길을 모색하게 된다. 청 문물을 청 왕조의 소산이 아니라『주례』의 '대규모 세심법'을 계승한 중화 문물로 간주함으로써 청 문물 수용의 논리를 개척한 것이다.

1770년 부친상을 마친 뒤 상경한 홍대용의 주위에 박지원과 이덕무, 박제가 등이 모이면서 자연스럽게 그의 북경 여행 체험이 전파되었다. 항주 세 선비와의 필담을 기록한『간정동회우록』이 먼저 큰 자극을 주었다. 박지원은『간정동회우록』의 서문을 썼으며, 이덕무는 이를 초록한『천애지기서』와『철교화』(鐵橋話)를 편찬했다. 1772년 원중거(元重擧)는『간정동회우록』을 개작한『간정필담』에 발문을 썼다.

『연기』(일명『연행잡기』)는 1770년대 중반에 탈고되었을 것으로 추정되는데[63] 이를 읽은 주위의 인사들에게 적지 않은 충격을 주었

음에 틀림없다. 1778년에 1차로 완성된 박제가의 『북학의』는 내편
(內編)에서 40개 항목에 걸쳐 청나라의 선진 문물을 자세히 논했다.
그중 수레·선박·성곽·벽돌·자기·가옥·도로·목축·말·안장·시장
과 우물(市井)·목재·여성복·연극·활·총과 화살 등 많은 항목들이
이미 『연기』에서 논의된 바 있다.[64] 이처럼 『북학의』 내편은 항목
설정 자체가 『연기』의 영향을 다분히 보여 줄 뿐 아니라, 첫 번째로
수레를 논하면서 "담헌 홍대용은 '만약 수레가 다니는 길을 닦는다
면 몇 결(結)의 전답을 잃을 테지만, 이익이 또한 손실을 보상하고도
남을 것이다'라고 했다"고 하여[65] 그의 발언을 직접 인용하기까지
했다. 또 목재를 논한 항목에서, 요동 벌판에 만리장성처럼 쌓여 있
는 목재들이 "한 자 한 치도 들쭉날쭉하지 않으니, 저들은 이와 같
이 정밀하다"고 말한 것은,[66] 바로 『연기』에서 홍대용이 요동의 태
자하 연변에 질서정연하게 쌓여 있는 목재들을 보고 '대규모 세심
법'을 논한 대목을 연상케 한다.

　『열하일기』 역시 『연기』의 영향을 짙게 보여 주고 있음은 물론
이다. 앞서 언급했듯이 박지원은 책문의 번화한 거리나 요동 벌판
의 나무다리를 볼 적마다 홍대용이 말한 '대규모 세심법'을 상기했
다. 또 그는 홍대용과 마찬가지로 황성에 대해 "구문(九門)이 정향(正
向)을 이루고 구가(九街)가 직통한다. 한번 도읍을 방정하게 만드니
온 천하가 바르다"고 찬탄하면서, 궁궐들과 종묘사직의 배치가 전
후좌우로 꼭 들어맞으니 "왕자(王者)의 제도가 크게 갖추어졌다"고
칭송했다. 이처럼 박지원은 북경의 도시 구조와 건축뿐만 아니라,
하찮은 완구나 벽돌에 이르기까지 청 문물 전반에 '대규모 세심법'
이 관철되어 있다고 보았다.[67]

홍대용의『연기』와 박제가의『북학의』, 박지원의『열하일기』에서 논한 청 문물에는 공통점이 아주 많지만, 그중 특히 주목되는 것은 똥거름에 대한 관심이다. 홍대용은 길에 떨어진 말똥을 열심히 주워서 방정하게 쌓아 두거나, 유료 변소를 설치하고 인분을 거름으로 활용함으로써 일거양득하는 사례에서 '세심법' 즉 중국인의 마음 씀씀이가 주도면밀함을 통찰했다. 박제가도『북학의』외편(外編)에서 '똥'을 독립된 항목으로 설정하고 "중국에서는 똥을 황금처럼 아낀다"고 하면서, 말똥을 주워 모아 모두 정사각형 또는 삼각형이나 육각형으로 반듯하게 쌓아 둔다고 했다.[68] 박지원은『열하일기』에서 중국의 진정한 장관은 '와력'(瓦礫: 기와 조각과 자갈)과 '분양'(糞壤: 똥거름 섞은 흙)에 있다고 주장했다. 중국인들은 깨진 기와조각이나 부스러진 자갈을 활용해 담장과 뜰 안을 아름답게 꾸밀 뿐 아니라, 가축의 똥을 남김없이 수거하여 알뜰하게 비축하니 똥거름 쌓아 둔 것만 보아도 중국의 문물제도가 확립되어 있음을 알 수 있다는 것이다.[69]

홍대용과 박제가, 박지원이 모두 청 문물의 하나로 지극히 더럽고 하찮은 똥거름을 특별히 주목한 것은 비단 그것이 농사에 큰 도움이 되어서만은 아니었다. 보잘것없는 물건 하나라도 버리지 않고 실생활에 이롭도록 활용하려는 철저한 '이용후생'(利用厚生)의 정신이야말로 청나라의 번영을 낳은 원동력이라고 보았기 때문이다.

이와 같이 홍대용의 북경 여행을 계기로 태동한 북학사상은『북학의』와『열하일기』를 거쳐 이희경의『설수외사』(雪岫外史, 1805)로까지 이어져 발전하게 된다. 홍대용과 마찬가지로 이희경도 청 문물 중에서 여성복·전족·목축·수레·수차(水車)·성곽·도성의 구획·벽돌·농기구·자기 등에 관심을 기울였으며, '청 왕조와 청 문물의 분리론'에 의거하여 청 문물의 수용을 주장했다. 자신이 1782년부터 1799년 사이에 무려 다섯 번이나 연행을 다녀온 까닭을 해명하면서, "위로는 요·순·우·탕·문왕·무왕·주공·공자와 한·당·송·명의 예악과 형벌, 도량형법, 수레·말과 일용 기물들, 가옥과 성곽, 산천과 풍속, 인물과 문장, 번화한 시장, 서화와 금석(金石: 문자가 새겨진 동기銅器와 비석)으로부터 사농공상이 각기 추구하는 이용후생의 방법에 이르기까지, 백세토록 전수되어 지금도 여전히 보존되었으니, 선왕의 법을 찾고자 한다면 중국을 버리고 누구와 함께 하겠는가?"라고 역설했다.[70]

3장 조선에서 온 '성리학 대가'

청나라 학풍 탐색

중국의 뛰어난 선비들을 만나 당대 청나라 학계의 동향을 탐색하려는 숙원을 품고 북경 여행에 나선 홍대용은 항주 세 선비와의 만남을 통해 전성기에 들어선 건륭 시대의 고증학풍을 처음 접하게 되었다. 이는 청 제국의 발전상을 목도함으로써 북학사상을 품게 된 사실과 더불어, 그의 사상적 변화를 초래한 또 하나의 중요한 사실이다.

1766년 1월 북경 체류 중 한림 팽관과 오상을 만났을 적에, 조선 최고의 학자가 누구냐고 묻는 팽관의 질문과 관련하여 홍대용은 자신의 학문관을 피력했다. 즉, 세간에서는 '의리의 학문'(성리학)과 '경륜의 학문'(경세학)과 '문장의 학문'(문학)으로 나누어 학문을 논하는데, 의리의 학문이 없으면 경륜의 학문은 공리주의에 빠지고 문장의 학문은 실속 없는 화려함만 지나치게 된다. 반면 경륜의 학문이 없으면 의리를 시행할 수 없고, 문장의 학문이 없으면 의리를 표현할 길이 없다. 따라서 셋 중에 하나라도 버리면 진정한 학문이 될 수 없으나, 그중 의리의 학문이 근본이 된다고 주장했다. "짐짓(참으로) 의리의 학문을 숭상하면 경륜과 문장은 그 가운데 (벗어)나지 아닐 것이로되," "세상 학문이 끝[末]을 일삼아 본(本)을 잃으며, 겉을 꾸미고 안을 힘쓰지 아니하여, 헛되이 세 가지 명목(의리·경륜·문장)으로 세상을 속이고 이름을 도적(盜賊)하는 줄을 애닯아" 한다고 했다.[1](→758면) 성리학 위주의 학문관을 피력한 것이다.

팽관과 오상은 이와 같은 홍대용의 학문관에 찬동을 표했다. 그리고 청나라의 최고 학자를 묻는 홍대용의 질문에 답하여, 팽관은 강희 때 활동한 저명한 성리학자인 탕빈과 육농기를 소개했다.[2] 이로 미루어 팽관과 오상의 학문적 성향을 짐작할 수 있다. 단 이 두 사람은 강희 때 서건학(徐乾學)이 편찬한 예서(禮書)인 『독례통고』(讀禮通考)의 속편이 있느냐는 홍대용의 질문에 대해, 편자가 누구냐고 물으면서 책 이름을 들은 적도 없다고 답했다. 이는 "두 사람의 학문이 그다지 뛰어난 것 같지 않다"는 홍대용의 판단을 입증하는 사례라 하겠다.[3]

그 뒤 국자감 감생 장본과 주응문을 만났을 적에, 홍대용은 『대학』의 첫 장에 나오는 '명덕'(明德)의 해석에 관해 토론을 벌였다. 주자는 『대학장구』(大學章句)에서 '명덕'이란 "사람이 하늘로부터 얻은 것이며, 허령불매(虛靈不昧)하여 모든 리(理)를 구비하고 온갖 일에 대응하는 것"이라고 풀이했다.[4] 이러한 주자의 해석은 '명덕'이 성리학의 기본 개념인 심(心)과 성(性) 중에 어디에 해당하는지 애매한 문제를 안고 있었다. '사람이 하늘로부터 얻은 것'이라는 점에서 명덕은 '성'으로 볼 수 있으나, '허령불매하여 리를 갖추고 만사에 대응하는 것'이라는 점에서는 '심'으로 볼 수 있기 때문이다. 『대학혹문』(大學或問)이나 『주자어류』(朱子語類) 등에서 주자는 명덕을 '성'이라고 하는가 하면 '심'으로 설명하기도 함으로써 혼란이 더해졌다. 후대의 주자학자들도 명덕을 '리'라느니 '본심'(本心)이라느니 하여 저마다 설이 달랐다.[5] 더욱이 당대 조선의 주자학자들도 『대학장구』의 '명덕'에 대한 주석을 두고 한창 논란을 벌이고 있던 터여서, 홍대용은 장본과 주응문의 학문 수준도 짐작하고 청나라 학자들의 주장도 알아볼 겸 토론을 시도했던 것으로 보인다.

학식이 부족해 보이는 늙은 감생 장본은 홍대용의 질문에 대한 답변을 젊고 영민한 주응문에게 떠맡겼다.[6] 주응문은 '명덕'에 관해서는 주자의 『대학장구』의 주석에 상세히 풀이되어 있어 더 논할 필요가 없다고 단언했다. 또 '명덕'은 『중용』에서 말한 '천명지성'(天命之性)과 같다고 하여, 명덕을 '성'으로 보았다. 홍대용이 명덕을 '심'으로 보는 견지에서 잇달아 반론을 제기하자, 그는 명덕은 '심'에 내재한 '성' 즉 '리'를 위주로 말한 것이며, '리를 갖추고 만사에 대응하는 것'도 '심'이 아니라 '성'의 '체'(體)와 '용'(用)을 말한 것이라고 응수했다.[7] 이러한 주응문의 주장은 명·청 시대 주자학자들의 통설을 따른 것이다. 명나라 때 채청(蔡淸)은 『대학』의 '명덕'은 곧 『중용』의 '천명지성'이라고 하여 명덕을 '성'으로 해석했으며, 청나라 초에 육농기와 이광지 등도 역시 명덕은 '성'이라고 주장했다.[8] 이와 같은 관변 주자학자들의 해석이 과거 시험의 모범 답안으로 받아들여졌으므로, 주응문도 홍대용의 질문에 그렇게 답변한 것이었다.

이어서 주응문이 조선에서는 『대학』의 '명덕'을 어떻게 해석하느냐고 묻자, 홍대용은 선배 유학자 중에 명덕을 '성'으로 보는 이도 있고 '심'으로 보는 이도 있으며, '심'이 '성'과 '정'(情)을 포괄한다고 보는 이도 있다고 답했다.[9] 이는 조선 후기의 노론 학계를 중심으로 '명덕'에 관한 학설을 소개한 것이다. 송시열은 명덕을 '심' '성' '정'의 총칭(總稱)이라고 하여 '심'이 '성'과 '정'을 포괄한다고 보았다. 이와 달리 김창협은 명덕을 오로지 '심'으로 보았으며, 그의 손자이자 홍대용의 스승인 김원행은 그 설을 계승했다. 한편 권상하의 문인 윤봉구는 명덕을 '성'이라 보았다. 그리하여 송시열의 설을 따르는 김간(金榦)과 김창협의 설을 지지하는 박필주(朴弼周)처럼 견해를 서로 달리하는 학자들 사이에 논변이 벌어지기도 했다. 또한 명덕을 '심'으로 해석하는 학자들도 '심'이 '기질'(氣質)에 구속을 받는지, 성인(聖人)과 범인(凡人)의 명덕에 차등이 있는지를 두고 호론과 낙론에 따라 의견이 크게 나뉨으로써, '명덕'에 관한 논의는 당시 학계의 뜨거운 관심사가 되었다.[10]

주응문이 다시 홍대용에게 명덕에 관해 어떤 설을 주장하는지 묻자, 홍대용은 자신은 이렇다 할 주견이 없노라고 답했다. 다만 글을 잘 읽는 사람은 맹자의 말처럼 '문구에 얽매여 본의를 곡해하지 않는' 법이니, '명덕'에 관한 주자의 해석을 잘 살펴본다면 선배 학자들의 세 가지 학설은 서로 통할 수 있을 것이라고 주장했다.[11] 명덕과 심·성의 관계와 같은 지나치게 사변적인 논의에 골몰하거나, 특정 학파나 사제 관계를 따라 어느 한 가지 학설을 고집하지 않으려는 홍대용의 학문적 태도가 여기에 드러나 있다고 하겠다.[12]

육비와의 양명학 토론

그 뒤 2월 중에 자주 만난 항주의 세 선비는 한림 팽관·오상이나 감생 주응문보다 훨씬 학식이 뛰어날 뿐 아니라 주자학에 대해서도 비판적인 발언을 서슴지 않아 홍대용에게 적지 않은 지적 자극을 주었다. 항주의 세 선비는 왕양명과 마찬가지로 절강성(浙江省) 출신인지라 그의 학풍을 많이 답습한 듯했다. 송대의 성리학자들을 논할 때면 너무 쉽게 비판하는 경향이 있었으므로,[13] 처음에 홍대용은 이들이 양명학을 신봉하는 선비인 줄 알았다.

하지만 이미 논했듯이, 육비는 주자학보다 양명학에 대해 더 호의적이기는 하지만 양 학파의 대립을 비판하고 대화와 소통을 지지하는 쪽이었다. 홍대용이 양명학과 불교에 정통한 인물로 보았던 엄성은 실은 주자학에도 조예가 깊었다. 일견 주자학을 신봉하는 듯한 반정균도 제자백가서와 병서(兵書)·점술서·서학서(西學書)까지 섭렵했으며 엄성에 못지않게 불교를 좋아했다. 홍대용은 이와 같이 비범한 선비들을 상대로 진지한 학문적 토론을 벌였다.

청나라의 주류 학풍에 관해 탐문하자, 반정균은 주자학과 양명학이 대등한 세력을 이루던 명나라 때와 달리 지금은 오로지 주자학을 숭상한다고 답했다. 또 그는 청나라의 대 유학자로 육농기와 탕빈·이광지·위상추 등 강희 연간에 활약한 관변 주자학자들을 소개했다.[14]

한편 반정균은 당대 조선의 대 유학자가 누구냐고 물었다. 홍대용은 "사후(死後)에야 비로소 공론(公論)이 있을 것"이라고 응수하며 직답을 피했으나, 은근히 자신의 스승 김원행을 소개하기에 힘썼다. 엄성과 반정균에게 김원행의 「논성서」(論性書)를 증정한 뒤 평가를 청했다. 이 글은 호론에 맞서 낙론의 견지에서 인간과 여타 생물의 본성이 동일함을 설파한 명문이었다. 엄성은 김원행의 주장이 아주 훌륭하다고 칭송하며 그 글을 항주로 가지고 가서 출판할 생각이라고 했다. 그러자 홍대용은 스승의 글이 "조선 유학자들의 큰 시빗거리"를 논하고 있기는 하지만, 이 같은 논의는 초학자에게는 실제로 그다지 긴요하지 않다고 했다.[15] 그리고 남명(南冥) 조식(曹植, 1501~1572)이 퇴계 이황에게 보낸 편지에서 "요즘 학자들은 손으로 청소하는 절차도 모르면서 입으로 천리(天理)를 논한다"고 질책한 말을 인용하여, 사변적인 논의에 빠져 학문의 기초가 되는 예의 범절의 실천을 소홀히 해서는 안 된다고 단서를 달았다.[16]

또한 홍대용은 엄성과 반정균에게 지어 보낸 「동국기략」에서 조선 주자학의 연원과 계통을 소개했다. 고려 말에 정몽주가 주자학을 창시한 이래 조선조에 들어서 김굉필·정여창(鄭汝昌, 1450~1504)·조광조(趙光祖, 1482~1520)를 거쳐 이언적(李彦迪, 1491~1553)·이황·이이(李珥, 1536~1584)·성혼(成渾, 1535~1598)에 이르렀다고 했다. 그중 특히 이이의 성리설(性理說)을 칭송하면서 그 요지인 '기발리승일도설'(氣發理乘一途說)을 소개했다. 그리고 이이의 문인인 김장생에 이어 김장생의 문인인 송준길과 송시열이 동시대에 주자학을 주창했다고 하면서, 송시열은 "『춘추』를 존숭해서 대의(大義)를 논하기 좋아했다"고 하여 그가 존명배청주의를 고취한 사실을 특기했다.[17] 이처럼 이이에서 송시열로 이어지는 서인-노론 학통을 위주로 조선의 주자학을 소개한 것은 홍대용 자신이 바로 그 학통을 계승한 학자였기 때문이다.

2월 3일 엄성·반정균과의 첫 만남에서 홍대용은 대뜸 만촌 여유량에 관해 질문한 데 이어서, 여유량처럼 왕양명도 절강 사람이니 지금도 절강에는 양명학을 숭상하는 학자들이 있지 않겠느냐고 물었다. 이에 반정균은 "양명은 큰 선비요 성묘(聖廟: 공자의 사당)에 배향한 사람이로되", 양지(良知: 천부적 윤리 의식)의 실천을 중시하는 그의 '치양지설'(致良知說)이 주자와 달라서 학자들이 존숭하지 않으며, 양명학자가 한두 사람 있기는 하지만 명성이 대단치 않다고 답했다.[18]

그러자 홍대용 역시 "양명은 세상에 드문 호걸스런 선비"로 문장이 훌륭하고 큰 공훈을 세운 점에서 명 왕조의 으뜸 인물이라고 칭송하면서도, "단 그의 학문 방법은 실로 난공(蘭公: 반정균의 자)의 말씀과 같소"라고 하여 왕양명의 학설에 대한 반정균의 비판을 지지하였다. 다만 그럼에도 왕양명의 학문은 후세의 기송지학(記誦之學: 책을 달달 외우기만 하는 학문)에 비하면 하늘과 땅 차이라고 높이 평가했다. 『을병연행록』에서도 그는 "후세 학자들이 겉으로 주자를 숭상하나 입으로 의리를 의논할 따름이요, 몸의 행실을 돌아보지 아니하"는 것은 "도리어 양명의 절실한 의론"에 미치지 못하며 부끄러운 일이라고 했다. 반정균은 이러한 홍대용의 포용적인 태도를 극구 칭찬했다.[19]

그런데 엄성의 견해는 반정균과 조금 달랐다. 그는 육구연(陸九淵)의 인품과 왕양명의 공훈을 들어 이들을 위대한 인물로 칭송할 뿐 아니라, "주희와 육구연의 학설은 원래 다른 점이 없는데 학자들이 제멋대로 차별을 만들어 냈다"고 주장하면서 양인의 학설은 "수도동귀"(殊塗同歸: 길은 달라도 목적지는 같다)라고 단언했다.[20] 이처럼 주희와 육구연이 방법은 달라도 동일한 학문적 목표를 지향했다는 엄성의 주장에 대해 홍대용이 반발하면서, 그와 항주 선비들 사이에 육왕학(양명학)에 대한 토론이 이어지게 되었다.[21]

중국 사상사에서 주자학파와 육왕학파의 논쟁은 남송 이래 청대까지 500여 년에 걸쳐 지속되었다. 남송 때 주희와 육구연 사이에 『중용』에서 말한 '존덕성'(尊德性: 덕성을 고양함)과 '도문학'(道問學: 학문에 의거함)의 관계를 두고 의견이 대립하면서 논쟁이 시작되었고, 명나라 때에는 육구연을 계승한 왕양명의 치양지설에 맞서 나흠순(羅欽順)·진건(陳建) 등이 논쟁을 벌였다. 청나라 초에도 『명사』(明史)를 편찬할 때 「유림전」(儒林傳) 외에 별도로 「도학전」(道學傳)를 마련할 것인지, 또 왕양명을 「도학전」에 포함할 것인지 여부를 두고 장열(張烈) 등 주자학파와 모기령 등 양명학파 간에 논쟁이 불거진 바 있다. 이 논쟁을 최후로 양 학파는 이론적 파산을 맞고 신흥 학풍인 고증학을 위해 길을 열어 주게 된다.[22]

이와 같은 맥락에서 보자면 홍대용은 항주 선비들을 상대로 해묵은 논쟁을 제기한 셈이다. 주자학과 육왕학의 궁극적 합치를 주장한 엄성의 발언에 반발을 느낀 홍대용은 며칠 뒤 그에게 보낸 편지에서, 왕양명을 당나라 소설 『규염객전』(虯髥客傳)에 등장하는 규염객에 비기어 혹평했다. 즉, 당 태종 이세민을 보필하는 신하가 되기를 거부하고 변방 부여국의 왕이 된 규염객처럼 왕양명은 주자에 대해 즐겨 반기를 들고 별도의 학파를 만들어 재앙을 끼친 인물이라고 폄훼한 것이다.[23] 그 후 엄성을 만난 홍대용이 일전의 편지에서 왕양명을 비판한 내용에 대해 소견을 묻자, 엄성은 "아주 좋다"고 호평하면서도 더 이상의 발언은 삼갔다.[24]

이로부터 10여 일 뒤에 짐짓 '육왕학자'로 자처하는 육비와 처음 만나면서, 주자학과 육왕학에 대한 논쟁이 재개되었다. 홍대용은 며칠 전 엄성에게 '존덕성과 도문학은 수레의 두 바퀴 같고 새의 양 날개 같아서 그중 하나라도 폐하면 배움을 완성하지 못한다'는 취지의 증언(贈言)을 써서 보냈다. 이는 주자의 학문론에 의거한 글이었다.[25] 육비는 이 글에 대해 "정론"(正論)이라고 평하고, 존덕성과 도문학을 둘로 나누는 것은 원래 부당하다고 하며 공감을 표했다. 홍대용도 양자를 둘로 나누는 것은 부당하다는 육비의 발언을 "불역지론"(不易之論: 절대로 바꿀 수 없는 주장)이라고 칭송했다.[26]

하지만 육비는 존덕성과 도문학을 둘로 나눈 장본인은 바로 주자라고 비판을 덧붙였다. 주자는 육구연이 존덕성에 치중하는 데 비해 자신은 도문학에 치중한다고 말했다는 것이다. 이는 「답항평보」(答項平父)라는 편지에서 주자가 한 말을 근거로 한 것인데, 왕양명도 이를 근거로 주자가 존덕성과 도문학을 분리시켰다고 비판한 바 있다.[27]

이어서 "육구연의 학문에도 장점이 있느냐"고 하며 떠보는 육비의 물음에, 홍대용은 주자도 육구연의 학문을 경외했노라고 답했다. 그러자 육비는, 후세의 학자들이 육구연의 학설을 편벽되다고 공박하지만, 당시 주자와 육구연 두 분에게는 그 같은 당파적 의견 대립은 없었을 것이라고 하여 후세의 주자학파를 비판했다. 이에 홍대용은, 아직 육구연의 문집 즉 『상산집』(象山集)을 읽지 않아서 그의 학문을 논할 처지는 못 되지만, 주자의 학문은 공정하고 편벽되지 않아 진실로 공자와 맹자의 정통을 계승했다고 본다고 했다. 따라서 육구연의 학문이 만약 이러한 주자의 학문과 차이가 있음이 사실이라면, 후세의 학자들이 그를 배척해도 당연하다고 응수했다. 다만 "명색이 주자학자라고 하면서 도문학에 다분히 치우쳐 끝내 경전의 자구나 해석하는 말단의 학문에 귀착하고 만다면, 도리어 육왕학자가 내심의 공부에 힘쓰면 그래도 소득이 있는 경우만 못하다. 이것이 가장 두려운 점이다"라고 했다.[28]

이처럼 홍대용이 도문학에 치우친 데 따른 주자학파의 폐단을 시인하고 존덕성을 중시한 육왕학파에게도 나름대로 장점이 있음을 인정하자, 육비는 "형의 말씀을 들으니 지극히 공평해서 진심으로 탄복한다"고 하여 홍대용의 포용적인 태도를 칭찬했다. 그러면서도 한편으로 그는 주자학파와 육왕학파의 논쟁은 순전히 상대파를 이기려는 혈기로 말미암아 벌어진 일이었다고 비판했다. 또 주자학자들은 육구연의 후계자인 왕양명의 학문에 대해서도 공허한 선학(禪學)과 다름없다고 헐뜯었지만, 선학을 하지 않는다는 그들은 정작 세상에 드러낼 만한 공적이 전무했다고 비판했다. 그리고 외부로 드러난 왕양명의 '사공'(事功: 업적)을 보면 그의 내심의 성취를 증험할 수 있다고 하여, 치양지설을 옹호했다.[29]

그러나 이와 같은 육비의 양명학 옹호론에 불만을 느낀 홍대용은 2월 26일 마지막 만남의 자리에 장문의 반박문을 준비해 갔다. 여기에서 우선 그는 왕양명에 대해 지극한 존경을 표시했다. 예전에 왕양명의 글을 읽고 인품에 감복하여, 다시 태어난다면 그의 충실한 하인이 되겠노라고까지 생각했다고 한다. 또 그의 치양지설도 대단히 심오하며 실제로 체득한 깨달음을 담고 있다고 칭송했다.[30] 하지만 홍대용은 왕양명 역시 도문학의 공부를 폐한 적은 없다고 주장했다. "학문에 의거하지 않고 도를 추구하는 것은, 무식쟁이라도 조용히 앉아서 마음을 다스리기만 하면 성현이 될 수 있다는 말인데 어찌 이럴 리가 있겠는가." 따라서 후세의 학자들이 왕양명에 대해 오직 존덕성만 중시했다고 질책한 것은 정상을 참작한 온당한 판결이라고는 볼 수 없다고 했다.

다만 홍대용이 보기에 왕양명의 주장은 너무 고답적이고 공부가 너무 간단하고 쉬우며, 스스로 깨달았다고 자부하는 그 황홀한 경지는 남들이 접근할 수도 없고 배울 수도 없다. 이와 같은 양명학의 말류는 속성(速成)을 추구하고 상도(常道)에서 이탈하여 저도 몰래 불교에 빠지는 폐해를 낳았다고 비판했다. 이는 왕간(王艮)·하심은(何心隱)·이지(李贄) 등 명나라 후기 태주학파(泰州學派)의 양명학자들을 겨냥한 비판이라 생각된다. 또한 홍대용은 왕양명의 특출한 공적을 인정하면서도, 이러한 공적을 이유로 왕양명을 존숭하는 것은 그의 위대함을 진정으로 아는 것이 아니라고 주장했다. 왕양명이 평소 그의 문인들에게 영왕(寧王) 주신호(朱宸濠)의 반란을 평정한 자신의 공훈을 이야기한 적이 없었던 사실을 보아도, 오직 학문적 성취로써 자신을 알아주기를 바란 그의 내심을 엿볼 수 있다는 것이다.[31]

끝으로, 왕양명의 학문을 불교처럼 공허하다고 비방한 학자들은 도리어 세상에 드러낼 만한 공적이 없었다고 육비가 비판한 데 대해서도 반박을 가했다. 즉, 후세의 유학자들은 대개 곤궁한 처지에서 독선(獨善: 일신의 수양)에 힘썼기에, 설령 재주가 있어도 왕양명과 달리 발휘할 데가 없었음을 감안해야 한다고 했다. 게다가 "의리란 모든 사람에게 관계되는 공공(公共)의 문제"(義理, 天下之公)이므로, 이에 관해서는 발언의 옳고 그름만 따져야지 발언자의 자격을 문제 삼아서는 안 된다고 반박했다. 공자의 문하에서는 오척 동자라도 인의(仁義)보다 속임수와 무력을 앞세운 오패(五覇: 춘추시대에 중원을 제패한 다섯 군주)에 대해 말하기를 수치로 여겼듯이, 왕양명과 같은 공적이 없는 하찮은 학자일지라도 왕양명의 학문이 과연 의리에 부합하는지는 얼마든지 논할 수 있다는 것이다.[32]

그날 육비는 이상과 같은 홍대용의 반박문을 읽고 나서 즉석에서 "양명 선생을 논한 것은 지극히 옳다"고 평했다. 왕양명은 존덕성만이 아니라 도문학에도 힘썼으며 혁혁한 공적 때문에 왕양명을 존숭하는 것은 그의 학문을 제대로 아는 것이 아니라고 한 홍대용의 비판에 전적으로 동의를 표한 것이다. 북경을 떠나기 직전의 홍대용에게 보낸 작별 편지에서도 육비는 왕양명의 학문을 평가할 때 "사업(공적)과 심술(心術: 내심)을 구분해야 한다"고 논한 홍대용의 반박문을 거론하며, "말마다 불후의 명언이요 더욱 천고에 전할 만합니다"라고 칭송했다.[33] 그가 이처럼 홍대용의 주장에 흔쾌히 동의한 이유는 존덕성과 도문학을 둘로 나누어서는 안 된다는 기본 전제에서 홍대용과 의견이 일치했기 때문일 것이다. 육비는 그 점에서 주자학과 육왕학은 서로 소통할 수 있다고 보았으므로, 홍대용이 주자학자로서 보인 포용적 태도를 칭찬하고 양명학파에 대한 그의 비판에도 공감할 수 있었던 것 같다.

사촌동생 홍대응의 증언에 의하면 홍대용은 조선 중엽 이래 당파에 따라 편파적인 주장이 생겨나 시비가 공정하지 못함을 개탄하면서, 유학에 관한 시비를 보아도 중국은 결코 그렇지 않다고 말했다 한다. 즉 "중국에서는 주자를 배반하고 육구연과 왕양명의 학문을 존숭하는 자들이 홍수처럼 도처에 넘쳐나지만, 이로 인해 유학에 위배된다는 죄를 얻었단 말은 들어 보지 못했다"고 하면서, 이는 "아마도 식견의 범위가 넓고 크므로 능히 공정하게 보고 모든 걸 수용할 수 있기 때문이니, 우물 안 개구리 같은 편견을 지닌 우리와는 다르다"고 했다는 것이다.[34] 이와 같은 홍대용의 발언에서 항주 선비들과 나누었던 양명학 토론의 영향을 엿볼 수 있다. 육비는 양명학에 좀 더 기울었으나 주자학과 양명학의 대립을 비판하고 양자의 소통을 지지했으며, 엄성은 주자학에 조예가 깊었으나 주자학과 양명학이 궁극적으로 합치한다고 보았다. 반정균 역시 주자학을 지지하면서도 홍대용이 양명학에 대해 포용적 태도를 보이자 기뻐했다. 이러한 항주 선비들과의 토론을 통해 홍대용은 여전히 중국에는 양명학이 성행하여 주자학과 대립하고 있으나, 조선과 달리 다른 학파의 비판을 수용하는 공정한 학풍이 자리 잡고 있다고 판단했던 것이 아닌가 한다.

엄성과의 주자학 토론

홍대용은 양명학에 관해 주로 육비와 논변을 벌였다면, 주자학에 관해서는 엄성과 깊이 있는 토론을 주고받았다. 엄성은 20대 이후 『근사록』(近思錄) 등 주자학 서적을 읽기 좋아했고 '성현(聖賢)의 도'에 뜻을 두었다고 한다. 2월 8일 홍대용이 방문하자, 그는 모처럼 주자학을 함께 담론할 수 있는 동지를 만났다고 기뻐했다.[35]

그날 엄성은 항주의 선배 학자인 오영방의 뛰어난 학문과 덕행을 소개하면서, 단 불교를 숭상하는 점이 한 가지 병통이라고 말했다. 그러자 홍대용은 주자학자답게 불교 배척론을 폈다. 주자가 전한 바에 의하면 정이의 제자인 윤돈(尹焞)은 모친의 유훈을 어길 수 없다며 『금강경』을 날마다 독송했다는데, 오영방이 그보다 더 심하게 불교를 숭상하고 인과응보설을 좋아함은 몹시 애석한 일이라고 말했다.[36]

엄성은 자신도 오영방처럼 『능엄경』을 즐겨 읽는데 마음을 다스림에 가장 좋다고 하면서, 『능엄경』에서 마음을 논한 내용은 원래 유도(儒道)와 큰 차이가 없다고 했다. 그에 대해 홍대용은 "우리 유도의 마음을 논함이 극히 분명하고 스스로 즐거운 곳이 있으니, 어찌 내 도를 버리고 밖으로 다른 데 구하리오?"라고 비판했다. 그러자 엄성은 한때 중병을 앓으면서 『능엄경』에 심취했으나 지금은 불경이 유가 경전보다 훨씬 못함을 깨닫게 되었노라고 고백하고, 마음에 관한 도리는 "유가 경전이 지극히 절실하고 평이하니 하필 멀리 이단에서 취하겠는가"라고 하여 홍대용의 비판에 동의했다. 또 엄성은 『맹자』에서 마음이란 "잡으면 보존되나 놓으면 달아나서, 때도 없이 들락거리고 어디로 향할지 모른다"고 한 공자의 말씀이 "극히 절실하여 불도(佛道)가 미칠 바가 아니니, 어찌 외도(外道)를 구하리오"라고도 말했다.[37]

그러나 한편으로 엄성은 송대 유학자들이 불교를 배척하면서도 자신들의 저술에 불교 용어를 왕왕 섞어 쓴 모순을 지적했다.[38] 홍대용은 성리학자들이 불경의 문자만 취해 쓴 것은 아무런 문제가 되지 않는다고 응수했다. 또 "경(敬)이란 늘 성성(惺惺)하는 방법이다"라고 주장한 사양좌(謝良佐)처럼, 당나라 선승 서암(瑞巖)이 자신을 향해 "주인옹(主人翁)은 늘 성성(惺惺)한가"라고 물었다는 불교 고

사로부터 문자뿐 아니라 그 의미까지 취한 경우도 있으나, 이는 불교를 융통성 있게 활용한 "유학자의 활법(活法)"이라고 옹호했다. 그러자 엄성은 송대 유학자들을 조롱하려는 의도가 아니라, "우리 유교도 때로는 불교에서 취할 점이 있음을 말한 데 불과하다"고 변명했다.[39]

홍대용은 엄성에게 불교의 영향에서 벗어나 유교로 확실히 돌아오라고 당부했다. 북송의 성리학자 장재처럼 "만년에 불교와 도교에 빠졌어도, 끝내 바른길로 돌아가는 데 무엇이 해롭겠는가?" 그러자 엄성은 주돈이도 처음에는 불교를 배웠으나 나중에 바른길로 돌아왔다고 첨언했다. 또한 홍대용은 불교의 장점을 취하여 내 마음을 다스리는 공부를 보완하는 것은 해롭지 않으나, 정호가 경고했듯이 "음란한 음악과 아름다운 여색처럼 점점 그 속에 빠져들까 두렵노라"고 했다. 그리고 "오늘날의 이단은 총명한 자들을 유혹한다"고 한 정호의 말을 인용하면서, 엄성은 재주와 학식이 매우 뛰어나니 불교에 빠지지 않도록 더욱 조심하라고 충고했다.[40]

다음으로, 홍대용은 엄성과 주자학의 수양법에 관해 토론했다. 『대학』과 『중용』에서 말한 '신독'(愼獨)의 '독'(獨) 자가 무슨 뜻인지 시험 삼아 물었더니, 엄성은 "남들은 몰라도 자기는 홀로 아는 곳"이라고 한 주자의 주석을 인용하여 답한 뒤, 그 이전에 '자기도 모르는 곳'이 있다고 덧붙여 말했다. 따라서 마음이 초발(初發: 처음 발동)할 때에 시비사정(是非邪正: 옳고 그름)을 분별하는 '신독' 공부에 앞서, 마음이 미발(未發: 발동하지 아니)하여 '자기도 모르는 곳'에 대처하는 공부가 없어서는 안 되는데, 이는 가장 수양하기 어렵고 자칫하면 불교의 '완공'(頑空)에 빠지게 될 우려가 있다고 했다. 이것은

『중용』의 첫 장에서 "보이지 않는 곳에서도 경계하고 삼가며, 들리지 않는 곳에서도 두려워하고 조심한다"(戒愼乎其所不睹, 恐懼乎其所不聞)고 한 구절에 대한 주자의 해석을 따른 주장이다. 『중용장구』에서 주자는 '계신공구'(戒愼恐懼)는 마음이 미발한 때에 '경'(敬)의 상태를 유지하는 '지경'(持敬)을 말한 것이며, 그에 이어지는 '신독'은 마음이 이발(已發: 이미 발동)한 때의 공부라고 했다. 홍대용은 엄성의 주장에 대해 "형의 의론이 높은지라. 이곳은 착수(着手)하여 공부를 베풀 곳이 아니요, 착수를 아니키도 어려우니, 오직 몸과 마음을 하나같이 공경(恭敬)을 주(主)하면 거의 멀지 않으리라"고 하여 '주경'(主敬) 즉 '지경'에 힘쓸 것을 당부했다.[41]

이어서 홍대용이 공부에 관해 조언을 청하자, 엄성은 『맹자』에서 말한바 "잃어버린 마음을 찾으려면"(求放心), 명나라 주자학자 설선(薛瑄)이 말했듯이 "원래 시시각각 살피고 깨우쳐야 한다"고 말했다. 또 그는 북송 때 호원(胡瑗)이 자신을 찾아온 서적(徐積, 시호 절효節孝)에게 "머리를 곧추 세우라"(頭容直)고 호통을 쳤다는 『주자어류』 중의 고사, 그리고 유안세(劉安世, 호 원성元城)는 대화 중에 손발을 조금도 움직이지 않았다는 『원성어록』(元城語錄) 중의 일화, 앉는 법에는 '생요좌'(生腰坐)와 '사요좌'(死腰坐)가 있다고 한 『주자어류』 중 주자의 말을 잇달아 들고 나서, 이와 같은 수양법은 "비록 배우기 어려우나 실로 초학(初學) 공부의 가장 긴급한 일"이라고 주장했다. 그러자 홍대용은 "외부를 통제함으로써 내심을 안정시킨다"는 정이의 말을 인용한 다음, 엄성의 발언은 바로 주자가 그의 제자 요진경(廖晉卿)에게 독서하기 전에 『예기』에서 말한 '구용'(九容: 군자의 아홉 가지 몸가짐)을 먼저 살펴보라고 권고한 것과 같은 뜻이라고 칭찬하면서, 자신도 이를 명심하겠노라고 말했다. 다만 이러한 수양법은 말보다 실천이 어려우니, 몸소 실천하지 않으면 『논어』에서 말한바 "남의 말을 이해할 줄 모르는"(不知言) 우직한 자만도 못하다고 첨언했다.[42]

또 엄성이 "경(敬)은 온갖 사특한 마음을 이긴다"(敬勝百邪)고 한 정호의 말을 음미해 보면 가장 맛이 있는 말이라고 하자, 홍대용도 "사람은 꿈꾸며 자는 동안에도 자신의 공부 수준을 짐작할 수 있다"고 한 정이의 말을 인용하여 자나 깨나 '경'(敬)을 유지할 것을 강조했다. 그리고 '경'을 말하는 것이 유학자들의 진부한 이야기가 된 지 오래이지만, 이는 『중용』에서 이른 바 "먹고 마시지 않는 사람이 없되 음식 맛을 제대로 아는 이가 드문" 것과 같다고 말했다. 엄성도 여기에 맞장구쳤다. 즉, '주경'(主敬)을 말하면 사람들이 모두 듣기 싫어하지만, '경'이야말로 평생 받아들여 써도 모자람이 없는 가르침인데, 도를 듣지 못한 자들이 제멋대로 소홀히 여기고 깨닫지 못할 뿐이라고 안타까워했다. 그러자 홍대용은, 속인들은 말할 것 없고, 학문을 좋아한다는 사람들조차 경전을 논하고 성리(性理)를 논하며 선인들의 학설을 능가하기에만 힘쓰므로, 저도 모르게 마음이 황폐해지며 윤리를 온전히 실천하지 못한다고 비판했다. 사변적인 논의를 일삼는 주자학자들이 수양과 실천을 경시하는 폐단이 있음을 지적한 것이다.[43]

한편 엄성은 주자학 공부보다 시화 창작에 탐닉하는 자신과 반정균의 취향을 심각하게 반성하면서, 서예를 좋아하는 것을 '완물상지'(玩物喪志)로 간주한 정호의 비판을 인용했다. 그러자 홍대용은, 자신이 심히 공경한 태도로 글씨를 쓰는 것은 "글씨를 잘 쓰려 함이 아니라 이것이 바로 학문이기 때문이다"라고 한 정호의 말을 인용하며, 학문을 하고 남은 여가에 예술을 즐기는 것은 무방하나 오로지 그것만 좋아해서는 안 된다고 말했다.[44]

며칠 뒤 다시 만났을 적에도 엄성은 "한번 문인으로 불리게 되면 보잘것없다"고 한 북송의 학자 유지(劉摯)의 말을 인용하면서, 풍류를 흠모함이 반정균의 큰 병통이라고 말했다. 이에 홍대용도, 풍류로 유명한 두목(杜牧) 같은 자들은 말할 것 없고, 서화에 능한 선비들이 극히 숭앙하는 미불(米芾)과 조맹부(趙孟頫) 같은 부류도 유식한 군자가 보기에는 비루하기 짝이 없다고 혹평했다. 그러자 엄성 역시 "걸음걸음마다 실지(實地)를 밟아야 한다"고 하면서 주자학 공부에 힘쓸 것을 다짐하고, 미불과 조맹부처럼 서화에 정통하려는 노력을 옮기어 "신심(身心)을 다스리고 성명(性命)을 궁구하는 학문"에 쏟는다면 큰 성과를 거둘 것이라고 말했다.[45] 그 뒤에 홍대용은 엄성에게 보낸 증언(贈言)에서도 "덕행은 근본이요 문예는 말단이니, 어느 것이 먼저이고 나중인지를 알아야 도에 어긋나지 않으리"라고 충고했다.[46]

2월 23일 홍대용은 반정균과 엄성에게 각각 작별 선물로 주려고 지은 증언을 가지고 갔다. 반정균을 위해 지은 증언에서 그는 『논어』와 『맹자』의 구절들을 인용하면서, 벼슬에 나아가면 삼대(三代)의 예악(禮樂)을 회복하려고 노력하며, 문장의 재주만 믿지 말고 덕행에 힘쓰라고 당부했다. 그리고 선비로서 "책임이 무겁고 갈 길은 머니, 우리의 모든 동지들이 어찌 경(敬)을 지키지 않으리오"라고 하여 '지경' 공부를 강조했다. 육비는 이 글에 대해 장재의 『정몽』과 문체뿐 아니라 사상도 흡사하다고 높이 평가했다.[47]

홍대용은 엄성을 위해 지은 증언에서는, 항주의 아름다운 산수에 은둔하여 청빈하게 살면서, 선왕의 도를 전하는 유가 경전을 읽고 자제들을 가르치며 유유자적하게 한평생을 마치라고 권했다. 이어서 다음과 같이 주자학의 전형적인 논리를 펴면서, 엄성이 불교에 빠지거나 공리주의로 기울지 않도록 충고했다.

> 도(道)란 한결같으면 전일(專一)해지고, 전일하면 고요해지며, 고요하면 마음이 밝아지고, 마음이 밝으면 만물이 여기에 비친다. 마음이 고요한 물과 밝은 거울처럼 된다면 도의 체(體)가 확립된 것이요, 만물의 이치를 깨달아 사업을 완성한다면 도의 용(用)에 통달한 것이다. 오로지 체에 매진하는 자는 불교의 공(空)에 빠진 것이요, 오로지 용에 매진하는 자는 명리를 좇는 저속한 선비이다.
> 주자는 후세의 공자이시다. 선생이 아니시면 내가 누구에게 귀의하겠는가. 그렇기는 하나, 겉모습만 흉내 내며 함부로 동조하는 자는 주자에게 아첨하는 것이요, 억지를 쓰며 딴 의견을 내세우는 자는 주자를 해치려는 도적이다.[48]

이처럼 홍대용은 공자의 진정한 후계자인 주자의 학문을 참되게 계승할 것을 당부하는 말로 엄성에게 준 증언을 마무리했다.

이상과 같은 학문적 교유를 통해 항주의 세 선비는 홍대용이 조선에서 온 뛰어난 성리학자임을 확연히 알게 되었다. 엄성은 김재행의 요청으로 지은 「양허당기」(養虛堂記)에서 홍대용에 대해 "성품이 독실하고 성리학을 논하기 좋아하여 유학자의 기상을 갖추었다"

고 평했다. 특히 2월 8일의 만남에서 홍대용과 성리학에 관해 장시간 진지한 토론을 나누었던 일은 엄성에게 깊은 인상을 남겼던 것 같다. 당시를 회고한 글에서 그는 홍대용이 "이월 초팔일에 나의 숙소를 방문하여 성명(性命)의 학문에 관해 필담한 것이 거의 수만 자에 달했으니, 참으로 순정한 유학자였다"고 했다. 그리고 "재능이란 지역에 따라 제한되지 않음이 확실하구나! 우리의 구두선(口頭禪)이 다분히 부끄러웠다"고 하여, 홍대용의 학문적 재능을 칭송하는 한편 자신과 반정균은 성리학에 관해 논변만 벌이고 실행이 뒤따르지 못함을 반성했다.[49]

반정균도 홍대용의 요청으로 지은 「담헌기」(湛軒記)에서 "홍군이 매양 나와 더불어 성명의 학문을 강론했는데 그 말이 대단히 순정했다"고 칭송했다. 또 후일 그는 『한객건연집』(韓客巾衍集)의 서문에서 홍대용과 즐겁게 필담을 나누었던 때를 회상하면서, "담헌은 정주학(程朱學: 성리학)을 독실하게 믿고 몸소 실천했었다"고 하였다.[50]

육비는 홍대용과 처음 만나 인사를 나눌 적에, 엄성과 반정균이 홍대용에 대해 "리학 대유"(理學大儒) 즉 성리학 대가라고 극도로 칭찬하는 말을 들었노라고 밝혔다. 또 중간본(重刊本) 『소음재고』(篠飮齋稿) 중 조선의 세 사신과 홍대용 및 김재행에게 지어 준 시들 앞에 붙인 서문에서도 그는 홍대용에 대해 "차분하고 단아했으며 정주학을 전심으로 연구했다"고 술회했다.[51] 요컨대 항주의 세 선비가 보기에 홍대용은 성리학에 정통할 뿐 아니라 진심으로 이를 실천하는 순정한 유학자였다.

4장　새로운 고증학풍의 충격

건륭 시대 고증학의 한 중심지, 항주

홍대용은 항주의 세 선비와 토론하면서 중국에는 여전히 양명학이 성행하여 주자학과 대립하고 있다고 판단하고, '순정한' 주자학자로서 양명학과 불교를 배척하는 논의를 폈다. 항주의 세 선비는 이러한 홍대용에 대해 조선의 '리학 대유'로 존경을 표하고 그의 양명학 비판을 대체로 수긍했다. 그러면서도 이들은 주자학과 양명학이 서로 소통할 수 있다고 믿었기에, 양명학의 장점을 인정한 홍대용의 포용적인 태도를 칭찬했다. 홍대용 역시 특정 학파나 사상에 얽매이지 않고 자유롭게 비판하며 상대방의 견해를 겸허히 수용하려는 항주 세 선비의 공정하고 개방적인 태도에 감명을 받았다. 앞서 살펴보았듯이, 그는 청 문물의 한 특징으로 '대규모'를 들고 청나라 사람들은 도량이 넓고 대범하다고 보았는데, 사상과 학문의 영역에서도 그와 같은 특징을 확인한 셈이다. 이는 편협하기 짝이 없던 당시 조선의 당파적 학문 풍토를 새삼 되돌아보게 하는 계기가 되었을 것이다.

하지만 홍대용은 주자의 『시경』 해석을 두고 벌어진 토론에서는 항주 세 선비의 완강한 반대에 직면했으며 종내 의견이 합치되지 못했다. 항주의 세 선비는 고증학적 견지에서 주자의 시경학(詩經學)을 강하게 비판했고, 그에 맞서 홍대용은 주자를 적극 옹호했다. 이와 같은 치열한 토론을 통해 그는 새로운 고증학풍과 처음 접촉하게 된 것이다. 그러므로 홍대용에게 진정한 지적 충격을 준 것은 구시대의 양명학이 아니라 건륭 시대의 고증학이었다.

건륭 치세 이전 청나라 초기의 중국 학계는 명대 학술의 양대 주류로서 경쟁하던 주자학과 양명학의 폐단, 특히 태주학파와 같은 양명학 말류의 폐해가 망국의 한 요인이었다는 통절한 반성 위에서 다양한 활로를 모색하고 있었다. 주자학파인 고염무·왕부지(王夫之)·여유량 등은 양명학을 비판하고 주자학의 혁신을 도모했으며, 양명학파인 손기봉(孫奇逢)·황종희·이옹(李顒) 등은 양명학 말류를 배격하고 주자학과의 소통을 추구하기도 했다. 또 탕빈·육농기·이광지처럼 양명학에서 주자학으로 전향하는 학자들도 속출했다.1(→772면)

이와 같은 사상적 과도기에 싹튼 새로운 학풍이 바로 고증학이다. 오늘날 고증학의 창시자로 간주되는 황종희·고염무·모기령·주이준·호위(胡渭)·염약거(閻若璩) 등은 '성즉리'(性卽理)냐 '심즉리'(心卽理)냐로 논쟁하던 주자학과 양명학의 사변적 학풍에서 탈피하여 유가 경전에 대한 철저한 실증적 연구를 지향했다. 그들은 이러한 실사구시적 경학(經學)을 통해 '경세치용'에 기여하는 한편, 불교나 도교에 물들지 않은 원시 유학의 질박한 정신을 보존한 한(漢)나라 시대의 경학을 부활하고 계승하고자 했다. 그래서 고증학을 '한학'(漢學)이나 '박학'(樸學)이라고도 한다.

청나라 강희 초엽까지는 양명학이 여전히 학계의 대세를 이루었다. 대표적인 학자로 손기봉·황종희·이옹 등은 양명학의 옹호와 혁신에 힘썼고 모기령·주이준 등은 이들과 의기투합했다. 그러나 청나라가 중국을 완전히 통일한 강희 중엽부터 양명학은 급격히 세력을 잃었고 고증학풍도 일시 쇠락했으며, 그 대신 주자학이 강희제의 적극적인 장려 정책에 힘입어 독존적인 지위를 누리게 된다.[2] 앞서 반정균이 필담에서 명나라 때와 달리 지금은 왕양명을 존숭하지 않으며 이름난 양명학자도 거의 없다고 답하거나, 지금은 오로지 주자학을 숭상한다고 하면서 청나라의 대 유학자로 위상추·탕빈·육농기·이광지 등 관변 주자학자들을 소개한 것은 이 같은 시대 변화를 증언한 것이라 볼 수 있다.

그런데 건륭 초엽인 1740년대부터 재야에서 고증학풍이 차츰 부흥하면서 관학인 주자학과 맞서는 형국을 이루게 되었다. 강소성에서 혜동(惠棟, 1697~1758)을 중심으로 고염무의 경학을 계승하려는 학파가 등장했으며, 절강성에서는 전조망(全祖望, 1705~1755)처럼 황종희의 사학(史學)을 계승하려는 학자들도 나타났다. 그 뒤를 이어서 대진·기윤·전대흔·옹방강·단옥재(段玉裁) 등이 활약하는 건륭 중엽 즉 1760년대 이후 고증학은 전성기로 접어들어, 조야(朝野)를 막론하고 고증학풍이 휩쓸다시피 하게 된다.[3]

건륭 시대에 활동한 고증학자들은 대다수가 강소성·안휘성·절강성 등 강남 3성(省) 출신이었으며, 지역별로 분파를 이루어 각기 특색을 갖추었다. 강소성의 소주(蘇州)를 중심으로 한 양자강 이남의 '오파'(吳派)는 혜동의 학풍을 계승한 학자들로 전대흔을 대표적 인물로 꼽을 수 있는데, 자료 수집과 박학(博學)을 중시했다. 안휘성의 휘주(徽州)를 중심으로 한 '환파'(皖派)는 강영(江永, 1682~1722)의 학풍을 계승한 대진을 대표적 학자로 꼽을 수 있으며, 전문성과 소학(小學: 문자학)을 중시했다. 강소성의 양주(揚州)를 중심으로 한 양자강 이북의 '강북'(江北)학파는 대진의 제자인 단옥재와 왕염손(王念孫) 등이 대표적인 학자로, 환파와 오파의 특색을 겸했다고 할 수 있다.

절강성은 전당강(錢塘江: 일명 절강浙江)을 경계로 하여 동서로 나뉘는데, 항주와 가흥(嘉興)·호주(湖州) 등 절강성 이북 지역을 '절서'(浙西)라 일컫고, 소흥(紹興)과 영파(寧波)·태주(台州) 등 절강성 이남 지역을 '절동'(浙東)이라 일컫는다. '절서'는 '오중'(吳中)이라 불리던 소주 등 강소성 남부 지역과 함께 양자강 이남의 오(吳) 문화권에 속하여 '오하'(吳下)로 불렸고 '강남'으로 통칭되었다. 그러므로 '절서'학파는 오파와 밀접한 관계에 있었으며, 고염무를 시조로 하여 주자학을 바탕으로 경세(經世)를 추구하고 경학에 치중하는 특색을 띠었다. 청나라 초기에 활동한 '절서'의 저명한 학자로 장이상(張履祥)·여유량·육농기·주이준·호위 등을 들 수 있다.

한편 '절동'학파는 황종희·모기령·전조망 등의 학풍을 계승했으며, 대표적인 학자로 장학성(章學誠)·소진함 등을 꼽을 수 있다. '절동'은 양명학의 발상지로서 명나라 때 양명학이 극성했던 지역이라 주자학이 성했던 '절서'와는 학풍이 상당히 달랐다. 게다가 명나라 유민(遺民) 의식이 강하고 망국의 역사에 대한 관심이 높았으므로, 절동학파는 특히 사학에 치력했다.[4] 절동학파의 시조인 황종희(1610~1695)는 왕양명과 동향인 여요(餘姚) 출신이다. 그는 명 중엽 이후 양명학이 극성한 소흥에서 저명한 양명학자 유종주(劉宗周, 1578~1645)를 사사했으며, 소흥과 항주·영파 등지를 전전하며 강학과 저술에 진력했다. 그는 순치(順治) 17년(1660) '절서'를 대표하는 주자학자 여유량과 항주에서 처음 만나 결교한 이래 절친한 사이가 되었으나, 강희 6년(1667) 이후 점차 반목하다가 끝내 갈라서고 말았다.

황종희의 사후에 '절동' 학계의 맹주가 된 모기령(1623~1713)은 항주에서 가까운 소산(蕭山) 출신이다. 그 역시 유종주의 영향을 받아 양명학을 옹호했으며, 경서에 대한 고증을 무기로 주자학을 공박하는 데 진력했다. 만년에 모기령은 항주에 우거하면서 저술에 전념하여 방대한 업적을 남겼는데,『사고전서』에 개인 저술로는 그의 저술이 가장 많이 수록되었을 정도였다. 단 그는 호승지벽(好勝之癖)이 심해 고염무·호위·염약거 등의 학설을 극력 반대했으므로 평판이 좋지 않았으나, 후대의 고증학자들에게 암암리에 큰 영향을 미쳤으며 완원(阮元) 등에 의해 고증학 창시자의 한 사람으로 재평가되었다.[5]

이상과 같은 강남 3성의 여러 분파 외에도, 수도 북경을 중심으로 한 북방의 고증학파로 기윤·주균(朱筠)·옹방강 등을 들 수 있는데 이들의 학풍은 대체로 오파와 유사했다.[6] 따라서 건륭 시대 고증학의 주요 중심지는 양주·소주·항주·북경 등이라 할 수 있다. 이 지역들은 18세기에 시장경제의 눈부신 발전에 따라 상업적 번영을 구가하던 곳이기도 했다. 양주에서는 염상(鹽商)들의 재산 기부에 힘입어 서원을 중심으로 강학이 활발하게 이루어졌고, 소주에서는 대대로 부유층 가문 출신 학자들이 서적 수집과 서지학 등에 관심을 쏟으며 이곳을 중국의 도서 출판의 주요 거점으로 만들었다.

항주에서는 대대로 부유층이면서도 대체로 상업적 기반을 가진 가문에서 배출된 학자들이 학문적 공동체를 이루었다. 완원이 편찬한 『황청경해』(皇淸經解, 1829)에 저술이 수록된 17, 18세기 고증학자들의 출신 지역을 살펴보면 항주 출신이 그중 두 번째로 많은 사실을 알 수 있다. 또 항주는 장서루(藏書樓)를 소유한 대 장서가들이 많기로 유명했다. 항주의 장서가들은 도서를 상호 대차하는 친밀한 네트워크를 형성하여 학문 발전을 도왔으며, 『사고전서』 편찬 사업에도 적잖이 기여했다. 사고전서관(四庫全書館)에 300종 이상의 도서를 기증한 최상위 기증자 5인 중 포정박 등 3인이 항주 출신이다.[7]

앞서 보았듯이 홍대용은 육비와 엄성·반정균이 절강성 출신이라 양명학을 지지하는 줄로 오해했다. 청대에 들어 양명학이 각처에서 모두 쇠퇴해 갔어도 '절서'와 인접한 '절동'만은 여전히 그 유풍이 남아 있었으므로,[8] 홍대용이 그와 같이 오해한 것도 무리는 아니었다. 하지만 18세기 청나라의 학계는 주자학과 양명학이 대립하던 명대와 달리, 주자학과 고증학이 대립하는 시대로 전환했다. 다시 말해 '리학'(理學)과 '심학'(心學)의 대립에서 '한학'(漢學)과 '송학'(宋學)의 대립으로 사상사의 구도가 일변한 것이다. 홍대용이 북경에 입성한 1760년대 후반은 주자학과의 학문적 경쟁에서 고증학이 우위를 점하기 시작한 시기라 할 수 있다. 건륭 41년(1772) 기윤·대진·소진함·옹방강·주균·왕염손 등 쟁쟁한 고증학자들이 대거 참여한 가운데 『사고전서』 편찬 사업이 개시된 것은 고증학의 최전성기를 알리는 획기적 사건이었다.[9]

그런데도 홍대용뿐만 아니라 영·정조 시대의 조선인들은 청나라 학계를 여전히 주자학 대 양명학의 대결 구도로 파악하고 있었다. 따라서 신흥 학풍인 고증학의 존재를 제대로 인지하지 못하고 양명학의 여파 정도로 여겼다. 심지어 정조 말년인 1799년에도 국왕 정조는 북경에 가는 사신 서형수(徐瀅修)에게 주자의 책들을 구입해 오라고 명하면서, "근래에 중국의 학문은 왕수인과 육구연의 여파가 홍수처럼 휩쓸고 있으니, 진헌장(陳憲章: 명대에 육구연의 학풍을 계승한 선구자)에서 넘쳐나기 시작하여 모기령에 이르러 산릉을 뒤덮을 듯이 극성해졌다"고 비판했다. 또 그해 말에 큰 성과를 거두지 못한 채 귀국한 서형수에게 정조가 "주자의 책들이 이처럼 품귀해진 것은 반드시 세간의 육왕학 숭상에 기인하여 그런 것일 테니, 어찌 개탄하지 않을 수 있겠느냐"라고 하자, 서형수도 "연래에 중원의 학술은 과연 다수가 육왕학을 숭상하고 있으며, 주자의 책들이 품귀해진 것은 반드시 여기에 기인하지 않는다고는 할 수 없겠습니다"라고 응대했다.[10] 그러나 실은 당시까지도 고증학이 극성하여 주자학 서적들이 폐기되다시피 한 것이었다.

처음에 홍대용이 양명학 지지자로 오해했던 육비와 엄성·반정균은 건륭 시대 고증학의 한 중심지인 항주에서 생장한 선비들이었다. 그중 관련 자료가 비교적 많이 남아 있는 엄성의 경우를 중심으로 이들의 교유 관계를 살펴보면, 선배와 벗들 중에 당대의 저명한 고증학자나 장서가들이 적지 않았음을 확인할 수 있다.[11]

항세준(1696~1772)은 항주부 인화현 출신으로, 광범한 분야에 걸쳐 방대한 저술을 남겨 '절서'의 학술을 대표하는 거물로 손꼽힌다. 그는 특히 사학에 뛰어나서 『삼국지보주』(三國志補注), 『금사보』

(金史補) 등 많은 저술을 남겼고, 예학에도 정통하여 『속예기집설』(續禮記集說)을 편찬했다. 이밖에 『속방언』(續方言)과 『석경고이』(石經攷異) 및 『속경적고』(續經籍攷), 『양절경적지』(兩浙經籍志) 등 소학과 금석학 및 목록학 저술도 있다. 그중 『삼국지보주』와 『속방언』은 『사고전서』에 수록되었다. 육비와 엄성은 항세준을 종유하며 지은 시를 남겼다.[12]

오영방(1702~1781) 역시 항주부 인화현 출신으로, 필담에서 엄성이 자세히 소개한 바와 같이 명나라 유민의 기풍을 계승한 은사(隱士)이자 문자학·훈고학·음운학에 뛰어난 고증학의 대가였다. 『취빈록』(吹豳錄)과 『설문리동』(說文理董)은 각각 음악과 문자를 연구한 그의 대표적 저술이라 할 수 있다. 엄성은 오영방의 제자로서 『설문리동』의 교정 작업을 거들었으며, 반정균 역시 오영방을 스승으로 섬겼다고 한다.[13]

엄과·엄성 형제와 절친했던 왕휘조(1730~1807)는 모기령과 동향인 소산(蕭山) 출신으로, 사학에 조예가 깊어 『원사본증』(元史本證), 『사성운편』(史姓韻編) 등의 저술을 남겼다. 그는 엄성의 문집에 발문을 지어 주었다.[14] 엄성의 가장 절친한 벗인 주문조는 원래 복건성 출신이나 부친 대에 항주로 이주하여 엄성과 가까운 이웃으로 지냈다. 그는 금석학과 문자학·사학 등에 두루 정통한 학자로서 서적 교감과 편찬에 종사하여 포정박의 『지부족재총서』(知不足齋叢書), 완원의 『산좌금석지』(山左金石志), 왕창의 『금석췌편』(金石萃編) 등의 편찬을 적극 도왔다.[15]

육비·엄성·반정균과 을유년(1765) 절강 향시의 동방(同榜)인 소진함(1743~1796)은 여요(餘姚) 출신으로, 유종주·황종희의 설을 익히 들으며 자라서 명말의 역사에 해박했다고 한다. 그는『사고전서』사부(史部)의 편찬을 주관하면서 사학에 치력하여 일가를 이루었고, 문자학과 경학에서도『이아정의』(爾雅正義),『맹자술의』(孟子述義),『곡량정의』(穀梁正義),『한시내전고』(韓詩內傳攷) 등 뛰어난 저술을 남겼다. 엄성이 병사한 뒤 소진함은 그의 죽음을 애도하는 시를 지었다.[16]

한편 장서루 '동소헌'(東嘯軒)의 주인 욱예(1725~1800)나 10만 권이 넘는 서적을 소장한 '지부족재'(知不足齋)의 주인 포정박(1728~1814)과 같은 대 장서가들도 엄성과 교분이 깊었다. 엄성은 이들의 장서루에서 열린 문인 학자들의 모임에 참여하고 지은 시를 남겼다.[17]

이밖에 정경(1695~1765)과 그의 제자 황역(1744~1802)은 항주부 전당현 출신의 유명한 전각가(篆刻家)인데 각각『무림금석록』(武林金石錄)과『소봉래각금석문자』(小蓬萊閣金石文字)를 저술한 금석학자이기도 하다. 육비는 자기 조부의 그림을 예찬한 정경의 시에 화답하는 시를 지은 바 있고, 엄성은 그와 교유한 선배 학자 정전(丁傳)의 부친이기도 한 정경을 전각가로서 존경하여 그의 빼어난 기법을 본받고자 했다. 황역은 육비·엄성과 교분을 맺었으며 반정균과는 사돈이 되었다.[18]

끝으로 첨언할 것은 육비·엄성·반정균을 향시에서 선발한 그들의 좌주 전대흔(1728~1804)도 고증학의 대가였다는 사실이다. 혜동을 시조로 한 '오파'의 대표적 학자인 전대흔은 당대의 석학 기윤·왕명성·왕창·주균·대진 등과 친밀하게 교유하면서, 사학을 중심으로 경학·소학·천문 수학·교감학·금석학 등에 걸쳐 탁월한 업적을 남겼다. 또한 전대흔은 소진함을 향시에서 발탁했을뿐더러 그의 사학자로서의 재능을 가장 먼저 알아보고 적극 격려하여 사학에 매진하게 했으며, 소진함의 사후에는 그의 묘지명을 공들여 지어 주었다. 육비는 좌사 전대흔에게 바치는 시를 남겼고, 엄성이 병사했을 때 전대흔은 만사(輓詞)를 써서 보내 주었다.[19]

홍대용과 교제한 항주 세 선비 중에서 가장 학자적 기질이 강한 인물은 엄성이라 할 수 있다. 엄성은 고증학풍이 한창 번성하던 시기의 항주에서 생장했으므로, 그 역시 육경과 제자서(諸子書) 및 역사서뿐 아니라 문자학과 음운학에도 능통했으며, 금석문(金石文)의 수집과 감상을 몹시 좋아했다고 한다.[20] 이러한 엄성의 경우로 미루어 보면 그와 절친했던 육비와 반정균도 항주를 중심으로 한 강남의 고증학풍에 깊이 물들었을 것임에 틀림없다.

주자의 시경학에 대한 비판과 반론

청대의 고증학자들은 종래 주자학파에서 중시한 사서(四書)보다 오경(五經)을 중시했을 뿐 아니라 오경에 대한 주자학파의 학설을 비판하기에 힘썼다. 그리하여 『서경』 즉 『상서』에 관해서는 염약거의 『상서고문소증』(尙書古文疏證) 등에 의해 『고문상서』가 후대의 위작임이 판명됨에 따라, 『고문상서』 25편 중의 하나인 「대우모」(大禹謨)에 의거해서 '인심도심설'(人心道心說)을 주장한 주자학파에게 심대한 타격이 가해졌다. 또 『역경』 즉 『주역』에 관해서는 호위의 『역도명변』(易圖明辨) 등에 의해 하도낙서(河圖洛書)와 선천도(先天圖)·태극도(太極圖) 등이 도교의 학설을 차용한 것임이 밝혀짐으로써, 그에 근거하여 태극과 음양오행의 우주론을 전개한 주자학파에게 역시 큰 타격이 되었다.[21]

『시경』에 관해서도 고증학자들은 『시집전』(詩集傳)에 집대성된 주자의 『시경』 연구를 다방면으로 공박하기에 힘썼다. 그 결과 청대에 나온 경학서 중 『역경』 다음으로 제2위를 차지할 만큼 『시경』에 관한 저술들이 많이 쏟아져 나왔다. 『시경』의 텍스트로는 모공(毛公)이란 인물이 편찬하고 전(傳: 주석)을 붙였다는 『모시』(毛詩: 일명 『모전』毛傳)가 한나라 때 출현하여 현존하는 최고본(最古本)으로 존중되면서 후세에 널리 통용되어 왔다. 『모시』에는 '시서'(詩序)라 불리는 서설이 함께 수록되어 있는데, 그중 첫 번째 시인 「관저」(關雎)에 붙인 서설은 『시경』 전체의 취지를 해설한 장문이어서 '대서'(大序)라 하고, 나머지 300여 편의 각 시에 붙인 서설은 대개 짧아서 '소서'(小序)라 한다. 주자는 『시경』에 관한 가장 권위 있는 해석으로 오랜 세월 존중되어 온 이 「소서」를 배격하고 『시경』을 새롭게 해석하고자 했기 때문에 한대(漢代)의 경학을 숭상하는 고증학자들의 집중적인 공격을 받게 된 것이다.[22]

1766년 2월 8일의 세 번째 만남에서 엄성이 우연히 주자의 『시경』 해석을 비판하는 발언을 한 것이 계기가 되어 홍대용과 항주 세 선비 사이에 『시경』에 관한 학술 토론이 벌어지게 되었다. 그날 엄성은 『주역』을 읽을 때 어떤 주석을 위주로 하느냐는 홍대용의 질문을 받자, 과거 시험을 볼 때에는 정자(程子)의 주석(정이의 『역전』易傳)을 준수한다고 하면서, "경서를 해석할 때 비록 주자의 주석을 준수하지 않는 경우는 없으나, 오직 『시경』 한 책에 대해서만은 시험관이 출제한 책(策: 논술)의 문제에 주자의 주석을 은근히 비판하는 말이 많다"고 답했다.[23] 주자학파의 경서 해석이 과거 답안의 표준으로 되어 있음에도 불구하고, 고증학을 따르는 시험관들 중에 주자의 『시경』 해석을 비판하는 문제를 출제하는 경우가 많다는 것이다. 이어서 엄성은 주자의 「소서」 배격을 비난하고, 구체적인 사례를 들면서 주자의 『시경』 해석이 잘못되었다고 주장했다.

이러한 엄성의 주장을 납득할 수 없었던 홍대용은 2월 10일 그에게 편지를 보내, 일전에 그가 주자의 「소서」 배격을 비판한 데 대해 미처 하지 못했던 질문을 본격적으로 하겠노라고 밝혔다. 그러고 나서 홍대용은 엄성의 주장을 조목조목 반박하는 논의를 폈으며, 추신으로 엄성과 반정균이 이 편지를 함께 읽고 답변서를 보내주도록 요청했다.[24]

그 뒤 육비가 처음으로 필담에 동참한 2월 23일의 만남에서 『시경』에 관한 학술 토론이 재개되었다. 그날 홍대용의 2월 10일자 편지를 거론한 엄성은 주자의 「소서」 배격을 비판하는 주장을 되풀이함으로써 홍대용이 그 편지에서 개진한 반박에 동의하지 않는다는 뜻을 나타냈다. 여기에 반정균과 육비도 가세하여 항주 세 선비가 모두 주자의 『시경』 해석을 비판하는 견해를 장황하게 피력했다. 그러자 홍대용은 숙소에 돌아가 그들의 견해를 숙고한 다음 답변을 마련하겠노라고 응수했다.[25]

2월 26일 마지막 만남의 자리에서 홍대용은 준비해 온 장문의 반박문을 공개했다. 이 글에서 그는 지난 2월 23일의 만남에서 육비가 양명학을 옹호한 것과 아울러, 항주 세 선비가 주자의 『시경』 해석을 비판한 데 대해 조목조목 반박을 가했다. 하지만 반정균과 엄성은 종전의 주장을 굽히지 않았고, 육비는 즉석에서 홍대용의 반박문에 대한 장문의 답변서를 작성해서 보여 주었다. 이 글에서 육비는 홍대용의 양명학 비판에는 흔쾌히 동의하면서도, 홍대용이 주자의 「소서」 배격을 옹호한 데 대해서는 그 역시도 굳세게 반대했다.

이상과 같이 조선에서 온 '리학 대유' 홍대용과 고증학의 중심지에서 생장한 항주 세 선비 사이에 『시경』 해석을 두고 치열한 토론이 벌어진 것은 전례가 없던 일로, 조선과 청나라의 학술 교류사에서 특기할 만한 사건이었다. 토론의 주제를 세분하자면, 항주 세 선비의 주장은 (1) 주자가 「소서」를 배격한 것은 부당하다, (2) 『시집전』 즉 『시경』의 시들에 대한 주자의 주석은 오류가 많다, (3) 그러므로 『시집전』의 주석은 주자의 문인이 대신 작성했을 것이다, (4) 주자가 『시경』의 일부 시들을 '음시'(淫詩: 음란한 시)로 해석한 것은 잘못이다, 라는 네 가지로 요약할 수 있다. 홍대용은 그에 대해 모두 반론을 제기했다.

① 먼저 엄성은 "주자가 「소서」에 반대하기를 좋아했으나, 지금 「소서」를 보면 대단히 준수할 만하다. 그러므로 학자들이 주자에 대해 의혹이 없을 수 없다"고 주장했다. 그리고 "본조(本朝: 청조)의 주죽타(朱竹垞: 주이준) 같은 이는 『경의고』(經義考) 300권을 저술했는데, 이 책에서 그 역시도 주자가 옳지 못하다고 물리쳤다"고 소개했다.[26] 일찍이 주자는 『시서변설』(詩序辨說) 등에서 공자의 제자 자하(子夏)가 『시서』를 지었다는 전래의 설을 비판하고, 『시서』는 한나라 때 학자인 위굉(衛宏) 등 후인들의 위작이며, 그중 「소서」는 견강부회가 심하여 전혀 믿을 수 없고 『시경』의 시들을 시로서 이해하

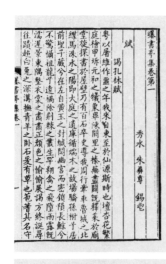

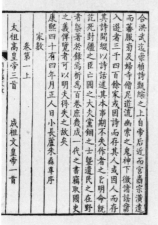

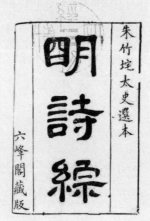

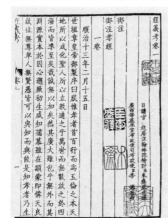

주이준의 저술

는 데 방해가 될 뿐이라고 주장했다. 따라서 그는 「소서」를 배제하고 오직 원문에 즉해서 해석한다는 '거서언시'(去序言詩)를 『시경』 해석의 대 원칙으로 삼았다. 그런데 주이준은 『경의고』에서 주자를 포함한 역대 학자들의 『시서』에 관한 설을 망라한 다음, 결론적으로 『시서』는 자하에서 유래한 것이며 모공이 이를 보존하여 『모시』의 서문으로 삼았다고 단안을 내림으로써 주자의 설을 부정했던 것이다.[27]

이처럼 엄성은 주자의 「소서」 배격을 공박한 대표적인 청나라 학자로 주이준을 거론했으나, 짐작컨대 홍대용에게는 주이준과 『경의고』가 금시초문이었을 것이다. 『천애지기서』에서 이덕무는 『간정필담』 중 이 대목을 인용한 뒤 주이준을 소개하는 해설을 덧붙였다. 즉, 주이준은 "장서가 많고 해박하기로 청조의 제일"이라고 하면서, 『명시종』과 『일하구문』(日下舊聞)을 저술했으며 서건학(徐乾學)과 함께 『통지당경해』(通志堂經解)를 교감했노라고 밝혔다. 그리고 주이준은 명나라 대신 주국조(朱國祚, 시호 문각文恪)의 증손자로서, 중국을 두루 유람하여 금석문을 널리 수집했으므로 증거를 정확하고 폭넓게 제시했다고 높이 평가했다.[28] 이덕무가 이런 해설을 덧붙인 것은 주이준이 당시 조선의 지식인들에게 거의 알려지지 않은 인물이었기 때문이다.

또 엄성은 "「소서」는 결코 폐기되어서는 안 된다"고 주장하면서, "명나라 때부터 지금까지 대 유학자들이 대대로 있어 왔는데, 이들은 모두 한(漢)나라 사람들이 고대와 멀지 않은 때에 살았다고 생각해서 모두 「소서」를 존숭했으며, 주자 한 사람이 나타나서 「소서」를 폐기하는 것을 용납하지 않았다"고 했다. 이는 명말 청초에 이선방(李先芳)의 『독시사기』(讀詩私記), 학경(郝敬)의 『모시원해』(毛詩原解), 주모위(朱謀㙔)의 『시고』(詩故), 주학령(朱鶴齡)의 『시경통의』(詩經通義), 진계원(陳啓源)의 『모시계고편』(毛詩稽古編), 전징지(錢澂之)의 『전간시학』(田間詩學) 등 『모시』의 「시서」를 중시하고 주자의 『시집전』을 공박하는 저술들이 잇달아 나온 사실을 언급한 것이다.[29]

반정균은 "주자가 「소서」를 폐기한 것은 정어중(鄭漁仲)의 학설에 다분히 의거한 것"이라고 하면서, 엄성과 마찬가지로 "「소서」는 원래 폐기되어서는 안 된다"고 주장했다. 그는 홍대용이 "(정)어중이 누구냐"고 묻자, 정어중은 곧 정초(鄭樵, 1104~1162 추정)로 『통지』(通志)라는 저술이 있노라고 답했다.[30]

일찍이 정초는 『시변망』(詩辨妄)에서 「소서」를 "촌야망인"(村野妄人: 촌구석에 사는 황당무계한 사람)이 지은 글이라고 혹평하고 배격했다. 『주자어류』에 의하면 주자는 이러한 정초의 설에 영향을 받아 「소서」를 배격하게 되었다고 한다. 송나라 말 원나라 초의 학자인 왕응린(王應麟)과 마단림(馬端臨, 1254~1323)도 각각 "주자의 『시서변설』은 정어중의 『시변망』에서 취한 것이 많다", "협제(夾漈: 정초의 호)는 오로지 『시서』를 헐뜯었는데 회암(晦庵: 주자의 호)은 그의 설을 따랐다"고 보았다.[31] 반정균은 이와 같은 통설을 홍대용에게 소개한 것이다.

육비도 엄성과 반정균의 비판을 지지했다. 그는 홍대용이 주자를 존숭하는 것은 좋으나 "주자가 「소서」를 폐기한 데 대해서는 결코 억지로 변명해서는 안 된다"고 잘라 말했다. 또 육비는 "「소서」로 말하자면, 마단림이 주자를 비난하기에 여력을 다했는데 그의 말은 시비를 잘 가렸다"고 칭송했다. 이는 마단림이 『문헌통고』(文獻通考) 중 「경적고」(經籍考)에서 『시서』와 관련하여 주자의 『시서변설』(詩序

辨說)을 인용한 뒤 그의 「소서」 폐기론에 맞서 장문의 반대론을 폈던 사실을 가리킨다. 『사고전서총목』(四庫全書總目)에서도 "마단림의 「경적고」가 다른 책들에 대해서는 조사하여 시비를 가린 바 없으되, 유독 『시서』 한 가지 사항만은 (주자의 설을) 반복해서 공격하고 질책한 것이 수천 언(言)에 이르렀다"고 했다.[32]

홍대용은 2월 26일에 공개한 반박문 중에서 "마단림의 책은 아직 본 적이 없어서 감히 말하지 못하겠다"고 실토했다.[33] 그런데 일찍이 장유(張維, 1587~1638)는 『계곡만필』(谿谷漫筆)에서 주자가 『시서』를 배격하고 『시경』 국풍 중의 시 수십 편을 '음시'(淫詩)로 해석한 데 대해 마단림이 『문헌통고』에서 반박했는데 대단히 설득력이 있다고 하면서 그의 설을 지지한 바 있다.[34] 반면 김창흡은 「계곡만필변」(谿谷漫筆辨)에서 『계곡만필』 중의 이 대목을 인용한 다음, 마단림을 지지한 장유의 견해를 비판하고 주자의 음시설(淫詩說)을 옹호했다.[35] 그밖에 유형원과 이익도 각각 『반계수록』과 『성호사설』에서 『문헌통고』를 빈번히 인용했으며, 이덕무 역시 『이목구심서』에서 두우(杜佑)의 『통전』(通典) 및 정초의 『통지』와 마단림의 『문헌통고』를 모방하여 방대한 문헌을 편찬하고 싶다고 포부를 말했다.[36]

앞서 보았듯이 홍대용이 육구연의 문집을 읽지 않은 데다가 마단림의 『문헌통고』도 알지 못했다는 것은, 그가 남달리 광범하게 독서했다고는 하지만 역시 주자학자로서의 편향이 없지 않았음을 말해 준다. 『문헌통고』는 주이준의 『경의고』에 직접적으로 영향을 끼친 저술이다. 주이준이 스스로 밝힌 바와 같이, 『경의고』는 『문헌통고』의 「경적고」를 모방하여 확대 편찬한 것이었다.[37] 또 『경의고』에서 주이준은 마단림이 『문헌통고』 「경적고」에서 주장한 『시서』 불가폐론(不可廢論)을 소개했으며, 그와 마찬가지로 주자의 「소서」 배격을 비판했다. 이 『경의고』에 서문을 써 준 이가 바로 모기령이다. 『경의고』의 서문에서 모기령은 주이준이 8만 권이 넘는 자신의 장서를 활용해 경전에 관한 고금의 학설을 총망라했다고 칭송한 다음, '한유'(漢儒)처럼 반드시 "경으로써 경을 해설"(以經解經)해야 하지 '송인'(宋人)처럼 제멋대로 경을 해설을 해서는 안 된다고 주장했다.[38] 이 역시 주자의 『시경』 해석을 겨냥한 비판이라 할 수 있다.

또 육비는 「소서」 문제에 대한 자신의 견해를 피력했다. "「소서」는 고대와 멀지 않은 때의 글이라, 근원이 있는 듯하다"고 하여, 『시서』가 자하에서 유래했으리라고 본 주이준과 유사한 견해를 피력했다.[39] 그리고 "옛사람들은 스승이 전수한 것을 계통을 이루어 대대로 전하니," 『모시』보다 먼저 출현한 『제시』(齊詩), 『노시』(魯詩), 『한시』(韓詩)와 같은 『시경』의 고대 텍스트들을 보면 "각기 근원이 있어서" 사승(師承) 관계에 따라 독자적으로 전수되었다고 했다. 한나라 때 학교에서 이 3종의 텍스트들(이른바 삼가시三家詩)을 모두 보존하여 가르친 것은 "옛사람들이 경전을 존숭했음을 보여 줄 뿐만 아니라, 『춘추』처럼 '미더운 것은 미더운 대로 전하고 의심스러운 것은 의심스러운 대로 전한다'(信以傳信, 疑以傳疑)는 의도에서였다"고 하였다. 따라서 『모시』도 그 나름의 사승 관계를 통해 전수되었을 것이 분명하므로 「소서」 역시 보존되고 존중되어야 마땅한데, "주자는 자기 뜻대로 판단하여, 비로소 「소서」를 폐기해 버렸다"고 비판했다.[40]

앞서 엄성은 말하기를, 명나라 이후 지금까지 대 유학자들이 모두 「소서」를 존숭한 것은 한나라 사람들이 '고대와 멀지 않은 때에 살았다'고 생각해서였다고 했다. 육비 역시 『시서』가 '고대와 멀지 않은 때의 글'이며, 사승 관계를 통해 전수된 '근원이 있는' 글이므로 존숭되어야 한다고 보았다. 이처럼 '고대와 멀지 않고'(去古未遠) '근원이 있으므로'(有所本) 한학(漢學)을 존숭해야 한다는 것은 고증학자들의 일반적인 논법이었다. 일찍이 마단림이 그와 같은 논리로 주자의 「소서」 폐기를 비판했거니와, 모기령도 주자의 『시집전』을 공박하면서 "모공과 정현(鄭玄)은 고대와 멀지 않은 때에 살았고, 그들의 설은 반드시 근원이 있다"고 했다. 전대흔도 "훈고는 반드시 한유(漢儒)에 의거해야 하니, 그들은 고대와 멀지 않은 때에 살았고 사제 관계를 통해 학설을 전승받아, 육예에 통달한 공자의 제자들이 전한 학문적 요지를 여전히 보존하고 있는 점에서, 후인들이 알지도 못하면서 학설을 지어낸 것과는 다르기 때문이다"라고 했다.[41]

이상과 같은 항주 세 선비의 비판에 맞서 홍대용은 주자의 「소서」 배격을 적극 옹호했다. 2월 10일 엄성에게 보낸 편지에서 그는 우선 주자의 『시집전』이 완벽하지는 않음을 인정했다. 주자가 사서집주(四書集註)에 심혈을 기울인 데 비하면 『시집전』은 아마도 철저히 가다듬지 못한 탓에 미흡한 점들이 없지 않은 듯하다고 했다.[42] 하지만 주자는 "「소서」에 얽매인 견해를 타파하고, 원문에 의거하고 이치를 따르며 생동감 있게 풀이해 나가므로, 그의 해석에 따라 시를 낭송해 보면 '무미지미'(無味之味)와 '무성지성'(無聲之聲)이 진실로 마음을 뒤흔들어 버리니, 이야말로 『시경』의 시인들의 의중을 깊이 체득하여 이전 사람들이 밝히지 못한 것을 밝힌 것이다"라고 극구 칭송했다.[43] 주자가 「소서」와 무관하게 오직 텍스트에 즉해서 합리적이고 구체적으로 해석함으로써, 시인의 창작 의도를 제대로 파악하여 시의 '맛'과 '소리'를 생생히 느낄 수 있게 한다는 것이다.

홍대용은 자신의 주장을 뒷받침하기 위해 「관저」(關雎) 장(章)을 예로 들었다. 이 시의 작자에 대해 종래 학자들은 주나라 문왕이라는 설, 또는 문왕의 아들 주공이라는 설을 고집해 왔다. 하지만 시의 창작 연대가 이미 멀고 다른 증거가 없다면 작자 문제에 관해서는 『춘추』처럼 '의심스러운 것은 의심스러운 대로 전한다'(疑以傳疑)는 원칙을 적용하여 신중한 추측에 그쳐야 하는데도, 주자 역시 종래의 설들을 일거에 부정하고 「관저」의 작자를 궁인(宮人)으로 단정한 것은 문제가 없지 않다고 보았다. 그렇지만 주자의 해석을 따르면 "뜻이 아주 잘 통하고 문자 해석에 막힘이 없으며", 아녀자의 말씨가 모두 자연스럽게 살아나고 문왕의 덕화가 만민에게 미쳤음이 더욱 분명히 드러난다고 칭송했다. 따라서 작자 문제를 잠시 떠나, 이 시를 허심탄회하게 낭송하면서 시의 멋을 음미해 보면 절도 있는 아름다운 소리의 여운이 느껴질 것이라고 주장했다.[44]

반면 홍대용은 「소서」를 혹독하게 비판했다. 「소서」의 해설은, 『논어』에서 "「관저」는 즐겁되 문란하지 않고, 슬프되 상심하게 하지 않는다"(樂而不淫, 哀而不傷)고 한 공자의 말씀을 취해 이리저리 얽어서 만든 것이라 "전혀 문리가 성립되지 않는다"(全不成文理)고 폄하했다. 그리고 "이는 주자의 『시서변설』에서 상세히 논했다"고 덧붙여 말했다. 그의 말대로, 『시서변설』에서 주자는 「관저」를 해설한 『시서』에 대해 공자의 말씀을 끌어다 견강부회한 궤변이어서 "전혀 문리가 없다"(全無文理)고 혹평했다.[45] 또 홍대용은 이처럼 「소서」가 공자의 말씀을 답습하고 표절하여 억지 주장을 내세웠으므로, 그 해설에 의거해서 「관저」를 읽어 보면 "나무토막을 씹는 것처럼 전혀 여운이 없으니, '자신을 속이고 남들도 속임'(自欺欺人)이 너무나 심

하다"고까지 혹평했다.[46] 요컨대 「소서」에 비하면 주자의 해석이
『시경』 시의 아름다움을 문학적으로 훨씬 더 뛰어나게 파악했다고
주장한 것이다.

그 뒤 2월 26일에 공개한 반박문에서 홍대용은 육비의 견해에
대해 반론을 제기했다. 앞서 육비는 주자가 「소서」를 폐기한 것은
경전을 존중하는 태도가 아닐뿐더러 '미더운 것은 미더운 대로, 의
심스러운 것은 의심스러운 대로 전한다'는 『춘추』의 원칙에도 어긋
난다고 비판했다. 이에 대해 홍대용은, 사서집주를 비롯한 모든 경
서 주석에서 주자는 예전의 학설들을 비판했는데도 유독 「소서」 폐
기에 대해서만 '경전을 존중하지 않았다'고 비난함은 부당하다고 반
박했다. 또 주자는 예전의 학설들이 잘못되었다고 여겨 독자적인
학설을 제기했을 뿐, 예전의 학설들에 박해를 가하고 자신의 설만
유행시키려고 꾀한 적이 없으니, 『춘추』의 원칙을 손상한 것도 아니
라고 반박했다.[47]

앞서 육비는 또 '고대와 멀지 않고' '근원이 있는 듯하다'는 이유
로 「소서」를 존중해야 한다고 주장했다. 그에 대해 홍대용은 자신도
처음에는 그렇게 생각했으나 「소서」를 직접 읽고 나서는 견강부회
와 천착이 심해 전혀 가치가 없음을 알고, "주자가 세운 최대의 학
문적 공로는 『시경』 주석에 있다"고 생각하게 되었노라고 했다.[48]

이어서 홍대용은 2월 10일자 편지에서 한 주장을 되풀이하여
주자의 『시경』 해석을 옹호했다. 그는 주자의 『시경』 주석에 의문
점이나 오류가 매우 많고, 시의 대의를 파악하여 곧바로 작자를 단
정한 것도 불신스러움을 인정했다. 하지만 주자의 해설에 의거해서
『시경』을 읽어 보면 "문자 해석이 순탄하고 의미 파악에 지장이 없

다." 따라서 시인의 본래 취지와 부합하는지 여부를 불문하고, 주자의 해설에 따라 시를 낭송하면서 성찰하고 감동한다면 자신에게 유익하게 마련이니, 이는 주자의 시를 읽는 것이나 마찬가지인 셈이라고 주장했다. 그래서 홍대용은 「소서」의 해설을 경멸한다고 하면서, 주자의 경서 해석은 모두 훌륭하지만 그중에서도 "『주역』을 점서(占書)로 판정한 것과 아울러 『시경』 해석에서 「소서」를 제거한 것이야말로 주자가 가장 자부하는 독창적인 학설로서, 유학을 위해 큰 공로를 세웠다고 생각한다"고 거듭 역설했다.[49]

② 다음으로, 항주 세 선비는 주자가 「소서」를 배격한 결과 『시집전』의 주석에 오류가 많다고 주장했다. 먼저 엄성은 「소서」의 해설을 따라서, 『시경』 위풍(衛風)의 「모과」(木瓜)는 위기에 처한 위(衛)나라 사람들을 구해 준 제(齊)나라의 환공(桓公)을 찬미한 시이고, 정풍(鄭風)의 「자금」(子衿)은 난세를 만나 학교가 폐지된 것을 풍자한 시이며, 기타 정풍의 「야유만초」(野有蔓草)와 정(鄭)나라 태자 홀(忽)을 풍자하고 주(周)나라 유왕(幽王)을 풍자한 시들도 모두 경(經)과 전(傳: 주석)을 살펴보면 확실한 증거가 있음에도 불구하고, 주자는 반드시 모두 「소서」에 반대했다고 비판했다.[50]

엄성이 지적한 대로, 주자는 『시집전』에서 「모과」와 「자금」, 그리고 「소서」에서 사회적 혼란기에 혼기를 놓친 남녀가 짝을 구하려는 시로 해설한 「야유만초」를 모두 남녀상열지사(男女相悅之詞)요 음시(淫詩)로 간주했다.[51] 뿐만 아니라 「소서」에서 정나라 태자 홀(소공昭公)을 풍자한 시로 해설한 정풍의 「유녀동거」(有女同車), 「산유부소」(山有扶蘇), 「탁혜」(擇兮), 「교동」(狡童) 등의 시도 모두 음시로 간주했다.[52] 또 주자는 「소서」에서 서주(西周)의 마지막 왕인 유왕을 풍자한 시로 해석한 소아(小雅)의 시들 중 「소완」(小宛) 및 「초자」(楚茨) 이하 「거할」(車舝)까지의 10편, 그리고 「빈지초연」(賓之初筵), 「어조」(魚藻), 「채숙」(采菽), 「채록」(采綠), 「서묘」(黍苗), 「습상」(隰桑), 「호엽」(瓠葉), 「점점지석」(漸漸之石), 「하초불광」(何草不黄) 등을 그와 전혀 다르게 해석했다.[53]

그런데 모기령은 『백로주주객설시』(白鷺洲主客說詩)에서 이와 같은 주자의 『시경』 해석을 집중적으로 공박했다. 즉, 「모과」는 '남녀'에 해당하는 글자가 전혀 포함되어 있지 않으므로 음시라고 할 수 없다는 설을 소개한 뒤, 설령 그런 글자가 있다고 해도 음시로 볼 수는 없다고 하면서 후한(後漢)의 장형(張衡)이 지은 「사수시」(四愁詩)가 '미인'(美人)을 그리워한 시라고 해서 음시는 아닌 것과 같다고 주장했다. 또 『좌전』(左傳)에 기록된바 춘추시대의 부시(賦詩:『시경』 시 낭송)의 사례로 보아도 「모과」는 진(晉)나라의 사신 한기(韓起)가 위(衛)나라 제후가 낭송한 시에 화답하여 우호를 맺으려고 낭송한 시라고 했다. 그리고 이처럼 양국의 우호를 다지는 연향에서 음시를 낭송해서는 안 되는 법이니, 『좌전』에는 정(鄭)나라의 신하가 음란함을 풍자한 시를 낭송했다가 진(晉)나라 사신 조무(趙武)에게 면책을 당한 사례도 있다고 지적했다.[54]

모기령은 「자금」에 대해서도 주자가 경박한 내용의 음시로 본 것은 "전혀 시를 알지 못하고 제멋대로 억측하여 단정한 것"이라고 비판했다. 이 시는 경박한 언어를 썼으되 실은 중후한 내용의 시라는 것이다. 이처럼 시인의 의도는 말로 충분히 표현되어 있지 않기 때문에 "반드시 그 시대를 상고하고 사건을 논한 뒤에야 알게 된다"

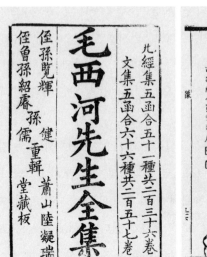

모기령의 문집
상: 『모서하선생전집』
하: 『서하합집』 중의 『백로주주객설시』

고 주장했다. 그리고 실은 주자 자신도 「백록동부」(白鹿洞賦)에서 "학생들의 질문을 장려하시고"(廣靑衿之疑問)라고 하여 '청금'(靑衿)을 학생의 옷차림이란 뜻의 전고(典故)로 썼으니, 이는 「자금」에 대한 「소서」의 해설을 따른 것으로, 『시집전』의 주석과 모순된다고 공박했다.[55]

모기령은 「야유만초」에 대해서도 정나라의 신하가 이 시를 낭송해 진(晉)나라 사신 조무의 칭송을 받았다는 『좌전』의 사례로 보아 음시가 아니며, 『좌전』에는 주자가 음시로 간주한 「야유만초」「건상」(褰裳), 「풍우」(風雨), 「유녀동거」, 「탁혜」 등 5편의 시를 정나라의 육경(六卿)들이 낭송하고 진나라 사신 한기의 칭찬을 받은 사례도 보인다고 했다. 이처럼 『좌전』에 명백한 사실적 증거가 있는데도 "수천 년 뒤의 구구한 일개 선비가 '옳은 것을 그르다 하고 흰 것을 검다고 하기에 충분하다'고 생각하다니, 딱하다"고 주자를 야유했다.[56]

또한 모기령은 「교동」을 음시가 아니라 벗들이 서로 그리워하는 내용의 시로 보았다. 『시경』 국풍에는 군신(君臣)이나 붕우 간에 불화하면 남녀 관계에 가탁하여 풍자한 시가 많다고 했다. 그리고 '교동'(간교한 녀석)은 기자의 「맥수가」에서 보듯이 어리석은 임금을 가리키는 말로도 쓰였으며, 임금을 사모한 나머지 「교동」처럼 침식(寢食)을 제대로 못하는 고충을 토로한 시가 「고시(古詩) 십구수(十九首)」 중에도 있다고 지적했다.[57]

이와 같은 모기령의 비판은 후대의 고증학자들에게 대체로 수용되었다. 엄성은 이러한 고증학계의 통설을 대변한 것이라 할 수 있다.

또한 엄성은 "주자의 『시경』 주석은 실로 뒤죽박죽인 경우가 많아서 감히 덩달아 동의할 수 없다"고 하면서,[58] 구체적인 예로 주남(周南)의 「갈담」(葛覃)에 대한 주석을 들었다. 『시집전』에서는 「갈담」의 제1장에 대해 "칡잎이 한창 무성하여 꾀꼬리들이 그 위에서 운다"고 풀이했다. 그러나 각 장(章)이 6구로 된 이 시는 3구가 하나의 단락을 이루며, 제1장 제3구의 "처처"(萋萋: 초목이 무성한 모양)는 제6구의 "개개"(喈喈: 새가 우는 소리)와 협운(叶韻)이 되므로, 꾀꼬리들은 관목 위에서 스스로 울 뿐이지 칡잎과는 아무 상관이 없다는 것이다.[59]

엄성은 빈풍(豳風)의 「칠월」(七月)에 대한 『시집전』의 주석도 오류라고 지적했다. 이 시의 제6장 중 제3구 "팔월이라 대추 따고"(八月剝棗)와 제4구 "시월이라 벼를 베네"(十月穫稻)에 대하여 『시집전』에서는 '조'(棗) 자를 'zǒu'(走: 주)로 읽고 '도'(稻) 자를 'tǒu'(徒苟反: 두)로 읽어 협운이 되게 했으며, 제6구의 '수'(壽) 자도 'zhǒu'(殖酉反: 수)로 읽어 앞의 두 글자와 협운이 되게 했다.[60] 그러나 이는 제3·4구의 '조' 자와 '도' 자가 하나의 각운이 되고, 제5구의 '주'(酒) 자와 제6구의 '수' 자가 별개의 각운이 됨을 몰랐던 소치로, 만약 협운이 되게 하자면 '주' 자와 '수' 자를 'jiao'(湫: 초)와 'tao'(濤: 도)로 읽어도 안 될 것이 없다는 것이다. 엄성은 이와 같이 『시집전』에서 주자는 협운설에 따라 반절(反切)로써 고대의 한자음을 나타낼 때 이루 열거할 수 없을 정도로 많은 오류를 범했다고 비판했다.[61]

반정균도 『시집전』의 오류를 지적했다. 소아(小雅)의 「백구」(白駒) 제2장의 마지막 구인 "이곳에 귀빈이 되시게 하리라"(於焉嘉客)에 대하여 『시집전』에서 "'가객'(嘉客)은 '소요'(逍遙)와 같다"(嘉客, 猶

逍遙也)고 하여, 제1장의 마지막 구인 "이곳에 노니시게 하리라"(於焉逍遙)와 똑같은 뜻으로 풀이한 것은 잘못이라고 했다.[62] 이는 아마도 '가객'은 명사구이고 '소요'는 동사구임에도 불구하고, 주자가 전후 문맥으로 짐작하여 '가객'을 '소요'의 동의어 내지 유의어로 단정해 버렸다는 뜻으로 짐작된다. 그리고 주자의 주석에는 이처럼 망문생의(望文生義)하여 훈고의 오류를 범한 사례가 극히 많다고 비판했다.[63] 육비도 "이런 일은 아주 작은 문제이기는 하지만, 이런 종류의 오류들이 아주 많다"고 하여 반정균의 비판을 지지했다.[64]

또 반정균은 『시집전』의 주석에는 "미상"(未詳)이라고 한 것이 많다고 지적했다. 그리고 시의 본문에 한두 개의 허자(虛字)를 대충 첨가한 것도 주석으로 간주했다고 하여, 주석이 지나치게 간략해서 본문을 반복한 데 불과한 경우를 비판했다.[65]

반정균은 『시집전』 중 주남(周南)의 「한광」(漢廣)에 대한 주석도 문제 삼았다. 『시집전』에서는 "남방에 교목이 있으니"(南有喬木)로 시작하는 「한광」의 제1장에 대해, 강수(江水: 양자강)와 한수(漢水) 일대의 풍속은 예부터 여자들이 놀러 나다니기를 좋아했으나 주나라 문왕의 교화를 입은 뒤로는 강가에 놀러 나온 여자들도 단정하고 정숙해져서 남자들은 "더 이상 예전처럼 구애할 수 없게 되었다"(非復前日之可求矣)고 풀이했다. 이에 대해 반정균은 그렇다면 "예전의 구애는 지금과 무슨 다른 점이 있었느냐"고 반문했다.[66] 이는 주자의 주석을 따르면 문왕의 교화로 여자들은 변했으나 남자들은 여전히 변하지 않은 셈으로 불합리한 해석이 됨을 지적한 것이라 짐작된다.[67]

이상과 같은 엄성과 반정균의 주장에 맞서 홍대용은 『시집전』의 주석을 옹호하는 반론을 폈다. 우선 그는 「유녀동거」 등 정풍의 여러 시들이 정나라 태자 홀을 풍자한 것이라는 「소서」의 설에 대해 동의하지 않고 비판을 가했다. 『주자어류』에서 주자가 "정 태자 홀이야말로 가장 가련하다. 무릇 정풍 중의 추악한 시들은 모두 그를 풍자한 시로 간주하다니"라고 하여 정 태자 홀을 두둔한 것은[68] "실로 천고의 미담"이라고 칭송했다. 또 「소서」에서는 「유녀동거」가 제(齊)나라의 청혼을 거듭 사양한 정 태자 홀의 어리석음을 풍자한 시로 보았으나, 그는 아주 정당한 이유로 청혼을 사양했으므로 만약 그 점을 질책한다면 세도(世道)와 사람들의 심술(心術: 마음가짐)에 해를 끼칠 것이라고 반박했다.[69]

홍대용의 이러한 반론은 『시서변설』에서 주자가 「유녀동거」에 대한 「소서」의 해설을 비판한 내용을 따른 것이다. 여기에서 주자는 「소서」가 『좌전』 환공(桓公) 6년의 기사에 의거해서 이 시를 정 태자 홀에 대한 풍자시로 해설했으나, 그 설에 따르더라도 정 태자 홀이 제나라의 청혼을 사양한 것을 부정한 일로 풍자할 수 없으며 그가 나라를 잃은 것도 지지 세력이 부족한 탓이라 풍자할 만한 죄는 아니라고 주장했다. 그런데도 후세의 『시경』 독자가 「소서」의 오류를 답습하여 기어코 정 태자 홀을 죄인으로 옭아매고자 하는 것은, "시비의 올바름을 잃고 의리의 공정함을 해침으로써, 성스러운 『시경』의 본지를 혼란시키고 『시경』을 배우는 사람들의 심술을 파괴하는 짓임을 모르는 것이다"라고 규탄했다.[70]

또 홍대용은 『시집전』에서 「갈담」에 대해 "칡잎이 한창 무성하여 꾀꼬리들이 그 위에서 운다"고 풀이한 것은 얼토당토않은 해석이라고 엄성이 비판한 데 대해서도 반박했다. 즉 "그 위에서"의 '그'

가 칡잎이 아니라 관목을 가리킴은, 꾀꼬리들이 "관목에 모였네"(集于灌木)라고 한 『시경』의 본문을 보아도 자명하므로, 주자가 그렇게 오해했을 리가 만무하다고 했다. 그리고 칡잎은 골짜기에 뻗어 있고 관목은 높이 솟아 있으니 꾀꼬리들이 관목에 모여 운다면 칡잎의 위쪽에서 운다고 해도 무방할 뿐더러, 「갈담」은 '칡'을 위주로 한 시였기에 주자가 그렇게 풀이했으리라고 보았다. 따라서 이와 같은 경우에는 글자에 얽매여 의미를 그르치지 말고 '활간'(活看: 융통성 있게 파악)해야 한다고 주장했다. 이는 엄성의 비판이 경솔하고 고지식하다고 비판한 것이다.[71]

홍대용은 『시집전』에서 「백구」의 '가객'(嘉客)을 "'소요'(逍遙)와 같다"고 풀이한 것은 잘못이라는 반정균의 주장에 대해서는, 『시집전』의 훈고에 미흡한 점이 있음을 인정하면서도 그러한 소소한 결함이 "시의 대의를 잘 파악한 장점을 끝내 덮지는 못한다"고 주장했다.[72] 또 그는 『시집전』의 주석에 '미상'이 많으며, 대충 허자를 첨가한 데 그치기도 했다는 반정균의 비판에 대해서도 반론을 폈다. 즉, '미상'이라고 한 주석이 많은 점이야말로 주자의 『시경』 주석이 남달리 뛰어난 점이라고 주장했다. 『시경』과 같은 천 수백 년 전의 경서에 대해 구구절절 의심이 없도록 해석한다는 것은 누구라도 불가능한 일이므로, 억지로 해석하여 견강부회하느니 『춘추』처럼 '의심스러운 것은 의심스러운 대로 전한다'(疑以傳疑)는 원칙에 따라 '미상'으로 남겨 두는 편이 낫다는 것이다. 실제로 주자는 "증거가 없어서 의심스러운 것은 당연히 빼어 놓아야지 「소서」에 의거해서 증거를 지어내면 안 된다"고 주장하고, 이런 원칙을 『시집전』에서 철저히 실천하고자 했다.[73]

그리고 시의 본문에 허자를 약간 첨가하는 데 그쳤다는 반정균의 비판은 『시집전』 중 '흥시'(興詩: '흥'興의 표현 수법을 구사한 시)들에 대한 주서에서 허자인 '즉'(則) 자와 '의'(矣) 자를 많이 써서 해설한 경우를 가리킨 듯한데,[74] 이런 경우야말로 주자의 주석이 뛰어난 점으로 생각하며 이를 찬탄해 마지않는다고 했다. 『맹자』에 의하면 공자도 『시경』 대아(大雅)의 「증민」(烝民) 중 "하늘이 백성들을 낳으시니, 사물이 있으면 법칙이 있네. 백성들도 천성을 지니고 있어, 이런 미덕을 좋아하네"(天生蒸民, 有物有則. 民之秉彝, 好是懿德)라는 구절에 대해, "그러므로 사물이 있으면 반드시 법칙이 있고, 백성들도 천성을 지니고 있는 까닭에 이런 미덕을 사랑하는 것이다"(故有物, 必有則, 民之秉彝也, 故好是懿德)라고 하여, 단지 허자 몇 개를 첨가함으로써 그 시구의 의미를 분명하게 해설했다고 했다.[75] 홍대용은 이렇게 공자가 시범을 보였듯이, 주자가 허사를 첨가한 간결한 주석으로 『시경』 시의 의미를 분명하게 해설한 점을 높이 평가해야 한다고 본 것이다.[76]

③ 또한 엄성과 반정균은 『시집전』의 주석에 문제가 많은 점으로 미루어 보아 주자 자신이 아니라 그의 문인들이 이를 대신 작성했으리라는 설을 제기했다. 엄성은 "종래의 논의에서도 이르기를, 주자가 「소서」의 해설을 고치기를 좋아했으나 이는 아마도 그의 문인의 손에서 나왔을 것이라고 한다"고 전했다. 또 「갈담」에 대한 『시집전』의 주석이 얼토당토않다고 비판하면서, "이는 비록 너무나 소소한 사례이기는 하지만, 역시나 『시집전』의 주석이 주자의 손에서 나오지 않았음을 보여 준다"고 주장했다. 뿐만 아니라 「칠월」의

경우에 보듯이 반절로써 협운을 잘못 표기한 사례가 대단히 많은 점을 보아도,『시집전』은 "결단코 주자의 문인이 직접 쓴 글이다. 혹은 주자가 만년에 쓴 미완성 저작일 테니, 사서집주와 같은 절대 불변의 주석서들과는 다르다. 그런데도『시집전』을 반드시 주자의 저작으로 여기고 손발로 머리와 두 눈을 엄호하듯이 하여, 마침내 한 마디 말도 감히 논하지 못하게 된 것 역시 지나친 일이다"라고 규탄했다.[77]

육비도 "주자가 주석을 가한 서적이 몹시 많으므로 그중에는 문인의 손으로 지은 것도 없지 않을 것"이라고 하여,『시집전』이 주자 문인의 저작일 가능성을 부인하지 않았다.[78] 반정균 역시『시집전』에 '미상'이라고 하거나 허자를 첨가한 데 그친 주석이 많은데도 "반드시 주자가 스스로 주석을 가했다고 한다면, 이는 아마도 주자를 숭상하려다가 도리어 주자에게 누를 끼치는 일이 될 것"이라고 주장했다. 또 "주자는 옳지 않은 적이 없으니",「한광」에 대한『시집전』의 불합리한 주석을 보더라도 "『시경』의 주석은 아마도 문인에게서 나온 저작이 아닌가 한다"고 했다.[79]

2월 10일자 편지에서 홍대용은 엄성이 전한 바『시집전』이 주자 문인의 저작일 것이라고 폄하하는 논의를 단호히 배격했다. 즉, 지금은 주자의 시대와 멀지 않을뿐더러 선배 학자들이 주자의 경서 집주(集註)를 대대로 강학하여 저작의 유래가 명약관화하다. 따라서 주자 문인 저작설을 주장하는 자들일지라도『시집전』이 주자의 친필 저작임을 모를 리가 없다고 했다. 다만 그자들은 온 세상 사람들이 주자를 숭상하니 감히 대적할 수가 없자, 근거 없는 말로 숭상하는 체하며, 조선 속담에 '무른 땅에 말뚝 박기'라고, 주자의 문인이라는 만만한 대상을 골라 공격한 것이다. 이는 겉으로는 주자를 위하는 체하면서 속으로는 억누르려는 술책이라고 규탄했다.

나아가 홍대용은 『시집전』이 시의 의미를 제대로 파악했는지 그 득실을 논하는 것은 부차적인 문제이고, 주자를 숭상하는 체하면서 주자의 문인에게 잘못을 돌리는 이런 심술(마음가짐)로는 이미 "요순(堯舜)의 도(道)에 함께 들어갈 수 없다"고까지 극언했다. 『맹자』에 나오는 바 향원(鄕愿: 세속에 영합하는 위선자)과는 '요순의 도에 함께 들어갈 수 없다'는 말을 원용함으로써, 주자 문인 저작설을 주장하는 자들은 공자가 '덕을 해치는 도적'으로 비난한 '향원'과 마찬가지라고 몰아친 것이다.[80]

2월 26일에 공개한 반박문에서도 홍대용은 동일한 주장을 반복하여 역설했다. 즉, 『시집전』이 시의 의미를 제대로 파악했는지 그 득실을 논하는 것은 잠시 관두고, 그 주석의 문장을 보면 조리가 분명하고 시의 본문과 혼연일체가 되어 『맹자』에서 일컬은 바 우(禹) 임금이 강물을 자연의 순리대로 흘러가게 하여 홍수를 다스렸듯이 하였으니, 주자 이후에 이렇게 훌륭한 주석을 할 수 있는 사람은 없었다고 주장했다. 또 주자의 문인 중에 스승의 이름을 도용하여 자기 책을 팔아먹을 정도로 타락한 자들이 있었을 리 만무하며, 주자는 당세의 대 유학자인지라 그의 경서 집주를 천하의 독서인들이 전승하고 고수해 왔으므로 저작의 유래가 분명하여 간악한 자들이 농간을 부릴 수도 없을 것이라고 주장했다. 그리고 『시집전』의 주석이 과연 잘못되었다면 곧바로 주자의 오류로 간주하는 것이 광명정대한 처사이지, 구차스럽게 서로 덮어 주며 겉으로 위하는 체하나 속으로는 억눌러서 자신의 심술부터 먼저 병들게 해서는 안 된다고

질타했다.[81]

　앞서 엄성은 「칠월」 중 '조'(棗)·'도'(稻)·'수'(壽) 자의 협운에서
보듯이 반절의 오류가 많은 점으로 미루어『시집전』은 주자 문인의
저작이거나 주자 만년의 미완성 저작일 것이라고 보면서, 그런데도
『시집전』을 주자의 저작이라고 비호하는 바람에 그 주석의 문제점
에 대해 "한마디 말도 감히 논하지 못하게 된 것 역시 지나친 일이
다"라고 유감을 표했다. 홍대용은 이러한 엄성의 비판에 대해서도
반박을 가했다. 그는 「칠월」의 협운 문제에 관해서는 고대의 한자
음에 관한 문자학이 조선에 전해진 것이 없고 자신도 잘 알지 못하
므로 답변을 삼가겠노라고 겸손하게 응수했다. 반절의 오류가 많은
점을 들어『시집전』이 주자 만년의 미완성 저작일 것으로 추측한 데
대해서도 "실로 불역지언(不易之言: 절대로 바꿀 수 없는 주장)이다"라고
하여 엄성의 주장을 일부 지지했다. 그러나『시집전』을 주자의 문인
이 저작했다고 단정한 점에 대해서만은 동의할 수 없다고 되풀이해
서 말했다.[82]

　또 엄성이 주자의 권위에 눌려『시집전』의 문제점에 대해 "한마
디 말도 감히 논하지 못하게 된 것 역시 지나친 일이다"라고 비판한
데 대해서도, 홍대용은 만약『시집전』에 대해 '한마디 말도 감히 논
하지 못한다면' 이는 "향원의 도(道)요, 주자를 해치려는 도적이다"
라고 질책했다. 시류에 영합하여『시집전』을 무오류의 완벽한 주석
서로 떠받드는 행태는 도리어 주자학의 발전을 해친다는 것이다.
그리고 이는 '지나친 일이다'라고 나무라고 말기에는 너무나도 용
서할 수 없는 행태라고 규탄했다. 하지만 반면에, 성급하게도 자기
의견을 절대 불변의 설로 여겨서 주자의 학설을 배척하기를 조금도

서슴지 않는 행태 역시 옳지 않다고 주장했다. 『근사록』에서 공자와 맹자의 문인들은 "감히 자신을 믿지 않고 스승을 믿었다"고 한 정이의 말처럼, 스승의 학설을 경솔하게 의심하지 말고 심사숙고하여 스승의 학설과 합치되도록 노력해야 한다는 것이다.[83]

④ 마지막 논점은 주자의 '음시설'(淫詩說)에 관한 것이었다. 주자가 「소서」를 배격하고 '음시설'을 제창한 이후 청대에 이르러 '음시' 문제는 한학과 송학, 고증학파와 주자학파가 대립하는 주요 쟁점이 되었다. 「소서」를 지지하는 학자들은 반드시 주자를 반대하면서 아울러 음시설을 배척했고, 「소서」를 반대하는 학자들은 반드시 주자를 존숭하면서 아울러 음시설을 신봉했다.[84] 앞서 엄성은 『시집전』에서 주자가 위풍의 「모과」, 정풍의 「유녀동거」, 「산유부소」, 「탁혜」, 「교동」, 「자금」 등을 음시로 해석한 것을 비판했다. 그에 이어 육비도 음시설을 집중적으로 공박함으로써 고증학파의 대오에 섰다.

육비의 주장에 의하면, 주자가 「소서」를 배격했다고 하나 『시집전』의 주석을 보면 실제로는 「소서」를 따른 경우가 많다.[85] 그런데도 유독 정풍과 위풍의 시들에 대해서만은 「소서」를 따르지 않고, 『논어』에서 "정나라의 소리는 음란하다"(鄭聲淫)고 한 공자의 말씀 한마디에 의거하여 그 시들을 싸잡아 '음시'로 간주해 버렸다.[86] 하지만 정나라의 '성'(聲)이 음란한 것이지 정나라의 '시'가 음란한 것은 아니었으니, 이 문제에 관해서는 예전 사람들이 이미 시비를 가려 놓았다고 했다.[87]

엄성도 여기에 가세했다. 즉, 주자가 정풍과 위풍에 속하는 시들을 대부분 음시로 간주했으나, 이는 그 나라의 음악이 음란한 것이지 시가 그런 것은 아님을 모른 소치라고 비판하면서, 그에 관해서는 시비를 가린 논의들이 아주 많다고 했다.[88]

육비와 엄성의 언급처럼 주자의 음시설에 관해서는 일찍부터 비판이 제기되어 왔다. 주자와 교분이 있던 영가학파(永嘉學派)의 대표적인 학자로『모시해고』(毛詩解詁)를 저술한 진부량(陳傅良, 1141~1203)은 주자가「소서」를 배격하고『모시』의 시 다수를 음시로 해석함으로써, 패풍(邶風)의「정녀」(靜女)에 나오는 '동관'(彤管: 궁중사를 기록하는 여자 사관의 붓)을 음행(淫行)의 도구로 만들어 버리고, 정풍의「자금」에 나오는 '성궐'(城闕: 성의 망루)을 남녀가 사통(私通)하는 장소로 만들어 버렸다고 개탄했다고 한다. 섭소옹(葉紹翁)의『사조문견록』(四朝聞見錄)에 전하는 이러한 진부량의 비판은 음시설에 대한 가장 초기의 비판으로 청대 학자들의 주목을 받았다. 이는 주이준의『경의고』와 왕사정의『거이록』(居易錄) 등에도 인용·소개되었다.[89]

심지어 주자의 충실한 제자인 보광(輔廣)도『시동자문』(詩童子問)에서 위풍의「모과」에 대해서만은 이 시에 "전혀 남녀에 관한 말이 보이지 않는다"고 하면서 스승과 해석을 달리했다.[90] 이러한 비판 역시 청대 학자들에게 수용되었다. 왕사정은『지북우담』(池北偶談)에서 주자의『시경』해설이 시의 본래 의미와 어긋난 경우가 많다고 하면서 그 대표적인 예로「모과」를 들고 보광의 비판을 거론했다. 모기령도『백로주주객설시』에서 음시설에 대한 반론의 하나로 '「모과」에는 전혀 남녀에 해당하는 글자가 없다'는 설을 소개했다.[91]

앞서 언급했듯이 원나라 초에 마단림도『문헌통고』「경적고」에서 주자의 음시설을 공박하고「시서」불가폐론을 역설했다. 즉,「소서」에서 음란함을 풍자한 시로 보거나 남녀의 연애가 아닌 다른 일을 지시하는 것으로 보았던 국풍의 시들을 주자는 모두 음탕한 남녀의 자작시로 단정했으나, 반약 이 시들이 음시였다면 공자가 산시(刪詩: 3천여 수의 시를 305수로 추림)하면서 『시경』에 보존했을 리가 없다고 주장했다. 또 그는 보광과 마찬가지로, 「모과」 등의 시들에 "처음부터 끝까지 한 글자도 부인(婦人)을 언급하지 않았는데, 이 시들을 음사(淫邪)하다고 말하는가?"라고 음시설을 공박하기도 했다.[92] 이와 같은 마단림의 비판은 주이준의 『경의고』에 전재되었고, 관찬 경학서인 『흠정시경전설휘찬』(欽定詩經傳說彙纂, 1727)에도 수록되어 청초의 학계에 널리 수용되었다.[93]

그러나 원대와 명대의 학자들은 대체로 주자의 학설을 숭상하면서 그의 음시설도 신봉했다. 명대 후기에 이르러 양신(楊愼, 1488~1559)이 『단연록』(丹鉛錄)에서 주자가 정풍의 시들을 모두 음시로 간주한 것은 『논어』에서 한 공자의 말씀을 오독한 것이라는 비판을 처음으로 제기했다. 즉 '정성음'(鄭聲淫: 정나라의 소리가 음란하다)의 '음'(淫) 자는 '음수'(淫水: 홍수), '음우'(淫雨: 장맛비) 등의 용례에서 보듯이 '과도하다'는 뜻이며, 공자의 말씀은 정나라의 음악 소리가 음(淫)하다는 뜻이지 정나라의 시가 음하다는 뜻은 아니라고 주장했다.[94] 이러한 양신의 비판은 매우 설득력 있는 설로서 청대 학자들에게 받아들여졌다.

모기령은 주자의 음시설을 공격한 대표적 인물이다. 『백로주주객설시』에서 그는 음시설을 집중적으로 논박했다. 여기에서 그가 『좌전』에 기록된 춘추시대 부시의 사례를 들어 「모과」, 「교동」, 「자금」, 「야유만초」 등을 음시로 해석한 주자를 비판한 사실은 이미 살펴보았다. 뿐만 아니라 모기령은『시경』의 시들은 함축적인 표현 수법과 창작 배경이 되는 시사(時事)를 고려하여 해석해야 한다고 전제하고, 이렇게 볼 때 정풍의 시들은 음시가 아니라 벗들이 서로 그리워하는 마음을 남녀 관계에 가탁하거나 비유한 시라고 주장했다.

또한『사기』「공자 세가」(孔子世家)에 의하면 공자는 예절과 의식에 쓸 수 있는 시로 305편을 추려서 궁중 음악에도 합당하도록 했다고 한다. 모기령은 이러한 공자의 산시합악설(刪詩合樂說)에 근거하여, 정풍의 시들이 음시였다면 공자가 이런 시들을『시경』에 보존했을 리가 없다고 주장했다. 나아가 그는 주자의 음시설은 도덕적으로도 유해하다고 주장했다. 주자는 비록 음란한 남녀의 자작시일지라도 이를 읽고 독자가 '징창감발'(懲創感發: 악행을 경계하고 선행을 하고자 분발)함으로써 교훈을 줄 수 있다고 강변했다. 그러나 이런 시들은 음심(淫心)을 조장할 뿐이므로 '선음'(宣淫: 음란함을 거침없이 드러냄)이지 '계음'(戒淫: 음란함을 경계함)이 될 수 없다고 질타했다.[95]

『백로주주객설시』에서 모기령은 주자가『논어』중의 공자 말씀을 음시설의 근거로 삼은 점에 대해서도 비판을 가했다. "정성음"(鄭聲淫)의 '정성'(鄭聲)은 '정시'(鄭詩)가 아니라고 주장했다.『서경』「순전」(舜典)에 "시는 시인의 뜻을 말로 표현한 것이요, 음악 소리는 말을 길게 읊는 가요를 돕는 것"(詩言志, 聲依永)이라고 했으니 '성'(聲)과 '시'(詩)는 서로 다른 것임이 분명하다는 것이다. 이어서 모기령은『단연록』에서 '정성음'의 '음'(淫) 자는 과도하다는 뜻이라고 한 양신의 주장을 고스란히 인용했다. 여기에 덧붙여 그는『논어』에서 또 "정나라의 소리를 추방하라"(放鄭聲)고 한 공자의 말씀을 끌어와, 주자의 주장처럼 '정성'이 곧 '정시'라면『논어』에서 공자가 '정성'을

추방하라고 해 놓고 도리어 『시경』에 '정시'를 보존한 것은 모순된 언행이 된다고 논박했다.[96]

다음으로, 육비는 만약 정풍과 위풍의 시들이 음시라면 이는 공자의 시교(詩敎)와 산시(刪詩)의 의도에 어긋난다고 주장했다. 공자는 시로써 사람들을 교화하기 위해 305수를 추려서 『시경』을 편찬했다고 전한다. 그런데도 이와 같은 음시들을 『시경』에 보존한 것은 음란하지 말도록 가르치고자 하면서 음란한 자와 음란한 일을 나열하며 구체적으로 설명한 셈이니, 공자와 같은 성인이 그랬을 리가 없다는 것이다.[97] 이는 앞서 언급한 마단림이나 모기령의 설을 계승한 비판이라 할 수 있다.

또 육비는 만약 정풍의 시들이 음시라면, 「탁혜」의 '백숙'(伯叔: 형제)이나 「풍우」의 '군자'는 「건상」의 '광동'(狂童)이나 「산유부소」의 '광저'(狂且) 같은 악동과 똑같아져 아무런 구별이 없게 된다고 비판했다. 주자는 「건상」, 「산유부소」와 마찬가지로 「탁혜」와 「풍우」를 음시로 보았으나, 후자의 시들은 '아우여 형이여'(叔兮伯兮)나 '이미 군자를 만나 보았으니'(旣見君子)라는 구절로 미루어 결코 음시로 볼 수 없다는 것이다.[98] 이 역시 모기령의 비판과 통하는 주장이라 할 수 있다. 『백로주주객설시』에서 모기령도 「풍우」는 "회인시(懷人詩: 누군가를 그리워하는 시) 중의 가장 우아한 작품"으로, 그중 '이미 군자를 만나 보았으니'라는 구절은 이남(二南: 주남과 소남召南)의 시에도 마찬가지로 있는데, 『시집전』처럼 후자는 후비(后妃)의 덕을 노래한 것이라 하고 전자는 음시라고 한다면 말이 되지 않는다고 비판했다.[99]

뿐만 아니라 육비는 「풍우」와 소남의 「야유사균」(野有死麕)을 비교하여 주자의 음시설을 비판했다. 즉, 「풍우」의 "이미 군자를 만나 보았으니"라는 등의 구절은 「야유사균」에서 "미남자가 그녀를 유혹하네"(吉士誘之)라고 한 구절과 달리 음란하지 않다는 것이다. 또 「야유사균」에서 "천천히 느긋하게"(舒而脫脫) 운운한 것은 남녀의 애정을 노래한 후세의 송사(宋詞)나 원곡(元曲)에서 "가만가만 조용조용"(悄悄冥冥) "조용히 숨어서 기다리네"(潛潛等等)라고 한 표현과 하등 다를 바 없다. 그런데도 주자는 남국(南國)의 여인들이 반드시 문왕의 교화를 입었다고 여겨서 「야유사균」은 음시에서 빼 버리고 도리어 「풍우」는 음시에 포함시키는 모순을 범했다고 공박했다.[100]

2월 26일에 공개한 반박문에서 홍대용은 이상과 같은 음시설 비판에 맞서 반론을 제기했다. 우선 그는 마단림의 『문헌통고』와 마찬가지로, "'성'(聲)이 음한 것이지 '시'가 음한 것은 아니라고 한 예전 사람들의 논변 역시 아직 본 적이 없다"고 고백했다. 주자의 음시설에 대한 청나라 고증학계의 비판적 논의를 전혀 접하지 못했음을 시인한 것이다. 하지만 홍대용은 그 나라의 풍속이 음란하면 그 나라의 음악 소리가 음란하고, 그 나라의 음악 소리가 음란하면 그 나라의 시도 음란한 것은 필연적인 이치라고 주장했다. 게다가 고대의 '시'는 악기로 반주하고 합창하는 가요였으므로, 음악 소리와 시를 둘로 나누는 것도 온당하지 않다고 했다.[101]

그리고 공자의 산시설을 들어 『시경』에 음시가 있을 수 없다고 한 비판에 대해서는 음시를 읽음으로써 '징창감발'할 수 있다는 주자의 설로 충분히 대응할 수 없음을 인정했다. 하지만 홍대용은 『춘추』에도 선행과 악행이 모두 기록되어 있으나, 주견을 지니고 잘 살펴보면 악행을 통해서도 교훈을 얻을 수 있다고 주장했다.[102]

이러한 홍대용의 반론은 『시서변설』에서 주자가 『춘추』를 들어 자신의 음시설을 변호한 논리와 같다. 여기에서 주자는 정풍과 위풍의 음시들을 공자가 『시경』에 보존한 의도는 『춘추』에서 "난신적자(亂臣賊子)의 사건"을 남김없이 기록한 의도와 상통한다고 하면서, "아마도 이와 같이 하지 않으면 당시의 풍속과 사변(事變)의 실정을 드러내어 후세에 감계(鑑戒)를 제시할 길이 없으므로 부득이 보존한 것일 터이니, 『중용』에서 이른 바 '도가 함께 행해지면서도 서로 어긋나지 않는다'는 경우이다"라고 주장했다.[103] 결론적으로 홍대용은 "15개국의 국풍에 음시가 절반 이상을 차지하니, 설령 「소서」처럼 억지로 해설을 해도 끝내 설복하지 못할 것이다"라고 하여, 음시설을 고집하면서 「소서」를 배격했다.[104]

또한 정풍의 「탁혜」와 「풍우」는 「건상」, 「산유부소」와 달리 음시로 볼 수 없다는 주장에 대해서도 반론을 제기했다. 홍대용은 육비의 말대로 「탁혜」의 '백숙'과 「풍우」의 '군자'가 「건상」의 '광동'이나 「산유부소」의 '광저'와 "똑같아서 아무런 구별이 없다"는 점이야말로 이 네 편의 시들이 모두 음시인 더욱 분명한 증거라고 반박했다. 이 시들에는 남녀가 "희롱하며 방탕하게 굴거나 조롱하며 오만하게 굴고, 추켜세우고 깎아내리면서 장난치는 정상"이 생생하게 묘사되어 있어 "진실로 하나의 소리 있는 그림"(有聲畫)과 같다는 것이다.[105]

그리고 "미남자가 그녀를 유혹하네"(吉士誘之)라는 구절을 들어 육비가 「야유사균」을 음시로 본 데 대해서는 "음란한 말이 분명하다"고 동의하면서, 예전에 자신도 이 시에 대한 『시집전』의 주석이 견강부회에 가깝지 않은가 하고 의심했었노라고 술회했다. 다만 15개국의 국풍 중에 정풍(鄭風)은 변풍(變風: 난세의 국풍)인데도 「풍우」를 음시에 넣지 않으면서, 소남은 정풍(正風: 치세治世의 국풍)인데도 「야유사균」을 음시로 단정한다면, 공자의 산시설과 모순될 것이라고 반박했다. 육비가 「야유사균」을 음시로 단정한 근거는, 그중 "천천히 느긋하게"(舒而脫脫)라는 구절이 연애를 노래한 송사나 원곡에 흔히 보이는 "가만가만 조용조용"(悄悄冥冥)이라는 구절 등과 아주 흡사하다는 것이었다. 그리하여 주자의 주석이 잘못되었음을 입증하는 데에는 성공했을지 모르나, 「야유사균」이 과연 음시라면 공자가 이런 시를 선정하여 정풍인 소남에 배치한 의도를 설명할 길이 없다는 것이다.[106] 앞서 육비는 공자의 산시설을 들어 정풍과 위풍의 시들이 음시가 아니라고 주장했는데 홍대용 역시 공자의 산시설로 육비에게 역공을 가한 셈이다.

최종 토론과 홍대용의 총평

2월 26일 마지막 만남의 자리는 홍대용이 장문의 반박문을 공개함으로써 잠시 학술 토론장으로 변했다. 항주 세 선비는 그 글을 함께 읽고 나서 각자 소감을 말했다. 반정균은 여전히 「소서」 불가폐론과 『시집전』의 주자 문인 저작설을 고집했다. "만약 『시집전』의 주석이 문인의 손으로 작성된 것이 아니라고 한다면, 이는 주자를 엄호하려다가 도리어 주자에게 누를 끼치는 것이다"라고 하여 며칠 전의 주장을 되풀이했다. 이에 대해 홍대용은 "웃으면서 답하지 않았다."[107] 이백(李白)의 「산중문답」(山中問答)에서 "웃으면서 답하지 않으니 마음 절로 한가하네"(笑而不答心自閑)라고 하여 청산에 은거한 까닭을 속인에게 굳이 설명하지 않겠다고 했듯이, 연소한 반정균이 『시경』에 관해 잘 알지 못한 채 주장을 굽히지 않는다고 보고 더 이상 대응할 필요를 느끼지 않는다는 반응을 보인 것이다.

그러자 엄성은 "어린애가 뿔송곳 찼네"(童子佩觿)라고 한 『시경』 위풍 「환란」(芄蘭)의 한 구절을 인용하면서, "「소서」는 이 시가 위나라 혜공(惠公)을 기롱한 시라고 했으나, 주자가 그렇지 않다고 한 것은 왜냐"고 물었다. 「환란」에 대해 「소서」에서는 위 혜공이 교만하고 무례함을 풍자한 시로 해설했는데, 주자는 이를 역사적 근거가 박약한 억지 해설이라고 물리치면서 시의 주제를 명확히 알 수 없다고 보았다. 그리고 "어린애가 뿔송곳 찼네"라는 구절을 포함한 이 시의 제1장은 재능도 부족한 어린 녀석이 어른의 장신구인 뿔송곳을 건방지게 차고 다님을 풍자한 내용으로 풀이했다.[108] 그러므로 『을병연행록』에서 "대개 반생(潘生)의 나이 젊고 망녕되이 의론함을 조롱함이라"는 해설을 덧붙였듯이,[109] 엄성의 발언은 홍대용의 반박문을 읽고 대뜸 반대 의견을 피력한 반정균을 주제넘었다고 풍자한 것이었다. 규장각 등 소장본 『간정필담』에서는 당시 광경을 이렇게 묘사하고 있다.

> 역암(力闇: 엄성의 자)은 나의 글을 가지고 캉 아래 큰 탁자로 달려가서는 기잠(起潛: 육비의 자)과 머리를 맞대고 읽었다. 왕왕 탁자를 치며 박자를 맞추고 목소리를 높여 낭독하는데, 기쁜 기색이 얼굴에 넘쳐나고 거의 덩실덩실 춤을 출 지경이었다. 난공(蘭公: 반정균의 자)은 어깨 너머로 대충 읽

고 재빨리 와서 이 말을 썼다. 역암이 뒤늦게 와서는 "어린 애가 뿔송곳 찼네"란 말로 그를 기롱했으나, 난공 역시 즐겁게 웃으며 거의 내색을 하지 않았다.[110]

엄성이 홍대용의 글을 읽고 이처럼 격렬한 반응을 보인 것은 그가 홍대용의 진지한 반론에 크게 공감하고 거의 설복되었음을 말해준다. 그래서 엄성은 반정균이 종전의 견해를 고집하자 「환란」의 한 구절을 인용하여, 나이 어리고 재능도 부족한 자가 건방지게 논평했다는 뜻으로 그를 짓궂게 놀렸던 것이다. 하지만 반정균도 명랑한 그의 성품답게, 엄성의 기롱에 노여워하지 않고 즐겁게 웃으며 이를 받아넘겼다고 한다.

그런데 엄성은 "시비를 가린 말씀이 아주 정당하다"고 하면서도, "오직 「소서」에 관한 사항만은 감히 구차하게 동조하지 못하겠다"고 하여 「소서」 불가폐론을 견지했다. 이에 홍대용은 다음과 같이 답했다.

어찌 구차하게 동조할 수 있으리오. 다만 피차 마음을 비우고 더욱 따져 봄이 옳지요. 경서를 존숭하고 옛일을 배우는 올바른 도리로는 오로지 대동(大同: 조금 차이는 있어도 대체로 같음)에 힘써야 마땅합니다. 문장의 사소한 해석 차이야 평생 의견이 불일치해도 또 무슨 지장이 있겠습니까. 말마다 합치하기를 요구하고 일마다 동조하기를 요구하는 것은 우정의 도리를 해치는 큰 병이요, 그래서는 교분을 종신토록 유지할 수 없지요.

『시경』해석상의 소소한 의견 차이에 구애되지 말고, 서로 허심탄회하게 심사숙고함으로써『시경』에 대한 근본적인 인식이 합치하도록 노력하자는 뜻을 피력한 것이다. 이처럼 자기주장을 고수하면서도 엄성의 주장을 그것대로 존중한 홍대용의 답변을 읽고 엄성은 "몹시 기뻐했다"고 한다.[111]

육비는 즉석에서 장문의 답변서를 작성하여 보여 주었다. 여기에서 그는『시집전』의 주자 문인 저작설에 대한 홍대용의 비판에 전적으로 동의했다. 즉, "주자의『시경』주석이 그 문인의 손에서 나온 것으로 견강부회할 필요가 없다는 주장 역시 극히 옳다"고 했다. 그리고 "만약 주자가 다시 살아난다면, 그리고 과연『시집전』의 주석에 오류가 있다면, 주자는 결코 그 설을 힘껏 옹호하지 않을 것이다. 게다가 오류가 많다는 남들의 조롱에 대해 억지로 해명하려고 자기 문인에게 과오를 돌릴 필요도 없을 것이다"라고 하면서, 홍대용이『시집전』의 오류를 변명하고자 주자 문인 저작설을 주장하는 자들의 병든 '심술'을 질타한 것은 "더욱이 극히 정대하며, 심복하고 또 심복하노라!"라고 칭송했다.[112]

『시집전』은 주자가 57세에 완성하여 임종 직전까지 심혈을 기울여 수정을 거듭한 저작이다.『주자어류』에 의하면 만년의 주자는 『시집전』에 대해 스스로 더 이상 유한(遺恨)이 없다고 여기고 "후세에 양자운(揚子雲: 양웅揚雄)이 있다면 반드시 이 책을 좋아할 것이다"라고까지 자부했다고 한다.[113] 이러한 증언으로 보아도 실로『시집전』의 주자 문인 저작설은 성립될 수 없음을 알 수 있다.

또 육비는 주자의『시경』주석이 시 본문에 허자를 약간 첨가하는 데 그쳤다는 반정균의 비판에 대한 홍대용의 반론도 적극 지지

했다. 즉, "『시경』의 시를 해설할 때 원래 이렇게 하는 법이 있다"고 하면서, 홍대용이 그 대표적인 사례로『맹자』에서 공자가 「증민」을 해설한 대목을 인용한 것도 "극히 정확하다"고 칭찬했다.[114] 그리고 『시집전』의 협운에 반절의 오류가 많다는 엄성의 비판과 관련해서는 "이 문제 역시 이치와는 상관이 없다. 요컨대 이로써 주자의 학문을 평가하기에는 부족하니, 변론을 하지 않아도 괜찮다"고 하여, 문자학에 대한 무지를 자인하면서 답변을 삼간 홍대용을 두둔했다.[115]

그러나 육비 역시 홍대용이 주자의 「소서」 폐기론을 옹호한 점에 대해서만은 결코 동의하지 않고 재차 반론을 폈다. 엄성과 마찬가지로, 그도 "「소서」를 폐기해야 한다는 대목만은 마음에 실로 납득이 되지 않아 감히 교시를 따르지 못하겠노라"고 선언했다.[116]

또한 육비는 「야유사균」의 일부 구절이 남녀의 연애를 노래한 송사나 원곡과 흡사하다고 주장한 것은 이런 구절을 근거로 이 시가 음란함과 관련이 있다고 여겨서 그런 것은 아니었다고 해명했다. 다만 맹자가 주장한 대로『시경』의 시를 해설할 때 "문자의 뜻에 얽매여 문장 전체의 의미를 곡해해서는 안 된다"(不以文害辭)는 취지를 분명히 하고 싶었을 뿐이라고 했다.[117] 문자 그대로만 해석하면 「야유사균」의 일부 구절도 음란한 내용으로 오해될 수 있다는 뜻이지, 자신이 이 시를 음시로 단정한 것은 아니었다는 것이다. 따라서 「야유사균」이 만약 음시라면 공자가 이런 시를『시경』에 보존했을 리가 없다는 홍대용의 반박은 육비의 주장을 부정확하게 이해한 셈이 된다. 주자의 음시설 자체를 부정하는 육비가 「야유사균」을 음시로 간주했을 리는 만무하기 때문이다.

이와 아울러 육비는 주자가 「풍우」를 음시로 간주한 데 대한 자신의 비판을 보강했다. 일반적으로 '광저'(狂且)나 '교동'(狡童)이 미칭으로 쓰이지 않듯이, '군자'도 오명으로는 쓰이지 않고 오로지 미칭으로 쓰인다. 그런데도 '군자'란 말이 주남의 「여분」(汝墳)처럼 다른 나라의 국풍에 나오면 '방정하다' 하고, 「풍우」처럼 정나라 사람이 지은 시에 나오면 '음란하다'고 한다면 결코 이치에 맞지 않는다는 것이다.[118]

또 육비는 『좌전』 양공(襄公) 27년의 기사에 의거하여, 당시 정나라의 신하 7인이 진나라 사신 조무 앞에서 읊은 시 중에 정풍의 「여왈계명」(女曰鷄鳴)과 「야유만초」는 음시가 아니며 용풍(鄘風)의 「순지분분」(鶉之奔奔)은 음시로 볼 수 있으니, 이런 시들을 일률적으로 음시로 간주해서는 안 된다고 주장했다. 만약 「야유만초」 등이 음시라면 당시 정나라의 신하들이 연회에서 이런 시들을 공공연하게 읊은 것은 자기 나라의 나쁜 풍속을 스스로 진술하여 추악함을 선전한 것이나 다름없다는 것이다. 다만 정나라 신하 백유(伯有)가 「순지분분」을 읊었다가 조무로부터 "잠자리에서 한 말은 문지방을 넘어서서는 안 되는 법"이라고 면책을 당한 사실로 보아 이 시에는 음란한 내용이 있음을 알 수 있다고 했다.[119] 이와 같이 춘추시대 부시의 사례를 들어 주자의 음시설을 비판한 것은 마단림과 모기령 등의 설을 계승한 것이다.

이어서 육비는 「소서」에 대한 지지를 더욱 확고하게 표명했다. "오직 「소서」가 있어서, 당일에 누구를 지칭한 시이며 무슨 일을 지시한 시인지를 비로소 알 수 있다." 그러므로 「소서」의 해설이 하나하나 모두 확실하지는 않다 하더라도, 『춘추』처럼 '미더운 것은 미더운 대로, 의심스러운 것은 의심스러운 대로 전하고'(傳信傳疑) 있으니 그중에서 한두 가지 소득은 얻을 수 있다는 것이다.[120]

육비의 이러한 주장은 바로 마단림이 『문헌통고』 「경적고」에서 역설한 바와 같다. 여기에서 마단림도 국풍의 시들을 보면 "『시경』에는 『시서』가 없으면 안 되며, 『시서』가 『시경』에 대해 공로가 있음을 알게 된다"고 하면서, 주자처럼 「소서」를 배격하고 "시로써 시를 해석한다면"(以詩求詩) 읽어도 무슨 뜻인지 이해하기 어려운 시들이 많을 것이라고 주장했다.[121]

모기령도 『백로주주객설시』에서 "시대를 살피고 사건을 논함"(考時論事)을 『시경』 해석의 필수적인 방법으로 강조하면서, "그 시가 어느 시대에 나와서 어느 시대에 전해졌는지, 그리고 작가가 어떤 사람인지를 반드시 환히 알아야만," 맹자가 주장한바 "내 마음으로 시인의 뜻을 짐작한다"(以意逆之)는 『시경』 해석법도 비로소 시행할 수 있다고 주장했다. 그렇지 않고 "시의 자구만 보고는 방불하게 상상하고 즉시 어떤 시라고 확고히 단정해 버리니, 억울한 경우가 많지 않았겠는가?"라고 주자의 음시설을 공박했다. 단 모기령은 "『시서』를 어찌 모두 믿을 수 있으리오"라고 하여 『시서』를 일정하게 불신하면서 『춘추』의 경(經)과 전(傳)에 합치하는 경우에만 취할 것을 주장했다.[122] 「소서」를 다 믿을 필요는 없고 그중에서 미더운 것만 취하면 된다는 육비의 주장은 이러한 모기령의 설을 따른 것이라 할 수 있다.

끝으로, 육비는 주자가 국풍의 시들을 너무 경솔하게 음시로 단정해 버렸다고 비판했다. 예컨대 정풍의 시에 대한 그의 주석을 보면, 첫 번째도 '음란한 자'의 시요, 두 번째도 '음란한 여자'의 시라고 했다. 이런 식으로 곧장 단번에 주석을 써 버릴 수 있다면, 옛사람들이 『시경』의 시를 해설할 때 기타 정풍(正風)에 속하는 주남과 소남의 시들도 "이는 신하를 그리워한 시다", "이는 효자의 시다", "이는 현인을 좋아한 시다"라고만 말했어야 할 터이니, 이는 지나치게 안이한 주석이라는 것이다.[123]

이상과 같은 소견을 개진한 뒤 육비는 "총괄하자면 「소서」를 폐기함은 부당하다. 예로부터 유학자들이 그에 관해 시비를 가린 논의가 심히 많다. 꼭 주자를 위해 변호할 필요는 없다"는 말로 답변서를 마무리 지었다.[124] 홍대용은 육비의 글을 읽고 나서 이렇게 응답했다.

> 조선에서는 주자의 주석이 있는 것만 알고 다른 주석들은 알지 못합니다. 제가 진술한 것도 어찌 감히 불역지론(不易之論: 절대로 바꿀 수 없는 주장)이라고 자신하리오. 심지어 「소서」는 한번 읽은 후에 내버리고 다시 정밀하게 연구하지 않았으니, 귀국한 뒤에 더욱 숙독해야 마땅합니다. 만약 새로 깨달은 것이 있을진대, (필연 그른 곳을 굳이 지키지 아니할 것이요,) 삼가 서신에 적어서 회답을 기다리겠습니다.[125]

이와 같이 홍대용은 주자학만을 신봉하는 조선의 배타적 학풍과 아울러 「소서」에 관한 자신의 공부 부족을 겸허하게 반성하면서, 귀국 이후에도 서신 왕래를 통해 『시경』에 관한 학문적 토론을 이어가고 싶다는 뜻을 피력했다. 그러자 항주 세 선비는 "다 기뻐하는

빛이 있었다"(皆有喜色)고 한다.

육비는 "우리도 주자의 주석을 다시 자세히 음미하겠습니다. '음란한 여자'의 시라고 한 정풍의 주석들 역시도 자세히 음미할 것까지는 없다고 한다면 아마 경솔할 것 같습니다"라고 답했다.[126] 홍대용의 반론을 접한 것을 계기로, 『시집전』의 주석과 주자의 음시설을 재검토해 보겠노라고 약속한 것이다.

이에 대해 홍대용은 "대개 책을 읽을 때 가장 큰 병통은 선입견이 위주가 되는 것이니, 그래서는 종신토록 깨우칠 때가 없을 것입니다. 이것은 이 아우가 깊이 경계하는 바요, 형들도 그 점에 특별히 주의하여 주기 바랍니다"라고 응수했다.[127] 항주 세 선비도 주자의 음시설에 대한 부정적인 선입견을 버리고 『시집전』의 가치를 재평가해 주기를 기대한 것이다.

『간정동필담』 말미의 「간정록 후어」에서 홍대용은 항주 세 선비에 대해 "그들의 자질은 비록 똑같지 않았고 재주와 학식에도 차이가 있었지만, 요컨대 속과 겉이 일치하고 마음과 말이 상응했으며, 세속 선비들처럼 쩨쩨하고 겉치레뿐인 태도가 없는 점은 똑같았다"고 칭찬하고 나서,[128] 그들과 학문적 토론을 나눈 소감을 이렇게 토로했다.

> 조선 선비들의 주자 숭상은 실로 중국인들이 미치지 못하는 바다. 그렇기는 하지만 숭상하는 것이 귀한 줄만 알아서, 주자의 경서 해석에 의심스럽거나 토론의 여지가 있는 경우에도 공연히 부화뇌동하면서 덮어놓고 엄호하여, 온 세상 사람들의 입을 다물게 하려고 생각한다. 이것은 공자가

비난한 향원의 심보로 주자를 우러러보는 것이다. 나는 예전에 속으로 이를 병통으로 여겼다. 급기야 절강 사람들의 논의를 들어 보니, 그들도 지나치기는 지나쳤다. 하지만 조선인의 고루한 습성이 깨끗이 없는 점만은 사람의 마음을 후련하게 했다.[129]

이처럼 홍대용은 주자의 학설을 절대적으로 신봉하는 우리나라 선비들의 폐단을 일찍부터 통감했다고 한다. 그런데 북경에 와서 절강성 출신의 선비들을 만나 양명학과 주자의 시경학 등을 주제로 토론을 나누어 본 결과 그들의 견해 역시 조금 지나쳤다고 하여, 항주 세 선비의 주자학 비판에 완전히 동의하지는 않음을 분명히 했다. 하지만 그들은 우리나라 선비들과 같은 고루한 습성을 전혀 느낄 수 없었을 정도로, 자유롭게 비판하면서 상대방의 견해도 너그러이 수용하는 자세를 보여 주었다고 높이 평가했다. 이는 항주 세 선비와의 학술 토론에 대한 홍대용의 총평이라 하겠다.

주자의 주역관에 대한 이견

홍대용이 경서에 대한 해석에서 항주 세 선비와 의견을 달리했던 것은 비단 『시경』의 경우만이 아니었다. 앞서 언급했듯이 그는 주자의 경서 해석이 모두 훌륭하지만 특히 점서로 『주역』을 해석한 것과 「소서」를 배제하고 『시경』을 해석한 것이야말로 가장 뛰어난 업적이라고 주장했다. 이처럼 『주역본의』(周易本義)와 『역학계몽』(易

學啓蒙)에서 『주역』을 길흉을 점치는 점서로 본 것은, 『시집전』에서 「소서」를 배제하고 음시설을 주장한 것과 함께 주자의 탁월한 학문적 성취라고 보는 것이 주자학파의 정설이다. 명대에 최대의 영향을 끼친 주역학 저작인 『주역전의대전』(周易傳義大全)도 권수(卷首)의 「역설강령」(易說綱領)에서 주자의 설을 인용하여 『주역』이 점서임을 천명했다.[130]

이미 살펴보았듯이 홍대용은 향리 수촌의 자택인 '애오려'(愛吾廬)에 '영조감'(靈照龕)이라는 감실을 만들어 주역 점을 치기 위한 시초(蓍草)를 보관했다. 이는 그가 평소 주자의 주역관을 신봉하고 있었음을 말해 준다. 그래서 홍대용은 북경 여행 당시에도 중국에서 좋은 시초를 구하고자 노력했다. 유리창의 한 서점에서 국자감 감생 주응문을 만났을 적에 "『주역』에 시초를 점하는 법이 있으되, 이 풀은 성세(聖世)에 생기는 것이니 근래에도 혹 나는 일이 있느냐"고 물었더니, 주응문은 "해마다 나나니, 문왕(文王)의 능과 공자 무덤 위에 나는 것이요, 다른 곳은 없나니라"고 답했다.[131] 또 어느 날 홍대용은 유리창을 들렀다가 돌아오는 길에 시초를 파는 점포를 발견하고 들어가 값을 흥정하기도 했다. 주인이 공자 무덤 위에 난 진품이라고 주장했지만, 믿을 수 없어 사지 않고 나왔다고 한다.[132]

한편 홍대용은 엄성과 반정균을 만난 초기에 애오려의 팔경(八景)을 노래한 시를 지어 주도록 요청하고, 아울러 시 창작에 참고하라고 팔경을 소개한 글을 동봉한 편지도 보냈다.[133] 그 뒤 2월 17일 다시 만났을 때 엄성이 8수의 오언고시로 지은 「애오려 팔영(八詠)」을 보여 주자, 홍대용은 이를 극구 칭찬하면서도 그중 '영조감의 시초로 점치기'(靈龕占蓍)를 노래한 시에 대해서만은 의문을 제기했다. 이 시에서 엄성은 "영조감에 무슨 영험 있는지, 영험 비는 이에게 묻노라. 길흉으로 시비를 논하여, 어찌 구차하게 진퇴를 정하리오. 평이한 도리를 행하며 천명을 기다린다면, 메마른 풀(시초)은 장차 버려도 좋으리라"라고 하여,[134] 시초로 길흉을 점치는 것을 부질없고 군자답지 못한 행위로 여기는 듯한 느낌을 주었기 때문이다.

따라서 홍대용은 "시초점은 족히 본받을 것이 없다는 말이냐"고 반문했다. 엄성은 "그렇지 않다"고 하면서도, "다만 길흉이란 내가 하는 일의 옳고 그름에 달려 있으니, 꼭 시초점을 쳐 본 뒤에야 알게 되는 것은 아님을 말한 것뿐"이라고 해명했다. 이에 홍대용은 "주자도 『주역』은 '선을 따르면 길하고 악을 따르면 흉하다'(惠迪吉, 從逆凶)고 한 것에 불과하다고 하셨다"고 하면서, "형의 소견이 이 말씀에 근본하였도다"라고 찬동을 표했다.[135] 『간정필담』 중의 이 대목은 귀국 이후 홍대용이 초록하고 이덕무가 교감한 엄성의 필담집인 『철교화』(鐵橋話)에도 수록되어 있다. 이는 영조감을 노래한 시에서 엄성이 피력한 주역관이 홍대용의 큰 관심을 끌었던 사실을 방증한다.[136]

홍대용이 인용한 주자의 말은 『주자어류』에 나온다. 즉, 소옹(邵雍)처럼 앞일을 미리 아는 술법을 갖추었느냐는 문인의 물음에, 주자는 "내가 아는 것은 '선을 따르면 길하고 악을 따르면 흉하며', '자만하면 손해를 자초하고 겸손하면 이익을 받는다'(滿招損, 謙受益)는 것이다. 내일은 날이 맑고 다음 날은 비가 오는 일 같은 것은 내가 또 어찌 알 수 있으랴"라고 답했다고 한다.[137] 주자의 설을 공격했던 명나라 학자 노격(盧格, 1450~1516)은 이 말을 들어 "주자가 진짜로 점술을 믿은 것일까"라고 회의하기도 했다.[138] 주자는 기본적으로『주역』을 점서로 보면서도, 한편으로『주역』을 신비로운 예언서로 본 소옹과 달리 철학적 이치를 담은 수신서로 본 정이(程頤)의 주역관을 수용했다.[139] 노격은 이러한 주자의 절충적인 주역관의 모순을 지적한 것이라 할 수 있다.

그런데『일하제금집』에 수록된 엄성의「애오려 팔영」중 영조감을 노래한 시에는 다음과 같은 엄성 자신의 주석이 붙어 있다.

> 담헌은 이 시를 보고 매우 의심스럽게 여겼다. 나는 그에게 이렇게 설명했다. "예전에 주자가 한탁주(韓侂冑)를 공박하고자 했으나, 시초점을 쳐서 돈괘(遯卦)가 나오자 중지했지요. 그러므로『예기』에서 '의로운 일이면 점을 쳐서 물을 수 있으나, 사심을 품은 일이면 그럴 수 없다'고 한 것입니다. 안함(顏含)도 '본래 타고난 운명이 있으니, 수고롭게 시초점과 거북점을 치지 말라'고 했었지요."[140]

엄성이 거론한 주자의 사례는 남송 영종(寧宗) 때 주자가 간신 한탁주를 성토하는 상소문을 준비했다가 화를 우려한 제자의 권유로 시초점을 친 결과 위태로우니 도피하라는 점괘가 나오자 이를 취소하고 은둔하기로 결심했다는 일화이다.[141] 엄성은『예기』「소의」(少儀)의 한 구절을 인용해서, 주자의 경우는 점을 쳐도 되는 의로운 일이었다는 듯이 말했다. 그러나 이어서『진서』(晉書)「효우열전」(孝友列傳)에 나오는 안함의 고사를 빌려 실은 은근히 주자를 비판했다. 안함은 권신에게 아부하기를 거부한 강직한 인물이었는데 유명한 방술사 곽박(郭璞)이 점을 쳐 주려 하자, 사람에게는 본래 타고난 운명이 있다고 하면서 거부했다고 한다.[142] 이러한 안함에 비하면 주자의 처신은 영조감을 노래한 시에서 비판한 대로, 구차스럽게 길흉을 점쳐서 진퇴를 결정한 경우에 해당하는 셈이다.[143]

2월 19일 엄성과 반정균에게 보낸 편지에서 홍대용은 엄성의 「애오려 팔영」에 대한 소감을 피력했다. 즉, 「애오려 팔영」은 음미할수록 그 맛이 진진하니, 진실로 『논어』에서 "덕이 있는 사람은 반드시 명언을 남긴다"(有德者必有言)고 한 공자 말씀대로라고 칭송했다. 그리고 "그중 영조감을 노래한 시는 더욱 탁월하게 뛰어나서 세속 선비처럼 움츠러든 기세가 없고 만경창파를 건너고 사방팔방을 초월하려는 의지가 있으니, 『맹자』에서 말한대로 그 사람의 시를 낭송하면 그의 사람됨을 알 수 있다"고 극찬했다. 하지만 그러면서도 홍대용은 "재주 높은 이가 지나치게 고고하면 혹 대군의 기병 유격대가 너무 멀리 출동했다가 복귀하지 못하는 것과 같은 폐단을 면할 수 없으니, 이는 이 아우(홍대용의 겸칭)가 형에 대해 과도하게 염려하지 않을 수 없는 점이다"라고 충고했다.[144]

이 편지에서 홍대용이 든 '기병 유격대'(遊騎)의 비유는 『주자어류』에 보인다. 주자는 원래 정이가 병법과 관련해서 했던 그 말을 인용하여, 수신 공부를 소홀히 하고 격물궁리(格物窮理)에 치우침을 경계했다.[145] 홍대용은 영조감을 노래한 시를 보니 엄성이 시초점 치기를 거부할 정도로 지나치게 고고하여 혹시 선비답게 근신하지 아니할까 우려하는 뜻에서 그 비유를 전용(轉用)했던 것이다.

엄성은 이와 같이 칭찬과 아울러 충고를 담은 홍대용의 편지를 받고, 그에 대한 답서에서 "영조감을 노래한 시에 대한 교시는 지극히 옳으니, 어찌 명심하지 않으리오. 아침저녁으로 쓸데없는 일이 많아 미처 잘못된 곳을 고칠 겨를이 없어 안타까우나, 우선 그 설을 그대로 두는 것도 괜찮을 것 같다"고 했다. 그리고 홍대용이 귀국한 뒤에 이 시를 스승과 벗들에게 보인다면 웃음거리조차 못 되겠지만, 우정의 기념으로 간직해 달라고 당부했다.[146] 엄성은 이처럼 아주 겸손한 어조로 홍대용의 충고를 수용하면서도, 바쁘다는 핑계로 시초점을 비판한 내용을 개작하지 않고 고수하였다.

영조감을 노래한 시에 대한 논의는 홍대용이 귀국한 뒤에도 이어졌다. 귀국한 그해 9월에 써서 엄성에게 부친 서신에서 홍대용은 "「애오려 팔영」 중 영조감에 대한 시는 특히나 뛰어난 작품이어서, 이 시를 본 이곳의 벗들도 삼가 낭송하고는 기발하다며 칭송하지 않는 이가 없었다"고 전했다. 그리고 북경 체류 중 엄성에게 보낸 2월 19일자 편지에서 이 시와 관련하여 충고했던 일을 거론했다. "그때 제가 편지에서 말씀드렸던 것은, 이 시에 대해 유감이 있다는 것이 아니요, 『대학』에서 말한바 군자로서 최고선에 이를 때까지 노력을 다하지 않을까 과도하게 염려한 탓이다"라고 밝혔다. 따라서 엄성이 답서에서 '미처 잘못된 곳을 고치지 못했다'고 미안해하였으나, 이는 자신의 의도를 잘 알지 못한 것이 아닌가 한다고 했다.[147] 영조감을 노래한 시에 드러난 엄성의 처세관이 지나치게 고고함을 염려한 것일 뿐, 시초점을 긍정하는 쪽으로 시의 내용을 고쳐 달라는 뜻은 아니었노라고 해명한 것이다.

홍대용의 이 서신을 받은 엄성은 이듬해인 1767년 9월 초에 보낸 답신에서 영조감을 노래한 자신의 시에 대해 다음과 같은 해명을 덧붙였다.

또 어떤 논자는 말하기를, "주자의 권위로써 한탁주를 공박하고자 했다가, 마침내 시초점을 쳐서 돈괘를 얻자 중지했다. 무릇 『주역』은 (성인이 시초점을 만들어) 백성이 사용하도록 선도한 것이지, 인간을 위해 앞일을 미리 알게 함이 아니다. 앞일을 미리 알고자 하는 것은 성인의 도리가 아니다. 그러므로 『예기』「소의」에서 가르치기를, '아직 이르지 않은 일을 억측하지 말라'고 한 것이다"라고 했습니다. 이 아우가 전에 영감을 노래한 시에서 그처럼 마구 발언한 것도 이런 취지였습니다.[148]

이러한 해명은 앞서 소개한 바 『일하제금집』 중 영조감을 노래한 시에 대해 엄성 자신이 붙인 주석과 대동소이한 내용이다. 그런데 『일하제금집』의 그 주석에서 엄성이 인용한 『예기』「소의」의 일부 구절과 안함의 고사는 실은 고염무의 『일지록』(日知錄) 중 「복서」(卜筮) 조에서 거론한 내용이다. 또한 위에서 인용한 답신 중 "무릇 『주역』은……" 이하 "'아직 이르지 않은 일을 억측하지 말라'고 한 것이다"까지는 고염무의 같은 글에서 거의 그대로 전재한 것이다. 엄성은 청조에 저항하여 불온한 인물로 간주된 고염무를 직접 거명하는 것이 아마도 부담스러웠기 때문에 '어떤 논자'(有說者)라는 익명으로 주역에 관한 그의 학설을 소개한 듯하다. 그는 또 이 서신에서 "한번 문인으로 불리게 되면 보잘 것이 없다"는 "옛사람"의 말을 인용했다. 이 역시 고염무가 북송의 명신인 유지(劉摯)의 말을 인용하여 강조했던 바로서 『일지록』에도 수록되어 있다.[149]

고염무는 주역학에서도 후대의 고증학자들에게 심대한 영향을

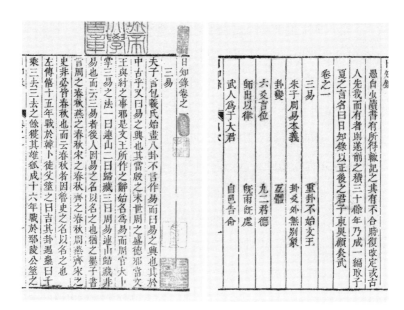

고염무의 『일지록』 권1 『주역』을 논한 부분

끼쳤다. 그는 『음학오서』(音學五書) 중 『역음』(易音)에서 고대의 한자음에 관한 연구를 통해 고증학적 방법으로 『주역』을 해석하는 모범을 보여 주었다. 그리고 『일지록』 중 「공자논역」(孔子論易) 조에서 그는 도사 진단(陳搏)의 선천도·태극도 등과 소옹의 『황극경세서』(皇極經世書)는 도가의 학설을 수용한 것이며, 일상생활에서 군자다운 언행을 실천하기 위한 수신서로 보았던 공자의 주역관에 크게 위배된다고 공박했다. 이는 진단의 도식과 함께 소옹의 학설을 적극 수용했던 주자에게도 치명적인 타격이 되었다.[150]

또한 고염무는 『일지록』 중 「복서」 조에서 『주역』을 점서로 본 주자의 주역관을 집중적으로 비판했다. 우선 그는 『서경』과 『시경』

및 『주역』 「계사전」(繫辭傳) 등을 근거로, 옛사람들은 함부로 점을 치지 않았다고 주장했다. 사람으로서 할 수 있는 데까지 일을 도모한 뒤에도 결정할 수 없을 경우에야 귀신에게 물었다는 것이다. 뿐만 아니라 충효와 같은 유교의 인륜 도덕은 점을 쳐서 물을 필요가 없고, 아무리 점괘가 흉하게 나와도 피하지 말고 당연히 실천해야 하는 일이라고 주장했다. 그리고 『예기』 「소의」에서 "의로운 일이면 점을 쳐서 물을 수 있으나 사심을 품은 일이면 그럴 수 없다"고 한 구절을 인용한 뒤, '의로운 일'이란 충효와 같은 인륜 도덕을 말한 것이고 '사심을 품은 일'이란 손해를 피하고 이익을 좇는 것을 말한 것이라고 풀이하면서, "점이란 고대의 성군이 인민들을 가르쳐서 이익을 버리고 인의를 향하도록 하려는 수단이었다"고 단언했다.[151]

또 그는 생사와 부귀는 천명에 달렸으니 그런 일로 점을 쳐서는 안 되며, 점을 쳐도 답을 주지 않을 것이라고 주장했다. 『주역』은 「계사전」에서 말한 대로 성인이 시초점을 만들어 "백성이 사용하도록 선도한 것"(以前民用)이지 미래를 예언하기 위한 것이 결코 아니다. 그러므로 『예기』 「소의」에서도 미래를 억측하지 말라고 가르친 것이라고 보았다. 이어서 그는 『진서』 「효우열전」에서 "본래 타고난 운명이 있으니 수고롭게 시초점과 거북점을 치지 말라"고 한 안함의 말 등을 추가로 인용하여 자신의 주장을 보강했다.[152]

이와 같이 고염무의 주역관은 『주역』을 사적인 이익을 위해 미래를 예측하는 점서로 보는 데 반대하고 윤리적 실천을 무엇보다 강조함으로써, 『주역』으로부터 신비주의 요소를 제거하려고 한 점에서 진보적 의의를 지닌다고 할 수 있다.[153] 호위는 『역도명변』에 『일지록』 「복서」 조 전문을 수록한 뒤, 그에 대한 소견에서 고대의 성인은 오로지 점서로서『주역』을 저술한 것이 아니라고 주장하면서 고염무의 주역관은 "송인(宋人)의 불치병을 고칠 수 있다"고 높이 평가했다. 여기서 말한 '송인'이란 송대의 주역학을 절충·종합한 주자를 주로 겨냥한 것이다.[154] 초순(焦循, 1763~1820)도『역도략』(易圖略)에서『주역』은 고대의 성인이 점서로 만든 것이 아니라 인민들이 개과천선하도록 교화하기 위한 책이라고 주장하면서,『일지록』「복서」 조를 일부 인용한 뒤 "고씨의 학설은 「계사전」에서 '의심스러울 때 결정을 내려 줌으로써 백성들이 하려는 일을 도와준다'(因貳以濟民行)고 한『주역』의 취지를 제대로 파악했다"고 칭송했다.[155]

엄성은 바로 이러한 고염무의 주역관에 입각하여, 영조감을 노래한 시에서 홍대용이 시초점을 즐겨 치는 데 대해 비판하는 뜻을 드러낸 것으로 보인다. 그 시에서 엄성은 "평이한 도리를 행하며 천명을 기다린다면, 메마른 풀(시초)은 장차 버려도 좋으리라"고 노래했다. 이는『중용』에서 "군자는 평이한 도리를 행하며 천명을 기다리고, 소인은 위험한 짓을 행하며 요행을 바란다"(君子居易以俟命, 小人行險以徼幸)고 한 구절 일부를 인용한 것이다. 군자라면 일상생활에서 덕행을 실천하는 것으로 충분하며, 소인처럼 요행을 바라고 점을 칠 필요가 없다는 뜻이었다. 필담 당시에도 엄성은 '길흉이란 나의 옳고 그름에 달렸으니 꼭 시초점을 쳐 본 뒤에야 알게 되는 것은 아니다'라는 뜻을 시에 담았다고 밝혔다. 이는 곧 인륜 도덕에 관한 일은 점을 쳐서 물을 필요가 없으며 점괘가 흉해도 반드시 실천해야 한다는 고염무의 주장과 합치한다.

또 엄성은 귀국 후 홍대용이 보내온 서신에 대한 답신에서 영조감을 노래한 시의 주제에 관해 해명한 뒤, 이어서 '명철보신'(明哲保

身: 슬기롭게 살펴 제 몸을 보존함)의 처세술을 비난하는 발언을 덧붙였
다. 이는 그 시에 드러난 엄성의 처세관이 지나치게 고고하여 염려
스럽다는 홍대용의 충고에 대한 답변이라 할 수 있다.

> '명철보신'이란 네 글자는 비굴한 자가 가장 손쉽게 제 몸
> 을 숨기는 구실이지요. 풍도(馮道)는 네 왕조에 걸쳐 열 명
> 의 군주를 섬겼으니 염치의 도리를 상실하기로는 유사 이
> 래 비교 상대가 없을 지경이지만, 선대의 유학자 중에는 그
> 에게 세상을 구제한 공로가 있다고 인정하기도 했지요. 이
> 러니 어찌 시비를 엄격히 가리지 않을 수 있겠습니까?[156]

변절을 거듭한 오대(五代)의 재상 풍도를 칭송했다는 유학자는
왕안석(王安石)이다. 그는 풍도가 능히 자신을 낮춤으로써 백성을 편
안하게 하기를 보살행처럼 했다고 예찬했으며, 『맹자』에서 칭송한
바 "다섯 번 탕(湯)임금에게 나아가고 다섯 번 걸왕(桀王)에게 나아
간" 이윤(伊尹)처럼 오로지 백성을 편안하게 하고자 한 충신이었노
라고 강변했다. 그로 인해 왕안석은 후세의 혹독한 지탄을 면치 못
했다.[157] 엄성은 '명철보신'의 비굴한 처세술을 구사한 대표적인 인
물로 풍도를 꼽으면서, 그토록 몰염치한 인간에 대해서조차 왕안석
처럼 칭찬하는 유학자들이 있는 만큼, 더욱 시비를 엄격히 가리지
않을 수 없다고 한 것이다.

원래 "염치 있게 처신함"(行己有恥)은 『논어』에서 공자가 선비의
으뜸가는 자질로 든 것이다. 고염무 역시 선비의 실천 윤리로서 '염
치'를 특별히 강조했다. 선비가 염치를 알지 못하고 박학(博學)에 힘

쓰지 않는다면 "무본지인"(無本之人)이 "공허지학"(空虛之學)을 논하는 셈이라고 비판했다. 이는 명말 청초의 혼란기에 천하와 국가에 대한 책무를 저버리고 청에 투항하거나 출사하는 등 한인(漢人) 선비들의 타락과 변절이 극심했기 때문이었다.[158]

위에서 인용한 답신으로 미루어 보면, 엄성이 영조감을 노래한 시에서 시초점을 부정적으로 본 것은 홍대용의 오해처럼 고고해서가 아니라, 고염무와 마찬가지로 선비로서 염치를 지키며 살아가는 것이 가장 중요하다고 본 때문이 아닌가 한다. 염치를 지키며 산다는 것은 곧 군자답게 '평이한 도리를 행하면서 천명을 기다리는 것'이다. 어떤 재앙이 닥쳐도 끝까지 염치를 지키며 살아야 하지, 시초점이나 치면서 '명철보신'을 도모해서는 안 된다는 것이 영조감에 대한 시에서 엄성이 말하려 했던 본뜻이었을 것이다.

하지만 홍대용은 영조감을 노래한 엄성의 시가 고염무의 『일지록』에 의거하여 주자의 주역관을 비판한 것임을 알아차리지 못했다. 이 시에 드러난 엄성의 처세관이 지나치게 고고하다고 보아 벗으로서 우정 어린 충고를 했을 따름이다. 이 시를 통해 주역관에서 엄성과 홍대용 간에 상당한 이견이 드러났으나, 앞서 살펴본 『시경』의 경우처럼 본격적인 학문적 토론으로 발전하지는 못한 것이다. 홍대용이 귀국한 뒤에도 왕복 서신을 통해 이 문제가 재론되었지만, 안타깝게도 엄성은 1767년 9월에 써서 보낸 그 답신을 끝으로 병사하고 말아 더 이상 논의가 이어지지 못했다.

한편 홍대용은 여행 도중뿐만 아니라 귀국한 이후에도 중국의 진품 시초를 구입하려는 집념을 버리지 않았다. 1766년 3월 1일 북경을 출발하여 귀국 길에 오른 홍대용은 그 이튿날 삼하현(三河縣)

에서 숙박하게 되었을 때 거인(擧人) 출신의 산서염상(山西鹽商) 등사민(鄧師閔, 호 문헌汶軒)과 더불어, 역시 거인 출신의 글방 선생 손유의(孫有義, 호 용주蓉洲)와 그의 친척인 공생(貢生) 조욱종(趙煜宗, 호 매헌梅軒)과 사귀게 되었다. 귀국한 뒤 홍대용은 항주 세 선비뿐 아니라 이러한 삼하현의 선비들과도 꾸준히 서신을 주고받으며 교분을 이어 갔다.

홍대용은 귀국한 그해 10월에 등사민과 손유의 앞으로 발송한 서신에서, 주 문왕과 공자의 무덤에서 난다는 최상품 시초를 구해 달라고 부탁했다. 그러자 이듬해에 등사민은 북경에서 파는 시초는 가짜가 많으므로 공자의 무덤이 있는 곡부(曲阜)에 사람을 보내서 구해 보겠노라는 답신을 보내왔다. 손유의도 시초를 갑자기 구하기 힘드니 기다려 달라는 답신을 보내왔다. 드디어 1768년에 홍대용은 바라던 시초를 입수하게 된다. 손유의를 대신하여 조욱종이 다방면으로 사람을 시켜 구한 끝에 주공(周公)의 무덤에서 났다는 시초 한 묶음을 보내왔으며, 등사민도 약속대로 시초 한 갑을 보내온 것이다. 이로부터 수년 뒤인 1775년에도 조욱종은 주공의 무덤에서 났다는 시초 한 묶음을 보내왔다.[159]

『이재난고』에 의하면 황윤석도 홍대용과 마찬가지로 주역 점을 치기 위해 영험한 시초를 구하는 데 관심이 많았다.[160] 1776년 8월 5일 홍대용의 서울 집을 찾아간 황윤석은 그와 처음 만나자마자 의기투합하는 사이가 되었다. 그날 홍대용은 황윤석에게 주역학에서 유의할 부분을 자주 질문했다. 이틀 뒤에 황윤석을 찾아간 홍대용은 『주역』과 『서경』「홍범」(洪範)의 상수(象數: 괘효의 상징과 숫자)에 관해 재차 토론했다. 8월 9일 황윤석이 또 홍대용의 집을 찾아갔을 때, 그는 50줄기의 시초 한 줌을 자기 집에 소장하고 있는데 이는 중국인이 멀리서 선물로 보낸 것이며, 복희씨(伏羲氏)와 문왕의 무덤 위에 난 것이라고 말했다고 한다.[161]

수년 뒤인 1782년에도 황윤석은 중국인의 기록에 복희씨와 문왕의 묘 앞에만 시초가 있다고 하는데, 근래 청국인 육비와 반정균 등이 홍대용을 위해 문왕의 묘 위에 난 시초를 구해 보내 주었다더라고 전하고 있다.[162] 이는 아마도 조욱종과 등사민이 시초를 구해 보내 준 사실이 와전된 듯하다. 요컨대 홍대용은 엄성이 영조감을 노래한 시에서 은근히 주자의 주역관을 비판했음에도 불구하고, 귀국한 뒤에도 시초로 주역 점치기를 중단하지 않았음을 알 수 있다.

『담헌서』에는 「주역변의」(周易辨疑)와 그 부록으로 「계몽기의」(啓蒙記疑)라는 글이 수록되어 있다. 홍대용이 이 글들을 언제 지었는지는 알 수 없지만, 여기에서도 주자의 주역학을 비판한 고증학풍의 영향은 보이지 않는다. 그중 「주역변의」는 『주역』 해석서인 주자의 『주역본의』를 비판적으로 검토한 글이다. 홍대용은 『주역』 64괘 중 첫 번째 건괘(乾卦)부터 서른다섯 번째 진괘(晉卦)까지를 대상으로(단 임괘臨卦 제외) 『주역본의』와 정이의 『역전』(易傳)을 비교하여 양자의 해석을 취사선택했으며, 간혹 자신의 새로운 견해를 제시하기도 했다.[163] 이처럼 「주역변의」에서 그는 주자의 『주역』 해석을 부분적으로 비판하면서도, 곤괘(坤卦)·둔괘(屯卦)·몽괘(蒙卦)·이괘(離卦) 등에 대한 논의에서 보듯이 『주역』을 점서로 보는 주자의 주역관을 기본적으로 수용하고 있다.[164]

「계몽기의」는 주자가 주역학의 입문서로 저술한 『역학계몽』을 비판적으로 검토한 글이다.[165] 단 모두 4편으로 구성된 『역학계몽』

중 하도낙서(河圖洛書)가 『주역』의 근본이라고 주장한 제1편 「본도서」(本圖書)를 논하는 데 그쳤다. 여기에서 홍대용은 『주역』의 팔괘와 홍범구주(洪範九疇)뿐만 아니라 역법(曆法)이나 구주(九州: 상고시대 중국 영토)의 구획조차 하도낙서에서 기원했다는 주장에 대하여 문헌상의 근거가 박약하고 추론의 비약이 심하다고 비판했다.[166] 또한 그는 주자가 『주역』 「계사전」에서 말한 '천수'(天數)와 '지수'(地數)가 하도(河圖)와 합치한다고 주장하면서 오행(五行)의 상생상극설을 끌어들여 설명한 데 대해서도 강하게 비판했다. 이러한 오행설은 논리적으로 모순이 많을뿐더러, 한나라 때 술수가들이 조작한 『주역』의 위서(緯書)들에서 유래한 것인데도 주자가 「태극도해」(太極圖解)에서 이를 받아들이고 『주역』에까지 적용했다는 것이다.[167]

이와 같이 『역학계몽』에 대해 근본적인 비판을 가한 점에서 홍대용의 「계몽기의」는 주목할 만한 글임이 분명하다. 특히 여기에서 『주역』과 오행설의 관련성을 부정한 것은 「의산문답」에서 '실옹'(實翁)이 오행설을 비판한 것과도 상통한다.[168] 그러나 다른 한편으로 홍대용은 『역학계몽』에서 주자가 제기한 '상득유합설'(相得有合說)과 '삼동이이설'(三同二異說), '석합보공설'(析合補空說) 등을 진지하게 논했다. 이러한 설들에 관해서는 주자 이후 중국과 조선에서 많은 학자들이 논의를 벌였는데, 이황이나 한원진 등과 마찬가지로 홍대용도 『역학계몽통석』(易學啓蒙通釋)에서 주자의 설을 수정 보완하고자 한 호방평(胡方平)의 주석을 중점적으로 검토했다.[169] 이런 측면에서 보자면 홍대용의 「계몽기의」는 그의 「주역변의」와 마찬가지로 주자의 주역학에 대한 이해를 심화하고자 한 글이라 할 수 있다.[170]

5장   고증학풍에 대한 반향

귀국 후 홍대용의 대응

귀국 도중 삼하현에서 손유의·조욱종과 처음 만났을 때 홍대용이 과거 시험에서 경서의 해석은 어떤 학설을 위주로 하느냐고 물었더니, 손유의는 모든 경서에 대해 주자의 주석을 따른다고 답했다. 그러자 홍대용은 "『시경』의 해석은 다분히 「소서」를 위주로 하며, 주자가 예전 학설을 폐기한 것은 잘못이라 한다고 들었는데, 이곳은 어째서 그렇지 않은가"라고 물었다. 전에 그는 엄성으로부터 과거 시험에서 경서의 해석은 모두 주자의 주석을 준수하나 『시경』만은 주자의 주석을 비판하는 문제가 출제되기도 한다는 말을 들었을뿐더러 항주 세 선비가 모두 주자의 시경학에 대해 비판적임을 알게 되었기에, 절강성의 향시와 달리 삼하현이 속한 직예성(直隸省)의 향시에서는 그렇지 않은 까닭이 궁금했던 듯하다. 손유의는 "지금은 모든 경서에서 주자의 주석을 존중하고 있다"고 답했다.[1](→804면)

그 뒤 심양에 머물 때에도 홍대용은 숙소에 딸린 글방에서 아이들을 가르치는 주생(周生)이란 학구(學究: 글방 선생)를 만나자 그에게 "『시경』의 해석은 『시집전』을 위주로 하는가, 「소서」를 위주로 하는가"라고 물었다. 기하한군(旗下漢軍)인 주생은 무식하여 답변을 하지 못했다.[2] 이와 같이 손유의나 주생과 나눈 필담을 보면, 홍대용이 항주 세 선비와 토론한 이후로 『시경』 해석 문제에 대해 깊은 관심을 갖게 되었던 사실을 엿볼 수 있다.

귀국한 그해 10월 육비 앞으로 부친 서신에서 홍대용은 "「소서」에 관한 일은 조선으로 돌아온 뒤에 우환과 질병에 얽매여 생각이 날 겨를도 없었습니다. 내년에 서신을 부칠 때 만약 새로 알게 된 소득이 있다면, 어찌 급히 고명하신 가르침을 구하지 않겠습니까?"라고 말했다.[3] 앞서 언급했듯이 북경에서의 마지막 만남 때 『시경』에 관한 토론을 마친 뒤 홍대용은 이를 계기로 귀국한 뒤에 「소서」를 더욱 연구하겠으며 그 결과 『시경』 해석에서 새로운 깨달음이 있으면 서신을 보내어 고견을 구하겠노라고 약속했었다. 하지만 귀국한 지 수개월이 지났음에도 이를 게을리 할 수밖에 없었던 사정을 밝히고 육비에게 양해를 구한 것이다.

그런데 이처럼 「소서」에 관해서는 간단한 변명만 하고 넘어간 것과 달리, 홍대용은 바로 그 서신에 양명학과 노장(老莊) 사상을 비판하는 장문의 별지(別紙)를 동봉하여 보냈다. 또 같은 시기에 엄성에게 부친 서신에도 그의 불교 숭상을 나무라는 장문의 별지와 함께, 유교·도교·불교의 옳고 그름과 송대의 뛰어난 유학자들이 도교나 불교에 대해 관대했던 까닭을 묻는 질문지를 동봉했다.[4] 이와 같이 귀국 이후 홍대용은 『시경』 문제보다는 주자학파가 이단으로 배척해 온 양명학·노장 사상·불교 등과의 사상적 소통 문제에 더 큰 관심과 열의를 보였다.

1768년 반정균은 홍대용이 전년에 보낸 서신에 대한 답신과 함께, 건륭 20년(1755)에 편찬된 『어찬시의절중』(御纂詩義折中, 20권) 한 질을 보내왔다. 답신의 말미에서 그는 아무쪼록 홍대용이 이 책을 정독하고 『시경』에 대한 선입견을 바로잡기를 희망했다.

> 예전에 북경에서 『시경』을 논할 적에 각자 어느 한쪽의 견해를 주장하여 모두 순정하지 못한 점이 있었습니다. 나중에 우리 황제의 『어찬시의절중』을 삼가 읽었는데, '성인'(聖人: 황제)으로서 '성경'(聖經: 『시경』)을 주해하시어 정밀하고도 박학하시니, 진실로 자공(子貢)과 자하(子夏)도 따라갈 수 없고 모공(毛公)과 정현(鄭玄)도 미처 알지 못했던 것이었습니다. 삼가 한 부를 부치니, 족하께서 마음을 쏟아 음미하신다면 선입견을 바로잡을 수 있을 것이요, 『시경』의 핵심을 가려낼 수 있을 것입니다. 훌륭한 정치는 반드시 왕도(王道)를 존숭하며 훌륭한 언론은 반드시 성인의 가르침을 계승하는 법이니, 조선의 유학자들을 위하여 면려하소서.[5]

여기에서 반정균이 『시서』를 저술했다고 전해지는 자하와 함께 자공을 거론한 것은 『자공시전』(子貢詩傳)이란 책이 명대 중엽 이후 나타나 성행했기 때문이다. 그리하여 『자공시전』과 『자하시서』를 한데 묶은 책들이 간행되기도 했다. 모기령은 『시전시설박의』(詩傳詩說駁義)에서 『자공시전』이 후세의 위작임을 밝혔으며, 주이준은 『경

御纂詩義折中序

詩之教大矣古今言詩者
衆矣自小序而下箋疏傳
注各名其家各是其說辯
難紛紜幾如聚訟曩嘗肆
業於此流連諷咏豁然心

御纂詩義折中卷一

國風一

朱子曰國者諸侯所封之域風者民俗歌謠之
詩也謂之風者以其被上之化以有言而其言
又足以感人如物因風之動以有聲而其聲又
足以動物也

周南一之一

周國名在雍州岐山之陽太王始居之傳至文
王徙都於豐武王克商徙都於鎬成王嗣立周

商頌　那　烈祖
長發　殷武　玄鳥

『어찬시의절중』 반정균 기증본

의고』에서 이러한 모기령의 학문적 공로를 칭송했다.[6]

　『어찬시의절중』은 강희 말년에 착수되어 옹정 초에 간행된『흠정시경전설휘찬』(欽定詩經傳說彙纂)의 뒤를 이어 간행된 관찬 경학서이다.『흠정시경전설휘찬』이 주자의『시집전』을 위주로 하되 부록으로 주자와 견해가 다른 제가(諸家)의 학설을 집대성하고 논평한 학술서에 가깝다면,『어찬시의절중』은 책 제목 그대로 주자의『시집전』과 그에 맞서「소서」를 중시한 고증학파의 학설을 절충하여 만든 간편한 해설서라고 할 수 있다.『어찬시의절중』의 가장 큰 특색은 정풍의 여러 시들을 음시로 간주한 주자의 음시설을 거부하고「소서」의 해설을 따른 점이다.[7] 특히 정풍 중「유녀동거」,「건상」,「야유만초」등에 대해『좌전』에 기록된 춘추시대 부시(賦詩)의 사례를 들어 음시가 아니라고 논증한 점은 모기령 등의 학설을 수용한 것이다. 또한 정풍에 대한 총평에서 "공자가 '정나라의 소리가 음란하다'고 한 것은 음악의 성조를 말한 것이지 시를 말한 것은 아마 아닐 것이다"라고 한 점도 모기령 등의 주장을 수용한 것이다.[8]

　이렇게 볼 때『어찬시의절중』의 의의는 마침내 건륭 시대에 이르러 고증학파의 시경론이 관학에 받아들여지고 정식으로 공인되었다는 점에서 찾을 수 있다. 반정균이 이 책을 구해 보낸 이유는 주자의 시경학을 신봉하는 홍대용이 좀 더 균형 잡힌 견해를 갖도록 하고 싶어서였을 것이다. 홍대용은『어찬시의절중』을 받고 다음과 같이 감사하는 답신을 보냈다.

　　『시의절중』을 증정하는 은혜를 베푸시니 그 성의에 지극히 감동하였습니다. 하오나 상주의 몸인지라 시를 읊거나 노

래할 때가 아니어서, 아직 시 한 편 한 편을 연구하지는 못
했습니다. 또한 감히 함부로 찬송의 말을 늘어놓을 수도 없
어, 공손히 책을 감상하면서 존경하고 찬탄할 따름입니다.
더욱이 『시경』을 논하는 데 어찌 정해진 법도가 있겠습니
까? 말이 이치에 닿기만 하면 자유자재로 말해도 안 될 게
없습니다. 맹자가 『시경』의 시를 인용할 때처럼 작자의 본
뜻은 태반 무시하고 오로지 그중 일부 구절의 의미만 취하
는 것은 『시경』을 가장 융통성 있게 활용하는 법이지요. 삼
가 책을 장정하여 보물처럼 소장해 두었다가, 뒷날을 기다
려 밝은 창 아래에서 낭송하고 음미하여 감흥을 돕게 함으
로써 그대의 후의를 저버리지 않으렵니다.[9]

이와 같이 홍대용은 부친상을 당해 삼년상을 치르고 있는 중이
라 『어찬시의절중』을 아직 제대로 읽지 못했노라고 고백했다. 그러
면서도 이 책을 정독하고 『시경』에 관한 선입견을 바로잡기 바란다
는 반정균의 권유에 대해서는 토를 달았다. 즉, 『시경』을 해석하는
데 유일하게 올바른 방법은 있을 수 없다고 하면서, 맹자처럼 『시
경』의 시를 단장취의(斷章取義)하는 것도 훌륭한 방법이 될 수 있다
고 주장한 것이다.[10] 이는 여전히 홍대용이 고증학의 『시경』 연구
성과를 적극적으로 수용할 태세가 되어 있지 않음을 시사한다.

실은 전에 반정균은 홍대용에게 『한예자원』(漢隸字源)도 증정한
적이 있다. 홍대용이 북경에 머물고 있을 때 반정균은 중국에서 쉽
게 구하지 못하는 책이라고 하면서 자신이 소장하고 있던 『한예자
원』(6책)을 선물로 주었다.[11] 엄성도 이곳에 예서(隸書)를 논한 책들

漢隷字源序

漢隷字源六帙

樵李婁君彦發所輯也其書

甚清其抒意甚勇其考曠甚

精其立說甚當其沾丙後學

『한예자원』 반정균 기증본

이 여러 종 있으나 이 책은 절판되어 구하기 쉽지 않다고 알려 주었다. 홍대용은 『한예자원』을 아직 보지 못했다고 하면서, 서예에 서투른 자신에게 이 책은 '중의 머리빗'(僧梳)이나 다름없다고 농담하고 귀국한 뒤 예서를 좋아하는 부친 홍역에게 바치겠노라고 말했다.[12]

남송의 학자 누기(婁機)가 편찬한 『한예자원』은 한나라 및 위진(魏晉) 시대의 비문 300여 종을 수집하여 여기에 새겨진 예서체 한자를 음운에 따라 분류하고 자형을 판별한 사전이다. 『사고전서총목』의 평가대로, 비단 서예가에게 필요할 뿐 아니라 고대의 한자음과 자형을 연구하는 데에도 적지 않은 도움이 되므로 "고증의 자료가 되기에 충분하다." 따라서 청대에 『한예자원』은 고증학의 한 분야인 금석학의 선구가 되는 저작으로 높이 평가되었다.[13] 하지만 홍대용은 『어찬시의절중』과 마찬가지로 이 책에 대해서도 학술적 가치를 제대로 인지하지 못했던 것이 아닌가 한다.[14]

『담헌서』에는 「시전변의」(詩傳辨疑)라는 글이 수록되어 있다. 이 글의 전반부에서 홍대용은 주남(周南)의 「권이」(卷耳)부터 소아(小雅)의 「소완」(小宛)까지 모두 34편의 시를 논하면서, 김창흡의 『삼연일록』(三淵日錄) 중 『시경』에 대한 논의를 주자의 『시집전』과 비교하여 검토했다.[15] 『삼연일록』에서 김창흡은 「소서」를 부정하고 주자의 시경학을 긍정하면서도, 풍(風)·아(雅)·송(頌)에 대한 논의라든가 개별 작품의 세부적인 해석에서는 다른 견해를 제기했다. 그는 기본적으로 주자의 음시설을 지지했지만, 주자와 달리 정풍 중 「풍우」, 「자금」, 「양지수」(揚之水) 등은 음시로 단정하기 어렵다고 보았다.[16] 홍대용은 「시전변의」에서 「권이」 이하 34편의 시에 대한 김창흡의 견해를 일부는 수용했으나, 상당수는 주자의 설에 따라 반대 의견

을 피력했다.[17]

「시전변의」의 후반부는 『삼연일록』과 무관하게, 『시집전』에 대해 홍대용 자신의 독자적인 견해를 피력한 것이다. 소남(召南)의 「강유사」(江有汜)부터 대아(大雅)의 「문왕」(文王)까지 모두 24편의 시에 대한 주자(및 그의 문인 보광)의 해석을 주로 「소서」와 비교하면서 비판적으로 검토했다. 주자가 「소서」의 해석을 답습한 경우를 비판하기도 하고,[18] 『시집전』과 「소서」의 해석이 다를 경우 「소서」를 따르기도 했으며,[19] 양자와 다른 독창적인 해석을 제기하기도 했다.[20] 「시전변의」의 후반부에서도 청조 고증학의 영향은 물론, 주자의 음시설을 옹호하거나 비판하는 논의를 찾아보기 어렵다.

홍대용이 「시전변의」를 언제 지었는지는 알 수 없지만, 북경 여행 이전에 그가 김창흡의 『삼연일록』을 읽었던 사실만큼은 분명하다. 앞서 살펴본 바와 같이 북경에서 항주 세 선비와 『시경』에 관해 토론할 때 홍대용은 정풍의 「유녀동거」 등이 정나라 태자 홀을 풍자한 시라는 「소서」의 설을 비판하고, "정 태자 홀이야말로 가장 가련하다"고 한 주자의 말을 인용하면서 제나라의 청혼을 거듭 사양한 정 태자 홀을 두둔했다. 그런데 『삼연일록』에서 김창흡도 정 태자 홀의 그러한 처신이 정당하다고 주장하고, 「유녀동거」 등의 음시를 정 태자 홀에 대한 풍자시로 단정한 「소서」를 비판하면서 주자의 바로 그 말을 인용했다.[21]

또 홍대용은 『시집전』 중 '흥'(興)의 수법을 구사한 시들에 대한 주석은 시 본문에 '즉'(則) 자나 '의'(矣) 자 등 허자를 첨가하는 데 그친 경우가 많으나, 이것이야말로 주자의 주석이 뛰어난 점이라고 주장했다. 그런데 『삼연일록』에서 김창흡도 똑같은 견해를 피력했다. 그 역시『시경』중 흥의 수법을 구사한 시들에 대해 주자가 '즉' 자와 '의' 자만을 써서 절묘하게 해석했다고 칭송했다.[22] 또 홍대용 은『주역』을 점서로 본 것과『시경』해석에서「소서」를 제거한 것 이 주자의 가장 뛰어난 학문적 업적이라고 주장했는데,『삼연일록』 에서 김창흡도 "『시서』의 설을 파기하고『주역』은 점술을 위주로 한 것은 주자가 가장 자부했던 학설로, 그 점에서 정자(程子)보다 훨씬 낫다"고 주장했다.[23]

귀국한 직후인 1766년 10월 엄성 앞으로 부친 서신의 별지에서 홍대용은 고금의 인품에 성인(聖人)·대현(大賢)·군자·선인(善人)·속 인·소인의 여섯 등급이 있다는 설과, 학문을 하려면 이심(利心: 이기 심)·명심(名心: 명예욕)·승심(勝心: 승부욕)·영리(伶利: 영리함)·염아(恬雅: 안일함)의 다섯 가지 폐단이 없어야 한다는 설을 소개했다. 그러면서 "우리 조선의 선배 학자의 설"이라고만 밝혔으나, 이는『삼연일록』 에서 김창흡이 피력한 견해를 고스란히 인용한 것이다.[24] 또 1768년 엄성의 부음을 접한 뒤 그의 형 엄과에게 부친 서신에서 홍대용은 원래 엄성에게 부치려던 책이라고 하면서 김창협의『농암잡지』(農巖 雜識)와 함께 김창흡의『삼연잡록』(三淵雜錄)을 증정한다고 밝혔다.[25] 『삼연잡록』은 주자의『대학혹문』(大學或問)과 명나라 주자학자 설선 (薛瑄)의『독서록』(讀書錄)을 발췌한『독서록요어』(讀書錄要語) 등을 읽 고『대학』의 '성의'(誠意) 장에서 말한 '자기'(自欺: 스스로를 속임)의 의 미를 논하고, 아울러 주돈이의「태극도설」에 대한 소견을 적은 글이 다.[26]

이와 같이 홍대용은 김창흡의『삼연일록』을 북경 여행 이전에 정 독했을 뿐만 아니라, 귀국한 뒤 엄성에게 보낸 서신에 이 책의 일부 내용을 소개하는가 하면『삼연잡록』을 기증하려고 했을 정도로 김창흡의 학설에 경도되어 있었다. 그러므로「시전변의」는 물론, 귀국 이후의 왕복 서신을 보아도 그에게서는 음시설을 비롯한 주자의 시경학을 근본적으로 재검토해 보려는 문제의식을 찾아보기 어렵다.

북경 여행 이후 근 10년이 되는 1775년 홍대용은 익위사 시직으로서 동궁(세손 시절의 정조)과『시경』「관저」의 작자 문제를 토론하게 되었다. 이를 기록한『계방일기』(桂坊日記)에 의하면 당시 동궁이 주자를 따라 궁인 창작설을 주장한 김창흡과 이와 달리 문왕 창작설을 주장한 임영(林泳, 호 창계滄溪) 중 누구의 설이 맞는지 따져 보자고 제안하자, 홍대용은『시집전』의 주석을 근거로 궁인 창작설을 지지했다. 즉, 주자는「관저」의 제3장에 대한 주석에서 작자가 "기쁘고 즐거워하며 높이 받드는 뜻을 스스로 그만둘 수 없어 또 이와 같이 말한 것이다"(喜樂尊奉之意 自不能已 又如此云)라고 했는데, 그 중 '희락존봉'(喜樂尊奉)이란 네 글자는 아내(후비)가 남편(문왕)에게 쓸 수 있는 말이 아니므로 주자는 궁인 창작설을 주장했음이 분명하다고 아뢰었다.[27] 이는 김창흡의 설을 따른 것이다.『삼연일록』에서 김창흡은『시집전』중「관저」의 주석에서 말한 "존봉"(尊奉)이란 두 글자는 후비가 문왕에 대해 쓸 수 있는 말이 아닌데도, 송시열과 임영은 오해하여 문왕 창작설을 주장했다고 비판했다.[28] 이처럼 동궁에게 아뢴 홍대용의 견해가 김창흡의 설과 일치하는 사실은 그가 북경 여행 이후에도 줄곧 김창흡의 영향을 받으면서 주자의 시경학을 충실히 따랐던 증거가 될 것이다.

저술 시기를 알 수 없으나,『담헌서』에 수록된「대동풍요서」(大東風謠序) 역시 홍대용의 주자학적 시경관을 단적으로 보여 주는 자료라 할 수 있다. 이 글에서 그는 조선의 전래 민요를 수집·편찬하는 일에 대해 의의를 부여하면서, 『시집전』의 서문에서 주자가 피력한바 『시경』의 국풍은 여항의 남녀가 부른 연애 가요라는 주상을 이론적 근거로 삼았다.[29] 또 글의 말미에서 홍대용은 『대동풍요』에 남녀상열지사가 포함된 것을 주자의 음시설에 의거해서 정당화했다. 즉, 이 책에 "남녀가 희롱하는 외설스런 가사가 포함된 것도 공자께서 정풍과 위풍의 음시를 『시경』에서 제거하지 않으신 뜻을 따른 것이다. 회옹(晦翁: 주자)이 『시집전』의 서문에서 윗사람은 이런 시들을 읽음으로써 '스스로 반성하고 또 아랫사람들에게 권선징악 할 수 있다'고 했으니, 윗사람은 더구나 이런 가요를 몰라서는 안 될 것이다"라고 주장했다.[30]

이상에서 살펴보았듯이 『한예자원』과 『어찬시의절중』에 대한 미온적인 반응, 그리고 「시전변의」와 「대동풍요서」 및 『계방일기』 중의 관련 기사에서 거듭 확인되는 주자와 김창흡의 강한 영향 등을 고려하면, 적어도 『시경』에 관한 한 홍대용에게 고증학풍의 영향은 희박했다고 볼 수밖에 없을 듯하다. 예컨대 항주 세 선비와 주자의 음시설을 두고 벌인 치열한 논쟁이라든가 음시설을 공식적으로 부정한 『어찬시의절중』이 그의 시경관에 미친 영향을 발견하기 힘든 것이다. 또 『삼연일록』에서 김창흡은 정풍의 「풍우」와 「자금」을 음시로 보기 어렵다고 했는데 이는 엄성이 의거한 모기령 등의 시경론에서 주장한 바와 상통하는 점이라고 볼 수 있다. 그 점에 착안하여 음시설의 극복을 모색하든가 아니면 음시설을 더욱 정교하게 다듬든가 할 수도 있었을 터이나 홍대용은 그런 길을 가지 않았다.

이덕무의 적극적 관심

홍대용이 북경 여행을 통해 접했던 고증학풍에 대한 반향은 『간정
필담』을 탐독한 이덕무와 박지원의 글에서 분명히 감지된다. 젊은
시절부터 박학을 추구한 이덕무는 『시경』에 관해서도 상당한 학문
적 관심을 기울였다. 1765~1767년의 견문을 주로 기록한 『이목구
심서』에서 그는 『자공시전』과 『신배시설』(申培詩說)을 비교·검토했
을 뿐 아니라, 정초의 「국풍변」(國風辨)을 인용하는가 하면 『한시외
전』(韓詩外傳)을 논평하기도 했다.[31] 한나라 때 신배(申培)가 지었다
는 『신배시설』은 『자공시전』과 함께 모기령·주이준 등에 의해 명대
의 위작으로 판명된 책이고, 『한시외전』은 한나라 초에 한영(韓嬰)이
저술한 전기(傳記)로서 『시경』을 해설한 것은 아니나 관련 자료로
활용되어 왔다. 이덕무는 모기령의 『시전시설박의』나 주이준의 『경
의고』를 아직 접하지 못했기에 『자공시전』과 『신배시설』이 모두 위
작임을 모르고 그처럼 진지하게 검토했을 것이다.

이덕무는 1771년경 『간정필담』의 최초 텍스트인 『간정동회우
록』을 저본으로 『천애지기서』와 『철교화』(鐵橋話)를 편찬했다. 『천
애지기서』는 『간정동회우록』에서 홍대용이 항주 세 선비와 주고받
은 서신과 시문(詩文) 및 필담을 발췌하고 논평을 가한 것이다.[32] 최
근 학계에 공개된 『철교화』는 이덕무의 친필 필사본으로, 홍대용이
『간정동회우록』에서 초록한 엄성의 필담 및 시 몇 수에 대해 이덕무
가 교감과 일부 윤색을 가한 것이다. 그중 시를 초록한 부분은 현재
전하지 않는다.[33]

『천애지기서』에서 이덕무는 『시경』과 관련하여 『간정동회우록』

이덕무의 『철교화』

중 세 군데를 주목했다. 첫째는 1766년 2월 8일의 만남에서 『시경』 논쟁의 포문을 연 엄성의 발언이다. 당시 엄성은 다음과 같이 주자의 시경학을 전반적으로 비판했다.

주자가 「소서」에 반대하기를 좋아했으나, 지금 「소서」를 보면 대단히 준수할 만하다. 그러므로 학자들이 주자에 대해 의혹이 없을 수 없다. 본조(本朝: 청조)의 주죽타(朱竹垞: 주이준) 같은 이는 『경의고』 300권을 저술했는데, 그 역시도 주자가 옳지 못하다고 물리쳤다. 종래의 논의에서도 이르기를, 주자가 「소서」의 해설을 고치기를 좋아했으나 이는 아마도 그의 문인의 손에서 나왔을 것이라고 한다. 「모과」는 제(齊)나라의 환공(桓公)을 찬미한 시이고, 「자금」은 학교가 폐지된 것을 풍자한 시이며, 기타 「야유만초」와 정나라 태자 홀을 풍자하고 주나라 유왕을 풍자한 시들도 모두 경(經)과 전(傳: 주석)을 살펴보면 확실한 증거가 있음에도 불구하고, 주자는 반드시 모두 「소서」에 반대했다.[34]

그에 이어진 논평에서 이덕무는 엄성의 주장에 관해서는 아무 언급도 하지 않고 『경의고』의 저자 주이준에 대해서만 소개했다. 그는 장서가 많고 해박하기로 청조의 제일이며, 금석문을 널리 수집하여 증거를 정확하고 폭넓게 제시했다고 높이 평가했다.[35] 청조 고증학 창시자의 한 사람으로 간주되는 주이준을 국내의 독자들에게 대단히 긍정적으로 소개한 것이다. 주자의 시경학을 비판한 엄성의 발언에 대해 아무런 논평도 가하지 않은 것은 그만큼 그것이 이덕무에게 참신하고 충격적인 주장으로 받아들여졌기 때문일 것이다.

둘째는 엄성에게 보낸 2월 10일자 편지에서 홍대용이 제기한 반론이다. 여기에서 홍대용은 주자의 사서집주에 비해『시집전』이 완벽하지는 않음을 인정했다.『시경』의 '육의'(六義: 풍·부·비·흥·아· 송)의 개념이 분명히 정의되지 않은 점, 자구의 의미를 중복해서 풀이하고 있는 점, 시의 주제를 해석할 때 견강부회가 있는 점 등은 자신이 보기에도 상당히 의심스럽다고 했다. 그러나 "다만「소서」에 얽매인 견해를 타파하고, 원문에 의거하고 이치를 따르며 생동감 있게 풀이해 나가므로, 그의 해석에 따라 시를 낭송해 보면 '무미지미'(無味之味)와 '무성지성'(無聲之聲)이 진실로 마음을 뒤흔들어 버린다"고 하여,『시집전』을 칭송했다.[36]

그에 대한 논평에서 이덕무는『송사』(宋史)「유림전」(儒林傳)에서 왕백(王柏)의 말을 인용하여 홍대용의 반론을 보강하고자 했다. 즉, 왕백은 "(오늘날의)『시경』 305편이 어찌 모두 공자의 손에 의해 확정된 것이겠는가. 공자가 삭제한 음시 중에 어쩌면 여항의 경박한 자들에 의해 구전된 것이 있었을 터인데 한나라 때 유학자들이 이를 채택하여 옛『시경』에서 삭제된 시들을 보충했을 것이다"라고 말했다고 한다. 이덕무는 이러한 왕백의 주장이 사실이라면,「소서」에도 한나라 때 유학자들이 견강부회한 설에 따라서 지어낸 말이 많을 것이라고 하여, 주자를 따라「소서」를 불신한 홍대용을 지지했다.[37]

남송의 주자학파 학자인 왕백(1197~1274)은『시의』(詩疑)에서 오늘날의『시경』은 공자가 산정(刪定)한 옛『시경』과는 다르다고 주장했다. 당시 공자는『시경』에서 음시들을 제거했으나, 진시황의 분서

갱유로 인해 망실된 『시경』의 텍스트를 복원하는 과정에서 한나라 때 유학자들이 항간의 경박한 구전 가요를 끌어와 대신 메꾸어 넣었을 가능성이 있다고 억측하면서, 오늘날의 『시경』에서 그러한 음시에 해당하는 30여 편을 다시 배제해야 한다고 주장했다.[38]

그러나 주이준은 『경의고』에서 주자가 「소서」 폐기론와 음시설을 주장한 이래 왕백이 이를 계승하여 『시경』에서 음시를 모조리 제거하자고 한 것은 공자도 감히 삭제하지 못한 시들을 삭제하려는 과격한 짓이라고 개탄했다. 모기령도 왕백의 주장을 근거 없는 억측으로 비판했다. 『예기』나 『좌전』의 관련 기록에서 알 수 있듯이 『시경』은 공자가 산정하기 이전부터 정본이 확정되어 있어서, 한나라 때 항간의 경박한 구전 가요들을 끼워 넣는 것은 불가능했다는 것이다.[39]

『사고전서총목』에서도 왕백의 『시의』가 『모시』에 대한 모공과 정현의 주석을 공박하고, 현전하는 『시경』의 텍스트를 불신하며 그 중의 음시를 제거하려고 한 점을 비판했다. 특히 한나라 때 유학자들이 공자가 삭제한 음시 대신 민간의 연애 가요를 뒤섞어 넣었다는 주장은 어불성설로서, 『시경』에 대한 공격이 여론상 허용되지 않음을 알고 한나라 때 유학자들에게 핑계를 댄 것이라고 공박했다. 한나라 때 출현한 삼가시(三家詩)와 『모시』 이전에 이미 공자의 문하에서 『시경』 텍스트가 확정된 것이 분명한데도 "왕백은 어떤 인간이기에 감히 붓을 휘둘러 공자를 오라 가라 하느냐"라고 맹비난하면서, 왕백이 주자의 학통을 계승했다는 이유로 아무도 감히 이의를 제기하지 못해 온 것은 당파적인 편견이지 천하의 공정한 논의는 아니라고 하여, 『시의』에 대한 학계의 적극적인 비판을 촉구했다.[40]

당시 이덕무는 이처럼 왕백의 설이 주이준·모기령 등을 위시한 고증학파의 지탄을 면치 못한 사실을 미처 알지 못했기에 그와 같은 논평을 했을 것이다.

셋째는 엄성에게 보낸 같은 날짜의 편지에서 홍대용이 「관저」를 예로 들어 「소서」를 공박한 대목이다. 이덕무는 홍대용의 주장을 일부 축약해서 인용했다. 여기에서 홍대용은 『시경』 시의 창작 연대가 멀고 다른 증거가 없으니 작자 문제는 신중한 추측에 그쳐야 하는데도, 주자가 「관저」의 궁인 창작설을 단정적으로 주장한 것은 문제가 없지 않다고 보았다. 다만 주자의 해석을 따르면 뜻이 잘 통하고 해석에 막힘이 없으며 아녀자의 말씨가 자연스럽게 살아난다. 따라서 작자 문제를 잠시 떠나, 허심탄회하게 낭송하며 시의 멋을 음미해 보면 「관저」의 아름다움을 충분히 느낄 수 있다고 주장했다. 반면 「소서」의 해설은 자신도 대충 읽어 보았으나 『논어』에서 공자의 말씀을 취해 얽어 만든 것이라 전혀 문리가 성립되지 않는다고 폄하하면서, 이는 주자가 『시서변설』에서 이미 상세히 논했다고 밝혔다. 그리고 이처럼 「소서」가 공자의 말씀을 답습하고 표절하여 억지 주장을 내세웠으니 '자신을 속이고 남들도 속임'(自欺欺人)이 너무나 심하다고 혹평했다.[41]

그에 대한 논평에서 이덕무는 이와 같이 홍대용이 주자의 『시서변설』에 의거하여 「관저」에 대한 「소서」의 해설을 무가치한 것으로 폄하한 데 대해서는 찬동하지 않았다.

「소서」는 고대와 멀지 않으니, 어찌 한두 가지 취할 만하고 믿을 만한 것이 없겠는가? 담헌은 「소서」를 너무 심하게 공격하였다. 소자유(蘇子由: 소철蘇轍)가 비로소 「소서」의 해설이 근거가 있다고 여겼으며, 『시경』을 논하는 이들 다수는 그를 받들고 주자를 배격했다. 「소서」를 공격한 이는 정협제(鄭夾漈: 정초)이다. 주자는 아마 이 사람의 설에 근본을 둔 것 같다. 대체로 「소서」는 『시경』을 해설하면서 모든 시마다 주인공을 두어 '이것은 아무개의 시이다'라고 말했으나, 반드시 모두 그렇지는 않을 것이다. 그중의 올바른 것만 가려서 취함이 옳다.[42]

　　여기에서 이덕무는 「소서」가 고대와 멀지 않은 한나라 때의 글이라 문헌적 가치를 무시할 수 없다고 보았다. 이는 앞서 살펴본 대로 엄성과 육비가 「소서」 불가폐론을 주장한 근거이기도 하다. 마단림과 모기령뿐 아니라, 전대흔 등 청대의 고증학자들도 '고대와 멀지 않고' '근거가 있다'는 이유로 「소서」를 존중해야 한다고 주장했다. 또 이덕무는 송나라 때 다수의 『시경』 학자들은 「소서」를 중시한 소철을 받들고 주자를 배격했다고 보았다. 그의 말대로 소철은 그의 『시집전』(詩集傳)에서 「소서」 중 "이 시는 이 일을 말한 것이다"라고 해설한 수구(首句)는 모공의 학설이고 그 나머지의 번다한 해설은 위굉(衛宏)이 집록한 것으로 보아, 「소서」의 수구만은 채택했다. 그 후로 왕득신(王得臣)·정대창(程大昌)·이저(李樗) 등도 모두 이러한 소철의 학설을 추종했다고 한다.[43]
　　이와 아울러 이덕무는 「소서」를 공격한 정초의 학설에 영향을 받아 주자가 「소서」를 배격하게 되었을 것으로 추측했다. 이는 "주자가 「소서」를 폐기한 것은 정어중(鄭漁仲: 정초)의 학설에 다분히 의거한 것"이라고 한 반정균의 주장과 일치한다. 당시 홍대용은 '정어중'이 누군지 몰라 반정균에게 되물었으나, 이덕무는 『천애지기서』보다 수년 앞선 『이목구심서』 편찬 당시에 이미 정초에 관해 알고 있었다.

또 이덕무는 대체로 역사적 인물과 결부지어 시를 해설하는 「소서」를 모두 믿을 수는 없으며 그중 사실과 부합하는 해설만 취함이 옳다고 주장했다. 이는 주자보다 소철의 설을 지지하면서도 단서를 달은 셈이다. 그리고 「소서」를 다 믿을 필요는 없고 그중 미더운 것만 취하면 된다는 육비의 주장이나, "『시서』를 어찌 모두 믿을 수 있으리오"라고 하면서 『춘추』와 합치하는 경우에만 취할 것을 주장한 모기령의 설과도 상통하는 것이라 할 수 있다.

이덕무가 편찬한 『철교화』에도 『시경』과 관련하여 『간정동회우록』 중 세 군데가 초록되어 있다. 첫째는 『천애지기서』에 인용된 첫째 대목과 거의 똑같은 부분이다. 주자의 시경학을 전반적으로 비판한 엄성의 발언 직전에, 청나라에서는 『주역』을 읽을 때 어떤 주석을 위주로 하느냐는 홍대용의 질문과 그에 대한 엄성의 답변이 도입부로서 덧붙여져 있을 뿐이다.[44] 『천애지기서』와 『철교화』에 모두 발췌되었을 만큼, 고증학파의 시경론을 대변한 엄성의 발언이 홍대용과 이덕무에게 강한 인상을 남겼음을 짐작할 수 있다.

둘째는 2월 23일의 만남에서 엄성이 주자의 시경학에 대해 더 구체적으로 비판한 발언이다. 당시 엄성은 "주자의 『시경』 주석은 실로 뒤죽박죽인 경우가 많아서, 감히 덩달아 동의할 수 없다"고 주장한 뒤, 주남의 「갈담」과 빈풍의 「칠월」에 대한 주석을 예로 들어 비판을 가했다. 그리고 이처럼 결함이 많은 점으로 보아 『시집전』은 주자의 문인이 대신 지은 것이거나 주자 만년의 미완성 저작일 것으로 추측하고, 『시집전』을 반드시 주자의 저작으로 여겨 감히 비판도 못하게 하는 풍조는 지나치다고 했다. 또한 명나라 이후 대 유학자들은 모두 「소서」를 존숭했으며 주자의 「소서」 폐기를 받아들이지 않았다고 전하면서, 주자의 음시설은 『논어』에서 정나라와 위나라의 시가 아니라 음악이 음란하다고 말한 공자의 말씀을 오해한 것이라고 비판했다.[45] 이와 같은 엄성의 발언은 앞서 2월 8일에 제기했던 자신의 비판을 보완한 것이라 할 수 있다.

셋째는 2월 26일 마지막 만남의 자리에서 한 엄성의 질문이다. 위의 둘째 항목에 바로 이어서 수록되어 있다. 그날 홍대용의 반박문을 읽고 난 뒤에도 반정균이 여전히 「소서」 불가폐론과 『시집전』의 주자 문인 저작설을 고집하자, 엄성은 『시경』 위풍 「환란」에 대한 「소서」의 해설을 주자가 잘못이라고 비판한 까닭을 물었다. 이미 살펴보았듯이 엄성은 나이도 어린 반정균이 건방지게 논평을 했다고 그를 조롱하고자 그런 애매모호한 농담성 질문을 했던 것이다. 하지만 『철교화』에는 전후의 맥락이 생략된 채 엄성의 질문만 발췌되어 그의 진의를 알기 어렵게 되었다.[46]

이와 같이 『천애지기서』와 『철교화』를 살펴 보면 이덕무가 『간정필담』을 통해 주자의 시경학을 비판한 청조의 고증학풍을 간접적으로 접하고 상당한 영향을 받았음을 알 수 있다. 이덕무의 1770년대 중반 이후 저작인 『사소절』(士小節), 『예기억』(禮記臆), 『청비록』(淸脾錄), 『앙엽기』(盎葉記) 등에 고염무의 『일지록』이나 모기령의 『서하문집』(西河文集), 『속시전조명』(續詩傳鳥名), 주이준의 『경의고』 등이 거론되고 있는 사실은[47] 이덕무가 『간정필담』을 정독한 것을 계기로 비로소 청대 고증학에 본격적으로 관심을 갖게 되었음을 말해 주는 증거라고 할 수 있다.

참고로, 유만주(兪晚柱)도 그의 『흠영』(欽英) 중 1776년의 일기에서 『간정필담』을 읽었다고 하면서 주자의 시경학에 대한 엄성과 육비의 비판적 발언을 초록했다. 즉 "엄과 육은 주자의 『시집전』을 다분히 배척하기를……"이라고 하면서 『간정필담』에서 모두 네 군데나 발췌했다. 첫째는 명나라 이후 유학자들은 모두 「소서」를 존숭하고 주자의 「소서」 폐기를 받아들이지 않았으며, 주자의 음시설은 정나라·위나라의 시가 아니라 음악이 음란하다고 한 공자의 말씀을 오해한 것이라는 엄성의 1766년 2월 23일 발언이다. 이는 『철교화』에도 수록되었다.

둘째와 셋째는 같은 해 2월 26일 홍대용의 반박문을 읽고 쓴 육비의 답변서에서 발췌한 것이다. 즉, '군자'란 말은 미칭으로만 쓰이는데도 정나라의 시에 나오면 '음란하다'고 해석하는 것은 불합리하며 『좌전』의 기사에 의하면 「야유만초」 등은 결코 음시로 볼 수 없다는 비판과, 주자가 정나라의 시를 일률적으로 음시로 단정해 버린 것은 지나치게 안이한 주석이라는 비판을 수록했다.

넷째는 주자의 시경학을 전반적으로 비판함으로써 『시경』 논쟁의 도화선이 된 엄성의 2월 8일 발언이다. 이는 『천애지기서』와 『철교화』에 모두 수록되었다. 그에 이어서 유만주는 "그러므로 중조(中朝)의 과거 시험에서 시험관이 출제한 문제 중에 오직 『시경』에 대해서만은 주자의 주석을 은근히 비판하는 말이 많다고 한다"는 말을 덧붙였다. 이는 엄성이 문제의 발언을 하기에 앞서 홍대용의 질문에 답한 말을 간접 인용한 것이다.[48]

이덕무와 마찬가지로 유만주도 『간정필담』을 통해 주자의 시경학을 비판하는 당대 중국의 학문적 경향을 처음으로 알게 되어 비상한 관심을 보였음을 알 수 있다. 유만주는 엄성의 발언뿐 아니라 『천애지기서』에는 수록되지 않은 육비의 발언까지 고르게 발췌했으나, 그에 관해 아무런 논평을 남기지 않았다. 이는 엄성과 육비가 대변한 고증학파의 시경론이 유만주에게도 쉽사리 비판할 수 없는 새로운 학설로 인지되었음을 암시한다.

박지원의 개방적 자세

박지원이 1780년 연행을 다녀온 뒤 집필한 『열하일기』에도 『간정필담』에서 유래한 『시경』 관련 논의가 있다. 『열하일기』 「동란섭필」 (銅蘭涉筆)에서 그는 "중국인들은 『모시』 「소서」를 결코 폐기해서는 안 된다고 한다", "대체로 중국인들은 주자의 「소서」 제거를 배척하는데 이것이 당세의 거대한 여론이 되었다"고 하면서 구체적인 사례를 들었다. 즉, 주이준은 『경의고』에서 주자의 학설을 물리쳤으며, 「모과」, 「자금」, 「야유만초」 등과 주나라 유왕 및 정나라 태자 홀을 풍자한 시들은 모두 경전에 의거해 확실히 고증할 수 있는데도 주자는 모조리 「소서」와 반대로 해석했다고 비판했다.[49] 이는 바로 『간정필담』 1766년 2월 8일 기사 중 엄성의 발언을 축약한 것으로, 『천애지기서』와 『철교화』에도 발췌되었다. 비록 그 출처를 밝히지는 않았지만, 박지원 역시 주자의 시경학을 전반적으로 비판한 엄성의 이 발언을 특별히 주목했던 것이다.

이어서 그는 또 하나의 사례를 소개했다. 즉, 주자는 자기 뜻대로 판단하여 「소서」를 폐기해 버렸다고 비판하면서, 『시집전』의 주석은 실제로는 「소서」를 따른 경우가 많은데도 유독 정풍과 위풍의 시들에 대해서만은 '정나라의 소리는 음란하다'고 한 공자의 말씀에 의거해 모조리 '음시'로 간주해 버렸으나, 그 '소리'가 음란한 것이지 그 '시'가 음란한 것은 아니었다고 주장한다는 것이다. 이 역시 출처를 밝히지 않은 채 『간정필담』 2월 23일 기사 중 육비의 발언을 조금 고쳐 인용한 것이다. 그런 다음에 박지원은 "이것은 서하(西河) 모씨(毛氏)의 설이다. 대체로 「소서」를 지지하는 자들의 학설은 모두 이와 같다"고 단언했다.[50] 육비의 비판적 발언의 근원지로 모기령의 학설을 지목한 것이다. 이는 『간정필담』이나 『천애기지서』에서는 볼 수 없었던 진일보한 논평으로, 박지원이 그 책들을 읽은 이후의 어느 시기에 모기령의 저술을 접했음을 시사한다. 그는 『열하일기』 「곡정필담」(鵠汀筆談)에서 왕민호(王民皡)에게 "『서하집』(西河集)은 저도 한번 급히 본 적이 있는데 경서의 의미를 고증한 대목에는 그럴듯한 의견이 더러 없지 않습디다"라고 말했다.[51]

「동란섭필」에서 또 박지원은 『시집전』의 주자 문인 저작설을 거론하고 비판했다. 중국인들이 『시집전』에 대해 "주자의 친필이 아니요, 반드시 그의 문인의 손에서 나왔으리라고 주장하는 것"은 문인을 대담하게 공격함으로써 주자에 대한 공격을 편하게 하려는 계략이다"라고 규탄했다.[52] 이는 박지원 자신의 견해처럼 서술되어 있으나, 『간정필담』 중 홍대용이 2월 10일자 편지에서 엄성의 비판에 대해 반박한 내용을 축약하여 간접 인용한 것에 가깝다. 그 편지에서 홍대용도 『시집전』이 "주자의 친필이 아니요, 그의 문인의 손에서 나왔으리라고 보는" 주장을 반박하면서, 이런 주장을 하는 자들은 주자와 감히 대적할 수 없자 만만한 문인을 골라 공격한 것이니 주자를 숭상하는 체하며 억누르려는 술책이라고 규탄했다.

박지원은 이처럼 『간정필담』으로부터 엄성·육비의 비판과 홍대용의 반론을 발췌해서 소개한 뒤에, 『송사』「유림전」에서 왕백이 한 말을 인용하여 홍대용의 반론에 가세했다. 즉, 현전하는 『시경』은 한나라 때 유학자들이 공자가 삭제했던 음시들 대신 민간의 경박한 가요들을 보충해 넣은 불순한 텍스트라고 비판한 왕백의 발언을 소개한 다음, "이 설은 일리가 있는 듯하다. 그렇다면 현재 중국에서 지지하는 「소서」에도 어찌 한나라 때 유학자들이 견강부회한 내용이 없겠는가"라고 주장했다.[53] 그런데 『천애지기서』에서 이덕무도 『송사』「유림전」에서 왕백의 이 발언을 인용한 다음, 그의 주장이 사실이라면 「소서」에도 한나라 때 유학자들이 견강부회한 설에 따라서 지어낸 말이 많을 것이라고 하여, 박지원과 거의 똑같은 논평을 한 바 있다. 이로 미루어 보면, 박지원은 이덕무의 견해에 공감하여 『열하일기』에 『천애지기서』의 해당 부분을 전재하면서 대동소이한 논평을 덧붙였던 것이 아닌가 한다.

끝으로, 박지원은 "대체로 「소서」를 존숭하기는 소자유(소철)로부터 시작되었고, 「소서」를 공격하기는 정협제(정초)로부터 시작되었다"고 했다.[54] 이 역시 『천애지기서』에서 이덕무가 했던 논평의 일부를 축약한 것이다. 앞서 언급했듯이 이덕무는 「소서」에 대한 홍대용의 공격이 지나치다고 하면서, "소자유가 비로소 「소서」의 해설이 근거가 있다고 여겼으며 『시경』을 논하는 이들 다수는 그를 받들고 주자를 배격했다. 「소서」를 공격한 이는 정협제이다. 주자는 아마 이 사람의 설에 근본을 둔 것 같다"고 했다. 이어서 박지원은 "주자의 『시경』 주석을 공박하기는 마단림과 모기령, 주이준에 이르러 극도에 달했으며, 근세에 와서는 한 시대를 휩쓰는 논의가 되었다"는 말로 결론을 맺었다.[55] 『간정필담』에서 육비와 엄성이 『시집전』을 비판한 중국의 학자로 소개했던 마단림과 주이준 외에 모기령을 추가한 점은 박지원의 독자적인 판단에 의한 것으로 볼 수 있다.

이와 같이 「동란섭필」 중의 『시경』 관련 기사는 『열하일기』가 『간정필담』 및 『천애지기서』와 이른바 상호텍스트성(Intertextuality) 의 관계에 있음을 보여 준다. 박지원은 이 두 책으로부터 얻은 정보에 자신의 견해를 가미하여 새로운 학술 정보를 생성했다. 하지만 그는 여기에 그치지 않고 자신이 몸소 연행을 통해 얻은 풍부한 정보를 『열하일기』에 추가하였다.

『열하일기』 중의 「망양록」(忘羊錄)과 「곡정필담」은 박지원이 열하에서 사귄 강소성(江蘇省) 출신의 불우한 거인(擧人) 왕민호 등과 나누었던 필담을 정리한 것이다. 그는 왕민호와의 학술 토론을 통해 당시 청나라 학계에 주자학 비판과 고증학풍이 성행하는 사실을 확인했다. 당시 왕민호는 주자의 음시설에 대해 이렇게 비판했다.

……후세에는 『시경』을 해설하면서 현악기에 맞추어 노래하던 일을 폐하고 책만 상대했다. 이로부터 소리와 시가 둘로 갈라지고 말았으니, 주자는 『시경』을 주석하면서 정풍과 위풍의 시들을 모조리 '음분'(淫奔)으로 단죄했다. 이는 시의 의미만 깨닫고 소리는 깨닫지 못한 탓이다. 남녀가 몰래 즐기는 일은 오로지 남들이 알까 두려워하는 법인데, 어찌

길가에서 큰 소리로 노래하며 추악하고 음란한 행동을 스스로 진술했겠는가? 그렇다면 『논어』에서 공자가 안연(顏淵)의 질문에 답하여 어찌 "정나라의 시를 추방하라"고 하지 않고 "정나라의 소리(음악)를 추방하라"고 했겠는가? 그러므로 만약 정나라의 소리에 맞추어 노래한다면, 주남의 「표유매」(摽有梅)와 소남의 「야유사균」도 당연히 음시에 속할 것이다.[56]

왕민호의 비판은 『간정필담』에서 육비와 엄성이 제기했던 비판과 동일한 논리를 구사한 것이다. 주자의 음시설은 정나라의 시가 아니라 '소리'가 음란하니 추방하라고 한 공자 말씀과 어긋난다는 비판은 명나라 때 양신이 처음 제기한 이후 모기령 등을 거쳐 건륭 시대에 와서는 학자들의 공론이 되었음을 알 수 있다.

이와 아울러 왕민호는 고증학풍을 선도한 청나라 초기의 대가로 고염무·주이준·모기령 등을 거론했다. 그는 『일지록』에서 고염무가 풍희(豐熙)의 『고서세본』(古書世本)에서 언급한 '기자조선본'(箕子朝鮮本) 『고문상서』가 후세의 위작임을 왕운(王惲)의 『중당사기』(中堂事記)에 의거하여 고증했노라고 알려 주었다.[57] 그리고 이 문제에 관해서는 "선배 주석창(朱錫鬯: 주이준)도 변증했었다"고 하면서, 주이준이 공안국(孔安國)의 『서전』(書傳)이 위작임을 논한 글에서 『일주서』(逸周書)의 「왕회」(王會) 편과 조선의 『동국사략』을 인용하여 기자조선본 『고문상서』 역시 위작임을 변증한 사실을 소개했다.[58] 또 왕민호는 정인지 등이 편찬한 『고려사』에 대해 "선배 고녕인(顧寧人: 고염무)이 역사가의 문체를 갖추었다고 칭찬했다"고 전했으나, 실제

로 『고려사』를 칭찬한 이는 주이준이었는데 왕민호가 착각한 것 같다.[59]

『일지록』을 비롯한 고염무의 저서들은 당시 조선에도 점차 소개되고 있었으며, 박지원 역시 연행 이전부터 그에 관해 알고 있었던 듯하다. 『열하일기』에서 그는 고염무의 『창평산수기』(昌平山水記)를 참조하여 북경에서 열하까지의 거리를 논했으며,[60] 광녕(廣寧)의 북진묘(北鎭廟) 부근의 한 거암에 새겨진 '삼한인'(三韓人) 김내(金鼐)의 시와 관련해서는 『일지록』에 의거하여 중국에서는 요동(遼東)을 여전히 '삼한'(三韓)이란 옛 이름으로 부른다고 하면서, 또한 고염무가 『일지록』에서 문인들이 관명이나 지명에 옛 명칭을 차용하는 병폐를 질책했다고 소개했다.[61] 그밖에도 박지원은 북경의 유리창에서 만난 거인 유세기가 『일지록』을 인용하여, 주이준의 『명시종』에 수록된 그의 선조 박미(朴瀰)의 시 중 한 구절이 역사적 사실과 어긋남을 고증해 보인 일화를 소개하기도 했다. 단 유세기가 실제로 인용한 책은 『일지록』이 아니라 주이준의 『경의고』였을 것이다.[62] 『양매시화』(楊梅詩話)는 실전된 『열하일기』 「양매시화」의 초고인데 여기에도 고염무의 『일지록』에서 전재한 기사들이 적지 않다. 이는 그만큼 박지원이 고염무의 영향을 깊이 받았음을 보여 준다.[63]

한편 왕민호는 모기령을 비판적으로 소개하면서 그에 대한 최근 중국의 평판을 전했다. 즉, 모기령은 주자의 글을 글자마다 공박했으나 그중에는 합당한 것보다 억지가 훨씬 많다고 혹평했다. 또 모기령이 평소에 "나를 알아줄 것도 나를 죄줄 것도 주자를 공박한 데 있다"고 자부했다고 전하면서, 주자는 『대학장구』에서 '격물치지'(格物致知) 장(章)이 망실되었다고 여겨 이를 보충했다가 소인배에게 무수한 공격을 받았고 「소서」를 모조리 제거했다가 혹독한 타격을 면하지 못했다고 했다.[64] 이는 모기령이 『대학증문』(大學證文)에서 고본(古本) 『대학』을 자의적으로 개정한 주자의 『대학장구』를 비판하고,[65] 『백로주주객설시』에서 「소서」를 배격하고 음시설을 주장한 주자의 『시집전』을 공박한 사실을 가리킨 것으로 보인다.

또 왕민호는 『논어』에서 공자가 주나라 태왕(太王) 고공단보(古公亶父)의 장남인 태백(泰伯)에 대해 "세 번이나 천하를 양보했다"고 칭송했으나, 당시 상(商)나라의 마지막 군주 주왕(紂王)은 태어나지도 않았고 고공단보가 이끈 나라는 변방의 속국에 불과했기에 이는 불가능한 일이었다고 하면서, 그런데도 『논어집주』에서 주자는 공자의 말을 억지로 합리화했다고 비판했다. 또 『주자어류』에서 태왕이 상나라를 정벌할 뜻을 품은 것은 "지극히 공정한 마음"(至公之心)에서 우러나왔다고 정당화한 것도 옳지 못한 설이라고 비판했다.[66]

이러한 왕민호의 비판은 모기령이 『사서잉언』(四書賸言)에서 "태백은 나라를 양보했을 뿐이다"라고 주장하면서 『논어집주』를 조목조목 공박한 논리와 상통한다. 모기령에 의하면, 상나라의 통치가아직 쇠퇴하지 않았던 당시에 태왕이 상나라를 정벌하려는 요행심을 품었을 리 만무하고, 왕위를 이어받은 그의 막내아들과 손자가대를 이어 노력해도 천하를 통일하기 어려웠는데 태백이 천하를 버리고 취하지 않는다는 망념을 품었을 리 만무하다는 것이다. 주자는 태백이 천자의 자리를 양보했다는 해석을 뒷받침하기 위해 『시경』과 『좌전』을 인용했으나, 모기령은 이 역시 관련 내용을 오해한것임을 변증했다.[67]

왕민호는 모기령이 주자를 공박한 것이 "마치 교활한 백성이 고 소장을 작성하듯 하였다"고 풍자했다. 또 모기령이 남의 학설을 사납게 공격하기를 좋아한 점을 조롱하여 사람들이 그를 '뇌공'(雷公: 천둥을 맡은 신)이니 '위공'(蝟公: 고슴도치)이니 하는 별명으로 부른다고 하면서, 그의 문장도 교활한 백성이 쓴 고소장 같다고 했다. 그리고 그의 출신지 소산(蕭山)은 붓끝으로 농간을 일삼는 서리(書吏)들이 많이 사는 고장이라, 식자들은 그의 문장에 이러한 소산 기질이 남아 있다고 비판한다고 전했다.[68]

모기령의 저서들이 언제부터 국내에 유입되었는지는 분명치 않으나,[69] 이덕무와 박지원은 각자 연행 이전에 모기령의 문집을 읽고 그에 관해 상당히 알고 있었다. 1777년 반정균에게 보낸 서신에서 이덕무는 모기령이 자기 학설만 내세우고 선배 유학자들을 능멸했다고 비판하면서, 그의 학설에 심복하는 사람이 있는지, 중국의 여론은 어떤지를 알고 싶다고 질문했다.[70]

『열하일기』에서 박지원은 이처럼 모기령에 대한 국내의 관심이 고조되는 데 호응하여 중국 현지에서 수집한 최신 정보를 제공한 것이었다. 여기에 소개된 왕민호의 비판은 모기령에 대한 국내 학계의 평가에 상당한 영향을 끼쳤을 것으로 보인다. 단적인 예로 정약용은 『매씨서평』(梅氏書平)에서 모기령의 『고문상서원사』(古文尙書寃詞)를 공박하면서 『열하일기』에 나오는 "청나라 선비"(淸儒) 왕민호의 비판을 전재했다.[71]

이상과 같이 『열하일기』에서 박지원은 당시 중국의 주자학 비판 풍조와 고증학풍을 충실히 소개했을 뿐만 아니라 그에 대해 유연하고 포용적인 태도를 취하였다. 「동란섭필」에서 박지원은 북경에서 사귄 한림 초팽령(初彭齡)·고역생(高棫生) 등과 「소서」 문제를 토론했을 적에 이들을 설복시키지는 못했음을 시인했다. 주자의 설을 따라 『시경』의 시는 여항의 민요에 불과한데도 「소서」에서 반드시 작자를 밝히고 있는 것은 견강부회가 아니냐고 주장했다가, 이들의 냉담한 반응을 샀다고 전했다.[72]

또한 박지원은 『시경』 해석에 관해서는 『향조필기』(香祖筆記)에서 왕사정이 제시한 절충적인 주장이 매우 공정하다고 보았다. 왕사정은 「소서」를 존중한 정이의 시경론을 주자가 따르지 않은 점을 비판하면서도, 『모시원해』(毛詩原解)를 지은 학경(郝敬, 1557~1639)처럼 『시경』의 시 한 편마다 반드시 주자의 주석을 공박하는 것도 옳지 않다고 주장했다. 그리고 모전(毛傳: 모공의 주석)을 위주로 하되 모전으로도 통하지 않는 경우에 정전(鄭箋: 정현의 주석)을 활용하며, 모전과 정전으로 통하지 않는 경우에야 주주(朱注: 주자의 주석)를 활용하고, 모전과 정전과 주주로도 모두 통하지 않는 경우라야 여러 학설을 망라한 뒤 자기 의견으로 절충해야 한다고 주장한 고대소(顧大韶)의 견해를 인용하고 나서 이러한 주장이 가장 공정하다고 했다.[73]

뿐만 아니라 박지원은 『열하일기』 「심세편」(審勢編)에서 당시 중국 학계에 주자학 비판 풍조가 성행하게 된 요인으로, 청조가 주자학을 관학으로 삼아 통치에 이용하는 데 대한 반발심을 지적했다. "그러므로 중국의 선비들은 흔히 주자를 공박하기를 조금도 거리끼지 않으며, 모기령 같은 자에 대해서도 혹은 '주자의 충신'이라 하거나 '유교를 수호한 공로가 있다'고 하거나, '은인이 원수가 되었다'고 하는데 이런 말들은 모두 그 숨겨진 뜻을 충분히 짐작할 수 있다"고 했다. 이와 같이 주자의 경서 주석의 오류를 빙자하여 청조의 통치에 대한 울분을 토로하고자 한 점에서 현재 중국의 주자학 비판 풍조는 예전의 육왕학과는 다르다고 주장했다.[74] 박지원은 건륭 시대에 들어 주자학과 대립하는 신흥 학풍으로 고증학이 성장한 사실을 그 나름으로 분명히 감지한 것이다.

하지만 이런 실정을 알지 못한 당시 조선인들은 중국에 가서 그곳 선비들이 주자를 조금만 비판해도 그들을 육왕학파로 배척하고, 이들로부터 중국에 육왕학이 성행하더라고 전해 들은 국내 사람들도 무턱대고 격분하였다. 이단을 묵과하는 과오를 범했다가는 선비 사회에서 용서받기 힘든 까닭이다. 박지원은 이토록 편협한 조선의 사상 풍토를 개탄하면서, 주자를 신랄하게 공박하는 사람일수록 오히려 비상한 선비일 것이니 이단으로 배척하지 말고 적극 대화하라고 권했다.[75] 바로 이와 같이 진취적이고 포용적인 자세로 인해 박지원은 청조 학술의 새로운 동향을 남달리 간취할 수 있었을 것이다. 『간정필담』을 통해 국내에 고증학풍이 소개된 이후 『열하일기』에 이르러 비로소 그에 대한 진정한 이해의 길이 열렸다고 하겠다.

고증학 수용의 한계

돌이켜 보면 청조 고증학은 홍대용이 추구한 '고학'과 공통점이 없지 않았다. 양자 모두 고대의 건실한 유학으로 되돌아감으로써 당대의 유학을 혁신하고자 했고, 실용적인 학문으로 경세제민에 기여하고자 했으며, 천문학과 수학을 포함한 광범한 분야에서 박학을 추구했다. 하지만 홍대용이 북경 여행을 통해 접한 고증학풍은 아쉽게도 청나라 초기에 한정되었다. 그나마 주자의 시경학에 대한 비판에 집중된 것이었다. 이를 통해 주이준의 『경의고』를 소개받고 모기령의 시경론을 간접적으로 접촉하는 수준에 그쳤다.

이와 같이 홍대용이 새로운 고증학풍을 접하기는 했으되 전성기에 달한 건륭 시대 고증학의 최신 성과를 거의 알지 못했던 데에는 여러 가지 사정이 작용했을 것이다. 우선 그의 북경 체류 기간이 너무 짧았던 점부터 감안되어야 하고, 또 당시에는 전성기를 대표하는 고증학자들이 한창 활동 중이었으나 그들의 학문적 업적 대부분은 아직 공간되지 않았던 사정도 고려되어야 한다. 게다가 항주세 선비들은 절강성 출신이어서 자기 고장의 선배 학자인 주이준과 모기령 등의 학설을 주로 소개했을 것이다.

반정균과 엄성은 홍대용이 집에 혼천의를 소장하고 있을 정도로 천문학에 정통하며, 음률과 역산 및 병법에 관한 서적을 좋아함을 알았다.[76] 반정균은 홍대용에게 지어 준 「담헌기」(湛軒記)에서 "홍군은 박식하고 기억력이 뛰어나며 보지 않은 책이 없고, 음률과 역산 및 진법(陣法)과 주돈이·정호·정이·장재·주자의 성리학을 전심으로 연구하지 않은 것이 없으며, 시문부터 산수(算數)까지 능숙하지 않은 것이 없다"고 했다.[77] 엄성도 김재행에게 지어 준 「양허당기」(養虛堂記)에서 "홍군은 중국의 책을 읽지 않은 것이 없고 역산과 율력 및 병가(兵家)의 점술과 진법에 정통하다"고 했다.[78] 비록 요청을 받고 지어 준 글이라고는 하지만, 이를 통해 반정균과 엄성에게 홍대용은 성리학의 대가일 뿐 아니라 음률과 역법, 수학과 병학(兵學) 등 다방면에 조예를 갖춘 박식한 학자로 인식되었음을 알 수 있다.

하지만 항주 세 선비들은 경학에 밝고 시서화에 뛰어난 반면 천문 수학 분야에는 소양이 부족했다. 예컨대 육비는 홍대용의 요청으로 지은 「농수각기」(籠水閣記)에서 서양식 천문 의기에 대한 이해 부족으로 인해 농수각의 혼천의를 자명종의 원리를 응용한 추동식(錘動式)이 아니라 수력을 이용한 재래식 기구로 부정확하게 묘사했다.

청조 고증학은 경학과 사학을 중심으로 발전했지만 천문 수학 분야에서도 괄목할 만한 성과를 이루었다. 청나라 초에 왕석천(王錫闡)·매문정(梅文鼎)·설봉조(薛鳳祚) 등은 이 분야에 가장 정통한 전문가로서 많은 저작을 남겼고, 황종희·모기령·염약거·강영(江永) 등과 같은 경학의 대가들도 이 분야를 겸하여 깊이 연구했다. 그리하여 이들의 영향으로 건륭 시대 이후 대진·전대흔·완원(阮元) 등의 경우에 보듯이 천문 수학 연구는 고증학자들의 부전공이 되다시피 성행하였다.[79]

홍대용은 북경 여행 중에 『율력연원』 전질을 입수하기는 했으나, 왕석천의 『효암신법』(曉庵新法), 매문정의 『역산전서』(曆算全書) 등과 같은 중요한 천문 수학서를 접하지 못했다. 홍대용이 만약 매문정의 『역산전서』를 통해 서양의 수학과 천문학을 습득하고 역대 정사(正史)의 율력지(律曆志)를 통해 중국의 전통적 천문 역산을 연구했던 전대흔이나, 매문정에 대한 상세한 전기를 남긴 항세준, 음악 연구서인 『취빈록』을 저술한 오영방 등과 교유할 기회가 있었더라면, 천문 수학 분야를 포함한 좀 더 넓은 범위에서 고증학의 성과를 접할 수 있었을지 모른다. 안타깝게도 조선에는 19세 중엽에 이르러서야 비로소 박규수와 남병철(南秉哲) 등에 의해 매문정과 강영 등의 천문 수학 연구 성과가 수용되기 시작했다.[80]

그러나 이와 같은 한계를 감안하더라도 홍대용이 『간정필담』을 통해 청나라의 새로운 학풍으로 고증학을 소개한 의의는 부정될 수 없을 것이다. 홍대용 자신은 비록 이를 계기로 주자의 시경학을 재검토해 보겠다던 언약을 실천하지 못했으나, 이덕무와 박지원 등 북학파 인사에게 깊은 영향을 끼침으로써 국내에서 청조 고증학에 대한 관심과 이해가 증대되는 데 기여했다.[81] 1780년대 이후 정조와 규장각의 초계문신들이 『시경』 강의에서 주자의 시경학을 비판한 모기령의 학설을 5차에 걸쳐 진지하게 검토했던 것[82]도 이러한 재야 학계의 동향과 결코 무관하지 않았으리라 본다.

결론

홍대용은 1765년 11월부터 1766년 4월까지 약 6개월에 걸쳐 북경 여행을 다녀온 뒤 한문으로 기록한 『연기』와 『간정필담』, 그리고 한글로 기록한 『을병연행록』을 통해 자신의 진기한 견문을 생생하게 전했다. 필자는 이러한 홍대용의 여행기 3부작을 종합적으로 고찰함으로써 그의 사상 발전에 북경 여행이 결정적 전기가 된 사실을 극명하게 밝히고자 했다. 나아가 종래의 피상적이고 타성화된 인식에서 벗어나 홍대용과 북학파의 사상적 본질을 깊고 새롭게 파악하고자 했다.

이를 위해 항주 출신의 세 선비 엄성·반정균·육비와 홍대용의 학문적 교유를 중시하고 『간정필담』을 집중 분석했다. 이들은 중국의 역사·정치·문화·학술 등 광범한 주제를 놓고 대단히 수준 높은 대화를 나누었으므로, 이러한 필담의 내용을 적절히 분류하고 명확하게 해석하는 데 많은 노력을 기울였다. 또한 학문적 대화의 상대인 항주 세 선비의 간략한 전기를 토대로 하여, 홍대용이 이 세 선비와 화이의 차별을 초월해서 사상적으로 소통하고 막역한 우정을 맺을 수 있었던 요인을 다각도로 분석했다.

뿐만 아니라 홍대용의 북경 여행기를 김창업의 『연행일기』, 이기지의 『일암연기』와 비교 고찰함으로써, 그의 견문을 거시적으로 조감하면서 객관적으로 평가하고자 했다. 그리하여 홍대용이 김창업과 이기지처럼 청나라의 통치와 발전상을 호의적으로 관찰하는 데 멈추지 않고, 한 걸음 더 나아가 청나라 선진 문물의 특징을 통찰하고 청 문물을 적극 수용하기 위한 논리까지 모색했음을 부각하였다.

이와 아울러, 북경 여행에 나서기 이전뿐 아니라 귀국한 이후까지 홍대용의 전생애와 긴밀하게 연관하여 그의 여행기 3부작을 고찰하고자 했다. 그의 전반기 생애와 관련해서는 새로운 자료를 구사하여 부친 홍역의 지방관 활동을 가급적 소상하게 서술하고, 홍대용이 심혈을 기울여 만든 혼천의의 구조와 과학사적 의의를 해명하는 데 치중했다. 귀국 이후인 후반기 생애와 관련해서는 반정균 등 청조 문인들과의 왕복 서신과 이덕무·박지원 등의 저작을 통해 홍대용의 사상적 변화를 추적하고 북학파에게 미친 영향을 밝히는 데 주력했다. 이제 이 책에서 거둔 성과를 요약한 뒤 결론을 맺고자 한다.

① 북경 여행에 나서기 전까지 홍대용의 전반기 생애에서 우선 주목되는 사실은 그가 10대 시절부터 이미 과거 공부나 성리학에 골몰하지 않고 '고학'(古學)에 뜻을 두었다는 점이다. 홍대용이 지향한 '고학'은 고대 중국의 육예(六藝)를 이상으로 삼아, 경전의 해석에 그치지 않고 경세제민에 기여하는 수학·박물학·음악학·천문학·군사학 등을 포괄하는 실용적인 학문을 말한다. 부친 홍역이 영천 군수로 재임할 당시 그 고을의 고명한 학자 송정환이 사또의 자

제인 홍대용에게 성리학 공부에 전념하지 않고 광범한 분야에서 실용적인 지식을 추구하는 병폐를 고치라고 충고한 것은 이를 단적으로 입증하는 사실이라 하겠다. 홍대용은 은퇴한 부친을 모시고 향리 수촌에서 지낼 적에도 유복하고 여유로운 환경 속에 다방면으로 마음껏 독서하면서 '고학'을 추구했다. 그 후 북경 여행을 떠나게 되었으니 중국의 쟁쟁한 선비들을 상대할 때에 대비하여 충분한 학문적인 준비를 마친 셈이다.

홍대용에게 부친 홍역은 스승 김원행에 못지않게 큰 영향을 미쳤다. 홍대용은 20대 시절 내내 부친의 임지를 따라다니면서, 선정(善政)을 펴기에 힘썼던 부친을 도왔다. 나주 목사 시절에 홍역이 향약을 시행하고 무예를 권장하자, 홍대용은 부친을 대신하여 「향약서」(鄕約序)와 「권무사목서」(勸武事目序)를 지었다. 이러한 글들에서도 '고학'을 지향한 그의 사상을 엿볼 수 있다. 홍역은 환곡 적폐를 해소하고 기민 구제에 힘썼으나, 상관인 전라 감사의 환곡 부정을 뒤집어쓰고 억울한 귀양살이를 한 끝에 향리로 은퇴했다.

젊은 시절 홍대용의 폭넓은 학문적 탐구 중에서 특기할 것은 그가 천문 관측 기구인 혼천의 제작에 심혈을 기울인 사실이다. 부친이 나주 목사로 재임할 당시에 홍대용은 나주 부근 화순에 은거한 노학자 나경적과 협동하고 부친의 자금 지원을 받아 1차로 혼천의를 완성했다. 이를 축하하여 나경적의 벗인 하영청과 그의 아들이자 나경적의 제자인 하정철이 지은 시에 의하면, 이 혼천의는 서양의 발달한 천문학을 수용하여 전통적인 혼천의를 개량한 것이었다. 서양의 자명종 제도를 채택해서 수력이 아니라 기계의 힘으로 작동하게 했으며, 재래의 혼천의 중 사유의(四遊儀)와 옥형(玉衡)을 제거하고 삼신의(三辰儀)를 보완한 것이었다.

그런데 홍대용은 나경적과 함께 만든 혼천의에 만족하지 않고, 나경적의 사후에 이를 좀 더 정확화·간편화하는 방향으로 개량하여 완성한 뒤 수촌 시골집의 농수각에 안치했다. 이와 같이 홍대용이 독자적으로 개량한 혼천의는 혼천의와 시보(時報) 장치를 결합하려는 근본 착상뿐 아니라, 평면 세계지도를 중심에 설치한 점, 삼신의에 해와 달의 모형을 붙인 점 등 세부적인 개량에서 현종조 이래 이민철·송이영 등에 의해 이루어진 혼천의의 혁신과 합치하는 것이었다. 홍대용은 북경 여행 중에도 기형무신의 등 관상대의 천문의기들을 보고자 열망했으며, 귀국한 뒤에는 농수각의 혼천의를 더욱 개량하고 명칭을 고친 '통천의'를 제작하고자 했다. 그만큼 혼천의는 홍대용 평생의 학문적 관심사였다.

② 1765년 11월 홍대용은 동지사의 서장관으로 임명된 숙부 홍억을 수행하여 북경 여행에 나섰다. 당시 영조는 장악원 악사 장문주와 관상감 관원 이덕성을 사행에 딸려 보내어, 아악에 사용하는 당금의 연주법과 책력을 정확하게 만드는 데 필요한 역산 지식 등을 알아 오도록 명했다. 거문고 연주에 능하고 혼천의를 제작하는 등 음악과 천문학에도 조예를 갖춘 홍대용은 자연스럽게 이들과 동반하여 북경의 천주당과 유리창을 찾아가 천문 역법에 관해 탐문하고 당금 연주법을 습득하게 되었다.

출발에 즈음하여 스승 김원행은 제자의 중국 유람을 축하했으나, 일찍부터 교분이 있던 산림 학자 김종후는 원수의 나라인 청나라에 간다고 심히 비난했다. 부친과 사촌동생 홍대응, 김원행 문하의 동문인 서직수 등도 홍대용에게 존명배청 사상을 담은 송별 시를 지어 주었다. 실은 홍대용 역시 압록강을 건너면서 지은 시에서 북벌을 꿈꾸며 반청 의식을 드러냈다. 하지만 북경을 향해 여행하는 도중 광대한 중국 산천과 청나라의 발전상을 목도함에 따라 홍대용은 우물 안 개구리 같은 북벌론적 사고에서 점차 벗어나 북학사상으로 나아가는 조짐을 보여 주었다. 청 제국의 수도 북경에 입성하자 그는 부러운 마음과 반발심이 뒤섞인 복잡한 감정을 나타냈다.

1766년 정월부터 약 두 달 간 북경에 머물던 중 홍대용이 가장 자주 찾아간 명소는 천주당과 유리창이었다. 그는 이덕성과 함께 천주교 남당을 방문하여 유송령과 포우관에게 오성(五星)의 위치 계산법 등 천문 역법을 물었으며, 혼상(渾象)과 천체 망원경 등 천문 의기와 요종·일표·문시종 등 서양의 시계류를 볼 수 있었다. 홍대용은 정밀한 관측과 수학적 계산에 의거한 서양 천문학의 우수성을 인정했다. 북경에서 그는 천문 수학 및 음악학 총서인 『율력연원』도 구입했던 것으로 추측된다.

홍대용의 관심은 서양의 과학에만 한정되지 않았다. 그는 유송령에게 천주교 교리에 관해 질문했으며, 천주교 신자인 상인 진가와도 종교에 관한 대화를 나누었다. 홍대용은 처음에 유송령이나 진가를 만났을 적에는 천주교에 대해 호의적인 반응을 보였으나, 그 뒤에 사귄 항주 선비 엄성과 반정균으로부터 청나라가 천주교에 대해 선교 금지령을 내렸으며 중국의 사대부들은 천주교를 전혀 믿지 않는다는 정보를 접하고 나서는 서양의 과학은 적극 수용하되 종교는 배척하는 쪽으로 생각을 굳힌 듯하다.

한편 홍대용은 유리창으로 흠천감 박사 장경을 찾아갔으나, 장경은 천문 역법에 무지하여 바라던 성과를 얻지 못했다. 대신 그의 점포에서 문시종의 기능을 겸한 서양의 특이한 자명종을 볼 수 있었다. 또 홍대용은 유리창으로 태상시 악관 유생(劉生)을 찾아가 당금 연주법을 배우고자 했으나, 단기간에 숙달하기가 힘들었을뿐더러 유생의 비협조로 인해 충분히 습득할 수 없었다.

③ 북경 체류 중에 홍대용은 중국 항주 출신의 선비 엄성·반정균·육비와 만나 막역한 교분을 맺었다. 회시에 응시하고자 상경한 이 세 사람은 1만여 명이 응시하여 합격률이 1%도 되지 않는 힘든 관문인 절강성의 향시에 급제한 우수한 인재였다. 더욱이 육비는 1등으로 합격하여 '해원'(解元)의 영광을 차지했다. 홍대용은 엄성과 반정균이 증정한 그들의 절강 향시 주권(硃卷: 합격 답안지) 판각본을 접하고는 두 사람의 문장이 뛰어남을 알게 되었다.

이덕무는 『이목구심서』에서 엄성의 주권을 자세히 소개했다. 최근 알려진 편자 미상의 『절강 향시 주권』에는 육비와 엄성·반정균의 주권이 모두 필사되어 있다. 그에 의하면 이 세 선비를 선발한 주고관(主考官)은 혜동·대진과 더불어 청조 고증학을 대표하는 석학 전대흔이었다. 향시 합격자들을 선발한 주고관은 그들의 '좌사'(座師)가 되어 평생 변치 않는 사제 관계를 맺었다. 엄성과 반정균은 좌사 전대흔이 합격자들을 인솔해 '좌사의 좌사'인 전유성을 알현하는 행사에 참여하기 위해 홍대용과의 마지막 재회를 포기할 정도로 이러한 사제 관계를 중시했다.

육비와 엄성은 『항주부지』「문원전」에 오른 명사였다. 명나라 말에 항주에 정착한 화가 육한의 증손자인 육비는 불우한 시인이자

화가였다. 그의 시집인『소음재고』의 초간본과 중간본이 현재 전한다. 회시에 거듭 낙방한 육비는 낙향하여 항주의 서호에 종신토록 은둔했다. 그는 주자학보다 육왕학에 더 호의적이기는 하지만 양 학파의 대립을 비판하고 대화와 소통을 지지하는 학자였으며, 주자의『시경』해석에 대해 전문적인 비판을 가하는 등 고증학에도 상당히 정통했다.

항주의 토박이 유학자 집안 출신인 엄성은 다재다능한 문인 학자였다. 1766년 회시에 낙방하자 다시는 응시하지 않기로 결심하고 귀향한 엄성은 이듬해에 가정교사로 초빙되어 복건성의 복주로 갔다가 학질로 인해 요절했다. 이처럼 짧은 생애에도 불구하고 그는 항주의 저명 문사들과 폭넓게 교유하면서 재능을 인정받았다. 절친한 벗 주문조가 편찬한 엄성의 문집『철교전집』을 살펴보면 이를 확인할 수 있다. 시서화에 두루 뛰어났던 엄성은 특히 백묘 인물화에 능했고 전각에도 조예가 있었다. 그는 학자적 면모도 갖춘 문인으로서 불교와 주자학에 정통했으며 고증학에도 밝았다고 한다.

한미한 농민의 자제지만 귀공자 타입인 반정균은 입신출세를 지향한 재사였다. 권세가와 결탁하는 방법으로 반정균이 만주인 관원과 '배건'이라는 의부자 관계를 맺고 있었던 것도 그의 출세 지향적인 처신을 단적으로 보여 준다. 반정균은 회시에 세 번이나 낙방한 뒤에 내각 중서로 선발되어 벼슬살이를 시작했으며, 1778년 드디어 회시에 급제하고 진사가 되었다. 그 뒤 한림 편수를 거쳐 섬서도 감찰어사에 임명되었으나 곧 사직하고 항주로 낙향했다. 반정균은 북경에서 관직 생활을 오래했으므로 홍대용을 비롯한 북학파 인사들과 교분을 지속할 수 있었다.

육비·엄성과 마찬가지로 반정균도 시서화에 뛰어났다. 반정균의 집안은 문학으로 특출한 항주의 명문가로 손꼽혔다. 그의 부인도 여성 시인이었고 자녀들도 서화가로 유명했다. 반정균은 홍대용에게 주자학을 신봉하는 듯이 말했으나 실은 엄성에 못지않게 불교를 좋아했다. 중년 이후 더욱 불교에 심취하여, 절친한 화가 나빙과 함께 불교 연구에 몰두했다.

항주의 세 선비가 존경한 오영방은 저명한 고증학자이자 시인으로 불교에도 정통했다. 또한 그는 명나라 유민의 기풍을 계승한 '문제적 인물'이었다. 반정균은 홍대용에게 이와 같은 항주의 고상한 선비들로 서개, 왕풍, 왕증상 등을 소개했다. 이들은 청나라의 과거와 관직을 거부하고 평생 은거하면서 학문이나 창작에 전념했으며, 음주를 즐기고 불교에 탐닉하는 것으로 위안을 삼았고, 명나라의 옛 의관을 착용하고 불시에 대성통곡하는 등 기이한 행동을 일삼았다. 육비 역시 이와 유사한 행태를 드러냈으며, 엄성과 반정균은 오영방을 스승으로 섬겼다. 『간정필담』을 통해 알게 된 오영방과 서개·왕풍·왕증상 등에 대해 이덕무는 명나라 유민의 기풍을 계승한 청나라의 고사(高士)로 존경하면서 지속적으로 깊은 관심을 표명했다.

④ 홍대용과의 첫 만남에서 반정균과 엄성은 왕사정이 편찬한 명말 청초 시인들의 시 선집인 『감구집』에 김상헌의 한시가 수록된 사실을 알려 주었으며, 중국에서도 구하기 쉽지 않은 『감구집』 전질을 증정하기까지 했다. 김상헌은 병자호란 당시 척화파로서 조선인들이 그의 절의를 숭앙하는 인물이자 홍대용의 스승 김원행의 직계

선조이기도 했기에, 이들은『감구집』을 매개로 급속히 친해질 수 있었다. 엄성은 명나라를 존모하는 조선에 널리 전파되도록『감구집』을 출판하라고 홍대용에게 권했다.

『감구집』은 명나라의 유민 의식을 드러낸 시들을 많이 포함했으며, 전겸익의 시를 수록했다는 이유로 건륭 중엽 이후 금서가 되었다.『감구집』에 김상헌의 한시가 수록된 사실이『간정필담』을 통해 처음 국내에 알려지자, 이덕무와 이서구 등은 편찬자인 왕사정의 시에 대해 열렬한 관심을 표명했다. 또 박지원과 그의 손자 박규수의 경우에서 보듯이,『감구집』은 단순한 시 선집이 아니라 존명 의리를 구현한 저술로 받아들여졌다. 이와 같이 왕사정의『감구집』은 조선의 문사들이 청조 치하 한인 문사들과 깊은 교감을 나누게 만든 촉매제 구실을 했다.

여유량은 명말 청초에 활동한 저명한 주자학자이다. 사후인 청나라 옹정 초에 발생한 역모 사건에 연루된 그는 저술을 통해 반역적인 화이 사상을 고취함으로써 주모자 증정에게 영향을 미친 죄목으로 부관참시 당하고 그의 저술들은 모조리 금서가 되었다. 증정과 여유량의 반청 사상을 통박한 옹정제의『대의각미록』이 국내로 유입되자, 증정의 역모 사건이 알려지면서 여유량에 대한 관심도 고조되었다. 영조의 각별한 관심과 연행 사신들의 노력에 의해 여유량의 시집과 문집이 입수되어 국내에 전파되었다.

홍대용도 북경 체류 중에 여유량의 문집을 구하고자 열심히 탐문했다. 또『을병연행록』에서는 여유량을 학문이 매우 높고 절조가 뛰어난 인물로 칭송하면서 여유량이 연루된 증정 역모 사건에 관해 충실히 소개했다. 이러한 사실로 미루어 홍대용은 여유량의 저술을 숙독하고 그의 사상에 공감했을 것으로 보인다. 여유량과 홍대용은 주자학의 혁신을 추구하면서 이를 위해 서학도 적극 수용하려고 한 점에서 뚜렷한 유사성을 보여 준다. 한편 이덕무 역시 여유량에 대해 깊은 관심을 표명하고 그를 비롯한 명나라 유민들의 사적을 후세에 전하고자 끈질긴 노력을 기울였다.

여행 도중에 홍대용은 청나라 여성들의 복식을 유심히 살펴보고 규방 여성의 복식에는 여전히 중화의 옛 제도가 남아 있음을 확인했다. 북경에서는 장춘사에 봉안된 효순태후 유씨 영정에 그려진 명나라 복식을 주의 깊게 관찰하기도 했다.

엄성·반정균과 의관 제도에 관해 토론하면서, 홍대용은 청나라가 만주식 제도를 강요한 결과 명나라의 옛 제도가 연극배우의 복장에나 겨우 남아 있는 중국의 현실을 서글퍼했다. 또 홍대용은 조선에 명나라의 의관 제도가 보존되어 있는 데 자부심을 드러내는 한편, 몽골 '오랑캐'의 영향을 받은 조선의 여성 복식도 마저 명나라식으로 개혁하고 싶어 했다. 심지어 그는 청나라에서도 명나라의 의관문물이 부활하기를 희망하여, 의관 제도와 왕조의 수명은 무관하며 덕치를 행하고 중화 문물을 계승하면 어떤 종족의 국가도 중국의 정통 왕조가 될 수 있다는 논리를 폈다. 하지만 이러한 논리는 『대의각미록』에서 옹정제가 피력한 주장과 상통하는 것으로, 그 자신의 '의관 제도 개혁론'과 존명배청주의에 배치된다고 하겠다.

홍대용은 귀국한 뒤에도 반정균 등을 통해 중국 한족 여성의 복식에 관한 정보를 수집하고 실물을 입수하려는 노력을 지속했다. 조선 여성의 복식 개혁을 향한 그의 의지가 얼마나 집요했는지 알 수 있다. 홍대용은 의관 제도에 관한 조선인의 독선적 태도를 반성하면서도, 명나라의 의관 제도를 계승하려는 복고적이고 중화 중심적인 사상에서 탈피하지 못했다.

항주 세 선비와 교유하면서 홍대용은 화이의 차별을 초월하여 진정한 우정을 추구했다. 이들을 상대로 그는 '동이'라고 자신을 낮추면서도, 청나라가 중국을 통일하여 천하가 한 가족이 되었으므로 화이의 차별을 두어서는 안 된다고 주장했다. 또 인류는 천지를 부모로 한 동포이므로 화이 사이에도 진정한 우정이 가능하다고 역설했다. 이는 청조를 중국의 정통 왕조로 인정하고 청나라 중심의 국제질서를 긍정하는 셈이어서, 그가 견지한 존명 의리와 모순을 빚고 있다.

홍대용과 항주 세 선비는 무엇보다도 존명 의리에 대한 깊은 공감으로 인해 막역한 우정을 맺을 수 있었다. 이 점은 『감구집』과 여유량, 명나라의 유민들과 의관 제도 등에 대한 공통 관심을 통해 확인된다. 홍대용은 중원이 회복될 날을 믿고 암흑시대인 청나라 치세를 함께 견뎌 나가자는 뜻을 편지에서 암시했고, 이 편지를 읽은 엄성과 반정균은 홍대용이 자신들을 명나라를 잊지 않는 비분강개한 선비로 알아준 데 감격했다. 나아가 홍대용은 항주의 세 선비에게 청나라의 과거에 급제해 출세할 생각을 버리고 은둔해서 덕행과 학문을 닦도록 권했다. 이는 명나라 유민의 기풍이 남아 있는 강남 지방에서 생장하여 원래 벼슬길에 나갈 뜻이 희박했던 엄성과 육비에게 상당한 영향을 미쳤을 것으로 보인다.

북경 체류 중에 홍대용이 항주 세 선비와 같은 한인 지식인뿐만 아니라 청나라의 황족에 속하는 만주인과도 사귄 것은 화이 차별을 초월한 또 하나의 특이한 우정으로 주목된다. 그 청나라 황족의 이름은 지금껏 '양혼'으로 잘못 알려져 왔으나, '양혼'은 인명이 아니라 편지에서 발신인과 수신인 양자의 이름을 모두 생략하고 밝히지 않을 때 쓰는 중국의 관용어였다. 당시 청나라 황족 중 『연기』와 『을병연행록』에 전하는 '양혼'에 관한 정보와 가장 부합하는 인물은 이친왕의 아들인 영랑이 아닌가 한다. 이 청나라 왕자와 조선 선비 홍대용은 현격한 신분 차이에도 불구하고 서로를 대등한 벗으로서 깍듯하게 예우했다. 왕자는 값비싼 서양 시계인 문시종을 아낌없이 주려고 하는 등 파격적인 환대를 베풀었고, 그럴수록 홍대용은 선비답게 예의염치를 엄히 지키려고 조신했다.

홍대용은 마지막 작별 편지에서 청나라 왕자에게 학문과 덕행을 닦아 원대한 사업을 성취하라고 격려했다. 벗으로서 책선(責善)의 도리를 다하려 한 것이다. 왕자는 이러한 홍대용의 진실한 우정에 크게 감동했다. 귀국한 뒤에도 청나라 왕자와의 서신 교류는 이어졌다. 고장나 버린 문시종의 수리를 부탁한 홍대용의 서신을 받고 왕자가 보낸 답신이 현재 전한다. 김창업·이기지와 마찬가지로 홍대용은 여행 도중 만난 만주인들의 성품이 한인들보다 오히려 낫더라고 평했다. 청나라 황족과의 사귐을 통해 홍대용이 만주인에 대해 더욱 큰 호감을 품게 된 것은 북벌론적 사고에서 북학사상으로 전환하는 데 긍정적인 영향을 끼쳤으리라 본다.

⑤ 홍대용은 강렬한 존명 사상을 품고 있었음에도 불구하고, 강희제 이후의 청나라 통치를 높이 평가했다. 장기간에 걸친 정치적 안정, 검소하고 간편한 제도, 풍부한 국가 재정, 백성들에 대한 세금 경감과 조선에 대한 조공 감면 등을 칭송했다. 이는 김창업과 이기

지의 견해로부터 다분히 영향 받은 것이지만, 영조 시대 조선 정부의 우호적인 대청 인식과도 상통했다. 청 제국의 발전상에 대해서도 홍대용은 김창업·이기지가 관찰한 바를 더욱 확장했다. 시장경제의 눈부신 발전에 따라 수송 수단으로 수레와 선박이 널리 이용되고 있고, 건물이 웅장하고 화려하며 도로가 자로 잰 듯이 바르고 성곽이 견고하며 벽돌이 광범하게 활용되고 있음을 보고했다.

　　이와 아울러 홍대용은 중국인들이 일상적으로 사용하는 각종의 편리한 기물들도 자세히 관찰했다. 인력을 절감할 수 있고 성능이 뛰어난 농기계류와 도르래를 갖춘 우물, 주산(珠算)이나 서양식 필산에 의한 신속하고 간편한 계산술 등을 소개했다. 또 그는 청나라의 견고한 성곽들과 우수한 무기류, 놀라운 승마 사격술 등을 관찰한 결과, 북벌론의 비현실성을 확인하게 되었을 것으로 보인다. 홍대용은 당금을 비롯한 청나라의 악기들도 유심히 관찰했는데, 특히 마테오 리치가 중국에 전래한 양금에 대해 큰 관심을 쏟았다. 그는 양금을 십이율의 표준음을 정하는 기준 악기로 삼아야 한다고까지 주장했으며, 국내 최초로 향악 음정에 조율하여 양금을 연주하는 데 성공했다. 홍대용을 비롯한 북학파 인사들은 양금을 유달리 애호했다. 양금 연주는 이들의 공통 취미이자 주요 관심사였다.

　　홍대용은 현상을 관찰하는 데 그치지 않고, 청 문물의 특징을 숙고하면서 청나라의 번영을 낳은 원동력을 탐색했다. 그는 청 문물이 '웅장함' '엄정함' '정밀함' '간편함'을 갖추었으며, '대규모 세심법'이야말로 청 문물의 근본 특징이라고 보았다. '대규모 세심법'은 원래 『주례』와 관련된 주자학 용어이다. 홍대용은 청 문물이 『주례』에 구현된바 광대하면서도 정밀한 주공의 심법을 계승하고 있다고 본 것이다. 이후 '대규모 세심법'은 박지원 등 북학파에게 청 문물을 파악하는 기본 틀로 받아들여진다.

홍대용은 청 문물의 '웅장함' '엄정함' '정밀함' '간편함'은 곧 『주례』에 구현된 '대규모 세심법'을 계승한 중화 문물의 특징이라고 보았다. 청 문물을 청 왕조와 분리해서 고유의 중화 문물로 간주한 것이다. 또한 중화 문물은 특정 왕조의 소산이 아니라 고대의 성현들이 창시한 인류 보편의 이상적인 제도라고 보았다. 이와 같이 사고함으로써 홍대용은 존명배청주의와 충돌을 피하면서 청 문물 수용의 논리를 마련할 수 있었다. 그리하여 태동한 북학사상은 『북학의』와 『열하일기』를 거쳐 이희경의 『설수외사』로까지 이어져 발전하게 된다.

홍대용은 청 제국의 발전상을 관찰함과 아울러 청나라 학계의 동향을 탐색하려는 뜻을 품고 여행에 나섰다. 그가 만난 항주의 세 선비는 한림 팽관이나 국자감 학생 주응문 등보다 학식이 뛰어날뿐더러 주자학에 대해서도 비판적인 발언을 서슴지 않아 큰 지적 자극을 주었다.

육비는 주자에 대해 '존덕성'(덕성을 고양함)과 '도문학'(학문에 의거함)을 둘로 나눈 장본인이라고 비판했다. 이에 홍대용이 '도문학'에 치우친 주자학파의 폐단을 시인하고 '존덕성'을 중시한 육왕학파에도 장점이 있음을 인정하자, 육비는 홍대용의 포용적인 태도를 칭찬했다. 또한 왕양명은 '존덕성'만이 아니라 '도문학'에도 힘썼으며 혁혁한 공적 때문에 왕양명을 존숭하는 것은 그의 학문을 제대로 아는 것이 아니라고 한 홍대용의 비판에 대해 육비는 전적으로 승복했다.

한편 홍대용은 주자학의 수양법에 관해 엄성과 깊이 있는 토론을 나누었다. 엄성이 주자학 공부보다 시화 창작에 탐닉하는 자신과 반정균의 취향을 반성하자, 홍대용은 말단인 문예보다 근본인 덕행에 힘쓰라고 충고했다. 또한 그는 엄성에게 불교에 빠지지 말고 '후세의 공자'인 주자의 학문을 계승하라고 당부했다. 이러한 홍대용에 대해 항주의 세 선비는 '성리학 대가'라고 칭찬했다.

이상과 같은 학문적 대화를 통해 홍대용은 중국에는 여전히 양명학이 성행하고 있으나, 조선과 달리 다른 학파의 비판을 수용하는 공정하고 개방적인 학풍이 자리잡고 있다고 판단했다. 하지만 그는 주자의 『시경』 해석을 두고 벌인 토론에서는 항주 세 선비와 끝내 의견이 합치되지 못했다. 항주 세 선비는 고증학적 견지에서 주자의 시경학을 강하게 비판했고, 그에 맞서 홍대용은 주자를 적극 옹호했다. 이러한 치열한 토론을 통해 홍대용이 고증학풍을 처음 접하게 된 사실은, 청 제국의 발전상을 목도함으로써 북학사상을 품게 된 사실과 더불어 그의 사상적 변화를 초래한 중요한 계기로 주목되어야 한다.

육비와 엄성·반정균은 건륭 시대 고증학의 한 중심지인 항주에서 생장한 선비들이었다. 이들과 교유한 인사 중에는 항세준·오영방·왕휘조·주문조·소진함과 좌사 전대흔 같은 저명한 고증학자나 욱예·포정박 같은 대 장서가들이 적지 않았다. 홍대용이 이처럼 고증학풍에 젖은 항주 세 선비와 주자의 시경학에 관해 진지한 토론을 벌인 것은 전례가 없던 일로, 조선과 청나라의 학술 교류사에서 특기할 만한 사건이라 할 수 있다.

항주 세 선비는 주자가 「소서」를 배격한 것은 부당하며, 주자의

『시집전』은 주석에 오류가 많다고 주장했다. 따라서 『시집전』의 주석은 주자가 아니라 그의 문인이 대신 작성했을 것이며, 주자가 『시경』의 일부 시들을 '음시'(음란한 시)로 해석한 것은 잘못이라고 비판했다. 이들의 견해는 마단림과 주이준, 그리고 특히 『백로주주객설시』에서 주자의 『시경』 해석을 집중적으로 공박한 모기령의 영향을 다분히 받은 것으로 보인다. 육비는 『시집전』의 주자 문인 저작설을 부정하는 홍대용의 반론을 수용하면서도, 홍대용이 옹호한 주자의 「소서」 폐기론이나 음시설에 대해서는 결코 동의하지 않았다.

엄성은 『주역』을 점서로 본 주자의 주역관에 대해서도 홍대용과 이견을 드러냈다. 그는 고염무의 『일지록』에 의거해 주자의 주역관을 비판했다. 반면 홍대용은 주역 점을 치기 위한 중국산 진품 시초를 구하고자 꾸준히 노력했다. 그가 남긴 「주역변의」와 「계몽기의」를 보아도 주자의 주역관을 비판한 고증학의 영향은 보이지 않는다.

항주 세 선비와의 『시경』 토론을 마무리하면서 홍대용은 주자학만을 신봉하는 조선의 배타적인 학풍과 「소서」에 대한 자신의 공부 부족을 반성하고, 귀국한 뒤에 「소서」를 더욱 연구하여 이들에게 고견을 구하겠노라고 언약했다. 하지만 귀국 이후 그는 『시경』 연구에 열의를 보이지 않았으며, 반정균이 고증학파의 주자 음시설 비판을 수용한 『어찬시의절중』을 보내왔어도 미온적인 반응을 보였다. 홍대용이 남긴 「시전변의」와 「대동풍요서」, 그리고 『계방일기』 중의 관련 기사 등을 보면 주자와 김창흡의 영향을 강하게 드러내고 있을 뿐으로, 항주 세 선비의 주장이나 『어찬시의절중』이 그의 시경관에 미친 영향을 발견하기 어렵다.

이와 같은 홍대용의 소극적 대응에 비해, 이덕무는 『간정필담』

을 통해 소개된 청조의 고증학풍에 대해 적극적인 관심을 드러냈다. 『천애지기서』에서 이덕무는 고증학 창시자의 한 사람인 주이준을 매우 긍정적으로 소개했으며, 홍대용이 주자의 설을 따라 「소서」를 폄하한 데 찬동하지 않았다. 또 『청비록』과 『앙엽기』 등에서 고염무·모기령·주이준 등의 저술을 인용한 사실은 이덕무가 『간정필담』을 탐독한 이후 고증학에 대해 본격적인 관심을 갖게 되었음을 말해 준다.

『열하일기』에서 박지원은 『간정필담』과 『천애지기서』로부터 얻은 정보를 바탕으로, 당시 청나라에 주자의 시경학을 비판하는 풍조가 성행하고 있음을 전하면서 이는 모기령의 영향을 받은 것이라고 주장했다. 또 열하에서 만난 왕민호와의 토론을 통해 이와 같은 청나라 학계의 실정을 재확인하고 모기령에 대한 부정적인 평판을 소개했다. 나아가 박지원은 당시 중국의 주자학 비판 풍조는 청조가 주자학을 통치에 이용하는 데 대한 반발심에서 유래한 것이라고 보았다. 따라서 그는 조선의 편협한 사상 풍토를 개탄하면서, 주자를 공박하는 중국의 선비들과 적극 대화하라고 역설했다. 청나라의 신흥 학풍인 고증학이 예전의 양명학과는 다름을 인지하고, 그에 대해 개방적인 자세를 취하도록 촉구한 것이다.

청조 고증학은 고대의 실용적인 유학으로 되돌아감으로써 당대의 유학을 혁신하려 했으며 천문 수학을 포함한 광범한 분야에서 박학을 추구한 점에서 홍대용이 추구한 '고학'과 공통점이 있었다. 홍대용은 북경 여행을 통해 새로운 고증학풍을 접하기는 했으나, 전성기에 달한 건륭 시대 고증학의 최신 성과는 알지 못했다. 그가 접한 고증학풍은 청나라 초기에 한정되었고 그나마도 주자의 시경학에 대한 비판에 집중된 것이었다. 또한 그가 교유한 항주의 세 선비들도 경학에 밝고 시서화에 뛰어난 반면 천문 수학 분야에는 소양이 부족했다. 이와 같은 고증학 수용의 한계에도 불구하고, 홍대용은 이덕무와 박지원 등 북학파 인사들에게 깊은 영향을 끼침으로써 국내에 고증학에 대한 관심과 이해가 증대되는 데 기여했다.

홍대용은 북경 여행에 나서며 품었던 두 가지 소망을 모두 달성했다고 볼 수 있다. 그는 중국 대륙에서 '천하의 선비'를 만나 '천하의 일'을 의논하는 한편으로, 태평성세를 누리고 있는 청나라의 '규모와 기상'을 보고 싶다고 했다. '대국'의 번화하고 장려한 규모를 구경할 뿐 아니라, 훌륭한 선비들을 만나 중국의 사정을 알고 이들이 숭상하는 문학과 학문을 알고 싶다고도 했다. 그런데 북경 여행을 통해 홍대용은 건륭 시대 청나라의 눈부신 발전상을 다방면으로 자세히 관찰할 수 있었으며, 항주 세 선비와 교유하면서 이들의 내밀한 존명 의식에 뜨거운 공감을 느꼈고 당시 청나라에 주자학을 비판하는 고증학풍이 성행하는 사실도 감지할 수 있었다.

홍대용은 이와 같은 견문을 통해 일견 상반되는 사상적 반응을 드러냈다. 북벌론적 사고에서 벗어나 북학사상을 지향하면서도, 존명 의리와 주자학을 견지하고자 했다. 그는 청조의 천하 통일과 안정적 통치를 예찬하고 경제적 번영과 우수한 군사력을 직시했으며, 청 문물의 선진성을 인정하고 이를 적극 수용하고자 했다. 만주인에 대해서도 호감을 느꼈을 뿐 아니라 청나라 왕자와 교분을 맺기까지 했다. 또한 북경의 천주당을 찾아가 중국에 전래된 서양 천문학을 배우려 했으며 서양 시계와 양금 등을 대단히 애호했다.

그런 반면 홍대용은 여유량과 같은 명나라의 유민들에 대해 유달리 관심을 쏟았고, 조선의 여성 복식을 명나라식으로 개혁하고자 열망했다. 항주 세 선비에게는 청나라 치하에서 출세하지 말고 은둔하기를 권했다. 또한 이들이 고증학적 견지에서 주자의 시경학을 비판하자, 시종 주자를 옹호하는 반론을 폈다. 엄성에게는 이단에 빠지지 말고 평생토록 주자학에 힘쓰라고 당부했다. 항주의 세 선비가 보기에 홍대용은 조선의 순정한 주자학자였다.

홍대용의 사상에 나타난 이러한 양면성은 모순이 아닐 수 없다. 그는 청나라의 통치를 예찬하면서도 만주식 의관 제도를 강제한 것만은 폭정이라고 비판했다. 심지어 청나라에서도 명나라 의관 제도가 부활하기를 꿈꾸면서, 이를 설득하기 위해 중화 문물을 계승하기만 하면 어떤 종족의 국가도 중국의 정통 왕조가 될 수 있다는 논리를 폈다. 또한 홍대용은 항주 세 선비와 참다운 우정을 추구하면서, 지금은 청나라가 중국을 통일하여 천하가 한 가족이 되었으므로 화이의 차별을 두어서는 안 된다고 주장했다. 이 같은 논리와 주장 역시 그가 견지한 존명 의리와 심각하게 모순되는 것이다.

그렇다면 홍대용은 그의 사상에 나타난 진취성과 보수성, 북학사상과 존명사상의 모순을 어떻게 극복하려 했던가? 청 문물 수용의 논리를 모색하는 과정에서 그 문제에 대한 고민의 일단을 엿볼 수 있다. 홍대용은 청 문물을 청 왕조의 소산이 아니라 고대부터 명나라까지 계승되어 온 고유의 중화 문물로 간주함으로써 이 난제를 해결하려 했다. 이와 같은 '청 왕조와 청 문물의 분리론'은 그 후 북학사상의 기본 논리가 된다. 한편 북경 여행에 나서기 전부터 홍대용은 실용과 실천에서 멀어진 당시 조선의 주자학을 혁신하고자

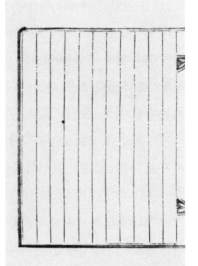

乾浄後編卷一
丙戌七月皇眉宮金弘喆賫咨赴燕作書附之

與篠飲書
大容曰大容以海外賤品偉倉奇緣得與上國韓冑
江表偉人如吾篠飲者接席論心證交丁寧重以燃
二頑珉歸橐動色此實孤陋之至事千古之異蹟也
天下之謂爲士者衆矣夸多闘靡大不足與爲
高七莊色篤論學不足與爲貴也運巧藏樸樹如
與爲奇也惟去態色因天真重門洞開始悅軒谿如
水鏡之監之無不照如鐘鼓之扣之無不譬者乃吾
所謂士也夫然後才也學也術也始可得而言矣是

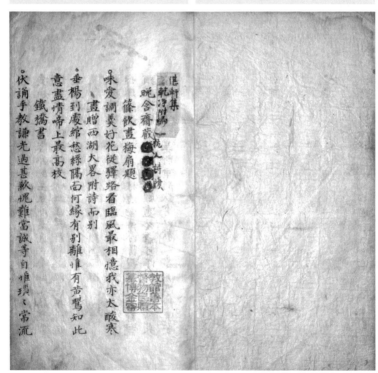

悳軒集
乾浄附編一池人詩陵
晚含齋藏
篠飲畫梅扇題
味庾調羹好花從驛路看臨風最相憶我亦太酸寒
畫贈西湖大暑附詩而別
垂楊到處綿慈綠偁而何緣有別離惟有黃鸝知此
意盡情帊上最高校
鐵橋書
伏誦手教謙光過惠歎愧難當誠等自惟璅璅常流

'고학'을 추구했으며, 그 일환으로 혼천의 제작에 몰두하고 서양 천문학을 과감하게 수용하고자 했다. 하지만 그는 북경 여행 중 항주세 선비를 통해 접한 청조의 고증학에 대해서는, 주자학 비판에 반발한 나머지 양명학의 여파로 간주하면서 이를 수용하는 데 소극적인 태도를 보였다.

이상과 같은 결론은 귀국 이후 홍대용의 사상적 모색을 집중적으로 고찰해 보면 더욱 확실하게 검증되리라 본다. 다행히도 이와 관련해서는 풍부한 자료가 남아 있다. 북경에서 귀국한 직후부터 거의 말년까지 홍대용이 청조 문인들과 주고받은 수많은 서신들이 그것이다. 그중의 일부는 이 책에서도 이미 활용했지만,『담헌서』에 수록된 30여 편 이외에도 100편이 넘는 왕복 서신이 현전하고 있다. 그 대부분은 숭실대 한국기독교박물관과 한림대 박물관에 소장된 원본 서간첩들과『간정필담』의 속편으로 편찬된『간정후편』(乾淨後編) 및『간정부편』(乾淨附編)에 필사된 서신들인데 아직까지 제대로 연구되지 못했다. 이러한 왕복 서신들을 주자료로 삼아, 홍대용이 엄성·육비·손유의·등사민 등 청조 문인들과 나눈 일련의 학술 토론을 고찰함으로써 그의 후반기 생애에 지속된 사상적 모색 과정을 규명하는 작업을 후속 과제로 남겨 둔다.

미주

1부 — 여행에 나서기까지

1부 1장

1 1779년(정조 3년) 정효공파를 중심으로 『南陽洪氏世譜』를 重刊할 때 당시 태인 현감이던 홍대용은 그의 숙부인 파주 목사 洪檍, 재종형제인 高靈 현감 洪大顯(洪梓의 아들) 등과 함께 출판 비용을 부담했다(『담헌 홍대용』, 천안박물관 개관 4주년 기념특별전 도록, 2012, 159면 사진 참조).

2 『湛軒書』內集 권2, 『桂坊日記』, 乙未(1775) 8월 26일, "令曰: '桂坊誰之孫 也?' 臣曰: '靖社功臣南陽君洪振道之六代孫也.' 令曰: '昨日擧案中, 桂坊何 其多也? 一侍直, 亦功臣之孫也. 桂坊先祖, 有何事蹟?' 曰: '別無事蹟. 臣之 先祖, 卽具思孟之外孫, 於仁祖大王爲姨從親屬也. 臣之宗家, 處地甚高, 家有 樓登之, 俯瞰城中. 故擧議時, 諸家婦女幷會其樓, 約以闕外有火光, 則大事成 矣, 不然則敗矣, 婦女幷將引決, 家傳如此.' 令曰: '家在何處?' 臣曰: '家在南 山下暗里門洞矣.' 令曰: '曾聞伊時以火光爲約矣, 果是其家矣. 聞以綿紬一 疋, 各爲自縊計矣.' 臣曰: '綿紬事, 或有傳言.' 令曰: '其樓尙在乎? 謂之擧議 樓可也.'"; 『承政院日記』, 영조 17년 8월 20일, "贈領議政洪振道, 謚忠穆."

3 李縡, 『陶菴集』 권30, 「南溪君洪公神道碑」.

4 金元行, 『渼湖集』 권17, 「監司洪公墓碣銘(幷序)」; 『승정원일기』, 영조 17년 3월 27일, "洪龍祚爲三和府使."; 『을병연행록』, 1765년 11월 10일(소재영 외 주해, 태학사, 1997, 25면).
'신임의리'란 신임사화(1721~1722) 때 역적으로 몰려 죽은 노론 지도자들의 완전한 명예 회복과 사화를 일으킨 소론에 대한 철저한 숙청을 주장하는 노론의 당론을 말한다.

5 黃景源, 『江漢集』 권19, 「通訓大夫 羅州牧使 羅州鎭兵馬僉節制使 洪公墓碣 銘(幷序)」.

6 金祖淳, 『楓皐集』 권13, 「判中樞府事洪公謚狀」; 『승정원일기』, 순조 11년

6월 19일, "卒判府事洪檍爲貞簡."

7   『담헌서』外集, 부록, 洪大應,「從兄湛軒先生遺事」; 홍대응, 『敬齋存稿』
    권5,「祭從兄湛軒公文(癸卯)」; 洪大衡, 『華西詩文雜稿』,「祭從兄湛軒公文
    (甲辰)」.

    홍대응은 생원 급제 후 홍대용의 사후인 정조 후반~순조 초에 면천 군수와
    한성 서윤 등을 지냈고, 홍대형은 진사 급제 후 순조 때 廣州 판관·순창 군
    수 등을 지냈다. 양자로 나간 홍대협은 문과 급제 후 정조 말에 승지와 김포
    군수 등을 지냈으며, 순조 즉위 초에 집권한 벽파의 공격을 받아 유배지에
    서 죽었다.

8   『淸風金氏世譜』권2, 丙編 上, 仁伯派, 장62앞, 장63앞; 金鍾厚, 『本庵集』권
    3,「與洪子順請記用夏齋」, 권6,「後峒書庵記(丙戌)」; 金鍾秀, 『夢梧集』(종가
    소장 필사본) 권11,「祭族叔仲謙(致益)墓文」; 『담헌서』내집 권3,「答金內
    兄○○氏書」.

    內從兄은 內兄이라고도 한다. 內從(內兄弟)은 처의 형제나 內四寸(외사촌
    형제)를 가리킨다.

9   『韓山李氏文烈公派世譜』권4, 韓平君派, 100면, 19世 秉鼎－20世 子弘重－
    21世 女(洪大容); 金昌協, 『農巖集』권20,「答李秉鼎(丁丑·庚辰·壬午)」;
    『승정원일기』, 영조 8년(1732) 5월 3일, "吏曹口傳政事, 以李秉鼎爲淸州牧
    使."; 柳重敎, 『省齋集』권43,「先妣李孺人遺事」, "…至牧使秉鼎, 農巖門人,
    器識德量, 爲世所推, 於夫人爲高祖也. 曾祖弘重·祖後永, 皆不仕."

    홍원의 출생 일자는 甲申 12월 13일이어서 양력으로는 1765년 1월 4일이
    된다. 홍원의 兒名은 長遠이었다.

10 김태준, 『홍대용 평전』, 민음사, 1987, 105면; 川原秀成, 『朝鮮數學史』, 東京
    大學出版會, 2010, 143~144면. 이 두 책 모두 사례로 든 인명과 관직에 오
    류가 있다. (참고) 洪彦弼, 『黙齋集』부록, 권1, 申光漢,「墓誌銘(幷序)」, "側
    室生二男三女, 男曰遠, 觀象監奉事, 曰造, 幼."; 洪暹, 『忍齋集』권2,「先妣墓
    表文」, "夫人生一男一女, 男卽暹. … 庶出曰耆年·耆壽, 皆爲觀象監正, 耆亨,
    (觀象監)判官."

11 『담헌서』외집 권1,「與篠飮書」(2), "弟自十六七時, 粗解東國之琴. …或與歌
    姬舞女, 雜坐爲歡, 狂蕩慷慨, 不知其不可也. 知我者責以無撿, 不知我者目以
    伶人."

12 『담헌서』내집, 補遺,「蓬萊琴事蹟」.

이 글에서 홍봉조를 "仲從祖留守公"이라고 지칭한 것은 그가 1752년 7월부터 1754년 1월까지 개성 유수를 역임했기 때문이다. 박종현은 인조 때 掌樂院 僉正을 지냈다(『승정원일기』, 인조 13년 6월 24일).

13 김원행, 『미호집』 권17, 「監司洪公墓碣銘(幷序)」; 권20, 「祭監司洪公(龍祚)文」, 「祭盂山洪丈(鳳祚)文」; 『담헌서』 내집 권4, 「祭渼湖金先生文」; 黃胤錫, 『頤齋亂藁』 권16, 庚寅(1770) 10월 24일, "聞是(*淸州長命驛村)洪羅州㰏之子大容甫楸庄所寓之地. 此人以渼上(*金元行)夫人從姪, 嘗往來丈席, 文學才藝見識, 猶非俗儒."

홍자는 시인과 서예가로서도 이름이 있었다(李奎象, 『幷世才彦錄』, 「文苑錄」, 「書家錄」). 홍대용이 홍자의 시에 차운하여 사촌·육촌 형제들과 함께 지은 시가 문집에 전한다(『담헌서』 내집 권3, 「謹次參判從叔父韻 與諸從共賦」). 홍자는 1775년 3월 병조 참판에 임명되었다.

14 金履安, 『三山齋集』 권1, 「用晦翁別南軒韻 贈別洪德保(大容)」 "…天機闚玉衡, 時事感幽州. 謂此甚適耳, 云胡不遲留?"(이 시는 『삼산재집』 권8, 「楚楚軒聯句跋」에 의하면 1745년 겨울에 지은 「楚楚軒與士毅·存吾(從弟履獻)聯句」의 바로 직전에 배치되어 있어 1745년경에 지은 것으로 추정된다); 권8, 「籠水閣記」, "余少讀虞書璣衡之文, 則心悅之. 嘗採註家言, 縛竹爲器, 轉之旋旋如紡車, 賤陋可笑. 然遇朋友可語, 輒出而辨質焉, 洪君德保, 其一人耳."

15 『담헌서』 외집 권1, 「與汶軒書」(3), "容自十數歲, 有志於古學, 誓不爲章句迂儒, 而兼慕軍國經濟之業."

16 『담헌서』 외집, 부록, 李淞, 「湛軒洪德保墓表」, "德保又師事渼湖先生金公元行, 同門士皆磨礪道義, 談說性命. 德保諸父兄弟, 治博士業, 亦有以文詞著名. 德保獨有志於古六藝之學, 象數名物, 音樂正變, 硏窮覃思, 妙契神解. 天文躔次, 日月來往, 象形制器, 占時測候, 不爽毫釐."; 『周禮』, 地官, 「保氏」, "保氏掌諫王惡, 而養國子以道, 乃教之六藝. 一曰五禮, 二曰六樂, 三曰五射, 四曰五馭, 五曰六書, 六曰九數."; 김태준, 앞의 책, 24~25면 참조.

17 "古之敎也, 於其幼時, 已敎以六藝. 故及其長也, 上而雖未及知道, 下而不失爲適用. …是以六藝之敎, 固當幷行於灑掃之節而不容或廢也."(『담헌서』 내집 권1, 「小學問疑」)

이는 주자가 「大學章句序」에서 고대의 이상적인 교육을 논하며, "人生八歲, 則自王公以下, 至於庶人之子弟, 皆入小學, 而敎之以灑掃應對進退之節, 禮

樂射御書數之文."이라고 한 구절에 근거를 둔 주장이다.

18 "孔子嘗爲委吏矣, 曰: '會計當而已'矣. 當會計者, 舍算數奚以哉? 史氏言孔門諸子之盛, 以身通六藝稱之. 古人之務實用也如此, 孔氏之所以敎者, 其可知已."(『담헌서』 외집 권4, 「籌解需用序」)

『孟子』「萬章 下」에 "孔子嘗爲委吏矣, 曰: '會計當而已'矣."라고 했으며, 『史記』「孔子世家」에 "孔子以詩書禮樂敎, 弟子蓋三千焉. 身通六藝者七十有二人."이라고 했다.

19 "目今科學之弊稽天, 大開利欲之路, 驅一國而由之, 父兄之敎子弟, 朋友之相勸勉, 唯此之務, 而不復知有古人之學矣. …道外無文, 文外無道, 則益進吾學, 有見乎道, 顧不爲他日應擧之本乎? 今德保, 年未弱冠, 雖不及今小成, 豈云晚哉?"(홍대용 종손이 소장 서신; 『담헌 홍대용』, 앞의 도록, 55면. 단 이 도록에서 '내종제 洪致益'의 서신으로 소개한 것은 오류이다.)

20 김종후, 『본암집』 권3, 「答洪德保」(1), "今將與足下遠別也, 使人不能不有感於與足下交際之始也. 某與足下相聚於道峰也, 其志槩所極何如也? 至今十七年間, 足下已著然壯茂, 而某則髮種種矣!"(1765년의 서신임); 권4, 「與洪德保」(己丑: 1769), "…悅如復對二十年前道峰院裏之德保甫也."; 황윤석, 『이재난고』 권24, 戊戌(1778) 4월 15일, "(李善長)又云: '沙川掌令金鍾厚, 向來於我美上師門, 雖不純稱弟子, 而其每事咨稟, 一心尊仰, 實無間於弟子. 故今師門遺稿之修也, 與金往復書札, 殆至一卷, 其相從之熟也, 可知也.'"

단 김종후는 1770년경부터 金漢祿과 손잡고 洪鳳漢을 공격하면서, 김원행이 홍봉한을 지지한다고 오해하여 사이가 멀어졌다고 한다.

21 『담헌서』 내집 권3, 「與鄭光鉉書」.

참고로, 홍대용은 「與權某書」(『담헌서』 내집 권3)에서도, 김원행의 문하에 들게 해 달라고 한 권 아무개의 청탁을 완곡하게 거절했다. 권 아무개의 조부인 權宏이 경종 때 노론 대신 김창집을 규탄한 남인 관료들의 상소에 가담했다는 이유에서였다.

22 『담헌서』 내집 권3, 「與蔡生書」.

뿐만 아니라 그는 문경의 소양서원에서 선조 때 서인들에 의해 역적 정여립의 일당으로 몰려 죽은 鄭彦信을 제향하고 있는 사실에 분개하면서, 문경 현감인 부친 홍역을 대신해 당시 경상 감사에게 黜享 조치를 건의하는 서신을 보내기도 했다(『담헌서』 내집 권3, 「與鄭光鉉書」(別紙), 「與嶺伯論瀟陽祠書」).

23 "無大疑者無大覺, 與其蓄疑而含糊, 何如審問而求辨, 與其面從而苟合, 無寧盡言而同歸乎?"(『담헌서』 내집 권1, 「渼上記聞」)

24 "先生之言行而少不合於孔孟程朱之道, 則是使小子終不得聞孔孟程朱之道矣. 於門下之言行, 其可不審視而詳察, 有疑而必質乎?"(『담헌서』 내집 권3, 「上渼湖先生金(元行)書」).

이 서신은 1751년 김원행이 사헌부 지평 직을 고사한 사실과, 1752년 개성의 花潭書院을 거쳐 평양·성천·안주·영변·묘향산 등지를 다녀온 사실이 거론되고 있음을 보아, 1752년 이후에 썼을 것으로 추정된다.

25 徐直修, 『十友軒集抄』, 「辛未秋夜 舟遊渼陰 與金正禮(履安), 尹伯常(蓍東), 洪弘之(大容), 洪伯能(樂舜) 拈韻同賦」.

서직수(호 十友軒, 1735~1811)는 한성 서윤 徐命仁의 아들로 1765년 진사 급제 후 주로 지방 수령을 지냈다. 김이안이 석실서원에서 배를 타고 온 홍대용 등과 함께 지었다는 「十五夜 德保·李敬之(翼天) 自石室 棹小舟而來 呼天字」(김이안, 『삼산재집』 권1)도 같은 시기에 지은 시로 추정된다.

26 『담헌서』 내집 권3, 「贈洪白能說」, "達而行之, 則澤加於四海; 退而藏焉, 則道明乎千載, 然後乃吾所謂士也. 斯可謂之眞士矣."

이 글의 창작 시기는 알 수 없다. 김이안도 홍낙순에게 「贈洪伯能序」를 지어 주었다(김이안, 『삼산재집』 권8).

27 『漆原邑誌』 卷下, 「人物」, "周必南, 孟獻曾孫, 字道而, 早廢科業, 深究經籍, 號思軒."; 姜鼎煥, 『典庵文集』 권5, 「書周道以狀草」, 권6 「周道以行狀」.

28 『담헌서』 내집 권3, 「贈周道以序」.

김우옹과 정인홍은 남명 조식의 문인이다. 김우옹은 동인으로 기축옥사(1589)에 연루되었고, 정인홍은 동인에서 갈라진 북인으로 계축옥사(1613)에 관여했다.

29 김원행, 『미호집』 권8, 「爲石室院儒呈領相(*영의정 김재로)」, "今漆原儒生有周必南者, 千里北學, 厥惟多年, 其志盖將以求道也. 自去冬又來住本院, 留連讀書, 至于半歲, 乃於今四月初八日, 遇疾不起. 將以此閏月某日, 返柩于本土. 本院旣無事力可以相及, 其家又在嶺南千里之外, 貧且甚, 無以能自致. …惟閤下幸垂矜察, 念恤孤之義, 援法意之美, 特自備局命給駕牛, 使得以歸骨故山."; 권13, 「贈周生小學書後跋」, "余以小學書, 引鄕里諸生, 月一講于石室書院, 時周君必南來留院中, 每講必與焉而心樂之. 余喜其氣淸而志壹, 稍進之以心經, 而以居敬治心之說告焉. 君又言下灑然, 退而省其私, 有以見其

持之日固而行之日篤也. 余於是益知其可與共學也. 噫! 今其死矣, 其可惜也
夫!"; 권20,「祭周生必南文」,『담헌서』내집 권3,「周道以哀辭」.

30   『담헌서』내집 권1,「渼上記聞」, "甲戌仲夏, 會講于石室, 余講小學明倫, 誦
罷, 問外內不共井章文義."

31   『담헌서』내집 권1,「小學問疑」,「家禮問疑」,「四書問辨」,「三經問辨」; 김원
행,『미호집』권10,「答洪大容」(3), "近來尙做擧業否? …聞科後便携書而來,
辦作幾月講會. 庶有相發之益, 必圖之無忽!"

32   『담헌서』외집 권2,「乾淨衕筆談」, 1766년 2월 12일, "力闇曰: '父母之命,
親友之勸, 亦自難辭.' 余曰: '弟亦以此尙未斷跡科場.'";『乾淨後編』권1, (丙
戌) 十月冬至使行入去 作書附譯官邊翰基,「與鐵橋書」(嚴誠,『鐵橋全集』5,
『日下題襟集』下, 洪高士尺牘,「九月十日與鐵橋」, 書後別紙), "某於科甲, 非
決性命而求之者. 惟於入場呈卷之時, 報子傳榜之際, 每不免聳動希覬, 按住
不得, 事過後, 雖能自悔, 逢場則舊習輒發. 學力之不周, 殊可愧歎. 力闇纔經
試圍, 其必有內省之可驗者. 願聞之."(『담헌서』외집 권1, 杭傳尺牘,「與鐵橋
書」(1)에는 해당 내용이 삭제되었음.)

33   『담헌서』내집 권2,『계방일기』, 乙未(1775) 8월 26일, "令曰: '…大抵擺脫
科第, 人所難及. 桂坊已廢科乎?' 臣曰: '廢之四五年.' 令曰: '廢科豈不難乎!'
臣曰: '臣才識不逮, 尤不習於程文, 是以甘於自廢, 非有高尙之志而然也.' 令
曰: '桂坊造詣, 吾未深知, 而才如桂坊, 豈不得一科? 明是不肯爲也.'"; 외집
권1, 杭傳尺牘,「與梅軒書」(*1770.10 발신), "弟苫塊餘生, 衰象已見, 功名
一途, 揣分甚明. 且幸籍先蔭, 有數頃薄田, 可以代食. 將欲絶意榮顯, 隨力進
修, 康濟身家, 以其暇日, 努力古訓, 玩心於大丈夫豪雄本領. 此其樂或不在
祿食之下, 惟恐摧惰日甚, 卒無以成此志也."; 황윤석,『이재난고』권17, 辛卯
(1771) 3월 13일, "子敬(*李顯直)曰: …因言當世惟洪大容, 高潔淹博, 不入
場屋, 留心古學, 如樂律尤精. 常居淸州, 近聞入城, 在於紵塵洞後谷. 實有一
見之願, 而未及見耳."

1부 2장

1   『승정원일기』, 영조 26년 1월 26일; 영조 29년 4월 28일, "以沈鑵爲聞慶縣
監."

2　洪大應, 『敬齋存稿』 권5, 「伯父懶窩公遺事」, "聞慶, 嶺南之衝, 爲國家防禦, 朝廷之所恃亦股矣. 公之到境也, 卽試武士, 殆無操弓約矢者. 公爲之慨然, 令閭里各置訓長, 賞罰以勸之. 政成之暇, 聚武士而試其藝, 必親自決拾而率之. 不數年, 射夫之精熟聞於傍邑. 自玆以後, 屢典州府, 幷以此爲率."

3　『승정원일기』, 영조 30년 윤4월 25일. 홍역은 호조 정랑에 임명되기 전후로, 정선 군수·금산 군수·담양 부사에 임명되었으나, 모두 곧 취소되어 실제로 부임하지는 않았다.

4　『榮川郡邑誌(全)』, 「先生案」, "洪櫟, 乙亥到任. 同年移拜海州牧使."; 『승정원일기』, 영조 31년 3월 25일, 영천 군수 除授; 4월 10일, 下直; 11월 14일, 해주 목사 제수; 11월 28일, 趙德洙가 후임 영천 군수로 제수됨.
　　홍역은 영천 군수로 임명되기 직전에 상의원 주부를 지냈다(『승정원일기』, 영조 31년 1월 9일).

5　『영조실록』, 31년 7월 23일; 『승정원일기』, 영조 31년 8월 17일, 8월 21일.

6　『陶山書院尋院錄』, "南陽洪大容(乙亥九月二十一日來宿祇謁)"(『담헌 홍대용』, 천안박물관 개관 4주년 기념특별전 도록, 2012, 66면 참조).

7　선기옥형은 1770년대까지도 도산서원에 보관되어 있었으나 후에 분실되었고, 현재 남아 있는 것은 혼상뿐이다(정진호, 『도산서원 혼천의』, 안동시, 2006, 80~84면).

8　宋鼎銑, 『東渠集』 권2, 「與洪德保(大容)」, "頃以虛名誤足下, 坐蒙頻顧, 自愧自恧而跼蹐無地."

9　송정환, 『동거집』 권4, 부록, 李晩寅, 「行狀」, 金若鍊, 「墓碣銘(幷序)」.
　　송정환은 1763년에 생원 급제하고, "正廟戊戌十二月朔"에 별세했으므로 사망 일자가 양력으로는 1779년 1월 8일이 된다.

10　송정환, 『동거집』 권2, 「與洪德保(大容)」, "足下年甫弱冠, 見識如此, 若復專心致志於窮理居敬之實, 牢着脚跟於眞定安泰之地, 則其爲成就, 固不可量, 而竊覵足下似未免留意於周羅博采. …自古聰明豪杰之士, 孰不有此心, 而或有始勤而終怠者, 或有初正而末邪者, 皆由自家眞積踐履之工, 未得到那十分專一, 而周羅博采之病所使然也."

11　『승정원일기』, 영조 31년 11월 14일, 제수; 12월 26일, 하직; 영조 32년 3월 8일, "櫟對曰: '臣之到任, 在於上年十二月晦日…'"; 송정환, 『동거집』 권2, 「與洪德保(大容)」, "邑民無祿, 賢侯陞品, 視膳之行, 當不久啓轄, 途遠日寒, 何以利達? 伏切貢慮."

12 『담헌서』외집 권3, 『간정동필담』, 1766년 2월 24일, "與篠飮書曰: '大容再拜上篠飮先生足下. 容十年前遇爲筭命術者, 以爲鄙運於丙戌乃大亨, 當登科甲, 踐榮途. 某云: '余才拙矣, 業疏矣, 且骯髒抹撒, 不堪隨世俯仰, 科甲榮途, 非余志也.' 術者言: '運者天之命也. 不受命, 必有奇禍以反之. 不然, 有大快樂事, 亦可以當之.' 某雖諾諾, 而殊不以爲信然."

13 『승정원일기』, 영조 32년 3월 8일, "上又問海州牧使洪櫟曰: '職姓名?' 櫟進伏對訖. 上曰: '是誰也? 似是聞名, 而未之省也.' 承旨兪漢蕭曰: '是參判洪鳳祚之姪也.' 上曰: '七事?' 櫟對訖. 上曰: '年事, 何如?' 櫟對曰: '本道分等中, 入於尤甚, 而臣自嶺南移來, 若比諸嶺南, 則不至甚歉矣.' 上曰: '然則設賑耶?' 櫟對曰: '雖不設賑, 朝夕設粥矣.'"

14 『승정원일기』, 영조 32년 9월 30일, "尙魯曰: '此黃海監司南泰耆狀達也. 枚擧海州牧使洪櫟牒報, 以爲本州改量, 已過八十餘年, 田政紊亂, 民弊滋甚, 待秋成改量事, 請令廟堂稟處矣. 黃州·載寧兩邑, 見方改量, 而海州牧田政紊亂, 亦如此, 則依狀請一體改量, 爲宜, 以此分付, 何如?' 令曰: '依爲之.'"

15 홍대용, 『경재존고』권5, 「伯父懶窩公遺事」, "其牧海州也, 土人互爲朋比, 有淸濁之目, 削罰詬辱, 不勝其紛然. 公一禦之, 春秋戰, 處之平恕, 諄諄開諭, 不施鞭楚, 而賴以退聽, 兩邊俱無怨言. ○ 海州營下劇邑, 素號難治. 公之涖任也, 政必信, 令必簡, 獎糵咸擧, 簿牒無滯, 仁威幷行, 吏民俱安."

16 『승정원일기』, 영조 33년 11월 26일, "承旨讀海州京主人李無應崇文案訖. 上曰: '牧使, 誰也?' 鄭存謙曰: '洪櫟也.' 上曰: '京司之令, 順行於外方, 則豈有此弊乎? 僉議, 何如?'…上命承旨書判付曰: '姑待三覆, 更議處之. 大抵京司關文, 外方視若尋常, 慢不擧行, 故致有此弊. 況藥院, 何等緊急, 而不卽奉行乎? 當該牧使, 先罷後拿, 藥院提調, 從重推考, 當該道臣, 緘辭推考.' 上曰: '此等之弊, 一番道臣拿處, 牧使投畀然後, 國綱可立矣!'", 12월 3일, "讀海州京主人李無應崇文案訖. …瑩中曰: '內局催促, 則渠當白活, 而因此微事, 敢作如許之事, 其罪不可容矣.' …令承旨書判付曰: '大朝好生之德, 豈敢不仰體乎? 減死島配!'"; 홍대용, 『경재존고』권5, 「伯父懶窩公遺事」, "居無何, 以微事坐罷, 吏民相率號訴. 時道臣亦被警責, 嫌不敢啓."

17 『승정원일기』, 영조 34년 9월 17일, 제수; 10월 4일, 하직.

18 홍대용, 『경재존고』권5, 「伯父懶窩公遺事」, "羅州, 地廣物殷, 風俗狡黠. 自經乙亥逆獄, 百弊如蝟. 還穀之逋負, 爲累萬石. 公之初涖也, 先因奸濫吏胥, 繩之以法, 死亡窮餓之無所徵者, 並捐俸, 參以留儲官財, 分掌料殖, 而兩歲之

間, 倉庫充溢無闕. 先是, 人皆謂逋負事系前官, 當依典論報, 俾無後患. 公以爲前官所犯雖重, 而旣異盡輸私橐, 則何可委其罪, 而爲自好之計乎. 遂不報聞, 而極力營辦, 雖甚勞悴而不恤也."

19 홍대용, 『경재존고』 권5, 「伯父懶窩公遺事」, "羅州素稱煩劇難治. 公早衙夜罷, 一日剖決殆萬數, 而皆沕然中竅, 無毫髮之差, 吏民不敢欺詞訟, 有平簡之譽. 壬午大饑, 捐俸以賑之, 至累千石, 民賴以生活, 卒免流離塡壑者, 實公之惠也.…."

이는 『승정원일기』에서도 확인되는 사실이다. 전라 감사는 畢賑(진휼 사업 완수) 장계에서 홍역의 自備穀(흉년에 대처하기 위해 수령이 自費로 준비한 곡식)이 1천 석이 넘었다고 보고했다(영조 39년 6월 11일, "今覽湖南道臣畢賑狀聞啓本, 狀聞條陳精詳, 令該廳稟處, 其中自備減報者, 其心可嘉, 而羅州前牧使洪檪自備之數, 其過千數, …").

20 홍대용, 『경재존고』 권5, 「伯父懶窩公遺事」, "依呂氏鄕約, 參之以鄕社洞規, 每閭各置其長, 使之統攝, 規正風俗, 民甚便之, 詞訟賴以稍簡."

21 『담헌서』 내집 권3, 「鄕約序」, "嗚呼! 匈年饑歲, 民散久矣. 不能施分田制産之政而先之以法度禮義之敎者, 人孰不笑其迂哉!…."

22 홍대용, 『경재존고』 권5, 「伯父懶窩公遺事」, "間有橫濫厭拘束者, 結以成黨, 流言京外, 訕謗四集. 公痛惡習之難化, 歎古法之不擧. 行之數年而罷."

23 『담헌서』 내집 권3, 「勸武事目序」, "此所以不戰而屈人之兵, 而兵家之所謂善之善者也." "余以迂儒, 叨守是邑, 素乏韜畧, 不閑射御, 惟是陰雨之備, 講武之道, 未嘗不惓惓也." "若乃量己度敵, 發謀決機, 不出帷幄之中而折衝千里之外者, …."

24 『승정원일기』, 영조 35년 12월 23일, 흑산도에 漂到한 복건성 興化府 莆田縣 상인들을 羅州牧에 先置하게 함; 『담헌서』 외집 권2, 「간정동필담」, 1766년 2월 3일, "余曰: '兩地只隔一海, 如福建商舶, 亦多漂到我國者. 杭州似亦不甚遠也.'", 2월 8일, "余曰: '頃年見福建人漂到東國, 亦不喫牛肉. 余問其故, 答云: '我地有神曰齊天大聖, 其神不吃牛肉. 故我們不敢吃'云. 此言何謂也?'"

25 한 가지 흥미로운 사실은 이덕무도 바로 그 중국 상인들을 만나 문답한 기록을 남겼다는 점이다. 흑산도에 漂着한 복건 상인들은 그들보다 며칠 뒤에 전라도 茂長縣 관내 포구에 표착한 중국 江南 상인들과 함께 한양으로 이송된 뒤 육로로 귀환했다(『同文彙考』 原編, 권72, 漂民 7[上國人], 「庚辰

[英祖三十六年]報茂長羅州漂人押解杏」). 이덕무는 1760년 2월 한양의 南別宮에 묵고 있던 강남·복건 상인들을 찾아가 그중 복건성 출신인 黃森과 필담을 나누었으며, 그들의 복식과 辮髮·언어 등을 유심히 관찰했다(李德懋,『靑莊館全書』권3,『嬰處文稿』1,「記福建人黃森問答」).

26 『영조실록』, 38년 12월 19일, "命遠配前羅州牧使洪檥. 時湖南大饑, 而羅州糴四萬斛, 無一留儲, 民無仰哺, 閤郡遑遑, 人皆慎之. …遂配醴泉.";『승정원일기』, 영조 38년 10월 5일, "洪鳳漢曰: '前羅州牧使洪檥, 以還上加分事, 方在拿問中….'"; 영조 39년 2월 6일, "羅州飢民, 七月來京云: '前牧使洪檥, 蕩然還穀, 非徒賑民無策, 使民若是流丐京中.'"

27 송찬섭,『조선후기 환곡제 개혁 연구』, 서울대출판부, 2002, 13~17면(이는 19세기 前半의 환곡 실태를 말한 것이나, 18세기 후반에도 해당된다).

28 강명관,「한문학 연구자의 평전 쓰기에 관한 몇 가지 생각−湛軒 洪大容의 경우를 예로 삼아」,『한국한문학연구』67, 한국한문학회, 2017, 56면.

29 『영조실록』, 38년 8월 10일; 金鍾秀,『夢梧集』권6,「贈司諫院大司諫楡谷朴公墓表」; 李和甫,『有心齋集』권6,「楡谷朴公墓誌銘」.

30 『승정원일기』영조 37년 2월 29일, "文學洪檍書曰: '伏以, 臣之八耋老母, 方在於臣兄臣檥羅州牧任所, 而年深病痼, 居常凜綴,….'"; 영조 38년 10월 5일, "洪鳳漢曰: '前羅州牧使洪檥, 以還上加分事, 方在拿問中, 而遭其母喪云. 似當待其過葬而就拿矣.' 上曰: '依爲之.'"
후임 나주 목사로 金仁大가 임명되었다가 곧 파직된 뒤, 兪彦述이 特除되었다(『승정원일기』, 영조 38년 9월 14일, 10월 28일).

31 홍대응,『경재존고』권5,「伯父懶窩公遺事」, "壬午有一臺臣, 疏論數三大臣, 語極危怖, 竄于羅之絶島. 臺臣貧甚, 其子徒步隨之. 沿路守宰, 以其重觸時相, 恐其移怒, 無一人周之者. 公與臺臣無半面之雅, 以爲之慨然曰: '且置所論之如何, 臺臣餓死于境, 則是乃主倅之羞, 亦豈盛世之美事乎?'乃貰馬束裝而送之. 及丁憂而歸, 又將記簿之餘若干物, 輸送謫所. 聞者莫不義而危之.";黃景源,『江漢集』권19,「通訓大夫羅州牧使羅州鎭兵馬僉節制使洪公墓碣銘(幷序)」, "其在羅州時, 執義朴公致隆, 論數三大臣, 流海中. 湖南州郡, 皆惴惴畏其權勢, 不敢使人存致隆. 公慨然曰: '言者餓死海中, 則牧使之羞也.'乃貰馬束裝而送之. 及其歸也, 又致其記簿之餘, 以救其死. 聞者莫不誦其義."; 김종수,『몽오집』권6,「贈司諫院大司諫楡谷朴公墓表」, "當是時, 鳳漢勢焰薰天, 遠近守宰, 皆不敢餽問公."

『승정원일기』, 영조 38년 10월 4일, "李福源, 以義禁府言啓曰: '海南前縣監鄭趾新·曺時泰·權衡弼, 寶城前郡守李奎章·林世載·田見龍·李策, 前縣令趙載福·閔百祿, 羅州前牧使洪樑等, 竝令該府, 依法勘處事, 傳旨啓下矣. … 洪樑, 時在忠淸道全義地, 依例發遣府書吏羅將, 竝拿來.'"; 10월 5일, "洪鳳漢曰: '前羅州牧使洪樑, 以還上加分事, 方在拿問中, 而遭其母喪云. 似當待其過葬而就拿矣.' 上曰: '依爲之.'"; 12월 11일, "閔百興, 以義禁府言啓曰: '羅州前牧使洪樑, 以還上加分事, 有拿問之命, 而遭其母喪, 過葬後就拿事, 擧條, 前已啓下矣. 洪樑已過葬事, 今方待命於本府, 卽爲拿囚之意, 敢啓.' 傳曰: '知道.'"; 12월 14일, "閔百興, 以義禁府言啓曰: '徒配罪人洪樑·洪梓·鄭恒齡·崔台衡·李行源·金善淳, 發遣府書吏羅將, 押送各其配所, 何如?' 傳曰: '允.' 又以義禁府言啓曰: '時囚罪人 …宣沙浦前僉使金九重, 羅州前牧使洪樑, 寶城前郡守李奎章等以本律勘處放送.'"; 12월 16일, "上曰: '噫! 今者湖南, 一米如金, 而今覽道臣狀聞, 史遑及作加分, 若是野然之中, 至於淳昌, 聞涉寒心, 不可循例處之, 當該守令·邊將, 令該府拿問嚴處. 因此以覺, 爲凍囮滯囚, 頃者處分之時, 前羅州牧使洪樑, 亦在其中, 不可循例勘處而止, 禁錮一節, 亦爲考律擧行!'"; 12월 19일, "象漢曰: '前羅州牧使洪樑, 以徒三年議律矣. 更有禁錮考律擧行之命, 而考之大典及續典, 元無加分禁錮之律. 有司之臣, 惟當考律而已. 下詢大臣處之, 何如?' 鳳漢曰: '守令之加分, 何時非罪, 而當此大歉之時, 以賑穀之匱乏, 丙枕靡安, 聖心憂勞, 若非還穀之加分, 豈有賑資之不足? 羅州, 朝令外所加分者, 至於二萬石之多云. 二萬石之穀, 當活幾萬名乎? 此時旣現此罪, 只若徒配畿驛, 遇赦卽放, 則是豈爲飢民用國法之道, 而亦何以懲日後犯科之吏乎?' 上曰: '所奏誠是, 無於例之例, 雖難創設, 徒三年之律太輕, 特施遠配之律!'"; 영조 39년 1월 28일, "鳳漢曰: '羅州前牧使洪樑, 初無禁錮之事, 而頃日傳敎中, 有已爲禁錮之措語. 今此傳敎, 旣與前日處分有異, 則其時承旨, 宜稟而不稟, 誠非矣.' 上曰: '下敎雖忘錯, 洪樑豈無禁錮? 限五年禁錮, 可也.'"; 『영조실록』, 38년 12월 19일, "樑被囚, 遇寒混入於疏釋中, 上覺之, 命考律. 左議政洪鳳漢復請嚴懲, 遂配醴泉, 禁錮五年."; 홍대응, 『경재존고』 권5, 「伯父懶窩公遺事」, "…居數月, 以加分事配楊州. 大臣以配所之太近, 請移配嶺表, 又請禁錮十年. 自上俯詢其治積與年紀, 筵臣有以到處善治, 年近六旬爲對者. 特命五年禁錮. 大臣之靳靳, 蓋有以也."; 황경원, 『강한집』 권19, 「通訓大夫 羅州牧使 羅州鎭兵馬僉節制使 洪公墓碣銘(幷序)」, "…然大臣銜之, 居無何, 釀公之罪投楊州, 又移嶺外, 五年禁錮."

'도형'은 죄인을 중노동에 종사시키던 형벌이고, '금고'는 죄인을 벼슬에 쓰지 않는 형벌이다.

33 이와 같이 환곡이 넉넉한 고을에서 부족한 고을로 환곡 일부를 옮긴 뒤 이를 가분하여 비싼 값에 팔아서 차액을 착복하는 수법을 '移貿加作'이라 한다(송찬섭, 앞의 책, 27면 참조).

34 원경순은 1761년 10월에 전라 감사로 임명되었으며 1763년 6월에 사직했다(『승정원일기』 영조 37년 10월 17일, 영조 39년 6월 16일). 원경순의 전임자는 洪麟漢(1757~1759년 재임), 元仁孫(1759년 재임), 朴道源(1759~1761년 재임) 등이다.

35 홍대용, 『경재존고』 권5, 「伯父懶窩公遺事」, "羅在海上, 商舶相接, 米價常踊. 十餘年來, 爲方伯者, 利於販賣, 每春夏之交, 擅發沿海倉穀以售厚直, 待秋糴, 以營穀之在山邑者, 使民移以充之. 公累爭不效. 逮夫壬午, 適當旱乾, 米價益高. 營裨馳驛而至, 將以發粟, 闔境民人, 相率守倉, 以爲歲將饑, 而民無穀將死. 公以民情報塞而不得. 歲仍大饑, 且將設賑, 朝家欲知還穀實數, 令各州縣加分者皆自劾, 而營裨所販賣二萬包, 混入於加分. 公終以此受罪. 及其納供, 亦自引爲辜人. 或勸其據實爲辭以自解, 公笑而不應. 爲方伯者, 不惟不自首實, 反遣人乞憐於繡衣, 爲自免計. 子侄輩聞之, 不勝其憤, 直欲擊鼓訟寃, 而公則怡然曰: '當時謬規已成, 年凶未判, 不能據理力爭, 則納供自引, 替受其敗, 固余之分也.' 卒未見幾微之見於色辭者."; 황경원, 『강한집』 권19, 「通訓大夫 羅州牧使 羅州鎭兵馬僉節制使 洪公墓碣銘(幷序)」, "初, 觀察使某, 擅賣軍餉二萬石於羅州海上. 會歲大飢, 有旨州縣擅分者皆令首實. 觀察使以所賣穀二萬石, 誣以牧使所擅分. 公怡然曰: '吾爲牧使, 不能力爭於觀察使, 是余之罪.' 終不自辨, 蓋長者也."

36 『승정원일기』, 영조 39년 1월 4일, "鳳漢曰: '此全羅監司元景淳狀本也. 備陳道內尤甚十三邑, 不可不設賑之狀. 仍以爲本道所在營賑穀二萬五千石, 特爲劃給, 以爲白給賑資事, 請令廟堂, 稟旨分付矣. 本道十三邑, 賑政甚急, 而營賑等穀, 爲賑民備置者也. 就此中一萬五千石劃給, 使之從便賑濟, 何如?' 上曰: '依爲之.'"; 『영조실록』, 39년 7월 10일, "擢前全羅監司元景淳爲工曹判書. 因領議政洪鳳漢奏以景淳前在湖南, 善賑有勞故也. 史臣曰: '景淳, 戚聯宮掖, 有力於廟堂. 狀請災結者屢, 大臣曲爲之言, 上輒隨請許施. 前後所得爲三十萬餘結, 而富戶偏蒙其利, 小民不沾其惠, 今又加以寵擢, 物情不厭矣.'"

37 『승정원일기』, 영조 38년 12월 19일, "鳳漢曰: '守令之加分, 何時非罪, 而當

566

此大歉之時, 以賑穀之匱乏, 丙枕靡安, 聖心憂勞, 若非還穀之加分, 豈有賑資之不足? 羅州, 朝令外所加分者, 至於二萬石之多云. 二萬石之穀, 當活幾萬名乎? 此時旣現此罪, 只若徒配畿驛, 遇赦卽放, 則是豈爲飢民用國法之道, 而亦何以懲日後犯科之吏乎?"

38 『승정원일기』, 영조 39년 6월 11일, "今覽湖南道臣畢賑狀聞啓本, 狀聞條陳精詳, 令該廳稟處, 其中自備減報者, 其心可嘉, 而羅州前牧使洪檍自備之數, 其過千數,…."; 홍대응, 『경재존고』 권5, 「伯父懶窩公遺事」, "壬午大饑, 捐俸以賑之, 至累千石, 民賴以生活, 卒免流離塡壑者, 實公之惠也. 民至今懷之, 有去思之臺. 又鐫惠于碑, 因朝令, 未竪而埋置云."

39 『담헌서』 내집 권4, 「皇考毅齋府君碑文」, "出監聞慶, 旋守榮川, 移牧海州羅州, 凡十一年, 爲政, 簡而詳, 不撓民, 不虐吏, 庫無虛簿, 庭無滯訟, 考績常最."
    1750년 문경 현감 부임 이후 1762년 나주 목사 사임 때까지 홍역이 지방관으로 재임한 기간은 모두 12년이 되나, 위의 인용문에서 '凡十一年'이라고 한 것은 1754년에 호조 정랑·상의원 주부 등을 지낸 기간을 제외한 때문으로 짐작된다.

40 황경원, 『강한집』 권19, 「通訓大夫 羅州牧使 羅州鎭兵馬僉節制使 洪公墓碣銘(幷序)」, "凡十二年居外官, 其爲政, 明以御史, 以莅民. 簡用裕財, 任怨於始, 而收譽於終. 觀察使皆服其治, 二十考未嘗居貶."

41 趙曮, 『海槎日記』, 癸未 8월 11일, "夕到醴泉郡. …洪羅州檍, 卽同硏舊交也. 以羅州官事, 被謫於本郡. 因遭內艱, 故乘夜往見."; 元重擧, 『乘槎錄』, 癸未 8월 11일.

42 『승정원일기』, 영조 39년 10월 29일, "鳳漢曰: '洪檍事, 臣嘗請其嚴處, 而遠配旣久, 且聞其情理悲切, 當此大霈之時, 宜有參恕之道矣.' 上曰: '非則非矣. 竝放, 可也.'"; 10월 30일, "尹得雨, 以義禁府言啓曰: '咸鏡道端川府定配罪人李邦一, 北靑府定配罪人盧廷元, 慶尙道醴泉郡定配罪〔人〕洪檍等放送, 承傳啓下矣. 竝放送事, 分付於各該道道臣之意, 敢啓.' 傳曰: '知道.'"
    1765년에는 역시 홍봉한의 건의에 따라 職牒(나주 목사 임명장)도 돌려받았다(『승정원일기』, 영조 41년 9월 4일, "鳳漢曰: '洪檍, 以加分事, 至於定配, 因臣所達, 又爲遠配. 今則被放而還, 歲月差久. 此是善治守令, 有罪而繩之, 隨才而甄之, 卽朝家懲勸之道矣.' 上曰: '給牒, 可也.'").

43 홍대응, 『경재존고』 권5, 「伯父懶窩公遺事」, "公自孤露, 懶於從宦, 一年强半

在鄉廬. 鄉廬有池亭之勝, 花木之賞, 盖可樂也. 公日於其間, 優遊涵泳, 或爇香看書, 或煮茗哦詩, 命子弟而鼓琴, 集社老而射侯. 時則曳杖野外, 以盡耕稼之樂, 若將有謝世之意."; 황경원, 『강한집』권19, 「通訓大夫 羅州牧使 羅州鎭兵馬僉節制使 洪公墓碣銘(并序)」, "及晚歲屛居鄉廬, 與野老習射投壺, 夜則烹茶爇香, 命諸子鼓琴瑟, 倚枕嘯詠, 若將有遺世之志."

1부 3장

1   『을병연행록』1766년 2월 24일 기사에는 "기묘(己卯) 춘간(春間)에 금성(錦城) 관아에 머무더니…"라고 하여 '봄'으로 되어 있다(소재영 외 주해, 675면).

2   『同福誌』권2, 才行, 「羅景績」; 羅世纘, 『松齋遺稿』권4, 附錄 上, 「年譜」; 權尙夏, 『寒水齋集』권34, 「大司憲松齋羅公(世纘)行狀」.
     自春砧에 관해서는 李圭景, 『五洲衍文長箋散稿』, 「自春碓辨證說」참조. 이규경은 自春砧이 곧 自春碓라고 하면서, 鄧玉函(J. Terrenz)의 『奇器圖說』에 의거해서 제작할 수 있다고 주장했다.

3   尹鳳九, 『屛溪集』권56, 「處士河君(聖龜)墓表」, "三男, 一淸·五淸·永淸, 皆以孝行, 克世其家. …永淸, 一子, 廷喆."; 宋秉璿, 『淵齋集』권36, 「圭南河公(百源)墓碣銘(并序)」, "聖龜·永淸, 高·曾是已. 從師篤學, 登剡未仕. 大父廷喆, 南服善士."; 河永淸, 『屛巖遺稿』권3, 부록, 宋秉珣, 「屛巖處士墓誌銘」, "擧一男, 廷喆, 有文行早世."; 河百源, 『河南文集』권7, 「曾祖考屛巖府君家狀」; 『동복지』권2, 文行, 「河永淸」; 이종범, 「조선후기 同福 지방 晉陽 河氏家의 學問과 傳承」, 『역사학연구』24, 호남사학회, 2005, 10~11면 참조.

4   김태준, 『홍대용 평전』에는 홍대용이 "그 아버지의 권유에 따라" 나경적을 만났다고 했으나(민음사, 1987, 109면), 근거가 제시되어 있지 않다.

5   염영서는 자명종 제작과 수리 전문가로서 1774년 황윤석의 고장난 자명종을 수리해 주었으며, 1781년 暴逝했다고 한다(황윤석, 『이재난고』권19, 甲午[1774] 1월 1일, 1월 20일, 2월 1일, 3월 1일, 4월 1일, 乙未[1775] 3월 27일, 附「輪鐘記」, 권34, 辛丑[1781] 12월 15일, 「答廉進士宗愼書」).
     김태준, 『홍대용 평전』에는 1772년 홍대용과 황윤석이 스승 김원행을 모시고 興陽으로 염영서가 만든 자명종을 보러 갔다고 했으나(앞의 책, 108면),

이는 황윤석의 「輪鐘記」를 오독한 것으로 사실이 아니다. 문석윤 외, 『담헌홍대용 연구』(사람의무늬, 2012)의 연보에서도 오류를 답습했다(388면). 홍대용과 황윤석은 1776년에 처음 만났다(황윤석, 위의 책, 권22, 丙申[1776] 8월 5일).

6 『담헌서』 외집 권3, 『간정동필담』, 1766년 2월 24일, "其籠水閣渾天儀記事曰: '歲己卯秋, 自錦城作瑞石之遊, 歷訪羅石塘景績于同福勿染亭下. 石塘, 南國之奇士, 隱居好古, 年已七十餘. 見其手造候鐘, 出於西土遺法, 而制作精緻, 有足以奪天功者. 余奇其才思之巧, 與之語移時, 如龍尾·恒升·水庫·水磨之類, 靡不研究, 俱得其妙.'"

나경적이 제작한 자명종은 1761년 5월에 황윤석도 본 적이 있다고 한다(황윤석, 『이재난고』 권3, 辛巳[1761] 5월 16일, "雨. 午發, 夕抵庭下. [주] 居安(*金時粲)丈座上, 得觀自鳴鐘, 鋼鐵造成, 乃同福羅景壎(*나경적의 본명)甫所鑄而藏弄者也.").

용미차와 항승차는 徐光啓의 『農政全書』에 서양의 水利 기계로 소개되었다(『농정전서』 권19, 水利, 『泰西水法』 上; 권20, 水利, 『泰西水法』 下). 수마도 『농정전서』에 소개된 것이다(『농정전서』 권18, 水利, 利用圖譜). 이들에 대한 설명은 陸敬嚴·華覺明 主編, 『中國科學技術史』, 機械卷, 北京: 科學出版社, 2000, 88~89면, 373~379면 참조.

7 『담헌서』 외집 권3, 『간정동필담』, 1766년 2월 24일, "其籠水閣渾天儀記事曰: '…終言璣衡渾天之制, 有朱門遺法, 而微言未著, 後人靡所考證, 乃敢闕疑補缺, 參以西法, 仰觀俯思, 殆數歲而略有成法, 家貧無力, 不能辦功役之費以成其志云.'"

8 앞서 언급했듯이 도산서원에 소장된 혼천의는 이황이 아니라 그 제자 李德弘이 제작한 것이고, 華陽書院에 소장된 혼천의는 송시열이 아니라 李敏哲이 제작한 것이라고 한다(송시열, 『宋子大全』 부록, 권14 語錄, 「李喜朝錄」, "余問: '璿璣玉衡之制, 以圖觀之, 終未解見, 何也?' 先生曰: '圖甚難曉, 若觀其所造制度, 則不難知也.' 仍令侍人持出所有機衡, …先生且曰: '此乃白江姜子李敏哲所造也.'"; 황윤석, 『이재난고』 권5, 乙酉(1765) 4월 5일, "昨日華陽之遊… 華陽璣衡之制, 大抵只倣蔡傳之說, 而玉衡闕焉, 豈失之歟? 鐵環亦有折去者, 可惜也[追聞卽白江庶子李敏哲所製呈者]").

9 『담헌서』 외집 권3, 『간정동필담』, 1766년 2월 24일, "其籠水閣渾天儀記事曰: '…蓋渾天之制, 余亦嘗有意焉而未得其要. 陶山退翁之作, 華陽尤門之制,

皆壞傷疎略, 無足徵焉. 於是喜石塘之有才, 能大其用, 而使古聖人法象, 將復
傳於世焉.'"

10　『을병연행록』1766년 2월 23일 기사에는 "명년 여름에 나생(羅生)을 청하
여"라고 하여 '여름'이라고만 했다(소재영 외 주해, 675면).

11　『담헌서』외집 권3, 『간정동필담』, 1766년 2월 24일, "其籠水閣渾天儀記事
曰: '…明年首夏, 邀致石塘于錦城府中, 廣費財力, 傍招巧匠.'"; 2월 27일, "其
籠水閣記曰: '…其國有羅景績者, 隱居同福, 邃於測候. 門人安處仁, 深究師
傅, 巧思無匹. 二人者皆奇士也. 湛軒皆訪致之, 相與虛衷商確. …夫羅與安,
不得湛軒, 無以發其奇. 湛軒不得兩生, 無以成巨制.'"; 황윤석, 『이재난고』권
16, 庚寅(1770) 10월 24일, "其大人牧羅州時, 則自衙中往見同福老人羅景
壎甫, 以渾儀辰鍾制度, 詳問商議, 邀歸衙中, 倩鑄鐵渾儀自運報時者. 蓋以渾
儀合自鳴輪鐘問辰之法也."; 권19, 甲午(1774) 3월 27일 附「輪鐘記」, "瑞原
廉生永瑞, …嘗與羅老景績, 倩製輪鐘. 又倩爲籠水閣主人洪大容德保, 製大
璣衡于錦城館, 功費四五萬文.'"

홍대용은 혼천의 제작에 염영서도 조력한 사실은 언급하지 않았다.

12　『담헌서』외집 권2, 『간정동필담』, 1766년 2월 12일, "蘭公曰: '渾儀自製
耶?' 余曰: '不是手製, 乃敎匠手造耳.'"; 외집 권3, 『간정동필담』, 1766년 2월
24일, "其籠水閣渾天儀記事曰: '…石塘之門人有安生處仁者, 其精思巧手,
深得石塘之學焉. 是役也, 名物度數, 槩出於石塘羅公之意, 而制作之巧, 多成
於安生之手也.'"

13　"浹月相守, 一別甚覺依悵. …機衡諸具, 幷此送上, 須細心努力, 俾至有成如
何? 小機之計, 果不可爲耶? 今此所造, 麤而且大, 全無金器規模. 幸先爲此,
而更爲商確, 別造小件, 以副此望, 如何? 從近當一就, 姑不宣式. 庚辰六月初
三日, 大容頓."(전남 화순 규남박물관 소장 간찰; 호남권 한국학자료센터 홈
페이지, 고문서-서간통고류-서간, 1760년 홍대용 서간; 『담헌 홍대용』, 천
안박물관 개관 4주년 기념특별전 도록, 2012, 90~91면 참조.)

14　나경적이 별세하기 몇 달 전인 1761년 9월, 나주 목사 홍역이 동복의 "羅生
員宅"으로 보낸 서신이 남아 있다. 이는 나경적에게 보낸 답신으로 판단되
는데, 나주 鄕試의 시험관을 미리 알려 달라는 청탁을 완곡히 거절하면서,
생선 두 뭇(20마리)을 선물로 보낸다는 내용이다(전남 화순 규남박물관 소
장 간찰; 『담헌 홍대용』, 위의 도록, 38~39면 참조).

15　『담헌서』외집 권3, 『간정동필담』, 1766년 2월 25일, "與蘭公力闇書曰: '羅

생구시기상上. …當其同事渾儀, 年已七十餘矣. 儀成而卽病死, 說者謂渾儀爲之祟, 可見良工之苦心矣.'";『을병연행록』, 1766년 2월 25일, "한가지로 혼천의를 의논하여 수 년의 괴로운 생각을 허비하고 일이 이루어지매 즉시 죽으니, 사람이 이르되, '혼천의로 인연하여 수한(壽限)을 재촉했다' 하니, 그 깊은 마음과 괴로운 공부를 짐작하리로다."(소재영 외 주해, 682면)

16　"璣衡修改, 終未得奉正, 一進亦未及邃計, 悠悠此恨, 何以忘之耶? …此中方當賑政, 賻儀亦未稱情可歎. …容卽欲馳往一哭, 而適有祀, 故無由抽身, 極可悲恨. 襄禮當在那間否? 伊時當掃萬往會, 須因便示之. …壬午六月初七日, 大容頓."(전남 화순 규남박물관 소장 간찰; 호남권 한국학자료센터 홈페이지, 고문서-서간통고류-서간, 1762년 홍대용 서간;『담헌 홍대용』, 앞의 도록, 92~93면 참조.)

17　"拾瓦遺珠, 聖世之嗟. 床有鳴鍾, 報時不差. 龍尾蜿蜿, 激彼泉水. 功在裁成, 豈云末技? …本之玉衡, 以闕其疑. 參之西法, 以探其奇. …晦朔隨時, 節氣弗忒. 神機妙鍵, 悉出心得. 豈惟才美, 精神之極. 不侫愚迷, 與聞是役."(『담헌서』 내집 권4,「祭羅石塘文」)

위의 인용문 중 '裁成'은 '財成'과 같다.『주역』「泰卦」에 나오는 말로, 군주가 천지의 도를 잘 조절하여 완성하게 한다는 뜻이다.

18　"拾煩就簡, 略有管測. 因其成法, 妄加潤色. 操几就正, 知有前期. 執訃驚號, 有淚如絲. 藁疑滿腹, 終隔幽明. 悠悠我恨, 何日可忘? 勿染秋溪, 楓壁如繡. 携琴共賞, 事已大謬."(『담헌서』 내집 권4,「祭羅石塘文」)

위의 인용문 중 '操几'는『예기』에 나오는 말로, 어른에게 가르침을 청할 때에는 반드시 안석과 지팡이를 가지고 찾아간다는 뜻이다. '楓壁'은 동복현의 명승지인 '赤壁'을 가리킨다(黃玹,『梅泉集』권6,「赤壁記」).

19　"斂不憑棺, 葬不臨穴. 恨結泉塗, 靡攄蘊結. 千里陳辭, 語出衷曲. 靈如不昧, 庶其鑒格."(『담헌서』 내집 권4,「祭羅石塘文」)

『신증 동국여지승람』에 의하면 한양에서 동복현까지는 775리로, 대략 1천 리가 된다(권40, 전라도,「동복현」). 1762년 8월에 홍대용은 김원행의 문인으로 개성에 거주하고 있던 동문 趙有善을 방문했다(趙有善,『蘿山集』권11, 附錄,「年譜」, "壬午[先生三十二歲]八月, 渼湖先生來臨[時文敬先生往從子府使公履長江西任所]. 澹窩洪公[大容]來訪[同門]." '澹窩'는 洪啓禧의 호이기도 하지만, 홍계희는 30세 연상에다 李縡의 문인이어서 조유선의 동문이 될 수 없다. 따라서 '담와'는 홍대용의 一號이거나 '담헌'의 오류로 짐작된다).

20 "石塘羅公景積嘗造璣衡, 多與公商確."(宋秉珣,「屛巖處士墓誌銘」, 하영청,
    『병암유고』권3, 부록)

21 하영청,『병암유고』권1, 詩,「新製璣衡(二首)」(원주), "璣衡, 羅仲集所造, 而
    錦城倅洪櫟之子大容, 捐數百金而共成焉."
    '仲集'은 나경적의 자이다. 이 시는『병암유고』의 초고인『屛巖集』에는「次
    璣衡韻」으로 수록되어 있는데, 자구에 차이가 있고 하영청의 아들인 하정
    철의 차운시가 附記되어 있다.

22 "妙製雙賢窮理久, 奇功太守費財輕."(하영청,『병암유고』권1, 詩,「新製璣衡
    [二首]」)

23 "水激蕭橫躅舊制, 天行曜運輔新儀."(하영청,『병암유고』권1, 詩,「新製璣衡
    [二首]」)
    위의 인용문 중 '水激'은『서경』「순전」에 대한 蔡沈의 주석에서 "下設機輪,
    以水激之"라고 한 수력식 작동법을 가리킨다. '蕭橫'은 곧 '橫蕭'의 도치된
    표현으로, 玉衡을 가리킨다. 채침의 주석에서 "衡, 橫也. 謂衡蕭也. 以玉爲
    管, 橫以設之."라고 했다.

24 李瀷,『星湖全集』권43,「璣衡解」; 李衡祥,『瓶窩集』권13,「璣衡說」참조.

25 『서경』「순전」, 채침의 주석 중 사유의에 대한 설명 참조. "使(玉)衡, 旣得隨
    環, 東西運轉, 又可隨處, 南北低昻, 以待占候者之仰窺焉. 以其東西南北, 無
    不周徧. 故曰四遊."라고 했다.

26 "安得發揮如晦老, 千秋詔作致治資?"(하영청,『병암유고』권1, 詩,「新製璣
    衡[二首]」)

27 구만옥,「조선후기 '璇璣玉衡'에 대한 인식의 변화」,『한국과학사학회지』26권
    2호, 한국과학사학회, 2004, 250~252면 참조.
    실제로 주자는 수력식 혼천의를 복원하고자 노력했으며, 집안에 혼천의를
    설치했다고 한다(山田慶兒,『朱子の自然學』, 東京: 岩波書店, 318~324면).

28 崔錫鼎,『明谷集』권11,「自鳴鐘銘(幷序)」; 金錫冑,『息庵遺稿』권17,「新造
    渾天儀兩架呈進啓」.

29 "同心二士斷金思, 一器鍊成共致知. 祖述南薰齊七制, 旁通西漾貫三儀. 比諸
    古法今加密, 賴得新功舊不疵. 閱數千年能獨覺, 世人誰識出天資?"(하영청,
    『병암집』권1,「次璣衡韻」. 시 말미에 "家兒廷喆次"라고 부기했다.)
    위의 인용문 중 '南薰'은 南風歌를 지었다는 舜임금을 가리킨다. '七制'는

572

곧 七政이다. 『서경』 「순전」에 순임금이 선기옥형을 엿보아 "以齊七政"했다고 했다. '齊'는 관찰한다는 뜻이다. 주자의 주석에 "齊猶審也"라고 하였다 (『晦庵集』 권65, 『尚書』 「舜典」). '西漢'은 곧 西洋이다. 혼천의는 육합의·삼신의·사유의로 구성되어 있어 '三儀'라고도 불렸다.

30 『담헌서』 외집 권3, 『간정동필담』, 1766년 2월 24일, "其籠水閣渾天儀記事曰: '…但其度數頗有錯誤, 器物或多冗碎, 乃以己意, 捨煩就簡, 務合乾象. 又取候鐘之制, 而頗加增損, 互激牙輪, 使之日夜隨天運轉, 各得其度. 又閱年而畢焉.'"; 2월 27일, "其籠水閣記曰: '…三閱寒暑, 爲渾儀一器.'"; 김이안, 『삼산재집』 권8, 「籠水閣記」, "蓋三閱年而器成."

31 『담헌서』 외집 권2, 1766년 2월 5일, "其八景小識曰: '…島閣曰籠水. 盖斷杜工部之詩而取其義也. 渾儀有報刻之鐘, 且有西洋之候鐘, 隨時自鳴也. 故曰島閣鳴鐘.'"; 권3, 『간정동필담』, 1766년 2월 24일, "其籠水閣渾天儀記事曰: '…渾儀旣成, 輪置之湖庄. 堂室隘陋, 且未可藝而污之, 乃於齋舍之南, 新鑿方沼, 引水灌之, 中築圓島, 上建小閣, 幷兩儀及新得西洋候鐘而藏之. 取老杜 '日月籠中鳥乾坤水上萍'之句而命其閣曰籠水.'"(여기서 "兩儀"라고 한 것은 혼천의와 渾象을 합쳐서 한 말이다. 혼상도 흔히 '혼천의'라고 불렸다. 혼상에 대해서는 후술하기로 한다.)

참고로, 1766년 북경의 천주당에서 만난 서양인 선교사 劉松齡(F. A. Hallerstein)이 조선에도 자명종이 있느냐고 묻자, 홍대용은 "아국에서 만든 것이 있으되 많지 아니하고, 중국에서 만든 것과 일본에서 나온 것이 많고, 혹 서양국 제작도 있나니라"라고 답했다(『을병연행록』, 1766년 2월 2일, 소재영 외 주해, 451면).

32 金履安, 『三山齋集』 권8, 「籠水閣記」, "余少讀虞書璣衡之文, 則心悅之. 嘗採註家言, 縛竹爲器, 轉之旋旋如紡車, 淺陋可笑. 然遇朋友可語, 輒出而辨質焉. 洪君德保其一人耳. 一日德保從湖南來曰: '吾今行得奇士曰羅景績, 行年七十餘, 談此制甚悉, 已約與共成矣.' 余喜而亟勸之. 蓋三閱年而器成, 則閣以藏之曰籠水云. 余嘗登籠水之閣, 爲之正冠肅容而後, 得一視焉. …而余得以與聞終始, 以觀其成, 又豈非數歟?"

김이안의 「籠水閣記」는 『담헌서』 외집의 부록에도 수록되어 있는데, 홍대용의 자인 '德保'가 '弘之'로 되어 있다. 또 "益損之"가 "參用西洋之說"로 되어 있다. 이로 미루어 『담헌서』 중의 '농수각기'가 더 원본에 가깝다고 판단된다. 아마도 『삼산재집』(1854년경 初刊)을 편찬·간행하면서 「농수각기」중 당시 禁忌視되었던 西學과 관련된 구절을 수정한 것이 아닌가 한다.

33 「籠水閣渾天儀記事」(『담헌서』외집 권3, 「간정동필담」, 1766년 2월 24일)
에 의하면, "兩儀" 즉 혼천의와 渾象을 가리키는 듯하다. 「籠水閣儀器志」
(『담헌서』외집 권5)에서는 이를 각각 '統天儀'와 '渾象儀'라고 명명했다.

34 「농수각 혼천의 기사」에 의하면, 혼천의에는 내층과 외층에 각각 3개의 철
환이 있으며 그밖에 2개의 철환이 더 있어 모두 8개가 된다. 한영호, 「籠水
閣 天文時計」, 『역사학보』177, 역사학회, 2003, 9면에서는 비록 원문에는
없으나 혼천의의 내층에 '三辰環'과 '四象環'(즉 白單環)이 추가되었을 것
으로 추론하고, 따라서 철환은 모두 10개가 된다고 보았다.

35 「농수각 혼천의 기사」에 의하면, 혼천의의 內層(삼신의)의 남극과 북극을
관통하는 軸과, 機輪에서 뻗어 나와 작은 톱니바퀴와 연결된 小長軸을 가
리키는 듯하다.

36 미상. 「농수각 의기지」〈통천의〉에서 말한 바, "兩圈"에 4刻 60분을 나누어
표시함으로써 分刻을 상고할 수 있게 했다는 時盤을 가리키는 듯도 하다.

37 「농수각 혼천의 기사」에 의하면, 地平規를 포함한 혼천의의 外層(육합의)
을 지지하는 받침대인 십자 모양의 틀('十字機', '十字之機')을 가리키는 듯
하다.

38 「농수각 혼천의 기사」에 의하면, 혼천의의 내층(삼신의)을 구성하는 黃道
規와 白道規에 각각 부착된 해와 달의 모형을 가리키는 듯하다.

39 『담헌서』외집, 부록, 金履安, 「籠水閣記」, "其制因渾天之舊而參用西洋之說.
爲儀者二, 爲環者十, 爲軸者二, 爲盤若機者皆一, 爲丸者二, 爲輪若鐘者若
干. 其闔可坐一人. 其機牙自擊, 日夜轉而不息."

40 『담헌서』외집 권3, 『간정동필담』, 1766년 2월 24일.
같은 날짜의 『을병연행록』에도 이 기사가 수록되어 있어 참고할 필요가 있다.

41 홍대용이 나경적과 함께 만든 혼천의도 사유의를 제거한 양층 구조로 되어
있었다.

42 춘하추동의 일출 및 일몰 위치를 말한다. 그런데 『을병연행록』에는 "사시의
일월이 다니는 길"이라고 했고, 『담헌서』중 「籠水閣儀器志」〈統天儀〉에는
"二十四氣日道"(24절기의 일출 및 일몰 위치)라고 했다.

43 「농수각 의기지」〈통천의〉에 의하면, 나머지 2개의 철환은 '子午規'와 '卯酉
規'일 것이다.

44 「농수각 혼천의 기사」에는 "其橫立一環, …是爲赤道"라고 했으므로, 예전의

혼천의처럼 이를 '赤道環'이라 부를 수도 있다. 그러나 외층에 속하는 철환의 하나를 '地平規'라고 불렀으므로 이와 일치하게 '적도규'로 부르기로 한다. 「농수각 의기지」〈통천의〉에도 "其橫規, …是爲赤道"라고 했다.

45 「농수각 혼천의 기사」에는 "別設一環, …, 是爲黃道"라고 했으므로 예전의 혼천의처럼 이를 '黃道環'이라 부를 수도 있으나, 「농수각 의기지」〈통천의〉에는 "黃道日規"라고 했다.

46 「농수각 혼천의 기사」에는 "又設一環"이라고만 했으나, 「농수각 의지지」〈통천의〉에는 "白道月規"라고 했다.

47 주천수도가 서양식(360도)인지 전통식(365.25도)인지는 명시되어 있지 않다. 송이영의 혼천의는 이 두 가지 방식을 혼용했으나, 19세기 중반 南秉哲이 구상한 혼천의는 오로지 서양식을 취했다고 한다(김상혁, 「의기집설의 혼천의 연구」, 충북대 석사논문, 2002, 16면; 김상혁, 「송이영 혼천시계의 작동 메커니즘에 대한 연구」, 중앙대 박사논문, 2007, 139면).

48 또한 홍대용은 황도규나 백도규처럼, 적도규에도 별들의 모형을 붙이려 했으나 너무 번잡스러운 것 같아 없앴다고 한다("內儀之上, 始將以銅絲結網, 懸珠而象星宿, 則三辰之眞象, 可以全備, 而以太涉炫燿, 姑闕之.").

49 이는 황도규로 측정한 해의 운행에 비해 백도규로 측정한 달의 운행이 하루에 약 1/28.5 회전, 즉 4/114 회전 차이 남을 반영한 것이다(한영호, 앞의 논문, 15면).

50 춘하추동을 각기 주관한다는 별이 어두운 저녁에 하늘의 중앙(정남쪽)에 나타나는 현상을 말한다. 이를 통해 계절의 바뀜을 알 수 있다.

51 이민철(및 송이영)의 혼천의처럼 달의 모형은 그 절반이 흑색으로 칠해져 상현달의 모습을 취하고 있으며 이것이 톱니바퀴에 의해 일정한 시간 간격으로 회전함으로써 달의 晦朔弦望을 알 수 있게 했던 듯하다(최석정, 『명곡집』 권9, 「齊政閣記」, "用金爲日月, 而月體黑其半, 爲弦望朏魄."; 조지프 니덤 외, 『조선의 서운관—조선의 천문의기와 시계에 관한 기록』, 이성규 역, 살림, 2010, 231면, 그림 4.19 참조).

52 "中置平鐵板, 刻山河摠圖, 所以象地之在中也."
그런데 이 구절이 『을병연행록』에는 "가운데 둥근 쇠를 걸어 땅을 상(象)하고"라고 하여, 평면 세계지도가 아닌 地球儀로 해석될 여지를 남기고 있다. 하지만 이는 전통적인 渾天說에 따른 것으로 보인다. 현종 때 왕명에 따라 이민철이 제작한 수력식 혼천의도 중심에 山河圖를 그린 地板을 설치했다.

53 「농수각 의기지」〈통천의〉에 의하면, 기륜은 4개의 크고 작은 톱니바퀴로
되어 있고 아래에 추가 달려 있는데 구리로 만든 상자에 들어 있다고 한다.

54 脫進機(escapement wheel)로 기능하는 王冠 모양의 기어. 振子 운동으로
얻은 동력을 혼천의로 전달할 때 톱니바퀴의 회진 속도를 조절하여 일정한
시간 간격을 유지하게 하는 장치이다.

55 예전의 혼천의에서 '天運環'이라 부르던 것에 해당한다. 천운환은 삼신의의
일부인데, 수력식 기륜으로부터 동력을 전달받기 위한 장치이다(남문현 외,
「朝鮮朝의 渾天儀 研究」,『건대학술지』39, 건국대학교, 1995, 520면). 단
농수각의 혼천의와 달리 남극 쪽에 설치되었다.

56 "居內者, 亦爲三環如三辰之制, 而南北設軸而貫之. …內儀之外, 中北極而設
一環, 爲三百五十九牙, 別設機輪於儀之北, 置小長軸, 設十五小牙輪於其端,
納于北極之環, 以牽轉之. 三辰運行之妙, 專在於是焉."
작은 톱니바퀴는 하루에 24회전하여 360도가 되는데 이와 맞물린 철환은
하루 1회전에 359도가 되게 했다. 이는 자명종의 기륜이 1일 24시간의 太
陽日을 따르는 반면, 혼천의의 내층(삼신의)은 그보다 1/15 시간 짧은 恒星
日에 맞추어 회전하므로 하루에 1도(4분) 차이가 나는 것을 조정하기 위한
묘안이라고 하겠다. 「농수각 혼천의 기사」에서 나경적과 함께 만든 혼천의
를 개량하여 "자명종의 제도를 채택하되 많이 增減함으로써, 톱니바퀴들이
천체 운행의 도수와 일치하게 맞물려 돌아가도록 했다(取候鐘之制, 而頗加
增損, 互激牙輪, 使之日夜隨天運轉, 各得其度)"고 한 것은 바로 이와 같은
사례를 가리킨 것이 아닌가 한다.

57 "地板之外, 置一環, 周表分刻, 隨太陽而考其時. 機輪之上, 有報刻之鐘."

58 "別設一儀兩層如原制, 糊紙, 虛中而正圓, 中分之, 合于內儀之上而固其縫,
成鷄卵之形, 上圓周天星宿及黃赤日月之道. 其北極之環自轉之法, 十字之
機, 皆同原儀. 此制雖無日月之眞象, 而星宿度數, 粲然可考, 又原儀之所不及
也."

59 홍대용의 서신에서는 이를 "小機", "小件"이라고만 지칭했다.

60 『을병연행록』, 1766년 2월 24일, "별(別)로 한 제도를 만들되 또한 세 고리
로 서로 맺어 큰 제양(制樣)과 다름이 없고, 안층에 종이를 바르나 닭의 알
형상을 이루고 위에 삼원(三垣) 이십팔수(二十八宿)의 형상을 그리고 돌리
는 법이 큰 제도와 또한 같은지라"(소재영 외 주해, 676면).

61 이민철과 송이영의 혼천의는 그보다 앞서 효종 때 崔攸之(1603~1673)

가 만든 竹製 혼천의를 개량한 것으로 보는 견해도 있다(구만옥,「崔攸之
[1603~1673]의 竹圓子－17세기 중반 조선의 水激式 혼천의」,『한국사상사
학』25, 한국사상사학회, 2005, 193~194면).

62 김석주,『식암유고』권17,「新造渾天儀兩架呈進啓」;『增補文獻備考』권3,
象緯考, 숙종 13년, (補), "中不設衡, 而用紙畵山海, 爲地平, 繫于中."

63 최석정,『명곡집』권9,「齊政閣記」, "用金爲日月, 而月體黑其半, 爲弦望朒
朓. 去舊法衡管直距, 而中設地平, 畵九州五嶽裨海諸國."
이 수력식 혼천의는 정조 말년까지도 보존되어 있었던 것으로 보인다.
1794년 정조는 欽敬閣을 보수하는 문제와 관련하여, "시각을 알리는 12仙
童 등을 갖춘 예전의 의기를 만드는 법이 문헌에 상세히 기재되어 있어서
충분히 모방하여 설치할 수 있을 것이다. 그러므로 지금의 熙政堂(*창덕궁
에 있음) 앞에 있는 물의 힘으로 돌리는 자명종 역시 예전의 남겨 준 법을
이어받은 것이다"(十二仙童等儀器遺制, 昭載於文跡, 足可倣而設之. 故今之
熙政堂前自鳴鐘之水激轉幹者, 亦是傳襲於遺制者)라고 했다(『정조실록』,
18년 3월 24일;『승정원일기』, 정조 18년 3월 24일).

64 최석정,『명곡집』권13,「自鳴鐘(幷序)」, "爰有新制, 不水而金也. 以錘引輪,
中懸針也. 懸針之端, 設衡牙也. 衡有雙珥, 制疾舒也. 外設渾儀, 擴以旋也."

65 '月運環'이라 부르기도 한다(남문현 외, 앞의 논문, 532면; 한영호·남문현,
「조선조 중기의 渾天儀 復元 연구: 李敏哲의 渾天時計」,『한국과학사학회
지』19권 1호, 한국과학사학회, 1997, 11면, 표1 참조).

66 『증보문헌비고』권3, 象緯考, 숙종 30년, "命安重泰李時華等鑄副件渾天
儀.'; 영조 8년,「御製揆政閣記」다음 단락, "以鐵絲絡日輪, 麗黃道", "最內
設黑單環, …携月輪東移", "由南極出鐵條, 折向地心, 爲爪叉形, 擎山河圖地
平."(이 단락의 후반부는 최석정의「齊政閣記」와 똑같은 내용임.)

67 이민철과 송이영의 혼천의에 앞서 이미 崔攸之의 혼천의도 사유의 대신에
땅을 상징하는 '地方'을 설치했다고 한다(구만옥, 앞의 논문, 200면).

68 崔攸之의 혼천의는 '日軸'과 '月軸'을 각각 '日繩'과 '月繩'이라는 노끈을 이
용해서 움직이는 전래의 방식을 따랐고, 이민철과 송이영의 혼천의도 해와
달의 모형을 노끈을 이용해서 움직이는 방식이었을 것으로 추정된다. 그에
비하면 농수각의 혼천의는 해와 달의 모형을 톱니바퀴의 회전을 이용해 좀
더 안정적으로 정확하게 작동하도록 한 점에서 기술적으로 진일보한 것이라
할 수 있다(김상혁, 앞의 박사논문, 78~79면; 한영호, 앞의 논문, 13~14면).

69 『간정후편』 권1, 丙戌(1766) 十月, 「與篠飮書」; 권2, 庚寅(1770) 十月 附使
行, 「與篠飮書」.

70 『담헌서』 외집 권9, 「籠水閣儀器志」.

71 『담헌서』 외집 권2, 『간정동필담』, 1766년 2월 4일, "吾師, 淸陰孫也. 甞來鄙
居, 錫名以湛軒."; 외집, 附錄, 『愛吾廬題詠』, 潘庭筠, 「湛軒記」, "有湜湖先生
者, 吾師也. 顔其額曰湛軒, 而吾卽以爲字."

72 『담헌서』 외집 권2, 『간정동필담』, 1766년 2월 12일, "蘭公曰: '響山樓藏書
幾千卷?' 余曰: '有七八百卷.'"
'영조감'이란 명칭은 晋 簡文帝 때의 유명한 術士 扈謙이 지은 시 중 "靈光
在上照"라고 한 구절에서 따온 것이다. 扈謙의 이 시는 馮惟訥의 『古詩紀』,
鍾惺의 『古詩歸』 등에 수록되어 있다. 『담헌서』 외집 권2, 『간정동필담』,
1766년 2월 5일, 「八景小識」에는 "東樓之北, 設一小龕爲著室, 名之曰靈照龕.
盖取古詩'靈明在上照'之句也."라고 했다. '靈明'은 '靈光'의 오류로 보인다.

73 『담헌서』 외집 권2, 『간정동필담』, 1766년 2월 5일, "其八景小識曰: '山樓鼓
琴, 島閣鳴鍾, 鑑沼觀魚, 虛橋弄月, 蓮舫學仙, 玉衡窺天, 靈龕占蓍, 彀壇射
鵠.'"

74 『담헌서』 외집, 부록, 『애오려제영』, 金鍾厚, 「愛吾廬記」, 金履安, 「籠水閣
記」; 金鍾厚, 『本庵續集』 권4, 「愛吾廬記」; 김이안, 『삼산재집』 권8, 「籠水閣
記」.

75 『담헌서』 외집 권2, 『간정동필담』, 1766년 2월 17일, 19일, 외집 권3, 2월
27일; 『담헌서』 외집, 부록, 『애오려제영』, 「八詠」; 『乾淨附編』 권2, 甲子〔甲
午〕(1774) 十月, 「與汶軒書」, "弊廬八詠, 得尊兄一語, 已屬奇事, 承文垣諸公
多許聯唱, 聞來欣踊, …."; 乙未(1775) 四月, 「汶軒答書」, "愛吾廬八景詩, 已
曾遍囑同人, 各爲題贈…."; 『담헌서』 외집 권1, 杭傳尺牘, 「答鄧汶軒書」, "諸
公所詠(*「애오려 팔영」), 幷收聚寄賜, 則一一登刻, 呈覽印本也."

76 晉나라 때 張華가 사람을 시켜 龍泉과 太阿라는 한 쌍의 보검을 구했다는
고사가 있다(『晉書』 권36, 「張華列傳」).

77 춘추시대에 거문고의 명수 伯牙가 그의 知音 鍾子期가 죽자 거문고 줄을
끊고 다시는 연주하지 않았다는 고사가 있다.

78 홍대용, 『경재존고』 권1, 「次金元履韻 奉呈從氏」.
위의 인용문 중 '渾象'은 혼천의와 구별되는 天球儀이지만, 廣義로는 혼천
의도 포함한다. 또 '半畝方塘'은 '一鑑沼'라는 연못 이름과 마찬가지로 주자

578

의 시 「觀書有感」에서 유래한 표현이다. 홍대용의 이 한시는 문집에 1762년 작으로 배치되어 있으나, 내용으로 보아 1764년경에 창작된 것으로 추정된다. 詩題에 나오는 '金元履'는 홍대용의 인척인 金坦祚이고, '從氏'는 홍대용이다.

79 『담헌서』외집 권7, 『燕記』, 「劉鮑問答」, 1766년 1월 19일, "余曰: '愚不揆僭率, 作渾天儀一座, 考諸天象, 多有違錯.'"; 외집 권2, 『간정동필담』, 1766년 2월 12일, "蘭公曰: '聞吾兄於天文之學甚精, 信然否?' 余曰: '誰爲此妄說?' 蘭公曰: '家有渾儀, 豈不知天文?' 余曰: '三辰躔度, 略聞其大槩. 故果有所造渾儀, 而此何足爲天文?'"; 『을병연행록』, 1766년 1월 19일, "나중에 내 이르되, '천문 도수는 경이(輕易)히 알 바가 아니로되, 내 망녕됨을 잊고 혼천의 하나를 만들어 천상을 모방하니 비록 대강 도수를 얻(었)으나 하늘 법상에 참예하여 상고하면 어기고 그름이 많은지라.⋯.'", 2월 12일, "반생(潘生)이 웃고 가로되, '형이 천문을 익히 안다 하니 진실로 그러하냐?' 내 가로되, '뉘 이런 망령된 말을 하더뇨?' 반생이 가로되, '집에 혼천의를 두었으니 어찌 천문을 알지 못하리오?' 내 가로되, '성신(星辰) 도수(度數)의 대강은 들은 것이 있는 고로 망령되게 혼천의를 두었거니와, 어찌 족히 천문을 안다 이르리오?'"(소재영 외 주해, 362~363면, 564~565면)

80 "善觀天文, 精騎射及撲著. 暇則焚香讀書, 鼓琴自娛而已."(엄성, 『철교전집』 5, 『일하제금집』 하, 洪高士尺牘)

81 『담헌서』내집 권2, 『계방일기』, 甲午(1774) 8월 26일, "⋯令曰: '桂坊亦見之乎?' 臣曰: '楞嚴·圓覺諸經, 亦少時略覽.'"; 권3, 「自警說」, "經史之外, 異端雜書, 亦必捨其所短而取其所長."
홍대용은 王守仁의 『陽明集』은 읽고 心服했으나, 陸九淵의 『象山集』은 읽지 않았다고 한다(『담헌서』외집 권3, 『간정동필담』, 1766년 2월 23일, "余曰: '愚末見陸集, 未知其學之淺深, 不敢妄論.'", 2월 26일, "陽明, 間世豪傑之士也. 愚嘗讀其書, 心服其人, 以爲九原可作, 必爲之執鞭矣.").

82 채송화, 「『을병연행록』 연구ー여성 독자와 관련하여」, 서울대 석사논문, 2013, 102~103면 참조.

83 『담헌서』외집 권2, 『간정동필담』, 1766년 2월 12일, "余曰: '律曆兵機等書, 非不好之, 實無一得.'"'兵書惟孫吳最可觀.'"; 2월 21일, "洪君於中國之書, 無所不讀, 精曆律算卜戰陳之法."

84 『을병연행록』, 1765년 12월 6일, 12월 9일, 12월 10일, 1766년 1월 14일,

17일, 20일, "궁품이 가장 좋다", 1월 25일, 2월 6일, "그대는 문무전재(文武全才)라", 3월 21일(소재영 외 주해, 369면, 502면);『담헌서』외집 권7,「연기」,「十三山」,「張石存」, 1766년 2월 6일, "(張)經問我國射法, 求見角指, 余取于囊中而示之, 經畢, 笑曰: '公才兼文武.'"; 외집 권9,『연기』,「東華觀射」, 1766년 1월 17일,「城南跑馬」, 1766년 1월 20일, "一人授余以弓, 請余拉. 余辭以東國秀才, 不會射. 一人曰: '爾帽戴翎, 亦侍衛也. 豈不會射?' 余笑而拉之, 皆曰: '好拉!'",「城北遊」; 외집 권10,『연기』,「兵器」.

85 洪良厚,「王考湛軒公行狀」, "公早自廢擧, 潛心力學, 每誦朱子語曰: '錢穀甲兵, 無非爲己之學.' 經事綜物, 務爲需時之資, 以俗儒之處下窺高, 大言無實爲病. 至於戰陣之奇正, 音樂之雅哇, 莫不旁通而妙解, 又明於象數律曆, 參以西法, 刱出機智, 制觀天之器, 造測影之具."; 金興根,『游觀集』권8,「湛軒洪公(大容)墓表」, "公獨廢擧, 潛心力學, 培植本源, 且誦朱子語曰: '錢穀甲兵, 無非爲己之學.'"

김흥근의「湛軒洪公(大容)墓表」에 "姨弟良厚成家狀, 托以貞石之刻."이라 했으므로,「王考湛軒公行狀」의 작자가 홍양후임을 알 수 있다.

86 朱熹,『四書或問』권1,『大學』, 經一章, "…大抵以學者而視天下之事, 以己事之所當然而爲之, 則雖甲兵·錢穀·籩豆有司之事, 皆爲己也."; 송시열,『송자대전』권180,「白石柳公墓碣銘(幷序)」, "余曰: '朱子以爲錢穀甲兵, 無非爲己之學.'"

申景濬(1712~1781)도 청나라의 각종 수레 제도를 연구·제작할 것을 역설한「車制策」(1754)에서 "朱子以爲籩豆之事, 雖有司存, 而學者不可不知也."라고 하여, 홍대용과 마찬가지로 주자의 말을 인용했다(申景濬,『旅菴遺稿』권8, 雜著[二]).

87 "子虛子隱居讀書三十年, 窮天地之化, 究性命之微, 極五行之根, 達三敎之蘊, 經緯人道, 會通物理, 鉤深測奧, 洞悉源委. … ", "虛子曰: '…傍及藝術·星曆·兵器·籩豆·數律, 博學無方, 其歸則會通於六經, 折衷於程朱. 此虛子之學也.'"(『담헌서』내집 권3, 補遺,「毉山問答」)

88 『영조실록』, 40년 3월 19일, 20일; 朴趾源,『燕巖集』권3,「貂裘記」(신호열·김명호 옮김, 돌베개, 2017, 중, 43~49면).

89 『華陽志』권5,『書院事實』,「本院院長」;『담헌서』내집 권2,『계방일기』, 甲午(1774) 12월 25일, "又曰: '華陽洞誰見之乎?' 春坊皆對以未見. 臣對曰: '臣累見之.' 令曰: '桂坊何以頻頻往來於華陽乎?' 臣曰: '臣之鄕庄在淸州地,

且華陽書院有所謂齋任者, 臣嘗忝居, 故果累次往來矣.'"; 황윤석, 『이재난
고』 권2, 丙子(1756) 윤9월 28일, "自忘憂里峴, 轉投東南大路, 涉王沙灘, 水
自北來入渼陰津. 自沙汀取小路, 過山下村, 繞山阿而行得一江村, 乃渼陰津
村, 金掌令元行宅所在, 而與渝判府事拓基宅結鄰矣."; 권4, 甲申(1764) 6월
1일, "昨日趙憲喆稟曰: '四忠祠, 近頗頹傷, 子孫諸議, 欲於作宰處, 各收百兩
錢, 以買田地, 而渝相公(*유척기), 方爲院長, 今又來次此處(卽先生(*김원
행)所都), 以此往稟如何?' 先生曰: '渝政丞身帶諸處院長, 而處世殊圓, 見敗
於忠州尤翁院(樓巖書院)中, 儒生自其院, 又通文華陽, 凡係尤翁祠院, 並擬
削去. 洪大容, 方爲華陽齋任, 還送通文, 幸得鎭靜耳(是時渝公, 以百官引咎,
時不參疏錄, 罷職出城).'"; 권16, 丙寅(1770) 11월 15일, "蓋頃歲渝奉朝賀
(拓基)爲本洞院長時, 一二諸生稟請, 以爲尤庵影幀, 在廟宇, 爲山嵐蒸損, 當
出安于書堂, 曝曬, 待乾還安, 則渝台許之. 諸生乃私報于淸風逐庵子孫權震
應家, 以逐庵影幀奉來本洞書堂, 就尤庵影幀左邊東向安之, 而來時, 路過忠
州樓巖書院, 書院亦尤庵俎豆地也. 丈庵鄭公(鄭澔)家在其咫尺, 而其子孫亦
初未聞知委折如今. 鄭履煥亦以並奉爲未安, 而渝台不置可否於其間. 蓋尹屛
溪(尹鳳九)入本洞, 瞻拜書堂二影時, 已欲並奉, 尹公卽逐庵門人故也. 以故
煥經, 以尤庵子孫, 大不平. 又其前後濁亂本院之跡, 爲屛溪所斥. 因以積憾,
而遂及於渝台. 至以監營裨將來擾, 煥章閣僧徒, 一款侵汰. 渝台則院長之受
辱已始於此. 洪君大容, 時爲齋任, 以渼上門徒, 主論而伸. 渝台及尹公下世,
而蔡百休, 欲以尹公所撰本洞廟庭碑文未成定藁者刻石, 則渼上丈席, 方帶院
長, 以爲此藁多有未安, 與宋德相相議, 謂當姑停刻役."; 권오영, 『조선후기
유림의 사상과 활동』, 돌베개, 2003, 55~74면 참조.

90 김이안, 『삼산재집』 권8, 「記游」, "華陽洞, 在報恩縣東七十里. 乙酉(1765)季
春, 大人又約宋叔同游. 余苦官事, 後二日而入謁. 院祠出一僧, 導余去, 仰見,
大人方坐巖棲齋, 而諸生十餘人侍焉. …是日宿煥章菴, 早起至巴串. …又前
爲仙游洞. 水石益奇峻可喜. 自此大人轉入外仙游洞, 而余又徑歸. 洪君弘之
嘗言: '華陽仙游間, 有村曰晩田, 地奧可避世.' 渠嘗往來其中, 誅茅墾荒, 爲
卜居計. 令余一訪, 亦忽忽未果也."
김이안은 1764년 9월부터 1765년 5월까지 보은 현감으로 재임했다(『승
정원일기』, 영조 40년 6월 30일, 영조 41년 5월 30일). 「記游」는 "丙戌杪
秋"(1766년 9월)에 지은 것이다.

91 김종후, 『본암집』 권1, 「園中小巖 架茅 棟其上 命曰高遠亭」, 「金季潤(相肅)

來訪 携上高遠亭 以風月庭除 罵花臺樹 時和歲豐 閑行靜坐 分韻」,「定夫
(*金鍾秀)將還沔郡 煮花會高遠亭 拈唐韻 共賦」; 권6,「高遠亭記」, "此盖仲
祖忠靖公(*김재로)之庄, 而余寓居焉.",「後峒書庵記」(丙戌[1766]); 김종수,
『몽오집』권1,「穀雨日 季潤來過 上高遠亭小飮 轉往後峒書菴 呼韵共賦」.

92 김종후,『본암집』권1,「洪德保(大容)携琴至 仲謙(致益)叔爲煮花後峒園中
以永日興難忘 撥芳春陂曲 新晴花枝下 愛此苔水綠 分韻」.

93 金相定,『石堂遺稿』권2,「金伯高高遠亭記」; 金相肅,『坏窩遺稿』,「高遠亭
記」; 李義肅,『頤齋集』권4,「高遠亭記」; 洪元燮,『太湖集』권5,「高遠亭記」.

94 『담헌서』외집 권2,「간정동필담」, 1766년 2월 17일, "余曰: '向送高遠亭賦
體一篇, 蕪拙可笑. 但平日無所著述, 此適記得, 故聊以露醜. 所謂高遠亭主
人, 金鍾厚, 字伯高, 號直齋, 亦我東儒者, 以貴冑退居讀書, 其功課精篤, 見
識通敏, 文詞亦高妙, 時望甚重. 篇末數句, 所以益期其遠大, 毋安於小成也.
覽後幸斤示之.'"; 2월 19일, "余書贐蘭公四句, 又書高遠亭賦曰: …";『을병연
행록』, 1766년 2월 17일, "…그중「고원정부」라 일컬은 글은, 평생에 지은
글이 적고 또한 객중에 기록할 길이 없는지라, 마침 이 글이 지은 지 오래지
아니하므로 생각하여 썼나니, 글은 볼 것이 없으나 그 의사는 취할 것이 있
으니. 고원정 주인은 성명이 김종후요 아국의 높은 선비라. 귀한 가문으로
벼슬을 원치 아니하고 전야에 물러가 글을 읽나니라."(소재영 외 3인 주해,
619면)

2부 1장

1 　『승정원일기』, 영조 41년 6월 22일.

2 　金謹行,『庸齋集』권15,「亡季參判行狀」; 박지원,『연암집』권3,「晚休堂記」
　　(신호열·김명호 옮김, 돌베개, 2017, 중, 77면).

3 　규장각 소장(奎7126)『燕行雜記』권4,「渡江人馬數」에 의하면, 정사의 군
　　관은 李基聖 등 4인, 부사의 군관은 金在行 등 3인, 서장관의 군관은 홍대
　　용 1인이다. 서장관은 원래 노비 1명만 데리고 갈 수 있는데, 출국할 적마
　　다 군관 1인을 정사의 군관으로 보고한 뒤 데리고 가는 것이 관례가 되었다
　　고 한다(『승정원일기』, 영조 49년 3월 28일).

4 　『을병연행록』, 1765년 11월 2일, "…그러나 문물이 비록 다르나 산천은 의
　　구하고 의관(衣冠)이 변하나 인물은 고금이 없으니, 어찌 한번 몸을 일으켜
　　천하의 큼을 보고 천하 선비를 만나 천하 일을 의논할 뜻이 없으며, 또 제
　　비록 더러운 오랑캐나 중국에 웅거하여 백여 년 태평을 누리니 그 규모와
　　기상이 어찌 한번 보암 직하지 아니하리오. …이러므로 내 평생에 한번 보
　　기를 원하여 매양 근력(筋力)과 정도(程道: 노정)를 계량(計量)하고 역관을
　　만나면 한음(漢音)과 한어(漢語)를 배워 기회를 만나 한번 쓰기를 생각하
　　더니"(소재영 외 주해, 19면);『담헌서』외집 권1, 杭傳尺牘,「與蓉洲書」, "向
　　來都門之行, 實欲陰求天下奇士."; 권8,『연기』,「沿路記略」, "余宿有一遊之
　　志, 略見譯語諸書, 習其語有年矣."

5 　김창협,『농암집』권4,「贈洪生世泰赴燕」제5수, "不見秦皇萬里城, 男兒意
　　氣負崢嶸. 漢湖一曲漁舟小, 獨速蓑衣笑此生.";『담헌서』외집 권2,『간정동
　　필담』, 1766년 2월 8일, "曰: '漢湖先生有贈行詩文耶?' 余曰: '先生以祖農巖
　　詩贈之. 詩曰: 末〔不〕見秦皇萬里城, 男兒意氣負崢嶸. 漢湖一曲漁舟小, 獨束
　　〔速〕簑衣負〔笑〕此生.' 兩人再三諷詠稱善."(원시 인용에 일부 오류가 있어
　　바로잡음.)
　　『을병연행록』1765년 11월 2일 기사에서 이 시의 結句를 "홀로 사의를 입
　　고 이 인생을 웃노라"라고 번역한 것은 부정확하다. "獨速"은 '㒓㑉'과 같은
　　말로, 머리가 흔들리는 모습을 뜻하는 의태어이다. 孟郊의「送淡公」제3수
　　에 "脚踏小船頭, 獨速舞短簑."라고 했다.

6 金鍾厚,『本庵集』권3,「答洪德保」(2),"僕於前冬病中, 奉一書送足下之行."

7 "足下今日之行, 何爲也哉? 匪有王事而蒙犯風沙萬里之苦, 以踣腥穢之讐域者, 豈非以目之局而思欲豁而大之耶? 目之局也則思大之, 而心之局也則不思有以大之叮乎? 況欲大此心者, 又無風沙腥穢之苦與讐域之辱者乎? 今將與足下遠別也, 使人不能不有感於與足下交際之始也. 某與足下相聚於道峰也, 其志槩所極何如也? 至今十七年間, 足下已蒼然壯茂, 而某則髮種種矣. 如某固無責已, 竊覵足下之意, 若將以農圃琴射之樂, 爲可以玩而卒歲. 是則農圃琴射, 豈非足以局足下之心者乎? 是盖有創於徒勞無成如某者耳. 某誠益懟, 然足下亦過矣. 今足下病其目之局而有遠遊, 則足下之目將不局矣. 盍於其猶有局者而加意焉? 苟相愛之深, 狂肆至此. 倘蒙恕而察之否耶?"(김종후,『본암집』권3,「答洪德保」[1])

8 김수진,「능호관 이인상 문학 연구」, 서울대 박사논문, 2012, 60~78면 참조.
이윤영의 一號인 '明紹'는 명나라를 계승한다는 뜻이었다. 이윤영과 이인상은 1754년 그들의 벗 李惟秀가 서장관으로 청나라에 연행을 가는 것도 탐탁잖게 여겼다.

9 『을병연행록』, 1765년 11월 2일(소재영 외 주해, 19면).

10 "薊北腥塵滿眼昏, 行人何處去朝元? 不如歸向淸州路, 家住神宗廟下村."(金鍾秀,『夢梧集』권1,「別洪幼直[檍]學士使燕」)

11 『영조실록』, 41년 11월 2일, "冬至使順義君烜·金善行·洪檍等辭陛, 上召見之. …以我國唐琴笙簧不成聲, 命樂工隨燕行者, 學其音以來.";『승정원일기』, 영조 18년 7월 4일, "上曰: '英廟朝, 雅樂大備. 朴世茂嘗言: "禮樂文物, 燦然大備", 而今則雅樂盡亡, 此不在於樂, 亦在於人. 夏禹氏, 聲律爲度, 若入淸廟, 則周旋拜跪, 亦自樂中出來, 雅樂甚重.'"; 영조 41년 10월 12일, "啓禧曰: '雅樂中唐琴, 近來樂師不能成樣, 笙簧之法, 曾有學來於中國者, 而今已年久, 多不曉解, 更爲擇得樂師, 使之學來則好矣.' 鳳漢曰: '燕行加數, 誠可悶, 而重臣所奏, 亦出深慮. 右相方帶樂院提擧, 別擇樂師中, 敏悟可以學來者送之, 俾無有名無實之患, 好矣.' 致仁曰: '然則另擇可以學來之樂師, 入送於今番節行乎?' 上曰: '依爲之.'"; 11월 2일, "上曰: '我國笙簧及玄琴不成聲音, 故樂生特命入送, 而可能學來乎?' 命召入樂生, 下敎曰: '誠之所到, 金石可透. 爾須學得以來, 可也.' 又命召入上通事, 下敎曰: '學樂事, 爾亦指揮, 可也.' 竝命退出, 使臣亦退出."; 영조 42년 4월 20일, "上曰: '樂師學樂而來耶?'

善行對曰: '學之以來矣.' 上曰: '樂師張天柱, 持琴笙入侍事, 注書出去, 分付可矣.' 臣坪承命出去, 招張天柱持樂器進伏. 上親取樂器, 親覽制度訖, 命天柱吹笙彈琴各一曲. 上命天柱曰: '予須出去, 善敎諸樂工, 而聲音勿爲煩促, 可也. 此則有關於國運盛衰矣.' 仍命晟書曰: '特敎之下, 樂員所學而來者, 其誠可嘉, 令該院, 爲先因此敎授, 若有勸獎之效, 依他例, 令本院稟旨, 陞資施賞.'"; 5월 6일, "致仁曰: '樂院典樂張文周, 彼中學來琴笙之法, 擇定樂生, 敎授成習後, 令本院稟旨陞資事, 頃有傳敎矣.'"; 6월 27일, "朴師海, 以觀象官員, 以領事提調意啓曰: '曆法之精, 在於七政, 七政之齊, 尤重交食, 而我國曆書, 專倣彼法, 故其新修之法, 必隨改學得然後, 可免差誤. 近年以來, 未得其書, 七政行度, 每有相左, 分秒日食推法, 亦多疑晦段目, 而反復究之, 終末覺得, 一監之憂慮者, 久矣.'"; 『담헌서』 외집 권7, 『연기』, 「劉鮑問答」, "僉知李德星, 日官也, 略通曆法. 是行也, 以朝令將問五星行度于二人(*劉松齡·鮑友官), 兼質曆法微奧, 且求買觀天諸器."; 「琴舖劉生」, "是行, 樂院稟旨, 定送樂師一人, 求買唐琴及笙簧, 因令學其曲而來, 使上通使〔事〕李漢主其事."; 『을병연행록』, 1766년 1월 7일, "이번 길에 나라에서 장악원 악사를 들어 보내어 당금과 생황을 사오게 하고, 겸하여 그 곡조를 배워오라 하였으니, …"; 1월 8일, "이번에 관상감 관원이 들어왔으니 성명은 이덕성이라. 책력 만드는 법을 질정하러 왔으되, …"; 1월 19일, "일관 이덕성은 관상감의 책력 만드는 법을 질정하러 왔는지라."(소재영 외 주해, 265면, 358면); 李裕元, 『林下筆記』 권20, 「典樂」, "乙酉, 冬至使, 典樂張文周, 貿唐琴笙簧, 學得音律而來."

12   기록에 따라 장문주는 '張天柱'로, 이덕성은 '李德成'으로 표기되어 있다.

13   『을병연행록』, 1765년 11월 1일(소재영 외 주해, 21~22면).

14   축의 달인인 고점리는 秦王(후일의 진시황)을 죽이러 떠나는 자객 荊軻를 전송하며 축을 연주했다(『사기』 「자객열전」).

15   洪大應, 『敬齋存稿』 권1, 「家君以冬至行臺赴燕 拜獻別語」; 「奉贈從氏隨家君燕行」, "萬里行裝三尺桐, 傳聲高筑向西風."(제1수), "小邦皮幣今行愧, 大地衣冠往迹悲."(제2수), "上國繁華已盡凋, 衣裳文物異前朝."(제4수), "煤山草沒悲歌咽, 落日空停使者車."(제5수), "千古報君三學士, 百年含恨一尤翁."(제6수)

16   徐直修, 『十友軒集抄』, 「送洪弘之(大容) 以子弟軍官赴燕行」, "雨老首陽蕨, 風鳴易水波. 故人從此去, 爲問魯連何."

17 『을병연행록』, 1765년 12월 24일, "수레 안에서 김가제(金稼齋) 일기를 가지고 심심할 적이면 그 지명과 구경하던 곳을 상고하더니"(소재영 외 주해, 154면), 12월 27일, 28일, 29일; 1766년 1월 4일, 5일, 7일, 14일, 20일, 2월 20일, 29일, 3월 13일;『담헌서』외집 권7,『연기』,「射虎石」, "至永平府, 訪虎石, 行中無知者, 出李一庵燕行抄記, 據其程路及村名, 招主人, 遍問之, 皆未詳.",「衙門諸官」,「鋪商」,「宋家城」; 외집 권9,『연기』,「夷齊廟」,「桃花洞」,「五龍亭」.

18 박지원,『연암집』권15,『熱河日記』,「黃圖紀略」,〈風琴〉.
    『열하일기』의 초기 필사본에는 〈風琴〉의 제목이 〈天主堂〉으로 되어 있다.

19 김원행,『미호집』권5,「答任同知(弘紀)」;『담헌서』외집 권2,『간정동필담』, 1766년 2월 8일, "余曰: '行中適有先生論性書, 當呈覽.' 皆曰: '甚好.'"; 엄성, 『철교전집』5,『일하제금집』하, 洪高士尺牘,「又(與鐵橋秋庫)」, 附錄渼湖論性書(단 洛論을 뒷받침하는 程子와 朱子, 退溪의 말을 소개한「別紙」는 생략되었음).

20 『담헌서』외집 권2,『간정동필담』, 1766년 2월 12일, "余曰: '論性書何如?' 力闇曰: '持論好極! 擬帶歸刊刻.' 余曰: '此是東儒大是非. 但於初學實地, 無甚關繫.'"; 趙有善,『蘿山集』권8,「渼湖先生行狀籤論」, "謹按先生答任同知弘紀書曰: '…', 其論人物性同異, 此一書盡之矣. …人物性同異及心與氣質之辨, 是近日儒門大是非, 而先生反復論辨, 無復餘蘊. 故先生胤子祭酒公(*김이안)臨沒, 略擧先生言行大致, 書諸小紙, 送于洪伯能. 蓋爲日後採入行狀之地也. 其言曰: '…性說, 答任老書盡之.'"

21 『담헌서』외집 권2,『간정동필담』, 1766년 2월 4일, "余出示許生昇畫幅曰: '臨行, 一友贈此畫. 此於我國, 頗稱工手, 願得題品.' 蘭公曰: '畫格甚好!'"; 李英裕,『雲巢謾藁』, 제3책,「書眞觀畫卷」, "眞觀許昇, 久與姜(*강세황)崔(*최북)游, 精研逼唐, 絶無東人矗率之筆, 而差欠格力耳. 若其儀象墓漏·鼎彛鐫刻·金石寶貝·文房器玩·車服刀鎗·織繡圖章, 各臻其妙, 而尤邃於修練之法, 皆吾韓俗之所罕能也. 雖在金陵·錢塘之間, 亦且聞名, 而顧世人貴耳賤目, 莫有知其所存, 使之糊口四方, 不遑奠居. 吁! 其可慨也已. 余自卌年前相知最深, 而世故遲回(徊), 白粉遂如許矣.…"; 金光國,『石農畫苑』, 유홍준·김채식 역, 눌와, 2015, 252면, 許昇,「怪石秋花圖」; 박효은,「홍성하 소장본 金光國의『石農畫苑』에 관한 고찰」,『溫知論叢』5권 1호, 溫知學會, 1999, 263~264면; 황정연,「조선시대 書畫收藏 연구」, 한국학중앙연구원 한국학

대학원 박사논문, 2007, 365면 참조.

22   『담헌서』 외집 권2, 『간정동필담』, 1766년 2월 10일, "送德裕, 書曰: '…適披
      行箱, 有柳君煥德臨行所贈畵扇二把. 其一, 江岸有數株柳, 而樹下一人, 褰蓬
      鼓琴, 題詩曰: '樂崩千載尙論琴, 鳳尾空藏太古心. 試拂荷衣灣水渡, 中原應
      復有知音.' 其一, 畵秋菊一叢, 詩曰: '海內若有知心人, 早春携歸一把來.' 下
      書太一山人題. 遂以此扇及論小序事及陽明事, 作書送之. 來時有一朋友贐畵
      扇二把, 偶爾披見其知音·知心之句, 不覺戚戚, 若其人有先知之術者然. 信乎
      詩固有讖, 而韓孟刀篆之夢非虛語些. 雖其格韻無足言, 幸以數語記其事于其
      上, 留之篋中.'"; 2월 12일, "蘭公曰: '太一山人爲誰?' 余曰: '姓柳名煥德, 早
      年出身, 頗有才華, 拘於門閥, 棲遲下官.'"; 李奎象, 『幷世才彦錄』, 「書家錄」,
      〈柳煥德〉; 金龜柱, 『可庵遺稿』 권3, 「戲次柳君和仲(煥德)韻二首」; 成大中,
      『靑城集』 권2, 「宿柳和仲(煥德)萬山舘 用唐韻」, 「酬柳和仲」; 南公轍, 『金陵
      集』 권1, 「柳秘省(煥德)第 觀凌虛道人九龍淵畵障」; 김광국, 위의 책, 227면,
      柳煥德, 「梅花」.

23   金昌業, 『老稼齋燕行日記』 권1, 「往來總錄」, "所持盤纏, 銀二十四兩."

24   『을병연행록』, 1766년 1월 3일, "내 가로되, '내 들어올 때에 남의 꾸지람을
      돌아보지 아니하고 팔포를 팔아 수백 냥 은을 가져옴은 정히 이 일(*구경)
      을 위함이니 무엇이 아까울 것이 있으며…'; 1월 10일, "내 가로되, '내 팔
      포를 팔아 남의 시비를 돌아보지 아니함은 전혀 구경을 위함이러니, 올 때
      쓰인 수와 이 앞 부비(浮費)를 다 제하여도 백여 냥 은(銀)이 남을 것이니,
      적지 않은 재물을 이름 없이 구처(區處)할 길이 없으니 어찌 하여야 옳으리
      오?'"; 1월 27일, "이날 팔포 값 은(銀)을 하졸들을 나누어 주니, 대저 팔포
      값이 연년히 정한 것이 없으되 이번 길에 은이 넉넉하여 자리를 얻지 못하
      는 지라, 값이 전에 비하면 십여 냥 은이 더하니, 팔포 이천 냥에 이백사십
      냥이라. 이천 냥 속에서 일가의 별부(別付) 은과 나귀 값을 가져가는 것을
      합하여 이백 냥은 제하고, 그나마 일천 팔백 냥의 값을 받으니 합하여 이백
      열엿 냥이라."; 1월 29일, "내 기롱하여 이르되, '내 누(累)백 냥 은을 가지
      고 이 서적을 다 사고자 하였더니, 그대를 만나니 하릴없다' 하니"(소재영
      외 주해, 211면, 290면, 430면, 437면);『담헌서』 외집 권7, 「衙門諸官」, "及
      行前收包價, 得銀子二百餘兩, 爲雇車及遊觀雜費.", "余曰: '始余排衆議賣包,
      橐中尙有百金, 正爲今日用. 君輩將以余爲貨取乎?'"; 규장각 소장(奎7126)
      『연행잡기』 권4, 「包銀」, "始余賣包時, 諸譯竊議紛然, 以爲從古所不爲, 歸後

必有貶謗.″

홍대용이 당시 가져간 은화의 액수와 구체적 사용 내역에 대해서는 『을병연
행록』과 『연기』의 해당 기록 간에 다소 차이가 있다. 『을병연행록』 1766년
1월 27일 기사에 의하면, 包銀 2천 냥 중에서 일가 사람들이 別付한 은과
나귀 값 등 200냥을 제한 1800냥의 자리를 팔아 받은 216냥을 가지고 갔는
데 1월 27일 현재 193냥 남짓을 쓰고 22냥이 남았다고 하면서, 그 발기(사
용 내역서)를 소개했다. 그런데 서울대 규장각 및 일본 東洋文庫 등에 소장
된 『연기』의 이본, 즉 『연행잡기』 중의 「包銀」과 「橐裝」 조에 의하면, 홍대
용이 개인적으로 소지한 은(140냥 남짓)과 각처에서 별부한 은을 합하면
모두 185냥이고, 이를 제외한 팔포 1847냥의 자리를 팔아 天銀(1등급 은)
221냥 남짓을 받았다. 이것을 丁銀(4등급 은) 277냥 남짓으로 바꾸어, 모
두 262냥 남짓을 썼다고 했다. 참고로, 『이재난고』에 의하면, 중국의 은화
1냥은 조선의 동전 3냥에 해당한다고 한다(황윤석, 『이재난고』 권15, 庚寅
[1770] 6월 2일, "…而似聞北京上年使行所購書五百卷, 用銀七十兩, 一卷直
一錢四分. 唐銀一兩, 當本國錢三兩, 則一卷直, 或四錢二分.").

25 규장각 소장(奎7126) 『연행잡기』 제4권에 「渡江人馬數」가 수록되어 있다.

26 『을병연행록』, 1765년 11월 27일(소재영 외 주해, 36면).
   '금등'은 곧 금등자(金鐙子)로, 붉게 칠한 장대 끝에 도금한 등자(말을 탈
   때 두 발로 디디도록 말의 양 옆구리에 늘어뜨린 물건)를 거꾸로 붙인 조
   선 시대의 의장(儀仗)이다. 참고로, 『영조실록』, 3년 7월 25일 기사에 "이에
   병조에서도 의장과 수가(隨駕)하는 인원의 수를 줄였다. (주)의장 가운데
   에서 대기(大旗) 세 쌍과 소기(小旗) 두 쌍과 금등자(金鐙子)·은등자(銀鐙
   子) 각 한 쌍과 은월(銀鉞)·은부(銀斧) 각 한 쌍과 공련(空輦)을 줄이고, 수
   가하는 인원 가운데에서 충장위장(忠壯衛將)·충익위장(忠翊衛將) 이하 군
   병과 추패장(椎牌將) 및 유청군사(有廳軍士) 등을 줄였다"라고 했다.

27 송시열, 『송자대전』 권139, 「送右揆南公(九萬)之燕序」, "右揆南公將行, 求
   言于余. 贈人以言, 仁者事也, 余何敢? 雖然, 公旣之燕, 必有感古之夢, 如
   見荊卿, 須問之曰: '公之匕首, 與子房之鐵椎同, 而晦翁盜公而義子房者, 何
   也?'"(이와 동일한 글이 李回寶[1594~1669]의 『石屛集』 권5에 「送藥泉南
   右揆[九萬]之燕序」로 수록되어 있다. 후손이 유고를 수습·편찬할 때 잘못
   편입된 듯함); 元景夏, 『蒼霞集』 권7, 「送兪相國(拓基)赴瀋陽序」, "昔尤翁以
   軻之匕首, 良之鐵椎, 感慨紫陽翁筆法, 而送南相雲路(*남구만)之入燕, 余每

讀其文, 未嘗不爽然自失也.";김창협,『농암집』권4,「贈洪生世泰赴燕」, 제4
수, "燕市千秋說慶卿, 古今豪傑幾霑纓. 知君詩律增悲壯, 便作高家擊筑聲.";
洪世泰,『柳下集』권6,「送金生赴燕」, "立馬霜天酒一杯, 燕歌千古莽生哀. 市
中百物看如土, 買得荊軻匕首來."

참고로, 청 옹정 때 역모 사건의 주동자 曾靜도 "但有虹貫日, 竟無軻入秦"
이라고 하여, 자신을 秦나라로 들어가는 자객 형가에 비유했다(郭成康·林
鐵鈞,『淸朝文字獄』, 北京: 群衆出版社, 1990, 176면).

28 『을병연행록』, 1765년 12월 16일 기사에서 嘔血臺 전설과 袁崇煥, 祖大樂·
祖大壽의 牌樓에 대해 언급했고, 12월 20일 기사에서 山海關에 대해 언급
하고 吳三桂를 비판했다.『담헌서』외집 권8,『연기』,「沿路記略」에서도 寧
遠城의 嘔血臺, 祖大樂·祖大壽의 牌樓에 대해 언급했다.

29 『을병연행록』, 1765년 12월 17일(소재영 외 주해, 121면).
郭生의 발언이『연기』에는 "因歎曰: '仕有榮時, 亦有辱時, 才高者在野, 金多
者在位. 今世爲官, 我亦恥之.'라고 하여 조금 다르게 서술되어 있다(『담헌
서』외집 권7,『연기』,「沙河郭生」).

30 『을병연행록』, 1765년 12월 6일(소재영 외 주해, 70면);『담헌서』외집 권8,
『연기』,「沿路記略」, "自遼東西行三百里, 大陸漫漫無涯涘, 日月出於野而沒
於野. 至新店村後, 有小陵十數丈, 登眺甚快. 盖行平野, 四望不過十餘里. 是
故不觀海, 不度遼, 地圓之說, 終不得行也."

31 『담헌서』외집 권8,『연기』,「沿路記略」, "遼東太子河邊, 積材木亘數里. 大皆
連抱, 不知其幾巨萬株. 每堆小者數十株, 多或百株, 皆長短無分寸參差. 堆垛
齊整, 兩面如削, 標號印烙, 秩然不可亂. 可謂'大規模細心法'也.", "路上拾馬
糞者相望, 荷簣持四枝小鐵鎗, 微曲如掌指, 見馬糞, 則又納之如用手, 其務農
勤嗇可見. 其糞堆皆有樣子, 圓中規, 方中矩, 三角中句股. 穹者如傘, 平者如
案, 滑潤如塗壁, 終未見狼藉傾斜者. 華人之用心, 自來如此. 如郭有道旅舍,
必灑掃, 武候行陣, 溷廁亦有定度者, 又何足爲奇耶?", "永平府以西, 野田半
是楮桑. 聞葉飼蠶, 皮爲紙, 種之可以代耕云. 其列植整直, 無纖毫委曲. 此中
華素性, 不由安排. 其大規模細心法, 豈易言哉?"

32 『을병연행록』, 1765년 11월 27일(소재영 외 주해, 36면).
갈석산은 발해 부근에 있는데 진시황이 자신의 공적을 바위에 새겨 놓았다
는 산이다.

33 "登此樓而不目裂眦髮衝冠, 眞懦夫也. 顧半生坐井, 蠢然若肖魁, 乃欲明目張

膽, 妄談天下事, 甚矣不自量也!"(『담헌서』외집 권9, 『연기』,「望海亭」).
여기서 말한 '천하의 대사'란 북벌을 가리킨다.

34 『을병연행록』, 1765년 12월 8일(소재영 외 주해, 80면).
원문에서 부사가 "손으로 공중을 향하여 빈 글자를 쓰며"라고 한 것은 『世說新語』에 나오는 晉나라 殷浩의 행동을 흉내낸 것으로, 낙심한 듯한 동작을 말한다.

35 이는 관개용 揚水機인 龍尾車가 아니라, 서양식 消火用 밀펌프를 탑재한 手銃車를 가리킨다. 홍대용은 『연기』「器用」에서 이를 "灑水銅車"라고 부르며 자세히 설명했다. 일찍이 李器之는 "水壺筒"으로 소개하면서 "서양인의 방법으로 만든다더라"(以西洋人法造之云)고 전했다(『一菴燕記』권2, 庚子 9월 18일). 박지원의 『열하일기』에도 자세히 소개되어 있다(김명호, 『열하일기 연구』, 창작과비평사, 1990, 228~229면).

36 『담헌서』외집 권8, 『연기』,「京城記略」, "厨房嘗失火, 通官與甲軍輩, 趨入無人色, 皆環立視之, 不敢爲撲滅計. 驛卒輩, 騰身乘屋, 撤其瓦而灌以水, 少頃而息. 諸譯言: '華人畏火甚於虎, 一家火則只撤其旁舍, 不令延及而已. 其愚拙如此.' 仍戲曰: '我國早晚北伐, 若以火攻, 天下可不勞而定.' 一譯曰: '不然. 嘗見正陽門樓失火, 惟架十數水車, 飛瀉如雨, 頃刻而滅. 有此巧器, 何畏火攻?'"; 『을병연행록』, 1766년 2월 19일(소재영 외 주해, 624면).

37 홍대용은 동악묘 앞 牌樓에 이르러 "하늘 아래 이런 세계가 있을 줄 몰랐다"고 감탄했으며, 동악묘에 대해 "연로에 큰 묘당은 세운 곳이 많으되 이런 웅장한 것은 첫 번 봄일러라", "그 웅장한 제도와 휘황한 단청이 말로 이를 전할 길이 없으니"라고 했고, 조양문에 대해 "그 웅장한 제양은 심양·산해관이 감히 비하지 못하리라"고 했다(『담헌서』외집 권9,「東嶽廟」,「入皇城」, "至東嶽廟前牌樓, 彩墻閭井樓臺之盛, 不圖一天之下有此大世界也."; 『을병연행록』, 1765년 12월 27일, 소재영 외 주해, 174면, 175면, 177면).

38 『을병연행록』, 1765년 12월 28일, "북경의 번성함은 전일에 익히 들었고 김가재 일기를 보아도 거의 짐작할 듯하더니, 진실로 귀에 들음이 눈으로 봄만 같지 못한지라 그 이 지경에 이를 줄을 생각하였으리오."(소재영 외 주해, 184면)

39 『을병연행록』, 1765년 12월 29일; 『담헌서』외집 권7, 『연기』,「藩夷殊俗」, 권9, 『연기』,「鴻臚演儀」.

40 『담헌서』외집 권7, 『연기』,「藩夷殊俗」, "清主中國, 盡有明朝舊地, 西北至

590

甘肅, 西南至緬甸. 東有兀喇船廠, 又其發跡之地, 而在明朝一統之外, 則幅員 之廣, 甲於歷朝. 藩夷之服貢者, 如琉球間歲一至, 安南六歲再至, 暹羅三歲, 蘇祿五歲, 南掌十歲一至. 西洋·緬甸, 貢獻無常期.";『淸史稿』권528, 列傳 315, 屬國 3, 「蘇祿」.

『을병연행록』 1766년 1월 6일 기사에서는 홍대용이 禮部의 序班인 "부가"(傅哥)에게 "즉금(卽今) 중국에 조공하는 나라가 몇이나 되나뇨?"라고 묻자, 부가는 "조선과 유구국(琉球國)과 안남국과 남장국(南掌國: 라오스)과 홍모국(紅毛國: 네델란드)이니, 대저 다섯 나라로되 조선 밖에는 혹 삼년 일차(一次)요, 혹 오 년 일차라. 유구국은 금년에 왔으니 오 년 후에 다시 오리라"고 답했다(소재영 외 주해, 251면).

41 『을병연행록』, 1765년 12월 28일, "김가재 일기에 상은(賞銀)과 상사단(賞賜緞) 구처(區處)한 말이 있고 근래에는 자제군관이 다 정관(正官)에 넣어 왔는지라. 이번은 의주에서부터 수역(首譯)더러 정관에 아니 들고 상은을 아니 쓰기로 일렀는지라.", 12월 29일, "부사가 가로되, '조참(朝參)은 큰 구경이요 또 그대 삼촌이 이미 들어가니, 호정(胡庭)에 한 번 꿇기를 어이 홀로 면코자 하는가?'"; 1766년 1월 10일, "내 덕형에게 말하기를, '… 내 황제에게도 절하기를 욕되이 여겨 조참에 들어가지 아니하였거늘'"(소재영 외 주해, 189면, 194면, 293~294면);『담헌서』외집 권8, 『연기』, 「京城記略」, "朝參, 正官三十人. 三使臣外, 譯官二十三人皆入焉. 裨將四人, 以資級選入. 首譯主其事, 前此子弟裨將多充選. 余則不欲備朝參員, 且不欲受賞銀, 故不入焉."

42 『을병연행록』, 1766년 1월 4일(소재영 외 주해, 221면).
참고로, 金正中의『燕行錄』(1791~1792), 「壯觀」 조에서는 '正陽車馬'(정양문 앞의 수레와 말)를 연행 중의 10대 장관의 하나로 꼽았다.

43 『을병연행록』, 1766년 1월 5일, "국자감은 태학을 이름이니 천자의 학(學)이라. 현판에 청서(淸書)로 쓴 천자의 학을 표함이로되 성인의 위판 모신 곳을 오히려 오랑캐의 글자로 더럽혔으니 통분하더라."; 1월 12일, "…정전(正殿) 위판은 비록 보지 못하였으나 이로 미루면 필연 일례(一例)로 어지럽혔을지라. 이같은 엄중한 곳에 저희 글자로 성현의 신위를 더럽히니 통분할 일일러라."(소재영 외 주해, 238면, 318면)
1778년 연행에 참여한 이덕무도 북경의 국자감에서 만주 문자로 쓰인 현판과 위패를 보고 역시 분개했다(이덕무, 『청장관전서』 권67, 『入燕記』 下,

5월 22일).

44 『을병연행록』, 1766년 1월 26일, "내 가로되, '모자는 기자(箕子)의 제도라
이르되 적실한 징험이 없고 의복은 전혀 명조(明朝) 제도를 준행하노라.'",
"내 가로되, '문승상(文丞相) 묘당이 어지없이 헐어지고 소상(塑像)에 티
끌이 가득하였으되, 아무도 수보(修補)할 계교를 하지 아니하니 어찌 애닯
지 아니하리오. 중국의 불긴(不緊)한 묘당이 처처(處處)에 금벽(金碧)이 휘
황하되, 이런 만고 충절을 존숭치 아니하니 중국 사람을 위하여 부끄러하
노라.'"(소재영 외 주해, 425면, 427면); 『담헌서』 외집 권7, 『연기』, 「蔣周問
答」, "周曰: '貴處衣冠, 可是箕子遺制否?' 余曰: '帽子, 世傳箕子遺制, 無明
徵. 衣服專遵明朝舊制, 而間有未變俗者.'", "余曰: '文丞相廟塑像, 破傷無餘,
無人修理, 見甚可悲.' 周頷之, 甚有愧色."

45 『을병연행록』, 1766년 1월 30일(소재영 외 주해, 446면); 송시열, 『송자대
전』 권213, 「三學士傳」, "或者謂: '今日無地可讀春秋,' 蓋不知有三學士也.";
鄭澔, 『丈巖集』 권24, 「孔夫子眞像祠宇記」, "尤庵老先生, 嘗有無地讀春秋之
歎."

46 『담헌서』 외집 권1, 「與孫蓉洲有義書」(*1767.10 발신), (別紙) "曾見長春寺
有皇明皇后像, 衣製與今無異矣."

47 김명호, 『환재 박규수 연구』, 창비, 2008, 408~409면.

2부 2장

1 『담헌서』 외집 권7, 『연기』, 「劉鮑問答」, "劉·鮑居南堂."; 유홍렬, 『증보 한
국천주교회사』, 가톨릭출판사, 1997, 상권, 49~50면, 67~68면; 이은영, 「조
선후기 연행사의 천주당 방문과 서양문물 체험」, 덕성여대 석사논문, 2015,
21~30면; 정은주, 「18세기 燕行으로 접한 淸朝 문화」, 『대동문화연구』 85,
성균관대 대동문화연구원, 2014, 224~225면 참조.
『담헌서』 외집 권9, 『연기』 중 「天象臺」는 규장각 등 소장본 『연행잡기』에
는 「東天主堂」으로 되어 있고 본문도 상당히 다르다. 그런데 후자에는 "天
主堂有四, 南·北未聞. 西, 劉·鮑所居, 東堂雖不及西堂, 遊觀者或往焉."이라
하여, 남당을 '서당'으로도 지칭했다(조창록, 「홍대용 연행록 중 西學 관련
내용의 改削 양상」, 『대동문화연구』 84, 성균관대 대동문화연구원, 2013,

183면). 또 『담헌서』 외집 권2, 『간정동필담』, 1766년 2월 17일 기사에도 "余曰: '有東·西·南·北四堂. 其東·西二堂, 弟亦見之, 西洋人來守傳敎.'"라고 했다. 1760~1761년 연행을 다녀온 李義鳳도 '西天主堂'에서 유송령을 만났다고 했다(李義鳳, 『北轅錄』, 1761년 1월 27일, 2월 6일). 김명호, 『열하일기 연구』(창작과비평사, 1990)에서 『열하일기』에 '남당'이 '서천주당'으로 기술된 것을 오류라고 한 서술(27면, 주21)을 바로잡는다. 박지원과 연행을 함께한 盧以漸의 『隨槎錄』에도 남당을 '서천주당'이라 지칭했다(노이점, 『열하일기와의 만남 그리고 엇갈림, 수사록』, 김동석 옮김, 성균관대출판부, 2015, 248면).

2   『담헌서』 외집 권7, 『연기』, 「劉鮑問答」, "康熙以來, 東使赴燕, 或至堂求見, 則西人輒歡然引接, 使遍觀堂內異畫神像及奇器, 仍以洋産珍異饋之, 爲使者利其賄, 喜其異觀, 歲以爲常. …劉·鮑居南堂, 筭學尤高, 宮室器用, 甲於四堂, 東人之所常來往也."; 『을병연행록』, 1766년 1월 7일, "동서남북에 집이 있어 이름을 '천주당'이라 하였으니, 이는 '하늘을 주(主)한다'는 말이라. 그중 서천주당이 집과 기물이 더 이상하고….", 1월 9일, "내 가로되, '천주당의 기이한 구경이 아국에 또 유명하니, 대감이 어찌 듣지 못하였느냐.'"(소재영 외 주해, 258면, 279면).

3   김창업, 『연행일기』 권6, 1713년 2월 9일; 費賴之, 『在華耶穌會士列傳及書目』, 馮承鈞 譯, 北京: 中華書局, 1995, 上, 383면, "日升諳練音樂, 曾在天主堂中, 裝置大風琴一架, 式樣之新, 節奏之調, 華人見之, 莫不驚異. 同一堂上, 幷安置大報時鍾一架.…"

    徐日升은 김창업의 『연행일기』에는 '徐日昇'으로 표기되어 있다. 그는 음악에 정통하여 강희제의 명으로 『律呂正義』를 편찬했다.

4   李器之, 『一庵燕記』, 1720년 9월 22일(조융희 외 옮김, 한국학중앙연구원출판부, 2016, 215면).

5   이기지는 소림·대진현·비은 외에 張安多(Antoin de Magaihaens), 麥大成(Jean-François Cardos), 杜德美(Pierre Jartoux), 羅懷忠(Jean-Joseph da Costa), 徐茂昇(Giacomo Filippo Simonelli), 白晋(Joachim Bouvet), 雷孝思(Jean-Baptiste Régis), 湯尙賢(Pierre-Vincent de Tartre), 殷弘緒(François-Xavier d'Entrecolles), 巴多明(Dominique Parrenin) 등을 만났다.

    『일암연기』에는 그중 羅懷忠이 '羅懷中'으로, 巴多明이 '巴多思'로 표기되어 있다. 또 徐懋昇이 '徐懋昇'으로 표기되어 있다. 이를 徐懋德(André Pereira)의 잘못으로 추정하기도 하나(김동건, 「이기지의 『一庵燕記』 연구」, 한국학중앙연구원 석사논문, 2007, 53면, 주191; 『일암연기』, 조융희 외 옮김, 731면, 주103), 徐懋昇은 곧 徐茂昇이며 '徐茂盛', '徐大盛'(大盛은 그의 자임) 등으로도 표기되었다(韓琦, 『通天之學: 耶蘇會士和天文學在中國的傳播』, 北京: 生活·讀書·新知三聯書店, 2018, 218면).

6　김동건, 위의 논문, 44~82면; 정은주, 「연행 사절의 서양화 인식과 사진술 유입-북경 천주당을 중심으로」, 『明清史研究』 30, 明清史學會, 2008, 170~177면 참조.

7　북경의 천주교 남당은 1766년 1월 9일, 19일, 2월 2일 방문했고, 동당은 1월 24일 방문했다. 『담헌서』 외집 권7, 「연기」, 「劉鮑問答」에는 남당을 처음 방문한 날이 '1월 8일'로 되어 있으나, 착오이다. 일본 東洋文庫 및 미국 버클리대 등 소장본 『燕行雜記』에는 『담헌서』의 『연기』와 달리 「京城記略」 말미에 별도의 일정표가 있는데 여기에도 "(正月) 初九日 天主堂"으로 명기되어 있다.

8　전용훈, 「조선후기 서양천문학과 전통천문학의 갈등과 융화」, 서울대 박사논문 2004, 12~40면 참조. 역관은 1741년(영조 17년)부터 매년 동지 사행 때 함께 보내도록 정례화되었다가 중간에 3년마다 한 번 보내는 것으로 바뀌었으며, 1771년 減罷되었다가 이듬해에 복구되었다(『승정원일기』, 영조 48년 4월 28일, "相福曰: '前則每使行, 輒送一人, 中間改以三年一送, 至昨年減罷矣. 自今更爲三年一送, 何如?' 上曰: '曆法至重, 豈惜一八包乎? 依爲之.'").

9　『동문휘고』補編 권5, 使臣別單, 「(丁卯)冬至行 正使洛豊君楺·副使李喆輔別單」, "日官李德星與任譯往來東西天主堂及欽天監, 叩問曆籌諸法, 且求未見之書, 則果有新定日食籌法寫本一冊, 而今纔刪定, 尙未刊行, 秘惜殊甚, 因欽天監生, 重價覓見, 使之謄出賚去. 年前所得對數表及八線表, 但知其用於交食, 而不知其推用於諸曜矣. 李德星與欽天監官員累日求質, 盡學其術, 則凡交食與諸曜推步之法, 居在其中, 不待籌法, 擧皆瞭然, 乘除浩繁之役, 比前半減. 其他諸般籌法, 常所疑碍未解處, 一一質問以去."; 『승정원일기』, 영조 25년 3월 11일, "尹得載以觀象監官員, 以領事意達曰: '丁卯年分, 本監天文學敎授李德星, 隨使行入燕, 多費私財, 夤緣欽天監官員, 旣得新定日食算法一冊, 且時憲七政曆中, 新修火星推算之法, 李德星講究精學, 所用方書亦爲

覓來. 故使曆官等, 依此法推算, 則果與淸曆一一脗合, 而乘除浩繁之役, 比前減牛. 自今以後, 則當以此法, 永久行用, 誠爲多幸. 其在激勸之道, 不可無酬勞之典, 李德星依例相當職除授事, 分付該曹, 何如?' 令曰: '依.'"; 영조 40년 9월 5일, "金華鎭, 以觀象監官員, 以領事·提調意言啓曰: '監官員前別提李德星, 曾於丁卯年, 彼中新修日食算法及時憲·七政曆中, 火星推步之法, 一一講求精學, 所用方書, 捐私財, 購得以來, 至今行用, 其爲功勞, 誠極嘉尙. 其時卽奉調用承傳, 而尙未擧行, 且德星早屬本監象緯之學, 旣精且熟, 傳授後進, 固多其效, 其勤勞之誠, 術業之精, 實有不易得者, 在前如此之人, 例有加資任使之規矣. 今此李德星, 似當依例加資, 以爲激勸之道, 而係干恩典, 上裁, 何如?' 傳曰: '特爲加資.'"; 규장각 소장(奎7126) 『연행잡기』 권4, 「渡江人馬數」, "日官 折衝 李德星".

『新定日食籌法』이 『승정원일기』에는 '新定日食算法' 또는 '新修日食算法'으로 표기되어 있다.

10 費賴之, 앞의 책, 下, 778~790면; 韓琦, 앞의 책, 209~211면 참조.

11 『을병연행록』, 1766년 1월 9일(소재영 외 주해, 284면).
    『담헌서』의 『연기』 「劉鮑問答」에는 "命福傳言願學之意."라고만 되어 있다.

12 『담헌서』 외집 권7, 『연기』, 「劉鮑問答」, "洪譯笑曰: '…其才術甚高, 星象算數律曆諸法, 無有不會. 手造渾儀, 妙合天象.…' 余責其夸張, 洪譯曰: '不如是, 不可以動其心, 盡見其奇器異書.'"
    『을병연행록』에는 해당 내용이 없다.

13 『담헌서』 외집 권7, 『연기』, 「劉鮑問答」, "余先書曰: '雖緣願學象數, 頻來遭挑, 殊悚仄. 望僉位諒恕.' …余曰: '愚不揆僣率, 作渾天儀一座, 考諸天象, 多有違錯. 貴堂當有奇器, 願賜一覽.'"(규장각 등 소장본 『연행잡기』에는 '雖緣願學象數'가 '雖出願學之誠'으로 되어 있음.); 『을병연행록』, 1766년 1월 19일, "내 먼저 써 가로되, '비록 존모하는 마음이나 자주 나아와 괴로움을 끼치니 극히 불안하여 하노라' …나중에 내 이르되, '천문 도수는 경이(輕易)히 알 바가 아니로되, 내 망령됨을 잊고 혼천의 하나를 만들어 천상(天象)을 모방하니, 대강 도수를 얻으나 하늘 법상(法象)에 참예하여 상고하면 어기고 그름이 많은지라.'"(소재영 외 주해, 361면, 362~363면).

14 이덕무, 『청장관전서』 권63, 『天涯知己書』, 「筆談」, "炯菴曰: '…余每逢入燕人, 問何好, 必曰: '祖大壽牌樓, 甚壯麗.' 又問其次, 必曰: '天主堂壁畫, 遠見如眞.' 余遂齒冷而止.'"

조대수는 명나라의 명장으로 그의 공훈을 기리는 웅장한 牌樓(돌로 만든 아치)가 지금도 遼寧省의 寧遠衛(興城市)에 있다. 그러나 조대수는 말년에 청나라 군대에 투항했다(『을병연행록』, 1765년 12월 16일;『담헌서』 외집 권8, 『연기』, 「沿路記略」).

15 『담헌서』 외집 권7, 『연기』, 「劉鮑問答」, "見兩壁畫, 樓閣人物, 皆設眞彩. 樓閣中虛, 凹凸相參, 人物浮動如生. 尤工於遠勢, 若川谷顯晦, 烟雲明滅, 至於遠天空界, 皆施正色. 環顧憫然, 不覺其非眞也. 盖聞洋畫之妙, 不惟巧思過人. 有裁割比例之法, 專出於筭術也.";『을병연행록』, 1766년 1월 9일, "좌우 바람[벽]에 산수와 화초를 그리고 또한 인물을 가득히 그렸으되, 다 진짜 형상이요 공중에 드러나니, 수보(數步)를 물러서면 종시 그림인 줄을 믿지 못할지라. 사람의 생기와 안정(眼睛: 눈)이 완연히 산 사람의 거동이라 차마 가까이 나아가지 못할 듯하고, 높은 바위에 폭포가 내리는 거동은 의연히 소리를 들으며 옷이 젖을 듯하고, 성 위에 외로운 내(*孤煙)와 수풀 가운데 층층한 누각이 아무리 보아도 벽상에 진짜 경계(境界)를 베푼 듯하더라."(소재영 외 주해, 282면)

홍대용이 본 천주교 남당의 벽화는 청나라의 궁정 화가로 활약한 예수회 선교사 카스틸리오네(郎世寧)가 주로 그린 것으로, 서양의 바로크 회화 양식을 따른 것이었다고 한다. A. Hauser가 말한 '궁정적·가톨릭적 바로크'의 회화는 16세기에서 18세기 초에 유럽에서 개신교의 종교개혁에 맞서 천주교 신앙을 강화하기 위한 수단으로 가톨릭 교회의 후원을 받아 널리 제작되었다. 종교적인 주제(소위 聖畫), 풍부한 색채와 사실감 넘치는 묘사, 강렬한 명암 대비, 웅대하고 역동적인 구도 등을 특징으로 했다(정은주, 「18세기 燕行으로 접한 淸朝 문화」, 『대동문화연구』 85, 성균관대 대동문화연구원, 2014, 220~221면; 아르놀트 하우저, 『문학과 예술의 사회사』, 백낙청·반성완 역, 창작과비평사, 2002, 제2권, 245~253면 참조).

16 『을병연행록』, 1766년 1월 9일(소재영 외 주해, 285면);『담헌서』 외집 권7, 『연기』, 「劉鮑問答」, "北壁設一像, 亦披髮, 顔如婦人, 有憂色, 初見已爲不愜. …上層列數十眞像, 皆建堂以後凡洋人之承統者與傳道于中國者, 利瑪竇·湯若望之徒也."(규장각 등 소장본『연행잡기』에는 '初見已爲不愜'이 '卽所謂天主也'로 되어 있음. 조창록, 앞의 논문, 180면)

17 『을병연행록』, 1766년 1월 7일(소재영 외 주해, 257면).

18 "竇也, 自最西航海, 入中華."(吳相湘 主編,『天學初函』, 臺北: 臺灣學生書局,

1965, 제1권,『交友論』, 299면); 「刻交友論序」, "西泰子, 間關八萬里, 東遊
於中國, 爲交友也."(이하 같은 책, 291면); 「天主實義序」, "利子周遊八萬里,
高測九天, 深測九淵, 皆不爽毫末."(363~364면. 그밖에 徐光啓의 「跋二十五
言」이나 李之藻의 「刻畸人十篇」 등에도 동일한 내용이 보인다.『二十五言』,
328면;『畸人十篇』, 101면); 李睟光,『芝峯類說』권2, 「諸國部」, "歐羅巴國,
亦名大西國. 有利瑪竇者, 泛海八年, 越八萬里風濤, 居東粵十餘年.", 권19
「服用部」, "續耳譚曰: '大西洋國人利瑪竇者, 泛海八年, 始抵東奧.'"

19 "徒憑口耳者, 不足與語學問也. 況平生情量之所未到乎! 言聖人登泰山而小
天下, 則心不然而口應之; 言佛視十方世界, 則斥爲幻妄; 言泰西人乘巨舶,
遠出地球之外, 叱爲恠誕. 吾誰與語天地之大觀哉?"(박지원,『연암집』권11,
『열하일기』, 「馹汛隨筆」, 서문); 김명호, 「『열하일기』 「일신수필」 서문과
동·서양 사상의 소통」,『국문학연구』28, 국문학회, 2013, 234~236면 참조.

20 『을병연행록』, 1766년 1월 7일(소재영 외 주해, 257면).

21 『담헌서』외집 권7,『연기』,「劉鮑問答」, "皇明萬曆中, 利瑪竇入中國, 西人始
通, 有以算數傳道, 亦工於儀器, 其測候如神, 妙於曆象, 漢唐以來所未有也.
…今泰西之法, 本之以算數, 參之以儀器, 度萬形, 窺萬象, 凡天下之遠近高深
巨細輕重, 擧集目前, 如指諸掌, 則謂漢唐所未有者非妄也."
   규장각 등 소장본『연행잡기』에는 "有以算數傳道, 亦工於儀器"가 "俗有天
   主學, 明算數, 工奇器"로 되어 있다(조창록, 앞의 논문, 179면).

22 15세기 중반부터 17세기 초까지 코페르니쿠스부터 티코 브라헤와 케플러
   에 이르기까지 유럽의 천문학은 관측 장치를 이용한 定量的 정밀 관측을
   바탕으로 복잡한 계산을 통해 고도의 수학 모델과의 일치를 추구함으로써
   근대 과학의 탄생을 이끌어 냈다고 한다. 홍대용은 이와 같이 "관측과 계산
   에 기반을 둔 새로운 연구 방법"을 만들어 낸 서양 천문학의 특징을 정확하
   게 통찰했다고 하겠다(야마모토 요시타카,『과학혁명과 세계관의 전환 I』,
   김찬현·박철은 옮김, 동아시아, 2019, 23~37면 참조).

23 『을병연행록』, 1766년 1월 9일(소재영 외 주해, 286~288면);『담헌서』외
   집 권7,『연기』,「劉鮑問答」, "南爲樓, 上設樂器. 請見之, 强而後許之. 招侍者
   開門, 入門由胡梯而上, 見樂器爲木櫃方丈餘, 中排鐵筒數十, 筒有大小有長
   短, 皆中律呂. …乃依玄琴腔曲, 逐樞按之, 略成一章, 笑謂劉曰: '此東方之樂
   也.' 劉亦笑而稱善."
   히라카와 스케히로,『마테오 리치』(노영희 옮김, 동아시아, 2002)에서 당시

홍대용이 클라비쳄발로를 연주했다고 한 것(643면)은 풍금(파이프 오르간)과 양금(클라비쳄발로)을 혼동한 실수로 보인다.

24 박지원, 『연암집』권15, 『열하일기』, 「黃圖紀略」, 〈風琴〉.

25 『을병연행록』, 1766년 1월 9일(소재영 외 주해, 281면, 288~289면).

26 『을병연행록』, 1766년 1월 19일(소재영 외 주해, 362면); 『담헌서』외집 권7, 『연기』, 「劉鮑問答」, "余曰: '竊聞僉位兼尙測候五星經緯推步之法, 願問是法來.' 答曰: '五星經緯, 現在步法, 還是曆象考成, 並未新修.'"

27 『을병연행록』, 1766년 2월 24일(소재영 외 주해, 676면); 『담헌서』외집 권3, 『간정동필담』, 1766년 2월 24일, 「籠水閣渾天儀記事」, "別設一儀兩層如原制, 糊紙, 虛中而正圓, 中分之, 合于內儀之上而固其縫, 成鷄卵之形, 上圓周天星宿及黃赤日月之道."

28 『을병연행록』, 1766년 1월 19일(소재영 외 주해, 363면); 『담헌서』외집 권7, 『연기』, 「劉鮑問答」, "余又强請之, 乃令侍者持一器來. 褙紙甚厚, 正圓徑不過一周尺餘, 上畫列宿, 兩錫環相結爲黃赤道, 使之東西遊移, 南北極各施直鐵, 使不得南北低仰, 以測歲差云."

29 당시 이덕성도 망원경을 함께 보았을 것이다. 귀국한 뒤 復命하는 자리에서 이덕성은 영조의 질문을 받고 '萬里鏡'을 보았노라고 대답했다(『승정원일기』, 영조 42년 4월 20일, "上下詢德成〔星〕曰: '汝見萬里鏡乎?' 德成〔星〕對曰: '見之矣.'").

30 『을병연행록』, 1766년 1월 19일(소재영 외 주해, 364면); 『담헌서』외집 권7, 『연기』, 「劉鮑問答」, "鏡制, 靑銅爲筒, 大如鳥銃之筒, 長不過三周尺許, 兩端各施玻璃. 下爲單柱三足, 上有機, 爲象限一直角之制, 架以鏡筒, 其柱之承機, 爲二活樞, 所以柱常定立, 而機之低昂廻旋, 惟人所使也, 柱頭墜線, 所以定地平也."

31 『을병연행록』, 1766년 1월 19일(소재영 외 주해, 364~365면); 『담헌서』외집 권7, 『연기』, 「劉鮑問答」, "別有糊紙短筒長寸許, 一頭施玻璨兩層, 持以窺天, 黯淡如夜色, 以施于鏡筒. 坐橙上, 遊移低仰以向日, 眇一目而窺之, 日光團團, 恰滿筒口, 如在淡雲中, 正視而目不瞬, 苟有物, 毫釐可察. 盖異器也. 日中平橫一線, 截斷上下, 余驚問其故. 劉笑曰: '此筒中橫線, 所以爲地平也.'"

철사로 만든 지평선 표시가 경통에 부착되어 있었다고 하는데, 이는 파인더를 통해 태양이 십자선의 중앙에 오도록 정렬하기 위한 장치였을 것이다.

32 南齊 東昏侯 永元 元年(499년)에 태양에서 3개의 흑점이 관찰되었다는 기록이 있다(『南齊書』 권12, 志第三, 天文上, 「日光色」, "永元十二月乙酉, 日中有三黑子.").

33 『을병연행록』, 1766년 1월 19일(소재영 외 주해, 365면); 『담헌서』 외집 권7, 『연기』, 「劉鮑問答」, "余曰: '曾聞日中有三黑子, 今無有, 何也?' 劉曰: '黑子不止於三, 多或至於八, 但時有時無. 此以日行飜轉如毬, 此刻適値其無也.'"

34 야마모토 요시타카, 『과학의 탄생—자력과 중력의 발견, 그 위대한 힘의 역사』, 이영기 역, 동아시아, 2005, 616면.

35 황윤석, 『이재난고』 권14, 庚寅(1770) 4월 19일, "金(*金用謙)丈姑無可騎處耳. 因覓徐(*徐命膺)台使行別單視之, 且曰: '吾今日見副使洪養之梓, 則以爲在北京, 入天主堂中, 見西洋人劉松齡, 因借窺遠鏡視日, 則日大如天, 中有數三黑子, 的歷可見. 蓋西洋人所謂日有黑子者, 果非誕說. 然則前史所謂日有黑子, 有飛燕者, 自非妖災耳.'"

36 『담헌서』 외집 권7, 『연기』, 「劉鮑問答」, "二月初二日, 復往相見. 寒暄後, … (劉)與德星略問星曆諸法, 不能盡記. 劉言五星行度多違錯, 方奏聞修理, 工夫浩大, 猝難成書云. 德星願見其推筭草本, 劉出示一冊, 皆西洋諺字, 字畫奇巧, 齊整如印本."
『을병연행록』 1766년 2월 2일 기사에는 이덕성이 "책력 만드는 법"을 의논했으며, 유송령이 아니라 포우관이 "저희 언문"으로 쓴 책을 보여 주었다고 했다(소재영 외 주해, 452면).

37 『을병연행록』, 1766년 2월 2일(소재영 외 주해, 453~454면); 『담헌서』 외집 권7, 『연기』, 「劉鮑問答」, "劉曰: '萬歲山有自鳴鍾, 豈見之乎?' 余曰: '門者不令進去, 奈何?' 劉曰: '此是禁地, 外人不敢入. 其中有鍾極鉅, 過其門, 亦可聞其聲.' …余又請見其儀器及鬧鍾. 懇乞然後, 始出鬧鍾示之. 外爲木匣方尺許, 內有錫匣, 中藏機輪, 轉羊腸而撥其機, 則打鍾無數, 所以謂之鬧也. 此因曉夜有事, 臨夕按時張機, 置之枕榜, 及時擊鍾, 欲其鬧耳而破睡也. 前列時刻分度木板, 付玻瓈而掩之. 二人懷中, 皆藏日表, 時出而考之. 日表者, 無鍾而考時, 烏銅鏤花爲匣, 鮑開匣而指示之, 徑寸之中, 備具機輪之制. 神鎪鬼削, 匪夷所思也.'"
일표는 淸 乾隆 勅撰, 『皇朝禮器圖式』 권3, 「儀器」에 '時辰表'라는 명칭으로 그림과 함께 소개되어 있다(강명관, 『조선에 온 서양 물건들』, 휴머니스트,

2015, 228~229면 참조).

38 "문종"(問鐘)이라고도 불렸다(『을병연행록』, 1766년 1월 26일, 28일, 2월 3일; 소재영 외 주해, 421면, 436면, 456면). 『연기』에서는 시종 '問鐘'이라고 지칭했다. 단 규장각 등 소장본『연행잡기』에 있는「彙裝」,〈諸人贈贐〉, '兩渾' 조에는 "西洋問時鐘"이라고 했다. 또 홍대용의 庶弟 洪大定은 홍대용이 북경 여행 중에 건륭제의 친형제인 "藩王의 世子"로부터 "西洋問辰鐘"을 증정받았다고 술회했다(황윤석,『이재난고』권39, 丙午[1786] 7월 27일).

요컨대 '문종', '문시종', '문신종'은 동일한 물건을 가리키는 명칭임을 알 수 있다. 문시종은 1720년대에 처음 조선에 유입된 듯하다. 경종 3년(1723) 進賀使 密昌君 李樴이 雍正帝로부터 하사받은 '問辰鐘'('琺瑯問鐘')을 가지고 왔으며, 왕명에 따라 관상감에서 이를 모방하여 新造했다고 한다. 또 영조 초에 관상감에서 孝章世子에게 문시종을 진상했다고 한다(『경종실록』3년 10월 9일;『승정원일기』, 영조 1년 11월 9일;『영조실록』, 4년 11월 26일; 이규경,『오주연문장전산고』,「大食窯琺瑯器辨證說」).

39 『을병연행록』, 1766년 2월 2일(소재영 외 주해, 454면);『담헌서』외집 권7, 『연기』,「劉鮑問答」, "請見羅經, 劉出示一件. …余曰: '貴國羅經, 聞有三十二 位, 信乎?' 劉曰: '有分八位者, 有分十六位者, 有分二十四位者, 有分三十二 位者. 三十二位, 只可用於海舶.'"

40 『을병연행록』, 1766년 1월 10일(소재영 외 주해, 298~299면, 302~303면); 『담헌서』외집 권7,『연기』,「劉鮑問答」, "如問時〔鐘〕·日表之類, 大不盈握, 重不過銖兩, 甚者藏於戒指之中. 機輪細如毫絲, 而能應時擊鍾如神. 但小者 難成而易毀, 其不差刻分, 永久無傷, 實愈大愈好.";「兩渾」, "又有徑寸兩小 囊, 裝以文繡. 余熟視之, 兩渾覺之, 解與之曰: '公豈欲見之乎?' 余辭謝, 問其 名. 一曰日表, 所以考時, 一曰問鍾, 所以隨問而擊鍾, 皆內藏機輪, 細如毫絲. 兩渾皆開示之, 兼指問之之法, 忽有鍾聲出其中三次, 又疊打二次而止. 三次 者, 未正也. 疊打二次者, 二刻也. 問之之法, 有小柄, 微按之而鍾響矣. 連問 之不變其數. 少間又問, 疊打三次, 是爲三刻也. 隨時隨刻, 各有其數. 不問則 不鳴也. 聞是出於西洋, 時器之至巧者也. 余請借數日, 兩渾快許之, 無難色. 余幷以藏于腰曰: '此天下之寶. 苟或有傷, 當無顔更見.' 兩渾哂之曰: '縱有 傷, 亦何大事?'"

41 『을병연행록』, 1766년 2월 2일(소재영 외 주해, 454면).
『담헌서』외집 권7,『연기』,「劉鮑問答」에는 이에 해당하는 내용이 없다.

42 『을병연행록』, 1766년 2월 2일(소재영 외 주해, 454면).

　『담헌서』 외집 권7, 「연기」, 「劉鮑問答」에는 "問撫辰儀有無, 劉曰: '在觀象臺, 而不如六儀之簡, 今廢不用云.'"이라고만 되어 있다.

43 『欽定儀象考成』, 卷首, 「御製璣衡撫辰儀說」; 『四庫全書總目』 권106, 子部16, 天文算法類, 『御定儀象考成』; 『청사고』 권27, 志 2, 天文 2, 「儀象」; 陳遵嬀, 『中國天文學史』, 臺北: 明文書局, 1990, 제6책, 1785~1814면; 韓琦, 앞의 책, 211~215면 참조.

44 『을병연행록』, 1766년 2월 2일(소재영 외 주해, 454~455면).

　『담헌서』 외집 권7, 『연기』, 「劉鮑問答」에는 "垂暮辭歸."라고만 되어 있다.

45 『담헌서』 외집 권7, 『연기』, 「劉鮑問答」, "惟東俗驕傲尙夸詐, 待之多不以禮, 或受其饋而無以爲報. 又從行無識者, 往往吸烟唾涕於堂中, 摩弄器物, 以拂其潔性. 近年以來, 洋人益厭之, 求見必拒之, 見亦不以情接也."

46 『을병연행록』, 1766년 1월 24일(소재영 외 주해, 403면).

　이은영, 앞의 논문에서는 이 벽화가 예수의 일생을 그린 종교화 중 〈그리스도의 매장〉일 것으로 추측했다(76면).

　『담헌서』 외집 권9, 『연기』, 「天象臺」에는 해당 내용이 없고, 대신 "又有一像, 頭戴如東坡笠, 目瞑而立. 傍有櫃, 貯冠, 高幾梁, 玄黃參半. 衣是紅緞, 以金絲織紋, 而云是臨朝時着也."라고 엉뚱한 내용이 서술되어 있다. 그러나 「天象臺」가 「東天主堂」으로 되어 있는 규장각 등 소장본 『연행잡기』에는 "西壁畫天主遺事. 有新死小兒, 橫置于棺上, 少婦掩面而啼. 其傍四五人, 環伏而哭之. 乍見, 錯愕却立, 不忍視, 眞畫妖也."라고 되어 있어, 『을병연행록』의 해당 부분과 내용이 유사하다. 이로 미루어 『담헌서』의 『연기』는 천주교 관련 내용을 크게 고친 것을 알 수 있다(조창록, 앞의 논문, 184~185면).

47 『을병연행록』, 1766년 1월 24일(소재영 외 주해, 404면); 『담헌서』 외집 권9, 『연기』, 「天象臺」, "堂有自鳴鐘樓, 與西堂之制大同. 樓下有日晷石一雙."

48 陳遵嬀, 앞의 책, 1696면.

　『日下舊聞』에 "觀星臺在城東南隅."라 했는데(권71, 官署), 『담헌서』 외집 권9, 『연기』, 「觀象臺」에도 "觀象臺在城東南隅."라 하여 똑같은 곳임을 알 수 있다. 1760~1761년에 연행을 다녀온 李義鳳도 북경의 서천주당(남당)에서 유송령을 만났을 적에 천문 의기들을 보여 달라고 했으나, 유송령은 "모두 관성대에 있다"(俱在觀星臺)고 답했다(이의봉, 『북원록』 권5, 1761년 2월 6일).

49 『을병연행록』, 1766년 1월 24일(소재영 외 주해, 404~405면);『담헌서』외
    집 권9,『연기』,「天象臺」, "有數丈之臺曰觀星臺. 上建三屋, 中屋藏各種儀
    器, 門鎖不可開, 穴窓而窺之, 略見渾儀遠鏡等諸器而不可詳也. 屋䕎之南, 通
    穴至簷, 廣數寸, 掩以銅瓦如其長, 每夜測候, 啓而窺中星云."

50 『을병연행록』, 1766년 2월 6일(소재영 외 주해, 505면).

51 김창업이나 박지원의 연행록 등에는 '흠천감'으로 잘못 소개되어 있다(김
    창업,『연행일기』, 1713년 2월 3일, 2월 15일; 박지원,『열하일기』,「謁聖退
    述」,〈觀象臺〉). 홍대용도『을병연행록』에서는 '흠천감'이라 소개했으나,
    『연기』에서는 '欽天監의 分司'로 추측했다(『을병연행록』, 1766년 3월 1일,
    소재영 외 주해, 741면;『담헌서』외집 권9,『연기』,「觀象臺」, "臺下有公廨,
    門墻深嚴, 盖欽天監分司也."). 『日下舊聞考』『畿輔通志』『大淸一統志』등
    여러 문헌에 밝혀져 있듯이 흠천감은 자금성 동쪽 禮部의 뒤편에 있었다.
    관상대의 부속 관청은 紫薇殿과 晷影堂 등으로 이루어져 있었다.

52 『담헌서』외집 권9,『연기』,「觀象臺」, "三月東歸, 迤路至臺下. 時朝日初上,
    遙瞻十數儀器, 環列于石欄中, 奇形異制, 光怪射日, 直欲奮飛而不可得. …渾
    儀是宋制, 載在書經集傳者, 明正統中所製, 雖廢而不用, 其雙環水準直距諸
    法, 猶有可考.";『을병연행록』, 1766년 3월 1일, "제양(制樣)이 극히 기장(奇
    壯)하니 대명 정통 연간에 만든 것이오…."(소재영 외 주해, 741면)

53 『을병연행록』, 1766년 2월 2일, "무신의를 보아지라 하니, 송령이 가로되,
    '전에는 오성(五星)과 이십팔수(二十八宿)를 다 각각 의기로 측량하여 여
    섯 가지 제도가 있더니, 무신의는 근래에 만든 것이라. 여섯 가지 의기를 한
    틀에 합하여 그 제도는 비록 간략하고 공교하나, 종시 틀림이 있어 전(前)
    제도에 미치지 못할지라. 요사이는 폐하여 쓰지 아니하고, 여러 의기들은
    다 관상대에 감추고 이곳에는 있는 것이 없다.'"(소재영 외 주해, 454면);
    『담헌서』외집 권7,『연기』「劉鮑問答」, "問撫辰儀有無, 劉曰: '在觀象臺, 而
    不如六儀之簡, 今廢不用云.'"

54 『담헌서』외집 권9,『연기』,「觀象臺」, "臺上諸器, 皆康熙以來所製. 其六儀,
    一天體儀, 二赤道儀, 三黃道儀, 四地平經儀, 五地平緯儀, 六紀限儀, 皆出於
    西法東來之後, 比郭守敬舊制, 迥益精密. 近又以六儀之繁, 更製一儀, 以兼六
    用, 而器物益繁, 終不及六儀各用之爲便簡云. 門者促出, 卒卒而去."
    『을병연행록』1766년 3월 1일 기사에는 관상대 위의 천문 의기들을 보았다
    는 내용 자체가 없다.

55　“亦嘗一到燕都, 質于天官, 并瞻臺儀, 終未得其詳.”(『담헌서』 외집 권9,「籠
　　水閣儀器志」,〈測管儀〉)

56　『을병연행록』, 1766년 3월 1일(소재영 외 주해, 743면).

57　황윤석,『이재난고』권11, 戊子(1768) 11월 13일, “夕後復入就報恩(*보은현
　　감　金履安)相話. 報恩言, …又言: ‘洪大容新購數理精蘊一帙於燕行, 此是西
　　洋算法至精處耳.’”; 권12, 己丑(1769) 3월 26일, “頃日金丈(*金用謙)言: ‘律
　　曆淵源全帙, 近百卷, 一大方家可觀, 而吾族姪金善行, 購自燕市.’; 8월 17일,
　　“金丈借曆象考成於金僉判善行之子, 二套二十九冊, 送報于余. 蓋聞曆象考
　　成與數理精蘊·律呂正義 合倂, 則稱曰律曆淵源云. 余遣人齎來.”; 권22, 丙申
　　(1776) 8월 5일, “轉訪洪監察大容德保(湨上丈席 改字弘之)于大貞洞. 德保
　　見余驚喜, 亟問易學留意處, 以至律曆淵源, 說話縷縷. 因以出示曰: ‘此實平
　　生所願講者, 而無人可與開口.’ …是時, 德保出曆象考成後編七冊, 許余借歸
　　本宅, 待後便還送, 曰: ‘此等文字, 必付當付者可矣.’”; 8월 9일, “是日, 觀德保
　　所藏曆象攷成上·下·後編及數理精蘊幷八線對數表·對數闡微表.”; 권30, 己
　　亥(1779) 7월 15일, “又送書于宗簿洞金南原(*金鳴魯)之子致益, 卽洪泰仁
　　德保內兄也. 因以德保數理精蘊全秩·曆象考成全帙共五十冊, 一梧匣還附,
　　要附書德保以告領受之意.”; 권40, 丙午(1786) 12월 12일, “昨夜洪埜(*洪
　　大定의 아들)言, 其嫡伯父榮川(德保)家所藏律歷淵源二帙櫃安者及曆象後
　　編, 其胤已以春夏間, 折價五十兩, 賣于權勢家.”;『담헌서』 외집 권4,『籌解需
　　用』,「引用書目」, “律曆淵源. 數理精蘊(康熙製).”

58　따라서 홍대용은 이덕성이 처음 입수한『의상고성』을 보고 비로소 기형무
　　신의의 존재를 알았을지도 모른다.

59　『승정원일기』, 영조 42년 5월 5일, “命德星進前, 仍命進持入冊子, 下詢曰:
　　‘此是儀象志乎?’德星對曰: ‘此則新法儀象考成矣. 舊法儀象志則康熙年間,
　　南懷仁等, 制造六儀時成出, 而此書則乾隆九年, 戴進賢·劉松齡等, 參考中西
　　之法, 制造璇璣撫辰儀, 仍測恒星黃赤經緯度數, 成表而改造新法天文圖, 作
　　爲此書, 乾隆二十一年刊行, 而今番始得得來矣.’ 上曰: ‘爾等以此書推驗乎?’
　　德星曰: ‘近年以來, 七政度數, 每有相左之處, 而今以此書所載推步, 則果爲
　　脗合矣.’上曰: ‘然則此書當緊用於本監耶?’德星曰: ‘自今年爲始, 當以此書
　　推步矣.’”; 6월 27일, “朴師海, 以觀象官員, 以領事提調意啓曰: ‘…上年節行,
　　本監官員李德星, 與同行譯官高瑞雲, 往來於欽天監, 厚遺面幣, 求見西洋人
　　等, 竭誠殫慮, 一一講究後, 新法儀象考成十二冊及日食算, 購得以來, 而疑晦

之文, 推算之法, 別爲解釋傳習, 諸官各令融會, 從今以往, 七政有象可驗, 交食無疑易解, 實爲本監之大幸矣. 在前緊要方書覓來監官, 每有論賞之例, 今此李德星, 許多禁祕新法, 旣能辛勤購來, 又能推解傳習, 其爲功勞, 尤足嘉尙, 不可無激勸之道. …傳曰: '依啓, 李德星特爲加資, 高瑞雲, 旣有舊例, 一體加資.'"

이덕성은 1768~1769년의 동지 사행 때에도 파견되었다. 그와 교분이 있던 石癡 鄭喆祚는 서양의 역법에 대한 의문점과 천주교의 大旨를 묻는 問目 1책을 건네주면서, 유송령을 찾아가 질문해 달라고 부탁했다고 한다(황윤석, 『이재난고』 권11, 戊子[1768] 8월 17일, 23일). 또 이덕성은 1769~1770년의 동지 사행 때에도 파견되었다. 당시 그는 유송령을 찾아가 五星의 度數差에 관해 탐문했으며, 천체 망원경은 입수하지 못하고 그 制樣만 알아 왔다. 그리고 흠천감에서 『交食籌稿』를 입수하고, 사재를 털어 渾蓋通憲儀와 함께 『수리정온』 『역상고성후편』 등 6종의 천문학 서적을 구입해 왔다(『동문휘고』補編, 권5, 「[己丑]冬至行 正使徐命膺 副使洪梓 別單」; 황윤석, 『이재난고』 권14, 庚寅[1770], 4월 19일, 附冬至正使徐命膺等別單書啓). 이덕성은 1772~1773년 동사 사행 때에도 파견되어, 시헌력에 따르면 乙未年(1775) 11월에 冬至·小寒·大寒 세 절기가 한꺼번에 드는 문제를 해결하기 위해 흠천감을 찾아가 질문했다(『승정원일기』, 영조 48년 4월 28일, 5월 2일; 전용훈, 앞의 논문, 147면). 정조대에도 이덕성은 관상감 관원으로서 적지 않은 업적을 남겼다. 정조 원년(1777) 齊政閣의 혼천의 重修를 도왔으며, 정조 13년(1780) 金泳과 함께 赤道經緯儀를 만들고 『中星紀』와 『漏籌通義』를 편찬했다(『書雲觀志』 권3, 故事; 『國朝曆象考』 권3, 儀象).

60 『을병연행록』, 1766년 1월 9일(소재영 외 주해, 283~284면).
　　『담헌서』 외집 권7, 「연기」, 「劉鮑問答」에는 이에 해당하는 내용이 없다

61 『을병연행록』, 1766년 2월 2일(소재영 외 주해, 283~284면).
　　단, 『연기』 「劉鮑問答」에는 "曾見劉寫字, 殆不成樣, 余問其故. 劉曰: '我輩另有筆.' 卽出示之, 乃斜削翎管, 用其銳尖, 內藏墨汁, 隨寫隨下, 亦巧製也."라고 하여, 서양의 펜을 본 것이 2월 2일 이전의 일로 서술되어 있다.

62 『을병연행록』, 1766년 1월 19일(소재영 외 주해, 361면).
　　이 대목이 『담헌서』 외집 권7, 『연기』, 「劉鮑問答」에는 "余曰: '凡人之幼學壯行, 以君親爲尊, 聞西人捨其所尊, 另有所尊云. 是何學也?'"라고 다르게 서술되어 있으나, 규장각 등 소장본 『연행잡기』에는 "余曰: '天主之學, 與三

604

教并行于中國, 獨吾東方無傳. 願聞其略.'….'"이라고 하여 『을병연행록』과 흡사하게 서술되어 있다. 『담헌서』의 『연기』는 원문을 천주교에 대한 비판적인 질문으로 개변한 것이라 하겠다(조창록, 앞의 논문, 181면).

63 『을병연행록』, 1766년 1월 19일(소재영 외 주해, 361면); 『담헌서』 외집 권7, 『연기』, 「劉鮑問答」, "余曰: '儒尙五倫, 佛尙空寂, 老尙淸淨, 願聞貴方所尙.'"
   규장각 등 소장본 『연행잡기』에는 '貴方'이 '天主'로 되어 있어, 『을병연행록』과 표현이 일치한다.

64 『을병연행록』, 1766년 1월 19일(소재영 외 주해, 362면); 『담헌서』 외집 권7, 『연기』, 「劉鮑問答」, "答曰: '我國之學, 敎人愛尊天, 萬有之上, 愛人如己.' 余曰: '愛之云者, 指何耶? 抑別有其人耶?' 答曰: '乃孔子所云: 郊社之禮, 所以事上帝也, 並非道家所講玉皇上帝.' 又曰: '詩經註, 不言上帝天之主宰耶?'"
   규장각 등 소장본 『연행잡기』에는 '我國之學'이 '天主之學'으로 되어 있어, 『을병연행록』과 표현이 일치한다.
   유송령이 인용한 "郊社之禮, 所以事上帝也"는 『중용』 제19장에 나오는 공자의 말이고, "上帝, 天之主宰(也)"는 『詩集傳』, 大雅, 「文王」 제5장의 주석의 일부이다.

65 "吾國天主, 卽華言上帝, 與道家所塑玄帝玉皇之像不同." "吾天主乃古經書所稱上帝也."(『天主實義』 상권, 제2편, 「解釋世人錯認天主」, 송영배 외 옮김, 서울대출판부, 1999, 99~100면)
   단 마테오 리치는 『시경』 周頌의 「執競」과 「臣工」, 商頌의 「長發」, 大雅의 「大明」을 인용했을 뿐이고 「文王」의 사례는 인용하지 않았다.

66 楊森富 編, 『中國基督敎史』, 臺灣商務印書館, 1986, 126~130면.

67 『을병연행록』, 1766년 2월 2일(소재영 외 주해, 452~453면); 『담헌서』 외집 권7, 『연기』, 「劉鮑問答」, "余曰: '僉位有子否?' 劉笑曰: '本不娶妻, 何得有子?' 余曰: '貴國之敎, 不令娶妻乎?' 劉曰: '不然. 吾輩爲傳敎而來, 一來不復還矣. 雖欲娶妻, 得乎?'"(규장각 등 소장본 『연행잡기』에는 '貴國之敎'가 '天主之敎'로 되어 있음. 조창록, 앞의 논문, 180면)
   단 북경의 중국인들이 모두 천주학을 숭상한다는 유송령의 말은 실상과 다르며, 과장이 심하다.

68 『천주실의』 하권, 제8편, 「總擧大西俗尙 而論其傳道之士所以不娶之意 幷

釋天主降生西土來由」, "…然吾此數條理特具, 以解敝會不婚之意, 非以非婚姻者也. 盖順理娶也, 非犯天主誠也."(송영배 외 옮김, 405면)

69　『을병연행록』, 1766년 2월 2일(소재영 외 주해, 453면);『담헌서』외집 권7,『연기』,「劉鮑問答」, "余曰: '西人亦有漢書乎?' 劉曰: '只有我國諺字. 如天命之謂性, 率性之謂道, 有其語而無其書.'"

70　『을병연행록』, 1766년 1월 10일, "진가가 가로되, '매매를 숭상하고, 오경이면 천주당에 나아가 고두(叩頭)하고 경(經)을 읽고 돌아오노라.'"(소재영 외 주해, 297면);『담헌서』외집 권7,『연기』,「兩渾」, "陳哥, 山西人, 年已五十九, 雖家貧無學, 爲買人業, 性峭直, 買賣不貳價. 素信篤西學, 每五更往拜天壇, 雖風雨不敢廢, 已三十餘年云."(규장각 등 소장본『연행잡기』에는 '西學'이 '天主學'으로, '天壇'이 '天主像'으로 되어 있음.)

71　『을병연행록』, 1766년 1월 10일, "진가가 가로되, '다른 말이 아니라 행실을 닦고 마음을 다스려 후생의 복을 구하라 함이라'"(소재영 외 주해, 297면);『담헌서』외집 권7,『연기』,「兩渾」, "余曰: '君於西學, 有此至誠, 將欲何爲?' 陳哥曰: '叩頭念經, 將以求福於後生. 且西人之教, 令人不萌惡念, 言與心相應, 最爲求福之要.'"(규장각 등 소장본『연행잡기』에는 '西學'이 '天主'로, '西人之教'가 '天主之教'로 되어 있음. 조창록, 앞의 논문, 172면)

72　『을병연행록』, 1766년 1월 10일(소재영 외 주해, 298면);『담헌서』외집 권7,『연기』,「兩渾」, "余曰: '我尙儒學, 孔夫子之教, 亦令人如此而已. 苟心絶惡念, 言無妄發, 何往而非福也?' 陳哥與兩渾皆稱善."

73　『을병연행록』, 1766년 1월 11일(소재영 외 주해, 304면);『담헌서』외집 권7,『연기』,「兩渾」, "(二月二十日) …石化龍, 陳哥甥姪也. 年十五, 雖眇一目, 頗伶俐, 亦學西邪書."(규장각 소장본 등 여러 이본에는 '西邪書'가 '天主書'로 되어 있음. 조창록, 앞의 논문, 172면)

74　『을병연행록』, 1766년 1월 28일(소재영 외 주해, 432~433면);『담헌서』외집 권7,『연기』,「兩渾」, "(石化龍) …每來余處, 言兩渾事及陳哥工邪教事."(규장각 등 소장본『연행잡기』에는 '工邪教事'가 '拜天主事'로 되어 있음. 조창록, 위의 논문, 172면)

75　矢澤利彥,『中國とキリスト教』, 東京: 近藤出版社, 1977, 277면; 楊森富 編, 앞의 책, 158~162면; 윌리엄 T. 로,『하버드 중국사 청-중국 최후의 제국』, 기세찬 옮김, 너머북스, 2014, 248~249면 참조.

76　項永丹 主編,『武林街巷志』, 杭州出版社, 2008, 下,「延安路」, '孩兒巷',

253~255면, 「中山北路」, '天主堂', 291면, "天主教堂址中山北路415号. 明天启七年(1627)教徒杨廷筠始建. 意大利传教士马丁诺·马丁尼(中国名字卫匡国)扩建, 又称'圣母无原罪大堂'. 雍正八年(1730)总督李卫奉命毁天主教堂, 改建为天后宫, 祀林默娘(航海保护神)."; 윌리엄 T. 로, 위의 책, 248면.

77 『을병연행록』, 1766년 2월 17일(소재영 외 주해, 603면); 『담헌서』 외집 권2, 『간정동필담』, 1766년 2월 17일, "余曰: '南邊亦有爲西洋學者乎?' 蘭公曰: '西敎亦行于中國. 此禽獸之敎, 士大夫皆以爲非.' 余曰: '天妃爲誰?' 蘭公曰: '天妃, 黃河之神. 傳聞福建人林氏, 今勅封爲天后, 回回多入此敎. 明萬曆時, 西洋利瑪竇入中國, 其敎始行. 有所謂十字架者, 敎中人必禮拜之, 以爲西主受此刑而死, 可笑. 西敎中主意, 盖多不經, 語誑惑, 且西主慘死, 因立敎而權罪. 入敎者當涕泣悲痛, 一念不忘, 其惑甚矣.'"
규장각 등 소장본 『간정필담』에는 '西洋學', '西敎', '西主'가 각각 '天主學', '天主敎', '天主'로 되어 있다. 또 "西敎中主意, 盖多不經, 語誑惑, 且西主慘死"가 "天主敎中有經, 弟曾見之. 其中多言天主慘死, 以爲天主"로 되어 있다. 『乾淨錄』에는 "西敎中有怪說, 盖多虛妄也, 又傳天主慘死"로 되어 있다.

78 『을병연행록』, 1766년 2월 17일(소재영 외 주해, 603~604면); 『담헌서』 외집 권2, 『간정동필담』, "力闇曰: '此有明禁.' 余曰: '明禁者謂朝禁耶?' 曰: '然.' 余曰: '旣有朝禁, 京城中何以有建堂耶?' 兩人皆驚曰: '在何處?' 余曰: '有東西南北四堂, 其東西二堂, 弟亦見之, 西洋人來守傳敎.' 兩生曰: '弟等來京屬耳, 尙未聞之.' 余曰: '論天及曆法, 西法甚高, 可謂發前人發. 但其學則竊吾儒上帝之號, 裝之以佛家輪廻之語, 淺陋可笑, 而來見中國人多有崇奉者, 未知士大夫無論南北, 皆無信從者耶?' 皆曰: '沒有.'"(규장각 등 소장본 『간정필담』은 자구의 차이가 있다. 특히 밑줄 친 부분이 『담헌서』의 『간정동필담』과 다르다. 조창록, 앞의 논문, 186면)

79 『을병연행록』, 1766년 1월 7일(소재영 외 주해, 257면).

2부 3장

1 『을병연행록』, 1766년 1월 11일(소재영 외 주해, 303면); 『담헌서』, 외집 권9, 『연기』, 「琉璃廠」, "凡器玩雜物爲商者, 多南州秀才應弟求官者. 故遊其市者, 往往有名士."

홍대용이 유리창을 방문한 날짜는 1766년 1월 11일, 13일, 14일, 18일, 22일, 26일, 30일, 2월 6일이다.

2 『을병연행록』, 1766년 1월 11일(소재영 외 주해, 311~312면).

3 「彙裝」조는 『담헌서』의 「연기」에는 없고, 규장각 소장본(奎7126)과 일본 東洋文庫 소장본 『연행잡기』 등 몇몇 이본에만 있다.

4 『을병연행록』, 1766년 1월 11일, 26일, 30일, 2월 6일; 『담헌서』 외집 권7, 『연기』, 「張石存」.

5 『欽定歷代職官表』 권35, 「欽天監」, 〈國朝官制〉; 李鵬年 外, 『清代中央國家機關槪述』, 北京: 紫禁城出版社, 1989, 220~221면.
漏刻科의 박사에 대해서는 『흠정역대직관표』에는 아무런 품계 표시가 없다. 李鵬年 外, 『청대중앙국가기관개술』에는 '종7품'이라고 했으나, 바로 상위 관직인 五官司晨이 종9품인 점으로 미루어 역시 종9품이 아닐까 한다. 『청사고』 권115, 「職官志」 2, 〈欽天監〉에는 누각과에 '박사'라는 직제 자체가 없는 것으로 되어 있다.

6 『을병연행록』, 1766년 1월 30일(소재영 외 주해, 442면); 『담헌서』 외집 권7, 『연기』, 「張石存」, "二十九日復往. 李德星·金復瑞亦偕焉. 經, 欽天監官. 德星略問曆法, 皆踈淺無識. 問時憲書何爲不置臘. 經曰: '臘卽冬至.' 余曰: '冬至在十一月, 臘在十二月. 俗稱十二月爲臘月, 臘與冬至, 何可混稱?' 經又強辨不已. 余曰: '此有韻書, 可以立辨.' 經卽出康熙字典, 使余考出, 余卽考臘字而示之, 經憮然無以答. 又問不置寒食, 經曰: '此係介子推故事, 不必爲節日故去之.' 問越伏之法, 經曰: '此以子正前後爲限.' 此答亦未瑩也."(인용문 중 '二十九日'은 '三十日'의 오류이다. 일본 東洋文庫 및 미국 버클리대 등 소장본 『연행잡기』에는 『담헌서』의 『연기』와 달리 「京城記略」 말미에 별도의 일정표가 있는데 여기에도 "[正月] 三十日 琉璃廠[逢張經]"으로 명기되어 있다. 또 『을병연행록』 1766년 1월 29일 기사 서두에, 이날 유리창으로 장경을 찾아가려고 하다가 내일 가기로 연기했다고 했다.)
납평(납일)은 臘享 제사를 지내는 절일로 동지 후 세 번째 未日인데, 장경은 동지가 곧 납평이라고 잘못 답했다. 납평이나 한식은 24 절기의 하나가 아니므로 시헌력에 수록되지 않았다.
하지 후 세 번째 庚日이 초복, 네 번째 庚日이 중복, 다섯 번째 庚日이 말복인데, 만약 말복이 입추 전에 들면 입추 후에 드는 첫 번째 庚日을 말복으로 정하는 것을 '월복'이라 한다. 이처럼 초복과 중복은 하지를 기준으로 정하고 말복은 입추를 기준으로 정하므로, 해에 따라 초복~중복~말복의 기간이 균등하지 않을 수가 있다(『승정원일기』, 영조 44년 6월 9일, "上曰: '今年三伏均乎?' 尙喆曰: '越伏矣.'").

7 　『을병연행록』, 1766년 1월 30일(소재영 외 주해, 442면).
　　『담헌서』 외집 권7, 『연기』, 「張石存」에는 해당 내용이 없다.

8 　『흠정역대직관표』 권35, 「欽天監」, 〈國朝官制〉; 李鵬年 외, 앞의 책, 218~219면.

9 　홍대용에게 청나라 황족 '兩渾'이 문시종과 아울러 증정하고자 했던 또 하나의 시계도 바로 이와 동일한 유형의 자명종이었던 것으로 짐작된다. 『을병연행록』 1766년 1월 28일 기사 중 마두 덕형의 전언에 의하면, "검은 궤 하나를 들여오니 궤를 열고 내어 놓는 것이 있으니 자명종 모양이오, 위에 여러 종을 꿰어 걸었으니 전에 보지 못한 제양(制樣)이오, 사면에 유리를 덮어 모양이 황홀"했다고 한다(소재영 외 주해, 436면). 『연기』에서는 이 시계를 "大問鐘"이라고 불러, "小問鐘" 즉 문시종과 구별했다(『담헌서』 외집 권7, 『연기』, 「兩渾」, 1월 28일, "因以小問鐘與之曰: '公子旣不肯受, 終不可復爲吾有, 汝帶去無辭!'"; 2월 20일, "陳哥來見. 余謝兩渾厚意, 陳哥曰: '爺爺見公書及玉杯, 大喜欲以大問鐘贈之.' 余云: '小者尙不肯受, 況於大乎?'").

10 　『을병연행록』, 1766년 2월 6일(소재영 외 주해, 503~504면); 『담헌서』 외집 권7, 『연기』, 「張石存」, "自鳴鐘, 聞是議政大臣傅恒家物. 略見其制, 西洋製作, 四圍皆付玻璃, 雜施水晶寶石及叵羅, 眩耀奪目. 下藏羊腸鐵, 以引機輪, 上有鐘, 傍有六小鐘, 橫串懸之, 大鐘以奏時, 小鐘以報刻. 別施機鍵, 傍垂細繩. 以爲問時之制, 引繩而問之, 擊鐘, 不差其數. 盖自鳴而兼問時, 巧而尤巧. 問其價, 爲銀二百兩, 德星欲買納于觀象監, 余以爲羊腸鐵不可久用, 且諸機已多傷破, 挽止之."

11 　『을병연행록』, 1766년 1월 13일, 14일, 18일, 22일, 30일, 2월 6일; 『담헌서』 외집 권7, 『연기』, 「琴鋪劉生」.
　　『을병연행록』에서는 '유생'을 '유가'(劉哥)라고 불렀는데, 똑같은 뜻이다.

12 　『담헌서』 외집 권7, 『연기』, 「琴鋪劉生」, "入京以後, 思得解琴者, 一聽其曲, 訪問頗勤, 終不得."; 『을병연행록』, 1766년 1월 7일(소재영 외 주해, 264면).

13 　『승정원일기』, 영조 41년 11월 2일, "上曰: '我國笙簧及玄琴不成聲音, 故樂生特命入送, 而可能學來乎?' 命召入樂生, 下敎曰: '誠之所到, 金石可透. 爾須學得以來, 可也.' 又命召入上通事, 下敎曰: '學樂事, 爾亦指揮, 可也.' 竝命

退出, 使臣亦退出.";『담헌서』외집 권7,『연기』,「琴鋪劉生」, "是行, 樂院稟旨, 定送樂師一人, 求買唐琴及笙簧, 因令學其曲而來, 使上通使(事)李瀣主其事.'; 규장각 소장(奎7126)『연행잡기』권4,「渡江人馬數」, "一上通事 僉正 李瀣", "漢學上通事 僉正 李瀣";『을병연행록』, 1766년 1월 7일, 8일(소재영 외 주해, 262면, 266면);『담헌서』외집 권7,『연기』,「琴鋪劉生」, "初八日, 余有故不得往, 李瀣與樂師往訪. 樂師歸言:'劉生運指輕快, 音格雖近繁促, 其高雅, 終非玄琴之比.'"

14　『영조실록』, 41년 4월 7일; 正祖,『弘齋全書』권179,『羣書標記』, 御定(1),『國朝詩樂』五卷(寫本), "昔在先朝乙酉, 命編國朝樂章.'; 金龜柱,『可庵遺稿』권26,『立朝日錄』, 乙酉(1765), "四月國朝樂章刊印時, 上命差監董郎廳.'; 송지원,『정조의 음악정책』, 태학사, 2007, 109~110면, 134~140면 참조.

15　『승정원일기』, 영조 17년 9월 6일, "上曰:'予聞彼國笙簧, 聲甚勻亮矣, 此笙之聲, 極爲低微, 此無他, 我國之人, 習於俗樂, 而疎於雅樂之故也. 更或有釐正笙簧之道乎?'"; 10월 30일, "應洙曰:'樂器造成之後, 新造笙簧, 雖皆協於音律, 而彼中貿來笙簧, 終未能諧合於律呂. …當於今番使行, 使之詳問, 而此非譯舌輩所可知. 若擇送事知典樂, 求見笙簧, 詳探其不能諧協之曲折. 且彼中貿來時用之管, 本不出聲, 今番改造後, 雖曰出聲, 而亦未知其果合於律呂與否. 唐琴改造後, 其聲比前稍勝, 實無以的知其爲正音. 簫則雖載於樂學軌範, 而院中元無其器. 此等樂器, 俱不可不使之往探, 雖以朝廷所用雅樂言之, 朝參時貞度門外陳設, 若使典樂隨員役同入以見, 則似有可知之道. 竝令典樂, 詳探於彼中, 可用之樂器, 仍爲貿來似好, 何如?'上曰:'所達誠是, 定送典樂, 使之詳問貿來, 好矣.'"; 11월 6일, "㙻曰:'以笙簧及管雅樂音律校正事, 朝家特送樂師一人於燕行命下之後, 自掌樂院, 定送典樂黃世大.'"; 영조 18년 7월 23일, "上曰:'今番所得唐琴見之乎? 無卦可怪矣.' 延德曰:'我東之琴有卦, 而雅樂則無之矣.'"; 8월 2일, "應洙曰:'…頃年黃世大, 入去北京時, 笙簧則學得以來, 而譯官盡力, 然後能學得善手矣. 今番黃世大, 亦與幹事譯官, 同爲入去, 以爲學來之地好矣.'上曰:'自該院依此擧行.'"

黃世大는 '黃世泰'로 표기되기도 하는데, 영조 6년(1739) 6월 8일 장악원假典樂으로, 영조 15년 7월 19일에 전악으로 낙점되었다(송방송,「조선후기 장악원 관련 인물 열전－『악장등록』·『장악원악원이력서』·『전악선생안』을 중심으로」,『한국음악사학회보』42, 한국음악사학회, 2009, 289면).

16　규장각 소장(奎7126)『연행잡기』권4,「渡江人馬數」, "樂師 張文周".

장문주가『승정원일기』, 영조 42년 4월 20일 기사에는 '張天柱'로 표기되어 있다.

17 이유원, 『임하필기』 권20, 「典樂」, "乙酉, 冬至使, 典樂張文周, 貿唐琴笙簧, 學得音律而來."

18 『經國大典』 1, 「吏典」, 雜織, 〈掌樂院〉; 『승정원일기』, 영조 46년 6월 17일, "命樂院提調進前, 仁孫進伏. 上曰: '今日吹笙人, 可爲樂工乎, 樂生乎?' 仁孫曰: '典樂金鳳來·張文周方待令, 下詢則可知矣.' 上曰: '典樂立楹外以奏!' 鳳來曰: '公賤爲樂工, 私賤爲樂生矣.'"; 『정조실록』, 2년 11월 29일, "上曰: '或曰樂工, 或曰樂生, 何也?' 用謙曰: '典俗樂者, 謂之樂工; 典雅樂者, 謂之樂生矣.' …重祜曰: '本院規例, 典樂則以本業取才, 由假陞眞. 樂師則以曾經樂工者爲之, 樂工則以官奴爲之, 樂生則其以舊樂生子支爲之.'"

19 『담헌서』 내집 권4, 「祭延益成文」; 박지원, 『연암집』 권3, 「夏夜讌記」, "去年夏, 余嘗至湛軒, 湛軒方與師延論琴."
延益成은 영조 31년(1755) 9월 2일 장악원 假典樂으로, 같은 해 12월 13일에 전악으로 낙점되었다(송방송, 앞의 논문, 256면).

20 『을병연행록』, 1766년 1월 13일, "내가 이익을 시켜 한 곡조를 다시 청하라 하니, 여러 번 권한 후에 거문고를 탁자에 올려 놓고 교의(交椅)에 앉아 타거늘…."(소재영 외 주해, 323면); 『담헌서』 외집 권10, 「연기」, 「樂器」, "…且見大小宴會, 笙簧琵琶, 與箏笛幷奏, 其人皆優伶也. 惟琴不與焉. 惟太常樂官及士大夫好古者爲之, 則尙屬雅器, 不歸於賤技."

21 束景南, 『朱子大傳』, 福建敎育出版社, 1992, 758면(김태완 옮김, 역사비평사, 2015, 하, 380면).

22 『을병연행록』, 1766년 1월 7일(소재영 외 주해, 265면); 『담헌서』 외집 권7, 『연기』, 「琴鋪劉生」, "正月初七日, 李瀷得唐琴及笙簧而來. 琴爲蕉葉古制, 水晶鴈足, 靑玉之軫, 紫金爲徽, 拂之聲韻淸高. 問其價爲一百五十兩云."

23 『담헌서』 외집 권7, 「연기」, 「琴鋪劉生」, "初八日, 余有故不得往, 李瀷與樂師往訪. 樂師歸言: '劉生運指輕快, 音格雖近繁促, 其高雅, 終非玄琴之比.'"; 『을병연행록』, 1766년 1월 8일(소재영 외 주해, 266면)

24 『을병연행록』, 1766년 1월 11일(소재영 외 주해, 311면); 『담헌서』 외집 권7, 「연기」, 「琴鋪劉生」, "副使盛稱其妙, 且勸我停遊觀, 專意學習, 俾傳于東方, 曰: '樂師愚迷, 不足以得其妙.'"

25 『을병연행록』, 1766년 1월 14일(소재영 외 주해, 334면); 『담헌서』 외집 권7,

『연기』, 「琴鋪劉生」, "獨劉入來, 見玄琴, 要余一彈. 余先彈數関, 請劉生評品. 劉只再三稱好而已, 終曰: '中國之琴, 乃聖人大樂.'"('大樂'은 본래 『禮記』 「樂記」에서 유래한 말로, 국가의 전례에 쓰이는 전아하고 장중한 음악을 가리키지만, 여기에서는 문맥상 '樂'을 '악기'의 뜻으로 해석하여 번역했다.)

26 『을병연행록』, 1766년 1월 18일(소재영 외 주해, 356면); 『담헌서』 외집 권 7, 『연기』, 「琴鋪劉生」, "余謂張姓曰: '我輩外夷, 始聞中國大樂, 眞令人食肉忘味. 先生何以敎之?' 張姓曰: '高麗, 聖人之後, 何謂外夷? 琴, 聖人之樂器, 所以修情養性, 反其天眞, 非他樂可比. 請老先生珍重學之.'"

27 『예기』 「檀弓」(上)에 공자가 親喪의 大祥을 마친 뒤 琴을 탔다고 했다. 또 공자는 고난 중에도 금 연주를 멈추지 않았다고 한다(『孔子家語』 「在厄」, 『莊子』 「秋水」). 공자가 지었다는 「猗蘭操」라는 琴曲 가사가 『樂府詩集』 등에 전하고 있다.

28 『담헌서』 외집 10, 『연기』 「樂器」, "…嘗持玄琴, 幷鼓之, 其浮濁粗淺, 眞是夷沫〔沬〕賤器, 且玄琴近之大喧, 隔壁則已微矣. 若琴則近聽極淸靜, 遠聽益琅琅, 其器之優劣, 可定也."
위의 인용문 중 '夷沫'는 '夷昧'와 동의어로, '蒙昧'와 같은 뜻이다.

29 『을병연행록』, 1766년 1월 13일(소재영 외 주해, 323면).

30 『欽定大淸會典』 권82, 「太常寺」; 『흠정역대직관표』 권10, 「樂部」, 〈國朝官制〉; 李鵬年 외, 앞의 책, 190~191면.

31 『을병연행록』, 1766년 1월 18일(소재영 외 주해, 355면).
『담헌서』 외집 권10, 『연기』, 「巾服」에서 홍대용은 官品에 따른 頂子의 종류를 소개하면서 "八品, 金頂."이라고 했다.

32 『을병연행록』, 1766년 1월 11일(소재영 외 주해, 311면); 『담헌서』 외집 권7, 『연기』, 「琴鋪劉生」, "副使盛稱其妙, 且勸我停遊觀, 專意學習, 俾傳于東方. … 余笑曰: '時月之間, 不可傳其技巧, 恐徒誤我遊事.'"

33 『담헌서』 외집 권7, 『연기』, 「琴鋪劉生」, "李潚言: '劉生言解郊社雅曲, 樂師請學, 則曰: 此有王法禁, 不令外人學習傳受, 皆有極罪.' 必其操縱索價之意."; 『을병연행록』, 1766년 1월 18일, "이익이 이르되, '유가는 태상(太常) 악관이라 태묘(太廟)와 사직에 쓰는 풍류를 알까 싶으되, '악사를 가르치라' 하면, '금령이 엄하여 남을 들리지 못하고 혹 범(犯)하는 이 있으면 목을 베힌다' 하니 괴이한 일일러라."(소재영 외 주해, 357면)

34 『을병연행록』, 1766년 1월 17일(소재영 외 주해, 311면); 『담헌서』 외집 권7,

『연기』, 「琴鋪劉生」, "十八日, 與樂師復至劉鋪, …向晚歸館, 夜招樂師, 共習調絃. 二十二日, 自琉球館復至劉鋪, 樂師適至, 學平沙落鴈數章. 余復請劉一皷, 劉推諉良久, 乍皷施止. 盖劉身居市井, 專意牟利, 見余不以幣請學, 因樂師從傍偸習, 顯有厭倦之意. 余亦鄙其瑣瑣, 從此不復往. 其後嘗歷入, 交數語而歸. 惟與樂師傳其所學, 夜輒習之, 粗得平沙落鴈七八段而已."

금곡은 시작과 끝이 있는 여러 개의 段으로 구성되어 있는데 이러한 分段은 流派에 따라 다르다.

35 『을병연행록』, 1766년 1월 13일(소재영 외 주해, 324면); 『담헌서』 외집 권7, 『연기』, 「琴鋪劉生」, "樂師以銀五兩買一琴."

역관 이익이 유생의 점포에서 빌려 온 극상품의 당금은 값이 은 150냥이라 사지 못했다고 한다(『을병연행록』, 1766년 1월 7일, 소재영 외 주해, 265면).

36 『승정원일기』, 영조 42년 4월 20일, "上曰: '樂師張天柱(*장문주)持琴笙入侍事, 注書出去, 分付可矣.' 臣坪承命出去, 招張天柱持樂器進伏. 上親取樂器, 親覽制度訖, 命天柱吹笙彈琴各一曲. 上命天柱曰: '予〔汝〕須出去, 善敎諸樂工, 而聲音勿爲煩促, 可也. 此則有關於國運盛衰矣.'"; 4월 22일, "上下詢致仁曰: '卿聞唐琴之聲乎? 聲音通敞, 比前雅樂甚勝矣.' 致仁曰: '果然分明矣.'"

1769년의 동지 사행(정사 徐命膺) 때에도 영조는 생황과 당금을 구입해 오도록 했다. 이에 따라 역관 趙明會가 북경에서 생황의 명연주자를 구해, 사행에 데리고 간 하인에게 가르치게 했다. 또 종전에 사 온 당금들이 오동나무로 만들지 않아 소리를 제대로 내지 못했으므로, 당금을 쓸데없이 구매하는 대신 『琴學正聲』이란 책을 사서 장악원에 바쳐 그에 의거해서 당금을 만들게 했다고 한다. 영조는 생황에 대해 계속 관심을 표명하면서, 서명응의 건의를 받아들여 1770년의 동지 사행에서도 생황을 구입해 오게 했다(『동문휘고』補編, 권5, 「己丑」冬至行 正使徐命膺 副使洪梓 別單」; 『승정원일기』, 영조 46년 4월 2일, "上曰: '笙簧有之乎?' 命膺曰: '有之矣.' 上曰: '我國人唱之乎?' 命膺曰: '臣率去之人, 學之而善唱矣.' 上曰: '故判書尹淳嘗云: 笙簧甚好'云矣.' 命膺曰: '果好矣.' 梓曰: '以竹爲之, 而其聲若出金石矣.' 命膺曰: '彼人唱我國與民樂, 其聲頗好矣.'"; 윤5월 22일, "上曰: '笙簧持來云, 果然否?' 啓禧曰: '此重臣持來云, 而未及見矣.' 命膺曰: '頃招掌樂院樂工吹之, 則果勝於樂院者矣.' 上曰: '古〔故〕判書尹淳以爲, 笙簧極爲豪亮云矣. 其後掌樂院笙簧, 聲甚殘劣矣.' 命膺曰: '在北京時, 使之習之, 則依然有聲.'"

…上曰: '今年使行, 學來笙簧, 令該院先令一二人學習, 予將有召聞以試, 以此分付.'"; 6월 22일, "徐命膺啓曰: '卽今典樂樂工輩, 着實斅習笙簧云, 而但雖習成, 若無其器, 則不能備樂聲. 況我國所造笙簧, 終未能如法. 分付度支, 今番冬至使行, 貿來彼中笙簧十數件, 何如?'上曰: '彼中笙簧, 不至稀貴乎?'命膺曰: '燕市笙簧甚多, 一件之價, 不過八九錢銀子. 其視我國新造之費, 不啻減半, 而冬至使行, 逐年有之. 此後以新造之價, 買得燕市, 則事甚便易矣.'上曰: '度支雖貧, 何惜於若干銀子, 而不購樂器之緊要者乎? 依爲之!'").

37 『을병연행록』, 1766년 1월 13일(소재영 외 주해, 323~324면);『담헌서』외집 권7,『연기』,「琴鋪劉生」, "遍見諸琴, 玉軫者爲上品. 又有一張, 題'石上淸泉香韻尤高'. 余使李瀷淸〔請〕買, 劉云: '是宰相家物, 要張新絃而來, 不可買.'"; 외집 권10,『연기』,「樂器」, "箏本秦聲. …其制與伽倻略同, 因其張而調之, 可以度曲. 蓋伽倻琴者, 伽倻王因瑟而作, 宜其制之相似也. 在北京, 求之終不得, 非近俗所尙也."

38 『을병연행록』, 1766년 1월 17일(소재영 외 주해, 342면); 규장각 소장(奎7126)『연행잡기』권4,「橐裝」, "洪命福貿 …『琴譜大成』一匣 六錢."
『琴譜大成』은 淸初의 古琴 名人 徐祺가 여러 유파의 琴譜를 집대성해서 만든 금보(『五知齋琴譜』)를 周魯封이 강희 60년(1721)에 편찬·간행한 것으로, 33종의 琴曲을 수록했다. 곡마다 解題와 後記 외에도 많은 주를 통해 상세한 연주법과 평어를 소개하여 작품에 대한 이해를 돕고 있으며, 후대의 금보들에 큰 영향을 주었다고 한다.

39 『을병연행록』, 1766년 1월 20일(소재영 외 주해, 380~382면);『담헌서』외집 권7,「吳彭問答」, "余曰: '李大人何官?'彭曰: '太常寺少卿.'余曰: '太常雅琴, 可蒙一聽否?'李曰: '古樂失傳.' …余曰: '雖無大音, 今樂之近古者, 猶愈於外夷嘲啾之音, 願一聽之.'彭曰: '此乃樂官之事, 大人不會.'又曰: '祭祀則作雅樂, 平日不作也.'余曰: '必有肄習之所, 願一就聽.'彭曰: '樂府在內務府, 地方不能入.'余曰: '琴瑟, 古人比之簡編, 士人亦當有解之者.'彭曰: '讀書人亦有會者, 此刻無其人.'余曰: '有其人則不敢請屈, 當就聽.'彭曰: '有一友而不在此地.'"
『을병연행록』에서는 '李大人'에 대해 "양람(亮藍: 밝은 남색) 정자를 붙였으니 이품 벼슬"이라고 소개했으나(소재영 외 주해, 380면), 착오인 듯하다. 태상시 소경은 모자에 藍寶石 정자를 매달며 4품 벼슬이다.

3부 — 항주 세 선비와의 교유

3부 1장

1   엄성, 『철교전집』 1, 詩存, 「題篠飮梅竹」. "詩後跋云: '…鐵橋幷記. 時乙酉
十二月卄二日, 邵伯埭(*揚州의 京杭運河 부두)舟中.'", "(朱)文藻曰: '此畫
係乙酉北上舟中, 篠飮爲秋庫作.'"; 『철교전집』 3, 外集, 周鍇, 「嚴孝廉事狀」,
"乙酉, 與陸君篠飮·潘蘭坨同擧于鄕. 篠飮亦工詩畫. 三人同舟入都. 唱和甚
樂."; 『담헌서』 외집 권2, 『간정동필담』, 1766년 2월 3일, "蘭公曰: '…來時,
同榜解元陸飛作畫, 偶題小詩呈敎.' 乃出示一幅畫, 水墨蓮花一朶, 筆畫奇勁,
上有陸詩七絶一首, 下有力闇詞及蘭公詩, 皆佳而陸詩尤高."; 潘衍桐, 『兩浙
輶軒續錄』 권13, 陸夢熊, 「乙酉冬抄 四明邱東河 同里邱雲涇·嚴鐵橋·張石
函·袁伍庸·沈朗行·余秋堂·王行園·周敷典·潘秋庫·翟古泉筠溪·孫約齋·
王薪園·姚峙東·龔吟矑諸公北上 各有詩留別 賦此贈行」.

2   乾淨衕의 정확한 지명은 '간정호동'(乾井衚衕)으로 추측되나, 일단 홍대용
의 표기를 따르기로 한다. '衕'은 '衚衕'의 준말이다. 『담헌서』의 『간정동필
담』 초두에는 "基成慚不敢復言, 略問其來歷, 則以爲浙江擧人, 爲赴試來, 方
僦居正陽門外乾淨衕云"이라고 했으나, 규장각 등 소장본 『乾淨筆譚』에는
이 대목이 "基成追問其居. 自云: '浙江擧人, 方僦居于城南乾淨衚衕.'"으로
조금 다르며 지명도 '乾淨衚衕'으로 표기되어 있다. '衚衕'은 곧 중국어로
골목길을 뜻하는 '후퉁'(胡同)이다.

    '乾淨'(gānjìng)과 '乾井'(gānjǐng)은 발음이 거의 똑같다. 乾井胡同은 늦
어도 淸 光緖 연간에는 '甘井胡同'으로 개칭되어 지금까지 沿用되고 있다.
'乾'은 '甘'(gān)과 발음이 같아 異寫되기 쉽다.

    지명의 유래에 관해서는 여러 설이 있다. 원래 물이 귀한 북경에는 유명한
'王府井'처럼 우물 '井' 자를 붙인 지명이 흔하다. 甘井胡同은 현재 북경 宣
武區의 동북부 煤市街와 粮食店街(前門大街 서쪽) 사이의 여러 호동 중 가
장 남쪽에 있는 호동이다. 바로 북쪽에 濕井胡同이 있어, 원래 지명이 '乾
井(干井)胡同'이었음을 짐작할 수 있다. 『을병연행록』에서 "정양문 큰 길을
좇아 남으로 수(數) 리를 행하여 서(西)로 적은 골을 들어가니 간정동이라
일컫는 곳"(1766년 2월 3일, 소재영 외 주해, 457면)이라고 한 설명과 부합
한다.

'天陞店'은 지방에서 회시를 보러 상경한 擧人들을 상대로 한 여관 중의 하나였는데, 건륭 말에 '贛寧會館'으로 변했으며 현재는 煤市街小學이 자리잡고 있다고 한다.

홍대용이 '乾井'호동을 '乾淨'(호)동으로 지칭한 이유에 대해서도 여러 설이 제기되었다. 항주 선비들과 만나 필담을 나눈 장소를 '깨끗한 곳'으로 우아하게 표현하고자 개칭했을 가능성이 있다. 홍대용이 귀국한 지 수년 뒤에 지은 한시인 「有懷遠人」을 보면, 항주 선비들과의 만남을 회상하며 "一樽乾淨地"라고 했다(『담헌서』 내집 권3). 즉 '깨끗한 곳에서' 한 동이의 술을 마셨다고 했다. 이런 표현은 당시 조선인들이 중국과 달리 자국은 만주 오랑캐의 풍습에 물들지 않은 '乾淨(之)地'로 자부했던 사실과도 무관하지 않을 듯하다. 하지만 홍대용이 현지 지명의 발음을 부정확하게 알아듣고 誤記했을 가능성도 배제할 수 없다(權純姬, 「乾淨衚與甘井胡同」, 『當代韓國』 第3期, 2000; 송원찬, 「청대 한중 지식인 교류와 문자옥―『간정동회우록』을 중심으로」, 『동아시아문화연구』 47, 한양대 동아시아문화연구소, 2010, 94~95면; 王政堯, 「"乾淨衚"舊址考辨」, 『淸史論叢』, 第1輯(總 第29輯), 2015; 夫馬進 譯註, 『乾淨筆譚 1』, 東洋文庫 860, 東京: 平凡社, 2016, 176~177면; 陳文良 主編, 『北京傳統文化便覽』, 北京燕山出版社, 1990, 722~723면; 陳宗蕃 編, 『燕都叢考』, 北京古籍出版社, 2001, 493면; 『北京街道胡同地圖集』, 中國地圖出版社, 1999, 64E2 등 참조).

3 『을병연행록』, 1766년 1월 20일(소재영 외 주해, 367면).

4 이기성은 『담헌서』의 『간정동필담』에는 '李基成'으로 되어 있으나 '李基聖'이 맞다. 규장각 소장(奎7126) 『연행잡기』 권4, 「渡江人馬數」에 "軍官 嘉善前僉使 李基聖"으로 기록되어 있다. 이기성은 1759년 安義僉使에 임명된 바 있다(『승정원일기』, 영조 35년 9월 25일). 『일하제금집』에도 "安義節制使 李基聖"으로 소개되어 있다(엄성, 『철교전집』 4, 『일하제금집』 상, 「李令公」).

5 『을병연행록』, 1766년 1월 20일(소재영 외 주해, 367면).
단 김창업의 연행록에는 이원영과 마유병이 황제의 侍衛였다는 진술은 없다. 이원영의 형이 侍衛였다고 했을 뿐이다(김창업, 『연행일기』, 1713년 1월 10일, 22일, 26일, 2월 3일).

6 『담헌서』 외집 권7, 「연기」, 「衙門諸官」, "余曰: '金稼齋, 淸陰之孫也. 當壬辰之行也, 去古未遠, 藩館縲絏之辱, 餘澤未斬, 而乃與朴得仁輩來往贈遺而不

辭, 趙華·李元英·馬維屛·程洪之徒相與交好無間也. 其父兄師友之間, 危言
篤論, 風勵一世, 未聞以此而非稼齋也. 吾今何嫌於彼哉!'"

7   趙華는 만주인으로, 몽골을 관리하는 업무를 보는 황제 측근의 문관이라고
한다(김창업, 『연행일기』, 1713년 2월 8일, 12일, 13일). 程洪은 한인으로, 山
海關 근처의 角山寺에서 과거 공부 하던 秀才였다(김창업, 같은 책, 1713년
2월 23일, 24일).

8   『을병연행록』, 1766년 2월 1일(소재영 외 주해, 449면); 규장각 등 소장본
『간정필담』, "余笑曰: '浙江在京南四千里. 夫四千里而趨名利, 其志可知, 何
足與語哉! 雖然, 豈不與賈兒遊乎?'"(이 대목은 『담헌서』의 『간정동필담』에
는 없음.)

9   『을병연행록』, 1765년 11월 3일, "부사의 얼육촌 김재행의 자는 평중(平仲)
이니 아침에 와 잠간 보고 가니라."(소재영 외 주해, 23면); 규장각 등 소장
본 『간정필담』, 1766년 2월 1일, "明日約與共往見之. 金在行平仲, 副使族弟
也. 聞之, 亦樂與之偕焉."; 박지원, 『熱河避暑錄』, 「杭士訂交」, "同行金在行
養虛, 亦文章豪士也."(단국대 동양학연구원, 『연민문고소장 연암박지원작
품필사본총서』, 문예원, 2012, 5, 293면); 『安東金氏世譜』, 安東金氏中央花
樹會, 1982, 권5, 判官公派-休庵公(尙窩)派, 488면; 천금매, 「『中朝學士書
翰』을 통해 본 김재행과 항주 선비들의 교류」, 『동아인문학』 14, 동아인문
학회, 2008, 134면.

10   『담헌서』 외집 권3, 「乾淨錄後語」, "與鐵橋·秋庫會者七, 與篠飮會者再, 會
必竟日而罷."
    『담헌서』의 『간정동필담』뿐만 아니라 『을병연행록』과 『간정필담』, 『일하제
금집』 등을 포함하여 조사하면, 1766년 2월 5일부터 2월 29일까지 홍대용
이 항주 선비들과 주고받은 서신은 모두 52통이나 된다. 주고받은 산문도
「忠天廟畵壁記」를 포함하여 모두 8편이다(채송화, 「『을병연행록』 연구-여
성 독자와 관련하여」, 서울대 석사논문, 2013, 128~130면; 채송화, 「홍대용
의 『간정필담』 이본고」, 『국문학연구』 37, 국문학회, 2018, 123~125면 참
조).

11   『을병연행록』, 1766년 2월 3일, "내 물으되, '그대네 본집이 절강성 어느 고
을에 있나뇨?' 엄성이 가로되, '한가지로 항주 전당현에 머무노라.'"(소재영
외 주해, 458면)
    「乾淨錄後語」에 의하면, 육비는 항주 湖西(西湖 서쪽) 人關內 珠兒潭에 거

주하고, 엄성은 항주 城內 東城 太平門(慶春門의 속칭) 안의 菜市橋에 거주하며, 반정균은 杭城(즉 항주성)大街 三元坊 北首水巷口에 거주한다고 했다(『담헌서』 외집 권3; 項永丹 主編, 『武林街巷志』, 杭州出版社, 2008, 上, 慶春門遺趾, 60면).

12 朱曙輝,「雍乾杭州詩歌研究」, 南京師範大學 博士論文, 2015, 2면.

13 『을병연행록』, 1766년 2월 3일(소재영 외 주해, 458면).

14 유장근 외,『중국 역사학계의 청사연구 동향』, 동북아역사재단, 2009, 80면.

15 『을병연행록』, 1766년 2월 3일(소재영 외 주해, 468면);『담헌서』 외집 권2, 『간정동필담』, 1766년 2월 3일, "蘭公曰: '不但此而已, 西湖風物, 爲天下第一, …有四賢堂, 祀唐李泌·白居易·宋蘇軾·林逋.….' 蘭公曰: '地多秀民, 絃誦之聲相聞. 但俗尙浮華, 鮮淳朴耳.'"

16 『淸史稿』 권65, 志 40, 地理 12,「浙江」, 杭州府, 錢塘(中華書局, 8, 2128면).

17 여유량,『呂留良文集』, 徐正 等 點校, 杭州: 浙江古籍出版社, 2011, 下, 附錄,『大義覺迷錄』 권4,「雍正上諭」, 358~359면.

18 『담헌서』 외집 권2,『간정동필담』, 1766년 2월 17일, "余曰: '浙省同年凡幾人?' 力闇曰: '同榜九十四人, 皆謂之同年, 而外省同科者, 謂之遙同耳.' 又曰: '順天鄕試, 謂之北榜, 其中多有南士, 此則如同鄕同年一般.'"

19 『담헌서』 외집 권2,『간정동필담』, 1766년 2월 17일, "中國凡鄕試則第一場, 試以四書文三篇, 性理論一篇, 一晝夜而畢進.", "第二場, 試以經文四篇, 排律一首, 一日而畢. 第三場, 試以策五道. 或一日或一晝夜而畢.", "鄕會試五道內, 則三條古策, 二條時務.";『乾淨附編』 권2, 丁酉(1777) 三月,「汶軒答書」, 別紙(『中士寄洪大容手札帖』 4, 225면), "其文, 初場四書文三篇, 卽八股文也. 又論一篇. 次場經文四篇, 律詩一首. 三場策五道."
『열하일기』,「銅蘭涉筆」 중 "中國鄕試之規"를 소개한 단락은 바로 엄성의 설명을 轉載한 것이다. 이하 청조의 향시에 관해서는『淸史稿』 권108, 志83, 選擧 3,「文科 武科」(中華書局, 12, 3147~3174면); 狩野直喜,『淸朝の制度と文學』, 東京: みすず書房, 1984, 399~423면; 진정,『중국 과거 문화사』, 김효민 역, 동아시아, 2003, 249~285면; 미야자키 이치사다,『과거-중국의 시험지옥』, 전혜선 옮김, 역사비평사, 2016, 73~128면 참조.

20 『담헌서』 외집 권2,『간정동필담』, 1766년 2월 17일, "鄕試百人取一."

21 『담헌서』 외집 권2,『간정동필담』, 1766년 2월 17일, "力闇曰: '終身爲秀才, 乃眞可憐. 若已中鄕試爲擧人, 則待至十餘年, 得爲一知縣, 亦差足慰窮儒之

顧矣.'"

22   『을병연행록』, 1766년 2월 2일(소재영 외 주해, 455면).

23   『을병연행록』, 1766년 2월 3일(소재영 외 주해, 458면);『담헌서』외집 권2,
『간정동필담』, "余曰: '愚因李令公, 得聞聲華, 且見硃卷, 歆仰文章. 謹仍李令
與同志金生輒來請謁, 望恕唐突.'"

24   이덕무, 『청장관전서』 권51, 『耳目口心書』 4, "湖州擧人嚴誠, 乾隆乙酉歲入
格, 論三道, 詩一道. 今記論一道與詩.…."
    단 엄성을 항주가 아니라 '湖州'의 擧人으로 소개한 것은 오류이다.

25   『논어』, 「公冶長」에서 공자가 子産이 갖추었다고 칭찬한 君子의 네 가지 道
중 두 번째와 세 번째를 인용한 것이다.

26   이덕무는 "考官"이라고만 했으나, 『浙江鄕試硃卷』에 의하면 "本房" 즉 동고
관인 湖州府 烏程縣 知縣 黃 아무개가 열람하고 "加批"한 것이다.

27   이덕무, 『청장관전서』 권51, 『이목구심서』 4, "文甚簡淨, 非東國科製張皇之
比也."
    1차 시험 중 四書에서 출제한 문제에 대한 답안뿐만 아니라 2차 시험 중 五
經에서 출제한 문제에 대한 답안은 700자 이내로 작성해야 했다.

28   『중용』 제28장에서 공자는 "나는 주나라의 예를 배웠고, 지금 그 예가 시행
되고 있으니, 나는 주나라의 예를 따르겠다"(吾學周禮, 今用之, 吾從周)고
했다.

29   『맹자』, 「盡心 下」에서 맹자가 그의 제자 악정자를 평한 말이다.

30   이 기사는 1766년 3월 말 成大中이 李彦瑱의 부고를 전한 기사 다음에 소
개되어 있고, 뒤이어 다시 이언진이 남긴 시들이 소개되어 있다.
    선행 연구들을 보면 이덕무는 홍대용이 연행을 다녀온 직후부터 교분을 맺
은 것처럼 전제하고 있으나, 그는 홍대용이 부친상을 마치고 상경한 뒤인
1771년 경에 박지원과 마찬가지로 처음 홍대용과 교분을 맺었던 것으로 추
정된다. 박지원의 「夏夜讌記」는 1771년 여름 홍대용의 서울집을 방문한 기
록이고, 같은 해 10월에 이덕무는 「하야연기」를 포함한 박지원의 산문 선집
『鐘北小選』(홍대용 소장)의 서문을 지었다.

31   필사본 1책이다. 원래 후지츠카 치카시(藤塚鄰)의 수장품인데 현재 미국
하버드대학 옌칭연구소에 소장되어 있다. 정민, 『18세기 한중 지식인의 문
예공화국―하버드 옌칭도서관에서 만난 후지쓰카 컬렉션』(문학동네, 2014)
에 의해서 국내 학계에 처음 소개되었다(27~37면). '절강 향시 주권'이란

제목은 후지츠카 치카시의 친필로 씌어 있는데, 이 제목도 그가 붙인 것으로 짐작된다. 육비 등 3인의 판각본 주권을 한데 합쳐 필사한 것으로 추정된다. 그런데 오탈자와 衍字가 적지 않아 후지츠카가 일일이 교정해 놓았다. 또 주권의 첫 장에 小註로 "사신 順義君이 이 거인들과 친해서 이 주권을 가지고 귀국했다. 세 사람은 모두 회시에 불합격했다고 한다"(使臣順義君與此擧人相親, 持此硃卷而來. 三人皆不中會試云)고 밝혔다. 이로 미루어 『절강 향시 주권』은 정사 순의군이 소장한 판각본 주권 3종을 합쳐 만든 필사본을 저본으로 해서, 누군가가 이를 재차 필사한 텍스트가 아닌가 한다.

32 본방은 향시 때 동고관들이 각기 배정되어 채점하던 방을 말한다. 수험생이 전공한 五經別로 동고관의 방이 배정되었다. 육비의 주권은 '詩五房'에 배정된 동고관, 엄성의 주권은 '春秋房'에 배정된 동고관, 반정균의 주권은 '易五房'에 배정된 동고관이 각각 채점했다.

33 『담헌서』 외집 권2, 『간정동필담』, 1766년 2월 3일, "平仲曰: '我副大人見蘭公硃卷中有「茫茫宇宙, 捨周何適」之語, 不覺斂衽.' 蘭公色變良久. 余咎平仲以交淺言深. 蘭公乃曰: '此乃草率之語, 大指亦不過謂中華乃萬國所宗, 今天子聖神文武, 爲臣者當愛戴依歸之意而已. 尊周所以尊國朝也.'"
"捨周何適"은 『예기』 「禮運」에서 "吾舍魯何適矣?"라고 한 공자의 말에 출처를 둔 표현이다.

34 "中式第一名 陸飛 杭州仁和縣學 附學生 商籍 習詩經"

35 『淸史稿』 106, 志 80, 選擧 1, 「學校」 1, "生員色目, 曰廩膳生, 增廣生, 附生. 初入學曰附學生員."(中華書局, 12, 3115면)

36 『담헌서』 외집 권2, 『간정동필담』, 1766년 2월 17일, "余又曰: '頃見硃卷, 有習易習春秋之語, 此何謂也?' 力闇曰: '中國試士以五經, 分取其專習一經者, 謂之本經, 卽有通五經者, 亦必專歸一經. 此卽明經遺制也.' …力闇曰: '蘭公原習詩經而改易者, 弟原習詩經而改春秋者.'"

37 "中式第六十九名 嚴誠 杭州府學 增廣生 民籍 習春秋"

38 "中式第二十一名 潘庭筠 杭州府 錢塘縣學 增廣生 民籍 習易經"

39 『淸史列傳』 권20, 大臣, 「曹秀先」, "(乾隆)三十年, 擢國子監祭酒, 充浙江鄕試正考官."(中華書局, 5, 1482면); 권68 儒林傳下一, 「錢大昕」, "(乾隆)三十年, 充浙江鄕試副考官."(中華書局, 17, 5499면); 錢大昕, 『潛硏堂集』, 詩集 권8, 「奉命典試浙江作 三首」, 「初到杭州」, 「試院戲題三首」, 「塡榜四首」; 文集 권23, 「浙江鄕試錄後序」; 錢大昕, 『錢辛楣先生年譜』, (乾隆)三十年乙

西 年三十八歲, "六月奉命充浙江鄉試副考官. 正考官則祭酒曹公秀先也. …
到浙入闡後, 曹公忽病痁, 臥床一月, 校閱之事, 皆一人任之. 揭曉, 得陸飛等
九十四人, 而邵晉涵·潘庭筠·翟均廉·嚴城〔誠〕皆一時之傑出者也."(그 뒤
전대흔은 그의 座師인 錢維城을 알현했다.); 法式善, 『淸秘述聞』 권7, 「浙江
考官, 祭酒曹秀先, 字芝田, 江西新建人, 丙辰進士. 侍讀學士錢大昕, 字曉徵,
江南嘉定人, 甲戌進士. 題, 其事上也二句, 吾學周禮一句, 大而化之之中. 賦
得八月其穫, 得登字. 解元, 陸飛, 字起潛, 仁和人."

40 "大主考 日講起居注官 翰林院侍讀學士 紀錄五次 錢 批 取"
'批'는 '加批', '取'는 '選取'의 뜻이다. '紀錄'은 승진·포상 등 인사고과 자료
로 삼기 위해 관리의 공적을 글로 적어 두는 것을 말한다. '紀錄五次'는 5차
의 공적이 기록되었다는 뜻이다.

41 『담헌서』 외집 권2, 『간정동필담』, 1766년 2월 26일, "力闇曰: '初一, 我等之
座師錢大人傳諭, 于是日, 黎明齋〔齊〕集, 率領同人, 謁見大老師, 此亦舊例.
所謂大老師者, 師師之老師也.' 余曰: '錢大人誰也?' 力闇曰: '錢大昕, 日講起
居注官, 翰林侍講學士.'"
규장각 등 소장본 『간정필담』에는 이 대목이 생략되어 있다. 『을병연행록』
1766년 2월 26일 기사에는 "엄생이 가로되, '초일일은 제등(弟等)의 좌사
전대인이 동방(同榜) 수백 인을 거느리고 대노사에게 참알(參謁)하는 날이
라 제등이 홀로 면치 못할지라. 이러하므로 성 밖에 서로 보낼 계교를 이루
지 못하노라'"(소재영 외 주해, 693면)로 간략하게 되어 있다.

42 『淸史稿』 권181, 列傳 268, 儒林 2, 「錢大昕」; 蕭一山, 『淸代通史』, 臺北: 商
務印書館, 1976, 제5권, 「淸代學者著述表」第六, 錢大昕, 472~473면; 江藩,
『國朝漢學師承記』, 中華書局, 1998, 40~51면; 張舜徽, 『淸儒學記』, 濟南:
齊魯書社, 1991, 159~199면; 漆永祥, 『乾嘉考据學硏究』, 北京: 中國社會
科學出版社, 1998, 111~137면, 184~209면; 大谷繁夫, 『淸代政治思想史硏
究』, 東京: 汲古書院, 1991, 311~314면; 木下鐵矢, 『淸朝考證學』とその時
代-淸代の思想』, 東京: 創文社, 1996, 77~78면 등 참조.
朴長馣, 『縞紵集』 上, 권3, 「錢大昕」에도 "合惠(棟)·戴(震)二家之學, 集爲大
成."이라고 높이 평가했다. 육비는 그의 좌사인 조수선과 전대흔에게 바치
는 시를 남겼다(陸飛, 『篠飮齋稿』(重刊本) 권3, 「疊韻寄和曹地山座師鄧尉
看梅」, 「寄祝地山師生辰 再疊前韻」, 「湖上紀遊 呈錢辛楣座師」).

43 『淸史列傳』 권23, 大臣畫一傳檔正編 20, 「錢維城」, "(乾隆)十九年三月, 充

會試副考官."; 錢大昕, 『潛研堂集』, 文集 권50, 「祭座主錢文敏公」, "昔闕逢
之紀歲, 忝策名于天衢. 公實爲座主兮, 獨五策之賞予."

좌주(座主) 전유성은 전대흔을 회시 합격자 중 '古學第一人'이라고 칭찬했
다(錢大昕, 『錢辛楣先生年譜』, [乾隆]十九年[甲戌] 年二十七歲, "三月會試,
中式文第十九名. …文敏公謂諸公曰: '…錢生乃古學第一人也.'"). 엄성은 형
부시랑 전유성에게 시를 지어 바친 적이 있고, 그의 필법을 모방한 그림을
그리기도 했다(엄성. 『철교전집』 1, 詩存, 五言古, 「言懷四十韻 呈少司寇錢
稼軒先生」; 『철교전집』 3, 畫錄, 文, 「姚官之山水冊子二十六葉」[1767], "撫
茶山先生筆意.").

44   錢大昕, 『錢辛楣先生年譜』, (乾隆)三十一年丙戌 年三十九歲, "在學士任, 三
月充會試同考官, 得進士十人, 館選三人, 分部一人."

3부 2장

1   홍대용은 애초에 필담집을 편찬하며 '乾淨衕會友錄'이란 표제를 붙였으나,
그 뒤 이를 개작하면서 표제도 '乾淨錄'으로 고쳤다. 「간정록 후어」는 원래
이 『간정록』의 발문으로 집필된 것인데 『담헌서』 편찬자가 『간정동필담』의
뒤에 덧붙였던 것으로 짐작된다. 『간정록』은 현재 극히 일부(1766년 2월
17일~2월 23일)만 전하고 있다(숭실대 한국기독교박물관 소장).

2   『담헌서』 외집 권3, 『간정동필담』, 1766년 2월 23일, "解元又問余曰: '貴庚
多少?' 余曰: '三十六.' 解元曰: '然則吾弟也.' 余笑曰: '亦不敢辭也.' 諸人皆
笑."; "起潛曰: '丈丈不休, 何也? 始終見棄耶?' 余曰: '年丈[長]十二, 非丈耶?
是乃兄事之也.' 起潛曰: '我國不然. 丈尊於兄, 後竟稱兄.' 余曰: '東俗, 平交
始稱兄, 恐各從其俗.'"; 『을병연행록』, 1766년 2월 23일(소재영 외 주해,
647~648면, 651면).

3   『담헌서』 외집 권2, 『간정동필담』, 1766년 2월 23일, "蘭公有忙色, 曰: '昨日
陸解元到京, …其人高雅絶世, 同在此間, 可以相會, 如何?'" "力闇曰: '此公吾
輩所仰重者, 其人品學術, 足爲吾輩師法.'"

4   『담헌서』 외집 권3, 『간정동필담』, 1766년 2월 23일, "起潛指其詩稿中忠天
廟詩曰: '忠天廟是里社中祀. 社神是隋唐時越國公汪華. 後殿畫壁是先曾祖
手蹟….' 起潛曰: '壁畫是諸天神佛, 今已模糊不復可辨. 先曾祖諱瀚, 字少

微, 號雪醉道人. 値明季, 隱於畫, 壽亦不長. 別無見于時, 畫名至今在人口. …'"; 陸飛, 『篠飲齋稿』(初刊本), 「和丁敬身丈觀忠天廟畫壁歌」(畫爲先曾祖少微公筆). "吁嗟我祖値喪亂, 避地來依山水窟. 空將鬱勃寫丹靑, 平判年華銷麴蘗(余祖沒于崇正〔禎〕丙子年, 纔四十有六. 平居, 率以十五日作畫, 十五日醉飲).". 陸飛, 『篠飲齋稿』(重刊本) 권2, 「和丁敬身丈觀忠天廟畫壁歌」(廟在北墅若蘭村, 祀越國公汪華. 畫爲先曾祖諱瀚少微公筆. …忠天, 或當時中天, 或當時忠烈, 存考.) 300면 도판 참조.

5 『담헌서』 외집 권3, 『간정동필담』, 1766년 2월 23일, "…有忠天廟畫壁歌, 能各賜一篇, 則跪拜受之, 感且不朽. 陸飛再拜啓. 丙戌二月二十二日夜."; 『담헌서』 내집 권3, 「忠天廟畫壁記」.
「忠天廟畫壁記」는 『간정필담』과 『을병연행록』의 1766년 2월 28일 기사에 전문이 소개되어 있다(소재영 외 주해, 724~726면). 육비의 요청에 호응하여 부사 김선행은 五律 1수를 지어 주었다(엄성, 『철교전집』 4, 『일하제금집』 상, 金宰相(*김선행)詩, 「題篠飲曾祖少微先生忠天廟畫壁詩」).

6 『담헌서』 외집 권3, 「乾淨錄後語」, "詩文書畫, 俱極其高妙."; 汪師韓, 『上湖文編補鈔』 卷上, 「陸起潛詩集序」, "壬辰(*1772)君將南歸, 更示以全集, 受而讀之. 大約古體朗拔而蔚茂, 近體鮮藻而渾成. 不屑屑規仿前修, 而自蟬蛻於俗習, 成一家之言. 元遺山所謂乾坤淸氣得來難者也."; 鄭澐修·邵晉涵 纂, 『杭州府志』 권94, 文苑, 「陸飛」, "所爲詩, 大約古體朗拔而蔚茂, 近體鮮潔而渾成, 不屑屑規倣前賢, 而自蟬蛻於俗, 成一家之言. 至于維風勵俗, 尤憂深思遠, 情現乎辭."; 吳顥 輯, 『國朝杭郡詩輯』 권25, 「陸飛」.
阮元의 『兩浙輶軒錄』(권31)에서도 『隨園詩話』(袁枚), 『碧谿詩話』(朱文藻), 『梧門詩話』(法式善) 중 육비의 시에 관한 기사들을 다수 인용했다. 陶元藻의 『全浙詩鈔』(권50)에서도 『湖墅詩鈔』(孫以榮)와 『隨園詩話補遺』(袁枚)를 인용해 육비의 시를 소개했다.

7 "予謂古來賢哲, 能詩者不盡工于畫, 工畫者又不皆盡工于詩, 兼材爲難, 卽有兼者, 一代中蜚聲卓絶, 亦不過數人. 君乃藝擅雙絶, 洵可以遠躅王(*王洽)鄭(*鄭虔), 而近追文(*文徵明)沈(*沈周)矣."
汪沆(1704~1784)은 항주 전당 출신의 諸生(生員)으로, 杭世駿과 齊名한 시인이었다. 육비와 절친하여 그에게 「忠天廟畫壁歌」를 지어 주었다(『淸史列傳』 권71, 文苑傳 2, 「杭世駿」附「汪沆」; 李格, 『杭州府志』 권145, 文苑 3, 「汪沆」; 徐世昌, 『晩淸簃詩匯』 권73, 汪沆, 「忠天廟壁畫歌 陸篠飲孝廉索

8   "乾隆歲次乙酉長至後五日"에 쓴 汪沆의 서문 참조. 을유년 長至 즉 동지는 1765년 11월 1일(양력 12월 22일)이다. 『을병연행록』에서도 『소음재고』에 대해 "을유(乙酉) 지월(至月: 동짓달)에 개간(開刊)한 것"이라고 밝히고 있다(『을병연행록』, 1766년 2월 23일, 소재영 외 주해, 649면).

9   丁仁, 『八千卷樓書目』 권17, 集部.
    중국 復旦大學 소장본은 4권 4책, 南京圖書館 소장본은 4권 1책이다.

10   「畵蘭贈李正使」, 「畵松贈金副使」, 「畵梅贈洪執義」, 「畵竹贈洪秀才」, 「畵荷贈金秀才」, 「送洪·金二秀才歸高麗」.
    이 시들은 『일하제금집』에도 모두 수록되어 있다(「又題畵蘭扇贈順義君」, 附「篠飮題畵松扇贈金丞相詩」, 「又題畵梅扇送洪執義詩」, 附「陸篠飮題扇送金養虛」, 「又題畵荷扇贈金養虛」, 附「篠飮題畵竹扇贈湛軒」).

11   "高麗於中國, 猶內地也. 被聲敎尤親. 其人雅尙文, 而職貢甚謹, 我朝所以待之者, 恩禮尤渥, 其出入交易, 無防範之嫌. 余以丙戌計偕, 因得與彼國洪·金二秀才交. 洪, 恬靜端雅, 究心程朱之學. 金, 蕭散簡易, 攻吟詠. 間日來寓館, 以紙墨見貽, 兼致諸使臣雅貺. 余以畵扇答之, 並走筆, 率題其上." 304면 도판 참조.

12   『담헌서』 외집 권3, 『간정동필담』, 1766년 2월 23일, "陸飛啓. …拙稿五冊, 並呈分諸公. 此飛臨行時猝刻也, 不特字蹟潦草, 且多錯誤, 未及校正. 其一切未妥處, 祈進而敎之. 稿中有題自畵荷風竹露草堂圖, 是飛敝廬, 不拘詩文, 能各賜一篇, 拜貺良多."

13   『을병연행록』, 1766년 2월 26일(소재영 외 주해, 706면. '높은 사집'이란 육비의 시집을 높혀 부른 말임); 『담헌서』 외집 권3, 『간정동필담』, 1766년 2월 26일, "余謂起潛曰: '荷風竹露草堂詩, 不使見弟(弟見), 何也?' 起潛曰: '當有奉覽也.' 卽寫出示之. 其詩曰: …." (밑줄 친 구절이 규장각 등 소장본 『간정필담』에는 "尊稿不見此"로 되어 있어, 『을병연행록』과 상응하고 있다.)

14   이덕무, 『청장관전서』 권32, 『청비록』 1, 「陸篠飮」, "篠飮齋詩一卷一百三十八首. 柳冷菴選五十一首, 爲巾衍外集. 余又抄若干首."(이하 「無錫」, 「燕子磯」, 「湖上晩眺」, 「山行」, 「彭念堂小影」, 「題黃未稱畵冊」(제5수)를 소개함); 『청비록』 2, 「嚴鐵橋」, "湛軒編陸·嚴·潘三公筆談書尺, 爲會友錄. …柳惠風又輯三人詩, 爲巾衍外集."; 유득공, 『中州十一家詩選』, 「陸篠飮飛」, "起潛

詩, 淸眞淡遠, 洵爲漁洋嫡派, 後之論淸詩者, 當以余言爲不誣也. …篠飮齋稿
一卷一百三十八首, 玩亭(*이서구)氏, 從洪湛軒錄藏, 今取五十一首.";　허경
진·천금매, 「유득공『竝世集』연구」, 『한중인문학연구』 28, 한중인문학회,
2009, 287면, 294면 참조.

『건연외집』은 현재 전하지 않으며, 1777년에 편찬된 『중주십일가시선』은
서울대 규장각에 소장되어 있다.

15　　『담헌서』 외집 권2, 『간정동필담』, 1766년 2월 26일, "蘭公曰: '陸丈以畵世
其家者.'"; 汪師韓, 『上湖文編補鈔』 卷上, 「陸氏家傳序」, "吾杭北郭, 陸氏世
以畵名家. 自雪醂先生, 三傳而至且耕·篠飮昆仲, 門律家風, 日益峻立."; 李
斗, 『揚州畵舫錄』 권12, 「陸飛」; 彭蘊璨, 『歷代畵史彙傳』 권58, 「陸飛」, "山
水雜卉, 超逸不群. 繪柳村漁吏圖."; 馮金伯 纂輯, 『墨香居畵識』 권5, 「陸飛」,
"隨意山水雜卉, 亦超軼不群."; 李濬之 編輯, 『淸畵家詩史』 丁(下), 「陸飛」,
"山水花卉, 均法徐天池(*徐渭), 兼寫人物."; 盛叔淸 輯, 『淸代畵史增編』 권
34, 「陸飛」, "山水雜卉人物, 俱超逸不群, 又善畵竹. 山水用墨濕厚, 極似(*
吳)仲圭."; 정민, 『18세기 한중 지식인의 문예공화국－하버드 옌칭도서관에
서 만난 후지쓰카 컬렉션』, 문학동네, 2014, 69면, 71면 참조.

16　　『담헌서』 권3, 『간정동필담』, 1766년 2월 23일, "力闇以詩稿五冊·綃
畵五幅示我輩曰: 陸兄詩稿, 送三大人三本, 二兄分領一本. 其五幅綃畵, 亦
如之. 蘭公展其畵而示之, 皆水墨亂草, 筆畵雄偉. 蘭公指二幅畵曰: '此瀑布,
此雲氣.' 盖益奇壯也.'"; 2월 28일, "篠飮答書曰: '飛啓. 日昨從自南客, 覓
得金陵扇五握, 俱畵就, 並係以詩, 草草塗抹, 不計工拙. 今幷呈送, 望分致
之.….'(其四把扇, 三大人及余送東扇要畵者也.) 其金陵扇五把, 分送于三大
人及余與平仲也."(괄호 안의 구절은 규장각 등 소장본 『간정필담』에만 있
고, 『을병연행록』에 그와 상응하는 문장이 있음); 陸飛, 〈高士觀瀑〉, 『澗松
文華』 83, 한국민족미술연구소, 2012, 36면(그림), 117면(해설) 참조.

육비가 홍대용에게 준 東扇과 金陵扇의 題畵詩는 『간정(동)필담』뿐 아니라
『을병연행록』(1766년 2월 28일)과 『일하제금집』 등에도 수록되어 있으나,
홍억과 김재행에게 준 東扇과 金陵扇의 題畵詩는 『을병연행록』과 『일하제
금집』 등에만 수록되어 있다(엄성, 『철교전집』 4, 『일하제금집』 상, 洪執義
(*홍억)尺牘, 「又[與鐵橋]」附「陸篠飮畵西湖景扇 送洪執義詩」, 「又題畵梅
扇 送洪執義」; 金秀才(*김재행)尺牘, 「又[與篠飮]」附「陸筱飮題扇 送金養
虛」, 「又題畵荷扇 贈金養虛」; 『철교전집』 5, 『일하제금집』 하, 洪高士(*홍대

用)尺牘,「贈鐵橋」附「篠飮題畫竹扇 贈湛軒」,「又送湛軒詩」;『篠飮齋稿』[重刊本] 권3,「畫梅扇送洪執義」,「畫竹贈洪秀才」,「畫荷贈金秀才」,「送洪・金秀才歸高麗」)

17 『을병연행록』1766년 2월 23일(소재영 외 주해, 651면). 이는『을병연행록』에만 있는 내용이다.

18 『담헌서』외집 권2,「간정동필담」, 1766년 2월 24일, "食後三行皆往太學, 余與平仲亦隨往. 助敎張姓, 亦浙江人也. 副使問浙〔浙〕省解元陸飛何如人也. 張曰: '同鄕, 未曾見也. 其人善丹靑.' 副使: '以丹靑著名, 則文學不甚優耶?' 張曰: '不然. 丹靑卽其餘事耳.';『을병연행록』, 1766년 2월 24일(소재영 외 주해, 680면);『담헌서』외집 권1, 杭傳尺牘,「與篠飮書」, "弟於歸時, 適逢浙江人, 問貴鄕解元陸某何如人也. 彼曰: '其人善丹靑.' 某曰: '某聞其人文行絶世, 君乃以丹靑稱之, 何也?' 彼乃曰: '丹靑卽其餘事.'"(이 서신은 1766년 10월 육비에게 보낸 것인데『간정동필담』1766년 2월 24일 기사 중의 문답과 흡사한 내용을 전하고 있다. 홍대용이 북경 체류 중에 겪었던 일을 귀국 도중의 일로 착각했을 가능성이 있다.)

19 『中士寄洪大容手札帖』4, 반정균,「湛軒大兄先生書」(*1777. 3. 수신), 222면, "筱飮不復出山, 詩情・畫筆・酒椀・茶鎗, 大有高致.";『중사기홍대용수찰첩』6, 嚴果,「洪湛軒先生書」(*1774. 5. 23. 발신, 1778. 7. 수신), 398면, "筱飮, 於壬辰(1772)秋間, 自都門旋里, 近主講三衢, 聞明年不復春試, 有西湖終老之意. 此公眞不俗也. 并聞."

육비가 進士 급제했다고 한때 잘못 알려지기도 했던 듯하다(유득공,『중주십일가시선』,「陸篠飮飛」, "丁酉[1777]春, 家叔遊燕, 遇史部員外羅江李雨村調元, 聞起潛已擧進士, 未官家居云.": 이덕무,『청장관전서』권32,『청비록』1,「陸篠飮」, "丁酉春, 柳琴彈素入燕, 遇錦州李雨村, 聞起潛已擧進士, 未官家食.[李調元의『續函海』중『청비록』에는 "丁酉春, 柳琴彈素遊皇京, 邂逅綿州李雨村先生. 其姪冷〔泠〕菴抄篠飮齋詩一卷一百三十八首, 先生選爲巾衍外集, 其名遂傳於東國."으로 개작되어 있음. 洪大容・李德懋,『乾淨衕筆談 淸脾錄』, 鄭健行 點校, 上海古籍出版社, 2010, 314~315면]; 朴齊家,『貞蕤閣文集』권4,「與潘秋庫[庭筠]」[1777. 7. 4. 발신], "篠飮之進士, 見作何官, 何時在京?")

그러나 항주 세 선비가 김재행에게 보낸 詩牘을 모은『中朝學士書翰』의 발문(1781. 10. 15.)에서 羅烈은 "聞潘已達爲學士, 陸未第, 因已自放江湖間"

이라고 했다(강찬수, 「『中朝學士書翰』 脫草 원문 및 校釋」, 『중국어문논총』
41, 중국어문연구회, 2009, 304면). 육비가 회시 낙방 후 서호에 은둔한 사
실이 나중에 국내에 정확하게 알려졌음을 알 수 있다.

20 陸飛, 『篠飮齋稿』(重刊本) 권3, 「黃小松爲余刻賣畵買山印 宮司馬守陵贈詩
　　次韻奉答」; 권4, 「畵自度航圖 寄唐獲鹿友弟 兼以留別」; 錢大昕, 『錢辛楣先
　　生年譜』, (乾隆)三十年乙酉 年三十八歲, "謹案: …陸公, 字篠飮, 仁和人. 性
　　高逸, 擧賢書第一, 不赴南宮試, 營自度航於西湖, 浮家泛宅, 有元眞子(*玄眞
　　子. 唐 隱逸 張志和 별호)風."; 錢大昕, 『潛硏堂集』, 詩續集 권3, 「篠飮造一
　　船于湖上 顔曰自度航 製極精雅 卽用其韻二首」; 阮元, 『兩浙輶軒錄』 권31,
　　「陸飛」, "碧谿詩話: '…晚年於湖上, 自造遊舫, 榜曰自度航, 頗饒幽趣. 未幾
　　卒, 而航亦屬之他人矣.' '梧門詩話: '…篠飮繪事殊絶. 買舟西湖之上, 曰自度
　　航, 賣畵自給. 黃小易, 爲刻篆章, 曰賣畵買山.'"; 陶元藻, 『全浙詩話』 권50,
　　"隨園詩話補遺: '…慕張志和之爲人, 自造一舟, 妻孥茶竈, 悉載其中, 遨遊西
　　湖, 以水爲家.'"; 徐珂, 『淸稗類鈔』, 舟車類, 子部, 「自度航」, "陸篠飮解元, 嘗
　　于杭州之西湖造小舟, 曰自度航, 筆硯茶竈, 以水爲家, 不復合有軟紅塵土.
　　'得魚沽酒, 賣畵買山' 則舟中楹帖也. 篠飮畵自度航圖, 且題以詩, 其注云:
　　"番禺中堂爲余書自度航額', 後以貧, 售之他人, 作賣自度航詩."; 蔣寶齡, 『墨
　　林今話』 권5, 「陸高士」(정민, 앞의 책, 41~42면); 洪麗亞, 「論杭州畵家陸
　　飛」, 『新美術』 第2期, 中國美術學院, 1999, 77~80면; 楊國棟, 「黃易生平交
　　游考論」, 山東工藝美術學院 碩士論文, 2010, 27~29면.
　　"賣畵買山"은 黃易이 明 화가 唐寅의 시 「貧士吟」 중 "誰來買我畵中山"이란
　　구절에서 따온 것이고, "乙酉解元"은 唐寅의 인장인 "南京解元"을 모방한
　　것이라고 한다(方建勳, 『印境』, 合肥: 安徽敎育出版社, 2015, 53~55면).

21 박지원, 『연암집』 권13, 『열하일기』, 『傾蓋錄』, "汪新, 字又新, 浙江仁和人
　　也. 見任廣東按察使. …問: '陸篠飮飛無恙否?' 汪驚曰: '不識尊兄何從識吳
　　陸耶?' 余曰: '篠飮, 乾隆丙戌春, 赴試在京, 吾邦之士有得遇旅邸者, 其詩文
　　書畵, 膾炙東韓.' 汪曰: '篠飮奇士, 今年回甲, 落魄江湖, 以詩畵爲性命, 山水
　　爲友朋. 益飮大醉, 狂歌憤罵.' 余問: '何所憤而罵耶?' 汪不答. …問嚴九峯果,
　　曰: '吾離鄕久, 不識下落. 陸是弟至歡, 時人號陸解元, 比之唐伯虎·徐文長.
　　不出西湖三十年, 富貴極矣. 弟離鄕十年, 但有聲風寄. 然茶鎗酒椀, 槃知其得
　　意人也, 不比弟乾沒風塵.'"
　　唐寅(1470~1524)은 江蘇省 蘇州 출신으로, 그 역시 육비처럼 解元이었다.

"南京解元"이라 새긴 인장이 있다. 徐渭(1521~1593)는 절강성 紹興 출신으로 秀才에 그쳤다.

22　"起潛謂余曰: '聞兄宗朱, 我則陸學, 奈何?' 余曰: '陸先生之學, 非陸學而何?' 諸人大笑."(『담헌서』 외집 권3, 『간정동필담』, 1766년 2월 23일)

23　규장각 등 소장본 『간정필담』, 1766년 2월 19일, "又書曰: '德行, 本也; 文藝, 末也. 知所先後, 乃不倍於道. 尊德性, 道問學, 如車之輪, 如鳥之翼, 廢其一, 不成學也.'"(『담헌서』의 『간정동필담』에는 해당 내용이 편집상의 실수로 누락되었음);『을병연행록』, 1766년 2월 19일, "덕과 행실은 근본이요 글과 재주는 끝이니 먼저 하고 후에 함을 알아야 이에 도에 어기지 아니리라. 덕성은 높이고 문학으로 말미암음은 수레의 바퀴 같고 새의 날개 같으니, 하나를 폐하면 학을 이루지 못하나니라."(소재영 외 주해, 629면)

24　朱熹,『中庸章句』 제27장, "…故此五句, 大小相資, 首尾相應, 聖賢所示入德之方, 莫詳於此, 學者宜盡心焉."; 주희,『晦庵集』 권63,「答孫敬甫」, "…故程夫子之言曰: '涵養必以敬, 而進學則在致知.' 此兩言者, 如車兩輪, 如鳥兩翼, 未有廢其一而可行可飛者也."; 宋浚吉,『同春堂集』 續集 권7, 附錄 2,「年譜」, 丁酉(1657) 52세조, 10월 壬午, "夫尊德性者, 涵養本源工夫也. 道問學者, 講究義理之事也. 朱子以爲如車兩輪, 如鳥兩翼, 未有廢一而可行可飛也. 陸則以爲尊德性而不必問學."

25　"力闇曰: '前日書贈 '尊德性' 二語, 終身佩服.' 起潛曰: '此是正論. 原不當分爲二.'"(『담헌서』 외집 권3, 『간정동필담』, 1766년 2월 23일)

26　"起潛曰: "子靜於尊德性居多, 某却於道問學居多.' 朱意如是矣.'"(『담헌서』 외집 권3, 『간정동필담』, 1766년 2월 23일)

　　위의 인용문 중 '某'는 주자가 자신을 가리킨 말이다. 『국역 담헌서 Ⅱ』(김철희 역, 민족문화추진회, 1974)나 夫馬進 譯註, 『乾淨筆譚 2』(東洋文庫 879, 東京: 平凡社, 2017) 모두 '某'를 육비로 오역했다. 육비가 감히 육구연을 '자정'이란 字로 부르고 자신을 '모'라고 對稱할 수는 없다. 예컨대 주자는 呂祖謙과 『시경』에 관해 토론한 일을 거론하면서 여조겸을 '渠'(그) 또는 '東萊'라고 지칭하고 자신을 '某'라고 지칭했다(『朱子語類』 권80, 詩 1, 綱領, 中華書局, 2077면, 2078~2079면).

27　朱熹,『晦庵集』 권54,「答項平父」, "大抵子思以來敎人之法, 惟以尊德性·道問學兩事爲用功之要矣. 今子靜所說, 專是尊德性事, 而熹平日所論, 却是問學上多了."; 陸九淵,『象山語錄』 권1, "朱元晦曾作書與學者云: '陸子靜專以

尊德性晦人. …某敎人豈不是道問學處多了些子?'"; 王守仁, 『傳習錄』下, 黃以方錄, "以方問尊德性一條. 先生曰: '道問學, 卽所以尊德性也. 晦翁言: '子靜專以尊德性晦人. 某敎人豈不是道問學處多了些子?' 是分尊德性·道問學作兩件.'"

28　"起潛曰: '朱·陸分尊德性·道問學, 原本朱子. 後人務尊朱而攻陸偏否, 當日朱·陸必無如此門戶見解.'"(『담헌서』 외집 권3, 『간정동필담』, 1766년 2월 23일)

29　이는 왕양명의 주장과 흡사하다. 왕양명은 「答徐成之」(『王文成公全書』 권21)에서 각각 '道問學'과 '尊德性'에 치우친 兩人의 극단론을 비판하면서, "今二兄之論, 乃若出於求勝者. 求勝則是動於氣也. 動於氣則於義理之正何啻千里, 而又何是非之論乎?"라고 했다.

30　"起潛曰: '我不知學, 於二家之學, 亦幷未深究. 但看後世宗朱·宗陸, 紛紛議論, 全是血氣, 而陸之後爲陽明, 其事功炫林, 絶非空虛之事, 而人必詆之爲禪. 其不爲禪者, 乃絶無所表見. 以外之事功而驗中之所得, 良知亦未可盡非也. 得兄之言, 至爲持平, 心服矣.'"(『담헌서』 외집 권3, 『간정동필담』, 1766년 2월 23일)

31　"起潛曰: '老弟宗朱極是. 然廢小序, 必不能强解也.'"(『담헌서』 외집 권3, 『간정동필담』, 1766년 2월 23일)

32　"起潛書畢, 示之. 余讀之曰: '論陽明先生極是. 以朱子詩註不必附會出自門人, 亦極是. …惟廢小序一節, 則於心實有不安, 不敢聞敎. …摠之, 小序不當廢, 歷來儒者辨之甚多, 正不必爲朱子護也.'"(『담헌서』 외집 권3, 『간정동필담』, 1766년 2월 26일)

33　『乾淨後編』 권1, 丙戌(1766) 十月冬至使行入去 作書附譯官邊翰基, 「與篠飮書」, 別紙, "偶見陽明論學書, 信筆爲此說. 輒此書呈, 望賜斥敎. 陽明之背朱子, 大要在於格物致知. …竊以爲陽明之高, 可比莊周, 而學術之差, 同歸於異端矣."(『담헌서』 외집 권1, 杭傳尺牘, 「與篠飮書」에는 밑줄 친 부분이 없음.)
　　왕양명의 「答人論學書」는 『傳習錄』(中)에 수록되어 있으며, 『王文成公全書』 권2에는 「答顧東橋書」라는 제목으로 수록되어 있다.

34　"陽明先生別語, 不暇辨也. 愚意無論良知致知, 只是老實頭做去, 從根本上立得住脚, 雖未能窮盡天下之理, 無害其爲正人. 否則其弊更有甚於文士之浮華者."(『乾淨後編』 권2, 己丑[1769]五月使行還 浙信附來, 「篠飮書」; 『中士寄

洪大容手札帖』5, 298~299면)

육비의 이 서신은 홍대용에게 1769년 5월에 전달되었다.

35 "若欲剗除煩惱, 一空生死, 則莊生齊物, 庶幾近道. 愚將逃儒而入墨, 老弟以
    爲何如?"(『乾淨後編』권2, 己丑[1769]五月使行還 浙信附來, 「篠飮書」;『中
    士寄洪大容手札帖』5, 299면)
    위의 인용문 중 육비가 말한 '逃儒入墨'은 『맹자』「盡心 下」에 나오는 '逃
    墨歸楊', '逃楊歸儒'에 유래를 둔 일종의 패러디라고 할 수 있다. 이 경우에
    '入墨'의 '墨'은 『맹자』에서처럼 '墨家'만을 특정한 것이 아니라, 老莊 사상
    이나 불교 등을 포함한 '이단 사상' 일반을 가리키는 뜻으로 흔히 쓰인다.
    예컨대 주자는 "五百年逃墨歸儒" 운운하는 對聯을 남겼는데 여기서 '묵가
    에서 빠져나와 유가로 돌아온다'는 말은 바로 불교를 물리치고 유학을 높
    이는 일(辟佛崇儒)을 가리킨다(수징난, 『주자평전』, 김태완 옮김, 역사비평
    사, 2015, 下, 493~494면).

36 李斗, 『揚州畫舫錄』권12, 「陸飛」, "博學工詩.";『中士寄洪大容手札帖』6, 嚴
    果, 「洪湛軒先生書」(1774. 5. 23. 발신, 1778. 7. 수신), 398면, "篠飮, 於壬辰
    秋間, 自都門旋里, 近主講三衢."

37 鄭澐修·邵晉涵 纂, 『杭州府志』권57, 藝文, 「讀易象臆」; 李格, 『杭州府志』,
    권86, 藝文, 「讀易象臆」;『歸善縣志』, 「序」(1783. 1. 知縣 章壽彭 撰), "往者
    宋公鏡齋來牧羅定, 語余去浙時, 刊得江山縣志, 頗佳. 盖仁和解元陸君篠飮
    筆也. 余心誌之. 辛丑(1781)冬, 陸君來粤. 余遂以壬寅(1782)延主講席, 因與
    諸紳士謀開局編纂, 推其醇謹者, 以一切經費, 俾之延陸君, 任載筆事, 專而功
    敏, 寒暑無間, 閱歲而成, 遂付剞劂.";『續修四庫全書總目提要』제9책, 「乾隆
    江山縣志」; 제24책, 「歸善縣志」; 鄺健行, 「朝鮮洪大容『乾淨衕筆談』編輯過
    程與全書内容述析」, 홍대용·이덕무, 『乾淨衕筆談 淸脾錄』, 鄺健行 點校, 上
    海古籍出版社, 2010, 392면 참조.

3부 3장

1   "鐵橋奇健遒勁, 如寒松特操, 雪竹淸標."(『담헌서』외집 권3, 「乾淨錄後語」)
    엄성의 생애에 관한 선행 연구로 劉婧, 「淸人嚴誠的生平·文學活動及著述」
    (朱文藻 編, 『日下題襟集』, 劉婧 校點, 上海古籍出版社, 2018, 부록)이 있

다.

2   『담헌서』 외집 권3, 『간정동필담』, 1766년 2월 26일, "力闇不樂, 良久乃曰: '此不必如此細心, 獨不思吾兄前日有同胞何間之語?' 余無以對, 力闇意益懇, 反有隕獲之色. 余乃曰: '當如賢弟之言.' 力闇喜見於色曰: '死且不朽!'"; 2월 27일, "其與力闇書曰: '愚兄某頓首, 上力闇賢弟足下. 力闇之才之高·學之邃, 乃吾之老師也. 力闇特以我一歲之長, 乃欲相處以兄. 余累辭而不敢當, 則力闇反慚憫如不自容, 蓋其愛之深, 故欲其親之至也, 亦豈忍終辭乎? 從此而力闇吾弟也…'"

3   『담헌서』 외집 권2, 『간정동필담』, 1766년 2월 3일, "力闇曰: '先世, 洪武年自餘姚遷杭, 至今十三世, 曾有二擧人而已.'"; 엄성, 『철교전집』 3, 外集, 傳, 「仲弟鐵橋行畧」(嚴果), "寒家先世, 以儒述相傳. 陳山嚴村之世族, 著于姚江. 始祖德成公, 自明初遷杭, 傳十世, 至曾王父紉菴公, 硏經績學, 工詩古文. 遭明季, 避地山陰. 國朝康熙丁巳, 擧博學宏詞科, 大史以公應, 會疽發背, 不克赴." "家大人…以力學成名, 諸生, 詩文贍麗, 人多敬仰之. 家大人, 年三十, 家母茅太孺人始來歸. 太孺人, 爲前明見滄先生(*茅瓚)六世孫, 外曾王父雪鴻公(*茅鴻儒), 外王父桐村庠, 並以詩學名聞於時. 太孺人處閨閣之中, 仰承家學, 夙嫻詩禮." "年二十, 赴童子試, 列郡庠. 明年, 娶蔣氏, 爲省齋(*蔣祝)先生孫女. 先生宿望持重, 宏獎後學, 而於吾弟, 恒以大器許之."
   엄성의 외가쪽 선조인 茅瓚(1509~1565)은 항주 전당 사람으로, 殿試에 장원급제했다. 茅坤과 進士 同年으로, 벼슬은 吏部左侍郞에 이르렀다. 『見滄文集』(15권)이 『四庫全書總目』(권177, 集部, 別集類存目 4)에 전한다. 외증조 茅鴻儒는 詩詞를 잘 짓고 書畵에 능했다고 한다. 엄성의 처 조부인 蔣祝은 항주 사람으로, 雍正 원년(1723) 진사 급제 후 庶吉士가 되었다. 귀향하여 敷文書院 山長을 맡았고, 雲南 永昌知府를 지냈으며, 『사고전서』 편찬에도 참여했다고 한다.

4   「仲弟鐵橋行畧」(嚴果)은 엄성이 동자시에 20세에 합격했다고 했다("年二十, 赴童子試, 列郡庠."). 그러나 「從子誠家傳」(嚴際昌)은 "乾隆己巳(1749)列府庠, 文譽日彰."이라 하고, 「嚴先生小傳」(吳綸)도 "年十八, 遊于庠."이라고 하여 18세에 합격했다고 했다(엄성, 『철교전집』 3, 外集, 傳). 劉婧, 앞의 글에서 "乾隆十七年壬申(1752) 二十一歲, 赴童子試, 列郡庠."이라고 한 것(159면)은 「仲弟鐵橋行畧」을 따르되 연도상 착오가 있는 듯하다.

5   엄성, 『철교전집』 3, 外集, 傳, 「仲弟鐵橋行畧」(嚴果), "癸酉(1753)迄己卯

(1759), 屢躓場屋. 庚辰(1760)之春, 忽染咯血尫羸. 至秋, 復患髀創, 痛楚瀕死.";『철교전집』1, 詩存, 七言律,「秋晚 同人集薄雲草堂 有懷朱朗齋」,"肺疾未平從斷酒, 心灰欲盡尙耽詩.";『철교전집』2, 文集, 序,「黃上之英自序」(1760. 9. 9),「又書後一則」(1761. 4. 3.);『철교전집』3, 外集, 詩集題辭,「黃上之英集序」(龍鐸, 1761. 3. 29),「又」(魏之琇),「又」(潘庭筠);『철교전집』2, 詩帖(舊題曝褌集), 文集,「曝褌集自序」(1763. 2.),「敝帚集自序」(1767. 3. 25.),"庚辰(1760)恩科, 大病幾死, 不得進場. 此後自以爲不復應擧. 壬午(1762)科, 竟不得中."

6 『담헌서』외집 권2,『간정동필담』, 1766년 2월 12일,"余又曰:'闇兄今科不中, 則無意復來耶?'力闇曰:'不作誑人之語. 如不中, 則斷不來矣!'"; 엄성, 『철교전집』1, 詩存, 五言古,「周鹿岑不赴禮闈 親朋譙讓 賦詩述懷 次韻和之」,"今年客燕京, 黃塵厭馳突. 自憐好頭皮, 斷送太匁猝. 以玆決歸計, 霜蹄笑顚蹶. 兩親況就衰, 違養理尤悖.""古來顯其親, 豈必在簪笏? 讀書垂令名, 千載猶不沒. 大道非云遙, 朝聞夕可歿."

7 엄성,『철교전집』3, 外集, 傳,「從子誠家傳」(嚴際昌),"丙戌(1766)試南宮歸. 是冬與兄果受入閩學使王公敦聘, 明年春正, 同赴榕城. 望雲之思, 積日成疾, 兼程歸來, 病已不支. …卒于丁亥十一月五日.";「仲弟鐵橋行畧」(嚴果),"丙戌赴禮闈, 報罷. 是歲, 果館督閩學使王公署中. 公聞弟名, 欲令子師事之. 遂因果歸省, 遣侔致書幣. …乃以丁亥春正, 俶裝偕行. 閱三月以染瘴, 六月以瘧作, 九月以疾亟, 猶惓惓於所事, 督課無曠, 而觇其启處, 支之彌艱, 亟肩輿, 兩旬而歸, 歸兩旬以沒.";阮元,『兩浙輶軒錄』권24, 魏之秀,「送嚴敏中力菴昆季之閩」,"伯仲才名世所稀, 聯珠並價有光輝.";엄성,『철교전집』3, 外集, 靈堂題署,「題額」,"學海菁華"(曹秀先),「又」,"鐘沈德水"(錢大昕).

8 엄성,『철교전집』3, 外集, 傳,「仲弟鐵橋行畧」(嚴果),"錢塘孫雙樹先生工詩文, 前輩鄭筠谷先生, 延課其子, 里中問字者爭趨焉. 弟遊其門. 先生一見, 卽期以國士. 初敎之學文, 次學詩, 而于詩尤率其性靈, 盡得所受."
孫健은 항주 전당 출신으로 諸生이다. 鄭江(호 筠谷)에게 서예를 배웠으며, 그의 자제를 가르치는 塾師가 되었다(阮元,『兩浙輶軒錄』권24,「孫健」[字卓如, 號雙樹, 錢塘諸生, 學書於鄭筠谷. 著嶺雲集·跆餘集.],"碧谿詩話:'雙樹先生學書於城東鄭筠谷先生. 先生重其品, 敬禮之, 延課其子禮恭. …蓋東城詩學之盛, 實是雙樹先生倡率之.'"; 李放,『皇淸書史』권10,「孫健」,"字卓如, 號雙樹, 錢塘諸生, 學書於鄭筠谷[『兩浙輶軒錄』]").

鄭江(1682~1745)은 항주 전당 출신으로, 진사 급제 후 翰林院의 庶吉士·
檢討·侍讀을 거치면서『明史』『大淸一統志』『明史綱目』등 편찬에 참여하
고, 考官과 安徽督學을 역임했다. 경학에 특히 조예가 깊어『春秋集義』『詩
經集詁』『禮記集注』등을 남겼으며, 만년에 항주에서 '南屛詩社'를 결성하
여 활동했다. 시문집으로『筠谷詩鈔』『書帶草堂詩文集』등이 있다(『淸代碑
傳全集』권48,「侍讀鄭公行狀」[杭世駿]).

劉婧, 앞의 글, 158~159면에서 "師從錢塘孫雙樹·鄭筠谷兩先生."이라 하여,
엄성이 정강의 문하에서도 수업한 것처럼 기술한 것은 부정확하다. 또 "學
詩于沈超門下."라고 하여, 엄성이 손건 외에 심초의 문하에서 시를 배운 것
처럼 기술한 것도 再考를 요한다.

9 엄성,『철교전집』3, 畵錄, 文,「西溪探梅圖 贈胡葑唐」(1764. 6. 27.); 외집,
詩集題辭,「西溪吟友詩鈔序」(주문조, 1765. 6.); 外集, 傳,「仲弟鐵橋行略」
(嚴果), "…同時沈丈耕村及其弟子沈玉屛·菊人·胡葑唐·雲溪·朱朗齋, 竝授
受以詩. 時要倡和. …二十年來, 與此數十人爲西溪吟友."; 주문조,「西溪懷
舊詩鈔序」,「西溪探梅圖記跋」(胡敬,『葑唐府君年譜』, 乾隆丙子條; 陳鴻森,
「朱文藻碧溪草堂遺文輯存」, 南昌大學 國學硏究院,『正學』4輯, 江西人民出
版社, 2016, 369면, 392면)

沈超(?~1766)는 항주 인화 출신으로, 諸生이다. 문집으로 제자 주문조가
편찬한『竊餘集』이 있다(『철교전집』1, 詩選, 七言古,「題沈耕翁竊餘稿」, 七
言律,「輓沈耕翁」[二首]; 阮元,『兩浙輶軒錄』권24,「沈超」; 吳振棫 輯,『國
朝杭郡詩續輯』권8,「沈超」; 李格,『杭州府志』, 권145,「沈超」; 陳鴻森,「朱
文藻年譜」,『古典文獻硏究』19輯, 下卷, 南京大學 古典文獻硏究所, 2016,
174면).

西溪는 매화로 유명한 항주 서부의 명승지로, '西溪探梅'는 西湖十八景의
하나이다.

10 朱文藻,「培風會稿跋」(胡敬,『葑唐府君年譜』, 乾隆甲戌條; 陳鴻森,「朱文藻
碧溪草堂遺文輯存」, 위의 잡지, 390면); 朱文藻,『朗齋遺集』권1,「瓣香吟會
祔祀耕寸夫子」(潘衍桐,『兩浙輶軒續錄』권15,「朱文藻」); 엄성,『철교전집』
2, 文集, 祝文,「瓣香吟會 祭歷代詩人祝文」; 尺牘,「又(與朱朗齋)」②, "十月
一日, 擧瓣香吟會於葑唐家, 集者十一人.…."; 阮元,『兩浙輶軒錄』권24,「沈
超」, "碧溪詩話: …甲戌秋購屋三楹, 爲耕寸草堂, 時集東里魏柳洲·嚴九峯·
鐵橋·沈桐溪·何春渚曁及門三四人爲培風詩會. …庚辰復集諸君爲瓣香吟

會, 遠近屬和先生詩愈多."; 李格, 『杭州府志』, 권95, 「瓣香吟集」, "杭州沈超·孫健·施檠·魏之琇·王承祖·嚴果·嚴誠·沈紹湘諸人吟集之作."; 陳鴻森, 「朱文藻年譜」, 위의 잡지, 166면; 朱曙輝, 「雍乾杭州詩歌硏究」, 南京師範大學博士論文, 2015, 305~324면.

11 엄성, 『철교전집』 3, 外集, 祭文, 朱文藻, 「擧殯祭文」(爲瓣香吟會同人作), 「祔廟祭文」(爲吟會同人作), 詩, 吳穎芳, 「戊子人日瓣香吟會 用杜工部追酬故高蜀州人日見寄韻 哭輓鐵橋二兄」, 朱文藻, 「又(哭鐵橋)」(爲瓣香吟會同人作)(朱文藻, 『朗齋遺集』 권1, 「嚴鐵橋輓辭 爲諸友作」, 潘衍桐, 『兩浙輶軒續錄』 권15, 주문조, 「嚴鐵橋輓辭 爲諸友作」), 沈鵬, 「己丑十月九日 同人展鐵橋攢所」.

12 陸飛, 『篠飮齋稿』(重刊本) 권3, 「題杭菫浦先生閒居集」; 李斗, 『揚州畫舫錄』 권4, 「杭世駿」; 阮元, 『兩浙輶軒錄』 권21, 「杭世駿」; 李格, 『杭州府志』 권145, 「杭世駿」, "罷歸後 …僑里中耆舊及方外友, 結南屛詩社."; 錢林, 『文獻徵存錄』 권5, 「杭世駿」; 『淸史列傳』 권71, 文苑傳 2, 「杭世駿」, "罷歸後 …與同里勵鶚·周京·符曾·陳撰·趙昱·趙信·汪沆·吳穎芳·丁敬等, 皆爲密友近賓, 言懷敍懽, 各有攝屬. 平日通禮學. 尤深於詩."; 吳慶坻, 『蕉廊脞錄』 권3, 「杭州諸詩社」, "南屛詩社, 則杭·厲諸人也."; 支偉成, 『淸代朴學大師列傳』, 長沙: 岳麓書社, 1986, 下, 攷史學家列傳 第十五, 「杭世駿」; 張舜徽, 『淸人文集別祿』, 臺北: 明文書局股份有限公司, 1983, 권5, 杭世駿, 『道古堂文集』 48권, 集外文 1권. "世駿深於史學, 而雅善宗述." "世駿以詩文負盛名於當時."; 蕭一山, 『淸代通史』, 臺北: 商務印書館, 1976, 제5권, 「淸代學者著述表」 第六, 杭世駿, 460면; 劉婧, 「杭世駿『道古堂文集』硏究」, 華中師範大學 碩士論文, 2014; 朱曙輝, 앞의 논문, 108~137면, 276~289면; 李最欣, 「'南屛詩社'再考論」, 『杭州學刊』 第4期, 2015 참조.

13 엄성, 『철교전집』 1, 詩選, 五言古, 「杭菫浦先生 招集報國院追凉 分韻」; 詩存, 七言律, 「秋晩陪菫浦先生 集南屛恒上人房」. (참고) 詩存, 五言古, 「龔三吟朧 招同張無夜先生 報國院追凉 予以事不及赴 率成二十韻 奉簡」, "招提東廓偏, 其境最僻左. 昔陪桂堂(*항세준)翁, 於此避喧歌."

14 『四庫全書總目』 권104, 子部, 醫家類 2, 『續名醫類案』 60권, 編修 邵晉涵家藏本; 阮元, 『兩浙輶軒錄』 권24, 「魏之琇」; 李格, 『杭州府志』 권92, 「嶺雲詩鈔」, 「柳洲遺稿」, 권145, 「魏之琇」; 魏之琇, 『柳洲遺稿』, 『叢書集成續編』, 上海書店出版社, 1994.

15 엄성, 『철교전집』 1, 詩選, 七言古, 「魏柳洲重葺草堂」, "先生隱德人不知, 寧
獨風雅爲吾師?"; 『철교전집』 2, 文集, 序, 「又書後一則」, "柳洲先生, 一代宗
匠, 爲吾所敬服. 其評吾詩, 未免溢美, 吾所不堪當.", 「魏柳洲嶺雲詩鈔序」;
『철교전집』 3, 外集, 詩集題辭, 「冀上之英集序」, 「又(魏之琇)」; 詩, 「戊子人
日瓣香吟會 用杜工部追酬故高蜀州人日見寄韻 哭輓鐵橋二兄」, 「又(魏之
琇)」; 阮元, 『兩浙輶軒錄』 권24, 魏之琇, 「送嚴敏中力菴昆季之閩」.

16 욱예(자 佩先, 1725~1800)는 부유한 집안에서 태어나 장서가로 유명했다.
그는 '東嘯軒'이라는 장서루를 세우고 희귀본의 수집과 정리·교감에 힘썼
다. 鮑廷博과 절친하여 빈번하게 왕래하며 서로 책을 빌려주었다고 한다.
엄성은 위지수·욱예 등과 함께 포정박의 장서루인 知不足齋에 모이거나,
욱예가 오영방·위지수 등을 초청한 동소헌의 모임에 참여해 지은 시를 남
겼다(엄성, 『철교전집』 1, 詩選, 五言律, 「冬夕 同魏玉衡·姚官之·郁佩先·家
淳夫, 集鮑以文知不足齋, 卽席口號二首」, 「九月朔日 郁佩先招吳西林先生·
魏玉橫·陳元山·丁希曾, 集東嘯軒看桂 分韻得軒字」; 徐珂 編, 『淸稗類鈔』,
鑒賞類 2, 「郁潛亭藏書於東嘯軒」; 鄭偉章, 『文獻家通考』, 中華書局, 1999,
342면).

17 공경신(자 屺懷, 호 匏伯, 1735~1800)과 龔澡身(자 春潭)·龔禔身(자 深甫,
호 吟矑) 삼형제는 엄과·엄성 형제와 마찬가지로 모두 才士로 알려져, 항
주 東城의 '三龔·兩嚴'으로 일컬어졌다고 한다. 공경신과 공제신은 1769년
함께 진사 급제한 뒤, 형제가 동시에 內閣中書가 되어 『사고전서』 편찬에
기여했다. 『사고전서』 편찬 사업을 총찰한 紀昀은 「匏伯龔公墓誌」에서 이
사실을 각별히 언급했다. 공제신의 차남 龔麗正은 백형 공경신의 양자로서
고증학 대가 段玉裁의 사위가 되었는데, 道光 시대의 대표적 시인이자 公
羊學者인 龔自珍이 그의 아들이다. 엄성이 공경신 형제들과 주고 받은 시
들이 전한다(엄성, 『철교전집』 1, 詩選, 七言律, 「次韻誦龔吟矑 見懷四首」;
詩存, 五言古, 「龔三吟矑招同張無夜先生 報國院追凉 予以事不及赴 率成
二十韻 奉簡」, 「懷人口占雜詩三十首」, 제21수[龔屺懷·春潭·深甫] "文筆今
推小靈隱, 韓歐陽後一名家. 翩翩兩弟才華好, 不作蜂腰更可考."; 梁章矩·朱
智, 『樞垣記略』 권18, 「龔禔身」; 余集, 『秋實學古錄』 권4, 「龔吟矑傳」; 阮元,
『兩浙輶軒錄』 권32, 「三龔詩選」; 陳鴻森, 「朱文藻年譜」, 앞의 잡지, 163면
참조).

18 손진녕(호 半峯)과 그의 형 孫咸寧은 엄성과 마찬가지로 손건의 문하생이

자 서계음우와 판향음회의 동인이었다. 손진녕은 1788년 擧人이 되었으며, 서예가로 이름이 났다(엄성, 『철교전집』 1, 詩存, 五言古, 「孫半峯招集近雲山舍 購得石丈」;『철교전집』 3, 外集, 祭文, 詩, 「戊子人日瓣香吟會 用杜工部追酬故高蜀州人日見寄韻 哭輓鐵橋二兄」, 「又[孫晉寧], "顔回蚤歿冠同門[予與鐵橋俱受業孫雙樹夫子.]」;「哭鐵橋」, 「又[爲瓣香吟會同人作][朱文藻]」, "課隨分硏席[孫咸寧 · 晉寧與鐵橋並從孫雙樹夫子遊.]」; 阮元, 『兩浙輶軒錄』 권38, 「孫晉寧」; 李放, 『皇淸書史』 권10, "孫晉寧, 字在鑑, 號半峯, 錢塘人. 乾隆五十三年擧人, 工書.[『杭郡詩三輯』]); 朱曙輝, 앞의 논문, 311면 참조.

19 시개(호 澹珍, 1729~1805)는 1774년 거인이 되었으며, 서예가로 유명했다. 엄성은 속세를 떠나고 싶어하며 울분으로 狂疾을 앓던 그를 그리워하는 시를 지었다. 시개도 판향음회의 동인으로, 엄성을 추모하는 시를 남겼다(엄성, 『철교전집』 1, 詩存, 七言律, 「再次柳洲斲梓吟會詩韻 懷施澹珍」, "只有東園施澹老, 他時同汎五湖船.[澹珍嘗有出世之想, 近發狂疾, 亦不赴試.]」, 「書懷 三用前韻」, 七言絶句, 「懷人口占雜詩三十首」, 제10수, "今成心疾亦堪哀. 摩挲銅杵稱知己, …[施澹珍寶一銅杵, 嘗自舞之. 近以幽憤, 竟得狂疾.]」;『철교전집』 3, 外集, 祭文, 詩, 「戊子人日瓣香吟會 用杜工部追酬故高蜀州人日見寄韻 哭輓鐵橋二兄」, 「又[施炌]」, 「讀張文昌祭韓退之詩 卽用其韻 再哭鐵橋[施炌]; 胡敬, 『崇雅堂文鈔』 권2, 「外舅施澹珍先生傳」, "與同里嚴古緣 · 鐵橋弟昆爲莫逆交, 而魏柳洲 · 沈桐谿 · 朱朗齋諸丈亦同游唱和." "先生博覽經史, 不屑役志於章句. 書宗晉賢, 眞行章草, 靡不工絶. 山舟學士至稱爲今日之廣陵散."; 潘衍桐, 『兩浙輶軒續錄』 권23, 胡敬, 「戊午歲暮懷人」, "感舊難忘東郭雨[謂嚴古緣 · 鐵橋二丈]…[施澹珍外舅炌]"; 李放, 『皇淸書史』 권33, "施炌, 字涵若, 號澹珍, 錢塘人. 乾隆三十九年擧人, 書宗晉賢, 山舟學士至稱為今之廣陵散.[『兩浙輶軒錄』]").

20 하기(자 東甫, 호 春渚)는 은둔한 선비로 지내며 시인이자 서예가, 장서가로 이름이 있었는데, 엄성과는 거의 20년 우정을 나누었다. 엄성은 하기를 王士禎의 풍류를 계승한 시인으로 칭송했으며, 하기의 부탁으로 그의 벗이 아무개의 시집에 서문을 써 주기도 했다. 하기도 서계음우와 판향음회의 동인으로서, 엄성의 죽음을 애도하는 시를 남겼다. 하기의 문집으로『小山居稿』 및 『小山居續稿』(南京圖書館 소장 嘉慶刻本)가 전한다(『철교전집』 1, 詩存, 七言絶句, 「懷人口占雜詩三十首」, 제4수, "落筆能將衆妙窺, 兩

〔南〕灣桑者劇工詩. 漁洋死後風流絕, 一瓣名香正在玆.[何東甫]";『철교전집』2, 文集,「李某詩序」, "吾友何東父之詩, 蕭灑絶俗, 稱其爲人.";『철교전집』3, 外集, 詩,「戊子人日瓣香吟會 用杜工部追酬故高蜀州人日見寄韻 哭輓鐵橋二兄」,「又[何琪]」"與君結契垂卄年"; 阮元,『兩浙輶軒錄』권33, 嚴果,「懷人雜詩」, "詩人何東甫, 高寄草堂情. …[何琪東甫]"; 潘衍桐,『兩浙輶軒續錄』권12, 반정균,「懷人詩」, "…詩中有畫畫難知[何春渚琪]"; 陸飛,『篠飮齋稿』(重刊本),「序[何琪]」; 阮元,『定香亭筆談』권2, "錢塘何春渚[淇], 詩翰翛然遠俗, 淸介自守, 老於布衣."; 阮元,『揅經室集』四集, 詩, 권4,「贈何春渚[淇]; 李格,『杭州府志』권93, "小山居稿四卷, 錢塘何琪撰"; 朱曙輝, 앞의 논문, 307면; 陳鴻森,「朱文藻年譜」, 앞의 잡지, 164면 참조).

21 호도(자 滄來, 호 莳唐, 1734~1789)는 항주 인화 출신으로 詩名이 높았다. 1780년대 초에 '古歡吟會'를 결성해 손진녕·하기·주문조 등과 창작 활동을 했다.『古歡堂詩集』(南京圖書館 소장 乾隆刻本)이 전한다. 그의 아들 胡敬은 시개의 사위로, 翰林編修를 지냈으며『先大夫莳唐府君年譜』(胡莳唐先生年譜)를 편찬하고, 장인 시개와 스승 주문조의 시집을『東里兩先生遺集』으로 合刊했다(엄성,『철교전집』1, 詩選, 五言古,「題胡莳堂讀書秋樹根圖」, 七言古,「寄懷胡莳堂」, 詩存, 七言律,「寒食日胡莳塘攜詩見過 卽次其韻」,「春晚懷人六首 用沈耕寸先生春游詩韻」제2수; 七言絶句,「懷人口占雜詩三十首」제11수;『철교전집』2, 文集, 尺牘,「與胡莳塘」;『철교전집』3, 畵錄, 文,「西溪探梅圖 贈胡莳唐」; 外集, 詩,「戊子人日瓣香吟會 用杜工部追酬故高蜀州人日見寄韻 哭輓鐵橋二兄」,「又[胡濤]」, "念我鬖齝同里閈",「題鐵橋遺照」,「又[胡濤]」,「哭鐵橋」,「又[爲瓣香吟會同人作][朱文藻]」"居幸接垣墻[胡濤舊居居瓦子港, 與鐵橋爲隣.]"; 阮元,『兩浙輶軒錄』권33, 嚴果,「懷人雜詩」, "莳唐本達人, 痛飮得妙理 …[胡濤莳唐]"; 胡敬 撰,『東里兩先生遺集』,『朗齋先生遺集』卷首, 胡敬,「朗齋先生碧溪草堂詩集序」; 胡媚媚,「"古歡飮會"考論」,『浙江樹人大学学報』[人文社会科学版] 第6期, 2012; 朱曙輝, 위의 논문, 308면).

22 『淸史列傳』권72, 文苑傳 3,「鮑廷博」; 阮元,『定香亭筆談』권2, "翕鮑以文(廷博) …博極群書, 家藏萬卷, 雖極隱僻罕見著錄者問之, 無不知其原委."; 阮元,『揅經室集』二集, 권5,「知不足齋鮑君傳」, 四集, 詩, 권4,「贈鮑以文(廷博)」;『續文獻通考』권268, 經籍考 12,「知不足齋宋元人集目一卷」, "鮑廷博撰. 廷博, 字以文, 安徽歙縣人. 乾隆間諸生, 嘉慶十八年賞擧人."; 支偉成, 앞

의 책, 下, 校勘目錄學家列傳第十九, 「鮑廷博」; 蕭一山, 앞의 책, 제5권, 「淸
代學者著述表」第六, 鮑廷博, 473면; 王立中, 『鮑以文先生年譜』, 鄭玲 點校,
『淸代徽人年譜合刊, 上冊, 黃山書社, 2006; 벤저민 엘먼, 『성리학에서 고증
학으로』, 양휘웅 옮김, 예문서원, 2004, 321면 참조.

23 엄성, 『철교전집』 3, 外集, 詩, 주문조, 「又(哭鐵橋)」(爲瓣香吟會同人作),
"圖書邀鑒賞(鮑廷博嗜圖書, 鐵橋見過, 輒出所藏, 展玩不置.)"

24 엄성, 『철교전집』 1, 詩存, 五言律, 「鮑以文遺余翁山詩集 賦此爲謝」.
굴대균의 시집으로는 『翁山詩外』 『道援堂詩集』 『屈翁山詩略』 『屈翁山詩
集』 등이 전한다(『淸史稿』 권148, 志123, 藝文4, 別集類, "屈翁山詩集八卷,
外集 十八卷, 屈大均撰."; 朱希祖, 「屈大均[翁山]著述考」, 『屈大均全集』, 北
京: 人民文學出版社, 附錄 3, 1996, 2156~2161면 참조).

25 원문 '抽思'는 굴원이 지은 9편으로 된 『九章』의 한 편명이기도 하다.

26 원문 '悲秋'는 굴원 또는 그의 제자 宋玉이 지은 것으로 알려진 「九辯」에서
유래한 표현이다. 「구변」에서 "悲哉, 秋之爲氣也."라고 했다.

27 '湘流'는 湘江을 말한다. 상강은 호남성의 가장 큰 강으로, 굴원은 상강의
지류인 멱라강에 투신자살했다. 굴원의 「漁父辭」에 "차라리 상강에 달려가
물고기 뱃속에 葬事를 지낼망정, 어찌 고결한 몸으로 세속의 티끌을 뒤집
어쓸 수 있으랴"(寧赴湘流, 葬於江魚之腹中, 安能以皓皓之白, 而蒙世俗之
塵埃乎)라고 했다.

28 향초는 忠君愛國하는 올곧고 양심적인 선비를 비유하는 표현이다.

29 心花는 본래 불교 용어로, 淸淨한 본심을 연꽃에 비유한 말이다. 正覺을 성
취하면 심화가 활짝 피어난다고 했다. 따라서 "心花開", "心花怒放" 등 대단
히 기쁜 심정을 비유하는 말로도 쓴다.

30 이덕무, 『청장관전서』 권40, 『磊磊落落書』 5, 「屈大均」; 原北平故宮博物院
文獻館 編, 『淸代文字獄檔』, 上海書店, 1986, 上, 「屈大均詩文及雨花臺衣
冠塚案」, 「傅奏屈明洪繳印投監摺」, 195~196면; 鄭成康·林鐵鈞, 『淸朝文
字獄』, 北京: 群衆出版社, 1990, 307~308면; 鄧之誠, 『淸詩紀事初編』, 中華
書局香港分局, 1976, 권2, 「屈大鈞」, 上冊, 291~292면; 蕭一山, 앞의 책, 제
5권, 「淸代學者著述表」第六, 屈大均, 427면; 岡本さえ, 『淸代禁書の硏究』,
東京大 東洋文化硏究所, 1996, 57~58면, 386~391면 참조.

31 엄성, 『철교전집』 1, 詩存, 七言絶句, 「懷人口占雜詩三十首」, 제11수, "胡大
窮栖溺市塵, 無人知是老詩人. 近來五字尤無敵, 何愧番禺屈大均!(胡葑唐).";

638

『철교전집』3, 外集, 祭文, 朱文藻, 「學殯祭文」(爲瓣香吟會同人作).

32 汪輝祖, 『雙節堂庸訓』 권6, 「亡友」, "嚴古緣(果), 仁和人, 乾隆庚寅擧人. … 弟鐵橋, 乙酉擧人, 豪爽過于兄, 詩筆高邁, 亦工繪事, 兼精篆刻. 先四年卒."; 汪輝祖, 『病榻夢痕錄』 卷上, "十七年壬申二十三歲: 二月, 應恩科鄕試, 不售. 是科三場, 策問小學, 余素未究心. 仁和嚴古緣(果)淹雅貫通, 爲余歷歷言之, 始得完卷. 自此訂交, 幷交其弟鐵橋."; 汪輝祖, 『環碧山房書目』, 浙江圖書館藏; 汪輝祖, 『龍莊先生詩稿』, 浙江圖書館藏; 阮元, 『揅經室集』 二集, 권3, 「循吏汪輝祖傳」; 『淸史列傳』 권75, 循吏傳 2, 「汪輝祖」; 錢仲聯 主編, 『淸詩紀事』, 鳳凰出版社, 2003, 제2책, 目錄, 「乾隆朝卷」; 浙江文化信息網, 「浙江歷代藏書家名錄」, 5. 杭州 淸代 165人, "汪輝祖(1730~1807), 蕭山人, 數萬卷書存于環碧山房, 有環碧山房書目一卷."; 蕭一山, 앞의 책, 제5권, 「淸代學者著述表」 第六, 汪輝祖, 475면; 鮑永軍, 「汪輝祖硏究」, 浙江大學 博士論文, 2004, 46면, 49면 주1; 鮑永軍, 「汪輝祖著述考」, 『文獻』 第4期, 2007, 104면; 벤자민 엘먼, 앞의 책, 258면 참조.

33 엄성, 『철교전집』 1, 詩存, 五言律, 「次韻 答汪龍莊」, 「再用前韻 謝龍莊留別之作」; 『철교전집』 2, 文集, 尺牘, 「與汪煥曾」; 『철교전집』 3, 畵錄, 詩, 「汪龍莊屬寫看山圖 口占此詩 題於左方 甲申暮春」, "君抱濟時策, 未便傷轗軻.", 「夜績課兒圖 乙酉長至日寫 爲汪龍莊 兼頌其母苦節」; 外集, 詩集題辭, 汪輝祖, 「小淸凉室初稿書後」(四首), 詩, 邵晉涵, 「題汪龍莊看山圖 因有感亡友嚴鐵橋 丁亥臘月」; 汪輝祖, 『雙節堂贈言集錄』 권28, 「夜績課兒圖題詞」.

34 엄성, 『철교전집』 1, 詩選, 五言律, 「得九峯汀州寄詩六章 次韻奉答」, "我與朱生(*주문조)好, 新居屢過之. 論文心欲細, 涉世氣宜卑."; 詩存, 五言古, 「病中憶朗齋 朗齋連日不至 尋聞其復病轉劇」, 「病間 檢閱所作紙墨益多 冀得朗齋一觀 招之以詩」 "朱生隔巷居, 屢過相勞憫"; 七言律, 「秋晩 同人集薄雲草堂 有懷朱朗齋」, 「雨中 寄朱朗齋 朗齋數來問吾疾 近聞其病暑 暴下良苦」, 「朗齋過訪小樓 見床頭詩稿狼藉 欲爲掇拾 寫一淨本 口號贈之」; 『철교전집』 3, 外集, 詩集題辭, 주문조, 「西溪吟友詩鈔序」; 『철교전집』 5, 『일하제금집』 下, 洪高士尺牘, 附「朱朗齋戊子正月寄湛軒書」(『中土寄洪大容手札帖』 6, 382~383면), "敝廬去九峯·鋳橋居數十武, 慕二君之爲人, 迄交之十數年如一日. 急難相濟, 疑義相析, 文酒相樂. 雖骨肉之愛, 無此親者, 此眞所謂性命之交也."

35 梁同書, 「文學朗齋朱君傳」, 胡敬, 「朗齋先生碧溪草堂詩集序」(胡敬 撰, 『東

里兩先生遺集』,『朗齋先生遺集』卷首);『淸史列傳』권72, 文苑傳 3,「汪憲」附「朱文藻」; 胡敬,『崇雅堂刪餘詩』,「朱朗齋師(文藻)」,「過朱朗齋夫子碧溪草堂」; 錢大昕,『十駕齋養新錄附餘錄』권15,「勢都兒大王令旨碑」, "此與朝城令旨碑, 皆錢塘朱文藻朗齋所始."; 阮元,『定香亭筆談』권2, "仁和朱朗齋(文藻)能詩, 留心文獻, 好金石",「朱文藻」,「琅嬛仙館觀所藏南宋奉華堂硯歌(朱文藻)」; 阮元,『兩浙輶軒錄』권23,「汪憲」, "朱文藻跋曰: '往歲甲申, 滯留靖江, 吾友嚴鐵橋取予所製文, 達之比部汪魚亭先生, 先生賞予文, 遂屬鐵橋爲介, 明年館予於靜寄軒.'": 阮元,『揅經室集』二集, 권8,「兩浙輶軒錄序」; 三集, 권3,「山左金石志序」; 四集, 詩 권4,「贈朱郞齋(文藻)」; 潘衍桐,『兩浙輶軒續錄』권15,「朱文藻」; 王昶,『蒲褐山房詩話』,「朱文藻」, "先嘗助予修西湖志, 後助予撰金石萃編, 訂正之力最多."; 王昶,『湖海詩傳』권38,「朱文藻」; 王昶,『湖海文傳』권71, 朱文藻,「釋夢英書說文偏旁跋」; 권72, 朱文藻,「雲麾將軍李秀殘碑拓本跋」; 권74, 朱文藻,「南宋石經跋」; 李格,『杭州府志』권87, 朱文藻 撰,「曹娥廟志」,「朱竹垞年譜」,「勵樊榭年譜」,「金鼓洞志」,「皇亭小志」,「洞宵宮志續」,「崇福寺志」,「續志」,「武林舊聞」,「東城小志」; 권88,「靑烏考原」,「硏錄」,「雜錄」,「萍譜」,「苔譜」,「金箔考」,「東軒遺錄」,「碧溪叢鈔」; 권93,「碧溪草堂詩文集」; 권95,「洞宵詩續集」,「碧溪詩話」; 권145,「朱文藻」;『淸史稿』권146, 志 121, 藝文 2, 史部, 傳記類, 朱文藻 撰,「增訂歐陽文忠年譜」, 金石類, 朱文藻 撰,「碑錄」; 丁仁,『八千樓書目』권9, 史部, 朱文藻 撰,「校訂存疑」, 권17, 集部, 朱文藻 撰,「投壺詩集」,「集字倡和」,「鑒公精舍納凉圖題詠」; 陸心源,『皕宋樓藏書志』권13, 經部, 朱文藻 撰,「說文繫傳考異」;『四庫全書總目』권41, 經部 41,「說文繫傳考異四卷 附錄一卷」, "國朝汪憲撰. …末有附錄二卷, 乃朱文藻所編."; 丁丙,『善本書室藏書志』권5,「說文繫傳考異一卷 附錄一卷(鈔本)」, "題爲汪憲撰, 實則朱文藻所校錄也. 有文藻三跋."; 吳振棫 輯,『國朝杭郡詩續輯』권15,「朱文藻」; 張維屛,『國朝詩人徵略』권43,「朱文藻」; 徐世昌,『晚淸簃詩匯』권110,「朱文藻」; 震鈞,『國朝書人輯略』권6,「朱文藻」; 張之洞,『書目答問』, 集部,「金石學家」; 박지원,『열하피서록』,「杭士訂交」, "余於琉璃廠中, 閱近刻不知足齋叢書, 有仁和朱文藻所著一卷, 今皇帝製七絶一首, 御筆書朱, 編首一覽名姓, 雙眸自明. 盖朱又吳中名士也."(단국대 동양학연구원,『연민문고소장 연암박지원작품필사본총서』, 문예원, 2012, 5, 302면); 項永丹 主編,『武林街巷志』, 杭州出版社, 2008, 上, 慶春路, '花灯巷', 51면; 戴環宇,「朱文藻及『說文系傳考

異』研究』, 寧夏大學 碩士論文, 2013, 第一章「朱文藻生平·交游等考」; 李福言,「『說文繫傳考異』作者補證」,『貴州師範大學學報(社會科學版)』第2期, 2014; 朱曙輝, 앞의 논문, 308면; 陳鴻森,「朱文藻碧溪草堂遺文輯存」, 앞의 잡지; 陳鴻森,「朱文藻年譜」, 앞의 잡지; 陳鴻森,「被遮蔽的學者-朱文藻其人其學述要」,『明淸研究通迅』第60期, 中央硏究院 明淸硏究推動委員會, 2017; 趙成杰,「朱文藻金石活動考略」,『中國書誌』第314期, 2017 등 참조.

36 엄성,『철교전집』1, 詩選, 七言古,「題沈耕翁竊餘稿」, 五言律,「次九峯韻 書朱朗齋題壁詩後」, 詩存, 九言體,「題九峯爲朱朗齋畵烟江避知圖」, 五言律,「十月朔日 薄雲草堂對菊 分韻得今字」, 七言律,「春晚懷人六首 用沈耕寸先生春游詩韻」,「秋晚同人集薄雲草堂 有懷朱朗齋」, 七言絶句,「懷人口占雜詩三十首」;『철교전집』2, 文集, 尺牘,「與朱朗齋」①~⑤.

37 최식,「홍대용을 둘러싼 오해와 진실」(『동방한문학』79, 동방한문학회, 2019)에서는『일하제금집』에서 주문조가 거론한 '遺唾'가 실은『鐵橋詩札』이었을 것으로 추정했다(214면, 주39). 그런데 최근에 공개된『鐵橋詩文』(1책)은 엄성의 시와 편지 및「養虛堂記」를 필사한 것으로 첫 장에 卷首題로 '鐵橋遺唾'를 썼다가 지운 흔적이 있다. 수록된 시문들도『일하제금집』과 일치한다. 따라서 홍대용이 엄과에게 보낸 편지에서 언급한 '鐵橋詩札'은 책 제목이 아니라 '철교의 시와 서찰'이라는 뜻이었을 개연성이 높다. 이 편지를 받고 쓴 엄과의 답신에서도『聖學輯要』『農巖雜志』『三淵雜錄』과 함께 "鐵橋遺唾一冊"을 수령했다고 明言했다(『中士寄洪大容手札帖』6, 371면).

38 엄성,『철교전집』1, 朱文藻,「叙」(乾隆三十五年歲次庚寅十二月立春日[음력 12월 20일; 양력 1771년 2월 4일]);『鐵橋全集』3, 外集, 詩集題辭,「西溪吟友詩鈔序」(朱文藻); 外集, 傳,「仲弟鐵橋行畧」(嚴果), "所著詩文如干卷, 朱朗齋彙鈔其全, 俟選刻問世.";『철교전집』5,『일하제금집』下, 洪高士尺牘,「又與九峯書」, 附「朱朗齋戊子正月寄湛軒書」(『中士寄洪大容手札帖』6, 385~386면), "鐵橋生平所作詩文, 文藻爲鈔其全, 得八卷, 題曰小淸凉室遺槀. 其與足下及諸公贈答詩文尺牘, 別彙爲一冊, 題曰下題襟合集, 附于本集之後.";「與九峯書」, 附「九峯庚寅十二月答書」, "禮成之後, 本當卽奉答書, 緣來敎, 索觀鐵橋遺稿, 未有刊本, 友人朱朗齋, 力任重鈔, 因復銓次鐵橋詩文·試帖·畵錄幷土友哀輓及自來與諸公往來詩文·尺牘, 都爲一集, 鈔錄至今始得告竣.";鄭澐修·邵晉涵 纂,『杭州府志』권59, 藝文, "小淸凉室詩選·詩存·遺文·畵錄共六卷(擧人仁和嚴誠力闇撰, 果弟)"; 周亮工,『印人傳』

권3, 「嚴鐵橋傳」, "著有小淸凉室遺稿, 乃其友人朱生文藻編次者, 藏於家."; 박현규, 「『日下題襟集』편찬과 판본」, 『한국한문학연구』 47, 한국한문학회, 2011; 劉婧, 「『日下題襟集』的成書及傳入朝鮮的過程」, 「『日下題襟合集』與 『日下題襟集』的傳抄本」, 朱文藻 編, 『日下題襟集』, 劉婧 校點, 上海古籍出 版社 2018, 부록 참조.

39 엄성, 『철교전집』 3, 外集, 詩, 邵晉涵, 「題汪龍莊(輝祖)看山圖 因有感亡友嚴 鐵橋 丁亥臘月」, "今年十月鐵橋死, 湖山慘憺凋顏色."(邵晉涵, 『南江詩文鈔』, 詩鈔 권2, 「題汪龍莊[輝祖]看山圖 因有感亡友嚴鐵橋[誠]」); 錢大昕, 『錢辛 楣先生年譜』, (乾隆)三十年乙酉 年三十八歲, "六月奉命充浙江鄉試副考官. …揭曉, 得陸飛等九十四人, 而邵晉涵·潘庭筠·翟均廉·嚴城[誠]皆一時之傑 出者也."謹案 …邵學士, 字與桐, 一字二雲, 餘姚人. 辛卯進士."; 김정중, 『연 행록』, 「奇遊錄」, 〈雜錄〉, "邵晉涵, 康節之後, 官至經閣學士, 著爾正宗."; 錢 大昕, 『潛硏堂集』, 文集 권43, 「日講起居注官翰林院侍講學士邵君墓誌銘」; 江藩, 『國朝漢學師承記』 권6, 「邵晉涵」; 張舜徽, 『淸人文集別祿』, 臺北: 明 文書局股份有限公司, 1983, 권9, 邵晉涵, 『南江文鈔』 12권; 張舜徽, 『淸儒 學記』, 濟南: 齊魯書社, 1991, 浙東學記第六, 「己. 邵晉涵」; 支偉成, 앞의 책, 下, 史學大師列傳第十三, 「邵晉涵」; 錢仲聯 主編, 앞의 책, 제2책, 「乾隆朝卷 目錄」; 蕭一山, 앞의 책, 제5권, 「淸代學者著述表」第六, 邵晉涵, 484면; 漆永 祥, 『乾嘉考据學硏究』, 北京: 中國社會科學出版社, 1998, 128~129면; 켄트 가이, 『사고전서』, 양휘웅 역, 생각의나무, 2009, 211~235면 참조.

40 엄성, 『철교전집』 3, 外集, 詩集題辭, 朱文藻, 「西溪吟友詩鈔序」, "工書大小 篆行楷, 尤善分書. 又好作畫, 名山大川, 疏林密竹, 以逮新奇鬼怪, 淡墨數筆, 意匠曲盡."; 外集, 傳, 吳緝, 「嚴先生小傳」, "其學, 自六經子史及六書七音· 篆刻圖畵, 以至百家雜伎之說, 無所不通. 尤善八分."; 嚴果, 「仲弟鐵橋行略」, "旣好作詩, 應酬日多, 雖慶弔俤代之作, 必沈思卓鍊, 不少草率. 工篆籀書, 尤 工八分, 兼精鐵筆. 又善畫, 畫無師法, 卽嬉戲時塗抹之趣積, 漸入妙境, 參以 古人卷軸遺蹟, 攝其神味."; 周鍇, 「嚴孝廉事狀」, "弱冠能詩, 俄頃數十百韻楮 紙墨, 淋漓粉藉几案. 隸書得漢唐法. …潑墨山水人物, 信筆點綴, 戲作里門觀 劇·貢院秋試二圖, 豆人寸馬, 神采生動."; 外集, 小像題辭, 嚴果, 「題鐵橋遺 照」, "好作畫, 善白描人物."; 吳灝 輯, 『國朝杭郡詩輯』 권25, 「嚴誠」, "篆隸行 楷, 皆有師法. 嘗見其印文曰: '八分一字直百金', 其寶重如此. 畫則紫毫枯墨 作之, 不事渲染, 尤工貌人物, 草草句勒, 神態畢肖."; 阮元, 『兩浙輶軒錄』 권

33, 「嚴誠」, 嚴際昌家傳(*『철교전집』3, 「從子誠家傳」)略曰: "篆楷則宗漢·晉, 藻繪則法倪·黃, 詠歌所出, 一本性情."; 方薰, 『山靜居詩話』, "錢塘嚴鐵橋, 夢亡女阿淸詩(*『철교전집』1, 詩存, 七言律)曰: …三四一氣轉落, 出之至情. 此種詩, 雖前人未易得多也. …又題高其佩畫狗歌(*『철교전집』1, 詩存, 七言古, 「高其佩指頭畫狗歌」)云 …詩亦奇倔."; 馮金伯 纂輯, 『墨香居畫識』 권4, 「嚴誠」, "詩學韋·柳, 古隷倣蔡邕·韓擇木. 畫山水, 專摩一峯老人(*黃公望)."; 蔣寶齡, 『墨林今話』권5, 「鐵橋畫在子久·雲林間」, "鐵橋畫在子久(*黃公望)·雲林(*倪瓚)間, 尤精六書, 工篆楷, 宗法漢·晉, 得之重之. 詩則一本性情."; 周亮工, 『印人傳』권3, 「嚴鐵橋傳」, "文師韓昌黎, 詩法韋蘇州."; 彭蘊璨, 『歷代畫史彙傳』권40, 「嚴誠」, "山水法大癡, 工詩善隷."; 震鈞, 『國朝書人輯略』권7, 「嚴誠」; 정민, 『18세기 한중 지식인의 문예공화국―하버드 옌칭도서관에서 만난 후지쓰카 컬렉션』, 문학동네, 2014, 40~41면, 64면; 劉婧, 「淸人嚴誠的生平·文學活動及著述」, 朱文藻 編, 『日下題襟集』, 劉婧 校點, 上海古籍出版社, 2018, 부록, 167~168면 참조.

41 엄성, 『철교전집』1, 詩選, 七言律, 「輓沈耕翁(二首)」, "貌取淸姿猶髣髴, 歲時展拜肅心魂.(余於翁詩集, 簡端寫翁小像, 見者以爲絶肖. 春秋瓣香之祭, 常陳之几側焉.)"; 『철교전집』3, 畫錄, 文, 「三壬子圖跋」, 「耕寸先生小像跋」, "畫像一道, 僕所未習, 而白描數筆, 卽欲其肖, 尤爲難事. 先生此像… 然見之者無不以爲酷似也.", 「姚官之山水冊子二十六葉」, "學檀園(*李流芳)先生畫法. 丁亥正月卄五日, 蘭溪舟中." "撫茶山(*錢維城)先生筆意."; 外集, 傳, 嚴果, 「仲弟鐵橋行略」, "嘗自謂: 生平耆酒慕彭澤, 胸襟慕少陵, 詩格慕香山, 此三公者, 又皆壬子生, 與己干支同. 故三十初度, 手畫三壬子像, 志景仰焉."; 『철교전집』4, 『일하제금집』上, 「李令公小像」, "朝鮮六公小像, 皆鐵橋自京歸里日所畫. 丁亥歲暮, 手摹一過, 今又從丁亥本重摹, 神氣失矣. 庚寅孟月, 朱文藻幷記."; 金秀才, 附「鐵橋養虛堂記」, "寫金君兼寫洪君, 離合斷續處, 小有機法. 旅窓燈下, 走筆得此, 頗覺快意. 若爲之不已, 恐魏叔子不難到也. 丙戌二月十八日, 鐵橋書于燕山客邸."; 『담헌서』외집 권3, 『간정동필담』, 1766년 2월 29일, "歸路聞僕人言: 嘗往乾淨洞, 其僕人輩出示一帖, 帖中畫吾輩像皆酷肖, 乍見可知其爲誰某. 渠問其故, 則僕人輩答云: '兩老爺作此, 爲歸後賭思之資'云."; 『乾淨後編』권1, (丙戌)十月冬至使行入去, 作書附譯官邊翰基, 「與秋庫書」, 別紙, "歸路聞郿僕言, 曾到貴寓, 見鄙等狀貌傳神於脅帖中. 果爾則恨不早聞, 請見以供一場劇笑也. 如容者粗劣之態益愧, 其傳醜於大

方, 惟使其七分之形, 得以伏侍於燕閒記想之際, 則不啻幸矣.”; 엄성, 「雲山策杖」, 「秋水釣人」, 『澗松文華』83, 한국민족미술연구소, 2012, 38~39면 (그림), 118~119면(해설); 정은주, 「연행 사절의 서양화 인식과 사진술 유입-북경 천주당을 중심으로」, 『明清史研究』30, 明清史學會, 2008, 285~290면; 김현권, 「김정희파의 한중회화교류와 19세기 조선의 화단」, 고려대 박사논문, 2010, 81~89면 참조.

42 엄성, 『철교전집』2, 文集, 尺牘, 「與黃小松」, “僕之敬慕足下有年矣. …不悟足下遠在數千里外, 手製名印見貽, 拜賜之下, 喜極欲狂!”“足下摹印, 不但突過自來名輩, 蓋已眞得秦漢人骨髓. 僕年來, 頗亦講於此道, 而心慕手追, 輒落凡近.”; 『담헌서』외집 권2, 『간정동필담』, 1766년 2월 8일, “余問力闇曰: ‘貴印章皆親手所刻乎?’ 力闇曰: ‘亦有他人所刻本. 意欲鑴印相送, 因未帶刀, 且初學刻, 亦不成模樣.’ 余曰: ‘工拙何足說? 若得刻去, 甚幸! 但不敢多撓.’ 力闇曰: ‘卽不用鑴印刀, 或用別刀亦可. 但不能佳耳. 容覓一二石, 製就呈上何如?’ 余曰: ‘如可爲之, 不必三方, 一亦足矣. 頃惠一方, 當奉呈耳.’ 力闇曰: ‘須二方石, 一名一字.’; 2월 12일, “余曰: ‘頃刻惠印章, 甚妙, 且作歸後賭(睹)思之資, 可幸. 其湛軒二字, 不可磨滅, 適同行有略解刻法者, 方欲使之依樣刻出矣.’”; 周亮工, 『印人傳』권3, 「嚴鐵橋傳」, “寄興篆刻, 見龍泓丁隱君敬身所鑴印, 遂規撫之, 便能逼肖, 後過予開萬樓, 縱觀所藏秦漢銅玉章, 其技益進, 而另變創一格, 頗蒼潤古雅. 但不輕爲朋侶 奏刀, 惜所留傳者甚少.”; 汪啓淑, 『續印人傳』권2, 「丁敬傳」, 권3, 「嚴鐵橋傳」, 권5, 「黃易傳」; 李斗, 『揚州畫舫錄』권4, 「丁敬」; 張維屛, 『國朝詩人徵略』권43, 「黃易」; 蕭一山, 앞의 책, 제5권, 「清代學者著述表」第六, 丁敬, 黃易, 459면, 485면; 『담헌 홍대용』, 천안박물관 개관 4주년 기념특별전 도록, 2012, 139면, 홍대용의 장서인; 채송화, 「『의산문답』(毉山問答) 이본 연구」, 『민족문학사연구』69, 민족문학사학회, 2019, 118~120면 참조.

규장각 소장본(奎7126) 및 미국 버클리대 소장본 등 『연행잡기』, 「橐裝」, 〈諸人贈貽〉, ‘엄성’ 조에도 “自刻首山印石 三方”이라고 명기되어 있다. ‘首山’은 ‘壽山’의 오기인 듯하다. ‘壽山石’은 복건성 福州에서 나는 명품 印石이다.

43 『담헌서』외집 권3, 「乾淨錄後語」, “鐵橋才高識敏, 於王陸及佛學, 皆已遍讀之而窮其說矣. 其得之於心學, 亦不淺矣. …鐵橋始聞余論斥王陸及佛學, 頗有不悅之色.”; 『담헌서』외집 권2, 『간정동필담』, 1766년 2월 8일, “力闇又

曰: '弟之看楞嚴, 乃是病危垂死之時, 頗于身心大有裨益, 亦一貼清涼散也.
彼時覺得地水火風四大假合, 何事不可放下, 而竟以此愈疾. 此後亦弗復爾
矣. 然吾輩易爲外物所擾之人, 正有如經中阿難之多聞一樣. 讀之, 亦覺切中
弊病. 故偶觀之耳.'"

『을병연행록』 등 몇몇 문헌에는 그다음에, 엄성이 날마다 '楞嚴呪' 또는 '大
悲呪'를 외운다고 한 반정균의 말이 더 있다(『을병연행록』, 1766년 2월 8일,
"반생이 가로되, '엄형은 날마다 능엄주를 외우나니라.'"[소재영 외 주해,
524면]; 이덕무, 『청장관전서』 권63, 『천애지기서』, 「筆談」, "蘭公曰: '嚴兄
每日, 必誦大悲呪.'"; 권33, 『淸脾錄』 2, 「嚴鐵橋」, "鐵橋資甚醇美, 初嗜禪, 悅
主陽明, 好讀楞嚴. …秋庫嘲之曰: '嚴兄每日必誦大悲呪.' 鐵橋稍悤然.").
능엄주는 '大佛頂首楞嚴神咒'의 준말로, 『능엄경』에 수록되어 있는데 모두
427구로 불교 주문 중 가장 길다. 摩登伽種의 한 淫女가 석가모니 제자 阿
難에게 주술을 걸어 유혹하여 파계시키려 하자, 석가모니가 이 神咒를 선
포한 뒤 문수보살을 시켜 능엄주로 음녀의 주술을 깨뜨림으로써 아난을 구
제했다고 한다. 한편 대비주는 '千手千眼大悲心陀羅尼'의 준말로, 千手觀音
의 공덕을 예찬한 『千手經』에 수록되어 있는데 모두 82구이다.

44 『易』, 損卦, 「象曰: '山下有澤, 損, 君子以懲忿窒慾.'"; 『近思錄』 권5, 「克治」,
"濂溪先生曰: '君子乾乾不息於誠. 然必懲忿窒慾,…'", "橫渠先生曰: '…矯輕
警惰.'"; 『담헌서』 외집 권2, 『간정동필담』, 1766년 2월 8일, "力闇曰: '在釋
氏則楞嚴, 在道家則黃庭, 而吾儒則「懲忿窒慾·矯輕警惰」八字. 弟之粗得乎
儒家者如此而已. 至于正心誠意, 尙大難.' … 力闇曰: '溺而不返之弊, 吾輩自
問不至于此. 卽如前日所說平日好看近思錄, 如溺于外道, 又何必好近思錄
耶? 世間儘有聰明之人, 以近思錄爲引睡之書, 哀哉!'"; 외집 권3, 『간정동필
담』, 1766년 2월 29일, "力闇書曰: '…二十餘歲, 漸識義理, 好觀濂洛關閩之
書, 始有志于聖賢之道. …廿九歲, 大病半載, 困阨之中, 頗有所得. 故瀕死者
再, 而此心烱烱, 覺得粗有把握. 病後自造二句, 書于臥室云: '存心總似聞雷
日, 處境常思斷氣時.' 又大書'懲忿窒慾·矯輕警惰'八字於齋居, 以自警惕.'";
엄성, 『철교전집』 3, 外集, 傳, 吳綸, 「嚴先生小傳」, "喜讀佛氏書, 後悉悔棄,
獨慨然志聖賢之所志. …年旣壯, 益銳意理學, 篋中惟程朱書. …吳子曰: '余
嘗登先生之堂, 見先生所顔居曰: '不二', 又大書壁曰: '懲忿窒慾·矯輕警
惰.'"

45 『담헌서』 외집 권2, 『간정동필담』, 1766년 2월 8일, "力闇曰: '弟極好談理

學, 恨無同志耳. 今日可謂'有朋自遠來', 竊幸吾道之不孤. 最恨言語不通. 不然, 暢談雖累月, 不休也.' 余曰: '儒門最言愼獨, 願聞獨字之義.' 力闇曰: '微哉!' 遂笑而不言. 蓋力闇意余言出於嘗試, 微笑良久, 乃曰: '朱子云: '人所不知而己獨知之.'(*『中庸章句』, 朱註) 看來, 尙有己也不知之處.' …又曰: '吾輩只外面粗是耳. 精微處, 豈但欠缺? 直是不曾講究此事, 與年與進. 卽如弟等之好作詩作書, 豈聖賢所許耶? 程子以好書爲玩物喪志.' 余曰: '程子又云: '非要字好, 卽此是學.'(*『近思錄』), 則餘事遊藝, 庸何傷乎? 但不可一向好着.' …力闇曰: '如徐節孝(*徐積)初見李延平(*胡安定 즉 胡瑗의 착오), 而李(*胡의 착오)責之以頭容不直(*『朱子語類』). 又人竊窺劉元城(*劉安世)與人對語, 手足所放處, 未嘗移易(*『元城語錄』). 又朱子說坐法, 有生腰坐·熟(*死의 착오)腰坐(*『朱子語類』). 此等講學, 實所難遵, 只是大段好耳.' …力闇曰: '程子云: '敬勝百邪'(『近思錄』), 此四字最有味.' …余曰: '程子亦云: '夢中可驗所學之淺深'(*『近思錄』), 此皆眞切體驗之言.' 又曰: '敬字已成儒者眞談, 所謂: '人莫不飮食也, 鮮能知味也.''(*『中庸』) 力闇曰: '如吾輩若開口向人說出'主敬'二字, 則人皆厭聞之. 其實此敬字終身受用不盡. 未聞道者, 自忽略不體會耳.'"; 2월 12일, "力闇曰: '昔人(*劉摯)云: '號爲文人, 餘無足觀', 而又安可酷慕'風流'二字平? 此蘭公之大病也.' …又曰: '要言不煩, 只要步步脚踏實地.' 又曰: '此等學問, 要豎起夯梁, 方可做得. 終日悠悠忽忽, 委靡不振, 不免醉生夢死. 卽卑論之, 如米·趙之精于藝者, 亦非一朝夕所能成就. 移而至于身心性命之學, 又何境地不可到乎?'"; 『近思錄』권2, 爲學, "問: '作文害道否?' 曰: '害也. 凡爲文, 不專意則不工, 若專意則志局於此. 又安能與天地同其大也? 書曰: '玩物喪志', 爲文亦玩物也.'"; 『宋史』권340, 「劉摯傳」, "其敎子孫, 先行實後文藝, 每曰: '士當以器識爲先, 一號爲文人, 無足觀矣.'"; 顧炎武, 『亭林文集』권4, 「與人書」(18), "宋史言: '劉忠肅每戒子弟曰: '士當以器識爲先, 一命文人, 無足觀矣.' 僕自讀此一言, 便絕應酬文字, 所以養器識而不惰於文人也.'"

46 이덕무, 『청장관전서』권33, 『청비록』2, 「嚴鐵橋」, "深於性理之學."
   유득공과 박지원도 엄성에 대해 역시 "深於性理之學"이라고 했다(柳得恭, 『中州十一家詩選』, 「嚴鐵橋誠」; 박지원, 『열하피서록』, 「杭士訂交」). 저술 시기로 보아 유득공이 최초의 발언자로 보인다.

47 엄성, 『철교전집』3, 外集, 傳, 吳緝, 「嚴先生小傳」, "其學, 自六經子史及六書七音·篆刻圖畵, 以至百家雜伎之說, 無所不通. 尤善八分, 家藏漢魏石刻

數十種, 日臨撫之. 嘗自跋其書曰: '今世稱隸書, 必以鄭簠·萬經. 然予觀二人所作, 蕩軼規矩, 無足論. 顧苓·朱彛尊庶幾知用古法, 又惹弱不振.' 其鑑別如此."; 阮元, 『兩浙輶軒錄』권34, 「嚴誠」, "嚴際昌家傳略曰: '…六書諧聲, 洞悉源流.'"

48 『담헌서』 외집 권2, 『간정동필담』, 1766년 2월 8일, "…又曰: '朱子好背小序. 今觀小序, 甚是可遵. 故學者不能無疑于朱子.'"; 외집 권3, 『간정동필담』, 1766년 2월 23일, "力闇曰: '前日書久未答, 終當有以報之. 小序決不可廢, 朱子於詩注, 實多踳駁, 不敢從同也.'"; 2월 26일, "又曰: '辨語甚當. 惟小序事, 不敢苟同.'"

49 "舍訓詁而遽空言義理, 何以爲致知之本?"(엄성, 『철교전집』 5, 「又與九峯書」, 附「鐵橋丁亥秋答書」; 『乾淨後編』 권2, 戊子五月使行還 浙書附來, 「鐵橋書」; 『中土寄洪大容手札帖』 5, 275면)
엄성의 주장은 "…경전 해설은 의리의 해명을 위주로 한다. 그러나 그 문자의 훈고를 알지 못한다면 의리를 어디로부터 추론할 것인가"(說經主于明義理. 然不得其文字之訓詁, 則義理何自而推)라고 한 『四庫全書』 「凡例」의 주장과 상통한다. 또한 그의 좌사인 전대흔의 주장과도 일치한다. 전대흔은 「小學考序」에서 "육경은 모두 문자에 의해 수록된 것이다. 聲音이 아니면 경전의 의미가 바르지 못하고, 훈고가 아니면 경전의 의미가 해명되지 않는다"(六經皆載于文字者也, 非聲音則經之義不正, 非訓詁則經之義不明)고 했다(漆永祥, 앞의 책, 65~66면, 82~83면 참조).

3부 4장

1 『담헌서』 외집 권3, 「乾淨錄後語」, "秋庫年最少, 蕭灑美姿容, 性穎發, 好諧謔. 詞翰英達, 操筆如飛, 直翩翩佳子弟爾. 氣味昭朗, 對人開心見誠, 不修邊幅, 爲可愛也."; 『담헌서』 외집 권2, 『간정동필담』, 1766년 2월 3일, "蘭公曰: '本農家子, 寒畯之門, 惟有讀書力田, 未嘗有通顯者. 若其遠祖, 則晉潘岳之後也.' 余曰: '君貌甚美, 有自來矣.' 蘭公亦笑, 微有愧色."; 吳振域 輯, 『國朝杭郡詩續輯』 권20, 「潘庭筠」, "德園少年美姿容, 有璧人之目."

2 『담헌서』 외집 권2, 『간정동필담』, 1766년 2월 3일, "蘭公曰: '僕年二十時, 已誦十三經諸史. 然質魯健忘, 終無成就, 可愧. 但學必以聖人爲主, 雖諸子

百家, 無所不覽, 其歸則反之於六經而已.'···蘭公曰: '年少失學, 未嘗潛心正學. 然作文必學史遷, 特愧不能追躡古人.'"; 2월 12일, "蘭公曰: '余少也恣汎覽, 而兵書亦略觀. 如太白陰經·望江南詞·火龍秘書·六壬兵詮之類.'···又曰: '六壬之書, 不足信耶?' 余曰: '兄信之耶?' 蘭公曰: '家有此類書數種, 偶觀之, 實未解.' 乃出示一冊, 題曰墨緣齋藏書, 中有六壬諸書十數種."; 2월 17일, "蘭公曰: '···西敎中主意, 盖多不經, 語誑惑, 且西主慘死.'"(규장각 등 소장본 『간정필담』에는 밑줄 친 부분이 "天主敎中有經, 弟曾見之. 其中多言天主慘死, 以爲天主."로 되어 있음);『을병연행록』, 1766년 2월 12일, "···인하여 조그만 책을 내여 뵈니 제목이 '묵연재 장서기'라 했으니, '묵연재'는 반생(潘生)의 집 이름이고 감춘 서적을 기록한 것이라. 경서·사기와 제자백가를 각각 적었으되, 그중 육임(六壬) 방서(方書)가 여남은이 넘으나 다 듣지 못한 이름이라."(소재영 외 주해, 567면)

3   錢泳,『履園叢話』권13,「科第」, "乾隆乙酉科, 吳門顧梅坡爲龍泉令, 入闈分校. 至九月初四日, 各房薦卷俱已中定, 將出榜矣. 諸房考相聚飮, 惟一令尙在房閱卷, 共邀之. 某令持一卷出, 謂: '此卷可中魁, 惜首場第一藝已用藍筆抹, 奈何?' 諸人取閱, 咸稱善. 第已抹, 無復薦理. 顧公曰: '如果欲薦, 吾能洗之.' 其法將白紙襯, 用淨筆洗去, 有微痕, 加密點焉. 隨呈薦, 主司擊節嘆賞, 卽發刻. 因魁卷已定, 置廿餘名外. 揭榜, 乃杭州潘庭筠也. 赴鹿鳴宴, 見房師某, 某指梅坡謂潘曰: '此汝恩師也.' 因告之故, 潘泥首謝, 稱門生焉."

4   『담헌서』외집 권2,『간정동필담』, 1766년 2월 12일, "余又曰: '闌兄今科不中, 則無意復來耶?' 力闇曰: '不作誑人之語. 如不中, 則斷不來矣. 生平以誠字命名, 又別號不二.' 余曰: '蘭兄不免再來, 以幾次爲準耶?' 蘭公曰: '三次.'"; 외집 권3,『간정동필담』, 1766년 2월 23일, "力闇請見贈語, 余出諸懷中而與之, 起潛展讀之. 其贈蘭公曰: '···仕有時乎爲榮, 亦有時乎爲恥. 立乎人之本朝, 而志不在乎三代之禮樂, 是爲容悅也, 是爲富且貴也. 此而不知恥, 其難與言矣.···.'···又讀贈力闇語曰: '···'"; 2월 26일, "蘭公曰: '昨在北城, 聞國朝衣冠之制, 謹以奉示. 太宗文皇帝時, 有儒臣巴克什達海·庫爾纏奏請衣服從漢人之制.'···余曰: '看兄有達像, 故弟於贈言已及此意. 三代禮樂, 卽二人之言也. 或已見諒否?'", "余曰: '只願兄要作好人, 不要作好官.'···余曰: '···於蘭兄則恐言之無益, 不必責之以所不可從耳. 是以贈蘭公語, 多從出世上說去耳.'"

5   『담헌서』외집 권3,『간정동필담』, 1766년 2월 26일, "頃之, 蘭公始歸而一

官人同來. …余問力闇曰: '那一位老爺誰也?' 力闇曰: '此蘭公繼父, 戶部筆帖式.' 余曰: '繼父, 東俗無此稱, 未知何意.' 力闇曰: '中國謂之拜乾.' 又曰: '此俗極鄙, 可笑!' 蘭公見之, 微笑而不以爲恠, 曰: '此弟之父執, 姓巴, 滿洲人.' 力闇笑曰: '陳良之徒陳相, 今之蘭公也.' 蘭公亦笑."; 『을병연행록』, 1766년 2월 26일(소재영 외 주해, 689면); 白樂天 主編, 中國中央文史硏究館 編, 『中國通史』, 北京: 光明日報出版社, 2002, 제4권, 1800~1802면; 馬平安, 『晚淸非典型政治硏究－帝國的經驗和敎訓』, 北京: 華文出版社, 2014, 44~48면 참조.

夫馬進 譯註, 『乾淨筆譚 2』(東洋文庫 879, 東京: 平凡社, 2017), 260~261면 주13에서 '繼父'를 '男色의 상대'로, '拜乾'을 남색 풍속으로 본 것은 크게 오해한 것이다. 또 『을병연행록』에 이 대목이 전부 삭제되었다고 했으나, 착오이다.

엄성은 1767년 봄 福州에서 '巴克棠阿'에게 서신을 보냈는데(『철교전집』 2, 文集, 尺牘, 「與巴克棠阿」), 그가 바로 반정균의 繼父인 巴氏일 가능성이 있다. 巴克棠阿는 滿洲 正白旗人으로 內閣侍讀學士(종4품)를 지냈으며, 嘉慶朝의 大臣 鐵保의 장인이었다.

추사 김정희의 傳言에 의하면, 육비와 엄성도 永忠(1735~1793, 輔國將軍), 永憲(1729~1790, 康親王 崇安의 아들), 書誠(奉國將軍), 永璥(1716~1787, 奉恩輔國公) 등 詩畵에 뛰어난 만주인들과 교분을 맺었다고 하는데, 이들은 모두 청나라의 황족이었다(金正喜, 『阮堂集』 권3, 書牘, 「與權彝齋」 [15]).

6　『乾淨後編』 권1, 戊子五月使行還 浙書附來, 「秋庫書」(『中士寄洪大容手札帖』 5, 286~287면), "弟前歲南歸, …昨年仲春, 飢來驅我, 奔走大江南北, 佐督學使者衡文. 數月後得家嚴命, 轉入京華, 子逗二十餘日, 復往潞河, 終年碌碌, 德不加修, 學日荒落, 祗增內愧, 如何如何!"; 錢泳, 『履園叢話』 권13, 「科第」, "至辛卯(*1771)會試, 潘首場遇同鄕友抱病, 擬曳白, 潘勸之, 且示以己作, 囑其運化. 其人喜, 直鈔之, 餘仍自作, 病乃愈, 完二三場. 闈中兩卷俱薦此人定魁, 而會元即潘也. 後以雷同并黜, 潘大恚, 遂成心疾. 後仍捷禮闈, 入詞林, 官至御史."; 吳孝銘, 『樞垣題名』, 「潘庭筠」, "乾隆三十六年(*1771)五月, 由內閣中書充補."; 이덕무, 『청장관전서』 권34, 『청비록』 3, 「潘秋庫」 "丁酉春, 柳幾何琴入燕, 遇李吏部調元, 問知潘生否. 李曰: 潘與吾寂相好. 辛卯會試, 已定會元, 旣而以同號(鄕)人襲其文, 遂皆點落, 天下惜之. 現官中書

舍人.";	유득공,『中州十一家詩選』,「潘秋庫庭筠」, "丁酉春, 家叔父遊燕物色之, 李吏部調元曰: '潘與吾寅相好. 辛卯會試, 已定會元, 旣而以同號〔鄕〕人襲其文, 遂皆黜落, 天下惜之. 現官中書舍人.'";	엄성,『철교전집』5,『일하제금집』하, 洪高十尺牘,「與嚴秀才書」附「九峯庚寅十二月答書」(『中士寄洪大容手札帖』6, 377면), "潘公于己丑(*1769)會試後, 以精楷入選, 名籍中書, 亦在候期會試.";『乾淨附編』권1, 辛卯(1771)七月皇曆便,「蓉洲書」(*原書는『薊南尺牘』에 수록됨), "秋庫潘公已於會試後相見, 靜觀其品, 誠有如足下所云者. 雖春闈屢屈, 而已得授中書.";『乾淨附編』권2, 丁酉三月,「潘秋庫韓國〔客〕巾衍集跋」, "乾隆四十二年歲次丁酉元夕後二日, 文淵閣檢閱 · 充方略館摠校官 · 四庫全書分校官 · 內閣中書舍人, 杭州潘庭筠書.";	法式善,『淸秘述聞』권16, "編修潘庭筠, 字蘭公, 浙江錢塘人, 戊戌進士.";	이덕무,『청장관전서』권67,『입연기』하, 1778년 5월 23일, "與在先訪李鼎元 · 潘庭筠於潘之寓舍, 舍與吏部隣近. 潘設盛饌待之, 筆談如飛, 可補晉人淸談. 字香祖, 一字蘭公, 號秋庫, 亦曰蘭坨, 浙江錢塘人. 今年登第, 官庶吉士. …鼎元, 字煥其, 號墨莊, 亦今年登科, 官庶吉士."

乾隆四十三年戊戌科殿試金榜에 의하면 一甲 3인 중 1등은 戴衢亨이었고, 반정균은 二甲 51인 중 6등의 우수한 성적으로 합격했다. 李鼎元(李調元의 從弟)은 三甲 103인의 한 사람으로 합격했다.

7	法式善,『槐廳載筆』권8, "四十四年戊戌科, 庶吉士散館, 虛室生白賦, 賦得方諸見月, 得精字八韻, 第一名, 潘庭筠.";	黃叔璥,『國朝御使題名』, "乾隆五十五年 …潘庭筠, 字蘭公, 號德園, 浙江錢塘人, 乾隆戊辰〔戌〕進士, 由翰林院編修, 考選陝西道御使.";	馮金伯 纂輯,『墨香居畫識』권9,「潘庭筠(時敏附)」, "…以擧人授內閣中書, 成戊戌進士, 入詞林, 轉陝西道監察御使, 旋告終養, 歸主吾邑惠南書院.";	俞樾,『賓萌外集』권3,「潘蘭坨前輩稼書堂詩集序」, "甲辰(*1844)之夏, 潘君少梅, 以其先曾祖蘭坨前輩稼書堂詩集見示, 幷屬以一言序之. 嗟乎! 三十六科之前輩, 幾如古佛一尊, 百數十首之遺詩, 尙有奇光千丈. …先生始官綸閣(*內閣中書), 繼入玉堂(*翰林庶吉士), 以東觀詞臣(*翰林編修)拜西臺御使(*陝西道監察御使). …先生十年奉父, 一疏辭官.";	吳振域 輯,『國朝杭郡詩續輯』권20,「潘庭筠」, "戊戌進士, 授編修, 擢陝西道御使, 有稼書堂遺集.(…官侍御後, 里居養親. 主講萬松書院.)";	秦瀛,『小峴山人集』, 文集 권4,「重修敷文書院記」, "敷文書院在鳳山門外萬松嶺上, 舊名萬松書院. …以嘉慶二年四月經始, 六月訖功, …適御使仁和潘德園

先生, 以子養在籍, 延之爲院長. 諸生旣慶得師, 而又樂書院之重新也."; 童槐, 『今白華堂詩錄補』권1, 古體詩, 「鳳山行 敦文書在鳳山門外…」, "先生降席卻皁比, 主者行廚出絳帳(掌敎潘德園侍御, 招至齋中晚飯, 會者七八人. 侍御曰: '兩浙名士盡在此矣.' 看烝錯雜兼伊蒲[潘侍御奉佛茹素])"; 姚鼐, 『惜抱軒詩文集』, 詩集 권10, 「將去杭州 項秋子(墉)邀餞余及持衝於其宅 同會者 孫心蒔侍講(效曾)・孫貽穀觀察(嘉樂)・潘蘭垞道長(庭均) 以一詩留別諸君」; 徐永斌, 「明淸時期杭州的文人治生」, 『安徽史學』第3期, 2010; 정민, 『18세기 한중 지식인의 문예공화국―하버드 옌칭도서관에서 만난 후지쓰카 컬렉션』, 문학동네, 2014, 72~73면 참조.

8 洪亮吉, 『更生齋詩續集』권4, 徑山大滌集, 「元夕西湖泛雨雜詩」, 제4수, "只惜丙寅元旦日, 喪他六十七詩翁(潘侍御庭筠, 以元旦日辭世, 年六十七)."; 吳振域 輯, 『國朝杭郡詩續輯』권20, 「潘庭筠」, "戊戌進士, 授編修, 擢陝西道御使, 有稼書堂遺集.(…官侍御後, 里居養親. 主講萬松書院. 長齋學佛, 喜從方外遊. 追封翁以壽終而矣, 尋亦下世.)"; 葉玉, 「黃易訪碑活動與交友」, 中國美術學院 博士論文, 2009, 103~104면 참조.

   金善民의 『觀燕錄』 1805년 1월 23일 기사에 "…仍問玉水(*曹江)云: '潘庭筠, 近做何官?' 曰: '現居吏部尙書, 早晩當升閣老.' 曰: '可得見未?' 曹曰: '潘年已衰謝, 不肯與外國人通情.' 余問: '年紀幾何?' 曰: '七十有餘.'"라고 했으나, 이는 아마도 반정균과 紀昀(1724~1805)을 혼동한 것이 아닌가 한다.

9 『담헌서』 외집 권2, 『간정동필담』, 1766년 2월 5일, "蘭公書曰: '…弟雖忝居中土, 平生知交, 不過一二人. 如嚴力闇兄之外, 僅有其兄九峯先生名果者與吳西林先生, 皆師事之."; 엄성, 『철교전집』3, 外集, 詩集題辭, 「冀上之英集序」, 「又(潘庭筠)」.

10 엄성, 『철교전집』4, 朱文藻, 「日下題襟集叙」, "今年鐵橋客閩, 閏秋之月, 秋庫得洪大容去秋所寄書及墨, 凾致客中, 幾四千言.'; 『철교전집』5, 『일하제금집』下, 洪高士尺牘, 「又與九峯書」, 又附「與秋庫書」, 又附「與潘其祥年伯書」; 유득공, 『中州十一家詩選』, 「潘秋庫庭筠」, "湛軒歸國, 源源致書, 後遂衰歇. …現官中書舍人, 在京師, 爲致巾衍集, 得其序文評點."; 『乾淨後編』2, 癸巳(1773)七月, 「與九峯書」, "聞蘭公致身近密, 宜嫌外交, 不復敢以信札相干.", 丁酉(1777)三月, 「潘秋庫韓國[客]巾衍集跋」; 『中士寄洪大容手札帖』4, 潘秋庫, 「湛軒大兄先生書」, 218~219면, "判袂以來, 忽忽十餘載, 音問濶疎者五六年. 知己天涯, 惟此尺書, 可以達悃, 中間復因人事錯迕, 動多顧

忌, 未獲修函. 弟前後家居者四閱歲. 方蓉洲致手敎, 時適日趨秘省, 雖在戚里, 亦未易會晤, 恐涉溫樹之嫌. 遂致闕然久未裁答, 此次在都, 職司於外, 稍得以筆墨酬對. 今春柳公彈素來, 方幸得因李吏部(*李調元)訂期一晤. 遽逢國恤, 敬謹在署, 齋宿二十餘日, 遂未謀面. 已作一札擬寄, 又復不果, 抱疚寸衷, 曷勝歉仄?"; 李德懋·柳得恭·朴齊家·李書九, 『箋註四家詩』, 翰南書林 1921, 「潘序」.

11   이덕무, 『청장관전서』 권67, 『입연기』 하, 1778년 5월 23일, 27일, 29일, 6월 3일, 6일, "往潘蘭坨之館. …因手書余之堂額靑莊館, 筆勢端正, 又撰余詩集序以贈之, 遣辭淸妙, 但有脂粉氣.", 11일, 13일; 李書九, 『薑山詩集』, 潘庭筠, 「序」 및 「評語」(『薑山全書』, 성균관대 대동문화연구원, 2006, 58~59면); 『中士寄洪大容手札帖』 1, 68~73면, 洪葆光에게 보내는 반정균의 서신과 홍대용의 시집에 대한 서문(1778. 6.); 柳得恭, 『熱河紀行詩註』, 「潘秋庫御使」, "戊戌夏, 懋官次入燕定交, 又序洌上周裒集."

12   유득공, 『열하기행시주』, 「潘秋庫御使」; 朴齊家, 『貞蕤閣三集』, 「懷人詩 仿蔣心餘」, 〈潘德園(庭筠)〉; 「續懷人詩十八首」, 〈潘香祖(庭筠)〉; 「燕京雜絶」, 제35수 "潘公南下日, 倉卒尺書憑. 濃厚莫回頭, 此語當鏤膺.(潘侍御史庭筠, 遭故南下, 寄余書云: '大約濃厚處莫留連.' 余心服斯言.)"; 朴長馣 撰, 『縞紵集』 상, 권1, 「潘庭筠」 附筆談, "洪湛軒先生家, 後人何如?(潘) 職事繁, 未能數相問. 其子(*洪薳)亦通音律云(先君)"; 『호저집』 하, 권1, 반정균, 「奉答貞蕤先生」, 「寫贈楚亭先生」, 「重晤次修先生 率成一絶 幷存沒口號三首奉政」, "不見炯菴(*이덕무)逾十載" "耳根久斷湛軒琴 …聞有嗣人能述作, 好將操縵繼淸音." "金生(養虛)豪氣洗酸寒.", 「無題尺牘」, 第2書, "先生東行, 庭筠卽聞先慈訃音, 終天抱痛, 不可言說. 今摒擋匍匐而南矣."

13   『담헌서』 외집 권2, 『간정동필담』, 1766년 2월 12일, "力闇曰: '蘭公只望如米·趙二公之類, 亦恐終身不到.'"; 2월 16일, "力闇曰: '蘭公係好畫之人, 是以易多.'"; 엄성, 『철교전집』 3, 外集, 周錯, 「嚴孝廉事狀」, "錢塘潘子蘭坨, 工魏隸, 穠麗可喜."; 이덕무, 『청비록』 3, 「潘秋庫」, "書畫雙絶"; 유득공, 『中州十一家詩選』, 「潘秋庫庭筠」, "書畫雙絶. 慕米南宮·趙承旨(*趙孟頫)爲人."; 이서구, 『薑山初集』 권4, 「秋日懷秋庫居士」, 제1수, 주, "洪湛軒乾淨友錄, 潘秋庫慕米南宮·趙文敏(*趙孟頫)爲人, 妻湘夫人亦能詩."(『薑山全書』, 39면); 남공철, 『금릉집』 권1, 詩, 「題洪湛軒(大容)家藏潘香祖書畫卷」; 권23, 書畫跋尾, 「潘嚴二名士詩牘紙本」, "余嘗從人借見洪知縣(*태인현감)大容家所藏

潘庭筠書畫數十餘本. …又後惠甫(*유득공)贈余潘詩一卷, 余爲序, 以見其中心愛好之意. 今此幅乃詠鸚鵡二首."; 法式善, 『梧門詩話』 권6, "潘德園侍御, 與余交最先, 詞賦富麗, 尤精繪事. 余見其題自畫桃柳小幅云, …昔人謂鄭虔三絶, 吾於德園亦云."; 翁方綱, 『復初齋外集』, 詩卷 제12, 「味外閣古松歌(潘蘭坨吉士, 爲秦小峴(*秦瀛)舍人畫)」; 馮金伯 纂輯, 『墨香居畫識』 권9, 「潘庭筠」, "其韻春和, 其致秋潔, 尤喜歸依淨域, 洗浣濁流, 持齋誦經, 蕭然物外. 自言: '於繪事, 向極硏究, 解悟後, 棄捐一切. 惟隨筆寫水墨花卉, 以應索而已.'(정민, 앞의 책, 72~73면 참조); 彭蘊璨, 『歷代畫史彙傳』 권17, 「潘庭筠」, "硏究繪事, 歸依淨域, 捐棄一切, 惟隨筆, 作水墨花卉."; 반정균, 「高士讀書」, 「老松掛月」, 『澗松文華』 83, 한국민족미술연구소, 2012, 44~45면(그림), 124~125면(해설); 김현권, 「김정희파의 한중회화교류와 19세기 조선의 화단」, 고려대 박사논문, 2010, 81면 참조.

14 李格, 『杭州府志』 권94, "舊月樓稿, 錢塘潘庭筠妻朱氏撰."
   '湘夫人'은 굴원의 『九歌』에 등장하는 湘水의 女神으로, 반정균 부인 주씨의 예명인 듯하다. 또 그녀의 시집이 문헌에 따라 "『舊月樓詩』 一卷"(『간정필담』, 1766년 2월 16일), "『舊月樓集』"(『을병연행록』, 1766년 2월 16일; 이덕무, 『雅亭遺稿』 3, 詩 3, 「論詩絶句 有懷篠飮·雨邨·蘭坨·薑山·冷齋·楚亭」, 제3수, 주, "潘室湘氏著舊月樓集."), "『舊月樓詩集』"(이덕무, 『청비록』 3, 「潘秋㢠」; 유득공, 『中州十一家詩選』, 「潘秋㢠庭筠」)으로 조금씩 다르게 소개되어 있다.

15 『을병연행록』, 1766년 2월 8일(소재영 외 주해, 517~519면); 규장각 등 소장본 『간정필담』, 1766년 2월 8일, "蘭公曰: '東方婦人有能詩者乎?' 余曰: '我國婦人, 惟以諺文通問訊, 其父母未嘗使之讀書. 況詩尤非婦人之所宜, 是以, 雖或有能之者, 聞之者不以爲奇. 故亦不敢聞(問)世.' 蘭公曰: '中國亦絶少能詩者, 而或有之, 則仰之若慶星景雲.' 力闇曰: '他之夫人能詩. 故其言如此, 婦人能詩, 豈是好事?' 因向余誦: '無非無儀, 惟酒食是議, 無父母眙罹.' 蘭公曰: '然則關雎·葛覃, 非聖女之詩乎?' 余曰: '有聖女之德則可, 無聖女之德則或歸於蕩. 此則闇兄之論甚正. 蘭兄之琴瑟和鳴, 樂則樂矣, 比之慶星景雲則過矣.' 蘭公曰: '貴國景樊堂許莛之妹, 以能詩名入於中國選詩中, 豈非幸歟?' 余曰: '女紅之餘, 傍通書史, 服習前訓, 行修閨閤, 實是婦人之高處. 若修飾文藻, 以詩律名著, 恐終非正法.(*)' 平仲求見蘭公詩, 蘭公出一詩示之, 題云次湘夫人韻. 其詩忘未記, 而盖以未見其妹之婚爲恨. 一句云, 嫂氏催粧

詩. 余故問: '湘夫人誰也?' 蘭公笑曰: '賤內.'"

위의 인용문 중 밑줄 친 부분은『담헌서』의『간정동필담』과 크게 차이나는 구절이다. 이덕무의『천애지기서』에는 (*)에 "此婦人詩則高矣, 其德行遠不及其詩. 其夫金誠立才貌不揚, 乃有詩曰: '人間願別金誠立, 地下長從杜牧之.' 卽此可見其人.' 蘭公曰: '佳人伴拙夫, 安得無怨?'"이 더 있다. 그에 이어서『을병연행록』에는 반정균의 허난설헌 옹호 발언에 대해 홍대용이 반박하자 반정균이 이를 수긍하고 사과하는 내용이 더 있다.

16 이덕무,『청장관전서』권34,『청비록』3,「潘秋庫」, "妻湘夫人亦工詩, 有舊月樓詩集, 幾欲出示, 湛軒莊士也, 李〔素〕不喜詩, 談次以婦人能詩爲不必佳, 遂憮然而止."

이덕무는 1777년 반정균에게 보낸 서신에서, 전에 홍대용으로부터 湘夫人의 시집이 있다는 말을 들었다고 하면서 刊本이 있을 터이니 한 부를 보내달라고 요청했다(『청장관전서』권19,『아정유고』11, 書 5,「潘秋庫[庭筠]」, "前因湛軒, 聞先生賢閤湘夫人有舊月樓集. 閨庭之內, 載唱載和, 眞稀世之樂事. 詩品, 與桐城方夫人·會稽徐昭華何如也? 似有刊本, 願賜一通, 留爲永寶.").

17 『을병연행록』, 1766년 2월 16일(소재영 외 주해, 594~595면); 규장각 등 소장본『간정필담』, 1766년 2월 16일, "平仲: '頃見蘭兄詩, 足知內相之鼓瑟, 拘於俗態, 囁嚅而不敢問矣.(*)' 蘭公曰: '弟詩不佳, 賤荊亦不能過我. 恨不記其一二語, 以供一笑也.' 平仲: '終不肯見示, 弟何敢強請?' 蘭公曰: '有舊月樓詩一卷. 惜不携來, 不能呈教, 恨事.' 力闇曰: '終不肯見示一二, 然則前言殆假耳. 弟亦何難說賤荊能詩乎? 如言實在不記得, 則老兄乃天下第一無情之漢, 否則亦天下第一沒記性莽人矣.' 相與大笑而別."

위의 인용문 중『담헌서』의『간정동필담』에는 (*)에 "未知其詩與蘭公高下如何, 蘭兄前有開端, 而終不我聞."이 더 있는 반면, 밑줄 친 부분이 크게 다르거나 삭제되었다.

18 鄭澐修·邵晉涵 纂,『杭州府志』권101, 烈女,「嚴誠妻蔣氏」, "公擧事實, 氏名庸貞, 年十九歸嚴, 女紅之暇, 間作小詩, 年三十而寡. 子才十歲, 撫之成立. 嘗集古賢之少孤者爲一編, 名曰訓孤錄. 詩附小淸凉室詩稿後."

19 胡媚媚,「淸代詩社硏究-以六詩社爲中心」, 浙江大學 碩士論文, 2013, 28~30면 참조.

20 曾禮軍,「淸代兩浙文學世家的時空分布與文學建設」,『浙江師範大學學報』

(社會科學版) 第1期, 2013 참조.

21 1861년 冬至正使 申錫愚가 북경에서 錢塘 출신의 光祿寺少卿 程恭壽를 만
났을 때 반정균을 아느냐고 묻자, 정공수는 반정균의 딸은 字가 許白老人
이고 『不櫛吟』이라는 시집이 있다고 답했다(신석우, 『海藏集』 권16, 『入燕
記』, 「程少卿委訪」; 김명호, 『환재 박규수 연구』, 창비, 2008, 379~380면).
그러나 이는 潘佩芳과 潘素心을 혼동한 것이 분명하다. 潘素心은 紹興人
潘如炯의 딸로, 袁枚의 여제자 중 한 사람이었으며 시집으로 『不櫛吟』이 있
다. 그녀의 자가 '佩芳'과 비슷한 '佩蘭'이어서 정공수가 착각했던 것 같다.

22 『담헌서』 외집 2, 「간정동필담」, 1766년 2월 8일, "余問蘭公曰: '令郎年紀
幾何?' 蘭公曰: '豚兒七歲, 次者四歲矣.' 余曰: '皆命名耶?' 蘭公曰: '長曰時
敏, 次曰學敏.'"; 馮金伯 纂輯, 『墨香居畵識』 권9, 「潘庭筠」, "令嗣時敏, 字遜
伯, 號小煙, 善畵仙佛."(정민, 앞의 책, 72~73면 참조); 彭蘊璨, 『歷代畵史彙
傳』 권17, 「潘時敏」, "字遜伯, 號小烟, 庭筠子. 喜仙佛."; 권68, 「潘佩芳」, "侍
御潘庭筠女, 海鹽朱〔朱〕文珮室. 畵蘭, 法錢載. 乾隆丙戌生, 丁未卒, 年二十
有二(『文會堂詩鈔』 小序)"; 李放, 『皇淸書史』 권10, 「潘學敏」, "字閏仲, 號
初晴, 別號湛然道人. 錢塘廩貢官, 遂昌訓導, 精書法.(『杭郡詩三輯』)", "潘恭
壽」, "字履謙, 號帶銘, 仁和人. 道光十一年鄕試第一, 官天台敎諭, 工書.(『越
縵堂日記』)"; 錢泳, 『履園叢話』 권13, 「科第」, "…其孫恭壽, 中道光辛卯恩科
解元."; 潘庭筠, 「山東兗州府運同知錢塘黃君墓志銘」, 浙江博物館藏(『中國
古代書畵圖目』 권11, 黃易, 『山水六開册』, 文物出版社, 2000); 『燕杭詩牘』,
「洪三斯先生崇啓」(仁和潘恭壽謹械)(*1832.1.6.), "壽猥以菲才, 幸領鄕薦.";
『國朝杭郡詩三輯』, 「潘承翰, 字少梅, 仁和增貢, 有城東草堂詩. 少梅爲德園
侍御元孫〔曾孫〕."(丁丙撰, 『武林坊巷志』, 杭州: 浙江人民出版社, 1988, 第
6冊, 646면에서 재인용); 徐雁平 編, 『淸代文學世家姻親譜系』, 南京: 鳳凰
出版社, 2011, 427면, "潘庭筠曾孫, 潘學敏孫, 潘承翰【娶】周紹蓮女(浙江仁
和).(『浙江鄕試同年齒錄[道光庚子恩科]』)"; 譚獻, 『譚獻集』, 羅仲鼎·兪浣萍
點校, 杭州: 浙江古籍出版社, 2012, 上, 24~25면, 「稼書堂詩敍」, "鄕先生潘
惺盦侍御遺詩四卷, 曾孫恬盦丈以授獻."; 兪樾, 『賓萌外集』 권3, 「潘蘭垞前
輩稼書堂詩集序」(兪樾, 『春在堂隨筆』, 徐明·文靑 校點, 瀋陽: 遼寧敎育出
版社, 2001, 2, 20면), "潘蘭垞前輩稼書堂詩集序"; 宋巧燕, 『詁經精舍與學海
堂兩書院的文學敎育硏究』, 濟南: 齊魯書社, 2012, 49면.
그밖에 반정균의 조카딸인 吳雙玉도 요절한 여성 시인이었고 조카 吳上傳

도 시인이자 서예가로 알려졌다(彭蘊璨, 『歷代畫史彙傳』 권67, 「吳雙玉」, "字琴君, 又字香幢. 錢塘小宛女, 舅氏潘德園, 撫爲己女. …工詩能琴."; 潘衍桐, 『兩浙輶軒續錄』 권22, 「吳上尊」[字典夔, 仁和諸生. 著能改齋詩集], "…少孤, 學于舅氏潘蘭公侍御, 詩文得其指授, 工草書及大小二篆.")

23　『담헌서』 외집 권2, 『간정동필담』, 1766년 2월 3일, "余曰: '貴處學者遵何人?' 蘭公曰: '皆尊朱子.' 余曰: '遵陽明者亦有之乎?' 蘭公曰: '陽明大儒, 配享孔廟. 特其講良知與朱子異, 故學者勿宗. 間有一二人, 亦不甚著.' …蘭公曰: '事業須從誠意正心做來, 陽明格物致知, 尙有餘憾耳.' …蘭公曰: '僕年二十時, 已誦十三經諸史. 然質魯健忘, 終無成就, 可愧! 但學必以聖人爲主, 雖諸子百家無所不覽, 其歸則反之於六經而已.'"; 2월 4일, "張譯宅謙問曰: '今亦有性理之學如陳白沙·王陽明者耶?' 蘭公曰: '國朝大儒, 陸淸獻公諱隴其, 配享孔廟. 其餘湯文正公諱斌·李丞相光地·魏諱象樞, 皆大儒希賢者也.' 又問曰: '明時朱·陸之學相半, 今亦然耶?' 蘭公曰: '今天下皆遵朱子.'"

24　『담헌서』 외집 권2, 『간정동필담』, 1766년 2월 3일, "蘭公曰: '年少失學, 未嘗潛心正學.'"; 2월 12일, "余曰: '蔡西山論定者見之否?' 蘭公曰: '西山之書曾見之, 已忘之久矣.' 余曰: '律呂新書朱子序文中有八陣圖云云, 而未曾得見.'"; 蔡元定, 『律呂新書』 권1, 朱熹, 「序」 "…而又以其餘力, 發揮武侯六十四陣之圖, 緖正邵氏皇極經世之歷, 以大備乎一家之言, 其用意亦健矣. 予雖老病, 儻及見之, 則亦豈非千古之一快也哉!"; 『欽定續通志』 권166, 圖譜略 2, 儀制, 兵防, "宋 蔡元定 八陣圖說"

25　彭蘊璨, 『歷代畫史彙傳』 권17, 「潘庭筠」 조에 "研究繪事, 歸依淨域, 捐棄一切, 惟隨筆, 作水墨花卉."라고 했다. "歸依淨域"은 반정균이 淨土宗을 믿었다는 뜻이다. 그의 아들 潘時敏도 부친을 따라 정토종을 신봉했다고 한다(比丘明復, 『中國佛學人名辭典』, 中華書局, 1998, 582면, 「潘時敏」, "父庭筠, 奉佛唯謹, 時敏少承家教, 淨持五戒, 虔修唱名之法. 工畫佛像, 時以贈人. 有求者, 不計貧富, 皆喜予之.").

26　『담헌서』 외집 권2, 『간정동필담』, 1766년 2월 8일, "蘭公自外入來, 見力闇喜觀楞嚴之語, 曰: '此經, 弟沐手誦之. 幷好手寫佛經.'"; 2월 17일 "力闇曰: '牧齋亦佞佛, 自著楞嚴義疏百卷, 可謂大觀.' 蘭公曰: '弟家有牧齋楞嚴稿本, 乃親筆所書.'"; 吉川幸次郞, 「居士としての錢謙益－錢謙益と佛教」, 『吉川幸次郞全集』 16, 東京: 筑摩書房, 1985; 王紅蕾, 「錢謙益『大佛頂首楞嚴經疏解蒙鈔』考論」, 『世界宗教硏究』 第1期, 2010 참고.

27   『中士寄洪大容手札帖』4, 潘秋庫,「湛軒大兄先生書」(*1777. 3.), 219~220면,
      "近年撰書何著? 想程朱之學, 已登堂奧, 身心性命, 必大有所得耳. 弟家居時,
      涉獵二氏之書, 於釋典畧有所窺. 於自性切緊處, 頗覺有門可入, 所謂第一義
      者在此. 回觀聖人之書, 其精微處, 同一義諦, 始知世儒紛紛爭辨, 皆屬貢高我
      慢, 客氣好名, 殊末嘗沿洄性海. 一切所學, 當大事現前, 全靠不著也. 未知足
      下以爲何如, 亦頗以弟所知解爲然否."

28   유득공,『열하기행시주』,「潘秋庫御使」,"至是, 次修先訪之, 香祖方深居謝
      客, 掛觀音像, 朝夕頂禮." 박제가,『貞蕤閣三集』,「懷人詩 仿蔣心餘」,〈潘德
      園(庭筠)〉,"蘭公夙緣重, 万里三相見. 漸看禪理精, 偏憐宦遊倦. 拈花送遠
      客, 經聲度深院.";「續懷人詩十八首」,〈潘香祖(庭筠)〉,"千花成堆禮瞿曇, 憶
      共觀音寺裏譚. 聞說長齋潘御史, 乞攜埜笠過江南."; 朴長馣 撰,『縞紵集』상,
      권1,「潘庭筠」附筆談, "先生與兩峯皆佞佛, 今日借一席, 談因果何如?(先生
      〔先君〕)"; 法式善,『梧門詩話』권6 "羅兩峯 近來歸依佛法 與潘德園(庭筠)侍
      御 作同參友. 辛亥(1791)侍御丁内艱歸里."; 許宗彥,『鑒止水齋集』권4「潘
      德園(庭筠)侍御輓詩」,"早列朝榮趨禁近, 晩耽禪悅慕伽陀."
      羅聘,『正信錄』(蘇州: 弘化社, 1931) 卷首에 반정균의 서문과 함께 王昶·翁
      方綱(1794. 12. 19.)·江藩의 서문 및 나빙의 自序(1791)가 있다.

29   朴長馣 撰,『縞紵集』하, 권1, 반정균,「無題尺牘」, 第2書,"儒釋同源, 卽各分
      門徑, 亦須趨向眞切, 眞儒眞釋, 方是切己之事. 濃厚處, 容易忘大通. 人我相
      重, 亦祈不必作分別見, 爲要次修先生."

30   김정중,『연행록』,「奇遊錄」,〈雜錄〉,"潘庭〔筠−누락〕, 錢塘人, 善讀文, 喜歌
      詩, 官翰林學士. 今祝髮逃禪, 講法於道林寺云."

3부 5장

1   『담헌서』외집 권2,『간정동필담』, 1766년 2월 3일, "蘭公曰: '九峯先生, 名
      果, 大名士, 乃力闇兄之令兄也. 二人, 時人比之機·雲·軾·轍. 詩文大集盈
      笥, 與吾郷吳西林先生極相好, 年四十餘, 高雅絶俗, 非寻常諸生之比.'"; 엄
      성,『철교전집』3, 外集, 吳綸,「嚴先生小傳」,"與兄九峯先生齊名."

2   엄성,『철교전집』1, 詩存, 九言體,「題九峯爲朱朗齋畫烟江避知圖」,"吾兄九
      峯先生非畫師, 往往自以筆墨相娛嬉. 平生最與朱三有同好."; 朱文藻,『朗齋

遺稿』권2,「六月望日 宿嚴古緣寓齋 分得南字」,「嚴古緣卒后 以所藏檀園
書冊出售 因題詩冊尾 貽汪天潛」; 胡濤, 『古歡堂詩集』 권3, 「弔嚴古緣」; 鄭
澐修·邵晉涵 纂, 『杭州府志』 권59, 藝文, "古緣詩文集六卷 畫錄一卷(擧人
仁和 嚴果敏中撰); 권146 文苑 3, 「嚴誠」, "…兄果爲編定遺集. 果, 字敏中,
三十五年擧人, 亦以文學著. 好施與, 廣交游, 宏獎後進. 耆游山, 恒子身, 往
兩峯幽邃處, 吟詠自適."; 彭蘊璨, 『歷代畫史彙傳』 권40, 「嚴果」, "字敏中, 號
九峰, 仁和人. 乾隆庚寅擧孝廉. 偶然作畫, 簡古高逸, 與弟齊名. 性恬淡, 通
禪學, 詩宗陶·韋, 有古緣遺稿(兩浙名畫記)."; 阮元, 『兩浙輶軒錄』 권33, 「嚴
果」(字敏中, 號九峯, 晚號古緣, 仁和人, 乾隆庚寅擧人, 著古緣遺集). 「碧溪
詩話: '古緣與弟鐵橋, 並篤學, 有盛名. …其爲詩, 惟率天性, 不事穿鑿, 畫法
師檀園, 胸中自具溪山佳趣, 不假規摹卷軸. 晚年詣益精.'",「懷人雜詩」,「春
日憶朗齋」 등 엄과의 시 12題 수록; 延豐, 『重修兩浙鹽法志』 권25, 「嚴果」,
"字敏中, 乾隆庚寅擧人, 性孝友, 人品高潔, 工詩文. …作畫, 得李流芳筆意,
著有詩文若干卷. 弟誠, 字力闇, 號鐵橋, 乾隆乙酉擧, 工詩, 善書畫. 杭人竝
稱爲二嚴先生.(항주부지, 朱文藻撰傳)"; 沈初然, 『五硏齋詩文鈔』, 詩鈔 권
3, 鴻爪集, 「題嚴古緣果山水橫幅」,「哭嚴古緣孝廉」, "書畫高風在(古緣書
畫, 皆瓣香李檀園)"; 震鈞, 『國朝書人輯略』 권7, 「嚴果」(字敏中, 號古緣, 浙
江錢塘人), "作書, 眞行瘦挺, 隷法漢魏, 並爲時所珍(朱文藻, 碧溪堂集)"; 吳
顥 輯, 『國朝杭郡詩輯』 권25, 「嚴果」; 張寶齡, 『墨林今話』, 권5, 「鐵橋畫在
子雲林間」(정민, 『18세기 한중 지식인의 문예공화국－하버드 옌칭도서관
에서 만난 후지쓰카 컬렉션』, 문학동네, 2014, 40~41면 참조); 陳鴻森, 「朱
文藻年譜」, 『古典文獻研究』 19輯, 下卷, 南京大學 古典文獻研究所, 2016,
161~162면, 202면.

3 『담헌서』 외집 권2, 「간정동필담」, 1766년 2월 3일, "請問西林先生德行之
大略. 蘭公曰: '隱居修道, 無事不入城府, 有達官來見者, 必峻拒之. 一人與
侍郎·雷鉉通政官·錢維城, 皆先造門, 求觀著書而終不得.'"(규장각 등 소장
본 『간정필담』에는 밑줄 친 구절 중 "一人與"가 "莊存與"로 바로잡혀 있고,
"錢維城" 다음에 "侍郎"이란 직함이 추가되어 있음.); 『을병연행록』, 1766년
2월 3일, "서림 선생의 대강 덕행을 들으리라 하니, 반생이 가로되, '서림 선
생은 숨어서 도를 닦고 일이 없으면 성부(城府)에 들지 아니하니, 벼슬하는
사람이 나아가는 이 있으면 반드시 막고 보지 아니 하나니라.' 내 가로되,
'벼슬하는 사람을 보지 아님은 무슨 의사뇨?' 반생이 가로되, '이는 시속(時

俗) 관원을 보고자 아니 함이니, 시랑 장존여와 통정관 뇌현과 시랑 전유성은 다 일시의 이름 있는 재상이라. 문하에 나아가 보기를 청하고 지은 글을 구경코저 하니 종내 얻지 못하니라.'"(소재영 외 주해, 467면); 이덕무,『청장관전서』권63,『천애지기서』,「筆談」,"蘭公曰: '…西林隱居修道, 無事不入城府, 有達官來見者, 必峻拒之, 不欲見俗官也. 莊存與侍郎, 雷鈜通政官, 錢維城侍郎, 皆先造門, 求觀著書, 終不得.' 炯菴曰: '西林池(地)步已九分好! 士生斯世如此, 儘高. 達官若不俗, 則亦有可見之道. 俗官則己不以禮待士.'"

4 夫馬進,『朝鮮燕行使と朝鮮通信使』(名古屋大學出版會, 2015)에서는 "雷鈜은 雷鈜의 오류"라고 했다(371면; 후마 스스무,『조선연행사와 조선통신사』, 신로사 외 옮김, 성균관대출판부, 2019, 509면). 그러나 이는 강희제 玄燁에 대한 避諱로 '鉉'자를 '鈜'자로 개명한 것이다.

5 王昶,『春融堂集』권65,「吳西林先生小傳」(『淸代碑傳全集』권141, 王昶,「吳先生潁芳小傳」), "…晚年名益著. 通政使雷鈜, 視學兩浙, 鳴騶訪之, 索太極講義而去. 武進莊公存與, 典試浙江, 事竣, 肩輿出郭, 索其律管諸解, 卽吹鬮錄中之一二類也."; 阮元,『兩浙輶軒錄』권26,「吳潁芳」, "王昶傳略曰: '…甯化翠庭雷公, 視學兩浙, 鳴騶訪道, 得其周子太極講義而去. 武進方耕莊公, 典試浙江, 事竣, 肩輿出郭, 得其律管諸解而去, 卽吹鬮錄中之一二門也. 武進茶山錢公, 亦以學使報政時, 艤舟河干, 周咨移晷, 索觀所著而去. 醇儒抱道, 前輩虛衷, 士林傳爲佳話.'"; 蕭穆,『敬孚類稿』권14, 記事,「記甯化雷貫一副憲遺事」, "…先是公督浙學, 聞有處士吳潁芳, 通儒釋, 居杭州民山門外(李眉生丈云: '潁芳, 字西林.'). 乃往就見, 詢謀所及, 處士槪謝不知. 公歸數日復往訪之, 禮愈恭. 處士不復謝拒, 縱言不隱, 自晨至日中未已."

6 『淸史稿』권290, 列傳 77,「雷鈜」, "(乾隆)十年, 三遷通政使. …十五年, 還京, 命督浙江學政. …鈜和易誠篤, 論學宗程·朱, 督學政, 以小學及陸隴其年譜教士. 與方苞友, 爲文簡約沖夷, 得體要."; 張舜徽,『淸人文集別祿』, 臺北: 明文書局股份有限公司, 1983, 권5,「經笥堂文鈔二卷」(雷鈜);『淸史列傳』권23, 大臣畫一傳檔正編 20,「錢維城」; 蕭一山,『淸代通史』, 臺北: 商務印書館, 1976, 제5권,「淸代學者著述表」第六, 雷鈜, 461면; 陳其泰,『淸代公羊學』, 北京: 東方出版社, 1997, 60~79면.

7 『담헌서』외집 권2,『간정동필담』, 1766년 2월 4일, "余曰: '中國於喪家, 動樂娛尸, 極可驚駭.' 蘭公曰: '此皆習俗相沿, 古禮廢已久矣.' 余曰: '西林先生家, 亦用此耶?' 蘭公曰: '獨先生不然. 此外講古禮者亦有之.' 余云: '尊家幷從

西林之禮耶?'蘭公曰: '亦不能竟違俗尙, 擇其稍近禮者行之.' 又曰: '西林先
生居喪, 不茹葷飮酒, 不見客, 不作詩文, 不御琴瑟. 葬祭之禮, 以及衣冠, 與
世大殊. 其衣冠遵國朝制度, 喪服皆遵明制. 因國朝喪禮不頒於民間, 而先生
獨行之也.'"; 『을병연행록』, 1766년 2월 4일, "…반생이 가로되, '…본조(本朝)
의 상사(喪事) 예문(禮文)을 반포한 법령이 없는 고로, 선생의 상시(常時)
의관은 비록 본조의 제도를 좇으나, 상복에 이르러서는 홀로 대명(大明) 제
도를 좇아 시속의 비소(誹笑)함을 돌아보지 아닛나니라."(소재영 외 주해,
475면)

8 『담헌서』 외집 권2, 『간정동필담』, 1766년 2월 8일, "余曰: '古稱布衣之士,
今兄皆着紬衣. 未知古俗如是, 抑今尙侈而然?' 力闇打圈'尙侈'字, 曰: '此非
古俗, 吾輩從今俗.' 余曰: '西林先生亦何着?' 曰: '先生衣布衣, 帽極古. 偶一
入都, 人皆笑之.'"
규장각 등 소장본 『간정필담』에는 "余曰: '古稱士以布衣, 今見兄輩皆着錦
衣. 未知中國古俗自來如此耶, 抑邇來尙侈而然耶?' 力闇曰: '此非古俗, 吾輩
亦未免從俗. 世道相見之人, 大率如此.' 余曰: '西林先生衣帽, 亦如此耶?' 力
闇曰: '不同. 先生衣布衣, 帽極古舊. 偶一入城, 則人皆笑之矣. 凉帽之纓, 皆
馬尾. 其類甚多, 卽如京師之所尙者, 號爲皮碗兒. 此則雖我輩, 亦未嘗戴也.'
兩君問: '貴國不着錦衣耶?'"로 되어 있다. 밑줄 친 부분이 서로 크게 다르다.

9 『담헌서』 외집 권2, 『간정동필담』, 1766년 2월 8일, "余問西林先生德行之
詳. 力闇曰: '西林先生居杭城艮山門外四里許. 所著有吹豳錄八〔五?〕十卷,
手鈔七遍而後定本, 皆講樂律之書. 又著說文理董四十卷, 尙未定藁. 弟亦曾
爲校對, 時參末議. 先生虛懷之極, 無論是否, 皆許條記于書中, 以備決擇. 故
弟亦時時有駁雜之語, 而先生不以爲忤. 其詩宗漢魏盛唐, 特法律過于嚴謹
耳. 故如近人詩, 在先生觀之, 合作而無一可議者絶少. 其事母至孝, 先生年
六十, 時母已九十矣. 然暮歸則必就母所, 母已喪明, 則以手摩其頂. 先生喪耦
極早, 獨居三十年, 夜侍母睡, 如爬搔及敲背之類, 皆親爲之, 不以委婢妾等.
前三年母亡, 先生哀毁骨立, 孺慕如嬰兒. 特有一病, 好佞佛. 故于內典之書,
無不精貫.'…力闇曰: '殆有甚焉. 如楞嚴經, 先生極好之, 幷好談因果報應.'"

10 吳穎芳, 『臨江鄕人詩』, 『臨江鄕人集拾遺』, 叢書集成續編本; 袁枚, 『隨園詩
話』 권5, "杭州布衣吳穎芳, 字西林, 博學多聞. 嘗自序其詩曰: …西林與杭·
厲諸公同時角逐. 及諸公俱登科第, 而西林如故也.…"; 張維屛, 『國朝詩人徵
略』 권25, 「吳穎芳」, "…遂案典籍, 證衆器, 成吹豳錄五十卷. 次及六書尊許

氏之說, 成說文理董四十卷. 因六書而及音韻, 成音韻討論四卷. 又因說文而
考制字之源, 成文字源流六卷. 又取鍾鼎文字成篇可讀者, 釋文箋義, 成金石
文釋六卷, …(春融堂集)"; 李斗, 『揚州畫舫錄』권14, 「金農」, "…與丁龍紅(*
丁敬)‧吳西林, 號浙西三高士."; 『淸史列傳』권71, 文苑傳 2, 「厲鶚」附「吳
穎芳」, "生平博覽群籍, 常怪鄭樵通志務與先儒爲難, 於是取六書‧七音‧音
略, 一一尊先儒而探其源, 成吹豳錄五十卷, 說文理董四十卷, 音韻討論四卷,
文字源流六卷, 金石文釋六卷. …少與厲鶚善, 鶚甚之, …故存詩雖少, 而格
彌精."; 李格, 『杭州府志』권145, 「吳穎芳」, "字西林, 仁和人. 居艮山門外臨
江鄕. 祖父世業商賈. …究心律呂學, 著吹豳錄, 甚精. 又考證字書, 著說文理
董. 詩文脫盡塵壒, 晚耽禪悅, 沈潛內典. …(沈沆撰傳, 文獻徵存錄)"; 張之洞,
『書目答問』集部, 「小學家」; 支偉成(1986), 下, 小學家列傳第十二, 「吳穎
芳」, 317~318면; 蕭一山, 앞의 책, 제4권, 1929면("江浙小學家"의 한 사람
으로 소개함); 朱曙輝, 「雍乾杭州詩歌硏究」, 南京師範大學 博士論文, 2015,
138~147면; 陳鴻森, 「朱文藻年譜」, 앞의 잡지, 166~167면, 204면.

11　陳梓, 『刪後文集』권8, 「與吳西林書」, "尊著春社吹豳錄, 此東南第一奇書也.
雖猝未請讀, 然據所述, 能集唐宋以來諸儒之大成, 剖其異同而歸於一. 是直
可補紫陽翁季錄之闕矣. 然聞書田舍姪云: '西林先生, 近聞佞佛', 何也? 虎林
(*항주)人通病在此, 即應嗣寅先生亦不免中陽明之遺毒. …使千載而下, 論
虎林人物者, 輒嘆春社吹豳錄, 何等學問, 而誤于葱嶺, 終身迷惑, 不大可惜
哉?"; 王昶, 『春融堂集』권65, 「吳西林先生小傳」(『淸代碑傳全集』권141, 王
昶, 「吳先生穎芳小傳」), "兼通釋典, 著唯識論文釋二卷, 又卽其論中條例指
授學者, 謂之五要須知. 更有觀所緣緣論釋, 因明入正理論後記, 因明正理門
論各一卷. 東城餘庵僧蓮飮, 西城慧安寺僧超塵, 各受其書而傳之. …所著書,
門人項墉及仁和諸生朱文藻等校錄之以藏於家. 論曰: '…是時厲徵君久沒,
錢塘諸老宿, 零落殆盡. 兼通內外典無如先生者.'"; 楊宗羲, 『雪橋詩話』권7,
"譚仲儀論詩, 盛推臨江鄕人仁和吳西林穎芳, 其稱名于釋氏曰樹虛. …兼通
釋典, 硏唯識論尤精."; 支偉成, 『淸代朴學大師列傳』, 長沙: 岳麓書社, 1986,
下, 小學家列傳第十二, 「吳穎芳」, "邇來競倡道古金石文學與夫佛學之相宗,
不知百數十年前, 先生夙已開之, 轉以詩人目先生也, 嗟夫!"; 胡敬, 『崇雅堂
刪餘詩』, 권1, 「過朱朗齋夫子碧溪草堂」, 주, "師家藏有吳西林先生吹豳錄‧
說文理董及未刻詩稿, 是日出以見示."; 陳鴻森, 「朱文藻年譜」, 위의 잡지,
204면, 207~208면 참조.

오영방의 여타 저술로 『周易類經』(2권), 『周子太極講義』(1권), 『說文理董後編』(6권), 『金屑錄』(不分卷), 『列女傳』(1권), 『昭慶律寺志』(10권), 『辨利院志』(4권), 『酒旗詩集』, 『文選注雜擬詩注』 등이 있다.

12 『담헌서』 외집 권2, 『간정동필담』, 1766년 2월 17일, "蘭公曰: '麻衣草履, 以賊盜相待, 此西林先生所以終身不入試場也.'"; 王昶, 『春融堂集』 권65, 「吳西林先生小傳」(『淸代碑傳全集』 권141, 王昶, 「吳先生穎芳小傳」), "年十五而孤, 一赴童子試, 爲隷所訶, 曰: '是求榮而先辱也.' 自是不復應試, 壹志於讀書."; 徐珂 編, 『淸稗類鈔』, 狷介類, 「吳西林不應試」.
   『을병연행록』 1766년 2월 17일 기사에는 "반생(潘生)이 가로되, '삼옷을 입히고 풀신을 신겨 대접이 도적과 다름이 없으니, 이로 인연하여 서림 선생은 종신토록 과장(科場)에 발을 들이지 아니함이니라"(소재영 외 주해, 607면)로 되어 있어, '麻衣'와 '草履'가 상제의 차림새임을 간과했다. 夫馬進 譯註, 『乾淨筆譚 2』(東洋文庫 879, 東京: 平凡社, 2017)도 마찬가지로 오역했다 (29면).

13 자오위안, 『생존의 시대-명청 교체기 사대부 연구 2』, 홍상훈 역, 글항아리, 2017, 제6장 「유민의 생존 방식」 참조. 명 유민들의 독특한 생존 방식으로 불교로 도피하기, 명나라 衣冠이나 승복 입기, 두문불출하기 등을 들었다.

14 『담헌서』 외집 권2, 『간정동필담』, 1766년 2월 3일, "蘭公曰: '…吾鄕前輩高尙之士如徐介·汪渢·王曾祥數人, 亦皆不隨流俗, 能自卓然不朽者也. 徐·汪二人布衣, 革鼎後避世不仕. 王秀才, 三十餘, 卽棄擧子業, 不應試, 文章人品, 卓然可傳.'"

15 王士禎, 『感舊集』 권14, 「陸圻」(二首); 王士禎, 『漁洋詩話』 卷上, "陸圻, 字麗京, 號講山, 武林耆宿, 爲西泠十子之冠…."; 王士禎, 『香祖筆記』 권9, "武林陸圻, 字麗京, 晩號講山,…."; 朱彝尊, 『明詩綜』 권76, 陸培, 「絶命詩」; 주이준, 『靜志居詩話』 권20, 「陸培」, 권21, 「陸圻」; 吳慶坻, 『蕉廊脞錄』 권4, 「陸圻」, 「徐介」; 馮景, 『解春集文鈔』 권12, 「徐先生傳」; 全祖望, 『鮚埼亭集外編』 권30, 「題徐狷石傳後」; 丁申 撰, 『武林藏書錄』 卷下, 五十. 「徐孝先先生」; 王麗梅, 『杭州全書·西溪叢書·西溪雅士』, 杭州: 杭州出版社, 2012, 120면, 「陸氏三龍」; 陳杰, 「徜徉山水間如狂 -記塘栖名士徐孝直」, 『余杭史志』 第1期 (電子版), 余杭人物, 2013 참조.

16 王士禎, 『池北偶談』 권10, 「應·徐二高士」, "杭州應嗣寅徵士, 名撝謙. …同郡徐介字孝先, 陸圻景宣之甥也. 食貧隱居, 三十妻死不更娶, 一麻布頭巾,

數十年不易. 嘗集陶·杜詩各一卷.";『世宗憲皇帝上諭內閣』권82, 雍正 7년 6월 15일 內閣奉上諭;『大義覺迷錄』권4, 「雍正上諭」(呂留良, 『呂留良文集』, 徐正 等 點校, 杭州: 浙江古籍出版社, 2011, 下, 368면), "又云: '徐孝直終身衣直領, 戴孝頭巾, 言與先皇帝戴孝.'"

17　魏禧, 「高士汪渢傳」(『淸代碑傳全集』권124), "予嘗問渢曰: '兄事愚菴謹, 豈有意爲弟子耶?' 曰: '吾甚敬愚菴. 然世之志士, 擧釋氏, 牽誘去, 削髮爲弟子, 吾儒之室, 幾虛無人. 此吾所以不肯也.'"; 黃宗羲, 『吾悔集』권1, 「汪魏美墓誌銘」; 주이준, 『정지거시화』권19, 「汪渢」;『청사고』권501, 列傳288, 遺逸2, 「汪渢」, "…擧崇禎己卯鄕試, 與同縣陸培齊名. 甲申後, 自經死, 渢爲文祭之, 一慟幾絶, 遂棄科擧."; 徐珂 編, 『淸稗類鈔』, 隱逸類, 「汪魏美爲三高士之一」; 여유량, 「跋八哀詩曆後」, 兪國林 編, 『呂留良全集』, 中華書局, 2015, 1, 213면; 卞僧慧 撰, 『呂留良年譜長編』, 中華書局, 2003, 142~144면 참조.

18　王曾祥, 『靜便齋集』, 汪沆, 「序」; 雷鋐, 「兩王生小傳」, "杭太史蕫浦, 目空一世, 聞生歿, 嘆曰: '吾浙無王瞿, 讀書種子斷矣!' 瞿, 蓋生別字云."; 권5, 詩, 「上學使者雷翠庭先生」; 권6, 書, 「與杭蕫浦書」, 「上雷學使書」; 권7, 「杭蕫浦文集序」; 권8, 「書亭林文集後」, 「書梅村集後二則」;『四庫全書總目』권184, 集部 37, 「靜便齋集」.

19　王曾祥, 『靜便齋集』권1, 「懷吳西林」; 권4, 「聞米價漸平有喜」, 同作(陸飛篠飮), 「靜便齋爲風雨所破歌」, 同作(陸飛篠飮); 권5, 「冬日陸篠飮至自淮右 集靜便齋」, 「夏夕飮篠飮荷風竹露草堂」; 陸飛, 『篠飮齋稿』(初刊本), 「同凌紫雲·沈溶江·王茮檐 飮湖上酒樓 因棹舟至孤山」, 「淸明 同紫雲溶江茮檐 飮磚橋酒家」, 「和茮檐靜便齋爲風雨所破歌」, 「同茮檐過汪槐塘 留飮」, 「同王茮檐施愼甫汪塊塘 飮吳甌亭瓶花齋」, 「過茮檐舊居」, 「北野三老詩」〈王茮檐曾祥〉"王君外形骸, 爬搔時捫蝨. 敝衣曾不恥, 無食或可乞. 苦節報知己, 浮榮謝時哲. 痛飮已達生, 學佛事禪說. 心正筆乃端, 理約文自潔."; 엄성, 『철교전집』2, 文集, 「王茮檐靜便齋集跋」.

20　『담헌서』외집 권2, 『간정동필담』, 1766년 2월 17일, "力闇曰: '黃陶菴時文內有二句, '上也元纁束帛以加之, 則上重士, 而士因以自重. 上也詞章記誦以取之, 則上輕士, 而士亦因以自輕.' 此事總之, 上下交譏, 亦不得徒咎于上也.' 又曰: '古人有應試, 聞唱名而拂衣以去者, 此何人哉? 此時搜驗, 殆同于防賊, 不知此公處其時, 又何以爲情.'";『呂子評語』正編, 권14, 『論語』「先進」, '子路使子羔爲費宰'章, '居則曰'節, 黃淳耀文, "…元纁束帛以加之, 則上重士而

士知自重; 詞章記誦以取之, 則上輕士而士亦自輕, 其勢然也."(兪國林 編, 앞의 책, 8, 674면. 인용문 중 '元纁'은 곧 '玄纁'으로 흑색 폐백을 말한다. 고대 중국의 제왕은 현훈으로써 賢士를 초빙하는 예물을 삼았다.)

21 『明史』 권282, 列傳 170, 儒林 1, 「黃淳耀」; 沈佳, 『明儒言行錄』, 續編 권2, 「黃淳耀」; 『四庫全書總目』 권77, 『山左筆談』, 권172, 『陶庵全集』.

嘉定縣은 명나라 이후 南直隷 蘇州府에 속했으나 청 雍正 초에 泰倉直隷州에 소속되었고, 지금은 上海市에 속해 있다. 청초에 陸世儀·陸隴其·方苞 등은 모두 황순요의 팔고문을 칭송했으며, 청말의 曾國藩도 『曾文正公家訓』에서 팔고문은 황순요와 여유량 등의 글을 배워야 한다고 추천했다(황지영, 『명청 출판과 조선 전파』, 시간의물레, 2012, 119면, 158면, 161면; 卞僧慧 撰, 앞의 책, 433면).

22 이덕무, 『청장관전서』 권46, 李光揆 撰, 『磊磊落落書補編』(上), 「黃淳耀」, "黃陶菴先生, 少有盛名, 館於同里疢氏. 錢宗伯, 有一子名孫愛, 甫成童, 欲延師敎之, 商之程孟陽. 孟陽曰: '我有故人子嘉定黃蘊生, 奇士也. 宗伯厚幣延之, 待以殊禮.… (출전: 鈕琇, 『觚賸』. 이 책은 乾隆時 금서였음)"; 錢謙益, 『有學集』 권16, 「黃陶菴先生全集序」(『錢牧齋全集』 5, 740~742면); 兪國林 編, 앞의 책, 2, 1033면, 「呂留良著述目錄」, 3. 時文評點, "黃陶庵先生全稿, 黃淳耀撰, 呂留良評點. 康熙年間呂氏天蓋樓刻本. 前錄崇禎十四年辛巳錢謙益原序, 十五年壬午錢謙益黃蘊生制藝序."(蘊生은 황순요의 자임); 朱彝尊, 『明詩綜』 권76, 「黃淳耀」; 岡本さえ, 『淸代禁書の硏究』, 東京大 東洋文化硏究所 1996, 57면, 589면(附 「禁書著者一覽表」, 黃淳輝, 『黃陶庵先生全稿』 『呂選明文』 『陶庵文集』).

건륭 41년(1776) 황순요에게 '忠節'이란 시호가 내렸으며, 『사고전서』에도 『도암전집』이 수록되었다. 단 여기에는 吳偉業·陸隴其·주이준의 서문만 있고 전겸익의 서문은 없다.

23 錢大昕, 『潛硏堂集』, 上海古籍出版社 1989, 呂友仁, 「前言」, 15~16면; 『潛硏堂集』, 文集 권17, 「黃陶菴像贊」; 권22, 「記侯黃兩忠節公事」; 권32, 「跋黃陶庵札」; 木下鐵矢, 『『淸朝考證學』とその時代−淸代の思想』, 東京: 創文社 1996, 75~82면 참조.

전대흔은 건륭제가 文字獄을 대대적으로 일으키는 데 대해서도 암암리에 풍자한 글들(「洛蜀黨論」, 「答問」(八), 「說文新附考序」 등)을 남겼다(漆永祥, 『乾嘉考据學硏究』, 北京: 中國社會科學出版社 1998, 78면).

24 『담헌서』 외집 권2, 『간정동필담』, 1766년 2월 17일, "余曰: '錢牧齋何如
    人?' 蘭公曰: '此公雅絀曰浪子, 此眞知己.' 余曰: '浪子知幾潔身, 辭爵祿而遠
    引, 恐牧齋少此一着.' 蘭公曰: '少年爲黨魁, 末路乃爲降臣, 文章名世, 要是
    國家可惜人.' 力闇曰: '使其早死, 今人亦無訾之者.' 蘭公曰: '名德不昌, 乃有
    頤期[期頤]之壽.' 力闇曰: '牧齋人品無可言.' 余曰: '恐是反[半]上落下之人.'
    力闇領之. …蘭公曰: '…(牧齋)國初詩人, 與吳梅村·龔芝麓爲三大家, 皆明
    之達官而仕于國朝者. 吳晚年多悔恨之語, 此人差可.' 力闇曰: '牧齋亦佞佛,
    自著楞嚴義疏百卷, 可謂大觀. 然轉益支離, 徒眩人目. 且渠旣知楞嚴, 何自
    己惜此一死? 此亦佛敎之罪人也.'", "蘭公曰: '周延儒·魏德藻皆狀元, 而周延
    儒以大奸臣壞明國事, 魏德藻降李自成而被刑, 皆狀元中匪類也.'"(인용문 중
    '魏德藻'는 명나라 최후의 內閣首輔였던 魏藻德[1605~1644]의 오기임.)

25 『담헌서』 외집 권1, 杭傳尺牘, 「與鐵橋書」(엄성, 『철교전집』 5, 『일하제금
    집』下, 洪高士尺牘, 「九月十日與鐵橋」; 『乾淨後編』 권1, (丙戌)十月冬至
    使行入去 作書附譯官邊翰基, 「與鐵橋書」, "竊聞西林先生以宿德重望, 崇
    信佛氏, 精貫內典, 好談因果. 諒其志, 豈惟如愚民之蠢然於福田利益哉? 必
    將自以爲擇之精而必求其學之成, 推深造自得之妙而思敎天下以從己也.";
    『담헌서』 외집 권1, 杭傳尺牘, 「與秋庫書」別紙, "聞西林先生有詩學, 可得
    題品耶?"(『乾淨後編』 권1, 丁亥十月冬至使行入去 作書附譯官李彦容, 「與
    秋庫書」別紙, "東詩, 望諸兄各賜題品, 亦以廣質于當世師友, 乞其批評, 以
    敎海外孤陋. 竊聞西林先生有詩學絶高. 尤願得一言之敎也.")

26 이덕무, 『청장관전서』 권63, 『천애지기서』, 「筆談」, "炯菴曰: '西林池[地]步
    已九分好. 土生斯世, 如此儘高.…'." "炯菴曰: '…淸之喪禮不殞, 而士大夫不
    遵古禮, 廉恥掃地.'"

27 이덕무, 『청장관전서』 권19, 『아정유고』 11, 書 5, 「趙敬菴(衍龜)」③, "我國
    自羅麗以來, 至于百餘年前, 往往交結中國人士, 書札頻繁, 情意懇款, 此昭代
    盛事也. 今則防禁至嚴, 不可以外交也. 六十秊來, 金稼齋·李一菴以後, 無多
    聞焉. 走何嘗與中國人有書牘相酬之事也? 此欲爲而不敢爲者也, 傳者之不
    審也. 然嘗聞錢塘有嚴誠字力闇號鐵橋先生者, 文章道學, 綽有規範, 立志堅
    固, 見道通透, 年未四十, 不幸而卒. 其同鄉有吳西林先生者, 喪禮遵明制, 經
    明行脩, 至老而孝不衰. 著吹豳錄八十卷, 說文理董四十卷, 蓋卓立之士也. 今
    天下如此者不知其幾輩, 東國人無挾自恃, 動必曰: '中國無人.' 何其眼孔之
    如豆也?"; 「趙敬菴(衍龜)」④ "…世俗所見, 只坐無挾自持, 妄生大論, 終歸自

欺欺人之地. 只知中州之陸沉, 不知中州之士多有明明白白的一顆好珠, 藏
在袋皮子. 只獨自喃喃曰: '虜人夷人.' 何其自少乃尔! 其爲不虜不夷人者, 行
識見識, 果如中州人乎? 不也. 鄙人不敢窺執事學業之造詣, 而獨此慕中原一
段, 足爲海東人豪. 何者? 稱吳西林 · 嚴鐵橋曰先生, 何其眞也! 何其壯也! 獨
有洪湛軒大容, 胸次坦直, 往者游燕, 得見鐵橋, 論學定交, 多有筆談手札. 眞
當世通儒而不倍朱子者, 西林也." ; 「潘秋庫(庭筠)」①(*1777.4), "吳西林先生,
尙今康健否? 亦示其名字, 可也."

28　　박제가, 『貞蕤閣集』上, 詩集 1, 「戱倣王漁洋歲暮懷人六十首(幷小序)」,〈吳
　　　西林(穎芳)〉, "頭白江南萬里涯, 吹虀新錄等身誇. 先生佞佛君休笑, 周禮猶
　　　存孝子家."
　　　이 시의 結句 중 '周禮'가 『貞蕤閣初集』에는 '周子'로 되어 있다. 그러나 박
　　　제가의 아들 박장암이 편찬한 『호저집』에 인용된 시에도 '周禮'로 되어 있
　　　어 '周禮'를 취하기로 한다(『縞紵集』상, 卷首, 「郭執桓」附「吳穎芳」, "…是
　　　以觀先君褏西林詩曰: '頭白江南萬里涯, 吹虀新錄等身誇. 先生佞佛君休笑,
　　　周禮猶存孝子家.'"). 만약 '周子'라고 한다면, 이는 오영방이 저술한 『周子太
　　　極講義』를 가리키는 것으로 짐작된다.

29　　박지원, 『연암집』권11, 『열하일기』, 「盛京雜識」,〈粟齋筆談〉, "余曰: '吳西林
　　　先生, 諱穎芳, 杭之高士也. 未知與君爲宗族否?' 吳曰: '否也.'"; 권13, 『열하
　　　일기』, 「傾蓋錄」, "余問: '吳西林穎芳無恙否?' 汪曰: '吳西林先生, 吳中高士
　　　也. 年八十餘, 尙康强, 不廢著書.'"

30　　이덕무, 『청장관전서』권63, 『천애지기서』, 「筆談」, "炯菴曰: '明季高士, 指
　　　不勝屈. 盖想歷朝扶植王氣. 我國外服也. 然當時爲明守節者多, 亦是千古奇
　　　事. 今黃江漢國朝陪臣考, 凡四十九人, 皆卓然可傳者也.'"; 이덕무, 『청장관
　　　전서』권39, 『뇌뢰낙락서』(四), 「汪渢」; 권41, 『뇌뢰낙락서』(六), 「徐介」.
　　　이덕무의 아들 이광규는 『磊磊落落書補編』(上)(『청장관전서』권46)에 黃
　　　淳耀를 추가 · 소개했다. 成大中의 아들 成海應도 『皇明遺民傳』(『硏經齋全
　　　集』권39 및 권40)에 왕풍과 서개(육기의 조카)의 행적을 기록했고, 『明季
　　　書藁』(『연경재전집』권36)에 黃淳耀를 소개했다.

4부 ― 존명 의식과 우정론

4부 1장

1   『담헌서』외집 권2, 『간정동필담』, 1766년 2월 3일, "蘭公曰: '嚴兄見有詩集, 當呈覽.' 力闇掉頭辭之, 蘭公不聽, 自東炕持一册來, 指其中五十韻七古一篇曰: '有一達官欲薦于朝, 力闇毅然不往, 作此詩而拒之.' 余見畢曰: '旣愛其詩, 又敬高標, 我輩與有榮矣.'"

규장각 등 소장본『간정필담』에는 그 뒤에 "力闇微笑曰: '不敢.' 平仲曰: '見其詩, 想其人, 志氣豪邁, 不能俯仰於世也.'"가 더 있고, 『을병연행록』1766년 2월 3일 기사에도 해당 구절이 더 있다(소재영 외 주해, 463면).

2   『담헌서』외집 권2, 『간정동필담』, 1766년 2월 3일, "又曰: '諸公科期不遠, 當會心學業, 久坐煩擾, 恐不安.' 皆揮手曰: '不然. 吾輩至此, 本不用心於此.' 余曰: '然則不要登試乎?' 力闇曰: '要自要的, 但聽天命.' 且曰: '鄙等不是專意於名利者.'"; 2월 17일, "(力闇)又曰: '弟輩擧動, 大異紛紛之輩, 卽如擧業, 已絶口不談, 而同輩人皆以爲怪.….' …蘭公曰: '卽不借文代述, 亦無足道. 總之科目中庸人多, 而奇人千無一人耳. 古語云: '孝廉聞一知幾?', 今日科目中, 聞十而不知一者也.'"

위의 인용문 중 "今日科目中"을 『을병연행록』에서는 "요사이 거인들은"이라고 번역했다. 漢나라 때 효도와 청렴으로 뛰어난 인물을 향리에서 천거하는 과거의 급제자를 孝廉이라고 했다. 明淸代의 '거인'을 예스럽게 '효렴'이라고도 불렀다. 또 인용문 중 "孝廉聞一知幾?"는 後漢 때 40세 미만인 자는 효렴으로 천거하지 못하도록 제도를 개혁했던 尙書 左雄이 한 말이다. 그는 연령 미달에도 불구하고 효렴으로 천거된 徐淑이란 자에 대해 "옛날에 顔回는 하나를 들으면 열을 알았는데 효렴(서숙)은 하나를 들으면 몇이나 아는가"라고 힐문하여 물리쳤다고 한다(『後漢書』권61, 左·周·黃列傳第51,「左雄傳」).

3   『을병연행록』, 1766년 2월 23일, "육생(陸生)이 가로되, '우리는 비록 과장(科場)에 자취를 적쳤으나 본디 명리에 뜻이 업는지라.'"(소재영 외 주해, 648면);『담헌서』외집 권3, 『간정동필담』, 1766년 2월 23일, "起潛曰: '力闇與我等, 雖入名場, 本無榮慕.'"; 2월 24일, "篠飮答書曰: '飛頓首上湛軒老弟先生足下. 飛淪落不偶, 遇與人相稱, 自問百無一能, 久已無志名途. 去夏六

月, 始爲師長督迫, 朋友牽率, 乃以白腹應試, 不意倖售. 此行隨例計偕, 亦並無餘冀.'"

2월 24일 육비의 답서 중 "不偶"는 "不遇"와 같은 말이다. 또 "遇與人相稱"은 "境與人相稱"과 같은 말인데, 『을병연행록』에서는 "스스로 돌아보매 사람으로 더불어 서로 일컬으매"(소재영 외 주해, 677면)로 오역했다. 『국역담헌서』(민족문화추진회, 1974)나 夫馬進 譯註, 『乾淨筆譚 2』(東洋文庫 879, 東京: 平凡社, 2017)에서도 오역했다. 이 답서를 전재한 이덕무의 『천애지기서』 및 『연항시독』(陸篠飮, 「與洪湛軒」)에는 "不偶遇"를 "不遇"로 잘못 고쳐 놓았다. 또 "師長"은 스승과 나이 많은 어른에 대한 존칭이다. 육비의 『소음재고』, 「孝子詩」 서문에 의하면, 그의 스승은 仁和縣의 諸生인 姚麟祥이었다.

4   『담헌서』 외집 권2, 『간정동필담』, 1766년 2월 5일, "書曰: '弟之師門是淸陰玄孫, 而年六十五, 以遺逸見任國子祭酒, 而累徵不起, 閉居敎授, 學者宗之爲渼湖先生. 昨日忙未詳陳, 幷此及之.'"; 이덕무, 『청장관전서』 권35, 『청비록』 권4, 「農巖·三淵慕中國」, "淸陰先生五代族孫養虛堂在行平仲".
      김선행과 김재행의 5대조 金尙僑는 김상헌과 절친했던 그의 사촌형이다 (金尙憲, 『淸陰集』 권35, 「堂兄刑曹參判休菴先生墓誌銘[幷序]」). 참고로, 김원행의 家系는 生海-克孝-尙憲-光燦(系)-壽恒-昌協-崇兼-元行(系)이고, 김선행의 가계는 生海-元孝-尙僑-光煒-壽翼-盛大(系)-時叙-善行이다. 김재행은 김선행과 증조부(김수익金壽翼)가 같은 족형제이다. 따라서 『일하제금집』에서 엄성이 김재행을 김상헌의 '姪曾孫'으로 소개한 것은 부정확하다(엄성, 『철교전집』 4, 『일하제금집』 上, 「金秀才」, "鐵橋曰: 金秀才在行 …淸陰先生姪曾孫也, 金宰相之弟.").

5   『담헌서』 외집 권2, 『간정동필담』, 1766년 2월 3일, "潘生聞平仲之姓, 問曰: '君知貴國金尙憲乎?' 余曰: '金是我國閣老, 而能詩能文, 又有道學節義. 尊輩居八千里外, 何由知之耶?' 嚴生曰: '有詩句選入中國詩集, 故知之.' 嚴生卽往傍炕, 持來一冊子示之, 題云'感舊集.' 盖淸初王漁洋集明淸諸詩, 而淸陰朝天時, 路出登·萊, 與其人有唱酬, 故選入律絶數十首焉. 余乃曰: '我們此來, 非偶然也.'"; 『을병연행록』, 1766년 2월 3일(소재영 외 주해, 461면).
      위의 인용문 중 밑줄 친 대목이 이덕무의 『천애지기서』(『청장관전서』 권63)에는 "湛軒曰: '金, 他之族祖. 道學節義, 我國聞人. 何由知之?' 力闇曰: '有詩, 選入中國感舊錄.'"으로 되어 있다. '感舊錄'은 '感舊集'의 오기이다. 또

『淸脾錄』3,「王阮亭」(『청장관전서』 권34)에는 엄성이 아니라 반정균이 『감구집』을 보여 주었던 것으로 되어 있다("嘗倣元裕之中州集例, 編感舊集八卷, 亦收先生詩. 丙戌謝恩使到燕, 行中適有先生傍孫名在行. 遇錢塘嚴誠·潘庭筠, 先問: '貴國知有金尙憲否?' 遂以宗對, 潘感慨久之, 贈其篋中所携感舊集一部.").

6   『담헌서』 외집 권2 ,『간정동필담』, 1766년 2월 3일, "平仲卽席次淸陰韻賦一絶. 兩人看畢, 卽次之, 皆援筆疾書, 頗有較藝之意. 兩人又請余詩. 余曰: '素不能詩, 無以呈敎, 愧甚.' 皆曰: '過謙.'"

그날 지은 3인의 차운시는 『간정동필담』이나 『을병연행록』에 소개되어 있지 않다. 김재행이 지은 차운시는 『일하제금집』에 "用從高祖淸陰先生韻贈鐵橋"라는 제목으로 수록되어 있는 율시 1수로 판단된다(엄성,『철교전집』4,『일하제금집』上,「金秀才」, "迢遞關山滯去旌, 一城淹泊此同經. 平生感慨頭今白, 異域逢迎眼忽靑. 合席披襟皆遠客, 出門摻手已寒星. 明朝我亦聯翩去, 語罷歸來必及冥."). 이 시는 김상헌의 「曉發平島」에 차운한 작품으로, 평성 靑韻에 속하는 운자가 모두 일치한다. 『간정동필담』에 이 시가 '一絶'(절구 1수)로 기술되어 있는 것과, 『일하제금집』의 詩題에 김상헌을 '從高祖'라고 한 것은 모두 실수인 듯하다.

엄성의 화답시("客心無定似懸旌…")는 『中朝學士書翰』, 『일하제금집』, 『청비록』, 『燕杭詩牘』 등에 소개되어 있다(『中朝學士書翰』, 제3신, 「敬次淸陰先生韻 和答養虛尊兄 兼請敎定」; 엄성,『철교전집』4,『일하제금집』上,「金秀才」,「用從高祖淸陰先生韻 贈鐵橋」附「鐵橋敬次淸陰韻 和養虛」; 『청비록』2, 〈嚴鐵橋〉, 「敬次淸陰先生韵 和答養虛尊兄」; 『연항시독』, 嚴鐵橋, 「敬次淸陰先生韻 和答養虛」).

반정균의 화답시("碣石宮南駐遠旌…")는 『中朝學士書翰』, 『청비록』, 『연항시독』 등에 소개되어 있다(『中朝學士書翰』, 제4신, 「次韻 奉贈養虛吟長兄」; 『청비록』3,「潘秋㿻」, "蘭公因次淸陰先生韻, 贈養虛"; 『연항시독』, 潘秋㿻, 「次韻 奉贈養虛」).

7   『담헌서』 외집 권2,『간정동필담』, 1766년 2월 3일, "遂相別而出, 出門. 兩生疾聲請少留, 嚴生持感舊集全秩而贈之. 余辭謝曰: '書冊帶去, 恐有人言.' 兩生曰: '言以買來, 亦何妨乎?' 余念淸陰詩旣在其中, 不可不一覽於使行. 遂與平仲相議, 使馬頭藿藏之懷中, 歸到舘中."

『을병연행록』1766년 2월 3일 기사에는 "…엄생이 『감구집』 열 권을 내어와 주며 이르되, '이 책에 이미 청음 선생 글이 들었으니 가져감이 어떠하뇨?' 내 사양하여 가로되, …내가 평중과 의논하여 품속에 감추고…'라고 하여, 엄성의 강력한 권유에 따라 홍대용이 직접 자신의 품속에 『감구집』을 감추어 가지고 온 것으로, 조금 다르게 서술되어 있다(소재영 외 주해, 471~472면).

참고로, 『감구집』의 通行本은 16권본이다. 또 李東允(1727~1809)의 『樸素村話』, 坤冊, 제69화에서는 "兩生(*반정균과 엄성)出示淸陰先生詩集曰: '此收瀋館所製而刊行也.' 洪曰: '吾受業于先生之後孫也.' 盖金贊善元行弟子也. 兩生遂以其冊與之."라고 하여, 당시 홍대용이 『감구집』이 아니라 심양 억류 중에 지은 시들을 모은 김상헌의 시집을 증정받은 것으로, 관련 사실을 부정확하게 전하고 있다.

8　『담헌서』 외집 권2, 『간정동필담』, 1766년 2월 7일.

엄성의 증별시("驚心十日返行旌…")는 『일하제금집』, 『천애지기서』, 『청비록』, 『中州十一家詩選』 등에도 소개되어 있다(엄성, 『철교전집』 5, 『일하제금집』 下, 「洪高士」, 「贈鐵橋」 附「鐵橋次金養虛用淸陰先生韻 贈別湛軒詩」; 이덕무, 『천애지기서』, 「次養虛翁用淸陰先生韻 贈別湛軒尊兄」; 『청비록』 2, 「嚴鐵橋」, "贈湛軒"; 유득공, 『中州十一家詩選』, 嚴鐵橋誠, 「次淸陰先生韻 贈湛軒」). 그런데 이 시가 『일하제금집』에 「贈鐵橋」(1766. 2. 23.) 뒤에 부록으로 소개되어 있는 것은 편집상의 실수로 판단된다. 또 『천애지기서』에 2월 6일자 엄성의 편지에 동봉한 것처럼 소개되어 있는 것도 잘못이다.

반정균의 증별시("日高風輕送雙旌…")는 『천애지기서』, 『청비록』, 『중주십일가시선』, 『연항시독』 등에도 소개되어 있다(『천애지기서』, 「用養虛翁見贈韻」; 『청비록』 3, 「潘秋庫」, "贈湛軒"; 『중주십일가시선』, 潘秋庫庭筠, 「次淸陰先生韻 贈湛軒」; 『연항시독』, 반정균, 「與湛軒書」, 「用養虛翁見贈韻 簡寄湛軒先生行政」).

9　『담헌서』 외집 권2, 『간정동필담』, 1766년 2월 8일, "蘭公曰: '…昨日奉呈拙作, 音韻未諧, 乞賜淸誨.' 平仲曰: '嚴兄詩, 沉欝慷慨, 潘兄詩, 秀邁淸麗.' 力闇曰: ''平生感慨頭今白, 異域逢迎眼忽靑', 眞正妙極! 且'出門搯手已寒星' 句, 尤絶唱. 使王漁洋在座, 未知如何擊節.'"

10　『담헌서』 외집 권2, 『간정동필담』, 1766년 2월 8일에는 "力闇曰: '…頃賜感舊集, 楊州有之, 不多印. 携至貴處, 翻刻廣傳, 則詩人之幸. 其中詩話有可觀, 亦可知中國詩人之源流.'"라고 되어 있으나, 규장각 등 소장본 『간정필담』

에는 밑줄 친 부분이 "或翻刻而廣其傳, 則許多地下詩人之幸矣. 其中詩話瑣碎之處, 頗有可觀. 亦可知本朝中國詩人之源流"로 되어 있다. 이덕무가 편찬한 『鐵橋話』2, 「閑話」에도 "力闇爲平仲曰: '感舊集, 惟楊州有之, 而不多印. 携至貴處, 翻刻而廣其傳, 則許多地下詩人之幸矣, 亦可以見中國詩人之源流'"라고 되어 있다. 『간정필담』과 『철교화』가 엄성의 의미심장한 발언을 더 잘 살려 놓은 점에서 필담의 초고에 더 가깝다고 판단하여, 이를 인용하고 번역했다. 『을병연행록』1766년 2월 8일 기사에는 이 대목이 "평중(*김재행)이 가로되, '저 즈음께 가져간 『감구집』은 내 심히 사랑하여 얻고자 하나니 형이 아끼지 아니하랴?' 엄성이 가로되, '첫 번에 서로 줌은 도로 찾고자 한 계교가 아니니, 어찌 다시 이 말을 의논하리오. 다만 동국에 돌아가 고쳐 판에 새겨 널리 전하면 글 지은 사람의 다행함이 적지 아니니라'"(소재영 외 주해, 516면)로 다소 다르게 기술되어 있다.

11 『담헌서』외집 권2, 『간정동필담』, 1766년 2월 8일, "平仲曰: '枕上偶次前篇, 玆塵覽焉.' 有詩曰: '金門待詔駐雙旌, 江表高才通九經. 一破襟期春晝永, 不堪離思暮岑靑. 榮名已闇承文彩, 瑞氣方看映客星. 明欲訪君頻視夜, 曉天簾外尙冥冥. 力闇看畢, 打圈于頷聯及落句曰: '情深語, 不堪多讀.'"(밑줄 친 부분이 규장각 등 소장본 『간정필담』에는 없으며, 『을병연행록』에는 "어제, 오늘 기약을 정하고 우연히 글 하나를 이루었으니 용졸함을 웃지 말라"라고(소재영 외 주해, 521면) 조금 다르게 서술되어 있음.); 엄성, 『철교전집』4, 『일하제금집』上, 「金秀才」"枕上不寐 有懷鐵橋·秋庫 仍用前韻" 附「鐵橋和養虛偕湛軒再造寓廬劇談竟日 仍次淸陰韻」, "朝來門外停雙旌, 二妙連襟歡重經. 大笑俗儒死章句, 頗憐小弟能丹靑.(鐵橋原注: 時請余作山水橫幅. ○遺唾注: 養虛方看余作畵. '小弟丹靑能爾爲', 王季友句也) 自辰到酉坐繾綣, 以筆代舌書零星. 相邀共宿苦無計, 斜陽在壁愁昏冥."; 柳得恭, 『중주십일가시선』, 嚴鐵橋誠, 「養虛偕湛軒再造寓廬劇談竟日 仍次淸陰韻」).

12 『담헌서』외집 권2, 『간정동필담』, 1766년 2월 12일, "余曰: '我國於前明, 有再造之恩. 兄輩曾聞之否?' 皆曰: '何故?' 余曰: '萬曆年間, 倭賊大入東國, 八道靡爛. 神宗皇帝動天下之兵, 費天下之財, 七年然後定. 到今二百年生民之樂利, 皆神皇(宗)之賜也. 且末年流賊之變, 未必不由於此. 故我國以爲由我而亡, 沒世哀慕, 至于今不已.' 兩人皆無答."

이 대목에 대해 이덕무는 『천애지기서』에서 "今世哀慕者幾人矣? 余嘗與人書, 書'明'字於極行. 有一浮薄輩大笑, 以爲明旣亡矣, 何必尊之?"라고 논평

하여, 홍대용의 주장과 달리 조선에서도 존명 의식이 희박해진 현실을 개탄했다.

13 이 대화는 『을병연행록』의 1766년 2월 12일 기사에만 있다(소재영 외 주해, 564면). 이동윤의 『박소춘화』, 坤冊, 제69화에서도 "…語及年號事. 洪曰: '我國公家書籍, 只用年號也. 至於私家文字, 尙不用也.'"라고 했다.

14 『담헌서』 외집 권2, 『간정동필담』, 1766년 2월 12일, "蘭公曰: '淸陰先生集有幾卷?' 余曰: '二十卷, 而其中多犯諱之語, 不敢出之. 淸陰文章學術, 爲東方大儒, 而革鼎後避世不仕, 十年拘於瀋陽, 終不屈而歸.' …余又曰: '淸陰歸隱於嶺南鶴駕山中, 與淸陰同歸者亦多. 又有世族四家隱於太白山中, 時人號爲四皓(*商山四皓), 其一鄙宗人也. 有詩曰: '大明天下無家客, 太白山中有髮僧.' 力闇看畢, 轉身而坐, 再三諷誦, 頗有愴感之色.";金㙖, 『儉齋集』 권30, 『丙丁瑣錄』(丙辰丁巳) "洪宇定, 字靜而, 一字天光, 氣宇豪宕, 守志不仕. 李咸陵澥·元相國斗杓諸公, 皆許與之友. 後從外王父遊, 稍斂其氣而折節之. 雖無適世之才, 亦可謂一代之畸人矣. 甞有詩曰: '洞裡春無俗, 溪邊客有家.' 又曰: '大明天地無家客, 太白山中有髮僧.';『國朝人物考』 권59, 「光海時權禍人」, 許穆, 「洪宇定」;『승정원일기』, 영조 22년 8월 23일, "(右參贊元)景夏曰: '今因聖敎, 竊有區區微悃, 敢此仰達矣. 洪宇定, 嶺南奇節之士也. 丙子亂後, 入太白山中, 隱而不出. 屢有除職之命, 終不出仕. 至今嶺南人士, 稱之曰崇禎處士. 其卓絶節義, 甚可尙也. 在激勵末俗, 宜有襃奬之道矣.' 上曰: '崇禎處士之云, 聞甚可貴矣. 令該曹贈職, 其子孫錄用, 可也.' 仍敎曰: '勿出朝報!'"; 영조 31년 12월 14일, "禮曹判書李鼎輔曰: '斥和及節死人抄入矣.' 上曰: '讀之!' 上曰: '洪宇定誰也?' 對曰: '上疏斥和, 而平生未甞北面坐, 殿下曾書下'崇禎處士'者也.'"

15 『담헌서』 외집 권3, 『간정동필담』, 1766년 2월 23일, "起潛曰: '東國藏書, 前朝實錄以及野史頗備否?' 余曰: '明史及本末等書, 多有出去者, 野史亦或有之.'"
    이 대목은 규장각 등 소장본 『간정필담』이나 『을병연행록』에는 없다. 여기서 홍대용이 언급한 '本末'은 谷應泰의 『明史紀事本末』(80권)을 가리킨다.

16 『담헌서』 외집 권3, 『간정동필담』, 1766년 2월 26일, "起潛問國朝末入關時東方被兵事蹟. 余別以小紙書前後大槪, 幷及淸陰·三學士·李士龍事而示之. 諸人看畢, 皆愀然無語. 余卽裂去其紙. 蘭公以三學士姓名藏之篋中."; 송시열, 『송자대전』 권213, 「砲手李士龍傳」; 黃景源, 『江漢集』 권27, 『明陪臣傳』

672

(1), 「李士龍」; 박지원, 『연암집』 권15, 『열하일기』, 「銅蘭涉筆」, "皇明崇禎
十一年, 我國將李時英率兵五千, 入建州, 淸人刦時英爲前行, 與明都督祖大
壽戰於松山. 土兵皆精砲, 祖軍多殲, 下令軍中, 虜頭一顆, 予銀五十兩, 鮮人
一級, 予銀百兩. 土兵李士龍, 星州人也. 獨黱義不入丸, 凡三發無傷, 欲以明
本國之心也. 淸人覺之, 遂斬士龍以徇. …余過松山, 作文以吊士龍之魂."; 박
지원, 『煙湘閣集』(성균관대 소장), 「熱河日記補遺目錄」, 〈祭李士龍文〉.

『을병연행록』 1766년 2월 26일 기사에서는 "육생(陸生)이 가로되, '대명 말
년에 동국이 필연 병화를 면치 못하였을 테니 그 대강을 듣고자 하노라.' 내
가 가로되," 이하에서 당시의 사적을 매우 자세하게 소개하고 있다. 즉, 홍
대용은 1619년(광해군 11년) 명나라의 요청으로 무신 金應河가 도원수 강
홍립을 따라 후금 정벌에 나섰다가 深河 전투에서 전사하자 명나라 神宗
이 그를 遼東伯에 봉한 사실에서부터, 정묘호란과 병자호란, 삼학사와 이사
룡의 사적에 이르기까지 간략히 소개한 뒤, "아국이 비록 힘이 약하고 군사
가 적어 은혜를 갚지 못하였으나, 이 두어 사람의 의기에 힘입어 길이 천하
에 말이 있을 것이요. 오늘날 형배(兄輩)를 만나 기휘를 피치 아니하고 말
이 이에 이름은, 서로 깊이 마음을 허(許)함을 믿고 동국 본심을 밝혀 중국
의 뜻 있는 사람으로 하여금 감동함이 있고자 함이니라"라고 덧붙여 말했
다(소재영 외 주해, 698~699면). 참고로, 이동윤의 『박소촌화』, 坤冊, 제69
화에서는 "問三學士遇害蹤跡. (兩生)答曰: '不知也.' 卽裂. 語及三學事, 而只
以三人姓名, 收而藏之."라고 하여, 관련 사실을 조금 다르게 전하고 있다.

17　　『山東通志』 권28之3, 人物 2, 明, 「張延登」; 권34. 經籍志, 史總目, 張延登,
『黃門紀事』 10권; 黃虞稷 撰, 『千頃堂書目』 권5, 『元史略』 2권, 권8, 『晏海
編』 2권; 『四庫全書』 史部, 地理類, 總志之屬, 『淸一統志』 권128, 濟南府 3,
人物, 「張一元」; 成瓘, 『濟南府志』 권50, 「張一亨」; 『明神宗實錄』, 萬曆 21년
10월 19일; 曲延慶, 「'父子褒封'與張氏家族」, 『鄒平通史』, 中華書局, 1999,
130~134면 참조.
김상헌, 『청음집』 권9, 「朝天錄」 詩, 「題鄒平城外張察院御風亭」의 주에서
"察院, 名一亨. 其子名延登, 世都御史."라고 한 것은 착오인 듯하다. 도찰원
어사를 지낸 사람은 장연등의 부친인 張一亨이 아니라 백부 張一元이다.
성해응의 『風泉雜志』, 「雜綴」(『연경재전집』 外集 권36, 尊攘類)에서 김상헌
과 관련하여 "天啓六年, 遼左路梗, 先生由海路朝天. 至登州, 與吳大斌·戚祚
國·李衡·張一亨及其子延登字濟美相識. …一亨·延登, 世都御史, 家在鄒平

城外."라 한 것은 김상헌의 시의 원주를 그대로 따른 오류이다.

18　김상헌, 『청음집』, 張延登, 「朝天錄序」, "丙寅冬, 余方杜門讀禮. 使臣金子叔度, 偶遊余日涉園, 得識余仲子萬選."; 권9, 『朝天錄』詩, 「張察院城內花園觀石假山」(上有小亭, 下有陰洞, 奇巧絶勝); 南以雄, 『市北先生遺稿』권4, 「路程記」, 〈鄒平〉, "南有吏部科道張延登花園, 賁飾構廈, 粧園極巧."; 王士禛, 『池北偶談』권15, 「朝鮮詩」, "鄒平張尙書華東公(延登)刻朝鮮使臣金尙憲叔度朝天錄一卷."; 王士禛, 『漁洋詩話』卷上, "天啓中, 朝鮮使臣金尙憲字叔度, 由登州入貢, 鄒平張忠定公華東(延登)館之於家, 刻其詩一卷."; 朱彝尊, 『明詩綜』권94, 「金尙憲」, "尙憲字叔度, 有朝天錄"; 黃虞稷 撰, 『千頃堂書目』권28, 「外國」, "金尙憲 朝天錄(字叔度)"; 『四庫全書總目』권76, 『太平三書』11권, 江西巡撫採進本, "國朝張萬選編. 萬選, 字擧之, 濟南人, 官太平府推官. 是三書皆成於順治戊子(1648)."

이덕무의 『청비록』 3, 「王阮亭」에서 김상헌이 장연등의 차남 張萬選이 아니라 삼남 張萬鍾과 만난 것으로 소개한 것은 오류이다. 김상헌의 후손인 金邁淳의 『闕如散筆』(『臺山集』권20)에서도 "天啓六年, 先祖文正公, 航海朝京, 路過濟南. 張御史延登, 休官家食. 文正公與其子萬鍾遊, 介而謁焉, 張公與語甚驩, 爲作朝天錄序."라고 부정확하게 서술했다.

『市北先生遺稿』를 남긴 南以雄은 당시 冬至使로, 성절사 김상헌과 함께 사행을 다녀왔다. 日涉園은 세간에 '張察院', 즉 장연등의 백부 張一元의 소유로 알려졌던 듯하다.

19　"夫朝鮮箕子舊封, 襲冠帶以藩諸華, 無〔世〕守忠孝, 入天朝尤爲曙就. 丁酉中患于倭, 我神祖皇帝遣重臣, 經略其地, 倭是以不得逞志于鮮人, 是我之成也. 今建酋自寧遠挫衂, 狄焉寇掠, 江東·鐵山不守, 羽報狎至. 叔度聞之, 自烏蠻邱中上書, 天子哀其意, 爲檄寧遠撫臣便宜行事, 速以偏師尾其後. 鮮人自可恃以無恐, 而借箸之臣, 猶鰓鰓過計, 懼奴滅之無時焉. …叔度歸報命, 其宣述聖天子懷遠洪恩, 君臣益自振厲, 練兵秣馬, 與寧遠撫臣掎角, 殲此惡奴, 通復舊貢道, 車書一家而後朝食焉, 豈不休哉!"(김상헌, 『청음집』, 張延登, 「朝天錄序」)

20　錢謙益, 『有學集』권17, 「王貽上詩集序」; 이덕무, 『청장관전서』권34, 『청비록』3, 「王阮亭」.

21　宋犖, 「資政大夫刑部尙書王公士禛曁張宜人墓誌銘」(『淸代碑傳全集』권18), "公元配夫人張氏, 鄒平人, 都察院左都御使諡忠定諱延登孫女, 鎭江推官諱

674

萬鍾女, 年十四歸公, …不幸先歿, 年四十二.";『四庫全書總目』권182,『蕭亭詩選』6권(山東巡撫采進本), "國朝張實居撰, 王士禎所評選也. …士禎序, 稱其古今詩盈千首, 樂府·古選尤有神解, 爲擇其最者三百餘篇, 爲此集云.";『皇朝文獻通考』권234,『蕭亭詩選』6권; 王士禎,『感舊集』권16,「張實居」5수; 이덕무,『청장관전서』권43,『뇌뢰낙락서』(8),「張實居」.

왕사정의 부인 장씨는 14세에 결혼해 42세에 사망했으며 아들 넷과 딸 넷을 낳았다. 장씨가 왕사정의 후처라는 설(성해응,『연경재전집』외집 권36, 尊撰類,『風泉雜志』,「雜綴」, "漁洋山人王士禎, 山東名士也. 其後妻爲張之孫.")은 오류이다. 왕사정의 장인 장만종은 젊은 시절에 부유한 환경에서 취미로 비둘기를 기른 경험을 바탕으로 비둘기에 관한 중국 최초의 전문서인 『鴿經』을 저술한 바 있다.『합경』은 張照가 편찬한『檀几叢書』에 포함되어 국내외에 널리 알려졌으며, 조선에서도 관상용 비둘기 사육법을 논한 유득공의『鵓鴿經』등에 영향을 미쳤다(정민,『18세기 조선 지식인의 발견』, 휴머니스트, 2007, 226면, 228~241면 참조).

왕사정은 처남 장실거뿐 아니라 사촌동생 徐野(원명 元善, 호 東癡, 1611~1683)가 남긴 원고도 모아『徐東癡詩集』을 간행해 주었다. 서야는 1642년 청나라 군대에 가족이 살해당하고 모친도 우물에 투신하여 순절한 뒤 벼슬길을 사절하고 종신 은거했다(자오위안,『생존의 시대-명청 교체기 사대부 연구 2』, 홍상훈 역, 글항아리, 2017, 224면 참조).

22 王士禎,『感舊集』, 朱彝尊,「原序」, "新城王先生阮亭 …感時懷舊, 輯平生故人詩, 存沒兼錄, 凡五百餘首, 以哲昆考功(*王士祿)終焉. 入是集者, 山澤憔悴之士居多."; 王士禎,「自序」(1674), "…輒取篋衍所藏平生師友之作, 爲之論次, 都爲一集, 自自虞山(*전겸익)而下凡若干人, 詩若干首, 又取向所撰錄神韻集一編, 芟其什七附焉, 通爲八卷, 存沒悉載, 竊取篋中收季川中州登敏之例, 以考功終焉, 名曰感舊集."

23 王士禎,『感舊集』, 盧見曾,「刻漁洋山人感舊集序」(*1752); 盧見曾,「感舊集補傳凡例」; 蕭一山,『淸代通史』, 臺北: 商務印書館, 1976, 제5권,「淸代學者著述表」第六, 盧見曾, 457면; 張亞琼,「『漁洋感舊集』研究」, 蘇州大學 碩士論文, 2013, 21~26면.

건륭 때 兩淮鹽運使로서 대 장서가였던 노견증은 '雅雨堂'을 세워 藏書와 刻書를 했으며, 惠棟이 그를 위해『雅雨堂叢書』를 校刻했다고 한다. 노견증은 紀昀과 사돈을 맺는 등 당시 학계의 대다수 名流들과 밀접한 교류를 했다(漆永祥,『乾嘉考据學研究』, 北京: 中國社會科學出版社, 1998, 56면).

24 張亞琼, 위의 논문, 52~79면.

25 이덕무,『청장관전서』권36,『뇌뢰낙락서』(1),「王象晉」; 岡本さえ,『淸代禁書の研究』, 東京大 東洋文化研究所, 1996, 369면.

26 왕사정,『감구집』권1,「錢謙益」, "古夫于亭雜錄: '余初以詩贄于虞山錢先生, 時年二十有八, 其詩皆丙申(1656)後少作也. 先生一見, 欣然爲之序之, 又贈長句("古詩贈新城王貽上」), …又采其詩, 入所撰吾炙集, 所以題拂而揚詡之者, 無所不至. …今將五十年, 回思往事, 眞平生第一知己也.'"; 錢謙益,『有學集』권10,「古詩贈新城王貽上」; 권17,「王貽上詩集序」; 왕사정,『古夫于亭雜錄』권3,「平生知己」; 왕사정,『帶經堂詩話』권8, "虞山錢宗伯贈余古詩云: '騏驥奮蹴踏, 萬馬喑不驕.', '勿以獨角麟, 儷彼萬牛毛.' 又爲作集序, 有'與君代興'之語. 時余年甫踰弱冠耳, 其爲所賞異如此.…."; 蔣寅,『王漁洋與康熙詩壇』, 南京: 鳳凰出版社, 2013,「第一章 詩壇盟主之代興 – 王漁洋與錢牧齋」, 1~14면; 張亞琼, 앞의 논문, 65~67면 참조.

27 왕사정,『감구집』권13,「釋今種」.

28 張亞琼, 앞의 논문, 25~26면, 80~96면.

29 송시열,『송자대전』권182,「石室金先生墓誌銘(幷序)」; 권189「石室金先生墓表」; 황경원,『강한집』권31,『明陪臣傳』(5),「金尙憲(附金集)」.

30 『담헌서』외집 권2,『간정동필담』, 1766년 2월 3일, "嚴生卽往傍炕, 持來一册子示之, 題云'感舊集.' 盖淸初王漁洋集明淸諸詩, 而淸陰朝天時, 路出登·萊, 與其人有唱酬, 故選入律絶數十首焉."

『을병연행록』1766년 2월 3일 기사에서도『감구집』에 대해 "왕어양(王漁洋)이라 일컫는 사람이 여러 사람의 시를 모은 것이라. 청음 선생이 대명(大明) 말년에 수로로 사신을 들어가실 때 등·래(登·萊: 登州와 萊州) 땅에 이르러 왕어양과 더불어 수창(酬唱)한 글이 있는지라. 이러므로 이 책에 글과 이름이 올랐으니, …"(소재영 외 주해, 461면)라고 부정확하게 해설했다.

31 이덕무,『청장관전서』권63,『천애지기서』,「筆談」, "炯菴曰: '張延登, 齊人, 明之宰相, 而王阮亭士禛之妻祖也. 淸陰先生, 水路朝京時, 與張甚好. 張爲刻朝天錄而序之, 淸陰集亦載之. 阮亭池北偶談, 詳言之, 且抄載淸陰佳句數十, 盛言格品之矣. 阮亭又晚年, 輯明末淸初故老詩, 爲感舊集八卷. 起虞山錢謙益, 止其兄考功郎王士祿, 淸陰詩亦入.'"

그러나 왕사정의『지북우담』에는 관련 사실이 아주 간략하게 소개되었고

"詩多佳句"라고만 했을 뿐이다. 또 이덕무는 『감구집』이 모두 8권이며 王士祿의 시로 끝난다고 했으나, 이는 초편본에 합당한 해설이다. 당시 그는 초편본은 물론, 중편본 『감구집』을 직접 보지는 못한 채 중편본 『감구집』에 수록된 주이준의 「原序」와 왕사정의 「자서」에만 의거하여 논평을 가한 듯하다.

32 이덕무, 『청장관전서』 권53, 『이목구심서』 6, "阮亭池北偶談, 載淸陰先生詩十餘聯, 甚稱美之. 今見阮亭帶經堂集, 有戲效元遺山論詩絶句三十六首, 自建安至崇禎末, 歷叙詩人, 第三十三詩曰: '澹雲微雨小姑祠, 菊秀蘭衰八月時. 記得朝鮮使臣語, 果然東國解聲詩.' 注曰: '明崇禎中, 朝鮮使臣過登州作'云. 蓋首二句, 淸陰詩也."

왕사정이 「戲效元遺山論詩絶句三十六首」(『帶經堂集』 권14)에서 인용한 김상헌의 시구는 『감구집』에 수록된 「登州次吳秀才韻」 七絶 2수 중 첫 수의 起句와 承句이다. 그런데 이 시는 원래 「次吳晴川大斌韻」 七律 3수 중 제1수 '廟島停舟'의 首聯이었는데, 왕사정이 율시를 절구로 개작한 것이다. 주는 왕사정의 조카인 汪琬이 붙인 것이다. 그중 '崇禎'은 '天啓'의 오류인데도 왕완의 주를 그대로 인용했다.

33 이덕무, 『청장관전서』 권34, 『청비록』 3, 「王阮亭」; 『청장관전서』 권10, 『아정유고』 2, 詩 2, 「秋日讀帶經堂集」, "好事中州空艶羨, 堯峯文筆阮亭詩."; 李宜顯, 『陶谷集』 권28, 雜著, 「陶峽叢說」.

『청비록』의 「王阮亭」 조는 한자로 注를 포함하여 1600자가 넘는다. 邵長衡(1637~1704)은 詩文을 잘 지어 왕사정에게 칭찬받았다. 宋犖의 막료로 있을 때 왕사정과 宋犖의 시를 選하여 『二家詩鈔』(20권)를 편찬하고 서문을 썼다(『四庫全書總目』 권194, 「二家詩鈔」). 이병연이 비장했다가 이서구의 소장이 되었다는 책은 『二家詩鈔』로 추측된다. 『열하일기』 「避暑錄」에 의하면, 「秋日讀帶經堂集」은 박지원이 典醫監洞에 살던 1771년 경 이덕무가 그의 처소에 와서 머물면서 지은 시인데, 1778년 이덕무는 연행 도중 豊潤城에서 胡迴恒의 집에 머물 때 그 집 벽에다가도 이 시를 써 주었다고 한다.

34 이서구, 『白鶴山樵小笈』, 「讀王貽上詩(有序)」(『薑山全書』, 93~94면); 『강산초집』 권2, 「讀漁洋山人詩集(三首)」(『강산전서』, 28면); 『강산시집』, 「讀漁洋山人詩集(三首)」(『강산전서』, 66~67면); 「韓客巾衍集」(『箋註四家詩』) 권4, 이서구, 「讀漁洋山人詩集」; 김윤조, 「『강산전서』 해제」, 『강산전서』,

6~17면 참조.

이덕무가 인용한 이서구의 시 즉 "俗子雌黃巧索瘢, 風懷蕭颯不成看. 中州勝事誰空美, 愁殺東隣李懋官."은 『白鶴山小笈』에 실린 「讀王貽上詩(有序)」 2수 중 제2수이고, 이를 확장한 「讀漁洋山人詩集(三首)」의 제3수이다. 『白鶴山小笈』은 이덕무의 제자로 추정되는 서얼 출신 문인 鄭光理가 동자 시절인 1776년에 편찬한 시집으로, 백학산은 長湍에 있는 산이다(이덕무, 『아정유고』 권3, 「贈別鄭童子光理 歸白鶴山中」). 「讀漁洋山人詩集(三首)」에는 서문이 없고 그 대신 細注가 있다. 제3수의 주에 이덕무가 "勝[好]事中州空艶羨, 堯峯文筆阮亭詩"라는 시를 지었다고 했는데 이 시는 「秋日讀帶經堂集」의 일부이다.

35 "東國人, 心麤眼窄, 類不能知詩, 而至於淸, 則不問其人之賢否, 詩之高下, 動輒以'胡人'二字抹摋之. 果如是, 則党·趙·吳·楊, 俱不得爲中原風雅之主, 終未免於蒙古女眞之産矣. 是故地之相去, 不過隔一衣帶, 而如貽上者, 至今猶不識其爲何狀人也. 假使貽上, 出自滿洲, 身隷八旗之統, 善於詩, 則愛其詩而已. 何必摒其胡, 而及於詩也哉? …余又酷嗜貽上詩. 嘗以爲非徒有明三百年无此正聲, 求諸宋·元亦牢厥儔. 雖上躋唐詩家極盛之際, 必不下於岑·儲·韋·孟之席. 知詩者, 亦不以爲過也."(『白鶴山小笈』, 「讀王貽上詩」 序. 『청비록』에 발췌된 부분과 자구 차이가 조금 있다.)

36 "薑山爲詩, 心摹力追, 登堂入室. 余嘗推轂爲東國漁洋, 以贈詩曰: '薑山明澹且硏哀, 僞體詩家別有裁. 眉宇上升書卷氣, 漁洋流派海東來.'"
이덕무의 시는 「論詩絶句 有懷篠飮·雨邨·蘭坨·薑山·泠齋·楚亭」(『청장관전서』 권11, 『아정유고』 3, 詩 3)의 제4수로, 1777년 작으로 추정된다. 또 1778년 1월에 지은 「長句贈薑山」(『雅亭遺稿』 권3)에서도 이덕무는 "登樓上堂步武高, 惟君庶幾斯二人."이라 하여, 이서구가 왕사정과 주이준의 경지에 거의 이르렀다고 칭송했다.

37 이덕무, 『청장관전서』 권67, 『입연기』 하, 1778년 5월 19일.

38 이덕무, 『청장관전서』 권56, 『盎葉記』 3, 「東坡體」, "愚案中原人之侮朝鮮, 如朝鮮俗之賤庶人, 殊失大公之義. 然王士禛編感舊集, 而列淸陰金先生於皇明遺民之間, 錢謙益跋高麗板柳文, 深許其尊正朔大一統之義. 此則可見中原人虛懷本色."; 錢謙益, 『有學集』 권46, 「跋高麗板柳文」.

39 손혜리, 「18세기 후반-19세기 전반 조선 지식인들의 明 遺民에 대한 기록과 편찬의식」, 『한국실학연구』 28, 한국실학회, 2014 참조.

40　박지원, 『연암집』 권14, 『열하일기』, 「避暑錄」, "琉璃廠中六一齋, 初遇兪黃
圃世琦字式韓, …及與兪筆語之際, 爲寫柳惠風送其叔父彈素詩'佳菊衰蘭映
使車, 澹雲做雨九秋餘. 欲將片語傳中土, 池北何人更著書?'黃圃問: '池北何
人是誰?'余曰: '此用阮亭著池北偶談, 載敝邦金淸陰事也.'黃圃曰: '感舊集
中有諱尙憲字叔度.'余曰: '是也.'淡雲輕雨小姑祠, 佳菊衰蘭八月時.'是淸
陰作. 阮亭論詩絶句, '淡雲微雨小姑祠, 菊秀蘭衰八月時. 記得朝鮮使臣語,
果然東國解聲詩.'惠風此作, 倣阮亭也.'"; 柳得恭, 『泠齋集』 권2, 「恭呈家叔
父游燕(六首)」 중 첫 수.

41　박지원, 『楊梅詩話』, 연민문고소장 연암박지원 필사본 총서 5, 문예원,
2012, 327~330면; 김명호, 『연암 문학의 심층 탐구』, 돌베개, 2013, 185~
188면 참조.
　　왕사정은 원시 제목과 시구를 고침은 물론, 율시를 절구로 바꾸기까지 했다.

42　박지원, 『연암집』 권14, 『열하일기』, 「避暑錄」, "貽上爲海內詩宗, 而士大夫
於貽上, 隻字片言, 如茶飯, 津津牙頰間, 故无不識淸陰姓名者. 然先生亘古大
節, 莫能知焉."; 권15, 『열하일기』, 「銅蘭涉筆」, "中州人士, 往往提及淸陰, 而
只錄其寂寥詩篇而已. 其大節之爭光日月, 未有擧似者. …余每聞淸陰二字,
未嘗不髮動脈跳."

43　朴珪壽, 『瓛齋集』 권4, 「題孟樂癡畵菊帖」, "王漁洋感舊集錄先生朝天時諸
作, 亟稱東國解聲詩. 東方人乃謂先生詩最協聲調, 故爲漁洋所取, 殊不知感
舊之集, 自有精義, 而其錄先生詩, 非直爲詩之合選也."
　　孟永光은 『청음집』 이하 『환재집』 등 국내 문헌들에는 모두 '孟英光'으로
표기되어 있다. 「題孟樂癡畵菊帖」은 박규수의 만년에 해당하는 1874년에
지은 글이다.

4부 2장

1　『담헌서』 외집 권7, 『연기』, 「吳彭問答」, "兩人雖屈身胡庭, 喜見我輩衣冠, 必
有所由也."

2　『을병연행록』, 1766년 1월 20일, 23일(소재영 외 주해, 377면).

3　『을병연행록』, 1766년 1월 23일(소재영 외 주해, 397면); 『담헌서』 외집 권7,
『연기』, 「吳彭問答」, "余聞[問]呂晚村文集有無, 彭搖手言: '沒有.'又曰: '文

集有板, 近來皆不存矣.'"

서상관은 『을병연행록』에는 '한림 서길사청', 『연기』에는 '庶吉士館'으로 되어 있으나, 동일한 관청이다. 조선 사신의 숙소 바로 옆에 있었다(이덕무, 『청장관전서』 권67, 『입연기』 하, 정조 2년 6월 3일; 박지원, 『연암집』 권15, 『열하일기』 「謁聖退述」, 〈朝鮮館〉).

4 『呂晚村先生文集』 8권, 『續集』 4권, 부록 『行略』 1권이 옹정 3년(1725) 여유량의 증손자 呂爲景에 의해 편찬·간행되었다. 같은 해에 출판된 天蓋樓刻本 『만촌집』은 『續修四庫全書』에 수록되어 있다.

5 『을병연행록』, 1766년 2월 3일(소재영 외 주해, 463면); 『담헌서』 외집 권2, 『간정동필담』, "余曰: '呂晚村是何處人? 其人品如何?' 蘭公曰: '浙江杭州石門縣人, 學問深邃, 惜㩗于難.'"

단 석문현은 항주부가 아니라 인접한 가흥부의 속현이다. 하지만 여유량은 항주에 자주 진출하여 교유와 유람을 일삼았기 때문에, 반정균은 그를 항주의 명사로 기억했던 것 같다.

6 兪國林 編, 『呂留良全集』, 中華書局, 2015, 7, 『呂子評語』, 車鼎豊, 「呂子評語正編各例」; 淺井邦昭, 「八股文選家としての呂留良」, 『金城大學院論集』 203號, 2004; 양녠췬, 『강남은 어디인가─청나라 황제의 강남 지식인 길들이기』, 명청문화연구회 옮김, 글항아리, 2015, 256~268면 참조.

7 『담헌서』 외집 권2, 『간정동필담』, 1766년 2월 12일, "余曰: '呂晚村文集及弘光南渡後事蹟欲得之, 而此非付遠之物矣.' 蘭公急塗抹余語, 而書于其上曰: '此等沒有.' …蘭公曰: '…呂晚村所選之文有之, 自己集亦未見.' 余曰: '詩集及經義有之.'"(이상의 대목이 규장각 등 소장본 『간정필담』과 『을병연행록』에는 없음.)

『四書講義』는 강희 25년(1686) 陳鏦과 여유량의 장남인 呂葆中 등이 편찬했다.

8 "蘭公曰: '地多秀民, 絃誦之聲相聞.'"(『담헌서』 외집 권2, 『간정동필담』, 1766년 2월 3일)

9 鄧之誠, 『淸詩紀事初編』, 中華書局香港分局, 1976, 권2, 前篇下, 「呂留良」(上冊, 242~243면); 陳鼓應 外 主編, 『明淸實學思潮史』, 濟南: 齊魯書社, 1989, 中, 1304~1326면; 陳祖武, 『淸初學術思辨錄』, 中國社會科學出版社, 1992, 137면, 146~151면; 兪國林 編, 앞의 책, 2, 「呂留良年譜簡編」, 992면, 998면.

10   옹정·건륭 兩朝에서 전후 3차에 걸쳐 禁燬 지시가 내렸다. 여유량은 錢謙
      益·屈大均·尹嘉銓과 함께 저술이 집중적으로 금훼의 대상이 된 인물이다
      (鄭成康·林鐵鈞, 『淸朝文字獄』, 北京: 群衆出版社, 1990, 59~177면; 岡本
      さえ, 『淸代禁書の硏究』, 東京大 東洋文化硏究所, 1996, 58면, 380면; 양넨
      췬, 앞의 책, 701~708면 참조).

11   鄭成康·林鐵鈞, 위의 책, 176~177면; 漆永祥, 『乾嘉考据學硏究』, 北京: 中
      國社會科學出版社, 1998, 71면 참조.
      『대의각미록』에 관한 국내의 선행 연구로 민두기, 「청조의 황제통치와 사
      상통제의 실제–曾靜謀逆事件과 「대의각미록」을 중심으로」(민두기, 『중국
      근대사연구』, 일조각, 1973)와 김홍백, 「『대의각미록』과 조선후기 華夷論」
      (『한국문화』 56, 서울대 규장각한국학연구원, 2011) 등이 있다.

12   『승정원일기』, 영조 7년 1월 25일, "(愼)無逸曰: '覺迷錄, 未及下覽耶?' 上
      曰: '大略已見.' 上曰: '曾靜, 是別件事耶?' 無逸曰: '此亦一件事矣. …覺迷
      錄, 彼人極其祕諱, 雖頒布於其國, 外國則不欲示之, 而首譯金益成, 軍官韓斗
      燦兩人, 以私貨極力購得, 誠爲可尙.'"; 4월 1일, "冬至兼謝恩正副使引見入
      侍時, 正使西平君橈, 副使同知尹惠敎, 左副承旨李匡輔, …入侍. …(李)橈又
      曰: '…逆賊曾靜出, 而雍正終爲不殺云矣.' 上曰: '予見其冊, 極怪矣, 而雍正
      處事, 有發明之意, 誇矜之色矣.' 李匡輔曰: '覺迷錄, 告訃使來納之時, 臣適
      入直, 大略見之, 而外間不知根本, 而頗訝惑云矣.' (尹)惠敎曰: '此冊, 彼國頒
      布, 故今行亦出來一二件矣.'"
      愼無逸은 영조 6년 告訃使로 임명되어 중국을 다녀와 이듬해 1월 16일 복
      명했다(『영조실록』 6년 7월 4일, 8월 28일, 7년 1월 16일).
      여유량의 존재는 그 이전에도 국내에 알려져 있었던 것으로 짐작된다.
      1713년 중국 여행 중에 김창업은 근세에 중국에서 문장과 도학이 높은 인
      물로 여유량을 손꼽는다는 정보를 접했다(김창업, 『연행일기』 권9, 1713년
      3월 4일). 또 任適(1685~1728, 鹿門 任聖周의 부친)은 1725년 陽城縣監으
      로 재임할 때 漂到한 淸國 福建 商人들로부터 여유량이 金聖嘆·李卓吾 등
      과 함께 당세의 4대 문장가의 한 사람으로 손꼽힌다는 말을 들었다(任適,
      『老隱集』 권2, 「金陵圖記」).

13   이덕무, 『청장관전서』 권33, 『청비록』 2, 「晩村集」, "康熙時, 旣頒覺迷錄, 而
      呂留良晩邨集, 不復傳於天下, 吳月谷瓊入燕, 潛求之不得."
      단 이덕무의 기록은 일부 오류가 있다. 『대의각미록』은 강희조가 아니라 옹

정조에 반포되었고, 月谷은 吳瑗이 아니라 吳瑗의 호이다. 『영조실록』 8년 7월 5일 기사에 吳瑗을 書狀官으로 삼았다고 했다. 오원은 농암 김창협의 외손으로, 陶菴 李縡의 문인이다.

14 황재, 『국역 갑인연행록』, 서한석 옮김, 세종기념사업회, 2015, 甲寅(1734) 8월 14일, 105~106면. 황재(1689~1756)는 영조의 부마인 黃仁點의 부친으로, 노론 강경파에 속한 문신이었다. 1734년과 1750년에 연행을 다녀왔으며, 『甲寅燕行錄』과 『甲寅燕行別錄』, 『庚午燕行錄』을 남겼다(신로사, 「황재[黃梓]와 그의 연행록에 관하여」, 『국역 갑인연행록』, 세종기념사업회, 2015 참조).

15 『승정원일기』, 영조 11년 9월 14일, "(洪)景輔曰: '彼國所謂大義覺迷錄, 未知塵[盡]覽否? …臣逢彼中古家大族, …又問覺迷錄則曰: '呂留良君子, 曾靜小人, 不忍見此書'云矣.'", 9월 24일, "上曰: '以覺迷錄見之, 雍正之爲人, 可知矣.' (宋)寅明曰: '覺迷錄, 殿下曾已下覽乎?' 上曰: '向者洪景輔入侍時言之, 而曾靖[靜]蓋不免小人也.'"

16 『승정원일기』, 영조 25년 1월 25일, "(元)景夏曰: '臣於尊賢二字, 有所仰達矣. 北京覺迷錄, 曾有之矣. 曾正之師, 卽呂留良, 而留良之號, 晚村也. 孝廟與先正宋時烈之事, 在於晚村集中, 而有曰: '朝鮮王, 與處士宋時烈, 講春秋大義'云. 中原義士, 若聞有此事, 則必當記錄, 故晚村集中, 似有此記也. 臣於使行時, 輒使譯官, 得晚村集以來, 而終不得來. 金昌祚以爲晚村集有前後集, 而在於江南云. 今後亦將得來, 而或於晚村集中有此語, 則是孝廟事, 有名於天下矣. 晚村講義, 則於明末講義中, 段段入載, 而其議論極好, 見識亦深, 誠難士矣.' 上曰: '講義則有之乎?' 景夏曰: '此則多有之矣.'"
실제로 숙종 말부터 이미 金幹(1646~1732), 金昌翕(1653~1722), 金昌緝(1662~1713), 李顯益(1685~1728) 등 여러 학자들이 『논어』 『중용』 등을 해석하면서 여유량의 『사서강의』를 인용했다. 그밖에 김창흡의 문인인 兪肅基(1696~1752), 홍대용과 절친했던 金鍾厚, 金長生의 후손인 金正黙(1739~1799) 등도 여유량의 학설을 거론했다. 李坤의 『燕行紀事』(1777), 「聞見雜記」 上에서도, 여유량의 『經書講義』(즉 『사서강의』)가 천하에 성행하는데 우리나라에서도 본 자가 많다고 했다.

17 兪漢雋, 『自著』 準本(1), 「送從兄持憲公赴燕序(壬申)」, "留良, 明遺民也. 明亡, 留良抗節不屈於虜庭磔死. 其後有爲留良之學者曰曾靜, 靜亦殺死. 靜死, 其書遂不出. 顯宗朝, 我使入燕, 有夜懷呂氏書而求見者曰: '環顧海內, 惟朝

682

鮮可以藏此書. 故來相托耳.' 使者有難色, 其人慟哭而去. 上盖聞其事也."
단 이 글에서 여유량이 磔刑을 당해 죽었다고 한 것이나, 그의 저술을 조선 사신에게 전하려던 사건을 曾靜 역모 사건 발생 이전인 顯宗朝의 고사로 기술한 것은 오류이다.

18 『승정원일기』, 영조 29년 1월 11일, "(兪)漢蕭曰: '呂晩村集, 今番欲貿來, 而彼人不肯出給, 故只得晩村詩抄一卷而來. 此雖非全集, 其出處事蹟, 足可以此照驗, 令芸館刊布似好, 故敢達矣.' 上曰: '欲覽之, 一本謄入, 可也.'"; 5월 14일, "上曰: '儒臣, 以留良爲何如人也? 近者, 兪漢蕭得來其詩集, 大加稱賞矣.'"; 兪漢雋, 『自著』 권16, 「呂晩村詩錄序」, "…公拜受命, 旣之燕, 陰求有呂留良書者無有, 一日有商賈子持詩卷來, 視之, 果呂留良詩也. 公遂取而歸, 以獻於上, 副藏于家.'"; 『자저』 권24, 「從兄參判公行狀(乙未)」, "以書狀官赴燕, 上命購呂留良書. …於是公之燕, 陰使人購之, 得其詩, 歸而獻於上, 陳春秋之義, 上悅."; 이덕무, 『청장관전서』 권33, 『청비록』 2, 「晩村集」, "先王癸酉, 兪參判漢蕭, 以副使入燕, 求之. 有一士, 懷晩邨詩集抄本一冊, 潛來館中, 泣而傳之, 仍持献于先王. 自是士大夫家稍稍謄錄."; 李長載, 『蕷石館稿』 권2, 「呂晩村集序」, "近得先生詩集, 卽燕肆之流來者也. 先生之詩, 奇崛汪洋, 不如有學集之峭刻亡國盛也, 且网僕之意, 溢於章句之間, 卽先生之忠, 大矣!"

19 『승정원일기』, 영조 29년 5월 14일, "上曰: '近來猶有疵朱子者云矣.' (李)顯重曰: '臣則不聞, 而李需霖·陸農(隴)其之派, 有呂留良者. 蓋留良字說, 錢謙益作之, 以張良椎秦之說立言, 其派似宜有曾靜之類矣.' …上曰: '兪漢蕭以其有爲大明之心贊之矣.' (李)顯重曰: '未必其專出於爲大明也. 大抵元朝立國寬簡, 優禮士大夫. 故九州雖皆臣服, 而初無披髮左衽之事, 而至於淸人則一倂剃髮. 故覺迷錄有以亂頭髮破網巾換糖之說. 蓋其至痛, 專在於剃髮矣.'"
이현중(1708~1764)은 자는 顯道, 본관은 韓山이다. 1743년 문과 급제 후 대사간 등을 지냈다. 노론으로 탕평책에 반대한 판서 李秉常(1676~1748)의 집안 조카뻘이 된다(『승정원일기』, 영조 18년 12월 2일, 영조 20년 5월 21일).

20 錢謙益, 『有學集』 권50, 「呂留侯字說」; 『有學集』 권20, 「呂季臣詩序」; 李坤, 『燕行紀事』, 「聞見雜記」 下, "呂留良者, 江南大儒, 卽明末淸初人也. 其兄呂願良字季臣, 見錢牧齋呂季臣詩序, 則可知其尙節慷慨也."; 성해응, 『연경재전집』 권12, 「呂留良傳」 참조.

21 兪國林 編, 앞의 책, 1, 『呂晩村先生文集』 권4, 「答徐方虎書」(2), 110면.

22 呂留良,『呂留良文集』, 徐正 等 點校, 杭州: 浙江古籍出版社, 2011, 下冊, 附錄,『大義覺迷錄』권4, 雍正上諭, 352면, "又辭山林隱逸之薦, 答友人書云: '有人行於途, 賣餳者唱曰: '破帽換糖.' 其人急除匿, 已而唱曰: '破網子換糖.' 復匿之. 又唱曰: '亂頭髮換糖.' 乃惶遽無措, 曰: '何太相逼?' 留良之薙頂, 亦正怕換糖者相逼耳.'"

게다가 여유량의 장남 呂葆中은 진사 급제 후 翰林編修가 되었다. 이 사실 역시 『대의각미록』권4「雍正上諭」에서 指責되었다.

23 『승정원일기』영조 31년 3월 29일. "(李)楺曰: '(…)呂晚村文集亦得來, 而似是抄出者矣.' 上曰: '入之!' (李)楺曰: '卜物未及來, 來後當入矣.'"

당시 정사는 長溪君 李楺, 부사는 李宗白, 서장관은 李惟秀였다.

24 『승정원일기』영조 32년 4월 30일. "上曰: '有慷慨者, 見我國衣冠而欲着之否?' (徐)命膺曰: '聞江浙之間, 呂留良遺風餘韻尙存, 多有如此之人, 而其他則思漢之心, 已不如前, 雖有之, 亦不敢肆然見於外矣.'"

당시 정사는 海運君 李槤, 부사는 황경원이었다. 서장관 서명응은 소론계 문신이다.

25 『승정원일기』, 영조 32년 1월 17일, "上曰: '李顯重以爲, 呂留良非有節義, 不欲薙髮, 故如彼云矣. 其言如何?' (元)仁孫誦呂留良詩數句, 曰: '此復讐之言也.'"; 3월 3일, "上曰: '呂晚村集, 兪漢蕭必欲得來, 李顯重切憎之矣.' (洪)象漢曰: '晚村非可斥之人也.'"

26 『승정원일기』, 영조 36년 7월 26일, "上曰: '…儒臣以呂留良爲何如人?'… (安)㙎曰: '以留良爲名, 深有義意, 觀錢牧齋文集可知矣.'"

27 『승정원일기』, 영조 38년 3월 2일, "(上)因笑曰: '頃者李顯重以爲呂晚村, 非不忘皇朝也. 皇朝立法嚴峻, 故晚村恥其剃髮而然云. 顯重或爲如此之診, 晚村豈不冤乎?'"

28 황윤석,『이재난고』권3, 1764년 2월 7일, "退與李君得鑑(*황해감사 李基敬의 아들)穩話而罷 …因借呂晚村四書講義四冊."; 권7, 1766년 10월 12일, "鄭君(*장성부사 鄭景淳의 아들 鄭東驥)亦大笑, 因出案上王陽明傳習錄曰: '曾見此乎?' 余曰: '聞有此而未及詳閱也. 但此是象山白沙之一脉相傳者. 須以呂晚村四書講義, 與此爲對而玩之, 則王氏之謬, 自可見矣. 皇明三百年, 學者不知有朱學, 而惟晚村獨扶朱學, 儼成異端之勁敵矣.'"

또 황윤석은 여유량의 『사서강의』謄本에 題跋도 썼다(『頤齋遺藁』권12,「題張廷玉明史天文志·呂晚邨四書講義謄本後」).

29 金相定, 『石堂遺稿』 권5, 「副价金述夫善行臨行索詩 書此與別」 其二, "行人尙說朱天使, 遺老應忘呂晚村."

　　김상정(1722~1788)은 음직으로 출사한 뒤, 50세에 문과에 장원급제하고 승지·대사간 등에 임명되었으나, 정조 즉위 초에 옥사에 연루되어 파직되었다가 말년에 울진 현령으로 복직했다. 그는 족형인 金相肅과 金鍾厚·金鍾秀 형제, 李敏輔 등과 절친했다.

30 1732년 동지사 서장관으로 북경에 갔을 때 『만촌집』을 구입하고자 시도했던 오원도 이 교유 집단에 속한다. 이들은 명나라와 辛壬士禍에 대한 노론의 당파적 의리에 투철한 인사들이었다. 북벌론이 현실성 없는 공허한 주장으로 치부되던 현실에서도 망한 명나라에 대한 의리를 끝까지 지키고 청나라에 대한 복수를 잊지 않고자 다짐했다. 또 충신과 역적을 구분하지 않는 무분별한 탕평책을 비판하면서 신임사화를 일으킨 소론을 징계하고 축출해야 한다고 보았다. 이러한 '大明義理'와 '辛壬義理'를 고수하는 것을 자신들의 시대적 소임으로 자부하고, 당시의 정치 현실을 비관하면서 관직에 나가기보다는 은거하며 지조를 지키는 삶을 택하고자 했다. 그리하여 의기투합하는 벗과 함께 산수를 유람하거나 옛 그림과 글씨, 골동품을 감상하면서 詩文과 書畵 창작을 즐기며 지내고자 했다(김수진, 「능호관 이인상 문학 연구」, 서울대 박사논문, 2012, 46~67면 참조).

31 이덕무, 『청장관전서』 권51, 『이목구심서』 4, "偶閱呂晩村詩, 明末文章, 分門割戶, 互相攻擊, 甚於鉅鹿之戰·黨錮之禍, 亦可以觀世變也. 古來未之見也. 其詩有曰: '…'"; 兪國林 編, 앞의 책, 3, 『何求老人殘稿』 권1, 『萬感集』, 「子度歸自晟舍以新詩見示」, 83~84면.

32 張仲謀, 『淸代文化與浙派詩』, 北京: 東方出版社, 1997, 第二編, 「第二章 民族主義詩人呂留良」, 95~96면 참조.

33 이덕무, 『청장관전서』 권63, 『천애지기서』, 「筆談」, "炯菴曰: '呂晩村, 名留良, 字莊生, 一名光輪, 字用晦. 其學以闢王衛朱爲宗旨.'"

　　여유량은 최초의 字가 莊生이었으나 25세 때 淸의 縣試에 응시하면서 '光輪'으로 개명하고 자도 '用晦'라고 지었다. 이 사실은 여유량의 장남 呂葆中이 지은 『行略』에 소개되어 있다(卜僧慧 撰, 『呂留良年譜長編』, 中華書局, 2003, 卷首, 「呂留良: 姓名, 字號, 籍貫」, 1~2면). 이로 미루어, 당시 이덕무는 여보중의 『행략』을 부록으로 실은 『만촌문집』을 읽었던 것으로 추측된다.

34 이덕무, 『청장관전서』 권63, 『천애지기서』, 「筆談」, "炯菴曰: '呂晩村之言曰:

'姚江之說不息〔熄〕, 紫陽之道不著; 紫陽之道不著, 則孔子之道熄矣.'"

35 이덕무, 『청장관전서』 권33, 『청비록』 2, 「晚村集」.
여기에 소개된 여유량의 시 8편은 ①「季臣兄病臥〔臥病〕欲荒園」 4수 중 2수
②「春去與子度」 七律 1수 ③「次韻黃九淵民部思古堂詩」 5수 중 4수 ④「耦
耕詩」 10수 중 2수 ⑤「園林早秋」 4수 중 제2수 ⑥「亂後過嘉興」 3수 중
제1수 ⑦「新歲雜詩」 8수 중 제4수 ⑧「見釣者」 칠언고시 1수 등 모두 13수
이다.

36 이덕무, 『청장관전서』 권45, 『뇌뢰낙락서』 10, 「孫爽」; 兪國林 編, 앞의 책,
1, 『呂晚村先生文集』 권7, 「孫子度墓誌銘」.

37 卜僧慧 撰, 앞의 책, 253~254면; 兪國林, 『天盖遺民－呂留良傳』, 杭州: 浙
江人民出版社, 2006, 「呂留良大事年表」, 305면; 兪國林 編, 앞의 책, 1, 『呂
晚村先生續集』 권3, 「質亡集小序」; 이덕무, 『청장관전서』 권45, 『磊磊落落
書』 4, 「吳蕃昌」 「凌文然」; 『磊磊落落書』 8, 「黃子錫」; 『磊磊落落書』 9, 「鄭
瀅師」; 『磊磊落落書』 10, 「張嘉玲」 「高斗魁」 「查雍」 「勞以定」 「管諧琴」.

38 『을병연행록』, 1766년 1월 20일(소재영 외 주해, 377면).
『담헌서』 외집 권7, 「연기」, 「吳彭問答」에는 "余曰: '呂晚村何如人?' 彭掉頭
曰: '死後被罪, 子孫門人皆發遣.'"이라고만 되어 있다.

39 『을병연행록』, 1766년 1월 20일(소재영 외 주해, 377~378면).

40 兪國林 編, 앞의 책, 2, 『呂晚村先生文集』 부록, 呂葆中, 「行略」, 866면; 言敦
源, 「何求老人傳」, 891면.
단 여유량은 평생 학당을 열고 강의를 한 적은 없다. 따라서 그의 팔고문 선
집에 '語錄', '講義' 등의 제목을 붙이는 것은 부당하다는 견해도 있다(兪國
林 編, 앞의 책, 7, 『呂子評語』, 車鼎豊, 『呂子評語正編略例』, 3~4면).

41 原北平故宮博物院文獻館 編, 『淸代文字獄檔』, 上海書店, 1986, 下, 「曾靜遣
徒張倬投書案」, 163~164면.

42 예컨대 청해성에서 일어난 롭상 단진의 반란을 "남방에 큰 도적이 일어나
니"라고 한 것이나, 악종기의 군대가 출동하여 "절강을 지나니"라고 한 것,
그리고 장희와 장감이 "군문에 나아가 조용한 틈을 청하여 비밀히 이른되"
악종기가 "두 사람을 잡아 북경으로 보내니"라고 한 것 등이다.

43 兪國林 編, 앞의 책, 2, 『呂晚村先生文集』 부록, 徐世昌, 「呂留良傳」, 895면.

44 岡本さえ, 앞의 책, 114~130면, 391~397면.

45 兪國林 編, 앞의 책, 1, 『呂晚村先生文集』 권4, 「與董方白書」, 118면, "又湯

若望有天文實用一書, 幸爲多方購求一部, 感甚."; 권5, 「西法曆志序」, 146면, "萬曆中, 遂有修曆譯書分曹治事之議, 使分曹各治, 事畢而止. 大統不能自異 於前, 西法又未可爲我用, 猶二百年來分科推步之故已. 烈皇帝究知其然, 命 禮臣督改之, 勅廣集衆長, 兼收西法, 凡譯書一百四十卷, 皆西法也. 時中外多 故, 未及會通, 以頒布澥宇, 以繼述高皇帝遺意, 以京師變陷矣."; 권6, 「答谷 宗師論曆志」, 189면, "…迨至烈皇帝時, 始有西曆一書. 然未經會通中曆, 確 有定論, 頒布海宇, 則此書在先朝尙爲未定之書, 但可資其議論, 以究天學異 同."; 韓琦, 『通天之學: 耶蘇會士和天文學在中國的傳播』, 北京: 生活·讀書· 新知三聯書店, 2018, 26~27면 참조.

46   정조, 『홍재전서』 권116, 『經史講義』 53, 「綱目」 7, 「唐太宗」 "…地圓之理, 確有可徵, 而先儒猶不之信, 何歟?" "進土任履周對: '…朱子答或人之問, 亦 以爲北方地角尖斜云, 而終未得明的之論. 及見呂留良黃極度辨, 然後知西洋 地圓之說明白無疑, 而北地晝長夜短之理, 可以推測矣.'"

임이주는 이인상·이윤영을 중심으로 한 교유 집단에 속했던 任邁의 양자 였다.

47   『乾淨後編』 권2, 「寄陸篠飮飛」, 제5수와 제6수.

이 시는 『간정후편』 권1, 丁亥(1767) 十月冬至使行入去 作書附譯官李彦容, 「與篠飮書」 등 3편의 서신에 이어서 수록되어 있어, 「與篠飮書」에 동봉한 시임을 알 수 있다. 『담헌서』 내집 권3, 「寄陸篠飮飛」에는 제3수와 제4수로 수록되어 있다.

48   『간정후편』 권1, 丁亥(1767) 十月冬至使行入去 作書附譯官李彦容, 「與 秋庫書」, 別紙, "其他如邵子全書·天文抄函兩書, 平生願見, 而諒其卷秩不少, 設或有見在者, 何可遠寄耶?"; 『담헌서』 외집 권1, 杭傳尺牘, 「與秋庫書」(2), "其他如邵子全書·天文類函兩書, 平生願見, 而諒其卷秩不少, 設或有見在 者, 何可遠寄耶?"

『간정후편』과 『담헌서』 모두 『天學初函』이 西學書임을 은폐하기 위해 각각 "天文抄函"과 "天文類函"으로 변개했다.

49   『간정후편』 권2, 戊子(1768) 五月使行還 浙書附來, 「秋庫書」, "邵子全書· 勉齋集, 琉璃廠適缺其書, 究續寄. 天文初函, 目未曾見. 或得之, 一幷送去 也."(이는 『연항시독』, 「無題[潘庭筠]」와 동일한 서신인데 후자에는 "天文 初函"이 "天學初函"으로 바르게 표기되어 있다. 原札은 『中士寄洪大容手札 帖』 5에 영인·국역되어 있다.); 『燕杭詩牘』, 반정균, 「湛軒大兄先生書」, "…

又委覓天學初函一書, 後得半部. 其中算指·水法·天問略數種, 稍可存. 至其言超性處, 語多不經, 至耶穌事蹟, 又多荒誕."(이 서신은 『中土寄洪大容手札帖』4에 영인·국역되어 있고, 국사편찬위원회 소장 『담헌서』에도 轉寫되어 있다).

50　　『乾淨附編』, 癸巳(1773)十月, 「與蓉洲書」, "貴鄕士友中有爲身心性情之學者, 其一二著述可寄示否? 藝術與樂律·算數·星象·兵機之學, 亦儒者所當講也. 尊兄亦嘗究索而有得, 則幸勿鄙外, 略示其槩. …士友中有用功於此等書, 而又能不倦於誨人者, 可爲之紹介否?"; 「與梅軒書」, "弟素有癖好, 頗留心於儀象算數之術, 如規牌·比例尺兩種, 最其機械之精要. 累憑貢使, 求之欽天監·天主堂兩處, 而終不得聞. 尊兄近住都下, 或能爲之訪得否?"; 「與汶軒書」, "見今以道學名世天下, 仰以爲宗師者, 果有是人, 願聞其姓號及才行之槩. 足下師友中, 亦有舍聞達而留心實學者, 亦望寄示其著述一二. 如律曆·儀象·算數·兵機等藝術末業, 勿論生熟淺深, 卽能心篤好而實用功者, 乃弟之所願聞而願學者, 尊兄敎之. 妄意, 吾儒實學, 本不局於訓詁一途.…."(이상의 서신들은 『담헌서』 외집 권1, 杭傳尺牘에는 수록되어 있지 않다.)
규폐(規牌)와 比例尺은 삼각함수 계산을 편리하게 하기 위한 도구이다(이규경, 『오주연문장전산고』, 「勾股笭器辨證說」, 「規牌求作辨證說」 등 참조).

51　　『담헌서』 내집 권4, 補遺, 「의산문답」, "自周以來, 王道日喪, 覇術橫行, 假仁者帝, 兵彊者王, 用智者貴, 善媚者榮. 君之御臣, 啗以寵祿, 臣之事君, 餂以權謀. 半面合契, 隻眼防患, 上下掎角, 共成其私. 嗟呼! 咄哉! 天下穰穰, 懷利以相接. 儉用蠲租, 非以爲民也, 尊賢使能, 非以爲國也, 討叛伐罪, 非以禁暴也. 厚往薄來, 不寶遠物, 非以柔遠也. 惟守成保位, 沒身尊榮, 二世三世, 傳之無窮, 此所謂賢主之能事, 忠臣之嘉猷也."

52　　夫馬進, 『朝鮮燕行使と朝鮮通信使』(名古屋大學出版會, 2015), 392면에서도 「의산문답」 중의 이 대목에 주목하고, "이는 대담한 발언이다. …이는 『맹자』를 부정한 것과 마찬가지다. …여기에는 청나라 초기 황종희가 『明夷待訪錄』에서 주장한 것과 같은 民本主義的인 君主論을 훨씬 뛰어넘는 과격한 國家論과 군주론이 전개되어 있다고 말해도 좋을 것이다"라고 高評했다(후마 스스무, 『조선연행사와 조선통신사』, 신로사 외 옮김, 성균관대출판부, 2019, 534~535면).

53　　朱熹, 『晦庵集』 卷36, 「答陳同甫」(6); 수징난, 『주자평전』, 김태완 옮김, 역사비평사, 2015, 下, 14~45면 참조.

수징난은 이러한 주자의 비판에 대해 "이는 참으로 봉건 제왕의 통치에 대한 각골명심할 도덕 이성의 비판이다. …이는 황제와 군주에 대한 허망한 신성성(神聖性)의 환상을 타파한 것이나 다름없었"다고 高評했다(수징난, 위의 책, 下, 31면).

54 수징난, 위의 책, 下, 707면.

55 錢穆, 『中國近三百年學術史』, 中華書局, 1984, 上冊, 第2章「黃梨洲」, 附「呂晚村」, 79~81면; 鄔正杰, 「呂留良的政治思想」, 清華大學 碩士論文, 2012, 73면 참조.

錢穆은 이와 같이 『사서강의』에서 君主 專制를 비판한 여유량의 政論은 황종희가 『明夷待訪錄』에서 논한 바와 아주 흡사하다고 지적하고, 이는 兩人이 반목하기 이전에 서로 사상적으로 교류한 결과일 것이라고 보았다. 그리고 晚淸 이래 황종희의 『명이대방록』이 극찬을 받은 데 비해 여유량의 『사서강의』가 주목받지 못했음을 안타까워 했다(錢穆, 위의 책, 上冊, 84면).

4부 3장

1 蕭一山, 『淸代通史』, 臺北: 商務印書館, 1976, 제1권, 314~320면; 王戎笙 主編, 『淸代全史』, 淸史硏究叢書, 瀋陽: 遼寧人民出版社, 1991, 제2권, 92~100면; 윌리엄 T. 로, 『하버드 중국사 청-중국 최후의 제국』, 기세찬 옮김, 너머북스, 2014, 49면 참조.

2 鄭太和(1649), 麟坪大君(1656), 洪命夏(1664), 閔鼎重(1669), 崔德中(1712), 閔鎭遠(1712), 金昌業(1712), 이의현(1732) 등의 연행록(葛兆光, 『想像異域-讀李朝朝鮮漢文燕行文獻札記』, 中華書局, 2014, 제7장「大明衣冠今何在?」, 144~149면) 참조.

박지원도 熱河에서 사귄 중국인 王民皞와 郝成에게 조선 부인의 의관 제도를 설명하고 그들의 칭송을 들었다(『열하일기』, 「太學留館錄」, 8월 10일, "鵠汀曰: '…貴國婦人衣冠之制如何?' 余略對上衣下裳及髻鬟之法, 如圓衫唐衣, 略畫其製於卓面, 兩人皆稱善.") 이와 같은 사례는 노론계뿐 아니라 소론계 인사의 연행록에도 보인다. 홍대용보다 불과 수년 전에 연행을 다녀온 李義鳳 역시 연행록의 곳곳에서 청나라의 의관 제도를 멸시하고 조선의 의관 제도에 대해 자부심을 드러냈다(이의봉, 『北轅錄』 권2, 1760년 12월

5일; 권3, 12월 25일, 26일; 권4, 1761년 1월 14일, 2월 7일, 11일).

3　김명호, 『환재 박규수 연구』, 창비, 2008, 199~203면 참조.

4　『을병연행록』, 1765년 12월 23일(소재영 외 주해, 149~150면).

5　『을병연행록』, 1765년 12월 24일(소재영 외 주해, 157~158면).

6　『담헌서』 외집 권7, 『연기』, 「宋擧人」, "宋撫其首曰: '其衣冠與我一樣, 見之何益?'"; 『을병연행록』, 1766년 1월 4일, "송가ㅣ(*宋哥가) 제 머리를 가리켜 가로되, '다 이 모양이니 볼 것이 어이 있으리오?' 하니, 대강 머리를 깎아 오랑캐 제도를 좇음을 이름이라."(소재영 외 주해, 230면)

7　『담헌서』 외집 권7, 『연기』, 「吳彭問答」, "余曰: '婦人衣服, 不變明制乎?' 彭曰: '然.'"

8　'男從女不從'을 포함하여 '十從十不從'설이 민간에 유전되었다. 여자, 노예, 아동, 중과 도사, 연극배우, 장례와 혼례, 불교나 도교식 제사 등에는 전통복식을 따라도 된다는 뜻이다. 이는 청나라 초에 貳臣 金之俊 또는 洪承疇의 건의를 채용한 결과라는 설이 있다(周錫保, 『中國古代服飾史』, 北京: 中國戲劇出版社, 1996, 450면).

9　宋文欽, 『閒靜堂集』 권7, 雜著, 「婦人服飾攷」; 이덕무, 『청장관전서』 권30, 『士小節』 下, 婦儀 1, 「服食」; 朴珪壽, 『居家雜服攷』 권2, 「內服」, 序.
　　일찍이 조선 초에 태종은 본국의 女服을 모두 中華의 제도를 따르게 하라고 명했으나 재상 許稠가 반대하여 시행되지 않았다고 한다(李廷馨, 『東閣雜記』 上, 「本朝璿源寶錄」, "…稠又曰: 昔太宗欲本國女服, 悉從華制. 臣啓曰: '臣昔赴京過闕里, 入見孔子家廟, 見女服畫像, 與本國無異, 但首飾異耳.' 事竟不行. 中國之禮, 安可盡從乎?'"; 『태종실록』, 7년 4월 18일, 11년 4월 27일; 이덕무, 『앙엽기』 [東京大 小倉文庫 소장본] 4, 「易服之令」 참조)

10　『담헌서』 외집 권10, 『연기』, 「巾服」, "閨服尙存華制, 滿漢略同."; 채송화, 「『을병연행록』 연구―여성 독자와 관련하여」, 서울대 석사논문, 2013, 44~46면 참조.

11　『담헌서』 외집 권10, 『연기』, 「巾服」, "世傳闕里孔氏廟, 有婦人像, 衣裳如東國制. 其時國制, 今亦未可考. 但今制, 衣裳不相掩, 袴不下繫, 露肉而不耻, 眞是夷風. 惟松京袴繫, 閭巷長衣, 猶是婦服之近華也."
　　이는 이규경의 『오주연문장전산고』, 「東國婦女首飾辨證說」에도 인용되어 있다. 단 이규경은 "洪湛軒大容乾淨筆談"에서 인용했다고 밝혔으나, 착오를 범한 듯하다.

12 『담헌서』 외집 권7, 『연기』, 「蔣周問答」, "余曰: '…衣服專遵明朝舊制, 而間
有未變俗者.'"

13 『담헌서』 외집 권2, 『간정동필담』, 1766년 2월 4일, "余曰: '我們衣服, 皆是
明朝遺制.' 兩生皆頷之."

14 『담헌서』 외집 권2, 『간정동필담』, 1766년 2월 4일, "力闇畫出晃旒及各冠
制, 而問之曰: '如此制乎?' 余曰: '然.' …蘭公曰: '場戲有何好處?' 余曰: '雖
是不經之戲, 余則竊有取焉.' 蘭公曰: '取何事?' 余笑而不答. 蘭公曰: '豈非復
見漢官威儀耶?' 卽塗抹之. 余笑而頷之."

일찍이 김창업은 연행 중에 본 연극에 대해, 명나라 때의 의관 제도를 많이
보여 주어 만주족 치하의 漢人들에게 중화의 제도를 흠모하게 만든다고 칭
찬했다(김창업, 『연행일기』 권7, 癸巳 2월 21일). 李義鳳도 연극 배우의 복
장에 깊은 관심을 표하고, "역관들이 이르기를, 淸國人들은 漢官을 모욕하
기 위해 이러한 연희를 벌인다고 한다. 하지만 이후에 만일 진정한 군주가
나타나 명나라 洪武 시대의 옛 제도를 회복하려고 한다면, 그것은 바로 여
기에 있을 것인저!'라고 큰 의미를 부여했다(이의봉, 『북원록』 권5, 1761년
2월 21일). 홍대용 역시 『을병연행록』 1766년 1월 4일 기사와 『연기』 「場
戲」 등에서 중국의 연극에 대해 자세히 소개하면서, 명나라가 망한 이후에
도 '漢官의 威儀'를 보존하고 있는 점을 높이 평가했다.

15 『담헌서』 외집 권2, 『간정동필담』, 1766년 2월 4일, "又〔曰〕: '余入入〔衍字〕
中國, 地方之大, 風物之盛, 事事可喜, 件件精好. 獨剃頭之法, 看來令人抑塞.
吾輩居在海外小邦, 坐井觀天, 其生靡樂, 其事可哀. 惟保存頭髮, 爲大快樂
事.' 兩生相顧無語. 余曰: '吾於兩位, 苟無情分, 豈敢爲此言乎?' 皆頷之."

『을병연행록』 1766년 2월 4일 기사에는 "惟保存頭髮, 爲大快樂事"가 "홀로
머리털을 보전하여 부모 유체(遺體)를 헐우지 아니하니, 이 한 (가지) 일로
마음을 위로하여 다행히 여기노라"로 좀 더 자세하게 되어 있다(소재영 외
주해, 476면).

16 이덕무, 『청장관전서』 권63, 『천애지기서』, 「筆談」, "炯菴曰: '李幹才, 字篤
生. 明亡, 不薙髮, 絶食十八日, 告其友人其生祭. 幹才岸幘方袍, 受祭畢死.
許德溥, 字元博. 不肯薙髮, 重違父意, 乃剪其半如頭陀. 士生斯世, 喪服終身
者有之, 稱道士, 黃冠以終者有之. 此法猶幸全髮.'"; 『청장관전서』 권46, 『磊
磊落落書補編』(上), 「李幹才」「許德溥」; 徐珂, 『淸稗類鈔』, 容止類, 「許德溥
不薙髮」.

陳鼎의『留溪外傳』은 淸代의 禁書에 속했다. 앞서 오영방과 더불어 언급한 徐介가 바로 종신토록 상제처럼 상복을 입고 지낸 대표적 遺民이다.

17 『담헌서』외집 권2, 『간정동필담』, 1766년 2월 12일, "余曰: '中國廟堂甚盛, 費盡無限財力. 喇嘛僧坐食厚祿者, 不知其幾千數矣. 沿路見貧民之不堪飢寒者不勝其多. <u>而沿路行宮之殿閣極其奢麗. 且戲臺何用而多有侈美? 不勝傷歎, 而或不無好處, 前朝制度尙存也.</u>'"
　　위의 인용문 중 밑줄 친 부분이 규장각 등 소장본『간정필담』에는 "余且嘗見皇上南遊圖, 處處宮殿樓觀戲臺, 皆極其侈麗. 且道: '戲臺有何好處?' 蘭公戲曰: '戲臺亦有妙處, 以其有漢官威儀也.' 擲筆大笑."로 되어 있다.『을병연행록』1766년 2월 12일 기사에는 "내 가로되, '…또 일찍이 황상(皇上)이 남방(南方)에 거동하는 그림을 보니 곳곳의 궁전과 누관이 사치를 궁극히 하였고, 창시(場戲)하는 집이 궁전 가운데 없는 곳이 없으니 생민(生民)의 재물은 한정이 있고 인욕(人慾)은 궁진(窮盡)함이 없나니, 어찌 애닮지 아니리오?' 엄생은 낯빛을 거두어 대답하지 아니하고 반생은 희롱 왈, '창시는 또한 묘한 곳이 있으니 한관(漢官)의 위의를 다시 봄이라.' 하고 붓을 던지며 크게 웃거늘, 내 또한 웃어 가로되, '황상이 만일 한관의 위의를 보고자 창시를 베풀면 이는 천하의 다행한 일이로다.' 양인이 대소(大笑)하더라."(소재영 외 주해, 556~557면)로 되어『간정필담』과 유사하나, 밑줄 친 부분이 더 있다.

18 『담헌서』외집 권2, 『간정동필담』, 1766년 2월 12일, "余曰: '行將別矣, 極言無諱可乎?' 皆曰: '善!' 余曰: '<u>中國非四方之表準乎? 兩兄非我輩之知己乎? 對兄威儀, 每起歎惜者.</u>'"
　　위의 인용문 중 밑줄 친 부분이 규장각 등 소장본『간정필담』에는 "中國非四方之宗國乎? 君輩非我輩之宗人乎? 見君輩之鞭絲(*채찍같이 가늘고 긴 머리), 安得不使我腐心而煩冤乎?"로 되어 있다.『을병연행록』1766년 2월 12일 기사에도 "중국은 사방의 종국(宗國)이요, 그대는 우리의 종인(宗人)이어늘, 그대의 머리 제양(制樣)을 보매 어찌 마음을 썩이지 아니리오?"라고 되어 있다(소재영 외 주해, 557면).

19 "蘭公笑曰: '剃頭則甚有妙處, 無梳髻之煩, 爬癢之苦. 科〔裹〕頭者想不識此味. 故爲此語也.' 余曰: '不敢毀傷之語, 以今觀之, 曾子乃不解事人也.' 兩生皆大笑. 蘭公曰: '眞箇不解事!' 又笑不止. 力闇曰: '浙江有可笑語, 剃頭店有牌號, 書曰盛世樂事.' 余曰: '江南人乃有此口氣, 北方恐不敢爲此.'"(밑줄 친

부분이 규장각 등 소장본 『간정필담』에는 삭제됨); 『을병연행록』, 1766년 2월 12일(소재영 외 주해, 558면).

이 대목은 이동윤의 『박소촌화』, 坤冊, 제69화에서도 거의 그대로 전재되어 있다. 즉, "潘·嚴諸生曰: '國家用滿洲衣冠爲其便捷而令人不懶, 爲長久之術也, 不可猝變也. 且薙髮於人甚便, 亦是妙法也.' 洪曰: '曾子云: '身體髮膚, 受之父母, 不敢毀傷.' 曾子不知妙法而然耶?' 兩生大笑曰: '曾子果不知妙法也.' 又曰: '江南有一剃髮之肆, 楣揭天下樂事四字.' 洪曰: '江南人膽大乎! 能發此言於此世界也.' "라고 했다.

20 "○見乾淨筆譚二冊.…. ○元人主華, 中原人則不薙髮. 淸人主華, 幷中國人, 皆薙髮左袵, 而獨婦人之服不變明制. 浙江有剃頭店, 牌書盛世樂事, 人心之溺, 極矣!"(兪晚柱, 『欽英』1, 1776년 6월 11일, 157~158면).

21 이는 『漢書』 「藝文志」에 인용된 공자의 말이다. '禮失求野'라는 성어가 있다.

22 박지원, 『연암집』 권3, 「自笑集序」(신호열·김명호 옮김, 돌베개, 2017, 하, 34~35면).

23 김명호, 앞의 책, 200면 참조.

24 『담헌서』 외집 권2, 「간정동필담」, 1766년 2월 12일, "余曰: '網巾雖是前明之制, 實在不好.' 力闇曰: '何故?' 余曰: '以馬尾戴頭上, 豈非冠履倒置乎?' 力闇曰: '然則何不去之?' 余曰: '安於故常, 且不忍忘明制耳.' 余又曰: '婦人小鞋始於何代?' 蘭公曰: '無明證. 但傳云始自南唐李宵娘.' 余曰: '此亦甚不好. 余嘗云: '網頭纏足乃中國厄運之先見者.' '力闇頷之."

『을병연행록』 1765년 12월 13일 기사에서 한족 여성의 전족을 처음 본 홍대용은 "놀랍고 아니꼬와 차마 보지 못할러라"고 하면서 "이는 비록 중국 풍속이나 괴이한 제도"라고 비판했다(소재영 외 주해, 104면).

25 이덕무, 『청장관전서』 권63, 『천애지기서』, 「筆談」, "炯菴曰: '網巾, 不惟馬尾不好, 額上係巾痕, 大是不好. 婦人係脚, 余瀽心懷, 著其原始甚詳, 載李漁一家言, 且康熙時有禁不能遵云. 網頭纏足, 拈出甚好. 出頭不得, 展足不得, 非厄運而何?'"; 『청장관전서』 권54, 「앙엽기」1, 「網巾」; 이규경, 『오주연문장전산고』, 人事篇, 服食類, 冠巾, 「網巾纏足辨證說」; 曾慶先, 「王逋和『蚓庵鎖語』」, 『福建師範大學福淸分校學報』 第1期, 2007 참조.

26 박지원, 『연암집』 권12, 「열하일기」, 「太學留館錄」, 8월 10일, "又曰: '貴國婦人亦纏脚否?' 曰: '否也. 漢女彎鞋, 不忍見矣. 以跟踏地, 行如種麥, 左搖

右斜, 不風而靡, 是何貌樣?'…余曰: '貌樣不雅, 行步不便, 何故若是?' 鵠汀
曰: '混韃女.' 卽抹去. 又曰: '抵死不變也.'…鵠汀曰: '故是三厄.' 余曰: '何謂
三厄?'…筆指余額曰: '這是頭厄.' 余笑指其額曰: '這個光光且是何厄?'….";
『연암집』권14, 『열하일기』, 「鵠汀筆談」, "余曰: '聞浙中剃頭店牌號盛世樂
事.' 鵠汀曰: '未之聞也. 是與石成金快說同意.'(前日與鵠汀語, 有頭口足三大
厄之說.)"

27   『을병연행록』, 1765년 12월 24일(소재영 외 주해, 157~158면); 『담헌서』
외집 권2, 『간정동필담』, 1766년 2월 12일, "又曰: '十年前關東一知縣遇東
使, 引入內堂, 借着帽帶, 與其妻相對卽泣, 東國至今傳而悲之.' 力闇垂首默
然. 蘭公歎曰: '好箇知縣!' 又曰: '苟有此心, 何不棄官去?' 又曰: '此亦甚不
易. 吾輩所不能, 何敢責人?' 皆愀然良久."
이 대목은 유만주의 『흠영』에도 전재되어 있다(『흠영』1, 1776년 6월 11일,
158면, "昔有關東一知縣遇東使, 引入內堂, 借其帽帶着之, 與其婦人相對而
泣, 東國至今傳而悲之云.").

28   "中國衣冠之變, 已百餘年矣. 今天下惟吾東方略存舊制, 而其入中國也, 無識
之輩莫不笑之. 嗚呼! 其忘本也. 見帽帶則謂之類場戲, 見頭髮則謂之類婦人,
見大袖衣則謂之類和尙, 豈不痛惜乎?"(『담헌서』외집 권3, 『간정동필담』,
1766년 2월 17일)

29   『담헌서』외집 권3, 『간정동필담』, 1766년 2월 26일, "蘭公曰: '昨在北城, 聞
國朝衣冠之制, 謹以奉示. 太宗文皇帝時, 有儒臣巴克什達海·庫爾纏, 奏請衣
服從漢人之制. 太宗諭曰: '非朕不納諫, 試爲比喩. 如效漢習, 寬衣大袖, 將待
人割肉而後食乎? 如遇勇士, 將何以禦之乎? 人稱滿洲人云: 「立着不動搖, 上
陣不回頭, 爲天下無敵.」 若效漢習, 諸事便怠惰, 忘騎射, 少淳朴, 失禮度. 子
孫當謹凜之!' 是以我朝聖聖相傳, 不效漢人衣制也.'";『淸太宗實錄』, 崇德元
年 11월 13일, "上御翔鳳樓集諸親王郡王·貝勒·固山額眞·都察院官, 命內
弘文院大臣讀大金世宗本紀. 上諭衆曰: '…先時, 儒臣巴克什達海·庫爾纏,
屢勸朕改滿洲衣冠, 效漢人服飾制度. 朕不從, 輒以爲朕不納諫, 朕試設爲比
喩. 如我等於此聚集, 寬衣大袖, 左佩矢右挾弓, 忽遇碩翁科羅巴圖魯勞薩挺
身突入, 我等能禦之乎? 若廢騎射, 寬衣大袖, 待他人割肉而後食, 與尙左手
之人, 何以異耶? 朕發此言, 實爲子孫萬世之計也. 在朕身豈有變更之理? 恐
日後子孫忘舊制, 廢騎射以效漢俗. 故常切此慮耳.'";『淸史稿』권3, 本紀 3,
「太宗本紀」2, 崇德元年 十一月癸丑; 蕭一山, 앞의 책, 제1권, 234~235면

694

참조.

30 『을병연행록』, 1766년 2월 26일, "내 가로되, '삼대와 한당(漢唐)이 큰 옷과 너른 소매로 각각 수백 천 년을 누리니 다만 덕의 후박(厚薄)에 있을지라. 어찌 의복 제도로 말미암으리오?'(소재영 외 주해, 691면) 이는 『담헌서』의 『간정동필담』이나, 규장각 등 소장본 『간정필담』에는 모두 없는 대목이다.

31 『담헌서』 외집 권3, 『간정동필담』, 1766년 2월 26일, "余曰: '舜, 東夷之人也. 文王, 西夷之人也. 王侯將相寧有種乎? 苟可以奉天時而安斯民, 此天下之義主也. 本朝入關以後, 削平流賊, 到今百有餘年, 生民按堵, 其治道可謂盛矣. 惟禮樂名物, 一遵先王之舊, 則天下尙論之士, 庶可以無憾, 亦可以有辭於後世矣. 兄如作官, 必以此箇義理, 上告下布, 申明二人之言, 以幸天下, 吾輩與有榮矣.'"

위의 인용문 중 밑줄 친 부분이 규장각 등 소장본 『간정필담』에는 모두 삭제되어 있다. 이동윤의 『박소촌화』, 坤冊, 제69화에서도 "(洪大容)乃曰: '他日立身, 須告天子, 復中國衣冠, 去薙髮之制.'"라고 했다.

32 呂留良, 『呂留良文集』, 徐正 等 點校, 杭州: 浙江古籍出版社, 2011, 下冊, 附錄, 『大義覺迷錄』 권2, 「奉旨訊問曾靜口供二十四條」, 273면, "至若'衣冠文物'之語, 最爲謬妄. 蓋衣冠之制度, 自古隨地異宜, 隋時異製, 不能强而同之, 亦各就其服習, 便安者用之耳. 其於人之賢否, 政治之得失, 毫無關涉也. …卽此可見衣冠之無關於禮樂文明治亂也."

33 "舜, 東夷之人也. 文王, 西夷之人也."는 『맹자』 「離婁 下」에서 따온 구절이고, "王侯將相寧有種乎?"는 『史記』 「陳涉世家」에 등장하는 秦나라 말의 농민 반란군 지도자 陳勝이 한 말이다.

김원행의 아들이자 홍대용의 벗인 김이안은 「華夷辨」(上)(『三山齋集』 권10)에서 "洪子"는 오랑캐라도 그들의 습성을 끊어버리기에 힘쓴다면 그들이 善을 행하도록 돕기를 주저해서는 안 된다고 하면서 순임금과 문왕을 끌어와 증거로 삼았다고 하더라는 傳言을 듣고 반론을 폈다. 즉 『맹자』에서 순임금과 문왕을 각각 "東夷之人"과 "西夷之人"이라 칭한 것은 두 사람이 살았던 거주 지역을 들어 말한 것뿐이지 이들을 오랑캐로 간주한 것은 아니었다는 것이다("[客]曰: '所惡於夷者, 爲其習於夷而不可與爲人也. 誠反其爲而不已於絶, 其於與善不以吝乎? 且洪子引舜文王, 以爲證也.' [余]曰: '噫! 洪子信以舜文王而夷邪? 昔孟子以地云爾也. 舜祖黃帝, 而文王祖稷, 神聖之世也, 如之何其夷之?'").

"洪子"는『맹자』「公孫丑 上」제8장("…大舜有大焉. 善與人同, 舍己從人, 樂取於人, 以爲善. 自耕稼陶漁, 以至爲帝, 無非取於人者. 取諸人以爲善, 是與人爲善者也. 故君子莫大乎與人爲善.")을 근거로 그런 과감한 주장을 편 듯하다. 이는 청나라의 장점을 인정하고 배워야 한다는 의미를 함축하고 있어 김이안의 반발을 샀다. 이 글에서 말한 "洪子"는 홍대용일 가능성이 높다고 본다. 참고로, 李麟祥은 그의 벗 洪梓를 '洪子'로 지칭했고(『凌壺集』권1, 「和洪養之澗亭韻」), 홍대용도 동문 洪樂舜을 '洪子'로 지칭했다(『담헌서』 내집 권3, 「贈洪伯能說」).

34 呂留良, 앞의 책, 下冊, 附錄, 『大義覺迷錄』권1, 「雍正上諭」, 197~198면.
"蓋德足以君天下, 則天錫佑之, 以爲天下君, 未聞不以德爲感孚, 而第擇其爲何地之人而輔之之理." "舜爲東夷之人, 文王爲西夷之人, 曾何損於聖德乎!"

35 『담헌서』외집 권2, 『간정동필담』1766년 2월 12일, "力闇曰: '國初東方入貢, 衣冠猶沿明制, 而不爲可否, 亦見忠厚.'"
규장각 등 소장본『간정필담』은 "力闇曰: '國初鼎革時, 東方入貢, 見衣冠猶沿明制, 而不爲訝, 亦見忠厚.'"로 조금 다르다. 『을병연행록』1766년 2월 12일 기사에는 "엄생이 가로되, '본조 초년에 동방의 조공하는 사신이 대명 의관을 변치 아니하되, 마침내 금치 아니하니 또한 충후한 뜻을 보리로다'"(소재영 외 주해, 576면)로 되어 있다.

36 엄성, 『철교전집』4, 『일하제금집』상, 「李令公」, "鐵橋曰: '…有大禮則紗帽團領, 士人亦方巾海靑, 悉沿舊制而我朝一聽之, 其見忠厚寬大之至矣.'"

37 呂留良, 앞의 책, 下冊, 附錄, 『大義覺迷錄』권2, 「奉旨訊問曾靜口供二十四條」, 274면. "…又如今之外藩各國, 衣冠之制皆多不同, 我朝受其職貢, 亦不必强易其衣冠."
朴齊家는『北學議』「尊周論」에서, 병자호란이 끝난 뒤 淸 太宗은 조선인에게도 胡服을 강요하려다가 九王(도르곤)의 諫言을 받아들여 중지했는데 이는 예전대로 옷을 입게 해서 중국인과의 내통을 막는 편이 낫다는 책략에서 나온 것이라고 보았다(『완역 정본 북학의』, 안대회 교감 역주, 돌베개, 2013, 271~272면). 박지원은『열하일기』에서, 청나라가 조선에게는 胡俗을 강요하지 않은 것은 전투에 불리한 의관 제도를 고수하게 함으로써 조선을 文弱化하려는 저의에서 나온 것일 뿐이라고 주장했다(김명호, 『열하일기 연구』, 창작과비평사, 1990, 129면).

38 『을병연행록』, 1766년 3월 1일(소재영 외 주해, 742면).

39 『을병연행록』, 1766년 3월 2일(소재영 외 주해, 746면); 『담헌서』 외집 권7, 『연기』, 「鄧汶軒」, "余曰: '君見吾輩衣冠以爲如何?' 鄧生曰: '甚好!' 余曰: '此中剃頭之法亦好否?' 鄧生曰: '自幼習以爲常, 頗覺其便.' 余曰: '髮膚不敢毁, 非聖訓乎?' 鄧生曰: '威顔咫尺, 休爲此言!'"

40 『을병연행록』, 1766년 3월 2일(소재영 외 주해, 748면); 『담헌서』 외집 권7, 『연기』, 「孫蓉洲」, "余曰: '弊邦慕尙中國, 衣冠文物彷彿華制, 自古中國或見稱以小中華. 惟言語尙不免夷風爲可愧.'"

41 『담헌서』 외집 권8, 『연기』, 「希員外」, "…因曰: '本朝爲前明滅大賊, 天與人歸, 無異於堯舜禪讓. 貴國亦知之乎?' 余笑曰: '舜亦東夷之人. 但未聞唐虞之際易服色如今日也.' 希笑曰: '世有古今, 時義不同. 衣冠何嘗有定制?' 余唯唯而歸." 『을병연행록』에는 이러한 대화 내용이 없다.

42 "東方婦人髢髻與衣服制度, 尙遵夷俗, 極是恠事. 好禮家或有倣而行之者, 惟考諸文字, 語多未詳, 參以使譯, 傳說不一, 往往非華非夷, 徒取駭俗之譏. 此實東方大缺陷事耳. 倘蒙諸公憐其愚陋, 喜其自新, 幸以中華古制, 附以近年沿革, 詳細示之, 則當永世受其賜矣. 貢使來往, 所見者皆閭巷村婦, 且係男女之別, 雖尋常總笄之法, 亦無由得其詳. 况禮家冠服之制乎? 古今之變, 滿漢之別, 吉凶之分, 老少之異, 常着之於嫁祭, 寒門之於貴族, 俗人之於禮家, 未嫁者, 已嫁者, 守寡者, 丫頭役使者, 必各有其制. 上自束髻, 下至鞋韈, 務其詳細言之. 文之所不及, 則畵以明之; 畵之所不明者, 徑寸薄紙, 製出小樣, 摺疊而附其下, 尤妙."(『乾淨後編』 권1, 丁亥[1767]十月冬至使行入去 作書附譯官李彦容, 「與鐵橋書」, 別紙; 『담헌서』 외집 권1, 杭傳尺牘, 「與鐵橋書」[2])

43 "前去鐵橋書緘及聖學輯要, 幷已交去九峯否? 其中婦人服制, 望秋庫酌商于篠飮·九峯, 嘉惠遠人, 一變陋俗, 則當永世頌戴, 無異生死而肉骨. 惟其徑寸薄紙, 製出小樣, 最爲要語. 文畵之所不明, 毫釐有差, 必轉成服妖. 幷賜諒察."(『乾淨後編』 권2, 戊子[1768]十月 作書附節行, 「與秋庫書」, 別紙)
『담헌서』 외집 권1, 杭傳尺牘, 「與秋庫書」(3)에는 해당 내용이 삭제되었다. '生死而肉骨'은 楚나라 令尹 薳子馮이 申叔豫가 자기 목숨을 구해 준 것이나 마찬가지라 여기고는 그에 대해 "이른바 죽은 자를 살리고 마른 뼈에 살을 붙여 주었다"(所謂生死而肉骨也)고 감사한 데서 유래한 표현이다(『左傳』, 襄公 22年).

44 "閨服之制, 容與篠飮商定製式, 繪圖呈正如何? 當不至食言耳."(『乾淨後編』

권2, 己丑[1769]五月使行還 浙信附來,「秋庫答書」;『中士寄洪大容手札帖』
5, 304면)

45 "閨服之制, 蒙敎以不至食言, 當恭俟快覩."(『乾淨後編』권2, 己丑[1769]十月
作書附使行 未果傳,「與秋庫書」;『담헌서』외집 권1, 杭傳尺牘,「與秋庫書」
[4])

46 "判袂以來, 忽忽十餘載. 音問疏濶者五六年. …前所詢閨服, 宿諾已久, 歉未
得報. 終當辦成寄覽, 緣各省風俗製式不一, 爲圖說頗難. 續當爲之, 但未能
速寄也."(『燕杭詩牘』, 반정균,「湛軒大兄先生書」;『中士寄洪大容手札帖』4,
218면, 221면)

47 "東方婦人衣服, 尙遵夷俗. 好禮家或模倣華制, 考據文字, 綮多踈略, 未免服
妖之譏. 竊願得漢家冠服眞本, 以備嫁祭之用, 欲貿京市, 古俗難辨. 此不論布
帛, 惟貴制作之眞, 可以轉相縫作. 又聞有鳳冠之制, 係是禮家常用, 亦有市
上所賣否? 惟是婦女章服三代傳來之製㨾, 此或有古今損益者耶? 曾見長春
〔椿〕寺有皇明皇后像, 衣製與今無異矣."(『담헌서』외집 권1, 杭
傳尺牘,「與
孫蓉洲有義書」)

이 서신은『乾淨附編』중의「與蓉洲書」(2)와 동일한 서신이나 후자에는 위
의 인용문과 같은 別紙가 없고 대신 오언고시 7수가 동봉되어 있다.『搢紳
尺牘』중의「與孫蓉洲(有義, 薊州人)」도 동일한 서신이나 위와 같은 별지나
오언고시가 모두 없다.

48 "東方婦人衣服, 尙遵夷俗. 好禮家或模倣華制, 考據文字, 綮多踈略, 未免服
妖之譏. 竊願得漢家冠服眞制, 以備嫁祭之用, 欲貿京市, 古俗難辨. 此不論布
帛, 惟貴制作之眞, 可以轉相縫作. 未知容入幾兩價銀. 又聞有鳳冠之制, 係是
禮家常用, 亦有市上所賣否? 如此托匠新造, 功費亦爲幾許. 幸與梅軒(*趙煜
宗)兄商量, 探示之."(『간정부편』,「答蓉洲書」, 別紙)

위의 인용문 중 밑줄 친 부분은『담헌서』외집 권1, 杭傳尺牘,「與孫蓉洲有
義書」의 별지와 차이 나는 대목이다.「答蓉洲書」(1769)가「與孫蓉洲有義
書」(1767)의 별지를 반복·인용한 사실을 알 수 있다.

49 "奉托婦人冠服, 如示功費多少, 明年歷官便, 當以附納. 幸爲之周章, 一洗海
外陋習, 當永世頌戴."(『乾淨附編』,「與蓉洲書」[4])

이에 대한 답서에서 손유의는 앞서 7월에 보낸 홍대용의 서신이 도중에 분
실되어 받지 못했으니, 다음 번 서신에 여성의 冠服에 관한 부탁을 다시 한
번 명확하게 말해 달라고 했다(『乾淨附編』,「蓉洲答書」[5], "客秋賜札, 已屬

浮沈. 是以所諭冠服, 無從報命. 希於後信再爲明示何如.";『蓟南尺牘』, 原札;
『燕杭詩牘』, 孫蓉洲, 「答湛軒」,「又」[2])

50 『乾淨附編』,「與蓉洲書」(*1770), "仰囑冠服, 備在原札, 惟待商敎."

51 『乾淨附編』, 辛卯(1771)四月節行回, 「蓉洲書」, "承命冠服, 俟今冬, 酌辦報
命.";『蓟南尺牘』, 原札;『燕杭詩牘』, 孫蓉洲,「答湛軒」,「又」(3)

52 "閨服, 如可貿寄, 幸甚. 價銀托今去李公, 惟命納上."(『乾淨附編』, 辛卯
[1771]七月皇曆便,「與蓉洲書」[6]);『동문휘고』1, 曆書, "[辛卯]請曆咨. …
差副司直 李彦容. 乾隆三十六年 七月 日.")
홍대용은 그 직후에 손유의에게 보낸 서신에서도 이 문제를 다시 언급했다
(『乾淨附編』,「與蓉洲書」[7], "初秋歷价行附書, 已登照否? …閨服事, 歷价
李君處, 曾有申囑, 果已商訂否?").

53 "來信殷殷以冠服見囑, 弟敢不力爲措辦? 但鳳冠有銀有金, 亦有銀而鍍金者.
總飾以珠寶之屬. 故其價值難以數定. …姑俟來歲, 非春則冬, 終當有以報命
也."(『간정부편』, 辛卯[1771]四月節行回, 「蓉洲書」;『蓟南尺牘』, 原札;『燕
杭詩牘』, 孫蓉洲,「答湛軒」,「又」[4])
1772년 손유의의 친척인 조욱종도 홍대용에게 여성 의관이 비싸서 구입하
기 어렵다고 답신을 보냈다(『乾淨附編』, 癸巳[1773]四月, 「梅軒答書」, 別
紙, "再啓者, 承諭冠服, 曾與蓉洲相約. 但彼此俱系寒儒, 實有力不隨心者. 聞
蓉洲已轉達其祥. 無庸再贅. 愧愧又及.";『燕杭詩牘』, 趙梅軒,「與洪湛軒書」,
「又」[3]).

54 "閨服旣係費事, 何關念太深已之極!"(『乾淨附編』, 壬辰[1772]十月附使行,
「與蓉洲書」[8])

55 박제가,『북학의』內篇,「女服」; 이덕무,『청장관전서』권61,『앙엽기』8,「女
服從華制』; 李喜經,『북학 또 하나의 보고서, 설수외사』, 진재교 외 옮김, 성
균관대 출판부, 2011,「조선 여인의 예복」, 55~58면; 김명호,『열하일기 연
구』, 129~130면; 김명호,『환재 박규수 연구』, 199~202면 참조.

56 "…又曰: '貴國之衣冠文物, 晚見之, 甚有愧心焉.' 余答曰: '我們衣冠, 稀見眼
生, 得無驚怪乎?' 彼曰: '貴國衣冠乃漢官威儀, 何怪之有? 慕之不暇而已.' 余
曰: '我們衣冠是禮服, 貴所服乃時王之制. 人生情志相通, 則形骸可外, 何有
於衣冠之異同乎?'"(이기지,『일암연기』권1, 1720년 8월 20일)
그런데 『북원록』의 저자 이의봉은 이와 정반대로, 豐潤縣의 秀才 谷慶元에
게 "당신들 의복 제도와 우리들 것을 비교하면 누가 낫습니까?"라고 물었

고, 이에 대해 谷慶元은 "귀국은 이전 명나라 의복을 계승했고 우리는 당대 제왕의 제도를 따르니 가부를 논할 수 없습니다"라고 응수했다(『북원록』 권3, 1760년 12월 23일; 『국역 북원록 2』, 김영죽 역주, 세종대왕기념사업 회, 2016, 35면).

57　"上使言: '彼人胡服而漢語, 吾國人漢服而夷語, 可相當'云. 其言誠是."(이기 지, 『일암연기』권5, 1720년 12월 11일)

58　"三人者雖斷髮胡服, 與滿洲無別, 乃中華故家之裔也. 吾輩雖濶袖大冠, 沾沾 然自喜, 乃海上之夷人也. 其貴賤之相距也, 何可以尺寸計哉? 以吾輩習氣, 苟易地而處之, 則其鄙賤而薐嵝之, 豈啻如奴僕而已哉? 然則三人者之數面 如舊, 傾心輸腸, 呼兄稱弟, 如恐不及者, 卽此氣味已非吾輩所及也."(『담헌 서』외집 권3, 「乾淨錄後語」)

4부 4장

1　이철희, 「18세기 한중 지식인 교유와 천애지기의 조건―홍대용의 『간정동 필담』과 엄성의 『일하제금집』의 대비적 고찰을 중심으로」, 『대동문화연구』 84, 성균관대 대동문화연구원, 2014.

2　夫馬進, 『朝鮮燕行使と朝鮮通信使』, 名古屋大學出版會, 2015, 第12章 「1766年洪大容の燕行と1764年朝鮮通信使―兩者が体験した中國・日本の '情'を中心に」(후마 스스무, 『조선연행사와 조선통신사』, 신로사 외 옮김, 성균관대출판부, 2019, 제12장 「1765년 홍대용의 연행과 1764년 조선통신 사―양자가 체험했던 중국・일본의 '情'을 중심으로」)

3　예컨대 宋代 성리학자들의 천문학설은 서양 천문학에 가장 근접한 진보 적 내용을 담고 있었으며, 明代 이후 중국이 서양 천문학을 수용할 수 있 는 사상적 기반이 되었던 것으로 재평가되고 있다(山田慶兒, 「중국 우주 론의 형성과 전개」, 김영식 편, 『중국의 전통과 과학』, 창작과비평사, 1986, 157~165면 참조). Joseph Needham도 조선에 新儒學으로 인해 "지적 정 체(停滯)"가 있었다는 생각은 "서양 선교사와 일본 식민주의자의 이기적인 서술에 나타난 제국주의적 사고방식의 산물일 뿐"이라고 비판하고, "더욱이 신유학이 필연적으로 과학의 적(敵)이라고 보는 것은 그 자체가 황당한 생 각이다. 왜냐하면 많은 사람들이 이미 유교의 세계관이 근대과학의 세계관

과 매우 흡사하다고 결론을 내렸기 때문이다. 오히려 그것은 전통적인 서구의 신학과 철학보다 훨씬 근대적이다"라고 주장했다(조지프 니덤 외, 『조선의 서운관─조선의 천문의기와 시계에 관한 기록』, 이성규 역, 살림, 2010, 16면).

4 "蘭公曰: '人臣無外交, 恐難再圖良會.' 余曰: '此戰國時語也. 今天下一統, 豈有彼此之嫌?' 蘭公有喜色曰: '天子以天下爲一家. 況貴國乃禮敎之邦, 爲諸國之長, 自當如此, 俗人之議, 何足道哉?'"(『담헌서』 외집 권2, 『간정동필담』, 1766년 2월 3일)

『을병연행록』 1766년 2월 3일 기사에는 홍대용의 발언이 "이 말은 서로 적국(敵國) 사람을 이름이라. 아국이 비록 중국과 다르나 연년(年年) 조공을 통하니 어찌 피차의 혐의를 의논하리오?"로 다르게 되어 있다(소재영 외 주해, 470면).

5 "余曰: '終當一別, 不如初不相逢.' 蘭公以筆打圈于'不如初不相逢'六字, 而凄然有感, 力闇亦慘然. 是時, 上下傍觀, 莫不驚感動色. 或以爲心弱, 或以爲多情, 或以爲慷慨有心之士. 諸言不一, 而要之兼此而致然."(『담헌서』 외집 권2, 『간정동필담』, 1766년 2월 4일)

이와 조금 다르게 규장각 등 소장본 『乾淨筆譚』에는 "力闇雖不知下涕, 氣色慘黯, 回首不忍見蘭公之泣, 此時, 上下傍觀, 莫不驚感動色. 或以爲心弱, 或以爲多情, 或以爲慷慨有心之士, 或以爲見我輩衣冠而發悲. 諸言不一, 而要之兼此四者而致然."으로 되어 있다. 또한 『을병연행록』 1766년 2월 4일 기사에도 "내 가로되, '그대의 머무는 곳의 이목이 번거롭지 아닐진대, 우리는 한가한 사람이라 한번 나아감을 어찌 아끼리오마는, 마침내 한 번 이별을 면치 못할 것이니 아예 서로 만나지 아님만 같지 못하도다.' 반생이 손으로 낯을 덮어 눈물을 금치 못하고 엄생은 기색이 참담하여 머리를 돌리어 반생의 우는 거동을 차마 보지 못하는지라. 이때에 우리 마음이 감동함은 괴이치 아니하거니와 여러 역관들과 구경하는 하인들이 다 놀라 차탄하되, 혹 심약한 사람이라 일컫고, 혹 다정한 인품이라 일컫고 혹 강개하여 유심(有心)한 선비라 일컫고, 혹 이르되 '조선 의관을 보고 머리 깎은 줄을 서러워한다' 하니, 여러 사람의 말이 같지 아니하나, 대저 네 사람의 말을 겸하여 이 지경에 이른가 싶더라"(소재영 외 주해, 479면)로 되어 있다. 『간정필담』과 『을병연행록』을 참조하여 서술했다.

6 "余曰: '古語云: '欲泣則近於婦人.' 雖其情不能自已, 蘭公此擧, 無乃太過

耶?"(『담헌서』외집 권2, 『간정동필담』, 1766년 2월 4일)

夫馬進, 앞의 책에서는 이 대목을 인용한 뒤, 홍대용은 "반정균의 감정 표현에 대해 절도를 지나치고 있다. '너무 지나치다'(太過)고 주의를 주고, 우는 것은 대장부가 아니라 부인이 하는 일이라고 훈계한 것이다"라고 단순하게 해석했다(348면; 후마 스스무, 앞의 책, 480면. 번역문을 조금 고쳐 인용함).

7 "欲哭則不可, 欲泣爲其近婦人, 乃作麥秀之詩以歌詠之."(『史記』 권38, 「宋微子世家」第8)

8 『을병연행록』, 1766년 2월 4일(소재영 외 주해, 482면). 이 대목은 『을병연행록』에만 있다.

9 "每徊徨于街市屠肆之間, 想望於悲謌慷慨之跡, 而竊自傷其不幸而生之後也."(『담헌서』외집 권2, 『간정동필담』, 1766년 2월 5일)

『을병연행록』 1766년 2월 5일 기사에는 "매양 술 파는 집과 개 잡는 저자에 외로이 방황하여, 열사(烈士)의 자취를 헛되이 상상하여 서로 만나지 못함을 슬퍼할 뿐이러니"(소재영 외 주해, 484면)라고 했다.

10 "忽乃事有湊合, 其人斯在. 邂逅相遇, 適我願兮. 從此而雖一朝溘然, 亦不可謂虛度此生也."(『담헌서』외집 권2, 『간정동필담』, 1766년 2월 5일)

위의 인용문 중 밑줄 친 부분이 규장각 등 소장본 『간정필담』에는 삭제되었다. "其人斯在"는 『南史』 권60 「傅昭傳」에서 袁粲이 傅昭의 덕을 칭송하며 한 말이다. "邂逅相遇, 適我願兮"는 『詩經』 鄭風 「野有蔓草」에 나오는 구절이다.

『을병연행록』 1766년 2월 5일 기사에는 "홀연히 공교한 사기(事機)로 뜻 가운데 사람을 일조(一朝)에 만나 보니, 금옥 같은 얼굴과 규벽(奎璧) 같은 글씨 한번 바라보매 티끌(세상)에서 뛰어나고 신선 가운데 사람인 줄 짐작할지라. 스스로 계교(計巧)를 이루고 지원(志願)이 펴인 줄을 다행히 여기나"(소재영 외 주해, 484면)로 되어 있어, 『담헌서』의 『간정동필담』과 크게 다르다.

11 "嗚呼! 叔季衰薄, 交道之亡久矣. 面輪背笑, 滔滔皆是矣. 信乎天道好德, 善類不絶, 九野之陰威, 無傷乎重泉之一脉也."(『담헌서』외집 권2, 『간정동필담』, 1766년 2월 5일)

이 대목이 『을병연행록』 1766년 2월 5일 기사에는 "슬프다! 말세의 풍속이 박액(迫阨)하여 교도(交道)의 망함이 오랜지라. 낯으로 관곡(款曲)하고 돌아서 웃으니, 어찌 붕우의 중함이 인륜에 참예(參預)할 줄 알리오. 진실로 하늘이 덕을 좋아하고 착한 사람이 종시 끊어지지 아닐지라"로 되어 있다 (소재영 외 주해, 484면).

12 任聖周 編, 『朱文公先生齋居感興詩諸家註解集覽』, 『感興詩通』, "蔡氏(*蔡模)曰: '陽不生於陽, 潛伏於盛陰之中, 復卦是也.'"; 朱熹, 『周易傳義』, 復卦, "復, 亨, 出入无疾, 朋來无咎."(傳) "一陽, 始生, 至微, 固未能勝群陰而發生萬物, 必待諸陽之來, 然後能成萬物之功而无差忒, 以朋來而无咎也. …若君子之道, 旣消而復, 豈能便勝於小人? 必待其朋類, 漸成則能協力, 以勝之也."

13 "德裕歸言蘭公看書未半, 又涕泗汍瀾. 力闇亦傷感不已云. 余書中未嘗爲一句凄苦恨別之語, 兩人之如此, 誠可異也. 雖其人情勝心弱, 而兩日之間, 情投氣合, 若是之繾綣, 未之前聞也."(『담헌서』 외집 권2, 『간정동필담』, 1766년 2월 5일)

이 대목이 규장각 등 소장본 『간정필담』에는 삭제되었다. 『을병연행록』 1766년 2월 5일 기사에는 "덕유(德裕) 이르되, '반생이 편지를 보다가 반이 넘으매 또 눈물을 흘려 차마 보지 못하는 모양이요, 엄생이 또한 감창(感愴)한 기색이라. 편지 가운데 무슨 이별의 슬픈 말이 있는가 싶으다' 하니, 내 편지에 한 구절 처고(凄苦)한 말을 쓰지 아니 하였으니, 두 사람의 일이 이상한 지라. 비록 마음이 약하고 인정이 승하나, 두 번 만나고 이별을 의논하매 견권(繾綣)한 깊은 마음이 이 지경에 이르니, 이는 전에 듣지 못한 일일러라"로 되어 있다(소재영 외 주해, 489면).

14 "弟雖忝居中土, 平生知交, 不過一二人. 如嚴力闇兄之外, 僅有其兄九峯先生名果者與吳西林先生, 皆師事之. 其餘雖相與者百餘人, 皆非知己可師可法者也. 今又得一足下, 實爲萬幸. 卽一旦溘逝, 可以瞑目重泉矣."(『담헌서』 외집 권2, 『간정동필담』, 1766년 2월 5일)

15 "朋友參之人倫, 顧不重歟? 天地爲一大父母, 同胞何間於華夷哉? 兩兄旣許以知己, 弟亦當抗顔而自處以知己也.", "顧科宦之榮. 不足爲兄輩之能事. 弟之期望於兄輩者. 亦不在此也."(『담헌서』 외집 권2, 『간정동필담』, 1766년 2월 6일)

16 "余曰: '兄神形比前頓感〔減〕, 未知間經感患耶.' 蘭公曰: '非也. 因見二兄後, 忽忽有離別之感, 竟夕不能寐故耳.'"(『담헌서』 외집 권2, 『간정동필담』, 1766년 2월 8일)

이 대목이 규장각 등 소장본 『간정필담』에는 삭제되었다. 한편 이덕무의

『천애지기서』「筆談」에는 "湛軒見蘭公曰: '兄形神比前頓滅.' 蘭公曰: '因見 二兄後, 忽忽有離別之思, 竟夕不能寐故耳. 湛軒曰: '弟亦寢食俱不能安. 行前送一絶交書外, 無它好策.' 蘭公打圈于'絶交書'三字曰: '絶交書安可不作? 妙極妙極!' 湛軒曰: "暮婚晨告別, 無乃太忽忙.', 吾輩今日境界也.'"라고 하여 밑줄 친 부분이 더 있다. 『을병연행록』 1766년 2월 8일 기사에도 "내 가로되, '옛글에 일렀으되, '저녁에 혼인하고 새벽에 이별을 고하니, 너무 총망하지 아니하랴?' 하였으니, 짐짓 우리의 오늘 경색(景色)을 이름이로다.' 반생이 '묘한 말이라' 여러 번 일컫고, 주객(主)이 참연(慘然)하여 오래 말이 없느니라"로 되어 있다(소재영 외 주해, 516면). 『을병연행록』에 따라 서술했다.

17   "力闇曰: '弟等雖無足重輕, 然愛慕二兄之極. 有此良會, 卽二兄亦不朽于弊鄕矣. 方將以洪兄之尺牘金兄之詩箋, 裝裱珍藏, 傳示子孫. 或他日妄有著述, 此段佳話, 亦必言之津津, 使後人之想望二兄, 亦如吾輩之仰慕淸陰先生也.'"(『담헌서』 외집 권2, 『간정동필담』, 1766년 2월 8일)

18   "悄坐孤館, 寸心如割. 夜則就合眼, 黯黯之中, 忽若二兄在坐談笑, 不覺蹶然醒來, 殆達朝不能成睡. …諒此境界, 乃非癡則狂也, 亦不覺其何以致此."(엄성, 『철교전집』 5, 『일하제금집』 하, 洪高士尺牘, 「與鐵橋·秋庫」)
     1766년 2월 9일자 홍대용의 편지는 텍스트마다 차이가 크다. 『일하제금집』에 수록된 것이 가장 원본에 가깝다고 보아 이를 인용했다. 『을병연행록』과 『천애지기서』에 수록된 것도 이와 대동소이하나, 『담헌서』의 『간정동필담』 및 규장각 등 소장본 『간정필담』은 이를 상당히 개작한 것으로 판단된다.

19   "嘗竊以爲得會心人說會心事, 固是人生之至樂." "…乃以不能終身伏侍, 戚戚於分手之際, 人苦不知足也. 佛家輪廻, 果有此理, 竊願來世同生一國, 爲弟爲兄, 爲師爲友, 以卒此未了之緣耳."(엄성, 『철교전집』 5, 『일하제금집』 하, 洪高士尺牘, 「與鐵橋·秋庫」)
     위의 인용문 중 밑줄 친 부분이 『을병연행록』과 『천애지기서』에는 대동소이하게 되어 있으나 『간정동필담』 및 『간정필담』에는 삭제되었다.

20   "且有一說, 吾生旣無再會之望, 則當各戒其子, 世講此義, 俾不敢忘, 或冀其重續前緣, 如吾輩今日之事也."(엄성, 『철교전집』 5, 『일하제금집』 하, 洪高士尺牘, 「與鐵橋·秋庫」)
     이 대목이 『을병연행록』과 『천애지기서』에도 똑같이 되어 있으나, 『간정동필담』 및 『간정필담』에는 삭제되었다.

21 『燕杭詩牘』, 許乃贗, 「三斯孝廉卽覆」, 「又」, 潘恭壽, 「洪三斯先生崇啓」; 김
명호, 『환재 박규수 연구』, 창비, 2008, 57~58면, 63면 참조.
홍양후가 엄성 등의 후손 앞으로 쓴 서신과 그에 대한 반공수의 회신은 한
글 번역이 숭실대학교 한국기독교박물관 소장『을병연행록』에 부록으로 소
개되어 있다(소재영 외 주해, 806~808면 참조. 단 원문 판독에 오류가 많
음).

22 "讀來翰, 一字一涕, 令人氣結. …然弟之所欲言者, 吾兄俱已代言之矣."(『담
헌서』 외집 권2, 『간정동필담』, 1766년 2월 9일)

23 "余曰: '中國非四方之表準乎? 兩兄非我輩之知己乎? 對兄威儀, 每起歎惜者.
在元儒宗, 惟許魯齋一人, 不能隨世顯晦, 旣不從厓山之舟, 又無浙東之行, 而
大書'元祭酒許衡致仕', 則夫子欲居九夷之訓, 認眞有心耶?' 兩人相顧無語.
余並塗抹之, 更雜以汗漫語."(『담헌서』 외집 권2, 『간정동필담』, 1766년 2월
12일)
이 대목이 규장각 등 소장본『간정필담』에는 "余曰: '中國非四方之宗國乎?
兩兄非我輩之宗人乎? 見君輩之鞭絲, 安得不使我腐心而煩寃乎? 兩人相顧,
錯愕無語.'"로 훨씬 간략하게 되어 있다. 『을병연행록』도『간정필담』과 거의
같다(소재영 외 주해, 557면). 텍스트들을 절충하여 서술했다.
"子欲居九夷…"는『논어』「子罕」에 보인다. 주자는『논어』「公冶長」에서 "道
不行, 乘桴浮于海"라고 한 공자의 말과 연계해서 이 구절을 해석했다.

24 許衡에 대해서는 李滉과 李珥·宋時烈의 평가가 각각 달랐다. 이황은 허형
이 世道를 위해 불가피하게 出仕한 것으로 양해했으나, 이이는 허형이 失
身한 것이라는 세간의 비판에 동의하면서도 그가 송나라의 遺民은 아니므
로 失節한 것은 아니라고 보았으며, 송시열은 허형을 文廟配享에서 축출해
야 한다고 주장했다. 김원행은 송시열의 강경한 주장을 지지했다(이덕무,
『이목구심서』 1, "乙酉[1765]十二月十三日, 張丈學聖來訪. …張丈曰:…";
金長生, 『沙溪全書』 권45, 附錄, 「語錄」, 宋時烈錄, "栗谷曰: '許魯齋之仕元,
人多訾之. 然此乃失身, 非失節也.'…"; 송시열, 『송자대전』, 附錄 권17, 「語
錄」 4, 崔愼錄[上]; 姜鼎煥, 『典庵文集』 권7, 「渼湖先生語錄」, "尤庵斥許魯
齋從享者, 染迹胡元故也. 蓋其議論, 直截明白, 人所難及."; 李南珪, 『修堂
集』 권7, 「許魯齋論」).
淸代 중국에서도 全祖望·張履祥 등 몇몇 사람을 제외하고 屈大鈞·錢謙
益·王夫之·呂留良 등 대다수의 문인 학자들이 허형을 가혹하게 비판했다

(자오위안, 『생존의 시대-명청 교체기 사대부 연구 2』, 홍상훈 역, 글항아리, 2017, 제5장 2절 「遺民의 역사에 대한 서술」, [부록] 「許衡과 劉因에 대한 논의」 참조).

25 "余曰: '別後通信, 或有商量否?' 蘭公曰: '煤市街徐朗亭, 卽弟之表兄也, 寄此便是.' 余曰: '朗亭是京裏人耶?' 蘭公曰: '他亦杭州擧人, 留京開舖, 七年後他亦作官去矣.'"(『담헌서』 외집 권2, 『간정동필담』, 1766년 2월 8일)

"徐朗亭"의 이름이 '光庭'이 아니라 '堯鑑'임은 1766년 12월 역관 김홍철이 홍대용에게 전달한 그의 편지 말미에 "大人電〔察-누락〕弟徐堯鑑頓首"라고 한 구절로 알 수 있다(『燕杭詩牘』, 徐朗亭, 「湛軒先生啓」. 『乾淨後編』 권1의 「朗亭書」에는 그 구절에 대해 삭제 표시가 되어 있음). 따라서 '광정'은 그의 字로 짐작된다(천금매, 「18~19세기 朝·淸文人 交流尺牘 연구」, 연세대 박사논문, 2011, 16면).

26 김창업, 『연행일기』 권8, 1713년 2월 23일, 24일; 金信謙, 『橧巢集』 권2, 詩, 「百六哀吟(幷序)」, 〈程洪〉, "字度容, 山海關秀才. 先君子訪角山寺, 有一少年讀書, 眉目淸明, 氣度端雅, 問其姓名, 卽程洪也. 歸後不能忘, 以書往復, 托契殊不淺. 每書來纖悉懇曲如對語. …年年使行, 九年不癈音墨. 禍故以後, 漠然不相聞, 今爲四年矣. 悲夫!"

27 "余曰: '…貢使每於十二月二十七八入京, 二月旬後回程. 兄輩寄信, 須趁此戒人交付于朗亭也. 在昔渼湖之從祖稼齋公, 隨兄入京, 與關內人程洪, 一夜定交, 幾年書信不絶. 此有古例, 當無彼此邦禁也.'"(『담헌서』 외집 권2, 『간정동필담』, 1766년 2월 12일)

이 대목은 규장각 등 소장본 『간정필담』에는 삭제되었다. 『을병연행록』 1766년 2월 12일 기사에는 홍대용과 엄성·반정균의 대화로 되어 있다(소재영 외 주해, 577면). 이 대화 부분을 『담헌서』의 『간정동필담』은 홍대용의 발언으로 뭉뚱그린 듯하다. 또 『을병연행록』에는 세 사람의 대화가 더 이어지고 있다. 즉, 엄성은 서신 전달에 편하도록 조선의 길고 두꺼운 簡紙보다 중국의 輕便한 簡紙를 사용하자고 제안했다. 또 반정균은 서신이 조선 국내에 알려지면 물의를 일으키지 않을지, 낯선 조선인에게 서신 전달을 부탁해도 될른지 우려했다. 이에 홍대용은 "이미 김가재 사적(事跡)이 있고, 만 리에 서로 소식을 통하면 이는 천고의 기이한 자취라. 뉘 괴이히 여김이 있으리오. 아국 역관들이 친한 사람이 많고 우리의 사귄 일을 괴이히 여길 리 없으니, 그중 신실한 인물을 가리어 서신을 부탁하여 일을 그르치미 없게 할지라"라고 반정균을 안심시켰다(소재영 외 주해, 578면).

28 『을병연행록』, 1766년 2월 12일(소재영 외 주해, 578면). 이 대목은『을병연행록』에만 있다.

29 "余又曰: '弟於二兄, 妄有贈別語數十字, 方在懷中, 兼以請敎於陸丈可乎?' …力闇請見贈語, 余出諸懷中而與之, 起潛展讀之. 其贈蘭公曰: '…仕有時乎爲榮, 亦有時乎爲恥. 立乎人之本朝而志不在乎三代之禮樂, 是爲容悅也, 是爲富且貴也. 此而不知恥, 其難與言矣. 有高才, 能文章, 而無德以將之, 或嬴得薄倖名, 或陷爲輕薄子, 若是乎才不可恃, 而德不可緩也. 非宴欲無以養心, 非威重無以善學, 任重而道遠, 凡我同志, 奈何不敬? 善惡萌於中, 而吉凶著於外. 如欲進德而修業, 蓋亦反求諸己而已矣.' 起潛看畢曰: '寫一張與我, 作座右銘常目.' 又曰: '竟是正蒙, 不特其文之似而已.' 又讀贈力闇語曰: '維杭有山, 可採可茹. 維杭有水, 可濯可漁. 文武之道, 布在方冊, 可卷而舒. 子弟從之, 可觀厥成. 優哉遊哉! 可以終吾生. …朱子後孔子也. 微夫子, 吾誰與歸? 雖然, 依樣苟同者佞也, 强意立異者賊也.' 看畢, 力闇喜色溢於貌, 以隷字書于簡面曰: '湛軒先生臨別贈言, 垂示後孫, 永以爲寶.'"(『담헌서』 외집 권3,『간정동필담』, 1766년 2월 23일)

30 "篠飮答書曰: '飛頓首上湛軒老弟先生足下. 飛淪落不偶, 遇與人相稱, 自問百無一能, 久已無志名途. 去夏六月, 始爲師長督迫, 朋友牽率, 乃以白腹應試, 不意倖售. 此行隨例計偕, 亦竝無餘冀.'"(『담헌서』 외집 권3,『간정동필담』, 1766년 2월 24일)

31 "覆翰中頭辭云云, 益見老兄所安之在此而所樂之不在彼也. 不如是, 則此雖海外陋夷, 亦何足以望風承奉, 榮其證交, 而幸其附驥也哉?"(『담헌서』 외집 권3,『간정동필담』, 1766년 2월 25일)

32 "札尾數語入骨, 當鑴之心版. 老弟之所以愛我者, 至矣盡矣! 知己天涯, 無以踰此, 感感."(『담헌서』 외집 권3,『간정동필담』, 1766년 2월 25일)

33 『담헌서』 외집 권2,『간정동필담』, 1766년 2월 3일, "蘭公有喜色, 曰: '…或他時得邀微官, 奉使東方, 當詣府叩謁.'"; 외집 권3,『간정동필담』, 1766년 2월 26일, "蘭公曰: '聞奉勅海東, 皆用滿人, 果然耶?'"

34 "聞漢人亦出去." 이는 규장각 등 소장본『간정필담』에만 있다.『을병연행록』1766년 2월 26일 기사에는 "이는 자세히 알지 못하거니와"(소재영 외 주해, 707면)로 되어 있다.『담헌서』의『간정동필담』은 이러한 답변이 부정확함을 알고 삭제한 것인지도 모른다.

35   구범진, 「淸의 朝鮮使行 人選과 大淸帝國體制」, 『인문과학논총』 59, 서울대
      학교 인문학연구원, 2008 참조.

36   『담헌서』 외집 권7, 『연기』 「吳彭問答」, "余曰: '兩位或奉使東來, 庶有再面
      之期.' 彭曰: '自來是滿州人奉差. 別國有用漢人者, 貴國專用滿人, 以口音熟
      也.'"; 『을병연행록』, 1766년 1월 23일, "내 묻되, '두 노야(老爺)가 전두(前
      頭)에 조선 칙사를 당하여 나가면 혹 만날 도리 있으리로다.' 팽관이 가로
      되, '다른 나라는 혹 한인(漢人)이 칙사를 당하되, 홀로 조선은 전혀 만주
      사람을 보내니, 이는 어훈(語訓: 語聲)이 서로 가까우니 말을 통하게 함이
      라.'"(소재영 외 주해, 398면)

37   "余曰: '…雖然如此, 無論遠近, 欲班荊於路次, 豈無一會期哉? 但弟不願此
      也.'"(『담헌서』 외집 권3, 『간정동필담』, 1766년 2월 26일)

38   "余曰: '只願兄要作好人, 不要作好官.' 力闇曰: '卽昨與陸兄札後語.' 余曰:
      '然. 使兄苟容風塵, 出沒名場, 雖因此相逢, 只有見面之慰, 而大違期望之
      意.…'. 力闇曰: '與陸兄札, 弟閱之, 甚爲感激. 方與陸兄對語, 約無忘今日之
      言.'"(『담헌서』 외집 권3, 『간정동필담』, 1766년 2월 26일)

39   "余曰: '弟則心細, 且終有中外之別. 爲陸兄之弟則可也, 爲兩兄之兄則實不
      敢也.' … 力闇不樂良久, 乃曰: '此不必如此細心. 獨不思吾兄前日有'同胞何
      間'之語?' 余無以對, 力闇意益懇, 反有隕穫之色. 余乃曰: '當如賢弟之言.' 力
      闇喜見於色, 曰: '死且不朽!' 又曰: '我們南方, 最多結盟爲弟兄者. 然不特面
      輸背笑而已, 有數年之間而道遇不相識者矣. 此可笑也. 若吾輩今日之稱弟
      兄, 可以終身不再見面, 而海枯石爛, 永遠不渝.…'"(『담헌서』 외집 권3, 『간
      정동필담』, 1766년 2월 26일)

40   "力闇曰: '八‧九二日, 暇可再來.' 大書'慘極'二字, 又無數打點於其下. 此時力
      闇嗚咽, 慘黯無人色. 吾輩亦相顧, 愴然不自勝. …蘭公語曰: '念九再來?' 余
      曰: '必定再來會面.' 言畢而出, 至門內而別. 力闇含淚齎齏, 以手指心而示之
      而已."(『담헌서』 외집 권3, 『간정동필담』, 1766년 2월 26일)
      위의 인용문 중 "力闇含淚齎齏"이 규장각 등 소장본 『간정필담』에는 "力闇
      涕出如雨"로 되어 있다. 『을병연행록』 1766년 2월 26일 기사에는 "엄생은
      눈물이 옷을 적셔 소리를 금치 못하고, 말을 통하지 못하니 다만 손으로 가
      슴을 가리켜 보일 따름일러라"(소재영 외 주해, 719면)라고 했다.

41   『담헌서』 외집 권3, 『간정동필담』, 1766년 2월 23일.

42   "天下有道, 賢者見焉, 不肖者隱焉; 天下無道, 不肖者見焉, 賢者隱焉. 若少微

公之賢, 吾不敢知其詳, 乃若其世, 則當明之末葉乎? 當東林與閹竪之亂乎? …至病且死, 而猶冠博帶, 卒爲亂世之完人. 豈非賢歟? 亦豈非幸歟?"(『담헌서』 내집 권3, 「忠天廟畫壁記」).

「충천묘 화벽기」는 규장각 등 소장본 『간정필담』 및 『을병연행록』에는 1766년 2월 28일 기사에 수록되어 있다.

43 "今先生之賢且才, 能繼其祖, 發解南省, 聲望蔚然. 豈其積德百年, 當其將興之機與? 雖然, 先生亦旣嘗豪於飮酒而工於繪事矣. 此少微公之所以隱也. 今先生乃持此而求見焉, 何也? 豈以其時世之不相侔而用之亦異耶? 嗚呼! 吾將以先生之隱見而卜天下之事焉."(『담헌서』 내집 권3, 「忠天廟畫壁記」)

44 "篠飮答書曰: '…顧從來勢交利合, 多能不顧非笑, 成一時之膠漆, 而馳逐[逐]聲名, 亦往往千里投贈, 互相要結, 張一時之虛談. 今我輩以曠然兩隔, 彼此無求, 無勢無利, 不聲不名. 或見或不見, 幷爲一膓. 乍喜乍悲, 不可言說.'"(『담헌서』 외집 권3, 『간정동필담』, 1766년 2월 28일)

45 "與篠飮書曰: '弟明發東歸, 從此而不復見老兄之面矣! 雖然, 已獲老兄之心矣, 豈不愈於終身見面而不獲心者耶? 含笑登車, 無所恨矣. 承諭不必更來, 弟等實有此意. 迷於情根, 知進而不知退, 足見老兄勇於斷事, 尤不勝欽歎. 萬萬書何能盡? 只願老兄過日益寡, 德日益尊, 無泥于小道, 無役于科宦, 以幸吾道, 以慰遠懷.….'"(『담헌서』 외집 권3, 『간정동필담』, 1766년 2월 29일)

46 "昨承陸老兄書意, 始見之, 五內驚隕, 以爲我兄之薄情, 何乃至此也? 少間, 方頓覺其厚之至, 悲之切, 而斷于處事也. 于是乎, 下簾獨坐, 淚汪汪下. 前則責蘭兄以過矣, 今我亦不自禁焉, 奈何!"(엄성, 『철교전집』 5, 『일하제금집』 하, 洪高士尺牘, 「與鐵橋」, 「又」)

이 대목이 『간정동필담』 및 『간정필담』 1766년 2월 29일 기사에는 "昨承陸老兄書, 乃其厚之至, 悲之切, 而斷于處事也. 奈何奈何!"로만 간단히 되어 있다. 그러나 『을병연행록』은 『일하제금집』과 거의 똑같다. 즉 "어제 육형(陸兄)의 편지를 보매 마음이 놀랍고 담이 떨어져 그 인정의 박절함을 괴이히 여겼더니, 이윽히 생각하매 비로소 형세를 헤아려 용맹되이 결단함을 볼지라. 이에 발을 드리우고 홀로 앉으매 길이 탄식하여 두어줄 눈물이 옷깃을 적시니, 일전의 반형(潘兄)의 과도함을 책망하였더니 도리어 스스로 금치 못함을 부끄러워 하노라"(소재영 외 주해, 733면)로 되어 있다. 『일하제금집』에 수록된 편지를 취하여 서술했다.

47 "朝爲弟兄, 暮爲途人, 市井輕薄兒事也. 此吾所甚懼焉. 一別終相忘焉, 有言

而不見用, 乃相處以途人也. 請與賢弟交勉焉."(『담헌서』 외집 권3, 『간정동필담』, 1766년 2월 29일)

48 夫馬進, 앞의 책에서는 "過情"을 '감정 표현이 과도하다'고 잘못 해석하고, 이 구절에 대해 "당신은 항상 저 엄성이 '정이 지나친 것'(過情)을 賞讚하고 허용하고 있다고 불만스럽게 생각하십니다"라고 번역한 뒤, "엄성에게 있어서 홍대용은 자신을 '過情'하다고 충고하는 경탄할 만한 실천적 주자학자였던 듯하다", "홍대용에게 엄성과 반정균은 自國인 조선의 지식인 사회에서는 결코 허용하지 않는 '過情'한 사람들, 즉 '節度에 맞지 않는' 情을 표출하는 사람들이었다"고 해설했다(352면; 후마 스스무, 앞의 책, 485~486면).

49 "余曰: '教意甚善. 惟愧吾輩內無實而外爲大言, 受此過情之褒, 皆是自取也. 不以人廢言, 於盛德則甚當矣.' 余又曰: '若復有過情之褒, 則弟於本土, 不箄中人, 持此歸示, 不但以兄爲輕於許人. 顧此欺人之罪, 無以自解, 幸諒之. 此若有毫末飾讓, 是如兄所謂前程不吉也.'"(『담헌서』 외집 권3, 『간정동필담』, 1766년 2월 26일)

50 "…至於臨分惜別之語, 我輩方以聖賢豪傑相期, 無煩屑屑. 他日各有所成就, 雖遠在萬里之外, 固不啻朝暮接膝也. 否則卽終日羣聚, 何爲乎?"(『담헌서』 외집 권3, 『간정동필담』, 1766년 2월 29일)

51 "余曰: '一別之後, 萬事皆不足說. 只各相努力, 無傷彼此知人之明, 爲第一大事.'"(『담헌서』 외집 권2, 『간정동필담』, 1766년 2월 12일)

52 "蘭公書曰: '…足下曾諭云: '異時各有所成, 皆無負知人之明, 雖永無見期, 不恨也.' 然則交之深, 別之苦, 以視期之切望之至有重輕也. 使他日敗德喪行, 深負良友, 縱他日相對, 亦復何顔? 使他日砥行立名, 無愧古人, 縱再生不遇, 亦復何恨?'"(『담헌서』 외집 권3, 『간정동필담』, 1766년 2월 29일)

53 陸飛, 『篠飮齋稿』(重刊本) 권3, 「送洪·金二秀才歸高麗」, "別愁千斛斗難量, 不得臨岐盡一觴. 直恐酒悲多化淚, 海風吹雨濕衣裳(兩秀才間日不來, 必以書敍相念之情, 語極纏綿. 臨行前, 以書敍別, 幾於發聲欲慟.)"
인용한 한시의 원본은 『中朝學士書翰』에 첫 번째로 수록되어 있다. "丙戌二月送養虛兄別, 古杭弟陸飛詩稿"라고 밝혔다. 이 시는 『乾淨附編』 권1, 〈養虛藏杭人詩牘〉에 「送養虛兄別」로, 『燕杭詩牘』에는 「送別養虛兄」으로 轉寫되어 있다. 『철교전집』 4, 『일하제금집』에는 金秀才尺牘, 「與鐵橋」, 「又」, 附「陸篠飮題扇送金養虛」로 수록되어 있다. 『을병연행록』 1766년 2월 28일 기사에는 김재행에게 준 畵荷金陵扇의 뒷면에 적은 절구 1수로 소개되어 있다(소재영 외 주해, 729면). 이덕무의 『淸脾錄』 권1, 「陸篠飮」 조에도 "膾養虛詩有曰: …."이라 하여 김재행에게 지어 준 시로 소개하고 있다. 이처럼 이 시는 대다수의 문헌들에는 김재행에게 지어 준 시로 되어 있지만, 『소음재고』에서 육비는 이를 홍대용과 김재행 두 사람에게 지어 준 시로 改題하고 주를 붙였으므로 이를 따른다.

54   『을병연행록』, 1766년 3월 2일(소재영 외 주해, 744~745면).

4부 5장

1   선행 연구로 정민, 『18세기 한중 지식인의 문예공화국―하버드 엔칭도서관에서 만난 후지쓰카 컬렉션』(문학동네, 2014)에서는 '홍대용과 양혼의 문시종 선물 소동'이라 하여 두 사람이 값비싼 선물을 주고받는 문제로 '기 싸움'을 벌인 것으로 보았다(183~200면). 劉琳, 「洪大容與淸王子"兩渾"的友情及"兩渾"的眞實身份考」(『중국사연구』 95, 중국사학회, 2015)에서는 '兩渾'이 인명이 아님을 처음으로 지적하고 '양혼'으로 오해된 인물은 誠郡王允祉의 손자인 永珊일 것으로 추정했다.

2   '知名兩渾'이란 署名은 『계남척독』에 수록된 原札들에만 보존되어 있다. 『을병연행록』 1766년 1월 25일 기사에는 그 청나라 황족이 보낸 첫 번째 편지를 번역·소개한 뒤, "아래 '양혼' 두 자를 썼으니 왕자의 이름이라"라고 했다(소재영 외 주해, 413면).

3   『大漢和事典』, 修訂版: 大修館書店, 1984, 제1권, 1066면, 1073면; 劉琳, 앞의 논문, 11~13면.

4   "兩渾者, 宗親愉郡王之少子, 康熙主之曾孫也."(『담헌서』 외집 권7, 『연기』, 「兩渾」)
     『연기』에서는 유군왕을 '愉王'으로도 지칭했다. 또 홍대용은 紫禁城 안에서 '愉郡王'을 보았을 적에도 역시 그를 "양혼의 부친"으로 짐작했다(『담헌서』 외집 권10, 『연기』, 「方物入闕」, "有一人騶從頗盛, 通官言愉郡王也. 盖兩渾父也."). 그런데 『을병연행록』의 해당 기사에서는 그를 '유친왕'이라고 지칭했다(『을병연행록』, 1766년 2월 6일, 소재영 외 주해, 499면).

5   『을병연행록』, 1766년 1월 10일, 28일, 2월 20일(소재영 외 주해, 292면, 436면, 630면).

아마도 건륭조의 황실에 '유친왕'은 없고 '유군왕'이 있음을 알게 된 뒤에
『연기』에서 수정했던 것이 아닌가 한다.

6　『淸高宗實錄』, 乾隆 31년 1월 10일, "上詣南郊齋宮, 齋宿."

7　『을병연행록』, 1766년 1월 10일(소재영 외 주해, 292면, 295면, 297면);
　　『담헌서』 외집 권7, 『연기』, 「兩渾」, "兩渾曰: '皇上曉幸天壇, 我從五阿哥陪
　　進, 纔罷歸.…'. 盖五阿哥者, 皇帝之第五子, 甚寵愛有德量, 大小屬望云. 兩渾
　　因向陳哥云云, 哥卽以一張書示之, 深紅繭紙, 華楮之上品也. 大書七言絶句
　　一首, 下有印章, 錢如(汝)誠筆也. 余問: '錢何人?' 兩渾曰: '此見任禮部左侍
　　郎, 五阿哥師傅, 有大文章.'"
　　『연기』의 이본인 규장각 등 소장본 『연행잡기』에는 '錢如誠'이 '錢汝誠'으
　　로 바로잡혀 있다.

8　『청사고』 권221, 列傳 8, 諸王 7, 高宗諸子, 「榮純親王永琪」.

9　『을병연행록』, 1766년 1월 28일, "예예(爺爺)는 유친왕의 둘째 아들이요,
　　별양(別樣) 총애하는지라."(소재영 외 주해, 436면); 『담헌서』 외집 권7,
　　『연기』, 「兩渾」, "宦者又同載至街上, 謂德亨曰: '爺爺, 王爺之愛子.'"

10　『을병연행록』, 1766년 2월 20일(소재영 외 주해, 630~631면); 『담헌서』 외
　　집 권7, 『연기』, 「兩渾」, "陳哥曰: '愉王之父王, 雍正帝之兄也. 年長當立, 讓
　　于帝, 終身盡瘁王室. 以此今皇帝亦愛愉王如兄弟. 愉王有長子不肖, 帝屢戒
　　之, 終不悛, 王自于帝, 竄之北方. 爺爺, 王所鍾愛, 帝亦寵之, 襲封明矣.'"

11　『淸史稿』 권220, 列傳 7, 諸王 6, 聖祖諸子, 「愉恪郡王允禑」; 권164, 表 4,
　　皇子世表 4, 聖祖系, 允禑-弘慶-永琇, 永勒; 劉琳, 앞의 논문, 14면.

12　『淸史稿』 권220, 列傳 7, 諸王 6, 聖祖諸子, 「誠隱郡王允祉」; 蕭一山, 『淸代
　　通史』, 臺北: 商務印書館, 1976, 제1권, 784~785면, 865~866면.
　　건륭 즉위 초에 윤지의 王爵이 회복되었으며, '隱'이라는 시호가 하사되었
　　다. 이후 윤지의 공식 칭호는 '誠隱郡王'이 되었다.

13　『淸史稿』 권164, 表 4, 皇子世表 4, 聖祖系, 允祉-弘暻-永珊; 『皇朝文獻通
　　考』 권247, 封建考 2, 同姓封爵 2, 固山貝子, 聖祖系, 「弘暻」, 奉恩鎭國公,
　　聖祖系, 「永珊」; 권248, 封建考 3, 同姓封爵 3, 奉國將軍, 聖祖系, 「原封二等
　　奉國將軍永珀」; 『淸高宗實錄』, 乾隆 56년 11월 12일, 57년 11월 4일; 愛新
　　覺羅宗譜網(http://www.axjlzp.com/soso.html).
　　홍경의 맏아들 永祜(1724~1732)가 일찍 죽어, 영산은 실제로는 홍경의 둘
　　째 아들이 된다.

14 劉琳, 앞의 논문, 13~15면.

15 "宦者又同載至街上, 謂德亨曰: '爺爺, 王爺之愛子, 居別宮. 王爺禁外人不敢
入, 爺爺亦不敢妄與人交.'"(『담헌서』외집 권7, 『연기』, 「兩渾」)

16 예컨대 1725년 옹정제는 강희제의 第九子 允禟이 固山貝子임에도 인심을
매수하여 '九王爺'로 불린다고 질책하면서, 윤당의 작위를 박탈하고 그를
'九王'이라고 부르는 자들도 치죄하라는 조서를 내린 바 있다(『淸史稿』권
220, 列傳 7, 諸王 6, 聖祖諸子, 「允禟」; 李坤, 『燕行記事』, 「聞見雜記」[下],
"又詔諭允禟之罪, 略曰: '允禟自來擧動惡亂, 結納黨援, 不守本分, 人品庸劣,
文武才畧, 無一可取, 兼之妄自尊大, 本無足數之人. 皇考優封貝子, 毫不感
恩, 稍加訓誨, 則輒云: '不過革去此微末貝子耳.' 及遭皇考大事, 未見目中一
滴淚下. 朕御極後, 昂然恣肆, 抗違諭旨. 且伊從前明珠家銀百萬餘兩應賠錢
糧, 携帶往西寧, 要買人心, 所以地方人等, 俱稱九王爺. 伊不過一貝子, 何嘗
得居王位? 革去貝子, 撤其佐屬, 行之陜西, 有稱九王者, 使之提挐治罪.'").

17 『담헌서』외집 권7, 『연기』, 「兩渾」, "書語多未瑩, 筆法尤拙."; 李理, 『愛新覺羅
家族全書 8 書畫攬勝』, 長春: 吉林人民出版社, 1996, 권2, 書畫家傳略, 65면,
71면; 楊丹霞, 「淸代皇族書畫創作與鑒賞(上集)」, 『故宮學術講談錄』, 第十
期學術沙龍, 2007, 245면, 250면.

18 '愉' 자도 기뻐할 '유', '怡' 자도 기뻐할 '이'이며, 중국어로도 각각 'yú'와
'yí'로 비슷하게 발음된다. 홍대용은 '양혼'과의 필담이 아니라, 陳哥 등을
통해 구두로 전해 들었기 때문에 '이친왕'을 '유친왕'으로 부정확하게 알아
들었을지도 모른다.

19 공교롭게도 영산의 조부인 성친왕 윤지는 이친왕 윤상의 장례식에 무례한
태도로 임한 죄목으로 왕작을 박탈당했다.

20 『淸史稿』권220, 列傳 7, 諸王 6, 聖祖諸子, 「怡賢親王允祥」; 권164, 表 4,
皇子世表 4, 聖祖系, 允祥-弘曉-永杭, 永琅; 『皇朝文獻通考』권246, 封建考
1, 宗室, 和碩親王, 聖祖系, 「允祥」; 『淸世宗實錄』, 雍正 8년 8월 15일.

21 『淸高宗實錄』, 雍正 13년 8월 27일, "尋又諭曰: '皇考時, 怡賢親王, 一德一
心, 贊襄國政, 深蒙皇考嘉獎優待. 今朕當仰體皇考聖心, 眷愛怡親王弘曉, 教
誨作養之. 伊年甫十四, 在内行走, 豈可無人護從? 著總理事務王大臣, 選派
妥善侍衛二員隨護.'"; 乾隆 4년 11월 16일, 5년 9월 13일, 6년 1월 8일, 7년
2월 7일, 17년 4월 1일, 18년 10월 1일, 20년 7월 1일, 28년 7월 1일, 30년
4월 1일, 7월 1일, 35년 7월 1일, 8월 5일, 36년 3월 10일, 38년 1월 6일, 39년

4월 1일, 40년 8월 3일, 42년 4월 1일, 43년 5월 9일.

22　『皇朝文獻通考』 권248, 封建考 3, 同姓封爵 3, 鎮國將軍, 聖祖系,「永杭」,
　　「永琅」;『淸高宗帝實錄』, 乾隆 30년 12월 18일, 45년 1월 6일, 46년 1월 6일,
　　49년 6월 20일, 59년 2월 4일;『淸仁宗實錄』권51, 嘉慶 元年 5월 18일,
　　8월 6일, 3년 5월 11일, 4년 4월 6일, 9월 1일; 愛新覺羅宗譜網(http://
　　www.axjlzp.com/soso.html).

　　『日省錄』 정조 12년(1788) 3월 26일 冬至使 首譯別單에 의하면, 황제의 다
섯째 아들인 永琅은 사람됨이 淳良하고 또 文學이 우수하여 황제가 매우
애중하게 여겨 그에게도 국정에 참여하여 軍機를 참모하도록 하니, 황제가
총애하고 신임하는 정도가 皇六子 質郡王 永瑢에 버금간다고 했다(皇五子
永琅, 爲人淳良, 且優文學. 皇帝深加愛重, 亦使與聞國政, 參謀軍機, 其寵任
亞於質郡王). 皇五子 永琪는 1766년에 이미 사망했으므로, '皇五子' 영랑은
'이친왕' 영랑의 오류가 분명하다.『淸仁宗實錄』에 의하면, 嘉慶 2년(1797)
2월 7일 이친왕 영랑은 嗣皇后(嘉慶帝의 첫 번째 황후)의 장례식을 總理하
는 중책을 맡았다.

23　『을병연행록』, 1766년 1월 10일(소재영 외 주해, 292면); 周少川,『藏書與
　　文化』, 北京師範大學出版社, 1999, 99~100면 참조.

24　『을병연행록』, 1766년 1월 28일(소재영 외 주해, 434면); 陳文良 主編,『北
　　京傳統文化便覽』, 北京燕山出版社, 1990, 657~658면, 676면; 박현규,「明
　　淸 시대 북경 朝鮮使館 고찰」,『중국사연구』82, 중국사학회, 2013, 146~
　　149면 참조.

　　이친왕부는 윤상이 거주했던 舊府(金景善,『燕轅直指』권5, 癸巳[1833] 2월
3일,「怡親王廟記」 참조)와 그의 사후 홍효가 移居했던 新府가 있다. 怡親
王新府는 현재 북경시 東城區 朝陽門內大街 137號에 남아 있는데 '孚郡王
府'라고도 한다. 왕자 '양혼'이 거주했다는 '別宮'은 怡親王新府의 跨院으로
東四頭條 東口에 있었다는 小府가 아닌가 한다. 당시 북경의 正陽門 동쪽
에 있던 조선 사신의 숙소(현재 市公安局 자리)에서 출발해 玉河橋를 건넌
뒤 御河를 따라 북상하다가 朝陽門을 향해 우회전하면 바로 이친왕신부에
닿게 된다. 참고로, 영산의 부친 홍경이 거주했던 誠郡王新府(즉 固山貝子
弘曒府)는 현재 북경시 西城區 新街口 東街 31號 秋水潭醫院 자리에 있었
으므로, 이친왕신부와는 전혀 방향이 다르다. 愉郡王府 역시 북경시 西城區
柳蔭街에 있었다.

25　『을병연행록』, 1766년 1월 28일(소재영 외 주해, 434면).
　　『담헌서』 외집 권7, 「연기」, 「兩渾」에서도 "환관이 급히 발을 내리고 수레를
　　빠르게 몰았다"(宦者遽下簾疾馳)고 했다.

26　『을병연행록』, 1766년 1월 28일(소재영 외 주해, 436면); 『담헌서』 외집 권7,
　　『연기』, 「兩渾」, "爺爺, 王爺之愛子, 居別宮. 王爺禁外人不敢入, 爺爺亦不敢
　　妄與人交."

27　『淸高宗實錄』, 乾隆 41년 1월 2일, "諭前據邁拉遜奏, 拾獲匿名揭帖一紙, 內
　　有開寫綿德阿哥, 賞給禮部郎中秦雄襃字畫食物, 並經相見送禮一節, 隨密諭
　　福隆安查訪…."; 이블린 S. 로스키, 『최후의 황제들―청 황실의 사회사』, 구
　　범진 옮김, 까치, 2011, 148~149면.

28　『담헌서』 외집 권7, 「연기」, 「吳彭問答」, "…乃購得縉紳案一部, 考見兩人職
　　名, 果爲翰林撿討官, 吳名湘, 彭名冠. 使世八更以遍探于城外, 十數日而得彭
　　冠家."
　　縉紳案은 縉紳錄, 縉紳便覽이라고도 한다. 『담헌서』 내집 권2, 『계방일기』,
　　을미(1775) 4월 9일 기사에서 홍대용은 동궁의 질문에 답하여 北京의 『縉
　　紳便覽』을 본 적이 있다고 술회했다("掩卷畢, 出北京搢紳便覽示之曰: '桂坊
　　曾見此乎?' 臣曰: '見之. 其官制, 盖因明制, 天下大規模, 略可見矣.'").

29　『을병연행록』, 1766년 1월 10일(소재영 외 주해, 292~293면).

30　『을병연행록』, 1766년 1월 10일(소재영 외 주해, 293면).

31　『담헌서』 외집 권7, 「연기」, 「兩渾」, "午後余出舘門, 閑行至陳哥舖子, 見門外
　　有車馬甚盛, 馬具鍍金繡鞍, 意有貴人來也. 使問之, 愉王之子兩渾也. 與陳哥
　　甚驩, 自天壇歸, 從陳哥飮. 馬頭德亨, 素善陳哥, 乃令德亨因陳哥以求見."
　　한편 洪大定도 그의 嫡兄 홍대용이 일찍이 북경 유람 중에 乾隆의 친형제
　　인 藩王의 世子를 서점에서 우연히 만났었다고 술회한 바 있는데(황윤석,
　　『이재난고』 권39, 丙午[1786] 7월 27일), 이 역시 부정확한 증언이다.

32　『을병연행록』, 1766년 1월 10일(소재영 외 주해, 294면).
　　청나라에서는 三拜九叩頭가 군신 간의 예법이며, 미천한 자는 한 무릎을
　　꿇고 두 손을 땅에 짚는 것으로 가장 공손한 예법을 삼는다(김경선, 『연원
　　직지』 권6, 「留館別錄」, 〈人物謠俗〉, "拜叩之法, 屈膝危坐, 兩手垂地, 尻接蹠
　　者, 謂之拜. 雙手按地, 首至地者, 謂之叩頭. 三叩而後, 起而復拜, 如是者三,
　　摠爲三拜九叩頭. 是君臣之禮也.[*이상은 『연기』, 「京城記略」에서 轉載한 것
　　임] …其賤者, 屈一膝而雙手據地, 爲最恭.").

33 "余笑曰: '我外國匹夫也. 何所挾而凌忽人?'"(『담헌서』외집 권7, 『연기』, 「兩 渾」)

34 "孟子曰: '不挾長, 不挾貴, 不挾兄弟而友. 友也者, 友其德也, 不可以有挾也. …舜尙見帝, 帝館甥于貳室, 亦饗舜, 迭爲賓主. 是天子而友匹夫也.'"(『맹자』, 「萬章 下」)

35 사람을 태우는 대형 사륜 마차로, 승차감이 좋아 '태평'이라 했다(『담헌서』 외집 권10, 『연기』, 「器用」, '太平車' 조 참조).

36 金昌業, 『燕行日記』권1, 「山川風俗總錄」, "凡相見之禮, …若遇相親之人, 則 就前, 執兩手而搖之, 致其歡欣之意."; 李海應, 『薊山紀程』권5, 부록, 「風俗」, "年位相敵, 則必握手搖搖, 而尊者以一手, 卑者以雙手."

37 이처럼 읍례를 하면서 존경을 표하는 말을 하는 인사법을 '창야'(唱喏)라 고 한다. 이는 고대의 예법으로 중국에서는 원나라 이후 없어졌으므로 '아 읍'(啞揖)이라고 비난받았다고 한다(송준길, 『동춘당집』, 別集 권3, 『經筵日 記』, 戊戌 10월 25일).

38 『을병연행록』, 1766년 1월 10일(소재영 외 주해, 294~295면); 『담헌서』외 집 권7, 『연기』, 「兩渾」, "陳哥引余北入小門, 見一人坐炕上, 驚起至門內, 執 余手曰: '公子安乎?', 乃兩渾. 向者五六人, 皆僕御也. 余仍擧手致敬而答之. 炕上舖龍文紅氈, 揖余就上坐. 余謝曰: '公貴人也, 外國賤蹤, 不敢以客禮見.' 兩渾又固請, 余亦固謝, 終與之對坐于炕邊. 兩渾見余跪坐, 驚起止之. 余曰: '此東國坐法也.' 兩渾又掉頭語陳哥, 勸之平坐. 不聽, 則又起身曰: '然則吾不 與之坐也.' 余不得已平坐."
엄성도 홍대용의 跪坐法을 눈여겨 보고 이는 古禮라고 했다(엄성, 『철교전 집』 5, 『일하제금집』하, 洪高士小像, "鐵橋曰: '…食必先祭, 坐則如今人之 跪, 皆古禮也.'").

39 『을병연행록』, 1766년 1월 10일(소재영 외 주해, 295면).
홍대용은 또 "대저 반일(半日)을 수작하여 혹 진가와 기롱하는 기색이 있 으되, 종시히(*끝끝내) 희미히도 웃는 양(樣)을 보지 못하고, 내 하는 말을 알아 들으면 대답을 길게 하고, 마음에 조금도 거리끼는 기상이 없으니, 진 실로 진중한 인물이요 적은 그릇이 아니러라"고 평하였다(『을병연행록』, 1766년 1월 10일, 소재영 외 주해, 301~302면).

40 『담헌서』외집 권7, 『연기』, 「兩渾」에서는 청나라 왕자를 진가와의 대화에 서는 '爺爺'라고 불렀으나, 왕자와 직접 나눈 대화에서는 남자에 대한 존칭

인 '公'으로만 불렸던 것으로 서술했다. 이처럼 호칭을 달리 표현한 것도 排淸 사상에 젖은 당시 조선의 한문 식자층을 의식한 때문으로 짐작된다.

41 　이블린 S. 로스키, 앞의 책, 112~113면 참조.

42 　『을병연행록』, 1766년 1월 10일(소재영 외 주해, 296면); 『담헌서』 외집 권7, 『연기』, 「兩渾」, "余曰: '公讀書幾何?' 兩渾曰: '曾讀四書及詩經. 但皇上令專習弓馬及蒙·漢〔滿〕語, 無暇讀書.' 余曰: '此眞好漢勾當. 尋章摘句, 濟得甚事?'"

43 　『을병연행록』, 1766년 1월 10일(소재영 외 주해, 296면).

44 　"兩渾曰: '聞君多讀書好文章. 如我朴直, 不足以呈交也.' 余曰: '人道在心不在書, 交道在質不在文. 世間多讀書好文章, 多諉外飾非. 喪其天眞, 何足貴乎?' 兩渾向陳哥連聲曰: '好公子!'"(『담헌서』 외집 권7, 『연기』, 「兩渾」)

45 　『을병연행록』, 1766년 1월 10일(소재영 외 주해, 298~299면); 『담헌서』 외집 권7, 『연기』, 「兩渾」, "又有徑寸兩小囊, 以文繡. 余熟視之, 兩渾覺之, 解與之, 曰: '公豈欲見之乎?' 余辭謝, 問其名. 一曰日表, 所以考時. 一曰問鍾, 所以隨問而擊鍾, 皆內藏機輪, 細如毫絲. 兩渾皆開示之, 兼指問之之法. 忽有鍾聲出其中三次, 又疊打二次而止. 三次者, 未正也. 疊打二次者, 二刻也. 問之之法, 有小柄, 微按之而鍾響矣. 連問之而不變其數. 少間又問疊打三次, 是爲三刻也. 隨時隨刻, 各有其數. 不問則不鳴也."
　　『을병연행록』에서 두 번씩 치기를 세 번 하면 '2각'이 된다고 한 것은 '3각'의 오류로 판단된다. 또 『을병연행록』에서 서술한 것처럼 처음에 종이 열두 번 치면 '정오'가 된다면, 『연기』 「兩渾」에서 처음에 종이 세 번 치면 未時 정각(오후 2시)이 된다고 한 것도 酉時 정각(오후 6시)의 오류가 아닐까 한다.

46 　『을병연행록』, 1766년 1월 10일(소재영 외 주해, 299면); 『담헌서』 외집 권7, 『연기』, 「兩渾」, "聞是出於西洋, 時器之至巧者也."

47 　『을병연행록』, 1766년 1월 10일(소재영 외 주해, 299~300면).

48 　『을병연행록』에는 '면피'로, 『연기』 「兩渾」에는 '面皮'로 표기되어 있으나, 이는 '面幣'(miànbì)를 부정확하게 音寫한 것이다.

49 　『을병연행록』, 1766년 1월 10일(소재영 외 주해, 301~302면); 『담헌서』 외집 권7, 『연기』, 「兩渾」, "余請借數日, 兩渾快許之, 無難色. 余幷以藏于腰曰: '此天下之寶, 苟或有傷, 當無顔更見.' 兩渾哂之曰: '縱有傷, 亦何大事?' …兩渾招德亨問曰: '吾欲贈公子以面幣, 未知公子所愛者何物也.' 德亨未及答, 余

謂陳哥曰: '吾平生無所愛, 且爺爺待我甚厚, 實爲大面皮.' 兩渾微笑無語, 遂相別而歸."(사건의 서술 순서가 『을병연행록』과 달리 뒤바뀌어 있음.)

50 　『을병연행록』, 1766년 1월 10일(소재영 외 주해, 301~302면); 『담헌서』 외집 권7, 『연기』, 「兩渾」, "將歸, 兩渾曰: '得暇再約一會.' 余曰: '固所願也.'"

51 　홍대용은 親王이나 郡王이 행차할 때 騶從이 매우 성대하여 전후 각 10여 쌍인데, 행인을 만나면 반드시 꾸짖어 下馬하게 한다고 했다(『담헌서』 외집 권8, 『연기』, 「京城記略」, "諸王騶衛甚盛, 前後各十餘雙, 逢人必呵下." "從東華門而歸, 逢親王行, …望其風儀偉然, 前後各十數騎, 呵衛甚嚴."). '왕자'의 행차도 그에 버금갔을 것이다.

52 　『을병연행록』, 1766년 1월 10일(소재영 외 주해, 302~303면).

53 　『을병연행록』, 1766년 1월 11일(소재영 외 주해, 303~304면); 『담헌서』 외집 권7, 『연기』, 「兩渾」, "又曰: '問鍾是西洋寶器, 價踰百金, 爺爺深服公子之義, 將以贈之.' 余驚曰: '此是至寶, 借觀數日足矣, 非欲得之也. 然則爺爺必以我爲貪人也.' 陳哥曰: '不然. 他家甚富貴, 此雖寶器, 何足爲有無? 且彼以情與之, 非謂足下欲之, 何必爲嫌?' 余又辭謝而別."

54 　『을병연행록』, 1766년 1월 13일, "…'해동 아무는 배(拜)하노라' 하니라."(소재영 외 주해, 321면); 『담헌서』 외집 권7, 『연기』, 「兩渾」, "十三日, 以兩渾厚饋酒食, 不可不答其意, 乃以壯紙二束, 扇子紙一束, 花箋二束, 扇子二十把, 尾扇二柄, 眞梳五箇, 眞墨一同, 淸心元十丸爲別單. 下云: '邂逅尊顏, 過蒙恩接, 感服在心. 無以爲謝, 數種土物, 聊表愚誠, 禮輕意重, 伏惟鑑念.〔海東洪大容拜〕' 同封付陳哥傳之."

55 　『을병연행록』, 1766년 1월 14일(소재영 외 주해, 334~335면); 『담헌서』 외집 권7, 『연기』, 「兩渾」, "十四日, …午後觀崇文塔而歸, 德亨來言: 陳哥受王子回禮而歸, 見其單子, 皆紋緞重貨. 謂陳哥, '此旣有邦禁, 且公子秀才也, 不妄取人物. 若以此往, 則吾必得罪, 當先告此意.' 陳哥又言: '問鍾, 爺爺見公子愛之, 必欲相贈, 亦已付余傳之. 昨日聞公子語, 甚落落, 須言其無傷無孤爺爺厚意.' 余令德亨傳言陳哥曰: '紋緞重貨, 不惟邦禁, 不可荐受厚饋. 問鍾旣係玩好, 受亦無妨. 但始旣借看, 今受其贈, 是以借看而誘之也. 且余有所饋而却其回禮, 必以余爲意在問鍾也. 有此二嫌, 不敢冒受'云."

56 　『담헌서』 외집 권7, 『연기』, 「兩渾」, "十九日, 德亨來言: 陳哥以回禮物件及問鍾還于王子, 王子深以愧恨曰: '彼旣不受吾饋, 吾不可獨受其饋, 將幷以還送.' 陳哥善辭挽之, 且言: '彼秀才也, 謹於辭受. 若以文房筆墨之類, 宜不可

固辭.' 王子頗以爲然云."

주자는 사대부의 처신은 풍속에 영향을 끼치므로 辭受와 出處를 잘 살펴야 한다고 했다(朱熹, 『晦庵集』卷25, 「答韓尙書書」). 고염무도 공자와 맹자는 항상 선비의 出處去就와 辭受取與에 관한 辨說을 말했다고 하면서 "行己有恥"(염치를 아는 처신)를 강조했다(顧炎武, 『亭林文集』권3, 「與友人論學書」).

57 『담헌서』 외집 권10, 『연기』, 「巾服」에 하포는 좌우에 차는 수 놓은 주머니로, 담뱃대·담배쌈지·빈랑(檳榔)·차·향과 같은 물건들을 넣는다고 했다("左右繡囊, 俗名荷包, 或稱憑口子. 烟旹·烟包·檳榔·茶·香之類裝焉.").

58 『을병연행록』, 1766년 1월 25일(소재영 외 주해, 412~413면);『담헌서』외집 권7, 『연기』, 「兩渾」, "二十五日, 往五龍亭入陳舖, …又曰: '爺爺曾有回禮, 公不肯受, 爺爺深以爲憾. 更以數種爲禮, 皆文房秀才之用, 有書在此. 如又見却, 是相絶也. 爺爺更以何顔相見?' 余曰: '若非殹貨, 吾何固辭? 若問鍾, 吾意已定, 幸勿復言.' 陳哥唯唯, 以兩渾書示之. 書曰: '接得翰墨, 風裡深香. 又卽珍品, 〔謹-누락〕登謝登謝. 時有陳兄萬托照拂, 而兩憾不矣. 際及愧意, 無得應送, 只貞物微表, 種例再電. 納紗大荷包一對. 納錦腰子荷包一對. 鴛鴦荷包一對. 太平小荷包一對. 南筆揮毫一匣. 紫玉光霞墨一匣. 古樣成莊〔裝〕狡〔狻〕猊墨一匣. 端硯沈渥〔泥〕一方. 〔知名兩渾〕.' 書語多未瑩, 筆法尤拙. 自云從事弓馬, 無暇讀書, 非虛語也."

『계남척독』에 수록된 原札에 의거하여 『연기』에 인용된 '양혼'의 편지를 교정했다. 위의 인용문 중 밑줄 친 부분은 물목의 순서를 바로잡은 것이다. 『을병연행록』은 물목 중 '狻猊墨'을 '준예묵'으로 오기했다. 또 '端硯沈泥'에 대해 "침니는 단주(端州)의 벼루 이름이라"는 주를 붙였다. 『연기』의 이본인 규장각 소장본(奎7126) 및 미국 버클리대 소장본 등의 『연행잡기』, 「橐裝」, 〈諸人贈贐〉 '兩渾' 조에도 "各樣荷包四對. 南筆十枝一匣. 紫玉光霞墨小二鋌一匣. 端硯沈泥一方."이라고 명기되어 있다.

59 『을병연행록』, 1766년 1월 25일, 1월 26일(소재영 외 주해, 413~414면, 421~422면).

60 『을병연행록』, 1766년 1월 26일(소재영 외 주해, 421면);『담헌서』외집 권7, 『연기』, 「兩渾」, "二十六日, 裁謝付陳哥. 書云: '每因陳公, 略承起居. 卽拜淸牘, 兼蒙珍饋, 爛然盈箱, 不勝榮感. 尊府深嚴, 末由躬進仰謝, 伏乞恕諒.'"

61 李東允의 『樸素村話』, 坤冊, 제69화에서는 "洪見胡王子也, 姬妾列侍而立,

欲仰視而有所不安, 只見腰下珠翠燦燦焉. 已而有小獸, 應聲而前, 承令而退, 有盛饌自內而出. 問舌人, 曰: '此獸出自南方, 以千金致之. 能言而便於使令' 云."이라고 하여, 덕형이 아니라 홍대용이 왕자의 자택으로 초대받았던 양 서술했다.

62 『을병연행록』, 1766년 1월 28일(소재영 외 주해, 433~436면); 『담헌서』 외 집 권7, 『연기』, 「兩渾」, "…兩渾欣然笑曰: '廝僕亦能行禮如此, 眞禮義之邦.' 遂命侍者, 扶德亨坐椅上.""又出一物, 方一尺餘, 以玻璃爲匣, 奇巧如神, 亦 問鍾之制也. 兩渾曰: '此西洋寶器, 欲以贈公子, 恐不受, 不敢言.' 因以小問 鐘與之, 曰: '公子旣不肯受, 終不可復爲吾有, 汝帶去無辭.'""又謂德亨曰: '歸告公子, 早晚當相屈, 願公子一來.'"

63 『을병연행록』, 1766년 2월 3일(소재영 외 주해, 456~457면); 『담헌서』 외 집 권7, 『연기』, 「兩渾」, "二月初三日, 至陳舖, 問德亨見招何故. 陳哥言: '非 爲德亨, 專爲公子. 以公子不受問鍾爲愧恨, 已與德亨矣.' 余曰: '如此則欲以 愛我, 益使我不安也.'"

64 『을병연행록』, 1766년 2월 15일(소재영 외 주해, 593면); 『담헌서』 외집 권7, 『연기』, 「兩渾」, "此時行囊已竭, 無奇物可以報其意. 行中適有持玉杯來者, 將 賣于京市, 刻鏤頗奇巧, 乃以十數兩銀買之. 十五日, 作書付陳哥. 書曰: '…猥 蒙眷愛, 施及儕伴, 車乘之招, 恩寵隆厚, 自顧賤蹤, 益切惶蹙. 就煩玉杯一方, 適入行中, 非敢謂尊府所無, 聊效縞紵之義, 謹托陳公, 輒以爲獻.'
'縞紵之義'는 춘추시대 吳나라 공자 季札이 鄭나라에 사신으로 가서 재상 子産을 만나고는 오랜 친구처럼 여겨 흰 명주 띠(縞帶)를 선사하자, 자산이 답례로 모시옷(紵衣)을 증정했다는 고사에서 유래한 말로, 우정의 선물을 주고받는 예법을 이른다.

65 『을병연행록』, 1766년 2월 18일(소재영 외 주해, 623면); 『담헌서』 외집 권7, 『연기』, 「兩渾」, "十七[八]日, 陳哥受答付德亨來. 書曰: '邂逅會唔[晤], 適成 知己. 前承音問, 幷賜盛品, 多多感激維深, 敬修寸楮報謝. 頃者陳兄又持華翰 內, 復贈以玉杯. 但以菲薄之能, 屢承雅愛, 自是感愧交集[耳-누락], 復何言 哉! 謝謝! 目下長兄榮程在邇, 無可以答厚貺, 舍下舊有玉鼻烟壺一枚, 京扇 [連七長]一付, 香串·香餅, 奉答容面. 物雖粗鄙, 五內至誠, 聊以爲異日覩物 鑑心之資而已. 特達此上. [知名兩渾.]"(『계남척독』에 수록된 原札에 의거하 여 편지를 교정함.)
『연기』의 이본인 『연행잡기』, 「橐裝」, 〈諸人贈賂〉, '兩渾' 조에도 "西洋畫扇

一柄, 幷繡袋. 香餠纓具一. 玉鼻烟壺一, 幷西洋鼻烟."이라고 명기되어 있다.

66 『을병연행록』, 1766년 2월 20일(소재영 외 주해, 630면);『담헌서』외집 권7, 『연기』,「兩渾」, "二十日, 陳哥來見, 余謝兩渾厚意. 陳哥曰: '爺爺見公書及玉杯大喜, 欲以大問鍾贈之.' 余云: '小者尙不肯受, 況於大乎?' 爺爺始悟, 解其佩用諸種以爲贈, 曰: '庶其歸後睹物思我也.'"

67 『을병연행록』, 1766년 2월 28일(소재영 외 주해, 722~723면);『담헌서』외집 권7,『연기』,「兩渾」, "余曰: '爺爺無所求於余, 而待余若是之厚, 豈不知感? 且余此行, 專爲遊觀, 其樓臺富貴之象, 豈不願一觀? 但不便, 不敢爲躬謝計. 幸君爲我致意.' 陳哥曰: '爺爺亦知公子不安, 不敢相請. 且近日以皇后幽廢, 宗親皆憂怖不寧, 無暇爲一會期.'"(『연기』에는 2월 20일조에 있음)
    냉궁은 총애를 잃은 后妃가 거처하는 쓸쓸한 궁궐을 말한다. 냉궁에 유폐된 황후 那拉氏는 1766년 음력 7월 사망했으며 황후에서 강등된 皇貴妃의 禮로 장례가 치러졌다(『淸史稿』권214, 列傳 1, 后妃, [高宗]皇后烏拉納喇氏; 蕭一山, 앞의 책, 제2권, 2, 239~241면; 옌 총니엔,『청나라, 제국의 황제들』, 산수야, 2014, 203~205면 참조).
    홍대용은 皇后 幽閉 사건에 대해 큰 관심을 기울여 관련 정보를 수집·기록했다(『을병연행록』, 1766년 1월 21일, 24일, 2월 6일, 20일;『담헌서』외집 권7,『연기』,「張石存」, "問皇后事, 經曰: '尙在冷宮.'…"; 외집 권8,『연기』, 「京城記略」, "是時, 皇后見囚冷宮, 朝野寃之. 是年秋, 果薨, 以貴妃禮葬之. …二月望後, 皇帝幸東陵. 聞皇后已剃頭, 尙在冷宮云."; 외집 권2,「간정동필담」, 1766년 2월 17일, "余別以小紙書問曰: '近聞宮中有大事, 擧朝波蕩云. 兄輩亦聞之乎?'…"). 동지사도 영조에게 건륭제 황후의 유폐 사건을 보고했다(『승정원일기』, 영조 42년 3월 25일;『영조실록』, 42년 4월 14일). 홍대용은 1775년 翊衛司 侍直으로서 東宮의 侍講에 召對해서도 이 사건에 관해 아뢰었다(『담헌서』내집 권2,『계방일기』, "三月二十九日召對. …令曰: '聞北京不復立皇后云. 不亦異乎? 其時何如?'…").

68 『을병연행록』, 1766년 2월 28일(소재영 외 주해, 724면).
    『예기』,「曲禮」(上)에 "貧者不以貨財爲禮."라고 했다.『사기』,「孔子世家」및 『孔子家語』에 노자가 "仁(人)者送人以言"이라고 하면서 공자에게 贈言을 했다고 한다.

69 『을병연행록』, 1766년 2월 28일(소재영 외 주해, 723~724면).

70 『을병연행록』, 1766년 2월 28일(소재영 외 주해, 724면).

『논어』「顔淵」에 "君子以文會友, 以友輔仁."이라고 했으며,「子路」에서 "간절하게 서로 責善하고 화기애애하면 선비라고 부를 수 있다. 붕우 간에 간절하게 책선하고 형제간에 화기애애하니라"(切切偲偲, 怡怡如也, 可謂士矣. 朋友切切偲偲, 兄弟怡怡)라고 했다. 『맹자』「離婁 下」에서 "責善, 朋友之道也."라고 했다.

71 『을병연행록』, 1766년 2월 28일(소재영 외 주해, 731면).

72 『담헌서』외집 권7,「연기」,「兩渾」, 2월 20일, "又曰: '爺爺每稱公子爲可畏.' 余驚曰: '爺爺何故畏我?' 陳哥笑曰: '以公子禮性過人.' 余笑曰: '余以爺爺愛人下士, 爲眞可畏.' 陳哥亦笑."

　　『사기』「魏公子傳」에 "公子爲人, 仁而下士, 士無賢不肖, 皆謙而禮交之, 不敢以其富貴驕人."이라 했다.

73 『담헌서』외집 권9,『연기』,「角山寺」, "行至鳳凰店, 考問鍾打, 戌正三刻矣."

74 규장각 소장본(奎7126) 및 미국 버클리대 소장본 등『연행잡기』,「橐裝」,〈諸人贈贐〉, '兩渾' 조, "西洋問時鐘 一."

　　황윤석도 홍대용이 연행을 통해 크기가 銅製 담뱃갑만한 '西洋自鳴鐘'을 입수했다는 소문을 기록했는데, 이는 '문시종'을 가리킨 것으로 보인다(『황윤석,『이재난고』권16, 庚寅(1770) 10월 24일, "聞是洪羅州櫟之子大容甫楸庄所寓之地. 此人以渼上夫人從姪, 嘗往來丈席, 文學才藝見識 猶非俗儒. 曾以使行子弟軍官, 隨入燕都, 得西洋自鳴鍾大如南草銅匣者及西洋鐵琴, 行必自隨.").

75 『계남척독』은 한림대 박물관에 소장되어 있다. '양혼'의 답신은 여기에 수록된 그의 세 번째 서신으로서, 1767년 4월에 받은 등사민·손유의·서요감의 서신 다음에 수록되어 있어 같은 무렵에 수신한 것으로 추정된다. 이원식,「洪大容의 入燕과 淸國學人-『薊南尺牘』을 중심으로」(水邨朴永錫教授華甲紀念『韓國史論叢』, 上, 探究堂, 1992)에서 학계에 처음 소개되었다(1068면). 정민, 앞의 책, 198면에도 번역·소개되어 있다.

76 "分袂以來, 倏留[忽]寒暑遞遷, 逈思燕雲傾蓋之時, 遏[曷]勝遐慕? 愚以樸直, 叨蒙靑目以遇. 但天各一方, 中心耿耿, 何日忘之? 近接華翰, 知兄福祉日增, 不勝欣喜. 兼之遠方厚貺佳品極多, 卻之不恭, 惟有遞謝而矣. 寄來問鐘, 現覓良工整理, 摠俟安置妥協之日, 再行奉上, 遲速尙未可定. 比年以來, 愚無所增, 不過平平安靜. 彖係相知, 特因羽便達知. 近因俗務匆匆, 無堪回敬. 特尊來敎, 聊備粗物數色, 奉候近禧. 兩渾不嘐. 仙樓一副. 壽意圖一張. 墨寫意一

張. 小百古一張. 合歡圖一張. 五毒膏藥半料(治大丁大毒惡瘡等症皆治之. 如
用之時, 在重湯溶化. 油紙攤帖. 量之大小, 其效如神). 萬應膏藥半料(專治筋
骨疼痛, 左癱右瘓一切風症. 兼治傷寒. 焚灰黃酒沖服, 汗來如雨. 如用, 如前
溶化. 但攤帖, 油紙不可). 至聖保元丹(有方在內. 依方, 無不神應). 外有羅漢
圖壁, 附."

77 "末後, 洪生大定來話. …又言: 德保遊北京, 遇乾隆親兄弟藩王之世子於書肆
中, 見贈以西洋問辰鐘一部, 體比胡桃纔大, 以兩半殼開闔, 中有一最小輪鐘
自鳴, 時時刻刻俱報, 而輪牙細如縷, 所用鐵, 疑非鐵也. 本価銀八十兩, 西洋
製也. 傳至京中, 爲卿相宗室駙馬所傳玩, 多欲攘者, 忽有傷損, 付書世子請修
改, 而書與鐘俱佚. 盖必譯官輩利貨于欲攘者耳."(황윤석, 『이재난고』 권39,
丙午[1786] 7월 27일)

건륭제의 친형제로 和親王 弘晝(1712~1770)가 있으며 그의 둘째 아들인
永璧(1733~1772)이 왕작을 계승했으나, '양혼'에 관한 정보와 전혀 합치하
지 않는 인물이다.

78 "盖漢人多才藝, 滿人多質實. 論人品則滿勝於漢. 此則前輩日記已有是言
也."(『담헌서』 내집 권3, 『계방일기』, 乙未[1775], 3월 29일)

79 "淸人貌豐偉, 爲人少文. 少文故, 淳實者多. 漢人反是, 南方人尤輕薄狡
詐."(김창업, 『연행일기』 권1, 「山川風俗總錄」)

80 이기지, 『일암연기』, 庚子(1720) 8월 26일, "大抵淸人多良善, 漢人則男女皆
巧惡."; 11월 9일, "爲人極淳朴, 少文多質, 言語多天眞. 大抵淸人多質, 漢人
多詐. 漢人之中北京人猶寬厚, 南方人簡簡伶利而巧詐. 知文字者其詐尤甚.
淸人及北土人, 身材皆長大, 氣貌勁健."

81 『을병연행록』, 1765년 12월 14일(소재영 외 주해, 107~111면); 『담헌서』
외집 권7, 『연기』, 「十三山」.

82 『담헌서』 외집 권7, 『연기』, 「兩渾」, "體豐偉, 少文雅氣. 但氣味寬重, 不妄言
笑. 開懷唯諾, 如逢舊識, 則滿住之素性也."('滿住'는 '滿洲'와 같은 뜻으로
쓰였음.)

83 순치제에게는 여러 명의 漢軍 부마가 있었다. 부마는 황족의 일원으로 간
주되었고 귀족 봉작을 받았으며 봉작은 사후에 후손 한 명에게 세습되었
다. 순치 연간의 세습 봉작은 8등급으로 나뉘는데 그중 伯은 公과 侯 다음
의 상위 봉작으로, 다시 3등급으로 세분되었다(이블린 S. 로스키, 앞의 책,
89~132면 참조).

84   김창업, 『연행일기』, 癸巳(1713) 1월 10일, "因言: '君與我爲友何如?'"; 1월
     11일, 12일, 18일, 22일, 23일, 26일, 27일, 30일; 2월 2일, 3일, 10일.

85   김창업, 『연행일기』, 癸巳(1713) 1월 22일; 2월 3일, 8일, 13일.
     馬氏는 만주인이 아주 초기부터 사용한 한자 성씨이다.

86   김창업, 『연행일기』, 癸巳(1713) 2월 8일, 12일, 13일, 14일.
     趙氏도 만주인이 사용한 한자 성씨의 하나이다.

87   『일암연기』에 '藩部郎中'이라고 한 것은 '藩部郎中'의 오류이다. '藩部'는
     이번원의 별칭이다. 이번원은 光緖 말년에 理藩部로 개칭되었다. 이기지
     는 조화의 이름이 官案에 없어 이상하다고 했으나(『일암연기』, 庚子[1720]
     9월 27일), 이는 조화가 정원 이외의 郎官인 員外郎이었기 때문일 것이다.
     김창업의 아들 金信謙의 시 「百六哀吟(幷序)」, 〈楊澄〉序에 "理藩員外郎趙
     華"라고 했다(金信謙, 『檜巢集』 권2).

88   이기지, 『일암연기』, 庚子(1720) 9월 27일, 10월 10일, 16일, 17일, 30일, 11
     월 8일, 24일; 신익철, 「김창업·이기지의 중국 문인 교유 양상과 특징」, 『대
     동문화연구』 106, 성균관대 대동문화연구원, 2019, 269~270면 참조.

89   이기지, 『일암연기』, 庚子(1720) 10월 15일, 18일, 11월 6일, 7일, 9일.

90   劉琳, 앞의 논문, 16~17면.

91   『을병연행록』, 1766년 1월 18일, "길가 푸자(鋪子)의 패(牌)에 쓰여 있으되,
     '자명종을 수보(修補)하는 곳'이라 하였거늘, …."; 1월 22일, "상방(上房)에
     서 자명종 하나를 수보(修補)하려 들여 왔거늘, 이때 빌려다가 캉에 놓았더
     니…."(소재영 외 주해, 358면, 390면); 『담헌서』 외집 권8, 『연기』, 「京城記
     略」, "琉璃廠有招牌曰修理自鳴鍾處. 入鋪, 要見自鳴鍾, 鋪主言: '惟知修理
     而已.'"

92   카를로 M. 치폴라, 『시계와 문명: 1300~1700년, 유럽의 시계는 역사를 어
     떻게 바꾸었는가』, 최파일 역, 미지북스, 2013, 131~133면. 16~18세기의
     중국인들은 서양 시계와 천문학의 관련성을 강조하지 않았으며, 서양 시계
     를 오로지 장난감으로만 보았다고 했다.

93   『담헌서』 외집 권7, 『연기』, 「雨渾」, "陳哥, 山西人, 年已五十九, 雖家貧無學,
     爲賈人業, 性峭直, 買賣不貳價. 素信篤西學, 每五更往拜天壇, 雖風雨不敢
     廢, 已三十餘年云."(규장각 등 소장본 『연행잡기』에는 '西學'이 '天主學'으
     로, '天壇'이 '天主像'으로 되어 있음.); 『을병연행록』, 1766년 1월 10일(소
     재영 외 주해, 297면).

94 『을병연행록』, 1766년 1월 10일(소재영 외 주해, 293면);『담헌서』외집 권 7,『연기』,「兩渾」, "兩渾曰: '···陳兄我友也, 故來相訪.'"

95 『담헌서』외집 권7,『연기』,「兩渾」, "爺爺, 王爺之愛子, 居別宮. 王爺禁外人 不敢入, 爺爺亦不敢妄與人交.";『을병연행록』, 1766년 1월 28일, "··· 진가밖 에는 출입하는 사람이 없으되"(소재영 외 주해, 436면).

96 『열하일기』에서 "소위 '상공'은 장사치들이 서로를 높혀 부르는 명칭이다" 라고 했다(『열하일기』,「渡江錄」, 1780년 6월 27일, "所謂相公者, 商賈相尊 之稱也.").

97 『을병연행록』, 1766년 1월 10일(소재영 외 주해, 298면);『담헌서』외집 권7, 『연기』,「兩渾」, "陳哥與兩渾皆稱善."

98 『담헌서』외집 권7,『연기』,「兩渾」, "陳哥曰: '···爺爺極忠直, 與人交不二心. 與公子雖旅次一見, 已心許如舊識, 公子不可不知此意也.' 余曰: '爺爺無所求 於余, 而待余若是之厚, 豈不知感?'", "陳哥曰: '···但爺爺累請王赦其兄, 王終 不聽, 爺爺每以爲恨, 爺爺眞忠直人也.'"

99 강희제의 아홉째 아들인 允禟도 천주교에 흥미를 가졌으며 서양인 선교사 와 교제했다. 蘇奴 일족은 옹정제와 반목했던 允禟에 대한 탄압에 연루되 어 박해를 겪은 것이었다. 蘇奴 사건에 관해서는 楊森富 編,『中國基督敎 史』, 臺灣商務印書館, 1986, 156면; 미야자키 이치사다,『옹정제』, 차혜원 옮김, 이산, 2003, 73~101면 참조.

100 『담헌서』외집 권7,『연기』,「劉鮑問答」, "十三日, 復與李德星同往. 門者言: '劉大人有公故出外, 惟鮑老爺在堂. 但宰相貴人, 逐日來拜抽籤, 無暇相見. 待十九日再來'云."(규장각 등 소장본『연행잡기』에는 '抽籤'이 '天主'로 되 어 있음. 조창록,「홍대용 연행록 중 西學 관련 내용의 改削 양상」,『대동문 화연구』84, 성균관대 대동문화연구원, 2013, 180면.)

101 『담헌서』외집 권7,『연기』,「兩渾」, "陳哥出謂余曰: '爺爺愛人好善有義氣, 聞之甚喜. 但朝鮮素慢無禮, 若輕視之如我輩, 彼貴人也, 必不堪.'"

102 『을병연행록』, 1766년 1월 14일, "진가가 가장 노색(怒色)이 있어 가로되, '너의 궁자가 사람을 업수로이 여기는지라'", 1월 25일(소재영 외 주해, 329 면, 412면);『담헌서』외집 권7,『연기』,「兩渾」, "十四日朝, 以扇子二把淸心 元二丸, 使德亨傳給陳哥, 且致昨日不答之故. 德亨歸言: '陳哥果慚愧, 以爲 公子侮人. 聞其故而後, 始釋然'云.", "二十五日, 往五龍亭入陳舖, 謝前日不 答之意. 陳哥亦言: '已聞德亨言, 心已釋然'云."

103 『을병연행록』, 1766년 2월 20일(소재영 외 주해, 630~631면).

104 "陳哥曰: '爺爺當朝貴人也, 余忝與之友. 公子又東方貴人也, 吾雖不敢說, 亦有朋友之義. 吾老矣, 不復與公子遊. 他日公子奉使中國, 與爺爺相見, 幸無忘我.'"(『담헌서』 외집 권7, 『연기』, 「兩渾」)

105 1780년 연행에 참여한 박지원이 熱河에서 貴州按察使 奇豊額과 사귀고, 1790년 연행에 참여한 유득공과 박제가가 역시 열하에서 예부시랑 鐵保 등과 시를 주고받은 사례에 그친다(박지원, 『열하일기』, 「傾蓋錄」; 유득공, 『열하기행시주』, 「鐵冶亭侍郞」; 朴長馣, 『縞紵集』 권1, 「鐵保」).

106 김정희, 『완당집』 권3, 書牘, 「與權彛齋」(15), "矍仙, 名永忠, 一字渠仙, 又字良輔. 貝勒弘明子, 輔國將軍, 有延芬堂集. 嵩山, 名永憲, 康親王崇安子. 樗仙, 名書誠, 字實之, 又字子玉, 奉國將軍, 有靜虛堂集. 素菊道人, 名永瑺, 字文玉, 又字益齋, 輔國公弘晉子, 有淸訓堂集. …四人者, 詩畵俱絶勝, 不減大江南北諸人, 與陸飛·嚴誠爲至交. 陸·嚴皆江南高士, 不曾妄交一人, 而至於此四人, 與之結契, 則四人皆可知也. …四人輩翰墨之盛, 在洪湛軒入燕時, 而湛丈與陸·嚴爛曼, 而皆不知有此輩人, 爲之咄咄. 東人入燕交遊之盛, 每先稱湛軒, 而其於翰墨小事, 如是疎甚, 又何論大於此者耶? 非徒湛軒, 雖如朴楚亭, 到處錯過, 令人嗟惜嗟惜. 滿洲人有不可忽.…."

107 "吾東人從無與此輩相從者."(박규수, 『환재집』 권8, 「與溫卿」[8])

5부 — 사상적 변화

5부 1장

1   중국의 경우 구양수와 소식·사마광 등은 특정 왕조가 정통성을 갖추게 되는 필수 조건으로서 영토 통합을 가장 중요시했다. 이와 같이 종족적 요소보다 영토 확장을 중시하는 북송의 정통론은 남송 이후 점차 약화되었으며, 明初에는 方孝孺·丘濬 등에 의해 종족과 중화 문화 계승을 중시하는 정통론이 제기되었다. 명말 청초에 이르러 王夫之·고염무·황종희·여유량 등은 종족적 요소를 극단적으로 강조했다(양녠췬, 『강남은 어디인가—청나라 황제의 강남 지식인 길들이기』, 명청문화연구회 옮김, 글항아리, 2015, 447~492면 참조).

조선의 경우 김창협은 소식의 정통론을 절대로 바꿀 수 없는 학설로 지지하면서, 주자의 정통론도 바로 이와 같다고 주장했다(김창협, 『농암집』 권34, 「雜識」). 김창흡도 주자는 오직 '천하 통일'로써 정통의 기준을 삼았다고 하면서 방효유·구준 등의 정통론을 비판하고, 주자 이전에는 소식의 정통론이 가장 명쾌하다고 보았다(金昌翕, 『三淵集』 권36, 「漫錄」). 이러한 김창협·김창흡의 정통론은 당시 조선의 사상계에서는 예외적인 주장이었다(조성산, 「17세기 후반~18세기 초 김창협·김창흡의 학풍과 현실관」, 『역사와 현실』 51, 한국역사연구회, 2004, 185~186면; 허태용, 『조선후기 중화론과 역사인식』, 아카넷, 2009, 137~138면).

홍대용은 아마도 김창협·김창흡의 정통론에 공감했을 가능성이 크다. 하지만 그의 스승 김원행은 "夷狄으로서 천하를 통일한 자는 정통이라 해도 틀림이 없다"고 한 김창흡의 정통론에 대해 "이런 발언은 '이적을 물리쳐야 한다'는 것만 못하다"고 비판했다고 한다(姜鼎煥, 『典庵文集』, 권7, 雜著, 「渼湖先生語錄」, "三淵曰: '夷狄之統一天下者, 謂之正統無異也.' 吾嘗曰: '此言不如攘夷狄.'").

2   『담헌서』 외집 권2, 『간정동필담』, 1766년 2월 12일, "力闇曰: '本朝立國甚正. 滅大賊, 伸大義, 際中原無主, 非利天下.'"

이러한 엄성의 발언은 강희제가 遺詔에서 건국의 정당성을 주장한 바와 똑같다(『淸聖祖實錄』, 康熙 60년 11월 13일[『朝鮮景宗修政實錄』, 2년 12월 16일 기사에도 인용됨], "自古得天下之正, 莫如我朝. 太祖·太宗初無取天下

之心, 嘗兵及京城, 諸大臣咸云: '當取.' 太宗皇帝曰: '明與我國, 素非和好, 今欲取之甚易. 但念係中國之主, 不忍取也.' 後流賊李自成攻破京城, 崇禎自縊, 臣民相率來迎, 乃剪滅闖寇, 入承大統, 稽查典禮, 安葬崇禎. …我朝承席先烈, 應天順人, 撫有區宇, 以此見亂臣賊子無非為真主驅除也.").

엄성의 발언이 『을병연행록』에는 "본조의 나라를 얻음이 가장 정대한지라. 도적을 멸하고 대의를 펴, 명조의 수치를 씻고, 중국의 주인이 없음을 당하여 자연 천위(天位)를 얻음이오, 천하를 이(利)히 여김이 아니니라"라고 하여, 『간정동필담』의 해당 기록에 비해 "자연 천위(天位)를 얻음이오"라는 구절이 더 있다. 또 엄성이 "언필(言畢)에 나를 보며 희미히 웃으니 내 소견을 시험하는 기색이라"는 대목이 더 있다(소재영 외 주해, 561~562면). 엄성의 발언이 진심에서 나온 것이 아니라는 뉘앙스를 풍긴다.

3   이와 유사한 야사가 王世德의 『崇禎遺錄』이나 蔡爾康의 『紀聞類編』 등에 전한다. 『숭정유록』에는 숭정 17년(1644) 12월 19일 아침에 國學의 文廟 앞에 어떤 사람이 "謹具大明江山一統, 崇禎帝后二尊, 奉申贄敬門年弟, 文八股頓首拜"라고 큰 종이에 써서 붙였다고 한다. 『기문류편』에는 북경의 大明門 위에 어떤 사람이 "奉送大明江山一座"라 쓰고 "八股朋友同具"라고 落款한 紅紙를 붙였다고 한다(王世德, 『崇禎遺錄』, 『四庫禁燬書叢刊』 史部 第72冊, 31면; 蔡爾康, 『紀聞類編』 권4; 夫馬進 譯註, 『乾淨筆譚 1』, 東洋文庫 860, 東京: 平凡社, 2016, 225면, 주22; 吳雁南 外 主編, 『中國經學史』, 福建人民出版社, 2000, 469면 참조).

4   『담헌서』 외집 권2, 『간정동필담』, 1766년 2월 12일, "力闇曰: '江外有奇談曰: "送來禮物, 如何不受?" 余曰: "吳三桂所送." 皆大笑. 蘭公曰: "國初, 宮中有得一幅書云: '謹具萬里山河', 下書云: '文八股拜呈.'" 余未解其意. 力闇曰: "言前明重文輕武, 以致亡國.'"
위의 인용문 중 밑줄 친 부분이 규장각 등 소장본 『간정필담』에는 삭제되고 반정균의 설명으로 대치되어 있다. 『을병연행록』 역시 반정균의 말로 되어 있고 "명조의 팔고 문장을 숭상하여 짐짓 재주를 얻지 못하고, 군자의 허수(虛受)함을 돌아보지 아니하여 나라를 망함에 이르니, 이때 사람이 분함을 이기지 못하여 이 글을 궁중에 던져 그 곡절을 알게 함이니라"고 하여 내용이 다소 다르게 되어 있다(소재영 외 주해, 562면). 참고로, 『주역』 「咸卦」 象辭에 "군자는 마음을 비우고서 남의 말을 받아들인다"(君子以虛受人)고 했다.

'文八股'는 이덕무의 『앙엽기』와 성대중의 『靑城雜記』에도 인용되었다(이덕무, 『청장관전서』 권61, 『앙엽기』8, 「八股」, "案近世錢塘潘庭筠言: '甲申年, 攝政王入燕京大內, 得一小紙, 書曰: '謹具萬里江山. 文八股再拜.'"; 성대중, 『청성잡기』 권3 「醒言」, "淸攝政王, 克李自成, 取燕京, 入皇極殿, 拾小簡, 若投書然, 書曰: '謹具萬里江山. 文八股再拜.' …蓋崇禎遺臣, 痛科文之亡國而爲之也. 然, 科文豈能亡國哉?").

5 『담헌서』의 『간정동필담』에는 홍대용의 말이 "非利天下則吾未敢知也, 入關以後則亦無如之何."로 되어 있으나, 『을병연행록』에는 "천하를 이(利)히 여기지 않음은 내 감히 믿지 못하거니와, 다만 산해관을 든 이후는 대의를 붙들어 이름이 바르고 말이 순하니 뉘 감히 어거(馭車)하리오"라고 하여 밑줄 친 부분이 다르게 되어 있다(소재영 외 주해, 562면). 『을병연행록』을 취해 서술했다.

6 『담헌서』 외집 권2, 『간정동필담』, 1766년 2월 12일, "余曰: '前朝末年, 太監用事, 流賊闖發, 煤山殉社. 天實爲之, 謂之何哉? 所謂滅大賊, 伸大義, 乃本朝之大節拍.'"

7 『을병연행록』, 1766년 2월 12일(소재영 외 주해, 562면).

8 이덕무, 『청장관전서』 권63, 『천애지기서』, 「筆談」, "炯菴曰: '闖賊流毒於中原, 虜賊僭號於關外, 可謂難兄難弟. 易地而處, 自成亦或爲順治之事, 伸大義一言, 豈非苟且之甚? 力闇亦豈不知? 但從而爲之詞也.'"

9 이기지, 『일암연기』 권5, 「燕行日錄序」(李鳳祥), "先考進士府君, 志識偉然, 厭局偏邦之陋, 聞稼齋金公遊燕之事而悅之, 適値王考忠文公以告訃使燕, 遂決意從行."; 李器之, 『一菴集』 권1, 「送稼齋金丈之北京 次杜子美秦州雜詩韻」.

10 이기지, 『일암연기』, 1720년 9월 2일, 6일, 18일, 23일, 27일, 10월 1일, 10일, 16일, 30일, 11월 3일, 7일, 8일, 12일, 18일, 22일, 24일, 26일; 김창업, 『老稼齋集』 권5, 시, 「寄楊澄」, 「酬楊澄」; 李器之, 『一菴集』 권1, 시, 「北京贈楊澄」, 「又贈楊澄」, 권2 「楊鈍菴文集序」; 金信謙, 『檜巢集』 권2, 시, 「百六哀吟(幷序)」, 〈楊澄〉; 이덕무, 『청장관전서』 권35, 『청비록』4, 「農巖三淵慕中國」.

11 김창업과 함께 연행한 崔德中의 『연행록』이나, 이기지보다 불과 넉 달 뒤에 연행한 이의현의 『庚子燕行雜識』와 비교해 보면 그 점을 확인할 수 있다. 최덕중도 시장경제의 번영이나 정치적 안정을 소개하지 않은 것은 아니

지만, 기본적으로 청나라의 再侵에 대비한 국방 의식에서 정세를 관찰했다. 예컨대 그는 청나라의 兵器에 대해 한 가지도 두려워 할 것이 없다고 혹평하면서, 청나라의 騎兵이 뛰어나 조선의 步卒이 대적할 수 없지만 조선 땅에 들어오면 조선의 보병을 대적할 수 없음도 분명하다고 주장했다(崔德中, 『燕行錄』,「日記」, 癸巳[1713] 3월 30일). 金昌協의 문인인 이의현은 청나라에 대한 견문을 기술하면서 김창업의 『연행일기』를 적지 않게 참고했다. 그러나 강희제를 '胡皇'이라고 지칭하는가 하면, 연행 중에 만난 秀才들이 모두 무식한 것은 중화 문물이 모조리 오랑캐의 소유가 된 탓이라고 개탄했다(李宜顯, 『陶谷集』 권29,「庚子燕行雜識」[上], 권30,「庚子燕行雜識」[下]).

12 李器之, 『一菴集』 권1,「一菴集序」(金元行), 권2,「祭洪夏瑞(龜祚)文」.
이기지의 『일암연기』는 저자의 사후 근 40년이 되는 1759년에야 비로소 그의 아들 李鳳祥에 의해 필사본이 만들어졌다(이기지, 『일암연기』 권5,「燕行日錄序」[李鳳祥]). 따라서 홍대용은 아주 이른 시기에 『일암연기』를 읽고 그로부터 영향을 받은 문인에 속할 것이다.

13 김창업, 『연행일기』, 1713년 1월 17일, 24일, 2월 6일.
蕭一山, 『淸代通史』(臺北: 商務印書館, 1976)에서도 "賦稅之蠲免"과 "滋生人丁永不加賦之制"를 강희제의 업적으로 들고 "康熙政治之精神"은 군주는 천하의 公僕이라 생각하고 '實心'으로 '實政'을 하고자 한 것이었다고 높이 평가했다(제1권, 810~816면).

14 김창업, 『연행일기』, 1713년 1월 27일.

15 김창업, 『연행일기』, 1713년 2월 7일, "且建夷, 東夷之種, 性本仁弱, 不嗜殺人, 而以康熙之儉約, 守汗寬簡之規模, 抑商賈以勸農, 節財用以愛民, 其享五十年太平宜矣. 至若治尙儒術而能尊孔朱, 躬修孝道而善事嫡母, 則雖比於魏孝文·金主雍, 無愧矣."

16 이기지, 『일암연기』, 1720년 10월 15일, "聰明英斷, 知人善任, 能成六十年太平."

17 이기지, 『일암연기』, 1720년 10월 27일, "義而釋之, 亦可見其度量, 五十年太平有以也."
또한 강희제가 체렁 돈돕을 포함한 '西賊' 포로 6인을 석방하면서, 돌아가 체왕 아랍탄에게 귀순을 권유하라고 했다는 소문을 접했을 때에도, 이기지는 "이 한 가지 일에 의거하건대 그의 도량이 좁지 않음을 알 수 있다. 60년 동안 천하를 다스리며, 지역의 원근을 막론하고 위엄으로 굴복시킨 데에는 대체로 까닭이 있다"고 했다(11월 4일).

18 이기지, 『일암연기』, 1720년 10월 27일, "自古英雄征伐之主, 皆不以私廢法. 故號令能行天下. 皇帝之臣服夷夏, 有戰必勝者, 亦用此道故也."(원본에 표시된 '自古'의 위치 수정 지시에 따라 고쳐 인용함).

19 『을병연행록』, 1765년 12월 26일(소재영 외 주해, 164~165면).

20 『담헌서』 외집 권9, 『연기』, 「暢春園」, "六十年天下之奉, 宮室之卑儉如此, 宜其威服海內, 恩浹華夷.", "至于今稱其聖也, 其去慾示儉, 終始治安, 可爲後王之法矣."

『연기』 「圓明園」에서도 "강희제가 천하를 60년이나 다스리면서 한평생 검약했음은 창춘원을 보면 알 수 있다"(康熙帝御天下六十年, 儉約以沒身, 卽暢春園可見矣)고 칭송했다. 『을병연행록』 1765년 2월 11일 기사에서도 홍대용은 창춘원을 본 뒤 "천자의 위엄과 천하의 재력(財力)으로 이같이 검덕(儉德)을 숭상하여 행락을 일삼지 아니하니, 육십 년 태평을 누리고 지금 성군(聖君)으로 일컬음이 괴이치 아니터라"고 했다(소재영 외 주해, 545면).

21 『담헌서』 외집 권9, 『연기』, 「暢春園」, "康熙帝崇儉居野之義, 安在哉?"

『을병연행록』 1765년 2월 11일 기사에서도 홍대용은 "강희의 평생 검소한 정사(政事)로 육십 년 재물을 모아 도리어 후(後) 임금의 사치를 도우니, 한 번 성하고 한 번 쇠함은 물리(物理)의 의법(依法)한 일이어니와, 조선(祖先)의 가난을 생각지 아니하고 재물의 한정이 있음을 돌아보지 아니(하)니 오랑캐 운수를 거의 짐작하리러라"고 혹평했다(소재영 외 주해, 545~546면).

22 『담헌서』 외집 권9, 『연기』, 「西山」, "康熙之政, 幾乎息矣."; 『담헌서』 외집 권2, 『간정동필담』, 1766년 2월 12일, "力闇曰: '昨日西山之遊樂乎?' 余曰: '佳則佳矣, 皆是人巧, 終欠天機. 且兄不聞漢文帝不作露臺之說乎?'"

23 『담헌서』 내집 권3, 『계방일기』, 乙未(1775) 3월 29일, "臣曰: '臣見暢春園而知康熙眞近古英傑之君也. 其享六十年太平, 有以也.'" "臣曰: '…民到于今稱以聖君, 可知其爲英傑也.'"

24 『담헌서』 외집 권9, 『연기』, 「西山」, "雖然, 民不苦役, 田不加賦, 華夷豫安, 關東數千里, 無愁怨之聲. 其立國簡儉之制, 固非歷朝之所及, 而今皇之才略, 亦必有大過人者也."

『담헌서』 외집 권8, 『연기』, 「沿路記略」에서도 山海關 以內와 以外 모두 조세 부담이 매우 가벼워서 15분의 1~10분의 1의 세금만 내며 부역이 일절 없다고 보고했다("大抵關內外賦稅甚輕, 重不過什一, 輕或至十五之一, 民家 正供之外, 無他繇役.")

25 『담헌서』 외집 권9, 『연기』, 「京城制」, "中國財穀之富, 機智之巧, 可窺其一斑 矣."
    『을병연행록』 1765년 1월 17일 기사에서는 미곡 창고의 길이가 "거의 십 리"에 가깝다고 했다. 그리고 "천하(의) 조운하는 곡식을 다 이곳에 감추니 …그 재물의 부요(富饒)함을 짐작할 것이요"라고 했으며, "황성 수문(水門) 과 여러 곳 다리 밑으로 들어와 이 해자(垓子)에 이르러 배를 닿히고 이곳 에 쌓는다 하니 그 기구와 제도를 짐짓 미칠 바 아닐러라"고 했다(소재영 외 주해, 347면).

26 『담헌서』 외집 권9, 『연기』, 「城北遊」, "盖修城猶雇民, 其銀米之豐富, 政法之 逮下, 可見也."
    『을병연행록』 1766년 1월 25일 기사에는 성곽 보수공사에 동원된 역군들 이 "한 달에 여섯 말 쌀과 석 냥 은을 먹노라"고 했다. 그리고 "이런 공변된 역사(役事)에 오히려 백성을 공(空)히 부리지 아니하니, 입국(立國) 규모를 짐작할지라. 백여 년 태평을 누림이 괴이치 아니하더라"고 했다(소재영 외 주해, 420면).

27 蕭一山, 앞의 책에서도 건륭제의 寬政으로 "正賦雜稅之蠲免"을 들고 "最著 者, 南巡六次, 六擧除三省(浙·蘇·贛)逋賦錢糧至二千餘萬. 故皆謂弘曆享國 久而膏澤多云."이라 했다(제2권, 7~9면).

28 『담헌서』 외집 권2, 『간정동필담』, 1766년 2월 12일, "力闇曰: '此時太平極 盛之世. …至于民心, 則普天之下, 無不感戴, 並獻[無]騷動之說. 江浙尤甚, 屢蒙蠲租賜復之恩故也. 余曰: '我東亦被顧恤, 貢獻奏請, 事事便宜.' …余曰: '自康熙以來, 待之迥異他藩, 有請曲徇. 前明時則太監用事, 欽差一出, 國內 震撓. 雖然, 豈敢以此怨父母之國哉?' …余曰: '只以貢米言之, 前則一萬包, 年年蠲減, 今則數十餘包.' …蘭公曰: '使臣歸時, 亦有賞賜否?' 余曰: '甚厚. 緞帛數百匹, 銀子數千兩, 餼廩草料經費不貲矣.'"
    『담헌서』 내집 권2, 『계방일기』, 을미(1775) 3월 29일 기사에서도 홍대용은 명나라 때에는 조공미가 1만 포에 달했으나 청나라 순치제 때에는 9천 석 으로 줄고 옹정제 때에 또 줄어 지금은 40~50포에 불과하다고 답했다("又 曰: '北京歲幣米幾何?' 臣曰: '大明時爲一萬石, 順治減九千石, 雍正又減之,

今爲四五十包而已.'").

29 『담헌서』외집 권2,「간정동필담」, 1766년 2월 12일, "余曰: '半壁偏安, 救死
扶傷之不暇, 此豈設院之時乎? 康熙皇帝, 我東亦稱以英傑之君. 此一事, 亦
歷朝之所不及.'"

『담헌서』외집 권8,『연기』,「沿路記略」에서도 "康熙以來, 嚴禁公私諸娼, 數
千年淫風, 一朝淨盡, 眞是不世弘功."이라고 극찬했다.

30 『승정원일기』, 영조 즉위년 9월 30일, "(李)廷濟曰: '…康熙乃間世英傑,'";
영조 2년 9월 10일, "(洪)致中曰: '…康熙自是豪傑之主,'"; 영조 11년 9월
13일, "上曰: '…康熙自是英主,'"; 12월 9일, "(李)日躋曰: '…康熙, 千古英
傑也.'"; 영조 15년 2월 2일, "陳奏使(金)在魯曰: '…康熙則聖明之主,'"; 영
조 17년 1월 12일, "上曰: '康熙乃英傑之主也,'"; 영조 21년 1월 24일, "(李)
宗城曰: '…康熙自是英雄之主,'"; 영조 23년 11월 25일, "上曰: '…康熙則善
君,'"; 영조 32년 1월 18일, "(蔡)濟恭曰: '…眞英主也.'"; 영조 38년 4월 21일,
"(李)宜老曰: '康熙, 卽英傑之主, …' 上曰: '康熙, 果是絶世英傑,'"

옹정제에 대해서도, 간혹 혹평하기는 했으나, '明主' '明君' '善主' '明察之
主' '善君' '英雄'이라고 칭송했다(『승정원일기』, 영조 11년 9월 23일, 10월
16일, 10월 27일; 영조 17년 1월 2일; 영조 23년 11월 25일; 영조 24년 10월
19일).

31 『승정원일기』, 영조 즉위년 9월 7일, "(李)光佐曰: '…自康熙善待我國, 凡事
曲爲顧念矣.'"; 10월 27일, "李夏源曰: '…前者康熙, 則凡有蠲減之事, 皆出
特恩.'"; 영조 1년 2월 13일, "(閔)鎭遠啓曰: '…且康熙於我國事, 每示另加顧
恤之意.'"; 영조 2년 2월 8일, "上曰: '…而康熙待我國甚厚, 而今雍正亦然.'";
영조 3년 12월 19일, "(李)明彦曰: '…彼人之待我國, 蓋是汗之遺戒, 故康熙,
見待優異, 過於內服, 雍正亦然矣.'"; 영조 4년 1월 29일, "(李)台佐曰: '…厥
後康熙, 待我國有加焉. 凡有陳請, 必從之.'"; 영조 11년 11월 15일, "上曰:
'…故康熙·雍正, 亦善待我國.'"; 영조 20년 6월 11일, "(李)日躋曰: '…一自
康熙以後, 歲幣之數, 逐年蠲減, 勅使之來, 亦甚稀闊.'"

32 『승정원일기』, 영조 즉위년 9월 30일, "(李)廷濟曰: '…臣於年前, 以攝价赴
燕, 略聞彼中事情, 且因往來使价, 聞其所傳之言, 康熙乃間世英傑, 經營天
下之際, 費盡精神, 當春水方生之時, 出巡南方, 以備河患. 居庸以北, 密邇蒙
古, 所謂熱河, 乃蒙古之地. 秋高馬肥, 則出居于此, 以防蒙古之患, 六十年以
來, 天下晏然.'"; 영조 2년 9월 10일, "(洪)致中曰: '…康熙自是豪傑之主, 政

令施措, 動合事宜, 至今維持, 皆其餘蔭.'"; 영조 11년 9월 23일, "上曰: '…蓋康熙·雍正, 規模不小, 至今支撐, 實由於此矣.'"; 11월 18일, "(李)周鎭曰: '…終歲安逸, 天下無事, 生齒漸繁, 曾於康熙甲午年間, 康熙以其回甲, 欲施惠於民, 天下男丁年過十六者, 不許捧納丁銀.'"; 영조 19년 8월 17일, "(柳)儼曰: '…康熙·雍正·乾隆, 皆無失德, 似不至於速亡矣.'"; 9월 10일, "上曰: '乾隆之强盛, 此康熙之力也.'"; 영조 22년 3월 28일, "上曰: '…彼人則康熙·雍正·乾隆連三世, 能致太平, 康熙之基業, 難矣.'"; 영조 24년 10월 19일, "(朴)文秀曰: '…以康熙之德, 雍正之明, 猝不壞矣.'"; 영조 28년 4월 17일, "(金)善行曰: '以康熙積德之故, 至今支撐.'"; 12월 15일, "上曰: '乾隆荒淫, 不下於隋煬, 而尙今支撐者, 康熙之力也.' (金)若魯曰: '其立國規模奕矣.'"; 영조 29년 3월 23일, "(李)天輔曰: '彼人土木之役如是, 其何不亡國耶?' 上曰: '其不亡, 康熙之力也.'"; 4월 2일, "上曰: '…康熙之規模難矣, 亦與漢·唐·宋有異云耳.' …(韓)光肇曰: '…雖窮極土木之役, 旣無聚斂, 亦不動民, 皆以內帑之財, 雇軍爲之, 民無怨望云矣.'"; 영조 38년 4월 21일, "(李)宜老曰: '康熙, 卽英傑之主, 亦可謂有學力, 故立國甚固. 至今所以維持者, 全是康熙之力也.'"

33 徐東日, 『朝鮮朝使臣眼中的中國形象—以『燕行錄』『朝天錄』爲中心』, 中華書局, 2010, 116~118면 참조.

34 김창업, 『연행일기』 권1, 「山川風俗總錄」, "市肆, 北京正陽門外最盛, 鼓樓街次之, 在宮城北. 通州與北京幾相埒. 瀋陽·山海關又次之."; 권2, 1712년 12월 4일, "路上車馬闐咽, 而兩邊列肆, 旗榜相映, 百貨堆積, 無非初見之物. 左顧右眄, 應接不暇, 有似我國鄕客初到鍾街中. 自此以往, 瀋陽·通州·北京正陽門外所謂極繁華處, 其規模則不過如此, 特有大小之異耳."

35 이기지, 『일암연기』, 1720년 9월 17일, "形形色色, 眩耀瓌奇, 不可盡述."; 9월 20일, "市肆充溢, 百貨紛委, 非瀋陽通州之比."; 10월 1일, "門內路左右, 百貨委積, 無所不有. …比正陽門外市肆, 繁華倍之."
   동악묘 앞 시장에 관해서는 홍대용도 "인산인해를 이루어 어깨가 마찰되고 수레바퀴가 맞부딪치는 지경이니 황성 일대에서 사람과 재물이 가장 많이 모여드는 곳이다"(人山人海, 肩摩轂擊, 都下民物, 最所湊集也)라고 했다(『담헌서』 외집 권9, 『연기』 「東嶽廟」).

36 『담헌서』 외집 권10, 『연기』, 「市肆」, "市肆, 皇城最盛, 瀋陽次之, 通州又次之, 山海關又次之. 在皇城則正陽門外尤盛."

37 『을병연행록』, 1765년 12월 9일(소재영 외 주해, 84면).

38   『을병연행록』, 1765년 12월 27일(소재영 외 주해, 168면).

39   『을병연행록』, 1766년 1월 25일(소재영 외 주해, 414면).

40   『담헌서』 외집 권10, 『연기』, 「市肆」, "凡在通衢十字路口, 多設酒樓, 夾道相
      望, 皆架出簷外, 欄檻璀麗. 但上雨旁風, 一經夏潦, 必不免新修. 雖其財力之
      豐足, 苟悅目下, 不惜糜費, 亦不可曉也."

41   『담헌서』 외집 권9, 『연기』, 「琉璃廠」, "盖此夾道諸舖, 不知其幾千百塵, 其貨
      物工費, 不知其幾巨萬財, 而求諸民生養生送死之不可闕者, 無一焉. 只是奇
      伎淫巧奢華喪志之具而已. 奇物滋多, 士風日蕩, 中國所以不振, 可嘅也已."

42   김창업, 『연행일기』 권1, 「山川風俗總錄」, "大車駕五馬, 或至駕八九馬. 小車
      不過一馬一牛, 而其輪俱無輻. 但貫木一縱二橫, 而以縱者爲轂, 方其孔, 使輪
      軸同轉. 輪, 裹以鐵葉, 周圍加釘, 防其磨破. 蒙古車制, 一如我國, 而稍輕薄.
      駕車率多駿馬, 否皆騾, 騾力大故也. 將軍者持丈餘之鞭, 坐車上, 鞭其不盡力
      者, 衆馬齊力, 車行如飛. 又有獨輪車, 一人從後而推之, 可載百餘斤. 載糞皆
      用此車."

43   『담헌서』 외집 권10, 『연기』, 「器用」, "車制, 與東俗任載之制略同. 但功作精
      均, 雙輪正轉, 不擺搖, 以能載重而行速也. …乘車曰太平車. …太平車, 在城
      都者, 惟駕一馬. 其遠道用二馬, 終未見駕三四馬者. 其皇城雇車, 或以一驢載
      十餘人, 馳驅如飛. 京城中汲車, 架水桶于車上, 或八或十, 上具盖. 一桶可容
      一石. 瀋陽市中賣餅果者, 皇城輸糞者, 多用獨輪小車. …車之兩輪者, 雖有大
      小之異, 其輪軸之長, 不差分寸, 所謂同軌者然也.…."
      『을병연행록』 1765년 11월 30일 기사에서도 왕가가 모는 태평차의 제도를
      상세히 소개했다(소재영 외 주해, 48면).

44   『을병연행록』, 1765년 12월 27일(소재영 외 주해, 173면).

45   김창업, 『연행일기』 권1, 「往來總錄」, "第一壯觀, 遼東野, 山海關城池. 其
      次, 遼陽白塔, 居庸關疊嶂, 千山振衣岡巖刻, 薊州獨樂寺觀音金身, 通州帆
      檣, …."; 『을병연행록』, 1765년 12월 27일, "김가재(金稼齋) 일기에 통주 범
      장(帆檣)이 장관으로 일렀는지라. 길이 다르기로 가까이 가 보지 못하니 답
      답더라.", 1766년 3월 1일(소재영 외 주해, 168면, 744면).

46   이기지, 『일암연기』, 1720년 9월 17일, "制度堅壯, 雖大風浪無破折之忠矣."

47   『담헌서』 외집 권10, 『연기』, 「器用」, "船制益精緻", "運輸之利, 人不如馬, 馬
      不如車, 車不如船."
      『을병연행록』 1766년 1월 25일 기사에서도 갑문식 운하 제도를 자세히 설

명하고 있다(소재영 외 주해, 417면).

48 김창업,『연행일기』권5, 1713년 1월 1일, "自太和至正陽, 其直如繩. 闢則內外洞然, 無所回曲. …北京宮闕, 永樂所創, 而甲申經李自成火燒, 後頗重修, 而制度皆舊也. 壯麗整齊, 眞帝王居也."

49 이기지,『일암연기』, 1720년 9월 18일, "高壯宏傑, 可謂帝王之居也."

50 『담헌서』외집 권9,『연기』,「太和殿」, "蓋其殿閣之穹崇, 階檻之宏麗, 言不可傳, 文不可記. 巍然煥然, 眞是天王之宮庭也."
『을병연행록』1766년 2월 6일 기사에서도 태화전을 보고 "진실로 천상의 옥황 궁궐을 오르는 듯하고, 인간 기구(器具)와 장인(匠人)의 공교(工巧)로 이룬 것 같지 아니터라"고 감탄했다(소재영 외 주해, 497면).

51 『을병연행록』, 1765년 12월 27일(소재영 외 주해, 174면, 175면, 177면).

52 『을병연행록』, 1766년 1월 5일(소재영 외 주해, 241면);『담헌서』외집 권9,『연기』「雍和宮」, "此其竭有限之財, 費無益之奉, 固不足道. 惟其範圍之雄洪, 財力之華瞻, 可見中土之器量也."

53 김창업은『연행일기』「山川風俗總錄」에서 중국 민가의 가옥 구조와 난방 시설인 캉 등에 대해 자세히 소개했다("公私屋, 大抵多南向. 屋制, 雖下戶草家, 皆五樑. …其大屋, 七樑九樑者有之. 屋勿論間架大小, 皆一字, 無曲折連絡之制. …室中附窓爲炕, 炕卽堗也. …"). 그에 비하면 이기지는『일암연기』1720년 8월 26일 및 27일 기사 등에서 村庄이나 土屋을 관찰하는 데 그쳤다. 이규경은 중국의 가옥 제도를 뛰어나게 잘 관찰한 문인으로 박지원 및 박제가와 함께 이기지를 들었다(이규경,『오주연문장전산고』,「營室制度辨證說」, "李一齋入燕, 最重屋制, 詳記制度, 取本藁可考也. 朴燕巖·朴貞蕤, 各有所記."). 그러나 현전하는『일암연기』로 보아서는 납득하기 어렵다. 이기지 대신 김창업을 거론했어야 할 것이다.

54 『담헌서』외집 권10,『연기』,「屋宅」, "公私屋宇, 比我國穹崇倍之. 皇城內外, 純是瓦屋. 如瀋陽·山海關等大都邑亦然. 其餘小小村店, 瓦草參半. 其草屋, 亦弘壯堅緻, 絶不類我國店幙之疎陋.", "造炕, 專用甓. …火到喉門, 焰焰內就, 如有物從而引吸之. 是以一炕長或五六間, 而均受火氣, 竈在屋中, 而人不苦烟也.", "門內, 多築甎爲路, 以達于堂下. …或以水磨細石, 鋪于甎路之中, 巧成各樣花紋."

55 이기지,『일암연기』, 1720년 9월 18일, "길거리 좌우의 점포들은 먹줄을 대고 줄을 맞춘 듯하여 전혀 둘쭉날쭉한 곳이 없었다. 대로 좌우에 있는 좁고

736

비탈진 길을 모두들 호동(衚衕)이라고 한다. …호동은 길이 작지만 구불구불하지 않고 막힌 곳도 없다. …성의 동쪽에서 시작하여 성의 서쪽으로 가면서 굽거나 꺾인 곳이 없었다. …대로와 호동의 좌우에는 모두 길게 도랑을 파놓았는데 …길은 항상 깨끗하게 말라 있어 냄새가 나지 않았다."(조융희 외 옮김, 한국학중앙연구원출판부, 2016, 205면)

56　『담헌서』 외집 권8, 「京城記略」, "九門大道, 皆平直如引繩. 其餘委巷狹邪, 未必盡然. 但不如我國之廻曲也. 自宮庭至巷閭, 皆設隱溝. 雖甚兩乍晴, 無沒屜之泥. 大小街巷兩傍, 亦爲隱溝. 故車馬通行無碍. 春初往往有掘修者, 見其深, 可二丈餘, 臭不可近也."
이는 이기지의 관찰(『일암연기』, 1720년 9월 18일)과 정확히 합치한다. 북경의 하수구 시설에 관해서는 김창업도 언급했다(『연행일기』 권1, 「산천풍속총록」, "北京城內, 凡通街僻巷, 路左右, 皆作隱溝, 使一城簷溜及行潦, 盡入此, 會于玉河, 出城外."; 권6, 1713년 2월 21일, "城中大路及夾巷人家簷外, 皆設隱溝, 一城之水, 皆從此出.")

57　『을병연행록』, 1766년 1월 5일(소재영 외 주해, 234~235면).

58　김창업, 『연행일기』 권1, 「산천풍속총록」, "北京城周四十里, 南邊重城, 周二十八里. 凡城皆甎築, 而高三丈以上, 山海關最壯.…."

59　『담헌서』 외집 권9, 「京城制」, "制作威猛, 望之足以失魄. 所謂王公設險, 以守其國, 天險之不可升者, 其在斯歟?"
『주역』 「坎卦」 象傳에 "사람이 오를 수 없는 것은 하늘의 험함이요, 산천과 구릉은 땅의 험함이다. 왕공은 험한 시설을 지어 제 나라를 지킨다"(天險, 不可升也; 地險, 山川丘陵也. 王公設險, 以守其國)고 했다.

60　『담헌서』 외집 권9, 「京城制」, "帝王之御世, 雖曰在德不在險, 其城闕之雄嚴, 亦未必不爲威天下定民志之一助也."
"在德不在險"은 『사기』 「吳起傳」에 나오는 말이다. 魏 武侯가 산천이 험고한 것이야말로 위나라의 보배라고 자랑하자, 오기는 나라의 안전은 "군주의 덕에 달려 있지, 험지에 달려 있지 않다"고 응수했다고 한다.

61　『을병연행록』, 1766년 1월 17일(소재영 외 주해, 347면).

62　『을병연행록』, 1766년 1월 20일(소재영 외 주해, 368면).

63　『담헌서』 외집 권9, 「城北遊」, "見甕城多圮, 役者雲集濠傍, 積新甎鉅萬. …城面甎築已毁, 而內築有秩然新完者, 有兩層俱毁者, 其中土築極堅, 鑿之如鑿石, 其商功之精審可見也."

'商功'은 九章算術의 하나로 입체의 부피를 구하는 계산을 말한다.

64 『담헌서』 내집 권3, 『계방일기』, 乙未(1775) 3월 28일, "令曰: '城池如何?'
臣曰: '城高五六丈, 內外具設女墻, 兩面壍絶, 異於我國城制. 其廣則城上平
舖如砥, 可馳十馬隊也.' 令曰: '雖曰在德不在險, 城制旣如此, 亦未易攻也.'
臣曰: '城池之險, 固不足恃也. 但勢均力敵, 則攻之實未易也.'"

65 김창업도 벽돌과 벽돌 굽는 가마 등에 관해 간략히 언급했다(『노가재연행
일기』 권1, 「산천풍속총록」, "甓厚尺餘, 以甎夾灰築之. 或築以土坏, 外塗石
灰.", 권3, 1712년 12월 25일). 이기지도 벽돌 굽는 가마를 관찰하고, 북경
조양문 밖에 옹성을 벽돌로 높고 견고하게 쌓았음을 보고했다(『일암연기』,
1720년 9월 14일, 18일).

66 『담헌서』 외집 권8, 「沿路記略」, "道傍有碑, 皆甎築其左右及上, 不用石籠,
而風雨不能刓, 亦善制也.", "新店路傍有甎窰, 深四五丈, 下狹上寬. 一窰之
大, 可燔萬甎.", "凡沿路城池, 北京·山海關·瀋陽三處, 最其雄麗. … 至豊潤,
豊潤小縣也. 禁不甚嚴, 東南角有樓二簷曰文昌宮, 登之見內外女墻. 其廣可
馳十馬, 舖甎平潤如砥. 倚女墻眺望西北, 折方中矩, 弦直中繩, 如磋如削, 無
半點歪斜. 華人作事每如此. 小縣如此, 知京城之雄麗, 無可言矣."
　　『을병연행록』 1766년 3월 5일 기사에서도 풍윤현의 성곽에 관해 "서북으
로 성 위를 바라보매 수천 보(步)의 길이에 곧기 줄로 친 듯하고 안팎의 여
장(女牆)이 극히 정치(精緻)하고, 두 여장 사이(가) 사오 간(間) 넓이요, 위
에 벽장을 깔아 편(편)하기 숫돌 같으니, 이곳은 작은 고을이라 성지(城池)
의 규모를 족히 볼 것이 없으되, 오히려 이같이 엄절(嚴切)하니 이로 미루
어 황성 제도를 족히 짐작할러라"고 했다(소재영 외 주해, 762면).

67 김창업도 중국의 독특한 짐 운반 수단으로 편담을 소개했다(『노가재연행일
기』 권1, 「산천풍속총록」). 『을병연행록』 1765년 12월 22일 기사에서도 편
담을 소개하면서 "두 편 어깨에 둘러메니, 이는 인력이 덜 지칠 것이요, 몸
을 적이 굽히면 짐이 땅에 놓일 것이요 쉬기도 또한 편하되, 높은 데와 험한
길에는 두루 걸리어 쓰기 어려울러라"라고 했다(소재영 외 주해, 145면).

68 서양식 밀펌프를 탑재한 手銃車를 가리킨다. 車體를 구리로 만들었으므
로 '銅車'라 했다. 이기지는 이를 "水壺筒"으로 지칭하면서 그 구조와 작
동 방식을 상세하게 소개하고, "서양인의 방법으로 만든다더라"(以西洋人
法造之云)고 전했다(『일암연기』, 1720년 9월 18일). 박지원의 『열하일기』
에도 자세히 소개되어 있다(김명호, 『열하일기 연구』, 창작과비평사, 1990,

228~229면).

69 　김창업의 『연행일기』와 이기지의 『일암연기』에서도 연자매를 언급했다(김창
　　　업, 『연행일기』 권1, 「산천풍속총록」; 이기지, 『일암연기』, 1720년 9월 15일).
　　　『을병연행록』 1765년 12월 6일 기사에서도 나귀를 부려 돌리는 연자매에
　　　관해 소개했다.

70 　『을병연행록』 1765년 12월 2일 기사에서도 홍대용은 통원보의 숙소에서
　　　"무명 잣는 물레를 보니 아국 제도와 대체 같으되, 성령(性靈)이 극히 정
　　　(精)하여 기물 답고, 쇠가락이 붓대만 하고 길이 거의 한 자가 되더라"고 했
　　　다(소재영 외 주해, 58면).

71 　『을병연행록』 1765년 12월 9일 기사에서도 활로 면화 타는 법을 소개했다
　　　(소재영 외 주해, 86면).

72 　『을병연행록』 1765년 11월 30일 기사에서도 홍대용은 책문의 한 점포에서
　　　천칭 저울을 처음 보고 "제양(制樣)이 극히 정묘(精妙)하더라"고 했다(소재
　　　영 외 주해, 44면).

73 　『을병연행록』 1766년 1월 29일 기사에서 융복사의 시장에서 구경한 진기
　　　한 물건의 하나로 소개했다(소재영 외 주해, 441면).

74 　김창업도 『연행일기』 권1, 「산천풍속총록」에서 언급했다("人家無溷厠, 二
　　　便皆器受而棄之.…").

75 　"水車亦多制矣. …不待巧匠, 不須大費, 而得其地而張之. 一日一夜, 可灌數
　　　十頃水田.….", "其灑水銅車, …故可以灌田, 可以救火, 可以浥禾穀, 水機之
　　　上品也.", "風櫃子, 所以代箕而簸糠.…."

76 　『을병연행록』, 1765년 12월 10일(소재영 외 주해, 101면).

77 　"綿車雙臂, 略同東制. 但一鐵一木, 木臂在下, 鐵臂在上, 柱間甚濶, 食棉倍
　　　多. 一人一日, 能壓八十斤綿核.….", "鎔冶之具, 東俗所不及者有三, 革鞴也,
　　　鐵斗也, 鐵模也. …凡釜鼎鏵犁之屬, 用鐵爲模, 方圓曲直, 分鑄合體, 以烟煤
　　　水, 塗其內, 受鎔汁. 器成開模, 數模替用, 迭鑄如神, 卽此數模可以終身受用,
　　　不如東俗土模一鑄不復用也."
　　　『을병연행록』 1766년 3월 14일 기사에서도 씨아의 구조와 작동 방식을 상
　　　세히 소개했다(소재영 외 주해, 776~777면).

78 　"搗練布帛者, …一人按架而迭踏之, 輾轉如飛, 不用梆椎之勞, 而一人一日,
　　　可數十疋矣.", "食舖所賣餙餌·糕餅·黑子之屬, 專用麪粉. 其羅篩, …一人從
　　　屋外迭踏之, 篩在屋內, 左右撞撲, 滲下細粉, 風不入, 屑不飛, 纖微不散失.

凡中國械器, 多用足踏. 盖比諸手運, 省力大牛, 而見功倍之也."

각타라는 宋應星, 『天工開物』 권4, 「粹精」, 〈攻麥〉에 삽화와 함께 '麵羅'로 소개되어 있다. 중국에는 脚踏紡車나 脚踏繰車도 있었다(陸敬嚴·華覺明 主編, 『中國科學技術史』, 機械卷, 北京: 科學出版社, 2000, 65~69면, 73~74면, 337~338면, 345~348면 참조).

79 김창업, 『연행일기』 권1, 「산천풍속총록」, "汲水之器, 皆用柳編, 輕而不破."; 권4, 1713년 1월 5일, "看井水, 深三丈有餘, 盖以石鑿寶取, 僅可出入汲器. 是則蓋防人墜, 此地井皆然. 汲器用柳織成如捲箕, 而水亦不漏, 輕而不破, 好矣."; 이기지, 『일암연기』, 1720년 9월 18일(조융희 외 옮김, 앞의 책, 205면).

80 "作井盖, 以石鑿口, 僅容罐. 平壤箕子井, 可考也. 灰塵不及, 風暘不侵, 水土相養, 泉性不壞. 且在井除之間, 不患赤子之匍匐, 華俗之綜密, 可法也."

81 『을병연행록』, 1765년 12월 24일(소재영 외 주해, 155면).

82 "日用專尙磁器. …其磁器之破者, 從外施鐵釘. 嘗見施釘者, 以鐵鑽鑽之, 架釘而椎之, 頃刻而完. 但鑽不透內, 釘固不退, 最是不可思議也. 琉璃廠及通州市, 磁器寶翫珍怪, 充溢其數. …異光奪目. 其西洋磁器, 內爲銅器, 外塗以磁, 華而牢, 磁之巧品也."

83 『을병연행록』, 1766년 1월 5일(소재영 외 주해, 243면).

『을병연행록』 1766년 1월 11일 기사에도 홍대용은 유리창의 器玩 가게에 들어갔더니, "그중에서 양국(洋國) 화기(畫器)는 안쪽은 구리요 겉은 사기니 튼튼하고 공교하기(가) 이상한 그릇"이었다고 했다(소재영 외 주해, 306면).

84 "華俗, 凡屬器用, 專尙便巧. 唯京城喪輿之制, 侈大過當.""釜鼎及陶甕, 幷同東俗. 但甕制下殺, 小觸必仆. 殼斗之大, 倍於東俗, 亦口廣倍於底, 量穀易容姦. 兩器之失制, 不可曉也."

85 "計數者, 星曆專用筆計, 市商專用盤珠, 甚敏且簡, 筋籌所不及也."

86 "沿路換銀換錢者, 多歸僧舖. …用籌板, 計其數, 運指速敏, 傍觀不可領會. 盖中國計數者, 市門用板籌, 曆學尙筆籌, 若竹籌古法, 絶未見也."

87 李儼, 『中國算學史』, 北京: 商務印書館, 1998, 171~173면, 227면; 야마모토 요시타카, 『16세기 문화혁명』, 남윤호 옮김, 동아시아, 2010, 368~378면 참조.

88 활과 조총에 관해서는 김창업도 언급했다(『연행일기』 권1, 「산천풍속총록」, "弓皆角造, 長比我國, 加五分之二. …鳥銃, 長幾一把, 豎而負之, 在馬上放

之, 能中飛禽.").

89 　"弓制甚大, 如東國六兩之弓. …盖其制廻性, 不如東弓, 不足以射遠. 但强硬, 不畏風雨, 宜於上陣打獵, 又東弓之所不及也."

홍대용은 향리 수촌에 있던 시골집에 '지구단'이라는 활터까지 만들고 평소 활쏘기를 즐겼다. 연행 중에도 그는 곳곳에서 활과 화살, 활 쏘기에 대해 지속적으로 관심을 나타냈다. 예컨대 『을병연행록』을 보면 1765년 12월 6일 홍대용은 중화참의 숙소에서 주인의 활을 구경했고, 12월 9일 심양의 한 가게에서 활과 화살 구경했다. 12월 10일 대석교에 이르러 한 가게에서 彈子 쏘는 활을 구경했고, 12월 27일 길을 가며 활 쏘는 젊은이에게 부탁하여 화살과 활쏘기를 구경했다. 1766년 1월 14일 길가에서 만난 활 쏘는 사람을 보고 수레를 멈추고 내려 활을 달라 하여 당겨 본 뒤 그 사람더러 활쏘기를 부탁하여 구경했다. 중국의 활에 대한 그의 관심은 귀국 이후에도 여전했다. 1774년 10월 孫有義에게 보낸 서신에서도 그는 중국에서 화살로 竹箭이 아니라 木箭을 사용하는 까닭을 물었다(『담헌서』 외집 권1, 杭傳尺牘, 「與孫蓉洲書」, 두 번째 서신의 별지, "箭之爲竹, 尙矣. 今中國皆用木箭, 始自何時? 便利有勝於竹箭否?").

90 　"鳥鎗, 鐵筒甚長, 比東制, 加三之一. …盖鳥鎗之利, 專在於長筒, 而今爲中國之利器, 又能馬上裝放, 捷於弓矢, 則技擊之威猛可畏也."

91 　"問余曰: '爾國亦有射乎?' 余曰: '一樣. 但弓矢皆小.' 又曰: '射能幾步?' 余曰: '射者必以一百二十步爲準, 其最遠者, 至五百步.' 其人頷之而沉吟, 若不信也. 又曰: '爾國亦用角弓與木箭乎?' 余曰: '亦有黃牛角弓. 但有竹箭, 無木箭.'"

『을병연행록』 1766년 1월 17일 기사에도 활쏘기 훈련을 관찰하고 고위 관원과 문답을 나눈 동일한 사실이 기록되어 있다(소재영 외 주해, 343~346면).

92 　"嘗觀城南旗人輩走馬, 無論其武藝精熟, 卽駿乘善跑, 爍疾如飛電, 令人爽然自失也."

93 　『을병연행록』, 1766년 1월 20일, 1월 29일, 3월 21일(원문의 [삼월] '이십일'은 오류임; 소재영 외 주해, 369면, 440~441면, 782면).

94 　『담헌서』 외집 권7, 『연기』, 「拉助敎」, "余曰: '瀋陽軍兵, 騎步各幾何?' 助敎曰: '九千餘人, 有騎而無步.' 余曰: '旣無步軍, 鳥銃何用?' 助敎曰: '馬軍皆放鳥銃, 比弓矢鎗刀尤精猛.'"

『을병연행록』 1766년 3월 22일 기사에서도 납 조교에게 "심양의 군사 수를 물으니, 합하여 구천 명이요, 개개(箇箇) 정용(精勇)하여 한 사람이 가히 열을 당하리라"고 답했다고 한다(소재영 외 주해, 786면).

95 "自周官兵官號司馬, 禮問國君富, 數馬以對, 馬固國之寶也. …是以官人驕率廝隷, 皆騎隨之. 八旗披甲者, 亦無步卒. 里巷阡陌之間, 千百爲羣, 農賈細民行道, 其車騎, 非貧丐, 鮮徒行. 問馬價, 榮(英)駿者, 無過三十兩銀. 其産馬之富, 可知也. …騎馬者, 惟諸王行禁城, 而使一人從左率之. 其餘, 雖閣老大臣, 必親執鞭也. …鞍裝雖華侈, 實尙輕緻, 不若東俗之鈍重."
『주례』 「夏官」에 〈司馬〉가 있다. 『詩集傳』, 鄘風, 「定之方中」에 "큰 말과 암말이 삼천 마리라네"(騋牝三千)라는 구절에 대해 "『예기』에 '國君의 富를 물으면 말의 숫자를 세어서 답한다'"(記曰: '問國君之富, 數馬以對')라고 해설했다(단 『예기』 「曲禮」[下]에는 "국군의 부를 물으면 토지의 면적을 헤아려 답한다"[問國君之富, 數地以對]로 되어 있다).

96 『을병연행록』, 1765년 12월 27일(소재영 외 주해, 171면).

97 "縫掖之偉容, 不如左袵之便易."(『담헌서』 내집 권4, 補遺)

98 홍대용은 여행 도중 곳곳에서 중국의 악기에 대해 큰 관심을 표명했다. 『을병연행록』에 의하면, 1765년 12월 3일 그는 연산관에서 현자와 호금을 보았고, 12월 4일 현자 연주를 들었으며, 12월 9일 심양의 한 점방에서 쟁을 직접 연주해 보았다. 12월 14일 십삼산에서 생황 연주를 듣고 "청아(淸雅) 격렬(激烈)하니 풍류 중에 제일 높고 귀한 것이라. 두어 곡조를 들으니 가장 상쾌하고 청원(淸遠)하여 아국 풍류에 비하지 못할러라"고 칭찬했다(소재영 외 주해, 106면). 1766년 1월 9일에는 통관 서종맹의 초대로 그 조카의 집에서 현자와 비파 연주를 들었다.

99 『담헌서』 외집 권10, 『연기』, 「악기」, "凡宴樂, 用笙簧·琵琶·壺琴·洋琴·絃子·竹笛六種, 如東俗三絃樂一部. 六種幷奏, 抑揚宛轉, 音節巧合若一, 切切嘈嘈, 無悠揚希澹之味, 則鐵橋所謂北方之樂, 雜金石嘺殺之聲者, 誠知言也. 惟終始一節, 竟日樂不加促, 調律平直, 無悲怨哀憤之意, 猶屬大地聲律也."; 외집 권2, 『간정동필담』, 1766년 2월 4일, "問南方樂器. 蘭公曰: '古器皆有之, 音腔與北方迥異云.' 力闇云: '北音雜以胡樂, 皆是金石嘺殺之聲.' 卽塗抹之."(여기서 '金石'은 금석[鐘磬]에서 나는 듯한 카랑카랑한 소리를 뜻함.)
『을병연행록』 1766년 1월 9일 기사에서도 홍대용은 부사의 숙소에서 현자·생황·호금·비파·작은 양금·큰 양금으로 구성된 풍류(연회 음악)를 듣고 "대엿 가지 풍류를 일시에 주(奏)하여 소리 한데 어울려 한 마디도 어긋나는 곳이 없으니, 비록 급촉(急促) 번쇄(煩瑣)하여 유원(悠遠)한 의미는 없으나, 그 정숙한 재주와 상쾌한 소리는 또한 들음직 한지라"라고 평했다 (소재영 외 주해, 289면).

100 "朝參日, 聞駕前雅樂. 雖未辨其諸器, 而槩不過十數種. 惟磬聲淸越, 超出衆音之外. 盖北音太淸高, 東音近暉緩, 未知孰近於正也."

101 "此時有樂聲, 自端門而入, 諸譯言皇帝駕前樂也. 其音節促迫, 絶不類渢渢大音. 但聲律淸高白直, 無闒緩哀怨之意, 則亦非亂世之音. 況其鍾磬諸音, 尤爽亮疎越, 令人心目俱淸. 想金石諸器, 精鍊中度, 非外國比也."

『을병연행록』1766년 1월 1일 기사에서도 홍대용은 비슷한 평가를 내렸다. 즉 "음률은 아국의 우조(羽調)에 가깝고 맑고 높아 인간(人間: 인간 세상) 소리 같지 아니 하나, 다만 곡절이 번촉(煩促)하여 유원(悠遠)한 기상이 없고 조격(調格)이 천조(淺躁)하여 혼후(渾厚)한 맛이 적으니, 북방(의) 초쇄(噍殺)한 소리요 중국의 고악(古樂)이 아닌가 싶더라"고 했다(소재영 외 주해, 196면).

102 『淸史稿』권94, 志69, 樂1, "世祖入關, 修明之舊.….", "聖祖·高宗, 制作自任, …考音諧金石.", "稽淸之樂, 式遵明故."

103 劉侗·干奕正, 『帝京景物略』권4, 西城內, 「天主堂」, "其國俗, 工奇器, 若簡平儀·龍尾車·天琴之屬."; 沈兆澐, 『說邠續』권17, 馮時可, 『蓬窓續錄』, "余到京, 有外國道人利瑪竇贈予倭扇四柄, …道人又出番琴, 其製異于中國, 用銅鐵絲爲絃, 不用指彈, 只以小板案, 其聲更淸越. 又有自鳴鐘.…."; 박지원, 『연암집』권13, 『열하일기』, 「忘羊錄」, "亭山(*尹嘉銓)曰: '明萬曆時, 吳郡馮時可, 逢西洋人利瑪竇於京師, 聞其琴. 又有所持自鳴鐘. 已自有記. 盖萬曆時, 始入中國也.'"; 남공철, 『금릉집』권2, 「聽鐵琴」, "此琴初傳利瑪竇, 來自西洋萬里國."; 李圭景, 『歐邏鐵絲琴字譜』, 「第一刱來」, "歐邏琴入于中華, 以帝京景物略攷之, 則自利瑪竇始, 名曰天琴, 卽鐵絲琴也.…."; 이규경, 『오주연문장전산고』, 「石磬琴·魚石磬辨證說」, "銅可爲絃. (주)皇明神宗萬曆辛巳, 泰西利瑪竇航海入中國, 挾洋琴以來, 黃銅絲爲絃, 以竹竿擊之."

104 利瑪竇, 「上大明皇帝貢獻土物奏」, "…西琴一張等物, 陳獻御前."; 「貢品淸單」, "大西洋琴壹張"(朱維錚 主編, 『利瑪竇中文著譯集』, 上海: 復旦大學出版社, 2007, 232~234면); 利瑪竇, 『畸人十篇』, 附「西琴曲意」八章; 『續文獻通考』권110, 樂, 樂器, 絲之屬(雅部), 「七十二絃琴」(增); 빈센트 크로닌, 『서방에서 온 현자─마테오 리치의 생애와 중국 전교』, 이기반 옮김, 분도출

판사, 1994, 194~197면, 206~211면; 張鎧, 『龐迪我與中國』, 北京圖書館出版社, 1997, 64~67면.

105 "洋琴者, 出自西洋, 中國效而用之. 桐板金絃, 聲韻鏗鏘, 遠聽如鍾磬. 惟太滌蕩, 近噍殺, 不及於琴瑟遠矣.…."(여기서 '滌蕩'은 음악이 빠르고 다급하다는 뜻임. 유사어로 '滌濫'이 있음.)

106 『을병연행록』, 1766년 1월 9일(소재영 외 주해, 289면).

107 "前者見足下所彈琴, 形製不類, 後知爲歐邏巴製."(『中士寄洪大容手札帖』 4, 반정균, 「湛軒大兄先生書」, 220면). 이 서신은 1777년 3월에 수신한 것으로, 『燕杭詩牘』에도 수록되어 있음.

　 단 규장각 등 소장 『간정필담』에는 반정균이 홍대용의 거문고 연주를 듣고 감동하여 눈물을 흘렸다는 기사밖에 보이지 않는다(1766년 2월 4일, "兩人見玄琴, 皆請一聽. …遂調絃彈平調, 蘭公聽之, 又飮泣嗚咽.").

108 황윤석, 『이재난고』 권16, 庚寅(1770) 10월 24일, "聞是洪羅州櫟之子大容甫楸庄所寓之地. 此人以渼上夫人從姪, 嘗往來丈席, 文學才藝見識 猶非俗儒. 曾以使行子弟軍官, 隨入燕都, 得西洋自鳴鍾大如南草銅匣者及西洋鐵琴, 行必自隨."

109 송지원(2012), 「담헌의 음악 지식과 소통」, 문석윤 외 4인, 『담헌 홍대용 연구』, 사람의무늬, 2012, 286~287면.

　 17세기 초에 이미 양금이 국내에 유입되었다고 보는 설도 있으나(안선희, 「양금의 기원과 유입에 관한 연구」, 『국악교육』 27, 한국국악교육학회, 2009), 이는 「宣廟朝諸宰慶壽宴圖」의 원화에는 없던 양금 연주 장면을 추가하여 그린 19세기의 모사본을 근거로 한 것이다.

110 姜世晃, 『豹菴稿』 권5, 題跋, 「西洋琴」, "東人或有貿至者, 未知其鼓法與聲調之如何耳."; 이규경, 『歐邏鐵絲琴字譜』, 「第一刱來」, "…流出我東, 則幾止六十載, 終無翻曲. 徒作文房奇器, 摩弄而已."

111 황윤석, 『이재난고』 권2, 1769년 4월 10일, "…洪君又畜異書最多, 有自鳴鍾·渾天儀·西洋鐵絲琴, 喜音律, 風致眞率不俗云."; 박지원, 『연암집』 권15, 『열하일기』, 「銅蘭涉筆」, "歐邏鐵絲琴, 吾東謂之西洋琴, 西洋人稱天琴, 中國人稱番琴, 亦稱天琴. 此器之出我東, 未知何時, 而其以土調解曲, 始于洪德保. 乾隆壬辰(1772)六月十八日, 余坐洪軒, 酉刻立見其解此琴也. 槪見洪之敏於審音, 而雖小藝, 旣系刱始. 故余詳錄其日時. 其傳遂廣, 于今九年之間, 諸琴師無不會彈."; 박지원, 『연암집』 권13, 『열하일기』, 「忘羊錄」, "余曰:

744

'琴瑟俱有. 敝友洪大容, 字德保, 號湛軒, 善音律, 能皷琴瑟. 敝邦琴瑟, 制異
中國, 彈弄之法亦殊. 古新羅時, 製此琴, 有玄鶴來舞. 故號玄琴. 又有伽倻琴,
剖大瑟之半, 爲十二絃, 其彈弄類中國彈琴之狀. 湛軒始解, 調銅絃琴, 能諧伽
倻琴. 今則諸琴師多效之, 都能和合絲竹諸器.'"(밑줄 친 부분이 "七八年前"
으로 되어 있는 이본들도 있음.)

朴宗采의 『過庭錄』(권1)에는 홍대용의 집을 방문한 박지원의 제안에 따
라, 홍대용이 연주하는 가야금의 12줄마다 박지원이 小板으로 양금의 줄을
짚어 화음을 맞추는 시도를 한 끝에 국내 최초로 양금 연주법을 터득하게
되었다고 하여, 박지원에게 그 공로를 돌렸다(김윤조 역주, 태학사, 1997,
49~50면). 하지만 傳聞을 기록한 『과정록』보다는 박지원 자신의 증언을 기
록한 『열하일기』쪽이 더 신빙성이 높다고 하겠다.

또 홍대용이 아니라 박보안(朴寶安·朴普安, 일명 박보완朴寶完·朴輔完·朴
保安·朴保完)이 양금의 국내 최초 연주자라는 설도 있다. 그는 영조 50년
(1774) 4월 27일 장악원 假典樂에 낙점되고 정조 때 典樂을 지냈다고 한
다(이규경, 『歐邏鐵絲琴字譜』, 「第一冊來」, "正宗朝[年當俟考]年, 掌樂院典
樂朴寶安者, 隨使入燕, 始學鼓法, 翻以東音. 自此傳習, 而手相授, 苦無字譜,
旋得隨失."; 송방송, 「조선후기 장악원 관련 인물 열전-『악장등록』·『장악
원악원이력서』·『전악선생안』을 중심으로」, 『한국음악사학회보』42, 한국음
악사학회, 2009, 242면). 그런데 홍대용의 집에서 종종 열린 음악회에 참석
했던 洪元燮의 傳言을 기록한 성대중의 「記留春塢樂會」(『청성집』권6)에
의하면, 당시 음악회에서 琴師 金檍이 양금을 연주하고 악공 박보안은 생
황을 연주했다고 한다. 따라서 박보안은 김억처럼 홍대용으로부터 양금 연
주법을 배웠을 가능성이 높아 보인다. 趙熙龍의 『壺山外記』「金檍傳」에 의
하면, 김억은 양금의 반주에 맞추어 처음 가곡을 노래한 사람이었다(실시
학사 고전문학연구회 역주, 『趙熙龍 全集』6, 한길아트, 1998, 63면).

112 이덕무, 『청장관전서』권10, 『아정유고』권2, 「洪湛軒(大容)園亭」, "高人秉
潔操, 耿介中林廬. 獨彈歐邏琴, 淸商滿太虛."(『담헌서』외집, 부록, 「乾坤一
草亭題詠」, 次韻, 「又」[李德懋]); 유득공, 『泠齋集』권1, 「初秋湛軒居士園
亭」, "過認爲嘉客, 謙稱有弊廬. 堦西敢邁上, 席左驚徒虗. 波炯訝窺井, 沙晴
惜唾除. 鐵琴閒自弄, 金管鬱仍噓.…."

113 이규경, 『歐邏鐵絲琴字譜』, 「第八琴銘」, "雅正先生銘洪湛軒之琴曰: '謂之琴
〔金〕, 揊以絃. 謂之絲, 制以籌. …竹之兼乎木艸也, 魚之間乎禽獸也.'"

114 정확하게 말하면, 4줄을 1벌로 하여 총 14벌 56줄이다.

115 이규경, 『구라철사금자보』「第一刱來」및 『오주연문장전산고』「聲音爲樂辨證說」에 "삼품은 음조를 밝힌 것이다"(三品明調)라고 하면서, 저음에서 고음으로 상승하는 것이 '上品'이고, 고음으로 상승할 수도 있고 저음으로 하강할 수도 있는 것이 '中品'이며, 고음에서 저음으로 하강하는 것이 '下品'이라고 했다.

116 "今有不差之考準, 西洋琴是爾. 洋琴之爲制, 兩棵分陰陽也; 一統四絲, 合四時也; 十二絃, 象十二月也; 三品分排, 象三才也. 近加二絃, 卽變宮變徵, 則十二律四淸聲, 瞭然于三品. 且調絃甚便, 相生分明. 雖有忽微之小錯, 輒致散乖而不合, 非比他黍之小大, 絲之粗細, 難於均一也. 居今之世, 欲求正律, 捨此琴而奚以哉?"(『담헌서』 외집 권 6, 『籌解需用』外篇 下, 「黃鍾古今異同之疑」)

'사청성'은 12율의 한 옥타브 위 4개의 음 즉 淸黃鐘·淸大呂·淸太簇·淸夾鐘 등 4율을 총칭한 것이다. '상생의 방법'이란 기본음인 황종을 바탕으로 三分損益法 즉 三分損一(下生)과 三分益一(上生)을 교대로 적용하여 나머지 11율을 차례로 정하는 방법을 말한다.

117 "盖圓從智率而極精, 曆自湯法而無差. 此無乃智率陽曆之創論也. 琴制亦在其時耶? 必有所評說者矣. 蘄聞於博雅之君子."('智率'의 정확한 의미는 미상이나 원주율 즉 '周率'과 같은 뜻으로 새겼다.)

'할원술'은 원에 內接하는 정다변형의 邊數를 증가하여 원주를 계속 분할함으로써 원의 면적이나 원주율의 보다 정확한 근사치를 구하는 방법이다(『數理精蘊』,「提要」; 下編 권15, 面部5,「割圜」참조). 홍대용은 『籌解需用』에서 서양의 할원술로 구한 원주율 3.14159625 대신에, '古率'에 따라 3으로 계산하거나 3.14159라는 '簡率'로 계산하겠다고 밝혔다(『담헌서』 외집 권4, 『籌解需用』, 總例,「方圓乘除率」; 外編 下,「定率」).

118 박지원, 『연암집』 권3, 「酬素玩亭夏夜訪友記」, "新學鐵絃小琴, 倦至爲弄數操."

119 유득공, 『영재집』 권3, 古今體詩, 「琴鶴洞寓舍 燕巖·耳玉同飮」, "…東部少年爭識面, 中京留守雅知音. 桃花日烘扶頭醉, 柳絮風顚抱膝吟. 萬疊閒愁抛不得, 獨彈颿邏鐵絲琴."; 박지원, 『연암집』 권15, 『열하일기』, 「銅蘭涉筆」, "余山中所有洋琴, 背烙印五音舒記. 製頗精好."

120 魚用賓, 『弄丸堂集』 권4, 「與朴美仲(趾源)」, "所謂詩之考槃者, 謂乎成其盤

桓之所也, 而子嘗謂予曰: '吾之考槃, 異乎詩人之考槃. 何也? 純麥飯, 盛白沙器, 置諸西洋琴上, 琴爲盤也. 吾喫飯時, 箸以叩之. 此則曰考槃, 仍以名吾亭, 君其知之?'"

『詩集傳』, 衛風, 「考槃」에서 "考는 이루다(成)의 뜻이고 槃은 盤桓(한가히 노님)의 뜻으로 은거하는 집을 완성한 것을 말한다"고 하면서, 陳氏(陳傅良)는 '고'는 두드린다(扣)는 뜻이고 '반'은 악기 이름으로 질장구와 같은 악기를 두드리며 박자에 맞추어 노래한다는 뜻이라고 주장했는데 어느 설이 맞는지 모르겠다고 했다. '고반'의 정확한 의미에 관해서는 淸代에 이르기까지 중국에서도 학자 간에 해석이 분분했다(陳子展, 『詩經直解』, 上海: 復旦大學出版社, 1983, 上, 174~175면 참조). 박지원은 '고'를 두드린다는 뜻으로, '반'을 쟁반(盤)으로 해석했다.

121 "…亭山問: '先生能解弄否?' 目招侍者, 囑云云. 似覺天琴也. 余曰: '略會彈法. 不識傍近有是器否. 當爲大人一鼓.' 亭山曰: '已覓諸鋪中矣.' 頃之, 侍者還曰: '無有.' 亭山曰: '求之不得, 敢請先生口誦.' 余爲誦(琴訣云云, 笙訣云云)."

이 대목은 『熱河日記』(元)와 中國國家圖書館 소장 및 충남대 소장 『熱河日記』 등 초기 필사본의 「忘羊錄」에만 보존되어 있다(김명호, 『연암 문학의 심층 탐구』, 돌베개, 2013, 263~264면, 許放, 「國家圖書館藏『熱河日記』論考」, 『域外漢籍研究集刊』 17, 中華書局, 2018 참조).

구음은 전통악기의 소리를 모방하여 만든 의성어로 肉譜의 기본이 되는데 악기에 따라 서로 다르고, 시대에 따라서도 달라졌다. 이규경, 『구라철사금자보』 「第五製形」에 의하면, 둥·동·딩 등이고, 현재 양금의 구음은 청·흥·둥·등·당·동·지·징·칭 등이다.

122 박지원, 『연암집』 권13, 『열하일기』, 「還燕道中錄」, 1780년 8월 20일, "還寓舊棲, 壁上所付數聯及座右所留笙簧·鐵琴, 俱無恙, 却望幷州是故鄕, 正道此也."; 盧以漸, 『隨槎錄』, 「西館問答序」, "彈西洋琴, 使人歌而聽之."

123 俞晩柱, 『欽英』 5, 1784년 7월 6일, 276면, "或傳心亭(*洗心亭)避暑之奇, 聽荊(*荊軻)樊(*樊噲)演扮, 鐵琴及笙, 名言奇論, 交互疊出.";『흠영』 6, 1786년 4월 23일, 213면, "…已乘稍大舟, 溯江水而至, 轉過挹淸樓, 上心亭, 以臨江色, 錦莊(*錦城尉別莊)也. 入淸斯菴, 壁上詩畵, 中國居多. 見燕行陰晴記(*『열하일기』 初名)一二册, 皆岬本細書. 又見冽上畵譜, 譜, 石農畵苑也. 見髹漆唐琴(一面), 洋琴(一面), 米南宮詩眞蹟(一帖), 有一石之替, 留書亦華紙

也."

124 유득공, 『영재집』 권3, 古今體詩, 「中和節 汝五齋中小飮」, "銅鴨香殘睡起慵, 鐵絲琴響葦簾重."

125 이규경, 『구라철사금자보』, 「第八琴銘」, "又銘徐觀齋琴曰: '空空玉, 仄仄桐. 顚顚竹, 纖纖銅. 鏗鏗鏗, 瓏瓏瓏. 歐邏技, 震檀聰.'"

126 박제가, 『貞蕤閣初集』, 詩, 「免喪後謁李丈(燧) 苦勸余以詩云 不見子落筆久 矣 使其子十三伴宿」, 제1수, "宮商子夜西琴作, 雲霧中堂淅畫懸.…. (주)李 丈子喜經學鐵絲琴, 有杭士陸飛·嚴誠·潘庭筠畫."
'자야가'는 '子夜吳歌'라고도 한다. 晉나라 때 子夜라는 여인이 원곡을 지었다고 하는 '吳聲歌曲' 즉 중국 강남 지방의 민요로 남녀의 애정과 이별을 노래했으며, 『樂府詩集』에 전하고 있다.

127 朴長馣, 『縞紵集』 권1, 「唐樂宇」, "戊戌與余訂交. 家在琉璃廠之先月樓南. 與 余有樂律問答數千言."; 이규경, 『구라철사금자보』, 「第九典攷」, "朴楚亭齊 家, 戊戌(正宗朝)入燕, 與唐鴛港樂宇論樂. 楚亭問: '如西洋鐵絲琴及天主堂 橐籥律之屬, 以我音翻之, 亦通. 是必有天地間元聲之一定者.'"

5부 2장

1 『담헌서』 외집 권9, 『연기』, 「京城制」, "其外城, 在京城之南, 正方略同, 偉壯 次之."

2 『담헌서』 외집 권8, 『연기』, 「沿路記略」, "遼東太子河邊, 積材木亘數里, 大皆 連抱, 不知其幾巨萬株. 每堆小者數十株, 多或百株, 皆長短無分寸參差, 堆垜 齊整.", "永平府以西, 野田半是楮桑. 聞葉飼蠶皮爲紙, 種之可以代耕云. 其列 植整直, 無纖毫委曲."

3 『을병연행록』, 1765년 12월 18일(소재영 외 주해, 125면).
김창업도 똥거름이 먹줄이나 자로 잰 듯이 정방형으로 쌓인 광경과 노상에 서 말똥을 주워 모으는 사람들을 관찰하고, 중국인들은 "범사에 이와 같이 정성스럽고 부지런하다"고 칭찬했다(『연행일기』, 1712년 12월 19일, "人家 處處堆糞, 一堆多至累百車, 而無不方正, 如中繩尺. …途上始有拾糞者, 或擔 兩筐, 或挈一畚, 競隨馬後, 遇糞輒以小鍤取之. 又以路旁枯荄, 連土括取, 與 糞同積, 累次移積, 皆成熟糞. 凡事精勤類如此.").

4 　『담헌서』외집 권8,『연기』,「京城記略」,"風俗氣味, 比我國十倍寬厚. 雖有盛怒詬罵者, 一人發誓自明, 怒者輒破顏開心, 不復爲疑阻色."

『을병연행록』1765년 12월 9일 기사에서도 심양의 시장에서 사람들이 다투는 광경을 보았더니 "팔을 뽐내어 눈을 부릅뜨되, 한 번(도) 더러운 욕설을 하지 아니하니 풍속의 두터움을 가히 알 것"이라고 했다(소재영 외 주해, 84면).『연기』「경성기략」에서도 중국인들은 꾸짖고 욕을 할 때에도 추잡한 말은 절대 쓰지 않는다고 했다("罵辱絶無醜語. 如沒良心, 甚麼東西, 是尋常罵話.…").

5 　『담헌서』외집 권8,『연기』,「京城記略」,"嘗坐正陽門內, 觀拜歲車馬甚盛. 一人衣裘新鮮, 驅車者誤觸之, 仆于泥. 意其發怒鬪閧, 其人徐起拂拭, 笑而去. 此雖劉寬輩, 何以加焉?";『을병연행록』, 1766년 1월 4일(소재영 외 주해, 231면).

後漢의 名臣인 劉寬은 자신의 관복에 국을 엎지른 여종에게 '너의 손을 데지 않았느냐'고 물었을 뿐 전혀 화를 내지 않았다고 한다. 또 소를 잃어버린 자가 오인하여 유관이 탄 수레의 소를 자기 소라고 우기자 두말 없이 내주고는 걸어서 갔으며, 나중에 진실이 밝혀졌을 적에도 소 주인을 전혀 나무라지 않았다고 한다(『後漢書』권25,「劉寬傳」).

6 　『을병연행록』, 1766년 12월 23일(소재영 외 주해, 150면).

7 　『을병연행록』, 1765년 12월 27일(소재영 외 주해, 172면);『을병연행록』, 1766년 12월 27일(소재영 외 주해, 172면);『담헌서』외집 권10,『연기』「畜物」,"不惟驢馬易馴, 亦其性氣寬緩. 每遇東馬, 雖果下小乘, 嘶跳勃蹊, 必引避之, 不與較也. 卽此, 可卜大地風氣也."

8 　『을병연행록』, 1765년 12월 8일, 23일(소재영 외 주해, 79면, 150~151면).

9 　『담헌서』외집 권10,『연기』,「場戲」,"正月初四日, 觀于正陽門外. 其樓臺器物, 布置雄麗, 程度雅密. 雖其淫褻游戲之中, 而節制之整嚴, 無異將門師律. 大地風采, 眞不可及也."

10 　『담헌서』외집 권8,『연기』,「沿路記略」,"歸時渡周流河, 遇風雨, 一行競渡, 使行禁之不得, 幾不免狼狽, 土人觀者莫不駭且笑. 盖華俗, 行路有後先無貴賤. 遇險不相迫, 津涉不亂次, 素無爭奪之風焉."

『을병연행록』1766년 3월 22일 기사에서도 이 사건을 간략히 소개하면서, 청나라의 통관과 영송관이 만류하다 못해 "조선(의) 조급한 풍속을 꾸짖을 뿐이니, 가장 부끄러운 일일러라"라고 했다(소재영 외 주해, 782면).

11 『담헌서』 외집 권8, 『연기』, 「沿路記略」, "祖大壽·祖大樂, 寧遠人, 明末猛將, 屢立邊功, 畢竟爲降虜. 當街有兩牌樓, 明朝勅建, 以旌奬其功. 上下純石爲三間, 高四五丈, 神鏤鬼削, 雄巧不可殫記."

12 『담헌서』 외집 권9, 「雍和宮」, "北有正殿, 極雄侈. 盤龍於柱, 爪鱗如活.", "此外諸殿, 不得遍觀, 而眞是窮天下技巧也."

13 『담헌서』 외집 권9, 「入皇城」, "自此人衆尤盛, 奸盜竊發. 如刀囊·佩飾·馬裝·條革, 挑剔如鬼. 一行相戒檢護, 而終不能盡免焉. 盖雖穿窬鼠狗之事, 亦足見中國之技巧也."

14 『을병연행록』, 1766년 1월 3일(소재영 외 주해, 215면); 『담헌서』 외집 권8, 『연기』, 「京城記略」, "舖商林哥有黃錫燈臺, 長數尺, 可油可燭, 幷爲螺釘, 製揉甚巧, 西洋器也."

15 『을병연행록』, 1765년 11월 30일(소재영 외 주해, 44면).

16 『담헌서』 외집 권7, 『연기』, 「周學究」, "卓上粘小紙, 列書學生姓名, 下各爲井間, 每間書羊字各五, 傍置朱筆, 每學生因事出堂門, 就卓前, 以朱筆加紅于一点或一畫, 揖而出. 盖以此記其出而警其頻也. 華俗之周密如此."

17 『을병연행록』, 1766년 1월 4일(소재영 외 주해, 220면).
이기지도 수수를 베고 남은 수숫대를 뽑아서 땔감으로 이용하는 것을 보고 "이곳 사람들은 이와 같이 물건을 버리지 않으면서 일 처리를 꼼꼼하게 한다"(此處人, 無棄物, 作事精切, 亦此類)고 지적했다(『일암연기』, 1720년 9월 16일; 조융희 외 옮김, 한국학중앙연구원출판부, 2016, 177~178면).

18 『담헌서』 외집 권8, 『연기』, 「京城記略」, "道傍處處爲淨廁. …要出恭者, 必施銅錢一文, 主其廁者, 旣收銅錢之用, 又有糞田之利, 華人作事之巧密, 皆此類也."; 『을병연행록』, 1766년 1월 5일(소재영 외 주해, 235면).

19 『담헌서』 외집 권10, 『연기』, 「器用」, "大抵中國器物, 專事便利, 不如東俗之苟率也."

20 『을병연행록』, 1765년 12월 9일(소재영 외 주해, 84면).

21 『담헌서』 외집 권10, 『연기』, 「巾服」, "凡衣裘必拆後, 以便跨馬."

22 『을병연행록』, 1765년 12월 28일(소재영 외 주해, 186~187면).

23 『을병연행록』, 1766년 1월 1일(소재영 외 주해, 199면, 204~205면).

24 『담헌서』 외집 권8, 『연기』, 「京城記略」, "諸王騶衛甚盛. 前後各十餘雙, 逢人必呵下. 其外雖一品閣老, 不辟人, 不奪路, 胡俗之簡率, 亦可尙也."
이기지도 "이곳 사람들은 비록 고위 관원이라도 모두 벽제를 하지 않았다"

(此處人, 雖大官皆不辟人)고 했다. 행인들도 먼저 가려고 다투지 않고, 혼잡해도 서로 길을 양보한다고 했다(『일암연기』, 1720년 10월 1일).

25 『담헌서』 외집 권2, 『간정동필담』, 1766년 2월 15일, 「東國記略」, "二品乘軺軒, 獨輪高丈許. 一品乘平轎子. 凡官人驅從甚盛, 行辟人, 不如中國之簡率." 『담헌서』의 『간정동필담』과 규장각 등 소장본 『간정필담』에는 「동국기략」을 동봉한 홍대용의 편지가 누구에게 보낸 것인지 밝혀져 있지 않으나, 『일하제금집』에 의하면 엄성과 반정균에게 보낸 것임을 알 수 있다(엄성, 『철교전집』 5, 『일하제금집』 하, 洪高士尺牘, 「與鐵橋秋庫」, 세번째 「又」).

26 『담헌서』 외집 권9, 「연기」, 「暢春園」, "其法制之簡質可知."; 「西山」, "其立國簡儉之制, 固非歷朝之所及."

27 『담헌서』 외집 권9, 「연기」, 「東華觀射」, "盖其人一品武職, 體面不輕, 而身到柵下, 酬酢無傲色. 其簡質如此."; 『을병연행록』, 1766년 1월 17일(소재영 외 주해, 346면).

28 "遼東太子河邊, 積材木, 亙數里, 大皆連抱, 不知其幾巨萬株. 每堆小者數十株, 多或百株, 皆長短無分寸參差, 堆垛齊整, 兩面如削. 標號印烙, 秩然不可亂. 可謂大規模細心法也."(『담헌서』 외집 권8, 『연기』, 「沿路記略」) 『을병연행록』 1765년 12월 6일 기사에서도 요동 태자하 연변의 목재 쌓은 것을 보고 "중국 사람의 정제(整齊)하고 세밀한 규모를 가히 알 것이요, … 그 인민의 번성함과 기구(器具)의 호대(浩大)함이 실로 외국이 미칠 바가 아니니라"고 했다(소재영 외 주해, 70면).

29 "永平府以西, 野田半是楮桑. 聞葉飼蠶, 皮爲紙, 種之可以代耕云. 其列植整直, 無纖毫委曲. 此中華素性, 不由安排. 其大規模細心法, 豈易言哉?"(『담헌서』 외집 권8, 『연기』, 「沿路記略」)

30 "路上拾馬糞者相望, 荷簣持四枝小鐵鏟, 微曲如掌指. 見馬糞, 則又納之如用手, 其務農勤嗇可見. 其糞堆皆有㨾子. 圓中規, 方中矩, 三角中句股. 穹者如傘, 平者如案, 滑潤如塗壁, 終未見狼藉傾斜者. 華人之用心, 自來如此. 如郭有道旅舍, 必灑掃, 武侯行陣, 溷厠亦有定度者, 又何足爲奇耶?"(『담헌서』 외집 권8, 『연기』, 「沿路記略」) 郭太는 後漢의 隱士로, 자는 林宗이다. '有道之士'로 천거되었으므로 '곽유도'로 일컬어졌다. 그는 여관에 묵게 되면 몸소 방을 청소한 뒤 떠났으므로 사람들이 "이곳은 틀림없이 곽유도가 어제 자고 간 곳이다"라고 말했다고 한다. 한편 武侯에 봉해진 제갈량은 휘하의 군대가 이르는 곳마다 보루와

우물과 화덕, 울타리, 요새 등을 모두 법도에 맞게 만들었다고 한다(宋 祝穆 撰,『古今事文類聚』別集 권25, 人事部, 行旅,「宿處輒掃」; 別集 권18, 性行 部, 精敏,「事用繩墨」).

31 『四庫全書總目』권19, 經部, 禮類 1,『周禮注疏』; 劉潔,「『周禮·考工記』與秦 漢都城規劃制度的聯繫探究」,『黑龍江史志』第13期, 2014; 박한제,「『周禮』 考工記의 '營國' 원칙과 前漢 長安城의 구조」,『中國古中世史硏究』34, 중 국고중세사학회, 2014; 강서연,「『주례』를 통해 본 도성 건설 계획론 연구- 역대 注釋에 반영된『주례』의 讀法과 논리체계를 중심으로」, 성균관대 박 사논문, 2017 참조.

32 『四庫全書總目』권19, 經部, 禮類 1,『周禮述注』, "宋儒喜談三代. 故講周禮 者恒多."; 周慧珺,「朱熹『周禮』學硏究」,『長沙理工大學學報(社會科學版)』 第28卷 第3期, 2013 참조.

33 『朱子語類』권86, 禮 3,『周禮』,「總論」, "周禮是周公遺典也."; 撰者 未詳, 『周禮集說』卷首上, "周禮是周公遺典: …(朱晦庵)又曰: '周官徧布精密, 乃 周公運用天理熟爛之書.'"

34 『朱子語類』권33, 論語 15,「雍也篇」4, "又曰: '如周禮一書, 周公所以立下 許多條貫, 皆是廣大心中流出.…'"; 권66, 易 2, 綱領上之下, "如周公一部周 禮, 可謂纖悉畢備.…."

35 『朱子語類』권86, 禮 3,『周禮』,「總論」, "周禮一書好看, 廣大精密, 周家法度 在裏. …周禮一書, 也是做得縝密, 眞箇盛水不漏.";「論近世諸儒說」, "周公當 時做得法大段齊整. …看他所立法極是齊整."

36 李光坡,『周禮述注』권1, "或問: '辨方正位體國之說異於註, 何也?' 曰: '… 八字之中, 廣大精密, 規模宏遠焉."
李光坡(1651~1723)는 太學士이자 저명한 주자학자인 李光地의 동생이다 (『四庫全書總目』권19, 經部, 禮類 1,『周禮述注』;『淸史列傳』권67, 儒林傳 上 2,「李光坡」).
"辨方正位 體國經野"에 대한 해석은 학자마다 구구하다. 왕이 국도를 건설 할 적에 동서남북의 방위를 구별하여 宮廟의 위치를 바르게 정하고, 국도 를 사방 9리, 九經九緯, 左祖右社, 面朝後市로 구획하고, 지방을 9夫 1井에 4井 1邑으로 구획한다는 뜻으로 해석할 수 있다.

37 丁範祖,『海左集』권37,「周禮說」, "余讀周禮書, 而知姬氏綿曆八百有以也. 其道何其廣大不可測, 而其要何其甚約也!"

38 정조,『홍재전서』권48,「策問一」, 周禮(翰林被圈人更試), "王若曰: '周禮一書, …其天理爛熟之妙用, 廣大精密之規模, 可歷言歟? …何以則得周公之心法, 追周公之制作?'"

39 宋能相,『雲坪集』권3,「上外舅韓參議(別紙)」, "大抵程門之靜坐說敬字, 朱門之註解羣書, 雖皆大有功於後學, 而其能默契聖指, 繼軌先王大規模細心法, 脫然卓然處, 只在夫春秋與禮二經. 士不讀此, 而自以爲知程朱者, 皆末也."

40 宋明欽,『櫟泉集』권9, 書,「答金仲元」, "深望掃去閒思量雜書冊, 大其規模, 嚴其心法, 細其工夫.";『담헌서』내집 권3,「與人書」, "大其規模, 嚴其心法."

41 李宜顯,『陶谷集』권30,「庚子燕行雜識」(下), "我國則雖以壯紙糊窻戶, 日月稍久, 猶不免破落多穴. 此則無論唐紙與我國紙, 皆以至薄者糊之, 煙熏黯然, 可知其久而少無穴破者. 且以唐紙塗壁而無一皺紋, 其用心精細, 非我國所及也."

42 『일성록』, 정조 4년 庚子(1780) 4월 19일,「召見回還冬至正使黃仁點·副使洪檢于誠正閣」, "檢曰: '…自遼東至皇城, 有路邊植柳數千里云. 是康熙帝之所命植, 以庇行人者也. 其規模宏闊, 此亦可見.'"
뿐만 아니라 經筵에서 고종이 강희제를 '英傑之主'로 일컫자, 講官 金世均도 강희제를 '英主'라고 맞장구 치면서, 목판으로 책을 찍을 때 글이 끝나고 남은 여백의 종이를 잘라 낸 사례만 보아도 "청나라가 나라를 세운 규모는 과연 대단히 치밀했습니다"라고 아뢰었다(『승정원일기』, 고종 10년[1873] 2월 3일, "世均曰: '…然而臣曾待罪灣尹, 略有所聞, 則淸之立國之規模, 果甚密矣. 雖以一微事言之, 冊板書盡而有餘紙, 則或割其所餘矣.' 上曰: '規模果甚密矣.'") 참고로,『북학의』에서도 중국의 서책은 종이를 일정한 치수로 잘라, 버려지는 여백의 종이가 없게 한다고 했다(박제가,『북학의』내편,「紙」).

43 박지원,『연암집』권1,「會友錄序」, "然則彼三人者之視吾, 亦豈無華夷之別而形跡等威之嫌乎? 然而破去繁文, 滌除苛節, 披情露眞, 吐瀉肝膽, 其規模之廣大, 夫豈規規齷齪於聲名勢利之道者乎?"

44 박지원,『연암집』권7,「北學議序」, "況其規模之廣大, 心法之精微, 制作之宏遠, 文章之煥爀, 猶存三代以來漢唐宋明固有之故常哉?"(『북학의』초고본[1781]의 서문에는 '心法'이 '心術'로 되어 있다. 박제가,『완역 정본 북학의』, 안대회 교감 역주, 돌베개, 2013, 377면 참조).

45 徐命膺, 『保晩齋集』 권7, 「北學議序」, "今觀周禮, 涂廣有軌, 堂脩有尺, 車轂三其輻則不泥, 屋葺一其峻則易溜. 以至金石之劑量, 韋革之緩急, 絲之湢, 漆之髹, 莫不謹書該載. 此可見聖人之識廣大精微. …朴齊家次修, 奇士也. 歲戊戌, 隨陳奏使入燕, 縱觀其城郭·室廬·車輿·器用, 歎曰: '此皇明之制度也. 皇明之制度, 又周禮之制度也.' …噫! 何其用心勤且摯也?"

서명응(1716~1787)은 소론의 대표적인 실학자로서 그의 아들 徐浩修와 함께 박제가 등 북학파와 교유가 있었으며, 그의 손자 徐有榘는 박지원을 從遊했다.

46 박제가, 『북학의』 내편, 「宮室」, "不意周官一部, 却在海島也."

박제가는 「日本芳埜圖屛風歌」에서도 일본에 대해 "어찌 南蠻 중에서 가장 번화할 뿐이리오. 문물 제도가 『주례』를 따라 행함을 몹시 어여삐 여기노라"(詎但繁華雄百蠻, 頗憐制度能周官)고 했다(『貞蕤閣二集』, 詩; 『완역 정본 북학의』, 안대회 교감 역주, 105면 주6 참조).

47 "閭閻皆高起五樑, 苫艸覆盖, 而屋脊穹崇. 門戶整齊, 街術平直, 兩沿若引繩然, 墻垣皆甎築. 乘車及載車, 縱橫道中. 擺列器皿皆畵瓷. 已見其制度絶無邨野氣. 往者洪友德保嘗言大規模細心法. 柵門, 天下之東盡頭, 而猶尙如此."(박지원, 『연암집』 권11, 『열하일기』, 「渡江錄」, 1780년 6월 27일)

48 "…今淸家數幸盛京. 故自永安橋, 編木爲梁, 以禦潦淖, 而至古家舖前始止. 二百餘里之間, 一梁爲路. 非但物力之富壯, 木頭無一參差, 二百里兩沿, 如引一繩, 可見其制作之精一矣. 故民間尋常制作, 能相視效, 規模大同. 德保所稱大國心法最不可當者, 正在此等也."(박지원, 『연암집』 권11, 『열하일기』, 「盛京雜識」, 1780년 7월 14일)

49 박지원, 『연암집』 권12, 『열하일기』, 「關內程史」, 1780년 8월 1일, "…然自有書契以來, 二十一代三千餘年, 治天下將以何術也? 豈非所謂惟精惟一之心法乎?", "…亦奚特中華之族如此哉? 夷狄之主函夏者, 未嘗不襲其道而有之矣."

50 『담헌서』 내집 권2, 『계방일기』, 을미(1775) 4월 9일 기사에서도 홍대용은 동궁의 질문에 답하여 북경의 『縉紳便覽』을 본 적이 있다고 하면서, 청나라의 관직 제도는 대개 명나라 제도를 따랐는데 관직의 정원이 우리나라보다 10배도 훨씬 넘으니 이로써 중국이 얼마나 대규모인지를 대략 알 수 있다고 했다("掩卷畢, 出北京搢紳便覽示之曰: '桂坊曾見此乎?' 臣曰: '見之. 其官制, 盖因明制, 天下大規模, 略可見矣.' 令曰: '官額何如是少耶?' 臣曰: '臣

猶以爲多也, 比我國宜不啻十倍.'").

51 『을병연행록』, 1766년 1월 4일(소재영 외 주해, 221면).

52 『을병연행록』, 1765년 12월 24일(소재영 외 주해, 155~156면);『담헌서』
외집 권10, 『연기』, 「器用」, "作井盖, 以石鑿口, 僅容罐. 平壤箕子井, 可考
也."
홍대용은 "평양은 옛 기자(箕子) 도읍이라"고 했으며, 기자의 궁전 터와 九
疇壇 남쪽에 기자정이 있었는데 "깊기 팔구 장이요, 위에 전석(全石: 통돌)
으로 둥근 구멍을 뚫어 덮었더라"고 했다(『을병연행록』, 1765년 11월 11일,
12일, 소재영 외 주해, 25면, 30면).

53 "吾豈不知中國之非古之諸夏也, 其人之非先王之法服也. 雖然, 其人所處之
地, 豈非堯·舜·禹·湯·文·武·周公·孔子所履之土乎? 其人所交之士, 豈非
齊·魯·燕·趙·吳·楚·閩·蜀博見遠遊之士乎? 其人所讀之書, 豈非三代以來,
四海萬國極博之載籍乎? 制度雖變, 而道義不殊, 則所謂非古之諸夏者, 亦豈
無爲之民而不爲之臣者乎?"(박지원, 『연암집』 권1, 「會友錄序」)

54 成大中(1732~1809)은 정조 즉위 직후인 1776년 11월 잇달아 연행을 떠나
는 進賀使의 부사 徐浩修와 동지사의 서장관 申思運에게 각각 송별의 글을
지어 준 바 있다. 이 두 글에서 성대중은 삼대 이래의 중화 문물이 청나라에
남아 있으므로 이를 배워 올 것을 권했다(성대중, 『청성집』 권5, 「送徐侍郎
[浩修]以副价之燕序」, 「送冬至書狀官申應敎[思運]序」). 이러한 그의 주장
은 박지원이 「會友錄序」에서 대변한 홍대용의 사유를 따른 것이며, 박제가
의 『북학의』에 앞서 '최초로' 북학론을 제기한 것이라고 보는 견해도 있다
(박희병, 『범애와 평등―홍대용의 사회사상』, 돌베개, 2013, 215~219면. 단
각주 35에서 "성대중의 이 발언은 박지원이나 박제가의 영향일지도 모른
다"고 했다).
하지만 성대중은 홍대용과 친교가 없었음은 물론, 그 당시에는 박지원·박
제가와도 가까운 사이가 아니었다. 박제가는 1777년경 지은 것으로 추정되
는 懷人詩 60수에서 중국인과 일본인을 제외하고 이덕무·박지원·서상수·
유금·유득공·이희경·이서구·김재행·홍대용·元重擧·황윤석·李用休·姜
世晃·鄭喆祚·白東修 등 무려 47인이나 거론했으나, 그중에 성대중은 포함
되지 않았다(박제가, 『貞蕤閣初集』, 詩, 「戲倣王漁洋歲暮懷人六十首[幷小
序]」). 성대중은 홍대용이나 박제가와는 무관하게 독자적으로 그런 주장을
했던 것이 아닌가 한다. 더구나 성대중의 글에는 한편으로 소중화 사상이

농후하다는 점도 간과해서는 안 될 것이다.

55 "尊周自尊周也, 夷狄自夷狄也. 夫周之與夷, 必有分焉, 則未聞以夷之猾夏而
   並與周之舊而攘之也."
   위의 인용문 중 "夫周之與夷, 必有分焉"은 『莊子』「齊物論」에서 莊周의 胡
   蝶夢을 말하며 "周與胡蝶, 則必有分矣"라고 한 구절을 패러디한 것이다. 장
   주와 나비처럼, 주나라와 오랑캐는 반드시 다르다는 뜻이다. '周之舊'는 이
   본에 따라서 '夏之舊'로 되어 있다(『완역 정본 북학의』, 안대회 교감 역주,
   442면).

56 "…然而淸旣有天下百餘年, 其子女·玉帛之所出, 宮室·舟·車·耕種之法,
   崔·盧·王·謝士大夫之氏族, 自在也. 冒其人而夷之, 並其法而棄之, 則大不
   可也."

57 박지원, 『연암집』 권7, 「북학의서」, "然其所據之地, 豈非三代以來漢·唐·
   宋·明之疆夏乎? 其生乎此土之中者, 豈非三代以來漢·唐·宋·明之遺黎乎?
   苟使法良而制美, 則固將進夷狄而師之. 況其規模之廣大, 心法之精微, 制作
   之宏遠, 文章之煥爀, 猶存三代以來漢·唐·宋·明固有之故常哉?"

58 박지원, 『연암집』 권12, 「馹汛隨筆」, 1780년 7월 15일, "然而尊周自尊周也,
   夷狄自夷狄也. 中華之城郭·宮室·人民, 固自在也. 正德·利用·厚生之具, 固
   自如也. 崔·盧·王·謝之氏族, 固不廢也. 周·張·程·朱之學問, 固未泯也. 三
   代以降聖帝明王漢·唐·宋·明之良法美制, 固不變也. 彼胡虜者, 誠知中國之
   可利而足以久享, 則至於奪而據之, 若固有之. 爲天下者, 苟利於民而厚於國,
   雖其法之或出於夷狄, 固將取而則之, 而況三代以降聖帝明王漢·唐·宋·明
   固有之故常哉? 聖人之作春秋, 固爲尊華而攘夷. 然未聞憤夷狄之猾夏, 並與
   中華可尊之實而攘之也. 故今之人誠欲攘夷也, 莫如盡學中華之遺法.…."

59 박지원, 『연암집』 권2, 「答李仲存書」(第三書), "足下爲我謝今之爲春秋者矣.
   何不責我曰: '子之前遊, 乃三代以來聖帝明王漢·唐·宋·明彊理之地也. 今
   雖不幸而爲夷狄之所據. 然其城郭·宮室·人民, 固自在也. 正德·利用·厚生
   之具, 固自如也. 崔·盧·王·謝之氏族, 固不廢也. 關·洛·閩建之學問, 固未泯
   也. 彼夷狄誠知中華之可利, 故至於奪而有之. 子何不盡得其古來固有之良法
   美制, 中華可尊之故常實蹟, 歸而悉著于篇, 以爲一國用也? 子不此之事, 而
   徒隨皮幣之使爲哉? 今其記述, 無非駁雜無實之語, 一時浪跡, 何足以向人誇
   誕也? 只自喪志而敗德云爾.' 則聽之者寧不背寒而口呿, 羞愧而沒世乎?"

60 『담헌서』 외집 권 2, 『간정동필담』, 1766년 2월 12일; 『을병연행록』, 1765년

12월 13일(소재영 외 주해, 104면).

61 청 문물이 명나라의 제도를 충실히 계승하면서도 '簡易'한 점을 특징으로
한다는 인식은 이미 영조 14년(1738) 대신들의 발언에도 나타나 있다(『영
조실록』, 14년 2월 14일, "[領議政李]光佐曰: '…淸人雖是胡種, 凡事極爲文
明, 典章文翰, 皆如皇明時. 但國俗之簡易稍異矣.…' 右議政宋寅明曰: '淸主
之法簡易, 民似無怨, 不必促亡矣.'").

62 『담헌서』 내집 권3, 「答韓仲由書」, "我國之服事大明二百有餘年. 及壬辰再
造之後, 則以君臣之義, 兼父子之恩. …夫金汗之稱兵猾夏, 乃大明之賊也. …
人無有不死, 國無有不亡. 倫綱一墜, 爲天下僇, 生不如死, 存不如亡. 斯義也,
通夷夏, 貫貴賤, 亘百世而不可易者也. …苟令當日朝廷, 皆能舍生仗義, 以三
學士之心爲心, 則縱不必掃蕩北庭以殿天子, 其閉關絶約, 堅壁自强, 則恢恢
乎有餘地矣.…謀國不臧, 媚虜偸生, 當時執政之罪, 死有餘責."
'仲由'는 字로, 韓仲由의 이름은 미상이다. 이 서신은 『담헌서』 중 그 앞에
시기순으로 배치된 서신들로 미루어, 석실서원을 왕래하던 1750년대에 어
느 동문과 토론을 주고받은 서신으로 짐작된다.

63 채송화, 「『을병연행록』 연구―여성 독자와 관련하여」, 서울대 석사논문,
2013, 29~31면 참조.

64 특히 『연기』의 「場戲」, 「市肆」, 「屋宅」, 「巾服」, 「器用」, 「兵器」, 「畜物」 등은
제목도 유사하다.

65 "洪湛軒大容曰: '如治車道, 則當失田幾結, 而利亦足以優償之矣.'"(박제가,
『북학의』 내편, 「車」)

66 "又其伐材, 無尺寸之參差, 其精如此."(박제가, 『북학의』 내편, 「材木」)

67 박지원, 『연암집』 권15, 『열하일기』, 「黃圖紀略」, "九門正而九衢直, 一正都
而天下正矣. …於是乎, 王者之制度大備矣."; 김명호, 『열하일기 연구』, 창작
과비평사, 1990, 91~96면 참조.

68 "中國惜糞如金. …積糞皆正方, 或三稜·六稜…."(박제가, 『북학의』 외편,
「糞」)

69 박지원, 『연암집』 권12, 『열하일기』, 「馹汛隨筆」, 1780년 7월 15일; 김명호,
앞의 책, 97면, 147~148면 참조.

70 "是故上自堯·舜·禹·湯·文·武·周·孔·漢·唐·宋·明, 禮樂刑政, 律度量衡,
車馬器用, 宮室城郭, 山川謠俗, 人物文章, 市朝繁華, 書畫金石, 以至士農工
商利用厚生之道, 百世傳授, 至今猶有存者. 欲求先王之法, 舍中國而其誰與

也?"(이희경, 『북학 또 하나의 보고서, 설수외사』, 진재교 외 옮김, 성균관대
출판부, 2011, 「다섯 번 중국을 드나든 사연」, 36~37면 참조.)

5부 3장

1   『담헌서』 외집 권7, 『연기』, 「吳彭問答」, "又曰: '貴處學問極大者何人?' 余
曰: '學有三等, 有義理之學, 有經濟之學, 有詞章之學.' 且問: '足下所問者何
學也?' 彭與吳相顧笑曰: '他還分說如此.' 乃曰: '儘如尊言, 三學各擧一人.'
余亦笑曰: '學分三等, 世儒之陋見. 舍義理則經濟淪於功利而詞章淫於浮藻,
何足以言學? 且無經濟則義理無所措, 無詞章則義理無所見. 要之, 三者舍一,
不足以言學, 而義理非其本乎?'"; 『을병연행록』, 1766년 1월 20일(소재영 외
주해, 375면).

2   『담헌서』 외집 권7, 『연기』, 「吳彭問答」, "兩人皆笑稱善. …余曰: '願聞當世
宗匠.' 彭曰: '死後方能論定. 在先有湯斌·陸隴其. 湯, 河南睢州人. 陸, 浙江
湖州人.'"; 『을병연행록』, 1766년 1월 20일(소재영 외 주해, 375~376면).
1월 23일의 만남에서도 팽관은 탕빈과 육농기에 관해 소개했다. 홍대용
이 두 사람의 이름을 처음 들었으며 저서도 본 적이 없다고 하자, 그는 탕
빈의 『四書講義』를 소개하고 육농기는 孔廟에 從祀되었으며 두 사람 모두
고관을 지냈다고 알려주었다(『담헌서』 외집 권7, 『연기』, 「吳彭問答」, "又
曰: '貴處有湯斌·陸隴其之書乎?' 余曰: '未曾見.' 彭曰: '湯公有四書講義四
套. 此二公, 皆本朝大儒. 陸先生已從祀聖廟矣.' 余曰: '兩公入仕本朝乎?' 彭
曰: '湯, 尙書. 陸, 御史.'"; 『을병연행록』, 1766년 1월 23일, 소재영 외 주해,
397~398면).

3   『담헌서』 외집 권7, 『연기』, 「吳彭問答」, "余問讀禮通考續編有無. 彭曰: '此
誰人所編?' 余曰: '此中國徐乾學所編, 豈未曾見乎?' 皆稱未聞, 盖兩人文學
不甚優."
1월 26일에 만난 국자감 감생 주응문은 『독례통고』의 속집이 있느냐는 홍
대용의 질문에, 이는 서건학의 저술로 속집은 없다고 명확하게 답했다. 반
정균도 『독례통고』는 서건학이 편찬했으며 喪禮를 기록한 책인데 속편은
보지 못했노라고 답했다(『담헌서』 외집 권7, 『연기』, 「蔣周問答」, "問讀禮通
攷續集. 周曰: '此乃本朝徐乾學相公之書, 幷無續集.'"; 외집 권2, 『간정동필

담』, 1766년 2월 12일, "余曰: '讀禮通攷續篇, 亦欲得之.' 蘭公曰: '此徐乾學 所纂, 皆記喪禮. 續編未見.'").

4   "明德者, 人之所得乎天, 而虛靈不昧, 以具衆理而應萬事者也."(朱熹, 『大學 章句』)
'허령불매'는 거울이 텅 비어 있으되 만물을 환히 비추듯이 心이 신령스러 운 知覺 기능을 갖고 있음을 표현한 말로 원래 불교 용어이다.

5   명나라 초에 胡廣 등이 편찬한 『大學章句大全』에 諸家의 학설이 소개되어 있다. 주자의 제자 黃幹·陳淳 등은 명덕을 '理'로 보았고, 후대 학자 盧孝 孫·胡炳文 등은 명덕을 '本心', '性과 情을 포함한 心' 등으로 보았다.

6   『을병연행록』에서 장본의 이름을 '복'이라 한 것(소재영 외 주해, 423면)은 오류일 것이다.

7   『담헌서』 외집 권7, 『연기』, 「蔣周問答」, "余曰: '大學首章明德, 僉位以爲何 物?' 周曰: '朱註講解已詳.' 余曰: '不明.' 周曰: '朱註不明, 則難以剖析.' 余 曰: '後學看不明白, 願得明敎.' 周曰: '明德卽天命之性.' 余曰: '不可謂之心 乎?' 周曰: '性卽注于心, 心外無性.' 余曰: '心雖包性, 終有理氣之大分.' 周 曰: '亦有兼氣質而言者, 亦有主理而言者. 明德則專主理而言.' 余曰: '虛靈不 昧, 其之應之, 恐不可謂專主理而言.' 周曰: '性原是體用兼該. '其'是體, '應' 是用.'"; 『을병연행록』, 1766년 1월 26일, "명덕은 중용의 이른바 천명지성 이니라."(소재영 외 주해, 425~426면).

8   蔡淸, 『四書蒙引』 권1, 「在明明德」, "大學之明德卽中庸天命之性也."; 陸隴其, 『松陽講義』 권1, 「大學之道章」, "章句講明德, 雖從天命之性說起, 與中庸天 命之性無二."; 李光地, 『大學古本說』, "明德卽性也."; 李光地, 『榕村集』 권15, 「離爲明明德之學論」, "然明德者何? 中庸所謂天命之性是已."

9   『담헌서』 외집 권7, 『연기』, 「蔣周問答」, "又曰: '貴處以爲何如? 願請敎.' 余 曰: '有謂之性者, 有謂之心者, 有謂之心包性情者.'"; 『을병연행록』, 1766년 1월 26일, "선유(先儒)의 의론을 볼작시면, '성리'(性理)라 이른 곳도 있고, '마음'이라 이른 곳도 있고, 마음이 성정(性情)을 겸함을 이른 곳도 있으 니,"(소재영 외 주해, 426면)

10   송시열, 『송자대전』 권101, 「答鄭景由」(丁巳二月二十三日), 別紙, 권104, 「答金直卿·仲固」(丙辰三月二十七日), 別紙; 김창협, 『농암집』 권14, 「答閔 彦暉」 제5서, 권16, 「答李顯益」(庚辰), 권20, 「答吳大夏」(辛巳); 김창흡, 『삼 연집』, 拾遺 권18, 「答安重謙」, "明德卽是心也. 解明德乃專解心也."; 金昌

緝,『圃陰集』권3,「答李仲謙(顯益)」제2서, "人之心, 謂之明德."; 金榦,『厚齋集』권8,「答問」, 經義,『大學』經一章,「上尤菴宋先生」, 권21,「箚記」, 大學,「大學章句」, 권40,「題金仲和(昌協)·閔彦暉往復書後」; 朴弼周,『黎湖集』권10,「與金厚齋」제1서; 申暻,『直菴集』권8, 問答,「上芝村(*李喜朝)先生」, "玄石(*朴世采)先生必兼心性以言明德, 而厚齋(*金榦)先生又以心性情合訓明德, 著說奉稟於尤菴先生而見許. 獨金農巖專以心解明德, 而其說多爲後生所從."; 尹鳳九,『屛溪集』권24,「答蔡季能」제3서; 김원행,『미호집』권9,「答徐黙修」, 권10,「答趙有善」제1서, 권14,「明德說疑問」; 姜鼎煥,『典庵集』권7,「渼湖先生語錄」, "先生曰: '寒泉(*李縡)心說, 猶有未盡, 君其知否?' 對曰: '聖凡容有不齊之謂歟?' 曰: '然. 寒泉亦以心與氣質合看之. 若爾則雖欲異於南塘(*韓元震)之說, 得乎?'"; 朴胤源,『近齋集』권32,「渼湖先生語錄」, "尹屛溪(*尹鳳九)每以明德爲性, 而明德實非性也."; 金履安,『三山齋集』권4,「答韓思愈」, "心固屬之氣矣. 然此道氣, 不得. 必曰: '氣之精爽'則可耳. 旣是精爽, 便見其不囿乎氣. 此所以能虛靈不昧, 以具衆理而應萬事者也. 又安有分數可論也?"; 권오영,「조선후기 유학자의『대학』이해: 明德說을 중심으로」,『한국문화』48, 서울대 규장각한국학연구원, 2009; 이선열,「김창협의 明德論과 그에 대한 송시열·金榦의 비판」,『철학』103, 한국철학회, 2010; 유지웅,「艮齋의 心論과 明德說 연구」, 전북대 박사논문, 2016, 30~59면 참조.

이밖에 명덕은 곧 '本心'이며 '심'과 '성'을 합하여 말한 것이라고 본 학자들도 있었다. 이는 盧孝孫의 설을 따른 것이다. 한편 후일 국왕 정조가 규장각의 초계문신들을 상대로 '명덕'설에 관한 문제를 거듭 출제한 것도 당시 학계의 관심을 반영한 것이라 볼 수 있다(정조,『홍재전서』권56, 雜著[3],「問明德[抄啓文臣親試]」, 권69,『經史講義』6,『大學』[3], 〈經一章〉, 권70,『경사강의』7,『大學』[4], 〈經一章〉).

11 『담헌서』외집 권7,「연기」,「蔣周問答」, "周曰: '畢竟主何說?' 余曰: '鄙無主見. 惟善看者, 不以辭害意, 則諸說可通用.'";『을병연행록』, 1766년 1월 26일, "그윽이 들으니 보기를 잘 하여 말로써 뜻을 해롭게 아니하면 세 말을 가히 서로 통하리라 하니, 이 의논이 좋을 듯하도다."(소재영 외 주해, 426면)『맹자』「萬章 上」에서『시경』의 해석법으로 "不以辭害志"라고 했다.

12 홍대용은「大學問疑」라는 글을 남겼으나(『담헌서』내집 권1), 여기에 '명덕'에 관한 논의는 보이지 않는다.

13 『담헌서』외집 권3,「乾淨錄後語」, "陽明亦浙人也. 浙人多襲其風采, 語及宋儒, 辭氣過於輕快."

14 『담헌서』외집 권2,『간정동필담』, 1766년 2월 3일, "余曰: '貴處學者遵何人?' 蘭公曰: '皆尊朱子.'; 2월 4일, "張譯宅謙問曰: '今亦有性理之學如陳白沙·王陽明者耶?' 蘭公曰: '國朝大儒, 陸淸獻公諱隴其, 配享孔廟. 其餘湯文正公諱斌·李丞相光地·魏諱象樞, 皆大儒希賢者也.' 又問曰: '明時朱·陸之學相半, 今亦然耶?' 蘭公曰: '今天下皆遵朱子.'"(규장각 등 소장본『간정필담』에는 첫 번째 밑줄 친 부분이 "[余]問[曰]: '後有大儒?'"로 되어 있다. 또 두 번째 밑줄 친 부분이 없다.)

15 사촌동생 홍대응의 증언에 의하면, 홍대용은 人性과 物性의 異同에 관한 호론과 낙론의 논쟁에 대해 "이는 식견이 얕은 초학자는 들어서 알 수 있는 문제가 아니다"라고 말했다고 한다. 그리고 주자는 초기의 학설과 만년의 학설이 다르고『주자어류』도 기록자에 따라 주자의 발언이 다른데, 이를 爭端으로 삼아 상대파를 오로지 이기려고만 든다며 개탄했다고 한다(『담헌서』附錄,「從兄湛軒先生遺事[從父弟大應]」, "小弟問湖洛論性之得失. 先生曰: '此非初學淺見所可得聞. 大抵湖·洛, 皆據朱子所論以爲說, 而朱子說有初晚之別, 語類所錄, 人各不同. 此所以爲爭端. 其間不無得失, 而看作大事, 一向務勝不已, 則太過.'").

16 『담헌서』외집 권2,『간정동필담』, 1766년 2월 3일, "蘭公曰: '貴國有大儒否?' …蘭公曰: '現在者爲誰?' 余曰: '不敢指其爲誰, 死後方有公論.'"; 2월 4일, "余曰: '…吾師, 淸陰孫也. 嘗來鄙居, 錫名以湛軒.'"; 2월 5일, "書曰: '…弟之師門, 是淸陰玄孫, 而年六十五, 以遺逸見任國子祭酒, 而累徵不起, 開居敎授, 學者宗之爲渼湖先生. 昨日忙未詳陳, 幷此及之.'"; 2월 8일, "余曰: '行中適有先生論性書, 當呈覽.' 皆曰: '甚好.'"; 2월 10일, "送德裕, 書曰: …."(이 편지는 엄성,『철교전집』5,『일하제금집』하, 洪高士尺牘에「與鐵橋·秋㢏」및「又」로 수록되어 있으며, 부록으로「渼湖論性書」가 소개되어 있다.「渼湖論性書」는 김원행,『미호집』권5에「答任同知[弘紀]」로 수록되어 있는 편지이다.); 2월 12일, "余曰: '論性書何如?' 力闇曰: '持論好極, 擬帶歸刊刻.' 余曰: '此是東儒大是非. 但於初學, 實地無甚關緊.' …余曰: '我東先輩有名言曰: '今人手不知灑掃之節, 而口談性命之蘊.'"; 曹植,『南冥集』권4, 補遺,「與退溪書」, "近見學者, 手不知洒掃之節, 而口談天理, 計欲盜名, 而用以欺人, 反爲人所中傷, 害及他人, 豈先生長老無有以呵止之故耶?"; 李滉,『退

溪集』권26,「與鄭子中」제5서, 권35,「答李宏仲」, 別紙.

참고로, 조식의 발언은 주자에 의거한 것이다(朴胤源,『近齋集』권23,「雜識」, "朱子嘗以手不知灑掃之節, 而口談天理爲戒.").

17　『담헌서』외집 권2,「간정동필담」, 2월 15일, "其東國記略曰: '…逮于麗末, 有鄭圃隱夢周, 始倡理學. 其入本國以來, 文學漸興, 有金寒暄宏弼·鄭一蠹汝昌, 皆表章程朱之學. 有趙靜庵光祖, 天資極高, 年三十掌風憲, 數年, 國中化之. 男女異路, 庶民喪葬皆遵家禮, 不幸早死, 未究其學. 有李晦齋彦迪, 始著書, 闡明義理. 有李退溪滉, 踐履篤實, 倡道益盛. 有李栗谷珥, 稟質淸通, 見解超邁. 其論性理諸說, 高明的確, 洞見大原. 如'發之者氣也, 所以發者理也. 非氣則不能發, 非理則無所發'數句語, 其要旨也. 亦不幸四十九而卒. 有成牛溪渾, 與栗谷並時齊名. 其後有金沙溪長生, 益闡禮學, 毫分縷析, 條理燦然. 其後宋尤庵時烈·宋同春浚吉, 同時倡道. 尤庵享年最久, 尊尙春秋.'"

규장각 등 소장본『간정필담』에는 위의 밑줄 친 구절 다음에 "喜談其大義"가 더 있고,『을병연행록』에도 "그 대의를 붙드니"가 더 있다(소재영 외 주해, 590면).

李東允의『樸素村話』, 坤册, 제69화에서도 "問我國沿革·山川風俗·人物道學大略, 幷書以示之. 道統淵源, 止於尤·春兩先生. 以爲尤翁以考亭之學, 春秋之義, 享年亦多, 功烈尤大云."이라고 하여 송시열의 학문적 공로를 강조했다.

18　『을병연행록』1766년 2월 3일 기사에는 독자를 위해 왕양명을 소개하는 다음과 같은 해설이 더 있다. "대개 왕양명의 이름은 수인(守仁)이니 대명(大明) 정덕(正德) 연간 사람이라. 문장(과) 학문이 일세에 진동하고, 영왕(寧王) 신호(宸濠)는 종실 친왕(親王)이라 수십 만 군사를 일으켜 참람히 왕실을 침노하니, 양명이 의병을 일으켜 수천 군사로 이십여 일 사이에 신호를 사로잡아 천하를 진정하니, 이는 고금에 희한한 훈업(勳業)이요 호걸의 재주로되, 다만 학문의 의론이 전혀 마음을 숭상하여 불도(佛道)에 가깝고 주자를 배척하였는 고로 대명 때에는 존숭하는 사람이 많더니, 근래 학자는 전혀 주자를 존숭하는 고로 반생(潘生)의 말이 이러하더라."(소재영 외 주해, 464면)

19　『담헌서』외집 권2,『간정동필담』, 1766년 2월 3일, "余曰: '呂晩村是何處人? 其人品如何?' 蘭公曰: '浙江杭州石門縣人, 學問深邃, 惜罹于難.' 余曰: '浙江山水何如, 而能人才輩出如是耶?' 蘭公曰: '南邊山明水秀.' …余曰: '王

陽明亦浙人乎?' 蘭公曰: '陽明紹興人, 與我同鄕.' …余曰: '遵陽明者亦有之乎?' 蘭公曰: '陽明大儒, 配享孔廟. 特其講良知與朱子異, 故學者勿宗. 間有一二人, 亦不甚著.' 余曰: '陽明間世豪傑之士也, 文章事業, 實爲前朝巨擘. 但其門路, 誠如蘭公之言.' …蘭公曰: '事業須從誠意正心做來, 陽明格物致知, 尙有餘憾耳.' 余曰: <u>'陽明之學, 儘有餘憾. 但比諸後世記誦之學, 豈非霄壤乎?'</u> 蘭公卽打圈于'<u>豈非霄壤</u>'四字曰: '<u>極好.</u>'"(밑줄 친 부분이 규장각 등 소장본『간정필담』에는 삭제되었음.);『을병연행록』, 1766년 2월 3일(소재영 외 주해, 464~465면).

20 이는 황종희의 주장과 흡사하다. 황종희는 "두 선생(주희와 육구연)은 똑같이 綱常을 扶植하고 똑같이 名敎를 扶持했으며 똑같이 공자와 맹자를 존숭했다. …하물며 만년에는 뜻이 같고 도가 합치했다"고 보았다. 그의 아들 黃百家도 "두 선생의 학설은 달랐으나, 입실하도록 부름을 받은 사람과 같아서 비록 동쪽과 서쪽으로 문호는 달라도 방안에 도달함은 마찬가지였다"고 했다(黃宗羲,『增補宋元學案』권58,「象山學案」, "宗羲謹案: …二先生同植綱常, 同扶名敎, 同宗孔·孟. …矧夫晩年又志同道合乎!" "百家謹案: …二先生之立敎不同. 然如詔入室者, 雖東西異戶, 及至室中則一也."; 石訓 外,『中國宋代哲學』, 鄭州: 河南人民出版社, 1992, 1205~1206면 참조).

21 『담헌서』외집 권2,『간정동필담』, 1766년 2월 3일, "力闇曰: '陸子靜天資甚高, 陽明功盖天下. 卽不講學, 亦不礙其爲大人物也. <u>朱·陸本無異同, 學者自生分別耳.</u>' 又曰: '殊塗同歸.' 余曰: '同歸之說, 不敢聞命.'"
위의 인용문 중 밑줄 친 대목이 규장각 등 소장본『간정필담』에는 삭제되었으며,『을병연행록』에도 없다.

22 王茂 外,『淸代哲學』, 安徽人民出版社, 1992, 35~69면 참조.

23 『담헌서』외집 권2,『간정동필담』, 1766년 2월 10일, "送德裕, 書曰: '…嘗見中國書, 以陽明之好背朱子, 比之於虬髥客於唐太宗. 愚不覺失聲稱奇, 以爲此片言之折獄, 千古之斷案也. 彼世儒之依樣胡蘆, 因緣倖會, 際攀龍附鳳之機, 售封妻蔭子之計, 則嗚呼, 其亦卑而又卑矣! 宜乎虬髥客之不欲與噲(*樊噲)等爲伍也. 雖然, 曷若伊尹之以其君爲堯舜之君, 以其民爲堯舜之民, 彼此俱成, 民受其福哉? 亦何必變換旗鼓, 別立門戶, 使之殃及生民, 禍流後世也哉? 若是者, 反不如依樣因緣者之適足爲其身者之可鄙而已.'"

24 『담헌서』외집 권2,『간정동필담』, 1766년 2월 12일, "余曰: '日前妄論, 須從容書敎.' 力闇曰: '弟愚蒙失學, 未敢妄論. 所論陽明·朱子之說極好.' <u>余曰:</u>

'不必卽刻論示, 欲得二兄書, 歸後籍以聞於東方師友間.' 力闇曰: '胸中淺陋,
恐卽有論議, 徒然貽笑大方, 奈何?'"

위의 인용문 중 밑줄 친 부분이 규장각 등 소장본『간정필담』에는 삭제되었
다.

25 규장각 등 소장본『간정필담』, 1766년 2월 19일, "又書曰: '…尊德性, 道問
學, 如車之輪, 如鳥之翼, 廢其一, 不成學也.'"(『담헌서』의 『간정동필담』에는
해당 내용이 편집상의 실수로 누락되었음); 朱熹, 『晦庵集』권63, 「答孫敬
甫」, "…故程夫子之言曰: '涵養必以敬, 而進學則在致知.' 此兩言者, 如車兩
輪, 如鳥兩翼, 未有廢其一而可行可飛者也."

26 "起潛曰: '此是正論. 原不當分爲二.' 余曰: '鄙書是已陳芻狗, 何足爲奇? 不當
分二之敎, 恐是不易之論.'"(『담헌서』외집 권3, 『간정동필담』, 1766년 2월
23일)

27 『담헌서』외집 권3, 『간정동필담』, 1766년 2월 23일, "起潛曰: ''子靜於尊德
性居多, 某却於道問學居多.' 朱意如是矣.' …起潛曰: '朱·陸分尊德性·道問
學, 原本朱子.'"; 朱熹, 『晦庵集』권54, 「答項平父」; 王守仁, 『傳習錄』下, 黃
以方錄, "以方問尊德性一條. 先生曰: '道問學, 卽所以尊德性也. 晦翁言: '子
靜專以尊德性晦人. 某敎人豈不是道問學處多了些子?' 是分尊德性·道問學
作兩件.'"

28 『담헌서』외집 권3, 『간정동필담』, 1766년 2월 23일, "又曰: '陸之學, 亦有是
否?' 余曰: '朱子之所畏也.' 起潛曰: '…後人務尊朱而攻陸偏否, 當日朱·陸必
無如此門戶見解.' 余曰: '愚未見陸集, 未知其學之淺深, 不敢妄論. 惟朱子之
學, 則窃以爲中正無偏, 眞是孔孟正脉. 子靜如眞有差異, 則後學之公論, 無恠
其撝斥. 但名爲宗朱者, 多偏於問學, 終歸於訓詁末學, 反不如宗陸之用功於
內, 猶有所得也. 此最可畏耳.'"

위의 인용문 중 밑줄 친 부분이『을병연행록』에는 "육생이 가로되, '주자와
육상산(陸象山)이 학문의 계경(蹊徑: 방법)이 다르나, 필경 근본은 멀지 아
닌지라. 훗사람이 주자를 존숭함이 진실로 마땅하거니와, 육상산의 장처(長
處)를 생각하지 아니하여 과도히 기롱함이 또한 편벽됨을 면치 못하리로
다'"로 되어 있다(소재영 외 주해, 666면).

29 『담헌서』외집 권3, 『간정동필담』, 1766년 2월 23일, "起潛曰: '…但看後世
宗朱·宗陸, 紛紛議論, 全是血氣, 而陸之後爲陽明, 其事功炫赫, 絶非空虛之
事, 而人必詆之爲禪. 其不爲禪者, 乃絶無所表見. 以外之事功而驗中之所得,

良知亦未可盡非也. 得兄之言, 至爲持平, 心服矣.'"

30 일찍이 象村 申欽은 왕양명에 대해 홍대용보다 훨씬 더 긍정적으로 평가했
다. 그는 왕양명이야말로 "진정한 유학자"라고 주장했다. "세상에서 비록 그
의 학술이 잘못되었다고 비난하나, 학술이란 현실에 적용되어야 귀한 것이
다. 錢穀(재정)과 甲兵(국방)은 어느 것인들 유자의 일이 아닌 것이 없는데
도, 세간에 남의 글귀나 따서 詩文을 짓는 자들은 걸핏하면 性命을 끌어대
지만, 政事를 맡겨 보면 망연자실하여 어쩔 줄을 모른다. 더구나 三軍을 명
령하는 소임을 맡아 큰 업적을 세우는 일은 말해 무엇하리오?"라고 하면서,
늘 그의 영웅호걸다운 자태를 상상하고 꿈에서도 그를 잊지 못한다고까지
말했다(申欽, 『象村集』 권44, 外集 4, 「彙言」 4, "王文成守仁, 眞儒者也. …
世雖誚以學術之誤, 學貴乎適用, 錢穀甲兵, 何莫非儒者事, 而世之尋章摘句
者, 動引性命, 而實之政事, 則茫然無措手地. 況司命三軍, 建立大績乎? …余
每想其豪姿英彩而夢寐之也.").

31 『담헌서』 외집 권3, 『간정동필담』, 1766년 2월 26일, "陽明, 間世豪傑之士
也. 愚嘗讀其書, 心服其人, 以爲九原可作, 必爲之執鞭矣. 其良知之學, 亦是
窮高極深, 卓有實得, 非後世能言之士所可彷彿也. 且陽明何嘗無道問學之功
哉? 求道而不道學問, 是目不識丁者, 靜坐攝心, 可以爲聖爲賢, 豈有是理? 責
陽明以專尊德性, 亦非原情定罪之論矣. 惟其言太高, 功太簡, 自窩自喜, 簸弄
光景, 怳惚如空中之樓閣, 可望而不可親, 可喜而不可學. 其末流之弊, 必將好
逕欲速, 倒行逆施, 淪胥爲葱嶺而不自覺也. 若其事功之炫赫, 乃其實得之餘
波. <u>彼坐談空言, 區區爲訓詁之學者, 固不敢比方其萬一.</u> 雖然, 此何足爲陽明
之能事? 陽明平日與門人言, 未嘗及乎藩事, 其微意可見. 今若以此而尊陽明,
則使陽明有知, 恐不許之以知我也."(밑줄 친 부분이 규장각 등 소장본 『간정
필담』에는 삭제되었다.)

32 "且謂'人必託之爲禪, 而其不爲禪者, 乃絶無表見'云, 則陽明以後, 名爲朱學,
而其能實見得而明庶物者, 恐無陽明之對手, 其謂之'無表見'亦可矣. 若以事
功而言, 則後世儒者, 多窮而獨善, 雖有才具, 將安所施乎? 且義理, 天下之
公, 人人得而言之. 但問其言之是非可也, 其人之淺深不必論也. 如孔門五尺
之童, 羞稱五霸, 豈其五尺之童, 其才與德, 皆似五霸耶?"(『담헌서』 외집 권3,
『간정동필담』, 1766년 2월 26일)
"義理, 天下之公"은 程顥가 王安石에게 한 말이라 한다(송시열, 『송자대전』
권39, 「答權思誠[壬午閏月七日]」, "明道謂王介甫曰: '義理, 天下之公.' 信斯

言也.") 주자도 똑같은 말을 했다(朱熹, 『晦庵集』 권54, 「答諸葛誠之」[1]).
성리학은 무엇보다도 의리를 밝히는 데 중점을 둔다.

공자 문하의 오척 동자에 관한 고사는 『孟子集註』에 나온다. 「梁惠王 上」,
"孟子對曰: '仲尼之徒, 無道桓文之事者'"에 대한 주자의 주에 '董子', 즉 董
仲舒의 말로 인용되어 있다. 원래 출처는 『漢書』 권56, 「董仲舒傳」이다.

33 『담헌서』 외집 권3, 『간정동필담』, 1766년 2월 26일, "論陽明先生極是."; 2월
28일, "養虛·湛軒又時以學問相勸. 養虛之論驕字, 湛軒之講事功心術之分,
語語不朽, 尤足千古."

34 "嘗謂: '我東中葉以後, 偏論出而是非不公, 野史無足觀矣. 雖以斯文事言之,
中原則背馳朱子, 尊崇陸王之學者, 滔滔皆是, 而未嘗聞得罪於斯文. 盖其範
圍博大, 能有以公觀並受, 不若拘墟之偏也.'"(『담헌서』 외집 , 附錄, 「從兄
湛軒先生遺事」[홍대응])

위의 인용문 중 "拘墟之偏見"은 『莊子』에 출처를 둔 표현이다. 『장자』 「秋
水」에 "우물 안 개구리와는 바다에 관해 이야기할 수 없으니, 제가 살고 있
는 터전에 식견이 제한되어 있는 까닭이다"(井䵷(*蛙)不可語於海者, 拘於
虛(*墟)也)라고 했다.

35 『담헌서』 외집 권2, 『간정동필담』, 1766년 2월 8일, "力闇曰: '弟極好談理
學, 恨無同志耳. 今日可謂'有朋自遠來', 竊幸吾道之不孤. 最恨言語不通. 不
然, 暢談雖累月, 不休也.'"; 외집 권3, 『간정동필담』, 1766년 2월 29일, "力闇
書曰: '…二十餘歲, 漸識義理, 好觀濂洛關閩之書, 始有志于聖賢之道.'"; 엄
성, 『철교전집』 3, 외집 , 傳, 吳綸, 「嚴先生小傳」, "喜讀佛氏書, 後悉悔棄, 獨
慨然志聖賢之所志."

36 『담헌서』 외집 권2, 『간정동필담』, 1766년 2월 8일, "力闇曰: '西林先生, …
特有一病, 好佞佛. 故于內典之書, 無不精貫.' 余曰: '其盛德至行, 令人感發.
但其佞佛, 極是可惜, 豈有如尹和靖誦金剛經故事乎?' 力闇曰: '殆有甚焉. 如
楞嚴經, 先生極好之, 幷好談因果報應.' 余曰: '楞嚴經論心, 儘有好處. 若至
因果報應, 爲西林惜之.'"

윤돈의 고사는 주자의 문집과 『朱子大全』 등에 소개되어 있다(朱熹, 『晦庵
集』 권71, 「記和靖先生五事」, "先生日誦金剛經一卷曰: '是其母所訓, 不敢違
也.'").

그후 2월 17일 반정균이 조선에서도 불교를 숭상하느냐고 물었을 적에도
홍대용은 불교 배척론을 드러냈다. 즉, 조선왕조에 들어서는 유교가 창성하

여 사대부 집안에서는 불교에 대해 말하기를 수치로 여기며, 무식한 천민들만 인과응보설에 현혹될 뿐이라고 답했다(『담헌서』외집 권2,『간정동필담』, 1766년 2월 17일, "又曰: '東方亦崇奉釋敎耶?' 余曰: '羅麗時甚崇信之. 卽今寺觀遍國中, 幾盡伊時所創. 本國以後, 儒道大盛, 士人家皆羞稱之. 獨無識賤品, 動於報應之說, 或有供佛飯僧之擧, 亦不甚盛耳'").

37　『담헌서』외집 권2,『간정동필담』, 1766년 2월 8일, "力闇曰: '此經卽弟亦喜觀之, 以之治心最好. 其論心之處, 原與吾道無大分別, 而竟至大分別者, 墮于空耳.' 余曰: '吾儒論心, 自有樂地, 何必求之外道乎?'" "力闇又曰: '…今弟乃覺得不如儒書遠甚. 且此種道理, 儒書至爲切實平易, 又何必遠取異端耶?'" "(力闇)又曰: '"操則存, 舍則亡, 出入無時, 莫知其鄕." 此卽惺惺寂寂之說也, 何必外求耶?'";『을병연행록』, 1766년 2월 8일(소재영 외 주해, 523~525면).『능엄경』은「見道分」에서 주로 마음을 논했다. 마음에 관한 공자의 말은『맹자』「告子 下」에 나온다.

38　송대 성리학이 불교를 차용했다는 비판은 그 당시부터 줄곧 이어져 왔다. 청나라 초에도 毛奇齡은 성리학에 대해 "도가뿐만 아니라 겸하여 불교의 설을 제창했다"고 통렬하게 비판했으며, 이후 성리학의 '불교 차용설'은 학계의 公論이 되었다(王茂 外, 앞의 책, 68~69면).

39　『담헌서』외집 권2,『간정동필담』, 1766년 2월 8일, "力闇曰: '宋儒〔雖〕闢佛, 而其著書則往往攙入佛經語. 如云'眞積力久', 如云'活潑潑地', 如云'語錄'等語, 皆非吾儒所有耶?' 余曰: '取其文字何妨? 且如瑞巖僧'主人翁惺惺', 幷其義而取之, 此是儒者活法.' 余又曰: '"宋儒雖闢佛"云云, 似有譏嘲之意.' 力闇掉頭曰: '不過云吾儒亦時有取乎佛氏云爾.'"
　　엄성이 불교 용어로 인용한 사례 중, "眞積力久"는 불경이 아니라『荀子』「勸學篇」에 나오는 말이다(『二程遺書』권25,「暢潛道本」, "有學不至而言至者, 循其言, 亦可以入道. 荀子曰: '眞積力久則入'"). 당나라 선승 瑞巖의 고사는『五燈會元』권7에 보인다. 사양좌의 말은『上蔡語錄』권2에 나온다. 주자는 사양좌의 이 말을 자주 인용하여 敬을 설명했다(陳德秀,『西山讀書記』권19, 敬[上], "上蔡謝氏曰: '敬是常惺惺法.' 朱子曰:…").

40　『담헌서』외집 권2,『간정동필담』, 1766년 2월 8일, "余曰: '晚逃佛老, 何傷於終歸醇如也? 幸勿往而不返.' 力闇曰: '如濂溪先生, 亦從佛氏入手, 後乃歸于正耳.' 余曰: '"所謂"今之惑人也, 因其高明.'" "余曰: '取其長, 以補吾治心之功, 亦何傷乎? 但恐如淫聲美色之駸駸然入其中矣.' …余曰: '弟非敢爲佞

也. 看兄之才學甚高, 深爲吾道望焉. 好看近思錄, 已見所安之不在彼也. 雖<u>然</u>, 若有少差失, 必令儒門得一彊敵, 豈非可畏乎? 幸爲道自勉.'"

위의 인용문 중 첫 번째 밑줄 친 부분이 『을병연행록』에는 "내 가로되, '불도를 좋아함은 송(宋) 적 선현(先賢)이 면치 못한 일이라. 필경은 정도(正道)로 돌아가면 한때 미혹함이 괴이하지 아니하거니와, 인하여 외도에 빠지고 돌아가기를 잊으면 어찌 아깝지 아니하리오.'"로 되어 있다(소재영 외 주해, 524~525면). 두 번째와 세 번째 밑줄 친 부분이 규장각 등 소장본 『간정필담』에는 삭제되었다.

張載에 관해 주희는 「六先生畫讚」, 〈橫渠先生〉에서 "초년에는 孫吳兵法을 좋아했고 만년에는 불교와 도교에 빠졌네"(早悅孫吳, 晩逃佛老)라고 했다(주희, 『회암집』 권85). 장재는 젊은 시절에 병법을 좋아했으나, 나중에는 范仲淹의 충고로 『중용』을 공부한 뒤 미진함을 느껴 불교와 도교 서적들을 여러 해 연구했다. 그 뒤 程顥·程頤 형제를 만나서 확실하게 유학으로 돌아왔다고 한다(『橫渠易說』, 呂大臨, 「橫渠先生行狀」).

음란한 음악과 아름다운 여색처럼 불교를 멀리하라는 정호의 말, 불교는 총명한 자들을 유혹한다고 한 정호의 말은 각각 『二程遺書』와 『二程全書』에 보인다(『二程遺書』 권18, "程明道曰：'道之不明, 異端害之. 昔之害近而易知, 今之害深而難辨; 昔之惑人, 乘其迷暗, 今之惑人, 因其高明. 闢之而後, 可以入道.'"; 『二程全書』 권2, 上, "學者於釋氏之說, 直須如淫聲美色以遠之. 不爾則駸駸然入於其中矣.").

41 『담헌서』 외집 권2, 『간정동필담』, 1766년 2월 8일, "余曰：'儒門最言愼獨, 願聞'獨'字之義.' 力闇曰：'微哉!' 遂笑而不言. 盖力闇意余言出於嘗試. 微笑良久, 乃曰：'朱子云'人所不知而己獨知之', 看來尙有己也不知之處.' 余曰：'己也不知, 是何境界?' 力闇曰：'愼獨之前, 欠一段工夫, 則己心之初發, 是非邪正, 焉能知之? 未發時最難潛養, 此處一差, 卽墮入佛氏之頑空矣.' 余曰：'此論見得甚高. 此是着手不得. 然不着手力(亦)不可.'"; 『을병연행록』, 1766년 2월 8일(소재영 외 주해, 526면).

주자는 『대학장구』 傳 제6장과 『중용장구』 제1장의 주석에서 "獨者, 人所不知而己所獨知之地也."라고 했다. '완공'(頑空)이란 목석처럼 아무런 지각도 없는 공허한 마음을 말한다. 불교나 도교의 학설을 낮추어 부르는 말로도 쓰였다. 주자는 『중용장구』 제1장의 주석에서 "是以君子之心, 常存敬畏, 雖不見聞, 亦不敢忽. (소주) 戒愼恐懼是未發. …曰：'卽是持敬否?' 曰：'亦是.';

(소주) "問: '戒懼者, 所以涵養於喜怒哀樂未發之前, 當此之時, 寂然不動, 只下得涵養工夫. 謹獨者, 所以省察於喜怒哀樂已發之時, 當此之時, 一毫放過, 則流於欲矣. 判別義利, 全在此時. 不知是如此否?' 曰: '此說甚善.'"이라 했다.

42 『담헌서』 외집 권2, 『간정동필담』, 1766년 2월 8일, "力闇曰: '求放心, 原要刻刻提撕.' …力闇曰: '如徐節孝(*徐積)初見李延平(*李侗), 而李責之以頭容不直. 又人竊窺劉元城(*劉安世)與人對語, 手足所放處, 未嘗移易. 又朱子說坐法, 有生腰坐·熟腰坐. 此等講學, 實所難遵, 只是大段好耳.' 余曰: '制其外以安其內. 兄之言乃朱子勸葉賀孫先看九容之義, 敢不銘佩? 但言之非難, 踐之實難, 言而不踐, <u>反不如不知言者之爲愚直也.</u> 此最可懼.'"

위의 인용문 중 밑줄 친 부분이 『을병연행록』에는 "도리어 말이 없느니만 같지 못한지라"라고 조금 다르게 번역되어 있다(소재영 외 주해, 528면).

"求放心"은 『맹자』 「告子 上」에 나오는 말이다. "刻刻提撕"는 薛瑄의 『讀書錄』 권2에 보인다. 즉 "德性之學, 須要時時刻刻提撕, 則天理常存而人欲消息."이라 했다.

"李延平"은 胡安定 즉 胡瑗의 착오이다. 徐積이 胡瑗을 방문하고 물러나오다가 頭容이 바르지 않아 질책당한 고사는 『朱子語類』 권114, 朱子 2, 訓門人 2에 소개되어 있다("向徐節孝見胡安定, 退, 頭容少偏, 安定忽勵聲云: '頭容直!'"). 劉安世의 일화는 馬永卿 編, 『元城語錄』 「序」에 소개되어 있다("雖談論躁時, 體無欹側, 肩背竦直, 身不少動, 至手足亦不移. 噫! 可畏人也.").

"制其外以安其內"는 『二程文集』 권9, 「視箴」에 보인다. 즉, "制於外而安其內"라고 했다. 정이의 「視箴」은 『近思錄』 권5, 「克治」에도 수록되었다.

"生腰坐"는 허리를 곧게 하고 앉는 도가의 수련법이다. "熟腰坐"는 "死腰坐"의 착오로 보인다. 『朱子語類』 권121, 朱子 18, 訓門人 9에 "有侍坐而困睡者, 先生責之. …曰: '固是. 道家修養, 也怕昏困, 常腰直身坐, 謂之生腰坐. 若昏困徒靠, 則是死腰坐.'"라고 했다.

"葉賀孫"은 "廖晉卿"의 착오로 보인다. 『朱子語類』 권120, 朱子 17, 訓門人 8에 "廖晉卿請讀何書. …繼謂之曰: '玉藻九容處, 且去子細體認. 待有意思, 却好讀書.'"라고 했다. "九容"은 『예기』 「玉藻」에 나오는 군자의 아홉 가지 몸가짐으로 '頭容直'도 그중의 하나이다.

"不知言"은 『論語』 「堯曰」에 나온다. "不知言, 無以知人也."라고 했다.

43 『담헌서』 외집 권2, 『간정동필담』, 1766년 2월 8일, "力闇曰: '程子云: 「敬勝百邪」, 此四字最有味.' …余曰: '程子亦云: 「夢中可驗所學之淺深.」 此皆眞切

體驗之言.' 又曰: '敬字已成儒者眞〔陳〕談, 所謂: '人莫不飲食也, 鮮能知味也.''力闇曰: '如吾輩若開口向人說出'主敬'二字, 則人皆厭聞之. 其實此敬字終身受用不盡. 未聞道者, 自忽略不體會耳.' 余曰: '俗者不足說, 自謂好學者, 只是談經說性, 務發前人所未發, 不覺其心界日荒, 於倫理有多少不盡分處, 極可痛悶.'"

"敬勝百邪"는 『二程遺書』 권11, 「師訓」에 나오는 말이다. 『近思錄』 권4, 「存養」에도 수록되었다. "夢中可驗所學之淺深"은 『二程遺書』 권18, 「劉元承手編」에 나오는 말이다("問: '日中所不欲之事, 多見於夢中. 此何故也?' 曰: '…人於夢寐間, 亦可以卜自家所學之淺深. 如夢寐顚倒, 卽是心志不定, 操存不固.'"). 『近思錄』 권4, 「存養」에도 수록되었다. "人莫不飲食也, 鮮能知味也."는 『中庸章句』 제4장에 보인다.

44　『담헌서』 외집 권2, 『간정동필담』, 1766년 2월 8일, "又曰: '…卽如弟等之好作詩作畫, 豈聖賢所許耶? 程子以好書爲玩物喪志.' 余曰: '程子又云: '非要字好, 卽此是學.' 則餘事遊藝, 庸何傷乎? 但不可一向好着.'"

'好書'는 대개 '독서를 좋아한다'는 뜻이나, 여기서는 문맥을 고려해 '서예를 좋아한다'는 뜻으로 해석했다. 단 정호는 '記誦博識'을 완물상지라고 비판했고, 정이는 '作文'을 완물상지라고 비판했다(『近思錄』 권2, 「爲學」, "明道先生以記誦博識爲玩物喪志.";"問: '作文害道否?' 曰: '害也. 凡爲文, 不專意則不工, 若專意則志局於此. 又安能與天地同其大也? 書曰: '玩物喪志', 爲文亦玩物也.'"). "非要字好, 卽此是學."은 『二程全書』 권3, 「謝顯道記憶平日語」에 나오는 말이다. 즉 "某寫字時甚敬, 非是要字好, 只此是學.(明道先生語)"라고 했다. 『近思錄』 권4 「存養」에도 수록되었다. 왕양명도 이 말을 인용했다(王守仁, 『王文成公全書』 권32, 附錄 1, 年譜 1, 孝宗元年).

45　『담헌서』 외집 권2, 『간정동필담』, 1766년 2월 12일, "力闇曰: '昔人云: '號爲文人, 餘無足觀.' 而又安可酷慕'風流'二字乎? 此蘭公之大病也.' 余曰: ''風流'二字, 如杜牧輩當之, 此何足道哉? 雖如米元章·趙松雪輩, 文墨之士, 仰之若山斗, 而自識者觀之, 亦卑而又卑耳.' 力闇曰: '蘭公只望如米·趙二公之類, 亦恐終身不到. 今聞吾兄之論, 眞正差幾千刧在.' 又曰: '要言不煩, 只要步步脚踏實地.' 又曰: '此等學問, 要堅起存粱, 方可做得. 終日悠悠忽忽, 委靡不振, 不免醉生夢死. 卽卑論之, 如米·趙之精于藝者, 亦非一朝一夕所能成就, 移而至于身心性命之學, 又何境地不可到乎?'"

"號爲文人, 餘無足觀"은 『宋史』 권340, 「劉摯傳」에 인용된 劉摯(1030~

1098)의 말이다. 즉 "其教子孫, 先行實, 後文藝, 每曰: '士當以器識爲先, 一
號爲文人, 無足觀矣.'"라고 했다 한다. 고염무도 이 말을 인용했다(顧炎武,
『亭林文集』 권4, 「與人書」[18]).

46 『담헌서』 외집 권2, 『간정동필담』, 1766년 2월 19일, "又書曰: '德行, 本也;
文藝, 末也. 知所先後, 乃不倍於道.'"

47 『담헌서』 외집 권3, 『간정동필담』, 1766년 2월 23일, "其贈蘭公曰: '…太上
修己而安人, 其次善道而立敎, 最下者著書而圖不朽, 外此者求利達而已. 苟
求利達而已, 亦將何所不至哉? 仕有時乎爲榮, 亦有時乎爲恥. 立乎人之本朝,
而志不在乎三代之禮樂, 是爲容悅也, 是爲富且貴也. 此而不知恥, 其難與言
矣. 有高才, 能文章, 而無德以將之, 或贏得薄倖名, 或陷爲輕薄子. 若是乎才
不可恃, 而德不可緩也. 非宴欲無以養心, 非威重無以善學. 任重而道遠, 凡我
同志, 奈何不敬? 善惡萌於中而吉凶著於外, 如欲進德而修業, 蓋亦反求諸己
而已矣.' 起潛看畢曰: '寫一張與我, 作座右銘常目.' 又曰: '竟是正蒙, 不特其
文之似而已.'"

"修己而安人" "善道而立敎" "任重而道遠" 등은 『논어』에 보이고, "非宴欲無
以養心" "反求諸己" 등은 『맹자』에 보인다. "進德而修業"은 『周易』 「乾卦」
文言傳에 보인다.

48 『담헌서』 외집 권3, 『간정동필담』, 1766년 2월 23일, "維杭有山, 可採可茹.
維杭有水, 可濯可漁. 文武之道, 布在方冊, 可卷而舒. 子弟從之, 可觀厥成.
優哉遊哉, 可以終吾生. 夫道一則專, 專則靜, 靜則明生焉. 明生焉而物乃照
矣. 止水明鑑, 體之立也. 開物成務, 用之達也. 專於體者, 佛氏之逃空也, 專於
用者, 俗儒之趨利也. 朱子, 後孔子也. 微夫子, 吾誰與歸? 雖然, 依樣苟同者
佞也, 强意立異者賊也."

49 『담헌서』 외집 권2, 『간정동필담』, 1766년 2월 22일, "力闇養虛堂記曰: '…
洪君於中國之書, 無所不讀, 精曆律·算卜·戰陳之法. 顧性篤謹, 喜談理學,
其儒者氣象.'"; 엄성, 『철교전집』 5, 『일하제금집』 하, 洪高士尺牘, "…二月初
八日, 過余邸舍, 談性命之學, 幾數萬言, 眞醇儒也. 才固不以地恨哉! 吾輩口
頭禪有愧多矣."

50 『담헌서』 외집 권2, 『간정동필담』, 1766년 2월 19일, "蘭公湛軒記文曰: '…
洪君每與予講性命之學, 其言大醇, 蓋深有得于湛字之義者.'"; 『乾淨附編』 2,
丁酉(1777)三月, 「潘秋厜韓國(客)巾衍集跋」(『箋註四家詩』 「潘序」), "憶余
丙戌春, 獲交洪湛軒金養虛湛兩先生, 軟塵寓居, 筆談甚歡. 湛軒篤信程朱之

學, 躬行實踐, 不欲以詩鳴."

51 『담헌서』 외집 권3, 『간정동필담』, 1766년 2월 23일, "解元曰: '昨力闇·
    秋庫極道理學大儒.…. '"; 陸飛, 『筱飮齋稿』 권3, 「畫蘭贈李正使」 앞의 서문,
    "余以丙戌計偕, 因得與彼國洪·金二秀才交. 洪, 恬靜端雅, 究心程朱之學."

5부 4장

1 蕭一山, 『淸代通史』, 臺北: 商務印書館, 1976, 제1권, 993면; 陳祖武, 『淸初
   學術思辨錄』, 中國社會科學出版社, 1992, 202면, 210~211면, 307면; 漆永
   祥, 『乾嘉考据學硏究』, 北京: 中國社會科學出版社, 1998, 24면 등 참조.

2 王茂 外, 『淸代哲學』, 安徽人民出版社, 1992, 13면; 陳祖武, 위의 책, 77면,
   179면, 296면, 298~299면, 306~308면; 벤저민 엘먼, 『성리학에서 고증학
   으로』, 양휘웅 옮김, 예문서원, 2004, 개정판 서문, 32면 참조.

3 陳祖武, 위의 책, 318~319면.

4 蕭一山, 앞의 책, 제1권, 942~943면; 吉川幸次郞, 「淸代三省の學術」, 『吉川
   幸次郞全集』 16, 東京: 筑摩書房, 1985; 張舜徽, 『淸儒學記』, 濟南: 齊魯書
   社, 1991, 「浙東學記第六」, 「揚州學記第八」; 吳雁南 外 主編, 『中國經學史』,
   福建人民出版社, 2000, 517~547면; 張剛雁, 「浙東學派槪述」, 『資料通迅』
   第11期, 2001; 錢明, 「'浙學'的東西異同及其互動關係」, 『杭州師範學院學報
   (社會科學版)』 第4期, 2005; 汪林茂, 「浙東與浙西: 浙江學術的區域分布及
   特點」, 『浙江學刊』 第1期, 2011; 廖雯玲, 「淸初"浙西詞派"硏究」, 上海師範大
   學 碩士論文, 2011, 8~9면 참조.
   章學誠 이후 '절서'와 '절동'의 학파를 구분하고 양자의 학풍을 대립적으로
   파악해 왔으나(章學誠, 『文史通義』 권5, 內篇 5, 「浙東學術」), 학술 교류와
   상호 영향이 부단히 증대함에 따라 양자의 공통성이 확대되어 학파 구분이
   크게 희박해졌음을 간과해서는 안 된다(汪林茂, 위의 논문, 62면). 특히 항
   주는 지역적으로 '절서'와 '절동'의 접경이자 절강성의 省會(省都)라서 그
   런 경향이 더욱 뚜렷했다.

5 蕭一山, 앞의 책, 제1권, 946~947면; 楊向奎, 『淸儒學案新編』, 濟南: 齊魯
   書社, 1985, 권1, 黃宗羲, 『南雷學案』, 毛奇齡 『西河學案』; 陳鼓應 外 主編,
   『明淸實學思潮史』, 濟南: 齊魯書社, 1989, 中, 940~974면, 1197~1219면;

王茂 外, 앞의 책, 36면; 陳祖武, 앞의 책, 106~151면, 282~287면; 吳雁南 外 主編, 위의 책, 505~507면, 513~515면; 周懷文, 「毛奇齡研究」, 山東大學 博士論文, 2010, 8~10면, 247면 주1; 胡春麗, 「毛奇齡生平考辨」, 『古籍研究』 第2期, 2016 참조.

6   漆永祥, 앞의 책, 113면, 126~127면.

7   켄트 가이, 『사고전서』, 양휘웅 역, 생각의나무, 2009, 94~97면; 벤저민 엘면, 앞의 책, 235면, 319~321면 참조.

8   梁啓超, 『中國近三百年學術史』, 朱維錚 校註, 『梁啓超淸學史二種』, 復旦大學出版社, 1985, 150면.

9   存萃學社 編集, 『『四庫全書』之纂修研究』, 淸史論叢 第七集, 香港: 大東圖書公司, 1980, 75~78면.

10 『정조실록』, 23년 7월 16일, "近來中國學問, 滔滔是王·陸餘派, 泛濫於白沙, 懷襄於西河而極矣."; 23년 11월 17일, "上曰: '朱書如是絶貴, 必因俗尙之宗陸而然. 豈不可慨乎?' 瀅修曰: '年來中原學術, 果多宗陸, 而朱書之絶貴, 未必不因於此矣.'"

11 본서 3부 3장 「고결한 선비 엄성」 166~183면 참조.

12 『淸史列傳』 권71, 文苑傳 2, 「杭世駿」; 支偉成, 『淸代朴學大師列傳』, 長沙: 岳麓書社, 1986, 下, 攷史學家傳 第十五, 「杭世駿」; 蕭一山, 앞의 책, 제5권, 「淸代學者著述表」 第六, 杭世駿, 460면; 張舜徽, 『淸人文集別祿』, 臺北: 明文書局股份有限公司, 1983, 권5, 杭世駿, 『道古堂文集』 48권, 集外文 1권. "…浙學自黃宗羲·毛奇齡·朱彝尊·全祖望外, 以言規模之大, 吾必推世駿爲巨擘焉."; 汪林茂, 앞의 논문, 63면; 劉婧, 「杭世駿『道古堂文集』研究」, 華中師範大學 碩士論文, 2014, 9~11면; 陸飛, 『筱飮齋稿』(重刊本) 권3, 「題杭董浦先生閒居集」; 엄성, 『철교전집』 1, 詩選, 五言古, 「杭董浦先生 招集報國院 追涼 分韻」; 詩存, 七言律, 「秋晚陪董浦先生 集南屛恒上人房」.

13 支偉成, 위의 책, 上, 小學家列傳第十二, 「吳穎芳」; 『담헌서』 외집 권2, 『간정동필담』, 1766년 2월 5일, "蘭公書曰: '…弟雖忝居中土, 平生知交, 不過一二人. 如嚴力闇兄之外, 僅有其兄九峯先生名果者與吳西林先生, 皆師事之.'"; 2월 8일, "力闇曰: '西林先生… 又著說文理董四十卷, 尙未定藁. 弟亦曾爲校對, 時參末議嚴誠, 先生虛懷之極, 無論是否, 皆許條記于書中, 以備決擇. 故弟亦時時有駁雜之語, 而先生不以爲忤.'"; 엄성, 『철교전집』 1, 詩選, 五言律, 「九月朔日 郁佩先招吳西林先生·魏玉橫·陳元山·丁希曾, 集東嘯軒

看桂 分韻得軒字」.

14 汪輝祖,『雙節堂庸訓』권6,「亡友」; 蕭一山, 앞의 책, 제5권,「淸代學者著述表」第六, 汪輝祖, 475면; 엄성,『철교전집』1, 詩存, 五言律,「次韻 答汪龍莊」,「再用前韻 訕龍莊留別之作」;『철교전집』2, 文集, 尺牘,「與汪煥曾」;『철교전집』3, 外集, 詩集題辭, 汪輝祖,「小淸凉室初稿書後」(四首).

15 梁同書,「文學齋朱君傳」, 胡敬,「朗齋先生碧溪草堂詩集序」(胡敬 撰,『東里兩先生遺集』,『朗齋先生遺集』卷首);『淸史列傳』권72, 文苑傳 3,「汪憲」附「朱文藻」; 嚴誠,『철교전집』1, 詩選, 五言律,「得九峯汀州寄詩六章 次韻奉答」;『철교전집』5,『일하제금집』하, 洪高士尺牘, 附「朱朗齋戊子正月寄湛軒書」(『中士寄洪大容手札帖』6).

16 邵晉涵,『南江詩文鈔』, 詩鈔 권2,「題汪龍莊(輝祖)看山圖 因有感亡友嚴鐵橋(誠)」; 錢大昕,『潛研堂集』, 文集 권43,「日講起居注官翰林院侍講學士邵君墓誌銘」; 張舜徽,『淸儒學記』, 浙東學記第六,「己. 邵晉涵」; 支偉成, 앞의 책, 上, 小學家列傳第十二,「邵晉涵」; 下, 史學大師列傳第十三,「邵晉涵」.

17 支偉成, 위의 책, 下, 校勘目錄學家列傳第十九,「鮑廷博」; 엄성,『철교전집』1, 詩選, 五言律,「冬夕 同魏玉衡·姚官之·郁佩先·家淳夫, 集鮑以文知不足齋, 卽席口號二首」,「九月朔日 郁佩先招吳西林先生·魏玉橫·陳元山·丁希曾, 集東嘯軒看桂 分韻得軒字」.

18 蕭一山, 앞의 책, 제5권,「淸代學者著述表」第六, 丁敬, 黃易, 459면, 485면; 陸飛,『篠飮齋稿』(重刊本) 권2,「和丁敬身丈觀忠天廟畫壁歌」, 권3,「黃小松爲余刻賣畫買山印 宮司馬守陂贈詩 次韻奉答」; 엄성,『철교전집』2, 文集, 尺牘,「與黃小松」; 潘庭筠,「山東兗州府運同知錢塘黃君墓志銘」, 浙江博物館 所藏(『中國古代書畫圖目』권11, 黃易,『山水六開冊』, 文物出版社, 2000); 鄭幸,「丁敬硏究」, 浙江大學 碩士論文, 2009 참조.

19 錢大昕,『潛研堂集』, 文集 권39,「惠先生(棟)傳」,「戴先生(震)傳」, 권43,「日講起居注官翰林院侍講學士邵君墓誌銘」; 陸飛,『篠飮齋稿』(重刊本) 권3,「湖上紀遊 呈錢辛楣座師」; 엄성,『철교전집』3, 外集, 靈堂題署,「題額」,"鐘沈德水"(錢大昕).

20 엄성,『철교전집』3, 外集, 傳, 吳綸,「嚴先生小傳」; 阮元,『兩浙輶軒錄』권34,「嚴誠」.

21 『四庫全書總目』권6, 經部 易類 6,『易圖明辨』; 권12, 經部 書類2,『古文尙書疏證』; 張心澂 編,『僞書通考』, 上海書店出版社, 1998, 經部,「書類」,

774

153~155면; 梁啓超, 『淸代學術槪論』, 朱維錚 校註, 『梁啓超淸學史二種』, 復旦大學出版社 1985, 12면; 廖名春 外, 『周易硏究史』, 長沙: 湖南出版社, 1991, 324~325면.

22　『四庫全書總目』 권15 經部 詩類 1, 『詩序』; 漆永祥, 앞의 책, 261면.
『모시』의 序에 대한 구분과 명칭 및 범위는 학자에 따라 달라 완전히 일치하지 않았다. 여기서는 통설을 따랐다. 주자는 『모시』의 序 전체를 가리킬 때에는 '詩序'라고 했고, 「관저」에 대한 서설 중에서 첫 단락, 즉 "關雎后妃之德也"부터 "敎以化之"를 제외한, "詩者志之所之也"부터 "詩之至也"까지를 '大序'라고 했으며, 「관저」에 대한 서설 중 첫 단락을 포함하여 각 시편에 대한 해설을 '小序'라고 했다(陳才, 「朱子詩經學考論」, 華東師範大學 博士論文, 2013, 23~24면, 54~57면 참조).

23　『담헌서』 외집 권2, 『간정동필담』, 1766년 2월 8일, "余曰: '讀易, 主何註?' 力闇曰: '科場遵程子.' 又曰: '經書雖無不遵朱子, 而獨有詩經一書, 則考官命題發策, 多有微辭.'"
이는 고증학파의 시경론을 수용한 『御纂詩義折中』이 건륭 20년(1755)에 편찬되어 청나라 말까지 과거 응시자들에게 널리 읽혔던 사정과 무관하지 않을 것이다(鄭穎, 「『御纂詩義折中』硏究」, 武漢大學 碩士論文, 2017, 62면 참조). 후술하는 바와 같이 반정균은 홍대용에게 『어찬시의절중』을 증정했다.

24　"頃進闇兄以詩注事有云云, 而昨未畢叩其說, …", "凡弟所陳, 二兄須各示高見. 早晩東歸, 可以有辭于師友間也."(엄성, 『철교전집』 5, 『일하제금집』 하, 洪高士尺牘, 「與鐵橋秋㢆」, 「又」)
홍대용의 2월 10일자 편지는 『담헌서』의 『간정동필담』과 규장각 등 소장본 『간정필담』, 『을병연행록』과 『일하제금집』에 따라 내용이 상당히 다르다. 『일하제금집』에 수록된 것이 비록 전반부와 후반부가 각각 「與鐵橋秋㢆」와 「又」로 2통으로 나뉘기는 했으나 原書에 가장 가까우므로 이를 저본으로 삼았다. 이 편지의 추신은 『간정필담』과 『을병연행록』에는 삭제되어 없으며, 『간정동필담』에는 전혀 다른 내용으로 대체되어 있다.

25　『담헌서』 외집 권3, 『간정동필담』, 1766년 2월 23일, "力闇曰: '前日書久未答, 終當有以報之.'" "余曰: '此不可以口舌爭, 請歸而詳覽諸敎. 或有妄見, 當以奉復也.'"

26　『담헌서』 외집 권 2, 『간정동필담』, 1766년 2월 8일, "又曰: '朱子好背小序, 今觀小序, 甚是可遵. 故學者不能無疑于朱子. 本朝如朱竹垞著經義考二〔三〕

百卷, 亦關朱子之非是.'"

竹垞는 주이준의 호이다. 원문의 '二百卷'은 '三百卷'의 오류이므로 바로잡
았다. 그런데 실은 '三百卷'도 모기령의 「經義考序」에 의거한 부정확한 숫자
로 『四庫全書總目』도 이를 답습하고 있다. 정확하게 계산하면 모두 298권
이다. 이는 通行本의 권수와도 합치한다(周懷文, 앞의 논문, 205~206면 참
조).

27 朱彝尊, 『經義考』 권99, 詩2, 卜子(商), 『詩序』; 張心澂 編, 앞의 책, 235~
238면; 陳才, 앞의 논문, 55~68면.

28 이덕무, 『청장관전서』 권63, 『천애지기서』, 「筆談」, "炯菴曰: '朱竹垞, 名彝
尊, 字錫鬯. 多藏書淹博, 爲淸朝第一. 著明詩綜及日下舊聞, 與徐乾學勘經
解. 蓋朱文恪之曾孫, 嘗踰五嶺, 遊雲朔, 泛滄海, 搜羅金石, 證據精博.'"; 신
재식, 「조선후기 지식인과 朱彝尊」, 『동양한문학연구』 50, 동양한문학회,
2018, 46~48면 참조.

29 "力闇曰: '…小序決不可廢. 自明迄今, 大儒代有, 皆以爲漢人去古未遠, 皆尊
小序, 不容朱子一人起而廢之.'"; 『四庫全書總目』 권15, 經部 15, 詩類 1, 『詩
序』, "按詩序之說, 紛如聚訟, …自元·明以至今日, 越數百年, 儒者尙各分左
右祖也. 豈非說經之家第一爭詬之端乎?"; 梁啓超, 『中國近三百年學術史』,
朱維錚 校註, 앞의 책, 303면; 漆永祥, 앞의 책, 250면 참조.

30 『담헌서』 외집 권3, 「간정동필담」, 1766년 2월 23일, "蘭公曰: '朱子廢小序,
多本鄭漁仲.' 余曰: '漁仲誰也?' 蘭公曰: '名樵, 號夾漈, 閩人, 有通志.'", "蘭
公曰: '小序原不可廢.'"

위의 인용문 중 밑줄 친 부분이 규장각 등 소장본 『간정필담』에는 삭제되었
다. '漁仲'은 정초의 자이다.

『연기』 「沿路記略」과 『을병연행록』 1765년 12월 23일 기사에 의하면, 홍대
용은 豊潤縣에서 谷應泰(1620~1690)의 후손을 만났을 적에, 그의 집에 소
장되어 있다는 정초의 『통지』 明刊本을 구경하고 싶다고 요청해 승락을 받
았다고 한다. 이처럼 북경에 당도하기 전에 이미 정초와 『통지』에 관한 정
보를 접했음에도 불구하고, 홍대용이 반정균에게 정초가 누구냐고 물은 것
은 뜻밖이라 하겠다.

또 홍대용은 김창흡의 『三淵日錄』 중 『시경』에 대한 해석을 비판적으로 검
토한 「詩傳辨疑」라는 글을 지었다. 그런데 바로 그 『삼연일록』에서 김창흡
은 정초가 「소서」를 과감하게 破碎하자 그 뒤를 이어 주자가 있는 힘을 다

해 「소서」를 공박했다고 했다(김창흡, 『삼연집』 권35, 『日錄』, 庚子[1720] 3월 10일). 따라서 『삼연일록』을 읽은 홍대용이 정초를 전혀 몰랐다는 것은 납득하기 어렵다. 『담헌서』의 『간정동필담』과 달리, 규장각 등 소장본 『간정필담』에는 정초에 대한 홍대용과 반정균의 문답 부분이 삭제된 것은 아마도 이와 같은 실수를 깨달은 때문이 아닐까 한다.

31 『朱子語類』 권80, 詩1, 綱領, "詩序實不足信. 向見鄭漁仲有詩辨妄, 力詆詩序, 其間言語太甚, 以爲皆是村野妄人所作. 始亦疑之, 後來子細看一兩篇, 因質之史記·國語, 然後知詩序之果不足信."; 朱彝尊, 『經義考』 권106, 詩9, 鄭氏(樵) 『詩辨妄』, "馬端臨曰: '夾漈專詆詩序, 晦庵從其說.'"; 권119, 朱子(熹) 『詩序辨說』, "王應麟曰: '朱子詩序辨說多取鄭漁仲詩辨妄.'"; 『四庫全書總目』 권15, 經部 15, 詩類 1, 朱子, 『詩集傳』, "…注詩亦兩易藁. 凡呂祖謙讀詩記所稱'朱氏曰'者, 皆其初藁, 其說專宗小序. 後乃改宗鄭樵之說(按朱子攻序, 用鄭樵說, 見於語錄. …)."; 余嘉錫, 『四庫提要辨證』, 中華書局, 1980, 제1책, 經部1, 『詩集傳』, 37면; 陳才, 앞의 논문, 69~70면 참조.

32 『담헌서』 외집 권3, 『간정동필담』, 1766년 2월 23일, "起潛曰: '老弟宗朱極是. 然廢小序, 必不能强解也.'" "起潛曰: '…卽以小序論, 馬端臨詆朱不遺餘力, 其言甚辨.'"; 馬端臨, 『文獻通考』 권178, 「經籍考」 5, 經(詩), 『詩序』, "詩·書之序, 自史傳不能明其爲何人所作, 而先儒多疑之. 至朱文公之解經, 則依古經文, 析而二之, 而備論其得失, 而於詩國風諸篇之序, 詆斥尤多. 以愚觀之, 書序可廢而詩序不可廢. 就詩而論之, 雅頌之序可廢而十五國風之序不可廢." "後之君子乃欲盡廢序以言詩. 此愚所以未敢深以爲然."; 『四庫全書總目』 권15, 經部 15, 詩類 1, 『詩序』, "馬端臨作經籍考, 於他書無所考辨, 惟詩序一事, 反覆攻詰, 至數千言."

33 『담헌서』 외집 권3, 『간정동필담』, 1766년 2월 26일, "馬端臨書, 未曾見之, 不敢爲說."

34 張維, 『谿谷集』, 『谿谷漫筆』 권1, "…獨於國風中所謂淫奔之詞者數十篇, 序本以爲刺淫, 或別指它事, 而朱子皆斷爲淫者所自作. 若果爾, 聖人何取於是而載之經也? 淫聲美色, 一接耳目, 便足以移人情性, 乃欲藉是以爲懲創逸志之資, 則無乃左乎? 馬端臨文獻通考, 論此一款, 甚辯而核. 恨無緣就正於考亭也."

35 김창흡, 『삼연집』 권26, 「谿谷漫筆辨」, "國風中朱子所斷爲淫奔之詞數十篇, 其中如青衿·雞鳴之類, 或者別指他事, 未可知. 至如桑中詩, 則序說以爲刺

淫, 而味其辭旨, 定其賓主, 分明是淫者口氣, 決非刺者之爲. 借曰: '出於刺者
之口', 而只敍其行淫節次, 一番詠歎而止, 亦何貴乎刺淫乎? 以彼以此, 淫聲
美色之接人耳目等耳. 以是載之於經, 問諸仲尼可也. 苟能以思無邪之法讀
之, 則雖以爲淫者所自作, 而讀者便爲刺者, 如使邪淫者不思懲創, 反悅其冶
遊情節, 則雖以爲刺淫, 而讀者却爲淫者. 況將刺其醜而反若身涉, 其中於事
體, 有不然者. 故庸寧以淫者所自作, 還他淫者. 詩可以觀, 惟在觀之如何耳.
春秋之法, 其於淫烝弑逆之迹, 不嫌其備載, 與此同意. 聖人心胸闊大, 故其施
敎亦直大.'"

36 이덕무, 『청장관전서』 권51, 『이목구심서』 4, "東國人著書力量甚短, 文獻
之書, 苦無大方家, 可歎也. 余欲於暇日, 廣集稗記文集, 分門起例, 倣杜佑通
典·鄭樵通志·馬端臨通考, 以爲東國不刊之典, 而只恨第一無羽翼協力者,
第二無筆札書工也."
이 기사는 1766년 3월 11일 成大中이 전한 李彦瑱에 관한 정보 앞에 배치
되어 있어 그 이전의 기록으로 추정된다.

37 朱彝尊, 『曝書亭集』 권30, 「寄禮部韓尙書書」, "見近日譚經者, 局守一家之
言, 先儒遺編失傳者十九. 因倣鄱陽馬氏經籍考而推廣之, 自周迄今, 各疏其
大略, 微言雖絶, 大義間存, 編成經義考三百卷."; 이규경, 『오주연문장전산
고』, 經史篇, 經傳類1, 「經傳總說」, 〈經傳總論〉.

38 모기령, 『西河集』 권52, 「經義考序」, "漢儒信經, 必以經爲義. 凡所立說, 惟恐
其義之稍違乎經, 而宋人不然."
주이준과 모기령은 둘 다 절강성 출신에다 동년배로서 청년 시절부터 잘 아
는 사이였을뿐더러, 博學鴻儒科에 동시에 급제하고 한림원에서 함께 관
직 생활을 하면서 『明史』 편찬에도 동참했다. 주이준은 만년에 귀향한 뒤
에도 당시 항주에 우거하고 있던 모기령을 자주 찾아가 학문적 교유를 지
속했다. 이런 관계로 주이준의 『경의고』에는 『毛詩寫官記』, 『白鷺洲主客說
詩』, 『詩札』, 『詩傳詩說駁義』, 『國風省篇』 등 『시경』에 관한 저술 5종을 포
함하여 모기령의 경학 저술이 모두 17종이나 수록되어 있다(周懷文, 앞의
논문, 243~244면; 胡春麗, 「朱彝尊與毛奇齡交游考論」, 『嘉興學院學報』 第
30卷 第2期, 2018, 22~29면 참조).

39 朱彝尊, 『經義考』 권99, 詩2, 卜子(商), 『詩序』, 按說, "惟毛詩之序, 本乎子
夏."
모기령도 『白鷺洲主客說詩』에서 "小序雖繫毛公, 實則本諸子夏氏, 以立說

者也"라는 柴紹炳(자 虎臣, 1616~1670)의 설을 인용한 뒤, 그럼에도 주자가 자신의 억측으로 판단하여 「소서」를 모조리 폐기했다고 비판했다.

40 『담헌서』 외집 권3, 『간정동필담』, 1766년 2월 23일, "起潛曰: '…以鄙意論之, 小序去古不遠, 似有所本. 古人師授, 一脉相傳, 如高〔齊〕魯韓三家, 各有所本. 其實分道揚鑣〔鑣〕. 當時存之學宮, 俱不廢. 此不特見古人尊經, 亦是信以傳信, 疑以傳疑之意, 而朱子斷以己意, 始廢小序.'"
위의 인용문 중 '信以傳信, 疑以傳疑'는 『穀梁傳』 桓公 5년조 기사에서 『춘추』의 서술 원칙을 말한 것이다. 莊公 7년조 기사에도 "春秋, 著以傳著, 疑以傳疑"라고 했다.

41 馬端臨, 『文獻通考』 권178, 「經籍考」 5, 經(詩), 『詩序』, "自漢以前, 經師傳受, 其去作詩之詩, 蓋未甚遠也. 千載而下, 學者所當遵守體認, 以求詩人之意, 而得其庶幾. 固不宜因其一語之贅疣, 片辭之淺陋, 而欲一切廢之, 鑿空探索, 而爲之訓釋也."; 毛奇齡, 『白鷺洲主客說詩』, "又曰: '陳晦伯(*陳耀文)曰: '…夫毛·鄭去古未遠, 其說必有所本.'"; 錢大昕, 『潛研堂集』, 文集 권24, 「藏玉林經義雜識序」, "訓詁必依漢儒, 以其去古未遠, 家法相承, 七十子之大義猶有存者, 異于後人之不知而作也."

42 홍대용은 『시집전』의 구체적인 문제점으로, 「大序」에서 말한 '六義' 즉 風·雅·頌·賦·比·興의 구분이 분명치 않은 점, 字句의 의미를 중복해서 풀이하고 있는 점, 시의 大旨를 해석할 때 견강부회가 있는 점 등을 들었다. 후일 익위사 시적이 된 홍대용은 동궁(세손 시절의 정조)과 『시경』에 관해 토론하면서도, 동궁이 『시경』 小雅 「常棣」의 首章과 제3장은 賦體가 아니냐고 하면서 "『시집전』의 六義에는 분명치 않은 경우가 많다"고 하자, "이는 모두 興體에 속하나, 六義에 불분명한 경우가 많은 점은 실로 동궁의 말씀과 같습니다"라고 동의했다(『담헌서』 내집 권2, 『계방일기』, 乙未 1월 29일).

43 『담헌서』 외집 권2, 『간정동필담』, 1766년 2월 10일, "但其破小序拘係之見, 因文順理, 活潑釋去, 無味之味, 無聲之聲, 固已動盪于吟誦之間, 則乃其深得乎詩人之意, 發前人所未發也."
위의 인용문 중 "詩人之意"가 『일하제금집』에는 "詩學之本色而"로 되어 있다. '無味之味'와 '無聲之聲'은 각각 아무 맛도 없는 듯하지만 음미해 보면 느껴지는 담박한 맛, 귀로는 전혀 들리지 않지만 마음으로는 들리는 소리라는 뜻으로, 한시의 최고 경지를 표현할 때 쓰는 말이다.

44 『담헌서』 외집 권2, 『간정동필담』, 1766년 2월 10일, "且以關雎一章言之, 則

或以爲文王詩, 或以爲周公詩者, 固其執滯矣. 但年代旣遠, 無他左驗, 則只當用傳疑之法亦可也. 朱子之一筆句斷, 必以爲宮人作者, 愚亦未敢知也. 但於義甚順, 於文無碍, 婦孺之口氣, 都是天機, 聖德之遍及, 於是乎益著. 虛心誦之, 想味其風采, 固颯颯乎有遺音矣. 其作者之爲誰某, 姑舍之可也."

45　胡廣 等 撰, 『詩傳大全』, 『詩序』, 「朱子辨說」, 〈小序〉, "按論語, 孔子嘗言: '關雎, 樂而不淫, 哀而不傷.' 蓋淫者樂之過, 傷者哀之過, 獨爲是詩者, 得其性情之正. 是以哀樂中節而不至於過耳, 而序者乃析哀・樂・淫・傷, 各爲一事而不相須, 則已失其旨矣. 至以傷爲傷善之心, 則又大實其旨, 而全無文理也."

46　『담헌서』 외집 권2, 『간정동필담』, 1766년 2월 10일, "至若小序之說, 則愚亦略見之矣. 其於此章, 取孔子之言, 點綴爲說, 全不成文理. 此則朱子辨說備矣. 盖其蹈襲剽竊, 强意立言, 試依其言而讀之, 如嚼木頭, 全無餘韻. 其自欺而欺人也, 亦太甚矣."

47　『담헌서』 외집 권3, 『간정동필담』, 1766년 2월 26일, "…而以朱子廢小序爲非尊經, 則凡於諸註, 皆可云然, 何獨小序耶? 且朱子旣以舊說爲非, 則只自成一說, 思以喩世而傳後而已, 則其舊說亦未嘗焚之裂之, 以售己說之行乎世, 則傳信傳疑之義, 於朱子有何所損乎?"

48　"小序之去古未遠, 似有所本. 愚見始如是, 及其得小序而讀之, 則適見其附會穿鑿, 全沒意義, 然後乃以爲朱子之功, 於詩最大也."

49　"詩註之疑誤, 於鄙見亦不勝其多. 且於大旨, 直斷以爲某人作者, 亦不敢信得及矣. 但依其言而讀之, 於文甚順, 於義無害, 則亦聊以諷誦之, 懲感之, 要益於己而已. 如是則直謂之朱子詩可矣. 其於詩人之本義, 或得或失, 則姑置而不論亦可矣. 惟於小序, 則愚誠鄙外之. 以爲朱子之釋經, 何莫非善? 而惟易之斷以筮占, 詩之掃去小序, 爲其最得意處, 而大有功於聖門矣."

50　『담헌서』 외집 권2, 『간정동필담』, 1766년 2월 8일, "如木瓜美齊桓, 子衿刺學校廢, 其他野有蔓草及刺鄭忽・刺幽王諸詩, 皆按之經傳, 確鑿可據, 而朱子必盡反之."

康熙 때 학자인 陳啓源도 『毛詩稽古編』(1687)에서 鄭風에 속하는 대다수 시들을 음시로 간주한 주자를 비판하면서 "其餘, 雖思君子如風雨, 刺學校廢如子衿, 亦排衆論而指爲淫女之詞"라고 하여, 엄성과 유사한 발언을 했다(권5, 「鄭[變風]」).

51　「야유만초」에 대해 「소서」는 "思遇時也. 君之澤不下流, 民窮於兵革, 男女失時, 思不期而會也"라고 했다. 『시집전』에서는 정풍의 각 시에 대해 "疑亦男

女相贈答之辭, 如靜女類」(「모과」), "此亦淫奔之詩"(「자금」), "男女相遇於野田草露之間, 故賦其所在, 以起興"(「야유만초」)이라고 했다. 『시서변설』에서도 「자금」에 대해 "盖其詞意倡薄, 施之學校, 尤不相似"라고 「소서」를 비판했다.

52　『시집전』에서는 "此, 疑亦淫奔之詩"(「유녀동거」), "淫女戲其所私者"(「산유부소」), "此淫女之詞"(「탁혜」), "此亦淫女見絶而戲其人之詞"(「교동」)라고 했다. 『시서변설』에서도 「산유부소」에 대해 "此下四詩及揚之水, 皆男女戲謔之詞"라고 했다. 「유녀동거」와 「교동」에 대해서는 「소서」의 '刺忽詩'論을 길게 비판했다. 『주자어류』에서도 "其他變風諸詩, 未必是刺者皆以爲刺, 未必是言此人, 必傅會以爲此人"이라고 하면서, 「자금」 「교동」 등을 정 태자 홀에 대한 풍자시로 본 「소서」를 비판했다(권80, 「綱領」). 특히 「교동」에 대해서는 「소서」를 많이 비판했다(권81, 「狡童[兼論鄭詩]」).

53　『주자어류』에 "幽厲之刺, 亦有不然. 甫田諸篇, 凡詩中無詆譏之意者, 皆以爲傷今思古而作. 其他謬誤, 不可勝說"이라 했듯이(권80, 「綱領」), '幽'는 厲王과 마찬가지로 西周를 망하게 한 폭군인 幽王을 가리킨다. 夫馬進 譯註, 『乾淨筆譚 1』(東洋文庫 860, 東京: 平凡社, 2016)에서 周 幽王과 陳 幽公을 혼동하여 '陳의 幽王(幽公)'으로 보아 陳風의 「宛丘」를 포함한 것(214면, 주65)은 오류이다.

　　「소서」에서 주 유왕을 풍자한 시로는 小雅의 「節南山」·「正月」·「十月之交」·「雨無正」·「小旻」·「小宛」·「小弁」·「巧言」·「巷伯」·「谷風」·「蓼莪」·「四月」·「北山」·「鼓鐘」·「楚茨」·「信南山」·「甫田」·「大田」·「瞻彼洛矣」·「裳裳者華」·「桑扈」·「鴛鴦」·「頍弁」·「車舝」·「青蠅」·「賓之初筵」·「魚藻」·「采菽」·「角弓」·「菀柳」·「采綠」·「黍苗」·「隰桑」·「瓠葉」·「漸漸之石」·「何草不黃」 등과 大雅의 「瞻卬」·「召旻」 등이다. 그중에서 주자는 「小宛」 및 「楚茨」·「信南山」·「甫田」·「大田」·「瞻彼洛矣」·「裳裳者華」·「桑扈」·「鴛鴦」·「頍弁」·「車舝」·「賓之初筵」·「魚藻」·「采菽」·「采綠」·「黍苗」·「隰桑」·「瓠葉」·「漸漸之石」·「何草不黃」 등을 주 유왕을 풍자한 시로 해석하는 데 반대했다.

54　毛奇齡, 『白鷺洲主客說詩』, "當時高忠憲講學東林, 有客問: '木瓜之詩, 並無男女字, 而謂之淫奔何耶?' 忠憲未能答. 蕭山來風季曰: '卽有男女字, 亦非淫奔.' 忠憲曰: '何以言之?' 風季曰: '張衡四愁詩云: '美人贈我金錯刀, 何以報之英瓊瑤?', 張衡淫奔耶?'' 又曰: '左傳昭二年, 晉韓宣子, 自齊聘于衛, 衛侯享之, 賦淇奥, 宣子賦木瓜. …向使木瓜淫詩, 則衛侯方自詠其先公之美詩以

爲贐, 而爲之賓者, 持揭其國之淫詩而答之, 可乎不可乎?' 又曰: '況春秋賦詩
之例, 若果淫詩, 則未有不面斥者. 當襄二十七年, 鄭伯亨趙孟于垂隴. …當時
伯有賦鶉之賁賁, 趙孟卽曰: '牀第之言不踰閾, 況在野乎? 非使臣之所得聞
也.'"

55 "庚曰: '朱氏闢小序, 亦必有說以處此. 如靑靑子衿, 小序謂'刺學校', 而朱氏
確然以爲淫奔, 以爲詞意儇薄, 施于學校, 不相似也. 如此何如?' 乙曰: '此
正全不識詩, 而漫然以妄臆斷之者也. …且風人之旨, 意在言外, 故言不足以
盡意. 必考時論事, 而後知之.'" 又曰: '況靑衿一詩, 原屬風刺, 未嘗儇薄, 此
亦漢唐以來行文之甚有據者. …如此引用, 不一而足, 卽朱氏白鹿洞賦亦云:
'廣靑衿之疑問', 寧他時儇薄, 此時不儇薄耶?'"

1780년대 이후 정조는 규장각 초계문신들에게 『시경』에 관해 策問을 내면
서, 모기령의 설을 따라 「청청자금」에 대한 『시집전』의 주석과 주자의 「白
鹿洞賦」의 모순을 지적하고 그에 대한 답변을 요구했다(『홍재전서』 권84,
『경사강의』 21, 詩[1], 「鄭風」, "子衿, 小序以爲刺學校之作, 朱子改作淫詩,
而及作白鹿洞賦則曰: '廣靑衿之疑問,' 有若仍用小序之說者何歟?"; 『홍재전
서』 권89, 『경사강의』 26, 詩[6], "靑靑子衿, 雖未見其必爲學校之詩, 而亦未
知其必爲淫奔之詩. 我東先儒亦嘗疑之, 未知如何."; 『홍재전서』 권106, 『경
사강의』 43, 總經[1], 詩, "朱子於白鹿洞賦曰: '廣靑衿之疑問', 此亦從舊說
之學子服也. 及至註詩, 則曰淫奔之詩. 洞賦・集傳之若是不同何也?").

56 "及子大叔賦野有蔓草, 卽拜曰: '吾子之惠也.' 夫野有蔓草, 朱氏所謂淫詩也.
淫則何以稱貺, 何以明志, 何以拜惠? …然則以當時鄭大夫本國之詩之解, 見
諸實事, 明白可據, 而區區數千年後之一儒, 謂足以非所是而黑所白, 難矣!"
"又曰: '後此昭十六年, 宣子至鄭, 鄭六卿餞之于郊. …當時子齹賦野有蔓草,
子大叔賦褰裳, 子游賦風雨, 子旅賦有女同車, 子柳賦蘀兮. 此五詩者, 朱氏之
所稱爲淫詩者也. …謂賦不出國樂親好也. 向使五詩皆淫詩, 則在諸君, 必擇
己國之淫詞以爲貺, 辱宣子耶? 抑自辱耶? 不出鄭志者, 志淫耶? 抑志醜耶?
…未有衛人賦衛詩, 鄭人賦鄭詩, 而反取其至醜至惡, 以自獻其闕者.'"

모기령이 든 賦詩의 사례는 『좌전』 襄公 27년과 昭公 16년의 기사이다. 마
단림도 『좌전』의 이 두 사례를 들어 주희의 음시설을 공박한 바 있다(馬端
臨, 『文獻通考』 권178, 「經籍考」 5, 經[詩], 『詩序』, "…然鄭伯如晉, 子展賦
將仲子. 鄭伯亨趙孟子, 太叔賦野有蔓草. 鄭六卿餞韓宣子, 子齹賦野有蔓草,
子太叔賦褰裳, 子游賦風雨, 子旗賦有女同車, 子柳賦蘀兮. 此六詩, 皆文公所

斥以爲淫奔之人所作也. 然所賦皆見善於叔向·趙武·韓起, 不聞被譏."). 성
호 이익도 마단림의 설을 지지했다(이익, 『성호전집』 권41, 「國風總說」).
1781년 정조는 『좌전』 소공 16년과 양공 27년의 기사에 의거하여 先儒들
이 주자의 음시설을 의심한 데 대해 논하라는 책문을 내렸다. 이는 바로 모
기령이 『백로주주객설시』에서 『좌전』의 사례를 들어 주자의 음시설을 비판
한 대목을 참조한 것이다(『홍재전서』 권84, 『경사강의』 21, 詩[1], 「鄭風」;
천기철, 「정조朝 詩經講義에서의 毛奇齡 說의 비판과 수용」, 부산대 박사논
문, 2004, 118~121면 참조).

57 "南士(*張杉)作色曰: …凡鄭詩之所謂叔兮伯兮(*「蘀兮」)·君子(*「風雨」)·子
都(*「山有扶蘇」), 皆友朋相憶, 託詞比事. 離騷所謂蹇修·妖姝, 古詩所謂美
人·君子, 皆託比之詞, 而宋人(*朱子)以淫志逆之, 遂誣爲淫婦贈淫夫, 而不
之察也.", "傍一人不平, 遽曰: '然則彼狡童兮, 稱爲狡童, 非淫奔乎?' 曰: '亦
非淫奔.' 忠憲曰: '何以言之?' 曰: '箕子麥秀歌云: 彼狡童兮, 不與我好兮.'
其所稱狡童者, 受辛也, 君也, 君淫奔耶?'", "從來君臣朋友間, 不相得, 則託言
以諷之, 國風多此體.", "又曰: '先仲氏(*毛錫齡)曰: "使我不能餐, 使我不能
息', 與古詩思君不能餐, 思君不能寐, 正同, 此是詩例.'"

58 『담헌서』 외집 권3, 『간정동필담』, 1766년 2월 23일, "小序決不可廢, 朱子於
詩注, 實多蹖駁, 不敢從同也."
위의 인용문 중 '蹖駁'(준박)은 '뒤섞여서 순수하지 못하다'는 뜻으로 '醇
粹'의 반대어이다. 夫馬進 譯註, 『乾淨筆譚 2』(東洋文庫 879, 東京: 平凡社,
2017)에서 이를 '反駁하다'는 뜻으로 번역한 것(98면)은 오역이다.

59 "力闇曰: '弟年十二三時, 讀至葛覃詩注 葛藟方盛而有黃鳥鳴于其上也', 不
覺大笑. 此詩三句一段, '萋萋'叶 '喈喈', 則黃鳥自鳴于灌木之上耳, 于葛葉何
預?'"; 『詩集傳』, 周南, 「葛覃」, "葛之覃兮, 施于中谷, 維葉萋萋. 黃鳥于飛, 集
于灌木, 其鳴喈喈(叶. 居奚反). (傳)葛葉方盛而有黃鳥鳴于其上也."
'萋萋'(qiqi, 평성 齊韻)가 '喈喈'(jiejie, 평성 皆韻)와 협운이라는 것은 양
자가 원래 동일한 운에 속하지는 않으나 같은 운으로 쳐서 통용하기 위해
'喈喈'를 'jiji'로 고쳐 읽는다는 뜻이다. 『詩集傳』에 '喈' 자에 대해 "叶. 居奚
反."이라 했다.

60 『詩集傳』, 豳風, 「七月」, "八月剝棗(叶. 音走), 十月穫稻(叶. 徒苟反). 爲此春
酒, 以介眉壽(叶. 殖酉反)."
『廣韻』에 의하면 '棗'(zǎo)와 '稻'(dào)는 上聲 晧韻에 속한다. '酒'(jiǔ)와

'壽'(shòu)는 上聲 有韻에 속한다. '湫'는 평성 宵韻으로는 '초'라 읽는다. '濤'는 평성 豪韻으로는 '도'라고 읽는다.

61 『담헌서』 외집 권3, 『간정동필담』, 1766년 2월 23일, "又'八月剝棗, 十月穫稻'二句, 朱子音棗爲走叶, 稻爲徒口[苟]反, 而不知棗·稻一韻, 酒·壽一韻. 卽欲叶韻, 則酒·壽獨不可讀若湫·濤乎? 經中音切多誤, 不可枚擧."

62 "蘭公曰: '卽如白駒之詩, 朱子注云: '嘉客猶逍遙也.''"
"於焉嘉客"은 대개 "여기에 와서 嘉客이 되기를 바란다"는 뜻으로 풀이되었다(呂祖謙, 『呂氏家塾讀詩記』, "及於此而爲嘉客乎"; 嚴粲, 『詩緝』 권19, "願其來此爲嘉客也."). 조선의 경우 金柱臣도 주자의 해석에 의문을 표했다(金柱臣, 『壽谷集』 권11, 散言[下篇], "直以'逍遙'解'嘉客', 未知如何也."). 林泳과 金鍾厚 등은 주자의 주석을 변호했다(林泳, 『滄溪集』 권19, 讀書箚錄, 『詩傳』, 鴻雁之什, 「白駒」, "此章之言'嘉客', 猶上章之言'逍遙'耳, 非謂其正相似也."; 金鍾厚, 『本庵續集』 권6, 「箚錄」, 『詩傳』, 祈父, 「白駒」, "二章'嘉客', 按此毛·鄭無釋, 而今傳'猶逍遙'云者, 非謂嘉客有逍遙之義也. 据傳上文'藿猶苗'·'夕猶朝'之例, 則是謂大意之同而已.") 정조도 초계문신들에게 "嘉客與逍遙, 字義懸殊, 何以謂嘉客猶逍遙也?"라고 책문을 내렸다(『홍재전서』 권85, 『경사강의』 22, 詩[2], 「祈父之什」).

63 "朱子注, 如此類極多, 果是耶?"
주자는 훈고의 한 방법으로 "隨文解義"를 했다. 이는 위 아래 문의에 의거해서 훈고하는 것인데 이로써 새로운 정확한 訓을 제시하기도 하지만, 잘 못되면 "望文生訓"이 되고 만다(陳才, 앞의 논문, 197면). 반정균은 이러한 폐단을 지적한 것으로 보인다.
'이와 같은 훈고의 오류가 많다'고 한 것은, 「백구」 이외에도 召南의 「羔羊」에서 제2장 첫 구 "어린양의 무두질한 가죽이여"(羔羊之革)에 대해 "'혁'(革)은 '피'(皮)와 같다"(革, 猶皮也)고 하여 제1장 첫 구의 "어린 양의 날가죽이여"(羔羊之皮)와 같은 뜻으로 풀이한 것과 같은 사례들이 많다는 뜻으로 짐작된다.

64 "起潛曰: '此事甚少, 然此類甚多.'"

65 "蘭公曰: '朱子詩注, 多云未詳. 又卽本詩, 略添一二虛字, 便算是注.'"
虛字란 명사·형용사·數量詞 등 실질적 의미가 있는 實字와 달리, 문법적 기능만 있는 글자를 말한다.

66 "又曰: '南有喬木之注云: '非復前日之可求矣.' 試問前日之求有何別耶?'"

夫馬進 譯主, 앞의 책, 101면에서는 "有何別耶"를 "(古注와) 구별되는 바가 있을까"라고 해석하고, 249면 주79에서도 이 시에 대한 古注의 내용을 소개한 뒤 "주희의 해석도 거의 동일하다"고 했으나, 동의하기 어렵다.

67 1781년 정조는 詩經講義에서 초계문신들과 바로 이 문제를 논의했다. 즉, 정조는 召南의 「行露」에 대해 논하면서, "문왕과 召伯의 교화가 여자에게 행해지고 남자에게는 행해지지 않았다는 것인가?" "교화가 인민에게 미치는데 어찌 남자에게는 얕고 여자에게는 깊을 리가 있으며, 남자에게는 멀고 여자에게는 가까울 리가 있겠느냐?"고 물었으며, 이에 응대하면서 金載瓚은 「행로」와 주남의 「漢廣」이 표리 관계에 있다고 했다(『홍재전서』 권84, 『경사강의』 21, 詩[1], 「召南」, "'文王·召伯之教, 行於女子而不行於男子耶? 或曰: 被化有遠近淺深之別.' 此亦有不然. 化之被人, 豈有男淺而女深之理? 亦豈有男遠而女近之理也? 抑有別般意義耶?' 載瓚對: '行露與漢廣, 相爲表裏. 蓋漢有游女, 不可求思, 則女雖貞一, 男猶求思, 而不可變者男也.….'").

참고로, 성호 이익도 『시집전』에서 소남의 「摽有梅」와 「行露」 같은 시들을 가리켜 모두 여자가 남자에게 성폭행을 당할까 두려워한 것이라고 했으나, "부녀들은 后妃의 교화를 지극히 입었는데, 어찌 유독 성폭행을 하는 남자들은 문왕의 교화를 입지 못하고 이토록 많았다는 것인가?"라고 의문을 제기했다(『성호사설』 권21, 經史門, 「摽梅·死麕」, "摽有梅·行露之類, 皆指謂懼爲強暴所汚. 婦女被后妃之化則至矣, 何獨強暴者不被文王之化而至此之多乎? 縱有如此, 豈無善避之道, 而有'迨今'·'迨謂'之急乎? 是可疑也.").

68 『朱子語類』 권80, 詩1, 「解詩」, "最是鄭忽可憐, 凡鄭風中惡詩, 皆以爲刺之." 이어서 주자는 "伯恭又欲主張小序, 煅煉得鄭忽罪不勝誅"라고 하여, 呂祖謙도 「소서」를 주장하고자 정나라 태자 홀을 극악무도한 죄인으로 만들어 버렸다고 비판했다(여조겸은 『呂氏家塾讀詩記』 [권8]에서 정나라 태자 홀을 '狡童'이자 '狂狡之志'를 지닌 인물로 혹평했다). 이에 대해 주자는 정나라 태자 홀은 결코 간교하지 않다고 주장했다. 만약 그가 간교했다면, 齊나라의 원조를 끌어와서 반대파를 제압하고 국권을 잃지 않았으리라는 것이다.

69 『담헌서』 외집 권2, 『간정동필담』, 1766년 2월 10일, "如鄭風刺忽之說, 朱子所謂最是忽可憐者, 實爲千古美談矣. 況忽之辭婚, 其意甚正. 若以此罪之, 則其爲世道心術之害, 當如何也?"

위의 인용문 중 "朱子所謂最是忽可憐者"가 『일하제금집』에는 "朱子所謂鍛鍊得罪不容誅, 最是忽可憐者"로 되어 있다(엄성, 『철교전집』 5, 『일하제금집』하, 洪高士尺牘, 「與鐵橋秋庫」).

정 태자 홀의 청혼 사양 이유가 정당하다는 것은 『좌전』 桓公 6년 기사를 들어 말한 것이다. 이 기사에 의하면 정 태자 홀은 처음에는 제나라와 정나라는 대국과 소국으로 짝이 맞지 않는다는 이유로 제나라의 청혼을 사양했고, 두 번째에는 외적의 침략을 당한 제나라를 구해 준 군사적 공로를 내세워 청혼을 받아들이면 국민들의 여론이 좋지 않을 것이라는 이유로 사양했다고 한다. 즉 정나라가 비록 소국이지만 대국과의 혼인 동맹에 기대지 않고 자립하려는 의지에서 제나라의 청혼을 사양했다는 것이다.

70 胡廣 等 撰, 『詩傳大全』, 『詩序』, 「朱子辨說」, "…序乃以爲國人作詩以刺之, 其亦誤矣. 後之讀者, 又襲其誤, 必欲鍛鍊羅織, 文致其罪, 而不肯赦, 徒欲以徇說詩者之謬, 而不知其失是非之正, 害義理之公, 以亂聖經之本旨, 而壞學者之心術, 故予不可以不辨."
여기서 말한 '後之讀者'란 『주자어류』에서 밝혔듯이 여조겸을 가리킨다 (『朱子語類』 권80, 詩1, 「解詩」, "伯恭又欲主張小序, 煅煉得鄭忽罪不勝誅"). 이러한 주자의 주장에 대해 모기령은 『백로주주객설시』에서 비판을 가했다. 즉, 주자는 '刺忽之詩'를 '淫奔'으로 고쳐 버리고 "春秋最苦是鄭忽"이란 말로 학자들의 입을 막으려 했다. 그러나 정나라 태자 홀이 제나라의 청혼을 두 번이나 사양한 것은 군자의 도리에는 해롭지 않을지라도 정세에는 어두웠으므로 시인이 풍자한 것이다. 비록 「소서」에서 그를 풍자했다고 해설한 시들이 반드시 모두 풍자시는 아닐지라도 결코 음시는 아니라는 것이다.

71 『담헌서』 외집 권3, 『간정동필담』, 1766년 2월 26일, "葛覃章云云, 三句一段, 吾東亦如是看. 但以'黃鳥之鳴于其上'而不覺大笑, 則豈以'其'字作葛葉看耶? '集于灌木,' 經文自在. 若以爲鳴於葛葉之上, 則童子亦知其非矣. 朱子雖有誤解, 豈其背經若是之甚乎? 鄙見則葛葉施谷而灌木爲高, 鳴于灌木, 豈非葛葉之上乎? 且此詩, 旣以葛爲主, 故解之如此. 此等處, 不以辭害義, 而活看之可矣."

72 『담헌서』 외집 권3, 『간정동필담』, 1766년 2월 23일, "余曰: '訓詁諒有餘憾, 終不掩其大體之好.'"
『간정록』에는 이 대목이 원래 "句讀間小小做錯, 何足以此疑其大體耶?"로 되어 있던 것을 靑筆로 위 인용문과 같이 수정했다(숭실대 한국기독교박물관 영인, 2018, 105면).

73 『담헌서』 외집 권3, 『간정동필담』, 1766년 2월 26일, "其'多云未詳, 略添虛

字'云云, 鄙見則'多云未詳'乃朱註之不可及處. 夫生乎千數百年之後, 而解千
數百年之書, 欲其句句無疑得乎? 此雖以周公之才藝, 孔子之天縱, 必不可及
矣. 與其强解而附會, 曷若傳疑而歸之未詳乎? 此則盛見恐誤矣.";『朱子語
類』권80, 詩1,「綱領」, "某云: '無證而可疑者, 只當闕之, 不可據序作證.'"
陳才, 앞의 논문, 91~92면에서는 주자의 『시경』 해석의 원칙으로서 "多聞
闕疑"를 들고,「소서」처럼 견강부회하거나 천착하지 않고 多處에서 '未詳'
이라고 주를 붙인 것을 주자의 '闕疑精神'으로 높이 평가했다.

74　예컨대 興에 속하는「관저」의 제2장 "參差荇菜, 左右流之. 窈窕淑女, 寤寐
求之."에 대해 "彼參差之荇菜, 則當左右無方以流之矣; 此窈窕之淑女, 則當
寤寐不忘以求之矣"라고 주석을 붙인 경우를 가리킨다.

75　程子의 문인 楊時도 『맹자』의 이 대목을 인용한 뒤, 공자는 '증민'을 해석하
면서 시의 본문에 '故', '必', '也', '故'라는 허사 넉 자를 첨가했을 뿐이지만
그로 인해 시어의 의미가 저절로 분명해졌는데, 오늘날의 『시경』 해설자들
은 이렇게 할 줄을 전혀 모른다고 비판한 바 있다(楊時,『龜山集』권10, 語
錄,「荊州所聞」). 홍대용은 이러한 양시의 주장을 수용한 것으로 짐작된다.

76　『담헌서』외집 권3,『간정동필담』, 1766년 2월 26일, "若以略添虛字爲非, 則
註中釋興詩, 多以'則'·'矣'二字, 點綴說去, 豈非謂此等處耶? 愚則嘗以此爲
朱子之善於註釋, 而仰而歎之. 人見之不同, 類如是矣. 孔子非善於釋經者乎?
其於蒸民詩曰: '有物必有則, 民之秉彝也, 故好是懿德.' 試看此釋, 有何實字
乎? 添一二虛字, 其義亦有不明者乎?";『맹자』「告子 上」, "詩曰: '天生蒸民,
有物有則. 民之秉夷, 好是懿德.' 孔子曰: '爲此詩者, 其知道乎! 故有物, 必有
則. 民之秉夷也, 故好是懿德.'"
陳才, 앞의 논문, 90~91면에서는 주자의 『시경』 해석의 원칙으로서 '간결
함'을 들었다. 주석이 지나치게 번쇄하여 본말이 전도되지 않도록『시집전』
에서 "간략하고 읽기 쉽게함"(簡約易讀)을 목표로 삼았다고 했다.

77　『담헌서』외집 권2,『간정동필담』, 1766년 2월 8일, "…而自來之論, 亦謂朱
子好改小序, 殆出于門人之手.";외집 권3,『간정동필담』, 1766년 2월 23일,
"…此雖其細已甚. 然亦見其非出於朱子之手矣.""…此決爲朱子門人手筆, 或
晚年未定之本, 非如學·庸·語·孟之爲鐵板注疏也. 必以其爲朱子, 而如手足
之護頭目, 遂無一語之敢議, 亦過矣."

78　『담헌서』외집 권3,『간정동필담』, 1766년 2월 23일, "鄙意朱子注書甚多, 或
不無門人手作."

79 『담헌서』 외집 권3, 『간정동필담』, 1766년 2월 23일, "如必以朱子自注者, 恐欲宗朱而反有累于朱也." "又曰: '朱子無不是者. 詩注恐出門人之作.'"

80 『담헌서』 외집 권2, 『간정동필담』, 1766년 2월 10일, "若以集註謂非朱子手筆而出於門人之手, 則去朱子之世, 若此其未遠也, 先輩之世講, 明若燭照. 雖爲此說者, 豈不知其爲朱子親蹟? 而特以擧世尊之, 彊弱不敵, 乃遊辭僞尊, 軟地揷木, 爲陽扶陰抑之術也. 其義理之得失, 固是餘事, 卽此心術, 已不可與入於堯舜之道矣."

『맹자』 「盡心 下」에 공자가 '德을 해치는 賊'이라 비난한 '鄕愿'에 대해 설명하면서 그런 자와는 "함께 堯舜의 道에 들어갈 수 없다"(不可與入堯舜之道)고 했다. 또 程頥는 과거 급제에 연연하는 어느 문인에게 "너의 이 마음이 이미 堯舜의 道에 들어갈 수 없다"고 꾸짖었다(『近思錄』 권7, 「出處」, "先生曰: '汝之是心, 已不可入於堯舜之道矣.'").

81 『담헌서』 외집 권3, 『간정동필담』, 1766년 2월 26일, "以詩註爲非成於朱子, 則此其於詩義之得失, 姑舍之. 其文章辭理明白渾融, 如'禹之治水, 行其所無事'者. 未知朱子以後有可以爲此者乎? 且潛竊師名以售己書, 此其惡甚於穿窬. 朱門末學, 大義雖乖, 而汚不至於穿窬也. 且朱子卽當世之大儒也. 其經書集註, 非惟及門者皆知之, 天下讀書者, 家傳而世守之, 其昭昭乎有自來矣. 設有奸鬼之輩, 雖欲忘托而欺世, 其可得乎? 此則必不然之理也. 如果以詩註爲非, 則直歸之朱子之誤解, 豈非光明直截乎? 何必掩互苟且, 陽扶陰抑, 先病我心術耶?"

위의 인용문 중 "禹之行水也, 行其所無事也"는 『맹자』 「離婁 下」에 나오는 말이다.

82 "棗·稻叶韻, 東國字學無傳, 愚亦未解, 不敢强爲之說. 以經中音切多誤, 謂之晚年未定之論, 則此實不易之言. 但決之以門人手筆, 則不敢聞命, 已有前說矣."

『시집전』을 주자의 '晚年未定之書'라고 주장한 청대 학자로 宋犖(1634~1714)을 들 수 있다. 그는 秦松齡의 『毛詩日箋』에 대한 서문에서 "紫陽毛詩集傳, 往往不依小序, 於鄭風皆目爲淫奔之詩, 先儒疑之. 然語錄論東山·鳲鳩詩云: '惜注已行, 不及更改', 則知集傳乃晚年未定之書."라고 주장했다(『皇朝文獻通考』 권213, 經籍考3, 經[書·詩], 『毛詩日箋』).

83 『담헌서』 외집 권3, 『간정동필담』, 1766년 2월 26일, "'無一語之敢議'云云, 此鄕愿之道也, 朱子之賊也. '過矣'二字, 亦其太恕矣. 但古人云: '不敢自信而

信其師,' 亦不可遽以己意作爲鐵板, 而擯斥其說, 不少顧籍也.";『近思錄』권
3,「致知」, "伊川先生答門人曰: '孔孟之門, 豈皆賢哲? 固多衆人, 以衆人觀聖
賢, 弗識者多矣. 惟其不敢信己而信其師. 是故求而後得. 今諸君於頤言, 纔不
合, 則置不復思, 所以終異也. 不可便放下, 更且思之, 致知之方也.'"; 程顥·程
頤,『二程文集』권10, 伊川文集,「答楊迪書」, "唯其不敢信己而信其師之說."
주자도 "如程子所謂不敢自信而信其師" 운운하여 정이의 말을 종종 인용했
다(朱熹,『晦庵集』권43,「答陳明仲」; 권49,「答滕德粹」[2]). 홍대용이 인용
한 정이의 말은 주자의 글에서 재인용한 것이다.

84 馬昕,「毛奇齡『詩』學理論的邏輯推演與困境突圍」,『安徽師範大學學報(人文
社會科學版)』第42卷 第5期, 2014, 570면.

85 주자는「大序」에 대해서는 대체로 긍정했으나「小序」에 대해서는 불신했는
데,『시집전』에서「소서」를 따라서 해석한 것은 총 편수의 약 27%이고,「소
서」에 대해 이의를 제기한 것은 약 70%에 달한다고 한다(陳才, 앞의 논문,
62~66면 참조).

86 주자는『時序辨說』에서 鄘風의「桑中」에 대해 "鄭·衛桑濮, 里巷俠邪之所歌
也. 夫子於鄭·衛, 蓋深絶其聲, 於樂以爲法, 而嚴立其詞, 於詩以爲戒. …蓋
不如是, 無以見當時風俗事變之實, 而垂鑑戒於後世. 故不得已存之."라고 했
다.『시집전』鄭風의 말미에도 "鄭·衛之樂, 皆爲淫聲. …鄭聲之淫, 有甚於
衛矣. 故夫子論爲邦, 獨以鄭聲爲戒, 以不及衛. 蓋擧重而言, 固自有次第也."
라고 했다. 또『주자어류』(권80)에서도 "'鄭聲淫', 所以鄭詩多是淫佚之辭,
狡童·將仲子之類是也.", "鄭·衛詩多是淫奔之詩. 鄭詩如將仲子以下, 皆鄙俚
之言, 只是一時男女淫奔相誘之語. …鄭詩自緇衣之外, 亦皆鄙俚, 如采蕭·采
艾·靑衿之類是也. 故夫子'放鄭聲'."이라고 했다.

87 『담헌서』외집 권3,『간정동필담』, 1766년 2월 23일, "其實他處宗小序頗多,
獨于鄭·衛則據'鄭聲淫'一語, 遂幷置爲淫詩. 聲淫非詩淫, 昔人已辨之矣."

88 "凡屬鄭·衛之詩, 槩指爲淫奔之詩, 而不知鄭·衛之淫者其音也, 而非詩也. 此
類辨甚多, 一時不能記憶, 惟高明詳察."

89 葉紹翁,『四朝聞見錄』1, 甲集,「止齋陳氏」, "考亭先生晚註毛詩, 盡去序文,
以彤管爲淫奔之具, 以城闕爲偸期之所. 止齋陳氏得其說而病之. 謂千七百年
女史之彤管與三代之學校以爲淫奔之具偸期之所. 私竊有所未安, 獨藏其說,
不與考亭先生辨….";朱彝尊,『經義考』권107, 詩(10), 陳氏(傅良)『毛詩解
詁』;朱彝尊,『曝書亭集』권33,「答蕭山毛檢討書」, "昔者陳君擧嘗撰毛詩解

詁, 以朱元晦集傳去序爲非, 元晦移書, 求其說. 答云: '公近與陸子靜辨無極
矣, 又與陳同甫爭論王霸矣. 某未敢注詩, 不過爲門弟子講說, 今已毀棄之. 蓋
不欲滋其辯耳.'"; 王士禎, 『居易錄』권34, "南宋陳止齋與晦庵同時. 嘗謂晦庵
以千七百年之彤管與三代之學校以爲淫奔之具儷期之所, 竊有未安, …見三
〔四〕朝聞見錄. 蓋不欲口舌爭也."; 『四庫全書總目』권159, 集部 12, 別集類
12, 陳傅良, 『止齋文集』; 고염무, 『日知錄集釋』, 黃汝成 集釋, 上海古籍出版
社, 1984, 권3, 「孔子刪詩」, 233~234면, '錢氏曰: "四朝聞見錄云: …'.

조선 후기에 成大中, 徐瀅修 등도 주자의 음시설에 대한 陳傅良의 비판을
언급했다(성대중, 『靑城雜記』권3, 「醒言」, "陳傅良著詩說, 多以朱子集註爲
非. 大略以爲靜女女史之詩, 靑衿學校之詩, 而豈宜混謂之淫奔詩耶?…"; 徐
瀅修, 『明皐全集』권5, 書, 「與鄭水部[厚祚]」, "祇緣朱先生傳詩, 比四書猶
屬未定之論, 故自當時已多岐議. 如陳君擧, 卽先生所推爲畏友者, 而見集傳,
不怡曰: '以千七百年女史之彤管與三代之學校, 而爲淫奔之具儷期之所, 可
乎?'… 其其意不深服於集傳可知.").

90　輔廣, 『詩童子問』권2, 衛一之五, 「木瓜」, 註, "至此詩則全不見有男女之辭.
若只據詩文, 以爲尋常相問遺之意, 似亦通. 先施之者雖薄, 而後報之者常過
厚, 亦忠厚之情也. 且與家語之說, 亦不相戾."

91　王士禎, 『池北偶談』권16, 「木瓜解詩」, "紫陽解詩多失本意, 其甚者如木瓜一
章, 尤爲穿鑿. 輔廣童子問, 亦知其非而不敢斥師說, 則欲盡抹倒小序, 家語以
傳會其謬, 依違可笑云."; 毛奇齡, 『白鷺洲主客說詩』, "當時高忠憲講學東林,
有客問: '木瓜之詩, 並無男女字, 而謂之淫奔何耶?'"

92　馬端臨, 『文獻通考』권178, 「經籍考」5, 經(詩), 『詩序』, "此諸篇者, 雖疑其
辭之欠莊重, 然首尾無一字及婦人, 而謂之淫邪者乎?"

93　朱彝尊, 『經義考』권99, 詩(2), 卜子(商) 『詩序』, "馬端臨曰"; 『欽定詩經傳說
彙纂』卷首下, 綱領 3, "馬氏端臨曰"

94　"論語'鄭聲淫', 淫者聲之過也. 水溢於平曰淫水, 雨過於節曰淫雨, 聲溢於樂
曰淫聲, 一也. '鄭聲淫'者, 鄭國作樂之聲過於淫, 非謂鄭詩皆淫也. 後世失之,
解鄭風, 皆爲淫詩, 謬矣."(楊愼, 『丹鉛餘祿-摘錄』권5; 『丹鉛餘錄-總錄』권
14; 『升菴集』권44, 「淫聲」); 『欽定詩經傳說彙纂』권5, 「鄭風」, 集說, "楊氏
愼曰: "鄭聲淫'者聲之過也. 水溢於平曰淫水, 雨過於節曰淫雨, 聲溢於樂曰
淫聲, 一也. 非謂鄭詩皆淫也.'"

95　毛奇齡, 『白鷺洲主客說詩』, "甲曰: '鄭風多淫詩, 而夫子錄之于經, 何也?' 乙

曰: '非淫詩也. 孔子世家曰: '…', 是三百五篇, 皆可施禮義者也, 皆弦歌者
也.'" "且戒淫者欲使人讀之而不淫也. 乃讀之而淫生焉, 此謂之宣淫, 反曰
戒淫, 何也?"; 薛立芳, 「毛奇齡"詩"學研究」, 北京師範大學 博士論文, 2008,
33~43면 참조.

96 "丙曰: '然則'鄭聲淫', 何也?' 乙曰: '鄭聲非鄭詩也. 子夏對文侯曰: '今君之
所問者樂也, 所好者音也.' 樂與音本一類而尙不同. 若詩與聲, 則眞不同之極
者. 虞書, '詩言志, 聲依永', 聲與詩, 分明兩事. 故丹鉛錄曰: '論語「鄭聲淫」,
淫者之過也. 水溢于平曰淫, 雨過于節曰淫, 聲濫于詩〔樂〕曰淫,' 聲能溢詩,
詩豈能溢聲乎? …豈有明言逐其詩, 去其詩, 放棄其詩, 而反收之者, 是明言
佞人當遠, 而反親之也.'"

97 『담헌서』 외집 권3, 『간정동필담』, 1766년 2월 23일, "如以爲淫, 則夫子刪
詩, 本以敎人. 譬之父兄師長, 欲敎人以不淫, 乃臚列其人其事, 以爲某也如是
之淫, 淫者之語如是其有情, 則已不復成莊語矣. 雖僮僕亦應笑之, 曾謂聖人
而如是乎?"

98 "且卽以淫詩, 則不特伯叔·君子與狂童·狂且, 一例無別, 而'旣見君子'等語,
反不若'吉士誘之.'"
「소서」에서는 「탁혜」를 임금은 약하고 '叔'과 '伯'으로 표현된 群臣이 강함
을 풍자한 시로, 「풍우」를 난세에도 절조를 변하지 않는 군자를 그리워하는
시로 보았다.

99 毛奇齡, 『白鷺洲主客說詩』, "又曰: '先仲氏曰: '…如風雨淒淒, 懷人之最雅
者. 二南原有「旣見君子」一例. 此在三百本文所自有者, 而一爲后妃之德, 一
爲淫奔, 何以爲說? 豈風雨淒淒八字中有淫具耶?'" 이는 모기령이 그의 仲
兄 毛錫齡의 설을 인용한 것인데 약간 부정확하다. '旣見君子'는 二南 중 周
南의 「汝墳」에만 보인다. 게다가 이 시에 대한 해석에서 주자는 「소서」를
따르고 있다.

100 『담헌서』 외집 권3, 『간정동필담』, 1766년 2월 23일, "且'舒而兌兌'云云, 亦
何異於後世詞曲所謂'悄悄冥冥''潛潛等等'者, 而必以爲被文王之化, 而必奪
彼與此耶? 則其說先已不可通矣."; 龍潛庵 編, 『宋元語言詞典』, 上海辭書出
版社, 1985, 765면, 1000면.
'悄悄冥冥'은 줄여서 '悄冥冥', '潛潛等等'은 줄여서 '潛等'이라고도 한다.

101 『담헌서』 외집 권3, 『간정동필담』, 1766년 2월 26일, "聲淫非詩淫, 昔人之
辨, 亦未曾見. 但其俗淫則其聲淫, 其聲淫則其詩亦淫矣. 此必然之理也. 况古

所謂詩者, 皆詞曲也. 被之管絃, 合奏而齊唱, 則聲與詩之分而二之, 恐亦未安.”

102 “若謂: '夫子刪詩, 詩不可有淫'云, 則懲創感發, 是朱子說也, 固不足引以爲說. 如春秋經世之書, 而亦善惡俱存. 中有主而善觀之, 則何莫非敎也?”

103 朱子, 『詩序辨說』, 鄘風, 「桑中」, “鄭·衛桑濮, 里巷俠邪之所歌也. 夫子於鄭·衛, 蓋深絶其聲, 於樂以爲法, 而嚴立其詞, 於詩以爲戒. 如聖人固不語亂, 而春秋所記, 無非亂臣賊子之事. 蓋不如是, 無以見當時風俗事變之實, 而垂鑑戒於後世. 故不得已存之, 所謂道並行而不相悖者也.”

104 『담헌서』 외집 권3, 『간정동필담』, 1766년 2월 26일, “且國風十五, 淫詩過半, 雖如小序之强爲之說, 終恐說不去也.”

105 “'伯叔·君子與狂童·狂且, 一例無別'云, 則恐此益爲淫詩之證. 其譴浪笑傲抑揚調戲之狀, 眞箇有聲畫也.”

106 “野有死麕, 明是淫辭, 愚竊嘗疑集註之近於附會, 正與尊意不謀而同矣. 但鄭風變風也, 猶不可以參以淫詩. 況此召南正風也? 尊說乃比之於悄悄冥冥, 而斷以淫詩. 其爲朱註之誤固得矣, 其於夫子刪詩之義何哉?”

107 “看畢, 蘭公曰: '小序原不可廢. 若以詩注謂非門人手筆, 則欲護朱子而反以累朱子也.' 余笑而不答.”
위의 인용문 중 “余笑而不答”이 『담헌서』의 『간정동필담』에는 없고 규장각 등 소장본 『간정필담』에만 있다. 『을병연행록』에도 “내 웃고 대답(하)지 아니하니”라고 했다(소재영 외 주해, 696면).

108 “力闇曰: ''童子佩鑴', 小序謂譏衛惠公之詩, 朱子非之, 何也?'”; 『詩序』, “刺惠公也. 驕而無禮, 大夫刺之.”; 朱子, 『詩序辨說』, “此詩不可考, 當闕.”; 『詩集傳』, “鑴也, 以象骨爲之, 所以解結成人之佩, 非童子之飾也. …言其才能不足以知於我也.” “此詩不知所謂, 不敢强解.”

109 『을병연행록』, 1766년 2월 26일(소재영 외 주해, 696면).

110 『간정필담』, 1766년 2월 26일, “力闇持余書, 走炕下大卓, 與起潛聚首讀之. 往往擊卓高聲, 喜色溢發. 幾至手舞足蹈. 蘭公從背後胡亂讀之, 疾來作此語. 力闇後至, 以'佩鑴'譏之, 蘭公亦歡笑, 無幾微色.”
위의 인용문 중 '此語'는 반정균의 評語, 즉 '小序原不可廢. 若以詩注謂非門人手筆, 則欲護朱子而反以累朱子也.”를 가리킨다. 이 인용문은 『담헌서』의 『간정동필담』에는 없는 대목이다. 『간정필담』 중 서울대 규장각 소장본(奎4908)에는 본문의 일부로 포함되어 있으나, 한은215(한국은행 기탁본), 奎

7126과 나머지 대대수 이본들에는 상단 여백에 追記되어 있다(夫馬進 譯註, 『乾淨筆譚 2』, 東洋文庫 879, 東京: 平凡社, 2017, 268면 주45 참조). 夫馬進 譯註本은 인용문 중 "(以'佩觿')譏之"에 대해, 엄성이 "나를 비난했다"고 오역했다. 엄성은 반정균을 기롱한 것이지 홍대용을 기롱한 것이 아니다.

111 『담헌서』 외집 권3, 『간정동필담』, 1766년 2월 26일, "又曰: '辨語甚當, 惟小序事, 不敢苟同.' 余曰: '何可苟同也? 但彼此虛心, 更詳之可也. 惟尊經學古之義, 宜汲汲乎其大同也. 至於文義之出入, 雖終身不合, 亦何傷乎? 言言而求其合, 事事而求其同, 友道之大病, 而交道之不能保其終也.' 力闇甚喜."

112 "以朱子詩註不必附會出自門人, 亦極是. 事只論是非. 若朱子可作, 使其果有不是, 必力護其說, 且無煩强爲解嘲, 歸過門人. '心術'一言, 尤極正大, 心服心服!"
위의 인용문 중 '可作'은 '다시 살아난다'는 뜻인데, 『국역 담헌서』나 夫馬進 譯註本 등에는 오역되었다. 또 '無煩'은 '不必'과 같다.

113 陳才, 앞의 논문, 48~51면; 수정난, 『주자평전』, 김태완 옮김, 역사비평사, 2015, 하, 364~366면; 『朱子語類』 권67, 易 3, 「朱子本義·啓蒙」, "先生於詩傳, 自以爲無復遺恨. 曰: '後世有揚子雲, 必好之矣.'"; 錢穆, 『朱子新學案』, 臺北: 三民書局, 1982, 제4책, 20면.
韓愈의 「與馮宿論文書」에 의하면, 揚雄은 자신의 『太玄經』을 사람들이 모두 비웃자 후세에 또 양자운이 나와서 반드시 이 책을 좋아할 것이라고 자위했다고 한다.

114 『담헌서』 외집 권3, 『간정동필담』, 1766년 2월 26일, "至於詩註只就白文增一二字, 說詩本有此法. 引孟子蒸民云云, 亦極確."

115 "其切韻一段, 亦無關理. 要不足爲朱子輕重, 不辨可也."
참고로, 嚴羽는 『滄浪詩話』 「詩辯」에서 "시에는 특별한 흥취가 있으니 이것은 이치와는 상관이 없다"(詩有別趣, 非關理也)고 했다.

116 "惟廢小序一節, 則心實有不安, 不敢聞敎."

117 "鄙意以'舒而兌兌'等語譬之'悄悄冥冥''潛潛等等', 不過是欲明說詩之道不以文害辭之意, 原非以此等語爲有涉淫褻也."
위의 인용문 중 '不以文害辭'는 『맹자』 「萬章 上」에 보인다.

118 "狂且·狡童, 人皆知其非美名, 而'君子'二字則非美惡混稱. 出之他國則正, 出之鄭人卽淫, 必無此理."

119 "且當日七子賦詩, '鷄鳴'·'蔓草'公然施之讌會, 不幾於自述其本國之惡俗而
宣揚其醜乎? 至於淫詩如'鶉奔', 則伯有來'床第'之譏, 可見淫是有淫, 詩不可
一例也.";『左傳』, 襄公 27년, "鄭伯享趙孟于垂隴, 子展·伯有·子西·子産·
子大叔·二子石從. …伯有賦鶉之賁賁, 趙孟曰: '牀第之言不踰閾, 況在野乎?
非使人之所得聞也.'"

당시 정나라 신하 7인이 읊었다는 시에는 「女曰鷄鳴」은 포함되어 있지 않
은데 아마 육비가 착각한 것 같다. 당시 읊은 정풍의 시로는 「야유만초」가
유일하다. 게다가 「여왈계명」은 주자가 음시로 간주하지도 않았다.

120 "惟有小序, 始覺當日所指何人, 所指何事. 雖不必一一盡確, 而傳信傳疑. 尙
可得一二."

121 馬端臨, 『文獻通考』 권178, 「經籍考」 5, 經(詩), 『詩序』, "至於讀國風諸篇而
後, 知詩之不可無序而序有功於詩也. …而序者乃一言以蔽之曰: '爲某事也',
苟非其傳授之有源探索之無舛, 則孰能臆料當時指意之所歸以示千載乎? 而
文公深詆之. …其意蓋爲詩之辭如彼, 而序之說如此, 則以詩求詩可也. 烏有
捨明白可見之詩辭, 而必欲曲從臆度難信之序說乎? 其說固善矣, 然愚以爲
必若此, 則詩之難讀者多矣, 豈直鄭·衛諸篇哉?"

122 毛奇齡, 『白鷺洲主客說詩』, "風人之旨, 意在言外, 故言不足以盡意, 必考時
論事, 而後知之. …凡以意逆之, 須灼知其詩出于何世, 傳于何時, 與所作者何
如人, 方可施吾逆之之法. 若止就詩字詩句, 髣髴像想, 便鑿然定爲何詩, 其爲
冤抑者不旣多乎?"戌曰: '然則序果盡信乎?' 乙曰: '序何可盡信? 予鄕讀序,
取其合于他經傳者, 而遺其不甚合者.'"

흔히 오해되듯이 모기령은 이른바 尊序派는 아니었다. 그는 『춘추』의 經과
傳은 믿으나 『시서』는 불신했으므로 '以序解詩'가 아니라 '以春秋解詩'를
주장했다. 주자의 시경학을 반대했으되 『시서』를 무조건 추종하지는 않았
다(周懷文, 앞의 논문, 171~172면; 馬昕, 앞의 논문, 573면 참조).

123 『담헌서』 외집 권3, 『간정동필담』, 1766년 2월 26일, "如朱子之註鄭詩, 一則
曰淫者, 再則曰淫婦, 直可一筆寫去, 則古人說詩, 其他正風, 亦只須曰此思臣
之詩, 此孝子之詩, 此好賢之詩, 其亦太易矣."

주자는 『시집전』에서 「將仲子」는 鄭樵의 말을 빌려 "此淫奔者之辭"라고 했
고, 「叔于田」과 「遵大路」는 "男女相悅之詞"(『詩序辨說』에서 「遵大路」는 "淫
亂之詩"), 「유녀동거」는 "淫奔之詩", 「산유부소」는 "淫女戲其所私者"(『시서
변설』에서는 이하 4편의 시는 모두 "男女戲謔之詞"), 「탁혜」는 "淫女之詞",

「교동」은 "此亦淫女見絶而戲其人之詞", 「건상」은 "淫女語其所私者",(『시서변설』에서 「丰」은 "淫奔之詩"), 「풍우」는 "淫奔之時", "淫女之言", 「청청자금」은 "淫奔之詩", 「양지수」는 "淫者相謂言…"(『시서변설』에서는 "男女要結之詞"), 「出其東門」은 "人見淫奔之女而作此詩"(『시서변설』에서는 "惡淫奔者之詞"), 「溱洧」는 "淫奔者自敍之詞"라고 했다.

124　"摠之, 小序不當廢. 歷來儒者辨之甚多, 正不必爲朱子護也."

　　『을병연행록』에는 "육생(陸生)이 대답한 말을 보이거늘, 내가 읽기를 마친 후에 반생이 희롱하여 가로되, '옛사람의 조박(糟粕: 찌꺼기)이로다'"라고 하여, 반정균이 육비의 답변을 진부하다고 조롱한 대목이 더 있다(소재영 외 주해, 697면).

125　"余曰: '東國知止有朱註, 未知其他. 弟之所陳, 亦豈敢自以爲不易之論耶? 至於小序, 一讀而棄之, 不復精究. 當於歸後, 更熟看之, 如有新得, 謹當筆之於書, 以俟反覆也.'"

　　번역문 중 괄호 안에 보완한 부분은 『을병연행록』에만 있는 구절(소재영 외 주해, 697면)을 첨가한 것이다.

126　"諸人皆有喜色. 起潛曰: '我等亦當再細玩朱註. 淫婦'等語, 亦不必細玩, 恐涉率爾.'"

　　위의 인용문 중 '不'자에 대해 홍대용, 『乾淨衕筆談 淸脾錄』(鄭健行 點校, 上海古籍出版社, 2010), 校記에서 衍字가 아닌가 의심했다(131면, 주40). 그러나 『담헌서』의 『간정동필담』뿐만 아니라 규장각 등 소장본 『간정필담』에서도 그대로 두었으므로, 문장이 조금 어색하지만 원문대로 해석했다. 夫馬進 譯註, 『乾淨筆譚 2』(東洋文庫 879, 東京: 平凡社, 2017)에서 "恐涉率爾"를 "잘 加減했다고 하는 것이 될 것이다"로 번역한 것(149면)은 오역이다. 『을병연행록』에는 육비의 말이 "제등(弟等)이 또한 주자 주를 다시 읽어 새 소견을 구하리라"로 간략하게 되어 있다(소재영 외 주해, 698면).

127　"余曰: '大抵看書, 最患先入爲主, 所以終身無覺寤之時, 此弟之所深以爲戒. 願諸兄亦於此加意焉.'"

　　『을병연행록』에는 "대저 글을 보는 법이 먼저 든 소견을 주인을 삼고" 다음에 "새로 얻음을 구(求)치 아니함이 (진실로 큰 병통이오)"가 더 있다(소재영 외 주해, 698면).

128　『담헌서』 외집 권3, 「乾淨錄後語」, "此三人者, 其資性雖不同, 才學有短長, 要其內外一致, 心口相應, 無世儒齷齪粉飾之態則一也."

129 "東儒之崇奉朱子, 實非中國之所及. 雖然, 惟知崇奉之爲貴, 而其於經義之可疑可議, 望風雷同, 一味掩護, 思以箝一世之口焉. 是以鄕原之心, 望朱子也, 余竊嘗病之. 及聞浙人之論, 亦其過則過矣. 惟一洗東人之陋習, 則令人胸次灑然也."

130 『朱子語類』 권66, 易2 綱領(中), 「卜筮」, "易本爲卜筮而作." "且如易之作, 本只是爲卜筮, 如極數知来之謂占, 莫大乎蓍龜, '是興神物, 以前民用', '動則觀其變而玩其占'等語, 皆見得是占筮之意." "才卿云: '先生解易之本意, 只是爲卜筮爾.' 曰: '然. 據某解, 一部易, 只是作卜筮之書.'"; 胡廣 等 撰, 『周易傳義大全』, 「易說綱領」, "易只是設箇卦象而明吉凶而已, 更無他說.", "易本卜筮之書", "易只是爲卜筮而作.", "易只是與人卜筮而決疑惑.", "今學者諱言易本爲卜筮作, 須要說做爲義理作."; 廖名春 外, 앞의 책, 326~327면.

　　錢穆은 주자가 『주역』을 점서로 본 것은 "가장 대담한 독창적 주장"(最爲大膽創論)이라고 극찬했다(錢穆, 앞의 책, 제4책, 6면, 11면). 朱伯崑, 『易學哲學史』(北京大學出版社, 1988)에서도 『주역』이 본래 점서였다는 주자의 주장은 "經學史上 대서특서할 가치가 있다"고 하면서 "이는 당시로서는 비상하게 대담한 언론이었다"고 평가했다(中冊, 432면, 440면).

131 『을병연행록』, 1766년 1월 26일(소재영 외 주해, 427면); 『담헌서』 외집 권7, 『연기』, 「蔣周問答」, "余曰: '蓍草乃聖世之産, 近亦有之否?' 周曰: '年年生産, 文王陵·孔子陵俱有, 別處則無之.' 余曰: '京市或有賣者, 恐非眞的.' 周曰: '中國以爲餽送之物, 不甚奇異, 沒有假的.'"(밑줄 친 부분이 『을병연행록』에는 없음.)

132 『을병연행록』, 1766년 2월 6일(소재영 외 주해, 506면); 『담헌서』 외집 권8, 『연기』 「京城記略」, "有蓍草一束, 稱是孔陵眞品, 亦不可信也."

133 『담헌서』 외집 권2, 『간정동필담』, 1766년 2월 4일, 2월 5일.

134 『담헌서』 외집 권2, 『간정동필담』, 1766년 2월 17일, "靈龜有何靈, 以問乞靈者. 吉凶論是非, 趨避敢苟且. 居易以俟命, 枯草行可捨."

　　위의 인용문 중 '趨避'는 이로움을 따르고 해로움을 피함을 뜻한다. 紀昀의 『閱微草堂筆記』, 「灤陽消夏錄」(6)에 "故聖人以陰陽之消長, 示人事之進退, 俾知趨避而已."라고 했다. 『中庸章句』 제14장에 "군자는 평이한 도리를 행하며 천명을 기다리고, 소인은 위험한 짓을 행하며 요행을 바란다"(君子居易以俟命, 小人行險以徼幸)고 했다.

135 "余指靈龜詩曰: '撲著不足法耶?' 力闇曰: '不然. 只謂吉凶在我之是非, 不必待撰蓍而知之也.' 余曰: '然. 朱子亦以爲易不過惠迪吉從逆凶也.'"

위의 인용문 중 '惠迪吉, 從逆凶'은 『書經』「大禹謨」에 나오는 말이다.

136 『鐵橋話』, 「閑話」, "湛軒指力闇靈龕詩有'靈龕有何靈, 以問乞靈者. 吉凶論是 非, 趨避敢苟且. 居易以俟命, 枯草行可捨.'曰: '撰蓍不足法耶?' 力闇曰: '不 然. 只謂吉凶在我之是非, 不必待撰蓍而知之也.'"

137 『朱子語類』권107, 朱子 4, 「雜記言行」, "長孺(*汪德輔)問: '先生須得邵堯夫 先知之術?' 先生久之, 曰: '吾之所知者, 惠迪吉從逆凶, 滿招損謙受益. 若是 明日晴後日雨, 吾又安能知耶?'"

위의 인용문 중 '滿招損, 謙受益'도 『서경』「대우모」에 나오는 말이다.

138 陳耀文, 『經典稽疑』卷下, 『易經』, 「河圖洛書」, "又闢邵子先知云: '吾之所知 者, 惠迪吉從逆凶, 滿招損謙受益, 若是明日晴後日雨, 吾又安能知耶?', 由是 推之, 朱子眞信卜筮耶?(『荷亭辨論』)"; 『四庫全書總目』권127, 子部 37, 雜 家類存目 4, 盧格, 『荷亭辯論』, "大抵持論詭異, 攻擊朱子之說, 往往過當."

139 朱伯崑, 앞의 책, 中冊, 441~442면; 廖名春 外, 앞의 책, 294면 참조.

140 엄성, 『철교전집』5, 『일하제금집』下, 洪高士尺牘, 「愛吾廬八景小識」附鐵 橋「愛吾廬八詠」, "鐵橋原注: 湛軒見此詩, 甚以爲疑. 余告之曰: '昔朱子欲攻 韓侂冑, 筮得遯卦而止. 故記曰: '義則可問, 志則否', 而顔含亦曰: '自有性 命, 無勞蓍龜.'"

『예기』「少儀」에 "점은 두 번 묻지 않는 법이다. 점괘를 물을 때 '公義에 관 한 일인가, 私志에 관한 일인가'를 자문한다. 公義에 관한 일이면 점괘를 물 을 수 있지만, 私志에 관한 일이면 그럴 수 없다"(不貳問. 問卜筮, 曰: '義 與? 志與?' 義則可問, 志則否)고 했다. 遯卦는 『周易本義』에 "爲卦, 二陰浸 長, 陽當退避, 故爲遯, 六月之卦也. …故其占, 爲君子能遯, 則身雖退而道 亨."이라 했다.

141 王懋竑, 『朱子年譜』, 何忠禮 點校, 中華書局, 1998, 권4, 慶元元年乙卯, 夏五 月, 253~254면; 束景南, 『朱熹年譜長編』, 上海: 華東師範大學出版社, 2001, 卷下, 1218~1219면.

142 『晉書』권88, 列傳 第58, 孝友, 「顔含」, "郭璞嘗遇含, 欲爲之筮. 含曰: '年在 天, 位在人. 修己而天不與者, 命也. 守道而人不知者, 性也. 自有性命, 無勞 蓍龜.'"

143 홍대용이 영조감을 노래한 엄성의 시에 대해 의문을 표한 것은 사실이지만, 엄성이 인용문에서 보는 바와 같은 해명을 과연 필담 당일에 했는지는 알

수 없다. 『간정필담』이나 『을병연행록』에는 그에 해당하는 기록이 보이지 않는다.

144 『담헌서』 외집 권2, 『간정동필담』, 1766년 2월 19일, "八詠詩, 咀之嚼之, 其味津津, 信乎有德者之言也. 就中靈龕一詩, 尤見其卓然峻拔, 無世儒拘攣之氣, 直令人有凌萬頃超八垠之意. 誦此詩, 可以知其人矣. 雖然, 才高者過於脫灑, 則或不免於大軍遊騎, 出太遠而無所歸, 此則弟不能無過計之憂於吾兄其〔者〕也."(이 대목은 규장각 등 소장본 『간정필담』과는 자구의 차이가 다소 있다.)

『논어』「憲問」에서 "有德者必有言"이라고 했다. 『맹자』「萬章 下」에서 "誦其詩, 讀其書, 不知其人可乎?"라고 했다.

145 程顥·程頤, 『二程遺書』 권7, "兵陣須先立定家計, 然後以遊騎旋旋, 量力分外而與敵人合. 此便是合內外之道. 若遊騎太遠, 則却歸不得."; 『朱子語類』 권18, 大學 5, 或問 下, "周問: '程子謂一草一木皆所當窮, 又謂恐如大軍遊騎出太遠而無所歸, 何也?' 曰: '便是此等語說得好, 平正不向一邊.'(淳) 問: '程子謂如大軍遊騎無所歸, 莫只是要切己看否?' 曰: '只要從近去.'(士毅) 且窮實理, 令有切己工夫, 若只泛窮天下萬物之理, 不務切己, 卽是遺書所謂遊騎無所歸矣.(德明) …或問: '格物問得太煩.' …又曰: '徒欲汎然觀萬物之理, 恐如大軍之遊騎出太遠而無所歸….'(寓)"

146 『담헌서』 외집 권2, 『간정동필담』, 1766년 2월 21일, "靈龕詩, 承敎極是, 敢不書紳? 自恨早晚多冗, 未遑改正, 亦姑存其說可耳. 貴處有賢師友見之, 不足供其一噱, 幸爲藏拙, 聊存手跡, 以誌相好之情, 至感至感."

이 답서는 『담헌서』의 『간정동필담』에는 편집상의 실수로 2월 19일 기사에 연속해서 수록되어 있으나, 『간정록』 및 규장각 등 소장본 『간정필담』에는 2월 21일 기사에 수록되어 있다(후마 스스무, 『조선연행사와 조선통신사』, 신로사 외 옮김, 성균관대출판부, 2019, 제13장 「홍대용의 『간정동회우록』과 그 개변」 참조). 『을병연행록』에는 2월 22일 기사에 수록되어 있다.

147 "八詠中靈龕一詩, 尤是絶調. 此中士友見之者, 亦莫不欽誦而稱奇. 其時鄙書奉效者, 非以此詩爲有餘憾, 乃過計之憂, 無所不用其極也. 至有'未及改正'之敎, 則想未悉鄙意也."(『乾淨後編』 권1, 丙戌 十月 冬至使行入去 作書附譯官邊翰基, 「與鐵橋書」, 別紙, 56면; 엄성, 『철교전집』 5, 『일하제금집』 하, 洪高士尺牘, 「九月十日與鐵橋」, 「書後別紙」).

이 내용이 『담헌서』 외집 권1, 杭傳尺牘, 「與鐵橋書」(첫 번째 편지)에는 삭제되어 없다.

『大學章句』傳 제2장에 "이런 까닭에 군자는 항상 그 최고선을 행하는 것이다"(是故君子無所不用其極)라고 했다.

148　"又有說者, 以朱子之風力, 欲攻韓侂胄, 乃以筮得遯卦而止. 夫易以前民用也, 非以爲人前知也. 求前知, 非聖人之道也. 故少儀之訓曰: '毋測未至.' 弟前於靈龕一詩, 發其狂談, 亦此意也."(『中士寄洪大容手札帖』5, 엄성, 「洪湛軒尊兄手啓」, 277면; 『乾淨後編』권2, 戊子五月使行還 浙書附來, 「鐵橋書」, 218면; 엄성, 『철교전집』5, 『일하제금집』하, 洪高士尺牘, 「又與九峯書」, 附鐵橋丁亥秋答書)

149　"昔人云: '一命爲文人, 無足觀矣.'"(『中士寄洪大容手札帖』5, 엄성, 「洪湛軒尊兄手啓」, 272면; 『乾淨後編』권2, 戊子五月使行還 浙書附來, 「鐵橋書」, 212면; 엄성, 『철교전집』5, 『일하제금집』하, 洪高士尺牘, 「又與九峯書」, 附鐵橋丁亥秋答書); 顧炎武, 『亭林文集』권4, 「與人書」[18], "宋史言劉忠肅公每戒子弟曰: '…一命爲文人, 無足觀矣.'"; 顧炎武, 『日知錄集釋』, 黃汝成 集釋, 上海古籍出版社, 1984, 권19, 「文人之多」, "宋劉摯之訓子孫, 每曰: '…一號爲文人, 無足觀矣.'"; 『宋史』권340, 列傳 제99, 「劉摯」, "一號爲文人, 無足觀矣."; 김명호, 『환재 박규수 연구』, 창비, 2008, 607~608면 참조.

엄성은 이미 1766년 2월 12일의 필담에서도 시화 창작에 탐닉하는 반정균과 자신의 취향에 대해 劉摯의 말을 인용하면서 반성한 바 있다(『담헌서』 외집 권2, 2월 12일, "力闇曰: '昔人云: 「號爲文人, 餘無足觀」', 而又安可酷慕 '風流'二字乎? 此蘭公之大病也.'"). 엄성이 이 말을 평소 애용했음을 알 수 있다.

150　顧炎武, 『日知錄集釋』, 권1, 「孔子論易」, 133~134면, "…是則聖人之所以學易者, 不過庸言庸行之間, 而不在乎圖書象數也. 今之穿鑿圖像以自爲能者畔也." "希夷之圖, 康節之書, 道家之易也. 自二子之學興, 而空疏之人, 迂怪之士, 擧竄迹於其中以爲易, 而其易爲方術之書, 於聖人寡過反身之學去之遠矣. (주)楊氏(*楊寧)曰: '此論與朱子異.'"; 廖名春 外, 앞의 책, 324면, 365면. 참고로, 정조는 이러한 고염무의 주장을 수용했다(『홍재전서』권164, 『日得錄』4, 文學[4], "邵子先天學甚正, 得自華山陳先生, 而希夷之圖, 康節之書, 不免爲道家權輿.").

151　고염무, 위의 책, 권1, 「卜筮」, 138면, "禮記少儀, '問卜筮, 曰: 「義與? 志與?」 義則可問, 志則否.' 子孝臣忠, 義也. 違害就利, 志也. 卜筮者, 先王所以敎人,

去利懷仁義也.ˮ

152 위의 책, 140면, "易'以前民用'也, 非以爲人前知也. 求前知, 非聖人之道也.
是以少儀之訓曰: '毋測未至.' 郭璞嘗過顔含, 欲爲之書. 含曰: '年在天, 位在
人, 修己而天不與者, 命也; 守道而人不知者, 性也. 自有性命, 無勞著龜.'ˮ
『주역』「繫辭傳」(上)에 "是以明於天之道而察於民之故, 是興神物, 以前民
用, 聖人以此齋戒, 以神明其德夫.ˮ라고 했다.

153 任利偉,「顧炎武的易學研究成就」,『周易研究』第2期, 2008, 58면.

154 胡渭,『易圖明辨』권10,「象數流弊」,〈學易正宗〉, "聖人豈專爲卜筮而著一
書, 使天下後世之人日日端策拂龜, 聽命於鬼神而不務民義也哉? 亭林論卜
筮十則, 可以箴宋人之膏肓.ˮ; 許蘇民,「顧炎武思想的歷史地位和歷史命運」,
『雲南大學學報(社會科學版)』, 第5卷 第1期, 2006, 17면 참조.
胡渭는『易圖明辨』에『日知錄』「孔子論易」조도 수록했다.

155 焦循,『易圖略』권6, 原筮 第八, "夫以聖人作易, 而僅以供人之筮, 吾疑焉.ˮ,
"夫易者聖人敎人以改過之書也.ˮ, "然則筮易之法, 與聖人作易之指, 一以貫
之矣. 聖人作易, 非爲卜筮而設也. …善乎顧氏亭林之言曰: '…' 顧氏之說, 得
乎'因貳以濟民行'之指矣.(詳見日知錄)ˮ
'因貳以濟民行'은『주역』「繫辭傳」(下)에 나오는 말인데, 이에 대한 해석은
학자마다 구구하다.

156 "明哲保身四字, 最易爲庸鄙者藏身藉口. 馮道事四朝十主, 廉恥道喪, 千古無
兩, 而先儒或有許其救世之功者, 此豈可不嚴其辨哉?ˮ(『中士寄洪大容手札
帖』5,「洪湛軒尊兄手啓」, 277면;『乾淨後編』권2, 戊子五月使行還 浙書附
來,「鐵橋書」, 218면; 엄성,『철교전집』5,『일하제금집』하, 洪高士尺牘,「又
與九峯書」, 附鐵橋丁亥秋答書)
『中士寄洪大容手札帖』의 原札을 보면"又有說者"이하"此豈可不嚴其辨
哉?ˮ까지가 하나의 단락임을 꺽쇠 부호로 표시했다.『乾淨後編』도 처음과
끝부분의 공백으로 하나의 단락임을 표시했다.

157 魏泰 撰,『東軒筆錄』권9, "荊公雅愛馮道, 嘗謂其能屈身以安人, 如諸佛菩薩
之行. …荊公曰: '伊尹 五就湯吾就桀者, 正在安人而已. 豈可亦謂之非純臣
也?'ˮ; 朱熹 纂集,『宋名臣言行錄』後集 권5,「唐介質肅公」.

158 『論語』「子路」, "子貢問曰: '何如斯可謂之士矣?' 子曰: '行己有恥, 使於四方,
不辱君命, 可謂士矣.'ˮ; 顧炎武,『亭林文集』권3,「與友人論學書」; 김명호,
앞의 책, 609~610면, 658~659면 참조.

159　『乾淨附編』1,「與汶軒書」, 追伸, 66면, "中國蓍草, 聞生於文王·孔子陵者最
　　是上品可用, 而求諸京市, 眞假無辨. 如不難得, 乞鄧(*鄧師閔)兄附惠來, 便
　　不啻百朋之賜也.",「與蓉洲書」, 추신, 68면, "聞出於文王孔子陵上者最爲眞
　　品. 遠方疎逖, 無由求得, 乞蓉洲幸爲我圖之, 俾得見聖世之法物, 則何啻百朋
　　之賜也!";『薊南尺牘』(原書) 및『乾淨附編』1,「汶軒答書」, 69~70면, "筮草,
　　燕京賣者眞僞, 誠屬難辨, 玆已托人, 專往曲阜購求, 務於來年奉去.",「蓉洲答
　　書」, 74면, "承命蓍草, 猝難購覔, 俟搜求, 旣得自當藉便奉上.",「蓉洲答書」,
　　88면, "所囑蓍草, 徧求罔得, 幸舍親梅軒得之云. 出自元聖陵者, 藉便奉上.",
　　「趙梅軒書」, 89면, "所諭孫公蓍草, 煜亦多方代購, 今偶獲一束, 係出自周公
　　之陵, 籍便呈上.";『中士寄洪大容手札帖』(原書) 및『乾淨附編』2, 乙未四月,
　　「梅軒答書」, 추신, 337면, "外附蓍草一束(此系周公墓上生者)"
　　　『淸一統志』에 의하면, 주공의 묘는 문왕 및 무왕의 능과 함께 咸陽에 있었
　　다고 한다(『欽定大淸一統志』권179, 西安府 2,「陵墓」,〈周周公墓〉). 徐浩
　　修와 柳得恭도 1790년의 연행에서 공자의 72대손인 衍聖公 孔憲培로부터
　　곡부 闕里의 공자 무덤 앞에 난 시초를 선물로 받았다고 한다(徐浩修,『燕
　　行紀』권3, 1790년 8월 10일; 成海應,『硏經齋集』권32, 風泉錄 2,「孔子墓
　　蓍說」; 이규경,『오주연문장전산고』經史篇, 經傳類, 易經,「蓍草辨證說」,
　　"我正廟庚戌, 柳泠齋[得恭]隨別使入燕, 見夫子七十二代孫衍聖公孔憲培, 衍
　　聖爲贈先聖墓上蓍草五十本.").

160　황윤석,『이재난고』권20, 甲午(1774) 7월 29일, "昨日裕叔(*趙鎭寬: 趙
　　曒 아들)出蓍草示之, 卽長湍進士金時準甫所得而送者. 金, 貫義城, 早遊泉
　　門, 自其大人已有學識, 通象數, 蓍則其所採也. 其言有云: …余舊聞渼上先
　　生(*金元行)宅, 有文谷(*金壽恒)時中國舊識江西人李之淮(字浦來)所送蓍
　　草. 又聞 光州文化柳氏先世思敬, 以書狀官萬曆中赴北京, 有所購蓍草, 年
　　久, 實有金聲, 至今家藏. 裕叔又言: '今北京坊市, 多賣蓍草.' 然余嘗攷朱子
　　語類, 已云: '眞蓍難得, 惟張魏公破宿州得蓍, 藏于南軒家.' 據此則我東所傳
　　而所採者, 安知其必眞? 雖然, 若云: '我國所必無者', 則亦近誣矣.'; 권21, 丙
　　戌(1776) 2월 7일, "轉訪趙府尹鎭寬, 則杜浦孟生賢大亦至, 適話. 余要裕叔,
　　'蓍草惠我可乎?' 裕叔云: '當更求諸金上舍時俊, 長湍人, 奉送耳.'; 권27, 己
　　亥(1779) 1월 7일, "聞交河·坡州·長湍等地多生(셍양)卽金上舍時準所傳蓍
　　草者類也. 陵隷言… 亟令搜得數百莖, 水浸淨洗裁截, 成蓍策二部, 並用同身
　　寸, 其一部長….'; 권28, 己亥 1월 29일, "金上舍家, 在東坡驛北洞內, 果有所

藏蓍草. 其以易占作卦時, 必焚香薰裏致敬乃筮. 頃當宋德相赴召也, 不待其請, 躬自筮其吉凶, 其家必更有餘件."; 권35, 癸卯(1783) 9월 24일, "李伯敬示來時山間所採蓍草, 一本數十莖長可二尺許者. 以此推之, 深山久陳處, 必有一本百莖長丈許者."

황윤석의 학문적 기반은 象數學的 易學에 있었다고 한다(최영성, 「이재 황윤석의 학문 본령과 성리학적 경세관」, 『온지논총』 43, 온지학회, 2015, 190~196면).

161 황윤석, 『이재난고』 권22, 丙申(1776) 8월 5일, "轉訪洪監察大容德保(渼上丈席, 改字弘之)于大貞洞. 德保見余驚喜, 亟問易學留意處…"; 8월 7일, "是日洪監察大容德保來訪, 再論易·範象數之說."; 8월 9일, "因歸德保家, 與李(*이덕무)君二朴(*박지원·박제가)相話. 有頃, 德保自闕內罷班乃歸, 相話, 再寢. …是日, 觀德保所藏曆象攷成上下後編及數理精蘊幷八線對數表·對數闡微表, 又觀泰西坤輿全圖, 康熙甲寅西士南懷仁所增修者共八疊, 爲圖者二, 各列赤道, 半天爲一圖(德保又言: '家藏蓍草一握五十莖, 卽中國人所以遠饋者'云. 産于伏羲文王塚上, 而我國方言所謂쒼양재也)."

撲蓍之法은 한 손아귀에 서초 50 줄기를 쥔다(取五十莖, 爲一握).

162 황윤석, 『이재난고』 권34, 壬寅(1782) 8월 19일, "…亦中國人所記, 伏羲文王墓前, 獨有蓍草, 而近世淸人陸飛·潘廷筠輩, 爲洪大容德保, 得文王墓上蓍以遺之意也."

163 『周易本義』의 해석을 따른 경우는 건괘 象辭(卦辭), 蒙卦 上九, 小畜卦 大象傳, 泰卦 九三과 六四, 噬嗑卦 六二 등이다. 『易傳』의 해석을 따른 경우는 건괘 用九, 곤괘 六二, 需卦 上九 象傳, 師卦 初六, 蠱卦 象辭, 遯卦 象辭, 晉卦 九四 등이다.

별도로 『주역본의』의 해석에 의문을 제기한 경우는 건괘 文言傳 "九四重剛", 곤괘 象辭, 需卦 六四, 訟卦 六三 象傳, 師卦 大象傳 등이다. 『역전』의 해석에 의문을 제기한 경우는 건괘 文言傳 "九三曰…", "乾始能以美利…", 곤괘 象辭, 比卦 九五 象傳, 否卦 象辭 등이다.

새로운 견해를 제시한 경우로는 곤괘 文言傳 "…正位居體", 比卦 初六 象傳, 泰卦 六四, 同人卦 象辭, 觀卦 上九, 剝卦 象辭, 恒卦 象辭, 遯卦 上九 등을 들 수 있다.

164 『담헌서』 내집 권1, 「周易辨疑」, "陰之變, 以其不能固守也. 陰柔變爲剛陽, 所以能利貞也. 故占者當以利貞爲利也, 卽純乾利貞之義."(坤卦 用六), "屯爲

物始生之象, 故其占爲大通."(屯卦 彖辭), "'勿用取女', 占也; '見金夫不有躬', 象也. 先言占而後言象, 文勢之變而爻辭之一例也."(蒙卦 六三), "附麗之道, 惟在於順. 牝牛, 順而麗人者. 故有畜牝牛之吉. 占者有畜牛之事, 則當如卦辭. 不然, 則當如程傳而養其順德. 考占之法, 亦不可執一論也."(離卦 彖辭)

165 선행 연구로 문중양, 「19세기 조선 실학자의 자연지식의 성격」(『한국과학사학회지』 21권 1호, 한국과학사학회, 1999)에서는 「계몽기의」에 "象數學에 대한 전면적인 부정"이 적나라하게 드러난다고 보았다(52~54면). 박권수, 「조선후기 象數易學의 발전과 변동」(『한국사상사학』 22, 한국사상사학회, 2004)에서는 홍대용을 "조선에서 圖書易에 대한 근본적인 비판을 본격적으로 시작한 인물"로 평가하면서도 "상식적 차원"에서 의문을 제기했다고 보았다(297~301면).

166 주자는 『주역』 「繫辭傳」과 孔安國, 劉歆, 關朗의 설을 인용하여 八卦와 九疇가 하도낙서에서 유래했다는 주장을 폈다. 이에 대해 홍대용은 하도낙서를 논한 關朗의 『洞極經』이 후세의 위작이라는 項安世의 설(『周易玩辭』 권13, 「河圖洛書」)과 하도낙서는 『春秋緯』 등 漢代의 讖緯書에서 주장한 것에 불과하며 經書에는 그런 일이 전혀 기록되어 있지 않다는 孔穎達의 설(『尙書正義』 권12, 「洪範」, "天乃錫禹洪範九疇")을 들어 강한 불신을 표명했다.
그런데도 박권수, 위의 논문에서 홍대용이 『역학계몽』에 대해 "단지 '상식적인 차원'에서 이해가 되지 않는다는 사실"을 비판의 기준으로 삼았다고 단정한 것(299면)은 재고를 요한다. 또 홍대용이 "'성현의 말씀'에 대한 불신까지도 서슴없이 드러내고 있다"고 했으나(298면), 그 근거로 번역 소개한 인용문을 보면 禹가 龜文(洛書)에 의거하여 九疇를 차례로 서술했다는 孔安國의 설을 비판한 것인데 이를 오독한 듯하다.

167 『담헌서』 내집 권1, 「啓蒙記疑」, "五行生克之說, 盖出於易緯術數之學, 焦(*焦延壽)·京(*京房)諸儒之言, 希夷(*陳搏)·康節(*邵雍)之所傳授, 至朱子, 始取以解太極圖, 並及於易.", "'夏季十八日, 土氣爲最旺'云云, 此等皆術數家傅會之語, 旣不見經傳, 儒者所不語, 朱子之獨取之, 何哉?"

168 『담헌서』 내집 권4, 보유, 「의산문답」, "故五行之數, 原非定論, 術家祖之, 河洛以傅會之, 易象以穿鑿之, 生克飛伏, 支離繚繞, 張皇衆技, 卒無其理."
「의산문답」에서 오행설을 비판한 것은 마테오 리치가 『乾坤體義』에서 소개한 서양의 四元素說에 영향받은 것으로 추측된다(이봉호, 『정조의 스승, 서

명응의 철학』, 동과서, 2013, 375~376면 주 628; 홍대용, 『의산문답』, 문중
양 역해, 아카넷, 2019, 198~199면 참조).

169 '相得有合說'이란 天數(1, 3, 5, 7, 9)는 陽數(奇數)끼리 地數(2, 4, 6, 8, 10)
는 陰數(偶數)끼리 同類가 됨을 '相得'이라 하고, 異類인 1과 6, 2와 7, 3과
8, 4와 9, 5와 10이 만나 각각 水, 火, 木, 金, 土를 生成함을 '有合'이라고 보
는 설이다.

'三同二異說'이란 河圖와 洛書에서 중앙의 點 다섯 개 중 셋(1, 3, 5)은 서
로 똑같고 둘(2와 9, 4와 7)은 서로 다르다고 보는 설이다.

'析合補空說'이란 河圖에서 북·남·동·서의 각 방위에 합쳐져 있는 수들
(1과 6, 2과 7, 3과 8, 4와 9)을 쪼개어 비어 있는 나머지 방위 즉 서북·동
남·동북·서남을 각각 1·2·3·4로써 보충하면 伏羲가 만들었다는 팔괘
의 方位圖와 합치한다는 주장이다. 이와 같은 주자의 설들에 관한 胡方平
의 주석을 중심으로, 조선에서는 이황을 비롯한 영남 성리학파와 韓元震을
비롯한 畿湖 성리학파에서 활발한 논의가 이루어졌다(박권수, 앞의 논문,
288~291면; 이선경, 「조선후기 畿湖性理學派의 『易學啓蒙』 이해」, 『한국철
학논집』 35, 한국철학사연구회, 2012, 286~302면 참조).

170 참고로, 김원행의 아들이자 홍대용의 벗인 김이안 역시 「계몽기의」라는 똑
같은 제목의 글에서 『역학계몽』의 「본도서」 편을 논했다(金履安, 『三山齋
集』 권10, 「啓蒙記疑」).

5부 5장

1 『담헌서』 외집 권7, 『연기』, 「孫蓉洲」, "余曰: '科場經義主何說?' 蓉洲曰: '總
以朱註.' 余曰: '聞詩經多主小序, 以朱子廢舊說爲非, 此中獨不然乎?' 蓉洲
曰: '當今總以朱子爲歸.'"

2 『담헌서』 외집 권8, 『연기』, 「周學究」, "又問曰: 詩經, 主集註乎? 主小序乎?'
亦變色不答."

3 『乾淨後編』 권1, 丙戌十月 冬至使行入去 作書附譯官邊翰基, 「與篠飮書」,
32~33면, "小序事, 東歸後憂病牽連, 無暇入思. 來歲寄信, 如有新知之得, 敢
不卒以求明敎也."

『담헌서』의 杭傳尺牘 중 「與篠飮書」는 原書를 개작한 곳이 많은데, 인용문

중 '卒' 자도 '疑難'으로 고쳤다. 그러나 『搢紳尺牘』 중 「與篠飮書」는 『乾淨
後編』과 마찬가지로 '卒' 자로 되어 있다.

4   『乾淨後編』 권1, 丙戌十月 冬至使行入去 作書附譯官邊翰基, 「與鐵橋書」;
     『담헌서』 외집 권1, 杭傳尺牘, 「與鐵橋書」(첫 번째 편지).

5   "曩者說詩日下, 各主一見, 皆有未醇. 後敬讀我皇上御纂詩義折中, 以聖人而
     注聖經, 精緻廣博, 貢賜·商之所不能企, 而毛·鄭之所未嘗知也. 敬寄一部,
     欲足下潛心玩味, 可以正先入之見, 可以抉葩經之心. 道必尊王, 言必宗聖.
     願爲東儒勉焉."(『中土寄洪大容手札帖』 5, 반정균, 「湛軒先生手啓」, 294면;
     『乾淨後編』 권2, 戊子五月使行還 浙書附來, 「秋庫書」, 229면)
     위의 인용문 중 '賜·商'은 端木賜와 卜商, 즉 자공과 자하를 가리킨다. 『어
     찬시의절중』은 국내의 국립중앙도서관과 한국학중앙연구원 장서각(12책
     본), 서울대 규장각(8책본), 중앙대 도서관(10책본) 등에 소장되어 있다.

6   『四庫全書』 經部 3, 詩類, 毛奇齡 『詩傳詩說駁義』 권1, "詩傳, 子貢作; 詩
     說, 申培作, 向來從無此書.…"; 朱彝尊, 『經義考』 권100, 詩 3, 端木子(賜),
     『詩傳僞本』, "近蕭山毛大可作詩傳詩說駁義, 力辨其誣, 可謂助我張目者也.";
     『四庫全書總目』 권16, 經部 16, 詩類 2, 毛奇齡 『詩傳詩說駁義』, 經部 17
     詩類存目 1, 豐坊, 『(子貢)詩傳』; 余嘉錫, 『四庫提要辨證』, 中華書局, 1980,
     41~42면; 張心澂 編, 『僞書通考』, 上海書店出版社, 1998, 254면, 257면.

7   『四庫全書總目』 권16, 經部 16, 詩類 2, 『欽定詩經傳說彙纂』, "故雖以集傳
     爲綱, 而古義之不可磨滅者, 必一一附錄以補闕遺. 於學術持其至平, 於經義
     乃協其當."; 『欽定(御纂)詩義折中』, "訓釋多參稽古義, 大旨亦同. 蓋我聖祖
     仁皇帝欽定詩經滙纂於集傳之外, 多附錄舊說, 實昭千古之至公. 我皇上幾暇
     研經, 洞周變奧, 於漢以來諸儒之論, 无不衡量得失, 鏡別异同. …并於所釋鄭
     諸篇概作淫詩者, 亦根据毛·鄭郑, 訂正其訛, 反覆一二百言, 益足見聖聖相
     承, 心源如一. 是以諸臣恭承彝訓, 編校是書, 分章多准康成, 徵事率從小序,
     使孔門大義, 上溯淵源, 卜氏舊傳, 遠承端緒."; 漆永祥, 『乾嘉考据學研究』, 北
     京: 中國社會科學出版社, 1998, 250면; 鄭穎, 「『御纂詩義折中』研究」, 武漢
     大學 碩士論文, 2017 참조.

8   『御纂詩義折中』 권5, "孔子曰: '鄭聲淫.' 蓋謂其樂之聲調, 非謂詩也. 鄭詩
     二十一篇, 女曰鷄鳴·有女同車·出其東門, 貞而好德, 有二南之遺風. 溱洧則
     刺亂也. 餘十七篇皆有爲而作, 非男女之私, 何淫之有? 詩三百, 一言以蔽之
     曰: '思無邪', 觀於鄭風益信矣."

9 "惠贈詩義, 極感勤意. 顧凶衰在身, 咏歌非時, 姑未得逐章研究. 且不敢妄措
贊頌, 惟恭玩敬歎而已. 且說詩豈有定法? 言之理到, 橫說豎說, 無所不可.
如孟子言詩, 太半遺却本旨, 專取其義, 最爲活法. 謹粧爲寶藏, 待他日晴窓
諷玩, 以資興感, 無負盛意也."(『乾淨後編』 권2, 戊子十月作書, 附節行, 「與
秋㢓書」, 別紙, 239~240면;『담헌서』 외집 권1, 杭傳尺牘, 「與秋㢓書」[세
번째 편지])

10 주자는『맹자집주』에서 맹자가『시경』魯頌 중 노나라 僖公의 치적을 찬송
한 「閟宮」의 일부 구절을 인용하면서 엉뚱하게 周公이 오랑캐를 응징한 사
례로 든 데 대해, 이는 단장취의한 것이라고 옹호했다(『孟子集註』, 「滕文
公 上」, "魯頌曰: '戎狄是膺, 荊舒是懲.' 周公方且膺之, 子是之學, 亦爲不善
變矣. [註] 魯頌, 閟宮之篇也. …今按: 此詩爲僖公之頌, 而孟子以周公言之,
亦斷章取義也."). 그러나 이러한 주자의 단장취의설에 대해 安鼎福이나 정
약용 등은 의문을 제기했다(安鼎福,『順菴集』 권11, 經書疑義, 孟子, "周公
方且膺之, 閟宮爲魯頌, 而魯周公之後. 故孟子不詳考其世代而曰周公也. 集
註亦斷章取義也. 以僖公之頌, 而孟子以周公言之, 有何斷章取義之義耶? 未
詳.";丁若鏞,『與猶堂全書』, 第2集, 經集 권5,『孟子要義』 권3, 滕文公 第三,
有爲神農之言者許行章, "鏞案: 斷章取義者, 豈得並易其事實? 孟子引古書說
古事, 原多錯誤.").

11 규장각 등 소장본『燕行雜記』 권4, 「橐裝」, 〈諸人贈贐〉, '潘庭筠' 조에 '漢隷
字源六本'이라 기록되어 있다. 본서, 333면 도판 참조.

12 『담헌서』 외집 권2,『간정동필담』, 1766년 2월 7일, "蘭公送漢隷字源一部.
書曰: '客邸都無長物, 篋中有漢隷字源一部, 共六本, 在中國不易購, 敢致之
湛軒齋中, 以供淸賞. 足下好古, 輒脫手相贈, 幸哂存是荷.'"; 2월 8일, "蘭公
曰: '漢隷字源, 貴處有之?' 余曰: '或有之.'…余曰: '…且弟書法本拙, 實同僧
梳, 而家嚴常喜隷書, 歸當奉獻.' …力闇曰: '此間講隷之書, 亦有數種, 此書
無板, 不易得也.'"
이 대목은 규장각 등 소장본『간정필담』과 자구의 차이가 있다. 그중 큰 차
이로,『간정필담』에는 '或有之' 다음에 '弟則未見'이 더 있으며, 위의 인용문
중 밑줄 친 부분이 삭제되어 없다.

13 『四庫全書總目』 권41, 婁機 撰,『漢隷字源』, "於古音古字, 亦多存梗槪, 皆足
爲考證之資, 不但以點畫波磔爲書家模範已也."; 漆永祥, 앞의 책, 13면; 김신
주 외, 「尊經閣所藏中國古書解題」(3),『中國語文論譯叢刊』 25, 중국어문논

역학회, 2009, 543~551면.

14 少論의 서예가로서 영조의 총애를 받은 尹東晳(1722~1789)은 홍대용보
다 앞서 『한예자원』을 입수·연구하고 『刊補漢隷字源』을 남겼다고 한다(황
정연, 「조선시대 書畵收藏 연구」, 한국학중앙연구원 한국학대학원 박사논
문, 2007, 290면; 박철상, 「조선시대 금석학 연구」, 계명대 박사논문, 2014,
102~103면). 또 추사 김정희도 『한예자원』을 애독했다(김정희, 『완당집』
권2, 「與申威堂」[3], "漢隷字原〔源〕固好, 所收爲三百九碑之多, 數今日現存
漢碑三十餘種, 雖謂之淵海可也.").

15 『담헌서』 내집 권1, 「詩傳辨疑」, "余觀三洲〔淵〕日錄, 詩解多新可意, 而亦有
所疑, 逐條論辨."
　　『삼연일록』은 60대 말의 노경에 이른 김창흡이 숙종 말년에 관직에서 물러
나 은둔할 때 독서한 내용을 중심으로 적은 일기이다. 1719년 3월 및 1720년
3월 일기에서 『시경』에 관해 논했다(김창흡, 『삼연집』 권33, 『일록』[己亥],
三月; 권35, 『일록』[庚子], 三月).
　　위의 인용문 중 '三洲'는 '三淵'의 오기가 분명하다. '삼주'는 농암 김창협이
터를 잡은 경기도 양주의 石室書院 일대를 가리킨다. 그 앞의 한강에 3개의
모래섬이 있어 '삼주'라고 명명했다고 한다(김창협, 『농암집』 권36, 附錄,
年譜[下], 丁丑 八月, "定居于三洲.[先生本擬畢命農巖, 而大夫人時在京第,
故爲便省侍, 棲息近郊. 且以石室書院, 江山淸曠, 頗有齋居藏修之樂, 遂定居
焉. 作外軒數楹以處焉, 扁曰三山閣. 前有沙渚三, 故又命其地曰三洲.]"). 그
러나 『일록』을 저술할 당시 김창흡은 강원도 화천의 谷雲에 은둔하거나 아
들 金養謙의 임소인 황해도 신천군의 文化縣 관아에 머물고 있었으므로,
당시 저술한 독서 일기를 굳이 '三洲日錄'으로 명명할 이유가 없다(金洙根
編, 『三淵先生年譜』 下, 己亥[先生六十七歲] 二月, "入谷雲. 有讀書日錄.",
庚子[先生六十九歲] 三月, "就養文化縣衙. 養謙時爲縣令."). 또한 홍대용은
김창흡의 『잡록』(『삼연집』 권33)을 '三淵雜錄'이라고 지칭했다(『담헌서』
외집 권1, 杭傳尺牘, 「與九峯書」, "外有農巖雜識·三淵雜錄各一册, 原欲奉
寄鐵橋, 輒此附呈."). 그리고 李義準(1775~1842)이 기획했던 미완성 『小華
叢書』의 목록에 김창협의 『농암잡지』와 함께 김창흡의 『삼연일록』이 포함
되어 있었다고 한다(이규경, 『오주연문장전산고』, 經史篇, 經史雜類, 其他
典籍, 「小華叢書辨證說」).

16 김창흡, 『삼연집』 권35, 『일록』(庚子), 3월 3일, "桑中詩, 朱子與呂東萊屢次

爭辨, 一作自述, 一作刺者之辭, 其說甚長. 呂之必欲作刺者, 蓋未能活看思無
邪, 拘於三百篇皆奏諸宗廟, 而殊不知此等詩, 始採以行黜削, 終以時存肄而
已. 雖出於淫者之口, 而讀詩者惡其邪淫, 有以懲創, 則不害爲思無邪也. 朱子
之判以淫者自述, 其意確正, 而但其三章所列次名姓, 則姜‧弋‧庸三女, 不容
一男徧淫也, 豈淫朋相逐, 賦成一篇耶? 呂氏之必欲作刺, 恐或以是也."; 3월
16일, "鄭風自風雨至揚之水, 未可斷爲淫奔. 揚之水, '終鮮兄弟', 以兄弟爲夫
妻, 似涉牽强. 詩序之刺忽, 旣無情理, 矯之之過, 以他題爲淫奔, 恐亦失其平
矣."

17   박명희, 「삼연 김창흡의 시경론」, 『한국언어문학』 47, 한국언어문학회, 2001;
      홍유빈, 「三淵 詩經說에 대한 담헌의 평가와 그 의미-담헌 홍대용의 「詩傳
      辨疑」를 중심으로」, 『대동한문학』 58, 대동한문학회, 2009 참조.
      참고로, 김종후도 『시집전』을 검토하면서 김창흡의 『삼연일록』을 참고했
      다. 김종후는 주로 『毛詩正義』와 비교하여 『시집전』을 검토하는 가운데 김
      창흡의 『삼연일록』을 종종 언급했다. 『本庵集』 권12의 「詩傳箚錄」에서 주
      남 「樛木」, 패풍 「凱風」 「泉水」, 위풍 「伯兮」, 왕풍 「黍離」에 대한 김창흡의
      설을 논평했다. 續集 권6의 「시전차록」에서는 주남 「관저」에 대해 김창흡
      과 마찬가지로 궁인 창작설을 지지하고 『주자어류』의 관련 기록은 오류로
      서 주자의 未定之說로 보았다. 또 패풍 「燕燕」에 대한 김창흡의 설을 논평
      했다.

18   齊風의 「著」와 패풍의 「泉水」를 논한 경우가 대표적이다(『담헌서』 내집 권1,
      「시전변의」, "著之'不親迎', 本自小序, 而呂氏(*呂祖謙)仍之. 今考其文, 別無
      可證, 此安知非作於入門以後之詩耶?" "泉水章 '父母終而不得歸'者, 本自序
      說, 而集註仍之. 今考其文, 別無可據, 恐因其思而不得歸(*「小序」, "父母終,
      思歸寧而不得.")而附會其說, 甚可疑. 此恐新婚之女思其家而作.").

19   제풍의 「南山」과 「敝笱」를 논한 경우가 대표적이다(『담헌서』 내집 권1, 「시
      전변의」, "南山下二章, 謂刺魯桓者, 可疑(*「小序」, "刺襄公也."). 此與上章,
      文不少變而忽入他事, 詩人筆法, 豈若是之模糊乎?").

20   정풍의 「大叔于田」, 소아의 「車攻」을 논한 경우가 대표적이다(『담헌서』 내
      집 권1, 「시전변의」, "'抑磬控忌', 磬之爲騁馬, 恐近附會. 且服驂之'如舞''如
      手', 已見其善御矣, 何必更叙於此乎? 恐磬, 抑身也. 所謂'磬折'是也. 控, 彎
      弓也. 所謂'控弦'是也. 彎弓者必抑其身, 旣磬旣控, 乃縱乃送, 序不亂而文甚
      密. 下章'釋掤''鬯弓', 言射而不及御, 亦可爲證." "車攻'助我擧柴', 恐是'火烈

俱擧"之意, 不必訓以莘字. 如此則下章馳射, 方有序而不亂. 不然則語甚倒
錯.").

21 김창흡,『삼연집』권33,『일록』, 己亥(1719) 3월 3일, "鄭公子忽再辭齊婚,
義正而辭當. 至祭仲勸以樹援而不從, 則尤爲堅確. 君子之所宜褒美, 而解春
秋者, 以成敗爲是非, 乃謂鄭人賤之, 又謂孔子稱世子而不稱君, 乃深刺之也.
作詩序者, 以許多淫奔之詩, 皆斷爲刺忽. 呂東萊仍襲其說, 鍛鍊得鄭忽罪不
容誅. 朱子曰: '最是忽可憐.' 蓋詩與春秋相牽連, 春秋旣錯解, 則說詩者從而
鶻突矣. 又曰: '因詩序而錯解春秋矣.'"

22 김창흡,『삼연집』권33,『일록』(己亥), 3월 6일, "朱子自少用功於詩, 源流洞
徹, 故能如是善解. 其釋興體, 以'則''矣'二字提掇, 亦有妙理. 如是而後, 可免
'固哉'之誚矣.";권35,『일록』(庚子), 3월 6일, "朱子解詩, 凡於興體, 只以'則'
字''矣字'映帶去, 大致自好."

23 김창흡,『삼연집』권33,『일록』(己亥), 3월 3일, "破詩序說, 易主卜筮, 朱子
最自得處, 賢於程子遠矣."
    주자와 달리 程頤는『시서』를 존중했으며『주역』을 오로지 義理之書로 보
    았다.

24 "古今人品, 槪有六等. 今排定位次, 以爲勸懲之準. 第一位聖人, 一疵不存, 萬
理明盡. 第二位大賢, 道全德備, 守而未化. 第三位君子, 行己有恥, 使四方不
辱. 第四位善人, 宗族稱孝, 鄕黨稱弟. 第五位俗人, 同流合汚, 避害趨利. 第
六位小人, 貪鄙狗彘, 慘毒蛇蠆. 凡此六等, 可惡者小人, 可悶者俗人, 可愛者
善人, 可敬者君子, 可畏者大賢, 不可及者聖人. 俗人非大惡, 而以其與小人比
隣也. 滿腹利害, 依違於人獸間, 所以爲可悶也. 善人雖可愛, 而以其與俗人隔
壁也. 識之未透, 義利參半, 故可愛之中, 有可憂者存. 君子以上, 方始爲人.",
"人苟有要學聖人之志, 則其講學之功, 踐履之實, 必汲汲循循, 愈進愈篤, 無
浚巡遊泛, 若存亡之理. 其徒尙煩說, 色厲內荏, 虛名外重, 實德內疚, 苟焉爲
自欺欺人者, 皆無希聖之實志也. 然則今之所謂學者, 果何所志而爲學耶? 大
略有五種焉. 一曰利心, 假眞售僞, 居之不疑, 以干祿爲心者. 二曰名心, 生則
賓師, 沒則俎豆, 以誇張爲悅者. 三曰勝心, 莫高於道學, 他術爲低, 以標致
爲高者. 四曰伶俐, 讀書談理, 少所礙滯, 以辨析爲能者. 五曰恬雅, 適爾宴
慈, 親近簡編, 以玩索爲樂者. 利心魑魅也, 名心偎儡也, 勝心蟄蝸也, 伶俐鸚
鵡也, 恬雅蠹魚也. (從初-삭제)向學立心, 有一於此, (則-삭제)便是種子
不好, 其於希聖之功, 吾知其愈進而愈遠矣.","右六等五種之目, 我東先輩之

說也. 我喜其造語切實, 巧中時弊, 常銘之心頭, 作爲懿戒. 今取其目, 略加演解, 繫之以狂言, 奉寄鐵橋, 僭擬瞽御之箴, 兼以求敎於篠飮·秋庫兩兄."(『乾淨後編』권1, 丙戌十月 冬至使行入去 作書附譯官邊翰基,「與鐵橋書」, 別紙, 47~52면; 엄성,『철교전집』5,『일하제금집』하, 洪高士尺牘,「九月十日 與鐵橋」,「書後別紙」.『담헌서』외집 권1, 杭傳尺牘,「與鐵橋書」[첫 번째 편지]에는 위의 인용문이 삭제되어 없음. 밑줄 친 부분과 괄호 부분은『삼연일록』과 차이나는 대목임); 김창흡,『삼연집』권33,『일록』(己亥), 3월 5일, "余嘗以人品六等, 排定位次, 每爲後學切言之, 以爲懲勸之準. …君子以上, 方始爲人.", "人能知天之所以與我者而自期以聖人, 則一日有一日之進, 一歲有一歲之進, 豈有若存若亡半靑半黃之理? 惟其無希聖之志也, 故始勤終怠, 外然而中不然, 苟焉爲自欺欺人而已. 然則今之儒者, 果何所志而爲學耶? 大略有五種焉. …從初向學立心只如此, 則便是種子不好, 學者當仔細點檢也."

25   "外有農巖雜識三淵雜錄各一冊, 原欲奉寄鐵橋, 輒此附呈."(『乾淨後編』권2, 戊子十月作書 附節行,「與九峯鐵書」, 247면;『담헌서』외집 권1, 항전척독, 「與九峯書」)

26   김창흡,『삼연집』권33,『雜錄』(壬午: 1702).
    『讀書錄要語』는 薛瑄의『讀書錄』을 吳廷擧(자 獻臣)가 3권으로 발췌한 책이다(明 張吉,『古城集』권4,「讀書錄要語序」; 朝鮮 黃宗海,『朽淺集』권7, 「讀書錄要語續選幷附傳跋」; 金世濂,『東溟集』권8,「讀書錄要語跋」).

27   『담헌서』내집 권2,「계방일기」, 乙未(1775) 2월 16일, "令曰: '關雎詩中 轉輾反側'等事, 或以爲文王事, 或以爲宮人事, 此文義亦合一番商量矣. 三淵集以爲宮人事, 滄溪集以爲文王事, 北軒(*金春澤)·芝村(*李喜朝)皆有論說. … 令曰: '滄溪(*林泳)之論云何?' 臣曰: '滄溪之論, 以爲文王事, 其說甚長矣.' 令曰: '桂坊之意如何?' 曰: '以集註 喜樂尊奉'四字觀之, 則朱子之意, 必謂以宮人事.' 令曰: '夫妻之相敬如賓, 不害爲尊奉否?' 臣曰: '尊奉'二字, 決不可施之於妻.'"

28   김창흡,『삼연집』권35,『일록』(庚子), 3월 1일, "關雎解分明言宮人於淑女, 未得則寤寐反側; 旣得則有琴瑟鐘鼓之樂. 至於'尊奉'二字, 尤非可施於文王也, 而猶有錯解以文王者. 如尤翁·林德涵, 亦不免此. 難道朱子解書, 後人見不差也."

29   『대동풍요』(2책)는 현재 전하지 않으나, 홍대용이 지은 이 서문에 의하면 우리의 전래 민요에서 시조를 중심으로 1천여 편을 뽑고, 한시로 민요를 번

역한 별곡 수십 편을 덧붙여 만든 가요집으로 짐작된다(박미영, 「「大東風謠序」에 나타난 홍대용의 歌論과 그 의미」, 『진리논단』 6, 천안대학교, 2001 참조). 윤인현, 「한국 시가론에서의 『시경』 시 이론의 영향」(『한국한문학연구』 44, 한국한문학회, 2009)에서는 홍대용의 「대동풍요서」에는 주자의 「시집전서」에 나타난 性情論과 교화론이 나타난다고 보았다(158~161면).

30 『담헌서』 내집 권3, 「大東風謠序」, "若其調戲淫藝之辭, 亦夫子不去鄭·衛詩之意. 晦翁所謂'思所以自反而有以勸懲之'者, 尤在上者之所不可不知也云爾."; 朱子, 『詩集傳』序, "其或感之之雜, 而所發不能無可擇者, 則上之人必思所以自反, 而因有勸懲之, 是亦所以爲教也."

31 이덕무, 『청장관전서』 권53, 『이목구심서』 6. "子夏·子貢, 俱是聖門親炙之弟子, 則其言詩應無異說. 今讀子夏詩小序及子貢詩傳, 何其相反也?", "子貢詩傳與申培詩說, 大同小異, 其編次之序, 兩書皆同曰…", "子貢詩傳, 申培詩論(說), 黍離亦大同小異, 又可驚怪. …鄭漁仲曰: '三百篇之詩, 皆可歌, 歌則各從其國之聲. 周·召·王·豳之詩, 同出於周, 分爲四國之聲. 邶·衛之詩, 出於衛, 而分爲三國之聲.'…", "韓詩外傳十卷, 雜引經傳子史, 推演之, 略有異同, 間出己言."

32 최식, 「홍대용을 둘러싼 오해와 진실」(『동방한문학』 79, 동방한문학회, 2019)에서는 『천애지기서』가 『간정동회우록』을 저본으로 하되, 전 3권 중 제1권까지만 초록했을 것으로 추정했다(210면). 현전하는 『간정록』은 『간정동회우록』의 교정본인데, 제2권 표시가 되어 있고 1766년 2월 17일부터 23일까지 기록되어 있다. 따라서 실전된 『간정동회우록』의 제1권은 2월 1일부터 22일까지, 역시 실전된 『간정동회우록』의 제3권은 2월 24부터 29일까지 기록되어 있었을 것이다(신로사, 「『간정록』의 자료적 특징과 가치」, 『간정록』, 숭실대 한국기독교박물관 영인, 2018 참조). 그런데 『천애지기서』에는 2월 24일자와 28일자 육비의 서신, 2월 29일자 엄성의 서신이 포함되어 있으므로, 이덕무는 『간정동회우록』의 제3권을 포함한 전권에서 초록했을 것으로 판단된다.

33 이덕무, 『청장관전서』 권33, 『청비록』 권2, 「嚴鐵橋」, "湛軒編陸·嚴·潘三公筆談書尺, 爲會友錄. 又於錄中, 抄鐵橋語及詩若干則, 使余校勘, 藏于家."; 안대회, 「洪大容 후손가 소장 李德懋 筆寫本 3종 연구」, 『고전문학연구』 42, 한국고전문학회, 2012, 379~390면.

34 『담헌서』 외집 권2, 『간정동필담』, 1766년 2월 8일, "朱子好背小序, 今觀小

序, 甚是可遵, 故學者不能無疑于朱子. 本朝如朱竹垞著經義考二(三)百卷, 亦闢朱子之非是, 而自來之論, 亦謂朱子好改小序, 殆出于門人之手. 如木瓜美齊桓, 子衿刺學校廢, 其他野有蔓草及刺鄭忽刺幽王諸詩, 皆按之經傳, 確鑿可據, 而朱子必盡反之."

35 이덕무, 『청장관전서』 권63, 『천애지기서』, 「필담」, "炯菴曰: '朱竹垞名彝尊, 字錫鬯, 多藏書淹博, 爲淸朝第一. 著明詩綜及日下舊聞, 與徐乾學勘經解. 蓋朱文恪之曾孫, 嘗踰五嶺, 遊雲朔, 泛滄海, 搜羅金石, 證據精博.'"

36 『담헌서』 외집 권2, 『간정동필담』, 1766년 2월 10일, "竊意朱子集註, 獨於庸 · 學 · 論語三書, 用功最深, 而孟註次之, 於詩經則想是未經梳刷. 如六義之不明, 訓詁之疊解, 大旨之牽强, 雖於鄙見, 已有多少疑晦. 但其破小序拘係之見, 因文順理, 活潑釋去, 無味之味, 無聲之聲, 固已動盪于吟誦之間, 則乃其深得乎詩人之意, 發前人所未發也."

37 이덕무, 『청장관전서』 권63, 『천애지기서』, 「필담」, "炯菴曰: '宋史儒林傳, 王柏之言曰: '(今)詩三百五篇, 豈盡定於夫子之手? 所刪之詩, 或有存於閭巷浮薄之口乎? 漢儒取以補亡.' 若如此言, 則小序固多漢儒傅會, 從而爲之詞耳.'"; 『宋史』 권438, 列傳197, 儒林8, 「王柏」, "又曰: '今詩三百五篇, 豈盡定於夫子之手? 所刪之詩, 或有存於閭巷浮薄之口, 漢儒取於(以)補亡, 乃定二南, 各有十有一篇, 兩兩相配, 退'何彼穠矣''甘棠'歸之王風, 削去'野有死麕', 黜去鄭 · 衛淫奔之詩.'"

38 『四庫全書存目叢書』 經部, 제60책, 『詩疑』(通志堂經解本); 張心澂 編, 앞의 책, 212~214면 참조.

39 朱彝尊, 『經義考』 권110, 詩13, 『詩辨說(或作詩疑)』, "自朱子專主去序言詩, 而鄭 · 衛之風, 皆指爲淫奔之作, 數傳而魯齋王氏邃刪去其三十二篇, 且於二南, 刪去野有死麕一篇, 而退'何彼穠矣''甘棠'於王風. 夫以孔子之所不敢刪者, 魯齋毅然削之; 孔子之所不敢變易者, 魯齋毅然移之. 噫! 亦甚矣. 世之儒者, 以其淵源出於朱子而不敢議, 則亦無是非之心者也."; 毛奇齡, 『經問』 권15; 周懷文, 「毛奇齡硏究」, 山東大學 博士論文, 2010, 178~179면 참조.

40 王柏, 『詩疑』, 納蘭成德, 「王魯齋詩疑序」; 『四庫全書總目』 권17, 經部 17, 詩類存目 1, 王柏, 『詩疑』, "此書則攻駁毛 · 鄭不已, 倂本經而攻駁之; 攻駁本經不已, 又倂本經而刪削之.", "此自有六籍以來第一怪變之事也. 柏亦自知詆斥聖經, 爲公論所不許, 乃託詞於漢儒之竄入.", "柏何人斯, 敢奮筆而進退孔子哉?", "後人乃以柏嘗師何基, 基師黃榦, 榦師朱子, 相距不過三傳, 遂倂此

書, 亦莫敢異議, 是門戶之見, 非天下之公義也."

41 　이덕무,『청장관전서』권63,『천애지기서』,「필담」, "詩年代旣遠, 無他左驗,
則只當用傳疑之法, (亦可也.) 朱子之一筆句斷, 關雎必以爲宮人之作者, 愚
亦未敢知也. 但於義甚順, 於文無碍, 婦孺之口氣, 都是天機. (聖德之遍及, 於
是乎益著.) 虛心誦之, 想味其風采, 固颯颯乎有遺音. 其作者之爲誰某, 姑舍
之可也. 至若小序之說, 則愚亦畧見之. 其於此章, 取孔子之言, 點綴爲說, 全
不成文理. 此則朱子辨說備矣. 蓋其蹈襲剽竊, 强意立言, (試依其言而讀之,
如嚼木頭, 全無餘韻.) 其自欺而欺人, 亦太甚矣."
　위의 인용문 중 괄호 표시 부분은『담헌서』의『간정동필담』과 규장각 등 소
장본『간정필담』에는 있는 원문을 생략한 대목이다. 또 첫 글자 '詩'는 원문
의 '但' 자를 고친 것이다.

42 　"炯菴曰: '小序去古未遠, 豈無一二可取可信哉? 湛軒殺得小序太甚. 小序, 蘇
子由始以爲有依據, 說詩者多宗之, 排擊朱子. 攻小序者, 鄭夾漈也, 朱子蓋本
此說. 大抵小序說詩, 皆有主人曰: '此某人之詩也.'未必盡然, 取節焉可也.'"
　위의 인용문 중 '取節焉可也'는『좌전』僖公 33년 기사에 나오는 표현을 따
서 쓴 것이다("詩曰: '采葑采菲, 無以下體', 君取節焉可也. [註]詩, 國風也.
葑菲之菜, 上善下惡, 食之者不以其惡而棄其善. 言可取其善節.").

43 　蘇轍,『詩集傳』권1,「關雎后妃之德也」, "今毛詩之序, 何其詳之甚也? …故
予存其一言而已, 曰:'是詩言是事也.'而盡去其餘, 獨采其可者見於今傳."; 張
心澂 編, 앞의 책, 226~227면;『四庫全書總目』권15, 經部 15, 詩類 1, 蘇
轍,『詩集傳』, "其說以詩之小序, 反復繁重, 類非一人之詞, 疑爲毛公之學, 衛
宏之集錄. 因惟存其發端一言, 而以下餘文, 悉從刪汰.", "厥後王得臣·程大
昌·李樗皆以轍說爲祖, 良有由也.", "轍於毛氏之學, 亦不激不隨, 務持其平
者."
　왕득신(1036~1116)은 북송의 학자로『麈史』가 있다. 정대창(1123~1195)
은 남송의 학자로『詩論』이 있다. 이저는 주자 제자 黃榦과 동시대의 동향
인으로『毛詩解』가 있다.

44 　『鐵橋話』1, 實話, "湛軒曰: '讀易, 主何註?' 力闇曰: '科場遵程子. (又曰:) 經
書雖無不遵朱子, 而(獨有)詩經一書, 則考官命題發策, 多有微辭.'"
　위의 인용문 중 괄호 표시 부분은『담헌서』의『간정동필담』과 규장각 등 소
장본『간정필담』의 원문에는 있는 구절을 삭제한 것이다.

45 　『鐵橋話』1, 實話, "力闇曰: '(前日書久未答, 終當有以報之.) 小序決不可廢, 朱

子於詩注, 實多踳駁, 不敢從同也. …(力闇曰) 弟年十二三時, 讀至葛覃詩注
'葛葉方盛而有黃鳥鳴于其上也', 不覺大笑. 此詩三句一段, '萋萋'叶'喈喈',
則黃鳥自鳴于灌木之上耳, 于葛葉何預? 此雖其細已甚, 然亦見其非出於朱
子之手矣. (此語從來無人說及, 只鄙人以爲不然耳.) 又'八月剝棗, 十月穫稻'
二句, 朱子音棗爲走叶, 稻爲徒口(苟)反, 而不知棗·稻一韻, 酒·壽一韻. 卽
欲叶韻, 則酒·壽獨不可讀若湫·濤乎? 經中音切多誤, 不可枚擧. 此決爲朱子
門人手筆, 或晚年未定之本, 非如學·庸·語·孟之爲鐵板注疏也. 必以其爲朱
子, 而如手足之護頭目, 遂無一語之敢議, 亦過矣. 自明迄今, 大儒代有, 皆以
爲漢人去古未遠, 皆尊小序, 不容朱子一人起而廢之. 凡屬鄭·衛之詩, 槩指爲
淫奔之詩, 而不知鄭·衛之淫者其音也, 而非詩也. 此類(辨)甚多, (一時不能
記憶, 惟高明詳察.)'"

위의 인용문 중 괄호 표시 부분은『담헌서』의『간정동필담』과 규장각 등 소
장본『간정필담』의 원문에는 있는 구절을 삭제한 것이다.

46   『鐵橋話』1, 實話, "力闇曰: '童子佩鐫, 小序謂譏衛惠公之詩, 朱子非之, 何
      也?'"

책의 상단 여백에 "時蘭公言小序不可廢"라고 추기되어 있다. 위의 인용문
중 "小序謂譏衛惠公之詩"에 방점이 쳐진 점으로 미루어 이덕무는『시집전』
과 다른「소서」의 해설 자체에 관심을 가진 듯하다.

47   권정원,「이덕무의 청대 고증학 수용」,『한국한문학연구』38, 한국한문학회,
      2015, 285~286면 및 292면 표 참조.

48   兪晚柱,『欽英』제2책, 丙申(1776) 6월 11일, "見乾淨筆譚二冊, 嚴·陸多斥
      詩之朱傳云: '自明迄今, 大儒代有, 皆以爲漢人去古未遠, 皆尊小序, 不容朱
      子一人起而廢之. 凡屬鄭·衛之詩, 槩指爲淫奔之詩, 而不知鄭·衛之淫者其
      音也, 而非詩也.' 又云: "君子'二字則非美惡混稱. 出之他國則正, 出之鄭人
      卽淫, 必無此理. 且當日七子賦詩, '鷄鳴'·'蔓草'公然施之讌會, 不幾於自述
      其本國之惡俗而宣揚其醜乎?' 又言: '朱註鄭詩, 一則曰淫者, 再則曰淫婦, 直
      可一筆寫去, 則古人說詩, 其他正風, 亦只須曰此思臣之詩, 此孝子之詩, 此好
      賢之詩, 其亦太易矣.' 又言: '朱子好背小序, 今觀小序, 甚是可遵, 故學者不
      能無疑於朱子. 本朝如朱竹垞云云, 竹垞著經義考二(三)百卷, 攻朱子之非,
      而自來之論, 亦謂朱子好改小序, 殆出于門人之手. 如木瓜美齊桓, 子衿刺學
      校廢, 其他野有蔓草及刺鄭忽刺幽王諸詩, 皆按之經傳, 確鑿可據, 而朱子必
      盡反之.' 故中朝試士, 考官命題發策, 獨於詩經, 多有微辭云."(서울대 규장각

소장본 영인, 1997, 1, 157~158면).

위의 인용문 중 밑줄 친 부분은『담헌서』의『간정동필담』및 규장각 등 소장본『간정필담』의 원문과 달라진 구절이다.

49 박지원,『연암집』권15,『열하일기』,「銅蘭涉筆」, "大抵中國人斥朱子, 盡去小序, 爲此世一大時論. 朱竹垞經義攷二(三)百卷, 關朱子. 如木瓜美齊桓子, 衿刺學校廢, 野有蔓草及刺幽王刺鄭忽諸詩, 皆按之經傳, 確鑿可據, 而朱子盡反之."

康熙 때 학자인 陳啓源도『毛詩稽古編』(1687)에서 鄭風에 속하는 대다수 시들을 淫詩로 간주한 주자를 비판하면서,"其餘, 雖思君子如風雨, 刺學校廢如子衿, 亦排衆論而指爲淫女之詞."라고 하여 엄성과 유사한 주장을 했다 (권5,「鄭[變風]」).

50 "斷以己意, 盡廢小序. 然其實多宗小序, 獨于鄭·衛之詩, 據放鄭聲一語, 并置淫奔之科. 聲淫, 非詩淫. 此西河毛氏之說, 而大約扶小序者, 說皆如此."

西河는 모기령의 호이다.

51 박지원,『연암집』권14,『열하일기』,「鵠汀筆談」, "余曰: '西河集, 愚亦曾一番驟看, 其經義攷證處, 或不無意見也.'"

52 박지원,『연암집』권15,『열하일기』,「銅蘭涉筆」, "謂非朱子手筆, 而必出於門人之手者, 欲放膽於門人, 而便於攻伐之計也."

53 "宋史儒林傳, 王柏曰: '詩三百篇, 豈盡定於夫子之手乎? 所刪之詩, 或有存於閭巷浮薄之口, 漢儒取以補亡.' 此說甚似有理. 然則中土所扶小序, 亦豈無漢儒傅會哉?"

54 "益宗小序始于蘇子由, 而攻小序始于鄭夾漈."

55 "駁朱註, 極于馬端臨·毛奇齡·朱彝尊, 而近世靡然爲時義."

56 박지원,『연암집』권13,『열하일기』,「忘羊錄」, "…後世之爲詩也, 廢絃歌而臨方冊, 由是而聲與詩判而爲二, 則朱子註詩, 鄭·衛之風, 盡歸之淫奔之科, 此論義而不論聲之過也. 男女私悅, 惟恐人知, 豈有沿道歌呼, 自述其醜亂之行乎? 然則夫子之答顔淵, 何不曰'放鄭詩', 而曰'放鄭聲'乎? 故若以鄭聲歌之, 則標梅·野麕當屬淫詩也."

57 "鵠汀笑曰: '是本中州好奇之士傅會爲說也, 如馮熙之古書世本是也. 所謂箕子朝鮮本者, 箕子封於朝鮮, 而傳書古文, 自帝典至微子, 其下只附洪範一篇, 而八政之下, 添多五十二字. 顧亭林日知錄, 據王秋澗中堂事記, 已辨其僞撰.'"; 顧炎武,『日知錄集釋』, 黃汝成 集釋, 上海古籍出版社, 1984, 권2,「豐

熙僞尙書」.

58 "鵠汀曰: '先輩朱錫鬯辨之矣. 周書孔安國序曰: '成王旣伐東ㆍ(一點夷字, 對余故諱之, 而大約盡諱胡虜夷狄等字), 肅愼來賀王, 俾榮伯作賄肅愼之命.' 其傳曰: '海東諸夷句驪·扶餘·馯貊之屬, 武王克商, 皆通道焉.' 朱以爲周書王會篇, 始見'稷愼·濊良', 未有句驪扶餘之號, 引東國史, 句驪建國, 始以漢元帝建昭二年. 孔氏承詔時, 句驪·扶餘未通中國, 況克商之初乎?'"; 朱彛尊, 『經義考』 권76, 孔氏(安國) 『尙書傳』; 朱彛尊, 『曝書亭集』 권58, 「尙書古文辨」.

59 "鵠汀曰: '弘簡錄群書目, 列鄭麟趾所撰高麗史, 先輩顧寧人稱其得史家體, 而恨吾未之得見.'"; 朱彛尊, 『曝書亭集』 권44, 「書高麗史後」; 이규경, 『오주연문장전산고』, 經史篇, 史籍類, 史籍總說, 「二十三代史及東國正史辨證說」, 〈東國正史〉, "朱彛尊書高麗史後曰: '國人鄭麟趾等三十二人編纂, 以明景泰二年八月表進, 竝鏤(板-누락)行. 觀其體例, 有條不紊, 王氏一代之文獻有足徵者.'"

60 박지원, 『연암집』 권12, 『열하일기』, 「漠北行程錄」 序, "按顧炎武昌平山水記, 自古北口駆置, 北出五十六里曰靑松爲一站.…".

61 박지원, 『연암집』 권14, 『열하일기』, 「避暑錄」, "…石傍又有三韓人金鼎詩. …或謂東人金鼎, 而殊不識遼東人亦稱三韓也. 顧亭林斥官啣地名, 借用古號, 然亦多效之者."; 顧炎武, 앞의 책, 권19, 「文人求古之病」, "以今日之地爲不古, 而借古地名; 以今日之官爲不古, 而借古官名, 舍今日恒用之字, 而借古字之通用者, 皆文人所以自蓋其俚淺也."; 권29, 「三韓」, "今人乃謂遼東爲三韓, 是以內地而目之, 爲外國也."

62 박지원, 『연암집』 권14, 『열하일기』, 「피서록」, "明詩綜載余五世祖錦陽君大同館題壁一絶. '高句麗起漢鴻嘉, 宮殿遺墟草樹遮. 怊悵乙支文德死, 國亡非爲後庭花.' 高句麗起, 非在鴻嘉, 乃漢元帝建昭二年. 成帝鴻嘉三年, 百濟太祖高溫祚都稷山. 先祖偶失點檢, 而兪式韓毬堂錄, 引日知錄, 用東史所證書大傳, 以辨此詩鴻嘉之誤. 中州之士, 勤於考據辨析, 以爲博雅, 類多如是."; 朱彛尊, 『經義考』 권76, 孔氏(安國) 『尙書傳』, "又按: 安國書傳於'賄肅愼之命'注云: '東海駒驪·夫餘·馯貊之屬, 武王克商, 皆通道焉.' 考周書王會篇, 北有稷愼, 東則濊良而已. 此時未必卽有句驪扶餘之名. 且駒麗主朱蒙, 以漢元帝建昭二年始建國號, 載東國史略, 安國承詔作書傳時, 恐句驪·扶餘之稱, 尙未通於上國. 況武王克商之日乎? 此又一疑也."

박미의 시 중 고구려 건국 시기 오류에 대한 변증은 주이준의 『靜志居詩話』 권24에도 보인다. "瀰, 平壤大同館題壁云: '高句驪起漢鴻嘉, 宮殿遺墟草樹遮. 惆悵乙支文德死, 國亡非爲後庭花.' 按書序'賄肅愼之命', 孔安國傳云: '海東諸夷駒驪·扶餘·馯貊之屬, 武王克商, 皆通道焉.' 按: 駒驪主朱蒙, 漢元帝建昭二年始建國號.' 이는 『明詩綜』 권95, 박미, 「平壤大同館題壁」의 後註에 전재되어 있다.

63 김명호, 『연암 문학의 심층 탐구』, 돌베개, 2013, 190~193면 참조.

64 박지원, 『연암집』 권13, 『열하일기』, 「망양록」, "鵠汀曰: '都尊紫陽. 如毛甡之逐字駁朱, 這是天性不畏王法, 駁朱, 合處少, 拗處多. 其合處未必有功於儒門, 其拗處乃反有害於世道. …毛甡平生, 自認知我罪我在駁朱. …補亡一章, 消受了小兒輩許多利嘴; 盡去小序, 未免遭老拳.'"

65 毛奇齡, 『大學證文』 권4, 「朱氏元晦改本」, "…儒者以解經之故而至於改經, 以改經之故而至於改學, 則是一補傳而大學本亡, 大學本亡而小學且與之俱亡, 著書者不可不愼也."; 閆寶明, 「毛奇齡與朱子學」, 南開大學 博士論文, 2009, 140~141면 참조.

66 박지원, 『연암집』 권14, 『열하일기』, 「곡정필담」, "鵠汀曰: '正爲天下事多倒行. 孔子曰: '太伯三以天下讓.' 商辛之於太伯之時, 未及胞胎養生. 古公之於諸侯之國, 不過要荒附庸. 未知當時天下竟是誰家, 未知太伯三讓果向何人. 朱子言: '季歷生子昌, 有聖德, 太王因有翦商之志.' 此謬也, 可謂王太早計. 克昌吾家則有之, 豈合因此妄希非望? 朱子又謂: '亦出於至公之心,' 說得非是. 未知'至公'果是何心.'"; 朱熹, 『論語集註』, 「泰伯」, "子曰: '泰伯, 其可謂至德也已矣. 三以天下讓, 民無得而稱焉. (註)泰伯, 周大王之長子. …季歷又生子昌, 有聖德, 大王因有翦商之志.'"; 『朱子語類』 권35, 論語 17, 泰伯篇, '泰伯其可謂至德'章, "太王見商政日衰, 知其不久. 是以有翦商之意, 亦至公之心也."

67 毛奇齡, 『四書賸言』 권4, "泰伯讓國耳. 夫子從後觀之, 謂是讓天下, 此深文之言. 乃說者又復深文曰'讓商'. 及究其所以讓商者, 一則曰'太王有翦商之志, 而泰伯不從', 再則曰'泰伯足以朝諸侯有天下而棄不取'. 夫以商業未衰之際, 太王方竄徙不暇而謂可翦商, 在太王, 必無此倖心. 以公季文王二世, 力擴前緒, 猶不能集統, 而謂泰伯棄天下不取, 在泰伯, 亦必無此妄念. …況六經不可滅也. 本欲証讓商而無據, 乃取經証經曰: '太王有翦商之志而泰伯不從', '太王遂欲傳位于季子.' 一是魯頌文, 一是春秋傳文也. 按: …本欲解論語, 而乃

併毛詩·春秋而盡從而誤解之, 可乎?"

68 박지원, 『연암집』 권14, 『열하일기』, 「곡정필담」, "'雷公駁朱, 還如刁民具控.'
余問: '雷公誰也?' 鵠汀曰: '毛奇齡, 國初大家也.' 余笑曰: '毛臉雷公?' 鵠汀
曰: '是也. 又稱蝟公, 謂其遍身都是剌也.' …鵠汀曰: '大是妄人也, 卽其文章,
亦如刁民具控. 毛, 蕭山人也. 其地多書吏, 善舞文, 故明眼人目毛曰: '蕭氣未
除.'"

69 1757년 英祖에게 승지 成天柱(1712~1779)는 모기령의 문집에 있는 「李自
成傳」을 통해 吳三桂가 그의 애첩 陳圓圓(본명 陳沅) 때문에 청나라에 항
복하게 된 사실이 비로소 세상에 알려졌다고 아뢰었다. 그는 모기령의 문
집이 명나라 말에 조선에 처음 전해졌으며 자신도 이 책을 읽어 그 사실을
잘 안다고 했다(『승정원일기』, 영조 33년 9월 24일, "臣以吳三桂之事, 有所
達矣. 明末有毛奇齡文集新出, 故臣得觀而知其詳矣. 其集中有李自成傳, 三
桂之事, 誠切痛矣. …自毛奇齡文集行世之後, 三桂之心事始綻矣."; 『영조
실록』, 33년 9월 24일, "明末有毛奇齡者文集東來, 有言吳三桂事.…."; 천기
철, 「정조朝 詩經講義에서의 毛奇齡 說의 비판과 수용」, 부산대 박사논문,
2004, 35면 참조).

그러나 모기령은 1623년생이어서 명나라 말에 벌써 그의 문집이 간행되었
을 리 만무하다. 또한 현전하는 『서하집』에 「李自成傳」은 없다(「이자성전」
은 『明史』 권309, 열전197, 流賊에 있다. 모기령이 『명사』 편찬에 참여했으
므로 여기에 흡수되었을 가능성이 있다. 모기령, 『서하집』 권101, 「自爲墓
誌銘」; 周懷文, 앞의 논문, 50면, 231면 참조). 따라서 成天柱의 발언을 전
적으로 신뢰하기는 어려우나, 1757년 이전에 모기령의 문집이 조선에 유입
된 것만은 거의 확실하다 하겠다.

70 이덕무, 『청장관전서』 권19, 『아정유고』 11, 書 5, 「潘秋庫(庭筠)」, "毛西河
自信己說, 別出意見, 一掃章句, 凌蔑先儒. 不佞初見其集, 不勝憂歎. 先生意
下以爲如何? 而大抵心服其說者有之否? 其詩文, 詢爲大家, 可傳可讀. 中原
公議, 蓋云如何?"

71 정약용, 『여유당전서』, 第2集, 經集 권29, 『梅氏書平』(3), 冤詞, 冤詞(8), "余
於毛氏冤詞, 屢見舞文之跡, 乃淸儒王民皞之言曰: '毛奇齡, 蕭山縣人也. 其
地多書吏, 善舞文, 故明眼人目毛曰: '蕭氣未除.'(註: 又云: '毛甡平生, 自認
知我罪我在駁朱. 毛之逐字駁朱, 這是天性不畏王法. 駁朱, 合處少, 拗處多.
其合處未必有功於儒門; 其拗處乃反有害於世道.' 又云: '毛氏, 今人稱雷公,

又稱蝟公, 謂其徧身都是刺也.' 王氏, 號鵠汀. 見朴公趾源熱河日記), 其先覺
之矣.'"

72 박지원, 『연암집』 권15, 『열하일기』, 「동란섭필」, "余嘗與初翰林彭齡·高太
史棫生, 飲段家樓, 紛紛以小序相質. 余大言曰: '詩三百, 不過當時閭巷間風
謠, 歡愉疾痛·喜怒哀樂之際, 不得不有此聲, 如候蟲時鳥之自鳴自吟. 觀風者
採其謠, 而字而句, 而列之學校, 被之管絃, 是所謂列國之風, 而詩之名所由立
也. 何從得作者姓名哉? 小序說詩, 必皆有作詩之人曰: '此某某之作,' 如後世
之全唐詩, 則斷可見其傅會. 如爲焦仲卿妻作及古詩十九首, 何嘗有作者姓名
哉?'諸人皆默然, 貌似不然之."

73 박지원, 『연암집』 권15, 『열하일기』, 「동란섭필」, "中原人以詩小序必不可廢.
阮亭說頗公. 其言曰: '….'"; 왕사정, 『향조필기』 권2, "程子謂: '小序必是當時
人所傳國史, 明乎得失之迹者是也. 不得此, 何緣知此篇是甚意思? 大序則是
仲尼所作, 要之皆得大意.' 朱子學宗二程子, 而于小序獨不然, 何也?", "詩小
序必不可廢, 古今通儒, 論皆如此. 然郝楚望之每一詩, 必駁朱注, 亦自不可.
常熟顧大韶仲恭, 欲刊定一書, 用毛傳爲主. 毛必不可通, 然後用鄭. 毛·鄭必
不可通, 然後用朱. 毛·鄭·朱皆不可通, 然後網羅群說, 而以己意折衷之. 嚴
粲詩緝, 作于朱注之後, 獨優于諸家. 大全之作, 敷衍朱註, 全無發明, 用覆醬
瓿可也.'"
왕사정의 『향조필기』 중 밑줄 친 부분은 『열하일기』 「동란섭필」에는 삭제
된 구절이다.
왕사정이 소개한 고대소의 견해는 "見牧齋顧仲子傳."이라는 小注에서 밝히
고 있는 바와 같이, 錢謙益의 『初學集』 권72, 「顧仲恭傳」에 처음 소개된 것
이다. 四庫全書本 『향조필기』의 小注에는 '牧齋' 두 자가 삭제되었다.

74 박지원, 『연암집』 권14, 『열하일기』, 「審勢編」, "故中土之士, 往往駁朱而不
少顧憚. 如毛奇齡者, 或有謂之朱子之忠臣, 或又謂之有衛道之功, 或有謂之
恩家作怨, 此等皆足以見其微意也.", "故時借一二集註之誤, 以洩百年煩寃之
氣, 則可徵今之駁朱者, 果異乎昔之爲陸耳."

75 "噫! 斯文亂賊之討, 雖莫遠施於中土, 容默異端之過, 固難見恕於士林. 罨溪
花下少飮, 閱次忘羊錄及鵠汀筆談, 因滋筆花露, 爲此義例, 使後之遊中國者,
如逢肆然駁朱者, 知其爲非常之士, 而毋徒斥以異端, 善其辭令, 徵質有漸, 庶
幾因此而得覘夫天下之大勢也哉!"

76 『담헌서』 외집 권2, 『간정동필담』, 1766년 2월 12일, "蘭公曰: '聞吾兄於

天文之學甚精, 信然否?' 余曰: '誰爲此妄說?' 蘭公曰: '家有渾儀, 豈不知天文?' 余曰: '三辰躔度, 略聞其大槩, 故果有所造渾儀, 而此何足爲天文?' …蘭公曰: '聞兄藝術甚多, 可略聞否?' 余曰: '律曆·兵機等書, 非不好之, 實無一得.'"

77 『담헌서』 외집 권2, 『간정동필담』, 1766년 2월 19일, "洪君博聞强記, 於書無所不窺, 律曆·戰陣之法, 濂·洛·關·閩之宗旨, 無不究心. 自詩文以及筭數, 無所不能."

위의 인용문 중 '筭數'는 규장각 등 소장본 『간정필담』에는 '籌數' 또는 '技術'로 되어 있다.

78 『담헌서』 외집 권2, 『간정동필담』, 1766년 2월 21일, "洪君於中國之書, 無所不讀, 精曆律·算卜·戰陳之法."

'算卜'은 '籌卜'이라고도 하며, 兵家에서 활용하는 六壬과 같은 점술을 가리킨다. 엄성의 원본을 수록한 『中朝學士書翰』에는 "無所不讀"이 "無不徧讀"으로 되어 있다(강찬수, 「『中朝學士書翰』 脫草 원문 및 校釋」, 『중국어문논총』 41, 중국어문연구회, 2009, 291면). 『일하제금집』에는 "精曆律·算卜之法"으로 '戰陳'이 누락되었다(엄성, 『철교전집』 4, 『일하제금집』, 金秀才小像, 附鐵橋「養虛堂記」).

79 梁啓超, 『中國近三百年學術史』, 朱維錚 校註, 『梁啓超清學史二種』, 復旦大學出版社, 1985, 49~261면, 481~506면 참조.

80 杭世駿, 『道古堂文集』 권30, 「梅文鼎傳」(上), 권31, 「梅文鼎傳」(下); 近藤光男, 『淸朝考證學の研究』, 東京: 研文出版, 1987, 244~270면, 458면; 김명호, 『환재 박규수 연구』, 창비, 2008, 281~282면, 586~602면, 669~674면 참조.

항세준은 「梅文鼎傳」(下)에서 예수회 선교사 穆尼閣(J. N. Smogolenski)과 薛鳳祚, 王錫闡 등도 함께 소개했다. 이는 완원의 『疇人傳』의 선구가 된다.

81 예컨대 1783년(정조 7년) 聖節兼問安使行의 正使인 李福源의 자제군관으로 從兄 李晩秀와 함께 瀋陽을 다녀온 李田秀(자 君稷, 호 農隱)는 八旗漢軍 출신의 상인 張又齡(자 裕昆)과의 필담에서 주이준과 모기령에 대한 중국의 평판을 물었다. 즉, "書問曰: '天朝以朱彝尊爲文宗, 果然否? 毛西河淹博不減古之學者, 而所論多與宋儒相反, 今之君子以爲何如耶?'"라고 했다. 그러자 장우령은 주이준이 저작은 비록 많으나 실은 魏禧·侯方域·施潤

章·왕사정·汪琬 등의 수준에 미치지 못하며, 모기령은 주자를 헐뜯기 좋아하는 것이 평생의 第一病痛이라고 답했다(李田秀, 『農隱遺稿』 권20, 『入瀋記』 中, 8월 26일; 「乾隆朝奇才張裕昆: 被朝鮮文人贊爲"王羲之"」, 『瀋陽日報』, 2009년 12월 22일; 周懷文, 앞의 논문, 32면 참조).

82   천기철, 앞의 논문 참조.

참고문헌

1. 1차 자료

1) 국내 자료

洪大容, 『乾淨錄』, 숭실대 한국기독교박물관 영인, 2018.

洪大容, 『乾淨附編』, 숭실대 한국기독교박물관 영인, 2018.

洪大容, 『乾淨筆譚』, 서울대 규장각한국학연구원 소장 奎4908, 奎7126, 한은 215(한국은행 기탁본); 연세대 도서관 소장; 국민대 도서관 소장; 일본 東洋文庫 소장; 일본 大阪府立中之島圖書館 소장(標題 『湛軒筆譚』); 미국 버클리대 동아시아도서관 소장.

洪大容, 『乾淨後編』, 숭실대 한국기독교박물관 영인, 2018.

洪大容, 『湛軒書』, 洪榮善 編, 洪命憙 校, 新朝鮮社, 1939.

洪大容, 『燕行雜記』, 서울대 규장각한국학연구원 소장 奎4908, 奎7126(1·2책 『湛軒燕記』, 3·4책 『燕行雜記』); 서울 종로도서관 소장; 연세대 도서관 소장; 숭실대 한국기독교박물관 소장(『湛軒燕行記』); 일본 東洋文庫 소장; 일본 靜嘉堂文庫 소장(『湛軒燕行記』); 미국 버클리대 동아시아도서관 소장.

홍대용, 『을병연행록』, 숭실대 한국기독교박물관 소장; 한국학중앙연구원 장서각 소장(명지대 국문과 국학자료간행위원회 편, 명지대출판부, 1983).

洪大容, 河廷喆에게 보낸 簡札 2통, 전남 화순 규남박물관 소장; 호남권 한국학자료센터 홈페이지, 고문서-서간통고류-서간, 1760년 및 1762년 홍대용 서간.

『薊南尺牘』, 한림대 박물관 소장.

『中士寄洪大容手札帖』, 숭실대 한국기독교박물관 영인, 2016.

『燕杭詩牘』, 서울대 규장각 소장; 미국 하버드대 燕京圖書館 소장 藤塚鄰 鈔校本.

『搢紳尺牘』, 서울대 규장각 소장; 미국 하버드대 燕京圖書館 소장 藤塚鄰 鈔校本.

姜世晃, 『豹菴稿』, 한국고전번역원 한국고전종합DB

姜鼎煥, 『典庵文集』, 경상대 남명학 고문헌시스템 文泉閣.

權尙夏, 『寒水齋集』, 한국고전번역원 한국고전종합DB.

金榦, 『厚齋集』, 한국고전번역원 한국고전종합DB.

金景善, 『燕轅直指』, 한국고전번역원 한국고전종합DB.

金光國, 『石農畫苑』, 유홍준·김채식 역, 눌와, 2015.

金龜柱, 『可庵遺稿』, 성균관대 대동문화연구원 2000.

金謹行, 『庸齋集』, 한국고전번역원 한국고전종합DB.

金邁淳, 『臺山集』, 한국고전번역원 한국고전종합DB.

金相肅, 『坏窩遺稿』, 대전시립연정국악원 소장.

金相定, 『石堂遺稿』, 한국고전번역원 한국고전종합DB.

金尙憲, 『淸陰集』, 한국고전번역원 한국고전종합DB.

金錫冑, 『息庵遺稿』, 한국고전번역원 한국고전종합DB.

金善民, 『觀燕錄』, 미국 의회도서관 소장; 국립중앙도서관 소장.

金世濂, 『東溟集』, 한국고전번역원 한국고전종합DB.

金洙根 編, 『三淵先生年譜』, 국립중앙도서관 소장.

金信謙, 『橧巢集』, 한국고전번역원 한국고전종합DB.

金元行, 『渼湖全集』, 驪江出版社, 1986.

金楺, 『儉齋集』, 한국고전번역원 한국고전종합DB.

金履安, 『三山齋集』, 한국고전번역원 한국고전종합DB.

金長生, 『沙溪全書』, 한국고전번역원 한국고전종합DB.

金正中, 『燕行錄』, 한국고전번역원 한국고전종합DB.

金正喜, 『阮堂全集』, 果川文化院, 2005.

金鍾秀, 『夢梧集』, 종가 소장 필사본; 국립중앙도서관 소장 鉛活字本(한국고전번역원 한국고전종합DB).

金鍾厚, 『本庵集』, 한국고전번역원 한국고전종합DB.

金鍾厚, 『本庵續集』, 한국고전번역원 한국고전종합DB.

金柱臣, 『壽谷集』, 한국고전번역원 한국고전종합DB.

金昌業, 『老稼齋集』, 한국고전번역원 한국고전종합DB.

金昌業, 『老稼齋燕行日記』, 서울대 규장각 소장; 한국학중앙연구원 장서각 소장; 국립중앙도서관 소장.

金昌緝, 『圃陰集』, 한국고전번역원 한국고전종합DB.

金昌協,『農巖集』, 한국고전번역원 한국고전종합DB.

金昌翕,『三淵集』, 한국고전번역원 한국고전종합DB.

金興根,『游觀集』, 국립중앙도서관 소장.

羅世纘,『松齋遺稿』, 한국고전번역원 한국고전종합DB.

南公轍,『金陵集』, 서울대 규장각 소장.

南以雄,『市北先生遺稿』, 국립중앙도서관 소장.

단국대 동양학연구원,『연민문고소장 연암박지원작품필사본총서』, 문예원 2012.

朴珪壽,『居家雜服攷』,『朴珪壽全集』下, 아세아문화사, 1978.

朴珪壽,『瓛齋集』, 普成社, 1913.

朴胤源,『近齋集』, 한국고전번역원 한국고전종합DB.

朴長馣,『縞紵集』, 李佑成 編『楚亭全書』, 아세아문화사, 1992.

朴齊家,『貞蕤閣全集』, 麗江出版社, 1986.

朴宗采,『過庭錄』, 서울대 규장각 소장.

朴趾源,『煙湘閣集』, 성균관대 소장.

朴趾源,『燕巖集』, 朴榮喆 編, 1932.

朴弼周,『黎湖集』, 驪江出版社, 1986.

徐命膺,『保晩齋集』, 한국고전번역원 한국고전종합DB.

徐直修,『十友軒集抄』, 서울대 규장각 소장.

徐瀅修,『明皐全集』, 한국고전번역원 한국고전종합DB.

徐浩修,『燕行紀』, 한국고전번역원 한국고전종합DB.

成大中,『靑城雜記』, 한국고전번역원 한국고전종합DB.

成大中,『靑城集』, 驪江出版社, 1985.

成海應,『硏經齋全集』, 昨盛社 影印, 1982.

宋能相,『雲坪集』, 한국고전번역원 한국고전종합DB.

宋明欽,『櫟泉集』, 한국고전번역원 한국고전종합DB.

宋文欽,『閒靜堂集』, 한국고전번역원 한국고전종합DB.

宋秉璿,『淵齋集』, 한국고전번역원 한국고전종합DB.

宋時烈,『宋子大全』, 한국고전번역원 한국고전종합DB.

宋鼎銃,『東渠集』, 국립중앙도서관 소장.

宋浚吉,『同春堂集』, 한국고전번역원 한국고전종합DB.

申曔,『直菴集』, 한국고전번역원 한국고전종합DB.

申錫愚,『海藏集』, 서울대 규장각 소장.

申欽,『象村集』, 한국고전번역원 한국고전종합DB.

安鼎福,『順菴集』, 한국고전번역원 한국고전종합DB.

魚用賓,『弄丸堂集』, 한국학중앙연구원 장서각 소장(디지털 아카이브).

元景夏,『蒼霞集』, 한국고전번역원 한국고전종합DB.

元重擧,『乘槎錄』, 고려대도서관 六堂文庫 소장.

柳得恭,『熱河紀行詩註』, 棲碧外史海外蒐逸本, 아세아문화사, 1986.

柳得恭,『泠齋集』, 민족문화추진회,『韓國文集叢刊』260.

柳得恭,『中州十一家詩選』, 서울대 규장각 소장.

兪晩柱,『欽英』, 서울대 규장각 소장본 영인, 1997.

俞漢雋,『自著』, 민족문화추진회,『韓國文集叢刊』249.

尹鳳九,『屛溪集』, 한국고전번역원 한국고전종합DB.

李坤,『燕行紀事』, 한국고전번역원 한국고전종합DB.

李圭景,『歐邏鐵絲琴字譜』, 서울대 규장각 소장.

李圭景,『五洲衍文長箋散稿』, 한국고전번역원 한국고전종합DB.

李奎象,『幷世才彦錄』, 국립중앙도서관 소장『韓山世稿』권30,『一夢稿』.

李器之,『一菴燕記』, 한국은행 도서관 소장;『燕行錄選集補遺』上, 성균관대 대동문
　　화연구원, 2008.

李器之,『一菴集』, 한국고전번역원 한국고전종합DB.

李南珪,『修堂集』, 한국고전번역원 한국고전종합DB.

李德懋,『盎葉記』, 東京大 小倉文庫 소장.

李德懋,『鐵橋話』, 홍대용 후손가 소장.

李德懋,『靑莊館全書』, 서울대 규장각 소장; 민족문화추진회,『한국문집총간』257~
　　259.

李德懋・柳得恭・朴齊家・李書九,『箋註四家詩』, 翰南書林, 1921.

李東允,『樸素村話』, 서울대 규장각 소장.

李商鳳(李義鳳),『北轅錄』,『燕行錄選集補遺』上, 성균관대 대동문화연구원, 2008.

李書九,『薑山全書』, 성균관대 대동문화연구원, 2005.

李睟光,『芝峯類說』, 국립중앙도서관 소장.

李英裕,『雲巢謾藁』, 서울대 규장각 소장.

李裕元,『林下筆記』, 한국고전번역원 한국고전종합DB.

李義肅,『頤齋集』, 한국고전번역원 한국고전종합DB.

李宜顯,『陶谷集』, 한국고전번역원 한국고전종합DB.

李瀷,『星湖全集』, 한국고전번역원 한국고전종합DB.

李麟祥,『凌壺集』, 민족문화추진회,『한국문집총간』225.

李長載,『蘿石館稿』, 국립중앙도서관 소장.

李田秀,『農隱遺稿』, 서울대 규장각 소장.

李廷馨,『東閣雜記』, 한국고전번역원 한국고전종합DB.

李衡祥,『瓶窩集』, 한국고전번역원 한국고전종합DB.

李和甫,『有心齋集』, 한국고전번역원 한국고전종합DB.

李滉,『退溪集』, 한국고전번역원 한국고전종합DB.

李喜經,『雪岫外史』, 아세아문화사 영인, 1986.

任聖周 編,『朱文公先生齋居感興詩諸家註解集覽』, 서울대 규장각 소장.

林泳,『滄溪集』, 한국고전번역원 한국고전종합DB.

任適,『老隱集』, 한국고전번역원 한국고전종합DB.

張維,『谿谷集』, 한국고전번역원 한국고전종합DB.

丁範祖,『海左集』, 한국고전번역원 한국고전종합DB.

丁若鏞,『與猶堂全書』, 한국고전번역원 한국고전종합DB.

正祖,『弘齋全書』, 서울대 규장각 소장; 太學社 影印, 1986.

鄭澔,『丈巖集』, 한국고전번역원 한국고전종합DB.

曹植,『南冥集』, 한국고전번역원 한국고전종합DB.

趙曮,『海槎日記』, 한국고전번역원 한국고전종합DB.

趙有善,『蘿山集』, 한국고전번역원 한국고전종합DB.

崔德中,『燕行錄』, 한국고전번역원 한국고전종합DB.

崔錫鼎,『明谷集』, 한국고전번역원 한국고전종합DB.

河百源,『河南文集』, 景仁文化社, 1977.

河永清,『屛巖遺稿』, 1976, 전남 화성 규남박물관 소장; 국립중앙도서관 소장.

河永清,『屛巖集』(『屛巖遺稿』의 초고), 전남 화성 규남박물관 소장; 국립중앙도서관
　　　소장.

洪大應,『敬齋存稿』, 홍대용 종손가 소장.

洪大衡,『華西詩文雜稿』, 홍대용 종손가 소장.

洪暹,『忍齋集』, 한국고전번역원 한국고전종합DB.

洪世泰,『柳下集』, 한국고전번역원 한국고전종합DB.

洪良厚,「王考湛軒公行狀」, 홍대용 후손가 소장.

洪彦弼,『默齋集』, 한국고전번역원 한국고전종합DB.

洪權, 羅景績에게 보낸 簡札, 전남 화순 규남박물관 소장.

洪元燮, 『太湖集』, 서울대 규장각 소장.

黃景源, 『江漢集』, 한국고전번역원 한국고전종합DB.

黃胤錫, 『頤齋亂藁』, 한국정신문화연구원, 2008; 한국학중앙연구원 장서각 소장(디
　　　지털아카이브).

黃胤錫, 『頤齋遺藁』, 한국고전번역원 한국고전종합DB.

黃宗海, 『朽淺集』, 한국고전번역원 한국고전종합DB.

黃玹, 『梅泉集』, 한국고전번역원 한국고전종합DB.

『經國大典』, 국립중앙도서관 소장.

『國朝曆象考』, 국립중앙도서관 소장.

『國朝人物考』, 서울대출판부, 1978.

『同文彙考』, 국사편찬위원회 편찬 한국사료총서 제24, 1978.

『書雲觀志』, 서울대 규장각 소장.

『書傳集註』, 朝鮮圖書株式會社, 1920.

『承政院日記』, 국사편찬위원회DB.

『新增東國輿地勝覽』, 한국고전번역원 한국고전종합DB.

『原本詩傳』, 朝鮮圖書株式會社, 1921.

『原本周易』, 朝鮮圖書株式會社, 1923.

『日省錄』, 서울대규장각한국학연구원DB.

『朝鮮王朝實錄』, 국사편찬위원회DB.

『增補文獻備考』, 국립중앙도서관 소장.

2) 중국 자료

蔡爾康, 『紀聞類編』, 清光緒三年上海印書局鉛印本, 天津師範大學圖書館藏.

蔡清, 『四書蒙引』, 文淵閣四庫全書本.

蔡元定, 『律呂新書』, 文淵閣四庫全書本.

陳德秀, 『西山讀書記』, 文淵閣四庫全書本.

陳鴻森, 「朱文藻碧溪草堂遺文輯存」, 南昌大學 國學研究院, 『正學』4輯, 江西人民出
　　　版社, 2016.

陳啓源, 『毛詩稽古編』, 文淵閣四庫全書本.

陳耀文, 『經典稽疑』, 文淵閣四庫全書本.

陳梓,『刪後文集』, 淸嘉慶二十年胡氏敬義堂刻本, 中國基本古籍庫.

程顥·程頤,『二程全書』,『四部備要』子部;『二程集』, 中華書局, 1981.

程顥·程頤,『二程遺書』, 文淵閣四庫全書本.

成瓘,『濟南府志』, 淸道光二十年刻本, 中國基本古籍庫.

鄧之誠,『淸詩紀事初編』, 中華書局香港分局, 1976.

丁丙,『善本書室藏書志』, 淸光緖刻本, 中國基本古籍庫.

丁仁,『八千卷樓書目』, 民國本, 中國基本古籍庫.

丁申 撰,『武林藏書錄』,『藏書紀事詩等五種』, 臺北: 世界書局, 1961.

法式善,『槐廳載筆』, 淸嘉慶刻本, 中國基本古籍庫.

法式善,『淸秘述聞』, 淸乾隆六十年自然盦刻本, 中國基本古籍庫.

法式善,『梧門詩話』, 稿本, 中國基本古籍庫.

潘衍桐,『兩浙輶軒續錄』, 淸光緖刻本, 中國基本古籍庫.

馮景,『解春集文鈔』, 中華書局, 1985.

輔廣,『詩童子問』, 文淵閣四庫全書本.

顧炎武,『亭林文集』, 四部叢刊初編.

顧炎武,『日知錄集釋』, 黃汝成 集釋, 上海古籍出版社, 1984.

杭世駿,『道古堂文集』,『續修四庫全書』集部 第1426冊.

洪大容·李德懋,『乾淨衕筆談 淸脾錄』, 鄺健行 點校, 上海古籍出版社, 2010.

洪亮吉,『更生齋詩續集』,『續修四庫全書』集部 第1468冊.

胡廣 等 撰,『大學章句大全』, 文淵閣四庫全書本.

胡廣 等 撰,『詩傳大全』, 文淵閣四庫全書本.

胡廣 等 撰,『周易傳義大全』, 文淵閣四庫全書本.

胡敬,『崇雅堂刪餘詩』, 淸道光二十六年刻本, 中國基本古籍庫.

胡敬,『崇雅堂文鈔』, 淸道光二十六年刻本, 中國基本古籍庫.

胡濤,『古歡堂詩集』, 淸 乾隆刻本, 南京圖書館藏.

胡渭,『易圖明辨』, 文淵閣四庫全書本.

黃淳耀,『陶庵全集』, 文淵閣四庫全書本.

黃虞稷 撰,『千頃堂書目』, 文淵閣四庫全書本.

黃宗羲,『增補宋元學案』, 臺灣中華書局, 1984.

江藩,『國朝漢學師承記』, 中華書局, 1998.

焦循,『易圖略』,『續修四庫全書』經部 第27冊.

李斗,『揚州畫舫錄』, 淸乾隆六十年自然盦刻本, 中國基本古籍庫.

李放, 『皇淸書史』, 金毓黻 主編, 『遼海叢書』第五集, 瀋陽: 遼海出版社, 2009.

李光地, 『大學古本說』, 文淵閣四庫全書本.

李光地, 『榕村集』, 文淵閣四庫全書本.

李光坡, 『周禮述注』, 文淵閣四庫全書本.

李格, 『杭州府志』, 民國十一年本, 中國基本古籍庫; 『中國地方志集成』, 浙江府縣志
　　　集 3, 上海書店, 1993.

梁章矩 · 朱智, 『樞垣記略』, 淸光緖元年刊本, 中國基本古籍庫; 中華書局, 1997.

劉侗 · 于奕正, 『帝京景物略』, 北京古籍出版社, 1982.

陸飛, 『篠飲齋稿』, 初刊本, 연세대 도서관 소장, 中國人民大學圖書館藏(中國人民大
　　　學圖書館 編 『中國人民大學圖書館藏古籍珍本叢刊』第146冊, 北京: 燕山出
　　　版社, 2012); 重刊本, 復旦大學藏, 南京大學藏.

陸九淵, 『象山語錄』, 文淵閣四庫全書本.

陸隴其, 『松陽講義』, 文淵閣四庫全書本.

羅聘, 『正信錄』, 蘇州: 弘化社, 1931.

呂留良, 『呂留良文集』, 徐正 等 點校, 杭州: 浙江古籍出版社, 2011.

呂留良, 『呂晩村先生文集』, 復旦大學圖書館藏; 『續修四庫全書』集部 第1411冊.

呂祖謙, 『呂氏家塾讀詩記』, 文淵閣四庫全書本.

馬端臨, 『文獻通考』, 文淵閣四庫全書本.

馬永卿 編, 『元城語錄』, 文淵閣四庫全書本.

毛奇齡, 『白鷺洲主客說詩』, 『續修四庫全書』經部 第61冊, 『西河合集』.

毛奇齡, 『大學證文』, 文淵閣四庫全書本.

毛奇齡, 『經問』, 文淵閣四庫全書本.

毛奇齡, 『詩傳詩說駁義』, 文淵閣四庫全書本.

毛奇齡, 『四書賸言』, 文淵閣四庫全書本.

毛奇齡, 『西河集』, 文淵閣四庫全書本.

彭蘊璨, 『歷代畫史彙傳』, 淸道光刻本, 中國基本古籍庫.

朴趾源, 『熱河日記』, 朱瑞平 校點, 上海書店出版社, 1997.

錢大昕, 『錢辛楣先生年譜』, 淸咸豐間刻本, 中國基本古籍庫.

錢大昕, 『十駕齋養新錄附餘錄』, 淸嘉慶刻本, 中國基本古籍庫.

錢大昕, 『潛研堂集』, 呂友仁 校點, 上海古籍出版社, 1989.

錢林, 『文獻徵存錄』, 淸咸豐八年有嘉樹軒刻本, 中國基本古籍庫.

錢謙益, 『錢牧齋全集』, 上海古籍出版社, 2003.

錢泳, 『履園叢話』, 淸道光十八年逃德堂刻本, 中國基本古籍庫.

錢仲聯 主編, 『淸詩紀事』, 南京: 鳳凰出版社, 2003.

秦瀛, 『小峴山人集』, 淸嘉慶刻增修本, 中國基本古籍庫.

全祖望, 『鮎埼亭集外編』, 『續修四庫全書』集部 第1428~1430冊.

阮元, 『定香亭筆談』, 淸嘉慶五年揚州阮氏琅嬛仙館刻本, 中國基本古籍庫.

阮元, 『兩浙輶軒錄』, 杭州: 浙江古籍出版社, 2012.

阮元, 『揅經室集』, 中華書局, 1993.

邵晉涵, 『南江詩文鈔』, 淸道光十二年胡敬刻本, 中國基本古籍庫.

沈赤然, 『五研齋詩文鈔』, 淸嘉慶刻增修本, 中國基本古籍庫.

沈佳, 『明儒言行錄』, 文淵閣四庫全書本.

司馬遷, 『史記』, 中華書局, 1982.

宋應星, 『天工開物』, 鍾廣言 注釋, 中華書局, 1978.

蘇轍, 『詩集傳』, 文淵閣四庫全書本.

譚獻, 『譚獻集』, 羅仲鼎·俞浣萍 點校, 杭州: 浙江古籍出版社, 2012.

陶元藻, 『全浙詩話』, 杭州: 浙江古籍出版社, 2017.

童槐, 『今白華堂詩錄補』, 淸光緒三年童華刻本, 中國基本古籍庫.

王柏, 『詩疑』, 通志堂經解本, 『四庫全書存目叢書』經部 第60冊.

王昶, 『春融堂集』, 淸嘉慶十二年塾南書舍刻本, 中國基本古籍庫.

王昶, 『湖海詩傳』, 淸嘉慶刻本, 中國基本古籍庫.

王昶, 『湖海文傳』, 淸道光十七年經訓堂刻本, 中國基本古籍庫.

王昶, 『蒲褐山房詩話』, 淸稿本, 中國基本古籍庫.

汪輝祖『病榻夢痕錄』, 淸道光三十年龔裕刻本, 中國基本古籍庫.

汪輝祖, 『環碧山房書目』, 浙江圖書館藏.

汪輝祖, 『龍莊先生詩稿』, 浙江圖書館藏.

汪輝祖, 『雙節堂庸訓』, 淸咸豐元年刻本, 上海圖書館藏.

汪輝祖, 『雙節堂贈言集錄』, 淸乾隆四十五年至嘉慶十七年本衙刊, 中國國家圖書館藏.

王立中, 『鮑以文先生年譜』, 鄭玲 點校, 『淸代徽人年譜合刊』, 上冊, 黃山書社, 2006.

王懋竑, 『朱子年譜』, 何忠禮 點校, 中華書局, 1998.

汪啓淑, 『續印人傳』, 淸道光二十年虞顧氏刻本, 中國基本古籍庫.

王世德, 『崇禎遺錄』, 『四庫禁燬書叢刊』史部 第72冊.

汪師韓, 『上湖文編補鈔』, 『續修四庫全書』集部 第1430冊.

王士禎,『池北偶談』,『筆記小說大觀』第16冊, 南京 : 江蘇廣陵古籍刻印社, 1983.

王士禎,『帶經堂集』,『續修四庫全書』集部 第1414冊.

王士禎,『古夫于亭雜錄』, 文淵閣四庫全書本.

王士禎,『感舊集』,『四庫禁燬書叢刊』集部 第74冊.

王士禎,『居易錄』, 文淵閣四庫全書本.

王士禎,『漁洋詩話』, 文淵閣四庫全書本.

王士禎,『香祖筆記』,『筆記小說大觀』, 第16冊, 南京 : 江蘇廣陵古籍刻印社, 1983.

王守仁,『王文成公全書』, 文淵閣四庫全書本.

王守仁,『傳習錄』,『漢文大系』第16卷, 東京: 富山房, 1984.

王曾祥,『靜便齋集』,『四庫全書存目叢書』集部 第272冊.

魏泰 撰,『東軒筆錄』, 文淵閣四庫全書本.

魏之琇,『柳洲遺稿』,『叢書集成續編』, 上海書店出版社, 1994.

翁方綱,『復初齋外集』, 民國嘉叢堂叢書本, 中國基本古籍庫.

吳顥 輯,『國朝杭郡詩輯』, 清同治十三年 錢塘丁氏刊, 蘇州大學藏.

吳慶坻,『蕉廊脞錄』, 中華書局, 1990.

吳相湘 主編,『天學初函』, 臺北: 臺灣學生書局, 1965.

吳孝銘,『樞垣題名』, 清道光八年七峰別墅刻增修本, 中國基本古籍庫.

吳穎芳,『臨江鄉人詩』,『叢書集成續編』, 上海書店出版社, 1994.

吳穎芳,『臨江鄉人集拾遺』,『叢書集成續編』, 上海書店出版社, 1994.

吳振域 輯,『國朝杭郡詩續輯』, 清光緒二年 錢塘丁氏刊, 蘇州大學藏.

蕭穆,『敬孚類稿』, 清光緒三十三年刻本, 中國基本古籍庫.

項安世,『周易玩辭』, 文淵閣四庫全書本.

謝良佐,『上蔡語錄』, 文淵閣四庫全書本.

徐光啓,『農政全書校注』, 石聲漢 校注, 上海古籍出版社, 1979.

徐珂,『清稗類鈔』, 中華書局, 2010; 國學導航 http://www.guoxue123.com

徐世昌,『晚清簃詩匯』, 民國退耕堂刻本, 中國基本古籍庫.

許宗彥,『鑒止水齋集』, 清嘉慶二十四年德清許氏家刻本, 中國基本古籍庫.

薛瑄,『讀書錄』, 文淵閣四庫全書本.

延豐,『重修兩浙鹽法志』, 清同治刻本, 中國基本古籍庫.

嚴粲,『詩緝』, 文淵閣四庫全書本.

嚴誠,『鐵橋全集』, 단국대 淵民文庫 소장; 국사편찬위원회 소장; 서울대 중앙도서관
　　고문헌자료실 소장(디지털콘텐츠); 미국 하버드대 燕京圖書館 소장.

嚴誠,『鐵橋詩文』, 홍대용 종손가 소장.

嚴羽,『滄浪詩話』, 文淵閣四庫全書본.

楊愼,『丹鉛餘祿-摘錄』, 文淵閣四庫全書本.

楊愼,『丹鉛餘錄-總錄』, 文淵閣四庫全書本.

楊愼,『升菴集』, 文淵閣四庫全書本.

楊時,『龜山集』, 文淵閣四庫全書本.

楊宗義,『雪橋詩話』, 民國求恕齋叢書本, 中國基本古籍庫.

姚鼐,『惜抱軒詩文集』, 清嘉慶十二年刻本, 中國基本古籍庫.

葉紹翁,『四朝聞見錄』, 文淵閣四庫全書本.

兪國林 編,『呂留良全集』, 中華書局, 2015.

余集,『秋實學古錄』,『續修四庫全書』集部 第1460冊.

兪樾,『賓萌外集』, 清光緒二十五年刻春在堂全書本, 中國基本古籍庫.

兪樾,『春在堂隨筆』, 徐明·文青 校點, 瀋陽: 遼寧教育出版社, 2001.

原北平故宮博物院文獻館 編,『清代文字獄檔』, 上海書店, 1986.

袁枚,『隨園詩話』, 清乾隆十四年刻本, 中國基本古籍庫.

張吉,『古城集』, 文淵閣四庫全書本.

張維屛,『國朝詩人徵略』, 清道光十年刻本, 中國基本古籍庫.

章學誠,『文史通義』, 中華書局, 1985.

張載,『橫渠易說』, 文淵閣四庫全書本.

張之洞,『書目答問』, 清光緒刻本, 中國基本古籍庫.

震鈞,『國朝書人輯略』, 清光緒三十四年刻本, 中國基本古籍庫.

鄭澐修·邵晉涵 纂,『杭州府志』, 清乾隆刻刊, 中國基本古籍庫.

周亮工,『印人傳』, 清光緒翠琅玕館叢書本, 中國基本古籍庫.

祝穆 撰,『古今事文類聚』, 文淵閣四庫全書本.

朱維錚 主編,『利瑪竇中文著譯集』, 上海: 復旦大學出版社, 2007.

朱文藻,『朗齋先生遺集』, 胡敬 撰,『東里兩先生遺集』, 道光二十五年刻本, 中國國家
　　　　圖書館藏; 南京大學藏.

朱文藻 編,『日下題襟集』, 劉婧 校點, 上海古籍出版社, 2018.

朱文藻 編,『日下題襟合集』, 中國國家圖書館藏; 上海圖書館藏; 北京大學圖書館 編,
　　　　『北京大學圖書館藏朝鮮版漢籍善本萃編』第10冊, 西南師範大學出版社,
　　　　2014.

朱熹,『大學章句』, 文淵閣四庫全書本.

832

朱熹, 『晦庵集』, 文淵閣四庫全書本.

朱熹, 『論語集註』, 文淵閣四庫全書本.

朱熹, 『孟子集註』, 文淵閣四庫全書本.

朱熹, 『四書或問』, 文淵閣四庫全書本.

朱熹, 『中庸章句』, 文淵閣四庫全書本.

朱熹, 『朱子語類』, 黎靖德 編, 王星賢 點校, 中華書局, 1986.

朱熹 纂集, 『宋名臣言行錄』, 文淵閣四庫全書本.

朱熹·呂祖謙 撰, 『近思錄』, 文淵閣四庫全書本.

朱彝尊, 『靜志居詩話』, 『續修四庫全書』 集部 第1698~1699冊.

朱彝尊, 『經義考』, 文淵閣四庫全書本.

朱彝尊, 『明詩綜』, 文淵閣四庫全書本.

朱彝尊, 『曝書亭集』, 文淵閣四庫全書本.

朱彝尊, 『日下舊聞』, 文淵閣四庫全書本.

撰者未詳, 『周禮集說』, 文淵閣四庫全書本.

『後漢書』, 中華書局, 1987.

『皇朝文獻通考』, 文淵閣四庫全書本.

『晉書』, 中華書局, 1987.

『孔子家語』, 文淵閣四庫全書本.

『明史』, 中華書局, 1987.

『明實錄·清實錄』, 국사편찬위원회DB.

『南齊書』, 文淵閣四庫全書本.

『欽定大淸會典』, 文淵閣四庫全書本.

『欽定大淸一統志』, 文淵閣四庫全書本.

『欽定歷代職官表』, 文淵閣四庫全書本.

『欽定詩經傳說彙纂』, 文淵閣四庫全書本.

『欽定續通志』, 文淵閣四庫全書本.

『欽定儀象考成』, 文淵閣四庫全書本.

『清代碑傳全集』, 上海古籍出版社, 1987.

『清史稿』, 中華書局, 1977.

『清史列傳』, 中華書局, 1987.

『清一統志』, 文淵閣四庫全書本.

『山東通志』, 文淵閣四庫全書本.

『十三經注疏』, 阮元 校刻, 中華書局, 1983.

『世宗憲皇帝上諭內閣』, 文淵閣四庫全書本.

『數理精蘊』, 文淵閣四庫全書本.

『四庫全書總目』, 中華書局, 1981.

『宋史』, 中華書局, 1987.

『續文獻通考』, 文淵閣四庫全書本.

『御纂詩義折中』, 文淵閣四庫全書本.

2. 연구서

강명관, 『홍대용과 1766년』, 한국고전번역원, 2014.

강명관, 『조선에 온 서양 물건들』, 휴머니스트, 2015.

권오영, 『조선후기 유림의 사상과 활동』, 돌베개, 2003.

김명호, 『열하일기 연구』, 창작과비평사, 1990.

김명호, 『환재 박규수 연구』, 창비, 2008.

김명호, 『연암 문학의 심층 탐구』, 돌베개, 2013.

김상혁, 『송이영의 혼천시계』, 한국학술정보, 2012.

김태준, 『홍대용 평전』, 민음사, 1987.

리가원, 『조선문학사』, 태학사, 1997.

문석윤 외, 『담헌 홍대용 연구』, 사람의무늬, 2012.

민두기, 『중국근대사연구』, 일조각, 1973.

박희병, 『범애와 평등―홍대용의 사회사상』, 돌베개, 2013.

송지원, 『정조의 음악정책』, 태학사, 2007.

송찬섭, 『조선후기 환곡제 개혁 연구』, 서울대출판부, 2002.

유장근 외, 『중국 역사학계의 청사연구 동향』, 동북아역사재단, 2009.

유홍렬, 『증보 한국천주교회사』, 가톨릭출판사, 1997.

이봉호, 『정조의 스승, 서명응의 철학』, 동과서, 2013.

정민, 『18세기 조선 지식인의 발견』, 휴머니스트, 2007.

정민, 『18세기 한중 지식인의 문예공화국―하버드 옌칭도서관에서 만난 후지쓰카
　　　컬렉션』, 문학동네, 2014.

정진호, 『도산서원 혼천의』, 안동시, 2006.

허태용,『조선후기 중화론과 역사인식』, 아카넷, 2009.

황지영,『명청 출판과 조선 전파』, 시간의물레, 2012.

白樂天 主編, 中國中央文史研究館 編,『中國通史』, 北京: 光明日報出版社, 2002.

卞僧慧 撰,『呂留良年譜長編』, 中華書局, 2003.

陳鼓應 外 主編,『明淸實學思潮史』, 濟南: 齊魯書社, 1989.

陳其泰,『淸代公羊學』, 北京: 東方出版社, 1997.

陳祖武,『淸初學術思辨錄』, 中國社會科學出版社, 1992.

陳子展,『詩經直解』, 上海: 復旦大學出版社, 1983.

陳遵嬀,『中國天文學史』, 臺北: 明文書局, 1990.

存萃學社 編集,『『四庫全書』之纂修硏究』, 淸史論叢 第七集, 香港: 大東圖書公司,
    1980.

方建勳,『印境』, 合肥: 安徽教育出版社, 2015.

費賴之,『在華耶蘇會士列傳及書目』, 馮承鈞 譯, 中華書局, 1995.

葛兆光,『想像異域-讀李朝朝鮮漢文燕行文獻札記』, 中華書局, 2014.

郭成康·林鐵鈞,『淸朝文字獄』, 北京: 群衆出版社, 1990.

韓琦,『通天之學: 耶蘇會士和天文學在中國的傳播』, 北京: 生活·讀書·新知三聯書
    店, 2018.

蔣寅,『王漁洋與康熙詩壇』, 南京: 鳳凰出版社, 2013.

李理,『愛新覺羅家族全書 8 書畫攬勝』, 長春: 吉林人民出版社, 1996.

李儼,『中國算學史』, 北京: 商務印書館, 1998.

梁啓超,『淸代學術槪論』, 朱維錚 校註,『梁啓超淸學史二種』, 復旦大學出版社, 1985.

梁啓超,『中國近三百年學術史』, 朱維錚 校註,『梁啓超淸學史二種』, 復旦大學出版
    社, 1985.

廖名春 外,『周易硏究史』, 長沙: 湖南出版社, 1991.

陸敬嚴·華覺明 主編,『中國科學技術史』, 機械卷, 北京: 科學出版社, 2000.

馬平安,『晩淸非典型政治硏究-帝國的經驗和教訓』, 北京: 華文出版社, 2014.

漆永祥,『乾嘉考据學硏究』, 北京: 中國社會科學出版社, 1998.

錢穆,『朱子新學案』, 臺北: 三民書局, 1982.

錢穆,『中國近三百年學術史』, 中華書局, 1984.

石訓 外,『中國宋代哲學』, 鄭州: 河南人民出版社, 1992.

束景南,『朱子大傳』, 福建教育出版社, 1992.

束景南,『朱熹年譜長編』, 上海: 華東師範大學出版社, 2001.

宋巧燕,『詁經精舍與學海堂兩書院的文學教育研究』, 濟南: 齊魯書社, 2012.

王麗梅,『杭州全書·西溪叢書·西溪雅士』, 杭州: 杭州出版社, 2012.

王茂 外,『清代哲學』, 安徽人民出版社, 1992.

王戎笙 主編,『清代全史』, 清史研究叢書, 瀋陽: 遼寧人民出版社, 1991.

吳雁南 外 主編,『中國經學史』, 福建人民出版社, 2000.

蕭一山,『清代通史』, 臺北: 商務印書館, 1976.

徐東日,『朝鮮朝使臣眼中的中國形象-以『燕行錄』『朝天錄』爲中心』, 中華書局,
    2010.

徐雁平 編,『清代文學世家姻親譜系』, 南京: 鳳凰出版社, 2011.

楊森富 編,『中國基督教史』, 臺灣商務印書館, 1986.

楊向奎,『清儒學案新編』, 濟南: 齊魯書社, 1985.

兪國林,『天盖遺民-呂留良傳』, 杭州: 浙江人民出版社, 2006.

余嘉錫,『四庫提要辨證』, 中華書局, 1980.

張舜徽,『清人文集別祿』, 臺北: 明文書局股份有限公司, 1983.

張舜徽,『清儒學記』, 濟南: 齊魯書社, 1991.

張心澂 編,『僞書通考』, 上海書店出版社, 1998.

張鎧,『龐迪我與中國』, 北京圖書館出版社, 1997.

張仲謀,『清代文化與浙派詩』北京: 東方出版社, 1997.

鄭成康·林鐵鈞,『清朝文字獄』, 北京: 群衆出版社, 1990.

鄭偉章,『文獻家通考』, 中華書局, 1999.

支偉成,『清代朴學大師列傳』, 長沙: 岳麓書社, 1986.

朱伯崑,『易學哲學史』, 北京大學出版社, 1988.

周錫保,『中國古代服飾史』, 北京: 中國戲劇出版社, 1996.

周少川,『藏書與文化』, 北京師範大學出版社, 1999.

岡本さえ,『清代禁書の研究』, 東京大 東洋文化研究所, 1996.

大谷繁夫,『清代政治思想史研究』, 東京: 汲古書院, 1991.

狩野直喜,『清朝の制度と文學』, 東京: みすず書房, 1984.

川原秀成,『朝鮮數學史』, 東京大學出版會, 2010.

木下鐵矢,『「清朝考證學」とその時代-清代の思想』, 東京: 創文社, 1996

近藤光男,『清朝考證學の研究』, 東京: 研文出版, 1987.

夫馬進, 『朝鮮燕行使と朝鮮通信使』, 名古屋大學出版會, 2015.

矢澤利彦, 『中國とキリスト敎』, 東京: 近藤出版社, 1977.

山田慶兒, 『朱子の自然學』, 東京: 岩波書店, 1978.

吉川幸次郎, 『吉川幸次郎全集』 16, 東京: 筑摩書房, 1985.

3. 연구 논문

강명관, 「한문학 연구자의 평전 쓰기에 관한 몇 가지 생각 – 湛軒 洪大容의 경우를 예로 삼아」, 『한국한문학연구』 67, 한국한문학회, 2017.

강서연, 「『주례』를 통해 본 도성 건설 계획론 연구 – 역대 注釋에 반영된 『주례』의 讀法과 논리체계를 중심으로」, 성균관대 박사논문, 2017.

강찬수, 「『中朝學士書翰』 脫草 원문 및 校釋」, 『중국어문논총』 41, 중국어문연구회, 2009.

강찬수, 「北京대학 소장본 『洪湛軒尺牘』에 대하여」, 『中國語文學論集』 45, 中國語文學會, 2010.

구만옥, 「조선후기 '璇璣玉衡'에 대한 인식의 변화」, 『한국과학사학회지』 26권 2호, 한국과학사학회, 2004.

구만옥, 「崔攸之(1603~1673)의 竹圓子 – 17세기 중반 조선의 水激式 혼천의」, 『한국사상사학』 25, 한국사상사학회, 2005.

구범진, 「淸의 朝鮮使行 人選과 大淸帝國體制」, 『인문과학논총』 59, 서울대학교 인문학연구원, 2008.

권오영, 「조선후기 유학자의 『대학』 이해: 明德說을 중심으로」, 『한국문화』 48, 서울대 규장각한국학연구원, 2009.

권정원, 「이덕무의 청대 고증학 수용」, 『한국한문학연구』 38, 한국한문학회, 2015.

김동건, 「이기지의 『一庵燕記』 연구」, 한국학중앙연구원 한국학대학원 석사논문, 2007.

김명호, 「『열하일기』 「일신수필」 서문과 동·서양 사상의 소통」, 『국문학연구』 28, 국문학회, 2013.

김명호, 「홍대용과 만촌 여유량」, 『민족문화연구』 77, 고려대 민족문화연구원, 2017.

김명호, 「淸朝 문인과의 왕복 서신을 통해 본 홍대용의 사상 – 『乾淨後編』과 『乾淨附編』을 중심으로」, 『숭실대 한국기독교박물관지』 4, 숭실대 한국기독교박물관, 2018.

김상혁, 「의기집설의 혼천의 연구」, 충북대 석사논문, 2002.

김상혁, 「송이영 혼천시계의 작동 메커니즘에 대한 연구」, 중앙대 박사논문, 2007.

김수진, 「능호관 이인상 문학 연구」, 서울대 박사논문, 2012.

김신주 외, 「尊經閣所藏中國古書解題」(3), 『中國語文論譯叢刊』 25, 중국어문논역학회, 2009.

김윤조, 「『薑山全書』 해제」, 李書九, 『薑山全書』, 성균관대 대동문화연구원, 2005.

김현권, 「김정희파의 한중회화교류와 19세기 조선의 화단」, 고려대 박사논문, 2010.

김홍백, 「『대의각미록』과 조선후기 華夷論」, 『한국문화』 56, 서울대 규장각한국학연구원, 2011.

남문현 외, 「朝鮮朝의 渾天儀 硏究」, 『건대학술지』 39, 건국대학교, 1995.

문중양, 「19세기 조선 실학자의 자연지식의 성격」, 『한국과학사학회지』 21권 1호, 한국과학사학회, 1999.

박권수, 「조선후기 象數易學의 발전과 변동」, 『한국사상사학』 22, 한국사상사학회, 2004.

박명희, 「삼연 김창흡의 시경론」, 『한국언어문학』 47, 한국언어문학회, 2001.

박미영, 「「大東風謠序」에 나타난 홍대용의 歌論과 그 의미」, 『진리논단』 6, 천안대학교, 2001.

박지선, 「김창업의 『老稼齋燕行日記』 연구」, 고려대 박사논문, 1995.

박철상, 「조선시대 금석학 연구」, 계명대 박사논문, 2014.

박한제, 「『周禮』 考工記의 '營國' 원칙과 前漢 長安城의 구조」, 『中國古中世史硏究』 34, 중국고중세사학회, 2014.

박현규, 「朝鮮·淸朝人의 燕京 交遊集-『日下題襟合集』의 발굴과 소개」, 『한국한문학연구』 23, 한국한문학회, 1999.

박현규, 「『日下題襟集』 편찬과 판본」, 『한국한문학연구』 47, 한국한문학회, 2011.

박현규, 「明淸 시대 북경 朝鮮使館 고찰」, 『중국사연구』 82, 중국사학회, 2013.

박효은, 「홍성하 소장본 金光國의 『石農畫苑』에 관한 고찰」, 『溫知論叢』 5권 1호, 溫知學會, 1999.

徐毅, 「洪大容與淸代文士來往書信考論」, 『한국학논집』 46, 계명대학교 한국학연구원, 2012.

徐毅·李姝雯, 「洪大容和淸文人間來往尺牘的再考察」, 한국기술교육대학교 주최 담헌 홍대용 국제워크숍 발표논문집, 2016.

손혜리, 「18세기 후반~19세기 전반 조선 지식인들의 明 遺民에 대한 기록과 편찬
　　　의식」, 『한국실학연구』 28, 한국실학학회, 2014.

송방송, 「조선후기 장악원 관련 인물 열전－『악장등록』·『장악원악원이력서』·『전악
　　　선생안』을 중심으로」, 『한국음악사학회보』 42, 한국음악사학회, 2009.

송원찬, 「청대 한중 지식인 교류와 문자옥－『간정동회우록』을 중심으로」, 『동아시아
　　　문화연구』 47, 한양대 동아시아문화연구소, 2010.

신로사, 「황재(黃梓)와 그의 연행록에 관하여」, 『국역 갑인연행록』, 세종기념사업회,
　　　2015.

신로사, 「『간정록』의 자료적 특징과 가치」, 『乾淨錄』, 숭실대 한국기독교박물관 영
　　　인, 2018.

신익철, 「김창업·이기지의 중국 문인 교유 양상과 특징」, 『대동문화연구』 106, 성균
　　　관대 대동문화연구원, 2019.

신재식, 「조선후기 지식인과 朱彝尊」, 『동양한문학연구』 50, 동양한문학회, 2018.

안대회, 「洪大容 후손가 소장 李德懋 筆寫本 3종 연구」, 『고전문학연구』 42, 한국고
　　　전문학회, 2012.

안선희, 「양금의 기원과 유입에 관한 연구」, 『국악교육』 27, 한국국악교육학회,
　　　2009.

劉琳, 「洪大容與淸王子“兩渾”的友情及“兩渾”的眞實身份考」, 『중국사연구』 95, 중국
　　　사학회, 2015.

유지웅, 「艮齋의 心論과 明德說 연구」, 전북대 박사논문, 2016.

윤인현, 「한국 시가론에서의 『시경』 시 이론의 영향」, 『한국한문학연구』 44, 한국한
　　　문학회, 2009.

이선경, 「조선후기 畿湖性理學派의 『易學啓蒙』 이해」, 『한국철학논집』 35, 한국철학
　　　사연구회, 2012.

이선열, 「김창협의 明德論과 그에 대한 송시열·金榦의 비판」, 『철학』 103, 한국철학
　　　회, 2010.

이용삼, 「우암 송시열의 渾天儀 복원연구」, 『尤庵論叢』 1, 충북대 우암연구소, 2008.

이원식, 「洪大容의 入燕과 淸國學人－『薊南尺牘』을 중심으로」, 水邨朴永錫敎授華
　　　甲紀念 『韓國史論叢』, 上, 探究堂, 1992.

이은영, 「조선후기 연행사의 천주당 방문과 서양문물 체험」, 덕성여대 석사논문,
　　　2015.

이종범, 「조선후기 同福 지방 晉陽 河氏家의 學問과 傳承」, 『역사학연구』 24, 호남

사학회, 2005.

이철희, 「18세기 한중 지식인 교유와 천애지기의 조건—홍대용의 『간정동필담』과 엄성의 『일하제금집』의 대비적 고찰을 중심으로」, 『대동문화연구』 84, 성균 관대 대동문화연구원, 2014.

전용훈, 「조선후기 서양천문학과 전통천문학의 갈등과 융화」, 서울대 박사논문, 2004.

정은주, 「조선시대 明淸使行 관련회화 연구」, 한국학중앙연구원 한국학대학원 박사 논문, 2007.

정은주, 「연행 사절의 서양화 인식과 사진술 유입—북경 천주당을 중심으로」, 『明淸 史研究』 30, 明淸史學會, 2008.

정은주, 「18세기 燕行으로 접한 淸朝 문화」, 『대동문화연구』 85, 성균관대 대동문화 연구원, 2014.

정훈식, 「홍대용의 연행록 연구」, 부산대 박사논문, 2007.

조성산, 「17세기 후반~18세기 초 김창협·김창흡의 학풍과 현실관」, 『역사와 현실』 51, 한국역사연구회, 2004.

조창록, 「홍대용 연행록 중 西學 관련 내용의 改削 양상」, 『대동문화연구』 84, 성균 관대 대동문화연구원, 2013.

채송화, 「『을병연행록』 연구—여성 독자와 관련하여」, 서울대 석사논문, 2013.

채송화, 「홍대용의 『간정필담』 이본고」, 『국문학연구』 37, 국문학회, 2018.

채송화, 「「의산문답(毉山問答)」 이본 연구」, 『민족문학사연구』 69, 민족문학사학회, 2019.

천금매, 「『中朝學士書翰』을 통해 본 김재행과 항주 선비들의 교류」, 『동아인문학』 14, 동아인문학회, 2008.

천금매, 「18~19세기 朝·淸文人 交流尺牘 연구」, 연세대 박사논문, 2011.

천기철, 「正祖朝 詩經講義에서의 毛奇齡 說의 비판과 수용」, 부산대 박사논문, 2004.

최식, 「홍대용을 둘러싼 오해와 진실」, 『동방한문학』 79, 동방한문학회, 2019.

최영성, 「이재 황윤석의 학문 본령과 성리학적 경세관」, 『온지논총』 43, 온지학회, 2015.

한영호·남문현, 「조선조 중기의 渾天儀 復元 연구: 李敏哲의 渾天時計」, 『한국과학 사학회지』 19권 1호, 한국과학사학회, 1997.

한영호 외, 「홍대용의 測管儀 연구」, 『역사학보』 164, 역사학회, 1999,

한영호 외,「朝鮮의 天文時計 연구-水激式 渾天時計」,『한국사연구』113, 한국사연
　　구회, 2001.

한영호,「籠水閣 天文時計」,『역사학보』177, 역사학회, 2003.

허경진·천금매,「유득공『並世集』연구」,『한중인문학연구』28, 한중인문학회,
　　2009.

홍유빈,「三淵 詩經說에 대한 담헌의 평가와 그 의미-담헌 홍대용의「詩傳辨疑」를
　　중심으로」,『대동한문학』58, 대동한문학회, 2009.

황정연,「조선시대 書畵收藏 연구」, 한국학중앙연구원 한국학대학원 박사논문,
　　2007.

鮑永軍,「汪輝祖研究」, 浙江大學 博士論文, 2004.

鮑永軍,「汪輝祖著述考」,『文獻』第4期, 2007.

陳才,「朱子詩經學考論」, 華東師範大學 博士論文, 2013.

陳鴻森,「朱文藻年譜」,『古典文獻研究』19輯, 下卷, 南京大學 古典文獻研究所,
　　2016.

陳鴻森,「被遮蔽的學者-朱文藻其人其學述要」,『明清研究通迅』第60期, 中央研究
　　院 明清研究推動委員會, 2017.

陳杰,「徜徉山水間如狂-記塘栖名士徐孝直」,『余杭史志』第1期(電子版), 余杭人物,
　　2013.

戴環宇,「朱文藻及『說文系傳考異』研究」, 寧夏大學 碩士論文, 2013.

韓琦,「明末清初歐洲占星術著作的流傳及其影響-以湯若望的『天文實用』爲中心」,
　　『中國科技史雜誌』第34卷 第4期, 2013.

洪麗亞,「論杭州畫家陸飛」,『新美術』第2期, 中國美術學院, 1999.

胡春麗,「毛奇齡生平考辨」,『古籍研究』第2期, 2016.

胡春麗,「朱彝尊與毛奇齡交游考論」,『嘉興學院學報』第30卷 第2期, 2018.

胡媚媚,「"古歡飲會"考論」,『浙江樹人大学学報(人文社会科学版)』第6期, 2012.

胡媚媚,「清代詩社研究-以六詩社爲中心」, 浙江大學 碩士論文, 2013.

李福言,「『說文繫傳考異』作者補證」,『貴州師範大學學報(社會科學版)』第2期, 2014.

李最欣,「"南屏詩社"再考論」,『杭州學刊』第4期, 2015.

廖雯玲,「清初"浙西詞派"研究」, 上海師範大學 碩士論文, 2011.

劉潔,「『周禮·考工記』與秦漢都城規劃制度的聯繫探究」,『黑龍江史志』第13期,
　　2014.

劉婧,「杭世駿『道古堂文集』研究」, 華中師範大學 碩士論文, 2014.

馬昕,「毛奇齡『詩』學理論的邏輯推演與困境突圍」,『安徽師範大學學報(人文社會科學版)』第42卷 第5期, 2014.

錢明,「'浙學'的東西異同及其互動關係」,『杭州師範學院學報(社會科學版)』第4期, 2005.

曲延慶,「'父子褒封'與張氏家族」,『鄒平通史』, 中華書局, 1999.

權純姬,「乾淨衕與甘井胡同」,『當代韓國』第3期, 2000.

任利偉,「顧炎武的易學研究成就」,『周易研究』第2期, 2008.

閆寶明,「毛奇齡與朱子學」, 南開大學 博士論文, 2009.

王紅蕾,「錢謙益『大佛頂首楞嚴經疏解蒙鈔』考論」,『世界宗教研究』第1期, 2010.

汪林茂,「浙東與浙西: 浙江學術的區域分布及特點」,『浙江學刊』第1期, 2011.

王政堯,「'乾淨衕'舊址考辨」,『清史論叢』, 第1輯(總 第29輯), 2015.

鄔正杰,「呂留良的政治思想」, 清華大學 碩士論文, 2012.

許放,「國家圖書館藏『熱河日記』論考」,『域外漢籍研究集刊』17, 中華書局, 2018.

許蘇民,「顧炎武思想的歷史地位和歷史命運」,『雲南大學學報(社會科學版)』, 第5卷 第1期, 2006.

徐毅,「十八世紀中朝文人交流研究」, 南京大學 博士論文, 2012.

徐永斌,「明清時期杭州的文人治生」,『安徽史學』第3期, 2010.

薛立芳,「毛奇齡"詩"學研究」, 北京師範大學 博士論文, 2008.

楊丹霞,「清代皇族書畫創作與鑒賞(上集)」,『故宮學術講談錄』, 第十期學術沙龍, 2007.

楊國棟,「黃易生平交游考論」, 山東工藝美術學院 碩士論文, 2010.

楊國棟,「朗照如月 沖抱如淵－黃易書法篆刻藝術綜論」,『藝術品』第4期, 2017.

葉玉,「黃易訪碑活動與交友」, 中國美術學院 博士論文, 2009.

趙成杰,「朱文藻金石活動考略」,『中國書誌』第314期, 2017.

曾禮軍,「清代兩浙文學世家的時空分布與文學建設」,『浙江師範大學學報(社會科學版)』第1期, 2013.

曾慶先,「王逌和『蚓庵鎖語』」,『福建師範大學福清分校學報』第1期, 2007.

張剛雁,「浙東學派概述」,『資料通迅』第11期, 2001.

張亞琼,「『漁洋感舊集』研究」, 蘇州大學 碩士論文, 2013.

鄭幸,「丁敬研究」, 浙江大學 碩士論文, 2009.

鄭穎,「『御纂詩義折中』研究」, 武漢大學 碩士論文, 2017.

周懷文, 「毛奇齡研究」, 山東大學 博士論文, 2010.

周懷文·經莉莉, 「風人之旨 誰可獨得-略論毛奇齡對朱熹"淫詩"說的批評」, 『合肥學院學報(社會科學版)』第29卷 第3期, 2012.

周慧珺, 「朱熹『周禮』學研究」, 『長沙理工大學學報(社會科學版)』第28卷 第3期, 2013.

朱曙輝, 「雍乾杭州詩歌研究」, 南京師範大學 博士論文, 2015.

朱希祖, 「屈大均(翁山)著述考」, 『屈大均全集』, 北京: 人民文學出版社, 附錄 3, 1996.

淺井邦昭, 「八股文選家としての呂留良」, 『金城大學院論集』203號, 2004.

4. 번역서 및 기타 자료

강세황, 『표암유고』, 김종진 외 옮김, 지식산업사, 2010.

김영식 편, 『중국의 전통과 과학』, 창작과비평사, 1986.

김원행, 『미호집』, 강여진 외 옮김, 보고사, 2013.

노이점, 『열하일기와의 만남 그리고 엇갈림, 수사록』, 김동석 옮김, 성균관대출판부, 2015.

마테오 리치, 『畸人十篇』, 박완식 역, 전주대출판부 1997; 송영배 역주, 서울대출판부, 2000.

마테오 리치, 『천주실의』, 송영배 외 옮김, 서울대출판부, 1999.

미야자키 이치사다, 『옹정제』, 차혜원 옮김, 이산, 2003.

미야자키 이치사다, 『과거-중국의 시험지옥』, 전혜선 옮김, 역사비평사, 2016.

박규수, 『환재집』, 김채식·이성민 역, 성균관대출판부, 2017.

박제가, 『정유각집』, 정민 외 옮김, 돌베개, 2010.

박제가, 『완역 정본 북학의』, 안대회 교감 역주, 돌베개, 2013.

박종채, 『역주 과정록』, 김윤조 역주, 태학사, 1997.

박지원, 『연암집』, 신호열·김명호 옮김, 돌베개, 2017.

벤저민 엘먼, 『성리학에서 고증학으로』, 양휘웅 옮김, 예문서원, 2004.

빈센트 크로닌, 『서방에서 온 현자-마테오 리치의 생애와 중국 전교』, 이기반 옮김, 분도출판사, 1994.

수징난, 『주자평전』, 김태완 옮김, 역사비평사, 2015.

신익철 편, 『연행사와 북경 천주당: 연행록 소재 북경 천주당 기사집성』, 보고사, 2013.

아르놀트 하우저, 『문학과 예술의 사회사』, 백낙청·반성완 역, 창작과비평사, 2002.

야마모토 요시타카, 『과학의 탄생—자력과 중력의 발견, 그 위대한 힘의 역사』, 이영기 역, 동아시아, 2005.

야마모토 요시타카, 『16세기 문화혁명』, 남윤호 옮김, 동아시아, 2010.

야마모토 요시타카, 『과학혁명과 세계관의 전환 I』, 김찬현·박철은 옮김, 동아시아, 2019.

양녠췬, 『강남은 어디인가—청나라 황제의 강남 지식인 길들이기』, 명청문화연구회 옮김, 글항아리, 2015.

옌 총니엔, 『청나라, 제국의 황제들』, 산수야, 2014.

원중거, 『조선후기 지식인, 일본과 만나다—승사록』, 김경숙 역, 소명출판, 2006.

윌리엄 T. 로, 『하버드 중국사 청—중국 최후의 제국』, 기세찬 옮김, 너머북스, 2014.

유득공, 『열하를 여행하며 시를 짓다』, 실사학사 고전문학연구회 옮기고 엮음, 휴머니스트, 2010.

이규상, 『18세기 조선 인물지—병세재언록』, 민족문학사연구소 한문분과 옮김, 창작과비평사, 1997.

이기지, 『일암연기』, 조융희 외 옮김, 한국학중앙연구원출판부, 2016.

이블린 S. 로스키, 『최후의 황제들—청 황실의 사회사』, 구범진 옮김, 까치, 2011.

이의봉, 『북원록』, 김영죽·박동욱 역주, 세종대왕기념사업회, 2016.

이희경, 『북학 또 하나의 보고서, 설수외사』, 진재교 외 옮김, 성균관대 출판부, 2011.

자오위안, 『생존의 시대—명청 교체기 사대부 연구 2』, 홍상훈 역, 글항아리, 2017.

조지프 니덤 외, 『조선의 서운관—조선의 천문의기와 시계에 관한 기록』, 이성규 역, 살림, 2010.

趙熙龍, 『壺山外記』, 실시학사 고전문학연구회 역주, 『趙熙龍 全集』 6, 한길아트, 1998.

진정, 『중국 과거 문화사』, 김효민 역, 동아시아, 2003.

카를로 M. 치폴라, 『시계와 문명: 1300~1700년, 유럽의 시계는 역사를 어떻게 바꾸었는가』, 최파일 역, 미지북스, 2013.

켄트 가이, 『사고전서』, 양휘웅 역, 생각의나무, 2009.

홍대용, 『국역 담헌서』, 이상은·김철희 역, 민족문화추진회, 1974.

홍대용, 『을병연행록』, 정훈식 옮김, 도서출판 경진, 2012.

홍대용, 『의산문답』, 문중양 역해, 아카넷, 2019.

홍대용, 『주해 을병연행록』, 소재영 외 주해, 태학사, 1997.

황재, 『국역 갑인연행록』, 서한석 옮김, 세종기념사업회, 2015.

후마 스스무, 『조선연행사와 조선통신사』, 신로사 외 옮김, 성균관대출판부, 2019.

히라카와 스케히로, 『마테오 리치』, 노영희 옮김, 동아시아, 2002.

夫馬進 譯註, 『乾淨筆譚 1』, 東洋文庫 860, 東京: 平凡社, 2016.

夫馬進 譯註, 『乾淨筆譚 2』, 東洋文庫 879, 東京: 平凡社, 2017.

本田三郎, 『周禮通釋』, 東京: 秀英出版, 1977.

『澗松文華』 83, 한국민족미술연구소, 2012.

『담헌 홍대용』, 천안박물관 개관 4주년 기념특별전 도록, 2012.

『陶山書院尋院錄』, 한국국학진흥원 소장.

『同福誌』, 宋兢勉·吳在永 등 編修, 1915, 국립중앙도서관 소장.

『安東金氏世譜』, 安東金氏中央花樹會, 1982.

『榮川郡邑誌(全)』, 서울대 규장각 소장(奎17465).

『外案考』, 보경문화사, 2002.

『淸風金氏世譜』, 서울대 규장각 소장.

『漆原邑誌』, 경상대학교 남명학 고문헌시스템 文泉閣.

『韓山李氏文烈公派世譜』, 경기도 성남시, 2002.

『華陽志』, 국립중앙도서관 소장.

比丘明復, 『中國佛學人名辭典』, 中華書局, 1998.

陳文良 主編, 『北京傳統文化便覽』, 北京燕山出版社, 1990.

陳宗蕃 編, 『燕都叢考』, 北京古籍出版社, 2001.

丁丙 撰, 『武林坊巷志』, 杭州: 浙江人民出版社, 1988.

李鵬年 外, 『淸代中央國家機關槪述』, 北京: 紫禁城出版社, 1989.

龍潛庵 編, 『宋元語言詞典』, 上海辭書出版社, 1985.

項永丹 主編, 『武林街巷志』, 杭州出版社, 2008.

『北京街道胡同地圖集』, 中國地圖出版社, 1999.

『中國古代書畵圖目』 권11, 黃易, 『山水六開冊』, 文物出版社, 2000.

「乾隆朝奇才張裕崑: 被朝鮮文人贊爲"王羲之"」, 『瀋陽日報』, 2009年 12月 22日.

「浙江歷代藏書家名錄」, 浙江文化信息網(http://v2013.zjcnt.com)
愛新覺羅宗譜網(http://www.axjlzp.com/soso.html).

諸橋轍次, 『大漢和事典』, 修訂版: 大修館書店, 1984.

찾아보기

854

도판 출처

* 『담헌 홍대용』, 천안박물관 개관 4주년 기념특별전 도록(2012)은 『담헌 홍대용』으로 약칭함.